国家清史编纂委员会·文献丛刊

中国荒政书集成

主　编　李文海
　　　　夏明方
　　　　朱　浒

天津古籍出版社

第十二册

国家清史编纂委员会出版编委会

本书被列为国家古籍整理出版"十五"重点规划

本书出版得到国家古籍整理出版专项经费资助

高等学校全国优秀博士学位论文作者专项资金资助项目

教育部人文社会科学重点研究基地重大项目清代灾荒研究

中国人民大学"十五""二——工程"清史子项目

直隶省城办理临时防疫纪实

纪实

清宣统三年铅印本

（清）延　龄　辑

夏明方　点校

防疫纪实序

　　盖闻天灾流行，国家代有，虽曰天命，岂非人事哉！庚戌岁季，余权篆首郡。其时东省鼠疫盛行，蔓延于畿辅山左各州县，死亡载道，人心惊惶。朝廷为民请命，历降诏旨，促令克期消灭，绥靖民生。余忝膺地方，责无旁贷。复蒙列宪委任之重，办理保定及深、冀、定、直、南一带防疫事务，深惧任大责重，弗克负荷。继复饬兼顾河间各属，仰赖列宪随时随事指示机宜，绅董寅僚群策群力，相助为理，不致上负圣主之仁，外贻友邦之诮。言念及此，至今犹懔懔焉。且所谓百斯笃病者，西医称为第一剧烈菌毒。罹之者，恒朝发夕死。此非一手足之所能为力，亦非一旦夕之所能消弭也。计保、河两郡，深、冀、定三州，延蔓者十六州县，传染者百余村，死亡者千余人。而卒赖国家幸福，三月之间，底于敉平。岂其天欤？抑亦中西诸君子热心毅力之有以致斯也。余自维碌碌，因人成事，何足以留纪念？独列宪痌瘝之廑念，与诸君子利济之苦衷，均有不能使之湮没者。用将往来文牍，掇集成书，都为四卷，以纪其实。不过备学者之考证，并使后之君子知卫生之宜，讲求人定之可以胜天而已。若以是书为铺张功绩而作，是纪功也，非纪实也，岂余之志哉！

　　宣统三年四月中浣署保定府知事延龄序

直隶临时防疫局中西医官职名

美国长老会驻保定府医院总理　陆长乐（纯粹义务，始终如一）

美国长老会驻北京医院总理　狄丽（同上）

京师协和医学堂毕业医学博士　王九德（陆大夫荐）

山东共和医学堂毕业医士　郑诚（同上）

京师协和医学堂肄业生　张毓芝（同上）

陆军第二镇医官　张蕴忠

陆军第二镇医官　崔凤鸣

南洋医学堂毕业医生　陈耀中（张医官荐）

中医堂　郭敦埙　丁传诗　李道显　徐树桢　张庆庚　俞济广　管寿昌

专管日验火车站往来女客义务女大夫

山东妇婴医院毕业女医士　郑奉珍

名誉职员

山东文会大学堂毕业陆军小学堂教习　衣兴林

防疫纪实目录

防疫纪实卷一

往来电文 *

北京民政部来电

保定府鉴：据日使函称，风闻保府鼠疫流行，该国旅保教习人等已共筹防疫事宜等语。防疫关系重要，亟应该地方官迅速布置，并将该教习等妥为照料。切切。民政部。印。（十二月二十四日）

禀民政部电

北京民政部王爷、大人钧鉴：午间电谕谨悉。遵即筹备防制事宜，请宽廑注。署保定府延龄电叩覆。回。（十二月二十四日）

禀 督 宪 电

天津大帅钧鉴：二十二日奉两司谕筹防疫办法，遵即由府县会同工巡总局出示晓谕条列防制之法。昨复饬县约集各会绅董，仿照天津防疫会，迅速布置一切，并请西医配制消毒药水，以杜隐患。幸保定城内尚无发现疫症情形，堪纾钧廑。正拟电禀间，顷午奉民政部电开，据日使函称旅保日人共筹防疫事宜等语，饬即迅速布置，并将该教习等妥为照料等谕。窃思保定非商埠可比，防疫为地方官责任，未便联合外人，当将现在办法电复在案。所有筹备防疫情形，合行禀闻，伏乞垂察。署保定知府延龄谨叩。回印。（十二月二十四日）

大 帅 电 谕

保定延守回电悉。防疫办法，由该府县会局晓谕，集绅布置，并倩西医配药消毒，防患未然，办理尚合。该府城内虽未现疫症情形，而旅保日人既经函达民政部，尤须将防疫事宜加意筹备，以免外人籍口。满城疫患，即饬设法消弭。仍将办理情形，随时电禀。督院。有印。（十二月二十五日三点到）

交 涉 司 宪 来 电

保定府延方伯两电敬悉。满城有一二人自奉染病身死，似难遽认是疫，但预防自不可少。应否由卫生局派医携药赴保，请方伯示遵，切勿张扬。敏。（念四）

禀 交 涉 司 宪 电

天津交涉司王大人钧鉴：昨电敬悉。省城筹备防疫会情形，已电禀帅座。前闻满城张姓，自长春染病回籍，一星期内，举家十四人相继而殁。据派去委员查询村正，声称发现病形与疫症相符，当觅西医消毒药水专差送往，交村正散给无病之家，以免滋蔓。省城尚无似此病形。乞代禀帅座，饬卫生局派医携药，来此助理检疫，防患未萌尤妙。署保定知府延龄叩覆。有。（十二月二十五日）

禀督宪电

天津大帅钧鉴：昨晨藩道宪率府县集绅开防疫会，粗拟大纲。一面委员往满城，会同该县，派差警速将汤村因疫毙死尸棺，督令掩埋，并携药散给无病之家，以期消弭，免致蔓延。省内安静，并无发现疫症之人，堪纾宪廑。今日会章细则已订，分投布置。请饬卫生局拨医数名，速来用备诊视祷盼。署保定府知府延龄叩禀。感。（十二月二十七日）

大帅电谕

保定延守感电悉。该府开会散药，省内安静，慰甚。已饬卫生局拨医二人赴保矣。督院勘。印。（十二月二十八日）

禀督宪电

天津大帅钧鉴：满城汤村，昨据李令禀报，又毙一人，立饬掩埋。幸蒙派崔、张军医已到，商定明晨携药前往诊查。省城安静，并无影响，请宽垂廑。现亦聘订西医二人，华人学西医毕业者二人，专备省城及车站，诊察布置，尚称周密。合并禀闻。署保定知府延龄谨叩。寘。（正月初四日）

禀交涉司宪电

天津交涉司王钧鉴：请查北洋所聘华洋医防疫月薪、抚恤各若干，立候示遵。延龄谨叩。遇。（正月初七日）

交涉司宪来电

保定府延虞电悉。华医官月薪百五十两，学生百两，恤三千。甫详未批。西医多本有差，津贴无定。敏。庚印。（正月初八日）

交涉司致藩宪电

藩台凌鉴：顷外部文询满城染疫情形及防检办法，乞详电复，以凭复部。敏。庚。（正月初八日）

藩宪复交涉司宪电

天津交涉司王鉴：庚电悉。满城汤村疫气稍歇。惟距汤村八里之孟村亦疫二人，已派崔、张两医暨原派驻彼之专员严密防遏。昨请转商卫生局，再续派医官两员祈速来保。省城无恙。福彭。佳。（正月初九日）

禀督宪电

天津大帅钧鉴：前因博野县属有染疫数村，昨委专员、医官前往确查。顷据禀报，查得程委、西程委、刘村、解村、两合成等五村染疫毙命者三十六人，病二人，拟即请奉派之崔、张两医分往防遏。至满城之汤村，现在安谧，仍严防善后。再，距汤村八里之孟村亦疫毙二人，已经崔、张两医往查。省城无恙，合并禀闻。署保定府知府延龄谨叩。霁。（正月初八日）

致河间府胡电

府河间胡霖峰兄鉴：法主教富成功来言，河间府北有染鼠疫之处，未详地名。奉藩宪谕请速调查。如果属实，迅电帅座，就近由津请拨医药等谕。特电闻。延。真。（正月十一日）

河间府复电

保定府正堂锡九首台仁兄鉴：真电敬悉。敝府染疫地方，以东光情形为重。现奉督宪电谕，于十二日驰赴该县，会同医官酌量办法。至河间县东诗经村、二十里铺村、韩家楼村，均有染疫情形。当已谕令该县绅董，派员分赴合境各村，晓谕防疫办法，并施散防疫药料。自初八日以后，疫气渐平。乞转禀藩宪，并达知富主教道谢为祷。弟灿电复。文印。（正月十二日）

禀 督 宪 电

天津大帅钧鉴：满城汤村经崔、张两医检验，将被灾各户男子十七名齐集该村外学堂，为临时避疫医院，用硫磺药水熏浴，换著发去棉衣，即住医院。又妇女、幼孩大小二十一口，亦听开导，入另院自行熏洗。所有灾户房屋、衣物，如法熏消毒气。有损坏者，许偿值。酌购米盐，备住院人口一星期之用。众咸知感。今日该医赴孟村实行检查。至博野之五村，经西医偕华医昨已前往，另派专员会同该县樊令，仿满城办法，择地驻扎，以资弹压。又查祁州城南有二村发见此症，专员先到博野，面商西医，拨一人往检。并饬专员偕葛牧同往，照满城汤村妥慎办理。省内安谧无恙。合并禀闻。署保定知府延龄谨叩。队。（正月十一日）

大 帅 电 谕

保定凌藩台鉴：延守电禀汤村消疫办法，均甚妥洽。博野昨报有疫，已饬妥筹消弭。祁州又有发见疫症，望饬分投查明妥办具报。龙。文印。（正月十二日）

禀 交 涉 司 宪 电

天津交涉司宪钧鉴：满城汤村、孟村两处，自初九日经崔、张两医实行防检后，均见消减，可无再患之虞。昨两医已回省。现订再赴祁、定交界之小辛庄等四村，如法防遏。博野之程委等五村，经西医在彼消弭见效，省城安静如常。乞代禀纾帅廑。延龄叩。元。（正月十三日）

致卫生局电

天津卫生局屈观察鉴：奉派来保崔、张两医月俸暨抚恤数目，均祈详晰示遵。省防疫

局叩。寒。（正月十四日）

天津卫生局复电

保定防疫局鉴：电悉。崔、张两医月薪及抚恤银数，俟奉帅批，再行电闻。津卫生局。寒。

禀交涉司宪电

天津交涉司宪钧鉴：汤村、孟村疫气已消，藩委专员王牧即日调回省城，再饬赴定、祁交界之小辛庄等四处，如法防检。顷据驻博野委员等电话报告，程委等五村经西医防遏后，一律平静。西医偕委员郭方令仍暂住彼，就近另拨西医一人、委员二人驰往祁、定之小辛庄等处防检。其深州北土路口一处毙十余人，候王牧偕崔、张驰往，可望扑灭。省内无恙。乞代禀明帅座，用纾垂廑。延龄叩。删。

禀交涉司宪电

天津交涉司宪钧鉴：满城、博野两县各灾区检疫消毒，先后事竣，民情安贴。员医昨已抵定、祁交界，在祁境内觅房设局，依法严重检消。深州派崔医偕黄直牧驰往照办，并乞禀帅为叩。延龄电。效。

大 帅 电 谕

保定知府速分送冀州王牧、深州黄牧：顷外部电开英使函称：冀州境内王家庄、李家庄，深州境内柴两村，均经染疫，请禁阻该两州工人来京，或严行查禁等语。请与民政妥商办法等因。准此。该州现既有疫，亟应设法消弭，并切实防查传染。究竟染疫各地是何情形、现在如何防治，仰速查明电禀，以凭商部办理。督院。效印。（正月十九日四点三十分到）

禀 督 宪 电

天津大帅钧鉴：效电敬悉。遵即抄电备牍，专委候补知县常令佩纶、陈令凤翔分往深、冀两州，详查各村有无疫患及传染情形；一面设法禁阻工人赴京，并速将办理情形禀复。查深州距省二百四十里，冀州距省三百六十里。合并声明，谨先电复。署保定知府延龄叩禀。号。（正月二十日）

民政部防疫局来电

保定凌藩台鉴：闻十七日火车到保，有二人抬下即死。希将详情电复。民政部防疫局。廿。（正月二十日到）

覆民政部防疫局电

北京民政部防疫局鉴：廿电敬悉。保定十六日检有下车带病之邵理纲、王蕴二人。王病愈已放行；邵系寒疾，暂留院医治。十七日并无病人。直隶省城临时防疫局谨覆。箇。（正月二十一日）

大 帅 电 谕

保定府延守：号电悉。仰仍分饬常、陈二令，会同深、冀两牧，速将各该处患疫情形及如何消弭防范并禁阻工人赴京办法，详晰电禀为要。该两州工人入京应由何处车站上车，并查复督院。简印。（正月二十一日下午两点十分津电）

禀 方 伯 电

天津藩宪钧鉴：顷奉帅电，饬仍分饬常、陈二令会同深、冀两牧，速将各该处患疫情形及如何消弭防范并禁阻工人赴京办法，详晰电禀为要。该两州工人入京应由何处车站上车，并查复督院。简印。遵即录电移札，专马驰往。查深州幸有崔医已往，现请张医即去冀州，以行防检。至禁阻工人及查由何处登车各节，全在两州牧设法。惟两处均不通电，覆信较迟，均乞代禀帅谅宥。陆医已抵定州，合并电闻。署保定知府延龄叩。简。（新正月二十一日下午五钟）

方 伯 来 电

保定正堂延锡兄鉴：简电悉。昨民部派员来津，商办深、冀防疫各事。彭与晤商，已会同卫生局拟定办法四条，呈帅咨部，日内当宣布。崔医赴深，张医赴冀，甚妥。汤监督已购备各药，明后日即回省，可面询一切。帅意推广保定防疫局，兼办畿南一带，借重槃才，望预筹布置。彭。养印。（新正二十二日到）

禀 方 伯 电

天津藩宪钧鉴：电谕敬悉。张医昨购药料，即日专员送深州。复据密委报告，束鹿马庄、卢朱庄亦有疫患，毙命多人。访系与深州朱家庄接壤，致被传染。适黄牧暨崔医均有禀信详述，联合束鹿，办法妥洽。张医挑选新练卫生巡警四人，随同赴冀。药料已备，硫磺、棉衣、银两昨委李令伯举解往，会商王牧，择地设局。乞并代禀帅座。详具墨禀，先此叩复。署保定知府延龄谨电。祃。（正月二十二日）

天津卫生局屈来电

保定防疫局延太守鉴：奉帅札，准外部电，英使称：河间、博野、定州等属疫毙多人，且保定开学在即，学生难免由有疫之区而来者，万一流行京城，实属可虑等语。请速设法，并饬医逐日将情形径电本部等因。到本大臣。准此，除将据保定并定州所禀各村染疫情形已分往防遏，现尚安静，至保定开学之期，已商榷学部展缓一月，再定开学之期电复外，饬局分饬各医，逐日将防疫情形径电外部查照等因。奉此，希贵局分饬各属医官，务将防疫情形逐日径电外部查照，仍分电敝局，以凭呈报而期联络，实于防疫大局有裨。请查照办理为荷。秋漾。（正月二十三日到）

禀外务部电

北京外务部钧鉴：顷奉天津卫生局电开，饬将防疫情形逐日径电外部查照等因。查保定府属之博野县与深州属之安平县境内患疫五村，经西医自十二日前往严重检查消毒，至二十日竣事，仍留委员驻局，随时访查。西医于二十二日驰至定州，开始检查。该处灾情较重，尤须时日。至深、冀两州属有疫之区，已分派崔、张两医官驰往。惟定、深、冀三州均无电报，消息较迟，逐日电达钧部，恐难办到。幸开学停缓，学生尚少来保之人。现已另设学生留验所，合并禀闻。保定防疫局局长延龄叩。漾。（正月二十三日）

禀津卫生局电

天津卫生局宪钧鉴：漾电敬悉。查保属博野、深州属安平两县境内患疫五村，经西医自十二日起检察消毒，至二十日竣事，仍留委员驻局，随时访查。西医于二十二日驰至定州，开始检查。该处灾情较重，尤须时日。至深、冀州有疫之区，分派崔、张两医驰往。惟定、深、冀三州均不通电，逐日电达，恐难办到。幸开学已缓，学生来保无多，已由学司另设留验所。以上情形，均电外部矣。合并电闻。省防疫局局长延龄叩。敬。（正月二十四日）

禀 督 宪 电

天津大帅钧鉴：昨奉札饬，派委知府，仍充保定防疫局局长。所有保定全属并直南一带深、冀、定各州等属有疫地方，均饬知府妥筹办法。即无疫处所，亦须随时查察，以免疏虞等因。祗奉之下，惭惧弥增。惟有遇事禀承藩臬指示，认真进行，用副垂廑之殷。拟俟交卸府篆后，所有局务，应即盖用省城临时防疫局关防，俾资信守。仰恳迅饬颁发，伏候鉴核示遵。署保定知府延龄谨叩。敬。（正月二十四日）

督 宪 电 谕

保定延守：敬电悉。所需防疫局关防，候札饬藩司刊成颁发，以资启用。督院。回印。（二十五日）

禀 大 帅 电

天津大帅钧鉴：叠奉效电、简电，饬转深、冀两州，遵即分委常令赴深。兹据黄牧漾牍内称，自十九日亲往会查，即偕张医官，择灾区适中之丁家庵急为医疗，并用薰洒房屋衣物。未染疫者，亦令如法防遏。计孤城北吐露口狼窝暨接壤束鹿属之马庄、冀州连界之南吐露村，不分畛域，一律检查消毒。因西医缺少，用带去之通关散数百瓶，分布发放。至禁阻工人赴京，分饬阖境警区，声明理由劝阻，并出示晓谕，禁阻北上。原因其工人以木匠为最多，其余手艺营生者亦实不少。若北上火车，多在保定、定州间，有由石家庄买票者各等语。冀州尚无回音，除径电外务部，先此禀闻。署保定知府延龄叩。径。（新正月二十五日发）

禀 方 伯 电

天津藩宪钧鉴：叠奉大帅效电、简电，饬转深、冀两州。遵即分委常令赴深。兹据黄牧漾牍内称，自十九日亲往会查，即偕张医官择灾区适中之丁家庵，急为医疗，并用薰洒房屋衣物。未染疫者，亦令如法防遏。计孤城北吐露口狼窝暨接壤束鹿属之马庄、冀州连界之南吐露村，不分畛域，一律检察消毒。因西医缺少，用带去之通关散数百瓶，分布发放。至禁阻工人赴京，分饬阖境警区；声明理由劝阻，并出示晓谕，禁阻北上。原因其工人以木匠为最多，其余手艺营生者亦实不少。若北上火车，多在保定、定州间，有由石家庄买票者各等语。冀州尚无回音，除电禀帅暨外务部，先此禀闻。署保定知府延龄叩。径。（正月二十五日发）

督宪电谕

保定防疫局延守：顷外部函开，准英使函称，本月十三日保定巡警总局内疫死一人，定州已死七十人，博野亦死四十人，请确查电复等因。查定州前曾禀报疫死约二十余人，博野禀报疫死三十六人，业于二十二日电部在案。核与英使所称人数不符。保定警局疫死一人，未据该守具报。函准前因，有无讹传，仰速查明电复。嗣后并仰该局按日将防疫情形确切具报，以凭考核。督院。有印。（正月二十五日下午十点三十分到）

督宪电谕

保定延守：径电委查情形均悉。仰仍分饬深、冀两州认真防检，晓谕禁阻，以遏疫患而保安宁为要。督院。宥。（正月二十六日五点二刻到）

禀大帅电

天津大帅钧鉴：有电敬悉。窃查正月十三日早六点，保定工巡局探防队黄殿金声称有病，仅一小时猝毙。经中医等验，系虚脱。西医狄丽诊察疑似，即刻迫令，照疫死症用油布裹尸，棺内实灰。其妻哭骂撞头，坚不允许。竭力劝慰，卒如西医法敛讫，立即抬埋，并将其家屋消毒。当时恐该队同伴之七人受染，送入留验院住三日夜，并无情形，各令归队。因舆论佥称疑似，故未具报。又据驻定州专员祺直牧英二十二三四连日报告，查明小辛庄崔姓一家，共死二十名；另王老尚、李计货二名。西柴里村，共死三十三人。李村店五人。城内仓门口剃发匠李洛琢，因自小辛庄受染毙命，传染东街张姓一名。通计六十二名。博野暨深州所属安平，通计五十人。理合禀覆，伏乞鉴核。署保定知府延龄谨叩。宥。（二十六日）

禀外务部电

北京外务部钧鉴：接派往深州委员报告，现在州境丁家庵设防疫分局，计灾区孤城北吐露口狼窝暨接壤束鹿县属之马庄、冀州连界之南吐露村，均经西医严重检查消毒，并分布配制通关散。至禁阻工人赴京，地方官已出告示宣明理由，并责成村正副劝阻。其工人以木匠及他手艺居多，向来北上，多在定州、保定上火车，间有自石家庄买票者各等语。冀州尚无查覆回音。先此电闻。署保定知府延龄叩。径。（正月二十五日）

禀方伯电

天津藩宪钧鉴：昨奉帅电谕开，所需防疫局关防，候札饬藩司刊成颁发，以资启用等因。奉此，敢请迅赐颁发为叩。署保定知府延龄谨禀。宥。（二十六日）

禀 大 帅 电

天津大帅钧鉴：保定车站奉邮传部札，自今日起，南来票车到保停轮，较向日延长十五分，以便从容检验。今日北来早车下午四钟来车两次，检有李玉成、李铭得二人均犯疑似，已送院医治。又栾城属之窦妪车站，因慎重防疫，停售客货各票。余无紧要。遵谕禀闻。署保定知府延龄叩。宥。（二十六日）

禀 大 帅 电

天津大帅钧鉴：顷晨专马回省，赍到冀州王直牧继式牒覆文，称迳准贵府移传督宪效电、箇电等因，准此，查此件前奉督宪札饬，当经代行吏目胡文椿转行南宫等五县遵办，并出示晓谕，访查敝州境内，尚无疫患。惟与深州兼辖之北土路口村民高洛掌，由外回家，传染是症，及其长、三、四女四丁口相继毙命。已请敝州州判孙寿得会同深州州判杨同升，偕崔医官将该家房屋用药消毒薰封，以防传染。敝州公回后，又闻束鹿、冀州同辖之孟家庄亦有染患此症。敝州工人向由高邑趁火车赴京，业经出示严禁等语。伏查该州牧牒覆，未详李家庄、王家庄究竟有无此两村名，及是否有疫。今晨又专员雷令天衢驰往确切详查，并饬陈令凤翔回省。谨此禀闻。再，据深州黄牧查明，该州并无柒两村村名。合并登记，统祈垂鉴。署保定知府延龄叩。沁。（二十七日）

禀邮传部电

北京邮传部钧鉴：保定检疫，责成綦重。现急需在车站东月台上支搭棚房，无碍客货上下，事竣拆去。请钧部俯准，并饬知该站长立候动工。直隶临时防疫局叩。沁。（二十七日）

督 宪 电 谕

保定防疫局延守：沁电悉。深州北吐路口疫毙四人，饬医消毒，以防传染。甚是。孟家村疫患情形若何，速即查报。督院。勘印。（正月二十八日下午五点一刻到）

禀 督 宪 电

天津大帅钧鉴：勘电敬悉。遵查冀州二十四日牒文内称：敝州公回后，又闻束鹿、冀州同辖之孟家庄亦有染患是症者，并云现在捐廉配合丹药，委派分州候补人员带往该庄严加访检等语。同时证以深州黄牧文称，于深、冀、束鹿连界被灾之村庄叙述甚详，兼查崔医官报告暨密委调查束鹿之徐令桐阳禀报单开束境灾区数村内，均无孟家庄之名。是以未敢据原牒全列沁电禀内，并立即添委雷令天衢驰往确查。奉谕前因，合先禀覆，伏乞垂鉴。署保定府延龄叩。勘。（正月二十八日）

禀 方 伯 电

天津藩宪钧鉴：前奉养电，谕与民政部商定四条，尚未奉宣布。请并关防迅赐颁发，俾有遵循而资启用。统候鉴核示复。署保定知府延龄叩。艳。（正月二十九日）

大 帅 电 谕

保定知府速转定州周牧：风闻该州城东大辛庄元光庞村、大洼里东西建阳等村暨城西南李村店，均有疫患，已伤五六百人。如果属实，与该牧所禀疫伤人数大不相符，亟应确切查明，以昭核实。究竟该州有疫村庄共若干处、伤人几何，仰速查实电禀。督院。艳印。（正月二十九日下午六点四十五分到）

禀 大 帅 电

天津大帅钧鉴：艳电敬悉。今午接定州周直牧暨委员祺直牧二十七日会衔移称，城东西柴里等数村，自该州牧在东亭镇设局，经西医陆大夫如法防范，目下各村业已渐次平静。蒙示城西忽村一带有疫，现经敝州复在西忽村毗连之明月店设防疫所，候西医二十七前往医治。东亭镇之局，即行裁撤等因。复查委员祺直牧二十六函称，城东之小辛庄、李村店、城旺等村，经西医消毒已毕，只有西柴里须明日赶办薰消，事后即至城西接查忽村情形。已设局于附近忽村之明月店，借定山西会馆，二十七晚西医已到等语知府。综计定州城东小辛庄、李村店、城旺庄、大王庄、柴里村五处，实共疫毙六十三名，与报纸所载数目大相悬殊，即村庄名亦多不符。兹奉来谕，容再详查禀复，伏乞垂鉴。署保定知府延龄叩。艳。（正月二十九日）

铁路总局来电

保定临时防疫局鉴：兹奉堂谕、沁电，并函均悉。检疫员医，因验疫往来保顺间，应准给免票。惟每票须各填职名，以备查核。希速开示。保站月台搭棚一节，已饬京汉局派养路处会同勘办，希与接洽。如果无碍客货，自应照准，事竣即拆去。铁路总局。艳印。（正月二十九日下午十一点到）

复铁路总局电

北京邮传部铁路总局钧鉴：艳电敬悉。蒙准检疫员医往来顺保免票，容开具职名，另械寄呈。至月台搭棚一节，详筹以工大费距〔巨〕罢议。惟有仍乞饬往来各车，多挂铁棚车一辆，备安置检出有疫或疑似者之用。是为叩祷。保定临时防疫局叩。卅。（正月三十日）

禀 大 帅 电

天津大帅钧鉴：前奉效电，准外务部电开，英使函称，冀州境内王家庄、李家庄、深州境内柴两村，均经染疫等因。当经转移详查，嗣据深州黄牧查明，该州并无柴两村名。知府于沁电禀覆，并声明冀州牒覆未详有无两庄之名在案。兹据驻冀州委员李令伯举禀称，冀境王家庄、李家庄均无疫患，因亲往查勘确实，禀覆稽迟等语。合再禀闻，并请电覆外务部，伏候鉴核。署保定知府延龄叩。卅。（正月三十日）

方 伯 来 电

保定防疫局延守鉴：据深州黄牧分禀请发油衣裤十套、防疫口鼻器十副、硫磺三百斤、棉衣裤三十套，请照发派人送往。彭。卅。（正月三十日十一点三刻到）

禀复方伯电

天津藩宪钧鉴：卅电敬悉。黄牧请发各物，二十七日接到来牍，即日派典史徐寿同押送赴深，并发局费五百两，请宽廑注。又奉批示前呈筹办清折内一二两条，谨即遵照，合并陈明。关防待用，请饬交邮发下，或交卑府津寓，毋任盼祷。署保定知府延龄叩覆。卅。（正月三十日）

禀方伯电

天津藩宪钧鉴：据驻定州祺直牧英函称，二十九偕陆医检察忽村王洛庆家，并非疫症。惟其弟兄相继而毙，恐有遗毒，仍如法薰洗，焚其敝衣，偿值抚恤，并散给药料、浅说、告示等件。村民咸感。现既平静，即撤明月店分局，日内到定州城内检察等语。查深、冀尚未报竣，束鹿仍待设局，需款方殷，请电饬省分银行再行垫支，俾免贻误。容详墨禀。关防祗领，合并陈明，均祈鉴核。署保定知府延龄叩。东。（二月初一日）

方伯来电

保定防疫局延锡兄鉴：束鹿张令办事糊涂，前已札饬禀撤。现在束疫未平，如不得力，万勿姑息。彭。东印。（二月初一日下午二时到）

禀方伯电

天津藩宪钧鉴：东电敬悉。仰见查吏严明，曷胜敬佩！今晨已委刘直牧毓瀛携带款项、硫磺、药水、棉衣等物驰往束鹿县，督同张令择要设局，就近由深境分局请崔、张酌拨一人，在束境内灾区防检。倘张令仍不愧奋，定即遵谕禀撤，以示惩儆。即明日交卸后，亦不敢姑息见好，至于贻误咎戾。先此禀覆。早间请电省分银行，乞赐施行至祷。卑府延龄再叩。东。（初一日下午二时三十分）

禀大帅电

天津大师钧鉴：昨日下午派驻定州委员祺直牧英、郭令甲三、胡令麟学等，偕西医自定州撤局回省，所有该州境内灾区，一律消防完竣。谨电禀闻。深、冀尚待续报，束鹿亦有专员督催设局，从速检查。合并禀明。省防疫局局长知府延龄叩。冬。（二月初二日）

禀方伯电

天津藩宪钧鉴：昨日下午派驻定州委员祺直牧英、郭令甲三、胡令麟学等，偕西医自定州撤局回省，所有该州境内灾区，一律消防完竣。谨电禀闻。深、冀尚待续报，束鹿亦有专员督催设局，从速检查。合并禀明。省防疫局局长卑府延龄叩。冬。（二月初二日）

禀大帅电

天津大帅钧鉴：据密查委员禀告，冀州属武邑县城北岳家庄等十一村，由年前有岳庆祥自东省回籍疫毙，传染约近百人。知府闻信，立派专弁驰往深州，请崔、张、陈三人抽身赴武，从速防遏。缘先去冀州李委员已携款药酌地设局，兹奉臬台交阅武邑俞令良臣通

禀灾情村庄暨伤亡数目较为详细，理合禀闻。省防疫局知府延龄又叩。冬。（二月初二日）

禀方伯电

天津藩宪钧鉴：据密查委员禀告，冀州属武邑县城北岳家庄等十一村，由年前有岳庆祥自东省回籍疫毙，传染约近百人。知府闻信，立派专弁驰往深州，请崔、张、陈三人抽身赴武，从速防遏。缘先去冀州李委员已携款药酌地设局，兹奉法宪交阅武邑俞令良臣通禀灾情村庄暨伤亡数目较为详细，理合禀闻。省防疫局卑府延龄又叩。冬。（二月初二日）

方伯复电

保定防疫局延锡兄鉴：两接东电，均悉。定疫渐平，甚慰。已电分银行接济经费矣。彭。冬印。（二月初二日午到）

民政部防疫局来电

保定藩台鉴：贵省已经发现鼠疫之州县村庄地名及情形，希详查电复。嗣后有无续行发现之处，并希随时电示为盼。民政部防疫局。东印。（二月初二日申刻到）

复民政部防疫局电

北京民政部防疫局鉴：东电敬悉。方伯现已赴津，容由敝局查明有疫州县村庄地名及伤损人口确数，即日函达，俾免错误。先电复。保定防疫局。江。（二月初三日）

禀方伯电

天津藩宪钧鉴：昨夕局绅偕衣会员来寓，以汤监督富礼蓦到车站搀越事权，支配员医，变乱有效之局章，以致西医陆、狄皆欲辞职。伏查帅与民部商订四条，日前甫奉交涉司道会衔行知，因向邮部请发免票，俾医生随车细检，以期周密。今晨邮部发来自保定至顺德免票，均填医名，并饬每次多挂铁棚车一辆，备检出有病人之用。恪遵部章，正在进行，乃汤忽任意指挥，致在事华洋员司哗然求退。虽经卑府善言挽留，咸谓局长无权主持，何以取信外人？且陆医不避艰危，驰驱四州县，防遏十五村，阅三星期之久。狄偕郑、王逐日三次奔驰车站检验，倍极勤劳。此后宁盼无烦陆狄远出，只分任随车检察及车站病院之役。若竟因汤解体，何辞以对民部？又况深、冀、东、武灾势未已，而省局忽变，卑府焦悚无计，据实陈明，伏候示遵，并求谅宥。省防疫局长卑府延龄叩。支。（二月初四日）

禀大帅电

天津大帅钧鉴：昨接派往冀州委员陈令凤翔禀，查明冀属王家庄有东西之分，李家庄有马头官道之别，亲查确均无疫。至深、冀同辖之北土路口高姓伤亡四人，其妻尚病，经医官往治。又据押送款药赴冀之李令伯举禀，赴武邑查得岳家庄等十一村疫灾最重，伤损九十余人属实。已在武设局，请陈医往治。相距百余里，泥淖难行，查复较迟等语。知府查，近自春融，各路皆然，邮递且多迟滞。陈、李二令查复稽迟，尚属可原。合并电闻。省防疫局长知府延龄叩。支。（二月初四日）

禀方伯电

天津藩宪钧鉴：昨派往冀州委员陈令凤翔禀，查明冀属王家庄有东西之分，李家庄有马头官道之别，亲查确均无疫。至深、冀同辖之北土路口高姓伤亡四人，其妻尚病，经张医官往治。又据押送款药赴冀之李令伯举禀，赴武邑查得岳家庄等十一村疫灾最重，伤损九十余人属实。已在武设局，请陈医往治。相距百余里，泥淖难行，查复较迟等语。知府查，近自春融，各路皆然，邮递且多迟滞。陈、李二令查复稽迟，尚属可原。合并电闻。省防疫局长卑府延龄叩。支。（二月初四日）

禀大帅电

天津大帅钧鉴：本日据祁州葛牧龙三禀，该州向系春冬两季药村庙会，为全境命脉所关。春自三月至五月，各省药商云集，奚啻千百。刻下防疫戒备，屈指会期在迩，若概令停罢，大碍商业；若仍听自由聚集人众，违碍防疫，尤属可虞。现与绅董议决，至期照常开会，惟暂停黑龙江、吉、奉、山东有疫四省药商来会一法。应请先行分电该四省商务局，转饬禁阻药商今春毋来祁州会市。其他省分各商，再由知州督绅随时防检，有患飞报省局，拨医施治等语。知府伏查所禀思虑周密，两不相妨，应请宪台据情发电四省督抚，转饬遵照，较为得体。是否有当，伏乞鉴核施行。省防疫局长知府延龄又叩。支。（二月初四日）

方伯来电

保定府防疫局延锡兄鉴：支电悉。汤医官只任施药疗治，并无更改局章之权。防疫责成，专在局长，可饬员司遵照。陆医勤劳可敬，希代致意。福彭。支印。（二月初四日晚十一钟半到）

禀方伯电

天津藩宪钧鉴：覆谕敬悉。遵即宣示，员司感奋维持，众情鼓舞。卑府往见陆医，代达宪谕，陆尤满意。适祁州葛牧禀属境南章村王大夫，因贪利在定州治疫，被染猝毙，同村李洛起亦似患疫。现专员驰往，迫令隔离，候商陆医拨医到祁防遏。幸该州集绅筹设分局，知所当务。又据调查武邑李令禀，偕张医设局诊察深束两境，崔医消检如法，束亦设局，均请宽注。并代禀帅。省防疫局长卑府延龄叩。微。（二月初五日）

大帅电谕

保定防疫局延守：支电悉。所议奉、吉、黑、山东四省药商停赴祁州庙会，已分电知照矣。督院。歌印。（二月初五日下午一点五十分到）

致津卫生局电

天津卫生局宪钧鉴：崔、张两医分往深、冀消防，迭接来函请示月俸数目，乞示遵照发。省防疫局长延龄叩。鱼。（二月初六日）

天津卫生局复电

保定防疫局延太守鉴：鱼电悉。敝处医官月俸，详定百四十两。卫生局。遇。（二月初七日）

禀大帅、藩宪电

天津大帅、藩宪钧鉴：据驻深州委员常令佩纶、李委员兆书初三日禀称，崔医官已将续查出深属狼窝村疫毙九人、孟家庄一人、冀州北土路口疫毙八人、束鹿属木店村疫毙五人、马庄毙三人，又郭西村初死五人、三十日后一人，大营村初死一人、三十日后又二人，中干村一人，均一律严重消毒完竣。初三日以后详查，亦无续报。计深、束及深、冀接壤区域，疫减八九，不至复燃。崔医因接家信，妻病甚亟，已驰回省。黄牧偕州判杨同升仍暂驻局，常令驰赴深属武强、安平、饶阳三县，详查有无疫患等语。谨以禀闻。省防疫局长知府延龄叩。鱼。（二月初六日）

禀藩宪电

天津藩宪钧鉴：本日据安平县薛令初二日禀，北里村人苏月得朔日染疫即毙，致苏洛有夫妇相继均殁，拟即派西医前往消防。又昨代崔、张两医请示卫生局薪俸数目，立候支发，请转卫生局宪电复遵行是祷。省防疫局长卑府延龄叩。阳。（二月初七日）

大帅电谕

保定防疫局延守：查直南防疫事宜，前经札委该守办理；所有河间一带防疫，并责成该守统筹兼顾，使直南全局贯注一律，及早清理。除札行外，仰即遵照。督院。蒸印。（二月初十日下午两钟）

致河间府胡电

河间府胡霖峰仁兄鉴：奉帅电谕，饬敝局兼顾贵治防疫事宜，俟派员到境，祈指示一切为荷。省防疫局弟延龄叩。蒸。（二月初十日）

禀大帅电

天津大帅钧鉴：电谕敬悉。深、冀灾区尚未消弭告竣，时殷焦悚。兹复责成兼顾河间一带，委任愈重，筹备愈难，惟有恪遵历奉钧谕，认真办理。除先电达胡守查照，容即酌添正佐委员，克日分投有疫各该州县确查情形，再行酌调医官、医生等如法防检，不留遗孽，用副保卫民生德意。再，本日祺直牧英偕西医再赴定州、祁州、安平，重行检察有无遗患。合并禀闻，统祈垂鉴。省防疫局长知府延龄叩覆。蒸。（二月初十日）

致京汉铁路局电

京汉铁路局鉴：今日由局请西医陆长乐带同员委，由保赴定州祁、博各处查疫，午后至石家庄。火车过定州站，乞暂停十分钟，以便下车。并祈即分电保定、定州车站为叩。直隶防疫局。蒸。（二月初十日）

京汉铁路局复电

速送直隶防疫局鉴：蒸电敬悉。已饬行车处，饬站照办。京汉局。灰。（二月初十日）

禀大帅电

天津大帅、藩宪钧鉴：昨日祇奉钧札，饬统筹兼顾河间所属地方防疫，将直南疫患迅速一律消弭，以保治安等因。蒙此，遵即酌定添派正佐委员，于十二日分赴河属各处，详确调查，随时报告。兹据再赴定州复查委员祺直牧英报告，查得西柴里村民，果因不听西医隔离之法，致初四日以后续又传染伤亡十余人。现仍设局东亭，重行消检。俟事竣，就近至祁州、安平检查等语。又据武邑俞令及医官委员函禀，报告有疫之村消防过半，合并禀闻。省防疫局长知府延龄叩。文。（二月十二日）

禀大帅、藩宪电

天津大帅、藩宪钧鉴：本日午后，接定州周直牧穌鼐、委员祺英等公函，据称西柴里村续染疫毙之李洛所、王洛座等十名各家房屋十五间，均经陆医严重消毒，焚毁衣物，酌偿价值，并择极贫妇女均给棉衣、银元，量为抚恤。经该州牧亲身弹压，当场散放，众情感悦。详查州境别无疫患，并据商民请照常开行火车，以利交通，请纾钧廑等语。知府查定州停车，原因防疫。今该州疫灾经西医二次消弭，实已肃清。既据商民禀请照常开行火车，已请大帅据情电告邮传部，转饬路局查照。再，员医今日由定赴祁州安平查勘，合并禀闻，统乞鉴核。省防疫局长知府延龄叩。删。（二月十五日）

藩宪电谕

保定防疫局长延锡兄鉴：添拨六千两，已电省分行应付。库款支绌，望撙节动用。汤医官所购药料，祈向取清单，核明付款，一并册报。福彭。删印。（二月十五日下午五钟四十分）

督宪电谕

保定府延守：删电悉。已据情电部并分饬查照矣。督院。铣印。（二月十六日）

禀藩宪电

天津藩宪钧鉴：删电敬悉。已函请汤监督开单，顷接复信称日内抽暇开送，俟送到核明付款。适奉函谕，冀州张医官禀冀境辽阔，调查各员历时久未报告各节。省局前接该医官信后，因知分冀候补人数无多，已札饬运送款药省委王礼恭等四员留冀，帮同分州候补各员分投调查，一面报冀，一面报省，以期捷速，不误检察。并援深州前请，分州候补，由省局加札，酌给津贴，照省委一半，以示鼓励。合并禀覆。省防疫局长延龄叩。铣。（二月十六日）

禀大帅、藩宪电

天津大帅、藩宪钧鉴：祺直牧英偕陆医复查祁州、安平两处被疫各户，严重消防竣事，昨夕回省。仍留委员一人监视，用灰封墓。据称归途取道博野，查访民情安帖，决无遗患。复据张医官报告，武邑灾区检查消毒将竣，日内驰至束鹿，帮同崔医官防检。俟肃清后，即赴交河，先令陈医官往查。又据派去肃宁委员等禀，肃境近日无疫。其与河间县兼辖桥城铺一村，自正月以后，未见续患情形。询诸官绅，均无异词。已遵饬检察曾被疫各户，严重消毒，以杜萌蘖。现赴献县详查各等语。理合禀慰垂廑，统乞鉴核。省防疫局长延龄叩。效。(二月十九日)

禀 大 帅 电

天津大帅钧鉴：窃查迭奉司道札开，以奉宪札督饬有疫地方，依限于三月初五日奉省开会研究以前，一律肃清具报等因。蒙此，遵已飞札转饬派出员医在案。近查深、冀、定三州暨所属，迭据正佐委员报告，或消防已完，或原未发现，间有寻常疾病，民情均极安谧。又查保属有疫数州县情事相同，既据现在情形，自应另派实任官员，分投履勘，以照核实而示郑重。查保定河盐同知、水利通判公事清简，拟请俯赐电饬现署同知王其鑫、本任通判徐鸿逵二员分投驰往，再行详查，并交谕各地方官妥筹善后，永杜疫萌，似于防务不无裨益。所需夫马川资，由局酌发，不令扰及地方，亦免该员等赔累。是否有当，伏乞鉴核施行，实为公便。再，此电因官线不通，改由商局寄递，合并声明。省防疫局局长知府延龄叩。箇。(二月二十一日)

京汉铁路局来电

转保定临时防疫局总办鉴：前奉民政部咨请邮传部，北上火车停驻保定，时间太促，拟酌延一二小时，以便验疫等因。当经饬站，北上票车经过保定，改停五十分钟，并禀部在案。现闻贵局派员随车验疫不顺，停车检验，而北上票车到保仍停五十分钟，未免废时，且搭客到京太晚，诸多不便。现在敝局拟仍照旧章，票车到保，只停十四分钟，以便行旅。未知与贵局验疫有无窒碍，请即电覆为盼。京汉局。箇。(二月二十一日下午十一点)

覆京汉铁路局电

京汉铁路局鉴：箇电悉。现经敝局陆西医自定、祁各处查疫回省，报称保定以南无疫，贵局拟北上火车到保照章停十四分钟，似可照办。省防疫局谨覆。养。(二月二十二日)

督 宪 电 谕

保定延守：前以河间所属地方防疫事宜，札饬该守兼办在案。顷准邮部电开，据保定临时防疫局洋医陵长乐面称，现在保定防疫近已净尽，该局可撤，移办河间防疫事，尤为合宜等因。除电复外，仰即查照酌办具复。督院。箇印。(二月二十一日)

禀 大 帅 电

天津大帅钧鉴：箇电敬悉。昨禀请饬王丞等再行调查各处灾区，拟俟勘验详确、具报肃清，酌定撤局。陆医赴京时，曾与面商日内停检火车，均出西医分赴河间各属，且查且防，似省周折。惟尚有远处数州县未据委员报告，且恐东省禁阻小工，难保此时潜回，不容遽形疏懈。谨将现筹办法禀覆，统乞鉴核示遵。省防疫局局长知府延龄叩。祃。(二月二

十二日上午十一钟)

大 帅 电 谕

保定延守：祃电悉。火车停检，均出西医分赴河间各属，且查且防，办法甚妥。已分饬司道局查照矣。督院。养印。（二月二十二日）

禀 藩 宪 电

天津藩宪钧鉴：近查武邑、束鹿疫灾，经崔、张、陈三医先后协同消灭。该医等已赴交河一带，拟再派实任官员往查。可否俯准转饬署盐捕同知王其鑫、水利通判徐鸿逵分驰深、定、冀及祁、满、博、安勘验，并嘱各地方官预筹善后，永杜疫萌，以示郑重。川资由局酌发。现拟自明日车站及随车均停检，郑、张医分赴河间各属，且查且防，以期迅速，且报肃清。谨此禀闻，并候鉴核示遵。省防疫局局长卑府延龄叩。漾。（二月二十三日下午两钟）

交涉司宪来电

保定府临时防疫局延太尊鉴：奉院札，奉省现派英医慕大夫来滦州、昌黎、开平、北戴河、天津、保定各处调查疫气等因。探知慕大夫已到山海关，俟至保定，请派员医随时接洽，将消灭情形详细告明为要。克敏。敬印。（二月二十四日）

藩 宪 电 谕

保定防疫局延锡兄鉴：畿南各属疫气已平，至慰。望于三月初五日前赶报肃清，王丞徐倅照派复查，川资酌发十六两，切勿收受供应。彭。敬印。（二月二十四日下午二钟三十分到）

禀 藩 宪 电

天津藩宪钧鉴：敬电谨悉。遵即抄电移会王丞徐倅，束装克日起程，分往卑府，拟二十六日来津，面禀善后，请示机宜，赶即回省。合并禀闻。省防疫局局长延龄叩。敬。（二月二十四日下午六钟）

禀 交 涉 司 宪 电

天津交涉司宪钧鉴：敬电谨悉。昨奉帅札，已饬接待所委员预备一切。兹奉前因，俟慕医到保遵办。卑府拟二十六日来津，面禀善后，合并禀闻。省防疫局局长延龄叩。敬。（二月二十四日六钟）

藩 宪 电 谕

保定防疫局鉴：蠡县大百尺村似系患疫，祈派西医迅赴该处严重消毒，务宜早日肃清。东省慕大夫来保调查时，祈属陆大夫等善为说辞。事关小民出关生计，想悉鄙意，并望见复。福彭。有印。（二月二十六日下午三钟）

禀 藩 宪 电

天津藩宪凌鉴：据蠡县电话禀，大百尺村已于念六日由派去郑、张两西医，将孔、

冯、刘姓房屋如法消毒。据报前死之人，均非染疫。延局长在津，乞饬知。省防疫局叩。（二月二十七日九钟）

禀大帅、藩宪电

天津大帅、藩宪钧鉴：昨奉温谕，弥切愧悚。遵于即晨回保定。惟慕医未偕行，此间已于接待所预备，陆医亦在车站候迎，而慕竟未到。拟请饬卫生局查询该医行止，并先电知。其蠡县大百尺村孔、冯、刘姓房屋，已经西医消毒完竣，查非疫症。余处亦均安静。合并禀闻。省防疫局长卑知府延龄叩。俭。（二月二十八日下午六钟）

禀藩宪电

天津藩宪钧鉴：束鹿灾区消防渐竣，日来未据续报疫毙。新任宋令到津，请饬迅速前往任事，俾筹善后，裨益匪浅。慕医早车仍未见到，并闻。省防疫局长卑府延龄叩。范。（二月二十九日下午）

藩宪电谕

保定防疫局鉴：范电悉。慕医昨由丰台赴保，想已接晤。彭。东。（三月初一日上午十一钟）

禀藩宪电

天津藩宪钧鉴：东电敬悉。今晨陆医偕慕医到局，谈询各处消防检查情形。慕云，已闻陆详告一切。即陆未亲到地方，亦深信崔、张诸医必能如法。并问最近日间有无警报。答以最近三日前，蠡县猝毙数人，经西医验明非疫，亦为消毒。其余疫区，旬余安静。慕云，似此可以无虑。惟天气日暖，恐变恶核，亦不可遽疏防范。且祁州药材大会，尤须善防等语。当留晚餐，以表欢迎。慕以期紧事忙面谢，即日下午仍返丰台，明日由津赴德州，欢欣辞去。谨电禀闻，乞转禀帅。省防疫局长卑府延龄叩。东。（三月初一日下午一钟三十分）

禀大帅电

天津大帅钧鉴：本日据王丞其鑫自祁、博、蠡、满回省，据称查勘以上四县，疫气消灭，地方安静，民情熨贴。刻值春耕，欣沾好雨。请由局代禀。又据徐倅鸿逵函称，深、冀、定三州及武邑、束鹿、安平三县疫灾，均经先后消防完竣，地方亦极安谧。因二十九日雨阻，先发专马，驰函布慰，请先代禀各等情。知府伏查各处疫灾消弭无患，迭于五日前据员医等报告在案。兹据王丞等复查属实，理合专电禀闻，用纾垂廑。可否据情电达京部，依限肃清，伏候鉴核施行。省防疫局长知府延龄叩。冬。（三月初二日下午九钟十五分）

禀藩宪电

天津藩宪钧鉴：本日据王丞其鑫自祁、博、蠡、满回省，据称查勘以上四县，疫气消灭，地方安静，民情熨贴。刻值春耕，欣沾好雨。请由局代禀。又据徐倅鸿逵函称，深、冀、定三州及武邑、束鹿、安平三县疫灾，均经先后消防完竣，地方亦极安谧。因二十九日雨阻，先发专马，驰函布慰，请先代禀各等情。卑府伏查各处疫灾消弭无患，迭于五日前据员医等报告在案。兹据王丞等复查属实，理合专电禀闻，用纾垂厪。省防疫局长卑府延龄叩。冬（三月初二日）。

魏委员等来电

保定防疫局宪鉴：发禀后，常、王到。王由肃回省，常携款返献。河间事竣，郑、张往宁津。撎煦叩。（三月初五日）

致河间府胡电

河间府胡太尊鉴：顷接敝局魏委员等电具悉。祈转饬赵委员，宜速赴宁津，俟事竣取道肃宁，将被疫灾户消防并乞饬魏县丞回省是荷。省防疫局叩。微。（三月初五日）

藩宪禀大帅电

天津大帅钧鉴：顷据延守禀称，各路疫灾，先后据印委暨员医报告，于二月十五、二十、二十五等日肃清。嗣据覆查之王丞其鑫、徐倅鸿逵等详查，定、深、冀三州本境暨深属安平、冀属武邑及保属满城、祁州、博野、束鹿等处，通共被灾大小六十八村庄，均经省局员医检查消毒，酌给抚恤，疫毙坟墓依法用灰封密。旬余以来，并无再有传染，实系一律肃境。现拟十五日撤局等情。禀请到司，本司覆查无异，合先电陈，可否准予奏咨，伏候钧裁。本司福彭叩。文。（三月十二日）

大帅覆藩宪电

保定凌藩台鉴：文电悉。保、深、冀、定等属疫已消尽，据印委医员先后报告，并据派员复查，实系一律肃清。所有省城防疫局即可收束，暂行遴留医官数员，以善其后，希饬遵照。正在译发间，接据交涉司卫生局禀称，直隶全省疫已肃清，并将各州县疫气消弭日表呈送前来，当即一并据情奏咨，续再行知。龙。文印。（三月十三日晚到）

藩宪致卫生局电

天津卫生局屈观察鉴：省局撤销，帅饬遴留医官数员，以善其后。前据官绅呈请归并旧官药局，改设卫生医院，经弟批准。惟以款绌，非力求撙节，不能持久。恳求尊处代选合格西医正副二人，月薪共百金以内。经已详帅，望先赐复，余俟函详。福彭叩。啸。（三月十八日）

卫生局覆藩宪电

保定凌藩台鉴：啸电属选医赴保，自当遵办。惟现在乏人，俟敝局医员杜归，即派往。谨先电闻，容函详。秋叩。效。（三月十九日）

防疫纪实卷二

列宪札批 *

藩 宪 札

为札委事。照得省城现设防疫会，应派该府为该会提调，以资调度。合亟札委。札到，该府立即遵照，不时到会，妥为办理，毋得贻误。切切此札。(宣统二年十二月二十八日奉到)

交 涉 司 宪 札

为札饬事。案奉督宪札开，十二月二十五日，据保定府延守电禀，二十二日奉两司谕筹防疫办法，遵即由府县会同工巡总局出示晓谕，条列防制之法。昨复饬县约集各会绅董，仿照天津防疫会，迅速布置一切，并倩西医配制消毒药水，以杜隐患。幸保定城内尚无发现疫症情形，堪纾钧廑。正拟电禀间，顷午奉民政部电开，据日使函称旅保日人共筹防疫事宜等语，饬即迅速布置，并将该教习等妥为照料等谕。窃思保定非商埠可比，防疫为地方官责任，未便联合外人，当将现在办法电复在案。所有筹备防疫情形，合行禀闻等情。据此，当以防疫办法，由该府县会局晓谕，集绅布置，并倩西医配药消毒，防患未然，办理尚合。该府城内虽未现疫症情形，而旅保日人既经函达民政部，尤须将防疫事宜加意筹备，以免外人籍口。满城疫患，即饬设法消弭。仍将办理情形随时电禀等因，电复在案。札到，该司即便查照等因。奉此，除分咨外，合亟札饬。札到，该府即便遵照，将筹办防疫情形随时具报，勿延。切切。此札。(宣统三年正月初三日奉到)

交 涉 司 宪 札

为札饬事。案奉督宪札开，十二月二十三日，据保定凌藩司电禀，据延守查复，满城确有疫症，但病人系马医，从东省来，以致传染。现饬西医携药前往遍洒。该处距省仅四十里，当属绅董设检疫所、养病室，防患未然。尚未据报成立，合先禀复等情到本大臣。据此，合行札饬。札到，该司即便遵照等因。奉此，除分咨外，合行札饬。札到，该府即便遵照，将筹办防疫情形随时具报，勿延。此札。(正月初三日奉到)

交 涉 司 宪 札

为札饬事。照得本署司奉督宪札开，宣统二年十二月二十九日，据凌藩司、齐臬司电称，满城汤村疫气未净，现商郎镇派队前往围扎，禁绝往来，并相机办理防疫各事，以防枝蔓，伏候示遵等情到院。当以满城汤村疫气未净，应将有疫地方酌量派拨兵队，遮断其一部分之交通，候电饬郎统带遵照。惟防疫固当认真，而民情尤宜体察。希即转饬该县剀切晓谕，劝导绅民，会同妥慎办理，毋稍操切病民，是为至要等因。电饬该司等在案。合行札饬。札到，该司即便查照等因。奉此，合行札饬。札到，该府即便遵照，转饬该县妥慎办理，随时具报。此札。（正月十一日奉到）

督 宪 札

为札饬事。宣统三年正月十二日，准山东抚院电开，东省渐有疫症，亟须防检。现禁止本年泰山香会，以免人多传染。直、豫人赶香会者甚多，请饬邻近各州县出示晓谕，切勿空劳往返是祷等因到本大臣。准此，除分行外，合行札饬。札到，该府即便查照办理。此札。（正月十四日奉到。正月二十一日又奉海关道宪札，均与前同）

督 宪 札

为札饬事。照得保民之道，除患为先。年前关外瘟疫流行，蔓延渐及内地。叠次钦奉电旨，饬令认真防范，亟应切实筹办，用以宣上德而重民生。业经本大臣檄饬交涉司津海关道卫生局会同妥拟章程，遴派医员，分投举办。在关外，则严密杜遏，以绝疫气之流传；在内地，则先事防维，以免疫气之萌蘖。计自筹办防疫以来，直境地方均尚安善。惟各属亦有自关外回籍染疫之人，如天津、永平、满城、博野、东光等处，皆不免偶尔发现。据医生确实查明，随时禀报，已饬设法消弭，现亦渐就平静。因直省辖境辽阔，居户殷繁，疫气发生无定，必须思患预防一体，由地方官邀同本地士绅随时留意查察，并将防疫治疫方法晓谕民间，乃可有备无患。查卫生局所拟预防染疫方法，前经核饬遵办，尚属简要，应饬各地方官劝导办理。凡该管境内遇有急病传染多人者，务须随时电禀，毋稍隐匿。署东光县张令徵乾禀呈救疫丹一方，据该令在于东光地方施行有效，应饬各地方官酌量配制，对症施送，以备不虞。除分行外，合行札饬。札到，该府即便转饬遵照。各属无论有疫无疫，一体先事防备，庶免潜滋灾沴，致损民生。仍饬妥善劝导，弗稍扰累，以洽民情，是为至要。切切。特札 正月十四日奉到，正月二十一日又奉海关道宪札，二十五日又奉 巡警道 宪 二月初十日又奉藩宪札，均与前同 卫生局 交涉司

札，计抄预防传染疫病方法、救疫丹药方。（均详第三卷）

藩 宪 札

为札饬事。照得本司呈详筹改省城防疫会为防疫局，并请派局长、副局长及提调各员，兼将防疫章程呈明立案各缘由，除俟奉到督宪批示另行饬遵外，合行抄详札饬。札到，该局立即查照。此札。（正月十五日奉到）

计粘抄详一纸：

为详请事。窃查东三省鼠疫流行，势渐入关。当于省城设立防疫会，自上年十二月二十七日仓猝成立，事系初创，经官绅集议筹拟章程规则，公推本司为会长，余为会员；复由本司札委保定府清苑县为正副提调。自开办迄今，逐将先期筹商、组织立会暨旬日以来省城安静如常，及查明满城属汤村、孟村、博野属程委等五村先后因疫毙命人数，均经署保定府延守随时电禀帅座在案。自开会日起，由本司并饬直隶省分银行先后拨垫款项，复饬延守商聘中西医士购觅药材，并谕工巡总局加添除秽车辆、人夫，除西门外车站已设检

验所、养病室、隔离病室，现复于东门外八蜡庙为奉派之崔、张两医另设检查所一处。所有应办各项事宜，渐次就绪。其满城、博野两处有疫之家，皆派委妥为赈抚，按户分给钱米盐菜，以资日用。薰洗之后，由官给予棉衣裤各一套，以资御寒，费用略多。然推广皇仁，民知感戴。惟查近日京师设立防疫局，由民政部奏派，以外城厅厅丞充该局局长，以内城厅厅丞副之。由该局长等督率在事人员，遵守定章，分科办事，以收统一灵敏之效。省城似应援照部章，改防疫会为防疫局，即以署保定府知府延龄充该局局长，以工巡总局局长崔廷魁充该局副局长，以清苑县知县吕调元充该局提调，仍暂以文学馆为该局办公之所。由该局长等督率在事人员，恪守定章，专心从事，于地方行政事务亦有联络策应之功。此局专为临时防疫而设，应由本司监督办理。将来防疫事竣，即将该局裁撤。届时本司察看情形，再行禀办。至局内聘用医生俸薪、抚恤各项经费，拟仿照天津章程酌核办理。此外附近保定各属地方，由本司再行通饬，详加查访有无患疫情形，随时禀报，以照慎重。连日本司率同府县巡局暨在会绅董，一再筹商，意见相同。所有筹改省城防疫会为防疫局并请派局长、副局长及提调各员，兼将办理防疫章程呈明立案各缘由，是否有当，拟合详请宪台鉴核，俯赐批示祗遵。再，防疫局需款不赀，拟先由本司筹拨库平银一万两。日后如有不敷，再行酌量续拨，以资应用。应请作正开销，统祈垂察，分别咨部立案，实为公便。为此备由具详，伏乞照详施行。

计呈办理防疫章程清折各一扣。

呈　　院

交涉使宪札

为札饬事。照得本署司案奉督宪札开，准外务部电开，英馆德医官报告，天津防疫院死于疫者已二十一人，外间亦有传染。保定府死五人。富春桥有某姓家，由满洲传染来保，死三十人等语。希饬属详查，严为防范等因。准此，合行札饬。札到，该司即便查照，迅速详查具报，仍认真防范为要等因。奉此，合行札饬。札到，该府即便遵照确实查明，克日具报，以凭核详。切切。此札。（正月十五日奉到，二月初十日又奉藩宪札，与前同）

学　宪　札

为札饬事。案照东省鼠疫流行入关，津、保、河间、遵、永、定州、冀州所属各地，多被传染。现届开学，远道学生深虞带疫而来，或致传播。业蒙督宪电达学部，津保各校暂缓一个月开学。一面组织验疫所，凡校员学生来者，不得入校，先令在所由医士按日验视，实系无疫，出具证书，始可到堂。其相距较近各生，应准暂回。届开学时，先期到保验视入堂。所有防疫留验等事，兹由本司遴派候补同知王丞大成、候补知县何令盛林、第二师范学堂监督刘绅续曾、补习学堂堂长张绅良弼，会同各堂办理，并由司垫发银一千两，交王丞带往，藉资应用。清苑劝学总董张绅国浚并饬帮同办理防疫事宜，以资得力。除分行外，合行札知。札到，并即查照。特札。（正月二十一日奉到）

督　宪　札

为札饬事。案查保定设有防疫专局，事务殷繁，必须特派专员综理其事。查有卸署保定府延守龄，前在任内办理防疫，尚属认真，应即派委该员仍充该局局长，以资熟手而专责成。所有保定全属并直南一带深、冀、定各州等属有疫地方，均饬令该员妥筹办法。即无疫处所，亦须随时查察，以免疏虞。月给薪水银二百两、夫马银一百两，以资办公。由藩司于保定防疫经费内开支。其前派查疫之闵道荣爵，应即销差。除分行外，合亟札饬。札到，该员即便遵照。此札。（正月二十三日奉到）

详　覆

交涉司宪遵饬查明保定府并无因疫病死伍人及无富春桥地名文，奉批：据详已悉。缴。（正月二十四日奉到）

督　宪　札

为札饬事。正月二十二日准军机处电开，奉旨：东三省时疫流行，地方官防范不密，以致蔓延关内。直隶、山东两省先后传染，日毙多人。朝廷殊深悯恻，迭经严饬民政部暨各该省督抚设法消弭，以重民命。现在哈尔滨等处成效渐著，日见轻减。著民政部、东三省、直隶、山东各督抚令各属赶速清理，务期早日扑灭，勿稍玩延。钦此。合行恭录札饬。札到，该局即便钦遵查照，迅将已报有疫地方作速切实消弭，克日详晰具报，毋稍玩延。切切。特札。（正月二十四日奉到，二月初三日又奉交涉司宪札，初十日又奉藩宪札，均与前同）

交涉司宪札

为札饬事。案查本署司具禀督宪声报天津因疫病故人数并他处染疫情形一案，奉批：禀折均悉。天津患疫伤人实数暨日来渐已平静、可无庸在站验行各情，候电复邮传部酌核办理。京奉路局来电，现议由榆至京，一律开车，经该司与屈道核议，关内各站无留验之所，医员亦不敷分布，应仍照前定办法，以奉天官差及西伯利亚来客为限。候电请邮传部核饬路局照办。祁、定交界各处已有布置，自可从缓派医前往。延守电即发还，仰即照收抄由批发，折存等因。奉此，合行抄录禀折札饬。札到，该守即便遵照。此札。（正月二十五日奉到）

计抄原禀并因疫病故人数一纸：

敬禀者：顷准京奉路局卢守祖华电开，顷接局长电开，榆奉业已通车，现在外部提议由榆至京一律开车，本部堂宪亦有推广之谕，自应妥议办法，以利交通。现又与外部商定，关内各站本系无疫之地，东省官差已准乘车，关内各站官差往来者实亦不少，自应一律准令售票，以利遄行等因，相应请尊处电知各医生办理等因。查关内永平、滦州、昌黎等处，均有染疫，现正力事消弭防范加严之际。若由关至京，准京差来往，不惟各站无留验之所，即使赶造，至少亦须数星期。且挨站设所，医员亦不敷分布。况天津、保定、河间等处疫患蔓延，现经四出防查，尚拟酌断交通。若推行火车，则官差往来关京，防遏无由，为患滋巨，拟请大帅电商邮传部，仍照前定办法，以奉天官差及西比利亚来客为限，庶易于考察，不致前功尽弃。一俟疫气稍平，再行随时禀明大帅核夺办理。专肃具禀，恭叩钧安。职道水谨禀。

大帅钧鉴：敬禀者。晨间由洪道交下邮传部来电一件，遵查天津自上年十二月二十八日至本月十二日半月以来，因疫病故，共男女二十四口、医官一员，开列清折呈览。又大直沽村自二十五日至十二日，共死十五人。因医生尚未报告，不知姓名，故未列折内。查天津传染多在城西，现因防范周密，日来已渐平静。所拟在津新旧两站查验一节，似可从缓。且京奉火车，卫生局本有医生随车查验，自无庸在站验行。是否有当，乞宪核电复。又屈道手折一扣，经商署司，意见相同，应请核电。又保定延守来电一件，现在满城疫气渐平，崔、张两医改赴祁、定交界各处，已有布置，似可缓派医往矣。肃禀恭叩钧安。署司谨禀。（十三日）

今将染疫病故人数缮具清折，送请鉴核。

计开：

十二月二十八日，王周氏（住如意庵）一口。

正月初三日，沈祖印（住古皇庵）四口。

初四日又一口。

初七日又二口。

初五日，杨张氏（住侯家后三德轩）一口。

初六日，王陆氏（住堤头姜家胡同）一口，高孙氏（住又）一口。

初八日，张金来（住西沽秦家胡同）一口。

初九日，王鹤林（住四美当后）一口，王福（住锦衣卫桥）一口。

初十日，李桂（住侯家后）一口，李张氏（住河东小王庄）一口。

十一日，王郑氏（住西沽）一口，王郑氏之妹一口，高玉山（住毛家夥庵）一口。

十二日，刘玉廷（住堤头刘家胡同）一口，王锦荣（住姜家胡同）一口，杨于氏（住西沽）一口。

防疫医院患疫病故人数：

十二月二十八日，杨姜氏一口。

初二日，何维珍一口。

初三日，王云九一口，王连子一口。

初四日，王四姑一口。

初五日，王周氏一口。

初七日，裴义珍（本司医官）一口。

督　宪　札

为札饬事。照得关外鼠疫流行，蔓延渐及内地，防范消弭，均关紧要。前经本大臣将防疫救疫各方法通行各属一体遵办在案。惟防疫为保卫要政，必须设立专局，切实筹办，以期早消疫患，杜绝蔓延。各属有疫地方，业据天津卫生局、保定防疫局分派医员前往，设法疗治，并施行消毒清洁及遮断交通各法。应由各府厅直隶州在于城治或附近有疫区域，择定闲房空庙，筹设防疫局一所，即以各该守牧为局长，转饬所属，督同巡警，邀集士绅，协力妥真筹办。凡查验疗治暨消弭疫菌、防禁传染诸事宜，均应切实施行，毋得稍涉疏忽。其各属无疫地方，亦应预事筹备，并懔遵前札，随时留意查察，毋令潜滋灾沴。事关保卫民生，均亟认真办理。除分行外，合行札饬。札到，该府即便遵办，克日具报。此札。（正月二十五日奉到，二月初五日又奉巡警道、交涉司、海关道、卫生局宪札，与前同）

交涉司宪札

为札饬事。照得本署司奉督宪批：据该府禀省城办理临时防疫情形暨遵札转饬所属预防一案，奉批：据禀已悉。仰交涉司会同卫生局查核，并饬该守随时查察，妥办具报等因。奉此，查此案未据分禀到司，无从查核，应即补禀备案，合行札饬。札到，该府即便遵照。此札。（正月二十七日奉到）

藩 宪 札

为札发事。宣统三年正月二十六日，蒙督宪陈札开：照得保定省城前设临时防疫局，系以保定府为局长。现在延守已卸署篆，经本大臣檄委该守仍充保定省城防疫局局长，以资熟手，应即刊刻关防一颗，文曰"省城临时防疫局关防"，由司遵照刊成，札发启用，俾资信守。合行札饬。札到，该司即便遵照。此札等因。蒙此，遵将关防刊刻，合行札发。札到，该守立即遵照查收启用具报。此札。（正月三十日奉到）

计发关防一颗。

巡警道、交涉司、海关道、卫生局宪札

为札饬事。本年正月二十四日，奉督宪札开：前准外务部来电，以深、冀两州有疫，请禁阻该处工人来京，或严行查验，径与民政部妥商办法等因。旋准民政部派唐部郎来津商订办法，并经本大臣电达民政部在案。查长幸〔辛〕店、卢沟桥设立检验隔离所，及展长保定停车钟点各事，业由本大臣咨明各部院衙门查照核办。其保定防疫局在保定车站实行检验，暨责成各地方官择要设所，检查取缔客店，派员如法消毒，并饬淮军中路统带拨队分扎有疫地方，遮断交通，俾无疫之村不再传染各事由，应由该局转饬保定防疫局及各该管官认真办理。除分行外，合将所拟办法各条抄录札饬。札局，即便查照。此札。计粘抄件等因。奉此，复于二十六日奉督宪札开：顷准民政部电开：养电悉。现咨由提署于京城关厢实行检验步行来京之人，顺天府在长幸〔辛〕店设检疫所，检查火车旅客。余三条办法甚妥，希即饬办等因到本大臣。准此，查此案前准民政部派唐部郎来津商订各条办法，业已抄录通饬查照在案。兹准前因，合再札饬。札局，即便办理具报等因。奉此，合行抄录商订办法四条札饬。札到，该局即便遵照，并分饬各该管官认真办理，仍随时具报，以凭呈报。此札。（二月初一日奉到，二月初五又奉藩宪札，与前同）

计粘抄件：

一、拟请民政部会同步军统领衙门、顺天府，在长辛店择扼要地方设立检验所、隔离所两处，专为查察搭火车来京客旅。并在卢沟桥设立检验、隔离两所，查察旅店牛马骡车或小车及步行过路北来之人。

二、保定防疫局即在保定车站实行检验。如查搭客有染疫者，即送往医院。倘疑似患疫者，送隔离所留验。惟车过保定，停车时间甚短，殊难详加检验。拟请民政部与邮传部商时，将保定停车时间展长至一两点钟。

三、由南北来之人，在穷苦小民，多系步行。拟即责成各地方官，在沿路通行道旁，择要设立检验所，随时查察，并于驿站有客店地方认真取缔，以期不稍疏漏。并令各地方官，将逐日查验情形报告保定防疫局，便于考查。

四、凡有染疫村庄，除由保定防疫局派员前往如法消毒外，并即责成淮军中路统带拨派兵队，分扎各该有疫地方，遮断交通，俾毗连无疫之村不致再受传染。

藩 宪 札

为札发事。准顺直咨议局送到天津防疫会传单，除于另案通饬内附发各州县外，合行札发。札到，该局即便查收，酌量分送阅看。此札。(二月初四日奉到)

计发传单九千张。

藩 宪 札

为札饬事。宣统三年正月二十八日，蒙督宪陈札开：照得本大臣于本年正月二十五日，将援案续请防疫款项一事电请军机处代奏在案。兹于正月二十六日承准军机大臣电开，洪奉旨：陈电奏直省防疫需用浩繁，援案请饬部由大清、交通两银行息借银三十万两，并请归入江皖赈捐案内展期推广劝捐归还等语。着该部议奏。钦此。枢宥等因到本大臣。承准此，除咨行外，合行恭录札饬。札到，该司即便钦遵查照。此札。计抄电奏等因到司。蒙此，合亟札饬。札到，该局正副局长即便查照。此札。(二月初五日奉到)

计粘抄电奏一纸：

军机处钧鉴：辰密。窃直省筹办防疫，需用浩烦〔繁〕，前经奏蒙恩准在津海关税款项下拨银十万两。嗣因防疫地方增多，原请款项不敷，奏明随时筹拨，作正开销，并蒙俞允。仰见朝廷惠爱群黎，注重保卫，钦感莫名。查关外鼠疫流行，叠奉谕旨严防传染。月余以来，各处筹备，凡建设病院及留验、隔离处所，添用华洋医员，觅购药品器具，制备衣粮，安抚行旅，疫情较重民户，则焚其屋宇，优给偿金，由东抵关小工，则恤其饥寒，给赏留遣，种种用项，浩穰不赀。计天津、保定、榆关等处，已拨用经费二十余万两。幸以防范认真，检查严密，不致传播为患。其关外未断交通以前，因小工由东回籍传染疫症，计有十余州县。分途防检，设法消弭，縻费不可臆计。目前疫气渐平，而辖境辽阔，疫所由生，无可踪迹。为思患预防之计，则筹备亦须稍宽。值此库帑支绌，骤添此意外用款，计穷力竭，挹注无方。查东三省以防疫款巨，由该督电请先由大清、交通各银行拨借应用，随后归于江皖赈捐案内展期劝募归还，奏明有案。直隶为畿辅重地，防疫需款紧要，相应援案，仰恳天恩俯准，敕下度支部、邮传部，转饬该银行，共息借银三十万两，以济急需，并请敕下江皖筹赈大臣盛宣怀，归入江皖赈捐案内展期推广，劝捐归还。谨请代奏，请旨遵行。某某叩。有印。

藩 宪 札

为札饬事。宣统三年正月二十七日，蒙督宪陈札开：为札饬事。顷准民政部电开，养电悉。现咨由提署于京城关厢实行检验步行来京之人；顺天府在长辛店设检疫所，检查火车旅客。余三条办法甚妥，希即饬办等因到本大臣。准此，查此案前准民政部派唐部郎来津商订各条办法，业已抄录，通饬查照在案。兹准前因，合再札饬。札到，该司即便办理具报。此札等因到司。蒙此，查此案前蒙督宪札行到司，业经分别移行在案。兹蒙前因，合亟札饬。札到，该局正副长即便查照前札办理。此札。(二月初五日奉到)

藩　宪　札

为札饬事。据署深州黄直牧会同委员常令佩纶禀称：窃卑职佩纶接奉保定府札委，以奉督宪效电，准外部电开英使照称，冀州境内王家庄、李家庄、深州境内柒两村，均经染疫，请禁阻工人来京，或严行查禁等语。究竟是何情形、如何防治，作速查明电禀，令即前往会同核办禀覆等因。蒙此，遵即束装起程，于正月二十三日未刻驰抵深州，会同卑职国瑄，查得深州境内并无柒两村村名。惟患疫者，现在不止一村。自去年腊底，有束鹿之卢朱庄人宗玉正自东省回家，因疫而殁，是为染疫之始。当初不知为疫，亲朋吊慰，互相往来，遂至辗转传染，蔓延卑州之朱家庄、孤城村、琅窝村、耿家尚家各庄、西阳台、冀州之吐露口、束鹿之马庄、磨店等处。维时卑职国瑄正值赴省公出，闻信赶回，会同奉派之崔医官凤鸣、李委员兆书亲诣往查，即寓于各村适中之丁家庵，以便就近照料。因查此症传染极易，防治之法必须同时并举，方免顾此失彼。当经禀请添派卑州州判杨同升、优贡知县夏辛铭、候选县丞鲍一麐帮办防疫事宜，俾得兼顾并营。并因事繁势急，邀请该三员先行到差，分投驰往各村，切实备办。先从调查入手，令各家遍撒石灰。遇有病人，速给医药。凡有因疫身死者，将其房屋洒以药水，熏以硫磺，粘贴封条，锁固七日。其常用之衣服什物破烂者，酌给估价，付之一炬。如其家属砭吝，不愿遵办，亦必遍为熏洒，务去其毒。每村审择洁净房间二处，分设男女澡盆，雇备男女仆役。凡有曾侍病人及曾因疫死之家中各人，皆令分别沐浴，另备净室供给饮食，留住七日，方准回家。一面出示谕禁，凡因疫身死之家，如与别村有亲戚友谊，暂时不准通报，拒绝往来，以免传染。并将死人速即棺殓深埋；其实在无力者，酌给棺木，以防暴露。无疫各村，亦各令其如法防护，不稍疏虞。至卑州赴京工人，以木匠为最多。其余手艺营生者，亦所在多有。自奉电饬之后，立即传饬巡警总局飞速分饬阖境各区，协同乡月，查明各村。如有人都作工之人，一律暂行禁阻，不准赴京。一面多出简洁告示，遍行晓谕，声明理由，俾知为慎重传染起见。并拟暗行设法确查，如有力难家居者，暂行酌予津贴，并劝令暂在就地佣作短工，以资生理。此卑州消防染疫、禁阻工人赴京之现办情形也。特是疫气蔓延，势颇剧烈。调查死数，属于卑州辖境者，共有五十余人。其束鹿、冀州所辖者尚不在内。卑职国瑄以民命攸关，万分焦急，连日督同各员并会同束鹿、冀州，分投措办，往来擘画，自觉力竭精疲。而崔医官凤鸣、李委员兆书、鲍县丞一麐尤能奋身勇往，劳瘁不辞，实为难得。现在疫势虽已稍衰，而病人尚缠绵不已，亟宜接续医防，庶免复炽。惟应需硫磺已经用尽，就地购买所得无多，后难为继；原领绵衣裤亦均已发用。应请由省城防疫局饬发硫磺三百斤、绵衣裤三十套，俾资应用。再，卑州购药、雇人、置器及各员并医兵人等饮食车马一切杂项用款，为数已属不赀，并恳由防疫局先行发银五百两，由卑职收领开支，事竣核实报销。如有盈余或不敷之数，分别缴补。卑职佩纶亲诣有疫各村，切实调查，均属相符。会商办法，意见亦同。除仍行设法消弭防治，随时另文禀陈外，所有会查及遵办各缘由，理合禀请查核等情到司。据此，除批已于另禀批示矣，仰深州查照另批遵办，仍候札行省城防疫局正副长查照，并候督宪批示缴等因印发外，合行札饬。札到，该局正副长即便查照。此札。（二月初五日奉到）

藩 宪 札

为札饬事。据署深州黄直牧禀称：窃卑职在省面奉宪谕，以访闻卑州鼠疫流行，令即会同医官赶速防护等因。遵即束装与崔医官凤鸣、李委员兆书并医兵人等一同启程。卑职连夜遄行，先于十七日抵署，当即督饬警局遍行调查，一面部署一切，俾崔医官等抵深得以妥速从事。旋于十八日据警局报告，以深州、束鹿交界之朱家庄即卢朱庄疫证发现，势颇剧烈。维时崔医官等亦已到深，随即飞函知会束鹿县张令。于十九日卑职与崔医官等亲诣卢朱庄，会同张令，查得该庄东属深州、西属束鹿，计深属得疫死者男女共九名口，束属闻死二十余名口，一时尚未查清。此外，卑州之琅窝、孤城、张家屯、束鹿之马庄，均有疫症传染。现在先从卢朱庄入手办理，一面分往各村，如法防护。惟此疫传染极速，必须同时并举，分投预防，方免顾此失彼。合计两属有疫者已有五六村庄，此外无疫各村亦须切实防备，地广事繁，照料恐难周密。拟请添派数人，藉资臂助。查有卑州州判杨同升脉理精明，凤娴医学，优贡知县夏辛铭、候选县丞鲍一麐皆属勤敏精干之员，应请一并添派，帮同办理防疫各事，俾得兼顾并营，不致蔓延为害。并请由保定府再发油衣裤十套，防疫口鼻器具十副，一并饬发下州，以便应用。除将防疫事宜、方药遍行出示晓谕，并会督各员如法办理，随时禀陈外，所有调查鼠疫及现在防护情形，理合先行禀请查核训示等情到司。据此，除批据禀并续到会禀均悉，仰将有疫村庄分投认真办理，其余各村庄亦切实调查，如法防护，均无大意。切切。所请油衣裤及口鼻器具、硫磺、棉衣裤，已电省城防疫局照发送往。又请发银五百两，应由州暂时如数垫用，再赴防疫局请领归款。以后遇有疫事禀件，可一面呈司，一面径禀防疫局核办，以免迟误。仍候札行该局正副局长查照缴等因印发，并先电局，将油衣裤等物照发暨将续到会禀另札饬遵外，合行札饬。札到，该局长等即便查照。此札。(二月初五日奉到)

藩 宪 札

为札饬事。案照保定省城开办学界防疫留验所，业由本司委派员绅办理一切。惟防疫一事，关系至要，事务至繁，非官绅合力维持，不足以收实效。该守现办防疫局务，于学界防疫事宜尤有密切关系。所有学界留验等事，应由该守会同察酌办理，以期悉臻完善。合行札饬。札到，即便遵照。特札。(二月初五日奉到)

批 *

详覆卫生局宪核办车站，实行检验，责成各地方官择要设所检查，以免鼠疫染患，一体遵照文。奉批：据详已悉。缴。(二月初七日奉到)

卫生局宪札

为札饬事。现奉督宪札开，顷准顺天府尹堂咨开：案据本衙门检疫事务所呈称，昨与民政部防疫局因北洋咨请长辛店等处检验疫症会议办法，当经公同议决，由本衙门在长辛店地方设立检验、隔离分所，专在车站检查由南往北火车上下搭客。其车中旅客，概不登车检验，以清界限等情，呈请办理前来。复准贵大臣咨同前因，查长辛店为京汉火车大站，搭客行旅纷至沓来。既经公议，自应赶紧由府设所，详细检验，以免疫症侵入，保卫首善。惟京汉路线自汉口北行火车，由保定车站验疫以后，经过漕河、安肃、固城、定兴、高碑店、涿州、琉璃河、良乡县八站，始达长辛店。其间站数既多，搭客甚众，且不在该站下车者居其多数。万一染疫之人溷迹车中，直入京城，甚为危险。若径令医官在该处登车，普行检验，不特非本衙衙门权限所及，且耽延开车时刻，于路政亦多窒碍。再四筹思，似应由民政部于前门车站设立检疫所，普行检验上下搭客。再由邮传部专设随车医官，于搭客上车以后，随时查验。验有疫症，即可发交各该地方官附近车站设立之养病院、隔离所，妥为诊治。似此通力合作，认真办理，于防疫既可周密，而车行毫无阻滞，较为完全。至卢沟桥距京尤近，车站甚小，搭客无多，且停车钟点仅止数分，搭客检验甚为仓卒。拟请该站暂不停车，即由长辛店直达京城，以期简易。俟防疫事竣，再行规复旧章。其该处旱路由南而北之车马行人、牲畜，自应由本衙门派员严行查验，以昭慎重。除订定长辛店车站检疫规条另文咨会外，相应咨请查照施行等因到本大臣。准此，合行札饬。札局，即便查照。此札等因。奉此，合行札饬。札到，该局即便遵照。此札。（二月初七日奉到，二月十二日又奉交涉司宪札，与前同）

督　宪　札

为札饬事。案准邮传部咨开：据吉长路局禀称，该局医生周开丰等用中药医治鼠疫，卓著成效。如该局车务总管翻译员及夫役五名、护兵七八名、第一段小工三四十名，均染鼠疫，经该医生等用中药医治获痊等语，并抄药方及治法前来。查此种疫症，西医尚无治法，往往严于防而疏于治，故已染而获愈者十不一二。此项药方即据声称送经奏效，未始非补助之一法。为此饬将该方刊布，除饬铁路总局分行有疫各路局外，相应将印成药方二千张特咨送贵督，请烦分饬有疫各州县，会同地方善绅妥为传布，以资治疗可也等因，并将印成药方咨送到院。准此，查治疫方法既称经验有效，自应通行备用，以资补助而便疗治。除分行外，合行札饬。札到，该局即便转行遵照。此札。（二月初八日奉到，二月初十日又奉交涉司卫生局宪札，与前同）

计发治百斯脱症经验方五百张。

邮传部刊送医生周开丰治百斯脱症经验方：

尚启者：近日时疫流行，最易传染。究其病原，以虫蚀肺部为害最烈，朝发夕死，危险万状。仆承乏吉长铁路车务事，因上下员役患是症者环请疗治，用特悉心研究，制就二方，先后按服，幸皆药到病除。知于斯症确有把握，敢徇同人之请，将所拟方详列于左，愿病家按方照服，慎勿视为平庸，是则仆区区之若衷也。（方详第三卷）

督　宪　批*

禀交涉司宪省城办理临时防疫情形暨遵札转饬所属预防文，奉批：据禀已悉。已由本署司咨会卫生局查照备案矣。仰仍认真查察，如法防弭，随时具报，是为至要。此缴。（二月初八日奉到）

禀交涉司宪续办保属五州县暨深、冀、定三州防疫情形，再行渎禀，伏候鉴核文。奉批：据禀已悉。缴。（二月初八日奉到）

禀督宪续办保属五州县暨深、冀、定三州防疫情形，再行渎禀，伏候鉴核文。奉批：禀悉。续办保属州县暨深、冀、定三州防疫事宜，均尚详慎周妥，具见办事认真。仰仍切实举行，勿得始勤终怠，用副委任。此缴。（二月初八日奉到）

禀藩宪局用支绌，续请协拨，仰祈鉴核文。奉批：禀折均悉。仰仍随时报告。此缴。
（二月初八日奉到）

督　宪　札

为恭录抄折札饬事。照得本大臣于宣统三年正月二十八日在天津行辕专弁具奏直省筹办防疫情形一折，二月初二日赍回原折，奉朱批：据奏疫患渐平，朕深嘉悦。惟仍须迅速清理，切莫松懈，以卫民生。钦此。合行恭录抄折札饬。札到，该局即便钦遵查照。此札。（二月初八日奉到）

计抄折：

奏为直省筹办防疫，谨将现在办理情形恭折具陈，仰祈圣鉴事。窃臣于宣统二年十二月十三日钦奉电旨：东三省鼠疫流行，著预于山海关一带设局严防，毋任传染内地等因。钦此。又十二月二十一日钦奉朱批：东三省疫气蔓延，务当严密查防，总以京津一带不致染疫为要等因。钦此。又宣统三年正月二十二日钦奉电旨：东三省时疫流行，地方官防范不力，以致蔓延关内。着民政部、东三省、直隶、山东各省督抚督令各属赶速清理，务期早日扑灭，勿稍玩延等因。钦此。臣叠奉圣谕，所有筹办情形节经据实电奏，先已略陈梗概。此次疫起远东，始在榆关秦岛阻遏其由来，并在津保附京预防于未患。但关外寒早，地冻人闲，未断交通以前回籍工人，或染疫而旋即发见数处，各属防不胜防。疫起而急为之谋，虽竭力消弭，办理已形费手。现饬切实查报，幸已渐就安宁。然查察必当从严，防范仍应着力，敢再将现在办理情形为我皇上缕晰陈之。奉、直车线衔接，当其疫盛，自以暂杜交通为扼要办法。上年饬据交涉司津海关道，会同卫生局妥拟章程，遴派得力华洋医员，前往沟帮子、山海关一带设局查验。奏准只开头等火车，就站设立临时医院，宽备留验处所，凡遇华洋旅客到关，一律检验，仍由局妥为招待，以便行人。由沟帮子至北京，并节节布置，严密防维。沿长城一带路口，均驻兵队查禁，以免疏虞。关外小工尤易传疫，当经奏明由奉直两省分筹安置在案。本年正月中旬，关内外疫渐轻减，经邮传部酌议开车，仍以来往官差及西比利亚来客为限，到关留验放行，期于交通政策、防疫规章两无防碍。此山海关办理防疫之情形也。秦皇岛为不冻口岸，东三省旅客由海道以达内地，咸必由之。复经分派中西医员驻岛检查，按前定大沽防疫章程办理。凡由疫地来船，连航海程期，并计留验七日放行；由无疫之地来船，检查后不再留验。入口货物，除非防疫所应禁止者，仍准内地行销；运货人夫，并为量加取缔，期于防范之中仍便商旅。现值春融冰泮，大沽将有船舶进口，亦经派员布置，并将前定章程增改施行，冀臻完密。此各海口办理防疫之情形也。天津近接京畿，华洋杂处，地面尤为紧要。前饬妥拟章程，预为防范，区分地段，由医官随时查察，巡警随时报告。遇有病亡之人，审系疫证，即为薰涤霉菌，隔离家属，实行消弭方法。城厢租界患疫华民，概由卫生局办理。外人均尚信服，民情亦极相安，并有绅商设立临时防疫会及保卫医院，以资辅助。保定省会亦经特设临时防疫局，详定章程规则，专在省城一带切实防范。附近各府州县遇有疫患，并由该局派医前往，设法消弭。现查天津疫气已减，旬日以来渐就消灭。保定则按日报告，并无染疫之人，办理尚属得力。此天津、保定办理防疫之情形也。上年关外疫炽，火车来往，与行政机关、边防大局均有关系。自非防疫紧迫，自难骤断交通。当未经停车以前，由东人关者已不乏人，内地疫患实萌蘖于兹。始发见于永平、河间各属，继而保定属县、深冀定州各处亦有疫患发生。所有消弭办法暨疫毙人数，业经电奏在案。考其原因，皆由关外回籍人民辗转传播，在上年十二月间疫毙较多，至正月初亦即减少，近来均渐平静。然疫所由生，仍恐乘人所忽，有备无患，乃为良图。经臣叠次通饬各属抄发防疫疗疫各种方法，有疫地方责以妥速消弭，无疫地方责以随时查察，各府厅直隶州所治饬设防疫专局，以各该守牧综理其事，转饬所属，督同巡警，协力筹备，以臻周密。惟直省有疫区域虽已酌断交通，而各处赴京行旅仍应严加防范。京津一带，已有医官随车查验。其畿南赴京要道，复商准民政部会同步军统领、顺天府，在于长辛店、卢沟桥等处切实检验查察，以昭慎重。又以津、保两处学堂林立，外州县学生人数逾千，难免传疫为患，商准学部将开学日期暂缓一月，一面赶设留验所，以备将来开学专为检验学生之用。此各府州县办理防疫之情形也。伏思此次时疫流行，由关外传及内地，直省近依京甸，防范尤应加严。幸蒙朝廷垂示机宜，并准拨款应用，一月之间，得以周遍布置。各属虽有传染，一切检验消弭，均有准备，随时饬医分驰救治，尚不致多所蔓延。现在疫患已平，不似初时之剧列。臣谬承重寄，保卫拊循，职当兼尽，惟有懔遵谕旨，将所属有疫地方赶速清理，以期仰副圣主轸念民生、惠爱有加之至意。除将各项章程表式咨部查照外，所有直省现在办理防疫情形，理合恭折具陈，伏乞皇上圣鉴。谨奏。

督　宪　批 *

详覆提学司省城开办学界防疫留验所，与防疫事宜尤有密切关系文。奉批：据详已悉。仰仍随时商同留验所员绅妥慎办理。此缴。（二月初九日奉到）

详报督宪省城临时防疫局启用关防日期文。奉批：据详已悉。缴。（二月初十日奉到）

详覆督宪染疫各属流行蔓延，预先设法防范消弭，并派卑府为防疫局长并发薪水、夫马等银文。奉批：据详已悉。仰即督饬各属分局认真防范，勿稍松懈。此缴。（二月初十日奉到）

详覆藩宪染疫各属流行蔓延，预先设法防范消弭，并派卑府为防疫局长并发薪水夫马等银文。奉批：据详已悉。该守拟饬保属十六州县一体筹设防疫局一所，除清苑县同在省城毋庸置议外，其余各州县凡系无疫之处，均应照望都县办法，即以巡警局为防疫办事之处，教佐、绅士、警长分司其事，均不支薪水。仰即分行遵照，仍由省局派员常川分往稽查，以昭周密。再，该局领到司库并银行先后所发经费，应专案详司，以便转详立案。缴。（二月初十日奉到）

交涉司宪札

为札饬事。案奉督宪札开，正月三十日准民政部咨开卫生司案呈，前准直隶总督咨送现在商定深、冀两州防疫办法四条，又准咨称保定车站实行检验、沿路通行道旁择要检验暨有疫地方派员前往消毒、拨队遮断交通各事宜，业经分饬地方文武认真办理。其长辛店、卢沟桥两处检验事宜暨保定展长停车钟点，应请会商邮传部、步军统领衙门、顺天府查照办理各等因前来。本部前经会商步军统领衙门，议定所有步行来京之人，均勒令先在京城关厢地面旅店住宿。俟实行检验，始准入城。其长辛店车站，由顺天府设立检验所履行检验。至保定延长停车时间，亦经咨商邮传部。兹准复称，彰德来京之票车，到保定时停五十分；由石家庄来之票车，过保定停三十五分。即于正月二十六日遵照实行等语。除本月二十六日先行电覆外，相应咨复、查照施行可也等因到本大臣。准此，合行札饬。札到，该司即便查照等因。奉此，合行札饬。札到，该局即便查照办理。此札。（二月初十日奉到）

藩 宪 札

为札饬事。据定州直隶州知州周龢鼏禀称：窃照上年东三省鼠疫流行，传染甚易，卑境铁道通达，尤不能不预为之防。当经卑职派人四处访查，并按照报纸所登经验之方配购药料，兼饬巡警局一体配药，以便临时广为散放，一面出示禁止演唱年戏，以杜交通。旋于本年正月初七八等日，访闻小辛庄一带有由东省因病回里者数人，到家后随即身故情事。卑职深虑流传渐广，日益加甚，复经饬由巡警局查明报告，并派亲信之人分往各村密查。嗣据该局报称，小辛庄、李村店、柴里村三处，传染急病猝然身毙者颇不乏人，请禀由天津卫生局派拨医员来定施治，以图消弭。又据派查之人陆续回署声称，小辛庄病故男妇十余口，均属崔姓一家，系由奉省回籍之崔洛宽传染。柴里村病故男妇十余口，系由崔洛宽岳母传染。李村店病故男妇数口，系由奉省回籍之王洛良、吴连文、贾杜儿三人传染。现在小辛庄、李村店已安静如常，柴里村病人虽亦无多，仍恐再有发生。此外各村，目下尚无传染之事各等情前来。卑职伏查此项病症既经传至定境，必须设法断其根株，以免蔓延为患，不敢因渐次平静，稍涉大意。惟方药虽已储备，而救治亦须有人。卑境医生于此病素未经验，措置或不得法，转致有害民生。因思天津卫生局不乏医员，临症已久，必有心得，除禀请督宪饬派一二人迅速来定，俾得会同前往有疫各村，妥筹医治，认真办理，以期逐渐杜绝，并将以后措办情形随时具报外，知关宪廑，理合肃泐禀陈，并抄录配购治疫方药及禁止演戏防疫示稿，一并附呈，仰祈鉴核训示等情到司。据此，除禀批示外，合亟札饬。札到，该局即便遵照办理。此札。（二月初十日奉到）

计粘抄该州防疫方药示稿一纸。（详第三卷）

督 宪 札

为札饬事。案查直南一带防疫事宜，前经札派延守龄办理在案。所有河间府所属地方，亦应责成该守统筹兼顾，将直南疫患迅速一律消弭，以保治安。除电饬并分行外，合行札饬。札到，该守即便遵照办理具报。此札。（二月十一日奉到，二月十四日又奉卫生局宪札，与前同）

批 *

详覆交涉司宪核办车站实行检验，责成各地方官择要设所检查，以免鼠疫染患，一体

遵照文。奉批：据详已悉。缴。(二月十二日奉到)

藩 宪 札

札保定省城防疫局长知悉：案查前奉督宪札饬，转准外部来电，因鼠疫严禁直东小工出关，赴俄境工作等因。当经本司会同交涉司津海关道撰拟告示，送交北洋官报局刊刻，分颁各属张贴晓谕。所有刊刻告示应需工价银洋六十二元，合库银四十四两零二分，合亟札饬。札到，该局立即遵照，迅将前项告示工价照数给发，归于统案报销案内汇销。毋违。此札。(二月十四日奉到)

批 *

详覆巡警道宪核办车站实行检验，并责成各地方官择要设所检查，以免鼠疫染患，一体遵照文。奉批：来牍阅悉。具见筹备精详，防检周至，良深佩慰。希仍候各宪批示。此复。(二月十五日奉到)

详覆海关道宪核办车站实行检验，并责成各地方官择要设所检查，以免鼠疫染患，一体遵照文。奉批：来详阅悉。仰候各宪批示。缴。(二月十五日奉到)

藩 宪 札

为札饬事。宣统三年二月初八日，蒙督宪陈札开，顷准外务部电开，洪。东省时疫流行，迭奉谕旨认真筹办。现在傅家甸疫气虽已消减，而三省及直东等处传染区域仍复不少。前已邀请各国医生，于三月初五日在奉省开会研究。此事为各国观听所系，必办理确有成效，方免外人口实。希严饬各地方官迅速经理，能于开会以前各处疫气一律肃清，尤为得宜。并随时电知为要等因到本大臣。准此。案邀请各国医生定期开会，此举观听攸关。凡有疫地方，自应赶于开会以前一律肃清，以免外人藉口。除电复外，合行札饬。札到，该司即便查照，督饬所属依限肃清具报。此札等因到司。蒙此，除分行外，合行札饬。札到，该局立即遵照办理毋违。此札。(二月十五日奉到，二月十九日又奉巡警道、交涉司、海关道、卫生局宪札，与前同)

督 宪 札

为札饬事。二月初五日准民政部咨开：本部具奏胪陈办理防疫情形一折，于宣统三年二月初二日奉旨：知道了。钦此。遵恭录谕旨，刷印原奏，咨行钦遵可也等因到本大臣。准此，合行札饬。札到，该局即便查照。此札。(二月十六日奉到)

计抄单：

奏为胪陈办理防疫情形，恭折仰祈圣鉴事。宣统二年十二月二十七日，臣部奏请设立京师防疫局，奉旨依议，钦此钦遵。即日于内外城设立总分局四所，并于永定门外设防疫病室、隔离室，防疫出张所。凡京师内外城地面人民有患病者，无论已未病故，均令报告该管警区，转报该局遴派医官前往诊断检查。如有疫病嫌疑，立将该病人送往防疫病室。原住房屋即行消毒封闭，并将该处遮断交通。所有同居之人，均送往隔离室，仍派医官逐日诊察，以免传染。其每日寻常病故者，亦须经医官检验实无鼠疫确据者，由该局发给执照，准其棺殓抬埋。至内外城旅店、饭馆、茶楼、市场等处，均令医官逐日检查，以资预防。所有该局每日办理防疫事项及各区病故之人，分别姓名、住址、年龄、病名，并注明某医官检验字样，列表申报臣部查核；一面送交政治官报局登载，并将表册送由外务部，转致在京各国公使，以安外宾。计自上年十二月外城三星客栈奉天来京旅客王桂林及测地局由津来京学生于文蔚染疫病故，陆续传染疫毙男女十三名口外，半月来，严饬该局设法扑灭，幸尚无间接传染情事。至清洁街道，尤为防疫要务。特设卫生警察队督饬清道夫役，将各街巷尘芥认真扫除，并派卫生警官随时稽查。惟公家清洁之勤终不敌人民污毁之速，臣等现拟防疫期内，如有防害公共卫生或不遵清洁章条者，按照违警律加等科罚，以示惩戒。此臣等办理京师防疫之实在情形也。现在直隶、山东所属州县间有疫证发生情形，时值春融冻解，入京人民纷至沓来。若不早为防遏，难保不有传播。除电知东三省、直隶、山东督抚臣将防疫情形报告外，并经臣部派员商由直隶督臣，饬令保定防疫局在保定车站加意检验，顺天府在长辛店车站设检疫所，复行检验，并会商邮传部，于来往行车随时稽察，以杜来源。惟河间、冀州、深州、定州、通州等处负贩工役人等，往往有徒步来京者，复经商由步军统领衙门，饬令检疫分局在京师各关厢外加意查察。如来自有疫地方之人，勒令先在关厢地面旅店住宿。俟实行检验后，始准入城，以资周密。此臣等办理近畿一带防疫之实在情形也。惟人情往往狃于故常。此次疫证发生，所有防检各种办法，均为我国人民素未经见之事。虽不敢显违禁令，究不免目为多事，疑谤横生，而不知此中曲折者。或尚疑臣部防检不周，干涉不力。要之，过严则易启人民之咨怨，稍宽又或致局外之讥评。当兹创办之初，措手诚属不易。顾臣等职司所在，无论如何为难，断不敢稍涉松懈，惟有凛遵迭次谕旨，督饬防疫局，不避劳怨，认真办理，并随时电商东三省、直隶、山东督抚臣，互相防维，不使疫气蔓延，以仰副圣主轸念民生、痌瘝在抱之至意。所有办理防疫情形各缘由，谨恭折具陈，伏乞皇上圣鉴。谨奏。宣统三年二月初二日，奉旨：知道了。钦此。

督　宪　札

为札饬事。准山东抚院删电内开：据东海关徐道十五日电称，烟台疫气渐消。晤税司，拟照津大办法，由烟赴他口船客，经验无疫，亦免停候。华洋商情尤为急迫。查烟台疫情较津奉为轻，防范扑灭亦较速，他口未得其详。抑为厉禁，匪惟向隅，实碍中外商业。审察情势，既不致贻累邻省，亦不敢坐视困难，恳分电奉、直、江督宪分饬各海关，准照津大去船办法，以利交通。至烟台出口留验所及内地防疫留验各事宜，仍由职道督饬，密切防办，不稍疏懈。现筹定两留验所，足容数千人等语。查烟埠疫气实已轻减，该道所称华洋商急望交通各节，均系实情。所拟照津大办法，甚属可行。请查核转饬遵行等因到本大臣。准此，除分行外，合行札饬。札到，该局即便查照。此札。（二月十八日奉到）

批*

详覆交涉司宪业将有疫地方切实消弭方法已禀呈在案文。奉批：据详已悉。缴。（二月十九日奉到）

禀藩宪局用浩繁，仍请宽为筹备，以资接济，伏候示遵。奉批：禀折均悉。所请款项已电分银行照发，一面电达该守矣。仰即照电撙节支用。此缴。（二月二十一日奉到）

禀督宪汇禀二月初一日以后筹办各处防疫情形，仰祈鉴核文。奉批：据禀已悉。仰仍督饬各属印委各员详确调查，总期疫患早日消弭，地方一律清净，是为至要。此缴。（二月二十三日奉到）

督　宪　札

为札饬事。顷准东三省督院电开，小工出关，承饬屈道在榆关检验。如果关内各处疫气实已净尽，照此办法，自可无虞。惟近日疫气究竟如何，无从悬揣。非实地调查宣布，亦无以取信外人。特派英医慕大夫前往滦州、昌黎、开平、北戴河、天津、保定各处，调查疫气是否全消，以便筹商办法。请饬各地方官于该医到境时，妥为接待，并恳知照路局，准其随时随地搭车，无任感盼等因到本大臣。准此，除分行外，合行札饬。札到，该局即便遵照，俟奉省所派英医慕大夫来直，随时接洽办理。此札。（二月二十三日奉到）

批 *

禀交涉司宪汇禀二月初一日以后筹办各处防疫情形，仰祈鉴核文。奉批：据禀已悉。缴。（二月二十五日奉到）

顺天府宪札

为札饬事。案照本衙门于宣统三年二月二十二日具奏办理防疫情形一折，本日奉旨：知道了。钦此钦遵。除分别咨行外，合行抄录谕旨、誊印原奏札饬。札到，该局即便钦遵毋违。此札。（二月二十六日奉到）

计原奏一本。

督　宪　札

为札饬事。照得本大臣于宣统三年二月二十二日，将防疫交通兼筹并顾情形电请军机处代奏在案，兹于二十三日奉旨：陈电奏防疫交通兼筹并顾情形等语，著该部知道。钦此。合行恭录札饬。札到，该局即便钦遵查照。此札。（二月二十六日）

计抄电奏稿一件：

北京军机处钧鉴：窃于二月十九日钦奉电旨：锡良电奏，请饬直隶、山东两省迅建留验所，以期防疫与交通两无阻碍等语，著该部知道。钦此。旋准邮传部电抄到直。查原奏所称，颇注重于留验出关工人一事。不知留验之法，为由疫重区域入境而设。若境内疫气早平，凡于行旅他出，只须切实检验，将有病者阻其前往，无病者给证放行，已足以见防查之严密，而决无虑其贻患于邻疆。前因关外疫炽，直省布置留验，力顾交通。关外官差及无疫之地来客，均得来往无阻；关内则照常行车。即偶有因疫停驶之地，旋亦一律开行。腊正两月以后，疫渐平静。二月初，复与邮传部拟定关外次第开车办法，奏明在案。奉省疫尚未净，入关自以留验为要。按照部定办法，奉直两省同时扩充布置，月内外均可一律蒇事，准备按期行事。盖防疫与交通两事，固已殚力筹顾，期赴事机。至关内自二月以来已无疫患发生之处，饬据司局查察拟议，凡于行旅出关，只须切实检验，自无疏虞，并将办法电知东督。现在该督拟派西医来直调查，以昭慎重。俟该医查明宣布，则原奏所称外人籍口一层，亦自易于解释。所有防疫、交通兼筹并顾情形，谨请代奏。夔叩。养印。

藩宪札

为札饬事。宣统三年二月二十二日，奉督宪陈札开，二月二十日准度支部咨开核捐处案呈本部议覆直隶总督陈电奏直省防疫需用浩繁，请援案由银行息借银两，归入江皖赈捐展期归还一折。宣统三年二月十三日具奏，本日奉旨：依议。钦此。相应抄录原奏，飞咨直隶总督查照可也等因到本大臣。准此，合行札饬。札到，该司即便查照。此札。计抄单等因。蒙此，除分移津保各银行查照外，合亟札饬。札到，该局长即便查照。此札。（二月二十六日奉到）

计粘抄单一纸：

度支部谨奏为遵旨议奏事。宣统三年正月二十六日，军机处交出奉旨：陈电奏直省防疫需用浩繁，援案请饬部由大清、交通两银行息借银三十万两，并请归入江皖赈捐案内展期推广劝捐归还等语。着该部议奏。钦此钦遵。抄交到部。查电奏内称，直省筹办防疫需用浩繁，前经奏蒙恩准，在津海关税款项下拨银十万两。嗣因防疫地方增多，原请款项不敷，奏明随时筹拨，作正开销。计天津、保定、榆关等处已拨用经费二十余万两，幸以防范认真，检查严密，不致传播为患。其关外未断交通以前，因小工由东回籍，传染疫症，计有十余州县。分途防检，设法清弭，糜费不可臆计。目前疫气渐平，而辖境辽阔，疫所由生，无可踪迹。为思患预防之计，则筹备亦须稍宽。值此库帑支绌，骤添此意外用款，计穷力竭，挹注无方。查东三省以防疫款巨，由该督电请，先由大清、交通各银行拨借应用，随后归于江皖赈捐案内展期劝募归还，奏明有案。直隶为畿辅重地，防疫需款紧要，援案仰恳天恩俯准，敕下度支部、邮传部，转饬该银行，共息借银三十万两，以济急需；并请敕下江皖筹赈大臣盛归入江皖赈捐案内，展期推广，劝捐归还等语。臣等伏查宣统二年十二月初四日筹办江皖赈务大臣盛具奏江皖灾重，拟请设立筹赈公所并附奏开办江皖筹赈新捐，暨请将各省新旧赈捐暂行停止，俟此次江皖灾赈过后再行续办等因各折片，奉旨允准。据该大臣抄录原奏咨会到部，当经通行遵照在案。兹据直隶总督陈电奏直省防疫需用浩繁，援案请饬部由大清、交通两银行息借银三十万两，并请归入江皖赈捐案内展期推广，劝捐归还等因。臣等查直隶为畿辅重地，防疫需款紧要，自系实在情形，臣等不能不为设法挹注。既据该督奏请援照东三省成案，归入江皖赈捐案内展期劝办，请偿借款，应准援案照办。其所请先向各银行息借银两一节，银行系营业性质，应如何认息借款之处，亦应由该督自行商办，以资应用。所有遵议皆由，谨恭折具陈，伏乞皇上圣鉴。谨奏。

交涉司宪札

为札饬事。案奉督宪札开：顷据保定防疫局延守电禀，本日午后，接定州周直牧稣鼐、委员祺英等公函，据称西柴里村续染疫毙之李洛所、王洛座等十名各家房屋十五间，均经陆医严重消毒，焚毁衣物，酌偿价值，并择极贫妇女均给棉衣、银元，量为抚恤。经该州牧亲身弹压，当场散放，众情感悦。详查州境，别无疫患，并据商民请照常开行火车，以利交通，请纾钧廑等语。知府查定州停车，原因防疫。今该州疫灾经西医二次消弭，实已肃清。既据商民禀请照常开行火车，拟请据情电告邮传部，转饬路局查照等情到本大臣。据此，除电请邮传部转饬照办外，合行札饬。札到，该司即便查照等因。奉此，

合行札饬。札到，该局即便遵照。此札。（二月二十六日奉到）

批 *

详覆卫生局宪各属有无疫症，赶紧依限肃清具报文。奉批：来牍阅悉。希仍分别移行各属，依限肃清。尤宜确实调查，加意防备，庶冀仰慰宪厪，亦免外人籍口。此复。（二月二十九日奉到）

详覆巡警道宪各属有无疫症，赶紧依限肃清具报文。奉批：来牍阅悉。望即妥为善后，以免复萌而重卫生。希仍候督宪暨各宪批示。此覆。（三月初一日奉到）

详覆海关道宪各属有无疫症，赶紧依限肃清具报文。奉批：来详阅悉。仰候司道局批示。缴。（三月初一日奉到）

详报藩宪启用关防日期文。奉批：据详已悉。仰候督宪批示。缴。（三月初九日奉到）

禀卫生局宪二月十六日以后办理各处防疫详情，用慰垂厪文。奉批：来牍阅悉。候督宪批示祗遵。此复。（三月初九日奉到）

交涉司、卫生局宪札

为札饬事。案准本局现奉督宪札开，二月二十二日准东三省督院咨开，案据防疫总局呈送临时防疫讲习所各医官讲授《防疫约言》一册，皆各医官本平日所实地研究而得者，意赅言简，语语皆可实行。除通行外，相应检送一百三十册咨请核阅，转发施行等因到本大臣。准此，札局分发查照。计刊本一百册札发到局，咨会到司。除由司局酌留以备核阅外，合亟将奉发《防疫约言》札发。札到，该局即便遵照，抄发所属查照。此札。（三月初十日奉到）

计《防疫约言》十本。

批 *

禀交涉司宪二月十六日以后办理各处防疫详情，用慰垂厪文。奉批：据禀已悉。缴。（三月初十日奉到）

禀督宪二月十六日以后办理各处防疫详情，用慰垂厪文。奉批：禀悉。查各属疫气消弭情形，已据该守电禀到院。惟河间一属，亦由该守统筹兼顾，前经札饬遵照在案。究竟河间各属是否一律消弭净尽，仰再续查具报。缴。（三月十二日奉到）

禀藩宪各路疫灾肃清，应即撤销防疫局，以符详案，请鉴核批示文。奉批：如禀办理。仰即遵照，并候转详。缴。（三月十四日奉到）

呈藩宪会商拟请将现设之临时病院改为保定卫生医院，归并官药局文。奉批：来呈阅悉。应如所拟，将现设之临时病院改为保定卫生医院，已裁医学堂原有经费银，照旧请领，作为卫生医院之用。已详明请示，并移天津道查照矣。仰该府将开办事宜妥筹禀办，并由该府商请农务学堂，将房屋迁让。缴。（三月十四日奉到）

督 宪 札

为恭录札饬事。本大臣于宣统三年三月十三日，将直隶各属疫患一律敉平情形，电请军机处代奏在案。钦奉电旨：陈电奏现在疫势一律敉平，请取销前定规章，并定期停办留验，以节縻费而便交通等语。着该部知道。钦此。除电咨外务部并东三省、两江、两湖、_{民政}_{邮传}山西、山东、河南各督抚院暨_{热河都统、顺天府尹}查照外，合行恭录电旨，抄录电奏，一并札饬。札到，该府即便查照。此札。（三月十七日奉到）

计抄电奏稿一件：

拟电军机处。

北京军机处钧鉴：洪密。窃查直隶筹办防疫情形，历经奏明在案。自二月以后，各属疫患业已渐臻平静。嗣复督饬各员加意防检，切速消弭，幸能日起有功，克期收效。综计患疫各州县报告消弭日期，至迟均在二月以内。在二月下旬本可具报肃清，只以防疫为民命所关，必须慎终如始，期有百密而无一疏；且奉省特派西医慕尔来直调查，事关征信，亦不能不稍迟以待。现经该医查峻回奉，据称直境疫气实已消尽，留书作证。合之各医报告，良有同符。此次关外疫炽，适当冬令停工之际，内地工人回籍散处，各属猝不及防，以致传染二十余处。海陆通商各埠及外人驻军各处，既须力杜干预，自保主权；内地僻陋各区，昧昧卫生，动多疑沮，又必须详加劝导，乃不致滋生事端。当派布政司凌福彭督同省城防疫局长署保定府知府延龄办理保定、深、冀、定州各属防疫事宜，试署交涉司王克敏会同卫生局总办存记道屈永秋办理天津、河间、永平、朝阳各属防疫事宜，并令就近秉承，统筹全省，由该司局分派各员，往办豫防救治事务。始事迄今，民情安静，外人亦极信服。现已普消沴疠，一律敉平，所有防疫事宜自可就此收束。仍饬认真善后，以重公共卫生。前定各项规章，属于临时施行特别取缔者，此时即可取消。榆关一带留验出境行旅办法，拟即咨明邮传部、东三省总督，定期停办，以节縻费而便交通。除将详细情形另折续报外，合先撮要电陈，仰慰宸廑，谨请代奏。叩。元印。

交涉司宪札

为札饬事。案查前蒙督宪奏请礼部添铸直隶交涉使司印信，钦奉朱批：该部知道。钦此。嗣经礼部将印信铸就，咨直行司派员赴京请领。现将部铸宣字第三百十三号文曰"直隶省交涉使司印"一颗祇领回津，本署司即于三月初五日敬谨启用。除将木质关防缴销并分别详咨外，合亟札饬。札到，该局即便查照。此札。（三月十七日奉到）

批 *

禀卫生局宪各路疫灾肃清，拟期撤销防疫局，并造送被灾村庄姓名请鉴核文。奉批：

来牍阅悉。仰候列宪批示。此复。册存。(三月十九日奉到)

详覆藩宪查明保定并无因疫死伍人及富春桥地名文。奉批：据详已悉。缴。(三月二十日奉到)

详覆藩宪将有疫地方切实消弭禀呈在案文。奉批：据详已悉。缴。(三月二十日奉到)

禀交涉司宪各路疫灾肃清，拟期撤销防疫局，并造送被灾村庄姓名请鉴核文。奉批：禀册均悉。缴册存。(三月二十一日奉到)

禀海关道宪各路疫灾肃清，拟期撤销防疫局，并造送被灾村庄姓名请鉴核文。奉批：来禀并册均悉。仰候督宪暨各司道局宪批示。缴册存。(三月二十一日奉到)

详覆交涉司宪各属有无疫症，赶紧依限肃清具报文。奉批：据详已悉。缴。(三月二十一日奉到)

禀巡警道宪各路疫灾肃清，拟期撤销防疫局，并造送被灾村庄姓名请鉴核文。奉批：来牍及清册阅悉。希候督宪及各衙门批示。册存。此缴。(三月二十三日奉到)

禀道宪各路疫灾肃清，拟期撤销防疫局，并造送被灾村庄姓名请鉴核文。奉批：据禀已悉。仰候院司暨各道批示。缴册存。(三月二十五日奉到)

禀学宪各路疫灾肃清，拟期撤销防疫局，并造送被灾村庄姓名请鉴核文。奉批：据禀已悉。仰候列宪批示。册存。此缴。(三月二十六日奉到)

禀顺天府尹宪各路疫灾肃清，拟期撤销防疫局，并造送被灾村庄姓名请鉴核文。奉批：据禀已悉。现时天气融和，迭据各印委报称疫气肃清等情。本衙门已于十五日将检疫事务所裁撤，以节经费，仰即知照。缴。(三月二十七日奉到)

提法司宪通致各州县函稿

敬启者：自东三省鼠疫流行，渐及内地，直隶各州县村庄已有传染。第人民知识尚未开通，偶染此症，尚以为暴病遽死，无从禀报。而各地方官亦以为死者人事之常，未便过问。于是官民两不相涉，习为故常。迨一经蔓延，不可收拾，官民始交相恐慌，而已无及矣。保定现已设立直隶省城临时防疫局，专办防疫事宜。除派员四出调查外，一遇各州县禀报，立即检派员医，带同药水，严重消毒。祁、博、束、定、深、冀各州县有疫之处，已著明效。高阳、定州近亦联络地方绅董，设立防疫分局，所需药物，由省局酌量支配。贵治似可仿照办理。此次疫症虽系天灾，扑灭之方实关人事。为民父母，对此至危险至惨痛者，倘有漠不经意，或且匿不以闻，无论考成如何，问心能无自疚？为此专函奉达台端，务希切实劝导，迅速调查。一遇该管村庄发现此症，立即设法隔离，毋令传染。一面消毒医治，并飞报省局，或就近报天津局会，为要为幸。其未经发现各处，尤宜督率绅耆，随时调查有无自疫地归来之人，务先隔离五六日，并为消毒，以免疫气之株连及疫根之潜伏。总使各相警惧，防患未然。民命所关，慎毋轻视。专此。祗颂台安，诸希蔼照。

齐耀琳顿首　二月初三日

防疫纪实卷三

批　示*

满城县会禀境内汤村患疫病毙人数并遵单办理情形文

批：据禀已悉。仰仍随时查察，认真经理，免再传染。并移该委员知照。缴。（正月初六日）

满城县单禀覆汤村病毙人数并办理情形文

批：据禀已悉。仰仍随时派差，协同巡警查察设防，以免传染，是为至要。切切。此缴。（正月初八日）

安肃县禀遵饬调查境内尚无传染疫症情形文

批：据禀已悉。既经会同巡官知会各分局认真调查，所属各区境内均无传染疫症情事，具见关心民瘼，决不视同具文，佩慰无似。另单所议，尤征考证精详。原方四纸，足资研究，容交防疫局存案备用。仍望随时调查具报。缴。（正月初十日）

博野县禀遵饬查办防疫事宜大概情形文

批：据禀已悉。所拟驻扎附近庄窝头村，相机防遏，并择要分设检疫局，派委绅董认真办理各节，均尚妥洽。仰仍督同本局委员胡令麟学、王经历礼恭，和衷共济，务将其余被灾之村一律仿照两合成办法，妥为防检布置，毋留余蘖，是为至要。仍将善后情形随时具报。并候督藩宪批示。缴。（正月十四日）

安肃县会禀并无传染鼠疫并送调查患病人数清折

批：据禀已悉。既经调查境内并无患疫病毙之人，足见该令关心民瘼。仰仍饬令巡警，按时赴车站盘查。凡北来下车之人，必须询明来历，验明有无患疫情形，认真防维，以免灾患。切切。此缴。折存。（正月十六日）

唐县会禀境内安靖并无鼠疫文

批：据禀已悉。仰仍饬令警务长，认真不时分往各处，确切调查，毋稍疏懈。切切。此缴（正月十六日）。

望都县会禀查明并无鼠疫传染情形并送清折

批：据禀已悉。该县境内并无鼠疫，诚为地方之幸。惟地当南北孔道，相去定州、祁州等有疫地方甚近，仍当随时切实调查，毋涉大意。切切。此缴。清折存。(正月十六日)

祁州会禀奉饬查明境内并无鼠疫流行文

批：迭据十四、十六日两次会禀所称，本年正月初八日，传闻定州属下西柴里、小辛庄、李村店等处，闻有鼠疫传染。经该牧飞饬祁属西区接壤各村庄公直保地，强迫民户与该各村断绝交通；并招集议事会员公开临时会，先期研究防检之法，布置从容，消弭隐患，佩慰殊深。惟传闻在正月初八日，已在本府初三日通饬详查以后，何难即将办理情形具覆，致烦一再委员往查，实所不解。小辛庄等均属定州所辖，该州境内并无疫症，今于胡令到后，择定大五女村洁净宽大房屋，以备设局，深合救灾恤邻之义，仰即早为布置。所需一切费用，均饬委员胡令等照数开支，不令该州官民赔累分文。一俟西医自博野防检事竣，即就近驰往该州大五女村，以所定房屋暂充局所，俾得将小辛庄等村如法检查。非徒于定州有益，即该州属境亦愈保公安。仍望不分畛域，帮同照料弹压，以期妥慎。仰即遵照。此缴。(正月十六日)

定兴县详覆境内并无鼠疫染患情事文

批：据详已悉。该处地临孔道，设有车站，不免有下车之人。该典史仍须会同警长，按时赴站查察下车之人有无患疫情形，随时册记。俟印官公回，即行呈报。并仍饬各区所区官等随时认真访查，如有前项疫症，即行禀报，拨医诊治，毋稍疏忽。切切。此缴。(正月十六日)

蠡县会禀查境内并无传染鼠疫情事文

批：据禀已悉。既经查无鼠疫，洵属地方之福。惟该县与祁州、博野壤地相连，现在该两处均有因疫死亡多人情事，仰仍督饬各区加意调查，毋涉大意。切切。此缴。(正月十六日)

高阳县禀境内实无鼠疫传染并先时防范文

批：据禀已悉。再由该县会同委员亲赴四乡详查，并严加防范，办理甚合。仍随时禀报是要。(正月十九日)

束鹿县会禀境内并无患疫情形文

批：据禀已悉。现闻该县之朱家村疫症发现，死二十余人，已另委再往会同该县详查矣。此缴。(正月十九日)

博野县禀境内并无鼠疫情形并现在办法文

批：据禀已悉。所拟办法尚妥。惟该县染疫村庄、名数未据声复。又防疫之法必须切实检察，方能实行防遏。若空空一纸晓谕，设局待报，恐乡民无识，隐匿必多矣。至从严

究惩一节，尤失防疫宗旨，无此办法。慎之慎之！此缴。(正月十九日)

新城县会禀境内并无鼠疫情形并患病人数清折

批：禀折均悉。既据查明现在所属境内并无疫症，尚称详慎。仍仰该县责成各警区勤加访查，随时具报本府，以凭核办。此檄。折存。(正月二十日)

定兴县会禀境内并无疫症并患病人数清折

批：禀折均悉。既据查明现在所属境内并无疫症，尚称详慎。仍仰该县责成各警区勤加访查，随时具报本府，以凭核办。此缴。折存。(正月二十日)

容城县会禀境内并无自东省回籍之人，亦无染疫情事，并患病人数清折

批：禀折均悉。既据查明现在所属境内并无疫症，尚称详慎。仍仰该县责成各警区勤加访查，随时具报本府，以凭核办。此缴。折存。(正月二十日)

安州会禀境内并无传染疫症情形文

批：据禀已悉。该州境内并无传染疫症，良用欣慰。仍仰该州袁牧督饬巡警，认真确切调查，随时禀报，以凭核办。毋因大雪深沾，稍涉大意，是为至要。此缴。(正月二十一日)

博野县会禀消弭疫患办法文

批：据禀已悉。所筹办法均尚妥洽。暂停集场，务须先事晓谕，自易实行。留局设防，自系慎重善后起见，应即照准。惟在驻局委员核实撙节，仰即遵照。此缴。(正月二十二日)

安平县禀请派委协助办理防疫并所需各件清折

批：据禀已悉。该县之两合程镇，前经查明分隶安平、博野，特奉藩宪委方令驰赴该处。正以必须会同本管地方官设法弹压，呼应较灵，原未尝限定医生、药物，专顾博野。嗣据驻博分局郭令报告，已将安平分辖之两合程及安属之孝林村疫毙七人并所住房间，均经四医如法实行检察消毒，与办理博野被灾各村毫无分别，近来不闻该处仍有疫患。现在博野仍留委员暂驻分局，亦未裁撤。倘安平境内再有疫患，尽可就近通知博局委员，速即如前拨医携药前往。况西医只此数人，所请早为预备医药、银两之处，碍难照准。此缴。折存。(正月二十二日)

束鹿县禀县属马庄等处疫患情形文

批：据禀已悉。出示晓谕，并派员演说，官样文章，未知该民人服从否？现闻深州黄直牧及派往崔医官均能不分畛域，会同筹商入手消弭办法，仰即认真查察，随时具报。此缴。(正月二十二日)

深州禀现在防疫办法并添派数员帮办文

批：来牍所筹办法悉臻妥洽。敝府正以束鹿较远、种种不便为虑，既经会同该县张令协商具细，恤邻义重，佩慰良深。除另函具复。此缴。（正月二十二日）

深州禀现办防疫情形文

批：来牍及另单均悉。昨已摘要将尊处现办情形电报帅座，用慰垂廑。本日又奉帅电，已另文移达水案，希查照。此缴。（正月二十六日）

高阳县会禀设立防疫分会文

批：据禀已悉。该县四乡并无疫患，惟因河间县诗经村疫气颇盛，相距只二十余里，现经集绅开临时防疫会，延医施药。先由该令筹集洋二百元，作为开办经费。倘有不敷，绅董情愿捐助。一切事宜，均遵省局章程办理。先时防维，遏绝传染，诸臻妥洽。仍候由局专派委员，酌带硫磺、药料，前往会同该令妥实进行，务望毋少疏懈，是为至要。此缴。（正月二十六日）

深州会禀遵办防疫情形并请拨款药等文

批：来牍备悉。贵治境内并无柒两村村名，容即续电帅座。至被灾各处不分畛域，均经商同崔医官一律消毒检察。种种布置，周密无遗；仁人利溥，敬佩弥殷。所需款项、硫磺、棉衣，均如数专员解送应用。现在张医续到，更无虑崔君一人兼顾不遑。前请派扬州判等三员，容补发委札，以励勤事。常委员亦祈转告，毋庸汲汲回省，尽可分身驰赴深属之外县各处，切实调查，相助为理。所需川资，由深局项下酌给。李令学富已经札派，昨该员暂行请假赴津。俟其回省，再令专往冀州，协同筹办一切。台嘱与鄙见符合，可谓心心相印矣。此缴。（正月二十七日）

满城县禀办理汤孟等村疫患情形文

批：据禀已悉。该县汤村、孟村等处，此次疫灾先后伤毙多人。幸蒙藩宪专员会同该令驻扎附近，筹备设局，拨医消毒防遏，卒获不再蔓延。所有抚恤银钱、米盐、医药、棉衣，用系公款，已由王直牧开折呈报。该令又复捐廉购备硫磺、石炭酸、宝丹、药水、席草、煤炭以及雇备拉运各物车价等项，用洋四百余元之多。并闻自撤局后，迄今并无疫患。敬佩之余，弥殷欣慰。应候各宪批示。此缴。（正月二十七日）

祁州会禀覆查芦井村疫死郑氏情形文

批：据禀已悉。该州境内选据查明并无疫患，惟因西乡邻近定州各灾区，遂有讹传。何以东乡芦井村郑洛生家，自其长子去腊初间自东省归来廿日之久，忽患头晕、肚泻，吐血身死，其弟其妻亦相继毙命。情事与患鼠疫者相同。乃警务长李纯青奉谕调查，辄以痨伤腮漏等症预为揑报。似此欺饰，贻害匪轻。以警长知识如斯，又何怪乡愚之不知厉害耶？近闻高阳县集绅开办防疫分会，该州密迩邻封，似应迅速仿行。现际春初万物滋生之候，转瞬届该州药村庙会之期，众商云集，关系多数经济，自难禁阻停止。更应早为预筹

如何防范，洵目前当务之急。仰即遵照妥拟办法，禀局备案。此缴。(正月二十八日)

束鹿县禀医官赴卢朱庄等村筹办防疫情形文

批：该县染疫村庄不止一处，死亡至六七十名之多。设非派医到深州查勘明确，几为该令暨委员张光翯会禀所误。本署府深愧委用非人，良用惭惧。但恐未经查勘之处尚多，弥增焦悚。该令仅以医官筹办防遏办法为事后弥缝，实属无谓。此缴。(正月二十八日)

望都县禀预设防疫局大概情形文

批：据禀已悉。该县邀集官绅，筹议组织防疫局，并公推以该县为局长、典史为提调、训导为医官、各绅为办事员，四分局以各区员司分任。一切章程、条规、防疫方法，悉照省局办理。具见筹画周详，知所当务。惟此举关系民命，要在切实认真，俾地方受益。至暂拨警费，将来作正开销，尤须撙节核实，不宜稍涉铺张，致蹈虚糜。应准立案，仍候各宪批示。缴。(正月二十九日)

安平县会禀筹办防疫情形并到局日期文

批：据禀已悉。该县有疫之村，已经西医如法消毒。近据各该委员先后回省禀称，安平境内现在平静，疫气潜消，所有城北秦王庄分局应即裁撤。前据方令呈出该局垫办一切草单一纸，仰该令确实核减，开具清折，俟禀明到局，再行核发。此缴。(二月初二日)

安平县禀奉委会办安邑防疫事宜现在事竣撤局文

批：据禀已悉。已于该令正月二十四日禀内批示矣。仰即查照缴。(二月初二日)

武邑县禀鼠疫传染，设局救治等情文

批：据禀该县鼠疫少杀，拟留委员设局防办，与法宪发交本局阅看。该县之禀暨初三日到局该县之禀，坐日同系正月二十八日，而两禀情形互异。如果自疫症发现以来，曾如禀中所云，防治在先，有条不紊，何必待该管冀州派本局李委员到后，仍拟留该员设局为耶？此次疫症虽系天灾，扑灭之方实关人事。详核同日禀牍，矛盾支吾，实所未喻。单内所称二十日漏禀一节，不如省却笔墨，否则前后情节愈形支离。顷据密委禀称，本局陈医官业由冀州驰往该县，以后一切详实不难探悉矣。此缴。(二月初二日)

武邑县禀县境传有鼠疫，办理防治各节文

批：据禀已悉。该县境内岳家庄等十一村染疫伤亡九十五人之多，已在城北十八里怀甫村大庙内暂作隔离病所，公举医生医治，并将已死未埋之人消毒殡葬，暂断染病之村交通，停止庙会两月。种种办法，有条不紊，与日昨法宪交阅之禀情形相同。惟查昨日由府署交局该县禀县治鼠疫少杀，拟留委员设局一禀，系正月二十八日与今日到局之禀，坐日相同，何以情形互异？复查在此两禀之先，并未接过该县二十日之禀。既据夹单声明，似可毋庸再补。仍仰迅将李委员查验后，何日将防疫各物分运到武、设局何地、是否本局派赴冀州之张医官到新设之局如法防遏，详细具报，是为至要。此缴。(二月初二日)

祁州禀报州属南章村民人王大春染病身死请查核文

批：据禀已悉。目前医生均分投驰赴深、冀、束鹿，断难克日派往该州。既据查明王大春因从定州包治时症，致被传染身死，惟有晓谕隔离，一面用硫磺药水薰洗其屋，李洛起家亦宜一律照办。仰即查照。此缴。（二月初四日）

祁州禀请领亚不利酸、硫磺等药文

批：据禀请领亚不利酸、硫磺两种，现交专差寄回。所拟在该州南关勘定宽敞房院作为防疫会社，办法极合，应即名曰防疫分局。要在切实调查、晓谕利害为入手办法。倘遇发现，立即报局，自当速拨医药。兹并发去《白话防疫浅说》二百张，以备分布传观，亦于防范不无裨益。惟来差迟至四日始到，殊属玩误，不知缓急。嗣后当选勤敏之差，庶免贻误。此缴。（二月初四日）

祁州禀请暂停四省药商今春来祁会市文

批：据禀已悉。所筹暂停黑龙江、吉、奉、山东四省药商，仍照常开会，由该牧随时督绅防检，于商业、防疫两不相妨。具见苦心筹画，佩慰良殷。已电请督宪据情发电四省督抚，转饬遵照，似较由局寄电得体，且有效力也。仰即知照，并再预筹周密办法。此缴。（二月初四日）

武邑县会禀会商设局防疫及查验各节文

批：据禀已悉。该县疫灾较其他处，赶速设局，尚可防遏。闻本局陈医官已抵冀州，计应已到现设之局，俾得如法消毒，详加检察，方为正办。李令纵云知医，切毋轻于尝试。本局长非轻视华医，乃深悉疫症危险，若徒以意气用事，非徒无益于武邑众民，且为李令危也。仰即速将设局后确实情形逐日报告本局，以凭考核。此缴。（二月初五日）

安平县禀鼠疫渐萌，已遵章
备办药物预防，请查核示遵文

批：据禀已悉。该县北里村苏月得等忽染鼠疫毙命，当系两合成孝林村遗孽传染，抑系另有自关外归来之人，虽经派差丁给药饬埋，究恐未能消弭无患。仰仍晓谕附近村人切实断绝往来，俾免传播。至前次批饬将设局一切用项核实具报，以凭发放，并即查照迅速办理，毋与此次所需相混。此缴。（二月初八日）

武邑县禀防疫局移设城内，医官等到局并近日情形文

批：来牍具悉。所陈防疫局移设城内暨医官等到局并近日情形，迭接本局派去各员先后报告，尚属相符。其余未被疫灾村庄，仍应晓以利害，责成巡警及村正副随时查察，毋得疏忽遗漏。至被疫各村，虽已如法消毒，应就近商请医官再行详细检查，毋留余孽，是为至要。仍候各宪批示。此缴。（二月初十日）

祁州禀报南章村等传染疫毙情事文

批：据禀已悉。前阅该县来禀，于防疫布置井井，具见苦心。此次查明李洛起即李三义，其女以夫家疫死殆尽归宁，意图避疫，自应令其隔离住居，方是正办。乃竟饬警勒令出境！是该女虽幸免死于疫，仍不免死于流离。况波及他处，遗患无穷。纵使远出祁境之外，岂非以邻为壑耶？如此措置，似于仁义两字俱亏，草率疏忽，实属不合。仰速派警查追此女下落，如尚生存，卒见并未染疫，应即妥为安置，毋令人民视防疫为虐政，不仅为该令积德行仁计也。除派委员往查，仰即遵照。此缴。（二月初十日）

武邑县禀补报染疫之禀误写坐日，应请改正文

批：来牍均悉。所有补报染疫之禀误写坐日，应准更正。缴。（二月十一日）

新城县禀报遵饬设立临时防疫分局开办日期文

批：禀悉。现已邀集绅董筹议，在阅报社内附设防疫分局，并在高碑店车站切近设立防疫分所，延访知医官绅，尽诊验之义务，即于十五日一律开办。应予立案，仍候各宪批示。缴。（二月十四日）

定兴县禀调查境内并无染疫并设立防疫分局、检验所各情形文

批：禀悉。该县邀集绅董，公同议定仿照省城防疫章程，于二月朔日在预备会附设防疫分局，遴派员司、警长，督同各区官认真调查，并在固城镇添设检验所，筹备均极周详妥洽。仰仍随时查察，具报本局，并候各宪批示。缴。（二月十五日）

新城县会禀奉委调查设立防疫分局情形文

批：禀悉。应需药物已饬医员预备，仰即派人来局领取备用。（二月十七日）

育婴堂职董等请发给栖流所加添米石文

批：呈悉。已饬收支处照数发给，骑缝图领存。此缴。（二月十七日）

交河县禀疫患现已平复暨遵饬防护各情形文

批：禀悉。县境疫患已平，暨防护情形诸臻妥协。现据本局派去武邑医官禀称，已饬陈医官带同黄委员前往该县检查。仍望饬知富庄驿等六村染疫已死五十九人家属，候医生到日，将该房屋如法消毒，永绝后患，是为至要。此缴。（二月十九日）

试用县丞谢秩南禀报疏挖城内明暗各沟开工日期文

批：据禀城内明沟及三角地新修暗沟开工日期，均悉。候本局长公余有暇，当订期前往查勘。仰即随时督催，总期工坚料实，早日告竣，用副委任。缴。（二月十九日）

满城县禀筹设防疫分局开办日期并拟定章程清折

批：据禀筹设防疫分局业经开办，并送清折，均悉。所需药物，仰即专差来局领取，

以资备用。仍候各宪批示。缴折存。（二月十九日）

唐县禀筹设分局及开办日期文

批：据禀筹设防疫分局情形及开办日期，均极妥实。仍候督道宪批示。缴。（二月二十日）

肃宁县会禀肃邑现时并无染患鼠疫及办理防疫情形文

批：会禀具悉。该县现时并无鼠疫暨办理防疫情形，实深佩慰。惟闻东省小工被阻关外者实繁有徒，且闻俄境又得禁阻，不许阑入，诚恐嗣后难保不纷纷回籍。仍仰该县迅饬警区，预将出关姓名详查造册，一面劝谕各村预筹空闲房间作为留验所，并劝谕各该家属毋遽与其接近，俟留验数日无恙，再令回家安度。亦思患预防之一法。贤有司当不致畏此烦渎。此缴。清单存。（二月二十一日）

景州禀遵办防疫情形暨设立分会以防传染并防疫治疫清折

批：据禀遵饬防疫情形，并仿设分会，以防传染，具见筹画周密，仍候各宪批示。缴。清折、印刷件存。（二月二十二日）

蠡县禀筹备防疫情形并请饬发良药文

批：禀悉。已派员医前往详查消防矣。缴。（二月二十三日）

武强县会禀境内并无疫症及办理情形文

批：会禀具悉。前据该县禀报，境内并无鼠疫传染，并刊印传单药方，且复于城关及小范镇、沙洼镇、小章村、齐居村各处设会防维。具见于鼠疫一症，独能先事预防，是诚大有造于地方者。佩慰良殷。仍望随时查察，毋涉大意。此缴。（二月二十五日）

南宫县会禀境内并无鼠疫流染暨预防办法文

批：禀悉。所称该县并无传染鼠疫情事，并该令布置防范得法，迭据驻冀委员李令学富报告到局，殊堪佩慰。仍望随时查察，毋涉大意。缴。（二月二十五日）

饶阳县会禀奉委调查并无传染疫症村庄文

批：会禀具悉。该县并无鼠疫传染情形，已据密委将挨查各村报告到局。惟此后东省小工难保无陆续回籍之人，仍望该县预饬查明所属各村有无出关营业，另册存交。该管巡警随时查察，毋涉大意。此缴。（二月二十五日）

安平县会禀境内实无鼠疫发现筹设分局文

批：禀悉。苏月得等尸棺，前据报称派丁役等按照局章如法消弭等情，如果属实，或不致遗孽复萌。本局之一再饬速筹设分局，原期官绅相辅，急图善后，不知何日始能完备。仍望速速筹办，毋徒以会禀支吾塞责。缴。（二月二十五日）

深州禀办理防疫情形并绘图开折

批：禀折均悉。仰仍会同委员毋分畛域，认真调查，如法消毒，并希督饬各属随时严加防范，毋稍疏懈。切切。仍候各宪批示。缴。折图存。(二月二十九日)

枣强县会禀境内并未传染鼠疫文

批：会禀该县并无鼠疫传染，洵属地方幸福。既据驻州委员函知防疫事时开列预防、消毒、医药三种办法，仰即切实遵照，不得徒托空言，是为至要。(二月二十九日)

曲阳县会禀调查境内并无染疫情形暨病死人数清折

批：禀折均悉。仰仍认真查察有无疫症，随时报告，毋稍大意。切切。此缴。折存。(二月二十九日)

交河县禀续行查出疫故人数并姓名清折

批：禀折均悉。仰即会同认真调查，早期扑灭为要。切切。仍候各宪批示。缴。折存。(二月二十九日)

安平县禀遵饬开办防疫分局日期并拟定简章清折

批：禀悉。仍督饬绅董随时认真防范，毋稍疏懈，是为至要。切切。此缴。折存。(二月二十九日)

博野县详送防疫分局需用一切银两文并清折

批：具详已悉。应准核销所有垫支。不敷银两，候交清苑县转发。缴。折存。(二月二十九日)

衡水县详调查县境疫症尚无传染并已故人数清册

批：据详已悉。仰仍随时查察，勿稍大意。切切。仍候各宪批示。缴。册存。(二月二十九日)

深州禀办理防疫情形文

批：来牍具悉。已另函详复，并望转饬常令查照。(二月二十九日)

武邑县会禀境内疫气一律肃清并请奖励文

批：来牍暨夹单均悉。该县疫灾一律消灭，固员医等勇于任事，奋不顾身，然非该县躬自督率，群策群力，未易遽收肃清之效。所有在事人员可否奖励之处，应候本局长汇案禀明列宪，听候批示，再行饬知。至夹单所称善后防范愈当严密，以期共保安全，为亡羊补牢之计，尤属切当事理。仰仍查照本局二月二十二日通饬仿照清苑预将所属出关小工姓名造具清册随时稽查办法，切实奉行，是为至要。仍候列宪批示。缴。(三月初三日)

河间县禀请防疫委员来县以办善后文

批：禀悉。该县疫灾早已扑灭，并遵饬谕令各村设立留验房屋，以备续由东三省回归之人留验之用。惟仍须按照本局二月二十二日通饬，预将出关小工姓名责成村正副、警保查明注册，随时查察，方能收效。所请由局派员来县协办善后事宜，候札派去员医，即将疫毙各坟墓用灰封掩，自无遗孽发生之患。所需石灰应用若干，候医官估计数目，由县代为购买，应由派去委员如数发给价值，不准丝毫扰累民间。除分行外，仰即查照，仍候各宪批示。缴。（三月初二日）

满城县禀疫患一律肃清，拟将办事出力员绅请奖文

批：该县疫灾一律肃清，殊堪欣慰。仰仍确查，随时防范。所请在事人员奖励之处，应候本局长汇案禀明列宪，听候批示，另檄饬遵。缴。（三月初四日）

望都县禀定期撤局并捐廉津贴防疫局经费文

批：据禀该县设立防疫局暨分区布置各情形，具见筹画精详，决非敷衍塞责可比，欣慰殊深。又念教佐员司、淮军兵丁之勤劳辛苦，稍给津贴，以资鼓励。合计配制方药等项，共用银百八十余两。乃以库款支绌，未便冒昧具领，秉成母训，将平日节省衣食二百金尽数提出，以充防疫经费。似此慷慨输将，尤堪敬佩。该县既无疫症，自应及时撤局，仍望随时督饬访查防范，永保地方幸福。并候列宪批示。缴。（三月初四日）

博野县详覆遵饬办理防疫情形文

批：据详已悉。仰仍随时督率警董，小心防范，勿得始勤终懈。切切。此缴。（三月初四日）

武强县禀境内现无染疫情事文

批：禀悉。查该县境内现无染疫之症，仍应预防，以保治安；并切实随时劝阻工人，勿入俄境工作，以免外人苛待。仍候各宪批示。缴。（三月初六日）

蠡县禀鼠疫现已肃清文

批：据禀已悉。该县现已疫气肃清，民之幸福。务须随时严加防范，以免疫气复萌。仍候各宪批示。缴。（三月初六日）

深州禀报办理防疫现已肃清，定期撤局并清折

批：来牍所陈筹画办防始末情形，良由实事求是，卒能返危为安，兼且惠及邻封，造福无量。至分州委员扬州判同升暨夏令辛铭，均能不避艰险，不辞辛苦，候由省局汇齐，禀请给奖，俾酬劳勚。并闻附设经常卫生施医局，于警务公所之内善后经营，莫善于此。但能持久不懈，洵足保卫生民，尤堪佩慰。仍候各宪批示。缴。折存。（三月初六日）

深州禀报现办防疫情形文

批：禀悉。既与束邑邻封，必须加意严防，以杜疫气蔓延而保民生。并谕知各绅实力

劝阻工人，勿入俄境，以免外人苛待。仍候各宪批示。缴。（三月初六日）

武邑县禀疫将肃清并设立留验所暨在东省人数简明表

批：禀暨简明表均悉。该县于疫灾消弭之后，立即切实仿照保定工巡局，预查向在东省营业人民姓名造册，分村设立留验所八处，具征关心民瘼，安不忘危，曷胜敬佩。仍望严加责成巡警、乡地、村正副随时认真稽查，毋稍疏忽，以杜后患。其吴桥之桑园、景州之连镇为数县往来火车要道，亦应先事预防，应由该县径禀本管州尊转饬知照。缘省局已于十五日裁撤，本署府未便再行越俎干涉，并希见谅。缴。表存。（三月十七日）

宁津县禀办理防疫事宜并境内尚属平安文

批：据禀已悉。该县去腊今正，鼠疫传染甚剧，经省局派员往查属实。并据该前县韩令续报查明，伤亡一百八十八人之多。本局特饬委员承令训、赵主簿煦文，偕郑、张两西医前往，按照灾区挨户消毒。倘有疫毙未埋尸棺及葬埋草率坟墓，均饬查勘，酌购灰斤，代为严密封盖，俾杜疫虫触热复萌。计该委员等到时，已与该令接洽，望即添派妥实差警，随同员医，切实办理，是为至盼。至所拟饬各处村正副各就本村设立留验室一所，预备暂行安置在东省营业归来人之用，暨剀切晓谕，并称查明近日境内并无患疫之人，询之城乡警学各界员绅，金称近尚平静，具见安不忘危，关心民瘼，佩慰良殷。仰仍随时督饬查察，毋涉大意。仍候各宪批示。缴。（三月十八日）

章　程 *

钦加同知衔、特授南宫县正堂、调署清苑县正堂、加五级吕，

花翎三品衔、补缺后在任、以道员选用、世袭二等轻车都尉、随带加一级纪录二十次、

署理保定府正堂延，为保定工巡总局剀切晓谕事

照得瘟疫病症，惟鼠疫最为危险。一或不慎，性命堪虞。迩来东三省地方人民患鼠疫者甚众，防治綦严。山海关及天津近已设法防备，期保健康。保定为省会之区，人烟稠密，亦宜早日防备，使鼠疫媒介无自而生。合将预防事项逐条开列，先行出示晓谕。为此示，仰城关四乡各色人等知悉，一体遵照后开各条，认真办理。事关公众治安，切勿漠视为要。切切。特示。

计开：

一、防疫首以清洁为要。

一、住居房院内外，务须勤加扫除，无任污秽。

一、各项食品须要盖藏严密，以防传染。

一、饭具用时，先以热水洗涤，烫杀菌虫。

一、碟碗等件，万勿摆在外边或不洁之处。

一、鼠之为物最易传染疫气，缘鼠既染疫，鼠身之虱一经噆人，其毒传入血管，即为感染。亟应设法捕捉，以防未然。

一、多养猫，不止捕鼠，且鼠见之远避。

一、将鼠穴填塞，以绝患疫根株。

一、厕所及潮秽之处，宜酌用石灰细末一律铺散，以杀菌虫，勿使蔓生。

一、朽烂纸物，恐有菌虫潜生于内，应即清理烧毁。

宣统二年十二月　日

谕示车站文

省城办理临时防疫事务局为晓谕事。照得本局现奉大宪饬于南北火车到站，凡下车之人，无论中外，一体经医官查验。无病者立即放行，有病者送入病院，暂以接官厅为检验所。合亟谕示一切官商军学人等，毋许擅入检疫所门以内，致碍检验，且避危险。除派警禁阻外，为此特示。

省城办理临时防疫事务局为晓谕事。照得鼠疫这个症候，从前中国人都没有听见过，所以就没人知道这样病的烈害。本局自闻东三省此症发现，又见天津、北京都设法防范，故此也赶紧立了临时防疫会。现今改名叫防疫局。皆因保定府是火车大道，现在城内虽未见有此病，但是这查验下火车的人，不敢放松。另设留验病院，并非是官绅好多事呀。恐怕考查不严，一经传染到了，那时就后悔无及啦！昨见《民兴报》上载有白话演说，题目叫作《二不可》，说的极是明白。故特照录出来，贴示通区，给大家看看。各人也就知道不可不想法子躲避了。

二　不　可

这二不可（一属于官）（一属于民），属于官的，不可操切。王道不外乎人情，顺着人情的，事就好办；逆着人情的，事就不好办。要论到防疫，本是该当用强迫手段，不能论人情顺不顺。可是有一节，无论什么事，总当因时制宜。论现在我们中国人民的知识，本还没到那可以实行防疫之政的时候。在这个时候防疫的，就得用权变方法对付着办。办法不能含糊，作用必须变通。比方人民信服中医，咱们就别专用西医。人民最怕隔离留验时受苦，咱们就想法儿不教他受苦。凡此等事，全是官府应当讲求的。属于民的，不可大意。现在我们中国人，对于此次防疫，多有说此不过为向来原有的一种时病儿，何至如外国人所说的那么新奇古怪。哈哈！

这可不能那么说。全球大通以后，中国甚么新鲜样儿的事都许有。就说花木吧。现在中国所有的花木，多有为数十年前所没有的，全是由外国传来的种了。此次的疫症，就是从外国传来的。据西医考察，说中国向来没见过这种疫症。疫症有三种，各种有各种的虫子。其中有两种能治的，有一种不能治的。据说此次验出来的疫虫，是不能治的那一种，所以如此之烈害。我们中国人，固然多不信服西医，然而也不可看作不要紧。我尝听见一种人说，卫生局所定防疫的法子，全是老谣。并且还有说的，无病之人，身体内原有虫子。此次患疫的，从痰里血里验出虫子来，那也不足为据。咳！如此说法，未免太自作聪明了。疫虫是单有一种毒虫子，经人家外国多少医生多少年的考究，才考究出来的。把他著成了书，画成了图，后人这才知道有那么一种最烈害的疫症。

没想到我们中国不幸，竟闹起这种疫症来。我们各人但盼不传染上，无病的人也别看成不要紧。该当防备的，咱们也防一防，去去疑心病也是好的。偶尔头痛脑热的，就请一位中国医生看看，吃点药儿清理清理。要是情形不好，就报知巡警署，请西医验一验。如果是疫症，那无病的人，也可以知道躲避躲避，别传染上不好吗！

以上这都是报上白话原文，认识字的一看就明白。这不认识字的，无妨去到宣讲所那里听听宣讲，自然亦就不至于看成没要紧的事了。本局一片热心，全重在保全民命。特此晓谕，盼望大众多加小心。

宣统三年正月十五日

最要紧的防疫浅说

现在东三省哈尔滨一带地方，鼠疫流行，死了好几千人咧！已蔓延到内地来，亦死许多人了。原来这个瘟疫，惨害最猛，传染最快，在各种传染病里头算是第一个利害、第一个可怕的。若有一个人染了这个瘟疫，就要一传十个，十传百个，百传千个，一转眼的工夫，可生出几千万的病人来。最叫苦的是一得了这个病，虽有良医好药，也是无法救治。你说可怕不可怕？年前腊月间，满城县之汤村、孟村，博野县之杨村、程委、解村营等村，始发现此症。近日定州、深州、冀州、河间府底下，亦有此症。都是十几天里头，死好几十人。当初一村里死两三人的时候，都不知道是鼠疫传染，还说是暴病儿呢。紧接着这家死五个，那家死六个，那家死七个、八个，这才知道都是本村有一个人自哈尔滨回来传染的疫症，白要了本村的许多生命。咳！可冤死了。现经直隶临时防疫局急速延请西医，携带硫磺药水到处消毒，设法隔离，这才好些。现在汤村、孟村，已早无病人了。这么看起来，各村如有自东三省或自他处有疫之地方回来的，我们村里可得想个法子咧！别叫他一个人要全村的命啦！其实这法子亦好想，亦好办。我想各村头儿上不是都有个庙吗？不是都有个办公的地方吗？否则可公共租赁出几间屋子来，或由富家暂借出几间屋子来，专作为本村的留验室。凡本村的人自外省、外府、外州县回家来的，先请他在留验室住五天，专一人给他送食水。五天里头，本村的人都不许见他。就是他的父母、兄弟、妻子，亦不许见面。过五天后，看他无有发现的病症，然后再令其回家。这么办，或能保全一二。或者说这么办固甚好，但是一个人刚才回家，一村子的亲友都不见他，已不近情理，又不令他的父母、兄弟、妻子见面，这可太不讲情理了。须知当这个瘟疫盛行的时候，只有防法，并无治法。预防之法，除却遮断隔离，更无别法。譬如一个人回到本村，住在留验室五天无病，然后大家与他亲近，岂不两好。且回家的人只住留验室五天，果然无病，家人仍照常团聚。为保全人命起见，正是近情理的事情。假如一村里有一人带疫回来了，我们村里恐怕不近情理，不去管他，任凭他回家。一二日内，他的毒气一发必死。他一人死，他一家都不保。他一家不保，这全村可糟的问不的了。你看满城汤村之张洛登，不是个样子吗？

因张洛登年前由哈尔滨回来，一二日疫发即死，不数日而其家皆死。现惟剩下伊第二妾一人。一时帮同入殓者十二家，均被传染，一村共染疫死三十六人。其他如定州小辛庄死二十余人，都是该庄之崔老要自哈尔滨回来传染的。博野两和程各村死三十余人，亦都是该村王洛秋之子由哈尔滨回来传染的。你看利害不利害？你说可怕不可怕？奉劝各村，无论有疫无疫，均须设立留验室。凡自外回村的，务请他先住五天，千万别客气。须知我们欲同本村回来的人客气，就跟鼠疫客气一般。跟鼠疫客气，鼠疫决不同我们客气。那时候后悔可来不及了。

直隶省城临时防疫局印发

防疫白活演说

世界上有一种极利害的病叫做鼠疫，就是老鼠瘟。从老鼠身上闹起，传到人身上，死的最快。人再传人，那就更多了。就说印度闹这个病，前后死过三百万人。真是可怕！今闻关东吉林闹这个病，一天死一百多人。漫漫的传到山海关，又到了天津、北京。腊月二十以后，满城汤村有一个人从吉林来，患这个病死了。三两日内，著了三十多人都死了，还有病了的若干。现在第一件要紧的，是死人要深深的埋了。他房子、东西上都有病虫，顶省事的法子是把他烧了。他家里人自然是不愿意，可是大家的性命要紧，就想个法儿赔他几个钱，那到是小事。此外还有个法子，是满院洒石灰水或药水，屋里用硫磺点着，关上门薰一两点钟。似乎也好，然仍不如烧了放心。第二件是染过病的人，要他们单住一个地方，不要再与旁人来往，再连累别人。所有用的东西都要分开，无病的人不可同他近着。第三件是同病人邻近的人，虽说没有生病，难免他身上或房子内或东西上没有这个病虫，这个万不能不多疑的。这些人也要另住一个地方，不要四外出去。如果五天以后无病，那就放心他不至再传染别人，也就不管他了。至于离病人房舍远的，就是断绝往来，自然无事。这个病要不传染，他也不会自己生出来的。现在藩台吩咐汤村的人，照这个办法，各自分开居住，不可混出来找人。外边的人，亦不要去找他。四外要派巡警或兵把守。这也是无法的事。总而言之，大家姓命要紧。这都是好意，大家不要多疑。倘别处有这个事，也是要这么办的。

天津绅商公立临时防疫会第一次传单

现在正是新年新月，我本应该与众位说几句新喜吉利的话，如同恭喜发财这些样的言语。若是比恭喜发财更要紧的，可就是人口平安这一句话了。你们要问我，这四个字也不过是随口的吉利话，为什么就算得格外要紧的呢？众位要知道，虽然这四个字是正月里人人全顺着嘴就说出来的，惟独今年正月里，这句话真是更有力量，算是应时对景最要紧的一句话。你们诸位千万不要嫌麻烦，务必的沉下气去，听我把这人命关天的大事，说给众位听听。那一位就说了，人口平安四个字，怎么有这么利害。别听他造谣言啦！你要这么说可就不对了。请想谁大正月里没事，跑到露天地下怪冷的，在这儿造谣言呢。就是造谣言，也造不出一个钱来。为什么不在家里同老婆孩子，坐在炕上，暖暖和和的说说闲话，总是跑到这儿来喝西北风强阿。反正就算听我造谣言，等我说完，众位想想可是谣言哪！可是真有塌天大祸的要紧话呢！简断捷说，我要说的就是现在咱们天津闹的瘟疫病。这个瘟疫病，不像咱们中国向来说的那春瘟、冬瘟。要说我们中国说的瘟疫，也有好几十样，其中可是没有这一样。大约你也听见说过，广东、印度从前有的瘟疫病，但是那个瘟疫，外国名字叫作表榜尼克。这样的瘟疫，还算有治法。比发一百个得病的，或能有二十个人可以治的好，然而也就利害的了不得啦！要说到咱们天津现在受的这样的瘟疫，外国名字叫牛忙尼克，比这个表榜尼克呢，更烈害的很。为什么缘故呢？就是为一得这个牛忙尼克的瘟疫病，是非死不可。怎么呢？不要忙，听我从头说给你们听听。众位务必牢记在心，回家说给家中的老少人等听听。就是遇见亲戚朋友们，大家也要彼此传说传说，并还请照着我告诉你们那防备保护的方子去做，亦可以躲避躲避。这个瘟疫病，怎么就叫牛忙尼克呢？这四个字，是一句外国话，用咱们的字写出来的。比如你碰见一个外国人，告诉他说你有牛忙尼克的病，准保他回头就跑。就有这么利害。为什么他们这样的害怕呢？因为这病专会传染。要说这个病传染怎么个快法呢？如同有一个人打了一个呵吸，那一个人只要看见了，就是离了远远的，他亦不知不觉的就张开大口，跟着也打一个呵吸，比头一个人打的更要利害。你们要不信，我先告诉你们，这个瘟疫病跑的够怎么快法，传染人够怎么快法。怎个瘟疫起手在俄国满洲里？因为那边许多的人打獭皮，獭皮生出这一种瘟疫虫来，由满洲里就跑到了哈尔滨。这是由北满洲铁路人带着走。后来由南满可就带到长春、吉林、奉天、大连湾、山海关一带地方，全有这样的病。你们诸位看这个打发起的那一天，到现在总有三个月，跑了有一万里地，亦算快的很了罢。如今我再说说他的利害，众位要细细的听，这是最要紧的。你们要拿着当稀松平常，那可不是玩的，就必定受多大的害了。在发瘟疫病的那个地方死的人数，有一天二三百人的，有几十个人的。你想惨情不惨情呢？初起的时候总是少，如果地方上卫生的法子办得好，大家伙一齐肯帮忙，也就能救人无数。头一样要紧收拾干净，瘟疫也许少些。要是仍照着现的神气，肮脏不收拾，别说瘟疫不能说，这个瘟疫虫是见着肮脏更得劲，人可就死的多了，一天死一千一万的也不定。那位就说拉，也随便拿咱们当傻子，他就信嘴的胡说。众位，可不是那么说。我现在手里拿着这张纸，不是我自己写的，是咱们天津大家绅士设立的防疫会奉制台批准的。这张纸是咱们防瘟疫会里作的，也经许多明公看过。就是咱们天津卫生局屈总办已经许可，他说一点儿也不错。我们才对城乡各处去发散，教大家好照着下边说的法子办理，为的是好躲避这个塌天大祸的瘟灾。如今说这个病，怎么就这样容易传染呢？要说容易，比干什么也容易。咱们天津向来没有这样的病，怎么如今就有了呢？因为东三省回来的人带来的。那位又说拉，你说的这样利害，一得病就得死，怎么死人的魂灵也会带病来吗？不是那么说，一个人要传染上了病，总要五七天才可发作。先是头痛，然后发烧、咳嗽、周身疼痛、氖〔气〕紧、面上发青，临了一吐血沫子，可就死了。这一个人死了不要紧，只要在十天以前同一个院里住的人，或同在街上在屋里吃过饭的、说过话的，因受了他口里的气味，或是他吐的痰，全有瘟疫虫在内。这虫子极微极小是看不见的，无意中就能传到咱们口里来。这个病就算种上了。你看利害不利害呢！要有传染上这个病的人，必须赶快到卫生局求医生治，连家里人、同院人全要送到医院去治，一会亦别耽误。要等到发作时候，可就办不及了。那位又说了，我们让他送在医院去治，也许要死，到不如在家里死，岂不好！总算死在家里。这个话不是那么说。就算该死，咱们亦应求卫生局送到医院里去治，也许治的好，又可以不害街坊邻居，岂不好！要是这样存心眼，或者老天爷也可以加护他好了。就是咱们听见了谁家有病人，就不是这瘟疫病，亦应该求卫生局的医生来看看，除除疑，好放心。若因为道路远，也可以托本区上的巡警打电话，请卫生局在各段上派的医生去看。我们防疫会已经同卫生局总办、巡警道台说好了，一个钱不要花，乐得的这样办，不好么？要说收拾的法子，我们现在亦要告诉。头一样，一个人早晨起来，拿昨天穿过的衣裳。有富余的呢，里外全换一套；如果就是一身，也要拿这一身过过风。要能让太阳晒一晒，更好。不论男女，一个人一天必定要洗一回澡。所有家里的家伙，就是连炕席，迟个三四天，亦要拿到院里晒一晒。炕上、屋里地上，全铺一层白灰。要说老太太的头，也要天天梳梳。迟六七天，就是十天一月，亦得洗洗。男女每天亦要用牙刷子刷刷牙，口里必得干干净净的。有钱买牙粉也可。就是有钱的，亦可同穷人一样，用咱们中国的石膏，叫药铺磨的细细的，过了罗。石膏比甚么都好，因为买的那些牙粉，也全是用石膏做的。不过有钱的人们，一看是中国石膏，鼻子里一哼，说这个不行，非花点钱不过瘾。其实一样，不过加颜色香味，别的坏处则有，好处一点儿没有。要说男人呢，你们这儿所有卖力气的爷们，天天倒要烫一个澡，痛快痛快。就是铺眼、掌柜、同事、做卖买的，天天亦要洗澡，可就差了一点。你看我说的这个显着刻薄一点，又得罪人。到是铺眼的爷们比咱们财主大爷、公子哥又好的多了。咱们这儿有一样的人，他有几个糟钱，这就自称合的着，任意的肮脏全不在乎，弄的三分像人七分像鬼，自鸣得意。难道发财作大爷，非肮脏不可么？其实错了。诸位想想，是一个人刷过牙、嗽过口、洗过澡痛快呢，可是永远不刷牙、不漱口、不洗澡，嘴里气味恶臭、身上一股子坏味的好呢？这两样我别说，请诸位想想，别说人家讨厌不讨厌，要说这样脏法，人人全恶心。你那里知道，世界上就是有一样东西最爱他，最喜欢同他作冤家朋友。什么呢？就是那瘟疫虫。见着这样脏人，他立刻就到他那肚里搭下窝、下开种子拉。不出五天七天，就把这个朋友送了终了。瘟疫虫只要见了肮脏地方，不论屋里或是随便那儿，只有脏地就来传种子，茅厕更是他极相好的朋友了。我说的这些话，并不是随便取笑的，全是要人干净，是防疫躲避疫虫的善法。总要诸位帮忙，见人就劝，对他们说这个瘟疫咱们天津已经有了，得病就死，不早早防备，将来咱们这儿一天亦要死一千八百的，那时候可怎么了呢？

我说的半天话，全在这一张纸上，以下还附著几条章程，你们务必照著去做，总有好处。还有一样要紧的事。咱们大家要是真收拾干净了，并有一种防瘟疫至宝浆，用针打到肉皮里去，可以不受瘟虫的传染。将来此浆到后，在什么地方施治，随后不是另有告示，或是也照今天一样的白话传单布散给大众知道。这个极灵验的药，也是要紧的。你们预先同大家说说，免得将来施浆的时候，大家瞎造谣言。我还有一句应该说的，女人们现在没有澡塘子。有钱的，可买好澡盆，在家里天天生火洗洗。就是无钱的，也可以用小一点的木盆，天天也可以洗洗。这是很要紧的阿！我们瘟疫会里做的白话，一半天仍有出来的。咱们改日再见，千万不要忘了我的话，不要拿这当作耳旁风，不要说这是散布谣言。这实在是为救同胞，为爱同胞的一片真诚阿。

天津卫生总局已经出过防疫章程，如今我们防疫会也告诉众位几条法子，众位务必留意。

第一节：一个人早晨起来，总要把昨天穿过的衣服里外全换一套。如果就是一身衣服的，亦要拿著过过风，能让太阳晒一晒更好。

第二节：所有屋里家伙总要干净。就是炕席，也要揭起晒晒。屋里、院中多铺些白灰，中厕更要时时打扫，铺白灰愈多愈好。

第三节：每天要用牙粉刷牙一次，不然就用石膏面亦可。

第四节：不论男女，每天必要洗个澡。这个好处大的多了。

第五节：再者，将来仍有施用防疫至宝浆一事，将药浆从肉皮里打进去，准保不传染此等瘟疫。将来此浆到后，不是出告示，就是有传单，总叫大家知道。

照录天津卫生总局防疫章程开列如左：

计开：

第一节　防疫布置三大纲　一、天津城厢内外，分为八段，每段由卫生局派医生四名、稽查员四名严密防查。二、各段巡警，应协同卫生局所派之医生、稽查员认真查验，遇事接洽。三、各段绅士应担协同防查之义务，并将防疫利害开导居民，免滋疑虑。

第二节　卫生局所办事项　一、各段之稽查员及医生，每日分二次周巡本管段内。上午由八钟至十二钟为一次，下午由一钟至五钟为一次。每次每员由某街巷起，至某街巷止，查得有无病人及病人之姓名、门牌号数，列表挨次呈报卫生局。二、稽查员、医生查有病人，即往诊视，认别所患病症。如验系瘟疫，即送防疫医院。其与病人同居者，均送留验所留验五日。此五日内倘有患疫及涉疑似者，亦送防疫医院医治。如留验五日，诊验健全，送还本居。患疫人病愈，亦即妥送出院。三、凡染疫人所住房舍，由卫生局设法消毒封闭五日。四、各段内如有患病之人，由其家属或亲友邻右报告卫生局派医往诊。所患系疫，照章办理。如隐匿不报，一经查觉，罚其家属或邻右。五、各段内如有病故之人，由其家属或亲友、邻右报告卫生局派医往验，给予执照，方准买棺殓殡。如隐匿不报，私行殡殓，罚其家属、邻右，并究治售棺者违章之罪。六、由医生稽查员将预防传染方法详告各段住户，俾能自卫。

第三节　巡警所办事项　一、各段住民如有抗违卫生局医生、稽查员之验视者，巡警得干涉之。二、如有造言煽惑、借端生事者，巡警即时拘拿，严行究治。三、凡因疫封闭之房舍，巡警须严密看守，负保护其财物之责任。四、卫生局医生、稽查员防查不周之处，巡警务实力补助，以期慎密。

第四节　由芦台河来津之水排，以大毕庄为要路，由卫生局遴医生、巡警道加派警兵，在该庄设卡查验。

第五节　所有本章程未尽事宜，应由卫生局、巡警道、交涉司随时会商增订，详请督宪核夺。

直隶省城临时防疫会办事章程

一、本会以在城官绅组织，即日成立，以藩司为会长，余为会员。

一、本会各员均逐日到会，随时研究。

一、分设检疫所、临时养病院及薰洗衣局各一处。

一、由藩台派委两员、绅界公推两员常川驻会，办理一切事宜。

一、设调查专员分赴各处，会同该管巡警，切实调查，即时报告。

一、联络中西医学专家，随时会同办理防疫一切事宜。

一、本会办事时间，早自九钟至十一钟止，晚自一钟至四钟止。

一、经费由司库随时筹拨，事竣开报。

一、检疫所、养病院，均由公推妥员常川经理，并优给月薪；仍各定详细规则，以资遵守。

一、本章程如有未尽事宜，随时增订。

直隶省城临时防疫局普通防疫规则

一、最宜注意捕鼠。但既死之鼠，不可用手拾取，宜立时设法包裹，一并烧毁。其地方亦须散布白灰。

一、鼠穴极宜用白灰和碎玻璃堵塞。至厨房、仓房、衣柜各器具及下等人或跟人所居室之鼠穴、鼠巢，均一律填塞。

一、蝇、虱、臭虫、蚤等，皆易传染此病，宜时行清除之法。

一、宜多畜猫，或设种种捕鼠之法。

一、身体宜清洁，手爪、足爪宜常剪除。

一、衣服被褥宜勤加拆洗，并时于日光下曝晒。

一、食物宜于洁净处收藏。其残余应抛弃者，宜另入一器内，搀和白灰。

一、旧衣、破棉败絮及烂纸等，皆易传染此病，宜随时烧毁。

一、凡人受有轻微伤处，尤易传染此病。亟宜以单软膏药涂敷之。

一、院内室隅，宜时时散布白灰；屋内尤宜时时开窗，令日光射入；水缸亦宜随时淘洗，并加盖严防。

一、人烟稠密之处，均宜加意预防。

一、染有此病之人，旁人均宜慎避，应亟送入临时病院医治。

　　　　以上系关于个人防疫事宜。

一、城内外各区，由工巡局多添除秽车辆人夫，将所除秽物弃置城外较远空旷之地；并暂免车捐，准乡车入城除秽。

一、查有因患此症而死者，责令用油布包裹，加石灰入棺，即时成殓，迅速加深掩埋。

一、旧设养病堂、栖流所、监狱、屠宰场，应由该管官绅督同所司竭力扫除洁净，遍布白灰，拨洒药水。

一、官厕及故物售卖场，应由工巡局除秽夫按日扫除洁净，遍布白灰。

一、外来难民，由巡警局会同府县即时资遣，不得在城厢内逗遛。

一、大小客店，遇有病人随时报告本局，分别办理。其房间应由该店主扫除洁净，遍布白灰，每日由该管巡警检查。

一、当铺及押衣服小摊，如收有旧破污秽衣服，均宜另贮专箱，以送薰洗衣局，以硫磺薰过发还，方准售卖。

一、戏园暂行停演。如演戏时，须遵本局取缔规则。

一、饭铺、茶馆、澡堂，均由该管巡警迫令洒扫洁净，遍布白灰。

一、澡堂不准有病人洗澡。必须领有本局医官验明执照，方准入堂。

一、井台应由该管巡警迫令该井主扫除秽物，夜间加盖。

一、各娼寮由巡警迫令扫除洁净，多洒灰水。

　　　　以上系关于公共防疫事宜。

谨将本司拟订省城防疫局章程缮具清单，恭呈帅鉴。

临时防疫事务局章程

第一条　省城先设之临时防疫会，更名为直隶省城临时防疫事务局，归布政司监督，掌理省城及保定府属外州县防疫事务。该局仍设在防疫会现借之文学馆内。

第二条　省城临时防疫事务局设职员如左：

局长一人，副局长一人，提调一人，委员　人，医官长一人，医官　人，卫生队四十人，书记　人，司事　人，杂役　人。

前项职员之外，得设顾问员四人。

第三条　局长、副局长，由布政司详请，以保定府知府工巡总局局长充之。

第四条　提调由布政司详请，以清苑县充之。

第五条　西医及西医学生由局长与订合同聘订。

第六条　华医由天津卫生局拨派及保定官医院医生外另添聘。

第七条　检验所、养病院暂设之看护三人，亦由西医士雇募。

第八条　委员及华医生、书记、司事，均由局长札委遴选。

第九条　顾问员由局长约请城绅。

第十条　局长总理本局一切事务，指挥监督所属职员。局长有事故时，由副局长代理其职务。

第十一条　副局长辅佐局长，监督所属职员处理局务。

第十二条　提调承长官之命令，分掌局务。委员承长官之命令，听候遣派差务。

第十三条　医官承长官之指挥，经理检疫事务。

第十四条　医生承长官之命令，从事检疫事务，并教练卫生队应有学识。

第十五条　书记承长官之指挥，缮写文牍，从事庶务。

第十六条　卫生队承长官之命令，从医生学习应有学识。

第十七条　司事承长官之指挥，稽查清洁方法、消毒方法之施行。

第十八条　顾问员关于防疫事务，应长官之咨询并得自行陈意见。

第十九条　临时防疫事务局设五科，分掌事务如左：

　　第一科　掌检查车站来保行旅。无论官商中外国人，一体对待。

　　第二科　掌健康诊断及检验尸体事项。

　　第三科　掌稽查清洁方法及消毒方法事项。

　　第四科　掌接种疫苗及注射血清事项。

　　第五科　掌庶务会计及其他不属各科事项。

第二十条　局长、副局长、提调，不支薪水；西医甘尽义务。其华人学西医者，津京所派所聘，薪水数目由局长酌拟，呈请布政司核定。

第二十一条　本章程自详奉批准之日施行。

第二十二条　本章程至防疫事竣之日即行废止。

直隶临时防疫局病院章程

一、本局为防疫重要，设临时防疫病院，以备检有染疫或疑似染疫之人，分别送入，酌核办理。

一、病院暂设经理绅董一人、西医一人、中医二人（兼办收支）、看护士二人（另有看护妇一人，应俟收有女病人时再住院），均须常川驻院。

一、病院区分三部，一留验所（男十号，女三号），二隔离所（男七号，女二号），三病所（男三号，女三号），每号只住一人。

一、病院收入，除由检疫所径行检送外，其各处遇有疑似染疫之人，均可随时送院留验。惟经西医诊视确非染疫者，概不收入。

一、凡有疑似病人（或从疫地来者，或体温过一百度者）及疫死者之家属，与其临死在侧之人，均须来院，经西医诊验薰洗后，留住七日（住留验所），每日西医周视二次。遇有较来时稍重者，立即拨归病所。其确有染疫现象者，再行剔入隔离所。

一、凡有探望病人之眷属及亲友，均不许入内看视。大门内设有款留室一处，令其在内候信，由门警传知号房，转禀经理派看护士（或看护妇）往来传话。病室内除医士及看护外，他人均不得滥入。

一、病院设有厨房二处、浴室二处、厕所五处。其厨房之一切器具（某所某号之碗碟箸匙，每用一次，立即用水煮，并均有一定之号架庋置）及食物与浴室各件，内外一概不得通用。至男女厕所，留验、隔离，亦各异处（病人便溺痰唾，均由看护加灰送出）。其隔离所之厕坑（掘深八尺，入灰加盖）外，又设弃食桶一具。凡病人食余，均抛置此桶内加灰。

一、病院设有薰洗处及烧物处。凡入院之病人及病愈出院之人，均须薰洗。倘不幸疫殁，其衣服、被褥一并烧灭。室内各物，亦一律立刻薰消。五日后始准另住他人。

一、病院置有空地及棺木。凡疫死者，概由病院先用药布裹尸后，置棺内加灰严盖，八尺深埋。并用木标志其姓氏、里居，以便其家属事后迁葬。

一、留验所、病所、隔离所各号病人，均不准外出。每号悉备有应用各物，不得混相串用及移出户外。又专备有抬人床椅等具，每用一次，亦立即薰消。

一、病院执事人等，各备有油布衣两身及呼吸防疫器二具，以便用过后更替薰消。其更换衣服，亦设有专室。

一、本局所定院章程，无论何人，凡入病院者，均照本章程一律遵守。

一、本章程如有未尽事宜，随时可由本局会商病院经理改订。

直隶省城临时检疫所章程

一、本所为预防鼠疫传染，由防疫局特设员医，随时检察。

一、本所设于西关火车站。

一、本所设经理二员，常川驻所，经理一切事宜。

一、本所延聘西医专家切实检察。

一、凡火车搭客在保定下车者，无论何人，均须一律受检。查明无疫者，即刻放行。

一、女客下车，均由女医检察。

一、过客下车到本所受检，有一定路线，由巡警随时指引，并严防由他路潜去，以免漏检。

一、凡检有身染鼠疫者，即时送往临时病院医治。其携带行李、衣服等件，一并送往消毒。

一、如过有不受检察之人及染疫不肯入病院者，出巡警迫令前往。

一、本章程如有未尽事宜，随时增订。

直隶省城临时防疫局分区调查客店章程

一、本局为防疫重要，专设调查员五员，分日轮查五区客店，各专责成。

一、某区共若干店，店共若干号，共住若干人，有无病人及患病者已愈未愈，逐日查明后，具体盖章，呈报本局。

一、店内住客如有病涉疑似之人，调查员须立刻报知本局，以便立请西医前往诊断。

一、店内住客出店后，务由店主将该客所住之号舍扫除干净，方许另住新客。

一、客店污秽不堪，最易染病。调查员须挨店挨号切实查察，饬各店将院内屋内逐日一律扫除洁净。

一、各店中厕、马棚及潮湿处所，除扫除外，并须铺洒石灰。

一、各店户如有不遵调查员劝诫者，可由各该员请警察强迫之。

一、各店户除遵照本局普通防疫规则外，并应照本章程一律遵守。

一、调查员除调查客店外，如遇有各该管本区应行调查事项，亦由轮值本日之调查员专任调查。

一、各调查员应照本章程认真执行，如确有不能得力之处，查明后由局长撤换之。

直隶省城临时防疫局派赴各州县委员执行方法

一、每至各州县一村庄，可先向各村人民演说疫症传染之利害，当面散给告示浅说，不必一定召集村正副再办，更不必俟与各地方官晤面后会同办理。

一、每至各州县，如查询有染疫村庄，立即设法隔绝，以杜传染。（隔绝之法，可暂在各村庙内，或借用闲房办理。）一面飞报省城防局，以便派医前往。禀省局可用单衔草书，总以速为妙，不可稍迟。

一、各委员均须酌带消毒药水、硫磺，以为预备。其用药方法如不得其详，可向本局西医接洽。

一、各差遣委员，务须先在本局点种疫浆，以保个人危险，再去救人。

一、遇有各州县疫毙人口，务饬其即速如法深埋。如不听劝说，可请该管地方官或警察局督饬遵照。

一、除各州县已经染疫村庄宜特别注意外，其与染疫附近各村庄，尤须设法预防，以杜蔓延。

一、每至一州县，务须劝其即速设立防疫分局，招集本地绅董、敬察，协同办理，以为检察、隔离、留验之预备。

一、奉饬划归本局办理疫事之各州县，本局负有责任。差赴各员，即有同一之担荷，务须认真办理，以期和衷共济。

一、凡划归本局防疫之各州县，本局对于各该处人民即应有一视同仁之意。有疫无疫，一律预筹防检，不可稍分畛域。

方　法 *

鼠疫病因防法论

北洋验疫医官王传钧海涛著

（病因）此病由一种杆形茵〔菌〕毒先起于鼠。鼠身之蚤噬人，令毒入血，或蚤粪染皮以种毒，或手有破裂，摸病人衣服器具而致染。患此病者，痰血脓粪、呼吸之气，均足袭人传染，散布各方，为害极烈而极速。

（病之危险）西历一千三百年，欧民患此死者四之一。一千六百六十五年，伦敦死于此者七万人。近印度以此死，年约一百万人。一千八百九十四年，传至广州，死者六万人。

（病之分类）（一）染核疫。由染病后一至五日或十四日，髋股与腋窝颈等处起大小之核，肿胀而痛，或破而出脓，或为脓茵〔菌〕串瘰，轻者不出脓而消散。（二）染血疫。其势极急，痰核未肿，热不甚高，一至三日即死，身见瘀斑及流血状。（三）染肺疫。热高呼吸速，痰稀而有血。所咳痰涎及气最易传布，四五日死。（四）染肠疫。由食物所染，其显状为泄泻便血。（五）隐疫。无甚病状，不卧床。（六）小疫。发热数天，核肿生脓，死者甚少。

（先状）困倦，减食，四肢疲弱，怯寒，头晕，心跳，髋股处痛。

（显状）发热，疲极，不眠，颜瘦而见惊容，目红瞳大，颠欹若醉。

（总病状）身热，皮干，面肿，目红，尿闭。舌黄而边红，渐变棕黑。吐泻，体弱，昏迷，痪瘫。最要者，脉跳无序而极速，呼吸快。其死之故，以心中毒缺力所致。急者得病两三点钟即死，不及病状发显。

（死数）白人百分之三十，中华印度人百分之八十。染肺者百分之九十七，染核者百分之五十，染血者全死。

防法：（一）灭鼠。凡街卷〔巷〕有死鼠，勿用手执，用铁钳取浸开水内灭蚤，然后烧之。病鼠所经之路，用开水浇灌。若有鼠洞，必堵塞。各家宜养猫捕鼠，并设打鼠之铁丝笼。如捕得，淹死烧之。（二）防鼠蚤。袖口、裤下口，用带捆紧。被褥常晒，衣服勤换。如铺床有木蚤，用煤油擦。（三）防饮食。猪、牛、兔、鸡、鸭、鹅、鸽，最易染此症。必察其颜色有无不正，并须久煮。一切食物均宜盖藏，勿使鼠蝇过食。（四）制防病人。（1）凡患此症，速报警署；（2）必独居一室；（3）痰粪用器盛之，加消毒药水，深埋旷野，覆以白灰；（4）病人衣服宜烧尽；（5）病故后，枢内覆满白灰，即日掩埋；（6）病室用纸封闭缝窦，烧硫磺数磅，次日用消毒水洗门窗地板，用白灰粉刷墙壁。（五）预防。院庭扫扫洁净，勿积秽物。厕所盖覆灰渣。勿至客店、茶寮、酒肆、游戏之场。凡与病者邻近往来之人，勿与交接。（六）种败毒浆。此法与种牛痘以防天花理同，能保护免染此症。凡与病者邻近往来之人，悉当种之，死数可减十分之八。

鼠瘟防法

近数月，东三省瘟疫大作，因而殒命者甚多。现今此瘟散布远方，直至天津、北京、保定、烟台等处。按此瘟中华已经患过。前十七年在广东省城，此瘟大行，死者约六万人。但从前之毒力，不似如今之剧烈。果系何类之毒，试先论之。此毒系微小之生物，仅用目力，不能验看。必须用显微镜，方能查明。其所从来之处不一，总之可谓来自地中。夫既居地中，如何出而毒人？因鼠常居地窟，此毒物先入鼠之血内，使患此瘟。及鼠病死，其身上之蚤子跳于人身，食人之血，将此毒物种于人之血中。越二至七日，其人即患此症。故名为鼠瘟。夫此微小之生物，如何能令人患此重症？因一入人身内，必然滋生。每一刻钟，各能生一。越七八日，必生至数万万之多，无人能抵其毒力，所以患病。以上所论，乃平常散布之理。现今患此瘟者，犹不止此。因此毒物多令人患肺经发炎，一闻病者口中之气味，其人必患此症。即健壮者，亦难免受其传染。医家查明此症之病状，各有不同，详言如下。一、身先发烧，越一二日，身内有数处起疮。最常显者，乃在股盘。越二至五日，常致殒命。此等缘由，乃借耗子身上之蚤子传染。二、肺经发炎，即肺经上火，越三四日必死。临死常吐血沫。三、令血中毒，身体衰弱，且多作呕吐。越一二日，即致殒命。此二类不借蚤子传染，乃因病人呼气带此毒物，其力甚大，人吸其气入于血中，即得此症。此乃毒气布散之最速者。现在所患者，即系此二类人。患此症，无药能医之，惟宜用法预防。近数年来，医家制成一类浆水，射于皮内，或免此患。倘已患之，则无医之之能，必及早射之方可。射后虽不能尽免此症，亦可免四分之三。且用浆之后，虽患此病，亦较常为轻。但可惜者，如人人都用此法，此浆必不敷用，故另设防法如左：

一、患此病者，宜单住一室，家人不宜随意进入，只须一人服侍，并不可另换他人。有人来见病者，家人必须拦阻，以免传染。

二、病人所住之室，必多通空气。此病人之传染，多半借病人所呼之气。如门户俱关严密，过数句钟，病者所呼之气则染坏屋内之空气，他人吸之，必患此病。病室宜门窗大开，病者身多盖被，果能如此而行，病人即不能救，而传病者庶免传染。

三、与患此症者相近之人，且慎防之。切勿因不立被传染，即谓无妨。恐其室内之鼠已患此症，不久即散布人身，宜将白灰末满铺屋地，亦将灰堵住鼠穴。

四、患此症者，相近之人与侍病者勿令其随意进他人之室，与人往来。且离去患症处时，必独居八九日。如不患此症，乃可决此毒未在其血内，方可任其遂意往来。

五、侍病者，万不可在病人室内用饭，或食他物。欲食时，必先往他室洗净手脸，然后用之。且病人余剩之食物，当即焚烧，不可存留于室内。因病毒最易扑在食物之内，他人食之，必受其传染。

六、侍病之人，病者口中之气味，宜用法免入己口。最妙者乃用呼吸具，以铁片作成，一端合于口鼻，一端覆纱布数层。但此纱布，宜先浸加播沏酸一分、水四十分之消水内，方能灭此毒物。如此酸不便，则以冷水浸之亦可。病者不用人时，侍病者宜待于他室。病人之大小便、唾沫，甚为可畏，宜用白灰掩盖之。

此图乃带呼吸具之式样

七、患此症而死者，其衣被等物宜焚烧之，不可爱惜小利，以致大害。宜用布数十尺，浸于如播沏酸一分、水二十分之消水内，覆于尸上，再以手推转其布而包裹之，可防毒力散布。万不可以手梢沾其尸。如加播沏酸不便，可将白灰作成稠流质，以布或被醮于其内亦可。

八、所用之棺椁，宜多用白灰铺底。抬入之后，再将白灰蒙覆。棺盖更宜封严。入殓已毕，速为埋葬。仍将白灰满撒室内与床上，亦用白灰水刷室之四壁与顶棚，方免传染他人。但不如将此房屋焚烧为妙。

九、患此症而殒命者，葬埋之时，宜掘坑丈余，乃为合宜。恐鼠钻孔，通至棺内，以致毒物散布于外。最合宜者，乃将尸身烧化。

十、不可不养猫。因鼠死后，其身上之蚤子必寻人或他畜类方能生活，其毒即因之散布。猫原为鼠素所畏惧，养猫之家，鼠则不敢居住，故猫可谓防此瘟之畜。亦宜设法捕之。

十一、如人知在某处或某村现患此症，虽有要事，亦不宜前往。且此症盛行时，不宜多往街市。因往来之人甚杂，不知谁身有此毒物。故乘此症未行时，宜早预备日用之物。西国瘟疫盛行时，有禁患症之律法，不准患病者之家人随意出入；其所必需之物，有官派人送至门外。故西国近来少有瘟疫散布。如人不遵此法，律官必派兵围困其宅。

十二、街道不准积粪土或他类秽物，因不合卫生之道。不合卫生之处，最易患此症。

十三、如人知某处患此症，密不宣布，乃为害人之道。因此症愈散布，愈难防御。

十四、如人不得不往街市，宜多留意。若遇有带病形之人，即速躲避。

十五、进城之车马，宜派妥人查验，系最要之防法。但须在城外先备单室数间，如查出病人，无论何症，必令其居此单室，观其病状如何。但室宜多铺白灰，中厕亦宜多铺白灰以防之。

十六、如有人从患瘟之处归家，宜令居于所备之单室八九日。一切行李，宜以灭毒药灭之，即加播泖酸一分、水二十分之消水。如药不便，宜以滚水煮一句钟之久，乃能灭尽其毒。太阳亦有灭此毒之能，展开晒之亦可。倘衣被甚厚，恐不能尽其中之毒物，不如煮之为妙。虽其人未显病状，亦宜如法行之，切不可减少日期。

十七、不宜购买故衣或从患瘟之处所来之皮服，恐其内藏此病之毒。

十八、如人路遇患此症而殒命者，若呼吸具不便，宜以手巾浸于水内，覆于口鼻，将二斜对之巾角结于脑后，则所吸之空气，必先经过此巾，可免毒物入口。

十九、不可多人居一室内。因室内人众，必致多有秽物，乃助此病之散布。

如人仿以上防法行之，必大有益。此非空谈也。欧州前数百年此瘟大作，殒命者约数万万人，几为全欧州四分之一，实甚可畏。可幸者，欧人善用防法，故此数百年来不再盛行此症。从前此症未用防法之先，盛行于英京，殒命者约七万人。因英人善为防御，亦不再患。他人能用法阻御，中华岂不能用法阻御乎？勉之望之。或谓瘟疫乃系天灾，人该死则死，该活即活，何必防备！此言谬矣。泰西各国近数百年来善用防瘟之法，在未用此法之先，当瘟灾大行之时，于欧州诸国殒命者不下数万万人。及知用防法之后，即能抵拒此灾，并无中瘟而死者。盖尽人事以听天命者，理也。不尽人事但诿之于命者，非理也。若徒诿之于命，不能设法防备，乃显明其未尝学问也。

北通州公理会医院镌

防疫办法撮要
本局拟

一、详查已发现疫症之村邻近有无传染。

一、患疫毙命之尸棺，无论死之久暂，务劝导速行掩埋，勿任淹留停放，致疫虫染及他人。且埋葬之坑，宜掘深四围，以灰实之，然后盖土。

一、患疫毙命之家，如尚有生存之人，无论男女老少，劝令暂迁另居。

一、预计距染疫村庄相近有庙宇或学堂，商准借用，作临时避疫院。即将上条所指生存之人迁入暂候。医生到后，检验情形，如法消毒。

一、通知公正明白绅董，带同村正副，挨户晓谕疫症烈害，不可任为天灾，不尽人事防遏。

一、防遏必用石灰。无论有无染疫，按户均宜布洒灰粉于墙隅、屋角、厕所、猪圈。灰为杀虫利器，万不可缺。

一、有疫之村，应禁与邻往来。有疫之家，尤应禁亲邻往来。一言蔽之，杜绝出入交通，乃免传染之祸。

一、实行杜绝出入，于贫户诸多不便。故须查明人口多寡，代备食物。如米盐二者，皆所必需，由官给价以赈抚之，则民不怨。

正月十三日，本局接日本野口君一函，内称现时三气严寒，疫毒潜伏，恐二三月间天气一暖，疫必大发。拟设捕鼠队灭尽鼠族，以保生命而维公益等云。现经各医官悉心研究，公同议定防范救治之方法，内分为鼠疫原因、捕鼠方法、检疫标准、治疫方药四项。照录如下：

（一）研究鼠疫之原因。考医学源流，中西不同。中国论病多主气化，其弊也至于捕风捉影。西国论病多主实验，其弊也至于刻舟求剑。自非会通中西，切实研究不可。疫鼠发于中国，除闽广外，不少概见。近年最剧烈者，为喉疫（日名实扶的里）、霍乱（西名虎拉刺）二种。中国论喉疫，属温毒；霍乱，属湿热秽毒。西国则均称为菌。要知古时无显微镜，细菌学向不研究，故云天地不正之厉气，皆谓之疫。夫所谓不正之厉气，即湿、热、秽三气。此气蒸酿成形，即是菌毒。中国言气，言其本；西国言菌，言其标。理一而已。就人事论，大兵、凶荒之后多疫，尸腐之气也。就天时论，夏秋之间多疫，湿热兼秽之气也。就地界论，濒海之地多疫，烟瘴水草之气也；城市商埠多疫，污浊不洁之气也。则知无论何种疫菌，皆由湿、热、秽三气结成无疑。百斯笃病从前多发于闽广，盖烟瘴潮湿之气蕴结成毒。鼠为阴类，天寒潜伏，受地中湿毒而病成焉。或曰东省地气高燥，何以患此？不知东省自日俄战后，其地中必多尸秽之气潜伏。遇去年冬令天气太暖，不能藏闭而毒发也。观拳匪乱后一年，北地大疫，知尸秽之足以酿疫也信然。或曰既称天暖毒发，何以不发于夏秋而发于冬令？不知夏令炎热，阴秽毒气见日光则消烁，不能直接传人；天冷则鼠族穴居，鼠阴类也，感召毒气最速，间接传人，理亦易解。野口君谓天气一暖，恐毒气大发，颇为有见。疫毒已传人身，无论空气霉菌，总以天寒气缩为难传、天热气涨为易传。此诚不可不加意防范者也。

（二）研究捕鼠之方法。野口君欲立捕鼠队，实难办到。鼠多穴居屋内，由官设队捕鼠，民间必多惊惑。且白日不易捕获，若黑夜扰乱人家，尤为万分窒碍。自宜酌一简易之法。凡曾经患疫各村，每家由官给一捕鼠器。此器以铁丝为之，中设机栝，置食物于括上。夜间鼠来攫食，机动门闭，不劳而获。仍每头给铜元二三枚，民自乐从矣。此器南方均有购买，价亦不贵。

（三）研究检疫契标准。凡医生检疫，胸无定见，必将各症误认，贻害非鲜。拟定标准如下：

（1）头痛兼昏晕者；（2）咽哑发热恶寒甚者；（3）胸腹胀闷或痛者；（4）吐痰沫中见血或黑水者；（5）脉数极或沉伏，心乱神昏或发瘢点者。（后二条为主要。）如具以上三四项见证，可下鼠疫之诊断，送入医院。

（四）研究治疫之方药。西医防卫之法最精最密，已照办不赘，然尚少救治之方。我国喉疫、霍乱医治得法，能救其半。鼠疫虽比二疫为烈，按后法用药，必有生者。拟定治法，以补西法所未备。

（第一期间）初起寒热，头痛兼晕，或咽哑，疫毒在肺，急用现行加味通关散。此药辛香开窍，又兼雄黄杀菌，故能见效。

按：寒热头痛，谓之表症，他症皆有。疫症兼昏晕者，盖毒邪必上冒也。肺气一闭，必发寒热而咽哑。在他症，但须解表。疫为直入之症，不分表里三焦，无可汗解，但亦有浅深之别。此时疫邪尚在气分，故用开窍解毒之法。

（第二期间）历时稍久，兼胸闷腹痛者，断为疫邪延入肠胃，急下夺之。李东垣二圣救苦丹及三物备急丸。

按：胸闷腹痛，有因受寒、积食等症，须兼别项鼠疫见证方断。疫邪已到外腑，顷刻即入血分，舍急下而外，岂有别法？李东垣二圣救苦丹一方，专为疫邪下夺而设，故取用之。然峻力尚不如三物备急丸。

（第三期间）脉伏或极数、神昏谵语、吐血或黑水、癍点隐隐、疫邪深入血分顷刻即死者，解毒清血汤或紫雪丹、至宝丹。

按：毒邪蔽隔血管循环，脉停即死。如湿热伤寒各症，均有邪入血分者，总不外一面解毒，一面用香窍精灵之品开其秽浊。

兹将应用各方具列于左：

通关散（现成）。

（李东垣）二圣救苦丹（皂角、生军，各半为末，水丸）。

三物备急丸（药铺有卖）。

解毒清血汤。犀角（三钱）、生军（四钱）、大青（四钱）、全当归（三钱）、红花（二钱）、麝香（二分，研末另冲），须大剂连进。

紫雪丹（南方有卖）。

至宝丹（南方有卖）。

省城临时防疫局医官等公拟

豫防鼠疫的方法

现在东三省的地方，鼠疫流行，势甚猖獗。为此，在保府的日本人会尤其关心。此次印刷预防鼠疫的方法，颁发给各日本人，各人照法预防，以保不虞。

我想这个预防鼠疫的方法，咱们中国人也得都知道，各人自己防备防备才好的。所以我把日本人会颁发的豫防鼠疫的方法，翻成白话，开列于左，请众位大家看看，知道防备的法子。

原来这个鼠疫，传染最快，惨害最猛。各种传染病里头，算是第一个利害、第一个可怕的。若有一个人染了这个瘟疫，就要一传十个，十传百个，一转眼的工夫儿，生出几千几万的病人。不但如此，一得了这个病，虽有良医好药，也是无法救治。一人染了，一家都死。一家得了，全街都灭的。

近时哈尔滨、奉天各处，已经发生了这个瘟疫。北京、天津的地方，也要快发生的。

咱们这个本处，原是街市热闹、居民众多的地方。若有鼠疫一到，这个惨害实在不堪设想的了。既是如此，咱们在本处住的人，必得一面施行公众卫生的方法，一面讲究个人卫生的方法，是当务之急的。所以现在所发豫防鼠疫的方法，总求各位大家恪遵所开各条，各人保护各人的身体，是最要紧的。

这个鼠疫的病根，原是一种霉菌，叫作鼠疫菌。极微极细，咱们眼睛看不见的。这个霉菌一侵入人体里头，就发生这个病症。一个人得了这个瘟疫，他的身上出来的一切东西，比如脓血、吐痰、唾沫、粪尿等类，都带霉菌，不知有几百万的数。这几百万的霉菌，都由他身上出来，向各处四散。这么一说，咱们也就明白这个传染最快最容易的原由了。

还有一样最可恶的，就是老鼠他这个东西，最容易著这个瘟疫。他一著了，别的老鼠就咬他。死鼠感染病毒，鼠界遂有瘟疫流行；鼠界既然流行了，病毒就四散各处，人间也就要流行鼠疫了。不但这个老鼠传染这个瘟疫，还有苍蝇、虱子、虼蚤、蚊子、臭虫等类，也都传染。

这个鼠疫的霉菌，在潮湿、腌臜、黑暗的地方，生长最快，可是干燥、湿热的地方，他就容易干死的。

这个霉菌染人的时候，大概由皮肤受伤的地方和虫子螫咬的地方侵入身体的内部，可也有和饮食物品或空气一块儿由口鼻侵入身体里头的。他一侵入身体里头，就发生无数的霉菌，流出最大的毒气。

人若得了这个瘟疫，先觉得恶寒，随后发烧头疼，腰酸腿软。可也有咳嗽的，吐血的，泻血的。甚至最利害的，一著了这个病症，就躺下不起。不到一刻，呜呼哀哉！各位试想可怕不可怕的。

各人豫防鼠疫方法开列如左：

一、刚才说过老鼠最容易传染鼠疫，所以捕鼠是极要紧的。若捕了老鼠，就得带到局子，拿火烧死，或用洋油烧死才好哪！

一、各处寻找老鼠，若见有老鼠，千万别用手触接。先拿火筷子或筷子夹著他，用布片裹起来，再装在家伙里头，带到巡警局请查验。而且挨著老鼠的一切东西，必要烧得干净。

一、厨房、仓库、柜子、顶棚、床坑等处，若看见有老鼠窟窿，必要用铁板或亚铅板堵住，禁止他的出入。

一、苍蝇、虼蚤、蚊子、虱子、臭虫等类，也都传播病毒的。也得施行驱除法，把他们轰出去才好哪！

一、养猫很有益处。可是猫也有传染的时候，也得时常察看他有病没有。

一、各人身体必得洁净，手脚和指甲时常剪去，也是要紧的。

一、疮伤很细，眼睛看不见的地方，也有霉菌侵入。所以若有疮伤，无论大小，必得请医生治疗。此如手裂、脚裂、倒肉刺等处，尤其危险，必得赶紧的上药，又不可光脚走路。

一、若觉得恶寒或发烧，好像感冒的时候，或者胳肘窝、腿腋子等处，若发肿走来觉疼的时候，都得赶紧的请医生看看才好。

一、若有前开病患的征候，千万别隐瞒。若瞒起来，不但本人苦害，而且闹出大事，酿成大家的祸灾。

一、若有病人可疑的，千万别去他家里望看。

一、戏馆、茶馆甚么的，一切热闹的地方，必要躲开，千万别去游逛。

一、衣裳必要洁净，汗衫裤袜等类尤得时常洗得干净才好。

一、鼠疫的霉菌，一经干燥就死。比如在太阳地里晒几点钟的工夫，他就死的。所以衣裳被窝等类，时常在太阳地里晒一晒，大有益处。

一、旧衣、旧棉花、破纸等类，容易传播病毒，必得格外小心，不可随便散放。

一、一切食物，先得煮烧之后再用。装饮食之物的碟碗等类，装好都得盖上盖子，别叫鼠蝇触接。

一、食物里头若有鼠粪或老鼠咬的牙痕，一概吃不得的。

一、潮湿不干净的地方，霉菌最容易发生，所以时常扫除房内外的地方，疏通空气，叫太阳晒的干燥。是最要紧的，厨房、澡堂子、马棚、毛房、床坑底下和一切倾倒秽物的地方，更得时常扫除；而且潮湿的地方，还得时常撒石灰。

一、关东的地方，千万别去旅行。若有不得已的事故，去的时候，赶到回来，必得请医查验。

一、亲戚朋友若有由东三省来到的人，必得十分防他。恐怕带有病毒来，必得避远些。

一、鼠疫流行的地方寄来的一切东西和书信甚么的，先得消毒，或在太阳地里晒一晒，再拿进屋。

一、由北京、天津来往的火车，恐怕有病毒潜伏，也得格外小心。

一、鼠疫最危险、最可怕的意思和这个预防的法子，必得告诉家人和小孩儿甚么的，叫大家都知道、都明白，所以奉劝大家格外小心，加意防范，以免疏虞。这才是要紧的哪！

以上二方，系直隶法律学堂监督戴送到。

预防传染疫病方法如左

天津卫生局拟

一、染病及病毙各牲畜，不可宰食。病毙牲畜，应即抬埋；已病各畜，亦不准宰卖。

一、食物之上，宜用盖罩，不可使苍蝇嗅集。厨房门窗，均宜挂帘；厨房以外，更要洁净，不可堆积秽物。

一、须设法捕尽鼠子，因病鼠或死鼠身上跳蚤，均跳离鼠身，即将鼠疫传人。而病鼠与好鼠之分别，亦不可不知。病鼠走路若慢，见人并不惊走，最易捕捉。此种病鼠，最为危险。无论已毙与否，万不可用手摩之或脚踢之。应即用棍或石将其打毙，随后以开水浇之。如是则可荡毙鼠身之跳蚤，再将此鼠埋在深坑之中，坑中务多放白灰。

一、病鼠经过之地及床铺等物，均应用开水浇之，并铺白灰一层，再用水浇之。屋内墙根，应上灰水至二尺高。如是则无一处尚可容纳跳蚤也。

一、居民床铺如有木虱，最宜用火薰一整日。如系五金或木质之床铺，应用煤油擦之。常用凉席毡子及一切衣物，应常晒晾。

一、人须常常沐浴，衣服尤宜常换。因恐藏有虱虫，由病人或病畜之地方带来者。

一、跳蚤咬人最为危险，宜常穿鞋袜，并将裤腿扎紧，穿靴最好。

一、民居院内、屋内，勿积秽物，以免引进蝇子或鼠子。厕所以内，更要洁净。出恭之后，即用灰渣盖好。院内不可存粪及一切污秽之物。

一、凡道路之是否清洁，有无传染瘟疫之媒介物，应令各住户自行扫除。至店栈、茶寮、酒肆、各种游戏场，为人众聚集之地，尤应特别注意。

救疫丹原方如左
东光县张令征乾呈

牙皂（三钱五分），砂（二钱五分），明雄（二钱五分），细辛（三钱五分），广木香（二钱），广皮（二钱），藿香（一钱），桔梗（二钱），薄荷（二钱），贯众（二钱），防风（二钱），半夏（二钱），枯矾（一钱五分），白芷（一钱），生甘草（二钱）。

共研细末，装入瓶内，可治诸痧异症。此病来时脉散，牙关紧闭，发荒，手足麻木，闭目不言，喉哑心疼。医多不知，误认喉风，治之必死。此证名曰朱砂证，又名曰心经疔。即将此药秤三分，吹入鼻中，再用一钱姜汤服之。后用红捻照前后心窝，见有红点，即用针刺破，挑出内面红筋，可保无事。倘不在意，命在顷刻，不可不慎也。

治疫药方*

第一方
周医生开丰拟呈

生韭白（五钱），川练肉（三钱），桃仁（三钱），薄荷梗（一钱五分），紫苑（三钱），生苡仁（七钱），白薇（三钱），郁金（一钱），木通（三钱），黄芩（三钱）。清水煎服。

第二方

生韭白（五钱），川练肉（三钱），桃仁（三钱），紫苑（三钱），生苡仁（五钱），大黄炭（三钱），黄芩（三钱），白薇（三钱），竹茹（四钱），天花粉（三钱）。清水煎服。

如见头重头痛，发冷发热，心腹疼痛，或吐血，可照第一方用药。以三碗水煎至一碗温服，即小便通利；与及出汗，其症便轻。旋服第二方，以通大便，自可全愈。如症重者，可服二剂，务以大小便通利为度。愈后如见肚饿，方可啜稀粥。一二日之后，方可食饭。至要。

避疫方药，中外今汗牛充栋，美不胜搜。然时行险症，危在瞬息，药不及待，故于造就防疫药料后，特举四大端而附陈之，必使人人易晓，处处咸宜。一曰刮，二曰放，三曰焠，四曰嚼。盖瘟疫者，天地流行之厉气也。无论老少强弱，触自口鼻，迅如风火。如入气分，则作肿作胀；入血分，则为蓄为瘀。遇食积痰火，则气阻血滞。痛而后动者，阻于食积之气分；痛而不移者，滞于痰火之血分。毒气上壅，发于头面；毒血下注，缠于手足。炘渴闷胀，毒血塞于经络也；恶寒发热，厉气过于肌表也。咳嗽、喘急，厉壅肺气而痰逆；呕吐、便血，厉攻脏腑血而溃败。甚至手足软麻，遍痛猝倒，霍乱抽筋，绞肠禁口，羊毛角弓，扑蛾结回，脱阳紫泡，血沫朱痧，以及风暑阴阳、红乌紧慢、晕满疯痫。总之恶厉变症百出，皆由气血阻滞，而避瘟之医药千头万绪，不外开通关窍。《内经》云：不通则痛。有此四法，则关窍通，恶厉除，何瘟疫之有！

一、刮法：

用青铜光边制钱或用细碗口，或用老火煨姜，蘸桐油于上。如无桐油，用香油亦可。先刮背脊、头骨上下，次刮胁肋、两肩、头额、项后、两肘、膝腕及臂弯、腿弯，随刮随将钱上蘸油少许，庶不刺痛。如大小腹软肉间，则用棉纱苎麻戛之。倘遇急危，凡平坦处，均以苎麻速戛，为效更快。刮见红紫点起，痧出肤里，手止立愈。

一、放法：

刺放毒血，即砭道也。以顶细磁碗敲碎，择其锋利者用针最妙。如无细碎磁碗，即用锋利银针亦可。先放十手指、十足指，使他人两手扐下，不计遍数，捏紧近脉处，以针放十指顶出血，或用线扎十指根，放指甲处亦妙。次放两臂弯、两腿弯。先蘸温水拍打，其筋自出。细看腿弯前后左右有细筋深青色或紫红色者，即瘀血也。迎其起处放之。如无青筋，用热水拍打腿弯，直放委中穴与手足指。如太阳痛甚，可放两太阳穴。如遇急喉、风喉、蛾痧，可放舌下两旁及两乳上下有细青筋或红紫者。如无此色，则不必放。（舌下恶吐出，不可咽下。）用针以轻快为妙，至深不过一二分为止。放后血出，痛楚即松，最效无比。

一、焠法：

痧在肌肤，发与不发，以灯照之，隐隐肤间，且慢焠。若既发出，疏则累累，密则连片，更有发过一层复发二三层者。焠时用大灯草微蘸香油点灼，细看头额及胸前两边或腹上与肩膊处，照定红点，以灯火焠之即是。爆响毕，胸腹宽舒，痛亦随减，照症用药，无不全愈。

一、嚼法：

用古铜钱（如无，即用老板红铜钱），不拘多寡，入口嚼之，味如沙糖。有人嚼至数百者，毒轻。嚼至数枚，即不能烂，病即轻松。重者加服避瘟散，轻者立愈，其效如神。

定州直隶州知州周穌霈配购治疫方药及禁止演戏防疫示稿如左

计开：

预防时疫药方：广藿香（二钱），广陈皮（钱半），甘草稍（五分）。此方当茶用。

又方：细辛（一钱），皂角（一分），台麝（一分），雄黄（五分），明矾（五分），朱砂（五分）。共研细末，分作十付用。此方名加味通关散。受此症者，一觉头痛发晕，急用此散闻于鼻中，一通关窍，头痛立止。再用白水冲服一分，遍体出汗，此症即愈。

禁止演戏防疫示稿　为出示晓谕事。照得东三省一带地方时疫流行，未免蔓延他处。访闻本郡城东小辛庄患此病者已有多人，若不设法豫防，诚恐易于传染。查防疫之法，首宜居处洁净，并宜慎重交通。当此新年之际，向来城乡各处例有赛会演戏之举，多少丛集，炭气薰蒸，于卫生大有妨碍；且此来彼往，疫气传播，尤属无难。亟应出示严禁，以重民政，合行示谕。为此示，仰军民人等一体知悉：自示之后，所有城乡各处，无论是何庙宇，是何村镇，均不得私自赛会演戏。倘敢故违，定当查拿首事，严行究办。此为豫防时疫、弭患未然起见，各宜懔遵。切切。特示。

附记保定学界防疫检验所规则

（按学界防疫，学宪特派有专员办理。因该防检规则颇称周密，故附记于此）

第一章　组织

第一条　本所由提学司创立，设于保定，办理各学堂防疫检验并留验事宜。应定名为保定学界防疫检验所。

第二条　本所应需经费，由提学司筹备，随时拨给动用，事毕造册呈报。

第三条　本所职员由提学司加札委派。

第四条　本所暂设司事二人，分担庶务、会计各事。每月薪水各十两，火食各三两。将来事务较繁，再议添设。

第五条　本所租定西关外张公祠房间为办事处暨检验所。

第六条　本所应在外附设留验所，以备各堂职、教员、学生由各属新来者留验之用。

第七条　留验所分为公用、专用两种。公用留验所，由本所指定房屋，以备各堂不能自办留验所者之用。专用留验所，由有宽大宿舍各学堂自行设备，照本所留验规则办理。

第八条　本所防疫应联络省城防疫局办理。

第九条　检验或留验之人遇有疑似之症，送入防疫局医院疗治。

第十条　本所酌设医官数员，遵照检验规则，担任各堂职、教员、学生等检验、留验及随时检验、预防各事。月薪、火食、车马等费，由本所酌给。（现在暂设一员。）

第十一条　本所暂设夫役六名，供给杂役，各月给工食银四两。将来事务较繁，再行酌增名额。

第十二条　本所事务处检验所暨各留验所，均设警兵，以资保卫。

第十三条　本所公用留验所内一切杂费及受验者应需火食费，均由本所酌给。

第十四条　女学堂女职教员、学生应需留验者，由各该堂备置留验所，照本所留验规则自行办理。

第十五条　检验所设备办事室、留验所、检验室、稽查室、医官室、书记室、会计室、娱乐室、会食室、消毒室、盥洗室。

第二章　检疫

第十六条　各堂职教员、学生、夫役等，不论从有疫无疫之地来省城者，均应到本所请验。

第十七条　请验凭照内须填注职教员、学生姓名、籍贯、由某处来堂等字样，并注明月日，加盖各该堂戳记。

第十八条　凡到本所请验者，除检身体外，一切行李、衣服暨零星物品，均须受验，并严密消毒。

第十九条　受验后有疫者，送入省城防疫局医院调治；无疫者，分送公用、专用各留验所留验。

第二十条　留验以七日为限，限内每日由医官检验一次。至限满不发生疫者，即由本所出具证书，令其持证回堂。

第二十一条　留验限满，入各该学堂后，如遇有疑似之症，由各该堂知会防疫局或本所办理。

第二十二条　各学堂内防疫办法，由本所会集各堂，协同医官，商订办理。

第二十三条　本所备置药浆，职教员、学生、夫役等赴本所检验者，均为种浆一次，以防染疫。

第二十四条　检验所检验时间，从午前九时起，至十一时止。午后从二时起，至六时止。

第三章　管理

第二十五条　本所办事处暨留验所，除办事员暨指定各夫役外，均禁外出，并禁外客阑入。

第二十六条　办事员暨指定各夫役，每出外时，均须着用本所预备之防疫衣服、鞋帽及卫肺器。入所后更换之，并行消毒法。

第二十七条　办事员及夫役遇有检疫暨职教员等行李、衣服消毒等事，均须着用本所防疫衣服、鞋帽及卫肺器。

第二十八条　办事处暨留验所各处之清洁整肃，应特别注意。

第二十九条　办事处暨留验所遇有收到函件及其他物品，均立时消毒，始得持交主管人分布。

第三十条　留验所留验各该堂学生较多者，临时知会本堂，酌派管理员帮同办理。

第三十一条　职教员、学生等均须确守本所规则。有故意违犯屡劝不改者，除停给受验证书、勒令出所外，仍由各该堂照现行教育法令办理。

第三十二条　已入留验所者，起睡饮食，均有一定时间，由本所临时酌定。

第四章　附则

第三十三条　本规则由各堂并防疫局公认，禀请学台批准施行。

第三十四条　本规则如有未尽事宜或施行后现有滞碍之端，均得随时增改。

学宪批：细密妥协，应准照行。

正误：此册内因改正错误，故致二十三、二十四页之间余一页，而四十二页遂缺也。

恶核良方告白 *

告白顶栏目上框 *

（左）核症最忌为毒攻心。如毒已攻心，则服方难效。故凡核初起，宜即冲服正西藏红花三钱、菊花叶汁，以止其毒，然后服方。

（中）切勿轻视。

（右）又核初起，忌即帖膏药，因核毒无可发泄，反易攻心。故必俟核皮破，毒血清，乃可贴膏药。

告白顶栏下框 *

（左）此方传自高州，救活已经千万。见症放胆服药，不宜温补燥散。

（中）居要通风，卧勿黏地，戒食热滞，药取急泻。

（右）恶核良方，百发百中。

告白正文 *

恶核良方

此方名曰解毒活血汤。原方枳壳，《鼠疫汇编》改厚朴。因朴色赤，取其入血份云云。近三两年，凡遇重症，必照方合四五剂为一大剂，日服大剂三四次始有效。比之下列服药法，见功快的，因救恶核之症如救焚拯溺矣。总之急手方为有济。

北桃仁（去皮，研粉八钱），川红花（五钱，后下），连乔（三钱），当归（一钱半。初起宜用归尾，将愈改用归身），柴胡（二钱），厚朴（一钱，后下），正赤芍（三钱），甘草（二钱），生地（五钱。初起用小的，主清热。将愈用大的，主滋阴），葛根（二钱）。以上十味，系原方，或加苏木一两同煎更妙。

右所列方，见王勋臣《医林改错》一书。时未有鼠疫名目也，且不知今日恶核一症，有如是其怪且酷也。自光绪十七年石城疫核大作，罗君芝园日以未觏良方为恨。偶见是书论道光元年时疫最详，中有热毒中于血管，血壅不行数语，始恍然于核之为患，其故不外此也。又恍然于是方之立法，于核症实相宜也。屡试之，屡获效。因著为《鼠疫汇编》，至今凡五刻。肇城黎君咏陔继之，著《良方释疑》，发明此方之功用。信之者日益众，而藉此以存活者又益多。良以疫核端由血热而来，热郁毒生，遂红肿成核。故凡患此者，无论先热而后核，先核而后热，或核热同见，或见热不见核，或见核不见热，或有汗，或无汗，或见渴或不见渴，或恶寒或不恶寒，皆无不头刺身热，四肢痠瘴。其兼见者，则更疔疮瘰疹，口鼻出血，吐痰带血，甚而烦燥懊恼，并昏愦谵语，瞀乱颠狂，痞满腹痛，便结旁流，舌焦起刺，目眩耳聋，舌烈唇烈，及一切种种恶症，几难悉数。无非热毒迫成瘀血所致。是以治病之法，断以解毒泻热为得手也。此方专主治血，略兼解表，施之疫核，确能起死回生。此症多起于冬至前，而衰于夏至后。我粤羊城，由甲午至甲辰，十余年来，历试不爽也。儒医罗君肇宸尝论及之。其略谓瘰症属阳明实热，热郁血瘀而成。核症多起于阳明少阳部位，亦为热郁血拥所结。方用柴葛帅桃红，直达阳明，从少阳转枢而出。此为一路胜敌之师。惟恐桃红专于攻散，邪去而正亦难存，故以归地护未瘀之血，以期瘀去而新生，遂成节制之旅。连乔、赤芍，以治热散后之余邪。川朴当归，以行瘀散后之新血。独以甘草守中，协和诸药，俾建奇功，斯真能百战而百胜也。夫观此言，则此方立法之高超，洵为无懈可击。幸勿信道傍耳食之言，以柴胡、葛根为发汗，以生地、当归为补血，而议减也。有心者，取《鼠疫汇编》及《良方释疑》合观之，便知其妙。惟恐购买二书难于急就，故略叙其原，另刊一纸，以为好行方便者权济不时。近观患是症者，往往仓皇无措，遂至失医。其甚者，明知此方于核症为宜，又或以脉不对症，未能深信。岂知医学一道，有时当舍脉从症者，而况核症杀人甚促，岂可以游移之见误之。或者曰：病之为患千变万化，未闻可概以一方者。不知鼠疫一病，根于时，萌于热，无论男妇，无问老幼，无问强弱，皆同一症，则万不能不同一药。恶其同也，而以板方小之，此杀于庸医者所以不少也。顾世亦有服是方而不效者，则其弊有二：一则以轻剂治重病，是不能如法加减；一则以缓服治急病，而不能遽行多服。故必如下列加减法、服药法施之乃可。再者，患核最宜露风。此症与感冒风寒相反，宜藉风以散其热。若衣服衾褥温厚，或用棉被拥盖，势必加病。正如以面发酵，拥以温暖，发之更速。切记。

服药法列左

核小色白，不发热，为轻症。立即急治，不可延缓。原方单剂，早八点钟服一次，晚六点钟服一次，共服药二剂。

核虽细而红，头微痛，身微热，为稍重症。原方单剂，早八点钟服一次，晚四点钟服一次，夜三鼓服一次，共服药三剂。

核大红肿，大热大渴，头痛身痛，为重症。用双剂合煎，早八点钟服一次，晚四点钟服一次，夜三鼓服一次，共服药六剂。

核大红肿，舌黑起刺，循衣摸床，言乱语，手足摆舞，无脉可按，身体冰冷，手足抽搐，不省人事，由感毒太盛所致。伤人至速，为至重之症。用双剂合煎，早八点钟服一次，午十二点钟服一次，晚四点钟服一次，夜二鼓服一次，四鼓服一次，共服药十剂。

照法服药，方能见功。切勿迟疑自误可也。

加减法

作渴，加熟石羔五钱。渴甚，加熟石羔一两或两余，知母四钱，竹叶五钱。

若服药即吐，热毒攻胃也。加生竹茹（五钱，盐水炒），便不吐矣。

热甚，或手足冷，均加犀角、羚羊、西藏红花，各二三钱。

痛瘅抽搐，重加羚羊五钱、熟石羔一两半、西藏红花五钱。

谵语，水泻，（病一二日，频泻粪水者，是毒注脏，热迫而泻也。与服药中病所下疫瘀不同，不可不知。）加生大黄（一二两，后下）。

脏结，加大黄（六钱，后下）、枳实（三钱）、朴硝（六钱），冲服。

热盛昏懵及见血，均加犀角、羚羊、西藏红花各四钱，竹叶心五钱，原麦冬五钱。

小便不通，加车前、木通各二钱，羚羊钱半，犀角钱半。

癍，加大青五钱。

疔疱，加紫花地丁五钱，生白菊花根叶一两，或路边菊二两。

疹痳，加淡竹叶五钱，知母四钱。

疫瘀滞喉痛，加牛旁子五钱，瓜蒌仁四钱。

孕妇，减轻桃仁、红花，加黄芩一两、桑寄生二两为底。按各症照前加。

老弱幼小，视病之轻重，不必较身之强弱、年之老少。病重药轻，杯水车薪。较重迟疑，后悔无及。

热渐退，减轻柴葛。

下渐少。减轻大黄，或除去不用。

舌湿润不渴，不可用石羔。

毒下瘀少，减轻桃仁、红花。

身既退热，病渐愈，头额有微热，宜服增液汤以和血。元参、麦冬各五钱，生地一两，或用干地日夜服。

余热若未清，仍须加石羔、羚羊、黄芩，乃能收效。

有一点热未退，不可食粥饭，犯之必翻病。如或肚饿，则食绿豆。（此豆最解疫毒。虽无事时，亦宜多食。但要煎三两点钟之久方可矣。）其次则粉葛、黎峒薯、赤小豆、番薯（要白心的）、马蹄等俱可。俟热退清一二日全愈，乃可进薄粥，渐加饭，不必填补。稍用补，人必翻病，慎之慎之！

胎前产后，颇费手，胎前，重加黄芩八钱、桑寄生二两，以护胎；兼用桃仁、红花，以逐血管之瘀。使热勿伤胎，胎自不堕也。其或堕胎者，皆由中病已深，药力无及，不足以解其热，故堕耳，非药之咎也。

产后约满月，亦照常人治法。惟新产极难措手，盖由受病在未产之前，加以羌酒辛温，骤发于新产之后。予未经治验，不敢处方。可否见症治症，尚冀一线之生路，敢质高明。若用温补，立毙矣。

再者。凡遇应加犀羚花等贵药，贫家力不能办，则应用犀角者，或重用原麦冬、竹叶心，应用羚羊角者，或重用石羔、茅根、大青，应用西藏红花者，或重用桃仁、苏木，亦是一法。然究不若犀羚花奏效之速。稍可为力，不宜改换。

愈后六七日不大便，用六成汤。此因精液未充故耳，与前之热毒秘结不同。宜以清润主之。

当归（钱半），大生地（五钱），白芍（一钱），天冬、麦冬（各一钱），元参（五钱）。二服，大便自易。

敷核药方

大浮萍。（俗名薸乔，生在池沼中。必要大者方合，若细的不可用也）、白菊花叶。（必要白菊之叶为佳）、如意花叶。（去梗要叶。芳村、花地等乡花园之内便有）。以上共三味，要鲜的方合。各用八两，入黄糖小许，共捣烂。再志加正冰片五分，和匀，厚敷于恶核上。零点钟换药一次，立即清凉止痛。

或用利刀仔挑破核皮，以蜞蚼一条，入于小竹竿内。将蜞蚼之口，向正核口处，吸尽毒血。一条吸饱，再换别条，总要吸尽乃止。再用生鸦片烟五钱、正熊胆二钱，入清水两余，磁盅载住，隔水燉化。后入大梅片（三五分频搽），亦能止痛，兼解毒。

切忌麝香涂，必暴肿。

再者，查《鼠疫汇编》，寄于羊城太平门外十七甫，明经阁发售。《良方释疑》（即恶核良方也），则寄羊城西关十六甫，群经阁发售。合观二编，更为详晰。然得《良方释疑》一卷，而《鼠疫汇编》之精蕴，已尽个中矣。故又以《良方释疑》为简便也。

紫雪丹，功力甚大，核症圣药。早晚每次用冷水调服三四钱，连服三四日，其病便愈。谵语颠狂者，见效尤速。徐回溪谓，邪火穿经入脏，无药可治。此能消解，取效如神。信然。该方详载广府城西十六甫群经阁《时疫辨书》内。欲知该方，买看便明。且是书载鼠疫方颇多，博观之，尤资见识。至紫雪丹一味，虽然现在广府城西浆棚街春寿堂广芝馆。十一甫大生堂。西门内惠爱五约清风桥采芝堂等药店俱有卖，但语云瘟疫不入忠孝之门，诚以正气可以驱邪，和气亦可以辟邪也。忠孝励于已，积善及于人。其道多端，尤莫善于时症之施药。盖贫人虽知买药之处，但药料贵重，亦难为力，徒坐以待毙矣。万望有力之家捐资制药，施惠贫人，俾患疫核者得同登寿宇焉。造福诚非浅鲜也。

光绪三十三年岁次丁未，羊城西关怡怡书塾汇辑

宣统三年岁次辛亥，直省临时防疫局印送

又按：近多不见核之症，此标蛇也。盖标蛇无形，其杀人之速，实与核无异。惟治法亦同。忆甲午年我粤羊城疫核与标蛇交作，各善堂遍设医厂，另请客籍人扪治标蛇。扪后亦服是方而愈。此即不见核之症也。事隔多年，人多忽略，故特言明。患此者，即宜浼客籍人一看真伪。或仓猝难辨，可刮痧以疏其毒。刮痧之法，加些生香油于凉水上，用磁碗蘸水，两手覆执。顺刮之，勿逆刮。先手拗脚拗，次背脊，惟刮背最重。盖无于出毒，全在此。刮痧后，照法服方，加以扪治，则愈矣。

防疫纪实卷四

省城临时防疫局逐日报告

一、十二月二十八日，医官丁传诗、调查员宁益寿查验车站暨城内各区旅店四十九家，无染疫人口。间有一二患感冒者，已即时医治。

一、十二月二十九日，医官李道显、调查员丁溥查验东北西各界内旅店二十二家，有患感冒者一人，已施医治。

一、同日，东区巡警局报称，太平街门牌三十号李秀山之母，于二十八日早四点钟病故。派调查员丁溥查验，系咳嗽痰喘，并非染疫。

一、同日，北区巡警局报称，北菜园门牌五十五号李福贵，于二十九日下午病故。调查员宁益寿查验，系患转肠翻症，并非染疫。

一、正月初一日，调查员丁溥查验四乡北区白城村刘老开，因吐泻不止，小腹抽痛身故，并非染疫。

一、同日，调查员宁益寿验称，北区北菜园门牌十一号马老聚之女，系痨症身故；又玉清观门牌三十号廖聘卿之妻韩氏，系久患痨症身故。均非染疫。

一、同日，调查员丁溥验称，西区西寺胡同门牌二十号岳雷氏，系患产后重风病故；又西白衣庵门牌三号杜孙氏，系患泻肚病故；又史家故址庵二十六号王吴氏，系患痨症病故。均非染疫。

一、正月初二日，医官李道显验称，东北两关并西街皂君庙各旅店，均平安无恙。惟全盛店有患感冒之人，亦均痊愈。

一、同日，调查员丁溥验称，西河沿门牌十一号靳李氏，系患痰喘老病身故；又西寺胡同门牌二十一号李老兰，系多年疝气，又得结胸病故。均非染疫。

一、正月初三日，调查员丁溥验称，东一区杜家胡同门牌十七号邢炳荣，系便血之症病故，并非染疫。又东北两关暨西大街皂君庙旅店二十二家，均无患病人口。

一、同日，调查员宁益寿查验西关车站并唐家胡同旅店五十四家，均无患病人口。

一、同日，医官李道显验称，南区报告永盛和张孟周发冷已愈，并非染疫。

一、正月初四日，调查员宁益寿验称，南区报告第四十九号门牌侯景祥，系患头晕身疼、先寒后热各症，服药见轻，并非染疫。

一、同日，调查员宁益寿查验南西两区，均无患病人口。

一、同日，调查员丁溥验称，南区报告安祥胡同第十三号门牌郑辅之母郑金氏，系年老无病身故；又管驿街十九号门牌庞子宜之妻，系产后泻肚病故；又东区扁担胡同马宝钧之妻马梁氏，系经血不调、日久痨伤病故。均非染疫。

一、正月初五日，调查员丁溥查验东北两关并西街旅店三十三家，均无患病人口。

一、同日，医官李道显验称，南区报告南关第二号门牌张洛雨之病业已全愈。

一、同日，调查员宁益寿验称，北区大箭道四十号门牌滕兰亭之妻滕王氏，系偶患头疼，现已全愈。

一、正月初六日，调查员丁溥查验东北两区旅店二十二家，均无患病人口。

一、同日，调查员宁益寿验称，西关车站并西大街四十八家旅店，均无患病人口。

一、同日，医官郭敦埙验称，北区报告北关槐兴店周福兴，系风寒外感，并非染疫。

一、同日，医官李道显验称，东区报告本局伙夫系患感冒，服药有效，并非染疫。

一、正月初七日，调查员宁益寿查验西南二区旅店三十家，均无患病人口。

一、同日，调查员丁溥查验东北中三区旅店，惟北关周福兴之病尚未全愈。

一、同日，东区巡警局报称，东街门牌一百五十二号蓝罗锅，系因冻饿身死，已由慈善会发给棺木一具，即时装殓。

一、同日，调查员宁益寿验称，西区巡警局报告铁面将军庙门牌六号刘瑞堂之妻，系患伤寒病故；又粉房胡同门牌八号石玉之妻石陈氏，系患痰喘病故。均非染疫。

一、同日，调查员丁溥验称，东区巡警局报告东城根门牌十四号杨老正之弟妇，系产后失调病故；又撒珠胡同门牌十七号刘玉英之女，系患痨伤病故。均非染疫。

一、同日，医官丁传诗验称，北区巡警局报告狼虎街军械总局差弁贺绍龙，系重受风寒，久伏于肝，是以周身怕冷，咳嗽不止，并非染疫。

一、同日，医官俞济广验称，东区巡警局报告东河沿门牌二十四号王乾之妻王李氏，系肺胃有热，又受风湿，是以寒热交作，肢节冬痛，并非染疫。

一、正月初八日，调查员宁益寿查验西南两区旅店七十三家，均无患病人口。

一、同日，调查员丁溥查验东北中三区旅店三十六家，均无患病人口。

一、同日，调查员宁益寿验称，北区巡警局报告小营坊门牌四号李珍之妻李王氏，久患痨疾身死，并非染疫。

一、同日，医官俞济广验称，东区王乾之妻王李氏服药有效，病已全愈。

一、正月初九日，调查员宁益寿验称，东区巡警局报告府狱门牌十八号张广春，系患吐血年余，并非染疫。

一、同日，北区巡警局报称，后营坊门牌二十四号郝合亭之妻郝张氏，系久患痨症，本日午前病故，并非染疫。

一、同日，调查员丁溥查验东北中三区旅店三十六家，均无患病人口。

一、同日，调查员宁益寿查验西南两区旅店七十三家，惟新街魁盛店新住之南宫张明洪系患痰喘，明早即同伊侄凤五回家；余各无恙。

一、正月初十日，医官郭敦埙验称，北区巡警局报告玉清观门牌七号章宅女仆，系头痛、发冷、吐泻，脉象不乱，神气尚清，是受寒之症，并非染疫。

一、同日，调查员丁溥查验东北中三区旅店三十六家，均无患病人口。

一、同日，调查员宁益寿查验西南两区旅店七十三家，均无患病人口。

一、正月十一日，调查员吕振球查验三监，均称洁净。惟司监有病人四名，均系疥疮。又查习艺所、教养工艺局，亦均洁净。惟习艺所有患疥疮者四名、痢症者一名。自去岁十月起至今未愈，已饬加紧医治。

一、同日，调查员宁益寿查验西南两区旅店七十三家，均无患病人口。

一、同日，调查员丁溥查验东北中三区旅店三十六家，均无患病人口。

一、同日，医官丁传诗验称，北区巡警局报告北街门牌二十五号刘歧山之妻刘杜氏，实系难产病故，并非染疫。

一、正月十二日，驻陉阳驿王直刺缙、满城县知县王大令骏报告孟村消毒办法及孟汤两村均无染疫病人。

一、同日，北区巡警局报告，该区界内小营坊门牌第三号范辅臣之母范樊氏，年八十一岁，因年老咳嗽，于正月十一日晚间身故，实非染疫。

一、同日，调查委员徐寿同会同完县知县王光鸾函禀，完县阖境实无染疫地方，已严饬各警区慎密防闲矣。

一、同日，调查员宁益寿报告，南关十字街路东北上坡门牌二号张雨儿，年四十三岁，患周身作冷，饮食少进，请本关赵医诊治，服药无效。经南区医官李道显往诊，实系感冒，并非染疫。

一、同日，南区巡警局报告，南街四十四号门牌吴洛平，年五十五岁，枣强人，十一日病故。经调查员丁溥及南区李医官道显两次查明，实系胃症，并非染疫。

一、同日，四乡北区巡警局报告，该区四平庄门牌二十六号杨士奎之母杨郝氏，年六十二岁，于正月十一日早六点钟因痰厥之症身故，并非染疫。

一、同日，临时防病疫院报告，本院留验所一二两号韩和儿、滕洛扒子，现经狄大夫验称无病，已派人送回原村。

一、同日，南区医官李道显报告，检查南区各店寓，均平安无恙。

一、同日，调查员丁溥报告，查明四大街并各巷及东关、北关大小店房客栈三十三处，均平安无病人。

一、同日，调查员宁益寿报告，查明城内街巷并西关、南关大小店栈客人，均平安无恙。

一、正月十三日，医官徐树桢、李禄卿、管鹤龄、丁雅南查明，探访局黄殿斌，年三十七岁，面色黄白，眼开口张，唇紫手撒，遗尿自汗。据云昨日下夜、今日一早回局，即觉心胸闷胀。察此病情，系时邪猝遏、正不敌邪、内闭外脱之症。本日九点钟身故。

一、同日，南区巡警局报告，法华庵路南第二十二号门牌王喜亭之妻王高氏，年三十三岁，于十二日夜间忽患头腰疼痛、身体寒冷之症。十三日天明时，伊十一岁之幼女亦觉头疼身冷等情。当由调查员丁溥、医官李道显、管寿昌查明，王高氏系时邪外感，咳嗽、吐痰、头疼；其女并不头疼，只是发冷，内热阳闭。治当清里，稍佐表解可也。

一、同日，调查委员吕振球报告，十二日查三监及习艺所、教养工艺局等处，均各平安。其所处皆洁净无污秽之地，虽有习艺所、司狱等处数病人，已严紧调治，尚无大碍。

一、同日，工巡总局电知派查黄坨村，并无病人。

一、同日，临时检验所报告，本日午车有高等学堂学生赵世济自滦州来，验得温度达一百零一度，脉象迟滞，当即送往病院留验室留验。

一、同日王直刺缙、李大令骏函称，满城之庞村距汤村灾区十里，距陉阳驿十六里，民户一百八十余家。已派李、唐两稽查员协同巡警侦查，确无鼠疫。自年前至今，更无类似瘟疫之病。询之该村村正杜灿学、学董李春荣等，均属相符，汤孟两村均甚平安。

一、同日，西区医官管寿昌报告，西区界内各旅店均平安无恙。

一、同日，调查员宁益寿报称，南区报告南关第七巡警所盛振兴，年二十四岁，于午后一点钟患头晕、身软、作冷作烧等症。又南开第二号门牌张老雨，昨服李医官道显药，表症已去，里热未清。今日请诊，经李医官道显往诊，盛振兴系风寒外袭，服解表即可。张老雨里热未清，用清利品自愈矣。

一、同日，临时防疫病院报告，下午五点钟收到检疫所交来疑似病人赵世济一名，照章送入留验室留验。

一、同日，调查员宁益寿报告，西南两区界内旅店七十三家均平安，无患病人口。

一、同日，调查员丁溥报告，东北中三区界内旅店三十六家均平安，并无患病人口。

一、正月十四日，临时防疫病院报告，十三晚十点钟收到工巡局交来疑似病人十名，内探访七名、巡警三名：高林仲、张进禄、王文藻、张鸿儒、刘振生、田庆祥、孙焕章、杜永凤、王仁瑞、冯树林。照章送入留验所一、三两号。

一、同日，东区医官俞济广报告，东区界内旅店五家，住客六十三名，均无染疫。

一、同日，北区医官丁传诗报告，接山东富国场来信，有旧仆于去腊二十五日身染鼠疫，唇红舌焦，口有血腥。当用旱烟袋水灌下，吐出绿水少许，两日后行动如常。余人薰硫磺等药，并未传染。

一、同日，医官丁传诗验称，北区巡警局报告大箭道门牌三十六号樊清云，年三十四岁，系寒热交争感冒之症，用法治愈。

一、同日，医官俞济广验称，东区府狱后第五号门牌林瑞生之妻，年二十六岁，系咳嗽吐血，日久成痨病故。又太平街十二号门牌周顺之子，年二十岁，系咳嗽吐血、日久成痨病故。均非染疫。

一、同日，薰洗售卖旧衣所李锡麒报告，正月初十日，薰过王顺棉袍一件，刘得胜大褂一件；十二日，王得功裕袄一件；十三日，刘清和大褂一件、棉袍一件，李少亭皮马褂一件，梁元章棉袍一件。

一、同日，调查员丁溥查验东北中三区界内旅店三十六家，均各平安，并无染病人口。

一、同日，调查员宁益寿查验西南二区界内旅店七十三家，均各平安，并无染病人口。

一、同日，西区医官管寿昌查验西区旅店，均平安无恙。

一、同日，南区医官李道显查验南区旅店，均平安无恙。

一、同日，南区医官李道显验称，南区第七号巡所巡长盛振兴之病，服药大痊。又南关第二号门牌张老雨之病，服药稍痊。

一、正月十五日，医官丁传诗验称，北区银楼少掌柜系由漕河回来，在路重受风寒。旧有咳嗽吐血之症，仁和堂医所用川朴、羌活，非是。由本医官诊后，用葱豉汤治之。

一、同日，北区医官丁传诗验称，北区巡警局报告本区巡警陈培荣舌苔厚腻，系积食伤寒，已用消食化痰饮法治之，并非疫症。

一、同日，东区医官俞济广验称，东区旅店五家住客五十七名，并无患病人口。

一、同日，南区医官李道显验称，南区门牌二十三号李月舫，系胃中停滞，因之胃痛呕吐，用调中汤治之。又第七巡所巡长盛振兴之症，渐近痊愈。又南关第二号门牌张老雨之症，服药有效。

一、同日，北区巡警局报称，北区大五道庙门牌第六号赵文田之妻赵沈氏，系患痨疾一年，于正月十四日下午六点钟病故，实非染疫。

一、同日，四乡南区巡警局报称，正月初五日，王盘村刘洛贺之妻因老病身故；又初六日，王玉书因屋倒惊吓、心口疼痛身故；又初八日，清凉城村李仲梅因老病身故；又初十日，邢升因痰喘身故。均非染疫。

一、同日，薰洗售卖旧衣所李锡淇报告，十四日薰过张老峰棉袍一件、皮马褂一件。

一、同日，西区医官管寿昌验称，西区界内旅店均平安无恙。

一、同日，调查员丁溥查验东北中三区界内旅店三十六家，均平安，无患病人口。

一、同日，调查员丁溥验称，东区巡警局报告文武胡同门牌第八号孙桐轩，实系痨病身故，并非染疫。

一、同日，调查员宁益寿查验西南两区界内旅店七十三家，并无患病人口。

一、同日，中区医官郭敦埻验称，中区巡警邢隆之病系头疼、恶寒、呕吐，现已稍见平复。乃风寒挟食之症，并非染疫。

一、正月十六日，北区医官丁传诗验称，北区巡警局报告后营坊刘虎子，系时邪挟食，周身筋抽，头出凉汗。已由医官针治后，用消食疏气等药，略觉宽畅，并非染疫。

一、同日，东区医官俞济广查验界内旅店五家，住客五十八名，均无染疫。

一、同日，南区医官李道显验称，南区巡警局二等巡长夏振山，系心肺两虚，咳嗽吐痰，又加受风，以致头疼。当以祛风化痰之品治之。又二等巡长石造福，系肺热伤风咳嗽，当以宣通肺气之品治之。均非染疫。

一、同日，调查员宁益寿验称，西区巡警局报告红关帝庙门牌三号褚相亭，系患久劳病故，并非染疫。又查明南关门牌四十九号侯景祥之病，已见轻多半。又南区门牌二十三号李月舫之病，服李医官之药，今已痊愈。又南关第七巡所巡长盛振兴之病，今亦见轻。又南关第二号门牌张老雨之病，服李医官药，已见轻，暂先静养，不必诊治。

一、同日，调查员丁溥、医官管寿昌验称，西区巡警局报告西河沿门牌五号章秋伯之妻，实系产后受风病故，并非染疫。

一、同日，医官管寿昌查验丁南两区界内各旅店，均平安无恙。

一、同日，临时检验所报告，十六日四钟北车验出病人邵理纲，定州全久村人，年二十五岁，同伴一人王蕴，均即送入临时防疫病院。

一、同日，调查员宁益寿查验东北中三区旅店三十六家，均无患病人口。

一、同日，医官李道显查验南区界内旅店，均各平安无恙。

一、同日，病院收疑似病人二名邵理纲、王蕴，定州全久村人。

一、同日东区巡警局报告，东岳庙门牌二十二号方开勤，患周身疼痛，当经俞医官济广往诊，感冒发烧，并非染疫。已用九味羌活汤治之。

一、同日，东区医官俞济广查验东区界内店户五家，共住客六十六名，均平安无恙。

一、正月十七日，北区医官丁传诗验称，北区巡警局报告玉清观门牌十七号郑保儿，年十六岁，系积寒发烧，呕吐不止，并非染疫。已用葱头汤治之。

一、同日，南关薰洗售卖旧衣所李锡淇报告正月十六日薰衣数目，计小摊王洛瑞单小褂四件，又单大褂一件；赵松庭棉袍一件。

一、同日，调查员宁益寿查验西南两区旅店七十三家，均无患病人口。

一、同日，调查员丁溥查验东北中三区旅店三十六家，均无患病人口。

一、同日，医官李道显验称，南区巡警局报告东马道门牌六号吕张氏之症，系受孕七月，偶患感冒，头疼冷烧，时而发呕，已延数日。以表解安胎之法治之。其子吕有儿系食火内蕴，风寒外遏，以致腹道疼、头疼，手足软闭，亦延数日。以保和、通圣两相加减之方治之。

一、同日，西区医官管寿昌查验西区界内旅店，均各平安，无病人。

一、正月十八日，中区巡警局报告，本日上午七点半钟，有臬司街源盛德粮店铺长高望杰，行至北街梁家胡同口南义和当门首，头晕倒地，请查验。当经本局西医王大夫九德往验，其人已死。死后面目、身体均未改变，取出舌血考验，亦无稽菌，可断为急症身死，并非染疫。

一、同日，东区巡警局报告，文武胡同门牌十五号陈松坡，年六十二岁，因患痰厥，于本日病故。当经俞医官济广查验，实系患痰喘两月，又因伊孙夭折，著急身死。并非染疫。

一、同日，差遣委员孔昭晟来局，带到陉阳驿李大令骏函禀，内称委查满城南园村，并无染疫。刘老香年六十一岁，卧病数年，虽与汤村张家系姻亲，并未吊唁。老香之死实非染疫，李老玉之报实系伪造。

一、同日，调查员宁益寿验称，南区巡警局报告南关二十号门牌姚义，年五十六岁，系患痰喘症，于今早八点钟病故，并非染疫。

一、同日，东区医官俞济广查验东区界内旅店五家，均无染病人口。

一、同日，薰洗售卖旧衣所李锡淇报告薰衣数目，计王和小押当小褂三件，吴公馆小棉袄一件、棉裤一件。

一、同日，医官李道显查验南区界内旅店，均平安无恙。

一、同日，调查员丁溥查验西南两区旅店七十三家，均平安无恙。

一、同日，调查员宁益寿查验东北中三区旅店三十六家，无患病人口。

一、同日，四乡南区巡警局报告，初十，大王力村刘炳兰之女，年十二岁，因急病身死。十一日，刘老黄八十五岁，病延月余身死。十三日，诸氏年六十三岁，在望都县牛头村吐血身死，现已抬回李各庄。又肃洛经，年四十岁，现患咳嗽，已延医调治。

一、同日，临时防疫病院报告，本日下午四点钟，收到由检验所交来疑似病人田万成一名，入第一号留验室。

一、同日，西区巡警局报告，西关六号门牌赵洛永之妻，年四十九岁，于初五日患喘症，并未延医调治，于本日午前病故。

一、正月十九日，调查员丁溥验称，北区巡警局报纱帽胡同门牌八号蒙李氏，实患三个月痨症，腹疼咳嗽，本月十八日病故，并非染疫。

一、同日，调查员丁溥验称，北区巡警局报告后营坊门牌五十六号沈张氏，系年老久患泻肚，于十八日病故，并非染疫。

一、同日，调查员丁溥查验东北中三区旅店三十六家，均无患病人口。

一、同日，调查员宁益寿查验西南两区界内旅店七十三家，均无患病人口。

一、同日，南区医官李道显查验南区各旅店，均平安无恙。

一、同日，丁区医官管寿昌查验西区界内旅店，均各平安无恙。

一、同日，四乡北区巡警局报告，滕蒙庄门牌一百二十五号袁贵德之儿妇袁臧氏，年二十二岁，正月十七日夜一钟患翻症身故。又大激店门牌一百四十五号石长庆之母石袁氏，年七十七岁，于正月十七日晚十钟半患痰喘身故。均非染疫。

一、同日，薰洗售卖旧衣所李锡淇报告十八日薰衣数目，计王可单小褂三件、又小袷袄一件，刘二太小褂三件，邸老宾女褂二件，白景云小褂二件、又单裤一条，陈海小褂一件、又棉大袄一件。

一、正月二十日，克牧士来局报告，陆大夫函称，二十日可到定州。东阳村王小磨由哈尔滨回村死，以致传染两合程，现已二十余天，尚无死者。房屋已经薰过。刘村已死一十四岁女孩。程委村陈姓去腊二十七日赴解村营服侍病人，其所服侍者已死去八人。伊犹不信，乃于初一日回家，初三日即死。卫生队办理一切，甚好。

一、同日，南区医官李道显验称，南区巡警局报告南街门牌二百三十四号吉祥店内寓清苑县大安村人李洛高之妻李李氏，年四十二岁，患口干呕吐之症。当即同警兵多芳前往诊视，病已痊愈，并非染疫。

一、同日，东区医官俞济广查验东区界内店户五家、澡堂戏园等处，均无染疫。

一、同日，西区巡警局报告，三皇庙牌楼口内路南第二十八号门牌王魁元家女仆王王氏，山西忻州人，身得痨症约有数年之久，请西寺一位先生医治罔效，于本月十九日晚六钟身故。又多祥街十八号门牌丁玉亭之父，年七十一岁，天津人，因患老病，请任家胡同石先生医治罔效，于本月二十日早三钟身故，并非染疫。

一、同日，胡令麟学禀，在大五女村觅妥房屋家俱，借祁署预备。陆、张二大夫到，并于二十日请定州周直牧商办一切。现在西柴里等村疫灾稍平，大五女附近各村庄近两日无伤人口。

一、同日，临时防疫病院报告，十九日下午七钟，收到高校交来疑似病人郭超一名，东光县人，年三十二岁，系高校差役，已送入二号留验室。

一、同日，调查员丁溥验称，东区巡警局报告穿行楼东门牌十号马树屏，年四十一岁，实系臌症三个月病故，并非染疫。

一、同日，调查员丁溥查验东北中三区旅店三十六家，共住客人三百零三名，均平安，无患病人口。

一、同日，调查员丁溥查验贡院街门牌四号郎镇五之妻郎周氏，系多年痨病，于本日身故，并非染疫。

一、同日，调查员宁益寿查验西南两区旅店七十三家，共住客五百八十三名，均无患病人口。

一、同日，调查员宁益寿验称，西区巡警局报告双井胡同门牌十七号翁兰生之女，年十九岁，系患疮痨病故，并非染疫。

一、同日，西区医官管寿昌查明西区各店，均平安无恙。

一、同日，南区医官李道显查明南区旅店，均平安无恙。

一、同日，南区巡警局王区官绳高报称，泰山行宫任世武，于本日上午十一钟暴病身死。当经西医王九德往验。据其家人云，伊素有烟瘾，并有心口疼痛之症，实系戒烟身死，不令取血。仅取指血考验，并无稚菌，已饬速成殓。

一、同日，薰洗售卖旧衣所李锡淇报告正月十九日薰衣数目，计程玉山等小摊裤褂、棉袄共八十三件。

一、正月二十一日，接民政部防疫局电凌藩台鉴：闻十七日火车到保，有二人抬下即死。希覆。即由局代电覆云：北京民政部防疫局鉴：二十电悉。保定十六日检有下车带病之邵理纲、王蕴二人，王病愈，已放行；邵系寒疾，暂留院医治。十七日并无病人。

一、同日，调查委员吕振球报告，查三监及习艺所、工艺局等处，均洁净无比。县监前患疥疮者，稍见痊愈。又有新病者四名，尚无大碍。工艺局有一病人，自元年患病，至今未愈。司监所有病人，皆带病入监。习艺所患痢病者一名、吐泻者一名，均皆渐愈。业已令其各人当知保卫身体，切勿轻视疫症，以免后害。

一、同日，南区医官李禄卿报称，南区号房张永祥系热邪内蕴、外招风寒，以致恶寒头疼，喉干作疼。以清结理之药治之。

一、同日，四乡南区巡警局报告，邓村郭猪子，十七日因老病身死。张登王福儿，十八日患头疼。又刘莫子，患半身不遂之症。又北马庄张王氏，病延半年身死。均非疫症。

一、同日，四乡西区巡警局报告，中冉屯村张四儿，年四十九岁，因患痨症，于二十日病故，并非染疫。

一、同日，调查员丁溥验称，东区巡警局报告国公街门牌十一号王宝善之母，实系多年瘫痪病故，并非染疫。

一、同日，调查员宁益寿查验西南两区旅店七十三家，共住客五百二十一名，均无患病人口。

一、同日，南区医官李道显报告，现接北京官磺局代表马镇桐函称，保阳防疫甚属认真，需用硫磺当必加多。敝局一以广销路，一以救时急，价值自可从廉，每斤一钱二分。保郡如有用处，或自京运往，或由石家庄分局发交，皆可朝发夕至。保定分局即托执事经理等语。谨此报告。

一、同日，南区医官李道显查验南区各旅店，均平安无恙。

一、同日，薰洗售卖旧衣所李锡淇报告二十日薰衣数目，计杨三等小摊袄裤、被褥等一百零三件。

一、正月二十二日，函教养工艺局，收养女丐，饭资由防疫局开支，并请酌派女司事及妥人随时监察。所有女丐，即由巡警各区陆续径送。

一、同日，学台移知派王丞大成、何令盛林、刘绅续曾、张绅良弼，会同各堂办理留验所，并由学司垫发银一千两。清苑县劝学总董张绅国浚并饬帮同办理防疫事宜，移会本局襄理一切。

一、同日，南区医官李道显验称，南区巡警局报告苦力张庆，年六十二岁，系风寒遏于太阳，以致患恶头疼等症，并非染疫，以加味桂汤治之。

一、同日，临时检疫所报告，陆大夫前在上海华英大药房购药料三箱，今日四钟车到，即刻送局。计两大箱、一小箱，已收讫。

一、同日，四乡医官陈应庚报告，南关天瑞诚门外乞人一口李学艺，年二十五岁，河南人，系患头身疼痛、无汗之症，并非染疫。用加味通关散，当时得嚏，已稍愈矣。

一、同日，西区医官管寿昌查验西区旅店，均平安无恙。

一、同日，调查员宁益寿查验西南两区旅店七十三家，共住客五百十七名，均无患病人口。

一、同日，调查员宁益寿验称，南区巡警局报告南大场门牌十九号尤敬轩之妻尤于氏，患旧症病故，并非染疫。

一、同日，调查员丁溥验称，北区巡警局报告厚福营门牌二十四号徐洛向，系多年痨症病故。南区巡警局报告南观音堂门牌二号顾秉初，系多年痰喘病故。均非染疫。

一、同日，调查员丁溥查验东北中三区旅店三十六家，共住客三百六十一名，均无患病人口。

一、同日，南区医官李道显查验各店，均平安无恙。

一、正月二十三日，薰洗售卖旧衣所李锡淇报告二十一日薰衣数目，计张洛敏等袄裤等物一百四十件。

一、同日，四乡东区巡警局报告，城东喇喇地村臧韩氏，年三十六岁，因产后病，于二十一日身故。又城东三十里西臧村刘李氏，年四十二岁，因痨病日久，于二十二日身死。均非染疫。

一、同日，差遣委员郭甲三、王礼恭禀报，二十二日早十一钟，由祁州署同陆大夫、张大夫启程，午后三钟至定州属之东亭，房屋洁净，二大夫亦甚乐居，是以分局即设于此。定州牧先派有州同盖君并藩台委之祺直牧，均在胡村附近设立分局。俟明午周直牧到时，从速妥商一切。所有药物、棉衣等，彼此均可匀分。又胡村昨晚祺直牧风闻，即于今早派巡警详查，尚无回报（胡村距东亭六十里）。又胡令麟学今往路井（祁州属距城二十三里）调查，明日午后亦来东亭。博局事无多，暂由樊令代管。又明日陆大夫、张大夫拟往李村店、小辛庄二处，其情形如何，俟明晚禀报。礼恭仍同二大夫赴各被灾村庄，以资慎重。

一、同日，北区医官丁传诗验称，北区巡警局报告大箭道门牌十三号庄得顺之妻庄阮氏，系痨伤病故。又门牌三十九号范国俊，系寒热交结之症，已开方调治，即可痊愈。又门牌十号徐琪六，脉浮弦，两颊发赤，病已成矣。均非染疫。

一、同日，南区医官李道显查验南区旅店，均平安无恙。

一、同日，调查员宁益寿查验西南二区旅店七十三家，共住客二百九十七名，均无患病人口。

一、同日，薰洗售卖旧衣所李锡淇报告薰衣数目，二十二日计薰小摊、张顺保等袄裤被套等物一百三十七件。

一、正月二十四日，中区医官郭敦埙查验炮台街盛兴店有山东人郂玉良，于二十三日晚间入店养病。查其病症，系感冒挟痰之症，神志清爽，脉象平常，病已四日，决非染疫。前医用大黄、石膏治之，殊大误。

一、同日，四乡西区巡警局报告，东林水村王老受之妻，于去年即患手足麻木之症，其女正月二十日亦患此症，其孙媳于二十三日手足忽然浮肿。又南大冉村杨工之儿媳，于二十三日患痰喘。又小张村石柱儿，于二十三日患发冷发热之症。均非染疫。

一、同日，天主堂富成功捐助本局银洋二百元。本局领有专款，谨派专员赴堂致谢，并收有富主教答谢说帖。

一、同日，南一区医官李道显查验南区各店栈，均各平安无恙。

一、同日，西区医官管寿昌查验西区各店栈，均各平安无恙。

一、同日，调查员丁溥查验东北中三区旅店三十六家，共住客二百七十九名，均无患病人口。惟炮台街盛兴店有山东人郂玉良一名，于二十三日晚入店养病，已经本局郭医官诊断，实系感冒，并非染疫。

一、同日，调查员宁益寿查验西南二区旅店七十三家，共住客五百三十一名，均无患病人口。

一、同日，薰洗售卖旧衣所李锡淇报告薰衣数目，二十三日计薰小摊郭玉顺等单裤褂、小袄、棉裤等物共一百四十一件。

一、同日，差遣委员张庶富自安平县秦王庄防疫分局禀告，安平县孝林村自消毒后，近日已平静如常矣。

一、正月二十五日，调查员宁益寿验称，西区巡警局报告唐家胡同门牌一百八十三号张王氏，年七十七岁，于去年十月患泻肚之症，延至今年正月二十三日病故，并非染疫。

一、同日，北区医官丁传诗验称，北区巡警局报告北关外第三号门牌归永山，系重受风寒，已经查验稍愈。

一、同日，调查员宁益寿查验西区九圣庵门牌四十七号张金氏，年四十二岁，系患瘫痪之症，于二十四日夜一钟病故。并非染疫，定于二十六日即行掩埋。

一、同日，高阳分会函告本月二十二日成立分会，并送到分会章程及普通防疫规则各一纸。查高阳全境并无染疫，设会预防，正当务之急也。章程、规则均妥协。

一、同日，祺直牧英自定州东亭防疫分局函禀，二十四日王委员，陆、王二大夫驰赴城旺庄赵洛川家，用药料如法消毒，并烧衣席各一件，赔洋二元。闻日前城内因疫毙命之剃发匠李洛琢棺木来至堤阳，英即与陆大夫等饬令掩埋，坟墓周围上下用石灰封闭。至谕令忽村设局一节，商之陆大夫，亦表同情。现小辛庄、李村店、城旺等村业经办有端绪，只有西柴里一村尚未薰办，明后一切赶办完竣。二十六七日，陆大夫即可往忽村，而东亭之分局即可裁撤，以节糜费。明午诣定署周太尊筹商一切，即赴忽村附近地方布置设局。

一、同日，胡令麟学自定州防疫分局函禀，祁州属之小辛庄、小李庄、东柴里均无染疫；定州属之大王庄王老述小辛庄治病，染疫死。

一、同日，郭令甲三自定州防疫分局函禀，陆大夫等去成旺庄薰赵老川并烧其衣物，明日去西柴里村薰房，二十六日可竣事。张大夫准于二十六日去祁州路井村薰房；陆大夫俟此局竣事，即先去胡村附近祺直牧处办理。胡令明早赴博野，张大夫祁州事毕，仍去博境解村查看有无疫症复见，并薰房，会同樊令付烧房赔款，清理一切账目。博野设局之房屋，均有酒席酬谢。以后拟给热心公益匾额，民人感戴，不让汤村。

一、同日，周直牧来函，州境之忽村距城三十里，该村王老太家，于去年八月染疫而故者五人，与此次疫症无涉。此外自八月迄今日，陆续病死十余名。虽未必尽属时症，要不容不严为检验，实力消防。南街民人李洛琢，于本月二十日夜吐血身死，访闻似系疫症，业已饬发防疫章程妥为防范。各村庙会，亦饬停止。各学堂开学，已展缓三星期。

一、同日，调查员宁益寿查验西南二区旅店七十三家，共住客五百一十三名，均无患病人口。惟唐家胡同奎元店住北京人许维城之妻，素有胃气疼症，今早复发，现已服洋糖饼痊愈矣。

一、同日，调查员丁溥查验东北中三区旅店三十六家，共住客二百七十八名，均无患病人口。惟卫上坡进升店内玉田县领书二名，系在藩司领款。又金线胡同文明客栈住滦州人一名，系审判厅法官，尚未到差。

一、同日，薰洗售卖旧衣所李锡淇报告二十四日薰衣数目，计薰宋俊生等裤褂棉袄共一百二十一件。

一、正月二十六日，天主堂总教富成功以助洋二百元未收，愿尽义务，又捐助加播泐酸十瓶，已领收面谢矣。

一、同日，四乡医官陈应庚查验四乡西区小张村石翰臣之侄石柱儿，年二十九岁，脉数中见止，面黄，舌苔灰色，胸满无汗，口苦渴，二便欠利，症系外感，表里未清。以双解散加味治之，并非染疫。

一、同日，南区医官李道显验称，南区巡警局巡警申富凯，系患头疼恶心、表寒里热之症，非染疫，治以清解，自愈。

一、同日，北区医官丁传诗验称，北区巡警局苦力田连喜，年二十五岁，系去冬重受风寒，至春化热，头昏脉沉，已用消导清解之药治之。又后营坊门牌十七号闫洛庆之妻闫刘氏，系积寒气疼之症，已拟方调治。一二剂后，定见痊愈。

一、同日，临时检疫所本日早十钟，北就火车到站，检出病人一名李玉成，饶阳人，年三十岁，在北京芦草园作小生意，身体作烧，体温达一百度。照章送入临时病院留验。

一、同日，临时防疫病院报告，上午十钟收到检疫所交来疑似病人一名李玉成，饶阳人，年三十岁，在北京作小生意，照章送入留验第三号。

一、同日，调查委员吕振球报告，查三监、工艺局、习艺所等处，均属洁净，每日打扫三四次，诚防疫之道也。各处所有病人渐次痊愈，惟习艺所贺老婆因痢症疥毒，脾土虚弱，泻肚不止，医官俱云不治，于二十四日夜间病故，即时掩埋矣。余有疥疮者三名，工艺局有带病入局者二名，腿肿之幼童一名，县监有患疥者七名，又新患病者，已饬医治，尚无大恙。司府二监现无病人，前患病者已医治痊愈。工艺局因女工房窄小，前数日已收拾所有空房，打扫洁净，匀配分住矣。

一、同日，薰洗售卖旧衣所李锡淇报告二十五日薰衣数目，计陈景山等裤褂棉袄共一百二十四件。

一、同日，调查员宁益寿查验西区巡警局报告仓门口门牌十二号许燮廷之妻许章氏，实系患痨病身故，并非染疫。

一、同日，临时检疫所报告，本日下午四钟北车李铭德一名，天津四窑洼人，年十九岁，体温达一百零二度，脉跳四十，至疑似染疫，照章送入病院留验。

一、同日，临时防疫病院报告，下午四钟收到检病所交来疑似病人一名李铭德，照章送入第四号病室。

一、同日，检疫所报告，保定车站通启：现奉邮传部铁路总局札开，准民政部咨开，京汉火车行抵保定府，歇时过短，于检验诸多不便。祈延缓一小时开车，以便派员验疫等因，饬局遵办等因。奉此，兹于正月二十六日，凡北路南来票车到保定府停轮时刻，略为延长，以便从容检验。其时改易于左：石家庄北上票车，石家庄开早六点钟，保定府到上午九点钟；保定府开上午十点零二分，北京前门到，仍照常钟点于下午二点零二分。由彰德北上票车，彰德府仍照常钟点于七点十分，保定府到下午四点十分；保定府开下午五点零五分，北京前门到晚八点二十五分。又栾城属窦妪车站，刻因鼠疫发生，为慎重生命、保卫治安起见，凡客货各票，暂为停售。

一、同日调查员丁溥查验东北中三区旅店三十六家，共住客三百二十二名，均无患病人口。

一、同日，调查员宁益寿查验西南二区旅店七十三家，共住客五百二十名，均无患病人口。

一、正月二十七日，郭委员甲三函禀，二十五日王委员同陆、张二大夫赴定州属西柴里村薰赵狗儿家（死八口）房，恤其寡幼棉衣二套；又薰赵猪儿（死一口）房，恤其七十岁母洋二元、棉衣一套；又薰王起才（死四口）房，恤其小儿洋二元；又薰王老佐（死八口）房，烧其衣物八件，恤洋八元；又薰王小奎（死五口）房，恤洋二元；又薰王小梅（死七口）房，烧毁衣物六件，恤洋五元；又薰王老斗（死一口）房，恤棉衣二套；又薰王怀香（死二口）房，又恤乞丐（一口）妻棉衣一套。遂于五钟回局（离局二十里）。陆、张二大夫夜晚治药，早晨出队，日没归局。自到局以来，已半月矣，始终不懈，且手皆被加巴力酸烧白。在张大夫本中国人，系应尽之义务。至陆大夫为美国人，能如此之忠心耿耿，实令人感佩。祺直牧二十五日早赴定州，酌核在忽村附近设局。明天二十六日，大夫等仍往柴里村薰房。附呈红帖一纸，上书"阖村叩谢"四字，系西柴里村之学董递于大夫者。

一、同日，冀州王直刺继武牒文内开，冀境尚无疫，惟冀属深州兼辖之北土路口村高老掌，由外染疫回家，本身及女共四口，旬日之间相继病毙，已由崔医官等将停尸房屋用药薰封。又束、冀同辖之孟家庄亦有传染是症者，已派委员严行防检。又冀州工人向由高邑搭火车进京，业经出示严禁矣。

一、同日，薰洗售卖旧衣所李锡淇报告二十六日薰衣数目，计高长义等裤褂共八十三件。

一、同日，调查员宁益寿查验西南二区旅店七十三家，共住客五百三十一名，均无患病人口。

一、同日差遣委员郭甲三禀报，二十六日早，王委员、陆大夫赴西柴里村薰秦三元房，烧其衣物，赔洋一元、棉衣一套；又薰李老冉房，烧其破被一件，赔洋一元。又赴大王庄薰王老述房，事毕回东亭局。同日胡委员、张大夫赴祁州薰路井村房，又赴博野解村营薰房。

一、同日，委员李兆书、医官崔凤鸣函禀，正月十九日移住深州属之丁家庵，查得深属朱家庄疫死七户十三口，孤城村疫死二十户三十一口，狼窝村疫死三户八口；束鹿卢家庄疫死十三户三十八口，马庄疫死八户十三口，磨店村疫死四户十一口；冀州属北土路口村疫死一户四口。其患病联络不绝，睹此情形，甚有燎原之势。已迫商黄牧等，将未患疫地方，谕令断绝交通，并设法防卫。将有疫地方设办事处一所、男女避疫院各一所。疫死未埋者，限即着人抬出，掘深七尺，加以石灰深埋。其房屋如法消毒封闭，其衣物于村外焚烧。值此事机危急，自朝至暮，不敢片刻放下。有一日办一村，有办两村者，故十九日至二十三日晚办完。现今疫气大退，仍须留守七天，以防再发。查深、束、冀各属，皆发源于束鹿芦家庄宗至正，自去年由东回里患疫，波及全村，播扬各处。再，由张委员光翯带来药物二箱、手书二封，业于二十五日均经收到。

一、同日，调查委员徐令桐阳第一次禀报，束鹿城内以及北露河营和禾井路郭村等村，现均尚未染疫。惟束鹿县城南卢家庄，客腊有自哈回家疫死者，传染朱家庄、马庄、木店、赵古营等村，蔓延甚烈。各村人心惶恐，染疫死者甚众。赵古营一家十一口，竟死九口。已分别谕令禁止往来，并铺灰消毒等法，拟请加派医官，多发药料，以弭灾浸而重民命。

一、同日，调查委员徐桐阳第二次禀报，束鹿染疫情形，实系自去腊二十日前后发现。亲至马庄村调查，先后疫死郭新喜等十四口，木店村先后丁八子等十六口。现在灾尚未已，连日均有病死者。染疫情形，均系头痛、腹疼、吐血，大致相同。当即面晤各村正副，分别告以不相往来之法及用石灰硫磺等法，警局亦备有通关散。传染甚多，虽由深州延请医官崔凤鸣到处救治，实仍应接不暇。拟仍恳恩赏派医官，发给药料。再，安平仅死七八人，薛令已亟行防备。

一、正月二十八日，调查员宁益寿查验西区巡警局报告三角地门牌十三号耿张氏，年六十六岁，系患喘症身死，并非染疫。

一、同日，调查员丁溥查验北区巡警局报告大箭道门牌十号徐祺年，二十四岁，实系患痨症身死，并非染疫。

一、同日，祺直牧自定州防疫分局函报，定州城内自阳堤之剃发匠李老琢故后，现查城内无染疫之人。二十六日早赴忽村附近之明月店地方，觅得山西会馆一处，暂设分局，已函告郭、王两委员，转请陆大夫到局办理一切。

一、同日，调查员丁溥查验东区巡警局报告太平街门牌四十二号刘铭之妻刘稽氏，年五十一岁，实系多年痰喘之症身故，并非染疫。

一、同日，四乡检验医官陈应庚报告，据四乡西区巡警局报称，该区北大冉村民人管文患病，当经查验，实系恶寒发热之症，现已痊愈。又查得该区西顾庄马洛廷之妹，实系偶患腹疼，现已痊愈。又查得该区小张村王金台，实系痰喘呕血，约已五年，当即投以养血疏肝之剂。

一、同日，薰洗售卖旧衣所李锡淇报告二十七日薰衣数目，岳同洲等裤褂棉袄衣裤共八十七件。

一、同日，临时防疫病院报告，本日上午收到本局派赴定州一带差遣委员王礼恭一名，疑似染疫。当由病院如法薰治，收入病室第四号。

一、同日，地方检察厅函报，清苑县移交案犯段凤鸣，于今日午刻患病身死，系客冬感冒风寒，致成痼疾，并非染疫。

一、同日，调查员丁溥查验东北中三区旅店三十六家，共住客三百二十七名，均无患病人口。

一、同日，调查员宁益寿查验西南二区旅店七十二家，共住客五百四十一名，均无患病人口。南关仁义店歇业。

一、同日，调查委员张书绅报告，望都县西区各村并无染疫情事。计查得戚里铺杜狗儿，于去腊初七日由吉林广岗子回家，前虽偶患风寒，今已痊愈。又固村店朱记儿，于去腊由大同贩猪毛回家，并无疾病。又崔庄王老占，于去腊由哈埠回家患病，已痊。谨查以上三处，均无染疫情事。

一、同日，南区医官李道显查验界内各店住客，均平安。

一、正月二十九日，差遣委员祺直牧、郭令报告，定州城西西忽村有染患瘟症者二人，疑似染疫。定于日内同陆大夫前往检查、薰洗、消毒，并分给白话告示多张。

一、同日，调查员丁溥查验北区报告北街门牌一百七十二号李禹言，年六十四岁，实系久患痰喘病故。又厚福营门牌十七号唐汝玉之母唐马氏，年六十四岁，实系患痨症病故。又小营坊门牌第四号沈何氏，年二十二岁，实患干血痨症病故。均非染疫。

一、同日，南区医官李道显报告界内各店住客均无染疫情事。

一、同日，调查员宁益寿查验西南二区旅店七十二家，共住客五百七十八名，均无患病人口。

一、同日，调查员丁溥查验东北中三区旅店三十六家，共住客三百十一名，均无患病人口。

一、同日，中区医官郭敦埙查验中区警局报告府马号门牌十六号张东生之病，系痰热郁于肺经，咳嗽吐血，病已七月，决非染疫。

一、同日，调查员宁益寿验称，西区报告唐家胡同门牌八十九号张锦樵之妾张周氏，年十八岁，实系患痨症身故。又三皇庙街门牌十九号徐老四，年七十岁，实系患老病身故。又门牌三十四号赵蔡氏，年四十六岁，实系患半身不遂身故。又粉房胡同门牌十一号高振声，年二十五岁，实系患痢疾身故。以上四处，均非染疫。

一、同日，薰洗售卖旧衣所李锡淇报告二十九日薰衣数目，计戴九儿等裤褂、坎肩、被套等共五十六件。

一、同日，函请保定商务总会开会会议商界检疫办法，已于下午二钟开会。经本局官绅同往到会，切实陈说瘟疫传染情形，已为公同筹议，明日举代表到局会商。

一、正月三十日，中区警局报告，送赴教养工艺局女丐张李氏等六名并男丐小孩一名；下午又送女丐二名。

一、同日，祺直牧英、郭令甲三报告，二十九日午刻，同陆大夫携带医病药料赴定州西忽村，周太尊亦到，当即检查染病之家。据陆大夫云，均非鼠疫。惟王洛庆等住房，恐其余毒传染，用硫磺药水薰洗，并焚破衣一件，赔洋三元。阖村均甚感戴。三十日拟将明月店分局裁撤，以节糜费。又闻城东中古地方有染疫之说，已派人前往调查。

一、同日，清苑县吕令来函，教养工艺局现收女丐二十二名，请由局发给棉衣二十二身、被十二条，已照数发给。

一、同日，西区医官管寿昌查验南区报告天元店内住客杨志文，因受寒伤食，头疼呕吐，投以消食和胃之剂，并非染疫。

一、同日，调查员丁溥查验中区报告魏上坡门牌四十二号任凯云之女，年十八岁，患痨症病故，并非染疫。

一、正月三十日，调查委员徐桐阳报告，二十五日，由束鹿城南马庄起身，至朱家庄面见村正副高兴振、侯海深，查明该村系深州、束鹿两州县所辖，深辖百余户而疫死者少，束辖三十户而染疫者较多，当即分别告以避瘟方法。又亲赴深属之丁家庵。该村设有防疫分局，由省局分拨之医官崔凤鸣等布置甚妥，治好患疫病者三人。深民感激，不肯放回束境。下午又由深返束，路过李庄、徐庄、常庄等处。又查得马庄今晨刘洛聚之女又死。据该村人称，先是刘洛达之妻染疫死，刘洛达继死。仅留子女各二人，投其外祖母家，又染及其外祖母亦死。其母舅遂割爱不肯留住，仍送还马庄。计长女年十六岁，次女四岁，长男八岁，次男六岁，孤苦零丁，别无依靠。因欲投井觅死，其邻人刘洛聚见之，恻然收留。讵料其长女又死，竟染及刘洛聚之女亦死。迅即商同束鹿张令设法救治，已延医生二名如法消毒，并相机施治矣。

一、同日，南区医官李道显报告南区界内各店住客，均无染疫。

一、同日，调查员宁益寿查验南区警局报告府学后门牌三十四号赵茂堂，年二十六岁，实系患痨伤病故，并非染疫。

一、同日，中区医官郭敦埙查验中区警局报告枣儿胡同门牌二十五号赵皂儿，年二十三岁，系咽哑三年，今春加剧，于二十九日下午一钟身故，并非染疫。

一、同日，调查员宁益寿查验西南二区旅店七十二家，共住客五百三十一名。内有杨志文，系天津人，偶患风寒，服西区医官汤药一剂，今已痊愈。余无患病人口。

一、同日，差遣委员胡麟学、博野县樊令海澜禀，正月二十八日，程委东杨村董事、地保并宋姓、刘姓至戚成局，将所烧毁房物各件面付恤款，取有领结存案。

一、二月初一日，西区警局报告，送赴教养工艺局收养女丐张郝氏等五名。又南区警局报告，送赴教养工艺局郭赵氏等四名。

一、同日，调查员丁溥查验北区警局报告后营坊门牌二十五号张平氏，实系患痰喘病故，并非染疫。

一、同日，调查员丁溥查验东北中三区旅店三十六家，共住客三百四十二名，均无患病人口。

一、同日，调查员宁益寿查验西南二区旅店七十二家，共住客五百七十三名。惟天元店杨志文、善庆店潘得元均系受寒头疼之症，已由医官分别诊治。余无患病人口。

一、同日，南区医官李道显查验南区各店内，惟善庆店潘得元系受寒之症，投以畅木和土之剂。余均无恙。

一、同日，薰洗售卖旧衣所李锡淇报告三十日薰衣数目，计孔长吉等裤褂、坎肩、被套等共七十一件。

一、同日，调查委员吕振球报告，省城三监及习艺所、工艺局均扫除洁净。惟工艺局内于二十八日死去小孩一名，年三岁，实系因伤风身死。又有带病入局者三人，已分别诊治。习艺所每逢三、六、九日，由印委各员与之演说生理卫生，教以防卫之术。司府二监无患病者。县监因人数较多，内有患伤寒者一人、疯症一人、弱症一人、患病者二人、患烟痢者一人，现已赶紧分别诊治。

一、同日，调查员丁溥验称，中区警局报告大钟楼胡同门牌四号马汉如，实系患瘟疹病故。又北区警局报告大纪家胡同门牌二十二号徐五之妻徐张氏，实系患痨症病故。均非染疫。

一、二月初二日，调查员丁溥、东区医官俞济广会同查验东区警局报告东关外全盛店住客赵维祺，年六十七岁，由新安来省。今早头晕发冷，吐痰带血，而二寸脉皆伏，疑似疫症，已送入临时病院。

一、同日，薰洗售卖旧衣所李锡淇报告初一日薰衣数目，计谢振东等裤褂、棉被等九十二件。

一、同日，提法司交下据武邑县俞令良臣禀报，城北各村现有染疫村庄，已经于城北怀甫村庙内设隔离病所，公举医生一员办理消毒各事。其染疫之村暂断交通，并停止庙会、演戏两个月。查岳家庄死六十三人，陈家屯五人，杨家庄四人，张家庄五人，王家庄二人，小国村、八里庄、姚家佐、大祝村各死三人，粉张村、五更庄各二人。皆因去腊岳家庄人岳庆祥由东回里疫发身故，以致传染。

一、同日，临时病院收到本局送来疑似病人一名赵维祺，已入第一号病室。

一、二月初三日，调查员孙道德禀报，二十六，由深州随张医官至丁家庵。闻冀属北土露口村有染疫者，张医官在此薰治，孙委员即先赴冀州城内。因武邑县有疫，现在城内借五县公所设防疫分局。

一、同日，薰洗售卖旧衣所李锡淇报告初二日薰衣数目，计李贵林等裤褂、棉被等共八十九件。

一、同日，调查员宁益寿报告，查验西南二区旅店七十二家，共住客五百八十六名。内天元店杨志文仍服药，善庆店潘得元病已痊愈，余无患病人口。

一、同日，调查员丁溥查验东北中三区旅店四十家，共住客二百零三名，均无患病人口。

一、同日，临时检疫所报告，本日晚四钟，由南车到保内有疑似病人一名王怀三，望都县人，年三十七岁，验得体温达一百零一度，脉跳一百二十七，已送入病院。此系望都城北童家庄来保作生意。

一、同日，临时病院报告，收到南车载来疑似病人王怀三一名。

一、二月初四日，临时病院报告病所一号赵维祺、四号王礼恭，均经陆大夫验称无病，即刻出院。

一、同日祁州葛牧龙三禀报，现因奉、吉、江、山东等四省疫气流行，请四省商务局知会各商停止来祁赴会交易，他处照常赴会。今已由祁州官绅议决。又城东芦井郑凤春及其叔郑小同、其母郑张氏，均于客腊病故，疑似鼠疫。已请定州分局张医官来祁，将其房墓如法薰掩。

一、同日，调查员徐寿同查验东区旅店五家，共住客五十四名，均无患病人口。

一、同日，调查员丁溥查验南区旅店二十八家，共住客二百二十七名，均无患病人口。

一、同日，调查员宁益寿查验西区旅店四十四家，共住客三百十九名。内天元店杨志文病已愈。晋阳骡店住客王姓，山西人，今日患痰喘症，已请该区医官往治。余无患病人口。

一、同日，调查员赵煦文查验北区旅店四家，共住客六十九名，均无患病人口。

一、同日，调查员张书绅查验中区旅店二十二家，共住客一百九十五名，均无患病人口。

一、二月初五日，贺绅宗儒报告，文武胡同门牌十五号陈松坡之妻，无病遽死，恐系传染之病，望速调查等语。即刻请西医王九德，同调查员徐寿同，带卫生兵二名查验。询悉死者年六十五岁，系久嗽身故，死后面无紫黑色，并非染疫。

一、同日，祁州葛牧龙三禀报，南章村王大春，三十余岁，猝染病症。查系从定属包治时症，被染疫而死。又该村李洛起亦疑似染疫，已切实查诊。

一、同日，祁州牧又禀，在州境南关设立防疫会社，应需经费自行筹垫，请发给加拨勒酸三十瓶、硫磺二百斤。已由局酌量发给。

一、同日，薰洗售卖旧衣所李锡淇报告初四日薰衣数目，计孔长吉等裤褂等共七十一件。

一、同日，调查委员昌振球查验三监及习艺所、工艺局等处，仍属洁净。惟司县两监习艺所患病者七名，均非疫症。

一、同日，调查员徐寿同查验南区旅店二十八家，共住客五十名。惟南街同和栈住客李新玉患病，已请该区医官往治。余无患病人口。

一、同日，调查员宁益寿查验北区旅店十四家，共住客七十八名。内北关槐兴店住客刘老常现患腹疼，已请该区医官往治。余无患病人口。

一、同日，南区医官李道显查验南区报告南街同和栈住客李新玉，系痰火内炽，胃脘微疼，以加味二陈汤治之。余无患病人口。

一、同日，西区医官管寿昌查验昨日宁益寿报告西关晋阳骡店住客王老树，山西人，系旧患痰喘，今日病愈回家。

一、二月初六日，北区医官丁传诗查验该区警局报告北关槐兴店住客刘老常，系患郁结腹疼，舌苔白腻，用针后腹疼稍止。

一、同日，调查员张书绅查验东区警局报告东岳庙牌楼口门牌九号车子公昨日病故，实系自去年六月患喘吐血，并非染疫。

一、同日，调查委员吕振球查验看守所尚称洁净，惟现有患感冒头疼三名，患疮症者一名，已嘱赶紧医治。

一、同日，调查员丁溥查验北区旅店十四家，共住客六十九名。内北关槐兴店住客刘老常患腹疼，已由丁医官针治痊愈。均无患病人口。

一、同日，委员李兆书函禀，续查患疫地方，计深州琅窝村续疫死九人、孟家庄一人，冀州北土露口村续疫死八人、束鹿木店村续疫死五人、马庄三人。并添查出郭西村初死五人、续死一人，大营村初死一人、续死二人，中干村疫死一人。均经如法消毒。近日仅北土露口村病一人，马庄病一人。细度情形，此方疫气已减十之八九，谅不至死灰复燃。已于初三日由丁家庵赴冀矣。

一、同日，薰洗售卖旧衣所李锡淇报告初五日薰衣数目，计朱万顺等裤褂袷袄共八十四件。

一、二月初七日，临时防疫病院报告，病室第五号吴全福系束鹿马庄人，已于今日下午经陆大夫验称无病，即刻出院。

一、同日，调查员宁益寿查验东区警局报告撒珠胡同门牌十四号张孝堂之子，实因咳嗽劳伤身故，并非染疫。又查验东区旅店五家，共住客七十五名，均无患病人口。

一、同日，调查员张书绅查验西区旅店四十四家，共住客三百四十三名，均无患病人口。

一、同日，调查员徐寿同查验北区旅店十四家，共住客五十五名，均无患病人口。

一、同日，调查员赵煦文查验南区旅店二十八家，共住客二百八十八名，均无患病人口。

一、同日，调查员丁溥查验中区旅店二十二家，共住客二百一十七名，均无患病人口。

一、同日，薰洗售卖旧衣所李锡淇报告初六日薰衣数目，计程玉山等裤褂坎肩等共七十六件。

一、同日，安平县薛令馨山禀报，本月初一日下午，北里村苏月得染疫身死。同日夜间，苏洛有与其妻苏国氏亦染疫身死。当饬迅即抬埋，并给石灰、硫磺等药物，如法消毒。

一、同日，刘直牧毓瀛函报，初三日午后抵束鹿，询悉已于城东南十八里深境之祁家庄设局，张令偕崔医官将束境染疫各村一律消毒，近日已渐平定。现传知各警区，于通衢客店逐日详查。凡自关外回家者，谕令村人勿与交通。其他四面邻境如有患疫之处，亦须赶紧查报，预加防范。

一、同日，束鹿县张令敬效禀报，本月初三日由省局派刘直牧毓瀛寄到经费银二百两、硫磺三百斤、药水两桶、棉衣五十套、通关散二百瓶，均已收领。已商同崔医官凤鸣连日分赴染疫村庄，如法消毒。

一、二月初八日，临时防疫病院报告，本日上午十钟收到高校交来疑似病人张锡孟一名，系山东德州人，年二十八岁，送入留验室第一号。

一、同日，临时检疫所报告，本日检验南北火车，均无患病人口。

一、同日，薰洗售卖旧衣所李锡淇报称初七日薰衣数目，计孔长吉等裤褂袂袄等共六十七件。

一、同日，调查员丁溥、宁益寿、赵煦文、张书绅、徐寿同等报称，查验东南西北中五区旅店一百一十一家，共八百八十四号，住客共九百九十九名，均无患病人口。惟中区警局报告，鼓楼街门牌一百十九号天聚银楼铺长尹锡九，呕吐带血，于今日病故。业由西医王大夫九德往验取血，俟化验后，再解决是否染疫。

一、同日，调查员徐令桐阳禀报，束鹿马庄郭拉拉初三日疫死，郭西村李氏子初四日死，大营村张立勤之媳、之妻初四日相继死，初五日立勤之孙女又死，该村张顺发亦于是日疫毙。已会同扬州判赴各该村如法消毒。又深州西李秋村刘洛引吐血两口即死，狼窝村马昌于初四日死。均经黄直牧派人照章妥办。

一、同日，张医官蕴忠函报，奉谕赴冀州，二十五日路经深州，同崔医官商准黄直牧传谕各村正副并演说防范办法，又与在事注射血清。二十八日，同孙委员抵冀州，驻公寅局，请王直牧谕令各村正副、警官，各县令赶紧调查有无疫症，并传谕各村正副面谕一切及演说。嗣函促武邑俞令，先谕未患疫各村，不与有疫地方交通。其已患疫之地方，若有未埋者，查系实在贫苦，助以棺费，勒令即时抬埋。旋派陈医官赴各村庄，豫备临时办事处一所、男女浴所各一处、病院一所、男女避疫院各一所，随邀李委员兆书来冀襄助一切。现拟择岳家庄疫祸最烈之区先行入手。惟冀属地方辽阔，必须消息灵通，应饬调查员直接报告冀州防疫检验局，俾得就近赶紧防检。再，此间带来药物不足分布，请将日前已购北京回春药物并棉衣二三十件派员送来。（此项药物日前已派王委员礼恭解去棉衣三十套，明晨即专人送往。）

一、二月初九日，临时防疫病院报告，今日下午七钟收到本局送交疑似病人王季堂一名，束鹿县人，已收入病所第四号。又前经收入留验所第二号之田万成、第三号之李玉成、第六号之王怀三，均经西医郑诚验称病愈，悉令出院。

一、同日，薰洗售卖旧衣所李锡淇报告初八日薰衣数目，计朱万顺等裤褂被袄等共五十九件。

一、同日，中区医官郭敦塽查验该区警局报告南大街门牌一百三十九号庆丰义王厚亭，系偶患气火凝结，刻已全〔痊〕愈，照常办事矣。并非染疫。

一、同日，南区警局报告，南关第三街乞人王元立，偶患心乱头疼，跌倒在路。当经西医王九德查验，业由商董询悉，实因饥寒所致，已酿资遣去矣。

一、同日，西医王九德报告，昨日病故之天聚银楼铺长尹锡九，已取血化验，内无疫菌，决非染疫。又查验中区警局报告府马号门牌十六号张东生，系瘵病身故，并非染疫。

一、同日，调查员张书绅、丁溥、赵煦文、宁益寿等报称，东南西北中五区旅店一百一十三家，共一千二百五十七号，住客九百八十七名，均无患病之人。

一、二月初十日，调查员宁益寿、赵煦文、丁溥、张书绅、陈应庚等验称，东南西北中五区旅店一百一十三家，共一千二百五十七号，住客一千一百六十六名，均无患病人口。惟东区警局报告菩提庵门牌十五号吴清坡，实系瘵病身故，并非染疫。

一、同日，调查员吕振球报告，三监习艺所、工艺局、看守所等处，均洁净如常。工艺局、看守所亦于本月初九日演说卫生学，习艺所、工艺局病人均见轻减。县监看守所共患病者八人，均非疫症。

一、同日，薰洗售卖旧衣所李锡淇报告初九日薰衣数目，计程玉山等裤褂坎肩共六十八件。

一、同日，临时检疫所报告，本日检验南北火车，均无患病人口。

一、同日，临时防疫病院报告，病所第四号王季堂经西医验称无病，已令出院。本日亦未收有病人。

一、同日，祁州葛牧龙三禀报，州境南章村李洛起即李三义，于本月初三日染疫，于初七日疫毙。是日复有王连春与其母均被伊兄王大春传染身死，已饬将尸棺速即深埋覆灰，并将房屋如法消毒等情。已由局即日请西医陆长乐同祺直牧等前往，切实防检。

一、同日，安州袁牧文彦禀报，局委赵煦文到境，已会同警官亲历城乡，遍贴防疫浅说，邀请绅董，遴聘医士，设立防疫分局，分别调查旅店住户。如有患病者，立即派医诊治。并赴省局请领药料，以便预防危险。

一、二月十一日，调查员张书绅、赵煦文、陈应庚、丁溥、宁益寿等验称，东南西北中五区旅店一百一十三家，共一千二百二十二号，住客一千零七十八名。除同合栈住客李新玉前患头疼腿酸，今日复病，仍由李医官往诊，暨莲池旅馆刘瑞合已由医官诊治外，余均无患病人口。

一、同日，临时检疫所报告，本日晚，北来火车验出疑似病人李云中一名，河南唐县人，热度一百零一度，已送入临时病院。

一、同日，临时防疫病院报告，本日晚九钟检疫所送来疑似病人李云中一名，已入病室第二号。

一、同日，薰洗售卖旧衣所李锡淇报告初十日薰衣数目，计梁元恒等裤褂坎肩共七十六件。

一、同日，东区医官俞济广诊称，东关外全盛店内住客刘顺，系久患嗽症，并非染疫。

一、同日，医官管寿昌诊称，西区报告莲池旅馆祁州刘瑞合，系外感风寒，内伤食滞，当用桂枝汤合保和汤治之，并非染疫。

一、同日，调查员刘直牧毓瀛函报，本月初四日，束鹿大营村疫死二人。又县城南三十里之百尺口郭姓家，于初二、初三两日疫死三人，又疫死董姓一人。已分派医兵前往消毒，并嘱束鹿张令迅速觅房设局，以便就近防检。

一、同日，方委员汝霖禀报，昨午抵满城，沿途各村均安谧。晤李令，将原带告示交付。据云已拟定分途办事各绅督同巡兵查报，计日即行设局，一面将拟定章程禀请鉴核等语。汝霖仍当催其所派各绅，克期到局任事。

一、二月十二日，调查员丁溥、陈应庚、宁益寿、赵煦文、张书绅等验称，东南西北中五区旅店一百一十四家，共一千二百三十一号，住客一千二百二十六名。除西关天元店住客李凤沼、杨继贤得呕吐头晕之症，已由管医官往诊外，余均无患病人口。

一、同日，薰洗售卖旧衣所李锡淇报告十一日薰衣数目，计王洛玉等单褂袄裤共五十九件。

一、同日，临时检疫所报告，今日下午四钟南来车，经随车员验出疑似病人谭祥贞一名，湖南人，年二十五岁，体温一百零二度，脉跳一百十六，已送入临时病院。

一、同日，临时防疫病院报告，本日下午五钟收到检疫所交来疑似病人谭祥贞一名，已入留验室第五号。又前经收入第一号之张锡孟，现经西医验称无病，即令出院。

一、同日，医官李道显验称，南区同合栈住客李新玉，系因戒姻〔烟〕发现头疼腿酸之症，以保和汤加味治之，并非染疫。

一、同日，李令伯举禀报，初八日，陈医官带同医兵赴武邑岳家庄检验消毒，将该村人男十一口、女七口、幼孩四口分置隔离室，并雇工照料。明日拟赴张家庄、杨家庄等村消毒。

一、同日，韦委员德芳禀报，安肃设立防疫分局，局分五区，检验来往步行之人。

一、同日，吴委员保裕禀完县无染疫人口。

一、同日，胡令麟学禀称，高阳县分五区检疫，南区在边渡口，与河间交通，请通西医之段宗阳查检；西区在城西关，为京津通衢，请通西医之蒋奭平查检；北、东、中三区，派李芳年、杨大森、史宝三轮流检察。

一、同日，祁州葛牧龙三申报，南章村已死王大春、王连春之弟王洞儿，于初九日染疫毙命。拟将该房屋等项估价焚毁，以绝根株。

一、二月十三日，调查员陈应庚、丁溥、赵煦文、宁益寿、张书绅等验称，东南西北中五区旅店一百一十三家，共一千二百三十一号，住客一千零五十三名。除东关双和店住客十二名系由吉林来保，查吉林为鼠疫最烈之区，已送入病院留验外，余均无患病人口。

一、同日，西区医官管寿昌诊称，西关天元店李凤沼系久患痰喘之症，杨继贤系患肝热胃寒之症，已分别按症投以方剂，均非染疫。

一、同日，调查员陈应庚查验北区警局报告大纪家胡同门牌第三号张绍旭，年四十四岁，实系患臌症病故，并非染疫。

一、同日，临时检疫所报告，本日检验南北火车，均无患病之人。

一、同日，临时防疫病院报告，前经收入病所第一号董柱儿，今早九钟经西医郑大夫验称病愈，已由其家属来接，令即出院。

一、同日，薰洗售卖旧衣所李锡淇报告十二日薰衣数目，计估衣摊高长义等袄裤棉袍共五十五件。

一、同日，徐令桐阳十一日报告，初五日，束鹿大营村张魁顺家续死三口。初十日，张立勤家续死二口，郭西村岳长玉家续死一口。又马大胖、马潘氏、李小豆儿，于初八、初九两日先后疫死。又百尺口之郭高升与其母及郭二仓，均于初八日疫死。又郭高魁与其母及其弟妇，初九、初十两日均疫死。已商由冯汛官带同医兵分别消毒。再，束鹿分局已迁至回生村。

一、同日，满城县李令骏禀报，汤孟等村现在疫气消除净尽，他村亦无患病之人。

一、同日，祺直牧英十一日自定州函报，晨起赴东亭镇，于原设局之地布置一切。旋带警往西柴里村调查，查明二月初二日至初六日疫死人数李芒儿等共十名，拟即日同陆大夫赴该村如法消毒。

一、同日，武邑俞令良臣初九日禀报，正月二十八日以后至今，并无染疫之人。初八日，陈医官将岳家庄、主簿村两处消毒办竣，分设男女隔离所，将前染疫之家属共大小二十二名均经留养七日。张、陈两医又分赴各村办理一切。

一、二月十四日，调查员张书绅、赵煦文、宁益寿、丁溥、陈应庚等验称，东南西北中五区旅店一百一十三家，共一千二百五十七号，住客一千一百三十七名，均无患病之人。

一、同日，调查员吕振于报称，十三日查验司府县三监及习艺所、工艺局、看守所，均洁净。工艺局前患腿疾腿肿者二名，均稍愈。看守所患病者亦愈。习艺所患疥疮者一名，现亦渐愈。惟工艺局前患腰疼症愈重，恐难治。每于三、六、九日演说卫生方法，并与医官研究治监所苦工禁用酸寒攻下之剂。质之医学家，亦以为甚当云。

一、同日，临时检疫所报告，本日检验南北火车，均无患病之人。

一、同日，防疫病院验称，十三日由局交到自吉林来保之陈兰桂、程学来、陈荫堂、杜苍举、王双举、邢东方、陈瓒亭，现无病象，已收入留验所一号至十号。其刘双兴、秦明义二名热度稍高，收入病所二、三两号。

一、同日，薰洗售卖旧衣所李锡淇报告十三日薰衣数目，计程玉山等裤褂坎肩共六十一件。

一、同日，定兴县张令琨禀报，县境并无染疫之人，民间极称安谧。已仿照省城防疫章程，设防疫分局，并在固城镇设检验所。如遇自关外及疫地来人，劝其留验。

一、同日，方委员汝霖禀报，满城县城内伤亡幼童三名，系患闷疹，并非染疫。

一、同日，调查员郭令甲三禀报，新城县择定城内阅报社设立防疫分局，南关八蜡庙作留验室。又择高碑店车站附近设立分所并留验室，延知医员绅分任其事。该县并无疫症，已分给告示浅说矣。

一、同日，新城县孙令禀报设立防疫分局暨留验室，并谕令境内客店稽查过住行人，详细填注循环簿送核。

一、二月十五日，调查员宁益寿、张书绅、陈应庚、丁溥、赵煦文等验称，东南西北中五区旅店一百一十三家，共一千二百五十七号，住客一千零六十六名。惟西区三义店住深州狼窝村与冀州北土露口村车夫何文焕、黄桐二名，自染疫地方来，已送入病院留验室第六、七两号。余均无患病人口。

一、同日，临时检疫所报告，本日检验南北火车，均无患病之人。

一、同日，薰洗售卖旧衣所李锡淇报告十四日薰衣数目，计孔石头等裤褂坎肩共七十三件。

一、同日，北区医官丁传诗查验该区警局报告巡警葛相臣，系患感受重寒，脉迟，舌苔白腻，方用葛根加味调治。又巡警仇注潼系伤风，方用苏子化痰饮调治。

一、同日，李令伯举禀报，将武邑陈家屯小国村疫毙人家，如法消毒。至马家庙已故之马常家，伊子实因心病而死，并非染疫。

一、同日，胡令麟学十四日禀报，安州无疫，已赴各警区切实调查。

一、同日，博野县樊令海澜禀报，境内自设立防疫分局、严加防检后，迄今实无新染鼠疫之人。

一、同日，调查员隆恩禀报，蠡县并无染疫之人，业将防疫浅说详细演说，各处人民均不胜畏惧云。

一、同日，武强县梁令廷相禀报，邀各界绅董在城关四乡分设防疫会五处，延聘义务医生五人，广为施诊，并将广东治疫良方刊刻分送。刻下县境并无传染。

一、同日，冀州王直牧继武函报，州境尚称宁靖。武邑境内疫气稍杀，现仍设法预防。

一、同日，调查员吴保裕十一日禀报，完县阖境皆无疫症。已将防疫浅说二百张全数散出，并晓谕四乡村正副暨巡警遵章防范。

一、同日，李令学富十二日禀报，初十日到冀州接收分局，拟明日先请各委员分路调查，切实演讲防疫浅说。

一、同日，祺直牧英、张委员光鼒自定州函报，十二日早带警分往小辛庄、西柴里村、李村、店王庄、中古、堤阳、城旺等七村调查，并运到白灰四千余斤，分发各该村，饬将已埋各冢用灰封盖。近日疫气清减，自初七日至今，已无新患疫症之人。

一、同日，定州周直牧穌鼐、祺委员英函报，十四日，同西医陆大夫至西柴里村，将李洛所家住房六间、李芒儿家住房四间、王洛座等住房八间，俱用药水硫磺薰洗消毒，并分别赔恤棉衣裤三套、洋十二元。均当众交给，村民感德异常。又至祁州李洛起家如法消毒，恤给棉衣。至王大春之房，前已由祁州葛牧焚毁。

一、二月十六日，调查员赵煦文、丁溥、宁益寿、陈应庚、张书绅等验称，东南西北中五区旅店一百一十四家，共一千二百三十八号，住客一千零九十六名，均无患病人口。

一、同日，临时检疫所报告，本日检验南北火车，均无患病之人。

一、同日，调查员宁益寿代验东区警局报告穿心楼东门牌六号郑聘卿之妻，实系患痨症身故，并非染疫。

一、同日，北区医官丁传诗查验该区警局报告厚福营门牌十一号鲍英，实系膨胀痢泻，兼患眼疾，已令服破肝瘀、固脾土之剂，并服拨云退医丸。又东元宝胡同门牌十九号白洛兆之女，实系久痨身故。均非染疫。

一、同日，薰洗售卖旧衣所李锡淇报告十五日薰衣数目，计估衣摊朱万顺等裤褂坎肩共四十七件。

一、同日，徐令桐阳禀报，十三日，赵古营续毙幼童一名，已带医兵前往薰洗消毒。又百尺口续毙郭姓女一名，已请冯汛官带医兵如法消毒。

一、同日，河间县丁令树屏十二日申报，县境韩家楼等染疫各村，已先后扑灭，近日并无染疫情形。查从前疫死人数，计韩家楼二十四人，诗经村二十七人，二十里铺九人，桥城铺十六人，宋留桥村十六人，杨、张各十人。

一、同日，武邑俞令良臣、李委员伯举禀报，初九日，武邑黑林村庙内乞丐张洛信因病身故，当即由李委员会同张医官带领医兵检验，实系疑似疫症，已如法消毒。初十日赴五更庄、姚家佐、粉张村三处，将被疫各家房屋器具全行薰洗消毒。十一日赴主簿村，将被疫各家日前所薰房屋一律开封。是日局内员医，均用药水洗身，以防传染。

一、同日，望都县胡令申报，境内并无疫症，前已设立防疫分局。

一、同日，祁州葛牧龙三禀报，前因南章村王大春家染疫甚重，当已会同该村绅士王廷用等焚烧王大春家土房两间，估价京钱二十千文，当众具领。

一、二月十七日，调查员张书绅、丁溥、赵煦文、宁益寿等验称，东南西北中五区旅店一百一十四家，共一千二百七十三号，住客一千二百零二名，均无患病人口。

一、同日，临时检疫所报告，本日下午四钟南来火车验出病人赵仲海一名，年十九岁，束鹿人，体热一百零二度，脉跳一百四十六，已送入临时病院。

一、同日，临时防疫病院报告，本日下午五钟收到检疫所送来病人赵仲海一名，已入留验所第一号。又一号至十号及病所二三两号之陈兰桂、程学来、陈荫堂、陈瓒亭、秦炳寅、秦俊华、王双举、高士贵、杜苍举、邢东方、秦明义、刘双兴等十二名，又病所四五两号李云中、谭祥贞二名，均经西医郑大夫诚验称无病，当于今午各令出院。

一、同日，薰洗售卖旧衣所李锡淇报告十六日薰衣数目，计估衣摊张保顺等裤褂坎肩一百一十五件。

一、同日，西区医官管寿昌查验该区警局报告西寺胡同门牌十号张于氏，实系患痰喘身故，并非染疫。

一、同日，李令伯举由武邑报告，十三日，同张医官带领医兵赴岳家庄，将日前所薰被疫各家房屋一律开封，并分别验明隔离所男女共二十二口，均无传染，一律出所。此外无新报染疫之人。又十四日禀报，现在武邑境内各村庄并无新报染疫病毙之人。

一、同日，衡水县张令时杰禀报，境内并未染疫，惟邻县各村有染疫者，是以衡邑村民颇知警惧。已由官绅逐细调查，以便预防危险。

一、同日，调查员报告，前经祁州葛牧龙三勒令送回定州西柴里之避疫民妇王李氏，到定一日，即被疫遽死。

一、同日，调查员李令学富禀报，冀州城东南一带安谧如前。距城八里之杨村，已设防疫所一处，就便发给各项章程、方药，饬即遵办。

一、同日，调查员常琴堂、江焕宽十五日禀报，抵肃宁县，晤该县官绅，称近派警逐日调查，幸无报告有染疫者。惟桥成铺村，于正月十五前疫死十七人。该村系河、肃同辖之境，隶肃宁籍者只死一妇人，嗣后并未再见。

一、同日，调查员胡令毓琛等十六日禀报，抵肃宁，晤李令，宣布告示并浅说。据云境内大官厅无疫，桥成铺刻下亦无疫毙人口，现亦设法预防。

一、同日，调查员张宝诚会禀，曲阳县无鼠疫情事，已分赴各村张贴防疫药方并白话浅说。

一、二月十八日，调查员丁溥、宁益寿、赵煦文、张书绅等验称，东南西北中五区旅店一百一十四家，共一千二百六十二号，住客一千零六十六名，均无患病人口。

一、同日，临时检疫所报告，本日检验南北火车，均无患病之人。

一、同日，临时防疫病院报告，本日并未收有病人。

一、同日，薰洗售卖旧衣所李锡淇报告十七日薰衣数目，计估衣摊冯长义等裤褂棉袄共一百零一件。

一、同日，东区疫官俞济广验称，该区警局报告穿心楼南门牌第七号任燕昌公馆男仆张福，系因患弱症身故，并非染疫。又东岳庙门牌一号刘洛玉，系患痰喘身故。又门牌二十二号张庆，系肺热之症。又南白衣庵门牌二号王国恩，系肺虚之症。均非染疫。

一、同日，南区医官李道显验称，南区警局报告当铺胡同鸿兴澡堂掌柜张斌臣，系受风头眩之症，现已痊愈。

一、同日，医官陈应庚验称，四乡南区警局报告羊家庄杨德成、杨文洪、林何氏，均系患痰喘病故。王琛、赵樊氏，一患食寒腹胀，一患臌症身死。又张登镇、梁洛丹痰厥身死。均非染疫。

一、同日，北区医官丁传诗验称，该区警局报告大箭道门牌三十号梁魁武，年五十五岁，实系劳病身故，并非染疫。

一、同日，调查员胡毓琛、江焕宽、常琴堂自肃宁函报，十六日会同该县官绅，邀集各村村正副，演说疫患之剧烈及豫防之方法，并询明刻下境内实均无染疫之人。该县警务长金镛、劝学总董范其骧等已请西医王大夫九德给种避疫浆，以备帮同检查。琴堂同王大夫准于十七日带医兵先往献县调查一切。

一、二月十九日，调查员丁溥、陈应庚、张书绅、赵煦文、宁益寿等验称，东南西北中五区，除西关天益店今日歇业外，旅店共一百一十三家，一千三百零三号，住客一千二百零一名，均无患病之人。

一、同日，临时检疫所报告，本日检验南北火车，均无患病人口。

一、同日，临时防疫病院报告，前经收入病所六号之何文焕、病所七号之黄桐，今早九钟，均经郑大夫诚验称无病，各令出院。又本日由局送到自定州查疫回省之卫生巡警杨保斌，经西医郑大夫验称，热度九十九度，脉跳七十八当，即收入留验所第二号。

一、同日，薰洗售卖旧衣所李锡淇报告十八日薰衣数目，计估衣摊邸洛宾等裤褂棉被共九十七件。

一、同日，西区医官管寿昌验称，该区警局报告西关金台驿街门牌二十八号王双来，系受寒头疼，以加味桂枝汤治之。又崔皂火亦系风寒之症，以通关散治之，均非染疫。

一、同日，北区医官丁传诗查验该区警局报告大箭道门牌四十一号王佐臣，系患年余痰喘病故，并非染疫。

一、同日，交河县黄令纯垓禀报，县境自去腊陆续查有富庄驿、田家庙、四家营、泊头镇、唐庄、惠庄等处计共疫毙五十九人，均立即掩埋，并将死者遗物焚毁，现在实无疫气。仍会同绅董巡警随时查访，认真防范。

一、同日，定州周直牧穌騛十六日函报，西柴里村经西医陆大夫两次薰洗消毒后，该村自初七日迄今，无患病者。

一、同日，李令学富十六日自冀州函报，近日州境并无疫症，城关大小村镇一律平靖。

一、同日，李令伯举十五日函报，武邑近日已无报疫病之人。陈医官协同黄委员其训，十六日往交河县富庄驿被疫村庄调验消毒。张医官待办完束鹿，亦赴交河。

一、同日，调查员隆恩十六日函报，博野已无患疫之人。已对城乡中人宣讲疫症之剧烈、防范之方法，并发给《防疫浅说》。

一、同日，满城李令骏禀报，在本城自治会内开设防疫分局，公举绅董杜凤宜驻局办事；李树堂等六人，带同巡警，划分六区，严密稽查，设法预防传染。

一、同日，博野樊令海澜十六日禀报，博属自正月初三日以后到今，疫气一律肃清。

一、同日，阜城县曹令荫桐两次申报，境内自二月初一日起至初十日，无传染疫症之人。

一、二月二十日调查员张书绅、陈应庚、丁溥、宁益寿、赵煦文等验称，东南西北中五区旅店一百零六家，共一千三百二十号，住客一千二百九十二名。除南关张家店住客盛德文患里热表寒之症，已由李医官诊治外，余均无患病之人。

一、同日，南区医官李道显验称，该区警局报告天坛前门牌四号王洛起儿妇王张氏之病，刻已痊愈。又第二街门牌二十八号卜九龄，系肺燥肝郁之症，以清金畅木之剂治之。又南上坡门牌五号王国兴，系患感冒，以通关散治之。均非染疫。

一、同日，中区医官郭敦堨查验该区警局报告草厂营坊门牌十四号王祖光之母，系患虚损老病身死。又贡院街门牌四五十号顾履卿之女，系患痰火挟风之症，已立方诊治。均非染疫。

一、同日，南区医官李道显诊称，该区警局报告张家场第十二号张家店内住客盛德文，系患里热表寒，口渴无汗，用加味白虎汤疗治，并非染疫。

一、同日，薰洗售卖旧衣所李锡淇报告十九日薰衣数目，计估衣摊郭玉顺等裤褂棉袄共六十八件。

一、同日，南区医官李道显验称，栖流所乞丐谢姓，系平素损伤已极，骤饥寒身死，并非染疫。

一、同日，临时检疫所报告，本日检验南北火车，均无患病人口。

一、同日，临时防疫病院报告，本日并未收有病人。

一、同日，唐县陈令楷禀报，境内安静，已于十二日开办防疫分局。

一、同日，调查员郭令甲三等会禀，容城无疫，已于初八日设防疫分局并留验所。

一、同日，调查员胡毓琛、江焕宽禀报，距肃宁城十五里之白寺村尹大仓之妻，二月初一日咳嗽，肚痛，头晕，吐血遽死。幸未传染他人，已将其家属如法消毒。

一、同日，调查员张庶富禀报，安平北里村续染疫死苏在常、苏小环二名，此外张家寨、段家佐均无疫。

一、同日，调查员陈赞清禀报，查得交河县富庄驿于去腊有由关外回籍之人，路经该镇，病死吴姓店内，遂染及店主吴升夫妇，暨孟拐子、白姓人、巡警及占章、褚玉璞、王维孝、顾云山、杜仲林、范春林、耿善德，绅士杜澄江并其家属共六口，又传染田家庙及姓二人、李仲元一家六口、金家庄顾姓夫妇二人，马家婆、罗马生并其父妹常家婆、罗郭振，木家村木曾立，俱死。

一、同日，调查员李令伯举禀报，陈医官十六日带同医兵至武邑县属之五更庄、姚家佐、粉张村，将日前所薰被疫各家房屋一律开封。

一、同日，刘直牧毓瀛、徐令桐阳自束鹿禀报，百尺口十四日郭李氏疫故，十五日刘郭氏疫故，李万恒业医亦疫故。刘二成屡次掩埋疫死之尸，亦于十三日在王口村疫死。幸张、崔两医官十六日均到束，十七日同赴百尺口薰洗消毒。并设避疫院，迁疫死者之家属妇女小孩共十人住之；另所住男子五名。是日又疫死刘姓一名。又马庄人郭九福往崔家庄张洛生家访友，疫死传染，张洛生亦死。崔医官已往消毒。

一、同日，祁州葛牧龙三申报，东柏章教民詹洛爱之兄在博野小店村猝死，将尸抬回掩埋村外，厚覆白灰。

一、二月二十一日，调查员陈应庚、张书绅、丁溥、宁益寿、赵煦文等验称，东南西北中五区旅店一百一十三家，共一千二百三十九号，住客一千二百一十一名。除鼓楼东义顺店住客李茂林，河间县新河口人，因患疮症来省就医，南关仁合店住有行唐县人王凤春，患受寒发冷，已请李医官往诊外，余均无患病之人。

一、同日，中区医官郭敦垺查验该区警局报告草厂营坊门牌三十一号张明德之妻并其女之病，均系咳嗽轻症，已为立方调治。

一、同日，南区医官李道显验称，该区警局报告栖流所乞丐赵来顺，系疥毒归内身死，并无别情。又养病堂报告本日病重乞丐李长文、田大顺、马明三名，均系因脾胃已败，成不治之症。又该区警局报告栖流所乞丐张铭山，系久患咳嗽，已送养病堂留治。又仁合店住客王凤春，系患戒烟受损。均非染疫。

一、同日，薰洗售卖旧衣所李锡淇报告二十日薰衣数目，计估衣摊程玉山等裤褂棉袍三十五件。

一、同日，临时检疫所报告，本日检验南北火车，均无患病之人。

一、同日，临时病院报告，本日并未收有病人。

一、同日，调查员胡令麟学禀报，新安城内已设防疫分局，亲至各区调查，并无疫症。

一、同日，王委员礼恭禀报，调查衡水各村庄，并无疫症。

一、同日，调查员承训、张鸿逵禀报，献县疫症系由交河属之惠家庄传来。去年岁杪至今年正月初间，计小双坦村何云清家疫死五口，王三孝子庄王树贞家六口，王尧京村张士清家二口，杨庄张广和家一口，丁家庄李永志家七口，共二十一口。正月初十日以后，已无传染。承训等拟赴各村如法薰洗消毒。再，交河界内涨淹村，疫死刘医士一家八口、杨姓二口。

一、同日，调查员胡毓琛等会同肃宁李令士田禀报，境内现时已无染患鼠疫情事。

一、同日，安州袁牧文彦申报，州境自二月初十日至十七日，并无染患疫症之人。现仍督同员绅调查。

一、同日，祺直牧英随同陆大夫自安平、定州、祁州查疫回省报告，续查祁属石佛村杨继宗之子猪亦及其六岁女、十三岁女，于腊正月间先后疫毙，亦经如法薰洗消毒。

一、同日，调查员隆恩禀报，蠡县于二月十八日设防疫分局。

一、二月二十二日，调查员陈应庚、张书绅、丁溥、宁益寿、赵煦文等验称，东南西北中五区旅店一百一十三家，共一千二百九十三号，住客一千一百一十四名。除鼓楼东同义店住客成贞敏患腿足麻木来省就医外，余均无患病之人。

一、同日，北区医官丁传诗查验该区警局报告玉清观门牌十七号任富堂，实系因撞破头角，破后受风身故，并非染疫。

一、同日，东区医官俞济广诊称，该区警局报告石柱街门牌十五号李玉衡，实系因患咳嗽吐血，日久成痨，病势危笃，已难施治，并非染疫。

一、同日，南区医官李道显诊称，该区警局报告栖流所乞丐杨六牛，今早头疼目眩，现已出汗病愈，并非染疫。

一、同日，北区医官丁传诗验称，该区警局报告后卫门牌二十一号苏德顺，系患烟后痢症身死，并非染疫。

一、同日，薰洗售卖旧衣所李锡淇报告二十一日薰衣数目，计何宾行等裤褂坎肩共四十四件。

一、同日，临时检疫所报告，本日检验南北火车，均无患病之人。

一、同日，临时病院报告，前经收入留验所第一号之赵仲海，已于今日上午经西医郑大夫验称无病，即令出院。

一、同日，河间府献县和令绅布二十二日申报，境内刑官屯、小双坦等村，于腊正月间，疫毙男女五十八名口。现仍随时严加防范。

一、同日，祁州葛牧龙三禀报，已于二月初一日设防疫分局。

一、同日，调查员胡毓琛、江焕宽禀报，查有肃宁距城二十五里之戴刘庄戴春元，于去腊十五日偕同窑村人旋里，同窑村人即日死在戴春元家，而春元即于十六日死，其母因洗濯遗服，于十九日亦死。又百道口村宋白氏，因看其出嫁之女于河间县韩家楼，亦于正月疫死。其余各村均无恙。

一、同日，安肃曾令传谟、调查员韦德芳禀报，现查境内无疫，已设防疫分局，预加防范。

一、同日，调查员李学富、冀州王直牧继武禀报，派调查员王礼恭驻扎深、武、束交界扼要之柏芽庄，切实查察，预防危险。

一、同日，调查员李柏举禀报，十七日续查武邑境内各村庄，均无疫。

一、二月二十三日，调查员丁溥、宁益寿、徐寿同、陈应庚等验称，东南西北中五区旅店一百一十三家，共一千二百七十六号，住客一千二百九十五名，均无患病之人。

一、同日，北区医官丁傅诗验称，该区警局报告大五道庙门牌十三号陈幼田，系因年老痰喘病故，并非染疫。

一、同日，中区医官郭敦埰查验该区警局报告双财五道门牌五十一号钱树田之妻，刻已病愈。

一、同日，薰洗售卖旧衣所李锡淇报告二十二日薰衣数目，计估衣摊孔庆林等大小褂共五十三件。

一、同日，临时检疫所报告，本日检验南北火车，均无患病人口。

一、同日，临时防疫病院报告，留验所第二号卫生巡警杨保斌，经西医郑大夫验称无病，即令出院。

一、同日张医官蕴忠、李委员兆书报告，十七日同崔医官、张令带领医兵亲赴束鹿之百尺口大行消毒，并谕村正副按户稽查，酌量断绝交通；一面勒限将疫死之人迅速抬远埋深。其余各村，亦均如法消毒。已于十九日赴交河。

一、同日，调查员刘直牧毓瀛、束鹿县张令敬效禀报，十九日偕同崔医官亲赴城北崔家庄染疫各家消毒，并设沐浴所。本日马庄又报毙赵大庆一名。他村现无报染疫者。

一、同日，调查员隆令恩、蠡县范令松林二十三日下午禀报，县境大百尺村忽有染疫死者孔江、刘全、冯阮氏、刘氏、王氏、李氏共六人，皆系浑身作热，痰中带血，均于二月十八日至二十一日内病故。近似鼠疫，已用石灰将棺口封固，并烧毁死者衣服等情。具禀到局，已迅派西医携带药物前往查察消防。

一、二月二十四日，调查员宁益寿、徐寿同、丁溥、陈应庚验称，东南西北中五区旅店一百一十三家，共一千二百七十七号，住客一千三百一十四名，均无患病之人。

一、同日，东区医官俞济广查验该区警局报告石柱胡同门牌十五号李玉衡，实系前患痨症，现已病故。又功德胡同门牌二号赵福亭，实系患痰喘病故。均非染疫。

一、同日，调查员吕振球报称，二十三日查验司府县三监及习艺所、工艺局、看守所，均洁净如常。除习艺所患疥疮者已由医迅速疗治外，各监患病者均次第全愈。每于三、六、九日，为演说卫生方法。

一、同日，薰洗售卖旧衣所李锡淇报告二十三日薰衣数目，计裴振生等裤褂坎肩共七十七件。

一、自本月二十四日起，车站停止检验。

一、同日，驻冀分局委员李令学富报告，冀州境内一律平靖，定于本月二十六日撤局。

一、同日，驻献邑委员承训、张鸿逵、常琴堂禀报，十九、二十两日，续查得献县城南邢官屯村疫死二十一口，常三番村六口，任英屯村王姓一家六口，张旺屯二口，老周庄周姓一家八口，共男女四十三口。均于去年十二月二十以后，至正月初十以前，染疫毙命。并定于二十一日起，先赴城东王三孝子等村办理善后等事。

一、二月二十五日，调查员宁益寿、丁溥、张光翯、陈应庚等验称，东西南北中五区旅店一百一十四家，共一千四百一十号，住客一千七百二十五名，均无患病之人。

一、同日，中区医官郭敦埙查验该区警局报告穿心楼北劳锡田，实系患对口疽，毒气内攻身死，并非染疫。

一、同日，南区医官李道显查验南关第三街兴盛饭馆胡玉山，系患烟后痢身故。又栖流所乞丐曹洛殿，亦系患痢疾身故。均非染疫。

一、同日，郭医官敦埙查验养病堂报告徐奎五，任邱人，昨日病故。实系患半身不遂，并非染疫。

一、同日，薰洗售卖旧衣所李锡淇报告二十四日薰衣数目，计朱万顺等裤褂坎肩共九十一件。

一、同日，调查员徐寿同、南宫惠今年二月十五日会禀，南宫境内无疫，已于上月杪组织临时防疫会。

一、同日，调查员张庶富、安平薛令馨山会禀，安平现已无疫，已设防疫分局。

一、同日，调查员胡毓琛、江焕宽禀报，查出肃宁城东张家庄之张老二，于二月初一日赶集回家，头晕咳嗽，次夜吐血而死。幸未传染。

一、同日，调查员李伯举禀报，二月二十一日、二十二日，武邑境内并无新报染疫之人。

一、同日，调查员余耀祖禀报，查明交河县惠家庄，自上年腊月二十至正月初六日，疫死男女五十九名，唐家庄十名，张村十名，霍家庄二名，共疫死八十一名。

一、同日，调查员窦光璧禀报，查明交河县属之泊头镇疫死二人，辛店疫死三人。

一、同日，调查员常佩纶、武强梁令廷相十五日会禀，武强境内并无疫症。

一、同日，饶阳县俞令兰元禀，境内并无染疫村庄。

一、同日，调查员常琴堂禀报，二十一日、二十二日，均偕同王医官、承委员及和令绅布亲赴献县城东染疫各村办理薰洗、消毒各事，酌量焚毁死者之衣服被褥等件，均当众估价赔偿。并续行查出张坊村张兰亭，于年前因疫身死；又孙家庄孙姓者自行来报，其母亦于年前疫毙。一并与之消毒。

一、二月二十六日，调查员张光鬻、陈应庚、丁溥、宁益寿等验称，东南西北中五区旅店一百一十四家，共一千一百二十八号，住客一千三百九十八名。除人和店客人郑洛殿久患痔漏甚重，又天义店住客刘殿林今早十钟病故，已经西医验明均非染疫外，余无患病之人。

一、同日，东区医官俞济广查验该区警局报告穿心楼东门牌三十六号张计明，系患疮症毒气内攻身故，并非染疫。

一、同日，调查员吕振球报告，二十六日查验司府县三监及习艺所、工艺局、看守所，均洁净如常。惟工艺局中有久患痨症之秦秀叶，二十五日病故，已即时掩埋矣。

一、同日，东区警局报告，东关天义店住客刘殿林，昨晚十钟偶患头晕，发烧吐血，今早十钟身死。当经西医陆偕同祺委员等带领卫生巡警前往薰洗消毒，并取血用显微镜验得，并无传染疫症之穉。已嘱其迅即抬埋，以重卫生。

一、同日，中区医官郭敦埙查验该区警局报告城隍庙街八十八号曹凤来之妻，系患肺痨身故，并非染疫。

一、同日，薰洗售卖旧衣所李锡淇报告二十五日薰衣数目，计裴振声等裤褂坎肩共一百零五件。

一、同日，驻献县承委员等禀报，二十三日、二十四日，同王医官带同医兵赴城南邢官屯等村染疫各家如法消毒。

一、二月二十七日，调查员宁益寿、张光翯、丁溥等验称，东南西北中五区旅店一百一十三家，共一千二百八十四号，住客一千三百五十一名，均无患病之人。

一、同日，薰洗售卖旧衣所李锡淇报告二十六日薰衣数目，计孙得山等裤褂坎肩共八十三件。

一、同日，蠡县范令由电话禀报，大百尺村前死孔姓、冯姓、刘姓男女三人，尚非染疫，业经张、郑两西医如法消毒。

一、同日，调查员刘毓瀛报告，束鹿南李家庄二十三日刘大嘴因抬埋疫尸传染身死，已由崔医官派人如法薰洗消毒，并将其家属隔离，以防危险。二十四五日，均无报疫之处。

一、二月二十八日，调查员宁益寿、张光翯、丁溥等验称，东南西北中五区旅店一百一十三家，共一千二百八十四号，住客一千四百一十二名，均无患病之人。

一、同日，东区医官俞济广验称，该区警局报告北门内东马道第九号刘黄氏，实系患痰喘病故，并非染疫。

一、同日，南区医官李道显验称，栖流所黄二、张德盛、贺玉和均系感冒成病，已送养病堂诊治。又该区警局报告清真寺后门牌八号安马氏，实系患痢疾身故。又栖流所乞丐井洛兴，系久患腰腿疼痛。均非染疫。

一、同日，医官郭敦埒验称，中区警局报告穿心楼北门牌十五号刘树吉，系患小腹偏坠，胸膈气闷多日，经唐、韩、李各医诊治无效，于二十七日身故，并非染疫。

一、同日，医官陈应庚验称，四乡东区警局报告史家桥民人郭顺章，年五十六岁，于二月二十二日患气火结胸，二十五日加重，二十六日身死，并非染疫。

一、同日，薰洗售卖旧衣所李锡淇报告二十七日薰衣数目，计梁喜和等褂裤坎肩共六十六件。

一、同日，交河县调查员余耀祖等禀报，刻已由陈医官带医兵亲赴交河染疫各村薰洗消毒。

一、同日，定州直隶州二十八日移知，州境半月以来并无发现处所，城乡疫症均已一律肃清。

一、二月二十九日，调查员宁益寿、丁溥等验称，东南北中四区旅店六十九家，共七百七十一号，住客八百七十七名，均无患病之人。

一、同日，薰洗售卖旧衣所李锡淇报告二十八日薰衣数目，计郭玉顺等裤褂坎肩共五十一件。

一、同日，调查员隆令恩禀报，二十六七两日，省委郑、张两西医两次在蠡县大百尺村已死人家薰洗消毒，并用石灰遍抹坟墓，现无传染之人。

一、三月初一日，调查员张庶富、陈应庚、丁溥、张光翯、王礼恭等验称，东南西北中五区旅店一百一十三家，共一千二百九十六号，住客一千四百三十二名。除西街锦和店住客韩汝湘患病，业已派医往诊，西关阜升店住客王雨宜今日陡患肚痛甚重，亦派医往诊外，余无患病之人。

一、同日，调查员吕振球报告，司府县三监及习艺所、工艺局、看守所等处，均洁净如常。惟工艺局内患肚疼者二名，已由医官疗治。仍按期演说生理卫生学。

一、同日，中区医官郭敦埒验称，该区警局报告草厂营坊门牌三十九号葛雅堂之妻，系旧患腹胀，近日加剧，于昨晚病故，并非染疫。

一、同日，医官陈应庚诊称，四乡西区警局报告阳城镇女学堂教员赵滟亭，实系木火气郁吐血。用大黄芩连泻心汤、龙胆泻肝汤加减治之，并非染疫。

一、同日，薰洗售卖旧衣所李锡淇报告二月二十九日薰衣数日，计裴振生等裤褂坎肩共二十四件。

一、三月初二日，调查员张庶富、陈应庚、王礼恭、丁溥、张光焘等验称，东南西北中五区旅店一百一十四家，共一千三百一十七号，住客一千二百五十三名。除锦和店住客韩汝湘已由局拨医诊治外，余无患病之人。

一、同日，中区医官郭敦埁诊称，该区警局报告西关锦和店住客韩汝湘，系春温症，已为立辛凉透发方调治。

一、同日，医官管寿昌诊称，西区调查员报告丁关外阜升店住客王雨宜，系患烟后痢甚重，已勉为立方调治。

一、同日，北区医官丁传诗诊称，该区警局报告北关天兴店住客王金箱，系受春冷骨节酸疼，已服表解药，稍见轻。当再投以健脾疏气之剂，明日想可全愈。

一、同日，薰洗售卖旧衣所李锡淇报告初一日薰衣数目，计程玉山等裤褂坎肩共四十一件。

一、同日，调查员刘直牧毓瀛报告，二月二十六日，宁晋设避疫院，拘住抬埋夫三名，以防传染。又束鹿马庄之避疫院，五日内均平安，拟二十八日截止。又崔家庄、南李家庄均拟于二十六日截止。所有束境染疫各村，均渐平静。当传齐各村村正副，告以薰洗掩埋各方法，以防后患。

一、三月初三日，调查员陈应庚、丁溥、张光焘、王礼恭、张庶富等验称，东南西北中五区旅店一百一十四家，共一千三百零八号，住客一千三百零五名，均无患病人口。

一、同日，薰洗售卖旧衣所李锡淇报告初二日薰衣数目，计裴振生等裤褂坎肩共五十六件。

一、同日，中区医官郭敦埁查验该区警局报告大金线胡同门牌三十七号贺昆繁之弟，已患病四个月，水肿肚涨，昨日加剧病故，并非染疫。

一、同日，调查员吕振球报告，本日查验司府县三监及看守所、习艺所、工艺局各处，均洁净。前患腿病疥疾者，均见痊可。惟习艺所犯人冯庆堂患腿疽，屡治无效，于初二日病死，已葬埋矣。

一、三月初四日，调查员王礼恭、张庶富、张光焘、陈应庚等验称，东南西北中五区旅店一百一十四家，共一千三百零一号，住客一千二百三十八名。惟中区锦和店住客韩汝湘因病身故，已经郭医验明非疫，余均无患病人口。

一、同日，薰洗售卖旧衣所李锡淇报告初三日薰衣数目，计估衣摊孔长吉等单袷裤褂共六十七件。

一、同日，中区医官郭敦埁验称，该区警局报告锦和店住客韩汝湘，系患春瘟邪陷，脉证相反身故，并非染疫。已饬掩埋。

一、三月初五日，薰洗售卖旧衣所李锡淇报告初四日薰衣数目，计梁体乾等裤褂坎肩共七十三件。

一、同日，调查员王礼恭、张光焘、陈应庚、丁溥、张庶富等分区验称，东南西北中五区旅店一百一十四家，共一千二百二十五号，住客一千三百八十六名，均无患病之人。

一、同日，中区医官郭敦垿查验该区警局报告北大街门牌一百三十八号黄永，系咽喉肿痛发疹，温毒内发身故。此病虽非鼠疫，亦系传染症，已令赶紧掩埋，以重卫生。

一、医官俞济广诊称，养病堂乞丐董春德，系患脾败浮肿病故，并非染疫。现患内症八名，其余均患疥疮等症。

一、三月初六日，医官李道显查验南区警局报告栖流所乞丐张六儿，实因饥寒成痨身故，并非染疫。

一、同日，薰洗售卖旧衣所李锡淇报告初五日薰衣数目，计裴振生等裤褂坎肩共八十二件。

一、同日，调查员张庶富、张光焘、王礼恭、陈应庚、徐寿同分区验称，东西南北中五区旅店一百一十四家，共一千三百零一号，住客一千二百一十一名。内惟东区高升店住客高士瑾一名，年二十余岁，正定府人，刻患头疼吐痰，已请俞医官往诊。余无患病之人。

一、东区医官俞济广验称，东关高升店住客高士瑾，系患风寒，并非染疫。

一、同日，南区医官李道显验称，该区警局报告郭家胡同门牌第一号吴李氏，实因积年痨症病故。又新街高维汉之妻马王氏，系产后风病故。均非染疫。

一、同日，中区医官郭敦垿验称，该区警局报告秀水胡同第四十号门牌刘益斋之妻，系历年痰喘病故，并非染疫。

一、同日，委员魏摺纶、赵煦文初三日禀报，查得河间县韩家楼村疫死二十四口，二十里铺九口，东诗经村二十七口，桥成堡村十六口，宋留桥村十六口，杨、张各村十口，计统共六村四十三户男女一百零二口。现拟同西医分往各村，如法消毒。

一、三月初七日，薰洗售卖旧衣所李锡淇报告初六日薰衣数目，计郭玉顺等裤褂坎肩共六十三件。

一、同日，调查员徐寿同、王礼恭、张庶富、张光焘、陈应庚等分区验称，东西南北中五区旅店共一百十四家，一千三百零四号，住客一千三百三十四名。内惟东区高升店住客高士瑾，昨患外感，由局医诊治，服药发汗，今已痊愈。西区泰兴店住客胡长生患腹疼，已由局拨医往诊。余无患病之人。

一、同日，调查员吕振球报告，昨日查验司府县三监及习艺所、工艺局、看守所，均洁净如常。所有日前工艺局有患腿症者二名，已稍见轻。仍按日演说卫生学，以期各自保卫。

一、三月初八日，南区医官李道显查验该区警局报告南关门牌第四十六号陈洛云，系气血两衰、半身不遂之症，用赤芍防风汤调治。又王字街门牌第十三号茹王氏，系患痰喘中虚病故。均非染疫。

一、同日，北区医官丁传诗查验该区警局报告后营坊二十八号门牌李玉亭，系吐泻霍乱症病故，并非染疫。

一、同日，薰洗售卖旧衣所李锡淇报告初七日薰衣数目，计梁元亨等裤褂坎肩共六十二件。

一、同日，调查员赵煦文、魏摺纶禀报，三月初三日，委员摺纶同西医张兰亭赴河间县东诗经村及二十里铺两村，将前次染疫之家共十一户、房屋五十余间，均如法薰洗消毒。又委员煦文同西医郭诚到桥城铺村薰洗消毒。初四日，又分赴各村，将疫死者之坟墓用石灰厚密涂抹。并将韩家楼村未埋疫尸韩廷彦、宋白氏二口，会同河间县丁令，当众掘坑深埋抹灰，又将其房屋如法薰洗消毒。前后共焚烧棉衣十余件，已估价赔偿，以示怜悯。

一、同日，调查员陈应庚、张庶富、徐寿同、王礼恭、张光焘等分区验称，东西南北中五区旅店共一百十四家，一千零二号，住客共一千三百五十八名。内惟西区泰兴店住客胡长生患积寒腹疼，仍由医官管寿昌诊治。余无患病之人。

一、三月初九日，调查员张光焘、徐寿同、陈应庚、张庶富、王礼恭等分区验称，东西南北中五区旅店共一百一十四家，一千二百一十二号，住客计一千四百六十四名，均无患病之人。

一、同日，薰洗售卖旧衣所李锡淇报告初八日薰衣数目，计郭玉顺等裤褂坎肩五十七件。

一、三月初十日，调查员王礼恭、陈应庚、张光焘、徐寿同、张庶富等分区验称，东西南北中五区旅店共一百一十四家、一千二百一十二号，住客计一千四百六十五名。惟北区斌升堂住客易朝杰偶患呕吐之症，已拨丁医官往诊。余无患病之人。

一、同日，调查员吕振球报告，昨日查验司府县三监及看守所、习艺所、工艺局等，均洁净如常。惟习艺所患疥疮者一名，尚未痊愈。又工艺局女丐周刘氏患中风不语之症，已经该局医官诊治，稍见轻减。余无患病之人。仍按日演说卫生学，使人人皆知保卫身体，而患病自必日减矣。

一、同日，南区医官李道显查验该区警局报告南街门牌第四十三号刘洛宗，系患痰喘身故，并非染疫。

一、同日，中区医官郭敦坲查验该区警局报告秀水胡同门牌第三十四号王寿山之妻，半身不遂，老症身故。又草厂营坊门牌第十六号米洛成，系患呕吐，因有宿恙，兼染春瘟，吐血身故。查春瘟症亦有传染之性，已分别饬令速为掩埋，以重卫生。

一、同日，薰洗售卖旧衣所李锡淇报告初九日薰衣数目，计孔长吉等裤褂坎肩四十七件。

一、同日，北区医官丁传诗查验该区警局报告斌升堂住客易朝杰，系风瘟病，甚沉重，已用清瘟化毒饮加减治之。

一、三月十一日，薰洗售卖旧衣所李锡淇报告初十日薰衣数目，计于茂丰裤褂坎肩共二十五件。

一、同日，调查员张庶富、张光焘、江焕宽、陈应庚、徐寿同等分区验称，东西南北中五区旅店共一百一十四家、一千三百零二号，住客共计一千五百五十一名。惟北区斌升堂住客易朝杰春瘟病，仍由丁医官诊治。又中医福庆堂住客葛松镜，偶患周身疼痛，作冷作烧，已由局拨医诊治。余无患病之人。

一、同日，北区医官丁传诗诊称，斌升堂住客易朝杰病，至今仍未痊，喉疼不止。已立方调治。

一、东区医官俞济广查验该区警局报告功德胡同门牌第一号张老花，系患痰喘病故，并非染疫。

一、三月十二日，南区医官李道显诊称，栖流所乞丐王雨奎戒烟致痢，余患疥疮七人，均已送养病堂调养。又南关耿张氏系饥寒火炽毙命，并非染疫。

一、同日，薰洗售卖旧衣所李锡淇报告十一日薰衣数目，计程玉山等裤褂坎肩四十三件。

一、同日，调查员徐寿同、江焕宽、张庶富、张光翥、陈应庚分区验称，东西南北中五区旅店共一百一十四家、一千一百二十二号，共计住客一千五百九十八名。惟北区斌升堂住客易朝杰患喉疼未愈，仍由丁医官诊治。又南区六合店住客福印患肝郁火旺，已由李医官调治。余无患病之人。

一、同日，东区医官俞济广验称，该区警局报告四棵槐门牌二十六号董洛魁，实系患半身不遂病故，并非染疫。

一、同日，委员魏揖纶、赵煦文禀报，初六、初七、初八三日，驰往宋留桥、杨张各二村，按户办理消毒事宜。凡房屋均用药水、硫磺薰蒸，坟墓皆用灰封固。又查出该县漏报城东之大店村疫死何旺一名，亦即如法与伊家消毒矣。

一、三月十三日，调查员陈应庚、张庶富、徐寿同、江焕宽等分区验称，东西南北四区旅店共九十三家、九百三十号，共计住客九百九十二名。惟北区斌升堂住客易朝杰喉疼，据丁医官报告，病渐痊愈。余无患病之人。

一、同日，薰洗售卖旧衣所李锡淇报告十二日薰衣数目，计孙得山等裤褂坎肩五十一件。

一、同日，调查员吕振球报告，今日查验司府县三监及看守所、习艺所、工艺局等处，洁净如常。各处患病者亦渐次告痊。至演说卫生学，仍照旧讲演。

一、三月十四日，中区医官郭敦埙诊称，该区警局报告西街锦和店住客韩荣甲，系患春瘟，上攻咽喉，已为立方调治。

一、同日，调查员徐寿同、陈应庚、张庶富、江焕宽等分区验称，西南北中四区旅店共一百零一家、一千零九号，共计住客一千三百八十一名。惟中区锦和店住客韩荣甲、福庆堂住客葛松镜仍由郭医官调治，余无患病之人。

一、同日，薰洗售卖旧衣所李锡淇报告薰衣数目，计郭玉顺等裤褂坎肩五十一件，又本日于茂丰等二十五件。

一、本局定于十五日裁撤，报告清折今日截止。

一、同日，驻献县委员常琴堂、张鸿逵禀报，于初七、初八、初九、初十、十一等日，亲赴城东南两乡被疫各村庄。凡疫死者之坟墓，均监视用灰如法封盖。计坟共五十五冢，每冢平均按二百斤灰计算，共用灰一万一千一百零五斤。该县在东省之人虽多，刻下尚无回家者。城中留验所已经该官绅组织就绪，各乡警区亦有预备善后办法。承委员训已于初九日赴河间，以便会同郑、张两大夫赴宁津调查。

一、三月二十二、二十八，四月初一等日，委员承训、赵煦文陆续禀报，查得宁津县（中区）雒庄雒姓一家疫死四口，杨太还庄杨姓四家共疫死十三口。（南区）卢庄卢、李两姓六家共疫死十三口，谢庄吴、林两姓三家共疫死八口，南辛庄刘、信、于、毕四姓十三家共疫死二十九口，岳庄王、张两姓七家共疫死二十五口，洼赵庄王姓二家共疫死三口，广明庵杨、王、闫三姓四家共疫死十四口。（西区）耿家圈班、李、徐三姓四家共疫死十八口，东厂张姓六家共疫死十二口，耿庄耿姓六家共疫死二十五口，洼刘庄马姓六家共疫死二十二口，冯家坊冯、曹两姓三家共疫死十二口。（东区）小张庄王、何两姓六家共疫死十八口，纪家楼庄王姓一家疫死三口，城后李庄李姓一家疫死三口，陈家纸坊乜、贾、孙三姓八家共疫死十九口。统共十七村八十一家男女二百四十一口，均于去年腊月底及今年正月至二月初染疫身死。业经同郑、张两大夫连日分往各庄村，如法将房屋、衣服等薰洗，并将坟墓眼同培封矣。

直隶临时防疫局先后办理各州县染疫村庄伤亡人数表

州 县 名	村 庄 名	伤 亡 人 数
满 城 县	汤 村	三 十 六 口
同 上	孟 村	八 口
同 上	郭 村	一 口
以上三村庄，共四十五口		
博 野 县	程 委 村	八 口
同 上	刘 村	一 口
同 上	西 程 委 村	三 口
同 上	解 村 营	一 口
同 上	两 合 成 村	二 十 三 口
同 上	东 杨 村	七 口
以上六村庄，共四十三口		
束 鹿 县	马 庄	二 十 口
同 上	中 石 干 村	一 口
同 上	大 营 村	十 口
同 上	郭 西 村	九 口
同 上	卢 家 庄	十 六 口
同 上	朱 家 店	二 十 四 口
同 上	木 店 村	十 九 口
同 上	赵 古 营	十 口
同 上	百 尺 口	二 十 口
同 上	崔 家 庄	二 口
同 上	南 李 家 庄	一 口
以上十一村庄，共一百三十二口		
祁 州	石 佛 村	三 口
同 上	路 井 村	三 口
同 上	南 章 村	五 口
以上三村庄，共十一口		
蠡 县	百 尺 村	五 口
以上一村庄，共五口		
深 州	朱 家 庄	十 三 口
同 上	孤 城 村	二 十 一 口
同 上	耿 家 庄	二 口
同 上	北 吐 露 口 村	六 口
同 上	狼 窝 村	十 七 口
同 上	孟 家 庄	一 口

州　　县　　名	村　　庄　　名	伤　亡　人　数
同　　　　上	尚　　家　　庄	一　　　　　　　口
同　　　　上	西　李　秋　村	一　　　　　　　口
同　　　　上	西　阳　台　村	一　　　　　　　口
同　　　　上	西　　安　　庄	一　　　　　　　口
同　　　　上	东　李　家　窝	一　　　　　　　口
同　　　　上	本　　　　城	二　　　　　　　口
以上十二村庄，共六十七口		
安　　平　　县	孝　　林　　村	六　　　　　　　口
同　　　　上	北　　里　　村	五　　　　　　　口
以上二村庄，共十一口		
冀　　　　州	北　吐　露　口　村	七　　　　　　　口
以上一村庄，共七口		
武　　邑　　县	岳　　家　　庄	六　十　五　口
同　　　　上	杨　　家　　庄	四　　　　　　　口
同　　　　上	八　　里　　庄	二　　　　　　　口
同　　　　上	大　　祝　　村	三　　　　　　　口
同　　　　上	王　　家　　河	一　　　　　　　口
同　　　　上	张　　家　　庄	五　　　　　　　口
同　　　　上	主　　簿　　村	四　　　　　　　口
同　　　　上	马　　家　　庙	一　　　　　　　口
同　　　　上	小　　国　　村	二　　　　　　　口
同　　　　上	陈　　家　　屯	四　　　　　　　口
同　　　　上	粉　　张　　村	二　　　　　　　口
以上十一村庄，共九十三口		
定　　　　州	大　　王　　庄	一　　　　　　　口
同　　　　上	小　　辛　　庄	二　十　二　口
同　　　　上	西　柴　里　村	五　十　一　口
同　　　　上	前　中　古　村	四　　　　　　　口
同　　　　上	城　　旺　　村	一　　　　　　　口
同　　　　上	李　　村　　店	六　　　　　　　口
同　　　　上	本　　　　城	一　　　　　　　口
以上七村庄，共八十六口		

州 县 名	村 庄 名	伤 亡 人 数
河 间 县	宋 留 桥 村	十 七 口
同 上	杨 张 各 庄	十 口
同 上	桥 城 堡 村	十 七 口
同 上	韩 家 楼 村	二 十 七 口
同 上	二 十 里 铺	八 口
同 上	东 诗 经 村	二 十 八 口
同 上	大 店 村	一 口
以上七村庄，共一百零八口		
献 县	小 双 坦 村	五 口
同 上	王 三 孝 子 村	六 口
同 上	王 尧 京 村	二 口
同 上	杨 庄	一 口
同 上	丁 家 庄	七 口
同 上	张 坊 村	一 口
同 上	孙 家 庄	一 口
同 上	邢 官 屯 村	二 十 一 口
同 上	任 英 屯 村	六 口
同 上	常 三 番 村	六 口
同 上	张 旺 屯 村	二 口
同 上	老 周 家 庄	八 口
以上十二村庄，共六十六口		
肃 宁 县	桥 城 堡 村	一 口
同 上	张 家 庄	一 口
以上二村庄，共二口		
交 河 县	富 庄 驿	十 七 口
同 上	田 家 庙 村	八 口
同 上	金 家 庄	二 口
同 上	马 家 婆 罗 村	三 口
同 上	常 家 婆 罗 村	一 口
同 上	木 家 庄	一 口
同 上	泊 头 镇	二 口
同 上	辛 店	三 口

州　县　名	村　庄　名	伤　亡　人　数
同　　　上	惠　家　庄	五　十　九　口
同　　　上	唐　家　庄	十　　　口
同　　　上	张　　村	十　　　口
同　　　上	霍　家　庄	二　　　口
以上十二村庄，共一百一十八口		
宁　津　县	雏　庄	四　　　口
同　　　上	杨　太　还　庄	十　三　口
同　　　上	卢　庄	十　三　口
同　　　上	谢　庄	八　　　口
同　　　上	南　辛　庄	二　十　九　口
同　　　上	岳　庄	二　十　五　口
同　　　上	洼　赵　庄	三　　　口
同　　　上	广　明　庵	十　四　口
同　　　上	耿　家　圈	十　八　口
同　　　上	东　厂	十　二　口
同　　　上	耿　庄	二　十　五　口
同　　　上	洼　刘　庄	二　十　二　口
同　　　上	冯　家　坊	十　二　口
同　　　上	小　张　庄	十　八　口
同　　　上	纪　家　楼　庄	三　　　口
同　　　上	城　后　李　庄	三　　　口
同　　　上	陈　家　纸　房　村	十　九　口
以上十七村庄，共二百四十一口		
东　光　县	崔　家　庄	六　　　口
同　　　上	李　化　相　庄	十　三　口
同　　　上	席　庄	三　　　口
同　　　上	小　白　庄	六　　　口
同　　　上	秦　村	十　五　口
同　　　上	姜　太　公　庄	十　五　口
以上六村庄，共五十八口		
以上统共十六州县一百一十三村庄一千零九十三口		

正误：以上册内，凡管寿昌之管字均系菅字之误，阅者请注意。

奉天万国鼠疫研究会始末

清宣统三年铅印本

〔清〕陈 垣 编纂

夏明方 点校

奉天万国鼠疫研究会会长
新会伍连德君

　　伍君,广东新会人。当光绪五年,生于吉隆坡。及长,肄业于新加坡之高等学校。学期试验,屡列优等。至十七岁时,校长以其品学兼优,每年给以学费二百五十磅,送往英国堪伯猎基大学肄业,专习理科及医科。考试亦常列优等,照章得两次官费。一千八百九十九年毕业,得文学士学位。再入伦敦医科大学,试验医学。又得官给学费,并常获金牌等奖赏,为留学彼邦者从来所罕见。一千九百零二年,得文学博士、医学士、理学士学位。由堪伯猎基大学年给一百五十磅,送往德法等国,从事调查医学者三年。及回英后,英人公举为肺病医院院长。著书立说,风行于时,得医学博士学位。一千九百零四年,返新加坡,求医者甚众。嗣由铁宝臣尚书聘充天津陆军医院医官。去年由外务部派赴哈尔滨办理防疫事宜,已见成效。此次万国鼠疫研究会,经各国医士公意,举充会长。伍君之学术资望,久为世人所推重也。

　　纂者识

序

　　有一方之人才，有天下之人才。谓中国之人才不及他国，吾不信也。谓一方之人才能胜天下，吾亦疑之。从来国人之从事学问者，多宥于一隅。有所讨论，不出于其乡。求一举国大会，斯已难矣。况乎万国！曩者吾在海外，睹彼都之万国连合大会，岁以百计，医学尤众。此年归朝，亦尝奉委赴万国连合大会者二。一为菲律滨万国医学会，一为那威万国麻疯会。盖萃各国学者之经验知识，以陶镕于一会之中，其必无局促之见，可断言也。不期今年三月，吾国政府乃能号召各国医团，开万国防疫大会于东方，费国帑十万，颁明诏，赍国书，派重臣，恪将其事，会期三十日。在吾国历史上，固为空前未有之学术大会也。吾不解吾国卫生知识一蹴而腾达至此，诚令吾人可惊可叹者矣。此中机缘，未可以一语尽之。当东省疫氛之起也，延蔓关内外，死亡者相枕藉。外交催迫，四出征医，东督锡清帅乃飞电至粤。大府檄下光华医社，委员九人往。陈君援庵以事不获行，乃于诸君子出发之日，为词以助之。曰：东省牺牲数万生灵，以供诸君子之研究矣。诸君子其毋负此行也。其言至为悲惨。东疫既熄，粤疫又作，陈君乃搜集东省防疫成绩报告，刺取其中之足为吾人研究资料者，成《东三省防疫方略》若干卷，以告粤人。又以斯会为有独立性质，复用纪事本末例，为《奉天万国鼠疫研究会始末》一卷。书成以示余。余受而读之，曰：是所谓萃天下之人才而从事于斯者也，是非一隅之见矣。吾人读之，不啻亲与斯会也。虽不获东行，亦可无憾。书中义列，陈君自叙言之已详。陈君固邃于国学，其于细菌学又为专门，故所纪述，能原原本本。其于国权一节，尤三致意，又不徒为研究学术观已。嗟夫！斯会明谓为学术研究也，而野心者乃欲栏入政治问题，岂不悲哉！岂不悲哉！辛亥四月，香山郑豪叙于广东新军军医学堂。

序

　　陈子既纂《奉天万国鼠疫研究会始末》毕，喟然曰：中国学者，其果不足与外国学者抗行乎？万国医学大会中，中国学者果不容置喙乎？今观斯会，知其不然。夫外国学者之所恃以傲我者，医疗器械耳。吾人生长于富有疾病之地，固足以傲他人也。近年盛唱热带病学，顾热带病学，舍东方其谁！今年腊尽，第二次万国热带病学会议且将开于香江也。忆十五年前，广州鼠疫流行。日政府乃遣内务技师北里氏西渡香江，考查一切，卒以是役发见北里氏菌，而北里之名以彰。斯时伍连德君才成童耳。今日之会，伍君竟能本其所学，为祖国光。其招外人之妒忌也宜哉！吾粤濒海，交通最先，医学尤盛。萃全国洋派医师之数，粤人当居十之七八焉，女子医者又居七八之二三焉，然大抵逐于疗病偏于助产者多。国家不任提倡，士夫视为末技。求一有志撰述，研精专门，致力于国家医学者，殆不多觏。东三省之役，我当轴者受日俄之迫挟，以为是轻视各国人民之生命，我不实力，彼将越俎而谋之。我当轴者始怵然惧，急草检疫制度，遣医赴奉，收复主权，京汉铁路至兼用女医检疫。大功告藏，监国赐见，中国臣民且随外人而俱免拜跪。是非外力，曷克臻此？然是役苟非伍君之资望，则亦不足以摄服众宾，其不假手他人、主权旁落者几希。伍君其吾国后起之英哉！一般医界男女青年，急起直追，储为国家御侮之才，此其时矣。幸毋先自暴弃，以为吾舍疗病助产以外，无所从事焉也。是是书所讨论，与《素问》、《难经》之意相类，实足引起青年男女致学之心。其会议规模，又足为国内各医学会医学研究所等所法则。余本莽陋，于医学更无所知，不过述所见闻，以备同志者之参考而已。宣统三年四月新会陈垣述。

纂　例

一、此次东省之疫，与鼠无甚关系。是书命名鼠疫，系名从主人之义。至中外各报所译，则或称万国防疫会，或称国际防疫会，或称百斯笃研究会，其实一也。

一、是书不名报告而名始末。报告非会外人所得为，他日大部自为之。此名始末，乃私家著述，纪其事之首尾云尔。

一、是书资料，除东省友人函告外，或采自京沪奉天各报，或译自东西各国新闻。故所译会员姓名每致歧出。如北里之与吉达沙都，萨伯罗之与沙巴罗，司德朗之与须特蔺等，不一而足。阅者谅之。

一、是书所纪述，仅就本会范围。其他防疫详细情形，均载拙著《东三省防疫方略》中。二书合并观之，庶几完备。

一、是书因粤省鼠疫复盛，同人催速出版。故编制及字句间，舛谬在所不免，海内明达，有以正之。

奉天万国鼠疫究研〈研究〉会始末

新会陈垣纂

本会之发端　宣统二年十二月二十八日，奉天接北京电：外务部通电驻各国公使及各国驻京公使，请各国政府选派医官来东考察致疫原由暨防救方法。

宣统三年正月十六日，上海接北京电：民政部前因东北恶疫，为吾国医学所未究，特商政府，由外部通电各国，请各派疫科专门医士到东研究治法，协助中国，并定期开一大会，以研究所得宣布世界。其经费悉由我任。现在德、美、英、奥、法、俄、日诸国，均允即派医士前来，已在途。奥德且愿以红十字队前来救助。外部以疫势稍杀，请各驻使谢止红十字队。

会场并会期之指定　正月十八日，东督准外部电：各国西医开研究会，择定在奉天开会最宜。现会期定于三月初五日，以两星期至五星期为限。

会务之布置　正月二十二日奉旨：东三省时疫流行，前经外务部照会各国，选派医生前往奉天，定于三月初五日开会研究。所有会中筹备接待事宜甚关紧要，著东三省总督会同外务部妥速布置，并派施肇基届期赴奉莅会。钦此。

各国赴会之医员　二月初二日，东督准外部开到各国医员衔名。计开：英国特派医员福乐君，乃户政衙门考查之医员，于中历正月二十三日。由英京起程，直赴哈尔滨。

又英国印度政府特派医士皮特理君，乃印度调查瘟疫会之代表，随同福乐君前来。其使费由印度政府付给。以印度亦屡遭瘟疫，甚注重于东省之疫状，故特派专员调查。

俄国特派医学博士萨伯罗特尼君，偕医员四名、医兵二名。萨博士为疫病专门名家，为各国医家所钦佩。

美国特派医生司特朗力君，乃斐猎宾医学专门教习，兼充官立考验病质局总办。

法国已特派军医柏罗格君前来。

二月初八日，东督又准外部函开各国特派医员华洋文名单：

美国特派员：正医官司特朗力，副医官铁克

法国特派员：拍罗格

英国特派员：福乐，印度代表裴特理

俄国特派员：萨伯罗特尼

意国特派员：戛利欧米

二月十五日，东督准外部转墨西哥电，墨派医员刚萨利君赴奉。

二月十六日，东督准外部转荷兰电，荷国政府已派定南洋一等军医生赫伊威氏，已从巴达维亚起身。约计本月底可到上海，四月初四可到奉天。

二月十七日，东督接长春电，俄派医学博士萨伯罗特尼、哈埠俄总医官巴吉斯吉及伍医官，十六日早快车来奉。美医杨怀德及哈埠医官十余人，十六日午前慢车来奉。

伍医官由奉晋京　当由哈来长春。时俄国铁路局员特延坐头等火车，不收车费。

十七日上午，伍医生连德偕俄国医生萨伯罗等到奉，即赴疫症研究会场（即工艺局）。午后，锡督接见伊等及俄国访员卜革士君，彼此会谈良久，颇形亲洽。锡督谓此次防设事务，自应彼此协力襄办，将来必得佳妙效果。伍医生亦蒙慰劳一切，本拟今早离奉晋京，惟萨伯罗则暂留此间三二日，藉以诊视病人。并闻莅会各医生均赞两会场布置之适宜，不胜欣喜云。

十九日，伍医生早车到津。廿一日，偕同夫人到京。施丞堂绍基在前门车站迎接，并赞其此次在东办理防疫之得手。后见那相，当蒙慰劳一切。是晚外部胡侍郎宴请来华莅会医生团，伍君亦在其列。廿二日出京，再由天津前赴奉天。

中外赴会医员续录 二月十八日，东督接外部函开：日本政府已派定传染病研究所长、医学博士北里柴三郎，京都帝国大学医科大学教授、医学博士藤浪鉴，传染病研究技师、医学博士柴山五郎，前来奉天，参列会议。定于西历三月十九日（中二月十九日）由东京出发。

二月十九日，东督接吉林电，吉林防疫总局总医官钟观察，于十八日由吉赴奉入研究会。钟观察穆生，吉林官医院长，现充防疫局总办，带同该局文牍委员汪君炳猷赴会，于二十六日禀辞起程。

二月二十六日，东督准红十字会长盛大臣电，上海工部局派史医官来奉莅会；红十字会亦特派医生王培元赴会，兼充上海公立医院代表。

二月二十七日，东督准民政部电：三月初五日开会，本部遴派官医院医官吴为雨前来莅会，以资研究。

二月二十九日，东督准外部电：德国公使照会，称派协参领衔海军医官、医科博士马提弥赴研究疫会，现已到京等语，希即查照。按马提弥，青岛医官。

三月初二日，东督准外部电：英国续派医员德来格，意国添派医生儒拉，均于日内赴奉莅会，希查照。

东省督抚电奏 同日，东省督抚奏报三省疫情并开会事宜电。军机处钧鉴：窃查东三省疫症流行，府厅州县地方蔓延所及者六十六处，死亡人口达四万二千以上。腊尾春初，疫势最为炽盛。哈尔滨一隅及其附近之双城、呼兰、长春，每日辄疫毙百数十人，岌岌不可终日。哈埠人口不及二万，死亡至六千以上。染疫各处，大半因有来自哈埠之人，因而传播。自外务部派医官伍连德赴哈而后，并以陆军围守傅家甸，严行遮断交通。锡良等督饬在事各员，严厉进行，协力以图扑灭。二月以来，疫势以次衰减。现在统计染疫各属，月余无疫或十日半月无疫者，占十之八九。疫未消灭之区，类皆间数日偶一发见，渐起渐灭。开会之期已届，全境肃清亦指日可期。堪以上纾宸廑。各国政府遣派医员陆续莅止，外部右丞施肇基已于二月二十五日到奉。招待事宜，会同商定筹备，亦大致周妥。合并陈明，谨请代奏。锡良昭常树模冬。

三月初三日，奉旨：锡良电奏东三省疫气消灭，指日可期肃清，并开会招待事宜。大致周妥等语。知道了。钦此。

摄政王电谕 三月初四日，奉监国摄政王谕：奉天开办鼠疫研究会，现届开会之日，各国政府各派专员莅奉，共襄会务，欣慰良深。本监国摄政王于此次疫事极为注意。现经各医学专家到会研究学理暨一切防疗之法，必能多所发明，为将来灭除疫患，实世界仁慈之事，本民生无量之幸福也。不胜厚望。

开会式　三月初五日早十点，行开会礼。一时中外人士。到会参观者甚众。

会场之盛饰　会场为小河沿惠工公司之陈列室，别为会议、实验、接待、食堂诸室。室内陈设悉仿欧风。门首用五色电灯缀成"万国鼠疫研究会"七字，龙旗交叉，间以万国旗。各处妆饰，均极辉煌灿烂之致。

实验室之陈列　实验室中所陈列者，有罹百斯笃人之心肺脏腑及鼠类解剖之尸体。他如病者之血痰及培养于玻璃试管中之百斯笃菌，均备。

媒介物之陈列　为百斯笃之媒介者。如旱獭鼠，及供参考之兔类，均搜罗陈列于一室。

报告写真及救护人模型　陈列于游廊间者，为哈尔滨、长春、奉天诸埠死亡救护及关于预防设施之报告，并关于防护之一切写真。他若医生、消毒队、埋葬队之自卫服装，亦制成模型，以备考镜。

出席会员及参列者　主席者，为东三省总督锡清帅及外务部右丞施植之丞堂。出席医官为本国及英、美、俄、德、法、奥、义、荷、日、印诸国特派三十四员。又奉天各司道及从事防疫诸官绅，与各国驻奉领事，均参列会席。统计一百三十人。

开会之顺序　一、督宪恭读监国摄政王电谕；二、督宪演说；三、施丞堂演说；四、俄医官萨宝罗尼君总代各国医官宣读答词；五、会食；六、撮影纪念。当诵读监国电谕时，各代表均起立致敬。诵毕，齐声赞颂。

锡督演说词　东三省疫病流行，我大皇帝轸念民生，敦请各友邦共举名医来奉，设会研究。乃承各友邦盛意，重劳诸君子远道贲临，本大臣得以亲炙道范，曷胜庆幸！以诸君子宿学硕望，又重以热心研究，此数星期内必能卓著成效，发明新理。将来以研究之心得，为实地之措施，固不仅中国人民之福，亦寰球各国人民之福也。夫中国研求医理之书，溯厥源流，历代以来，颇多发明之处。施治内外各科疾病，亦未尝无效。惟鼠疫为中国近世纪前所未有，一切防卫疗治之法，自当求诸西欧。但恃内国陈方，断难收效。且医术与各科学并重，医术共文化俱新，并辔以驰，斯臻美备。物质科学既为敝国所不可少，各国明哲所发明最新最精之医理，吾民又焉可阙焉不讲？近来欧洲医界之发明，颇有竿头日进之势。盖自前英皇爱德华第七，于西历一千八百八十四年（按此处恐有误），在英京万国研究卫生会演说之后，始获此效。其于传染病一层，曾有"果可防范，何靳不为"之名论。本大臣服膺是语有年。中国医术卫生近亦渐知研究，将来之力求进步，并对于卫生上之若何注重，全国人士当全力一致行之。此次研究事竣，倘使已灭之疫灰不幸而有复燃之日，一切防卫上获此度之经验，及负海内重望之诸君子研究，后当愈有把握，决非此次之仓卒设备者可比。所惜者，三省人民之毙于是疫者已四万余人；更有各友邦热心救世之医学名家，助我三省官绅辛苦治疫，踊跃捐躯。本大臣言之，辄增悼痛。诸君子皆医界泰斗，环球共仰，此次惠然远临，宜伸欢迎之意。惟敝国开会研究，以奉省为滥觞，一切设备供给恐未尽周妥，诸君子尚幸谅之。

施丞堂演说词　近因疫气流行，蔓延各地，中国大皇帝关心民瘼，宵旰忧劳，是以议开此会，研究起疫原由。以及如何补救之法。承各友邦不分畛域，一视同仁，遴派诸公远道贲临，协力同心，共成善举。我朝廷感篆实深，特使使者莅会，藉表欢迎致谢之忱，惟希鉴察。

五月以来，北方诸省遭此奇灾，死亡枕藉，以满州为最。夫痘疹、霍乱、核瘟等症，一经传染，虽亦猛烈，要之无如近日所行肺瘟、血瘟为毒之厉，染之者大都百无一生也。窃谓此次疫气所以发生之故，颇有关于我国人民商业与数万人民度日之资，暨北方之风俗习惯。曾有格致专家研究此种问题，谓在满洲西北暨亚洲山岭之半，有一种山鼠，其形类似小兔，西名"獭那巴张"，体质常见肿胀。其病状轻重不同，然皆含有疫虫。有数万人工，每年前往满洲西北一带，捕捉此类小鼠，而取其皮以为货。疫症之传染，盖发端于此。

其地之气候，至为不良。每至冬令，寒暑表降至零点以下四十度。举凡世界文教所通之地，其寒度无有过此者。居其地者，值此严寒之际，几至片刻不能出门户，而况涉足于途，以谋生计。大率丛集于孤陋之居，肩摩足抵，人气薰蒸，以为可以御寒。而一经此种染症萌生，无怪不可收拾。

吾国各省城市、乡村中，道路沟渠，种种情形，自近日卫生家观之，不无缺憾。然亚洲全境，大抵如此。国之大者，人民众多，清洁卫生一事，诚不易于实行。独是关于卫生之事，凡有可以改良以防染疫者，必为人类所愿闻。倘诸君有所条议，实能见诸施行，吾侪自乐于承教。

此次疫气流行，有种种特别情形，与寻常迥异。盖其所蔓延之各城镇，均在沿近铁路交通之线。在从前未尝无疫，即如蒙古如牛庄等处，亦曾偶有发见，但流行不广，人未经心。至此次疫气初行，亦未料其流毒若此之甚。迨既被其害，竟如疾风骤雨而南来矣。中国人视年节为重，每值岁暮之时，凡客居异地得归故乡者，以勉力为之。其中有逾万之工役，即遇铁路不通之处，亦必步行就道。中国地面辽阔，即派兵防阻，岂能处处严密，而不使其绕越？

防堵检疫章程，铁路既已行之，惜为时稍晚。然前事者后事之师，将来设遇此等事，当可以为鉴。惟此项工役，人数众多，大率敢于冒险，一若置死生之事于不顾者。诸君富有经验，敢问有何善法，可以见教？

此次各处防疫医员，凡遇与疫接近者，暨疑似染疫者，如何令其隔离？其染受疫症者，如何入院救治？成事具在。经办各员，均可质问。设有不妥之处，不妨详细批评，以期增广识见。盖此次各种疗治之法，虽云不遗余力，然往往见染病者。辄全家丧亡，无一得免，是功效未见大著也。

中国人民，虽不尽有偏执妄信之事，然遇个人家事，每不愿他人干涉。譬如某家一人染疫，公家虑其传染，立将此人送往疫院就治。其家属人等，遽令隔离。以及类此迹近残忍之事，在官家虽视为义务，其实颇难于施行。此次开会所应研究者，头绪不免纷繁，未便遂细开列。其关于医理格致者，诸君自能处处见到，无不详细审查。使者仅将其中最关紧要之问题，条举如左，请诸君注意焉。

一、此次疫气因何流行？如何流行？暨有如何办理方法？

二、此种疫气，是否满洲境内某处本土之病？如果系某处产生之病，有何最善之法，可向该处施救？

三、其产生疫气之虫所含毒力，是否较核疫虫之毒力为大？以显微镜观之，虫之形类相同，以疫学化验之，亦无少异，而何以在满洲则成肺瘟、血瘟，在印度等处则成核瘟而鲜成肺瘟者？

四、检查各医报告，此次疫气，何以仅染及人而不染及鼠？

五、肺瘟因何而致？核瘟因何而致？其所以不同之理由何在？

六、是否因气候不同所致，抑偶有之事？

七、此种疫虫，是否能于人身之外存活数月之久？果尔，必缘何种情形而能存活如此之久？此关于吾侪之一大问题，盖恐今年冬令再有复发之事。

八、黄豆皮货为本省出口大宗，遇疫气流行之时，应否照常输运出口，抑应有何限制？

九、如城镇乡村，是否应令一律设法施种疫浆？

十、据诸君所经历者而言，凡发见疫症之房屋，是否应令焚毁，抑按法消毒，即可无碍？

除以上各项问题应请诸君研究外，诸君各按素所经验，如有此外条陈应办之事，不妨详细指明，庶几可无遗憾。

使者尚有一言，代本国政府奉布诸君，于研究事理条议各端之时，务必以实能办到为惟一目的。盖格致事业，原期有裨人生，然往往学术与事实适相反对。有时揆之情理似属可行，而一经试办，诸多窒碍者。总之疫之为患甚于寇仇，吾人自应广征良法，以为防备。诸君有所陈述，总当酌量采用。盖今日文化昌明，凡有国家者，遇此害流行，未有不心存仁爱，不吝赀财，以拯斯民而登诸衽席者。

今日开此大会，本国特派伍医官连德主席，兹为诸君介绍相见。两月以来，伍君亲疫氛最盛之区，经理一切，无不悉心研究。伍君昔在英国留学，精求医理，程度超群。法、德两国化研究，彼亦曾亲历有得。诸君在会，必有表示而指陈之。彼奉国家之命，职在研求，自当悉心采纳。

再北京韩医士，现经派充本会医务书记员。当傅家甸疫氛极盛之时，伊在该处襄理防疫，颇著勤劳。

兹于词毕，再赘一言。诸君莅会办事，凡遇有乘坐火车旅行调查之处，均尚便利。至我国家备办一切供给事宜，总期适合诸君之意。

各国医官总代萨宝罗尼君答词 本医官顷闻贵大臣欢迎之辞，请为各国医官代表谢忱。此次十国政府，应贵国政府之命，委本医官等来此解决鼠疫问题，研求善法，以为此后防御之资。本医官等或会习传染病理，或究心霉菌科学，惟于肺炎败血、百斯笃二症，向少经验。然深信前此六月中，各项防疫章程，颇足为后来师法。此次贵国政府，于御疫之策，尤称适宜。贵大臣暨各行政官，于救民之事，均形热心，俱可贺也。中外医生之能力勇气，已受一般之赞许。而医业上利益之见于此疫者，尤足以鼓动贵国医学之进步，振起贵国青年求医之志趣，此本医官等所敢信者。本医官等承贵大臣厚意招待，设备周至，得于安适之地，从事研究，尤深感谢。又蒙施使臣宣布贵大皇帝及中央政府之训辞，且闻贵国摄政王欢迎之电谕，本医官等同深感谢。愿贵大臣代达下忱，于贵国大皇帝之前。

会长之举定 初五日下午，公举中国外务部特派医官伍连德为会长。伍君学问湛深，此次从事防疫，尤富经验。故膺此选也。

据上海某报云，鼠疫研究会之开办，以吾国为东道主。无如吾国医学不见发达，会长一席，遂惹起他人之艳羡，以某国为尤甚。其某博士之来东，最在事先，即为此也。幸有美医士，深恐喧宾夺主，不第不甚雅观，且于中国主权亦形丧失，遂不惜周折，与吾交涉司说明，并与各医士关说，同举伍连德为会长。且谓伍君医学高明，不但有称主位，即于此会前途，亦多便利云。

两部长之举定 研究会画分微生物、理化两部。微生物部长为日本北里君，理化部长为英国勃崔君及克里君。盖皆专门名家，必能多所发明也。

疫死医生之追悼会 此次从事防疫之中外医官，救人心切，奋不顾身，致染疫逝世者甚多。各会员特于初六日下午休会半日，开追悼会，以志哀忱。

公署之宴会 锡督于初六日晚，在公署宴会各国医官领事，由各司道作陪。酒阑，锡督起述欢迎词，并转述皇上暨监国摄政王欢迎之意，请向各国大君主、大总统道谢。当由美医司德朗君代表各国医官，起述答词，并谢盛意。觥筹交错，宾主甚欢。

俄代表之谢意 俄代表医官语某报记者云：予曾列席于世界医学会数次，从无此次之设备完全者。皆贵国施丞堂、伍医官竭力筹备之功也。

各处之祝电 研究会开会后，外务部特致电，表欢迎及希望之忱。各国代表当即覆电致谢，并请转达监国摄政王，以表敬意。又哈尔滨防疫会、驻哈俄医官、广东光华医社，均专电致祝。

光华医社电：奉天分送鼠疫研究会锡制台鉴：医学开会，万国咸集，实我国从来未有之盛举。深愿此疫克日扑灭，俾世界人民共享康宁之幸福。广东光华医社祝。歌。

人名表 各国政府特派代表医官

（美）司德朗、梯克

（奥）俄外而

（法）柏罗格

（德）马梯尼

（英）法拉、克里、勃崔

（意）格罗梯、过拉、新牙利

（日）北里、藤浪、柴山、下濑

（墨）刚佐莱斯

（荷）海拨斯

（俄）萨伯罗特尼、司腊脱哥罗夫、苦鲁筘、勃特立府斯开

（中国）伍连德、全绍清、方擎、王恩绍、海儿、爱司勃兰德、司督阁、司登莱、海夫铿

各处派来医官

（民政部）吴为雨

（直隶）霞把臬克司

（奉天）王若宜、王麟书

（吉林）钟穆生

（黑龙江）王新安

（上海红十字会）王培元

（上海公立医院）王彼得

研究会书记　劳罗

医学书记　爱司勃兰德

中国文案　施绍常

总翻译　伍璜

副书记　李规庸

打字　俄太得

特别外宾　安俱、克却那夫、维大、俄司克兰斯楷、牙斯瓣斯楷、朱祖尧

会内之语言　万国医学大会，向例各委员，惟操英、法、德三国语言。惟中国委员，则以此次大会开设于中国，故中国语言一宗，请置之例内。经各委员商议许可。

据《泰晤士报》载，现在奉天鼠疫研究会各国代表，均相亲睦。中政府一切预备，颇邀各代表之称许。其中所为难者，惟彼此言语不通耳。会中本拟以英语为主，乃各国所派之医员，竟有只能法文或德文，而不能操英语者。以故每遇会议时，不得不用翻译。至于报告书，则皆用英文矣。又据上海报云，会中原议用德、法、英三国语，经众议定，以清为主国，应尊重，故亦兼用汉语。惟一国止有一议决权。

会长之荣遇　外部因奉天开万国鼠疫研究会，特请颁赏伍连德三等第二双龙宝星一座、施肇基二等第二双龙宝星一座。

日本添派委员　初六日，东督复准外部电：日使照称，添派陆军军医监。宇山道硕，与少将等同前派委员，参列鼠疫研究会。

会长演说词　诸君举鄙人任会长之事，以鄙人学力之薄，对于各国医学名家，实深惭愧。诸君之所以举鄙人任会长之事者，不过以鄙人此次在哈尔滨办理防疫事宜。已见成效，然此次深赖诸同侪协助，得令疫症消灭，实非鄙人一人之功也。施右丞谓此次疫症，来势甚急，虽立时防备，而辗转传染，死者已达四万六千余人。此中殊大可研究也。

考此种瘟疫，近十年来，西伯利亚、蒙古、满洲西北部，皆时时发现。住居其地之中俄人民，罹此而死者，数亦不少，然从未有如此次传染之速、死人之多者。

此番恶疫，其染疫之第一人、一切经过，谅俄医官必有详细报告。现在吾人已公认"旱獭"一物为传疫之媒介。据全医官调查，蒙古、满洲西北部之人与兽，亦常时感染疫症，然染疫而死亡者，不过数十人，即已自然消灭，不至辗转传染，贻祸无穷也。旱獭之呼声，听之若"不怕"一语。惟感有疫病，则不复作声。蒙古人固早知旱獭一物，常有传染瘟疫之事，且知其瘟疫传染之险。又谓旱獭之有病毒，即所以保护己身，使人不敢加以捕获者也。从此可知旱獭之性，固甚和平，易于猎取。至旱獭之病症，盖病核也。近年欧美商人，多喜贩卖我国所产之獭皮，致山东苦工之从事于猎取旱獭者，年有所增。闻猎人之受传染者，其病状亦为头痛发热，吐血色之痰而死。旱獭之性，冬季恒作穴居，疫作即毙于穴中。明年新生之旱獭，觅得旧穴，方冀安居，而遗毒传染，遂致愈传愈广矣。

猎人之传染者，恒聚居于满洲里等处。彼等所居之屋，大都尘垢污秽，往往二三十人攒聚一斗室中，于是又互相传染。

闻我国人云，我国人之第一感受此疫者，发现于满洲里地方。其时为去年之九初六日，满洲里共死四百人。赖俄国之防备，始获消灭。

哈尔滨传染之第一人，发现于十月初七日。当时有二猎人归自满洲里，住一机器井之人家。于是传染不已，如疾风迅雨，直下南满，而至山东、直隶等省矣。

溯各地始疫之日期，亦研究之一材料也。

满洲里发现于九月初六日

齐齐哈尔发现于十一月初四日

哈尔滨发现于十月初七日

呼兰府发现于十一月十四日

双城府发现于十二月初五日

宽城子发现于十一月十四日

吉林发现于十二月十六日

奉天发现于十二月初二日

新民府发现于十二月十四日

锦州府发现于十二月十四日

永平府发现于十二月十五日

天津发现于十二月十五日

北京发现于十二月二十日

烟台发现于十二月二十一日

济南府发现于正月十七日

各处死亡实数，现尚未得其详。考其疫线，适与山东苦工之归途一一符合。疫盛之地，必为铁路所经之区。双城府距哈尔滨非远，而双城府第一次发现染疫之人，乃在哈尔滨两月之后。双城府于两月中共死四千余人，而牛庄、秦王岛等处，疫症甚少，实因山东苦工归途并未经过该处之故。此与从前印度等处患疫时，同一情形也。

现在鄙人有未明之数事，请诸君垂教焉。据哈尔滨人民言，此种疫症，乃常有之事，不过传染数十人，即已消灭。此次何以如此之烈？是否气候之寒、居室之隘，与此疫有所关系？

然亦有居处清洁之高粱大厦而染疫者，其故殊不易明。哈尔滨有我国商人所开之大磁器铺一家，地甚清洁，乃至全体人役同死于疫，至一切财产无人经管。其一征也。鄙人以为疫之发生，或有其他起原，是否不关于清洁乎？

此次染疫之人，其中以年在二十岁以上、四十岁以下者为最多。傅家甸疫死五十人中，只有女子一人，而双城死者千五百人，女子乃百三分之一，盖双城多全家疫毙者也。

从前医生对于腺百斯笃之预防，恒用种浆之法，然此次殊无甚效验。吾人对之希望甚小也。

奉天买收之鼠，计达一万三千余头，解剖后无一染疫者。然哈尔滨则有马一百匹、猪三百只，皆染疫而死。可见动物亦鲜抵抗此疫之力也。

鄙人此次所经验关于预防之方法，有两种可以供后之从事参考者。一用汽车作隔离病院，一用火葬。汽车划分病室，传染殊难。火葬之行，实以天寒地冻，非此不克扑灭。幸我政府见及其大，力破习惯而为之，致收绝大之效果，亦可见我政府热心防疫之衷矣。

今日之会，为我国第一次之世界集会。将来医学上之进步，希望无穷，愿吾侪努力为之，以期早收成效。我国民智，亦可日渐开通，而唤起青年医学上之观念也。

各代表对于监国之答词　万国代表员，因监国摄政王眷念该会，于开会日致欢迎辞，当即恭呈覆辞，以表谢悃。其大要如左：

万国防疫会议代表员等，兹捧诵贤王欢迎之恳词，欣感莫名。鄙人等深庆中国开催此会，意美事善。愿令此会克奏巨效，亦鄙人等中心所切望也。

会议规则　开会第一日，提出之会议规则。原有十六条，后经讨论结果，删除一条，议定十五条。大要如下：

一、会议之职务，分为二部。第一部管理关于传染病证据之提示，第二部管理从中国政府提出质问条件之说明，及既经明晰证据之研究。

二、左记会议办法之规则，只宜用于第一部内。

三、对议长一席，宜用"密斯达不来西颠多"（译者）之语属。

四、取决可否，各国代表员，每各一票。投票数可否同等时，议长宜行决定投票法。

五、讨议及研究问题之日期，关讨议起点。至委员中如有欲附加之件，宜从权变更。

六、于特别之事件，凡二名以上之发明时，提出报告代表员之国名，按"阿路哈百多"（译音）定出次序。

七、会议日程，编成交付委员。

八、委员之数及组织，列国代表员决定；委员会之编成，委员定之。

九、组织委员会，从各国代表员中，指定一名，须陈明议长，方能被选。代表员决定委员之数，次则协议，再按投票法选定委员。

十、委员开会后，须速将翌日之报告次序。关于右报告讨议之次序，记载编成次第书，呈交各国代表员。

十一、委员须招请关于传染病有特别之经验者，以资讨论。

十二、关于会议之职务、代表员之提议，交与医务书记长。医务书记长阅后，各代表员须签名。如欲该提案熟加考察，于便时事速开特别会。

十三、会议事件，造写摘要，便时交代表员。除要求特别之处外，开议时不得详细朗读。

十四、英、法、德、清四国语，均承认会议用语。

十五、除各国代表员之议决之处，本会议之时期，除礼拜六、礼拜日外，每日午前十钟起，十二钟三十分止。

研究事项 议定研究事项二十四条如左：

第一、瘟疫原因。

第二、瘟疫传染与时间及地域关系如何？且问道路河川、铁路及船舶于传染疫气影响如何？

第三、瘟疫与动物染疫关系如何？

旱獭、鼠。其余动物，例如猪、狗、马。

第四、城市及村邑染疫情形。

第五、瘟疫与气候干湿、寒温有无影响？

第六、本地瘟疫似自然消灭，非藉防疫办法。其自然衰灭之原因如何？

第七、城市及村邑关于传染原因事项：

（一）感染疫气之人，或罹疫者，或身尚健康，而带来疫气者之进人；

（二）应染疫菌之衣类、或物货之运入；

第八、罹疫者之传染物：

（一）由排泻物传染；

（二）由罹疫者咳嗽、唾液、谈话，散布疫菌，竟致传染；

（三）小蚤吸血罹疫者，竟将霉菌传染；

（四）由尸体传染霉菌。

第九、由家屋传染瘟疫，已屡有据，细别如左：

（一）床坑食物、食器等污秽可虑，并因罹疫者唾液被污；

（二）凡如此之类。（例如感染疫气之衣类），于传染之影响。所及几何；

（三）尘埃飞扬，能否带有传染物；

（四）室内以人工保维温暖，或图通气，与其不行之，于传染力如何影响；

（五）室内人过多时，或人民之习惯如何，于散布疫气有无关系；

（六）屋内或室内。生存霉菌，其期间之长短。

第十、瘟疫于各种情事，有传染霉菌不同。例如因病气期间致死情形、动物传染，凿凿有证。其理何故？

第十一、罹疫者尚有自治愈者否？

第十二、瘟疫流行时，鼠类感染之危险：

（一）鼠类由罹疫者唾液感染；

（二）鼠类由啮疫毙尸具感染；

（三）鼠类由蚤或小虫感染；

（四）鼠类因吸入疫菌感染。

第十三、统计事项：

（一）死鼠即于各处病毙者，须立统计表；

（二）罹疫者年龄之老少；

（三）罹疫者男女之区别；

（四）罹疫者人种之异同；

（五）社会各阶级之罹疫者；

（六）罹疫者之职业；

（七）与各样罹疫者接触传染者；

（八）医士、学生、保母、从者。及卫生局员之罹疫统计；

（九）各地死亡数。

第十四、卧床事项：

（一）该疫经过各状，与初期肺炎、或初期败血症、或鼠蹊疫、或肠疫，各有无区别；

（二）病毒显点期；

（三）症候；

（四）诊断：

    （甲）各样诊断

    （乙）由霉菌学上诊断

    （元）唾液验查

    （亨）血液验查

    （利）由肺针查血液

    （贞）由脾针查血液

（五）预告病状须知；

（六）治疗血浆：

  （甲）种浆

  （乙）化学应用

  （丙）药材

（七）病理学及霉菌学：

  （甲）解剖尸具，特以肺鼠疫为要

  （乙）鼠疫流行时，若将霉菌隔离，其紧张力之性质如何

  （元）培养霉菌

  （亨）移种动物

  （利）胶着试验

  （贞）霉菌变成各种情形后，须或干或曝，或任风吹，或干而又吹，或行溶解

（八）防疫办法：

  （甲）种植血浆以资预防

  （元）种液示预防染疫

  （亨）疫菌特质之比较，线疫强于鼠疫，肺疫强于腺疫

  （利）种液之一部或组织的效果，已征各项显然

  （贞）预防种液，须与种痘或单独行之可否

第十五、鼠疫流行时，于城市村邑应行之防疫办法：

（一）须配置卫生的哨兵，以防止染疫之人或货物进入；

（二）须社会各员互绝往来交通。

第十六、学堂、施疗院、戏馆、当铺、客栈、工厂、娼家等，须均闭锁。

第十七、马车、铁路及洋车，其余交通机关，须暂停办。

第十八、城市分为数区，并各区居民，须遵照检疫规则，实行隔离办法。

（一）或用讲演，或用文语，或出告示，以启发民智；

（二）设立医院。

第十九、为罹疫者应行事项。

第二十、为疑似罹疫者应行事项。

（一）须设置检疫所。

第二十一、检疫所。

第二十二、隔离处，须向劳工及其余阶级设置。

（一）街市或家屋发见罹病者或尸具，即当通告；卖棺者亦同。须对于各户行检病调查。

（二）消毒手段。

第二十三、关于染疫家屋或染疫可疑器具之消毒办法，须付之一炬合宜。

第二十四、各种消毒药之效力，并各消毒法之比较，且流行时之天气如何，于消毒法有无影响？

（一）罹疫尸具般移方法；

（二）须设置卫生局；

（三）关于看护罹疫者或搬移尸具，须留心从事；当行种疫或行消毒浴，或用蔽面，或眼镜，或手套。

附国际防疫

（甲）关于防止疫菌扩散庆行办法：

（一）配置卫生的哨兵，须防止染疫之人或物货进入；

（一）须设铁路检疫所检查客货；

（一）须设河川检疫所检查客货；

（一）须设海港检疫所检查客货；

（一）须监理苦工转移；

（乙）瘟疫关于商务之影响：

（一）豆谷质易；

（一）麦谷及面粉贸易；

（一）皮毛头发；

（一）煤；

（一）铁路及其余商务。

初七日之会议　初七日早十点，开第二次会议。先由会长伍连德君用英语报告，接到广东光华医社、上海各国医生医学会、及哈尔滨俄国防疫会来电各一道。继提议各处派来医官（非各国政府所派者），除特别会及议事会外，皆可列席旁听。经众赞成决议。

次全绍清君用英语报告，在哈尔滨满洲晨等处，调查情形。略谓此次疫症最初发起，实在满洲里对过相距十里之一小镇市中。又谓旱獭染疫，则不能行动，野获者大都无疫。有疫之旱獭，必系获于穴中者云云。

次英医克里君用英语演说此处之疫线，至为详细。略谓疫之传播地，一为铁路沿线，二为大道沿线，三为轮船航路所达之地。至关于河流者，则无其传染。盖由于结水期内，不通航行也。

次日医柴山君用德语演说南满铁路沿线染疫情形。

次俄医萨宝罗尼君用法语演说，尤为听众注意。略谓满蒙各地，自一千八百九十八年至今，常时发见此疫。肺百斯笃之发生期，约在西历十月及十一月间。腺百斯笃之发生期，恒在春夏两季。现在吾人同一意见，公认旱獭为疫之源，则吾人宜注意于獭病之起原。及经过变化，俾成一专门学科。至于人与人之传染，不外三种：（一）直接传染，如谈话之类；（二）粘液传染；（三）痰之传染。

次美医司德朗君用英语演说，谓其经验所得，人之染疫，实先传染于肺。于是德医马梯尼君、日医北里君、俄医萨宝罗尼君，同起反对。

马梯尼君谓，予已试验盈千之动物，实系先传染于核，而非传染于肺云云。此一悬问，遂待实验。

马梯尼君又谓，从前埃及常有此疫。肺百斯笃之后，则有腺百斯笃之发生。此则不可不防云云。

是日下午四点，又开议事会。无甚演说，专从事研究微生物。

初八日之会议　初八日早十点，开第三次会议。是日专门从事于微生物之研究，演说者为俄医萨宝罗尼君（法语）、日医下濑君（德语）、美医司德朗君（英语）、德医马梯尼君（德语）、意医格罗梯君（德语），共计五人。均极精警，于肺百斯笃病菌与腺百斯笃病菌之辨别，尤特别注意。

萨宝罗尼君之演说略异：予在哈尔滨悉心调查此次之肺百斯笃病菌，较之从前印度发现之腺百斯笃病菌，其毒尤烈。以予经验所得，以肺百斯笃病菌，置之牛肉汤中，虽至数日，汤色仍然清洁，不易觉察。若易以腺百斯笃病菌，数日后，汤中即发现一种白云之色矣。更以肺百斯笃病菌注射于豚鼠之身体，三日即病发而死。若易以腺百斯笃病菌，则须六日方死。此两种病菌不同之明征也。

满铁病院之参观 南满铁路公司，于铁路沿线搜集关于研究百斯笃之材料甚夥。于初八日下午二时，柬请研究会诸君及锡督与各司道、各国驻奉领事前往参观，以为研究之助。

日领事晚餐会 驻奉日本总领事小池张造，于初八晚在领事署宴请研究会诸会员，亦极一时之盛。

初九日上午之会议 初九日早十点开会，从事于各种微生物之研究。日医北里君云，调查奉天获鼠三万余头，解剖后无一含有百斯笃病菌者。俄医萨宝罗尼君云，哈尔滨有鼠一头，实染肺百斯笃。会长伍连德君云，哈尔滨之猪、马、骡等动物，死于肺百斯笃者，实有四五百头。英医司督阁云，新民府曾有一人染肺百斯笃病，而所乘之骡亦染肺百斯笃。更有一人，因看护骡病，亦染肺百斯笃。然则动物亦无抵抗肺百斯笃之力，不过不能如人之易于染耳。

初九日下午之会议 下午二时，又开会议。经众提议，肺百斯笃较之腺百斯笃是否为烈之一问题。在微生物一方面研究之，肺百斯笃之毒，不至较腺百斯笃之毒为烈。惟肺百斯笃一经传染于人，即深入人之肺中，所以杀人最速。至于腺百斯笃之传染于人，其人之颈上，必先生核病，然后始传染全身，故杀人较之肺百斯笃稍缓。且肺百斯笃病菌于人之肺中，居处已惯，由此入传入他人，亦即时传入其肺中也。

后有某君提议，天气寒热，是否与疫症有无关系。常见寒时有疫，而热时亦有疫，不因天气之寒热而增损疫症，可见疫症与天气无甚关系。现在奉天肺百斯笃已经消灭，恐不能即时发生腺百斯笃。如其有之，则在秋季云。

休会之消遣 初十日礼拜六，医生团前往奉天各皇宫游览。锡督令将军乐队每礼拜六遣至会场奏演，以娱观听。

十二日上午之会议 十二日早十点，开第五次会议。先由会长伍连德君报告，接德、法两国医学会来电致贺，并谢中国接待之厚意。次法医波罗克君演说，新发明之保存病人心脏内微生物之法。略谓从前保存之法，不过使心脏不腐烂而已，然其中所含之微生物，则不能长久生活。今若以库里斯林（无色无臭之油黏液）五分之一，和入蒸汽水，加石灰少许，以培养之，则病人心藏中所含之微生物，可生活至十余日。虽寄至远地，亦可供研究云云。

次美医司德朗君演说，奉天防疫病院有病人三十九人，曾试其吐沫及吹气之传染力量。以曾经消毒之玻璃，周围病人之四面，考得其结果有三：

（一）病者之随便呼吸，无微生物传出。

（二）病者嗽时，则有多数之微生物传出。试取豚鼠一头，去其腹上之毛，更取着于玻璃上之微生物，涂于豚鼠腹上，四五日后即死。日病嗽时，虽者不见吐沫，亦有多数之微生物传出。

（三）医生及看护人，必须戴自卫之眼镜及口套。伍连德吾于三月前，在哈尔滨固已见及于此。较之注射预防浆，为有益也。

次俄医萨宝罗尼君演说，疫尸之传染，实行试验。凡十五尸，于冬季埋葬三个月后，取出视之，其微生物依然生活。故疫尸若为诸动物所食，必至传染。且置微生物于严水中，二日尚能生活。故疫尸之用火葬，实为最宜之办法云。

次英医司督阁君问微生物传染之钜〔距〕离，美医司德朗君答无确实之度数，大约可及数码之遥。其传染远近，视传染力之强弱云。英医法拉君谓，昔日英国某医院，有患肺病者，亦尝传及远距离之人。盖由于室内空气流动云。至此十二点钟，遂即闭会。下午无会议，仍研究微生物问题。

十三日之会议 十三日早十点，开第六次会议，专研究染疫者痰及血之传染。日医柴山君演说痰之传染，略谓在初染疫之二十四小时内，所吐之痰无菌。迨及吐血之后，则有多数之菌云。次俄医萨宝罗尼君演说血之传染，略谓染疫者之血管中，含菌者实占多数，然不尽有菌云。次会长伍连德君谓，在哈尔滨实验，染疫者二百八十人，其血与痰皆有菌，有时粪中亦有菌。

次美医司德朗君、中医方擎君、意医格罗梯君、德医马梯尼君，先后演说注射预防浆有无效验之一大问题。方擎君谓，实行注射，凡一次者四百人，其中染疫死者只有四人。凡二次者又数百人，无一染疫者。马梯尼君谓，近十年来试验，每人种三磅血清，在初染疫之二十四时内，则有效验，然在此二十四小时内，则病状未现，此法亦未足云完备。俄医哈夫铿君亦赞成马梯尼君之说，此问题未能解决，旋因已晚，遂宣告散曾。

研究瘟肺问题

甲、肺瘟传染

一、肺瘟传染之起源。

二、疫区疫症之传播与地方时间之关系，及水路、旱道、轮船、火车传染之影响。

三、肺瘟与动物之关系。

（子）旱獭；（丑）鼠；（寅）猪狗马等类。

四、受疫各城镇疫症轻重之分。

五、肺瘟与气候、空气温气之关系。

六、此次疫症之消灭是否出于自然（即与防疫之法无关系之意）。若出果于自然，试究其自然消灭之原因。

七、各村镇受疫之原因与各种论据之关系。

（子）已有疫症潜伏之人与病人或健康人之传入；（丑）商货与衣服之传染。

八、患疫者之传染力：

（子）排泄物之传染力；（丑）患疫者因吐唾、咳嗽、说话发出毒菌之传染力之距离；（寅）证明患疫者身上之蚤有传染力与否；（卯）死尸之传染力。

九、已遭疫一次或不止一次之房屋之传染力。

（子）患疫者房中之地板、土坑及其所食之食物，与所用之食器之危险；（丑）患疫者之衣服、被褥等类，有传染力否；（寅）尘土有传染力否；（卯）房中住暖与通气或不通气等事，能影响于疫症之传染否；（辰）房中住人之拥挤与习惯与肺瘟传染之关系；（巳）遭疫房屋中传染力之限。

十、试从疫症发生之平均时间，与染毙之人数及动物中疫症之潜伏期，三者之内，考究疫菌之毒性相异之阶级。

十一、证明自然不受疫症传染之故。

十二、此次疫症传于鼠族之险状之问题：

（子）因患疫者之唾沫；（丑）因啮尸身；（寅）因身上之蚤及他项动物；（卯）因呼吸疫菌入腹（以上四端均指鼠言）。

十三、统计之件：

（子）各处疫毙者之数；（丑）年龄之区别；（寅）男女之区别；（卯）种族之区别；（辰）各种人民之特状，须由其社会上之情形证明之；（巳）职业之区别；（午）与病人交接者之相异情形；（未）各处医官、学生、看护人、仆役、卫生人员，能受传染者之统计；（申）各处死亡之数。

乙、病状之研究。

一、败血瘟、腺瘟、肠瘟、小瘟、直接肺部之瘟、间接肺部之瘟，与此番瘟疫之关系。

二、肺瘟之潜伏时期。

三、肺瘟之现象。

四、肺瘟之诊断：

（子）诊断之征别；（丑）毒菌之诊断：

（元）查验患疫者之吐沫；（亨）查验患疫者之血；（利）肺之钻刺；（贞）脾之钻刺。

五、预测病势。

六、研究治法。

（子）血精；（丑）瘟牛痘；（寅）理化品；（卯）药品。

丙、毒菌与病理之研究

一、栽养毒菌之特性：

（子）栽养毒菌之试验；（丑）毒菌结合之试验；（寅）毒菌之排泄物；（卯）毒菌之恶毒性；（辰）动物试验后之病状；（巳）毒菌栽养于无生命物之上，观其生活之力如何；（午）试验毒菌，对于干燥日光，以及凝结之冰冻、融化之冰冻之抗拒力如何。

二、患肺疫者之传染力：

（子）患疫者排泄物之传染力；（丑）患疫者呼吸气之传染力；（寅）患疫者身上之蚤，及其他虫类之传染力；（卯）疫死者尸身之传染力。

三、肺瘟在毒菌上之诊断：

（子）查验患疫者之吐沫；（丑）查验患疫者之血；（寅）肺之钻刺；（卯）脾之钻刺。

四、抗拒传染病之能力：

（子）药品注射；（丑）血精注射。

五、患普通病者与患肺瘟者之关系。

丁、抗拒肺瘟传染之方法

一、血精注射、瘟牛痘注射：

（子）瘟牛痘注射与肺瘟有无确实效验之证据；（丑）既经瘟牛痘注射之后，有无不受肺瘟传染之证据；（寅）疫鼠之血精，与患腺瘟之人之血精，与患肺瘟之人之血精，以之注射人身，其抗拒传染之力孰大？（卯）人身受血粗注射之部与全身有何影响；（辰）用一种纯粹之血精注射与用数种搀杂之血精注射，功效有无区别。

二、有疫之城镇，欲限制其传染，应用何法？

（子）行人及货物，由有疫之区来者，禁止交通；（丑）实行禁止社会交通（如学堂、医院、礼拜堂、戏馆、客栈、工厂，均皆停歇；各种车辆，不准通行；居人不准往来，以及分区实行断绝交通之类，皆是）；（寅）刊布告示、传单、白话报，设立宣讲所；（卯）设立疫症病院、疑似病院；（辰）设立健康隔离所、贫民留验所；（己）居民患病者，须随时报告，并组织验症队挨户查验，棺材铺亦须令其报告售出数目；（午）消毒法；（元）患疫者所居之室与所用之衣物，应否消毒，抑应否焚毁？（亨）生石灰、石炭酸、升汞硫酸、夫尔麻林各种消毒品之效力与适于天气之区别；（未）处置死尸之方法；（申）设立卫生部；（酉）着护人与埋葬队应用如何相当之法自卫？如打预防针、带呼吸袋、穿预防衣洗澡、带手套眼镜诸法，是否相宜？

三、有疫之城镇，欲限制其传出，应用何法？

（子）患疫之人与本地之货物，禁止他往；（丑）铁道交通处，设立客商及货物留验所；（寅）河道交通处，设立客商及货物留验所；（卯）海道交道外，设立客商及货物留验所；（辰）工人来往，如何约束。

戊、此番瘟疫与商业有无影响

一、黄豆；二、麦面；三、皮货头发；四、煤；五、铁道；六、各种商业。

十四日之会议 十四日早十点，开第七次会议，专研究血清疗治法。先由意医格罗梯君演说与罗斯笛斯同制之血清，系注射于马身中取出者，以之治腺百斯笃，百人中可活三十九人。若不注射此浆，则百人中只可活二十人。若治败血症，则可延长其生命十二日至十五日，惟须每日注射之。若治肺百斯笃，则无效云。

次日医宇山君演说，一九零三年，用玻璃浆每人注射二次，第一次与第二次相距八日。注射后三日至六日，热度甚高，头痛出汗现核。经过四十八小时始已。

次日医河西君演说，曾注射二千八百三十二人，经过二日至一月，染疫者只有八人。

次奥医瓦椤而君演说，曾注射八十人，无一染疫者。

次俄医哈夫铿君演说，曾注射一百三十二人，内染疫者有二十二人。

次美医司德朗君演说：予与马梯尼君意见相同。予曾注射血清于鼠身，然注射过量，则鼠亦受毒而死。尝考注射血清之效果，在初得病时即行注射，百人中可治六十人，于二十四小时内注射，百人中可治三十三人。然在二十四小时内，病状未现，故亦无甚把握也。

次日医藤浪君演说，在日本时有得肺瘟者八人，内有五人，注射东京血清，得以不死。□次德医马梯尼君演说，在德试验血清，亦有效验。

次日医北里君演说，隔离人亦宜注射。

次美医司德郎君演说，曾剖解二十五人，其肺脾核中微生物皆多云云。

研究未及解决，英医哈拉君提议举定伍连德、梯克、瓦椤而、勃罗克、马梯尼、德拉、格罗梯、柴山、海维夫、萨宝罗尼，为十国代表员，专研究德美意俄各种预防浆之效用，互相比较。

十五日之会议 十五日早十点，开第八次会议。是日为研究微生物最后之一日。先由中医王恩绍君演说：奉天某矿房有人十二名，疫死九人；有骡十二头，疫死十头。解剖骡之尸体，含菌甚多。其无菌之部分，另以菌培养之，滋生亦极迅速。从前医学界，皆承认骡马不易染疫，亦不足凭。

次日医柴山君演说：用显微镜试验病人肺中，各菌最多，可见菌皆从气管中侵入。予意与司德朗君相同，盖肺之血管细，易繁殖也。

次德医马梯尼君演说：在德试验鼠子，以腺百斯笃病菌，从呼吸中送入鼠身，则染疫尤速云。

次中医全绍清君演说临床经验，在哈尔滨时试验。当初染疫时，未见咳嗽，实难解决。至病状，为脉快细、头痛、面色焦急、心部重、胁痛、舌苔厚，后变鲜血色发亮，热度不甚高，约一百零二度云。

次英医司督阁君演说，大旨与全君略同。

次中政府所派海而君演说经验。凡染疫者，必六日后，始发现病状。

次直隶代表霞卜乃君演说，在哈尔滨有两医学生染疫，注射多量之血清，皆不治而死云云。下午研究预防浆之成效，仍未解决。

据北京报云，十五日会议，日本委员藤浪博士演说解剖疫尸计二十九具之实验，亘数小时之久，议论极为周匝。

美国委员司杜兰若君对于藤浪博士之演说，质问患肺结核者易染疫与否。经藤博士覆答，谓曩曾解剖之尸身中，绝无有患肺结核者，无法可验是否易染。次中国顾问医官法富紧君演说，将患肺百斯笃结核者计十名，由临床学一方面诊视之实验。次俄国委员萨伯罗杜尼博士，演说解剖疫尸、发现并发胸膜炎症之实验谈。对于以上所有演说，三五委员起而质问，且各委员互陈关于百斯笃菌毒力之意见。是时议长北里博士宣言：鄙人曩因承乏细菌病理解剖部部长，暂居议长席，司掌议事。然关于该部之一切研究，已经了结，谅负诸君之热心研究者极多。爰于临退议长席时，敢表感谢之忱。旋即降坛，经会长伍君连德起立致词申谢，北里博士司掌议事之劳。嗣伍君即在议长席报告百斯笃关于临床学之研究。英医克利斯弟君、中医全君、美医萨巴谙尔德君、日医河西博士等，互教关于临床学之演说。是时英国委员哈拉君提议，须每日午后亦行开议。日已响午，旋行闭会。

十六日之会议　十六日早十点，开第九次会议。是日议题，一为临床诊断，一为传染之原因。先由会长伍连德君演说在哈尔滨时之临床经验。略谓不论病者之身体强弱，其脉息皆细快，以手紧按之，且可停止其颤动。又病者之呼吸，微有声息。与美医司德朗君之主张略同。司德朗君谓，病者不宜播动。一经播动，则病者之心即停止其跳动云云。

时英医司督阁君起而反对，谓病者初起时，其脉甚壮，后乃细快云。

中政府所派之爱司勃兰德君，演说在哈尔滨时，曾见有女子四人染疫，死去三人。此四人皆有乳哺之儿，而小儿皆未染疫。可见妇人之乳汁并不传染云云。

次伍连德君演说在哈尔滨时，对于小瘟之经验，其现象不过腹泻云。

嗣公决肠中有无病菌之一问题，决定无菌。盖欲入肠，必经过胃中。胃中之酸质足以杀菌，故不能入肠。至排泄物中发见之菌，乃系血中传入，非由肠中传入也。

次俄医萨宝罗尼君演说，病者之脉息，大都细快，且不平均。朝壮而夕弱，弱时几等于无。又热度高时则脉细，热度低时则脉壮云。

次英国使馆医官格蕊君演说病之起原，及由满洲里蔓延各地之疫线。

次直隶代表医官霞卜乃君演说，天津疫症发生，由于一商人自哈尔滨归，遂致传染云云。

次日医藤浪君演说，皮毛、黄豆等货物，凡属无生命者，皆不能传染疫症。病菌经日光即死，货物能见光，即不虞传染。至驴骡等生物，则确可传染云。

次司督阁君演说，据一医生云，有林姓妇人，家中数人皆染疫死，惟林独存。投宿亲戚家，又受其传染，全家尽死。如此凡传染至三家，无一免者，而林姓妇人独生。诚医学上一大研究资料云云。

次爱司勃兰德君演说，哈尔滨当疫症初发生时，毫不注意于防备之法，以致死人如麻。迨后实行防御，一切防疫极关。在在完备，而疫症即已消灭。可见防备之法，实为必要云。

次上海派来医官司丹莱君演说，预防之法，诚为必要。上海一埠，为交通最繁之区，此次竟未传染，可见防疫之效。以后遇有疫症发生，于防疫一端，务宜注意云。

次俄医萨宝罗尼君演说，依据新发明之预防各法，疫症当易消灭云。至此闭会。

谈话会 十四晚，各会员特开一茶会，以示恳亲；并顺便提议各事。

美领事署晚餐会 驻奉美领事，于十五晚在署宴请各会员，以敦睦谊。

赠送纪念品 会中特制显微镜标本，每会员各赠送一具，以作纪念。

墨西哥医官到奉 墨西哥政府所派代表医官刚乍而司君，于十五日到奉。

俄罗斯女士到会 俄罗斯女医二人及女学生二人，于十四日到奉，参列研究会之旁听席。

旅大视察 十七、十八礼拜六、礼拜两日休会。各会员应日本南满铁道会社之请，视察旅大日俄战绩。于十六晚八点十三五分，乘临时列车首途，预定十七日上午八点十五分抵大连。巡览顺序如下：大和旅馆早餐，大连医院，电气游园，中央试验所，乘电车赴星浦午餐。午后三时，归路工场埠头游历。七点三十分，满铁会社招待晚餐会，满铁总裁社宅余兴。当夜旅馆住宿。十八日上午三十分，乘列车赴旅顺地方巡览，关东都督宴会。当夜八点十分登车，十九日上午七点到奉。

十九日之会议 诸会员于视察旅大后，于十九日归奉。是日上午十点钟，开第十次会议，议题为居室、炕床、衣服、尘土等能否传疫。先由吉林代表员官、医院院长钟穆生君演说衣服确能传疫。谓双城一当典，因收质疫者之衣，其店员立即染疫，传染至三十四人云。嗣经各医官公决，房屋、衣服等确不传染。惟衣上粘有疫者之痰，如未晒干，则可传染。若经日光晒干后，则不传染。

次伍连德、萨宝罗尼、马梯尼、北里诸君研究天气与疫症之关系。谓当哈尔滨疫症消时，双城之寒度，与哈尔滨相同，何以疫症反炽？可见疫症与天气无甚关系。公认以后遇有疫症发见，惟有施以完备之预防法云。

次俄医亚若斯楷君，演说东清铁路沿线之始疫及消灭情形。次俄医巴苦斯楷君演说哈尔滨之传染情形。次美医司德朗君演说，谓疫者之痰，吐于地上未干时，确可传染，干后则不传染。此系屡度屡验云。议至此，即宣告散会。

北京报云，十九日会议关于鼠疫与气候之关系，互陈意见，甲论乙驳，议论沸腾。日本委员北里博士谓，鼠疫之流行于寒暖有无影响，余未得悉。惟防疫完全，则无论寒暑，无论何时，均可以剿灭无疑。征诸连埠实例，期会则隆冬也，而疫死者仅六十名，疫氛即行灭绝。是其左券也。至鼠疫发生与节候之关系，则请暂以腺百斯笃一症言之。如鼠族出蛰之时，则传播人间尤极猖獗矣。

次中国委员阿苏普兰土君（英人，研究会书记长）宣言，日前英文《满州日报》载，有研究会书记，当采录该会一切议事时，故将日委员言论删去不载等语。按此事恐系讹传，本会确无此种情事，且不妨由诸君查阅。请各委员议决，向该英字报请求取销。当经全体委员一致允准，即行散会。

二十日上午之会议　是日早十点，开第十一次会议。会长报告，接到日本关东都督大岛君来电，略谓诸君来旅顺时，恰值天气失晴，致未能尽欢而散，鄙人实抱惭歉等语。嗣开会研究，先由中国医官全绍清君与克雷心医官，演说瘟疫之原由。次英医培特里君说明，近来验明旱獭身中之蚤，实能嘬人传染腺百斯笃，并可变为肺百斯笃。次美医司德朗君说明近来种预防浆于旱獭者约有六支，并其结果。又日医北里君说明日本防百斯笃之隔离及其消毒法，并制预防浆与种预防浆之方法。次王恩绍君说明奉天防疫之情形及其方法。次日医西河君说明在南满铁道大连防疫之隔离情形。次俄医雅沁司格君演说东清铁道各处防疫之法。次长春防疫提调黄君说明在长春防疫之一切情形（英阿司蒲郎通译）。次阿司蒲郎君演说在傅家甸预防之方法及其情形。次全君演说在傅家甸防疫之实验：

一、受瘟疫者，以苦力及下等社会人为多。双城有全家染疫毙者。

二、染疫毙者，以年在二十至四十之人为最多，统计死者一百人中约有六十人。一岁至十岁之人与六十以上之人，染疫死者甚少。

三、染疫死者，男女一致。惟在傅家甸，女子死者甚少。在双城染疫死者，女子占三分之一。

四、此疫与种族无甚关系。此次染疫死者，中国人居多数，而外国之人甚少。良由外人讲求卫生，饮食君处皆洁净于华人。若外人染此症，其死与华人同。

五、染疫死者，下等社会比上等社会为多。

六、傅家甸在隔离所之人，有四千一百八十七名，死者二百八十五名。

七、在傅家甸，中医因豫防此疫毙命者有数人。在医院役使之苦力，死者甚多。

八、此次染疫死者，合计东三省、直隶、山东人数，共有四万三千三百之多。

二十日下午之会议　二点开会，至四点散会，仍研究肺瘟传染之原因。英使馆医员斛雷问俄医云：贵国防疫甚完备，何以疫症仍传及于东三省？俄医亚心斯揩答云，其原因有二：（一）因疫初起时，设备未周；（一）因铁路虽禁载小工，但步行至东，仍不能禁绝之故。

次安度医官问俄医及中医办理隔离之成绩，会长伍君答云，傅家甸用兵队实行隔断交通，颇著成效。直隶专派员下步南君称，此次直隶疫症，不至十分为患，皆系山海关实行隔断交通之功。法委员勃罗堪读演说文，大要谓：凡发生疫症时，首当预备隔离病院及疑似病院云云。次俄医萨宝罗尼君及哈夫铿君云，建筑隔离病院，（一）须有一定规模，并慎防鼠类之出入；（二）须有好看护人；（三）须有好医生经理。日医柴山君意见亦同。

二十一日之会议　是日上午十句钟开会。先由书记宣读复关东都督暨南满铁路总裁之电文，谢共优待。嗣由方医官宣布各医官在傅家甸个人预防之方法。嗣又由俄医萨宝罗尼君论患病之人，所用痰盂、床帐及门外擦脚席，必须洒以消毒药水。嗣直隶代表人夏博力君，论其在天津所施各种预防之方法。最后则日医北里君、俄医萨宝罗尼君以及各国医官论其各人所施预防之方法。

二十二日之会议 是日上午十句钟开会。会长伍连德先嘱书记宣读南满铁道总裁电文,答覆本会昨日之谢电,并达谢忱。次由史丹来君论述上海于北方疫气流行一切留验章程。次由医学书记宣读营口医官底来君之防疫文。次安得留君陈述,中国人颇知服从留验章程,惟外国人对于留验之事,因习惯不同,情形隔阂,常使此项章程引起阻力等语。

是日,各国委员对于中国政府所提出之谘问案。磋商良久,议决须将该答覆谘问事宜,归答覆委员会办理。该委员会由各国正委员全体组织之,特订委员会章程。自二十三日起,每日开议,但仅就谘问案中关于肺百斯笃之要项,逐一答覆之而已。至该委员会开议时刻,每日揭晓,并不预定。既又对于施行铁路、轮船之防疫法,及煤炭、元豆、杂粮、毛皮种种货物,必须消毒与否之问题,互相讨论。自午前起至午后,尚刺刺不休。盖为该研究会开会以来,未曾有之极大论战也。

次各国委员对于中国办理铁路防疫事宜,频鸣不平,谓待遇欧人被隔离者,甚缺完善。当坐客上下火车及输送货物时,异常烦费,诸多数衍,于商务上及旅行上所受亏累,诚非浅鲜。且禁乘二三等坐客时,虽服装污秽之华人及状与苦工相同者,若购得头等车票,或称官吏仆役,则一律准予搭乘,并不稍加稽查。盖于防疫上为最危险云云。

中国所聘医官司丹莱君对于施行输运货物之防疫法,沥陈意见。日本委员北里博士谓,若邮件及豆粮等类,不必消毒。当大连鼠疫流行时,对于是等物件,曾免除消毒办法,然疫毒亦并不延及日本云。中国顾问医官纱巴尼君谓,在上海,则将一切贵物消毒不遗。就中若食品、毛皮,则尤加注意。中国委员安德列君质问,谓中国政府曾为阻遏疫势起见,暂时将煤炭、元豆等货停止输运。是果为适当防疫办法与否?日本委员北里博士、俄国委员萨伯罗杜尼博士等倡言,施消毒法于豆煤等货,非必要者。会员多和之。此议遂由多数委员通过。会长伍君问俄国委员,谓小麦一项,亦须消毒与否?俄国委员萨伯罗杜尼君答云:无论元豆、小麦,均不必消毒。惟当鼠族染疫时,必须消毒。曾在俄境阿的萨埠鼠疫流行时,对于所有船舶施行驱鼠方法;且对于面粉袋,即将混和二十五巴仙(二成五分)之石灰水,消毒于麻袋表面。是时有委员起而质问船舶驱除鼠支法,成绩如何?当由俄委员委曲说明。会长伍君再向日委员北里博士质问消毒于小麦元豆之要否,北里博士谓不必消毒。伍君复问,若粮栈及其余取扱豆粮之房屋内鼠疫发生,则办理如何。俄委员萨伯罗杜尼答云:未曾遇有如此实例。虽然,余仍欲主张消毒之非必要也。俄国委员安律君谓,肺百斯笃之症,并不由货物媒介传染,确乎不必消毒。伍君复问:果然,则当施消毒法于染疫房屋时,何故将器皿什物之类一律消毒欤?俄国委员萨伯罗杜尼博士答曰:是不外慎重防疫之意。由余观之,仅施以日光消毒则已足。英国委员伯特里君谓,若百斯笃菌附着器皿之时,如以北里、萨伯两博士谓,虽附著,而其菌之生存力渐就微弱,不庸复顾虑也。伯特里又谓,世人谓达拉巴干之可畏最甚,然果有斯类毛皮染疫之实例欤?萨伯罗杜尼博士谓,此次鼠疫流行伊始,即将该皮禁止运售,故迄今无此实例。北里博士谓,在日本,则皮类系以法律禁止输入者,亦无实例可征。美国委员司特朗苦君谓,诸君所论,均系既往之事,多费口舌,少有裨益。盖取关于将来防疫之问题而论议之。是时辩论尚不休,然为时已午后三钟四十分,即行散会。

二十三日之会议 午前十时开议。英国委员克里君演说铁路检验法。俄国委员华路索儿君演说满蒙地方所产媒介鼠疫之动物。演说毕时,已十一钟半,即行散会。该研究会应议各项,略经议决。今后专关于政府质问案,开委员会,互相协议。该委员会亦禁止旁听矣。

哈尔滨游历　廿三日下午三句半钟，各会员乘北行列车赴哈尔滨游历。淮〔准〕下礼拜一回。

会员在哈时，甚得哈道及商民之欢迎。东清铁路，亦异常优待。廿四礼拜六日，专员同赴傅家甸，查阅铁路地面之医院，与及荒弃屋宇、留验旧址等处。廿五礼拜日，监看火葬。继至俄国治疫医院，此院死者九百人。又到美氏茅舍，即美尼医生死处。翌晨上美氏墓。是日下午，会员秘密集议。

会员归奉　各会员于廿六日晨，由哈埠回奉。十时开会，公拟致谢哈埠中俄各官优待之电文。嗣由各办事员开办事会议，医官及旁听者均未列席。

团体欢迎会　奉天绅商农学报各界，于廿八晚假座鼓楼南庆丰茶园，开全体欢迎会，恭请研究会各国医员赴会，以尽地主之谊。场内池座为餐堂，楼上为退休、吸烟诸室，门首特札松枝之欢迎门，甬路用五色电灯点缀成文。场内电灯共有五百余盏。舞台正面灯额，题"燕乐嘉宾"四字。台口灯额为"全体欢迎会"，灯联为"好求世界长生术，同上东方大舞台"。灿烂光明，如入不夜之城。本省官吏，自锡督以次，都四五十名。研究会会长伍连德君以次，各国委员及女宾等四十余名。施丞堂、各国驻奉领事、各国驻奉新闻记者，以及与我商务总会素有往来之外国商人，共计约二百名。其顺序：（一）奏军乐，入餐堂着席；（二）各界总代表、谘议局议长吴学濂君读欢迎词；（三）各国委员总代表、墨西哥政府所派医官刚佐莱斯君读答词；（四）锡督训词；（五）施丞堂演说；（六）摄影；（七）余兴。

二十九日之会议　二十九日午前十时，由会长伍连德君宣告开会。将连日通过之已决事项略加增减后，乃将诸委员所定之答覆中国政府方法六项，公布如下：

一、卫生的劝导；

二、隔离诊断及捆用呼吸带法；

三、疫症发生时之防范方针；

四、疫病院要则；

五、疑似病院要则；

六、隔离所及留验所要则。

讨论决定后，英国会员福乐氏提议，各会员合购银制烟箱一个，赠施丞堂为纪念。众赞成，遂举澳国委员吴来禄氏为会计。银箱之价，约三百元左右。午后一时，由会长伍连德君宣告。闭会之前，又由福乐氏提出上施丞堂信稿一件。经众改正后，交书记缮妥，各会员均签字于信末。四时，各会员往观病院。

闭会式　三十日，行闭会礼。其顺序：午后三钟半，锡督、施右丞接见会员及来宾。四钟入席，书记报告各处来电，锡督演说，和国赫会员代表全体会员面呈议案，施右丞覆词，伍医官演说。

各处来电　外务部来电庆贺研究会之成功，并祝医学进步，将来益于世界。民政部来电庆贺，并祝闭会之后，成效大彰。山东巡抚孙慕帅来电庆贺，并谓此会费几须之光阴，将来必能多活生命。直隶、山东、东三省之人民，尤蒙幸福。日本递信大臣后藤新平来电庆贺，兼祝未来之幸福。

锡督演说词　溯自本会开始集议，于今四星期矣。兹届研究事竣，本大臣复与诸君会集，举行闭会礼，何幸如之！回忆四星期间，诸君悉心研究，不遗余力，各出共专门之学，为世界造福，而吾国先受其惠。岂特本大臣之欣感，莫能名状，即吾民之歌功颂德，亦当永矢费谖矣。诸君子孳孳不倦，惟学是图，济人利物之宗旨，本大臣尤所服膺动容。夫天下为一家、四海皆兄弟之语，曩以为未必能征之事实，而不期竟能见诸今日，岂非快事！至此番疫气流行问题中，固尚有深奥难明、未经发蕴者，诸君此后，谅当从容研究，光被来兹，以为人生幸福，是则本大臣所厚望者焉。诸君去此，惟愿福星庇佑，归道平安。

和国赫会员代表全体面呈议案词 今本会员奉委代万国研究会各会员，面呈报告于中政府代表前，荣幸何极！溯肺疫一症，戕害各国人民者，盖已久矣。比中国罹此烈疫，中政府以自己诸法，微特力止戕毙宝贵生命之灾，且有特别思想，请各国政府遣员来奉研疫，爱于自己能力之外，复得全球最优博学家之多年专科，勤求之经验与效果。又以关系人道之坚凝与慈祥两方面，抗御惨忍之公仇，且并拒死亡之惨祸。余等在奉研究攻且防之治疫诸法，约历四星期。以言今日疫氛，似已灭矣，惟在中国，并就完全人道言之，应时惕斯疫发生。查余等研究奉委之事，实从前经验，及今日中国各医家与曾染斯疫诸国之各医家经验，一并考求净尽，藉得各问题之表面，与夫最重大之要则。上文研究各节，即所呈简要之报告是也。诸君子就此报告，即得余等解决及奉陈各节。倘日后中国复有今日余等所以来奉之故，深望以本会解决各则为准，即不能杜疫萌芽，总期阻疫蔓延，如别国防疫然。兹承中政府下问，谨矢愿望，因请贵丞堂将余等勤求之效果，代达政府。余等在奉，渥承优待照料，惠爱靡涯，敬伸谢悃，并请代谢政府。缘承诸君子照拂，因易集事，且得以本会大部效果，奉陈左右。

施丞堂答词 兹于鼠疫研究会毕，举行闭会礼，诸君将研究已得之成效录交使者，转呈本国政府，曷胜忻慰！方诸君从事研究时，使者虽未与列同堂，然自到会以来，居处周旋，时相与共，一切研究事宜，诸君如何殚心竭虑，使者知之最稔。兹于会毕，敬为诸君述之。此次会议效果，其中尚须研究者甚多，必待各种理解尽能发明，而后问题中至难解决之处，方能悉宣其蕴。譬如行远，断非一蹴可跻，必备历艰辛，而后始能达其极点。医学亦犹是也。使者专就此次疫气所以发生之原因及疗治之方法而言，其研究已非易事，我国政府亦深知之。至其余诸端，若细菌之如何损害、疫气之如何流行，以及此症由人传人如何可免之法，既承诸君指示明晰，实足为将来借鉴之资。本国政府自必酌量采用。至研究事类，编纂匪易，将来汇集成帙，公布行世，方能见此会成效之大获其益者，岂仅我中国而已。盖肺瘟流行之学，医家向无专书，共有裨于世界各国，无待赘言。诸君想亦同抱此希望也。将来设遇肺瘟发见，苟能藉此新理，以为抗制，则微特我国政府此次邀请友邦赴会之举为不可泯，即诸君之鸿业厚惠，亦将垂诸无穷焉。此次各省办理防疫，均能及时尽力，迅扫厉氛，为诸君所推许，使者亦深为我国国民庆幸。在诸君同堂追究，共著勤劳，本无先后之分。惟如北里博士暨其同人，勇于维持；司杜两博士，自抵奉后，精心考察；萨博士则声望素著，历练最深，于会务亦至有裨，想均为诸君所共认者也。总之此次追究肺疫大会，不独在中国为创举，即在环球列国，亦为非常之事业。使者遭逢此会，参预其事，并得与诸君相识，何幸如之！兹于词毕，再申一言，为凡莅此会襄助会务诸君声谢。伍医官为本会会长，韩罗获诸君分掌书记，以及襄理各员，莫不各尽其职，今一并声谢。

伍会长演说词 今日为本会闭会之日，鄙人谨述数言，乞诸君垂听。本会开会以来，于议事时研究一切，因意见异同，常生极大之论战。然皆出以和平，愈增吾人之趣味。此次研究所得，必能多有进步。其有未明事项，尤望诸君于归国后细心研究，以福人类。会期以内，承诸君以我为会长，种种优待，曷深感谢！

赐觐及观光 监国摄政王以各国医生热心研究，深堪嘉尚，特谕外部，俟会议终了，赐各会员觐见，以示褒赏。四月初一日下午三点，各会员乘京奉火车，由奉入都觐见。官绅相送，颇不乏人。各会员便道赴唐山等处参观路矿各成绩。

四月初二日下午，钟四十五分，各会员专车到京。民政部派警队并马车往前门车站迎迓，至六国饭店。会员共五十二名：荷、墨、法、德、奥各一名，美二名，英三名，意三名，日五名，俄六名，中国九名，俄哈尔滨医院二名，日东清铁路二名，民政部一名，天津医学堂一名，军医学堂一名，奉天医院一名，吉林医院一名，黑省一名，中国红十字会一名，上海医院一名，书记员七名。

入觐记 初三日，各专员赴宫觐见。首至军机处，与庆邸那相接见。次由外务部各堂带领入勤政殿，觐见监国摄政王。由日员北里氏代表各员颂词，略谓各国代表，已协力筹法，使后日疫症不至蔓延。差幸此次会议，对于防止疫症问题尚能解决，半赖于中国医士此次之敢勇牺牲。然尚有数要点，须俟专员各自细心研究者。此会为中国及万国之创举，实于医学上大放一页光明历史。代表等甚喜能与斯会，并代各专员答谢监国恩遇之隆，而使各专员能尽心成就此完全之效果云。

监国答谓：甚乐与各专员接见，并甚赞善诸员对于该会之尽力。此次疫症之厉，为中国从来所未见。各省皆遵谕防卫，幸得灭绝。既经此次阅历，日后资助良多。并望他日于疫症有所发明，须互相表见。且请各专员回国，向各该国代为致谢云云。

觐毕回寓。午后游览雍和宫。晚间在外部新署设宴，由那相演说欢迎，由美员士达郎氏答谢。宴毕，开歌乐会。仍在本署，主客共约三百余人。外宾有使署大员、银行当事、访员、医士及各绅，大员有陆军、邮传、民政部各堂及前任驻洋公使。

《字林报》载，初三日北京电云，摄政王召见外国防疫委员二十七人、中国防疫大臣及委员各一人。此次召见，有一可注意之特色。即中西官同时召见，而华官免于拜跪是也云。

又北京报载，此次会毕后，特招致各国委员来京，以礼召见。日本委员北里博士，初独宣言急须返国，不偕来京。案北里博士，系东邦医学界之巨子。往年奉命赴香港参列万国鼠疫研究会，自立一说，终归失败。此次又奉命来奉天参与防疫会议，因以斯学之先辈自居。各国博士咸抱不悦，故初不愿同来云。

公私之酬宴 初四早十点，各专员游天坛。下午四点，施参议夫人设宴款待。八点，禁卫军提督署及海陆军部，在陆车部款宴。

日本专员因要事，于初四晨搭车趁轮回国。

管理太医院事务大臣继禄，在本院开会欢迎各会员，以便讨论一切。

初五日九钟，由外部特派招待员，带领各员前往颐和园瞻仰。览毕，赴农事试验场。午时至万牲园，由民政部备宴款待，主席为肃邸与李侍郎经迈。首由肃邸演说欢迎，次由法员伯罗葵氏用法语答谢。音乐队亦在场奏乐，一时之盛。

初六日上午，各员自往各市场游玩，采买物件。下午，有专员十二人由京奉专车出津。初六午一钟，英使在使署设宴欢迎英美两国专员，德使亦在署内宴会德俄专员。

会费报销数目 锡督奏报奉省防疫研究会费，开销库平银十万两。

会务报告大纲 初六日，外务部发出奉天万国鼠疫研究会通告云：万国鼠疫研究会，前于三月初五日在奉开会，三月三十日事竣闭会。会中研究事务，区分两类：一为传染症学理，一为虫学与病理。始终聚议，计二十四次。其原订关于肺瘟问题研究事项，条目虽云至繁，然无一不经详细研究。最后之一星期，系专订议决议案暨条陈办法。将来会务报告，刊印成帙，则此议决暨条陈亦必附入，另列一门。兹将议决事件中其尤关紧要者，照录于左：

此次疫症之蔓延，系由个人径自传染。其症之起始，无论为何，惟啮兽之类，未查有习见传染之凭证。据俄医报称，旱獭中似有此类习见之症，谓之瘟疫，亦未可定。但是否确系瘟症，必待以虫学考验，而后始可征信。是以此项问题，必待续行研究。

疫症传染之所以能消灭者，大抵以防护章程施用得法，或由采取医学成规，或由人民力求自卫所致。但非因疫虫之毒力消灭，而疫症始能消灭。各城乡之受此传染者，以有人实患此症，或已染而尚未发见者带之而入。以传染病理而言，此症并无确据，可指为由于衣服或货物抑别种无生气类之物件传染。

此种流行症，染之者初则莫非肺瘟。既感之后，隐伏之期，例皆自二日以至五日。其最早之现象，往往可以诊察者，为热度增高与脉息增速。惟非俟痰中已见疫菌，或已带此类血色，则其是否为疫，尤未能诊断也。若须诊断真确无误，只有按虫学验痰。其有肺管染受别种微生虫者，不得与此并论。

此次疫症既依证据决定，均成血瘟。若以显微镜验血，或以汤育法（西医培养疫虫法）验血，则诊断自可较有把握。若仅参肺之现象，觉太泛无把握，且觉过迟。况按肺之现象，有时病已沉重，而现象则甚轻也。

此次疫症，凶险异常，据称既染之后，罕有能生存者。虽经迭次试验，要皆无法疗治。惟种血清，有可苟延残喘者，然亦只拖延几日，而终归于死耳。

此次疫虫之种类，其性质与从前疫症之虫，大致无甚差异。

此次传染之媒，为病人所吐之痰。凡染此病者，大半由吸入痰星内所含之疫虫而致。其虫质之微细，非显微镜不能见。其染受之初，在总气管之下。其因吸入传染之险，则视其所立之地与病人远近，暨其时之久暂为比例，以判其重轻。

此次疫氛盛行之际，因吸气以受传染，其险异常，彰明较著。故凡与受症之人或疑似受疫之人相近者，均应带用口鼻罩及遮风眼镜。其罩样式之最美者，以纱一片，作三角带尾形，中铺细棉，罩于口鼻之上。每次临险之后，即应烧毁；或按法消毒，方可再用。

疗治核疫，射种药浆，虽经辩论，谓有几成可保。惟考此次所积疫症统计报册，以药浆疗治肺瘟是否实能可靠，则尚不能决定。故拟再用牲畜试验，以视能否收此效果。至关于卫生暨消毒两种问题，研究会员亦陈有议决办法数则。

凡与此症关系之铁路公司，庆协同设一铁路卫生局。有中央办事处一所，专办检疫卫生事宜，订立章程。若遇疫气盛行，以便约束往来客商，以及货物。至关于各通商口岸，应用一律通行检疫章程。此次研究会，亦已议及之。

凡由旱路暨由海道旅行之小工，应为设法招引，俾其以改乘火车暨通行各口之轮船为便。所订章程，必一面能收实行约束之效，一面能令旅行者鲜有窒碍。

此次流行症既系肺瘟，据研究会查询各项凭证，谓除旅客行李外，一切货物以及邮件，均无须加以限制。将来若遇鼠疫发见，则当设法将鼠类灭绝。

此次在奉开会研究，本部右丞施肇基奉命前往莅会，研究事类。渠于开会演词中，先已指陈纲要。至其他各项事宜，并经随时详慎指陈。

此次疫气虽猛，幸未久延时日，乃承中外医员等奋勇从事，始庆扑灭。中国政府，至为欣感。宣统三年四月初六日。

附　　录

学部奏请赏给伍连德医科进士折　奏为恳恩赏给总医官伍连德医科进士学位，请旨办理，恭折具陈，仰祈圣鉴事。窃臣部准外务部咨称，按据本部右丞施肇基函称，总医官伍连德，于研究情形极有心得，为英美医员所赞赏，声名藉甚。应奏请赏给医学进士学位，并将该员履历清册咨送核办前来。查册开该员在英国堪伯里志大学校内之意孟奴书院，肄习格致医学。光绪二十五年毕业考试，取列优等，得学士学位。又往法国巴黎帕士德学校肄业，得有硕士学位。三十一年，复得博士学位。又赴各地研究霍乱各病症，并著有医学名书等因。查该员在外国屡得学位，合之外务部咨称各节，于医学自属确有经验。所请赏给医学进士学位之处，似应照准。伏查光绪三十三年，山西巡抚奏请将山西大学堂译书院译员英人窦乐安谙习中文，在事五年，移译书籍甚夥，请给奖励一折。臣部为奖劝远人，赞助教育起见，业经奏恳天恩，赏给该译员译科进士学位，奉旨俞允在案。此次该员在东办理疫症事宜，英美医员均极交口称赞，虽与英人窦乐安情事不同，惟事关防疫，正赖有精于医学之员以资保卫，可否仰恳天恩，赏给该员医科进士学位，出自逾格鸿施，非臣等所敢擅拟。所有恳恩赏给总医官伍连德医科进士学位，请旨办理缘由，谨恭折具陈，伏乞皇上圣鉴训示。谨奏。宣统三年三月十五日，奉旨：依议。钦此。

又四月初一日内折传旨：陆军部奏医科进士伍连德请补军佐，依议。

《字林报》驳北里博士之言论　奉天通信云，日前大连《满洲日报》载有万国防疫会某代表，与日本代表北里博士叙谈记事一则。北里博士宣述之言，实违忤中政府与他国各代表之意。盖该博士决意不准中国于会中议事置喙故也。乃所指发言者，并未即行更正其诬，诚属可异之事。今既无辩白，则是此言已确为该博士所承认矣。该博士对于防疫会之主人，发如此之言论，于其名誉固毫无光泽可增也。今评诋之言业已充耳，惟此事不致公然讨论者，亦自有故。盖苟一公然表明反对，则其结果必致令日政府召回其代表耳。北里博士，无论其是否为完全自由之委员，然当善戒其不得以政治之意志，搀入于会务之中也。北里博士之言论，最要之一节曰："就余所知，此次奉天开会，系因中政府欲集各国之专门家，同行研究鼠疫之性质兼及豫防法、治疗法。就该地性质而论，中国官员无提出议案及容喙议事之权利。若有以上事实，则大不合理，且不可轻容。余必峻拒之"。云云。夫该会之议长，为华人伍博士。此种言论如果确实，则北里博士诚不易卸咎也。按中政府早已宣明召集此会，专就科学与人道之观念，讨论瘟疫之惨祸。故各国多派先进之专门家，会于奉天。设借会场揭露与会议毫无直接关系之种族问题及政治问题，则全会之劳役与夫事前之搜求，岂非尽受愚弄乎？

《字林报》评论此事曰：此事关人类之幸福，当为阅者所注意焉。夫此会之得召集，其情节亦殊可异。距今四月以前，中国医学古法，犹行用一时。（见东督开会词中）。讵意天降巨灾，其惨烈使全球各国皆为怜恤。中国乃从专门家之请，幡然变计，改良医法。其从善之迅速，虽西方进步最甚之国，亦无以逾之。夫东督以其精明之见，督率僚属，勤其职守，清除地方疫害，及培植会中美誉，其所成之功绩，固已誉满海内，无庸记者赘述。即中央政府部署会务，及为会中议员，谋安舒计，据公而论，亦未尝稍有怠意。该会乃得藉是开始讨论。其会议之结果，已有极美之豫兆矣。此时设起风云，阻碍会务不能和谐进行，岂不更可惜哉？如通信员所述北里博士之言果实，则北里博士为失言矣。记者敢决日政府必即更正此言，使之消灭也。夫中政府之行事，往往受人批评，然今日召集防疫大会，固为万国计焉。吾人岂可不乘此加以表扬乎？且中国固已尽力阻遏满洲疫害，今既为会中主人，理应豫闻诸事。须知此会与界务种族问题极不相关，不能准人搀入政治问题，或争席问题，以损其满美之效果也。

上海报驳北里博士之言论 我国在东三省因无完全之主权，故于行政上往往多被阻窒。即如此次疫祸，当其发萌于中俄境上之日，我国因主权不完，又以此种恶疫为前此所罕觏，遂致未能图维于其始。及夫疫孽滋蔓之日，俄日两国固目命有防疫之能力者，然而彼之东清、南满二铁路，于斯之时，一意食得赁费，不顾人类之祸害，而不肯早杜交通，运载多数受疫之人，由北之南，以致东清、南满沿线各城镇，疫氛顿炽，而遂酿成滔天之惨劫矣。及至死人山积，我国官场倔起防疫，要求东清、南满杜绝交通，重以欧美与国之责言，彼二公司始行停车防堵。此固前事之未远者也。（又按烟台之疫，亦由日人将大连受疫工人驱诸一舶，悉载送于烟台，而山东乃被疫祸。此亦迭见于西报记载者。）记者屡闻欧美人士之谈此次疫祸，多云日俄两铁路公司，但知贪此华人之赁费，而不早为人道之福利计，致使中国受祸如此极云。是又公之论不可诬者也。

今年开岁之初，东三省疫祸正炽。哈长二埠，每日率毙百数十人。东省官吏，迫起而为防疫。乃日本在东官吏，遂乘机要求与彼合办防疫事宜，并将大连防疫本部即日移向奉天。察其表面，若因我国不习防疫之事，故彼急起为我尽力者，其用情似亦可感。然而察其隐衷，则彼固不免有幸灾乐祸之意。故彼始则纵疫缘铁道以四播，及至疫祸既炽，彼意吾国必无法收拾，彼可乘间代起扑灭，张其势力也。盖以防疫行政，原与一切警察、卫生、户籍等行政。皆有密合不可离之关系。彼果用此名正言顺之机会以行兼并，则益握在掌中，且较与俄战争而攫得我地土权利者，尤有不劳而获之势矣。讵知当时我东三省之商会与一切土民，皆力起反对与日本连合防疫之举。而在大吏，亦能深知缓急疾徐之故，不惜巨费，尽力自行防疫。奉天商会亦仿上海租界中人自行防疫前例，设立隔离病院，派员检疫，以辅官力之不逮。于时日本各报，遂皆万口同声，日加诋毁，力摧中国自行防疫之难恃。至谓疫势蔓延，实由不用日人防检之故，以至疫祸嚣张，非改用日人，决无希望云。观此又可窥见日人用心之一班也。何期日人力肆诋毁之口血未干，而我之自行防究固已日收明效，不久即使疫氛顿灭而至于肃清。此殆出于日人意料之外。迨彼之阴谋难以遽遂，则其迫而欲发之情，愈盘郁不可遏。故近奉天万国防疫研究会开，彼国赴会之鼎鼎大名医学博士北里氏，竟于抵奉之日，汲汲发一可怪宣言。彼欲反客为主，禁我国在会中提议。观于北里宣言，阴谋不啻若自其口出矣。盖彼又欲乘开此会时，剥夺我国在东三省之主权，乃致脱口而出，如见肺肝也。

夫北里氏为百司笃菌之先觉者，而且具有极优之经验，殆可称为亚东之泰斗。彼于此次赴会，带有彼政府何种秘密使命，吾人虽不知，然就学术一端论之，吾人固对北里表极诚之尊敬以欢迎之。为此研究会而得北里，固可益造人类之幸福，得美满之良果也。讵知其妄以侵略主义，挟入此种纯粹谋人类幸福之会中，竟有放恣轻蔑之宣言乎？其言以为，"清国政府无防疫智识，而日本则已早将关于研究之种疫材料，调集于南满铁路病院之一室中，直已超于万国之上。故会中欲研究者，但求诸日本可耳。清政府虽为召集此之主人，虽可于会中置喙，而决不容其有提议权。果其提议，余必断会然拒绝之云云"。嗟夫！斯言也，果有符于此会研究之宗旨乎？我国所以召集此会之意，不过欲藉今日世界甚进步之科学医术，以祛至烈之恶疫，造世界人类之宏福耳。此固我国召集斯会纯粹之真意也。而北里乃竟挟争夺侵侮之心以俱来，且公然以傲慢之态度，宣之于口，竟不自悟，大有背于各国遣派专门家来赴斯会纯为乐利之本旨。则无怪前日上海《字林西报》断然直斥其妄，不复更为日本假贷也。记者观于《字林西报》以斥北里之妄，窃见欧人之秉心直谅，殆可谓义正词严，而公道常在人心者矣。盖果如北里之论，不但日本已自叛于此会为谋人道幸福之范围，而自跃入于狙诈侵略之林，且又何以处各国赴会诸君也？是则岂但诸国赴会代表悉受日本愚弄，抑且隐然任日本妄自认为东三省之主人，而更有恃以破坏机会均等之协约矣。则宜乎《字林西报》之洞见隐微，而据公理以排斥之。至若今日本报之更加拒辟，亦以吾人天职之所在，而不能自己于言，其故原与《字林西报》具有同情也。

俄人对我防疫言论之一斑 远东通信社云：东省鼠疫，欧美各报每日必有专电专函，彼此转载，盈篇累牍。其中谣诼至多，大致皆为俄国森堡电报所散播，意实别有所在。本社已屡出辨正。最近路透复谓东省有绝大之排外风潮，语尤怪诞。适得奉天交涉司专电，始悉全无影响。当已遍发传单，向各报更正矣。

昨巴黎时报著论，谓中国此时，应发起一科学专会，以事研究。如千八百九十七年，印度朋贝地方之壁波立格疫，彼时英人即如是办法也。前外务部有电知照各国政府，如有专家前往考察，中国接待供应，亦即此意。彼时本社已发传单。昨奉天交涉司电，复述预备接待各国医员等语。特于更正路透谣言中附及，大为舆论所欢迎。

数日前，俄财政大臣科夫哲夫，又在下院报告近四个月满洲鼠疫情状，盛称东清铁路总理阿发那惜耶夫大将防疫之功，诋中国人不讲卫生、防疫不严、措置失当，足以祸及全球。并举疫气不由满洲里以入贝加尔湖，而由哈尔滨以达奉天、辽东、津、京、山东等处，以为之证，其词至辩。俄医沙波罗尼，新自满洲考察回国，据云，东省之疫，乃卜勒魔立格，与往时印度之壁波立格不同。卜勒魔立格者，直达肺部；壁波立格者，乃在腹部以下、两腿夹缝之中。卜疫较壁疫为症尤险云云。

又四月初二上海报据伦敦电云：据圣彼得堡电称，接奉天来电，谓万国防疫大会各国代表，于讨论重要问题时，设法抵制华医之反对云。

外人妒我一例　上海报云，百斯笃作祟后，曾疫毙英医（即嘉克森宾）一名。除发给恤银万两外，并无他说。当鼠疫研究会所幕之际，不知何人误造谣言，谓英医非染时疫，确系中毒而毙。因此以讹传讹，大半将信将疑。遂由英人提倡剖验，假验疫为名，以证虚实。更有一种谣传，谓英医毙命，其底细理由，均出某国医士之手，冀以挑起中英之恶感。是否虽不足凭，而复杂之原因，亦颇足供吾人之研究也。

日医之离群独居　三月初六奉天报云，日本派来莅会医员北里等抵奉时，伍医连德在车站欢迎，继邀至疫症研究会场驻歇。惟该医员等不愿前往，宁独居于日本旅馆。故会场内特为日本医员陈设之住所，反令变为空屋。

日人对我最后之言论　东京报云，奉天鼠疫研究会日本代表北里博士，四月十二日回抵东京，盛赞中政府招待奉天研究会各代表之周到，必谓该会为中国科学历史上空前之举动。又力言此次关于肺炎霉菌，多所发明，关系极巨。彼信此会结果、影响于中国医学前途极有效力云。

东三省疫事报告书

清宣统三年铅印本

（清）奉天全省防疫总局 编译

吴秀明 高岚岚 点校

东三省疫事报告书序

　　三省防疫事既藏，有司者诠次本末，汇为一书，属余序而存之。使者自维薄德，天降灾眚，以贻厥咎，又复奚言！然暴扬症结，必俟针砭。恶石生我，固所求也。盖一发而势若飘风，不可揣测。疫疬流行，潜滋暗长。摧陷廓清，比于武事。一是妨害，曾不顾省，尤莫如防疫之政之严。其时报章之所诋诃，士夫之所谏诤，类皆刿心怵目，莫知所措。即使者自问，乡所设施，弆禂尚严，亦难自讳。顾欲别易一术也，以荡涤烦苛，少减罪戾，而又不能，乃遂毅然行之。然吾民罹禂之酷，事后思之，有足悲者。爰撮大要，盖有数端。夫一人罹疫，全家奔避，边徼薄俗，吾华所讥。加以地寒民隩，往往麇众一室。而防疫新法则，固利在隔离。亲属畏灾，舁疫者于病院，而徙其余人。死生之命，悬于旦夕，骨肉之亲，不得省视，指顾吞声，乃同求诀。此其一也。岁晚务闲，侨子返故，络绎奔走，千百为群。加以俄有戒心，驱之南下，尻轮神御，载与并驰，殆有沛然莫御之势。而防疫新法则，又利在遮断交通，遏其奔轶。于时商贾不行，羁旅愁叹，其为怨毒，胡可殚论。此其二也。古者索室驱疫，职隶方相。黄门侲子，史巫纷若。及至死亡枕籍，棺殓殡瘗，一如恒人。而防疫新法则，又利在消毒，而绝余孽。及其既死，欲掩埋则地冻冰坚，卒不可破；欲浮厝则厉气流走，滋蔓益多。不得已悉据其衣衾、棺椁而付之一炬。嗟乎！吾民何辜，既以疫死，又重苛之。此天下之至痛，而慈父、孝子所耳不忍闻、目不忍见者。世方以死累生，而乃以生累死，仁暴功罪，殆鲜定评。此其三也。其他患害，更难缕缕。要之，此举为古来目所未睹之事，即西哲亦鲜发明。初一为之，等于助虐。毒施人鬼，群疑众诧，为世诟病。而质之西医，则以此为人道主义，厉行防卫，金谓确不可易之法。天下事，岂可以恒理测耶！死者不可复生，二竖三彭，又不吾告。是耶，非耶？天耶，人耶？薄德致灾，重为民祸。浩劫有尽，茹痛无穷。此则使者之愚，所为临当垂发，忽反顾而流涕者耳。是为序。

　　宣统三年五月

　　钦差大臣、东三省总督兼管三省将军、奉天巡抚事锡良

东三省疫事报告书纂修题名

总　　纂

奉天民政使司民政使	张元奇
署吉林民政使司奉天交涉使	韩国钧
吉林民政使司民政使	邓邦述
吉林交涉使司交涉使	郭宗熙
吉林度支使司度支使	徐鼎康
署奉天劝业道新民府知府	管凤和

分　　纂

奏调民政部主事	王若宜
奉天提学司图书科副科长	谢荫昌
奉天劝业道总务科科员	徐　霖
奉天民政司疆理科科员	房宗岳
奉天民政司科员	刘涵宽
奉天交涉司和会科科员	霍敬一
吉林涉司科员留奉补用知县	郑　浩
吉林民政司科员	林亮谦

凡　例

　　一、是编系集三省各府、厅、州、县防疫机关之报告而成。疫事之始，本乏经验。行政上既无划一之办法，事后编纂报告，亦无一定之体裁。阅者谅之。

　　一、各属报告详略不一，有资料绝无难于讨究者，有资料甚多难于割弃者。是编凡难于迁就一致之处，皆存其真。

　　一、疫事报告，本重学理。奉省万国鼠疫研究会研究事项，经外务部声明，另刊详帙报告，是编不再复述。

　　一、第一编叙述各属疫区地名繁琐，篇幅太冗，有说已详而表略之者，有表已详而说略之者，但求征实，无取骈枝。

　　一、是编分刊二帙，另附图一册，俾阅者随时参考。

东三省疫事报告书目录

（25）百斯脱患者之听诊

（26）百斯脱患者咯痰内之病菌

（27）百斯脱患者之病理解剖

（28）用穿刺心藏法取尸体血液以验其为疫毙者与否

（29）百斯脱患者兼结核病之肺脏

（30）百斯脱患者兼肺结核之肺脏

（31）百斯脱患者之肝脏

（32）百斯脱患者肝脏之下面

（33）百斯脱患者之心脏

（34）百斯脱患者之脾脏

（35）百斯脱患者之肺

（36）百斯脱患者之脑

（37）白鼠用百斯脱菌接种毙后之解剖标本

（38）木尔木脱用百脱菌接种后死体之解剖标本

（39）犬取百斯脱菌接种毙后之解剖标本

（40）旱獭取百斯脱菌接种毙后之解剖标本

（41）旱獭

（42）同上

（43）家鼠　熊鼠

（44）埃及鼠　七郎鼠

（45）蚤之种类

（46）同上

（47）同上

（48）福尔买林之消毒

（49）蒸气消毒车之内容

（50）奉天检疫队医生之消毒

（51）奉天事务所百斯脱患者之运搬

（52）奉天山西庙疫病院患者室之内容

（53）疫尸之入棺

（54）奉天疫尸之掩埋

（55）奉天疫种之标识

（56）奉天疫屋之亚铅版封锁

（57）奉天疫屋之拆毁

（58）奉天火车站之大隔离所

（59）哈尔滨伍总医官显微镜室之内容

（60）哈尔滨第三区防疫执行处消毒浴室

（61）哈尔滨傅家店百斯脱发生之第一家

（62）哈尔滨预备火葬之积棺

（63）哈尔滨全医官率消防队用煤油注射尸棺以备火葬

（64）哈尔滨积棺之火葬

（65）哈尔滨第一时疫病院焚烧时之景象

（66）呼兰之焚尸场堆积尸棺已烧之象

（67）长春之埋葬队

（68）长春之疫尸运搬

（69）长春之家屋消毒

（70）长春第一次之火葬

（71）长春火葬日本北里博士之参观

（72）长春之火葬

（73）长春之中医病院

（74）铁岭消毒队之派出

（75）绥中县之遮断交通

（76）绥中县之疫屋焚烧

（77）辽阳杨林子之雪中藏尸

（78）辽阳杨林子之火葬场挖坑

（79）营口牛家屯隔离所

（80）营口西潮沟隔离所

（81）营口田庄台医官验船

（82）营口检疫驳船

（83）营口检疫轮船

（84）东三省疫死人数比较图

（85）仝上

（86）东三省疫势断续日别图（九月）

（87）仝上（十月）

（88）仝上（十二月）

（89）仝上（正月）

（90）仝上（二月）

（91）仝上（三月）

（92）东三省疫势消长图

（93）黑龙江疫势消长图

（94）吉林疫势消长图

（95）奉天疫势消长图

（96）呼伦厅疫线图

（97）黑龙江省疫区图

（98）龙江府疫线图

（99）呼兰府本城疫区图

（100）呼兰府四乡疫线图

（101）仝上

（102）仝上

纶 音

宣统二年十二月十三日，奉旨：现在东三省鼠疫流行，着预于山海关一带，设局严防，认真经理。毋任传染内地，以卫民生。钦此。

同日奉旨：锡良等电奏添设医院、检疫所，经费浩繁，请饬度支部在大连税关拨银十五万两，以应急需等语。著照所请，该部知道。并著迅速认真筹办，俾得早日消除，毋任传染。钦此。

十二月二十一日奉旨：东三省鼠疫盛行，现在各处严防，毋令传染关内。著外务部、民政部、邮传部随时会商，认真筹办，切实稽查。天津一带，如有传染情形，即将京津火车一律停止，免致蔓延。钦此。

十二月二十二日奉旨：陈昭常电奏巡查哈埠防疫情形，现在旋省等语。防疫事宜，关系紧要。著仍督饬各员，认真分别妥速筹办，以卫民生。毋得稍涉疏懈。钦此。

会奏防疫事宜，请俟事竣，照异常劳绩保奖一折，十二月二十三日奉朱批：该省疫气蔓延，朝廷深为系念。已屡申电谕矣！此奏固属可行，著允如所请。惟一切防疫、消疫事宜，该督抚等，务当仰体朕意，认真妥速办理，以卫人民，毋得视为具文。钦此。

十二月二十六日奉旨：东三省鼠疫盛行，病毙者至数千人之多。览奏深为悯恻。该督务须督饬所属，严加防范，毋秒疏懈。钦此。

宣统三年正月初二日奉旨：陈夔龙电奏关外一带，防疫紧要。各省前往工作人等，回籍度岁，未能入关，宜筹安置等语。现在天气严寒，各处工作人等，留滞关外，饥惫实堪悯恻。其行近榆关者，著陈夔龙设法安置；其在奉天境内者，著锡良饬属，一律妥筹办理。毋任流离，以重民生。钦此。

正月初五日奉旨：锡良电奏准日本南满铁道会社总裁中村是公函陈，东三省疫疠流行，特呈日金十五万圆，为补助防疫药饵之资等语。此次南满会社于始疫以来，沿铁道各处广设医院，疗治中日商民。兹复投赠巨资，殊堪嘉尚。著准予收受，并著锡良传旨致谢。钦此。

正月二十二日奉旨：东三省时疫流行，地方官防范不密，以致蔓延关内。直隶、山东两省，先后传染，日毙多人。朝廷殊深悯恻，迭经严饬民政部暨各该省督抚设法消弭，以重民命。现在哈尔滨等处成效渐著，日见轻减。著民政部、东三省、直隶、山东各督抚督，令各属赶速清理，务期早日扑灭。勿稍玩延！钦此。

同日奉旨：东三省时疫流行，前经外务部照会各国，选派医生前往奉天，定于三月初五日开会研究。所有会中筹备接待事宜，甚关紧要。著东三省总督会同外务部妥速布置，并派施肇基届期赴奉莅会。钦此。

正月二十四日奉旨：锡良等电奏核拟防疫人员、医官，给恤等级，请立案等语。著照所请，该部知道。钦此。

正月三十日奉旨：锡良等电奏长春商务总会捐助防疫经费，请赏给匾额等语。著赏给御书匾额一方，以示奖励。钦此。

二月初六日奉旨：锡良电奏沿海各地方将届开轮，营口建所留验各费，请饬税务大臣，于该关税银项下，截留动用，事后核实开报等语。著照所请，该衙门知道。钦此。

三月初十日奉旨：锡良电奏筹拟检疫所及以后额支经费，为数不资，请饬邮传部协助等语。著邮传部议奏。钦此。

二月十五日奉旨：锡良电奏请饬部议定往来验疫章程，并订定防疫各种临时规则等语。著外务部、民政部、邮传部查核办理。钦此。

三月初三日奉旨：锡良电奏东三省疫气消减，指日可期肃清。并开会招待事宜，大致周妥等语。知道了。钦此。

三月二十七日奉旨：孙宝琦电奏东省疫气肃清，请即开放，概免留验。善后事宜，遵照部咨改订防疫章程办理，并饬沿江、沿海各督抚、公布实行等语。著照所请，该部知道。钦此。

三月二十七奉旨：锡良等电奏陈明三省疫已肃清，并拟宣布中外周知等语。知道了。钦此。

邸 谕

宣统三年三月初四日奉监国摄政王谕：奉天开办鼠疫研究会，现届开会之日，各国政府各派专员莅奉，共襄会务，欣慰良深。本监国摄政王于此次疫事，极为注意。现经各医学专家到会研究学理暨一切防疗之法，必能多所发明，为将来除疫患，实世界仁慈之事，本民生无量之幸福也。不胜厚望。

章　奏

奏报发疫情形并请拨大连关税电

军机处钧鉴：窃东三省自满洲里冬初发生鼠疫后，逐渐蔓延至哈尔滨，而疫势日厉，近每日死至百余名之多。长春渐次传染，奉省近亦延及，旬日之内染疫死者已十二人。若不严为之防，深恐延及关内。查疫症流行，关系民命，最为各国所注重。当哈埠染疫后，树模先在省城，并分饬地方官竭力防范。又于嫩江、爱珲分设检疫所，查验入俄境之华人，免其禁阻往来。一面由锡良遴派委员医官，并电商直隶总督，暨由外务部先后添调医员赴哈防疗。长春及奉天省城亦即赶设病院、检疫所。昭常复亲赴哈埠督率料理。此次疫症，因东清、南满火车往来，蔓延甚速。闻大连亦已传染，尤应极力严防。业经调派医员生数十人，尚苦不敷分布。部派法医梅聂，现亦因染疫送入病院。拟再电由上海添调医员，并于火车经过大站，添设病院、检疫所。凡乘火车由哈赴长、由长赴奉之商民，节节截留，一体送所查验，过七日后方准放行。染疫者即送病院医治。惟染疫区域较广，经费浩繁，三省同一拮据，实属力有未逮。应恳敕下度支部：迅速在大连税关先拨银十五万两，解交应用，俾济急需。仍俟事竣核实造报，无任吁祷之至。谨请代奏。锡良、昭常、树模，宣统二年十二月十一日。

奏报防疫情形并请续拨大连关税电

军机处钧鉴：窃东三省疫染情形，前经电奏。现在哈尔滨一埠，疫毙者已二千六百余人。蔓延及其附近之双城、长春、新城、宾州、阿城、呼兰、绥化，亦已死一千数百人以上。各地方每日疫死百余人或数十人。双城至哈埠之道路间，死亡相继，前颠后仆，惨状殆不忍言！吉林省城如在围城之中，疫病亦已发见。黑龙江省城，前已消灭，顷又复发。奉天省城，始疫迄今，已疫毙二百二十余人。沿铁道各属：新民较甚，昌图、广宁、绥中均波及。疫盛之区，几有不可收之势！其已经传染、尚未传染地方，预备防范益形吃紧。病者治疗，生者隔离，死者消毒掩埋，非西医不办。派往各处之中西医士，又迭因传染死亡，后来者益视为畏途！电商南北洋饬调，尚不敷分布，不得不设法临时延致。应用药品，皆本国所无。津、沪市上购求已罄，不得不分电外国定购。隔离病舍，必距城市较远，必容纳多人。虽严寒冰坚，不得不设法建筑。顷商承外务部电示火车暂停。陆路亦派兵设卡，遮断交通。截留人数既多，设备稍一未周，恐不死于疫者，将死于饥寒！锡良等焦虑百端，彷徨凤夜，惟有不畏难、不惜费，救一分民命，即为国家培养一分元气。前经奏奉谕旨，饬拨大连关税十五万两，仅抵奉省购药、建筑两款，尚不敷用。拟请敕下度支部，再由大连关迅速先再拨银十五万两，迅速解交。江省用款，已在满、绥两关提拨十三万罗，迫切待命，以济急需。谨请代奏。锡良，宣统二年十二月二十五日。

会奏防疫事宜，请俟竣事照异常劳绩保奖折

奏为疫气蔓延，人心危惧，请俟事竣，将在事出力人员，照异常劳绩保奖，先予立案，俾资激劝，以消灾厉，恭折仰祈圣鉴事。窃自满洲里鼠疫发生，与俄国接壤地方，已由臣树模分饬地方官认真办理。嗣因疫气浸盛，延及哈尔滨一带。经臣锡良、昭常督饬吉林西北道于驷兴，开办防疫所，选派中、日医生，购备药料、器具，由奉驰往襄助。复经外务部遴委中国医生伍连德、法国医生梅聂、英国医生吉陛，同时前往。臣昭常因各国医生各执意见，恐其事权不一，亲赴哈埠督率筹办。奉天省城则特设防疫总局，由臣锡良委民政司张元奇、交涉司韩国钧总司其事，督同警务总局、卫生医院妥筹办法、订定章程。旬日以来次第成立。所订搜查、检验、治疗、消毒诸法，各国领事亦极赞成。现正商同日、俄车站，将东清、南满二三等火车暂停开驶南来，杜绝传染，为正本清源之计。其南满、京奉、安奉路线所经，如长春、公主岭、昌图、铁岭、辽阳、新民、沟帮子、抚顺、本溪、凤凰、安东等处，均经颁发章程，一律查验。山海关、营口两处，尤关紧要。另饬周道长龄从速筹备，并由省发款以资开办。现计奉天省城实系染疫而死者，不满三十人，医官、警弁办理尚皆如法。其余各处亦间有发见。惟所需款项至巨，且无从预算，经臣等电奏，请由大连税关先拨银十五万两应用。钦奉电旨允准在案。乃布置甫经就绪，事势忽复棘手。本月十三日，法医生梅聂与奉天派往之刘医生，均在哈埠染疫病故。其余夫役人等，亦多疫死。各医缘此寒心，伍医生连德上禀辞差，英国医生吉陛坚欲回京，军医学生全体乞退。经臣等往返电商，多方劝慰，现在照旧办事。惟要求抚恤之款，按照俄国定例，每名外国医生至一万卢布。查现在铁路所经各处，一律开办，此项合格医生，多方罗致，已属不敷分布，若再纷纷求去，必至贻误事机。惟医生检验疫病，虽医学精深之员，无不畏疫如虎。即从事搜查、防护各员弁，与染疫之人时时接触，性命亦极危险！实缘疫气所至，朝发夕毙，前仆后继。官绅商民，无中外贵贱，日惴惴焉如临大敌！人心危惧至此，若不优加奖励，实不足以作办事者之气。臣等再三商酌，拟请在事官绅、中外医官、医生暨巡警、弁兵等，俟事竣择其尤为出力者，照异常劳绩保奖。其染疫死者，依阵亡例优恤。盖以防疫事同御敌，捐一己之性命以赴急难，与临战阵冒锋镝，正复何异！否则畏死之情，人所同有，强迫之法，官亦难施。疫气日炽，不特三省之民命财产不能保护，且于国际交涉有关系也。应恳天恩俯念疫势蔓延，办理万分棘手，准予所请立案，以资策励。俾疫气早消，三省人民共登寿宇，无任吁祷之至。谨恭折具陈，伏乞皇上圣鉴训示。谨奏。宣统二年十二月十六日。

奏请息借银行银两，归入江皖赈捐展办清偿电

军机处均鉴：窃东三省疫症蔓延，用款浩大，两次奏蒙恩准拨银三十万两。仰见朝廷轸念民生，有加无已，钦感莫名。查东省自染疫以来，死亡六七千人，传播及数十州县。其患疫较重者，不特全家毙命，并其房屋亦由官估价焚烧，情形至为可惨！旬月之内，中外医官疫毙十余人，员役兵警死亡相继。但就恤款一项，计之需费已属不资。此外一切用

项，如觅购医药、建设院所、制备衣粮，均属刻不容缓。即未经染疫处所，凡系铁道附近交通便利之处，亦须先事一一预备，以为之防。糜费之繁，不知如何结束？又因时届年终，行旅苦工，络绎于途，节节截留，动以数千百计，皆恃官为安抚，方免流离。以上各节，统三省计之，即使目前疫气消除，亦断非数十万金所能济事。现在各属请款，纷至沓来，计穷力绌。若专恃部拨，恐亦应付为难。辗转筹维，惟有援照江皖仿办赈捐，或可集成巨款。又查现办江皖赈务大臣盛宣怀，办赈数十年，各省偏灾，无不力筹赈济。因与一再电商，兹准覆称：三省近接京畿，谊难膜视，应由奉省奏明，先向各银行认息借用，日后归江皖新捐展期劝办，以为归款之计等语。在盛宣怀苦心孤诣，舍此别无筹赈之方。而东三省款迫用繁，舍此亦别无救急之策相应。仰恳圣恩，俯念东三省疫重地广，敕下度支部、邮传部，转饬大清、交通东省两分银行，各息借银三十万，由锡良陆续借用。并恳敕下筹办江皖赈务大臣盛宣怀，归入江皖赈捐案内，展期推广，劝办东三省赈捐，以便清偿借款。所有防疫事宜，锡良仍当会商吉江两省巡抚，督饬所属竭力防弭，以期早日扑灭，上慰兹厘。谨请代奏。锡良，宣统三年正月初七日。

度支部议奏息借银行银两归入江皖赈捐展办清偿折

奏为遵旨议奏事。宣统三年正月初八日，军机处交出奉旨：锡良电奏东三省疫重地广，用款浩大，请援照江皖仿办赈捐展期推广及先向大清、交通两银行息借银两等语。著该部议奏。钦此。钦遵抄交到部。查电奏内称：东省自染疫以来，死亡已六七千人，传播及数十州县。其患疫较重者，不特全家毙命，并其房屋亦由官估价焚烧。员役、兵警死亡相继。但就恤款一项，计之需费已属不资。此外一切用项，如觅购医药、建设院所、制备衣粮，均属刻不容缓。即未经染疫处所，凡系铁道附近、交通便利之处，亦须先事一一预备，以为之防。糜费之繁，不知如何结束？又因时届年终，行旅、苦工络绎于途，节节截留，动以数千百计，皆恃官为安抚，方免流离。以上各节，统三省计之，即使目前疫气消除，亦断非数十万金所能济事。现在各属请款纷至沓来，计穷力绌，若专恃部拨，恐亦应付为难。辗转筹维，惟有援照江皖仿办赈捐，或可集成巨款。又查现办江皖赈务大臣盛宣怀，办赈数十年，各省偏灾无不力筹赈济。因与一再电商，兹准复称：三省近接京畿，谊难膜视，应由奉省奏明，先向各银行认息借用，日后归江皖新捐展期劝办，以为归款之计等语。仰恳圣恩，俯念三省疫重地广，敕下度支部、邮传部，转饬大清、交通东省两分银行，各息借银三十万，由锡良陆续借用。并恳敕下筹办江皖赈务大臣盛宣怀，归入江皖赈捐案内，展期推广，劝办东三省赈捐，以便清偿借款等语。臣等伏查宣统二年十月初四日筹办江皖赈务大臣盛宣怀具奏，江皖灾重，拟请设立筹赈公所，并附奏开办江皖赈捐新捐，暨请将各省新旧赈捐暂行停止，俟此次江皖灾赈过后，再行续办等因各折片。奉旨允准。据该大臣抄录原奏，咨会到部，当经通行遵照在案。兹据东三省总督锡良电奏，东三省疫重地广，用款浩大。请饬大清、交通东省两分银行，各息借银三十万两，由盛宣怀归入江皖赈捐案内展期劝办清偿等因。臣等查东三省疫症蔓延，洵属非常危险。与各省寻常偏灾，情形不同。所需用款尤极浩繁，自不能不设法筹济。既据该督奏归江皖赈捐案内展期劝办，清偿借款，应准照办。其所请先向各银行息借银两一节，银行系营业性质，如何认息借款之处，即由该督自行商办，以资应用。所有遵议缘由，谨恭折具陈，伏乞皇上圣鉴。谨奏。宣统三年正月二十三日。

奏请借款防疫并援照江皖赈捐章程办赈筹款，以资弥补电

军机处钧鉴：窃锡良本月初七日电奏，东三省疫重地广，用款浩大，请先向大清、交通两银行息借银两，并附办赈捐一案。钦奉电旨：着该部议奏。钦此。旋因待款甚迫，分电度支、邮传两部，请速议覆。当准邮传部电称：交通银行拨款浩繁，未能借给等因在案。兹查三省疫势，未能遽期消灭，所用款项，仅哈尔滨一处，已将近四十万两。三省统计，糜费之巨，不知胡底！地方公帑，挪用殆罄。交通断绝，市面恐慌。各处请款，急于星火，大局岌岌可虞！前奏现尚未准部复。处此艰危，朝不待夕。不得已，惟有径向各国银行先行商借银二百万两，以救眉急。并恳天恩，准予援照江皖赈捐章程，由东三省自办赈捐，藉资弥补大局。幸甚！谨迫切电陈，伏乞代奏。锡良叩。宣统三年正月二十六日。

度支部议奏向各国银行借款并仿办赈捐片

再准军机处抄交正月二十七日奉旨：锡良电奏疫势未能遽期消灭，糜费甚巨。请径向各国银行先借银二百万两，并恳援照江皖赈捐章程，由东省自办赈捐，藉资弥补等语。著该部议奏。钦此。原电奏内称，本月初七日电奏东三省疫重地广，用款浩大，请先向大清、交通两银行息借银两，并附办赈捐一案，钦奉电旨：著该部议奏。钦此。旋因待款甚迫，分电度支部、邮传部，请速议覆。当准邮传部电称，交通银行拨款浩繁，未能借给等因在案。兹查三省疫势，未能遽期消灭，所用款项，仅哈尔滨一处，已将近四十万两。三省统计，糜费之巨，不知胡底！地方公帑，挪用殆罄。交通断绝，市面恐慌。各处请款，急于星火，大局岌岌可虞！前奏现尚未准部覆。处此艰危，朝不待夕，不得已，惟有径向各国银行先行商借银二百万两，以救眉急。并恳天恩，准予援照江皖赈捐章程，由东三省自办赈捐，藉资弥补等语。查东省防疫，关系紧要，办理之完备，全在款项之应手。该督前次电奏，臣部已于本月二十三日议准奏覆在案。现该督以防疫正当吃紧，银行借款又无成议，拟向各国银行借款，亦系万不得已之举。拟准如所请，由该督暂时径向各国银行借银二百万两，以资防疫之用，仍先将合同送部核定，以符定章。至所请由东三省自办赈捐一节，查该督前奏仿办赈捐，系请归入江皖赈捐案内展期劝办。业经奏准，自应仍照前办理，以免纷歧。俟收有成数，即作为弥补此项借款之用。所有议覆缘由，谨附片具陈，伏乞圣鉴。谨奏。宣统三年正月三十日。

奏请订定往来验疫章程并防疫各种临时规则电

军机处钧鉴：窃查各国防疫办法，国家颁定临时遵守之各种法律，平时注意卫生行政，全国一致，无一息之懈忽。是以一有疫病发见，但遮断其一小部分之交通，便足以遏其传播之机。即不幸而境内蔓延，疫病所至地方，厉行断绝往来，扑灭亦易于为力。此次疫病，发见于中俄边界之胪滨府，由江省延及哈尔滨、长春，以至奉天。合三省调查统计，已疫毙三万一千四百五十余人。幸而自去腊以来，各属铁道及陆路所通，处处禁止交

通往来，疫势日渐轻减。刻惟双城、长春、昌图、怀德、承德等户口繁盛之处，每日死亡数人及十数人。其余各属，或半月十日疫未发见，或三二日内偶毙一人。似此情形，疫氛将有消灭之望。惟锡良窃有虑者：直、东两省，同为疫染所及之区，近日由直隶来奉之苦工数百人，概未照章留验。虽邮传部已限制有疫之滦州、昌黎、北戴河，暂不卖票，而有疫地方之人，不难绕越附近之车站登车。山东有疫地方尚多，更难保不绕赴津门，趁车出关，若无已时。一有疏虞，百备皆堕。转瞬三月初五开会，届期恐不能有肃清之望。锡良无任焦虑，合无仰恳天恩，敕下外部及邮传部议定往来留验章程。凡出关者，概于榆关留验七日。入关者，由沈阳、沟邦子两处留验；沟站以西，并由榆关留验。无论往者来者，必西医出具验明无疫之证明书，而后许其通行。如是办理，虽暂时不无繁重难行之处，而疫氛早一日息灭，地方商务及小民生计与邮传营业，即少受一分损失。至于防疫各种临时规则，亦请饬下民政部速行订定颁发，通行各省，以资遵守。谨此陈请代奏。锡良宣统三年二月十四日。

外务部、民政部、邮传部
会奏议定往来全疫章程并订定防疫规则折

奏为遵旨会陈恭折，仰祈圣鉴事。宣统三年二月十五日，军机大臣奉旨：锡良电奏请饬部议定往来验疫章程并订定防疫各种临时规则等语，著外务部、民政部、邮传部查核办理。钦此。钦遵抄交到部。民政部查上年十二月奏设防疫局以来，所有建置养病、隔离等室，添派医官，随时各处检察。如遇疑似疫症，立刻送入养病室，即将该处遮断交通。其寻常病故者，亦须医官查验后，发给执照，始准棺殓。并特设卫生警察，添雇清道夫役，扫除污秽，厉行清洁。凡有关于防疫应办事宜，无不立时切实施行，逐日列表报告。业于本年二月初二日，将办理详细情形奏明在案。至东三省、直隶、山东等省防疫各种规则、报告式样，曾由臣部电令送部查核。现据陆续咨送到部，详细查阅，均系因地制宜，尚属切实。此次东三省督臣锡良奏请饬下臣部订定防疫各种临时规则，通行各省，诚为统一办法起见。臣部自应就现行豫防鼠疫各种事件，拟订章程十八条，开单呈览。如蒙俞允，即由臣部通行各省，嗣后遇有防疫事件，即行一体遵照。其各种规则，应由各该省督抚体察地方情形，临时斟酌办理。外务部查：前因哈尔滨疫气盛行，深虞蔓延为患，当经臣部商准邮传部，将关内外铁路分别停止。暨在山海关车站设立查验驻宿所，切实防范。并电沿海各省督抚，饬知各关：凡由有疫口岸到埠船只，均照原有防疫章程，实行查验。经与各国使臣商定，分行各该领事，转饬各国轮船公司遵章办理。嗣接领衔英国使臣朱迩典照会，请于京汉车站设法查验；俄国使臣廓索维慈亦迭来函照，谓由中国海路前往俄境华人，须严重检查，并请于黑龙江、松花江各境设所检验。臣部以主权所在，当与邮传部商明：京汉铁路派员医随车检查；奉天、直隶、山东等省出口工人，均由本埠医生验明无病，方准放行。至中俄交界检验一节，前已咨商东三省总督，饬滨江关道协同税务司，拟订自办章程，妥为筹备。惟俄使所拟款目，多有窒碍难行之处，臣部酌量情形，力与磋议，总以分明权限、各办各界为宗旨。现在东三省暨直隶、山东各地方，经各该督抚饬属认真筹办，已著成效。近据报告，疫势渐次消灭，不日一律肃清。关内外铁路，业经分别次第陆续通行。所有往来客车、一切查验事宜，应由邮传部会商各省督抚，定一宽严适中之法，期于防疫交通两无窒碍。邮传部查：自防疫以来，先后将沈、榆、塘沽火车，暂行停止。业经奏明在案。现在关内外疫势渐减，亟应开放交通，俾便行旅。当与东三省、直隶各督臣妥商往来检验办法，拟定由奉省入关者，在沈阳留验；由直省出关者，在山海关留验；其由营口以次各站赴榆沈者，在沟帮子留验；其由奉天至山海关中间各站，在沈、榆、沟三处就近留验。凡经一处留验者，另车专载，径直放行。沿途不再扣留，其留验期限，审看疫势大小，酌为增减。山东小工，有由德州取道津浦铁道赴津出关者，经山东抚臣在德州留验，给照放行。臣部亦叠经选聘华洋医生，常川随车检验，遇有病人，即令下车，送就近病院留验所诊治。并派司员随车沿途照料，务期周妥，使毒疠不至传染，而旅客得以相安。现已饬京奉路局，遵照会议办法，次第开车。仍令从前有疫各车站，须验明搭客持有医生执照方许登车，以昭慎重！至京汉铁路，前经臣部分派委员医生，往来北京、汉口，随车切实查验。叠据该员医等按日报告，均无患疫之客。自应酌量停办，以节糜费。所有拟订防疫章程，谨缮具清单，恭折会陈。伏乞皇上圣鉴。再，此折系民政部主稿，会同外务部、邮传部办理，合并声明。谨奏。宣统三年三月十九日。

谨将拟订防疫章程缮具清单恭呈御鉴。

第一章　总则

第一条、本章程关于鼠疫发现及豫防传染时得施行之。

第二条、本章程在京师由巡警总厅执行，各省由民政司、巡警道督率地方官办理。

第三条、为豫防鼠疫传染，得设防疫局、隔离舍、养病室、留验所。

第二章　报告诊验

第四条、鼠疫发现及豫防传染时，无论患何病症或故者，须速报本管官厅，派医官往验。

第五条、旅店、会馆、工场等一切公众聚集处所，逐日由医官诊断健康。

第六条、无论何项病故之人，均须医官检验，始准殓葬。不得因其宗教异同之故，藉词抗拒。

第七条、患鼠疫病或疑似染疫之人及其同居者，经医官诊验后，分别送入隔离舍、养病室。

第三章　遮断交通

第八条、患鼠疫病及疑似染疫或故者之家及其邻近，得定期遮断交通。

第九条、遮断交通之处，须派巡警守视，并由医官随时施行健康诊断。

第十条、遮断之范围，或广至数十家，或少至某房之一间，须以无虞病毒传播为率。得由医官随处酌定，陈明该管官厅办理。

第四章　清洁消毒

第十一条、患鼠疫病或故者之家，厉行消毒后，将尘芥及不洁之物，扫除烧化。其近邻及与病人往来之家，亦须施行消毒方法。

第十二条、患鼠疫病故者，非经医官检验、消毒后，不得棺殓移于他处。

第十三条、患鼠疫病者所用之物，非消毒后不得洗涤、使用、卖买、赠与或遗弃之。

第十四条、患鼠疫病故者，经医官检验、消毒后，即于距离城市较远处所掩埋。

非经过三年，不得改葬。火葬者不在此限。

第十五条、各街巷之沟渠、厕所、溺池及尘芥容置场，须厉行清洁。

第十六条、豫防传染疫病时，得施行左之事项：

一、传播疫菌，鼠为最易，亟须严行搜捕。蝇、蚊、蚤、虱，亦能传染，均应一律设法驱除。

二、破烂衣服、纸屑及其他可传播病毒之物，得禁止其售卖。

三、陈腐及易于含受毒菌饮食物，或病死禽兽等肉，一律禁止贩卖。

第五章 经费

第十七条、防疫经费，应令地方自筹，不足由官补助之。

一、关于防鼠疫所用医官及从事人员之津贴、恤金，并豫防必需之器具、药品等费。

二、关于防疫局、留验所、隔离舍、养病室诸费。

三、关于交通遮断诸费，及因交通遮断或被隔离者，一时失其营业，实系不能自活者之生活费。

四、关于清洁夫役及消毒与收买鼠只诸费。

第六章 罚则

第十八条、违背本章程第四条、第六条、第十一条、第十二条、第十三条、第十四条者，处五元以上十元以下之罚金。

奏筹办检疫所经费不赀请饬邮传部协助电

军机处钧鉴：窃准邮传部虞电开：今日本部奏定邮部专责在派医随车查验，余归地方办理。权限所在，未能侵越等因。锡良查始疫以来，日本铁道会社担任防疫经费至百万之巨，并以食毛践土之义，报效中国防疫经费。铁路为营业性质，设备不周，疫氛传染，铁路之损失必多。是防疫之事，铁路固应担负。惟同属国家之事，锡良原无畛域之见。是以前经邮部电商奉天车站建筑留验所，即引为己责，惟费巨难筹。今邮部奏定办法，自当遵照，勉为其难，迅速筹备。惟开办及以后额支经费为数不赀。路局平时既获利益，有事自不能不为分任。可否饬下邮传部酌量协助，谨请代奏。锡良叩。宣统三年二月初九日。

邮传部奏奉省筹办检疫所，经费碍难协助折

奏为遵旨议奏，恭折仰祈圣鉴事。宣统三年二月初十日，军机处片交奉谕旨：锡良电奏筹办检疫所及以后额支经费为数不赀，请饬邮传部酌量协助等语。着邮传部议奏。钦此。钦遵到部。原奏内称：铁路为营业性质，设备不周，疫气传染，该处之损失必多。是防疫之事，铁路固应担负。惟同属国家之事，原无畛域之见。是以前经邮传部电商奉天车站建筑留验所，即引为己责。嗣因舟车、水陆处处应设验疫所，同时并举，财力不继。今邮部奏定办法，自当遵照，勉为其难，迅速筹备。惟开办以后额支经费为数不赀，路局平时既获利益，有事似不能不为分任。可否饬下邮传部酌量协助等语。查防疫为地方行政，此次东省设备验疫，建筑水陆各处检疫所，均需筹款办理，为数甚巨，自系实在情形。该

督以经费不赀，拟请酌量分任，亦系万不得已之举。京奉火车，直接该省，关系尤密。如果臣部财力稍充，可以挪拨，断无不设法筹办。自去冬京奉停车以后，客货不行，损失殆逾百万。京汉亦因验疫大受影响。现京奉虽经奏准开行，而沈阳、沟帮子、营口各处以及山海关验疫所，至今尚未落成，仍难照常开驶。且欲沿途留验，耽搁日期，行人皆有戒心。则我关外铁路，即使如常行车，而损失之数，尚不可以豫计。加以延聘专科洋医以及医院西学医生、购备器具药料，并分派京奉、京汉两路随车验疫人员，需费亦属不赀，俱由两路进款暂行支拨。现计京奉收入，除营业支出外，以之提还借款本息，不敷甚巨，尚不知如何筹措。此次奉省防疫地方需用经费，再四筹思，臣部实属无从协助。应请饬下该督，仍遵臣部前奏，另行筹款办理，以重要政，而卫民生。所有遵旨议奏缘由，理合恭折具陈，伏乞皇上圣鉴训示。谨〈旨〉奏。宣统三年二月十七日。

奏日本关东都督大岛义昌请立防疫会议并愿助款请旨裁夺电

军机处钧鉴：再，日本关东都督大岛义昌，昨来奉会晤，请立中日防疫会议，由总督及都督各派委员五人，议决两国在南满提议各种防疫事务，兼备总督及都督之谘询。至防疫执行之事，中国属于防疫总局，日本属于防疫本部，不相侵越等语。谈次并以疫染不能早日扑灭为虑，中国此时倘因财政困难，不能切实进行，深愿尽力资助等语，殷殷相告。锡良答以朝廷关怀民瘼，巨费所不惜，尚无庸借助。惟防疫会议一端，意在互相辅助，似未便过于拒绝。是否可行，应请旨裁夺。谨此陈请。附奏。锡良宣统三年正月十五日。

续请日本要求立防疫会议电奏

军机处钧鉴：咸电陈请代奏：日都督大岛义昌要求防疫会议，昨准外务部全先电，遵已婉达。项晤日总领事，复申前请，并以随时会商，期于疫病早日扑灭，为世界人道主义，非有他故，请勿误会。其持论不为不正。查防疫所以对待天灾，采取各国议论，以资防御，亦足为我利用。况始疫以来，交涉使本与随时晤商。此次所议，已声明关于防疫方法，互相讨论，办事权限，两弗侵越。彼亦承认实于国权无碍。应恳俯准由锡良派员会议，以期维持一切。无任吁祷，谨再陈请代奏。锡良叩。宣统三年正月十九日。

奏报三省疫情并规定扼要办法电

军机处钧鉴：申密。窃三省疫染情形，叠经奏报。现在奉天省城日毙二三十人，哈尔滨日毙七八十人，长春日毙百余人。统计始疫迄今，奉天二十府、厅、州、县，共疫毙千九百二十五人；吉江两省十三府、厅、州、县，共疫毙一万零七百五十八人。死亡如是之多！锡良奉职无状，不能感召天和，焦思夙夜，寝馈难安！现在医药、病院，种种设备，大致就绪。各州县地方，亦一律筹办。通盘计划，规定扼要办法，以暂时遮断交通，为遏绝传染之地。各州县要道所通地方，不论有疫无疫，一律设卡查验。无病者留养七日，始准他往。奉天全省分为三路：北路铁岭、昌图等处，距疫盛之长春较近，派淮军沿边分札，并于铁岭设防疫分局，携带医药，逐段搜查布置；东南路为由奉至大连、安东之铁道所通，西路为入关通衢，疫病间有发见，传染未盛，专派委员分路稽查。哈埠附近，前以死亡日多，地冻冰坚，掩埋不及。商承外务部电饬从权火化，并会商吉江抚臣，多派员弁，无论水陆冲僻，实力清查，以免积尸暴露。哈埠为疫病发生之区，近日渐见轻减，堪纾圣廑。谨请代奏。锡良。宣统三年正月十五日。

奏报三省疫死人数并防卫困难情形电

北京军机处钧鉴：申。窃东三省疫染情形，本月十五日电奏后，又据各属初报、续报，统计前后疫毙人数，已达一万五千以上。死亡之惨，至堪悯恻！查各国防疫，以断绝交通、严杜传染为要着。我国素无防疫之法，商民狃于习惯，对官府之禁阻交通，则以为虐政。每遇实行隔离消毒，百计抵制，谣诼繁兴，甚至疫毙之尸，藏匿不报，以致蔓延未已，传染甚烈，实堪浩叹。如果煦仁孑义，勉顺舆情，主权民命，关系实为重大。哈埠疫染初起，人民但图自便，渐致死亡枕藉，办理棘手，可为前鉴。现该埠自调派军队严行防制后，疫势日轻，成效已著。各属亟应斟酌情形，仿照办理。至此次防疫，以奉天省城较难。盖哈埠华户仅五万人，奉省则二十万人以上。人多类杂，倘严持强制执行主义，难保不聚众抵抗，致生事端。然两害相较取其轻者，为主权计，为民命计，断不敢姑息从事，贻患无穷！锡良仍督饬在事人员，苦口谕导。一面密饬军警妥为防范，冀保公安。再，各属疫势，哈尔滨业已渐杀，长春、呼兰亦稍轻减，三省各省城日毙数人至二三十人，未甚剧烈，堪纾宸廑。谨请代奏。锡良叩。正月十八日。

邮传部奏京奉开车情形折

奏为奉直地方筹办验疫完备，臣部并已派医随车查验，拟即次第开车，以期兼顾交通，挽回权利，而定人心，恭折具陈，仰祈圣鉴事。窃自上年东三省时疫流行，蔓延关内，迭奉谕旨严密防范。当将筹办方法并暂停京奉火车情形，会同外务部、民政部具奏陈明，仰邀圣鉴。伏思各国防疫之法，治本莫要于清洁卫生，治标莫亟于查验消毒。二者皆筹备于平时，始克施行于临事。其有必须遮断交通者，乃令有疫人与无疫人居处隔离，实未尝停止舟车来往，并无疫者而悉禁绝之也。诚以查验既经实行，则疫气既无传染之虞，自有消弭之效。此次东三省鼠疫发生，只以中国向来防疫机关不备，不得不暂停火车以为急救严防之计。迄今数月，内外臣工钦遵谕旨，合力筹办，首以验疫为扼要方法。奉直两省，经该督臣奏明筹款设所，分别留验。京城地方，由民政部督率防疫局员，诊验兼施，倍形严密。比以北洋开冻在即，直隶督臣复经订定查验船舶章程，期于水陆交通一律防范。而京汉一路，防疫南传，亦经湖广督臣设立验疫公所，并临时医院，分别办理。至车上验疫之事，系臣部专责，已经延聘专科洋医及各医院西学医生，分派京奉、京汉两路，随车查验。如有疫病发见，即送各该地方医院隔离诊治。沿途车站，如有染疫未净之处，并饬停售车票，只装货物，以昭慎重。现据各处报告，疫气日渐消退。询之东西医官，佥谓天气融和，此疫自然衰减。但此类传染疫症，起伏无常，殊难逆料。故外国有常备防疫之谋，而无久阻交通之法。揆之周官月令，亦言三时逆疫，惩前毖后，必须讲求卫生防疫，根本兼治，虽不免有经常之费，而于国计民生，两有关系。臣部计自京奉火车停驶，已将两月，仅就路利而言，所失殆逾百万。提还洋债本利，益苦不支。即国家税项、人民商业所被损害，尤难缕计坐视。深恐以后动鉴前车，则铁路受损无穷，必至贻累国家，殊非浅鲜。现在检疫机关渐臻完备，自应严饬在事人等分任责成，切实办理。臣等与外务部、民政部暨奉直两省督臣，往复筹商，意见相同。并据督臣陈夔龙函称：关内疫渐清，除滦州、昌黎、北戴河三处暂停售票，其余各站，均一律售票开车。至关外续行开车，拟于沈阳、营口、山海关各设留验所，验明给照放行。山海关系直督辖属，已饬据司局扩充布置。其沈阳、营口两处留验所，除已电奉天督臣锡良等筹备，并饬京奉路局遵办外，所有奉直地方，筹办验疫完备。臣部并已派医随车查验，次第开车，以期兼顾而定人心。缘由理合恭折具陈，伏乞皇上圣鉴训示。谨奏。宣统三年二月初七日。

会奏核拟防疫员医恤典银电

军机处钧鉴：洪。窃防疫关系重要，医员躬冒危险，救死扶伤。地方官吏督率躬亲，亦若身临前敌。自非优加抚恤，不足以昭激劝。锡良等饬据三省防疫局、司、道，拟具《防疫人员医官给恤等级清单》内开：恤银：一等防疫医官，外国人得有医学博士者，中国人留学外国得有医学博士者，自银一万两以下至七千两以上；二等防疫医官，卒业后在官设机关办事满十年者，得与一等比照；二等防疫医官，外国人曾在大学、高等专门医学堂毕业，所得学位非博士者，中国人在外国大学、高等专门医学堂毕业，所得学位非博士者，自银七千两以下至四千两以上；三等防疫医官，卒业后在官设机关办事满十年者，得与比照，满二十年得与一等比照；三等防疫医官，中国人在本国境内外国所设医学堂及在本国西医学堂三年以上毕业者，自银四千两以下至二千两以上；四等防疫医官，中国人在本国所设西医学堂未毕业学生及各项医学堂学生，与各项医生，应临时酌核当差情形、程度高下，分别给予自银二千两以下至二百两以上。一等防疫人员，二、三、四品现任人员，比照一等医官给予；二等防疫人员，四品候补候选人员，比照二等医官给予；三等防疫人员，五、六、七品现任人员，比照三等医官给予；四等防疫人员，五品以下候补候选人员，八品以下现任人员，以及派充重要差使人员，不论官阶有无大小，均比照四等医官给予；五等防疫人员，警员、夫役人等，得比照军营阵亡例，从优给予。警长、巡长以上警察人员，归入四等办理。不在此例他项恤典：一等防疫医官，得比照三品官吏阵亡例给予；二等防疫医官，得比照四品官吏阵亡例给予；三等防疫医官，得比照五品官吏阵亡例给予；四等防疫医官，得比照五品及五品以下官吏，临时酌核当差情形、程度高下，分别给予。一、二等防疫人员，得照阵亡例，依本品级给予；三、四等防疫人员，得照阵亡例，依本品级给予；三四等防疫人员派当重要差使或官阶过小及无官阶者，得比照五品及以下阶级，临时酌核当差情形给予等情前来。查所陈各条，均尚妥洽，复经电商外务部核定，饬先行试办外，合行奏明立案。谨请代奏。锡良、陈昭常、周树模。宣统三年正月二十二日。

吏部议奏防疫恤典拟请改照殁于王事定例办理折

奏为东省防疫恤典，拟请改照殁于王事定例办理，恭折具陈仰祈圣鉴事。宣统三年正月二十四日准军机处片交奉旨：锡良等电奏核拟防疫人员医官给恤等级，请立案等语。著该部知道。钦此。钦遵交出到部。除原奏所拟给恤银两等级之外国人充各等医官，应由外务部办理外，查原奏内称：一等防疫医官，得比照三品官吏阵亡例给予；二等防疫医官，得比照四品官吏阵亡例给予；三等防疫医官，得比照五品官吏阵亡例给予；四等防疫医官，得比照五品及五品以下官吏，临时酌核当差情形、程度高下，分别给予。一、二等防疫人员，得比照阵亡例依本品级给予；三、四等防疫人员，得比照阵亡例依本品级给予；三、四等防疫人员，派当重要差使或官阶过小及无官阶者，得此照五品及以下阶级，临时酌核当差情形给予各等因。钦奉谕旨，交出到部。臣部查阵亡赏给世职恤典，乃效命疆场，抒忠死事人员，方能膺此懋赏，本国家酬庸大典。今东三省防疫人员比照办理，未免过优。臣部查各该员因办理防疫，染疫身故，自属殁于王事。臣等公同商酌，拟请改照殁于王事定例，按各该员现在衔阶分别办理。其并无职衔人员，臣部例无恤典。无论现充何项要差、等级若何，均不准援照办理，以符定制。应由该督抚先将各属防疫局所各员官阶、衔名，造册报部备案。如因染疫身故，经医官验明，实有染疫确据，出具切结，由地方官层递加结，详报督抚，奏明办理。如未经报部备案，暨无前项各结，未便率行奏请。仍由该督抚随时体察情形，俟该省灾疫轻减之日，即将此项恤典实行截止，以示限制而重名器。所有东三省防疫恤典，拟请改照殁于王事定例办理各缘由，谨恭折具陈，伏乞皇上圣鉴。谨奏。宣统三年二月二十一日。

奏黑龙江防疫会副议长染疫捐躯请给恤典折

奏为绅士协助防疫，染疫捐躯，恳请照案给予恤典，以昭激劝，恭折会陈，仰祈圣鉴事。窃臣等拟定防疫人员医官给恤等级，奏请立案。于正月二十四日钦奉谕旨：锡良等电奏核拟防疫人员医官给恤等级，请立案等语，著照所请，该部知道。钦此。钦遵在案。兹黑龙江谘议局议长、升用同知、留江补用通判鹤鸣充防疫会副议长，不避危险，亲率医员，为民疗治，卒以染疫身死。据民政司呈请奏恤前来。臣等覆查奏准给恤章程内开：四等防疫人员，五品以下候补、候选人员，八品以下现任人员，以及派充重要差使人员，不论官阶有无，均比照四等医官给予。又他项恤典：三四等防疫人员，得照阵亡例依本品级给予等语。该故员鹤鸣，曾任实缺六品站官，嗣保升用同知，补用通判，业已比照四等医官，给予恤银。合无仰恳天恩，准将该故员照阵亡例，依本品级给予恤典，以旌劳勚，出自逾格鸿施。除将该故员履历咨部查照外，所有绅士因防疫捐躯，拟请照案给恤缘由，谨合词恭折具陈，伏乞皇上圣鉴训示。谨奏。宣统三年四月十三日。

奏报三省疫情并开会事宜电

军机处钧鉴：窃查东三省疫症流行，府、厅、州、县地方蔓延所及者六十六处，死亡人口达四万二千以上。腊尾春初，疫势最为炽盛。哈尔滨一隅及其附近之双城、呼兰、长春，每日辄疫毙百数十人，岌岌不可终日！哈埠人口不及二万，死亡至六千以上。染疫各处，大半因有来至哈埠之人，因而传播。自外务部医官伍连德赴哈而后，并以陆军围守傅家甸，严行遮断交通。锡良督饬在事各员严厉进行，协力以图扑灭。二月以来，疫势以次衰减。现在统计染疫各属，月余无疫或十日半月无疫者，占十之八九。疫未消灭之区，类皆数日偶一发见，渐起渐灭。开会之期已届，全境肃清亦指日可期，堪以上纾宸廑。各国政府遣派医员陆续莅止外部。右丞施肇基已于二月二十五日到奉，招待事宜，会同商定，筹备亦大致周妥。合并陈明，谨请代奏。锡良、昭常、树模。宣统三年三月初二日。

奏核给防疫员医恤银电

军机处钧鉴：窃查防疫，事同赴敌，全赖在事员医躬冒危险，救死扶伤。而所以能致此者，尤在劝惩互用，有以激其任事之诚！疫兴以来，良日与群僚相助勉。在事各员，稍有畏缩或办疫不力，经分别撤参，不少宽假。惟不职者既予以严惩，死事者自应邀优恤。良前会同吉江两抚，核议防疫人员、医官给恤等级，奏请立案，业蒙圣慈俞允。兹查英医嘉克森、日医守川猷显、交涉司练习员毓琛、医生王芝臣、张墨林，均因染疫先后身死。嘉克森、守川猷显，各给恤银一万圆；毓琛当给恤银一千两；王芝臣给恤银二千两；张墨林给恤银二千元。又河南候补直隶州知州王文光委充隔离所所长，恤伤救疾，昕夕弗遑，遂以积劳病故。该员虽非疫染身死，实属因公，亦经给恤银一千两。以上六员死事，皆在给恤等级未经奏定之先。其时疫氛正炽，凡与病人接近者，多被传染，群怀去志。良为维系人心起见，故于死者立时给恤，以励其余。除各该员应得恤典另行咨部核给，暨恤银在千两以下者，汇案报销外，所有给过各员医抚恤银两，合行奏明立案。谨请代奏。锡良叩。宣统三年三月初九日。

奏报中日防疫会议撤会情形电

军机处钧鉴：申。查日本关东都督大岛义昌，前请组织防疫会议一事，当经电请钧处代奏。嗣于正月二十一日奉外务部电开，谓如于疫事有益，并无流弊，自无妨互相研究等因。良即派民政司张元奇、交涉司韩国钧为会议委员，并饬分清权限，毋任侵越。兹据该司等禀称：自正月三十日起至三月十六日止，会同日员会议八次，所议均在权限范围以内。中日员均无间言。现在疫势消灭，彼此声明撤会，足以上纾宸廑。谨将会议情形及和平撤会各缘由，电请钧处代奏。锡良叩。宣统三年三月二十四日。

会奏三省疫气肃清，谨择在事尤为出力人员请旨奖励折

奏为东三省疫气一律扑灭，谨择在事尤为出力人员，请旨奖励，恭折仰祈圣鉴事。窃查宣统二年十二月二十日，臣等以疫气蔓延，人心危惧，请俟事竣照异常劳绩保奖。奏奉朱批，允如所请，钦遵在案。比者东省疫气扑灭，业经先后电陈。兹查自三月后，奉天全省及吉黑两省所属地方，疫气亦已一律消灭。并由臣等通饬各属，将病院、隔离、留验、

收容各所，及检诊、消毒等队，大加裁并。所余药料，妥善保存，预为防范。其善后卫生事宜，责成警务局认真办理，不准以疫气已清，稍形松懈。现在京奉等处火车照常开驶，商务流通，人情均极安谧。各国医官连日开会研究，互有发明，足为后来医家进步之券。查此次百斯笃之疫，实始于满洲里左近，由哈尔滨、长春蔓延于黑龙江、吉林、奉天。迨京奉、东清、南满火车停开，遮断交通，而疫势已如江河一泻千里，不可遏绝。外人谓百斯笃为国际病，持人道主义者，本无分畛域，均有防卫之责。办理稍一不善，即予人以口实。兼以东省创见斯疫，晓以严防之法，终觉怀疑造作，种种谣言，几致酿成事端。隔离消毒，既于民情不便；焚尸烧屋，尤类残刻所为。然非实力执行，则疫无遏止之期。不特三省千数百万人民生命财产不能自保，交通久隔，则商务失败，人心扰乱，贻祸何堪设想！臣等素无经验，只有坚持定见，博采群言，数月以来，仰赖圣主洪福，克收成效。在事人员甘任劳怨，不顾利害，出死入生，如临大敌。若不酌予奖劝，何以昭励来兹！谨择其尤为出力者，开单随折请奖。其余各员，或肩任义务，枵腹从公，或救死扶伤，奔驰疫地，均不无微劳足录。容再查明，另折绩请，不敢稍涉冗滥。所有东三省疫气扑灭，谨择在事尤为出力人员，请予奖励缘由，谨合词恭折具陈，伏乞皇上圣鉴训示。谨奏。宣统三年三月二十八日。

奏请将奉天省防疫出力人员恳恩照案奖叙折

奏为奉省防疫出力人员择尤恳请照案奖叙，恭折仰祈圣鉴事。窃臣前以东三省疫气扑灭，谨择在事尤为出力人员，随折请奖。并声明其余各员，查明另折续请。奏奉朱批：郭宗熙、伍连德著传旨嘉奖。余着照所请奖励，该部知道。单并发。钦此。钦遵在案。伏查此次疫事，起于仓卒，几于措手不及。地方印委，既苦事无经验，又鉴于传染危险，群有戒心。经臣将办事不力及稍形畏缩者先后撤参数员，并日与群僚相勖勉，俾任事者视同义举，各具拯民水火之心。数月以来，严厉进行，始获睹此微效，然已非臣始料所及。且疫势蔓延奉省二十八府、厅、州、县，灾区甚广，嗣传及天津、烟台等处，奉省沿海又复戒严，防救兼施，水陆并举。其筹备一切，担任诸务，在在需人。若使有劳必录，全数奏奖，未免员数过多。臣受代伊迩，断不敢忘慎重名器之心，为见好属僚之举。惟念此役，在事人员、医生而外，大率不支薪水，或扶伤救死，出入疫区；或纯尽义务，不辞危险。若不分别给奖，设将来稍有缓急，何以驱策群才。兹就在事各员，从严考核，得异常者十九员；寻常者七十三员。实已删无可删，委无冒滥。谨将请奖各员职名，缮具清单，恭呈御览。合无仰恳天恩，俯准照案给奖，以酬劳勤而昭激劝。出自逾格鸿施。除吉林、黑龙江防疫出力人员，另由两省抚臣查明再行会奏外，所有奉省出力人员，择尤请奖缘由，理合恭折具陈。伏乞皇上圣鉴训示，谨奏。宣统三年四月十三日。

奏请将奉天民政司张元奇、交涉司韩国钧传旨嘉奖片

再，奉省疫氛，刻期扑灭，为臣始料所不及。当腊正之交，几有猝不及防之势。医药、设备无一应手，稍一延缓，外人便有违言。操之过急，群情又百端疑阻。地方官吏本无经验，或偏信中医，固执不化，充其不忍人之心，以姑息为仁爱，亦足以助长疫势，使

地方糜烂。卒能策合群力，迅赴事机，以竟全功，实惟总办防疫之奉天民政使张元奇、交涉使韩国钧热心毅力，调度得宜，有以致此。在该司等昕夕筹维，不遑寝馈，虽据声称不敢仰邀议叙，臣亲见其殚精极虑，心力交瘁，委未忍没其劳勋。拟请旨嘉奖，以昭激劝，出自逾格鸿慈。谨附片具陈，伏乞圣鉴训示。谨奏。宣统三年四月十三日。

奏请将新民府知府管凤龢等八员分别奖励片

再，现署奉天劝业道新民府知府管凤龢，经臣檄充防疫总局提调，自上年十二月设局以来，昕夕擘画，不遗余力。当疫势炽甚之际，事机迫切，间不容发。该员悉心赞助，均协机宜，实属异常出力。又奉天巡防队统领，奏调云南补用道李镜清，督兵在山海关一带设卡，严防截留关外苦工，疫气不致蔓延。锦新、营口道周长龄，办理水陆防疫事宜，悉中肯要，商埠重地，赖以保全。陆军副都统衔第三镇统制官曹锟、陆军协都统衔第二混成协统领官蓝天蔚、陆军协都统衔第三十九协统领官伍祥祯、陆军协都统衔第四十协统领官潘矩楹、淮军统领提督衔记名总兵王怀庆，督率兵队遮断交通，遏绝疫氛，得以迅速扑灭。虽据该员等声称不敢仰邀奖叙，臣查疫兴以来，该员等始终其事，未便没其微劳。拟请将现署奉天劝业道新民府知府管凤龢，开去知府底缺，以道员留奉，遇有相当缺出，奏请补用，并加二品衔。奏调云南补用道李镜清，请加二品衔。锦新营口道周长龄、陆军副都统衔第三镇统制官曹锟、陆军协都统衔第二混成协统领官蓝天蔚、陆军协都统衔第三十九协统领官伍祥祯、陆军协都统衔第四十协统领官潘矩楹、淮军统领提督衔记名总兵王怀庆，均请旨嘉奖，以昭激劝，出自逾格鸿慈。谨附片具陈，伏乞圣鉴训示。谨奏。宣统三年四月十三日。

会奏黑龙江防疫出力人员恳请照案奖叙折

奏为查明江省防疫出力各员，择尤续请奖叙，以昭激劝，恭折仰祈圣鉴事。窃东三省疫气扑灭前，经臣等会同奏报，当将尤为出力人员随折请奖，并声明其余各员，容俟查明，另折续请等因。钦奉俞允，仰见圣明有劳必录之至意，莫名钦感。查江省僻处北徼，地势高燥，疫疠之灾，向所罕有，百斯脱则更无所闻。此次疫气猝起，初由满洲里延及省城，既由哈尔滨传播呼兰、绥化、海伦各府，大赉、肇州、安达各厅，大通、汤原各县，如火燎原，如水溃防，竟成不可收拾之势。经臣等严饬各属厉行扑灭，只以事属创见，从事员绅苦无经验，所有防检各种机关仓卒设备，诸形艰棘。兼之火车停开，交通梗阻，应用中外药品购运维艰。加以民间风气未开，检验、隔离，既苦不便，焚尸烧屋，复谓不情，往往隐匿病人，藏弃尸身，甚且造谣滋事，相率抗阻。且沿边一带铁路各站以及省城居留外人所在，皆是办理困难，几于无从措手。乃数月以来，内卫民生，外联国际，卒能将各处疫患，与吉、奉两省同时肃清，苟非在事各员任劳受怨，出死入生，万难臻此。伏念疫气猖獗之时，所有员绅医役，往往朝受职务，夕报病亡，前者颠仆，后仍继起。迹其任事之艰险、收效之敏速，自应优予保奖，以励成劳。兹择其尤为出力者分别请奖，计三十四员，委系再三核减，未敢稍涉冗滥。敬缮清单，恭呈御览。合无仰恳天恩俯准，照拟给奖，以昭激劝，出自鸿施。其应恤死亡各员，统俟详细查明，再行分别奏咨。所有请奖江省防疫出力人员缘由，除饬取各员履历，咨部查照外，谨会同恭折具陈，伏乞皇上圣鉴训示。谨奏。宣统三年四月二十三日。

会奏吉林防疫出力人员恳请照案奖叙折

奏为吉省防疫出力人员，择尤恳请援案分别奖叙，以励勤劳，恭折仰祈圣鉴事。窃查宣统二年十二月二十日，曾由前东三省总督臣锡良会奏，以疫气蔓延，人心危惧，请俟事竣照异常劳绩保奖。奉朱批：允如所请。钦此。钦遵在案。嗣于本年三月间，疫氛扑灭，将在事尤为出力人员，随折奏请奖励，并声明其余各员，容再查明，另折续请。奉朱批：郭宗熙、伍连德著传旨嘉奖。余著照所请奖励等因。钦此。钦遵在案。伏念此次疫气发生于满洲里，蔓延三省，几及半年。吉省尤首当其冲，故受患最烈，而用力亦属最艰。当上年十一月间，哈尔滨一埠疫病初起，商民狃于习惯，不明利害，阻力横生。防治之方，几无所措。而所在与外人同处，其势且复岌岌。臣昭常亲身驰赴该埠，劝谕兼施。又默审医官与行政官，往往争持，不相浃洽。盖防疫一事，不惟非民所习，即官吏承办之始，科条号令，亦未易相说以解也。在哈埠十余日中，规定办法，调协众情，始稍稍获有头绪。然其时疫症日益加剧，传染益远而愈速。臣昭常旋省后，长春及省城均已波及。外府州县，其确有传染者二十二处，约占全省三分之二。而距铁道较近之区，如双城、宾州、新城各府，榆树、阿城两厅县，传染尤为剧烈。臣昭常督饬印委严厉进行，不力者随即撤回，勤苦者益相激励。直至二月间，始有转机。三月间，遂已扑灭。在地方百姓，虽不免危疑交迫，私议执行之严，而在事员医，则并皆劳怨不辞，克睹成功之速。现值事定多日，亟应援案奏奖，以励勤劳。惟是吉省疫地较宽，疫患较重，即哈尔滨、长春两埠，所用医员均达百人以外。若省城以及各属，事起仓猝，得人尤难。论成绩固觉所处之皆艰，论奖叙又难有功而悉录。臣等惟有再三核减，凡情事稍轻，责任稍易者，均已改给外奖，以示区殊。庶列保者无丝毫幸获之人，即任事者亦生感激图功之望。综计开列异常三十五员、寻常八十员。至吉省所用医生较多，大半借材外省，更未便没其勤劳，亦分异常十员、寻常十七员。均属减无可减。兹特分缮清单，恭呈御览。合无仰恳天恩俯准，照案给奖，出自逾格鸿慈。所有吉省防疫出力人员择尤请奖缘由，谨合词恭折具陈，伏乞皇上圣鉴训示。谨奏。宣统三年六月二十八日。

会奏三省防疫洋员恳请赏给宝星以酬劳勣折

奏为三省防疫洋员，恳请赏给宝星，以酬劳勣，恭折会陈，仰祈圣鉴事。窃自上年冬间三省疫气发现以来，需医孔亟。经部派医员并调用直粤各医来东任使。惟防疫事同创举，非于此事实有经验，难以奏功。当疫势剧烈之际，各埠医员感染身死者，警告频仍，人怀畏惧，三省望医如岁。多方招致，仍属不敷。迭经前督臣锡良，会同臣昭常、臣树模，订聘东西各国医士，襄办疫事，而驻在三省之各洋员，亦均热心赞助，或躬冒艰险，或甘尽义务，卒能使疫氛早日扑灭，实属著有勤劳。兹经臣等查酌功能，分别等级，开列两单，拟恳天恩准给奖叙，用示褒嘉而昭荣宠。除咨部查照外，所有三省防疫出力洋员请奖缘由，理合缮具清单，恭折会陈。伏乞皇上圣鉴训示。谨奏。宣统三年六月廿七日。

奏请将日员久保田政周、中村是公二员交部议奖片

再，南满铁路会社理事日员久保田政周，当东省疫氛剧烈之际，代为运送苦工、难民数千名，均能尽心经理，设法隔离，竟未使一人传染，实于疫事赞助之力为多。惟该员前已蒙赏，有二等第一宝星，而该会社总裁中村是公，仅有头等第三宝星，该员似已无可再请。至应如何给予奖励之处，应请饬部核议施行。谨附片具陈，伏乞圣鉴训示。谨奏。宣统三年六月廿七日。

奏吉林民政司邓邦述等办理防疫出力请旨嘉奖片

再，吉林此次疫氛，以哈埠、长春两处传染最烈剧。省城设立防疫总局，为全省总汇机关，事务尤繁。各属印委各官，苦于事无经验。操持过急，则虑激事端；姑息为仁，则恐长疫势。全赖在事长官热心毅力，处置得宜。省垣防疫总局总办、试署民政司邓邦述，长春防疫局总办、试署西南路道孟宪彝，哈埠防疫局坐办、直隶候补道谭兆梁，或提纲挈领，劳怨不辞，或竭虑殚精，始终罔懈，故能策合群力，及早扑灭，保全民生，实匪浅鲜。虽据该员等声称不敢仰邀奖叙，究未便没其劳勤。试署民政司邓邦述、试署西南路道孟宪彝，均拟请旨嘉奖，直隶候补道谭兆梁拟请旨交内阁从优议叙，以昭激劝，出自逾格鸿慈。谨合词附片具陈，伏乞圣鉴训示。谨奏。宣统三年六月二十八日。

奏陆军第十二标统带官汪学谦等助办防疫出力择尤保奖片

再，哈尔滨一埠，当疫盛之时，实行隔绝交通，警察不敷调遣，曾经电调陆军步队第十二标统带官拨派军队前往助防。该军驻哈之日，正值传染剧烈，与身当前敌者无异。所有在事员弁，自应择尤保奖，以资激劝。相应请旨将十二标统带官补用守备汪学谦，免补守备，以都司尽先补用，并加游击衔管带官，留直补用；都司张慕韩，免补都司，以游击留直尽先补用，并加副将衔；陆军正军校杨承杰，以协参领补用五品顶戴；陈九达，以把总尽先拔补，出自逾格鸿慈。除咨部外，谨合词附片具陈，伏乞圣鉴训示。谨奏。宣统三年六月二十八日。

奏奉省防疫用款请示开单报销片

再，奉省疫事，经督臣锡良仰承庙谟，饬拨巨款，在省城设立防疫总局，督饬在事员司，持以毅力，严厉进行防范，布置日益周密，用能疫线中断，蔓延无路，全省疫氛一律平靖。现在筹备善后，裁撤分所，业已次第就绪。用过各项银两，自应截数造销，俾清案款。惟疫事发生之初，流行甚速，轨路所经，灾区尤广。通省防疫机关，分设至五百五十余处之多。当时用人用款，均系相机设施，多寡无定。而防疫应办之事，如查验、隔离、医药、埋葬、焚烧、堵截、消毒、卫生、清洁等项，头绪既极纷繁，用款益形纠杂。事后调册核对，按款钩稽，已属万分为难。若再责令分类造册报销，必致旷日持久，销案永无

结期。拟请开单造报,以归简易而节糜费等情,据防疫总局呈请奏咨前来。臣查奉省防疫,事属创举,但使用款核实,本未便以成例相绳。该局所陈各形,均系实在。合无仰恳天恩,俯念奉省防疫销案,非寻常销案可比,准予开单造销,以期速结,出自逾格鸿施。除咨部查照外,所有奉省防疫用款,请予开单报销缘由,理合附片陈明,伏乞圣鉴训示。谨奏。宣统三年七月二十一日。

绪　言

（按：据原书，自"绪言"之后，系"东三省疫事报告"正文，报告者为钦命副都统衔吉林巡抚陈昭常、钦差大臣东三省总督兼管三省将军奉天巡抚锡良、钦差大臣尚书衔东三省总督兼管三省将军奉天巡抚赵尔巽、钦命副都统衔黑龙江巡抚周树模。）

防疫之法，导源最古。《礼》载季春之月（周之季春即今之正月，为吾三省疫盛之时），行九门磔攘之典；仲冬之月（周之仲冬即今之九月，为吾满洲里发疫之时），命有司土事毋作慎，毋发盖，毋发室屋及起大众。是欧西各国现行防疫政策，如磔捕传疫之兽族、封闭染疫之房屋、断绝疫地之交通，吾国三千年前已发明其意。先王保卫民生，爱护种族之意何其仁且周也。春秋以降，典失其官，疫疠之发，史不绝书。自秦至明，发疫之省一十四，发疫次数二百三十三。每次疫死人数，自数百人至九十余万人。发疫地点在黄河流域，以山西、河南为最盛；长江流域，以江苏、浙江为最盛。史书俱在，历历可征，足以觇世变矣。

中国古代发见之疫，种类甚多，不尽为百斯脱疫。西人言百斯脱之发源地在中国者，为西藏、云南、蒙古三处。是三处踞黄河、扬子江之源，中国百斯脱疫之发生，大抵由河源以贯输于各流域。此按之地理可征者也。至三处疫源地又从何处传入，则须征之历史。英国培恩博士著《百斯脱历史》，言纪元后六世纪，当中国隋唐时，由埃及传入欧洲，土耳其、意大利首遭其害，死人无算。吾国盛唐时，时以兵力犁吐蕃、突厥之庭。中叶时，突厥、吐蕃尽族内略，西藏、云南、蒙古诸地皆为其种族所踞。非洲百斯脱疫种之由欧东侵，或由于此。逮十四纪初，欧洲百斯脱疫盛行，全欧人民疫死者二千五百万。是时正蒙古兵力蹂躏东欧之际。按之明刻昭代典则所载，元至正十八年十二月，蒙古疫死者二十余万人。是类之疫死者，虽不敢骤断为百斯脱，然是时正值欧洲疫盛之际，又值蒙古以兵力沟通欧亚之时，欧洲百斯脱之疫种又乘是南侵，夫岂无据？降及明季，蒙古部落蹂躏三边，山西等省几无完土。据《山西通志》载，崇祯十七年潞安大疫，病者生一核或吐痰血，不敢吊问，有阖家死绝不敢葬者。经研究百斯脱疫学者言，是实为腺百斯脱之确证。圣清受命，孕育区夏，盛德所被，疠孽不作。道咸以降，交通日繁。光绪二十四年，腺百斯脱发生香港，延及广东，死伤之数几及十万。为世界百斯脱疫初入精密观察之时。会是时，外人之目论者咸谓广、香之疫由云南传入。英国研究百斯脱学大家培恩氏则谓亚东百斯脱疫，以印度发生为最早。其始疫时代为千八百十二年，时值我国嘉庆十七年。是年中外记载，并示有滇、粤两省发见百斯脱疫之事实。就交通上之便利论，由印度至香港易，由云南至香港难。以广、香杂居之人种论，由印度往之英领，印人多；由云南往之，华人少。且滇、粤交通有广西为之隔阂，滇疫东播，广西先受其害，然后及于广州、香港。则广、香百斯脱疫之传入，以事实之记载、地点之交通上证之，确由印度传入无疑。

东三省百斯脱疫之发见，南部则营口、复州、盖平等处。光绪三十一二年偶一发见，随即扑灭。北部则发源于俄国西伯利亚之后加贝尔省。据俄医巴雷金氏之说，光绪十四年

（一千八百八十九年）后，贝加尔州之所克图夫四基地方，曾因此疫死十一人。光绪三十一年（一千九百零五年），中俄交界之札赍诺尔、满洲里地，又因此染疫十三人。光绪三十二年（一千九百零六年），阿巴图屯、满洲里又因此疫死九人。光绪三十三年（一千九百零七年），满洲里又因此疫死一人。是讨究东三省百斯脱疫之历史，实发源于光绪十四年俄境之后贝加尔州，至光绪三十一年始传入满洲里。是满洲里疫种传来已久，证之中外纪载，洵不可掩事之实也。

此次疫事起，据胪宾府报告，实由俄境后贝加尔州之大乌拉地方传入（详见第一章胪宾府篇）。衡情而论，无论发生于大乌拉，发生于满洲里，以俄国后贝加尔州固哩雅克通古斯、鄂伦春等部人民之习俗，与我黑龙江西北部满蒙人之习俗衡之，均足为酿疲之媒介。彼斤斤于发疫地点争国际之荣辱者，均目论之见也。总之，国家有完全之卫生行政，人民有完全之卫生知识，疫之发生于他境者，入我境而自消灭于无形；若平日沟渠不修，道路芜秽，人民之居处衣食无一不为酿疫之媒介，不必尤疫之传自邻境也，即我现时之居游食息，何一不与疫为缘。清夜抚心，自咎不暇。此可为我三省父老子弟流涕以道者也。

当疫之由满洲里传入哈尔滨，由哈尔滨奔散于三省各府厅州县也，竭半载之日力，糜三百余万之金钱，牺牲中外员医夫役之千余生命，以殉此四万余横死之疫。夫时际休明，现此惨剧，以致深宫旰食、小民涂炭者阅五阅月余。此皆三省官吏奉职之无状，一切卫生行政平时既未能悉措诸事，而使吾民之默喻于心，临时仓皇，竭蹶从事。其发现之困难可告于全国人士者，约有六端：

一曰员医无素养之困难。三省不特无研究西法之专门名医，即研究中法之医，亦大都略识药名即悬壶从事，各地方官绅之能研究传染病防卫法者，更无论矣。当哈埠疫事糜烂，求医函电日驰中外，各省员医以防疗传染病著有成绩者，平日俱有重要职守，非一电所可召集。目睹道路横尸、刻不及待之惨，遂严督三省旧有员医夫役日蹈疫疠丛中，忘身舍命以从事。始则官绅医士不信疫之可以传染，一切防卫疗治之法俱按中国治瘟成方从事，且中医不用镜验，于似疫非疫之辨，每难剖晰，偶遇感冒发热等症，狃于略施汤药之即奏效也，顽旧社会遂众口一喙，盛言疫之易治。西医规定一切防卫方法，以迫于禁令，阳奉而阴违之。而遇有染真百斯脱疫者，亦视为寒热等症而等夷视之，疫以治而愈盛。迨医生看护埋葬夫役染毙日多，一家有染毙数十名甚至灭户者，中医始束手结舌，曛就范围。而英、俄、法、美、奥、日东西医及京、直、苏、广各专门毕业之医咸云集于哈、长、吉、奉诸要埠，道府以下各地方官之防疫不力者立予参革，绅商各团体之顽抗者设法晓谕，官绅商民始信疫之可以传染，防卫政策亦至是始实地进行。惟此时发现之困难情形，较前日员医之顽抗状态为尤棘手，即深信疫之可以传染，虽以重赏悬其前，厉罚驱其后，员医夫役亦畏缩不前也。甚至看护埋葬人夫，鉴于同事者染疫之惨，委弃本月薪工，相约逃亡，致动军警之拘管者。始则锢于旧俗，视生命为儿戏，继则重视生命，弃职务若弁髦。其困难一也。

一曰药品无预储之困难。东省习守朴纯，民间防疗上一切应用之药品器械，除通商大埠设有以西法诊治之医院略备数种外，偏僻州县既素未研究，即素不预储。此次疫事起，需用各项药品器械，各地皆以急电哀告于总局，总局又须购之外洋及津沪各埠，日驰数电，火速催运，预备之多寡，价值之低昂，皆不暇计。以疫事之何时衰退、何时消灭，任事者皆非敢逆料。惟以民命与金钱比较，决不能吝惜金钱，涂炭生命，以期任事者事后之寡悔尤。预备悭则临时之应付难，预储多则事后之目论起。其困难二也。

一曰财政应付不及之困难。奉省至宣统二年之季为实行预算之时，动用分文，皆须经议事机关议决。行政上之经常费尚无法支应，临时费之有关巨款者，更无从筹措。疫事之起如星火，款项之费如泥沙，而在防卫上各项品物之糜费，随时领购，随时消化，尤易招事后之指摘。畏事之官绅，本以事前之款不易措，观望徘徊，又以事后之款不易销，束手坐视。自宣统二年十二月奉外部不惜款项以保民生之训令，并奏请度支部准拨关税以济急，三省行政官始严督各属官绅大举防疫。而用款之难尤难于筹款，若令各官绅放手从事，则酿事后财上之恐慌，累国家之全局，恐非食任事者之肉所可赎。且以官为不足恃而责之于绅，事后关于防疫用款上之控案，绅与绅之互相禀讦者尤多于绅与官，是又何说？若令各官绅刌印而予数米以炊，疫势之来飚忽无定，以某区为无疫暂可不防，而疫势偏乘其隙以肆毒，必待烂额焦头始讲徙薪之策，金钱生命之糜烂已百倍于初。故有疫地不可不防，无疫地尤不可不防，疫盛时救济之款不能惜，疫衰时善后之款尤不能惜，而行政官绅即以是疲于奔命，穷于应付。其困难三也。

一曰病院、隔离所筹备不及之困难。三省卫生行政，省垣规画甫具端倪，各属以地方经费之困乏，如防疫病院之出于预计外者无论矣，即普通病院，办者亦寥若晨星，进而求之隔离所，足资仓卒改用者尤鲜。盖防疫之病院、隔离所，其容积须宽广，其建筑须合法，其地址须离城市村屯辽远，足以杜邻居之传染。疫死多人后，为消灭疫种计，又须付之一炬，其工料价值须廉平。无论各地无此合宜房屋，即有此合宜之屋，民间以动须火毁，皆相戒不敢出租。奉天等处迫于是之困难，仓卒筹建病院、隔离所，以冰沍之期候短浅之岁月，兴浩大之工程。其困难四也。（详见病院隔离所篇。）

一曰断绝交通、检验留养之困难。三省冬季正农隙之际，农工商旅之络绎道路者盛于夏秋。其故有三：一由三省农工商原籍半皆直鲁，冬腊之交皆纷纷回籍度岁。二由年底为凡百人事结束之时，农之度岁须粜谷，商之度岁须清款，人事愈赜，交通愈繁。三由农产物是时出运，民间牲畜是时专营道途通运之业，故繁盛城镇骤行断绝交通之策，截留人口、牲畜、车辆日辄千余，少亦数百，留验七日，人畜车辆动辄至万，行旅羁滞之苦，与他方供亿之苦，均为人所难受、力所难胜。且东清、南满、安奉、京奉各铁道停驶后，各苦工云集关外，直鲁两省闻风戒严，函电交驰，只求弛出关之禁，而不代筹消纳之方。苦工之每日运送出关者，至不获已，用强制执行之策，派员阻止下车，并调派陆军拦阻。各要道行旅，以中途留难，抢地呼天，地方以供亿浩繁，筋疲力尽。行者居者，半载以来，几无生人况味。其困难五也。（详见遮断交通篇。）

一曰焚毁尸屋物品、隔离眷属之困难。吾国关于逝者葬祭之体，历代隆重。三省为丰镐旧族，古谊凤敦。子孙之对于尊亲，尊长之对于子弟，病则日夜调护，死则围守哭泣，葬则仪文烦缛，由病至死，由死至葬，有历数年如一日者。先王之所以饬伦纪而厚风俗者，何其仁且周也。而防疫政令，纯与此数千年相传之礼俗相反对。病即辟其亲族使之隔离，死即迅速抬埋或付火化。小而至病人所御服物、所居房屋，亦有以消毒乏术而即付一炬者。死亡疾病之余，又继以死别生离、毁室焚巢之惨，其怨讟胡可言喻。市夫谤议，里老流言，日曼衍于街巷。有指防疫所之抬埋夫专以活埋人为业者，有指病院、隔离所为活地狱一入即死者，久而士夫亦为其淆惑，积非成是，群起而与行政官绅为难。且病院、隔离所不许无病人轻易入内，为防传染计，乃商民以情形隔阂，流言纷起。地方官为维持行政起见，不得已订暂行规则，准各团体公举代表入内参观，始议利用地方团体诱导流俗。继而团体之聪明魁杰者亦为群情所劫，嗫不敢言，必终出于强制执行而后已。夫死伤之后，生人之哀痛已达极点，复施以四千年未经见之极残忍政策，势必由哀痛一变而为怨毒社会，一种哀痛怨毒之气先蟠结于胸臆而鲠于喉。防疫行政官绅即如何求合群情，亦动辄得咎。其所以致此之故，岂真民之无良哉，亦岂尽任事官绅之不职哉？四千来〔年〕之道德风俗入人者深，一旦语以我与人共此空气、共此世界，传染病之防卫方法，乃世界公认之方法，不能以一国之道德风俗而独异，而人当哀痛已深、怨毒已甚之际，意识作用纯为感情作用所驱使，言之喋喋，适以增其怨诅之资。其困难六也。

此外各项困难，笔难罄述。不必尤人之多口，亦不必尤民之无良。惟念身为民牧者，事前不知注意地方上一切卫生行政，临事仓卒筹办，防卫上一切举行之原理方法，自愧德薄，不能先事，使吾民之默喻于心。而斯役之所以促我趋赴场〔汤〕火、不惜钱不惜命之由来，尤有不敢使吾民共喻者在。即事后亦未便笔之于书，以之诏告天下后世者。谨将当日办事状况分篇述左，以为来者之借鉴，并以志当日任事者之过云。

第一编　东三省百斯脱疫发生及蔓延情形

宣统二年九月二十三日，百斯脱发现于黑龙江省胪滨府之满洲里。十月初七日，发现于吉林省滨江厅之傅家甸。十二月初二日，发现于奉天省城七区之南满车站。七旬之久而流毒已遍三省，自是而后，遂蔓连六十六州县。星星之火，可以燎原，涓涓不塞，流为江河。推其原因，良由东清、南满未断交通，为之导线。兴言及此，不得不咎我三省官吏无保障民命之实力也。天灾方退，万骨已枯，痛定思痛，出三省各属之报告文电而检案之，则发生之时日、传染之径路，犹历历可指者。

三省被疫地方六十六处，计奉天二十八处、吉林二十三处、黑龙江十五处。其疫死人数如左：

五千人以上者，为滨江厅、呼兰府二处；四千人以上者，为双城府一处；三千人以上者，为长春府一处；二千人以上者，为海伦府、奉天府二处；一千人以上者，为龙江府、绥化府、巴彦州、宾州府、阿城县五处；五百人以上者，为胪滨府、兰西县、余庆县、新城府、榆树厅、吉林府、新民、昌图府、怀德县九处；四百人以上者，为农安县一处；三百人以上者，为双阳县、伊通州、法库厅、奉化县四处；二百人以上者，为木兰县、德惠县、五常府、广宁县、开原县五处；百人以上者，为青冈县、肇州厅、依兰府、舒兰县、磐石县、义州、镇安县、康平县、西安县九处；五十人以上者，为大通县、大赉厅、桦川县、铁岭县、绥中县、抚顺县、辽中县、宁远州、西农县、辽阳州、长岭县十一处；四十人以上者，为敦化县、长寿县二处；三十人以上者，为宁安府、本溪县、锦州府三处；二十人以上者，为呼伦厅、方正县、额穆县、锦西厅、辽源州、盘山厅六处；十人以上者，为安达厅、海龙府、彰武县三处；五人以上者，为兴京府、东平县二处。

此疫势轻重之大略也。查三省疫区，各有其最初发疫之地。初以满洲里为黑龙江之发疫地点。继由满洲里传入滨江厅，蔓延吉省滨江厅，遂为吉林之发疫地点。迨后由哈而长，由长而奉，流行于奉省，故奉天又为奉省之发疫地点。

三省发疫以来，其传染期间之长短，各地虽有不同，要之其疫疠最盛之期，皆在岁末正初之间。黑龙江省疫势最烈之日为上年十二月二十九日，计毙六百八人。吉林省疫势最烈之日为本年正月十四日，计毙五百五十六人。奉天省疫势最烈之日为本年正月二十一日，计毙二百三十一人。三省合计其最烈之日为上年十二月二十九日，计毙一千零八十八人。若以平均计之，则黑龙江疫气流行一百五十六日，每日均毙九十四人；吉林一百四十二日，每日均毙一百五十六人；奉天一百零七日，每日均毙六十六人。三省合计一百七十六日，均毙二百四十九人。

至于各地传染之经路区域及疫染时间，各有不同，特分章胪述，以资来者之考镜。

第一章 黑龙江蔓延之疫势

此次百斯脱疫在中国境，实滥觞于满洲里，蔓延于三省各重要区域，而以铁路为媒介之大原。据胪宾府知府实地调查，确有证据。然俄东清铁道医院院主某君，则谓满洲里自疫见后，即厉行防卫隔离政策，所有居民无一出境南下，即有取道满洲里他往之客，亦必检验，五日而后放行。此次之疫实由满洲里以南各地新发生后波及各处，并非由满洲里直接蔓延。迹其所言，亦莫非以东清铁道未尝为传疫之导线而已。而同时德医官某（为满洲里税关医官）已不甚然其说，曾报告云，此次满洲各地发生之鼠疫，必谓其始于满洲里，虽不可知，要实由满洲里而蔓延至各处可断言者，俄医所言殊未确切云云。故考其疫势，由满洲里起点，即沿东清铁道一传至呼伦厅，再传至龙江府，三传而趋重于哈尔滨。综计黑省染疫各属共十有六，要皆偏在省界南部，罔非直接间接受哈尔滨之蔓延。今试考各疫地传入经路、起灭时与其疫毙人数，列之如左。

黑龙江疫势一览表

地别	传来地别	始疫日期	终疫日期	疫毙总数
胪滨	满洲里发生	二年九月二十三日	二年十一月十三日	五二二
呼伦	满洲里	二年十月初八日	二年十月二十九日	二〇
龙江	满洲里	二年十月初七日	三年二月初十日	一四〇二
呼兰	哈尔渎〔滨〕	二年十一月十六日	三年二月十四日	六〇六七
绥化	哈尔滨	二年十二月初一日	三年二月二十一日	一五八三
海伦	哈尔滨	二年十二月初一日	二年二月二十七日	二〇五九
兰西	哈尔滨	二年十二月初二日	三年二月二十日	五九九
青冈	哈尔滨	二年十二月二十四日	三年正月二十八日	一四三
安达	东由青冈 南由兰西	三年正月十二日	三年二月二十四日	一五
拜泉	哈尔滨	二年十二月二十八日	三年正月二十七日	五二
余庆	哈尔滨	二年十二月二十日	三年正月三十日	六一八
巴彦	哈尔滨	一年十二月十六日	三年二月十一日	一一二三
木兰	哈尔滨	二年十二月初七日	三年二月十七日	二四三
大通	依兰府	二年十二月十八日	三年正月二十九日	九二
肇州	双城府	一年十二月十八日	三年正月二十九日	二一三
大赉	哈尔滨	一年十二月二十一日	三年正月十四日	六一
统计				一四八一二

一、胪滨府

（一）传染之经路　工人张万寿者，向在俄境大乌拉站，以招工为业。宣统二年九月初，工棚内暴毙七人。俄人闻之，知为疫也，焚其棚屋，逐其工人，并将工人所有衣服、行李等件尽行烧毁，以为断绝疫根之计。大乌拉站距满洲里百三十里，有业木工者二人被逐，遂于九月十七日由乌拉站来满，寓居铁路界内二道街张姓木铺。二十三日疫发，相继死亡。同院田家伙房住客金老耀、郭连印二人遂亦传染，于二十三日身死。是为满洲里疫症发见之起原。至此次疫之发生，均谓由捕旱獭者而起。盖缘旱獭至秋冬之际有一种疫病流行，病时步行蹒跚，腋窝肿胀，人与接触，即时感染。猎者利其易得，争起逐之，由此传染，遂阶之厉。然此亦只腾为口说，究无确切证据。即近据各医员实地研究，将百斯脱菌种于旱獭，有未疫毙者。是此次疫症究系由旱獭传之猎者，抑由猎者传之旱獭，尚为未定之问题也。

（二）疫之区域　疫之发见于满洲里也，既在九月二十三日。二十七日，遂传至察汉敖拉煤窑。十月初四日，又传至札赉诺尔煤窑。十一月，又传至胪滨城治。统计四处，以满洲里站为最重，札赉诺尔次之，察汉敖拉、胪滨城治又次之。然以满站一区域论，由二道街起点蔓延至三道街、四道街、保府屯等处，又以三道街、保府屯两处为最重。

（三）疫之时间与死亡数　满洲里之疫，自九月二十三日起至十一月十三日止，共毙五百二十二人。试将各疫地之起灭时间并疫毙人数列表如左：

地名	始疫日期	止疫日期	疫毙人数
满洲里站	九月二十三日	十一月十三日	三九九
札赉诺尔	十月初四日	十一月十二日	一一六
察汉敖拉	九月二十七日		五
胪滨府城治	十一月　日		二
合计			五二二

又将其逐日死亡人数列表列左：

年	月	初一	初二	初三	初四	初五	初六	初七	初八	初九	十	十一	十二	十三	十四	十五	十六	十七	十八	十九	二十	二十一	二十二	二十三	二十四	二十五	二十六	二十七	二十八	二十九	三十	合计	总计
宣统二年	九月																							一四			八	一六	一四	一一	一一	六四	
	十月	五	四	三	八	一二	一二	一三		一四	一九	二三	一六	六二	二〇	一六	五	二一				一四	二三	一四		八	五	九	八	七	一二	一四	三七六	五二二
	十一月	一四	七	九	七	四	六	九	四	四	五	五	一																			二八	

二、呼伦厅

（一）传染之经路　厅境与满洲里最为密迩。其初传至何地、染及何人虽不可考，要实由满洲里传染而至此，则无可疑者。其被染之区，不出海拉尔本城，如左图。

（二）疫之时间与死亡数　自宣统二年十月初八日起至二十九日止，共计毙二十人。试将逐日死亡人数列表如左：

年	月	初一	初二	初三	初四	初五	初六	初七	初八	初九	十	十一	十二	十三	十四	十五	十六	十七	十八	十九	二十	二十一	二十二	二十三	二十四	二十五	二十六	二十七	二十八	二十九	三十	合计
宣统三年	十月								一		二	一	三		一	一	二				二							一	一			二〇

三、龙江府

（一）传染之经路 龙江疫线亦传自满洲里，应分初发与复发两种。

（甲）初发之来源 有水平人贾文，以猎旱獭为业。十月初十日由满洲来省，寓其同乡周礼豆腐店中。十二月疫毙，周礼亦传染而亡。又有保定人柳青，以理发匠为业。十月中旬亦自满洲里来省，寓其同乡陈兰理发店中，越数日疫毙，陈处与铺中人亦相继死亡。由是传染至十一月上旬，旋即消灭。

（乙）复发之来源 十二月初十日，有满洲里永德堂药店店夥以事来省，寓南门外大街永德堂药店，疫发身死。店内四人同时感染，次日遂毙二人。由此蔓延遂至不可收拾。

（二）疫之区域 龙江疫区分城治与四乡为二。

（甲）城治之疫区 疫之传入于省城也，以南门各大街与新立屯两处为起点。统计全城警区划分为六，疫势传播殆已靡遗，要惟以五六两区为最盛。盖五区地方低下，房屋矮小，居民贫苦，不知卫生。六区则伙房小店居最多数，茅屋数间容客数十，兼与齐昂车站最为密迩，故传染最早亦最多。

（乙）四乡之疫区 龙江辖境，南北长四百余里，东西相距数且过之，嫩江纵贯全境之中，向以江东、江西两区分界。统计全境村屯暨地房子数约七百，已染疫者四十三屯。

（子）江东区 江东区染疫村屯共二十七，究其起点则在十二里台。盖当十月初旬省城疫症发现，十二里台居民赵金有赴省购物，染疫回家，未及数日毙十余人。迨至省城疫炽，各村屯传染亦遂浸多，大约以沿孔道为最盛。试分三路计之。如东赴呼绥，孔道则有四家子、卢家屯、东官地等屯；北赴爱墨，孔道则有塔哈尔站、大哈伯等屯；南赴昂昂溪，孔道则有花尔、雅门、大道三家子等屯。今试比较其疫之轻重于左：

最重地：（一）花尔屯；（二）东官地屯；（三）卢家屯；（四）东四家子屯；（五）哈拉乌苏屯；（六）小巴尔虎屯。

次重地：（一）十二里屯；（二）大哈伯屯；（三）大河东屯；（四）昂昂溪屯；（五）崔家门屯。

不重地：（一）雅门屯；（二）龙口子屯；（三）依卜气屯；（四）蘑姑气屯；（五）南洼子屯；（六）宁年站；（七）塔哈尔站；（八）吉斯保；（九）二十棵树；（十）西雅普鲁屯；（十一）西域房屯；（十二）扎龙屯；（十三）八里冈子；（十四）大乌胡马屯；（十五）大道三家子屯；（十六）代王三家子屯。

（丑）江西区 江西区染疫村屯共计十六，究其起点则在雅巴气屯。盖缘屯民周长安在省城病院充看护夫，染疫归家，同屯感染，毙人至数十名。由是传播愈广。亦可以三路计之。北路如卧龙乡、绰绰力等屯，中路如一棵树、额勒木气、胡萝卜冈子等屯，南路如前索伯罕、前奇克奈等屯。又试比较其疫之轻重如左：

最重地：（一）雅巴气屯；（二）额勒木气屯；（三）绰绰力屯。

次重地：（一）陈家阿拉屯；（二）一颗树屯；（三）前奇克奈屯；（四）哈拉屯；（五）德保屯。

不重地：（一）胡萝卜冈子屯；（二）前索伯罕屯；（三）西李喜屯；（四）花尔屯；（五）鄂保屯；（六）丰保屯；（七）卧牛图屯；（八）卧龙乡屯。

（三）染疫时间 龙江疫症自宣统二年十月十二日起至三年二月二十七日止，共计一百三十五日。其间可分为三时期：

（甲）自初起时至十二月中旬，可称为隐现时期。盖省城自十月十二日疫发，至十一月上旬即已消灭。十二月上旬复行发现，四乡传至省城。虽未间断，然自十月中旬至十二月中旬，每日均不过数人，尚未有及十人以上者。

（乙）自十二月下旬至正月中旬，可称为剧烈时期。盖至十二月下旬乡民纷纷赴城购取货物，辗转传播，遂至剧烈。正月上旬，省城竟至日毙二十余人，四乡称是。

（丙）自正月下旬至二月下旬，可称为消退时期。盖至此时防卫机关已渐完备，交通断绝亦已实行，故疫气自渐及于消灭。

（四）疫毙人数　龙江城乡共毙一千四百零二名。今试列其逐日死亡人数如左：

年	月	初一	初二	初三	初四	初五	初六	初七	初八	初九	初十	十一	十二	十三	十四	十五	十六	十七	十八	十九	二十	二十一	二十二	二十三	二十四	二十五	二十六	二十七	二十八	二十九	三十	合计	总计
宣统二年	十月											二	二	三	六	五	五	二							三	三	一	一			一	三四	
	十一月	一			二	四				一				一	三	三	二	二	五	二	三	六	四	一〇	一〇		三	七	四	四	一	八〇	
	十二月	二	三	一	六	七	四	五	三	四	六			五	四	一〇		三	五	四	一	五	四	二	九	一	八	二三	三	六	一二六	二五八	一四〇二
宣统三年	正月	二五	二〇	三四	五一	六二	五二	二八	三一	二九	三五	一六	三六	五二	二六	二三	三七	三九	一四	一九		四一	三二	一九	五〇	二九	三二	一九				九〇三	
	二月	一四	九	六	九	四	一〇	一〇	四	一	一四	二		二	五	七	一一	一	三五			二一		一二			一					一二七	

四、呼兰府

（一）疫之来源　宣统二年十一月十六日，哈尔滨疫势渐炽，有苦力八人由哈来呼，寓居城内南河沿郭家肉铺。越日疫发，先后身死。所有铺内男女亦均传染而亡。呼哈相距仅五十里，当时交通未断，防范未严，一般商民往来，络绎辗转，传播势遂蔓延。

（一）疫之区域　呼境疫区分城治与四乡为二，两相比较，仍以城治染疫为最盛。

（甲）城治之疫区　呼城分南北二区，疫之发见于南河沿，系在南区境内，由是传染达于北区。故以传染之先后论，南区固较北区为最早；以传染之轻重论，南区亦较北区为最多。

（乙）四乡之疫区　四乡蔓延大约以接近哈埠、密近铁道各村屯为甚，故南乡最重（南乡对青山一带为尤甚），东乡次之，西北西乡又次之。试将各乡染疫村屯之数列表如左：

乡　别	染疫村屯数目
南　乡	一七八
东　乡	八八
西　乡	六八
北　乡	四八
合　计	三八二

（一）疫之时间与与死亡人数　自宣统二年十一月十六日起至三年二月十四日止，共毙六千零六十七人。试将各处疫毙人数列表如左：

区域	本城		西　　　　　　乡				防疫机关	
	南区	北区	南乡	东乡	北乡	西乡	淮军医	警
疫毙人数	六四八人	五三〇人	一八四六人	一四二七人	八一一人	七四三人	一三人	四五人
统计	六〇六七							

又试将其逐日死亡人数列表如左：

年	月	初一	初二	初三	初四	初五	初六	初七	初八	初九	初十	十一	十二	十三	十四	十五	十六	十七	十八	十九	二十	二十一	二十二	二十三	二十四	二十五	二十六	二十七	二十八	二十九	三十	合计	总计
宣统二年	十一月																二	四	七	一四	五	六	六	七	九	三	六	八	九	五	八	九九	六〇六七
宣统二年	十二月	一二	一三	三二	三二	二九	三〇	三五	五一	七一	四四	五一	七七	七〇	一九	一三	一四	一六	九八	三〇	二七	二六	三七	三六	四八	二五	二五	二五	二八	二九	三八	二九九六	
宣统三年	正月	二三	二四	一八	一八	一四	一四	一三	一四	九〇	一四	八八	八三	九九	九〇	六六	九〇	七六	一六	九六	五三	四五	四六	四九	三七	三八	五八	五二	一一			二八七四	
宣统三年	二月	一九	一九	一四	八	二	一八	五	四	二	二	三	二																			九八	

五、绥化府

（一）传染之经路　宣统二年十二月初一日，有旅客王奎升者，由黑龙江经哈尔滨旋至绥城，寓东大街荣生栈内。次日忽得暴疾，吐血而亡。官医陶恩荣住南大街，曾代该客诊视病症，亦于是日染疾暴死。初三、四日商铺客栈日毙人数，多系由哈来绥售货之商民，并运粮赴哈回绥之车夫。传染所致，浸传浸广，遂不可收拾矣。

（二）疫之区域　分城治与四乡为二。

（甲）城治之疫区　绥城分中、东、西三区。疫之发现于东大街，系在东区界内。至其蔓延，则以东区之东二道街，中区之东三道街、东四道街暨西区之北大街，中区之南大街为最盛。

（乙）四乡之疫区　绥化乡境共分五区。一区附城蔓延特甚，其余则以四区之永安乡、三区之上集乡为最重，二区、五区并未发现。兹将各区染疫村镇胪列于左：（未报各屯死亡人数，不能以轻重分。）

（子）一区：（一）万发屯；（二）生家窝铺；（三）大中阳堡；（四）三姓屯；（五）大穷榛岗；（六）果家烧锅；（七）房身沟；（八）新立屯；（九）卡路程子；（十）四平街；（十一）毛家屯；（十二）养马架；（十三）腾家围子；（十四）长山堡；（十五）房身沟；（十六）庞家崴子；（十七）三合屯；（十八）蓝凤池；（十九）潘榆树。

（丑）三区：（一）上集乡。

（寅）四区：（一）永安乡；（二）太平川；（三）正白旗头屯；（四）二屯；（五）三屯；（六）正黄旗三屯；（七）四屯；（八）厢黄旗头屯；（九）三屯；（十）古鲁板花。

（三）疫之时间与死亡人数　自宣统二年十二月初一日起至三年二月二十一日止，城内计毙一千一百一十二名，四乡计毙四百七十一人，共毙一千五百八十三人。试将逐日死亡人数列表于左：

年＼日月	初一	初二	初三	初四	初五	初六	初七	初八	初九	十	十一	十二	十三	十四	十五	十六	十七	十八	十九	二十	二十一	二十二	二十三	二十四	二十五	二十六	二十七	二十八	二十九	三十	合计	总计
宣统二年 十二月	二		六	二	三	六	一六		三	三八	九	九	三	一四	九	六	二六	二六	九	二〇		一七	二三	六六	四七	二	二	三三	七七		六二四	一五八三
宣统三年 正月	一四	七五	五三	五四	五四	四三	二八	一四	一二	一五	九	七	三〇	〇	八	八	七	一	一四	二	七	八	六	一	一六	四	四	一六	七	七	九一四	
宣统三年 二月	四	五	三	六	二	二	二			二							二			二							一		二		四五	

六、海伦府

（一）传染之经路　海伦南界绥化，疫之导线似可谓由绥化北渐而来。然发现在十二月初一日，正与绥化同时，则其来源实受哈尔滨之波及。盖时当冬令，府属农家均牵车辇粟往哈交易，其归自哈埠者，遂为传疫症之媒介云。

（一）疫之区域　府境疫症先发现于村屯，次传及于城内。以一场所疫毙之多寡论，城内及南乡之望魁镇为最重。以各村屯染疫之多寡论，则西南两乡为最重，东乡次之，北乡又次之。如左：

（甲）西乡　染疫村屯共三十六。

最重地：（一）恭字四井屯；（二）宽字五井屯；（三）宽字六井屯；（四）信字七井屯；（五）敏字公井屯；（六）惠字七井屯；（七）厢白旗头佐屯；（八）厢白旗二佐屯；（九）厢白旗八井屯；（十）厢白旗十三井屯；（十一）厢蓝旗七井屯；（十二）厢红旗八井屯；（十三）厢黄旗二佐；（十四）乾字三井屯。

次重地：（一）宽字四井屯；（二）敏字五井屯；（三）敏字七井屯；（四）正白旗头佐屯；（五）正白旗二佐屯；（六）正蓝旗头佐屯；（七）厢白旗；（八）三佐屯；（九）厢白旗十五井屯。

不重地：（一）恭字八井；（二）宽字七井；（三）信字六井屯；（四）信字八井屯；（五）敏字八井屯；（六）正蓝旗二佐屯；（七）正蓝旗；（八）三佐屯；（九）正蓝旗八井屯；（十）厢白旗十四井屯；（十一）厢蓝旗三佐屯；（十二）小师营七井屯；（十三）乾字头井屯；（十四）乾字四井屯。

（乙）南乡　染疫村屯共二十九。

最重地：（一）望奎镇；（二）恭字二井屯；（三）敏字四井屯；（四）正蓝旗头井屯；（五）正蓝旗四井屯；（六）厢蓝旗三井屯；（七）厢蓝旗五井屯；（八）厢红旗二井屯；（九）厢红旗三井屯；（十）厢红旗四井屯；（十一）厢白旗六井屯；（十二）水师营四井屯；（十三）宽字夹荒；（十四）坤字沿江屯。

次重地：（一）恭字头井屯；（二）宽字头井屯；（三）敏字头井屯；（四）敏字三井屯；（五）惠字头井屯；（六）正蓝旗二井屯；（七）厢蓝旗头井屯；（八）水师营头井屯。

不重地：（一）信字二井屯；（二）信字三井屯；（三）信字四井屯；（四）厢蓝旗二井屯；（五）厢蓝旗四井屯；（六）水师营三井屯；（七）信字夹荒。

（丙）东乡　染疫村屯共二十六。

最重地：（一）墨字五井屯；（二）墨字七井屯；（三）乾字头行八井屯；（四）乾字三行六井屯；（五）乾字四行五井屯；（六）乾字五行三井屯。

次重地：（一）墨字三井屯；（二）墨字六井屯；（三）乾字二行头井屯；（四）乾字三行；（五）二井屯；（六）乾字三行四井屯；（七）乾字三行五井屯；（八）厢蓝旗十五井屯。

不重地：（一）墨字二井屯；（二）墨字八井屯；（三）乾字头行五井屯；（四）乾字头行六井屯；（五）乾字头行七井屯；（六）乾字二行五井屯；（七）乾字四行头井屯；（八）乾字四行四井屯；（九）乾字五行头井屯；（十）乾字五行四井屯；（十一）乾字六行三井屯；（十二）乾字七行二井屯；（十三）正蓝旗十四井屯。

（丁）北乡　染疫村屯共计十二。

最重地：（一）恭字十井屯；（二）恭字十二井屯；（三）宽字十井屯；（四）敏字十一井屯。

次重地：（一）恭字十一井屯；（二）乾字头行九井屯。

不重地：（一）宽字十二井屯；（二）信字十一井屯；（三）信字十五井屯；（四）敏字十五井屯；（五）乾字十井屯；（六）乾字十二井屯。

（一）疫之时间与死亡人数　自宣统二年十二月初一日起，至三年二月二十七日止，共毙二千零五十九名。试将各处疫毙人数列表如左：

区	域	四			乡
城	内	西	南	东	北
疫毙人数	一九一	七一三	六六三	三一三	一七九
统　计	二〇五九				

又试就其逐日死亡人数列表如左：

年	月	初一	初二	初三	初四	初五	初六	初七	初八	初九	十	十一	十二	十三	十四	十五	十六	十七	十八	十九	二十	二十一	二十二	二十三	二十四	二十五	二十六	二十七	二十八	二十九	三十	合计	总计
宣统二年	十二月	二	四	五	九	一四	一五	一四	一六	二九	二三	二六	一九	一八	二二	三六	四九	三二	三六	七九	六一	四五	三九	六五	五〇	五二	八〇	五八	四四			九五六	二〇五九
宣统三年	正月	二六	五九	五三	五七	三五	四七	四二	三一	四一	二八	三一	五九	三八	四五	四二	三五	四九	一九	一七	三五	一〇	二七	一九	四〇	二三	一八					一〇五一	
	二月	二二	三	六	一	五	二	三							一一					一	五					二			二			五二	

七、兰西县

（一）传染之经路 共分四线。

（甲）南线 县境南距哈埠百五十里，南线胥由哈埠传来。有二事实：

（子）乡屯 距城南三十里小榆树镇，系由哈来兰必经之路。有杨昌子者向住此镇，以小本营生。宣统二年十二月初二日由哈回家，疫发身死。家人不知其为疫也，仍照俗礼举办丧事，以致吊唁亲友传染颇多。

（丑）城内 有韩信宽者，向在城内畜养车马，往来转运于兰城哈埠之间。十二月初旬由哈载客回城，十三日疫发毙命。由是互相传染，全城蔓延。

（乙）东南线 县境东南与呼兰接壤，南乡第二区、东乡第一区之疫均由呼兰传来。

（丙）东线 县境正东又与绥化接壤，东境之疫均由绥化传来。

（丁）北线 县境正北与青冈接壤，北境之疫均由青冈传来。

（一）疫之区域 兰西辖境东西宽九十余里，南北长约百十余里，大小村屯共计八百零八处。此次染疫始于村屯，次及城内。衡其轻重，以城内及南乡为最重，东北乡次之，西乡地广人稀，始终并未见疫。试就有疫各乡分其轻重如左：

（甲）南乡

（子）一区 是区界内村屯共计一百零七，已染疫者十九。

最重地：（一）小榆树镇。

次重地：（一）后汤家窑；（二）焦家店；（三）姚窝堡；（四）汤家窑；（五）彭家冈；（六）曲家沟；（七）小房身。

不重地（一）郝家油房；（二）蓝家窝堡；（三）何家窝堡；（四）乔家烧锅；（五）赵家纸房；（六）忙家窝堡；（七）徐福窝堡；（八）李家祇房；（九）梁家窝堡；（十）李金保屯；（十一）张家窝堡。

（丑）二区 是区界内村屯共计百三十二，已染疫者十五。

最重地：（一）仓库沟。

次重地：（一）大王家窝铺；（二）陈家窝铺。

不重地：（一）赵家岗；（二）张发屯；（三）李家店；（四）腰窝铺；（五）莲花泡；（六）李六窝铺；（七）包家窝铺；（八）王家窝铺；（九）冯家炉；（十）前对窝子；（十一）张家窝铺；（十二）陈六窝铺。

（乙）东乡

（子）一区 是区界内村屯共计四十有三，已染疫者十一。

最重地：（一）家城子。

次重地：（一）蔡家粉房。

不重地：（一）陈家油房；（二）韩家油房；（三）郭家粉房；（四）韩家洼子；（五）佟家窝窝铺；（六）干家窝铺；（七）常山屯；（八）聚宝山屯；（九）城甲子屯。

（丑）二区 是区界内村屯八十有五，已染疫者六。

最重地：（一）六百晌屯；（二）头道岗。

不重地：（一）孤山子屯；（二）六道沟；（三）孙家窝铺；（四）金老爷窝堡屯。

（丙）北乡

（子）一区　是区界内村屯共计一百四十六，已染疫者四。

最重地：（一）赵胡岗。

次重地：（一）后姜家窝铺；（二）许万昌屯；（三）财神庙。

（五）二区　是区界内村屯共计百四十二，已染疫者十六。

最重地：（一）李化屯；（二）杨仁屯；（三）姚起屯。

次重地：（一）崔家油房；（二）永发屯；（三）小拉海屯。

不重地：（一）刘广文屯；（二）薄拉火烧屯；（三）聚宝山屯；（四）双合屯；（五）蔡家甸；（六）孟家店；（七）三大家屯；（八）张家岗；（九）隆盛和；（十）梁家沟。

（一）疫之时间与死亡人数　自宣统二年十二月初二日起，至三年二月二十日止，共毙五百九十九人。试将各处疫毙人数列表如左：

区域	城内	南乡		东乡		北乡	
		一区	二区	一区	二区	一区	二区
疫毙人数	二二五	一三四	七四	三二	四四	一三	七七
统计	五五九						

又试就其逐日死亡人数列表于左：

年＼月＼日	初一	初二	初三	初四	初五	初六	初七	初八	初九	初十	十一	十二	十三	十四	十五	十六	十七	十八	十九	二十	二十一	二十二	二十三	二十四	二十五	二十六	二十七	二十八	二十九	三十	合计	总计
宣统二年 十二月		五	四	四	八	五	八	八	六	二	四	五	五	六	八	七	八	三	九	三	四	七	三	四	一三	六	三	四	四		一五六	五九一
宣统三年 正月	四	二	三	五	一	五	四	五	六	九	二	二	九	一	三	三	一	二	九	四	二	一	六	七	七	六	〇	一	三	一八	三八二	
宣统三年 二月	四	一五	二	六	二	四	三	四	二	五	一	一			一				一												五一	

八、青冈县

（一）传染之经路　宣统二年十二月二十三日，县属南境有农家粮车贩运货物自哈埠归，次日疫毙。兼由呼兰、兰西等处来青之苦工络绎不绝，由是遂蔓延矣。

（一）疫之区域　青冈疫虽不重，城乡均已传染。试将各乡染疫村屯如左（不能以轻重分）：

（甲）西乡　染疫村屯十二：（一）杜家窝堡；（二）三家营；（三）李家屯；（四）赵家沟；（五）陈家洼子；（六）城北屯；（七）宫才屯；（八）王家窝铺；（九）四马架；（十）蓝家窝堡；（十一）耿发财屯；（十二）张平房屯。

（乙）南乡　染疫村屯八：（一）何小悟屯；（二）长山堡；（三）西长山保；（四）王福屯；（五）广发屯；（六）卢家地房子；（七）刘连店；（八）马家地房子。

（丙）东乡　染疫村屯二：（一）三屯镇；（二）三合堡。

（丁）北乡　染疫村屯一：（一）六屯镇。

（一）疫之时间与死亡人数　自宣统二年十二月二十四日起，至三年正月二十八日止，共毙一百四十三名。试将各处死亡人数列表于左：

区域	城内	四 乡			
		南　乡	北　乡	西　乡	东　乡
疫毙人数	三二	三八	三四	三二	七
统　计	一四二				

又试将逐日死亡人数列表于左：

年＼月＼日	初一	初二	初三	初四	初五	初六	初七	初八	初九	十	十一	十二	十三	十四	十五	十六	十七	十八	十九	二十	二十一	二十二	二十三	二十四	二十五	二十六	二十七	二十八	二十九	三十	月计	总计
宣统二年 十二月																								一	○	三	五	五	一		二五	一四三
宣统三年 正月	三	五	四	二	一	六	四	六	四	一	五	三	三	三	九	四	八	七	六	二	二	二	二	二				一	一		一一八	

九、安达厅

（一）传染之经路　厅境东界青冈，南界兰西，疫线传入大率由此两县。北乡距龙江府不远，厅北之疫又率自府境传来。

（一）疫之区域　厅境传疫仅东、南、北三乡，城内及西乡均未传染。即有疫各乡亦不甚剧烈，如东乡仅邵家窝铺，南乡仅火石山屯，北乡仅珰鼐屯。

（一）疫之时间与死亡人数　自三年正月十二日起，至二月二十四日止，共毙十五人。试将逐日死亡人数表列于左。

年＼月＼日	初一	初二	初三	初四	初五	初六	初七	初八	初九	十	十一	十二	十三	十四	十五	十六	十七	十八	十九	二十	二十一	二十二	二十三	二十四	二十五	二十六	二十七	二十八	二十九	三十	月计	总计
宣统三年 正月									一	三					一						二					三					一一	一五
宣统三年 二月																					一										四	

十、拜泉县

（一）传染之经路　宣统二年十二月中旬，有范家地房子民人李玉山由哈埠归，不数日疫发，全家感染，相继死亡。由是传染各处，遂有如火燎原之势。

（一）疫之区域　县属疫线，起点于一区界内之范家地房子，东行经县城入二区界内之贾家窝堡，南折至三区界内之高家店，西经赵家窝堡、沙家屯，复南折趋至四区界内之刘家窝堡，北折至韩家屯而止。

（一）疫之时间与死亡人数　自二年十二月二十八日起，至三年正月二十七日止，共毙五十六人。试将逐日死亡人数列表于左：

年＼日（月）	初一	初二	初三	初四	初五	初六	初七	初八	初九	初十	十一	十二	十三	十四	十五	十六	十七	十八	十九	二十	二十一	二十二	二十三	二十四	二十五	二十六	二十七	二十八	二十九	三十	月计	总计
二年 十二月																												二				二
二年 正月			九	一	六	二	四				一	一			三	二			三	二	三	一	二	三	三		一	一	一	二	五二	五六
二月																一			一												二	

十一、余庆县

（一）传染之经路　十二月中旬，有张某者自哈尔滨来城，住东门内，不数日吐血毙命。是为城内疫症发现之起原。至县境四乡，产粮最富，向以哈埠为销场。每届冬令，农民运粮赴哈者络绎于道。去冬哈埠疫势甚炽，农民不知畏避，仍复照常往来，由是粮车遂为染疫之媒介。故县境之疫均系由哈埠传来。

（一）疫之区域　县境城乡均已染疫，城厢传染颇为剧烈，共毙百数十人。四乡则如南乡之格木克西段，东乡之格木克东段，西乡之长林子南北段，北乡之尼尔吉段、额依珲段，播传殆遍其间。以南乡附城为最盛，西乡次之，北乡又次之，东乡最少。

（一）疫之时间与死亡人数　自二年十二月二十日起至三年正月底止，共毙六百一十八名。试将逐日死亡人数列表如左：

年＼日（月）	初一	初二	初三	初四	初五	初六	初七	初八	初九	初十	十一	十二	十三	十四	十五	十六	十七	十八	十九	二十	二十一	二十二	二十三	二十四	二十五	二十六	二十七	二十八	二十九	三十	合计	总计
二年 十二月																					一	一		二	一	三	三	二	一	六	二〇	六一八
三年 正月	二	三	三		五	七	七	一〇	一〇	五	三	三	九	九	二	一	三	五	二	一	九	一	二	五	二	三	三	一	四五	五九八	

十二、巴彦州

（一）传染之经路　计分二线。

（甲）西线　州治西距呼兰百四十里，距哈埠百八十里。往来之人，类以贩买铁器、鸡鸭暨零星贸易之人占最多数。客冬呼哈之间疫势方甚，遂由此辈媒介，由西集厂传至州城。

（乙）北线　州治北距绥化百六十里，绥疫炽于客腊，遂由吴洛八桥入境，而蔓延于八、九等区。

（一）疫之区域　州境共分九区，疫之由西线来者，传至一、二、三、四、七等区；由北线来者，传至五、六、九等区。其间以州城暨四、五、九各区染疫最重，一、二、三、七、八各区次之，六区不通孔道，染疫最寡。

（一）疫之时间与死亡人数　自二年十二月十六日起，至本年二月十一日止，共毙一千一百二十三名。试就其逐日死亡人数列表于左：

年	月\日	初一	初二	初三	初四	初五	初六	初七	初八	初九	十	十一	十二	十三	十四	十五	十六	十七	十八	十九	二十	二十一	二十二	二十三	二十四	二十五	二十六	二十七	二十八	二十九	三十	合计	总计
二年	十二月																	一三	四	四	九	六	二	九	七	四二	二六	四一	七二	二七	六〇	三四二	
三年	正月	二四	二一	二七	二一	一五	一六	二一	二七	一五	一	三六	一	三五	三一	三〇	一四	一	一五	二九	三六	三八	三七	三二	三七	一三	三八	二二	二七	二八		七三四	一一二三
	二月	一〇	七	九	六	四	六	一	一				三																			四七	

十三、木兰县

（一）传染之经路　县属疫症均由哈埠营兵传染而来。有二事实：

（甲）城内之来源　有营兵自哈埠来城，投住王家店内。疫症发见，强令移出。店中传染，已毙七人。

（乙）乡屯之来源　县属二区韩炳屯内有由哈埠回防营兵，常在该屯来往，疫发传染，先后死者四十余人。

（一）疫之区域　城中传染最轻，四乡以一、二两区为重，五、六等区次之。试将各区染疫村屯于左：

（甲）一区　染疫村屯三：（一）石头河；（二）大木兰达；（三）柳树河。

（乙）二区　染疫村屯二：（一）小木兰达；（二）李家屯。

（丙）五区　染疫村屯一：（一）木兰镇。

（丁）六区　染疫村屯二：（一）老纸房；（二）头道河子。

（一）疫之时间与死亡人数　自二年十二月初七日起，至三年二月十七日止，共毙二百四十三名。试将逐日疫毙人数列表于左：

年	月\日	初一	初二	初三	初四	初五	初六	初七	初八	初九	十	十一	十二	十三	十四	十五	十六	十七	十八	十九	二十	二十一	二十二	二十三	二十四	二十五	二十六	二十七	二十八	二十九	三十	月计	总计
二年	十二月							一										一					一					一	四	二	五	一五	
三年	正月	一	三	一六	一〇	七	四	一〇	二二	六	八	七	七	六	七	四	五	三			二	五	二	一	七	六	五	八	四	七	九	二〇七	二四三
	二月	二	三	三		二		二	一	二			二																			二一	

十四、大通县

（一）疫之来源　分东西二线。

（甲）东线　县境东界与依兰接壤，凡新立屯、祥顺山等处之疫，均由依兰传来。

（乙）西线　西境毗连木兰，凡头道河、二道河等处之疫，均由木兰传来。

（一）疫之区域　县境仅二、三、四区有疫，其余均未传染。试将各区染疫村屯列左：

（甲）二区　染疫村屯五：（一）新立屯；（二）祥顺山；（三）西北河；（四）北靠山屯；（五）二站街。

（乙）三区　染疫村屯二：（一）东靠山屯；（二）太平庄。

（丙）四区　染疫村屯二：（一）头道河子；（二）二道河子。

（一）疫之时间与死亡人数　自二年十二月十八日起，至正月二十九日，共毙九十二人。试将逐日死亡人数列表于左：

年	月	初一	初二	初三	初四	初五	初六	初七	初八	初九	初十	十一	十二	十三	十四	十五	十六	十七	十八	十九	二十	二十一	二十二	二十三	二十四	二十五	二十六	二十七	二十八	二十九	三十	合计	总计
二年	十二月																		一			二	一		四		一	三	五	四	一	二四	
三年	正月	三	一			一	一	五	七			六	二	四	三	一	一		七	七	一	二	三	一	三	一	二			四	一	六七	九二
三年	二月			一																												一	

十五、肇州厅

（一）疫之来源　计分三线。

（甲）东南线　厅境东南与吉林省之双城府仅隔一江，疫线遂由双城越江而入肇州东南乡之天字五井。

（乙）东线　东界与呼兰接壤，肇州东南乡之大房身暨北荒段之和字牌，均由呼兰传染而来。

（丙）东北线　肇州东北乡毗连东清铁路之安达站，北荒段之平字牌均由此站传染而来。

（一）疫之区域　由东南线传来者，经天字五井，西趋至布拉克鄂多尔图查普起尔三台。由东线传来者，经大房身至和字牌而止。由东北线传来者，至平字牌而止。

（一）疫之时间与死亡人数　自二年十二月十八日起，至三年正月二十九日止，共毙二百十三名。试将逐日疫毙人数列表于左：

年	月	初一	初二	初三	初四	初五	初六	初七	初八	初九	初十	十一	十二	十三	十四	十五	十六	十七	十八	十九	二十	二十一	二十二	二十三	二十四	二十五	二十六	二十七	二十八	二十九	三十	总计
二年	十二月																			一		四						六	六	三	三	二三
三年	正月	五	五	八	四	四	一	七	二	四	六	六	一〇	七	九	五	一	七	五	六	四	六	一〇	五	七	五	一〇	一〇	八	三		一九〇

十六、大赉厅

（一）疫之来源　厅境疫症，据该厅报告，系由哈尔滨传染而来。其初传至何地、染及何人，均已不可考矣。

（一）疫之时间与死亡人数　自二年十二月二十一日起，至三年正月十四日止，城内毙五十二名，乡间九名，共毙六十一名。试将逐日死亡人数列表于左：

年＼日月	初一	初二	初三	初四	初五	初六	初七	初八	初九	十	十一	十二	十三	十四	十五	十六	十七	十八	十九	二十	二十一	二十二	二十三	二十四	二十五	二十六	二十七	二十八	二十九	三十	合计	总计
二年 十二月																						二	二	五	四	五	七	五	五	三	三八	六一
三年 正月	一	三	三																			一	二	一	三	三	三	一	一	一	二三	

第二章　吉林全省蔓延之疫势

疫势之传播，以铁路为导引线。满洲里发疫后，疫线即由是越黑龙江而直达哈埠。以哈埠为三省交通之枢纽，俄境回国及北满南下之工人俱鳞萃于是，死亡之数超于人口三分之一，为三省发疫之重心点。以从他处染疫者，以哈埠为首邸，从哈埠染疫者，又以各地为逋薮也。故哈埠疫势炽，三省疫势皆随之而炽，哈埠疫势衰，三省疫势亦随之而衰，地势然也。

自哈尔滨随汽车南下，其重心点复聚于长春。而长春所以为第二重心点之原因有二：

（一）地理上之关系　长春为三省商业之中心点，又居南北满铁路之交点地。自哈埠乘汽车南下者，至是皆纷纷下车，百工职业咸萃于斯，此为疫重之第一因。

（二）行政上之关系　哈埠糜烂波及长春后，即调派大队陆军在长春堵截北来人之南下。繇是凡在哈埠流行地染疫未死者，咸至长春而待尽。故宣统三年二月初哈埠流行地疫已清减，而长春犹盛者，职是之故。此为疫重之第二因。

以是二因，故吉省为三省之疫重地，哈、长尤为吉省之疫重地。其他各府厅州县疫势之重者，率于此二境有邻接之关系；其轻者亦无非与此二地为一气之灌输。此言吉省疫势者所当置重之点也。

兹将全省疫死人数，分别地方籍贯及人口比例，列表如左：

吉林疫死人数与人口比例总表

地别＼数别	人口数	疫死人数	千分比例数	地别＼数别	人口数	疫死人数	千分比例数
滨江厅	一三八一四	五六九三	二四七三弱	农安县	四三〇九九四	四三七	七弱
长春府	五九九九〇一	五八二七	五八强	舒兰县	尚未划清	二六一	
双城府	四二七五五九	四六〇九	六五弱	双阳县	尚未划清	三九〇	
阿城府	一四六八六二	一七九五	七三强	磐石县	一二六四三四	二一四	一〇强
榆树厅	四六二〇二八	一二一八	一五弱	长岭县	八八〇七五	一四七	一〇弱
宾州府	二五八三〇六	一二一五	二八强	方正县	四三八四二	二一四	三弱
吉林府四乡	七二七六七八三	八〇〇	六强	宁安府	四〇〇七四	三四〇	五强
德惠县	二一七六七八三	二七四	七强	敦化县	二七四二九	三九〇	九弱
新城府	三二九七七五	六一五	一一强	长寿县	八四七四八	四六九	三
五常府	一八二八四三	二五七	八强	额穆县	尚未划清	一九〇	
吉林省城	七一九〇六	三六四	三〇强	桦川县	尚未划清	七三	
伊通州	二六六七四三	八〇		总计	四五七九二二四	二四八六七	三二强
依兰府	三〇七九九	一三七	二六强				
备考	此表所列各属人口总数，内缺双阳、舒兰、额穆、桦川四属者，以该处悉新设治，所属人口总数尚未分明，故姑缺之。						

月别	地别城乡别日别	滨江厅 城	宾州府 城乡	德惠县 城乡	阿城县 城乡	双城府 城乡	新城府 城乡	五常府 城乡	榆树厅 城乡	吉林省城 城厢四乡	吉林府 城乡	伊通州 城乡	方正县 城乡	依兰府 城乡	长春府 城乡	宁安府 城乡	农安县 城乡	双阳县 城乡	敦化县 城乡	长寿县 城乡	舒兰县 城乡	长岭县 城乡	额穆县 城乡	磐石县 城乡	桦川县 城乡	日计总数
宣统二年十月	初一																									
	初二																									
	初三																									
	初四																									
	初五																									
	初六																									
	初七	三																								三
	初八	二																								二
	初九																									
	初十																									
	十一																									
	十二	二																								二
	十三																									
	十四	一																								一
	十五	一																								一
	十六	三																								三
	十七																									
	十八																									
	十九																									
	二十																									
	二十一																									
	二十二	四																								四
	二十三	二																								二
	二十四																									
	二十五																									
	二十六																									
	二十七																									
	二十八																									
	二十九	三																								三
	三十																									

月别	地别城乡别日别	滨江厅		宾州府		德惠县		阿城县		双城府		新城府		五常府		榆树厅		吉林省城／吉林府		伊通州		方正县		依兰府		长春府		宁安府		农安县		双阳县		敦化县		长寿县		舒兰县		长岭县		额穆县		磐石县		桦川县		日计总数
		城	乡	城	乡	城	乡	城	乡	城	乡	城	乡	城	乡	城	乡	城厢	四乡	城	乡	城	乡	城	乡	城	乡	城	乡	城	乡	城	乡	城	乡	城	乡	城	乡	城	乡	城	乡	城	乡	城	乡	
宣统二年 十月	初一																																																二
	初二																																																
	初三	三	五																																														三
	初四	二	一																																														五
	初五																																																二
	初六	一	五																																														一
	初七																																																五
	初八	一																																															一
	初九																																																
	初十	七	一																																														
	十一	一	五																																														七
	十二	一	六																																														一
	十三	一	三																																														五
	十四	一	四																																														六
	十五	一	二																																														一
	十六	一	三																																														三
	十七	一	三																																														四
	十八	一	三	一																																													二
	十九	三	三																																														二
	二十	三	三			一																																											
	二十一	七	三	二		一																																											九
	二十二	七	七	二				四																																									三
	二十三	一	七	五		三		三																																									七
	二十四	三	〇	三		二		一	三																																								四
	二十五	三	二	一		一		三	一																																								二
	二十六	一	九	二		一		三	一																																								六
	二十七	一	三	一		六		一	七																																								三
	二十八	一	二	一		二		一	九																																								三
	二十九																																																六
	三十																																																

月日别	滨江厅 城乡	宾州府 城乡	德惠县 城乡	阿城县 城乡	双城府 城乡	新城府 城乡	五常府 城乡	榆树厅 城乡	吉林省城 城乡厢	伊通州 吉林府 城乡	方正县 城乡	依兰府 城乡	长春府 城乡	宁安府 城乡	农安县 城乡	双阳县 城乡	敦化县 城乡	长寿县 城乡	舒兰县 城乡	长岭县 城乡	额穆县 城乡	磐石县 城乡	桦川县 城乡
初一日	五	一○四	一	八				一	四					二									八
初二日	六	二一		一○	二六																		八
初三日	五	一	五	七	一六			一					一		一								六
初四日	四九	三	六	四二	六	一							一	五									七
初五日	九一			三二	七	一		一					二二										一三
初六日	八	五	一	六八	一八	一		一	一				三三										二九
初七日	四		六	三九	一一	一		三	一				四	三	一								三四
初八日	九	三	三一	二二	一一			八	一				一四		一								五
初九日	六	七	一一	三一	五	五			一				三三		一								五一
初十日	七	一一		一九	一五	一一		一一						三	一							一	八一
十一日	八		三	三八	五	一一		一					五										六
十二日	三○		七	二三	四四			五	三				三四										九一
十三日	九	五	九	一八	八			八	三				一四	三									一四
十四日	○		四	七	九	一一		一一	七				五五	五	一七	六							一○
十五日	一一	六	七	一二	四○	四		九	九				五	七	三								一六
十六日	九	一一		六九	○	八		七	五				四四		一一					五			一五
十七日	五	五	五	五一	一一	三		九	五				九七		一四					八			一三
十八日	七	一六		三五	七五	一一		五	三				一一		二五					八			二九
十九日	四一	七	四一	九二	七五	三		四	四三				七七		一四					四			四一
二十日	一一五	一六	二六	三二二	二六	五		六	一二四	二一			二二		九								
二十一日	三六	三一	二○	一三九	一一	一一		四	一一	三一		一二	一○		三三								
二十二日	二五	二一		一○五	二四			九	一二	四		一六	○		一五								一一
二十三日	六	七六	一六	二五	四二	一一		八	八	一一		七一	一○		六	二							一六
二十四日	五	一八	三	三一	二七	六		六	六	二		二六	一○	六	五								一四
二十五日	七	一一	九	九九	三五	一二四		八	三三	四			七六	七	一								九
二十六日	九	一五	九	九四	三五	五		六	二二	二二			二六	六	五		三						六
二十七日	四	四一	一一	三八	二二	九		八一	六	七	五	七六	一六	五	六	五	三		八				四○
二十八日	五	八一	二九	二九	三五	六		六	八一	三			一三		二五		三		八				四七
二十九日	九	一一	九	九七	三二	一二四		六	六	二七			一五		一四	一五	三						
三十日	三	二八	二三	二九八	三五	一一五		六	六	六			二五		二九	一六	三		四				六○

月别	日别	滨江厅 城	滨江厅 乡	宾州府 城	宾州府 乡	德惠县 城	德惠县 乡	阿城县 城	阿城县 乡	双城府 城	双城府 乡	新城府 城	新城府 乡	五常府 城	五常府 乡	榆树厅 城	榆树厅 乡	吉林省城 城厢	吉林府 四乡	伊通州 城	伊通州 乡	方正县 城	方正县 乡	依兰府 城	依兰府 乡	长春府 城	长春府 乡	宁安府 城	宁安府 乡	农安县 城	农安县 乡	双阳县 城	双阳县 乡	敦化县 城	敦化县 乡	长寿县 城	长寿县 乡	舒兰县 城	舒兰县 乡	长岭县 城	长岭县 乡	额穆县 城	额穆县 乡	磐石县 城	磐石县 乡	桦川县 城	桦川县 乡	日计总数
正（宣统三年正月）	初一	四三			二○				五	三五	五四	二						一一	四					三一	四五					五	二					二							二			三六○
	初二	三九	二	五		二七	三一	六三	二九	八九	四九	四	一	二三	三六	一	一二	五四	四二	五	一○	四四	二	五		三七四

月别	地别·城乡别·日别	滨江厅		宾州府		德惠县		阿城县		双城府		新城府		五常府		榆树厅		吉林省城		吉林府		伊通州		方正县		依兰府		长春府		宁安府		农安县		双阳县		敦化县		长寿县		舒兰县		长岭县		额穆县		磐石县		桦川县		日计总数
		城	乡	城	乡	城	乡	城	乡	城	乡	城	乡	城	乡	城	乡	城厢	乡	城	乡	城	乡	城	乡	城	乡	城	乡	城	乡	城	乡	城	乡	城	乡	城	乡	城	乡	城	乡	城	乡	城	乡	城	乡	
宣统三年 二月	初一			三	一			四		六	八	二	四		七		二〇	九	八	八		四				二		二	九	一四六		一	四	六						二	五			一		一		一		一六九
	初二	三			二			二		九		三二	四		二		四五	七	一			八								一六六		一	四	八						八										六二四
	初三	四		一		二	四	二		四	五	一	五				二	三三	三									四六四				二		八						七		八				六		三		二三六
	初四	一					三			四		一三	五		二五			一二										四七				二七		七						九二		四						三		三四七
	初五						一五			三六	四	八					四	五二		二		五						一六三				六八		三七						二		九								一六八
	初六	二					二			三五		一三		六二	九	二	三											六				八								九										八〇七
	初七			三	二					五二		一	六一		七		二五											二		三		二		九						一五						三				七六五
	初八	二		四	二					三		一〇			一		五	二八										七				二三		六						八						四				六五六
	初九								二九			六				八	二									二五				九										九								二五〇
	初十	二							七	四	九	四	七二		四	一							二〇	三										一				九									六二五
	十一			二				一	五	三	六	五	二	一	五							四	八									一						六五七
	十二							二	八		三	四		九		一	五	七													
	十三			二				三	九	五		三	一五	四		一	五	七											
	十四	二						二	七	一三		八		三四		一	八	八							
	十五				二			一	六	四		三三	五	四	三〇		八	六	二						
	十六		二						三		一	三三		八	二			三							
	十七			三					二五	三		九	一	二	六			一〇							
	十八			二				一	四				四七			八									
	十九			一					二						三		八								
	二十								二						一										
	二十一								一			三	四	一		七									
	二十二									五				五											
	二十三								一	三	一							八							
	二十四									三	四			二					七						
	二十五												五						五						
	二十六								二				三						二						
	二十七								一	三	四								七						
	二十八								一	四								五						
	二十九									三								三						

月别	地别城乡别日别	滨江厅城	宾州府城乡	德惠县城乡	阿城县城乡	双城府城乡	新城府城乡	五常府城乡	榆树府城乡	吉林省城城厢	吉林厅四乡	伊通州城乡	方正县城乡	依兰府城乡	长春府城乡	宁安府城乡	农安县城乡	双阳县城乡	敦化县城乡	长寿县城乡	舒兰县城乡	长岭县城乡	额穆县城乡	磐石县城乡	桦川县城乡	日计总数
宣统三年三月	初一									二																二
	初二									二																二
	初三								一	二																三
	初四								二																	二
	初五																									
	初六																									
	初七																									
	初八																									
	初九																									
	初十																									
	补报搜出未详日期之疫死人数									四二三					一九七八											二四〇一
合计		五六九三	一二一四	二七六	五五六一〇八	二五九一八	五九五〇	一七九六	一七八六一	一三六〇四	八〇九	三〇四	一〇三七	一四四五二一	三七五一	四九三	三四〇三七	三九	四六	二五一	一四七	一九	二四五	六八	
统计		五六九三	一二一五	二七七	一九九五	四六〇九	六一五	二五七	一二一八	一一六四	三四三	二一一	一三七	五八二七	三四	四七三	三九〇	三九	四六	二六一	一四七	一九	二一四	七三	总数二四八六七
备考		此表所列疫毙人数，共计二万四千八百六十七名口。又表内所列长春疫死人数，内有在该境四乡山沟雪内搜出尸棺一千九百七十八具，路倒者居多，不知何日疫死，故并列入补报搜出未详日期之疫死人数栏内，合并声明。																								

复将全省流行情形暨疫毙男女人数列表如左：

吉林省鼠疫地别流行情形表

地　别	传来地别	始疫日期	中止日数	蔓延日期	终疫日期	疫势
吉林省城	长春	宣统二年十二月十二日	一三	六一	宣统三年二月二十七日	次轻
吉林府四乡	哈尔滨、长春	宣统二年十二月十八日	九	五七	宣统三年二月二十四日	次盛
长春府	哈尔滨	宣统二年十二月初三日	一	八二	宣统三年二月二十六日	最盛
宾州府	哈尔滨、阿城	宣统二年十一月十七日	一三	七九	宣统三年二月十九日	次盛
新城府	哈尔滨、双城	宣统二年十二月初五日	一二	六七	宣统三年二月二十四次	次盛
宁安府	哈尔滨东清铁道	宣统二年十二月初一日		一四	宣统二年十二月十四日	次轻
依兰府	哈尔滨	宣统二年十二月十九日	二二	四二	宣统三年二月二十三日	次轻
双城府	哈尔滨	宣统二年十二月初二日	一	八〇	宣统三年二月二十三日	最盛
五常府	哈尔滨、阿城	宣统三年正月初二日	一七	四五	宣统三年三月初四日	次轻
滨江厅	满洲里	宣统二年十月初七日	二一	一〇三	宣统三年二月十一日	最盛
榆树厅	哈尔滨、双城	宣统二年十二月初一日	四	七八	宣统三年三月初二日	次盛
伊通州	长春	宣统三年正月初二日	三	四六	宣统三年二月二十一日	次轻
双阳县	哈尔滨、长春	宣统二年十二月十九日	七	四六	宣统三年二月十三日	次轻
德惠县	哈尔滨	宣统二年十一月二十九日	一七	六七	宣统三年二月二十三日	次轻
长岭县	哈尔滨、长春	宣统三年正月初二日	四	二九	宣统三年二月初五日	次轻
农安县	哈尔滨、长春	宣统二年十二月十二日	二〇	五六	宣统三年二月二十七日	次轻
长寿县	哈尔滨、阿城	宣统三年正月十四日	五	九	宣统三年正月二十六日	最轻
磐石县	省城、长春	宣统二年十二月二十三日	九	三九	宣统三年二月十一日	次轻
额穆县	省城	宣统二年十二月二十九日	一八	一四	宣统三年二月初一日	最轻
敦化县	省城	宣统二年十二月二十一日	一三	一九	宣统三年正月二十三日	最轻
桦川县	依兰江省	宣统二年十二月十五日	二八	三四	宣统三年二月十七日	最轻
阿城县	哈尔滨	宣统二年十一月二十二日	二	七二	宣统三年二月初六日	次盛
舒兰县	五常、长春	宣统二年十二月二十二日	八	五一	宣统三年二月二十二日	次轻
方正县	哈尔滨、宾州	宣统二年十二月二十二日	二二	一一	宣统三年正月二十四日	最轻
备考	一、表内所列疫势，按照各属疫死人数，分别最盛、〈次盛〉、次轻、最轻四级。系以疫死二千以上为最盛，五百以上为次盛，一百以上为次轻，百以下为最轻。					

吉林全省疫毙男女人数籍贯比较表

地　别＼籍贯别	吉林	奉天	黑龙江	直隶	山东	山西	河南	湖北	四川	江西	广东	安徽	江苏	湖南	江南	浙江	未详	合计
吉林省城	一八三	八		五七	四〇												七六	三六四
吉林府四乡	五五一	二			二〇												二二七	八〇〇

地 别 ＼ 籍贯别	吉林	奉天	黑龙江	直隶	山东	山西	河南	湖北	四川	江西	广东	安徽	江苏	湖南	江南	浙江	未详	合计
长春府	一六七八	一四九		一〇六六	九一〇	五	六	九				四	五	二	一	二	一九〇	五八二七
宾州府	九五〇	八		三五	五七												一六五	一二一五
新城府	四八〇			四七	三六												五二	六一五
宁安府	二七																七	三四
依兰府	九三			六	五												三三	一三七
双城府	三一六	一二三		五一	八六	二八	二						三				一二〇〇	四六〇九
五常府	二〇一			一九	二四												一三	二五七
滨江厅	二二九	一七七	四九	六三〇	六二八	一二	一七	一	一	四	一	四					三九五〇	五六九三
榆树厅	五五三	五一	五	七〇	一一八	二							二				四一七	一二二八
伊通州	二五〇	二八		三	三四		四										二四	三四三
双阳县	三七四	二		一四														三九〇
德惠县	一三九	二		一九	三九												八二	二七七
长岭县	一三二		四	一一														一四七
农安县	二三六	六四	三	一八	一一〇												四二	四七三
长寿县	三七															九		四六

地别＼籍贯别	吉林	奉天	黑龙江	直隶	山东	山西	河南	湖北	四川	江西	广东	安徽	江苏	湖南	江南	浙江	未详	合计
磐石县	一八九	八		九	七												一	二二四
额穆县	一五				四													一九
敦化县	二九			二	三												五	三九
桦川县	三八		六		九												二〇	七三
阿城县	七九二	三五		七二	一五〇												七四六	一・七九五
舒兰县	一六四	二		二七	四二												二六	二六一
方正县	一四			一	三												三	二一
合计	一〇四五六	六五九	六七	一一二二	二三五〇	四七	二九	一〇	一	四	一	一	七	二	一	二	九〇九八	二四八六七
比较额	居总数千分之六六三强	居总数千分之四二弱	居总数千分之四强	居总数千分之一三四弱	居总数千分之一四九强	居总数千分之三弱	居总数千分之二弱	居总数万分之六强	居总数十万分之六强	居总数十万分之二弱	居总数万分之六弱	居总数万分之七弱	居总数万分之四强	居总数万分之一强	居总数十万分之六强	居总数万分之一强	（一）比例数，籍贯未详者不在内。（二）籍贯已详者，总数共计一万五千七百六十九。	

第一节　吉林省城及吉林府四乡疫染情形

（一）传染之经路　吉林疫病发于十二月十一日，其疫线分东西二支。

（甲）西线

由长春传入省城，共分二支，乡区共分四支。

一、苦力由长春染疫，回传至城厢第九区小饭肆而疫毙。

一、车夫五人由长春染疫，回传至城厢第六区广义客店而疫毙。

一、票永顺由长春染疫，回至府境之孙家湾而毙。

一、王德由长春染疫，回至府境西北之碾盘山而毙。

一、承茂如由长春染疫，至省城东关外昌邑屯而疫毙。另与承茂如同一疫线回名信福者，至小绥河疫毙。又有名陈福者，至三家子而疫毙。又有名孙二把子者，至三家子而疫毙。

一、田发由长春回，南行至小桥子而疫毙。

（乙）东线

由宾州、舒兰传入乡区，共分二支。

一、李桥年由宾州回，经泡子沿传染，至通气屯而疫毙。再南传至蓝旗屯，再南传至乌拉街而止。

一、张双春由舒兰传入，至黄家窝疫毙。再南传至大正屯，再南传至公拉马屯，再南传至吴代屯而止。

（二）传染之区域及比例　如左表：

吉林省城有疫地域人口总数与疫死人数比例表

有疫地域别	人口总数	疫死人数	千分比例 强+弱×	有疫地域别	人口总数	疫死人数	千分比例 强+弱×
第一区	六六三七	二九	＋ 四·〇	第七区	五四二三	二二	＋ 四·〇
第二区	六二一六	二三	× 四·〇	第八区	九二三三	二〇	＋ 二·〇
第三区	五二九四	一二	＋ 二·〇	第九区	七八〇一	五六	＋ 七·〇
第四区	六七四七	一五	＋ 二·〇	第十区	九八二五	一〇	＋ 一·〇
第五区	六六六七	二六	× 四·〇	其他		一四三	
第六区	八〇六三	八	× 一·〇	合计	七一九〇六	三四六	＋ 五·〇
备考	一、表内十分区域所列疫死人数内，有疫死于诊疫所、指有区域者，亦并列入，以为人口总数之比例。 一、表内其他一栏，系客籍死于诊疫所、无区域可指者。						

吉林省城疫毙与普通病毙人数比较表

地方别 种类	疫毙	普通病毙	人口总数	人口一千分之比例		地方别 种类	疫毙	普通病毙	人口总数	人口一千分之比例	
				疫毙	普通病毙					疫毙	普通病毙
一区	二九	八六	六六三七	四·三七	一二·九五	七区	二二	六〇	五四二三	四·〇五	一一·〇六
二区	二三	二七	六二一六	三·七〇	四·三四	八区	二〇	五七	九二三三	二·一六	六·一七
三区	一二	二九	五二九四	二·二六	五·四七	九区	五六	六八	七八〇一	七·一七	八·七一
四区	一五	四六	六七四七	二·二二	六·八一	十区	一〇	六六	九八二五	一·〇一	六·七一
五区	二六	六三	六六六七	三·八九	九·四五						
六区	八	六四	八〇六三	〇·九九	七·九三	合计	二二一	五六六	七一九〇六	三·〇七	七·八七
备考	右表所列疫毙人数与地方别人口数相比例，系单指城厢十区内者为限。若过往染疫人送诊疫所病毙者（即前表其他栏），则均不列入。										

吉林府四乡有疫地域人口总数与疫死人数比例表

有疫地域别	人口总数	疫死人数	千分比例	强弱 +×	有疫地域别	人口总数	疫死人数	千分比例	强弱 +×
公喇马屯	一一二〇	三五	+	三〇·〇	土家瓦房	七八七	八	+	一·〇
乌拉南头	二五六	一四	+	五〇·〇	狼头山	六四四	七	+	一〇·〇
通气屯	二九九	一	+	三·〇	大苇子沟	一三六七	二四	+	一七·〇
庞家店	三四〇		×	三·〇	营城子北街	三四七	二	×	六·〇
万屯	九二六	一〇	+	一〇·〇	和尚窝堡	五八〇	四	×	七·〇
泡子沿	五九二	一	×	二·〇	川条子	二二九	八	+	三〇·〇
旺起屯	六九九		+	一·〇	川心居	一一〇		×	一·〇
乌拉本街	五一六四	三	×	·六	板石沟	一九三	六	+	三〇·〇
哨口屯	四三〇	一	+	二·〇	山咀子	五四一	七	+	一〇·〇
缸窑	三六六一	三	×	一·〇	孙家湾	六四一	一三	+	二〇·〇
前窑	四七六	七	+	一〇·〇	二道沟	一一四八	八	×	七·〇
小口钦	四四六	八	×	二〇·〇	三官地	一四二	一	+	七·〇
孤家子	三五七	一	×	三·〇	太平村	一八四五	七	×	四·〇
大正屯	二八一	二	+	七·〇	碾盘山	二一七	四	×	二〇·〇
吴代屯	三〇四	二	+	六·〇	庙儿沟	五二一	一	×	二·〇
窑镇西头	四五□	七	×	二〇·〇	曹家沟	一二九	二	+	一五·〇
吐子屯	四四二	一	+	二·〇	兵家油房	一五八	一	+	六·〇
黄家堡	三三九	二	×	六·〇	李家屯	六四七	二	+	三·〇
昌邑屯	九六七	一五	+	一五·〇	雷家城	六二九	一	×	二·〇
朝阳街	四九九	□	+	四·〇	杨木岭子	五五六	三	+	三·〇
额赫木屯	四七八	七	+	一四·〇	杨家桥	九九七			
巴虎屯	四六四	三	+	六·〇	黑头山	六九四	三	+	四·〇
阿什哈达	八九〇	一	+	一·〇	小岗子	二一九	三	+	一〇·〇
大风门屯	二五一	一	×	四·〇	雷家屯	一九六	三	+	一五·〇
窝集口子	六七一	四	×	六·〇	八　台	五二三	二	×	四·〇
马家屯	一五七〇	三	×	二·〇	九　台	一七八	六	+	三〇·〇
额赫木站	四八五	二一	+	四〇·〇	石碑头	三三六	一	×	三·〇
官马山	一八四〇	八	+	四·〇	阎家店	七六八	一	×	四·〇
将军碑	七八八	二二	×	三〇·〇	南甸子	四九四	四	+	八·〇
岔路河	二三九〇	五三	+	二〇·〇	后西地	三四一	三	×	九·〇

有疫地域别	人口总数	疫死人数	千分比例	强弱 +×	有疫地域别	人口总数	疫死人数	千分比例	强弱 +×
小桥子	一四四一	四一	×	三〇·〇	吴家海浪	三七一	一	×	三·〇
双和镇	七八五	四	+	五·〇	土家屯	三九二	一	+	二·〇
大岗子	八八二	二	+	二·〇	金家屯	七七八	二	×	三·〇
二道河子	三三六	三	×	一〇·〇	张家烧焗	一二四	一	+	八·〇
大绥河	三七九〇	一九	+	五·〇	石灰窑	二七六	一	+	四·〇
小绥河	八八八	五一	×	六〇·〇	双桥子	六六〇	一	×	二·〇
大荒地	九二八	一二	+	一三·〇	西大地	二二〇	一	+	五·〇
将军屯	七四四	九	+	一〇·〇	三家子	三三八	一二	×	四〇·〇
三家子	八六九	二六	×	三〇·〇	桦皮厂	五四六七	一一	+	二·〇
腰岭子	三六六	一〇	×	四〇·〇	新立屯	六一〇	一	×	二·〇
刘磨房	七二一	一	+	一·〇	元天岭	二一九	一	×	五·〇
阎家店	二二四	一	+	四·〇	其塔木	二〇〇六	一〇	+	五·〇
拉拉街	九七四	九	×	一〇·〇	北其塔木	六二四	四	×	六·〇
连刀湾	六七四	一	+	一·〇	木石河	三四六一	四	+	一·〇
太平村	一一二四	五	+	四·〇	上河湾	一四二七	四八	×	三四·〇
文家沟	一九八	一	+	五·〇	卢家屯	四九九	一六	+	三二·〇
管家洼子	四九七	一	+	二·〇	董屯家	一一二	三	+	二六·〇
杨家桥	七八八	一	+	一·〇	成家窝堡	五一四	一八	+	三五·〇
曾窝堡	七六四	四	+	五·〇	胡家屯	四一一	八	×	二〇·〇
姚家沟	一三〇	三	+	二〇·〇	炮子屯	二三五	一	+	四·〇
老爷岭	二一四	五	+	二〇·〇	陈家屯	一七二	二	+	一〇·〇
闻家沟	四六四	四	×	九·〇	小荒地北沟	一九一	六	+	三〇·〇
波泥河	二一九九	一四	+	六·〇	三岔河	三二六	六	×	二〇·〇
马兴屯	一一四二	九	×	八·〇	桃 园		二五		
连兵湾	四八八	三	+	六·〇	合 计	八五〇一九	八〇〇		千分之九强

（三）疫之时间与死亡人数　如左表：

		初一	初二	初三	初四	初五	初六	初七	初八	初九	初十	十一	十二	十三	十四	十五	十六	十七	十八	十九	二十	二十一	二十二	二十三	二十四	二十五	二十六	二十七	二十八	二十九	三十	合计	总计
宣统二年	十二月															一			四	三	一	二	一	三	一	一	一	二	二	一	三	二六	三六四
宣统三年	正月	一	三	〇	七	三	五	四	五	二五	八	七	三〇	六	一	二	八	二〇	八	七	九	四	八	三	八	七	二〇	七				二九三	
宣统三年	二月	九	四	三	二	五	二	一	二	二			二		三			一						一				二				四五	

按：四乡地方辽阔，患疫人数多，无从考其死亡日期，故时间表从阙。

第二节　吉林北部之疫势

哈尔滨居全省极北，为三省发疫之第一重心点地。故吉省疫祸酷于三省，而吉省北部疫祸尤酷于全省。双城、宾州、新城、阿城、榆树等处地无完土，人死如麻，生民未有之浩劫，未有甚于此者。兹将其当日疫染情形分述如左：

滨江厅

（一）传染之经路　宣统二年十月初六日，有直隶承德人马良、张志善二人，向以苦力营生，由满州里来哈，寓傅家甸之第一区同发街二百三十二号门牌机器井院内，于初七日先后疫毙。随蔓延于新民街北口，折延于升平街，南下至小六道街之南昌街、大同街、景运街，复西折至维新街、永德街，分及于五柳街、染房胡同等处。

（二）传染之区域及比例　疫区以升平街为最剧，南昌街、大同街、景运街三地域通过之处次之，染房胡同、五柳街又次之。全厅人口一万八千一百二十八口，疫死人数五千六百九十三人，死亡人数对于人口比例有十分之三强，亦云酷矣。

（三）疫之时间与死亡人数　如左表：

年	月	初一	初二	初三	初四	初五	初六	初七	初八	初九	初十	十一	十二	十三	十四	十五	十六	十七	十八	十九	二十	二十一	二十二	二十三	二十四	二十五	二十六	二十七	二十八	二十九	三十	合计	总计
宣统二年	十月				三	二			一		一	一			三					四	二										三	二〇	五六九三
宣统二年	十一月	一		三	五	二	一	五	一		七	五	六	二	四	二	一	八	三〇	三	七	七	九	〇	二	三	二〇	八	三	七	三六	四一一	
宣统二年	十二月	五六	五三	四九	九一	八四	九六	七八	一〇	九三	二三	一五	二四	三五	二五	二九	五五	七六	四一	六一	五六	六八	五七	三九	五四	五一	一八	八二				三六一九	
宣统三年	正月	一四三	九六	二一九	二五	一四	一四	八八	九四	一	八五	九〇	八〇	六〇	三八	三五	三三	二七	四八	四四	五五	一六	六六	一	五六	二五	五四					六二八	
宣统三年	二月			三	四	一				二			二	一																		一五	

宾州府

（一）传染之经路　府境疫症亦由哈尔滨传来。有二事实：

（甲）城内之来源　有钟奎者，向在哈埠以劳力营生。宣统二年十一月十七日来至府城西门外关发家内，疫发身死，传染关发全家。由是城厢内外蔓延始遍。

（乙）乡区之来源　有王祥者，亦向在哈埠劳动。十二月初八日，以事至府境一区界内大猺狸河屯吉吴洛四家，疫发身死，传染全屯。辗转蔓延，遂及古道岭、泉眼河、香炉山等处。

（二）疫之区域及比例　府境除城区外，共分九区，传染殆遍。试就各区村屯疫死人数对于人口比例，分别胪列于后：

有疫地域别	人口总数	疫死人数	千分比例 强弱(+×)	千分比例	有疫地域别	人口总数	疫死人数	千分比例 强弱(+×)	千分比例
城厢	九九二三	九四	×	一〇·〇	地局子	四七五	二	+	四·〇
吊水湖	一四九	五	×	三〇·〇	五凤楼	四九〇	一一	+	二〇·〇
香炉山	二七三五	六	+	二·〇	桃源恒	三二九	一一	+	三〇·〇
白石砬	一八二	九	×	五〇·〇	小稗子沟	四一六八	九	+	二·〇
泉眼河	一〇三六	一五	+	一〇·〇	六马架	二二八	三	+	一〇·〇
红石砬	四二一二	六二	+	一〇·〇	土占屯	九八	五	+	五〇·〇
猺狸河	一二五二	二八	+	二〇·〇	靰拉草沟	八一	六	+	七〇·〇
古道岭	一一六四	九	+	一〇·〇	潘山屯	二八〇	一一	×	四〇·〇
吊水湖	二六〇	二	+	一〇·〇	岔沟屯	一六八	三	+	二〇·〇
南头道河子	五七九	一五	×	三〇·〇	田家沟	二〇〇	一		五·〇
哈蟆塘	九六	二	+	二〇·〇	孟家窝堡	三四	二	×	六〇·〇
三道河子	七九一	二八	+	三〇·〇	蓝家窝堡	八七	二	+	二〇·〇
马得水岭	三七〇	三七		一〇〇·〇	太平寺	三〇〇	七	+	二〇·〇
莺咀砬子	九二三	七	×	八·〇	张家大房	五九七	一六	+	三〇·〇
四道河子	一二〇一	三〇	+	二〇·〇	三全庄	一五八	三	+	二〇·〇
三道河子	一一〇〇	二八	+	三〇·〇	崔家屯	一六九	一四	×	一〇〇·〇
二道社	一四九〇	四〇	+	三〇·〇	牛拉山	七九	四	×	五〇·〇
大石河	一一〇〇	六	×	六·〇	一根庄	四〇	四		一〇〇·〇
二道沟	六四〇	七	+	一〇·〇	二道沟	八四〇	四	+	五·〇
刘珠屯	四五〇	四二	×	一〇〇·〇	范家屯	九五	四	+	五〇·〇
小黎树沟	三九九	一六	+	四〇·〇	黑瞎沟	一七七六	二	+	一·〇
老松顶子	一一四五	二〇	×	二〇·〇	庙岭	二二五	七	+	三〇·〇
草场沟	九八四	四二	+	四〇·〇	猴尔石	三八四	四	+	一〇·〇

有疫地域别	人口总数	疫死人数	千分比例	强弱 +×	有疫地域别	人口总数	疫死人数	千分比例	强弱 +×
太平沟	三四八五	三	×	一〇·〇	老营口	四〇〇	七	×	二〇·〇
太平寺	三〇四	一〇	+	三〇·〇	长春岭	四三〇	三	×	一〇·〇
小老营	二〇六	五	+	二〇·〇	新甸	六〇三	八	+	一〇·〇
二道岗	九九六	六七	+	六〇·〇	加板站	三三一〇	三	×	一·〇
满家店	四五二	一八	+	四〇·〇	胡仙堂	一三七	五	×	四〇·〇
万发屯	三五一	五	+	一〇·〇	范家窝堡	三五一	一	×	三·〇
双龙岗	二六〇	五	×	二〇·〇	小城子	二八〇	二	×	一〇·〇
高力沟	一五八一	二	+	一·〇	黑鱼泡	二八四	一	×	四·〇
房身岗	二二一五	一二	×	六·〇	九千五	三四九九	一二	+	三·〇
老黑顶子	七八五	四	+	五·〇	瓜兰川	二一三八	二	×	一·〇
广兴庄	一一三〇	一一	+	一〇·〇	高力帽	二五六八	四二	×	二〇·〇
靰拉草沟	二〇九	一二	+	六〇·〇	淘淇河	六二七六	三	×	·五
猞猁河	一一四九	一四	+	一〇·〇	侯家沟	九二五	一七	×	二〇·〇
二道沟	一三一	一五	+	一〇·〇	腰岭子	八四六	二	+	二·〇
满井	七七八	一二	×	二〇·〇	横道河	七四五	一四	×	二〇·〇
太平沟	五四六九	一四	+	二·〇	摆渡河	三三〇三	二	+	·六
淘淇河	四一七	一五	+	三〇·〇	汤石河	四七二二	三	×	·八
二道沟	一〇四五	二	×	二·〇	腰孤砟子	一一八〇	四	×	四〇·〇
乌河	三二四一	五	×	二·〇	靰拉草沟	一〇三〇	一二	+	一〇·〇
太平川	二五二九	七五	×	三〇·〇	二岔河	四二一〇	一六	+	三·〇
西河沿	三一〇	一九	+	六〇·〇	元宝山	四五四〇	八	+	二·〇
兴隆沟	四五九	一一	+	二〇·〇	高台子	三一五〇	一一	+	三·〇
山河堡	一一一	五	×	五〇·〇	二道海里浑	一八四〇	二	+	一·〇
靰拉沟	四九	五	×	二〇〇·〇	合计	一一九〇五七	一二一五	千分之一〇·〇	

（三）疫之时间与死亡人数　如左表：

年 ＼ 月 ＼ 日	初一	初二	初三	初四	初五	初六	初七	初八	初九	初十	十一	十二	十三	十四	十五	十六	十七	十八	十九	二十	二十一	二十二	二十三	二十四	二十五	二十六	二十七	二十八	二十九	三十	合计	总计
宣统二年 十一月															一						二	四		三	二	七	四				四一	
宣统二年 十二月	一四	三	五	六	九	二	三	七	〇	五	四	七	九	〇	六	五	三	三	八	一	七	二	五	四	二	六	七	九	九	二三	三七一	二一三五
宣统三年 正月	二〇	一五	三〇	〇	〇	一九	四三	四二	一二	五	九	四三	三二	五三	一七	四一	二五	〇九	四六	三一	五一										七七九	
宣统三年 二月	三	一	一	一		三	四	一		二																					二三	

阿城县

（一）传染之经路　宣统二年十一月二十一日，农民李姓由哈尔滨避疫回，寓城外李姓家，疫发身死，实为阿城疫染之祸首。兹详究由哈传阿疫线，共分二支：

（一）由王家店经荒甸东至第三区万发屯、金家屯，再东至第一区何先生屯，折而再东南传至杨树林，再东南传至杨大院，再东南传至蜚克图，极县之东界而止。

（二）由王家店东南传至马家沟、东苇沟，再南传至北崴，再南传至赵功屯，再南传至抹脖子沟，再南传至猞猁河、太平岭。由抹脖子沟复分东南一支，入第七区至小苇子沟、二道咀子等处。

（二）传染之区域及比例　如左表：

有疫地域别	人口总数	疫死人数	千分比例 强弱 ＋×	有疫地域别	人口总数	疫死人数	千分比例 强弱 ＋×
阿城县城厢	二四一五三	五五七	＋ 二三·〇	关家窝堡	二五八	八	＋ 三一·〇
永增源	五八二	一二	＋ 二〇·〇	黑牛屯	六〇三	五	＋ 八·〇
蓝旗后沟	八六一	二二	× 三〇·〇	前关家屯	一七四	二	＋ 一〇·〇
东兴成屯	二五一	一二	× 五〇·〇	朱家沟	一六五	一	＋ 一一·〇
瓦盆窑	一九七	三	＋ 一五·〇	罗家窝堡	三二〇	二	＋ 六·〇
成发沟	二一四	二六	＋ 一二〇·〇	柳家窝堡	一六二	四	＋ 二四·〇
张家炉	二二七	八	＋ 三五·〇	正白旗屯	六〇八	一五	＋ 二四·〇
杨乡约屯	三九五	六	＋ 一五·〇	林家窝堡	一六一	二	＋ 一二·〇
正蓝旗屯	七九一	四	＋ 五·〇	万发屯	九七	七	＋ 五·〇
厢白旗屯	五七二	二	× 三·五	五风楼	一五二	三	× 二〇·〇
蜚克图站	一四八三	二三	＋ 一五·〇	均发屯	四一九	三	＋ 七·〇
独一处	一二八	七	＋ 五四·〇	偏脸子屯	五八七	四	＋ 七·〇
崔家窝堡	二一六	二	× 一〇·〇	孙家店	三三九	二	× 六·〇

有疫地域别	人口总数	疫死人数	强弱	+×	千分比例	有疫地域别	人口总数	疫死人数	强弱	+×	千分比例
后小山屯	四〇二	六		×	一五·〇	周家村	一八一	一		+	六·〇
杏山堡	三九一	一一		+	二八·〇	赵家油房	二九五	一		+	三·〇
山夹缝	四八二	二		+	四·〇	高环屯	一四〇	二		+	一四·〇
李芳屯	一九八			+	五五·〇	黄土岗子	二五九	四		×	一六·〇
聚源昶	九〇七	八			八·〇	新立屯	三七二	二		+	五·〇
王尖饼屯	四六〇	二〇		+	四〇·〇	戴连屯	五四	一		×	二〇·〇
姜文义屯	三一七	一七		+	五三·〇	闻家窝堡	八三	六		+	七〇·〇
义兴泉	五二六	二		×	四·〇	马家窝堡	四六五	四		×	九·〇
恒隆西屯	四四五	二七		+	六〇·〇	城子沟	一九八	三			一五·〇
恒隆东屯	四六七	四一		×	九〇·〇	杨麻子沟	一五五	一〇		+	六〇·〇
小咀子屯	二五二	三		×	一二·〇	梁家窝堡	一五〇	三			二〇·〇
大萧家店	三七六	六		×	一六·〇	冯家窝堡	六一五	六		×	四〇·〇
马厂屯	二六三	一		×	四·〇	王家炉屯	八一二	三		+	一六·〇
蔡房子屯	一五九	八		+	五〇·〇	小头李家	七三	一四		×	二〇〇·〇
金家窝堡	三五一	三		×	九·〇	高家屯	八七	二一		×	二四〇·〇
长林子屯	五七八	八		×	一四·〇	大嘎哈屯	七二〇	一二		×	一七·〇
张秃屯	二四二	二		+	八·〇	摸力沟	三九八	七		×	二〇·〇
魏家油房	六八	二		×	三〇·〇	靠河山	二六一	一五		×	六〇·〇
孙家窝堡	六六	四		+	六〇·〇	杜家店	七三	五		×	七〇·〇
李豆付房	一五八	四		+	二五·〇	大房身	八二	一五		×	二〇〇·〇
一间楼	一六二	二八		+	一七〇·〇	耿油家房	二一五	七		+	三〇·〇
西楼上	一一五	六		+	五〇·〇	张家油房	一六二	四		×	二五·〇
太平川	二六三	七		×	三〇·〇	灰菜沟	一六五	五		+	三〇·〇
解广太屯	一二七	七		+	五五·〇	宋家屯	八四〇	八		×	一〇·〇
郝洛屯	一三三	一二		+	九〇·〇	三门杨家	一七〇	一		×	六·〇
白家油房	一七三	九		+	五〇·〇	拉林屯	一五三	一一		+	五〇·〇
双井子	九五	一一		+	一〇〇·〇	王家店	三六五	四		+	一〇·〇
太平岭	二五一	一四		×	六〇·〇	太平桥	八二	三七		+	四五〇·〇
满洲屯	一七九	七		×	四〇·〇	三棵树	四四二	一二		×	三〇·〇
小嘎哈屯	一七二	一二		×	七〇·〇	怀家沟子	四九	一		+	二〇·〇
三家子	一五一	四		+	二六·〇	骆斗子屯	三三七	三		×	九·〇

有疫地域别	人口总数	疫死人数	千分比例	强弱 ＋ ×	有疫地域别	人口总数	疫死人数	千分比例	强弱 ＋ ×
张合窝堡	九三	四	＋	四〇・〇	白城屯	二八六四	六	＋	二・〇
五棵树东	四八	一	＋	二〇・〇	桦皮川	一三七六	四	×	三・〇
哈克屯	一〇九	五	＋	四五・〇	正黄旗	二九三	三	＋	一〇・〇
杨木林子	七〇	九	×	一三〇・〇	冯家窝堡	七八	一	×	一三・〇
黄土岗子	二一四	五	＋	二三・〇	博碾沟	六三五	四	＋	六・〇
曹家窝堡	二三六	七	×	三〇・〇	沙河子	八五三	六	＋	七・〇
陆家店	八七	六	＋	五〇・〇	小石头河	六二三	五	＋	八・〇
赊力屯南	一九九	三	＋	一五・〇	沈家店	五八六	八	×	一四・〇
四家子	四九〇	七	＋	一四・〇	杨木岗	四六一	六	＋	一三・〇
正蓝旗	八五三	三	＋	三・五	二层甸子	一一一七	二〇	＋	一八・〇
马家沟	六四二	五	×	八・〇	小荒沟	二一〇	五	＋	二三・〇
东南屯	九二	四	＋	四〇・〇	小老营	四三五	一四	＋	三二・〇
兴隆沟	七五九	七	＋	九・〇	小岳沟	二七五	一四	＋	五〇・〇
厢白旗	六七七	四	×	六・〇	东北岔	四八二	五二	＋	一〇〇・〇
二道河子	二二一	一三	×	六〇・〇	大黄沟	一一八四	八	×	七・〇
前阳沟	六四九	四	＋	六・〇	官地	八九八	二	＋	二・〇
白家油房	九〇	六	＋	六〇・〇	达子营	一〇八五	六	×	六・〇
杨家屯	一二四	四	＋	三〇・〇	小海沟	七四八	二一	×	三〇・〇
孤家子	八二	六	＋	五〇・〇	荒沟	六六九	一九	×	三〇・〇
火烧蓝旗	一七一八	一九	＋	一一・〇	洼浑河	三五一	一二	＋	三四・〇
大海沟	四三八	一九	＋	四三・〇	正黄旗	九九五	四	＋	四・〇
杨家店	二五四	一六	＋	六〇・〇	皮川	六六一	一〇	＋	一五・〇
三家子	一二二	三	＋	二〇・〇	南小海沟	八一五	一四	＋	一七・〇
厢红旗	七三七	九	＋	一二・〇	小杨树屯	二四四	一三	＋	五〇・〇
大碾子沟	九六一	三三	＋	三四・〇	楸皮沟	三二二	一二	×	四〇・〇
关门咀子	三一九	二八	×	九〇・〇	二道街	七九四	八	＋	一〇・〇
赵胡子店	九九七	六	＋	五・〇					
料甸子	八〇七	九	＋	一一・〇	合计	八一四四八	一七九五	＋	二二・〇

（三）疫之时间与死亡人数　如左表：

年	月	初一	初二	初三	初四	初五	初六	初七	初八	初九	初十	十一	十二	十三	十四	十五	十六	十七	十八	十九	二十	二十一	二十二	二十三	二十四	二十五	二十六	二十七	二十八	二十九	三十	合计	总计
宣统二年	十一月																						一	一	三		三	一	七	九			二六	一七九五
宣统二年	十二月	一八	〇	一八	一六	二九	三五	三二	三一	二八	四七	四七	四九	四八	二四	三六	二九	四三	三一	三二	四四	五三	四七	四七	五〇	四〇	四九	四八	二四			一〇一四	
宣统三年	正月	四〇	三三	三七	四二	四四	三六	四〇	二八	三九	四四	二〇	二六	二八	二五	二九	二四	三〇	三〇	三六	九六	六三	一〇	一四	八							七三三	
宣统三年	二月	四	二	六	三	五	二																									二二	

双 城

（一）传染之经路　双城疫症，系宣统二年十二月初二日，有商人宫老祉由哈尔滨染疫回，一家疫毙四人。遂染铁路一带，波及全境。其疫线分铁路及寻常路二支。

（甲）铁路

双城铁路自东折亘西南三百余里，直贯全境中心。计境内车站三。一在由哈入双之第二区东北境，此为双之第一站。一在第二区与第三区之间，此为双之第二站。一在第六区即双城府城，此为双之第三站。此三站皆为疫之爆发点，而第二站与第三站之间疫势尤酷。

（乙）寻常路线

一、东北路线　由哈埠分为两线：一北线沿大道由第三区入第一区、第六区，达于府城；一南线由哈埠传入，不循大道而行者。

二、东路线　由阿城分为两线，亦可别为南北线。北线由阿城入于柳蒿沟等处，南线由阿城入王货郎屯，循大道西达府城。

（二）疫之区别及比例　双城当哈尔滨南下之冲，全境皆成疫区，传染最惨。其疫染村屯之小者，不胜枚举。兹将疫死人数对于人口比例列表如左：

有疫地域别	人口总数	疫死人数	千分比例 强+弱×	有疫地域别	人口总数	疫死人数	千分比例 强+弱×
本城关	三三九二七	一〇一八	+ 三〇·〇	厢黄旗三屯	七七五	三三	+ 四二·〇
厢黄旗五屯	七一八	三八	+ 五二·〇	厢红旗二屯	九〇八	三二	+ 三五·〇
陈家窝堡	五四六	二九	+ 五三·〇	正白旗头屯	八一四	四〇	× 五〇·〇
厢黄旗头屯	九二四	二八	+ 三〇·〇	狼窝屯	一八九	一六	+ 八四·〇
厢蓝旗四屯	八九四	三五	+ 三九·〇	正红旗五屯	四八五	一八	+ 三七·〇
正黄旗三屯	四五九	三三	+ 七二·〇	正黄旗四屯	六七七	一七	+ 二五·〇
东官所	一〇四四	三四	+ 三二·〇	厢红旗三屯	七一二	一八	+ 二五·〇
蓝家窝堡	一九七	一三	+ 六六·〇	于马架屯	二九六	二六	+ 八八·〇

有疫地域别	人口总数	疫死人数	千分比例 强+ 弱×	有疫地域别	人口总数	疫死人数	千分比例 强+ 弱×
正黄旗五屯	六〇八	三七	+ 六一·〇	正黄旗二屯	五八九	三五	× 六〇·〇
正黄旗头屯	七二四	三七	五〇·〇	厢蓝旗二屯	六八七	三〇	× 四四·〇
窦家窝堡	二六八	一四	+ 五二·〇	二道沟屯	二一三	一八	+ 八四·〇
韩曾窝堡	二〇六	二二	+一〇〇·〇	小乔家窝堡	一七九	一三	+ 七二·〇
正蓝旗三屯	五一一	三四	× 六七·〇	恒顺太屯	三〇八	二三	+ 七四·〇
厢红旗四屯	九八九	三六	+ 三六·〇	文家窝堡	一九七	一九	+ 九六·〇
厢黄旗二屯	六二一	三〇	+ 四八·〇	焦家岗	一二八	二〇	+一五五·〇
张家店	一四五	一一	× 七六·〇	下坎屯	一一四	二二	×一九三·〇
徐家窝堡	一七六	一五	+ 八五·〇	川心店	五一一	三〇	× 五九·〇
何家窝堡	二一四	二一	+ 九八·〇	新发屯	一九一	一七	× 八九·〇
苏家窝堡	二四一	二八	+一一六·〇	中安堡	二一一	三一	+一四七·〇
正白旗五屯	六八五	三九	× 五七·〇	拐故李屯	二四一	二四	+ 九九·〇
高家窝堡	二一三	二〇	× 九四·〇	榆树林屯	二八四	二九	+一〇二·〇
长岭子	一四一	一九	一三四·〇	萧家窝堡	二三五	三〇	×一二八·〇
三姓屯	一六八	一三	+ 七七·〇	姜家窝堡	三一六	二二	× 七六·〇
杜家屯	二八六	一六	× 五六·〇	苏家窝堡	一八五	一三	+ 七〇·〇
赵家窝堡	二一四	二四	+一一二·〇	暖泉子	二四六	一六	+ 六五·〇
闵家店屯	一九八	一九	× 九六·〇	兴隆沟屯	九八	一二	+一一二·〇
广陵成屯	二三九	二六	×一〇九·〇	沈王岗	二一六	一四	+ 六四·〇
梁家窝堡	二一四	二八	×一三一·〇	达子沟屯	一八四	一四	+ 六七·〇
四方台	四七五	二三	+ 四八·〇	哈达屯	二一八	一二	+ 五五·〇
杨家窝堡	一八四	一四	+ 七六·〇	万家窝堡	六四一	二六	+ 四〇·〇
尤家屯	一四五	二〇	×一三八·〇	方身沟	二八九	二八	× 九七·〇
程家岗	一六四	一六	+ 九七·〇	马家沟	二二四	一八	+ 八〇·〇
双林子屯	二〇八	二〇	+ 九六·〇	长沟子	二一八	二〇	× 九二·〇
二道沟	一八九	九	× 四八·〇	白家窝堡	一一八	一四	+一一八·〇
康家窝堡	一四八	一〇	+ 六七·〇	辛家窝堡	二一四	三五	+一六三·〇
大阙屯	一六九	九	+ 五四·〇	坝家屯	二九八	一七	+ 五七·〇
抱马屯	三六七	五八	+一五八·〇	于士珍屯	二〇八	一二	× 五八·〇
万家窝堡	五九三	四六	+ 七七·〇	都家屯	一八七	八	× 四三·〇
苇塘沟	九八	一三	+一三二·〇	六马架屯	一一八	一〇	× 八五·〇

有疫地域别	人口总数	疫死人数	千分比例（强＋弱×）	有疫地域别	人口总数	疫死人数	千分比例（强＋弱×）
荒甸	一〇九	一七	×一五六·〇	韩家店	一五二四	二	＋一·〇
方家窝堡	三四四	三一	＋九〇·〇	大房子	三三五	三二	＋九五·〇
王金花屯	二一三	二四	×一一三·〇	于马架屯	一八四	七	＋三八·〇
太平庄	二五四	二四	＋九四·〇	前对面城	二一五	六	×二八·〇
石家崴子	一八七	一八	九六·〇	田家窝堡	一七九	八	×四五·〇
正白旗三屯	五七三	三九	×六七·〇	马家屯	一二八四	五	×四·〇
正蓝旗三屯	四六八	三二	＋六八·〇	拉拉屯	二一八	二三	＋一〇五·〇
正红旗四屯	四一三	二八	＋六八·〇	三家窝堡	三六一	一六	＋四四·〇
汪家窝堡	一一九	一九	＋一五九·〇	许家窝堡	三三九	七	×二一·〇
正白旗头屯	四四九	三七	＋七四·〇	正红旗二屯	七八五	二二	＋二八·〇
厢黄旗头屯	一二一六	三六	×三〇·〇	厢红旗二屯	九九七	一八	＋一八·〇
厢黄旗五屯	七八九	二七	＋三四·〇	萧家窝堡	一二八	三四	＋二六五·〇
刘起旺屯	三九八	四三	＋一〇八·〇	厢黄旗头屯	九八四	三九	＋三九·〇
独一处屯	二三四	三一	＋一三三·〇	正白旗头屯	四九六	二七	＋五四·〇
傅家窝堡	二二八	二〇	＋八七·〇	三道沟	一二三	一〇	＋八一·〇
厢蓝旗五屯	五九六	一九	×三二·〇	东城子	一五六	一四	＋八九·〇
厢蓝旗二屯	六一四	一二	×二〇·〇	正黄旗头屯	一二八六	二二	＋一七·〇
厢红旗五屯	四〇八	一四	＋三四·〇	厢黄旗三屯	五七九	一九	×三三·〇
张志官屯	二四一	一三	×五四·〇	田英屯	一一四	六	×五三·〇
贾家店屯	五一四	一七	＋三三·〇	杨青店屯	九八	七	＋七一·〇
高家窝堡	一三四	一四	＋一〇四·〇	厢白旗二屯	四七八	二二	＋四六·〇
望山屯	二一四	一七	＋七九·〇	王家洼子	八八	五	＋五八·〇
太平庄	二四四	二二	＋九〇·〇	孤榆树	一二五	九	七二·〇
孙太隆窝堡	一八五	九	＋四九·〇	正蓝旗四屯	四六四	二七	＋五八·〇
正黄旗头屯	四六五	一九	＋四〇·〇	雄家屯	一八八	一四	＋七四·〇
正黄旗五屯	九二一	七	×八·〇	钟家店	一五八	二一	×一三三·〇
吴家窝堡	三八六	九六	＋二四八·〇	白家窝堡	一四四	一八	一二五·〇
铁家屯	二一八	五三	＋二四三·〇	拉林	一二五六四	四五	×四·〇
刘乡约屯	二一三	四二	＋一九七·〇	多叹站	二四五	八	×三三·〇
正蓝旗头屯	六九八	三七	＋五三·〇	土城子	一三八	九	＋六五·〇
牛圈屯	一一四	八	＋七〇·〇	兴隆屯	三八七	一一	＋二八·〇

有疫地域别	人口总数	疫死人数	千分比例 强+ 弱×	有疫地域别	人口总数	疫死人数	千分比例 强+ 弱×
双桥子	二一六	一八	+ 八三·〇	孙家屯	一五六	九	× 五八·〇
前红旗屯	八四六	二一	× 二五·〇	南梨树沟	二〇八	二三	+ 一一〇·〇
前蓝旗屯	七八九	三八	+ 四八·〇	柳树河子	一三八	一一	× 八〇·〇
康家炉	二四六	一七	+ 六九·〇	干沟子	一一四	一二	+ 一〇五·〇
背阴河	六二四	二九	+ 四六·〇	赵家油房	九八	一八	+ 一八三·〇
马鞍山	一九八	六	+ 三〇·〇	二道林子	二四一	六	× 二五·〇
小三姓屯	一四八	七	+ 四七·〇	阎家屯	一五六	四	+ 二五·〇
新甸	一九五	一三	× 六七·〇	古城店	一〇六	九	+ 八四·〇
金家岗	二三一	二六	一一二·〇	黄泥河子	二一七	二五	+ 一一五·〇
西黄旗屯	五九八	四八	+ 八〇·〇	板予房	二九六	一四	+ 四七·〇
桥子北屯	一四二	一一	+ 七七·〇	泉眼河	一一三	一二	+ 一〇六·〇
三道沟	二三五	五	+ 二一·〇	太平川	一八九	七	+ 三七·〇
李家油房	一七八	一二	+ 六七·〇	青顶子	一六八	一一	+ 六五·〇
白老满屯	一九九	一四	+ 七〇·〇	二道沟	一三四	三	+ 二二·〇
厢蓝旗三屯	四八五	二八	+ 六一·〇	倒搬岭	一七五	七	四〇·〇
靠河寨	五六四	一八	× 三二·〇	合　计	一〇七六四六	四六〇九	× 四三·〇

（三）疫之时间与死亡人数　如左表：

年 / 月 / 日	初一	初二	初三	初四	初五	初六	初七	初八	初九	十	十一	十二	十三	十四	十五	十六	十七	十八	十九	二十	二十一	二十二	二十三	二十四	二十五	二十六	二十七	二十八	二十九	三十	合计	总计
宣统二年 十二月	一六	一六	一七	一八	三一	三五	一五	五八	三九	三五	二四	三〇	四三	五三	七五	六三	五九	五五	八〇	六九	九六	六八	一〇三								一三一	四六〇九
三年 正月	六六	一〇八	二八五	八三	八三	九八	九九	二〇八	九四	〇六	六八	六五	九一	〇一	九七	〇三	一九	一一	一〇	一五	一七	八二	七七	七三	八三	五四	四四				三〇七三	
三年 二月	一四	三一	一九	五五	九九	八八	一	四一	一七	六六	〇二	二九	九七	七三	七五	五五	三三	二	一												三三五	

［三］新城府

（一）传染之经路　新城之东北与双城接壤，东清铁道由双城直贯府境东隅。此次疫症，即缘铁道由哈埠经双城传染而至。试分城治、乡镇以考究其来源：

（甲）城治之来源　宣统二年十二月初九日，有小贩梁姓父子二人由哈抵新，寓居城街德顺店内。是夜疫症猝发，次日父子相继死亡。十二日，又有城内街居民张姓由哈埠归，疫发身故。由是传染，蔓延全城。

（乙）乡镇之来源　乡镇之疫有由车站传来者，有不由车站传来者。其由车站传来，如附近铁道之新安镇，十二月初四日猝由谢家岗子车站传染，致毙居民四十余名。其不由车站传来者，如伊家店居民在哈贸易，十二月中旬回里疫发身死，后遂传染本屯。

城乡传染径路约分南、北、中三线如左：

（甲）南线　南部疫线，由小城子车站发生，东行至王茂屯、小孤榆树屯而止。西行经陶赖昭站、三家子、五家站、浩色站、兴隆堡至杏包屯而止。由五家站南折至莲花泡、西江湾。其间以三家子、五家站、浩色站为最重。

（乙）中线　中部疫线，由谢家岗子车站发生，东行分传至石头城子、新安镇两处。西行亦分二线：一传至大沟暨稼字四号，一传至万兴窝堡、卜家窝堡、八百晌、白翎岗、李家荒等处。以新安镇为最重。

（丙）北线　北部疫线系伊家店居民由哈传来，由伊家店西行至长春岭、老西窝堡、苗家窝堡、上六家子、大房身，南折至依尔陶、东园子，抵府城而止。由老西堡北延至下六家子。由上六家子南延至陈家荒、祁家窝堡。由大房身北延至火连马圈、夫拉子、黑鱼泡等处。其间以苗家窝堡、依尔陶两处为最重。

（二）传染之区域及比例　如左表：

有疫地域别	人口总数	疫死人数	强弱(+×)	千分比例	有疫地域别	人口总数	疫死人数	强弱(+×)	千分比例
城　内	一五六六二	五三	+	三·〇	苗家窝堡	六八三	一〇	×	二·〇
东园子	八一〇二	一〇二	+	一〇〇·〇	新安镇	九九九	一〇	+	一〇·〇
西三家子	六九四六	二	×	·三	小窑	五四〇	一	+	一〇·〇
万发窝堡	三〇五	一〇	+	三〇·〇	小孤榆树	四二三	九	+	二〇·〇
五家站	四七六四	五七	+	一〇·〇	万兴窝堡	一一三四	一〇	×	一〇·〇
一棵桃树	五九二	五四	×	一〇〇·〇	站西王家屯	二九五	一	+	三·〇
浩色站	一四九三	二四	+	二〇·〇	张起窝堡	一三四	八	×	六〇·〇
大房身	一三八	二六	×	二〇〇·〇	上坎屯	一九	一	+	五〇·〇
夫拉子屯	九一	八	×	九〇·〇	王家前苇子	四〇〇	三	×	八·〇
老西窝堡	二二五	一六	+	七〇·〇	陈家荒	二八五	六	+	二〇·〇
长春岭	五三一二	八	+	一·〇	戚家窝堡	二五六	一	×	四·〇
王家围子	三八六	七	×	二〇·〇	大沟屯	七三八	一	+	一·〇
三家子	一四八〇	一三	×	一〇·〇	前六家子	二〇六	一五	+	七〇·〇
莲花泡	四八一	一五	+	三〇·〇	稼四号	二三五	一	+	四·〇
双屯子	五八五	二二	×	四〇·〇	北兴隆堡	一〇〇	八	+	七〇·〇
白翎岗	一九〇	二	+	一·〇	王帽屯	四八	六	+	一〇〇·〇

有疫地域别	人口总数	疫死人数	强弱 +×	千分比例	有疫地域别	人口总数	疫死人数	强弱 +×	千分比例
锁龙屯	八三	一〇	+	一〇〇·〇	于家窝堡	二七〇	三	+	一〇·〇
八百晌	五八九	九	×	二〇·〇	班德士屯	九一八	二	+	二·〇
杏山屯	七六八	三	×	四·〇	西江湾屯	三五〇	一	×	三·〇
小城子	四三九	三	×	七·〇	黑鱼泡屯	四六五	一	+	二·〇
上六家子	七一五	四	+	五·〇	陶赖昭	二八〇八	六	+	二·〇
双庙子	一八九	三	+	一〇·〇	长安堡	一四三	一	×	七·〇
福兴窝堡	二九一	三	+	一〇·〇	城锅屯	七〇	一	+	一〇·〇
火燫马圈屯	三〇九	三	×	一〇·〇	李家厢房屯	五六	三	+	六〇·〇
张福成窝堡	六一	一二	×	二〇〇·〇	珠尔山	六一一	二	+	三·〇
西烧锅屯	三六五	二	+	六·〇	李瘌屯	三五四	二	×	六·〇
小西屯	一六〇	一	+	六·〇	下洼子	三七四	一	×	三·〇
下坎六家子	二一三〇	四	×	二·〇	三家辛门屯	五二七	一	+	二·〇
李家荒	五二〇	一六	+	三〇·〇	宜尔丹	一九四	四	+	二〇·〇
吴金屯	四二九	一	+	二·〇	民安窝堡	一八八	三	×	二〇·〇
前东荒屯	二一〇	一	×	五·〇	石头城子	三六三〇	五	+	一·〇
后城子	一八〇	六	+	三〇·〇	八里营子	二一二	三	+	一〇·〇
郭家店	九七	三	+	三〇·〇	合　计	七二一三一	六一五	×	九·〇

（三）疫之时间与死亡人数　如左表：

年 \ 月 \ 日	初一	初二	初三	初四	初五	初六	初七	初八	初九	十	十一	十二	十三	十四	十五	十六	十七	十八	十九	二十	二十一	二十二	二十三	二十四	二十五	二十六	二十七	二十八	二十九	三十	合计	总计
宣统二年 十二月					一	一				五	一	二			五			二	四	八	三	二	三	五	五	九	二	六	六	六	九六	
宣统三年 正月	二	四	二	一	二	五	四	七	六	六	二	三	二	三	六	七	一	一	三	三	一	二	九	三	五	〇	三	四	二	〇	三八五	六一五
宣统三年 二月	一	六	一	五	八	二	三	七	一	六	四	八	三			三	四	一						一					一	五	一三四	

五常府

（一）传染之经路　五常疫线，系宣统三年正月初二日，有贩鸡鸭之挑夫由阿城染疫回，投宿府城里许之小店，疫毙，遂致传染于城关。更由城关南传至府之南境山河屯，北染至对儿店、五常堡，东染至太平山街、蓝彩桥街。

（二）传染之区域及比例　如左表：

有疫地域别	人口总数	疫死人数	强弱 +×	千分比例	有疫地域别	人口总数	疫死人数	强弱 +×	千分比例
城　厢	一二三五四	七八	+	六·〇	老烧锅屯	七五六	一	+	一·〇
长林子	四二四	一一	×	三〇·〇	香水河子	一二四二	七	×	六·〇
半拉城子	四一六	二	+	四·〇	十八里甸	二五二三	九	×	四·〇
兰彩桥	八二三二	二六	+	三·〇	葛儿屯	二六三四	三	+	一·〇
对儿店	五六五	一六	+	三·〇	二道岗	三九八一	一五	×	四·〇
山河屯	一四二八二	二三		三·〇	大杨树屯	二三三四	六		三·〇
太平山	一一二五六	二七	+	二·〇	棒锤沟子	一五六二	一	+	·六
太平岭	二八二	三	+	一〇·〇	莲花泡	八七六	一	+	一·〇
头道河子	一九六三	二	+	一·〇	靠山河	一四五六		×	·七
三个顶子	二三八四		+	·四	龙王庙	四二一		+	
穷棒子岗	四六二	一		二·〇	云梯山	五二六		×	
三道岗	一六六九	三	×	二·〇	西南沟	八五八	三	×	四·〇
桃儿山	一九八五	二	+	一·〇	向阳山	七五六二		+	·一
售烧锅屯	八九二		+		齐船口	二四五		+	四·〇
长棵岗	一六九六	二	+	一·〇	八家子	六六五	一	+	一·〇
一军松	一六四五	六	×	四·〇	合　计	八八六九〇	二五七	+	三·〇
太平川	五四一	一	×	二·〇					

（三）疫之时间与死亡人数　如左表：

年＼月＼日	初一	初二	初三	初四	初五	初六	初七	初八	初九	初十	十一	十二	十三	十四	十五	十六	十七	十八	十九	二十	二十一	二十二	二十三	二十四	二十五	二十六	二十七	二十八	二十九	三十	合计	总计
宣统三年　正月					一			八			五	五	一	九	四	七	一〇		四	七	七	六	四	八	七	四	一		八	二五	一九三	二五七
二月	七	二	二	二							九	五	四	五		二	九	三		一					二				二		六一	
三月			一	二																											三	

榆树厅

（一）传染之经路　榆树疫症，系宣统二年十二月初一日由哈尔滨传入。其传染线约分二支：

（甲）北境东线　由哈经双城入厅界孙家窝堡。其线路南经治字六号、治字八号，又南至大岭，又南至厅治，又南至大坡。其首当爆发之点：一为大坡，乃由姜姓、于姓二人由哈染疫，至此身毙者，遂乃传其附近大后沟屯、三道沟子、兴隆店、瓦盆窑等处；一为大岭，乃因哈埠来客至大岭魁盛店、富兴店而疫毙者，遂传附近红石磝、龙头山、蒋家屯、居家屯、治字十三号、母狗营屯、治字六号、治字八号等处。

（乙）北境西线　由哈经双城入厅界拉拉屯。其线路南经太平桥，又南经西太平屯，又南至小官地屯、盟温站。其首当爆发之点为盟温站、小官地屯。乃因民人杨玉、李广成至此疫毙者，遂传于五棵树镇、小房身、孙家、平房等处。

合上二线，以盟涡站、小官地屯、五棵树、兴隆店、大岭、红磎、治字八号诸处为最重。

（二）传染之区域及比例　如左表：

有疫地域别	人口总数	疫死人数	强弱(+×)	千分比例	有疫地域别	人口总数	疫死人数	强弱(+×)	千分比例
厅治	一三八三〇	七	+	·七	兴隆店	二二六〇	二七	+	一〇·〇
瓦盆窑	六三	一	+	一〇·〇	太平岭	一〇一〇	一六〇	+	一〇〇·〇
兴隆沟	一八七一	七	+	四·〇	永合屯	一一二八	三九	+	三〇·〇
孙胡屯	八九三	一六	×	二〇·〇	官地屯	一五〇二	四六	+	三〇·〇
西葫芦屯	八二一	四	×	五·〇	盟温站	二一三〇	七九	+	四〇·〇
王家桥屯	八三一	四	×	五·〇	五棵树	三八一一	二四	×	七·〇
谭乡约屯	七九五	六	×	八·〇	颜家岗	八二五	一五	×	二〇·〇
豆子沟屯	一〇一一	一三	+	一〇·〇	史牛圈屯	七九□	二一	×	三〇·〇
一里气屯	九〇二	一一	+	一〇·〇	万宝屯	六八二	一六	×	二〇·〇
小山河屯	六一二	一一	×	二·〇	双合屯	一〇三一	三〇	×	三〇·〇
小双山堡	二〇七	一〇	×	五〇·〇	孙家平房	六一一	六	×	一〇·〇
团山子屯	三九〇	二	+	五·〇	小房身	九二〇	八	×	一〇·〇
西南沟子屯	四七一	一	+	二·〇	下洼子屯	八七七	一	+	一·〇
小孤树屯	九八三	二	+	二·〇	大后沟	一〇二一	一五	+	一〇·〇
刘家店	七六二	三	+	四·〇	李家屯	九二四	二三	+	三〇·〇
傅杂货铺	九七〇	一	+	一·〇	闵家屯	三八二七	五	+	一·〇
水泉沟	八九七	一八	+	二〇·〇	三家窝铺	一〇八四	三	+	三·〇
东新甸	七四二	一八	+	二〇·〇	闵家屯南岗	五二一	二	+	四·〇
水饭沟	五七四	一一	×	二〇·〇	大坡	一九九三	一九	×	一〇·〇
三道沟子	八二六	二八	+	三〇·〇	热闹沟	四九七	六	+	一〇·〇
平安屯	一一一三	五	×	五·〇	九户屯	九八二	三	+	三·〇
姜家沟子	九二二	一三	+	一〇·〇	十里沟	七九六	八	+	一〇·〇
姑子庵	八八六	一	+	一·〇	益合屯	九七五	六	+	六·〇
铁扛屯	五五一	一	×	二·〇	孙家窝堡	六五九	一一	×	二〇·〇
老爷庙	八九七	二	+	二·〇	黄家冈子	六四八	一	×	二·〇

有疫地域别	人口总数	疫死人数	强+弱×	千分比例	有疫地域别	人口总数	疫死人数	强+弱×	千分比例
西北窝铺	八三九	五	+	六·〇	曹家沟屯	五九七	一	×	二·〇
鲁古屯	九八二	四	+	四·〇	狗营屯	七五六	七	×	一〇·〇
范家屯	八七三	八	×	一〇·〇	龙头山	八九四	一六	×	二〇·〇
三道河子	七五四	二	×	三·〇	六棵树	七八五	一	+	一·〇
小老边	五五四	一	×	二·〇	大岭街	二〇九〇	四八	+	二〇·〇
尹家店	四三三	一	+	二·〇	唐家屯	六八二	一一	×	二〇·〇
黑林子	三七九〇	一	×	·三	红石磠	七八八	四六	×	六〇·〇
长安堡	七八四	三	+	四·〇	大房身	九八七	一一	+	一〇·〇
韩家桥	三八六	四	+	一〇·〇	治字十三号	八六二	一三	×	二〇·〇
小康家烧锅	六七一	一	+	一·〇	西泉子屯	七九七	一七	+	二〇·〇
刘家店	三五	三	×	一〇〇·〇	治字东六号	五八五	九	+	二〇·〇
沟子屯	五一一	八	+	一〇·〇	治字六号	六四三	一三	+	二〇·〇
治字八号	七〇二	四六	×	七〇·〇	姜家沟子	六七八	一〇	+	一〇·〇
么乡约屯	九〇七	二	+	二·〇	太平桥	九八一	二二	+	二〇·〇
大沟屯	一〇一二	二	×	二·〇	苏家冈子	八六二	二六	+	三〇·〇
上台子	五五〇	一	×	二·〇	高乡约屯	七〇三	二	×	三·〇
席家屯	五四二	九	×	二〇·〇	拉拉屯	七七五	一	+	一·〇
鞠家屯	四三二	一一	+	二〇·〇	杨乡约屯	八〇五	一	+	一·〇
弓棚子街	二三五〇	一一	×	五·〇	灰塘沟	一〇四〇	六	×	六·〇
邹家油房	七七五三	一六	+	五·〇	孤家子	九六五	四	+	四·〇
中南堡	五六二	一七	+	二〇·〇	二道冈	六八五	一三		二〇·〇
蒋家屯	六二一	二六	+	四〇·〇					
治字小八号	五一一	二五	×	五〇·〇	合　计	一〇八八四〇	一二一八	+	一〇·〇

（三）疫之时间及死亡人数　如左表：

年	月	初一	初二	初三	初四	初五	初六	初七	初八	初九	初十	十一	十二	十三	十四	十五	十六	十七	十八	十九	二十	二十一	二十二	二十三	二十四	二十五	二十六	二十七	二十八	二十九	三十	合计	总计
宣统二年	十月	一	一			一	二	二	三	五	八	二	五	九	七	九	五	四	四	三	三	三	六	四	九	八	六	八	六	六		二五八	一二二八
宣统三年	正月	一	一	三	九	一	五	○	三	八	二	八	○	五	五	七	五	二	四	二	三	四	一	二	四	一	三	五	九	五	六	六八八	
	二月	二○	四五	二二	六四	六	七五	一	四	二三	五	八	三九	二	二	二一	三	四	一	四	三二											二六六	
	三月	二	二	二																													

舒　兰

（一）传染之经路　舒兰发疫始于宣统二年十二月二十一日。初传之人，四乡由白初两家农民，由长春运粮回至五官屯而传染；城内由防疫局巡官富海下乡查疫，回局疫毙局中，染毙四人，本街遂亦有因而染毙者。其疫线传来，分西、北两线。

（甲）西线　悉由长春传来，而西线又可分为南、北、中三线。西北线由长春至法特哈门，又东至地官地屯；西中线由长春至白旗屯，又东至沈家屯、高家屯，又由白旗屯东北至孤家子，又东北合于西北线；西南线由长春至溪浪河。

（乙）北线　可分为北西线、北东线。北西线由榆树厅境而来，合于西北线之法特哈门，而至五官地。北东线又分为二：一由五常府入境，而至六家子、珠琦口子，又南至罗锅子桥等处；一由五常府入境，而至金马川。

（二）传染之区域及比例　如左表：

有疫地域别	人口总数	疫死人数	强弱（+×）	千分之比例	有疫地域别	人口总数	疫死人数	强弱（+×）	千分之比例
本　城	一三七五	九	×	六·六	高家屯	六七	四	×	六〇·〇
五官屯	三九二	五六	+	一四〇·〇	四道岭子	一〇〇四	一	×	一·〇
八岔岭	一二二七	一二	×	一〇·〇	霍伦川	二〇〇三	四	×	二·〇
珠子界	一九六	五	+	二五·〇	龙头山子	七二	一三	+	一八〇·〇
平安屯	一七九一	一	+	·一	六家子	一六〇	二	+	一〇·〇
窝吉口子	一三一	一	+	七·六	泥鳅沟子	一六四二	一	+	·六
二道河子	一〇五二	一	×	一·〇	黄泥河子	一一三八	一	×	·九
白旗屯	五五六三	一三	+	二·三	珠琦□子	一四六九	一七	+	二·〇
甲家屯	三五七	二三	+	七〇·〇	金马川	四四四〇	七六	×	一六·〇
溪浪口子	六四六	七	+	一〇·〇	柳树河子	二五〇	二		八·〇
法特哈门	二二七六	六	+	二·六	八道河子	一一八一	一	×	一·〇
东孤家子	八九一	三	+	三·三	合　计	二九三二三	二六一	+	八·九

（三）疫之时间与死亡人数　如左表：

年＼月＼日	初一	初二	初三	初四	初五	初六	初七	初八	初九	初十	十一	十二	十三	十四	十五	十六	十七	十八	十九	二十	二十一	二十二	二十三	二十四	二十五	二十六	二十七	二十八	二十九	三十	合计	总计
宣统二年 十二月																				二					一	五	八	八	四		二八	二六一
宣统三年 正月	二	五	八	一	九	三	九	七	六	二	五	一	五	五	四	一	一		一	九	四	五			三	二	五	五	二	六	一三七	
二月	七	八	七	九	一二	○	六	八	九	九	一	一	一				三	一	二		一	一			二						九六	

长寿县

（一）传染之经路　县境西北与阿城、宾州接壤。此次疫病均由阿、宾传来。三年正月十三日，有雇工某来至二区黑龙乡镇迤西之秋皮屯，疫发身死。遂蔓延于本城暨四区界内之乌吉蜜河，他处均未传染。衡其轻重，以秋皮屯为最重，城内次之，乌吉蜜河又次之。

（二）传染之区域及比例　如左表：

有疫地域别	人口总数	疫死人数	千分之比例 强弱 +×	有疫地域别	人口总数	疫死人数	千分之比例 强弱 +×
东关	三二二	二	+ 六·○	乌吉蜜	五七二	一七	× 三○·○
秋皮屯	三九九	二七	× 七○·○	合计	一二九三	四六	+ 三○·○

（三）疫之时间与死亡人数　如左表：

年＼月＼日	初一	初二	初三	初四	初五	初六	初七	初八	初九	初十	十一	十二	十三	十四	十五	十六	十七	十八	十九	二十	二十一	二十二	二十三	二十四	二十五	二十六	二十七	二十八	二十九	三十	合计	总计
宣统三年 正月																				二											二	四六
二月												八	六	二	一○	八	七		一				二								四四	

方正县

（一）传染之经路　方正西界宾州，疫之传入系由哈尔滨而至。有二事实：

（甲）有屠户等五人，于二年十二月二十日自哈尔滨来至县属之南天门屯，越日先后疫发身死。染及同屯，经旬扑灭。

（乙）三年正月二十日，有木工由宾州境内来至县属之修吉利屯，旋亦病疫而死。同屯染者共毙八人。

（二）传染之区域及比例　如左表：

有疫地域别	人口总数	疫死人数	千分之比例 强弱 +×	有疫地域别	人口总数	疫死人数	千分之比例 强弱 +×
南天门	六一三	一三	+ 二·○				
修吉利	四一五	八	× 二·○	合计	一○二八	二一	+ 二·○

（三）疫之时间与死亡人数　如左表：

年	月	初一	初二	初三	初四	初五	初六	初七	初八	初九	初十	十一	十二	十三	十四	十五	十六	十七	十八	十九	二十	二十一	二十二	二十三	二十四	二十五	二十六	二十七	二十八	二十九	三十	合计	总计
二年	十二月																					二	一		二	五			一			一二	二二
三年	正月		二																			二	二	二	一	一						一○	

依兰府

（一）传染之经路　依兰之疫均由哈埠传来。有二事实：

（甲）有恩祥者，系陆军学生，向住城南关外。二年十二月中旬由哈埠归，未及数日疫发身死。

（乙）又有果勇丰阿，前曾充巡防营队官，亦于十二月底由哈回牡丹江西沿硝石嘴子，越日疫死。

大抵府境染疫之地，多在附城数里内。其由南关恩祥家内发生者，北传至城内关依福家，西传至李铧炉。由李铧炉又分二线：一东南传至距城数里之道标营房，一北传至城内曹、王两姓家，向西折至张清维家，出城经施家店南趋张财家而止。各处疫毙均不甚多。至硝石嘴子发生之疫，虽未蔓延，而死亡人数实较他处为甚。

（二）传染之区域及比例　如左表：

有疫地域别	人口总数	疫死人数	千分比例 强+ 弱×	有疫地域别	人口总数	疫死人数	千分比例 强+ 弱×
城厢	九六○三	一○○	+一○·○	城东南喇嘛咔村	一三五	六	四四·○
牡丹江西沿硝石嘴村	二五五	二四	×九四·○	合计	一○七七○	一三七	一三·○
城东南四个顶子村	七七七	七	+九·○				

（三）疫之时间与死亡人数　如左表：

年	月	初一	初二	初三	初四	初五	初六	初七	初八	初九	初十	十一	十二	十三	十四	十五	十六	十七	十八	十九	二十	二十一	二十二	二十三	二十四	二十五	二十六	二十七	二十八	二十九	三十	合计	总计
宣统二年	十二月															一		二				四	八	七		三	一					二六	一三七
宣统三年	正月	五	三	三			六	九	二	三	二	三	三	二		一	三	三	二		二	一	九	一		一	三	五	一	二		八七	
宣统三年	二月	二		二	二													四				三		一	四							二四	

桦川县

（一）传染之经路　计分二线：

（甲）北线　县之北界与黑龙江省只隔一江。有赶爬犁者自江北来，至距城四十里之太平屯，疫发身死。是为北线之来源。

（乙）西线　西界依兰，有苦工某在依传疫，来至县西崴子屯，旋即身死。是为西线之来源。

桦境之疫皆在西、南、北三线，东乡并未传染。疫重之地以西乡之崴子瓮、瓮工屯，北乡之太平屯、草帽顶子为最。

（二）传染之区域及比例　如左表：

有疫地域别	人口总数	疫死人数	千分之比例 （十× 强弱）	有疫地域别	人口总数	疫死人数	千分之比例 （十× 强弱）
桦川县城	二一七二	五	十 二·〇	火龙沟	四五	四	十 八八·〇
太平屯	七六	一八	十 二三六·〇	达普库	二一	一	十 四七·〇
草帽顶子	七二	四	十 五五·〇	瓮瓮屯	二八	一	十 三五·〇
猴　石	五二	一	十 一九·〇	崴子屯	六二	二三	× 三七一·〇
泡子沿	三九	二	十 五一·〇				
敖　奇	四七	一四	十 二九八·〇	合　计	二六一四	七三	× 二八·〇

（三）疫之时间与死亡人数　如左表：

年　月＼日	初一	初二	初三	初四	初五	初六	初七	初八	初九	初十	十一	十二	十三	十四	十五	十六	十七	十八	十九	二十	二十一	二十二	二十三	二十四	二十五	二十六	二十七	二十八	二十九	三十	合计	总计
宣统二年 十二月														一		一			一	四	四	四	三	二	二	四	六				三〇	七三
宣统三年 正月	一						一	二					二			三	五	一	一				一				一	二	一		三三	
宣统三年 二月	一	二						三	二					三		三			三	三											二三	

第三节　吉林西部之疫势

长春居吉垣之西，为三省发疫之第二重心点。蔓延之祸，不独吉省西部承其毒也，即奉天全省疫祸之糜烂，亦罔不以长春为传播地。故满洲里之毒至哈埠而四发，哈埠之毒又至长春而滋蔓。首受其祸者，吉省西部各州县也。兹特胪列于左，俾研究疫事者知所考。

长　春

（一）传染之经路　宣统二年十月十一日间，哈尔滨疫疬盛行时，东清火车仍照常行驶，遂由哈传染来长。初传之人，系十二月初二日府城福兴增商号柜友由哈染疫归，翌日病重，至晚即死。越数日，柜友四、五人相继染毙。同时复有苦力数名，亦由哈来长，寓商埠下等宿屋，疫发而毙。其传染路径之可征者如左：

长春疫线由哈传入境时，首当其冲者为府东北之朱城子，再南传至岫岩窝堡，再南传至府城；由府城东传至五里堡，再东传至十里堡；由十里堡北折至太平堡，再东传至后兴隆沟，再东传至东卡伦；由东卡伦复西南传至稗子沟，再西折至府城南之大佛寺、五里堡、朱大人屯、义合屯、五户屯；由五户屯复西北传至二十里堡，复东折至新立屯，黄瓜沟；由黄瓜沟西传至开元堡，再西传至马家油房，再西传至烧锅店；由烧锅店向东北折至前后达子场、万家桥，再东北传至合隆镇，再东北传至万宝山；由万宝山西北传至对龙山，再西南传至翁克，再西传至双城堡而止。

（二）传染之区域及比例　按各区分配列表如左：

有疫地域别	人口总数	疫死人数	千分之比例（强+ 弱×）	有疫地域别	人口总数	疫死人数	千分之比例（强+ 弱×）
城内一区	八〇二二	二四〇	× 三〇·〇	乡八区	一一六一〇二	四二六	× 四·〇
城内二区	五五五六	一七七	+ 三〇·〇	乡九区	七一四一一	六九	× 一·〇
城内三四区	八八九二	三三一	× 四〇·〇	乡十区	七八一六六	三〇	× ·四
城内五区	六六四六	二二七	+ 三〇·〇	二道沟		一五七	
商埠一区	六一五七	三〇二	× 五〇·〇	西医院		一一一六	
商埠二区	八六二九	二三四	× 三〇·〇	中医院		八八	
乡六区	一一七六二	二九五	× 三·〇				
乡七区	一〇七六三	一五七	× 二·〇	合 计	五二九〇六三	三八四九	七·〇

备考	按：城乡各区人口总数与疫死人数相比例，以商埠一区为疫最重地，乡十区为疫最轻地。若二道沟乃俄之铁路附属地，人口无从查考。中西医院疫死之人，又均系往来旅客，并非土著，故人口总数一栏阙焉未填。再，在四乡山沟雪堆内搜出尸棺一千九百七十八具，路倒者居多，其住址无从查悉，亦未列人，合并声明。

（三）疫之时间与死亡人数　如左表：

年	月	初一	初二	初三	初四	初五	初六	初七	初八	初九	初十	十一	十二	十三	十四	十五	十六	十七	十八	十九	二十	二十一	二十二	二十三	二十四	二十五	二十六	二十七	二十八	二十九	三十	合计	总计
宣统二年	十二月			一	三	五	四	五	六	五	七	五	〇	一	四	六	七	〇	三	一	六	二	一	六	〇	六	七	三〇	四六	七六		四六九	三八四九
宣统三年	正月	五六	四九	七一	九〇	一五	九五	三七	一五	二六	三八	三一	一九	五七	一四	四〇	三六	七五	一八	四六	二二	二四	七九									二九八八	
宣统三年	二月	五一	一七	四七	四九	七二	三二	二四	二八	八二	二六									五二												三九二	

德惠县

（一）传染之经路　德惠疫线，系宣统二年十二月二十一日有苦力由哈尔滨、双城一带疫地入境，疫毙而传染。其疫线共分二支：一由老烧沟蔓延之疫线，一由张家湾蔓延之疫线。

（甲）由老烧沟蔓延之疫线

老烧沟由哈埠回之苦力疫毙后，分南、北、东三支：

（一）北支即由老烧沟北传至四家子屯，由四家子屯东北传至七家子屯，西传至小房身屯，由小房身屯西传阎家沟而止。

（二）南支即由老烧沟西南传至王家杂货铺，再南传至鲍家窝堡、姚家油房，再西南传至榆树林，再西南传至十二马架，由十二马架东传至二道沟屯，南传至兴隆屯，西传至小朝阳沟，西北传至徐家坨子屯而止。

（三）东南支由老烧沟南传至牛坑、张述口子，复直传至县之东境半拉山子，再西折至长太河屯而止。

（乙）由张家湾蔓延之疫线

张家湾蔓延之疫线，复分东、南、西三支：

（一）由张家湾东传至窑上太平庄、姜家店，由姜家店东传至大房身，再南折至宋家沟屯而止。

（二）由张家湾南传至拉拉屯，由拉拉屯复东南传至沈阳窝堡，西南传至双榆树，复南折至双庙街、孔家屯而止。

（三）由张家湾西传至三道沟而止。

（二）传染之区域及比例 如左表：

有疫地域别	人口总数	疫死人数	千分之比例	强弱 +×	有疫地域别	人口总数	疫死人数	千分之比例	强弱 +×
大房身	二四八六	四	+	一·六	兴隆沟	五七四	三	+	五·〇
东升堂	三一二	一	+	三·〇	朝阳沟	五三二	二	×	四·〇
姜家店	五六八	一〇	+	一七·〇	张述口子	四六〇	三	+	六·〇
夏家店	六二一	七	+	一一·〇	四家子屯	一二七	三	+	二〇·〇
二道沟	二四四	二	+	八一·〇	小房身屯	二三六	二	+	八·〇
兴隆屯	四七七	一	+	二·〇	张家沟	一三八四	二二	×	一六·〇
王家杂货铺	一六三〇	二一	×	一三·〇	拉拉街	三一二	一五	×	五〇·〇
榆树林	三四六	一八	+	五〇·〇	双榆树屯	四二八	一五	×	四〇·〇
饮牛坑	二〇二一	三五	+	一七·〇	太平庄	二七三	七	+	二五·〇
老烧沟	二六二五	一五	×	七·〇	三道沟	一四五	三	+	二〇·〇
阎家沟	一八二	四	+	二〇·〇	窝 上	二三七	四	×	一七·〇
郝家沟	一六四	五	+	三〇·〇	沈阳窝堡	二六一	五	×	二〇·〇
十二马架	一五〇七	七	×	五·〇	双庙街	一一二三	二四	+	二〇·〇
姚家油房	二六五	二	×	八·〇	孔家屯	二五二	八	+	三〇·〇
徐家坨子	一三八	二	+	一四·〇	半拉山子	一五五	五	+	三〇·〇
七家子屯	一四一	一一	×	八〇·〇	长太河屯	一七八	六	+	三三·〇
鲍家窝堡	二八三	二	+	七·〇	合 计	二〇三一八	二七四	+	一三·〇

（三）疫之时间与死亡人数　如左表：

年＼月＼日	初一	初二	初三	初四	初五	初六	初七	初八	初九	初十	十一	十二	十三	十四	十五	十六	十七	十八	十九	二十	二十一	二十二	二十三	二十四	二十五	二十六	二十七	二十八	二十九	三十	合计	总计
宣统二年 十一月																														一	一	二七四
宣统二年 十二月	五	六	一	六	三	二		三	九			四	四	三		三	四	四		一	四	二	三		九	一	二	八			八七	
宣统三年 正月		二	三	八	二	二		五	一	五	六	九	〇	九	〇	九	八	二	三	七	七	八	四	三	四	三	三		三	三	一六一	
宣统三年 二月	一	二	二			二	二								二	二															二五	

双阳县

（一）传染之经路　双阳疫毙之人，俱由长春、哈尔滨两处传来。始疫之人，系十二月十九日在哈、长佣作之苦力归家而致。疫线由北境分二枝而入，约举如左：

（甲）由西向东南行之疫线

从小河台经腰站东北行，一支至新安堡，复东南折至西关地；一支南行至县城，由县城蔓延而南至前五家子、杜带河，为东南疫线之终点。

（乙）由西向东北行之疫线

此疫线入境复分为二：一、杨木林子复东南至泉眼沟；一至后台。由后台，一东南至何家屯，一东北至放牛沟、石厂，复由放牛沟南至石匠窝堡。

（二）传染之区域及比例　如左表：

有疫地域别	人口总数	疫死人数	强+/弱×	千分之比例	有疫地域别	人口总数	疫死人数	强+/弱×	千分之比例
双阳街	七八二〇	二二	×	三·〇	胯子屯	六三二	五	×	一〇·〇
岭东	一五〇二	三	×	二·〇	前五家子	二〇四	二	×	一〇·〇
尚三堡	一三九〇	六	+	四·〇	三家子	四五八	四	×	一〇·〇
拉腰子	二〇五八	七	+	三·〇	杜带河	一〇八七	二	×	二·〇
兴隆屯	一〇八三	一二	+	一·〇	小石棚	六四六	三	×	五·〇
南关屯	五七一	一	×	二·〇	歪头碯子	一六三	一	+	六·〇
任家沟	二七六	三	+	一〇·〇	黑瞎子冈	三六二	二	×	五·〇
二道湾子	一一二一	一	×	一·〇	三道沟	五四八	一	×	二·〇
南双顶子	七二九	一	×	一·〇	羊圈顶子	四〇二	三	×	八·〇
周家屯	七三六	五	×	七·〇	偏脸子	三九六	一	×	三·〇
荒烧锅屯	三一七	二	+	六·〇	奢岭口子	二五〇四	一三	×	五·〇
龙王庙	一七〇八	二	+	一·〇	苏家岭	六七七	二	+	三·〇

有疫地域别	人口总数	疫死人数	千分之比例 强+ 弱×		有疫地域别	人口总数	疫死人数	千分之比例 强+ 弱×	
新开河	一九九二	五	+	二·〇	大南屯	一二一〇	三	×	三·〇
烧锅街	七〇九	八	+	一〇	小龙王庙	九二一	四	+	四·〇
朱家大屯	九六一	三	+	三·〇	何家屯	五三一	二	×	二·〇
曹家店	八七五	五	+	六·〇	泉眼沟	四〇九	一一	+	二·〇
新安堡	二九〇八	五	×	二·〇	丁家沟	二一七	二	×	一〇·〇
石匣厂	二九五四	三	+	一·〇	马家店	三一六	二	×	七·〇
石匣窝堡	二六一〇	一六	+	五·〇	潘家店	五〇二	三	×	六·〇
北双顶子	一一〇八	二一	×	二〇·〇	团山子	六九九	八	+	一〇·〇
放牛沟	二九四八	五六	×	二〇·〇	腰站屯	一四〇九	九	×	七·〇
朝阳宫	八七七	二	+	一·〇	赵家窝棚	一九八五	二	+	一·〇
小河台	二六七九	四〇	×	二〇·〇	西关地	一四九八	一一	×	一〇·〇
东营城子	二〇八二	一	×	五·〇	西家子	九八七	二	+	二·〇
穆家窝棚	七〇六	二	×	三·〇	石头坑屯	一五〇六	一八	+	一〇·〇
杨木林子	九一二	一一	+	一〇·〇	魏家锅屯	九一六	一	+	一·〇
二道沟	一八九六	一〇	+	五·〇	罗圈背	六九四	四	×	六·〇
火石沟	九一七	六	×	七·〇	圈河套	五四九	一	×	二·〇
吴家屯	一六九一	三	×	二·〇					
邵家屯	八四五	六	+	七·〇	合　计	七一四二九	三九〇	+	五·〇

（三）疫之时间与死亡人数　如左表：

年	月	初一	初二	初三	初四	初五	初六	初七	初八	初九	十	十一	十二	十三	十四	十五	十六	十七	十八	十九	二十	二十一	二十二	二十三	二十四	二十五	二十六	二十七	二十八	二十九	三十	合计	总计
宣统二年	十二月																				六		四	九	三	一			一	五	八	六〇	三九〇
宣统三年	正月	二	八	一五	九	九	一六	一六	一三	九		一五	八	三一	一	二五	一	八	二四	一〇	六	二六	四	一三	一							二三八	
宣统三年	二月	一六	一四	八	七	二〇	八	九	六	一一	一	一	一																			九二	

伊通州

（一）传染之经路　伊通发疫于宣统三年正月初一日，系苦力、乞丐各下等社会由州北之长春、怀德各地传染而来。其传来之疫线分二枝，略述如表：

（甲）北东线

共分二枝：（一）由长春界传至州境北界之大南屯而疫发；（二）由长春界传至州境北

界之伊通边门而疫发。

（乙）北西线

共分二枝：（一）由怀德界传至州境西北界之景家台而疫发；（二）由怀德界传至州境西北界之五台子而疫发。

（二）传染之区域及比例　如左表：

有疫地域别	人口总数	疫死人数	千分之比例 强弱 +×		有疫地域别	人口总数	疫死人数	千分之比例 强弱 +×	
伊通州城乡	一二四二五	三九	+	三·○	房深沟	四九五	一三	×	三○·○
马鞍山	二六四四	一一	+	四·○	杨家屯	一六一	九	×	六·○
宋家洼子	一○二一	二	+	二·○	五台子	二一○○	二四	+	一○·○
郭家屯	四八六	二	+	四·○	靠山屯	七一七	四	×	六·○
兴隆甸子	二七八	三	+	一○·○	大南屯	五二一	一	×	四·○
青堆子	九九○	一三	+	一○·○	杨树河子	七五七	一七	+	二○·○
刘家屯	八七一	七	×	一○·○	田家洼子	七二五	七	+	二○·○
杨家屯	一四四	五	×	四○·○	火石岭子	三七○	一三	+	四○·○
双庙子	一八二	五	×	五○·○	赫尔苏街	一六九二	一六	×	一○·○
邵家甸子	三四七	三	+	一○·○	袁家屯	三四二	七	+	二○·○
张家店	二九六	一	+	四·○	南岗子	四六五	二○	+	四○·○
景家台	一九一三	三六	×	二○·○	煤窑屯	三七○	一一	+	三○·○
袁家屯	二六五	五	+	二○·○	半拉山门	二三七○	八	+	三·○
菩萨庙	六三五	二	×	三·○	二道河子屯	七○五	一一	×	二○·○
马家炉	二一七	四	+	二○·○	沙河子屯	二五六	二	×	一○·○
大南屯	一三七五	一五	+	一○·○	霍家店	三六五	七	×	二○·○
夹皮山	一○二四	一	×	一·○	叶霍站道旁	五二一	二	×	四·○
勒克山	一一七一	八	+	七·○	莲花街	七三二	四	+	五·○
合计	三九九四八	三四三	×	九·○					

（三）疫之时间与死亡人数　如左表：

年	月	初一	初二	初三	初四	初五	初六	初七	初八	初九	初十	十一	十二	十三	十四	十五	十六	十七	十八	十九	二十	二十一	二十二	二十三	二十四	二十五	二十六	二十七	二十八	二十九	三十	合计	总计
宣统二年	正月		一		四	一	六	一○	三三	七	一	九	一○	五	二九	一三	三九	八	八	八	三二	二	一	九	一一	四		四八					二五二	三四三
	二月	四	八		二	五	五	一		九	二三	九	五	七	五	八	三二				三												九一	

农安县

（一）传染之经路　农安发疫于宣统二年十二月初二日，由哈尔滨来人传染，至城内疫死。外区靠山屯、财神庙、黄花冈、高家店、万金塔等处同时亦受传染。疫线分东南线、北线、西南线、西北线四枝传入。其大略如左：

（甲）东南线

从与长春府接界之驿马河传入，至靠山屯而疫发。

（乙）北线

从与郭尔罗斯接界传入者，又分三枝：一至高家店而疫发，一至孙家店而疫发，一至伏龙泉而疫发。

（丙）西南线

从长春府界传入者，又分二枝：一过黄金窝堡至兴隆沟而疫发，一至老边岗而疫发。

（丁）南线

从哈长铁路直传至县城者，又分三枝：一由伊通河传入，至东窑屯而疫发；一由伊通河传入，至州治而疫发；一由长春府界传入，至西洼而疫发。

（二）疫之区域及比例　如左表：

有疫地域别	人口总数	疫死人数	千分之比例 强弱+×		有疫地域别	人口总数	疫死人数	千分之比例 强弱+×	
城　厢	一四五四五	七四	+	五·〇	八里铺	二一八	一	+	四·〇
五里界屯	二三五	五	+	二〇·〇	三道岗屯	一五五	六	×	四〇·〇
拉拉屯	五一〇	一〇	×	二〇·〇	双山子屯	二八一	二	+	七·〇
东窑屯	一八九	一九	+	一〇〇·〇	高家店屯	五〇五	三	+	五·〇
姚家油房	二二三	三	+	一〇·〇	苇子沟屯	六八八	一	+	一·〇
尹家店屯	二五二	一	×	四·〇	万金塔屯	九五二	三	+	三·〇
宋家店屯	三三七	一	×	三·〇	吕家屯	二〇八	一八	+	八〇·〇
刘家店屯	五二八	一	×	二·〇	黄花岗屯	七二五	一三	×	二〇·〇
苇子沟屯	三一〇	四	+	一〇·〇	德生堂屯	四二五	三	×	一〇·〇
贾家店屯	二三〇	三	+	一〇·〇	白江坨子屯	五二〇	五	+	一〇·〇
天启王屯	二三七	五	+	二〇·〇	大洼屯	二三〇	九	×	四〇·〇
蒿子站屯	二八九	二〇	×	七〇·〇	程家坨子屯	三〇八	九	×	三〇·〇
八家子屯	三八一	二〇	+	五〇·〇	刘家大房身	二一五	二	×	一〇·〇
鸭儿汀屯	四九一	二	+	四·〇	西洼屯	二一八	八	+	二〇·〇
六里半屯	一八二	二	+	一〇·〇	娘娘屯	四二八	五	+	一〇·〇
李坨子屯	一七五	四	+	二〇·〇	长山堡屯	三五一	三	+	八·〇
火绒沟屯	一八八	三	×	二〇·〇	梁家泡子屯	二九一	四	+	一〇·〇
大榆树屯	一六九	一	×	六·〇	白集岗屯	四九五	七	+	一〇·〇

有疫地域别	人口总数	疫死人数	千分之比例 强弱 +×	有疫地域别	人口总数	疫死人数	千分之比例 强弱 +×
高中洼屯	一九一	二	+ 二〇·〇	孙家洼屯	二八三	三	+ 一〇·〇
靠山屯	一九四〇	三五	× 二〇·〇	东大岗屯	一九三	八	+ 四〇·〇
东崴子屯	三一〇	八	+ 二〇·〇	东六家子屯	一九〇	四	+ 二〇·〇
西和窝堡	三〇五	四	+ 一〇·〇	伏龙泉镇	一六二二	六	+ 三·〇
兴隆岭屯	二一三	二	× 一〇·〇	小霸山屯	七五〇	九	+ 一〇·〇
陈家烧锅屯	一一八	二	× 一〇·〇	兴隆沟屯	三八〇	三	+ 八〇·〇
三道沟屯	二四五	一	+ 五·〇	房身沟屯	二九一	一三	+ 四〇·〇
高家店屯	一二八四	一一	+ 九·〇	老边岗屯	一九七	五	× 三〇·〇
黄金窝堡	一七八	一三	× 九〇·〇				
吴家大屯	二八八	三七	+ 一〇〇·〇	合　计	三五七六二	四七三	+ 一三·〇

（三）疫之时间与死亡人数　如左表：

年 \ 月	初一	初二	初三	初四	初五	初六	初七	初八	初九	十	十一	十二	十三	十四	十五	十六	十七	十八	十九	二十	二十一	二十二	二十三	二十四	二十五	二十六	二十七	二十八	二十九	三十	合计	总计
宣统二年 十二月	一			一	一	二	一		二	一	四	三	九	四	六	四	六	九	五	七	七	六	七	七	五	一	一四				一八三	四七三
宣统三年 正月	五	〇	二	三	一	七	二	八	〇	三	九	四	四	五	五	四	八	三	四	四	五	二	五	一	六	五	四				二四〇	
二月	五	二	二	九	四	六	二	五	一	三									一												五〇	

长岭县

（一）传染之经路　长岭疫毙者、初传之人，系正月初二日豫区太平山镇李春茂工人刘姓，由新城归，始行传染。又有由长春来之无名男，至太平山镇而疫发毙命。嗣由李姓亲戚传至济区之赵八户屯，复有无名男传至升区之排子山屯，更传至恒区之第六家子屯。其疫线分南、北二线，如左：

（甲）南线

由长春入境至豫区之太平山镇而疫发。

（乙）北线

由新城府境三站地方至豫区之太平山镇而疫发。

（二）传疫之区域及比例　如左表：

有疫地域别	人口总数	疫死人数	千分之比例 强弱 +×	有疫地域别	人口总数	疫死人数	千分之比例 强弱 +×
太平山镇	八〇〇	五九	+ 七〇·〇	菊花开屯	六八	七	+ 一〇〇·〇
预发屯	八二	四	× 五〇·〇	黑泉眼屯	八二	二	+ 二〇·〇
预厚屯	一五八	一六	+ 一〇〇·〇	南窑屯	三五	五	+ 一〇〇·〇
预华屯	五〇	一	二〇·〇	排子山屯	八八	二	+ 二〇·〇
预人屯	二四一	一九	× 八〇·〇	小三家子屯	一〇二	五	× 五〇·〇
预国屯	九五	六	+ 六〇·〇	刘家洼子屯	一二八	九	× 八〇·〇
赵八户屯	一七六	一二	× 七〇·〇	合　计	二一〇五	一四七	× 七〇·〇

（三）疫之时间与死亡人数　如左表：

年＼月＼日	初一	初二	初三	初四	初五	初六	初七	初八	初九	初十	十一	十二	十三	十四	十五	十六	十七	十八	十九	二十	二十一	二十二	二十三	二十四	二十五	二十六	二十七	二十八	二十九	三十	合计	总计
宣统三年 正月		二	五	一		六	六	八	九	五	三	三	一	四	一	七		七	三	五		一		三	二	二	一	一	三	四	一三四	一四七
二月			八	四	一																										一三	

第四节　吉林东南部之疫势

吉林之东南部，亦汽车通行之域也。然疫势至哈尔滨后，全力注于长春，故由南满汽车西南行之区域传染为重，蔓延亦较广。若东清铁道，自哈埠以至出境，中间自宁安以下，率无大市镇，往来乘客，比较亦觉稀少，故吉林东南一带汽车经路，疫无闻焉。汽车传载之患既绝，若夫由旱路而传播，其所经皆山路崎岖、人烟寥落之地，故东之额穆、南之敦化皆为疫轻地，惟西南之磐石以尚接近长春，故疫势较重。兹述三属疫势如左：

宁安府

（一）传染之经路　宁安疫线发于横道河车站。宣统二年十一月二十六日，有工人李得胜、王来由哈尔滨到站疫毙。即由横道河站分出向西南行之疫线二支：

（甲）由横道河站向南行之疫线

由横道河站南行传至三凌屯，于十二月初一日疫发。复由三凌屯西传至西崴子，于十二月十二日疫发。

（乙）由横道河站向南行之疫线

由横道河站向东行至海林车站，南折之江头南沟而疫发。

（二）传染之区域及比例　如左表：

有疫地域别	人口总数	疫死人数	千分之比例 强弱 +×	有疫地域别	人口总数	疫死人数	千分之比例 强弱 +×
二凌屯	二四	八	+ 三〇·〇	西崴子	一八六	五	× 三〇·〇
江头南沟	三二五	八	+ 二〇·〇				
横道河子东沟	五七二	一三	+ 二〇·〇	合　计	一三一四	三四	+ 二〇·〇

（三）疫之时间与死亡人数　如左表：

年 ＼ 月 ＼ 日	初一	初二	初三	初四	初五	初六	初七	初八	初九	初十	十一	十二	十三	十四	十五	十六	十七	十八	十九	二十	二十一	二十二	二十三	二十四	二十五	二十六	二十七	二十八	二十九	三十	合计	总计
宣统二年 十二月	二	二	二	一	一	一	二	一	一	三	一	二	五	七																	四三（三四）	三四

磐石县

（一）传染之经路　磐石疫毙者、其初染之人，系正月初七日由吉林而归之苦力。其疫线如左：

（甲）由南向西行之疫线

从吉林接境之桦皮河入境，越车岭传至烟筒山。

（乙）由西折向东行之疫线

复从烟筒山经大黑山、呼兰冈而至呼兰集厂子。

（二）传染之区域及比例　如左表：

有疫地域别	人口总数	疫死人数	千分之比例 强弱 +×	有疫地域别	人口总数	疫死人数	千分之比例 强弱 +×
烟筒山	一五九二八	一四五	+ 九·〇	双马架	一五六七九	二四	+ 一·五
呼兰厂	四三八六	三〇	× 七·〇				
梨树沟	一六七二五	一五	× ·	合　计	五二七一八	二一四	+ 四·〇

（三）疫之时间与死亡人数　如左表：

年	月	初一	初二	初三	初四	初五	初六	初七	初八	初九	初十	十一	十二	十三	十四	十五	十六	十七	十八	十九	二十	二十一	二十二	二十三	二十四	二十五	二十六	二十七	二十八	二十九	三十	合计	总计
宣统二年	十二月																					一								一	一		三	三一四
宣统三年	正月	二			三	二				一〇	二一	七	三	二	七	三	三	三	七	六	二	四	三	三	一〇	七	八	九	二三	七	四	一八七	
宣统三年	二月	一	一	六	三	四		三			四	一																				一二四	

敦化县

（一）传染之经路　敦化疫症蔓延之起点，一系车夫周俊、刘德喜二名，由吉林省城归，行至黄泥河店疫毙。一系察万升由吉林省城染疫回，至半截河疫毙。其疫线纯由西北通吉林省城之大道而来，由是大道分为二线如左：

（甲）由西北来之正线

从与吉林交界之清岭入境，至黄泥河西之于家店而疫发。复由黄泥河东传至凉帽顶子，复由凉帽顶子西折至高松树而止。

（乙）由西北来之回归线

始从与吉林交界之清岭入境，直向东驶至半截河而疫发，复折回至南官屯而疫止。

（二）传染之区域及比例　如左表：

有疫地域别	人口总数	疫死人数	千分之比例 强弱 +×		有疫地域别	人口总数	疫死人数	千分之比例 强弱 +×	
黄泥河子	三六四	一〇	+	二七·〇	半截河	六五	九	+	一二〇·〇
毫帽顶子	三六二	一	+	二·七	南官屯	一二九	三	+	二三·〇
高松树子	二九九	一六	+	五三·〇	合　计	一二一九	三九	×	三二·〇

（三）疫之时间与死亡人数　如左表：

年	月	初一	初二	初三	初四	初五	初六	初七	初八	初九	初十	十一	十二	十三	十四	十五	十六	十七	十八	十九	二十	二十一	二十二	二十三	二十四	二十五	二十六	二十七	二十八	二十九	三十	合计	总计
宣统二年	十月																				一					三	三	三				一〇	三九
宣统三年	正月	一	二	二		三	三	二	五		二		一			三	一															二九	

额穆县

（一）传染之经路　额穆疫势初传之人，一系通沟镇贾姓，于二年十二月十九日由吉林染疫归而发。一系邮差胡万财，于三年正月十六日至额穆勒而疫发。一系行人，于正月二十六日潜入境，至退团站路毙。计其疫线，自县境西北吉林府界起，直趋东南，至通敦化道止。上列三处皆同在一线之中，惟通沟镇一处稍西，蔓延至西沟而已。

（二）传染之区域及比例　如左表：

有疫地域别	人口总数	疫死人数	千分之比例 强弱 +/×	有疫地域别	人口总数	疫死人数	千分之比例 强弱 +/×
通沟镇老头沟	五一二	八	+ 一五·〇				
鄂勒赫退传站	九〇七	一一	+ 一二·〇	合计	一四一九	一九	+ 一三·〇

（三）疫之时间与死亡人数　如左表：

年＼月日	初一	初二	初三	初四	初五	初六	初七	初八	初九	初十	十一	十二	十三	十四	十五	十六	十七	十八	十九	二十	二十一	二十二	二十三	二十四	二十五	二十六	二十七	二十八	二十九	三十	合计	总计
宣统二年 十二月																													一		一	一九
宣统三年 正月			一		一								三	一					一	一					一			一	三	二	一七	
宣统三年 二月	一																														一	

第三章　奉天全省蔓延之疫势

　　奉天之疫，自省城而外，重于西北而轻于东南。盖当南满二、三等汽车未停以前，哈长苦力已麇集省会，故发疫最先；后来疫势之炽，亦为全省冠。自铁路交通已断，复调派防疫军队堵截北路，而一般流离客子未能生入关中，势将同尽于哈长各埠。有窜入昌图、怀德境者，故昌图、怀德之疫甲于北路。有裹粮负笈遵陆西行者，故西路自新民至绥中间，疫线亦绵延不绝。东路之抚顺、兴京疫势最杀。南路亦仅及辽阳、本溪、辽中三属，星星之火未致燎原。其原因各有不同，兹述如下：

　　一、南路　当疫线萌发之时，各属防卫机关俱已成立。辽阳一属扑灭迅速，故未南延金、复、海、盖。本溪则安奉路线石桥子一带检疫卡所密布如棋，亦未侵入凤凰、安东间。是皆行政上之关系。辽中非孔道所经，防卫固易为力，可谓之地理上之关系。

　　二、东路　抚顺之千金寨为产煤最旺之地，矿路所经即苦工足迹之所至。染疫之因，不外乎是。幸沿路日人与地方官联络办理，防卫尚严，得未大炽。是为行政上之关系。自抚顺以迄兴京，重山间阻，行旅鲜出其途，故虽被波及，亦未蔓延。是则地理上之关系。

　　要之奉天为吉黑之奥，尤为关内外之冲。其为疫势所乘，固由于北路交通未能早断，然厉行防卫以后，使各属不出三月而疫氛一律肃清者，实得力于交通遮断为多。兹将疫死人数与人口比较及将疫地流行情形分别列表如左：

奉天省疫死人数与人口比较表

地别＼比例	人口总数	疫毙人数	千分比例
奉天府	六五七〇三四	二五七九	三·九二五强
抚顺县	二五七一九	八三	三·二〇二强
辽阳州	六五七九一〇	四六	〇·〇七〇弱
铁岭县	二八四五二二	一六〇	〇·五六二强
开原县	二五九一七八	二二〇	〇·八四九弱
辽中县	三三九七七〇	七九	〇·二三三弱
本溪县	二二一五五二	二八	〇·一二六弱
金州厅	三五三五二六		
新民府	三三三八〇三	六二二	一·八六三强
镇安县	三六六九八〇	一一二	〇·三〇五强
彰武县	九三七三二	一一	〇·一一七强
锦州府	三〇〇二〇四	三三	〇·一一〇弱
广宁县	一九一三一六	二二五	一·一七六弱
义 州	三〇六一九八	一七三	〇·五六五弱
宁远州	一二九八八六	七九	〇·六〇八强
绥中县	一二一四八〇	七〇	〇·五七六强
盘山厅	一四〇五九九	二七	〇·一九二强
锦西厅	一四〇七四八	二五	〇·一七八弱
海龙府	二一八一三七	一一	〇·五〇四强
东平县	一一六〇一七	四	〇·〇三四强
西丰县	一七六四五八	八三	〇·四七〇强
西安县	一七〇七九六	一一一	〇·六五〇弱
柳河县	八四二五三		
昌图府	四〇三六五七	六一九	一·五三三强
辽源州	五四六二六	二六	〇·五七六弱
奉化县	三三〇五三五	三六〇	一·〇八九强
怀德县	二二一二五三	六七三	三·〇四二弱
康平县	一八二九七四	一九八	一·〇八二强
兴京府	二一二八七六	八	〇·〇〇四弱
法库厅	二三九八八八	四〇三	一·六八〇弱
合　计	六八九七八四八	七〇六八	一·〇二五弱

奉天省鼠疫地别流行情形表

地别	传来地别	始疫日期	中止日数	蔓延日期	终疫日期	疫势
奉天省城	长春 哈尔滨	十二月初二日	二五	八三	三月二十日	最重
承德镇乡	长春 哈尔滨	十二月二十三日	一一	五四	二月二十八日	最重
开原县	东清铁道 伊通州 法库	十二月二十六日	一四	三六	二月十六日	次重
铁岭县	东清铁道 奉天 法库	十二月初十日	二五	四〇	一月十七日	次轻
怀德县	长春 哈尔滨	十二月二十三日	六	五七	二月二十六日	最重
奉化县	哈尔滨	十二月二十二日	二	四九	二月十三日	次重
昌图府	吉林 奉化	十二月十七日	五	六〇	二月二十三日	最重
康平县	昌图 法库	十二月二十八日	二一	二五	二月十四日	次轻
辽源州	昌图 法库 奉化	正月初五日	二〇	一四	二月初九日	最轻
法库厅	奉化 哈尔滨	十二月十八日	四	四一	二月初三日	次重
西安县	本溪 奉天 长春	正月初六日	八	二三	二月初六日	次轻
西丰县	长春	正月初七日	二四	二一	二月二十二日	次轻
海龙府	长春 吉林	正月十八日	一七	八	二月十三日	最轻
东平县	西丰县	正月二十三日	无	三	正月二十五日	最轻
抚顺县	奉天	十二月二十二日	一六	三一	二月初九日	次轻

地别	传来地别	始疫日期	中止日数	蔓延日期	终疫日期	疫势
兴京府	奉天 抚顺	十二月二十日	二八	四	正月二十二日	最轻
本溪县	奉天	十二月二十三日	一五	一一	正月二十一日	最轻
辽阳州	奉天	正月初八日	一一	一三	二月初三日	最轻
辽中县	奉天 新民	正月初三日	一〇	二九	二月十一日	次轻
新民府	奉天 铁岭 法库	十二月十四日	六	四九	二月初九日	最重
镇安县	东清铁道 奉天新民广宁 直隶阜新	十二月十六日	三四	三〇	三月初二日	次轻
广宁县	朝阳镇 哈尔滨	十二月十五日	五	四七	二月初七日	次重
锦州府	哈尔滨 吉林广宁 义州	十二月二十八日	二三	一一	二月初二日	最轻
义州	哈尔滨 奉天 锦州	十二月十三日	三	四六	二月初二日	次轻
锦西厅	哈尔滨	十二月二十九日	二二	八	正月二十九日	最轻
宁远州	锦西 绥中	正月十四日	一八	一九	二月十一日	次轻
绥中县	哈尔滨 新民	十二月十七日	七	二六	正月二十日	次轻
盘山厅	长春	正月二十四日	二〇	九	二月二十三日	最轻
彰武县	新民 康平	正月十七日	一二	六	二月初五日	最轻

第一节　奉天城乡蔓延之疫势

奉郡为全省中枢，当南满、京奉二线之交点。汽车未停以前，不及防御，大为病毒之所侵袭。省会人烟稠密，故疫势蔓衍尤易，患者数占全省四分之一而强。当炽盛时，日死八九十人，仅较哈长二埠为杀。其城乡传染线路，亦转辗纷错，莫可究诘。兹述如左：

奉天省城

（一）传染之经路 全省疫势最先发见者，实惟省治。宣统二年十二月二日（下文遇年月日均省年存月）为奉天肺百斯脱发生之第一日。其时哈长疫势已极剧烈，死者日以百计。然铁路交通未断，北来苦力络绎道途，咸集于车站、商埠一带。查首先患疫之人为李玉福。该患者来自北方，受毒于先，发病于后，实为奉省鼠疫之滥觞。自是省城患者陆续发见。然疫疠萌芽之始，每日仅毙一二人，且在七区界内者为多，故其传染经路调查较确。表示于左：

奉天初始发生患者表

患者姓名	年龄	籍贯	职业	发病月日	死亡月日	传染经路
李玉福	二十	未详	苦力	十二月二日	同日	由北乘火车来，下车即觉病重。拟欲觅医，病剧不能行。
王文德	三十二	奉天	苦力	十二月四日	十二月五日	由吉林乘火车来，住十间房德盛园客栈。即日病发。
李遵尔	二十四	未详	未详	十二月四日	同日	由北乘火车来，止宿南满车站附近之顺兴栈。即时病发。
卓福亭	三十	未详	未详	十二月四日	十二月五日	由哈尔滨来奉，寓大西关义顺店。下车时已染病。
杨长胜	三十	直隶	苦力	十二月六日	十二月七日	该患者三月前来奉，日在车站工作，疫毙于小西边门外马家饭店。
李焕章	三十	直隶	苦力	十二月七日	同日	与患疫者杨长胜同居。
刘 林	二十六	奉天	苦力	十二月七日	十月八日	由哈尔滨来奉，寓小西边门外宝兴饭馆，即晚病发。
杨长经	二十八	奉天	苦力	十二月七日	同日	与患疫者刘林同居。
崔四海	五十五	直隶	客栈招待	十二月七日	十二月十日	与患疫者同居。
崔四清	三十	直隶	客栈招待	十二月七日	十二月八日	与崔四海同居。
赵兴顺	四十一	未详	未详	十二月八日	同日	由长春来奉，寓小西边门外同顺栈。
张项廷	二十六	未详	客栈主东	十二月八日	十二月九日	由患者王文德传染。
于长利	二十七	直隶	未详	十二月六日	十二月九日	由哈〈尔〉滨来奉，寓小北门外义聚纸房。下车时已染病。
王凤山	二十六	直隶	未详	十二月十日	同日	该患者系德盛园客栈邻居，由患者王文德、张项廷等传染。
孙财儒	三十一	未详	杂货商	十二月十日	二十月十一日	由哈尔滨来奉，寓小西边门外丰和客栈，翌日病发。
备考		以上十五名，系十二月初二日起十一日止一旬中之患疫人数。由此观之，已可证奉天省城此次之疫，由哈埠及长春感染病毒之来客于潜伏期中传播而至。				

疫既萌发，即时通告，厉行防卫。不意十三日忽由榆关载回传染病毒之苦力四百七十八人。该苦力等初由哈长到奉换车，入关度岁，因途中疫毙二人致被拒，回奉站事出仓猝，留验、隔离各所尚未成立，暂收容于七区各客店。自是而后，入关之路已断，北来之车未停，被留贫民日多一日。七区不能容，则陆续开放，窜入五区工夫市一带。故十三日以后七、五两区报告之患者，此等苦力占多数。工夫市本居留贫民及乞丐之特别地点，污秽不洁之小伙房甚多。四区二所地界与工夫市相连，此等小店亦林立。又由西关北什字街直入六区地面，与太清宫左近诸小店衔接。至三区，在东门外住户较稀，下等社会部落无多。一、二区地居城内，交通易断，故传染稍难，死亡亦最少。盖七区为省城疫薮，而五区次之，四区、六区又次之，一、二、三各区为殿。其传染之先后，亦大势瞭如矣。

（二）疫之区域及比例　如左表：

地方别　　　　　种类	人　　口	患 者 数	千 分 比 例
第七区	一一五七一	五四〇	四六·六八
第五区	四〇〇七四	五一九	一二·九五
第四区	二四三五四	二一三	八·七五
第六区	三六二七四	一三六	三·七四
第三区	二五九三四	七六	二·九三
第二区	一四九二五	四八	三·二一
第一区	一七四九〇	三九	二·六〇
其　他		三二九	
	一六八一〇二	一六八六	一〇·〇三
备　考	其他栏内所记载者，系由三台子、三家子及南塔贫民收容所等处发病者。		

（三）疫之时间与死亡人数　如左表：

年＼月＼日	初一	初二	初三	初四	初五	初六	初七	初八	初九	初十	十一	十二	十三	十四	十五	十六	十七	十八	十九	二十	二十一	二十二	二十三	二十四	二十五	二十六	二十七	二十八	二十九	三十	合计	总计
宣统二年 十二月		一			一	三	一	四		三	二	七	五	八	九	一	九	九	一〇		一四	三三	三五	七七	二二	七三	四七				三九〇	
宣统三年 正月	一四	四四	九	一三	一	一二	二六	二〇	六	四四	四	七	三三	二二	二〇	四	四三	四三	六四	三四	二八	四〇	一	二七	一七	一	三一				九六五	一六八六
宣统三年 二月	二〇	四八	一	一三	二	一	三	一	二	三	七	九	一	三	八	四	二	三	五	七	四	一	四	三					九		三二六	
宣统三年 三月				一																											五	

承德镇乡

（一）传染之经路　省城四乡各疫区，由承德县督率巡警，分设机关，执行一切防卫事宜，不隶省城防疫事务所管辖。故区为承德镇乡。考其疫线之所自来，要皆由城厢四窜，而由邻境传入者实鲜。其最明确之证据，则为第一次由榆关运回之苦力，因留验机关未备而乘间窃逃者不乏人，以致道途之间死亡累累，疫气因之日炽。查镇乡有疫村屯凡八十余处，而发见患疫行人及路毙之地居十之五，且各区初传人无一系土著者。东区为刘通士屯行人李云忠，南区为浑河铺行人金力介木杨家店朝鲜妇人，西区为北牌闸上小三家子等处无名男，北区为旺官屯行人无名男。故四乡疫线虽极复杂，不外以逃散苦力为之媒介，其由哈长及省城直接传染可知。凡疫毙三百六十三人。此外南路之乌民屯、浑河堡、詹家堡，北路之柳条湖，西路之得胜营子，均设有留养、隔离等所。省城贫民留养所，人满之时，拨往安插者，前后又六百余人，其中疫毙者凡五百二十。统计患者八百八十五人，而北来贫民占十之六。

（二）疫之区域及比例表：

疫区别	人口总数	疫死人数	千分比例
东　区	九一一五一·	一三四^	〇·三八
北　区	一四八九三六·	九一·	〇·六二
南　区	一五八四二八·	七六·	〇·四八
西　区	八八二五九·	六二·	〇·七〇
其　他		五三〇·	
合　计		八九三·	
备　考	其他栏内所记载，系由省城拨归四乡安插之贫民。		

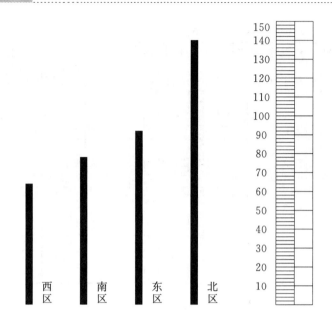

（三）疫之时间与死亡人数　如左表：

年 ＼ 月 ＼ 日		初一	初二	初三	初四	初五	初六	初七	初八	初九	初十	十一	十二	十三	十四	十五	十六	十七	十八	十九	二十	二十一	二十二	二十三	二十四	二十五	二十六	二十七	二十八	二十九	三十	合计	总计
宣统二年	十二月																				一				七	八	〇	五	一			五二	八九三
宣统三年	正月	二五	二七	二三	一	一〇	二〇	三八	二〇	一八	二二	一八	一六	一六	二〇	五〇	三五	一七	一二	一九	一七	五五	三三	二四	二四	五七	四一	二四	三〇	一一	一二	七四三	
	二月	八	三	七	四	〇		一	〇		一	四	五	一			五	四	一			二	二	五		二			四			九八	

第二节　奉天省北路蔓延之疫势

奉天北界与吉林长春府境相错，长春为吉省疫区之冠，怀德首当其冲，故受毒最深，疫毙亦最众。自此以讫奉化、昌图、辽源、康平，或铁路所通，或地当孔道，一经传播，势若燎原。边内之开原、铁岭次之，法库介居奉、昌二属间，疫焰所煽，势亦猖獗。海龙各属僻处四山之中，交通较难，然当开原东道，故为疫势所波及。惟西安稍盛，余毙数人或一、二十人不等。

开原县

（一）传染之经路　开原疫线传入，分东、南、西、北四线。如左：
（甲）北线　共有二支。

（一）从吉林伊通州界威远堡门传入。十二月二十一日，六道沟民人冯俊生、冯廷俊发疫，二十三、二十五日相继身死。家族之受其传染死者五人，殃及同屯。再西传至相邻之何家堡、四家子、马市堡，复由何家堡南传至杨家坎子，再南传至花园。

（二）从北来铁路传入。宣统二年十二月二十四日，县署东胡同民人李拾邦从北来发疫，至二十六日身死。遂南传至天增馆、娘娘庙、火神庙、毛家胡同，更西南传至硕老爷庙。此城内疫染之大略也。由城内传至城外，复分二支：（一）由城内天增馆西传至城外之四社道旁。再分二支，一支由四社道旁西南传至和顺屯，复北折至八宝屯，再北行至刘家屯，复分东北二支，北线行至牙口子而止，东线延至甘沟子，再南延至小湾屯而止；一支由四社道旁直西传至贾家屯，复北接至古城堡，再东延至后单楼台而止。（二）由城内天增馆南传至石家台，再南传至小孙家台而止。

（乙）东线

正月初五日由北来淮军传入，始发疫于八颗树。由八颗树复分四支：（一）西传至貂皮屯而止；（一）西传至石人沟，再西传至柳树沟而止；（一）西传至湾子屯而止；（一）西传至罗家堡而止。

（丙）南线

正月二十一由铁岭传入，至马家寨。两日即扑灭。

（丁）西线

二月初十日由法库传入，至古城子，随即扑灭。

（二）疫之区域及比例如左表：

其余各屯村	马家寨	杨家坎子	六道沟 古城堡	石人屯 石家台	湾子屯	貂皮屯	罗家屯	刘家屯	小湾屯	何家屯	贾家屯	和顺屯	城内	八颗树	疫区＼比例

（三）疫之时间与死亡人数　如左表：

年＼月	日	初一	初二	初三	初四	初五	初六	初七	初八	初九	初十	十一	十二	十三	十四	十五	十六	十七	十八	十九	二十	二十一	二十二	二十三	二十四	二十五	二十六	二十七	二十八	二十九	三十	合计	总计
宣统二年	十二月																										四	三	四			一一	
宣统三年	正月		二	九	〇	一				七	四	〇	三	三			二	二	一	五	一		九	二	六	九	八	八	七	五	三	二〇〇	二二〇
	二月	一					一			一			一	三																		九	

铁岭县

（一）传染之经路　铁岭北界开原，南界奉天，西界法库。考其疫线，不外从三路传入。十二月初十日有农人自哈尔滨染疫，回至县城西门内之税局胡同，疫发身死，为全境发见之始。兹述其传染各线如左：

（甲）北线

从开原传入，共分三支：一由开原传至山头堡止；一由开原传至城内之城隍庙，再北折至县西北境之心田堡而止；一由开原传至城内之果子园，再东折至靠山屯而止。

（乙）南线

从奉天界传入，共分四支：一由承德境懿路北传至石山子，复分支南传至下甸子止；一由懿路北传至县城南之三道街，复东折至回回营止；一由承德北传至西小河口，再东折至屈牛屯止；一由承德北传至汤中堡止。

（丙）西线

从法库传来，共分二支：从法库之调兵山南传至阿吉堡子，再西传至乌巴海，再北折至山台子止；一由法库之旧门东传至陈家窝棚，再南折至朱家窝棚止。

（二）疫之区域及比例　如左表：

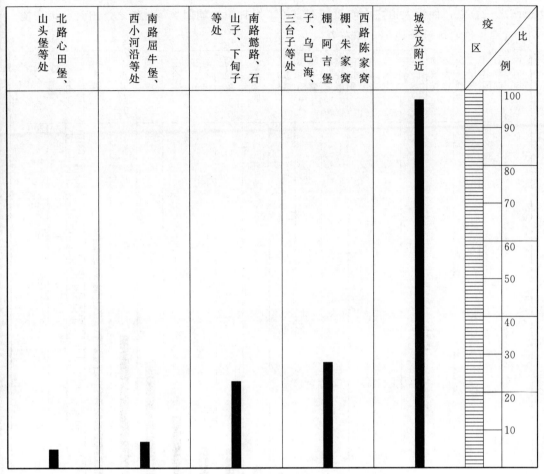

疫区（比例）各路疫死比例（单位：%，纵轴 10–100）：

北路心田堡、山头堡等处	南路屈牛堡、西小河沿等处	南路懿路、石山子、下甸子等处	西路陈家窝棚、朱家窝棚、阿吉堡子、乌巴海、三台子等处	城关及附近

（三）疫之时间与死亡人数　如左表：

年	月	初一	初二	初三	初四	初五	初六	初七	初八	初九	初十	十一	十二	十三	十四	十五	十六	十七	十八	十九	二十	二十一	二十二	二十三	二十四	二十五	二十六	二十七	二十八	二十九	三十	合计	总计
宣统二年	十二月										一																二	一	一	一		六	九七
宣统三年	正月		六	二	一	一		四	六	六	一		一	七	八	五	一		三	二	二	五	二	一	六	一	一	二	二		三	七九	
	二月	二	一					一	一					二						一												一二	
备考	栏内仅载城关及附近等处疫死人数及其时间。其余各路疫死人数虽难稽考，而死亡日期已难一一尽详，故略。																																

怀德县

（一）传疫之经路　怀境东北当长春之冲，铁轨横贯，间道纷错，实为北路之障。哈长苦力络绎而来，疫气乘之传播，其传染线路因之不可详考。十二月二十三日始发见于铁道南之三合屯，而沿大道之大岭镇、五家镇、黑林镇、朝阳坡等地继之，由是蔓衍全境。

（二）疫之区域及比例　如左表：

下表为各疫区发病比例之条形图，纵轴比例刻度自下而上为：20、40、60、80、100、102、104、106、108、200。各疫区（自左至右）依次为：

其余各村屯	南草甸 二道冈	二里堡 二欢喜岭屯	永发屯 凤凰坨子	范家屯大冈子 （新开河烟李屯吴家床子赵家炉）	谷家屯	傅家屯 响水河	大岭镇 小陈家油房	梁家屯 小西福屯	长山堡	八大泉眼	拉拉屯	南大洼镇 五家	三合屯	朝阳坡	本城及附郭	黑林镇	疫区＼比例

（三）疫之时间与死亡人数　如左表：

年＼月日	初一	初二	初三	初四	初五	初六	初七	初八	初九	初十	十一	十二	十三	十四	十五	十六	十七	十八	十九	二十	二十一	二十二	二十三	二十四	二十五	二十六	二十七	二十八	二十九	三十	合计	总计
宣统二年 十二月																											一三	一九	二一	六三	七一	六七三
宣统三年 正月	一二	一八	二〇	二〇	六	一九	一四	一〇	一一	一三	五四	三八	一八	一四	一七	一八	一六	一	二四	一〇	一九	一三	一七	一八	一四	一五					五七五	
宣统三年 二月	七	一	三	四	九	七	九	四	二	六	二	三	一	一	六	二						一五									七七	

奉化县

（一）传染之经路　奉化之疫初传者，城内系商人张元文，于十二月二十日由哈尔滨染疫回，二十二日身死；四乡系小城子商人于连庆，于十二月十九日由哈尔滨染疫回，二十日身死。由是蔓延县境，分为四线。其详如左：

（甲）北线

正月初九日首发见于泉眼岭，分东、西、北三支蔓衍。东支传至越粉房，北支传至药王庙，又另传至三道扛，再传至大林子，西支传至榆树台，再传至七家子，复北折至新立屯而止。

（乙）东北线

正月初十日首发见于大榆树，东传至土龙村，西传至步登花、团山子，复东北折至六屋，再南折至王家窝堡而止。

（丙）东线

十二月二十一日首发见于城内，东北传至杏山，再传至太平山，再东传至万发街而止。

（丁）南线

十二月二十一日首发见于娘娘庙，东南传至海青窝堡，再东南传至索家窝堡、程家窝堡、折马背而止。

（二）疫之区域及比例　如左表：

杏山	七家子	三道扛 新立屯	土龙村 泉眼岭	海青窝堡	越粉房 榆树台	团山子	程家窝堡 王家窝堡 东太平山	步登花 索家窝堡	大林子 折马背	六屋	万发街	药王庙	大榆树	娘娘庙	城内	疫区＼比例

（三）疫之时间与死亡人数　如左表：

年＼日（月）	月	初一	初二	初三	初四	初五	初六	初七	初八	初九	初十	十一	十二	十三	十四	十五	十六	十七	十八	十九	二十	二十一	二十二	二十三	二十四	二十五	二十六	二十七	二十八	二十九	三十	合计	总计
宣统二年	十二月																					三	四	二			四	四	八			二五	三六〇
宣统三年	正月	三	四	四	五	五	二八	四	五〇	八	二	二	三六	九	二	三	二	三	一	一	二	六	一	一	一	二	二					一七八	
宣统三年	二月	三	六	二	一五	一七	一七	一三	一六	三二	一七	一	一二																			一五七	

昌图府

（一）传染之经路　昌图为奉天北路疫盛之区，初传入之疫线分东北、东南、西北、西南四支，如左：

（甲）东北线　共有二支：

（一）发现于四平街　十二月十七日，有商人由奉化界染疫，回至四平街而疫发。即由四平街分二支：一支西北传至刘家屯，复南传至泉眼井，再北折至太平庄而止；一支南传至双树子，再南传至六家子，再南传至龙泉寺，复南传至小壕子，即西北折至鹭鹚树，复北折至大泉眼，复西传至干沟子，由干沟子南传至五家子、马家窝堡，复西南传至二道洼，折东南传至大兴庄而止。

（二）发现于八面城　从八面城传染各处之疫线，一支向西南直行至大洼而疫发，一支向西南直行至金家屯而疫发。由八面城向西南行至大洼之疫线，由大洼至新立屯而疫线四发。由新立屯西行至清沟沿，折北行至樱桃窝堡而止；由新立屯南行至宝力屯，再南行至八宝屯，而与金家屯北行疫线接；由新立屯向西直行至北洼而止。从八面城向西南行至金家屯之疫线，由金家屯向北行至兴隆沟、架鱼岭、赵家窝棚而止。南行至平安堡，复西南行至三眼井、小塔子而止。

（乙）西南线

正月初五日，有由辽源三江口来之无业男，行至同江口而疫毙。其疫线共分二支：一东北至孤榆树，复西折至义合屯而止；一东行至白莲泡，复东南折至大房身而止。

（丙）东线

十二月十七日，有无业男由吉林回至府城，而疫发身死。其传入又分二支：（一）由吉林界传入府城东北之兴隆沟，复东折至八家子，复分二支：一北折至太平沟，复南行至小四家子而止；一北行至兴隆泉而止。（二）由吉林界传入府境之红顶山、二道洼。二道洼之疫线，复转辗传至大新庄、五家子、小壕子、马家窝堡、干沟子、大泉眼、鹭鹚树、龙泉寺、六家子等处。红顶山之疫线，复西传至府城，由府城西传至亮中桥，至亮中桥即分二小支：（一）北传至四家子而止；（二）东折至双井子，复东折至边门之黑咀子沟而止。

（丁）西北线

十二月十八日，有捐务董事由奉化染疫，回至四家子身死。即由四家子分三支：一西南行至王显甸，再西南行至么窝堡而止；一东行至和尚屯而止；一东南传至五家窝堡、张窝堡而止。

（二）疫之区域及比例　如左表：

其他	四岭 小塔子 义合屯 白莲泡 子	北洼 八宝 赵家窝堡 架鱼沟	如意沟 高平窝堡 王显甸 柳条 樱桃窝堡 泉眼井 太平庄 恒道 三眼井	么窝堡 六家子 三眼井 张家窝堡	刘家屯 赵家店 双井子	新立屯 清沟沿	孤榆树 亮中桥	刘家店	五家窝堡 墨嘎子沟	大洼 和尚屯	四平街 杏山	兴隆沟 后窑	平安堡	马中河	鹭树 实力屯	五家子	四家子	八面城	金家屯	双树子	府城	疫区 ＼ 比例
系路倒及遗尸无详确地址可查者																						200 / 180 / 160 / 140 / 120 / 100 / 80 / 60 / 40 / 20

（三）疫之时间与死亡人数　如左表：

年	月	初一	初二	初三	初四	初五	初六	初七	初八	初九	初十	十一	十二	十三	十四	十五	十六	十七	十八	十九	二十	二十一	二十二	二十三	二十四	二十五	二十六	二十七	二十八	二十九	三十	合计	总计
宣统二年	十二月																九	五	六	七	七	九	七	八	五	五	八	一六	一一	五		一〇一	六一九
宣统三年	正月	五	八	八	一一	一三	七	六	二二	二〇	一三	一九	一三	一三	一二	一四	一二	一八	一一	一三	一四	一四	一五	一	一五	一六	一三	一五	一〇	一六	一四	三八一	
宣统三年	二月	一二	一三	二三	一四	一〇	八	九	一一		五	三		六	一	三	二		五		九			三								一三七	

康平县

（一）传染之经路　康平疫线悉自法库传来，分南线及东南线二支，如左：

（甲）东南线由昌图传入，共分二支：

（一）十二月二十八日，有工人由昌图府回，传至县境之小塔子，再传至胡家屯、新安堡、高家窝堡而止。

（二）十二月二十九日，有工人由昌图府回，传至县境之孙家屯，再传至本屯之西而疫止。

（乙）南线由法库传入，共分五支。

（一）正月初一日，有工人由法库厅回，至县境之杏树岗而疫死。再东南传至泡子河及孔家窝堡、东小陵而止。

（二）正月有工人自法库回，至县境之小城子而疫死。再南传至修家窝堡及县城东北之四合堡，再北传至刘家堡、公河来，东传至鲍家堡子。

（三）正月二十一日，有商人自法库回，至县境之孙家洼子而疫死。再东南传至哈拉沁屯、半拉门而止。

（四）正月二十二日，有农人自法库回，至县境之方家屯而疫死，随即扑灭。

（五）二月初二日，有商人由法库回，至县境之哈叭气屯而疫死。再西南传至大营子而止。

（二）疫之区域及比例　如左表：

四合堡其余各村屯	公河来高家窝堡山城子堡	泡子沿县城修家窝堡	半拉门	孙家洼子	刘家窝堡	哈叭气屯	胡家屯	小塔子	方家屯	杏树岗	孙家屯	疫区　比例

（三）疫之时间与死亡人数　如左表：

年	月	初一	初二	初三	初四	初五	初六	初七	初八	初九	初十	十一	十二	十三	十四	十五	十六	十七	十八	十九	二十	二十一	二十二	二十三	二十四	二十五	二十六	二十七	二十八	二十九	三十	合计	总计
宣统二年	十二月																												一			一	二
宣统三年	正月	二	二			四	一三	一三	八	一四				一			二五	二六	三			三	一四	一三		一四	五三		二			一五五	一九八
	二月		一	一				一四	一四					一			一															四一	四一

辽源州

（一）传染之经路　辽源传来，疫线分南线、东南线、东线三支，如左：

（甲）东南线　正月初五日，有苦力由昌图回，至三江口而疫发身死。遂南传至十三崴子，再南传至陈船口而疫止。

（乙）南线　正月初五日，有画匠由法库回，至州街疫毙，遂至传染。

（丙）东线　正月二十四日，有女人由奉化染疫回，至三棵树而疫毙，遂至传染。

（二）疫之区域及比例　如左表：

十三崴子	三棵树	州街	三江口	陈船口	疫区 / 比例
					100
					90
					80
					70
					60
					50
					40
					30
					20
					10

（三）疫之时间与死亡人数　如左表：

年＼月	日→	初一	初二	初三	初四	初五	初六	初七	初八	初九	初十	十一	十二	十三	十四	十五	十六	十七	十八	十九	二十	二十一	二十二	二十三	二十四	二十五	二十六	二十七	二十八	二十九	三十	合计	总计
宣统三年	正月					四					一	一		七	二			一	一	一	二	一				二	一				一	二五	二六
	二月					一																											

法库厅

（一）传染之经路　法库之疫分为二线：一自奉天传入，为南线；一自哈尔滨传入，为东北线。

（甲）南线　十二月十六日，患者孙相臣向在省城日本车站贩卖食物，来厅境寻访振泰泉柜伙马振芳谋事，越日疫发毙命。是为厅境染疫之起点。由是蔓延城内，散发四乡，北至民家屯，西南至大、小陶屯、四台子、大房身，又传至靠山屯、侯家山子，西北至大眼泉、东西榛菜岗子、往户屯，东南至郝家沟、胡家窝堡，东北至头台子、柏家沟，南至前魏家楼。由此观之，蔓衍厅境城乡者，实惟由奉传入之一线。

（乙）东北线　城南六十五里之旧门为东北线发生点。直隶人李树瓶向在哈埠教读为业，十二月二十四日偕其弟树大由哈回籍，道经该处，寄宿任家店，越日疫发殒命。以致蔓延东南区一带小岭、三面船、前后依素、牛堡子、大狼洞、戴家荒地、椴树沟、喇嘛沟、侯家窝堡、崔家屯等处。是为由哈传入之一线。

（二）疫之区域及比例　如左表：

喇嘛沟	椴树沟　四台子　大房身　戴家荒地　三面船	崔家屯	大狼洞　往户屯　民家屯　小岭　靠山屯　侯家窝堡	侯三家子	胡家窝堡　头台子	西榛菜岗子　东　前　后　依素牛堡子	郝家沟　前魏家楼	小陶屯　大陶屯	旧门	大泉眼	城内	疫区＼比例

（三）疫之时间与死亡人数　如左表：

月＼日	年	初一	初二	初三	初四	初五	初六	初七	初八	初九	初十	十一	十二	十三	十四	十五	十六	十七	十八	十九	二十	二十一	二十二	二十三	二十四	二十五	二十六	二十七	二十八	二十九	三十	合计	总计
十二月	宣统二年																				一	一			三	三	一	一	二	三	五	二五	二五
正月	宣统三年	六		七	二	三	九	九	六	一	三	三	二	二	九	二	二	八	八	六	八	五	六	二	五	三	二	一	八	九	五	三四七	三五五
二月		三	四	一																												八	
备考		尚有查出路毙遗尸等四十八人，无死亡日期可考，故未列入栏内。																															

西安县

（一）传染之经路　西安县属，除城厢外，共分十区。其疫线之来源不一，要皆自西窜入。分述如左：

（一）由本溪传入。正月初六日，有木匠韩桂林由本溪县染疫，回至县属中路第一区杨木咀子地方，于初九日身死，遂传染同屯。

（二）由奉天传入。正月十一日，有山东人王德年由奉天来至县城，于十三日疫发身死。

（三）由长春传入。正月初十日，商人史姓购贱衣归，至县属北路第五区五道沟疫发身死。再传至六道沟等处。

正月初十日，有陈姓农人自长春五站地方来，至第十区小城子疫死。遍染本屯。

其余除第四区无疫外，各区均被波及，惟传染经路颇难尽详。

（二）疫之区域及比例　如左表：

（三）疫之时间与死亡人数　如左表：

年＼月＼日		初一	初二	初三	初四	初五	初六	初七	初八	初九	十	十一	十二	十三	十四	十五	十六	十七	十八	十九	二十	二十一	二十二	二十三	二十四	二十五	二十六	二十七	二十八	二十九	三十	合计	总计
宣统三年	正月									二		三	二	〇	二	一	六			二	一	二	三	二	五	三	八	四	六	三		一〇九	一一二
	二月	一																		一													二

西丰县

（一）传染之经路　西丰疫线，系正月初七日有苦力由长春回，至县境之神树疫死。即由神树分南北二线：

（甲）北线

由神树东传至县城，即北折至太平岭，再北折至平岗镇而止。

（乙）南线

由神树南传至房木镇而止。

（二）疫之区域及比例　如左表：

（三）疫之时间与死亡人数　如左表：

年	月	初一	初二	初三	初四	初五	初六	初七	初八	初九	初十	十一	十二	十三	十四	十五	十六	十七	十八	十九	二十	二十一	二十二	二十三	二十四	二十五	二十六	二十七	二十八	二十九	三十	合计	总计
宣统三年	正月							一〇																一			一	一	一	二		一六	八三
	二月	一	一	三	四				四	八	四	二		九	二	一	二		三					二				二				六七	

海龙府

（一）传染之经路　海龙疫线皆南北线，共分二支：一从正月十八日，有佣工杨宽由长春至府之南境太平川，疫发身死，遂传染同屯；一从正月二十八日，有佣工戴永志自吉林至府之西境东山城镇，疫发身死，再东传至六八石而止。

（二）疫之区域及比例　如左表：

六八石	山城镇	太平川	疫区 ╲ 比例
			100
			90
			80
			70
			60
			50
			40
			30
			20
			10

（三）疫之时间与死亡人数　如左表：

年＼日 月	初一	初二	初三	初四	初五	初六	初七	初八	初九	初十	十一	十二	十三	十四	十五	十六	十七	十八	十九	二十	二十一	二十二	二十三	二十四	二十五	二十六	二十七	二十八	二十九	三十	合计	总计
宣统三年 正月																				一			一	二				二	二		八	十一
二月	一		一										一																		三	

东平县

（一）传染之经路　正月二十三日，有由西丰神树地方来之王姓三人，至县之西三乡四平街疫发死，同居之石姓亦染疫毙，未传染他处。

（二）疫之时间与死亡人数　如左表：

年＼日 月	初一	初二	初三	初四	初五	初六	初七	初八	初九	初十	十一	十二	十三	十四	十五	十六	十七	十八	十九	二十	二十一	二十二	二十三	二十四	二十五	二十六	二十七	二十八	二十九	三十	合计	总计
宣统三年 正月																										一	二	一			四	四

第三节　奉天东路蔓延之疫势

奉天以东，沿浑流右岸，旧为兴奉通衢，单车可达。近以南满支线之通过，汽车飚驰，直抵千金寨、杨柏堡，复折而北至抚顺。故奉天东渐之疫势，大率自奉至抚，藉汽车为导线；自抚至兴，藉人力为媒介。以防疫日期考之，亦抚顺为先，兴京为后，其流行地均偏于西界。

抚顺县

（一）传染之经路　抚顺疫线均直接由奉天传入。其发现之地点不一，可总挈之为西线。十二月二十三日，苦力杨大之毙于杨柏堡，为全境第一发生点。正月初一日，商人胡文德之毙于山城子，殃及一姓十三人，为第二发生点。正月初五日，万达屋木工马骏之毙，全屯波及，为第三发生点。正月初十日，韩人金有之毙于樱树沟，为第四发生点。正月十二日，苦力大兴之毙于庙沟，渐染全屯，为第五发生点。正月十四日方小屯花汪氏之毙，为第六发生点。正月二十一日张木匠沟周德东之毙，为第七发生点。考以上各患者，皆于潜伏期内由奉入境，其受毒于奉可知。查庙沟一处，传至前荒地沟、杨柏堡一处，传至千金寨、山城子一处，传至水萝卜沟，余未波及外屯。此外通事沟、江南河、西茨沟等处有疫地点，并未详其传染经路。

（二）疫之区域及比例　如左表：

屯其余各村	张木匠堡杨柏沟	通事沟江南河	千金寨方小屯	万达屋	庙沟	古城子	山城子	疫区／比例
								100
								90
								80
								70
								60
								50
								40
								30
								20
								10

（三）疫之时间与死亡人数　如左表：

年＼月＼日	初一	初二	初三	初四	初五	初六	初七	初八	初九	初十	十一	十二	十三	十四	十五	十六	十七	十八	十九	二十	二十一	二十二	二十三	二十四	二十五	二十六	二十七	二十八	二十九	三十	合计	总计
宣统二年 十二月																											一	一		二	四	八三
宣统三年 正月	一		一			一	一	一	五	七	三	二	一	一	三	三	八	三	三	三	三	一	二	七	二	一	二	一	一		七八	
宣统三年 二月								一																							一	

兴京府

（一）传染之经路　兴京之疫，仅毙八人，殃及四处：（一）发见于下夹河。十二月二十九日，山东农人孟姓由奉天来，疫毙于刘家店。（二）发见于木奇。正月初七日，山东农人高姓由抚顺来，疫毙于佣主宋桂家。（三）发见于马尔墩。正月十五日，山东人范、李二铁工由千金寨来，疫毙于吴家店。（四）发见于古楼。正月二十二日，商人张志节、庄殿秀，均抚顺人，由千金寨来，疫毙于天兴店，染及本街许万昌、王麻花二人。以上四线均未外延。

（二）疫之区域及比例　如左表：

木奇下夹河	马尔墩	古楼	疫区／比例

（三）疫之时间与死亡人数　如左表：

年＼月＼日	初一	初二	初三	初四	初五	初六	初七	初八	初九	初十	十一	十二	十三	十四	十五	十六	十七	十八	十九	二十	二十一	二十二	二十三	二十四	二十五	二十六	二十七	二十八	二十九	三十	合计	总计
宣统二年 十月																								一							一	八
宣统三年 正月				一									二								四										七	

第四节　奉天省南路蔓延之疫势

由奉天而南，辽阳当海盖之冲，本溪为凤安之障，南满铁道东支南干洞贯其间。辽中在陪都西南，占辽河沃野，均处交通最便之势。故奉天南延之疫氛，三属首被侵入。幸疫线发现皆在二、三等汽车停驶以后，其时检疫机关已沿路设置严密，故受毒未深，而金复、海盖、营口、安东、凤凰、庄河、岫岩各属遂庆安堵。

本溪县

（一）传染之经路　本溪之疫，其蔓延区域仅限西北一隅。十二月二十一日，有不知姓名之苦力一人，由奉入境，徒行至石桥子，疫毙破庙中，为本溪发现之始。由是传至上平台子、大岭、高家崴子等处。正月十五日，侯家屯农人韩海清，由承德界内有疫地富家屯回家毙命。传染全家外，并及邻居。是为本溪再现之疫线。

（二）疫之区域及比例　如左表：

上平台子　高家崴子	侯家屯	大岭	疫区＼比例
			100
			90
			80
			70
			60
			50
			40
			30
			20
（小）	（中）	（大）	10

（三）疫之时间与死亡人数　如左表：

年＼日　月	初一	初二	初三	初四	初五	初六	初七	初八	初九	初十	十一	十二	十三	十四	十五	十六	十七	十八	十九	二十	二十一	二十二	二十三	二十四	二十五	二十六	二十七	二十八	二十九	三十	合计	总计
宣统二年 十月																				一			一			一					二	二八
宣统三年 正月			三		一		二		七					二			四	三	一		三										二六	

辽阳州

（一）传染之经路　辽阳之疫由奉天传入，发现最先者为城西南前立山屯。正月初九日，北来无名男子突入该屯谭家店倒毙，验明确系百斯脱，迅即消毒深埋，仅染四人。正月十三日，疫复发现于城西杨林子宋家店，由车夫王绍云驱大车运黄烟至店，藏二疫尸。

其中为该店主所发见，递传四十余人之多。二处而外波及者，仅城北东围一女子。

（二）疫之区域及比例　如左表：

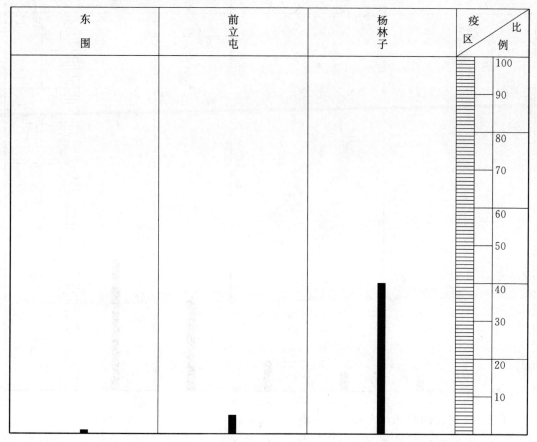

（三）疫之时间与死亡人数　如左表：

年＼月＼日		初一	初二	初三	初四	初五	初六	初七	初八	初九	初十	十一	十二	十三	十四	十五	十六	十七	十八	十九	二十	二十一	二十二	二十三	二十四	二十五	二十六	二十七	二十八	二十九	三十	合计	总计
宣统三年	正月								一						二	三			五	二	三	二			八	七	八		二	二		四五	四六一
	二月			一																													

辽中县

（一）传染之经路　辽中之疫，自奉天传入者为东北线。正月十七日，农人张德自奉回，至城东茨榆屯疫毙，为第一发生点。西向传至马圈子、卡力马等处。正月二十五日，农人王炳初自奉回，至杨士冈之靛庄子疫毙，为第二发生点。散发至本屯四周各一里。自新民传入者为西北线。正月初三日，农人田文智、田鉴容同疫毙于老达房之东屯。该地濒辽河右岸，为由新入境要道，故被波及，自此西向传至曹家窝棚。

（二）疫之区域及比例　如左表：

村屯其余各	卡力马	县城	靛庄子	黄榆坨	老达房	疫区 ╱ 比例
						100 90 80 70 60 50 40 30 20 10

（三）疫之时间与死亡人数　如左表：

年 ＼ 月／日	初一	初二	初三	初四	初五	初六	初七	初八	初九	初十	十一	十二	十三	十四	十五	十六	十七	十八	十九	二十	二十一	二十二	二十三	二十四	二十五	二十六	二十七	二十八	二十九	三十	合计	总计
宣统三年　正月			二	二	二	一	四	二			八	三	二				一	二	二	二	二	五	四	三	二	五	四	三	四	二	六七	七九
二月				一	二	五	三						一																		一二	

第五节　奉天省西路蔓延之疫势

由奉而西，经新锦以达榆关，为京奉路线所通过地理上之交通点，即百斯脱之分布点，是不待论。自十二月十五日京奉线遮断，北来行旅咸遵陆而西，逐队出新锦间者，尤以入关苦力为多。北路疫线先后西窜，要不外此二因。新民首受其毒，故死亡之数甲于西路，广宁、镇安次之，宁远、绥中又次之，锦州、锦西、盘山被疫较少，彰武僻处边外，余波所及为西路殿。

新民府

（一）传染之经路　新民之疫自奉天、铁岭、法库三处传入，其发生之点甚多。总挈之，凡来自奉天者为东线，来自铁岭、法库者为东北线。奉天传入最早在京奉汽车未停以前，余均在停车以后，由边境陆路窜入。

（甲）东线　东线有五，其蔓延之势殆遍全境。一为中区及由中区外延各地。正月十三日，府街同时发见四人，系源和栈及和平公司之押运货物及招待客商者，故其染毒于新奉火车，均有确据。正月二十八日，直隶商人徐景春由法库至新，疫毙于马路街富顺店。府街共毙七十七人，均不出此二者之辗转相染。由是外延四乡，东至卜干沟、彭干沟、李家湾子、巨流河等处，北至二道河子、腰高台子、艾家屯、东高台子、树林子等处，西至黄旗堡、大曹屯、柳河沟等处。西北至魏家屯、大獾子洞、小梁山、杨窝棚、苏坨子、前林子、刘家窝棚、陈家窝棚、小王窝棚等处，西南至小范屯、大范屯、姜家泡、鲍家窝棚、富贵营子、潘家冈子、大黑冈子、川心甸、营房、兴隆店等处。以上为新民东线之一。二为东路二区界内附近铁道一带。该线发生点有旧边站、张高力屯、大孤家子、小车连泡四处。初传人均来自奉天。自旧边站西向至八间房，为第一段；自张高力屯东南至后邱屯、昂邦牛录、胡窝棚，西南至景家屯、前工匠堡子、喇嘛堡子、西高力屯，北至大车连泡，为第二段；自大孤家子西至东河沿，西南至蓝旗堡，为第三段；自小车连泡北至小黑鱼沟、阎家窝棚，折而东至张马夫台，是为第四段。以上为新民东线之二。三为东路三区界内附近由奉天入境大道一带。该线发生点有晏海营子、大民屯、马厂三处。自晏营子东南至车古营子、宋家冈为第一段；自大民屯南至小民屯，西至佟家房申，为第二段；初传人均系路毙；马厂毙行旅二人，未外传，为第三段。以上为新民东线之三。四为西路四区界内京奉路线附近一带。该线之发生点为小白旗堡，初传人系农人苏小三，由承德界入境。自小白旗堡北至八家子，东至大白旗堡，西至北张屯，南至小青冈子，为新民东线之四。

（乙）东北线　东北传入之线有二。一沿铁岭入境大道。该线发生点为东坨山子。初传系农人李殿生，来自铁岭。自东坨山子西至西坨山子，西北至坝堵墙子、小坨子等处，为东北线之一。一沿法库入境大道。该线发生点有黄家山、泡子沿二处。黄家山初传人系刘和，泡子沿初传人系路毙，均来自法库。自黄家山北至公主屯，西北至黄家岭，西至黄金坨子，为第一段；自泡子沿东南至安福屯、周家屯、史窝棚，西南至佟家窝棚、温家台，为第二段。以上为东北线之二。

（二）疫之区域及比例　如左表：

疫区 / 比例

比例刻度：10　20　30　40　50　60　70　80　90　100

疫区（自右至左）：

- 府街
- 泡子沿
- 东高台子
- 东蛇山子
- 小白旗堡
- 西蛇山子
- 潘家冈子　小范屯　小平连泡
- 大喇嘛堡
- 黄家山
- 柳河沟
- 昂邦牛录　黄旗堡　陈家窝棚
- 蓝旗堡　巨流河　大曹屯
- 黄金坨
- 阎家窝堡
- 公主屯　宋家冈
- 张高力屯　腰高台子　车台营子　卜干沟
- 兴隆店　川心甸
- 三喇嘛　大民屯　佟家房申
- 艾家屯　大白旗堡　温家台　安屯　晏海营
- 二喇嘛堡　后邱屯　西高力屯子　大孤屯　前屯子　马厂　八家子
- 张马夫台　大车连泡　旧边站　胡窝
- 棚树林子　大范屯　鲍家窝棚　杨家窝棚　刘家窝子
- 其余各村屯

（三）疫之时间与死亡人数　如左表：

年＼月＼日	初一	初二	初三	初四	初五	初六	初七	初八	初九	初十	十一	十二	十三	十四	十五	十六	十七	十八	十九	二十	二十一	二十二	二十三	二十四	二十五	二十六	二十七	二十八	二十九	三十	合计	总计
宣统二年 十二月													一	四						二	九	一	二	二	四	三	三	三	二	八	七二	六二二〔六一二〕
宣统三年 正月	一	一〇	一七	二〇	三四	三四	一七	二七	一九	三七	一三	二六	一九	一五	二一	二四	二四	一九	七	一〇	二三	一五	一四	一八	二〇	一六	一一	一七	八一		五二七	
宣统三年 二月	一	四	五	一	六				五																						二二	

镇安县

（一）传染之经路　镇安北毗直隶，西邻广宁，东北界新民、彰武，东南一隅复错入辽中、盘山间。新民、广宁贸居镇安之农商以及彰武防营之兵队轮蹄四达，交通难断。当疫焰方张之际，东突西煽，径路极为复杂。细绎疫线之所自来，有长春、哈尔滨、奉天、新民、广宁及直隶阜新县六处。今总挈之为西南、东北二线。

（甲）西南线　西南一线来自广宁。十二月十五日，朝阳商人王西林自营口经邑东半拉门疫毙，为全境发疫之始。继则正月初十日张有利自广宁回本街，初五日王玉生自广宁回王家窝棚，初六日许春堂自广宁回许家岭，十七日王福祥自广宁回马家窝棚，二十日王周民自广宁回陆家窝栅，均染疫毙命，祸及一家。而王家窝棚一线，复由探病人杨恩外传至杨家街。

（乙）东北线　东北来线分长春、哈尔滨、奉天、亲民及直隶之阜新县五支。十二月十三日刘延喜自长春回邑西南朝阳寺，十四日莫福臣自长春回邑西羊肠河，十五日关尚荣自长春回二道壕子，均染疫毙命。朝阳寺一线蔓衍较广，波及西南崔家屯。是为东北线之一。正月初二日，刘凤山自哈埠染疫，回二道壕子，连毙多人。初六日，李景春自哈埠染疫，回本街而毙。是为东北线之二。正月初九日单某自奉天回成岗子，二十二日防兵裴玉环自奉天回新立屯，均疫毙，传染本屯。是为东北线之三。十二月十六日李庆有自新民回本城，二十六日靳宝庆新民回茶棚庵，正月二十一日屈连城自新民回半拉门，二十六日金玉山自新民回高家园子，均疫毙，染及本屯。茶棚庵一线，蔓延最广，东至靠山屯，南至西唐家窝棚。是为东北线之四。东北第五线自边外直隶阜新县传入，实为镇安疫灭再现之一线。二月十三日，镇属已一周期无疫。不意新立屯流丐所忽有张广富之毙，传染丐者，同毙二十余人，复殃及屯西南小黄金台地方。查张广富系伶人杨洛天之仆，杨疫毙于阜新，张为运尸回新民，道出新立屯，亦被染而毙，遂致蔓延。或谓该线虽自阜新传入，实由杨洛天自新民传出。此说似鲜依据。

（二）疫之区域及比例　如左表：

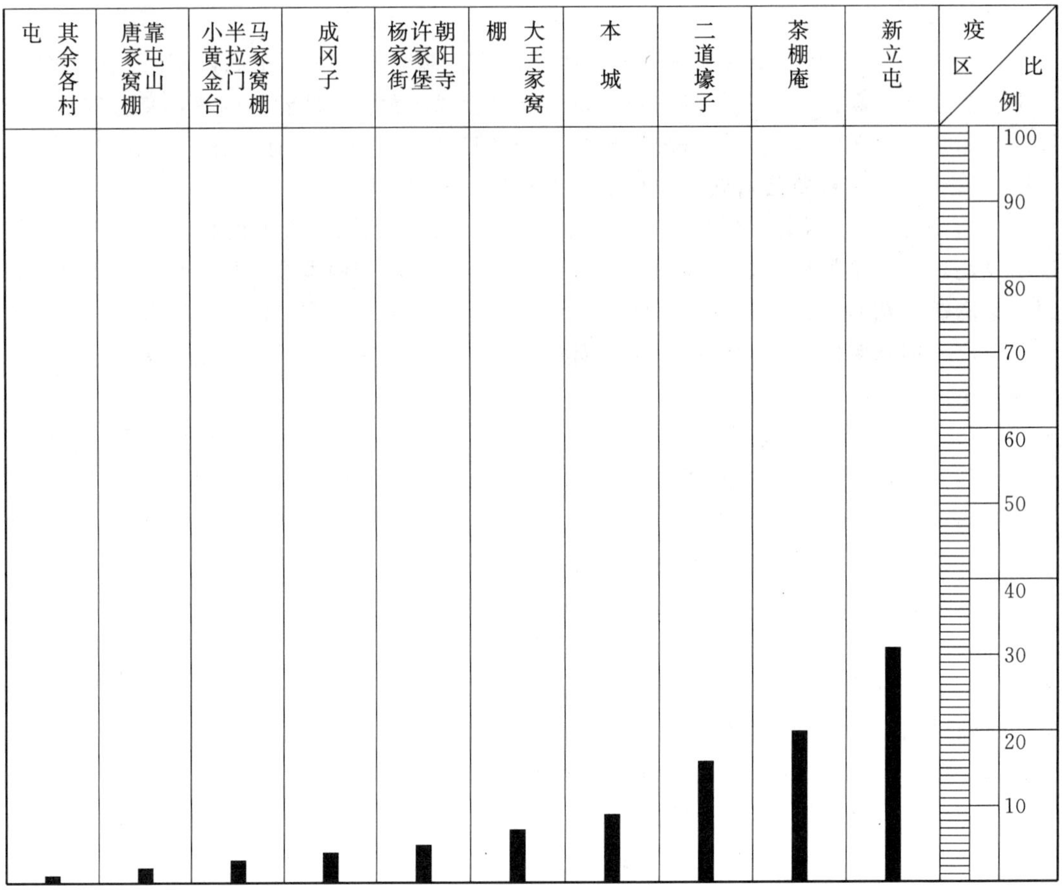
其余各村屯
靠山屯唐家窝棚
马家窝棚 半拉门 小黄金台
成冈子
朝阳寺 许家堡 杨家街
大王家窝棚
本城
二道壕子
茶棚庵
新立屯
疫区
比例
100
90
80
70
60
50
40
30
20
10

（三）疫之时间与死亡人数　如左表：

年	月＼日	初一	初二	初三	初四	初五	初六	初七	初八	初九	初十	十一	十二	十三	十四	十五	十六	十七	十八	十九	二十	二十一	二十二	二十三	二十四	二十五	二十六	二十七	二十八	二十九	三十	合计	总计
宣统二年	十二月																二	一	一	一			一			一	四		二	一		一四	一一二
宣统三年	正月			二	一五	六			一		四	三	一四	一	一		三	二	三	三		四	四					六				七二	
	二月																					一六	三			二	四					二五	
	三月	一																														一	

广宁县

（一）传染之经路　广宁之疫，于十二月二十五日城乡同时并发。一自朝阳镇传至城内。傅同盛炮铺执事人汪洪远由朝阳染疫回，自青堆子下车病发，后染及全家。不数日间，全城殆遍。一自哈尔滨传至县北马市堡。该堡居民杨广和由哈染疫，回家毙命。是两处均由东北路传入，为广宁发疫之始。马市堡一线，西南传至小岭子、小柳树屯、赵家坟等处。城内一线，外延镇乡，惟东区受殃最烈。实则京奉路线遮断后，凡由哈长入关之苦力咸遵六路，自镇安入广宁。东区为必经要路，时发现路毙之尸。路毙日多，疫气日重。故广宁东区疫线或由哈长传来，或由城内传出，极形复杂，不能强为分析。

（二）疫之区域及比例　如左表：

疫区　比例	本城	朝阳堡	杨台	郝家台 孤家子	沈屯 马市堡 小柳树屯	三台堡子 袁窝	长台	窑台 水泉	中央堡 于台	笔屯 赵家攻	四方台 小岭子 小山子 三里店	二台子 常家沟	八里堡 头屯 交界甸
200													
180													
160													
140													
120	130												
100													
80													
60													
40													
20		约25											

（三）疫之时间与死亡人数　如左表：

年＼月 ＼日	初一	初二	初三	初四	初五	初六	初七	初八	初九	初十	十一	十二	十三	十四	十五	十六	十七	十八	十九	二十	二十一	二十二	二十三	二十四	二十五	二十六	二十七	二十八	二十九	三十	合计	总计
宣统二年 十二月												二		一			四	一	五	六			七	七	三	四	五	四			五九	
宣统三年 正月	六	〇	四	四	六	五	六	一	八	七	五	二	三	六	一	四	七	四	八	〇	一	六	四	三	九	四	四	三	一		一五四	二二五
宣统三年 二月	五		一		一	四	一																								一二	

锦州府

（一）传染之经路　锦州东界广宁，北界义州，为哈长入关之冲。疫线之来，不外此二路。初传人均为北来苦力，东线蔓延最广，北线次之。

（甲）东线　十二月二十八日，本城附郭西河套路毙一人，查系由哈尔滨来之苦力。是为东线之一发生点。正月初八日，县东北达子营农人杨得奎疫毙，系由广宁传来。是为东线第二发生点。正月初十日，本城东关义顺店疫毙山东苦力窦顺东，系由吉林马坡传来。是为东线第三发生点。本城二线，染及县西南杨家窝棚、半截沟、鲍家窝棚、雀鸟屯等处；达子营一线，染及该屯南张良堡。

（乙）北线　正月十九日县北兴隆店疫毙直隶商人崔云，为北线第一发生点，染及该屯南上雅鸡台。二月初一日县西北二道沟农人苏洛香疫毙，是为北线第二发生点。该二处初传入均由义州来。

（二）疫之区域及比例　如左表：

上半杨雅截家鸡沟窝沟台棚	二雀道鸟沟屯	兴鲍隆家店窝棚	达本营子城	张良堡	疫区＼比例
					100
					90
					80
					70
					60
					50
					40
					30
					20
					10

（三）疫之时间与死亡人数　如左表：

年	月	初一	初二	初三	初四	初五	初六	初七	初八	初九	初十	十一	十二	十三	十四	十五	十六	十七	十八	十九	二十	二十一	二十二	二十三	二十四	二十五	二十六	二十七	二十八	二十九	三十	合计	总计
宣统二年	十二月																														一	一	
宣统三年	正月							六	四	二					一	一				五		九								一		（二九）	三三
	二月		一	二																												三	

义　州

（一）传染之经路　义州疫线之来源，远自哈尔滨，近自奉锦。自奉来者，必取道于南，由锦入义；自哈来者，南越锦界，北绕边外，经路不一。今总挈之，为南及东北二线。

（甲）南线　十二月二十七日，东区兴隆台农人吴会元自哈尔滨经锦界回，疫发猝毙。为南线第一发生点。由是波及外屯，北至牵马岭，折南至沙河驿、伊家峪，又折东至松山沟等处，共死五十六人。吴姓全家及族人亲旧几无遗留，极为惨酷。正月初三日，疫发现于城西南鸽子沿。患者自哈埠经锦县来，未外传。为南线第二发生点。十三日，本城药商杨瑞芝自奉天经锦界回，疫发毙命，染及城关。为南线第三发生点。由是外延乡镇，南至刘户台、三家子、三宝屯、前泥河、宋八户屯等处，西北至观音堂，西至小白台子等处。十八日，孟家屯农人张洛佐自锦县染疫回，毙命，亦未外传。为南线第四发生点。

（乙）东北线　正月初四日，县东北一间楼工人门万银自哈尔滨回，疫毙，未外传。为东北线第一发生点。十四日，城西北河夹心农人于全怀自哈尔滨回，疫毙。为东北线第二发生点。由是东北传岔路沟、于家沟、何家沟、万佛堂、小三家子等处。

（二）疫之区域及比例　如左表：

其余各村屯	万佛堂	三家子 孟家屯 宋八户	伊家峪 观音堂	岔路沟	小三家子 千马岭家子	于家沟	河夹心	沙河驿	小白台子	一间楼	鸽子洞	本城	兴隆台	疫区 / 比例

疫区比例（右侧标尺）：100　90　80　70　60　50　40　30　20　10

（三）疫之时间与死亡人数　如左表：

年 月 / 日	初一	初二	初三	初四	初五	初六	初七	初八	初九	初十	十一	十二	十三	十四	十五	十六	十七	十八	十九	二十	二十一	二十二	二十三	二十四	二十五	二十六	二十七	二十八	二十九	三十	合计	总计
宣统二年 十二月											二	三	一	二	一		四	四	四	二	五	一	一	一			七	二	三		四二	一七三
宣统三年 正月		九	一	二二	三	四	四	一〇	六	三	四	二	五	二	四	五	五	八	二	三	四	四	七		一	三	二	一	二	二	一二八	
宣统三年 二月	二	一																													三	

锦西厅

（一）传染之经路　锦西之疫，仅发见于厅南五区附近铁道之五里河一带。十二月二十九日，蒋家屯商人袁成贵由哈尔滨染疫回，猝毙，波及外屯西至团山子、张家屯等处。

（二）疫之区域及比例　如左表：

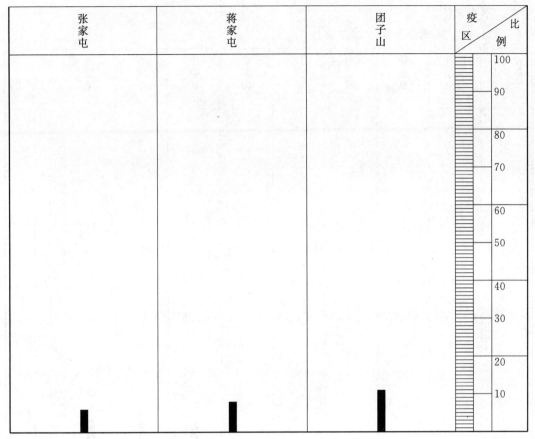

张家屯	蒋家屯	团子山	疫区＼比例

（三）疫之时间与死亡人数　如左表：

年＼月＼日		初一	初二	初三	初四	初五	初六	初七	初八	初九	十	十一	十二	十三	十四	十五	十六	十七	十八	十九	二十	二十一	二十二	二十三	二十四	二十五	二十六	二十七	二十八	二十九	三十	合计	总计
宣统二年	十二月																														一	一	二五
宣统三年	正月								三			一				二	一	九	一										四	六	七	二四	

宁远州

（一）传染之经路　宁远之疫发于京奉路线遮断后，故其大部分自锦西厅之五里河一带传入，为东北线；其自绥中界传入者，为西南线。

（甲）东北线　正月初六日，城北梁家洼子李姓车夫高洛荣由五里河回，染疫而毙。是为东北线第一发生点。由是传至李家屯、韩家屯、梁家沟、城厢等处。三十日，城西南王家洼子北沟发见路毙六人，查自五里河来。是为东北线第二发生点。由是外传，东至城厢及佟家屯，西至沙后所等处。同日，城东北小南庄发见路毙一人，亦自五里河来。为东北线第三发生点，未外传。

（乙）西南线　正月十五日，绥中交界阎家屯居民阎洛秉由绥城染疫回，毙命，殃及全屯。幸未来传。

（二）疫之区域及比例　如左表：

沙后所屯 曹南屯 小南屯	陈家屯 韩家屯	佟家屯	本城	梁家洼子	梁家沟	土家洼子	李家屯	阎家屯	疫区 ＼ 比例
									100
									90
									80
									70
									60
									50
									40
									30
									20
									10

（三）疫之时间与死亡人数　如左表：

年 ＼ 日 月	初一	初二	初三	初四	初五	初六	初七	初八	初九	初十	十一	十二	十三	十四	十五	十六	十七	十八	十九	二十	二十一	二十二	二十三	二十四	二十五	二十六	二十七	二十八	二十九	三十	合计	总计
宣统三年　正月				一		三						二	三			一			三	六				四	三	一	八	一	三		五九	七九
二月	七	一	五	四				二					一																		二〇	

绥中县

（一）传染之经路　绥中之疫，发见于京奉路线未遮断之先者二，均远自哈埠传来；发见于京奉路线已遮断之后者一，近自新民传入。总挈之，均为东北线。十二月十七日，苦力史秃子由哈尔滨染疫，乘汽车至绥，毙于城内。是为全县第一发生点。二十八日，苦力李玉才由哈尔滨染疫，乘汽车入境，毙于宽邦。为第二发生点。由是传至大栗屯、大白石咀、宋家沟等处。正月初七日，商人李振邦由新民府染疫，从驿路入境，毙于前所之大松树沟。是为第三发生点，未外传。

（二）疫之区域及比例　如左表：

宋家沟	日水屯	大宽松树邦沟	大栗屯	城厢	疫区＼比例
					100
					90
					80
					70
					60
					50
				约35	40
					30
			约15		20
		约10			10
极小	极小				

（三）疫之时间与死亡人数　如左表：

年＼月＼日	初一	初二	初三	初四	初五	初六	初七	初八	初九	十	十一	十二	十三	十四	十五	十六	十七	十八	十九	二十	二十一	二十二	二十三	二十四	二十五	二十六	二十七	二十八	二十九	三十	合计	总计
宣统二年 十二月													三	一	四	六	七	二						一	二	二	一	一			三〇	七〇
宣统三年 正月	三	六	三	五	五	三	四	四	一	一				一										一	一	一					四〇	

盘山厅

（一）传染之经路　盘山发见最晚。正月二十日以后，大清源屯王秉瑾由长春贩豆车归，疫毙，遍染全家，波及屯东徐家堡、新甸子等处，又西北传至山城子。考疫线来源，确系由镇安陆路入境，未至蔓延，即行扑灭，故线路较为简单。

（二）疫之区域及比例　如左表：

山城子	新甸子	徐家堡	大清源屯	疫区／比例

（三）疫之时间与死亡人数　如左表：

年＼日月	初一	初二	初三	初四	初五	初六	初七	初八	初九	初十	十一	十二	十三	十四	十五	十六	十七	十八	十九	二十	二十一	二十二	二十三	二十四	二十五	二十六	二十七	二十八	二十九	三十	合计	总计
宣统三年 正月																								三	一		三	二	一		一〇	二七
二月	七	六										二												二							一七	一七

彰武县

（一）传染之经路　彰武疫线有二：南线由新民传入，东线由康平传入。正月十七日，本城丰盛烧锅酒师冯玉柱自新民府蛇山子染疫，回店而毙，波及同业六人。传至城南宋家窝棚，是为南线。又城北二十里李四窝棚张云祥及其母张孙氏，于二月初一、初五等日先后疫毙。询系由康平县哈叭嘎传来，是为东线。

（二）疫之区域及比例　如左表：

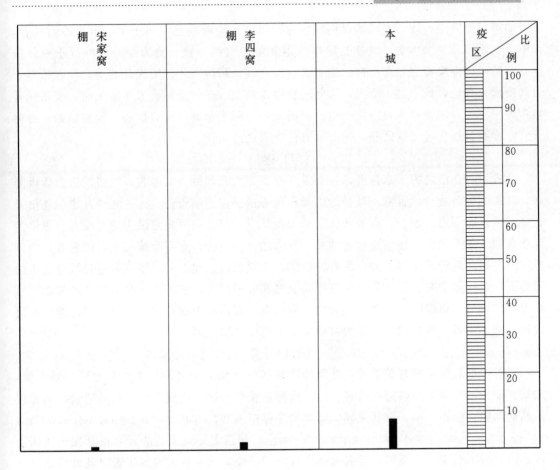

（三）疫之时间与死亡人数　如左表：

年	月	初一	初二	初三	初四	初五	初六	初七	初八	初九	十	十一	十二	十三	十四	十五	十六	十七	十八	十九	二十	二十一	二十二	二十三	二十四	二十五	二十六	二十七	二十八	二十九	三十	合计	总计
宣统三年	正月																一						一	五				一				八	一一
	二月	一				二																										三	

第四章　百斯脱疫与社会生计习俗卫生之影响

第一节　习俗

　　习俗之影响于疫事，言之滋痛。当满洲里疫线之侵入哈尔滨也，日驰数电于吉林西北路兵备道于驷兴，饬其延聘西医防疗，速行隔离方法及断绝交通政策。于道奉电奔驰，与商会各团体昕夕磋商，唇焦舌敝，亦云瘁矣。乃商民以习俗所在，百出其技以相抵抗，甚至长官莅会演说，词意甫吐，哗声已喧于四座。追发疫月余，商民日死百数十人，地方官调派陆军以助防卫行政，商民始以创巨痛深而就范，而哈疫已一泻千里，由哈埠而长春，而奉天，骎骎及于关内矣。嗟乎！哈埠防卫政策使官绅一致、协力同心、厉行于一月以前，非特哈以南染毙之数万生命、糜费之百万金钱，可以人为之力挽此浩劫，即以哈埠十月间疫毙人数论，尚不过二十人，乘此时机协谋防范，亦何至牺牲五千余生命，使东亚著名商埠于三阅月间雕其人口三之一也。习俗所在，固于金汤，瘏口焦心，罔与图始。身为长官，惟有自任化导无素之咎，述此以志任事者之过而已。

（甲）迷信

三省习俗迷信之关于宗教者，有喇嘛红教、回教及耶稣天主等教，然诸教势力皆极薄弱，其影响于防疫行政者鲜。其最为患者，即普通民俗迷信天命、鬼神之说是也。迷信天命之结果，有不思医治者，有虽就医治而无所择者，与传染隔离之说为绝端反对。盖以为死生有命，无须此也。迷信鬼神之结果，有求仙方医治者，有持斋祷祀坐以待愈者，与诊治防卫之事亦为绝端反对。盖以为有神护我，无须此也。此二者，以三省近日教育进步情形验之，当自然消减，而此际为防疫行政上之实施障碍者，实不少临时迫卒，严督地方官绅筹设宣讲所，组织防疫官报、白话报，举员奔走疫疬丛中逐户演说，而疫祸已糜烂不可收拾。氓之蚩蚩，噬脐何及？此为习俗关系于防疫之第一因。

（乙）习惯

三省习惯之与疫病有关系者，尤莫如饮食居处一切卫生之事。卫生有专项，姑不赘，兹就其他积习而成俗与防疫有碍者言之，则莫如丧葬一事。疫毙之尸，欲其速殓，而丧家多择期殡殓；疫毙尸棺，欲其速葬，而丧家多停棺不葬。（贫者有停三日或七日即葬者，而富者则停至经年，甚有寡妇无子，停夫棺于堂，待天年后与之同举殡者。）尸棺之葬贵乎适法，而丧家掘土浅深之度不讲，掩土消毒之方不闻，若夫火葬之最宜于防疫，则且有闻而却走者。凡此皆易以一人一家，延为社会之害。自防疫会举行一切丧葬焚埋之法强制行之，而所谓习惯成俗牢不可破者，一旦廓如而怨谤繁兴，各防疫员医几以一身为众矢的，匿尸等事时有所闻，为善后上之繁琐擘画。此为习俗关系于防疫之第二因。

（丙）忌医

三省忌医习俗，对于普通病尚有之，对于疫病尤甚。惟忌医有二种：一为绝对的忌医，一为相对的忌医。

（甲）绝对的忌医　此不论中西医而胥忌者。此种在平时尚少。寻常病不就医者，非贫无资力，则漫不注意，非其心概以医不能愈人也。惟此次因防疫而有强制诊治及隔离之事，乃遂讳莫如深。初犹仅忌西医也，后并中医而忌之。

（乙）相对的忌医　此忌西医而不忌中医者。其原因有三：

（一）因中医治寻常病间有愈者，其人多所素熟，药物亦所易识，而西医诊治则素所罕经，药物亦所未识。

（二）因此次西医每视疫病为不可治，而中医辄自诩为疫非不治之病。

（三）因此次病人一入西医病院，率不生还，而中医则报告治愈者不少。其实所谓治愈者，仍普通病，而非疫病。蚩蚩不察，遂咸集矢于西医。

以上三原因，其为真正之观察与否，姑不具论。要之习俗之忌西医，其以此矣。此为习俗关系于防疫之第三因。

（丁）乡土观念

三省食力之徒，往往来自关中。春夏之交，联袂东行。一届岁终，结队复归。此固气候使然，而亦未必非乡土观念有以致之。今者疫祸之来，适逢冬腊，鲜卑、华侨、吉江客民相争南下，京奉铁道正当其冲，故转瞬之间，关内已有被染者。自京奉车全部停驶，东清、南满亦停售二三等票，实行杜绝交通以后，计截留于沿铁道各地者不下十万余人。而各地各站节节留养，蚩蚩愚民既不善谅，遂生怨怼，以为上之人将遏绝其归途，而使之永羁于异乡也。于是有私逸者，有抵抗者，有取径荒僻徒步旅行者，多方窜脱，益滋纷歧，设备之策因之愈困。且疫势猖獗之际，死亡之数日见众多，耳濡目击，愈生惶恐，惧恶疫之波染，委躯命于边隅，望云思乡，益觉恳切。岁时伏腊，爆竹时闻，尤足催骨肉他乡之感。故人民之对于杜绝交通一事，实有极端之不满意者。是盖徒知一人幸归乡土之利，而未计一人染及乡土之害也。此为习俗关于防疫之第四因。

（戊）伦理观念

百斯脱疫为不治之症，世界学子类是其说。惟其为症之不能治也，故防之之道，以杜绝传染为一义。其杜绝传染之法，厥有二种：曰隔离，曰消毒。此两种手续实不适合于社会上之心理，是故谣啄纷起，蜚语交腾，或且惹起一般人民之反抗而动辄招尤，所谓伦理观念者是也。我国家庭以团聚一室为无上乐境，而生离死别尤视为最苦。譬如家人父子间有一罹病者，则必亲尝汤药，目睹殓含，以为能尽其骨肉之分际也。今者因疫病易于传染之故，乃欲令其隔离他处，使尊者不能视察，卑者不能侍奉，则正所以离间其至亲之骨肉，而阻其孝养慈爱之心矣。至于死亡之事，我国人视之尤重，保存尸体，既同于神圣之不可侵犯，而身后之供奉，往往厚于生前，以为不如此，则子弟无以明其孝友，尊长不足以表其仁慈也。今者亦因防遏传染之故，乃欲于其尸体施种种消毒之法，或则遽令掩埋，或则加以火化，彼死者之父若兄妻若子，目击耳闻，能无不动于心乎？故数千年教养之伦理观念，亦防疫手续中之一大阻力也。此为习俗关于防疫之第五因。

第二节　生计

肺百斯脱疫之感染，仅恃呼吸、痰涎、衣服、什器各径路，纯乎生活上之关系。生活程度又视人之生计为高下，故其为纯粹的生计关系可断言也。此种关系之证明，第一为患者职业之统计。就三省患者研究之，大都以一般劳动社会为大部分。其原因有三：

（一）劳动者卫生多缺，为不洁之尤；

（二）初传既属劳动者，而其同类之相接触，较他社会尤易；

（三）劳动中如车夫、运般夫之类，乃流动转载之业。

有此诸原因，所以传染独多也。次则恒与百斯脱患者接触之特殊营业，又次则普通营业。至于上级社会，患者寥寥。所谓特殊营业者，均具有一种容易感染之性质，若妓寮，若剧场，若饮食肆，若旧货商，若澡塘、理发店及其他不洁营业，大半居止湫隘，人类杂稠，能免感染者实鲜。惟剧场营业，当百斯脱流行之初期，三省各属多以强制执行，迫令停演，故波及甚少。奉天省城男女伶人以百计，竟无一人染疫者，是亦幸矣。惟昌图累毙伶人十二，考其传染之由，乃停业后群居吴家店房所致，于其营业上无直接之关系也。至于下等社会，宿店受殃尤烈，往往主客同殉，变为墟落。如哈尔滨之傅家甸、奉天之附近停车场各地点皆是。普通营业中，惟开设药肆者最易感染。盖患者之家诣肆购药，此项商人不免与之接触。长春天德堂药肆陈尸累累,一肆十有三人,其特例也。推此一例,故医士之毙,亦所在多有。双城毙医士二十八,怀德毙医士十二,占死亡全数六十分之二,实为最多。彰武一肆毙酒师七人,亦不洁营业之一例。此外,惟埋葬及看护者每以身殉。要之,就生计上之关系研究患者之多少,必以劳动者占首位云。

第三节 卫生

三省自去冬始疫以迄消灭,染百斯脱病者,下等社会之人十居八九,而苦力尤占多数。良由彼等对于衣食住宿各节,狃于不洁之习惯,太不讲求。此亦致疫之一大原因也。

(一)衣食

小民所穿衣服,辄积垢累月,不一洗濯。皮服脏秽,更易麇集毒菌,且堆叠卑湿之处,恶气薰人,亦不取向日光暴晒。至于饮食,性喜葱蒜,腥臭所逼,令人掩鼻。又无论腐鱼败肉及病死之猪、羊、驴、牛肉等,亦甘食不顾。即疫户所余之米面、菜蔬不洁食品,亦不忍弃掷。满洲里猎户之食病獭肉,遂以传疫,其一例也。

(二)居处

三省居处多矮小逼窄之房屋,火炕已占其屋之半、上用秸秫制棚,糊以浆纸,以供鼠族之生息,又占其屋之容积十之三。每炕少者卧三四人,多者五六人、七八人不等。一屋之内,寝食于斯,烹饪于斯,杂作于斯,又懒于扫除,其污秽更不待言。时至冬令,窗纸密糊,不通针孔,几与空气隔绝。即无疫疠,亦甚危险。

(三)路渠

三省每当夏秋之季,淫雨为灾,道路泥泞,举足没胫。种种腐秽,咸与之融。腊底春初灾疫盛时,大雪累次填塞通衢僻巷,竭力扫除拉运,而运之速终不敌雨之速,污秽因之愈滞。此亦助疫为虐之一确证也。沟洫之政,素未讲求,行百余武即有一水泡。此类水泡,凡污浊之流质物、人畜之排泄物,咸倾注渟蓄于斯,其臭味之传达能及数十武外。疫祸之炽,时值严寒,沟渠冰冻,污秽蕴积,无由宣泄,亦一幸事。然春融后,善后上之擘画,要当早为注意者。

第五章 家族邻居之传染

三省疫盛时,一家一人发疫,有传染家族、邻居至百数十人以上者。如江省疫盛各地及吉省北部各疫区是也。是时祸起仓卒,地方官既昧于防疫上隔离消毒诸方法,又以辐员辽阔,警卫难施,社会又锢于旧有之习,时与防疫行政相抵抗。有阖户灭绝,村落为墟,数星期断绝人烟,只余寒鸟哀鸣檐角相吊慰者。人类浩劫莫逾于斯,呜呼惨矣!

速疫线传染至奉,已在宣统二年十二月。地方行政官举行一切防卫行政,旰食从事,亦云□矣。而以省会之全力防范,犹有一家疫死至十名左右者。兹将疫死二名以上至疫死十名之家族,对于家族之人口,作为传染一览表,如左:

奉天省城疫病传染一览表

发病数 / 家族数	发病二人	发病三人	发病四人	发病五人	发病六人	发病七人	发病八人	发病九人	发病十人	合计
全家族及同居者二人	×一七									一七
全家族及同居者三人	一七	×一六								三三
全家族及同居者四人	二五	一二	×一五							五二
全家族及同居者五人	一四	三	五	×七						二九
全家族及同居者六人	一二	六	五	二	×三					二八
全家族及同居者七人	七	三	三	四		×一				一八
全家族及同居者八人	二		一							六
全家族及同居者九人	一							一		六
全家族及同居者十人	一		一		二					四
全家族及同居者十一人		一		一						二
全家族及同居者十二人	二		二		二					七
全家族及同居者十三人			一							三
全家族及同居者十四人	一						二			三
全家族及同居者十五人										
全家族及同居者十七人										一
全家族及同居者廿一人										一
全家族及同居者三十人		一								一
全家族及同居者三十六								一		一
合　计	一〇〇	四三	三五	一五	七	四	七	一	一	二一三
人　口　合　计	二〇〇	一二九	一四〇	七五	四二	二八	五六	九	一〇	六八九

备考

（一）本表以二人以上同居或家族传染而死者始列入，其余一人之住户均不列入，但表内所列之数系家户之数。

（二）所谓家族同居者，即同住一处而言，无论亲属或朋友及下人均算。

（三）山海关运回之苦力、贫民收容所及五区栖留所之病人，不列入此表。

（四）表内×之记号系一家全灭之记号。

　　然上表犹但为一部分之全局，统计其疫染之数也。至一部之内，似何种人传染最先尤最多，当按其家族邻居关联之性质作为左图，以示举例：

（甲）辽阳杨林子宋家店传染系统图

　　辽阳杨林子宋家店，于宣统三年正月十三日，有牛庄南小瓦岗寨王绍云带大车二辆，有一车系奉天往满载豆油线麻，另有一车满装黄烟。午饭后，王绍云将油麻车之骡马并套于黄烟车，仓惶驰去，将油麻车抛置店院。迨发车验视，见有死尸二具。该店主不知疫尸传染之害，将二尸私埋雪堆中。至十四日，店主宋申和与其媳梁氏及紧邻杨德恒即发病。至十六、十九、二十等日，相继疫死者十人。两家仍不悟传染之害，不将家属隔离，惟日将各尸私埋村之东南雪中。迨巡警发见，两家已传染殆遍。至二十五日，而疫死者近五十人。是图询匿尸不报及不将眷属速送隔离所者之炯戒也。

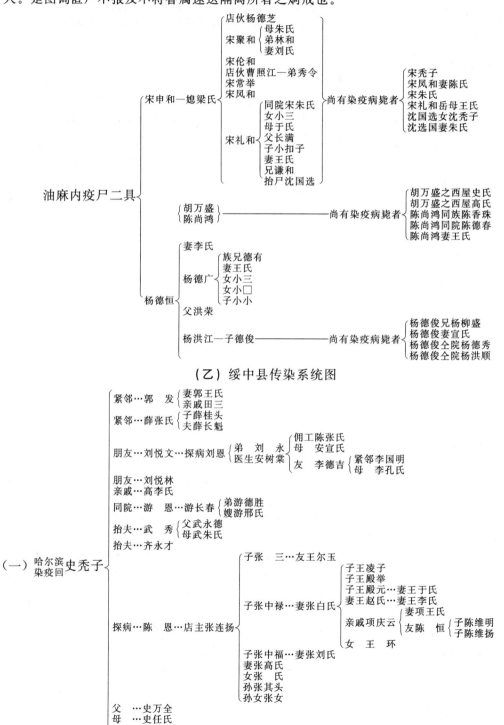

（乙）绥中县传染系统图

（二）哈尔滨染疫回 李振中—房主周长瑞 ｛ 媳周高氏…周洪氏 / 媳周才氏 / 友侯天凌 / 子周玉昆 / 妻周王氏 / 孙女周小女 ｝

（三）新民染疫回 李玉才 ｛ 嫂李韩氏 / 妻李氏 / 兄李连桥…妻李胡氏 / 友沈常 ｝

（丙）镇安县传染系统图

（一）茶棚庵住东来客染疫 靳宝庆 ｛ 亲戚刘金氏 / 侄 靳销柱 / 佣工刘珍…妻 刘张氏 / 妹 靳小女 / 族兄靳永富 / 叔 靳西藩…探病李景成 / 母 靳李氏 / 妻 靳刘氏…探病 老刘 / 茶客王学舟 / 又 杨姓 / 又无名男六名 / 又 魏大喜 ｝

（二）广宁染疫回 许春堂 ｛ 妻许孙氏 / 弟许春锡…妻许张氏 / 弟许春新 ｝

（三）广宁染疫回 王玉舟…媳王王氏

（四）广宁染疫回 张有利 ｛ 母张陈氏 / 妻王氏 ｝

（五）广宁染疫回 王福祥 ｛ 子王小子 / 妻王王氏 ｝

（六）新民染疫回 李庆有 ｛ 同居刘□山 / 店主朱珍…妻朱李氏 / 厨子陈福生 ｝

（七）广宁染疫回 王维清 ｛ 子王振升 / 妻王吴氏 / 探病杨恩 ｛ 子杨德林 / 妻杨王氏 / 母杨孙氏 / 女杨丫头 ｝ / 子王振林 / 孙女土女 ｝

（八）长春染疫回 刘延喜 ｛ 侄女李刘氏 / 亲家董有才 ｛ 女 董女 / 妻 董王氏…探病李王氏 / 探病董有生 ｝ ｝

（九）哈埠染疫回 刘凤山…探病张玉庭…叔张庆余 ｛ 子张聋子 / 子张玉彩 / 妻张孙氏…探病张刘氏 / 妻张郭氏 ｝

（十）新民染疫回 杨洛夫—张广富 ｛ 李江湖 / 乞丐柴傻子…同居 / 韩麻子 ｝ ｛ 秦凤图 / 刘疙疸 / 李德 / 赵一虎 / 王大力 / 王江胡 / 王二虎 / 徐六 / 梁江胡 / 赵凤 / 齐万顺 ｝ ｛ 秦凤图 / 张洛西 / 黄文政 / 张驴子 / 张挑永 / 马殿元 / 李珠 / 郑四喜 / 郭起凤 / 穆王氏 ｝ —黄殿全 ｛ 黄得利 / 黄张氏 / 黄殿武 ｝

此外各府、厅、州、县，其互染情形大率类是。而研究被染人之性质，以家族为多，邻居次之，佣工、亲友又次之。

第六章　临症观察

此次肺百斯脱病最初流行地，除满洲里外，以哈尔滨之傅家甸为最甚。长春、奉天等地，则因傅家甸苦力纷至沓来，流行亦剧。当经电调中外医员悉心诊察。吉省各地以哈尔滨、长春、省城三处之诊断为至确，奉省则以省城、法库、铁岭之诊断为确，而尤以省城之疫病院诊断者为至确。其病床日志为例过多，不克备录。摘其大要，书其主征，以供研究斯学者览观尔。

第一节　特质

（甲）男女及年龄

奉省有疫地二十八府县，共计疫毙者八千余人。其中男女年龄可确实统计者，有六千五百九十八人。内有男子毙者五千四百人，妇女毙者一千五百五十八人，则男性实占四分之三而强，是男子接触外界机会较多之故也。各府县男女死亡数及年龄之比较，为表以别之。吉省疫毙总数共二万二千一百四十人，男子占一万九千一百九十三人，女子占二千九百四十七人，是男子得七分之六弱，女子仅得七分之一强也。疫毙人年龄分数，除年龄未详者七千五百二十六人外，计二十岁以下者，男子一千五百八十九人，女子五百九十人；二十岁以上五十岁以下者，男子九千零三十七人，女子一千五百六十人；五十岁以上者，男子一千五百八十一人，女子四百五十七人。是男子在弱龄、老龄者，俱占男子总数八分之一弱；在壮龄者，直占十二分之九弱也。女子在弱年者，占女子总数四分之一弱；在壮龄者，占二之一强；在老年者，占五分之一强也。盖此次各处初传之人，多系劳动小工商。此等皆壮龄男子，以类相众。此男子多于女子，壮龄多于弱龄、老龄所由来乎？若夫壮年女子之中与男子之比例少者，此或因家族聚居之关系，既传于壮龄女子，而弱龄、衰龄者亦不能不及之也。兹将奉、吉二省疫毙男女人数、年龄比较列表如左：

奉天全省疫毙男女人数、年龄比较表

地名	男女别	一至十岁	十一至二十岁	二十一至三十岁	三十一至四十岁	四十一至五十岁	五十一至六十岁	六十一至七十岁	七十一至八十岁	八十一至九十岁	九十一至百岁	未详	合计	总计
承德县	男	九四	二七二	六六一	三一七	二一〇	一八二	一五五	六七	二一		一九一	二一七〇	二五七一
	女		二一	一四	五四	五四	四二	三九	一二	一〇	一	一五四	四〇一	
铁岭县	男	三	四	一九	二九	一七	一一	三					八六	九七
	女			六	二				三				一一	
义州	男	八	二八	一四	一七	二〇	二						八九	一七三
	女	三	六	四	一九	一五	二〇	一四	三				八四	
新民府	男	七一	一三九	一〇五	八九	九	一五	一四					四二二	六二二
	女	一二	二〇	四七	三九	五三	九						一八〇	
广宁县	男	二一	二一	三九	二二	二六	八			三			一四〇	二二五
	女	二一	一二	一八	一八	一〇	二	一〇	五				八五	
镇安县	男			一〇	二三	二四						二二	八三	一〇七
	女				四	六		九	一				二四	
昌图府	男	二〇	四	八〇	九二	九四	五四	二一	六	一		一四三	五一五	六一八
	女		一	四三	三四	一〇	五〇						一〇三	
绥中县	男		一〇	一四	八		四	二					四二	七〇
	女				八	九	六	五					二八	
法库厅	男	一三	三一	六三	七一	四一	三五	九	三			六	二七二	三五五
	女	八	五	二〇	五	二五	一〇	九					八三	
兴京府	男			二	二	四							八	八
	女													
奉化县	男	二三	三六	五七	三五	三八	二八	一〇	四			二三	二五四	三六二
	女	三	五	二五	三五	一四	一六	八					一〇八	

地名	男女别	一至十岁	十一至二十岁	二十一至三十岁	三十一至四十岁	四十一至五十岁	五十一至六十岁	六十一至七十岁	七十一至八十岁	八十一至九十岁	九十一至百岁	未详	合计	总计
抚顺县	男	五	一	一〇	九	九	三	一		一		二一	六〇	八五
	女		一	六	四	四	六	四					二五	
怀德县	男	二〇	六四	一六一	八七	八四	九八					二〇	五三四	六七四
	女	一二	一四	四五	五八	一一							一四〇	
本溪县	男		一	一	九	三	三					一四	三一	三一
	女													
开源县	男	九	一八	一九	三六	三〇	三五	三	二			五	一五七	二二〇
	女	一	八	一三	一二	二〇		九					六三	
锦县	男	二	四	五	五	七	一	一					二五	三三
	女				六		二						八	
康平县	男	一六	二五	二二	二六	二五	一四	六	一				一三五	一九八
	女		一七	一五	一四	一二		四	一				六三	
锦西厅	男		三	三	一	四	三						一四	二五
	女					三							一一	
辽中县	男	三	一五	一五	一一	一〇	三						五七	七九
	女			八	六	四	一	二		一			二二	
宁远州	男	七	六	一四	九	二	五	二					四五	七九
	女	二	三	五	九	二	七	三	一				三四	
辽源州	男		一	四	二		四						一四	二六
	女			二	二			三					一二	
西安县	男	六	六	一三	六	九	三					四二	八六	一一三
	女	三	四	五	五	四	四						二七	
西丰县	男		五	三八	一三	六	四					一二	七八	八三
	女							一	一				五	
辽阳州	男		五	二	四	六	七					九	三七	五三
	女		二	二		三	三	三					一六	
彰武县	男				二							一	九	
	女											一	一	
海龙府	男											二	七	
	女				一	一		一					四	
东平县	男					二	二						四	四
	女													
盘山厅	男	四	二	二	三	一	一	一					一五	二七
	女	一		三	二		四					二	一二	
统计	男	三三二	七〇二	一三八八	六二八	六八五	五一六	二三三	八七	二三		五一五	五四〇九	六九五八
	女	五一	九三	二九〇	三四六	二七二	一六六	一二八	三二	一四	一	一五六	一五四九	

备考　右表专在年龄上区分疫死之多寡。以二十岁至三十岁乃至四十岁者占最多数，五十岁至六十岁者次之，十岁至二十岁、四十岁至五十岁者又次之，一岁至十岁、六十岁至七十岁者相等，七十岁至八十岁乃至九十岁者占最少数。

附录　吉林全省疫毙男女人数、年龄比较表

年龄别　男女人数 / 地别	一十以下		五十以下		五十以上		未　详		合　计
	男	女	男	女	男	女	男	女	
吉林省城	三〇	三	二四五	三〇	五一	五			三六四
吉林府四乡	七九	三五	二二九	五九	七二	三〇	二七五	二一	八〇〇
长春府	二九〇	六一	二〇六〇	一五九	二三九	四二	二九四〇	三六	五八二七
宾州府	九三	四六	六三七	一九九	一二六	五八	三五	二一	一二一五
新城府	八八	三〇	二九九	八三	六六	一八	二四	七	六一五
宁安府	七	一	一三		九	二			三四
依兰府	一二	九	七三	八	一九	八	五	三	一三七
双城府	七六三	二一八	二二九五	三九三	六八五	三〇	一四二	八三	四六〇九
五常府	二八		一二九	二四	一七	五	三〇	一六	二五七
滨江厅	一九一	四	一五四四	七二	二五四	二	二四一	二六	五六九三
榆树厅	一八三	五七	二九六	五九	八三	二九	四二三	八八	一二一八
伊通州	二六	一四	一四七	六八	四四	七	三七		三四三
双阳县	二〇	一七	二三六	三八	六二	一二	五		三九〇
德惠县	一九	二五	一四〇	四九	二	五	二〇	一七	二七七
长岭县	二九	一八	四〇	一八	三六	一六			一四七
农安县	四三	三五	二二四	六五	五四	二八	一九	五	四七三
长寿县	四	六	二七	三	六				四六
磐石县	一〇	九	七八	一〇	七六	一〇	一七	四	二一四
额穆县			一二	五	二				一九
敦化县	六	五	一九	二	五	二			三九
桦川县	七		四一	十	一四			四	七三
阿城县	一四九	一四	一三八二	五八	一八二	一〇			一七九五
舒兰县	五一	三一	九一	二六	四六	一五			二六三
方正县	一		一六	一	三				二一
合　计	二二二九	六四六	一一二七四	一四三八	二一四三	三三四	六三八二	五二一	二四八六七
比　较	居总数千分之一三八弱	居总数千分之二六八弱	居总数千分之七二五强	居总数千分之五九四强	居总数千分之一三八强	居总数千分之一三七强	(一) 比例所列数目，疫毙人年龄未详者不在内。 (二) 比例所谓总数，系就年龄已详之男女数目各为总数。 (三) 计男子有年龄总数一万五千五百四十六。 (四) 计女子有年龄总数二千四百一十八。		

据此以观，各府县男子之死亡数恒数倍女子，壮者、强者之死亡率甚高，而老者、少者则甚少。是则壮而且强之男子，感冒风雪，侵犯严寒，其多接触病人，易于传染之故欤？

（乙）职业

以职业论，苦力及农民毙者最多，上级社会者最少。今举奉、吉二省疫毙者之职业，比较列表如左：

奉天各属疫毙人数职业比较表

地名〔职业及数〕	发疫日期	绝止日期	绅学	军人	农界	工界	商界	苦力	无业	防疫人员	未详	合计
奉天府	十二月初二日	二月二十九日	七	八	三八六	三二七	三三二	六二三	一六五	一一	三一一	二一七〇
铁岭县	十二月初十日	二月十七日		一	九	二一	九	二二	九	一五		八六
义州	十二月十三日	二月初二日			三六	二五	五	一〇	一二			八六
新民府	十二月十四日	二月初九日	一	四	三二二	二四	五九	三一			一	四四二
广宁县	十二月十五日	二月初七日			六〇	一八	二一	五	二二	五		一四〇
镇安县	十二月十六日	二月二十五日		四	二四	一	七	三二	五		一〇	八三
昌图府	十二月十七日	二月二十二日	八	九	一九一	三九	三五	八	一一五	二四	七九	五〇八
绥中县	十二月十七日	正月二十日	二		二五	三	九	二	一			四二
法库厅	十二月十八日	二月初三日	一一		九六	四〇	五二	二九		六	三八	二七二
兴京府	十二月二十日	正月二十二日			四		二					八
奉化县	十二月二十日	正月二十二日			一〇八	二	一三	八	一七	二	八五	二五四
抚顺县	十二月二十二日	二月十二日	一		二五	六	六	九			八	五五
怀德县	十二月二十三日	二月二十六日		三	二二五	一八	六四	一七九		七	二〇	五三四
本溪县	十二月二十三日	正月十三日			一			一五			一五	三一
开原县	十二月二十六日	二月十六日	二五		八三	一九	九	一六			五	一五九
锦州府	十二月二十八日	二月初二日			一六		一					二五
康平县	十二月二十八日	二月十四日			七三		二七				二三	一三五
锦西厅	十二月二十九日	正月二十九日			五		一	二	五			一四
辽中县	正月初三日	二月十一日	二		四四	五		六	一			五九
宁远州	正月初四日	二月十一日			三七		二	四				四五
辽源州	正月初五日	二月初九日			五		五	三			一	一四
西安县	正月初六日	二月初六日	六		二八	五	三	一一			三三	八六
西丰县	正月初七日	二月二十二日			一七	九	一一	二四			一二	七八
辽阳州	正月初八日	二月二十日			二四		五	一			八	三七
彰武县	正月十七日	二月初五日				八						一〇
海龙府	正月十八日	二月十三日			五	二						七
东平县	正月二十二日	正月二十五日			四							四
盘山厅	正月二十四日	二月二十三日			一一						四	一五
统　计			六二	三三	一八六五	六〇八	六七六	一〇六六	三五三	七三	六六四	五四〇〇

备考	一、奉天全省统辖五十一属，右表仅列有疫之二十八属，余则从略。 一、右表所列各属，以发疫迟早为次第。 一、右表绅学一栏，统士绅学生各项上流社会而言之。 一、右表既就职业上区分疫死之多寡，故妇女疫毙者未为列入。统计男子死者五四〇〇人，妇女死者一五五八人，共六九五八人。就此表观之，农及苦力占最多数，其次工商无业者占二十分之一，防疫人员居百分之一，绅学军人占最少数。若以男女比较，则女占四分之一而弱，男占四分之一〔三〕而强。

附录　吉林全省疫毙人数职业比较表

职业别＼地别	吉林省城	吉林府四乡	长春府	宾州府	新城府	宁安府	依兰府	双城府	五常府	滨江厅	榆树厅	伊通州	双阳县	德惠县	长岭县	农安县	长寿县	磐石县	额穆县	敦化县	桦川县	阿城县	舒兰县	方正县	合计	计分比较额 十×弱 强＋
推　事					一																				一	＋ ・○五
统税员																									三	＋ ・○五
委　员																									三	＋ ・○五
教　员			一					一	六																三	＋ ・一○
学　生							一	八	六													四			三七	＋ ・一○
队　官	一一		二一																						三九	＋ ・一○
队　兵	一七	四						八	四	二六															五三	＋ ・七○
警官长							二																		二	＋ ・○四
警　兵	六		五三	一三			二		三					一				一			一九				九四	＋ ・四八
防疫员			三三																						四	＋ ・○七
中国医官	一																								四	＋ ・○五
外国医士									二																三	＋ ・○五
看护生	一																								二	＋ ・○五
消毒生																									一	＋ ・○五
防疫队	二九																					四			三三	× ・一七
运尸车夫			五																						五	＋ ・○三
消毒队			五																						五	＋ ・○三
掩埋夫			六九				一															四			七四	＋ ・三八
看护夫			二二																			一九			三七	＋ ・一六
救急夫									一○													一九			三二	＋ ・一九
绅　士										六															一○	＋ ・○五
农	五六	一六六	一六○八	六九九	一四二	一	一○一	一九九五	八七	四一五	七二四	一七○	二○四	四二一六	五八三	二八五	二五一	四三	六	二二	五九	一四○	一二九	六	八二五○	＋ ・五○
商	二○	二○	二二	二九	七六	九	六三	三二○	一○	三六○	四二	二四		一七	八	五八	一	二一	四一	三八					一一八二	× 四二五
手　艺								六							九										七四	＋ ・八三
差　役	五						三二																		五七	＋ ・二九
邮　差								一七					四												二一	＋ ・一二
更　夫																二									二	＋ ・九三
苦　力			九一八四七	一二九			四○		三四二三	三二八		一四二	二三	六七	四八		三五		一二	四	四八七	八七	一		六六八一	＋ ・一○
医　生				二			九																		二六	× 三四四
书记生																									一	＋ ・○○
兽　医																									一	× 三・○五
屠　人																									五	＋ ・○七
厨　役	五				一											一				二					一四	× ・○二
车　夫		九																							九	＋ ・○二
镖　役		一					三															三			七	＋ ・四六
船　工																									三	＋ ・○六
忧　伶	二										八						二								一三	＋ ・○五
剃发匠						七																			一三	× ・六二
绿带匠																									一	＋ ・五三
煮饼匠																									一	＋ ・○五
研磨匠																									一	＋ ・○五
砍木夫																				一			四		六	＋ ・○五
石　匠																									四	＋ ・○二
铁　匠	三	七						二		一			四	五											三三	＋ ・一三
木　匠		一						一五					三	一											三二	＋ ・一○
泥水匠	二																								二	＋ ・○七
烧砖瓦匠	一																								一	＋ ・一○
豆腐匠																									一	＋ ・○五
醋　匠	一																								六	＋ ・○五
道　人		三												二											一	＋ ・○五
回　民								三二				三二						六			一八				四九	＋ ・二五
乞　丐	三	一八	一三四					三七				三二					六			一六				四八	× × ・一四
无　业	一三五	三五○	四一八	二四	一四	九	一五	七九○	二○	三四五	三七	四五	二	一二		九	三			三二			一		三二三六	× 一一六
画　匠									三																一	＋ ・一五
粉　匠					四															四					一	＋ ・四一
银　匠																									一	＋ ・○五
纸　匠						一																			一	× ・○六
染　匠												四													五	＋ ・○六
卜　卦																									一	＋ ・○五
犯　人																									一	＋ ・○五
未　详	七三	二○○	一六一五	三一七	三七九		三九	一四三九	六七	一○七一		四○	二二	二二		五	九	六八	一二	五		二	五○		五四四三	
合　计	三六四	八○○	五八二七	一二一	一五六一五	三四	三七一	四六○九	二一五	五五九三	一	八一三	三九	二七七	一四	四七三	四七三	六二	一四	一九	三九	七三	一七九五	三六一	二一四八六七	

一、表内职业人数共计一万九千四百二十七名口；二、女子虽无一定职业，系依其家之男子职业而定，合并声明。

王 占 延	小南西门脸	四八	正月二十三日	正月二十八日	五日
春 山	小南西门脸	七一	正月二十三日	正月二十八日	五日
贾 福 年	小南西门脸	五三	正月二十三日	正月二十五日	二日
依 海 林	小南西门脸	二七	正月二十三日	正月二十七日	四日
卢 仁 山	小南西门脸	五〇	正月二十三日	正月二十八日	五日
杨 李 氏	官烧锅胡同	四七	正月二十四日	正月二十九日	五日
杨 小 歪	官烧锅胡同	一七	正月二十四日	正月三十日	六日
苏 赵 氏	大南大街下头	五一	二月初二日	二月初三日	一日
张 金 氏	玉皇阁院内	六二	二月初五日	二月初九日	四日
郑 顾 氏	乐王庙后	三九	二月初五日	二月初八日	三日

（丙）前驱症及发病后之症状

三省患者发病时之前驱症及发病后之症状大略相同。兹姑举奉天省之所切实诊察者如左：

（一）奉天府患者二千五百七十一例。其前驱症悉发头痛、头晕、全身违和恶寒、四肢倦怠疲软，而其初发时之症状则为胸部疼痛、口渴、舌苔肥厚、呼吸迫促及咳嗽，间亦有不发咳嗽者。其咳嗽亦有轻有剧，至后则精神不安或错迷不能言语。其不安者往往起坐不定，有营跪坐呼吸者。其呼吸甚短促，呼号不绝或发谵语，颜面呈苍青色。咳嗽加剧即吐血，血量之多少不定，或为纯血，或痰中带血，为暗红黄色或为黑褐色。其体温上升，自三十八度乃至四十度，无定型。脉膊细小，至不可数，亦有宏大而速者，其数自百二十乃至百四十不等。

（二）怀德县患者六百八十四例。其诊断书皆不足为据，故前驱症及发病后之各种症状俱不明了。所知者惟咳嗽咯血，血为鲜红色或紫黑色而已。

（三）新民府患者六百二十二例。其前驱症为全身倦怠，寒热间发。其颜面呈无欲状，呼吸短促，咳嗽，咯血及液性之痰，并发头痛。其体温朝平均三十八度五，夕平均四十度。脉百二十至。

（四）昌图府患者五百八十六例。其发病时觉全身麻木及寒冷，头晕头痛，既而寒热交作，有大声呼号者。咳嗽咯血，其血色浓淡不一，血之量亦多少不定，有咯痰内带血丝者，有为纯血者。有耳下及肘部之淋巴腺肿胀者，色青腺之性质硬变者甚少，软化者居多，且有化脓者。其体温不定，有发微热，有热甚者，弛则三十七八度，张则四十一二度不等。脉百二十五至。

据上表二十一例以观之，以送隔离所之日为其感受病毒之日，则距发病日五日者得八人，四日者得六人，三日者得四人，二日、一日及六日者皆得一人。是潜伏期以五日者为最多，四日、三日者为次多。然而送所之日未必为其传染之第一日，则其间一二日之差误在所不免。要而言之，略得其梗概而已。

（五）奉化县患者三百六十二例。病初发时，觉身体困倦，精神短少，四肢麻木皮软，继则发热眩晕。有为酩酊状态者，头晕如裂，寒热间作，咳嗽恶心，呕逆咯痰带血，血沫为紫色。凡胸部膨满者，其毙最速。其体温皆在四十度上下不等，脉百二十至。

（六）法库厅患者三百五十六例。其前驱症为全身倦怠，头痛及头眩。初发病时，有不发咳嗽者，有咳嗽甚微或甚剧者。其咯出之痰，初为带黄白色之泡沫，其量亦少。就中有二十二例，颈部淋巴腺微显肿胀及觉压痛，听诊上两肺之水泡音甚多。其热则无一定之定型，有俄然升腾至三十九度，有先恶寒而后发热者，热度之弛张甚著明者，约有一度八分，平均朝三十八度九分，夕则四十度五分。有自发病期至死仅发微热，而痰中确有空胞杆状之百斯脱菌；又有至死后其热度犹不低降者，自三十八度乃自四十一二度不等。脉百二十八至。

（七）广宁县患者二百五十五例。其主要症状为头晕，咳嗽，咯痰带血，视觉力减退，往往眼花，肉发见有黑班，两肋疼痛，其颜面则带土色。其体温自三十八度乃自四十度，脉百二十至。

（八）开原县患者二百十五例。初发时，皆头痛头眩、精神不安及恶寒，继则咳嗽、咯血。其血量自血丝乃至一回咯出一饭碗或一碗有半，其色如暗赤色。

（九）义州患者一百七十三例。其主要症候为咳嗽，咯血，头晕昏迷，发冷头痛，呼吸迫促，体温平均为三十八度五分。

（十）西丰县患者男女共百例。其病初发时，常觉头晕，寒热间作，头痛心燥，目眩耳聋。至病剧时方咳，其痰带血，色紫赤；其咯血多量者，往往昏绝。

（十一）西安县患者男女共百例。其初发时大都昏迷，头痛头晕，目赤心烦，口渴胸胀。至发病后第二日，咳嗽剧则作恶逆，咯血带沫，其量不多。

（十二）铁岭县患者九十七例。其中十二例，初发时稍觉头痛，略呈苦闷，渐至呼吸迫促，眼部结膜发赤，现加答儿之症状，腹部膨满，痰中带血，其量不多。又二十例，发病时发热、恶寒、战栗，步行蹒跚，渐至呼吸短促，言语不明，咳嗽为冲动性，痰内带血为鲜红色。又三十一例，其自觉症状甚少，不过略呈昏睡状态而已，至他症状则不明。又五例，其眼部之结膜充血，微咳，咯痰而不咯血，初觉昏晕，终至于人事不省。又十四例，其头痛甚剧，呼吸迫促，眼部充血，颜貌为痴钝状，步行不能。其咳嗽颇剧烈，痰多带血，体温平均四十一度，脉细数至不可辨。他十五例为死后始发见者，故其症状不明。

（十三）抚顺县患者八十二例。初发时身体困倦，精神沈衰，四肢麻木，身体疲软，发热眩晕如醉，头痛如裂，咳嗽恶心，咯痰带血，其血为液状而不凝固。

（十四）镇安县患者八十一例。初发时头痛头晕，四肢抽搐。咳嗽初轻后剧，亦有初咳时即甚剧者，其咯血之量不等。

（十五）宁远州患者七十九例。初发时头痛发热，嗣即咳嗽，咯痰带血。其量多少不定，有痰中仅带血丝者，有为纯血者，血色紫黄。呼吸短促，精神不安，神识昏蒙无明朗者。

（十六）辽中县患者七十九例。初发时常觉昏晕寒战，嗣即喉痛发热，咳嗽咯血，量其量不多。体温朝三十八度至三十九度，夕则三十八度五分至四十度，脉百二十五至。

（十七）绥中县患者共七十例。有咳嗽及咯血者五十八例，其中咯血而兼有便血者五例，此外只有便血而无咯血者六例，又觉身体倦怠者十九例，精神昏蒙者十三例，人事不省者五例，谵语者三例，四肢瘫痪麻木者五例。而头痛则为必发之症，其痛重轻不定，有痛至头如分裂者，有头晕而兼恶心者。七十例之患者，发病前皆先恶寒或寒热间作，或不恶寒而体温突然上升者，脉细数几至不可辨。

（十八）辽阳州患者四十六例。初发病时觉头痛身冷，嗣即发热，颈下咽喉部或肋窝四肢之静脉尽怒张，至后则咳嗽气喘，痰中带血丝或血块，色鲜红。其步行蹒跚，如酩酊状。体温至三十八度乃至四十度之间，脉百二十二至。就中有一例于未发症候以前，其体温业已升至三十八度者。

（十九）锦县患者三十三例，皆头痛，颜面发赤，咳嗽气喘，听诊上有水泡音。稍后则咳嗽加剧，痰中带血，其色初鲜红而后紫赤。颚下及腋下腺十有余个，悉皆肿大。体温朝三十九度八分，夕则四十度。

（二十）辽源州患者二十六例，皆以战栗而发热，继则头痛头晕，气喘气促，微咳。其咯血不过三、四次，色鲜红。其体温午前张至三十九度或三十九度九分，午后则弛至三十八度。脉百十至。

（二十一）锦西厅患者二十五例，亦皆头痛发热，现格鲁布肺炎之症状，而无腺肿。其体温朝四十度，夕四十一度，弛张不定。脉百二十八至。

（二十二）盘山厅患者二十五例。初发病时觉冷战，一、二小时其后头晕、发热、咳嗽，痰内带血，其量甚少，色紫而微黑，体温平均三十九度。

（二十三）本溪县患者十七例，皆发头痛头晕，身体倦怠，寒热间作，咳嗽咯血，体温自三十八度至四十二度，脉细数至不可辨。

（二十四）彰武县患者十一例。初发病时头痛战栗，筋肉搐痛，咽喉疼痛，或左足之筋肉搐痛，或两腿轻痛。如此半日即发热，头部晕痛，两眼发赤，咳嗽咯血或白沫带血，或咯出血块及血液，体温自三十八度乃至四十一度，脉细数几不可辨。

（二十五）海龙府患者十一例。初发时，头痛咳嗽，多吐白沫。阅半日或一日，则昏迷而咯痰带血，四肢皆发热，两肋尤热。临毙时，咯血而不咯痰，鼻口皆出血，其色紫黑如猪肝色，咯血之量不定，颈腺微肿，体温平均四十度。

（二十六）兴京府患者十一例。初发时皆头痛不安，咳嗽咯血，咯血之次数甚少而量较多，其色暗赤。内有二例，颈部之腺稍形肿胀。体温朝三十八度至三十八度半，夕则三十九度半至四十度。脉细数几至不可辨。

（二十七）东平县患者四例。其主要症状为头痛，咳嗽，恶心咯痰，腋下疼痛。他症则不明。

第三节　诊断

按上节患者六千八百五十九例，其症候虽详略互见，然皆可凭以稽考而为诊断之借镜者也。其最简单者，视诊上一望而见，其眼球结膜充血，脉细数几至不可辨，体温三十八度乃至四十二度，听诊上有水泡音（以背部听诊为最安全）或有胸痛，而其人如酩酊状态者，十之八九为肺百斯脱病，当即检痰以确定之。检诊医者能于兹数语加之意焉，则思过半矣。至死后之诊断，亦以检查其痰唾或血液为最要。其尸体之状态，大都死后数时间内即显高度之强直，以四肢之强直为最著，具剑客之姿势。全身则现青紫色之尸斑，或有带黄黑色而微青者，有为青黑色者，有为紫红色或灰青色或紫黑色者，有现泥土色者。其尸斑之发现则甚速。肩胛间部、臀部、腰部、荐骨部、大腿后面、侧腹部、腋下腺部之皮肤，有现紫黑色如手掌大者，有四肢尖端悉现暗紫色者，有因失血过多、颜面口唇显白色而颚颈手足胸部则现暗赤色及浓紫色者，或有口角及内外背部现黑色者，有胸部现紫色、口唇及眼睑周围现赤色者，有胸部带紫色而面黄者。其兼肺结核及黄夜之疾病者，其颜面多为黄色。其咯血之量甚少。因呼吸困难、胸部膨满速毙之尸体，则多现紫黑色者。有面现青色、全身现黑色、肢端现紫色者，其眼球则多现赤色者。又有尸体颜色不变者，其皮下粘浆膜下则多溢血或出血。有自口角鼻孔流出泡沫性带血之液者，有颜面浮肿者。

第四节 经过及豫后

原发性肺百斯脱之经过甚短，豫后不良。大多数于发病后第二三日即毙，无过八日以上者。其经过中症候渐次加重，咳嗽增剧，咯血渐多，血乏凝固性，咯痰加多。初为纯痰者变为牵缕性之带血痰，其咯纯血者较少。然有于濒死之日咯出三百格兰之血者，量既甚多，其色鲜红，或于临死时咯出血沫约有二十格兰，色红紫。其呼吸渐次困难，胸内苦闷之故，多营跪坐呼吸，气喘声嘶，烦燥不安，两侧胸内疼痛。有腋痛而兼腹痛者，热度先升而后降，濒死前多下降者，脉细数至不可辨。有现结代脉者，心藏之机能渐次衰弱，发杂音或为驱步的调节音。其胃部渐增其膨胀之感，食欲减退，口渴思饮，舌带黄色苔，眼结膜之炎症亦加剧，扁桃腺之充血则甚著，有自鼻孔出血者。绥中县贾姓家患者六人，悉下痢及尿频促。又患者经过中，精神皆恍惚不安，昏愦谵语或沉迷昏睡，不省人事。有濒死前全身发痉挛，而为挖空之状态者；有头痛及诸关节疼痛，如患风湿者；亦有毫无痛苦，咯血多，量体温骤降，而濒于死者；濒死前有四肢尖端、口唇等部显青蓝色者。又法库有二十二例，于经过中，其颈腺肿胀至胡桃大，耳下腺、颚下腺皆肿。本溪有八例，经过中颈腺、腋窝腺亦肿胀如胡桃大。开原有十一例，经过中左右之颚下淋巴腺肿胀者，又有甲状腺亦肿胀者，然亦有于经过中其症状毫无变更者。至患者发病后以至死亡，其经过之迟速则不定。至速者发病后三四小时即毙，至迟亦无过八日以上，而以第二三日毙者为最多。兹将奉、吉二省病人死亡时间列表如左（江省大略相同）：

附奉天省城临时疫病院人死亡时间数目表

月别	日别	不到院中途死亡数	六点钟以内死亡数	十二点钟内死亡数	十八点钟内死亡数	二十四点内死亡数	四十八点内死亡数	三日内死亡数	合计
正月	十三日		一						一
	十四日		二	五	一				八
	十五日		二	四	三	一			一○
	十六日		九	六	一	一			一七
	十七日		三	六		一			一○
	十八日		七	四		四			一五
	十九日		三	一三	二				一九
	二十日		二	二					四
	二十一日		一○	六	四				二○
	二十二日		一三	五	一				一八
	二十三日		六	七					一三
	二十四日		六	八					一四
	二十五日		一	四					五
	二十六日	一	四	一○	四				一九
	二十七日	一	五	七	一				一四
	二十八日		三	五					八
	二十九日	二	五	三					一○
	三十日	三	八	四	三				一八
二月	初一日	一	一	一五	三	二		二	二四
	初二日	三		二	一	一			八
	初三日	三		六	二				一一
	初四日		一	九		五		二	一七
	初五日	一		二	二	二	一		八
	初六日	一	四	一一	三	四			二三
	初七日		一	一一	一	七			二○
	初八日	一		五		四			一○
	初九日	四	四	四	一		二		一九
	初十日	一	一	五	一				八
	十一日	一	二	二					五
	十二日		二	三		二		一	八
	十三日						一		二
	十四日	二	二	一			一		六
	十五日			一					一
	十六日			四					四
	十七日			一					一
	十八日		二						三
	十九日			二				一	三
	二十日		一			一		二	四
	二十一日	一							一
	二十二日			一					一
合计	合计	二六	一一二	一八三	二四	三七	五	八	四○五

备考	

附吉林省城诊疫所病人死亡时间数目表

年别	月日别	未所途亡	到所六钟内死数	六点以下死数	十点以内死数	十点内二钟死数	十点内死数	八钟内死数	二四钟死数	十点内亡	四八钟死数	十二点内亡	三日内亡死数	四日内亡死数	五日内亡死数	六日内亡死数	七日内亡死数	八日内亡死数	九日内亡死数	十日内亡死数	十日内亡死数	一日内亡死数	合计
宣统二年	十二月十五		一																				一
	十六			一	一	二																	四
	十七				一	一																	二
	十八				一	二																	三
	二二	一																					一
	二三	一																					一
	二六					一																	一
	二七					一																	一
	二八					一																	一
	二九	一				一																	二
宣统三年	正月初二				一	一																	二
	初三	二	一			一																	四
	初四					三															一		四
	初五							七	一														八
	初六					一		二	一														四
	初七					一		二															三
	初八		一		二	一		一															五
	初九				三	四		五															一一
	初十		二		三	五	二		一													一	一四
	十一				一	三																	六
	十二	三				三																	六
	十三		四		一	二																	七
	十四	一			一	五			二	二													一二
	十五				三	三						二											八
	十六	一			三	三		一		一													六
	十七	二			三	一																	六
	十八	四				一			一														六
	十九	一																					四
	二十	一	一		二																		四
	二一				二	三																	五
	二二			一	二	一																	六
	二三	一			一																		四
	二四				一	二		一															五
	二五	一	三			二		一															九
	二六				一	三											一						六
	二七										二												三
	二八				三	一			二		一	一											一〇
	二九			二														一					三
	三十	一	二		二																		五
	二月初一			一	二													一					五
	初二		二		二																		四
	初三		二	一																			三
	初四		一		一																		二
	初五				二			一															三
	初六				二															一			三
	初七				一																		二
	初八							一		一													二
	初九								一														二
	十三								一														一
	十五																			一			一
总计	五一	二〇	二四	一九	七五	三八	一四	一〇	四	三	二	二	二	一	三	一							二一八

宣　统　三　年　三　月　　　　　日　　　　　　文牍员谷正旸制

此次患肺百斯脱者，绝无治愈之人。附病床检查表四例于左，以观其体温之升降、脉及呼吸之状态及其死亡之日数。

第五节　预防及疗法

当百斯脱流行时，以讲个人之预防为最要。盖公众预防之方法，劳费多而成功少也。往古人民知识未开，每当大疫流行，闭门蛰居，弃家逃匿，交通自断，以为预防。此次东省人民亦有出次〔此〕下策者。今病源之性质、传染之途径既已了然，则个人豫防自有良法，总以无害于职业及交通为目的。凡身体、衣服及居处，皆当施行清洁方法，毋使藏垢。其房舍有孔隙则闭塞之，以防鼠族之出入。此外免疫性之方法亦不可不讲，其法豫防注射是也。预防注射液，最旧者为哈夫金氏预防液，其反应过强，不如法国巴斯笃依尔病院及日本传染病研究所制造之寒天培养细菌研和于食盐水中之预防液为良。近来俄、意等国研究用溶解百斯菌之预防液，然其制法较烦，而其效亦未能胜日、法所制者。我国将来须用该品，当以取日、法之方或自出心裁制造之为是。然徒恃注射而不加意于建筑、卫生，则非计也，印度之疫可为殷鉴。故市街房屋渐次改良，其建筑方法须合卫生，是为当今之要务。至单纯肺百斯脱流行时，呼吸悉为其传染之途径，使患病者及病者周围之人各带护口鼻器，则病菌无路侵入，即无蔓延之虞。故肺百斯脱病之个人预防法，当使病者各带护口鼻器为第一要义也。

治疗至今无良法。肺百斯脱病起仓卒，医鲜经验，多以强壮剂、解热剂与之，如治腺百斯脱病无愈者。然日本大连病院有用多量之血清注射，而获生全者三例。兹录其病床经过表，以备参考。后日治疗法其或有进于此者欤。

第二编 防疫概况

自宣统二年九月满洲里百斯脱疫发生后，当即严饬胪宾府知府会同俄国东清铁道社员厉行防疫事。嗣因疫气寝盛，延及哈尔滨一带，即严饬吉林西北路兵备道于驷兴开办防疫局所，选派中日医员，由奉天驰往担任检诊，并经外务部遴委医官伍连德为哈埠总医官，统辖中外各医员，授以医务上全权，树三省防疫设施上之模范。并于三省设防疫总局及防疫会。奉天以民政司张元奇、交涉司韩国钧、署劝业道新民府知府管凤龢任其事。吉林以署民政司邓邦述、代理交涉司辛宝慈、署度支司徐鼎康、候选道钟穆生、署吉林府知府傅疆任其事。黑龙江以民政司赵渊、知县萧延平、谘议局议长鹤鸣、通判谢锦春任其事。又以哈、长两埠为三省丛疫之区，特派署吉林交涉司郭宗熙摄吉林西北兵备道驻哈，调奉天府知府孟宪彝署吉林东南兵备道驻长，以促防疫行政之进步。经营五阅月，始克将各属防疫、检疫、隔离、留养各所、疫病疑似病院逐渐设齐，而疫氛亦以是而告熄。乔长民牧，不敢告瘁，惟自艾平日卫生行政之窳敝，朝廷之良法美意，又乏术诱导吾民之默喻于心，以致祸起仓卒，迫而为强制执行之举。爰述当日之施设，以为来者之殷鉴云。

第一章 三省防疫行政机关

第一节 奉天防疫行政机关

（甲）省内防疫行政机关

省内防疫行政机关有四：若总局，若事务所，若乡镇事务所，固属于完全之省内部分；若北路分局，其驻防地点虽在省外，其职权均直接于省内，故亦隶是。

（一）奉天防疫总局 自宣统二年十二月间哈尔滨、长春疫势日益南下，奉天首受其冲，即于月之十四日筹设防疫总局，附奉天行省公署内，以民政、交涉两司总其大纲。一面电商吉、黑两省，以资联络，协同扑灭；一面严饬奉天各属堵截疫线，勿使滋蔓。为奉天防疫行政之总机关。

总局内部设总办、提调外，另设各科治事如左：

（甲）医务科 专司防疫行政关于医务各事项；

（乙）文牍科 专司防疫行政关于文牍各事项；

（丙）报告科 专司防疫行政关于公布各事项；

（丁）调查科 专司防疫行政关于调查各事项；

（戊）会计科 专司防疫经费出纳报销各事项；

（己）庶务科 专司总局各项杂务及出纳物品各事项。

医务科奏调翰林院检讨王焕文、民政部主事王若宜、陆军部主事王若俨、小京官候毓汶任其事。其余各科则遴委公署暨各司道科员任之。大半担任义务，不支薪水。此外并于总局设研究疫病之部分二：

（甲）细菌研究室　即设于局内，以主事王若宜等任之。（其研究报告见疫学汇存编。）

（乙）防疫讲习所　以防疫事宜，各属苦无经验，又鲜西医，有疫地方贻误不浅，无疫地方，防范亦徒托空谈。欲刻日教成此项防检职员，实属匪易。当以提法司前经创办检验学习所，其学生已有一年程度，生理卫生粗有根底，通饬各属将各该生送省学习，派日医志熊贞治、杉本浩三为讲师，讲授防疫上一切防检处治方法，半月毕业。听讲者四十三人。其科目如左：（一）搜疫法；（二）遮断交通法；（三）隔离法；（四）疫病院之心得；（五）消毒法；（六）尸体措置法；（七）捕鼠法；（八）百斯脱病理。

（二）奉天省城防疫事务所　自宣统二年十二月初二日省城百斯脱发生后，由省城警务局、卫生医院会同禀请，组织防疫事务所。当以城厢内外户口殷繁、地面辽廓，难于分布，所有筹备防疫一切事宜，书〔昼〕夜兼办，迄十二日始有端倪。所设小西边门外，为省城独立执行防疫机关。当遴委分省补用道张俊生任其事，而以候补知府朱淑薪、奉天府知府都林布、候选知县王恩绍、承德县知县忠林、外务部七品小京官庄景珂佐之，并设各部分治其事。

（甲）稽核部　稽查防疫上一切布置事宜。为之长者，王恩绍。

（乙）医务部　监督医务上一切事宜。为之长者，日本正七位五等勋志熊贞治。

（丙）埋葬部　专管埋葬死体一切事宜。为之长者，陆军军医副军校张用魁。

（丁）病人户口调查部　专管搜疫事宜，由各区区官直接管理。各该区巡警每日按户口调查编队搜索患疫者，以便报告检诊队医官诊断。为之长者，刘梦庚。

（戊）检诊部　监督各区检诊医官诊断疫病事宜。为之长者，志熊贞治。

（己）隔离部　监督各隔离所一切事宜，如隔离人之收容并开放数目，并各所之住舍洁净法及卫生法，并担任稽查之责，以保全各隔离人之健康。为之长者，何铨。

附　隔离所之地点并收容位数表

隔 离 所	所定隔离者收容位数	摘 要
暂设小东关隔离所	四十二名	隔离所建筑未竣工时所暂设者
暂设南关隔离所	四十五名	
北关隔离所	五十六名	
大西关苦工隔离所	一百三十名	
西北关隔离所	一百二十名	
小东边门东关隔离所	一百二十名	

附　贫民收容所地点并收容位数表

收 容 所	所定收容数	摘 要
西关贫民收容所	二百八十名	
南塔收容所	一百名	
三台子收容所	一百九十名	二月三日闭锁
京奉站暂时收容所	四百七十八名	留验所建筑完工即闭锁

按：收容所系为收容本地闲散及车站截留无疫各贫民而设。省外各府厅州县设有此项机关者，皆名曰留养所，其实一也。

（庚）消毒部　管理发疫家屋之消毒，并监督消毒队之勤务及管理消毒所事宜。为之长者，日本勋六等杉本浩三。

（辛）药料部　专管药品、器材并各种卫生材料购置及支给事宜。为之长者，医科举人王麟书。

（壬）捕鼠部　专管捕鼠及鼠族购买事宜。为之长者，奥国医官魏义。

（癸）微生物试验部　专管微生物检查事宜并病症之决定，及各种微生物之试验并动物之试验。为之长者，日本动六等勋王数男。

（三）奉天省城乡镇防疫事务所　设在承德县署内，为四乡之总机关。于东路汪大人屯、西路沙岭、南路白塔堡、北路大桥等处，各立防疫所为分机关，分饬四乡巡警担任义务。又于四乡德胜营子、永安桥、柳条湖三处设留养所，以养贫民，并派稽查员前赴塔湾、雀公堡、懿路、清水台、寒坡岭、文官屯、孙家洼、祁家坟等处消毒。其事务所人员之组织，设事务、文牍、稽查、庶务、防疫员二员至五员，另设隔离所所长一员，巡长三员，医官五员，检诊消毒十九员，而以承德县知县忠林为总办。

（四）北部防疫分局　宣统三年正月，疫气传播日盛。于十四日规定奉天以北怀德以南铁岭地方设立防疫分局，先将南北交通道路遮断，以防传播。派淮军统领王怀庆、铁岭县知县徐麟瑞任其事，而受成于总局。其组织规制如左：

（甲）本部组织：（一）总管理；（二）支部管理；（三）会计员；（四）医生；（五）书记。

（乙）分部组织：（一）医药部；（二）消毒部；（三）燃烧部；（四）埋葬部；（五）按查部；（六）辎重部。

（乙）奉天省外防疫机关

奉省发疫之府、厅、州、县二十八处，而设防之地几倍之。缘疫未发见与疫已发见之地，其保卫民命之方法实为同一之进行点。兹特举要述左，以供参考。

（一）抚顺县　县城设防疫总所一，而设分所于千金寨、老古台、古城子等处，并设隔离所、病院各设四处，地址亦附近。以上各处并另行组织消毒队、埋葬队，以补助焉。

（二）辽阳州　防疫总机关附设州城警务局，病院即在城内二道街，留验所一在城外，一在烟台，检验所统计有二十五处之多。盖州境四通八达，由疫地来者防其传染，故多选本地医生分任义务检疫之责，并另行组织检诊、消毒、埋葬各队九十名。

（三）海城县　县境无疫，当于城内设备防疫总所及检疫所、隔离所、病院各机关，以防未然。仍组织检诊、消毒、埋葬三队，并严行断绝交通。惟未设留养所截留贫民。

（四）盖平县　县城设防疫总所、病院各一，于熊、岳两站组织隔离所、检查所、疫病院，并与日本警署商议：如中国人有疫病，送中国医院，从民习惯，以免扞格。

（五）复州　州城设防疫总所一，检疫所二。瓦房店、得利寺两处设防疫所、检疫隔离所、病院、留养所各一。永宁涧设防疫、检疫所各一。万家岭设检疫所一。并另行组织检诊、消毒、埋葬各队。

（六）铁岭县　县城设一防疫总所，惟山朗堡为县属要地，特设检疫所、隔离所、病院、留养所各机关。余则火车站、双树子、北老边、懿路分设检疫所四处。龙首山、马蜂沟、懿路分设隔离所三处。马首山、祖越寺分设病院两处。八里庄设留养所一处。并另行组织检诊、消毒各队，计一百十人。

（七）开原县　县城设防疫总所、检疫所、隔离所、病院各一。马千总台、小孙台、威远堡、大棵树、当阳堡五处，分设防疫所、检疫所、隔离所各一。庆云堡分设防疫所、检疫所、隔离所各一。并另行组织检诊、消毒、埋葬各队九十一名。按：威远堡、当阳堡二处为北来孔道，故严行留验，以截疫线。

（八）辽中县　县城设防疫总所，分设检疫所、隔离所、病院，附在警务局，以补助行政。其老达房、小北河、茨榆坨、卡力马、小新民屯有疫之区，亦分设检疫所、隔离所、病院各一。并另行组织检疫、消毒、埋葬各三队，计四十人。

（九）本溪县　县城内设防疫总机关，而设分机关于大岭、火连寨、高家崴子四处。检疫所分设于车站及大堡、大岭三处。隔离所分设于大堡、大岭、火连寨、高家崴子四处。病院、留养所分设大堡、石桥子二处。按其地势，则知大堡为各机关之要地，且另行组织检诊、消毒、埋葬队九十余名。

（十）新民府　防疫总所设府城马路街。隔离所有二：一设在车站北，一设在小堡子。病院设在西大坝外。留养所设在巨流河、高台子、黄旗堡、大孤家子、公主屯、大民屯各一。另行组织检察队、消毒队、埋葬队、差遣队，以为补助机关。

（十一）镇安县　县城设一防疫总所，分设隔离所、病院于城之土帝庙。其羊肠河、姜家屯、半拉门、新立屯四处，各设防疫所为分机关。并另行组织检诊、消毒、埋葬三队。

（十二）彰武县　县城防疫总所即设自治会内，分设隔离所一处于南门外，病院一处于西门外，并另行组织检疫、消毒、埋葬三队。

（十三）锦州府　防疫所即设城内巡警局。检疫所四处附设四关各警区。其隔离所、病院设东关外，留养所设南关外。并另编检诊队、消毒队、埋葬队各一，计五十名。

（十四）广宁县　县署设防疫总所。防疫分所设在议事会。检疫所设在十字街。隔离所设在天齐庙、龙王庙两处。病院分设保安寺、白衣庵两处。并另行组织检诊、消毒、埋葬三队，共六十四人。

（十五）义州　州城设防疫总所一。城之东关路南设检疫所一，路北设隔离所一、留养所一，路东设病院一。并另行组织检诊、消毒、埋葬三队，共五十人。

（十六）宁远州　防疫总所附设县署。检疫所设在城内十字街。隔离所设城外天齐庙。病院设保安寺，白衣庵为分机关。按：东来行人及疫死家属均行检查后，分送留养、隔离、治疗等所，并令赴温泉沐浴。

（十七）绥中县　县署附设防疫总所。县城警务局附设防疫分所。城之西关设检设所一，南关设隔离所、病院各一。并另行组织检疫、消毒、埋葬三队，各十人。惟境内贫民甚多，故于西南关设留养所十四处，留养贫民达于八百名之数。

（十八）盘山厅　厅属染疫甚少，故只在厅街设防疫总所一，东河沿设隔离所一。其病院、留养所、分机关，亦未建设。

（十九）锦西厅　厅城设防疫总所。厅属连山镇、高桥镇、虹螺镇三镇分设防疫所。注重遮断交通、检查留验等项。隔离所设在连山寺、双泉寺。并另行组织检诊、消毒、埋葬各队。

（二十）海龙府　府城防疫总所附设警务局。防疫分所分设四分区。检疫所设在土口子。隔离所、病院各二，一在城之西关，一在太平川。

（二十一）东平县　县城设防疫总所，并分设检疫所、隔离所、病院各一处。各乡之鹳鹰河、杨林子等处预设防疫所、隔离所多处，又设检疫所四处、留养所五处。另行组织检诊、消毒、埋葬三队四十四人。

（二十二）西丰县　县城设防疫总所一，设防疫分所二，并分设检疫所于城之东关一处及北顺街之东西各一处。隔离所设于城之东、西关各一处。病院设于城之东关一处，西关一处。四乡之神树、双合镇、房水镇、平冈镇、野鸡背、关门山、黄柏榆七处，分设防疫所、检疫所、隔离所各一。并另行组织检疫、消毒、埋葬三队，共一百十二人。

（二十三）西安县　县城设防疫总所一，附设检疫所四，组织检诊队四十七人。十乡分设防疫分所各一。隔离所城外分设四处，各乡分设三十五处。

（二十四）昌图府　府城设防疫总机关，其分机关分设同江口、亮中桥、宝力屯、大洼、鸳鹭树、八面城、四平街、二道沟九处，每处附近各设隔离所、留养所。惟病院六处：府城、亮中桥、宝力屯、大洼、鸳鹭树、八面城各一。检疫所四处：同江口、亮中桥、宝力屯、四平街各一。且另行组织检疫队二百九十八名，消毒队九十八名，埋葬队五十五名，以补助焉。

（二十五）辽源州　州城附设防疫总所于警务局，分设分所于商会暨市屯、五道岗子、高家炉、三江口各处。

（二十六）奉化县　县城设防疫总所，并设检疫所、隔离所、病院、留养所为分机关。其小城子、丰泰恒、榆树台、喇嘛甸、郭家店、四平街等处，各设防疫分所、检疫所、隔离所、病院、留养所，以补助行政。并另行组织检诊、消毒、埋葬队一百三十人。

（二十七）怀德县　县署附设防疫所为总机关。朝阳坡、黑林镇分设检疫所、隔离所、病院、留养所各一，为扼要机关。并另行组织检诊、消毒、埋葬各队一百二十二人。又以长春与县接壤，于沿边分设检疫所八处，检查长春之人绕越小道入境者。

（二十八）康平县　县署附设防疫总所。分设检疫所于辽阳、窝堡、小塔子、三台子、卧牛石各处。分设隔离所于城内暨孙家屯、杏树岗子、陶代屯、刘家窝堡各处。分设病院于城外北甸地方。并另编检诊队三十六人。

（二十九）凤凰厅　厅城设防疫总所，设分所于草河口、鸡冠山、红树嘴、石头城、西尖山子、秋水庄。设检疫所于本城及草河口、鸡冠山、雪里站、法家岭、头台子、石头城、红树嘴、西尖山子、龙王庙、北井子、枣儿沟等处。至隔离所、病院，均设于本城及草河口、鸡冠山。并组织检诊、消毒各队一百七十七人。

（三十）宽甸县　县署设防疫总所。县城分设检疫所、隔离所、病院、留养所各一。车毂轮泡、长河口分设防疫分所二，检疫所、隔离所、病院、留养所各一。并组织检诊、消毒、埋葬三队，以长警充之。

（三十一）岫岩州　州署附设防疫总所。城内设病院一，城外及四乡各区均设隔离所共五处。并另行组织检诊、消毒、埋葬三队二十三人。

（三十二）营口厅　防疫所十六处，计商埠十一，乡屯四，河岸一。病院、隔离所多在河北及埠之东南。病院，河北十三间，埠东八间，埠南十间。隔离所，埠东二十八间，埠南八十四间。留养所，埠南十八间，洼坑店三十一间，平康里四十三间。按之则知营埠注意隔离留养所。并另行组织检诊队六十名、消毒队二十四名、埋葬队十二名。

（三十三）法库厅　厅署设防疫总所一，城内分设检疫所四处，城外亦设四处，六乡设六处，均布置各区内。大南门设第一隔离所，留养所附焉。小南门设第二隔离所。大南门大街设普通病院，大南门外设疫病院。另编检察队一百五十二人，分遣城内四区、四门及各乡。

（三十四）安东县　县城设防疫总所一，于城乡各处分设防疫所一处、检疫所五处、隔离所六处、病院三处、留养所一处、防疫会二处。

（三十五）安奉铁路　设防疫所于下马塘，并附设一检疫所。又于桥头分设隔离所、病院。另编检诊队、消毒队、埋葬队及清道夫，共四十四人。

（丙）奉天防疫会

奉天疫祸起，以商民对于防疫行政时起反抗，特饬防疫总局召集各界团体，组织临时防疫会，公举会员担任调查、演说事宜，以资补助。并饬各属一律组织。嗣以会员无多，不敷分布，复由谘议局、教育总会、商务总会、农务会、自治会各团体公立卫生防疫会于省城。又因防疫上为调和国际起见，饬民政、交涉两司，会同日本防疫人员，设中日防疫会于交涉司署。是以此次战退疫氛，奉省防疫会亦与有功焉。兹特分胪如左：

（甲）合中外团体而成者

中日防疫会，系饬民政、交涉两司，会同日本防疫人员设立，于宣统三年正月三十日开一次会议。当议定规则如左：

第一条　本会议以协议决定中日两国提议关于现在南满地方所流行之瘟疫防止办法为目的，且备总督或都督之谘询，并随时答复。

第二条　中日防疫会议决议之事项，各由本国委员禀告总督及都督，由总督饬知防疫总局都督饬知防疫本部，使其执行，不相侵越。

第三条　中日防疫会议由总督及都督在中日各选派委员而组织之。

第四条　中日防疫会议每星期当开会一次以上。

第五条　中日防疫会议设干事二员，照委员之指挥，办理应交议决事项之调查及准备并管议决事项之执行事务。干事由中日两面各派一员，各办各事。

第六条　中日防疫会议设书记及翻译各若干员。书记及翻译由中日两国酌派，但员数相同。

中日防疫会成立后，自第二次至第八次，议决防疫办法凡五十余条。兹择其国际防疫有联络关系者，顺次附录于左：

第二次会议要件　一、大豆之运往南满铁路各停车场者，于停车场所在地离市街稍远地方设交换处，将车辆及车夫与由市街前往之车辆车夫交换，仅将大豆运入。有不能照此办理之处，准酌量情形变通，对车辆及车夫严重消毒，然后放行。此意由中日两方官宪通告关系者，事经（中国委员同意，日本委员提议，）应即议决。一、南满汽车已于本月初一日起一律照常开车，除持有中国官厅证明护照或经车站检疫人员认为无传染之虑者即可乘车外，所有一、二、三等前往乘车人员，均须入隔离所留验七日，方准乘车。但由上海、旅顺、大连北来之客绝不隔离，事经（中国委员同意，日本委员提议，）应即议决。一、营口设隔离所，对于外埠来营之船夫、船匠、苦力等，一律收容，七日后始准在营口工作。此意先由中日两方官宪通告关系者，事经（中国委员同意，日本委员提议，）应即议决。其由大沽、塘沽两埠来营者，亦以应行隔离为可，事经日本委员主张，中国委员亦表替〔赞〕同。惟此事营口道在彼商议，或有别项理由，亦未可知，故未便在此率尔决定，须由中国委员电询该道详细，再行核定。（由中国委员声言，日本委员同意。）一、日本委员提议，拟请日本赤十字社派救护班三班，共七十八名，来奉帮助消毒、验病，所有经费由该会负担。事经中国委员声明，现在奉地疫气渐灭，可毋庸前来，惟以事出该社热诚，应俟禀明，再行商议。

第三次会议要件　一、第二次防疫会议时所议决关于运往南满沿线各停车场大豆之处置，有须更换车辆一语。查运豆车辆本无病毒煤〔媒〕介之虞，似可无庸更换车，但由各处斟酌办理，由（清国委员同意，日本委员声明，）应即议决。一、现在大沽有船匠三千人拟来营口，已由营口道台与各国领事商定许其上岸，自应照准。惟营口向未发生疫病，此次许大沽苦工上岸，必先派西医前往查明大沽是否无疫，该苦工三千人是否无病。至营口后关于验病及其他防疫事宜，当由营口道台与各国领事妥商办法，适宜措置。事由（中国委员提议，日本委员同意，）应即议决。一、前禁山东、直隶苦工来奉，原以东三省滞留苦工已觉不少，如再前来，更难安插。以后各社会或团体个人，如欲雇用苦工能使有一定职业，中国官宪亦不阻止。但雇用时必须先将所需人数备函知照交涉司，设法使其前来。经（中国委员、日本委员）同意，应即议决。一、中国委员提议，现闻南满火车对待旅客，系将中国人与日本人分别车辆，又大和旅馆不宿中国旅客。此事徒使彼此人民发生恶感，应请改正如左：第一、嗣后南满火车凡一等客车，不再分别中国人与他国人，使一律同车乘坐；第二、嗣后南满铁道会社所经营之大和旅馆，对于中国旅客，应一律留宿。经日本委员声言，第一条区别乘车之事，原不过为防疫起见，别无他意，惟事系日本防疫本部所议，俟商酌后再覆；至第二条，会社并无拒绝中国旅客宿泊之念，当即知照。一、日本委员问，顷准芝罘日本领事函称：近来东三省总督咨行山东巡抚，凡由山东省赴东三省者，在山东各口岸上船前必隔离一星期云云，此事确否？闻烟台并未设备。中国委员答以未接来电，现在由外埠来者，于营口、大连、安东等处，均已由中日官宪讲求适当之防疫方法。一、大连无疫已经月余，各处口岸均已承认。故大连出发前往之船舶，无论何埠，皆不停船，惟安东则否。大连既已无疫，安东亦应照他埠一律办理，（由中国委员同意，日本委员提议，）应即议决。一、日本委员问，此次奉天所开列国防疫会是否病理与防法一并研究？所得方法能否实行？会期若干日？议长何人？中国委员答以此会议系专讲病理兼及方法，将来如有妥当可行之事或须采择实行，至议长委员均未决定。

第四次防疫要件　一、日本委员声明前次会议所提南满一等客车中国客与他国客应使一律同车事，满铁会社已表同意，当即日起实行。一、中国委员声明前次会议安东海关出示认大连为疫病嫌疑地，请改为无疫地一事，现接安东道台电称，前与各国领事会商此事时，日本领事亦表同意，且上海亦不认大连为无疫地，碍难即时取消。日本委员答，当时安东领事确表同意，但据会议之后，大连已久不发生，自未便仍认为有疫。现以此事关系各口岸，拟移往驻京日本公使与北京政府交涉，电中可否声明奉天中国官宪已认大连早不发生疫病之意。中国委员当表同意。

第五次会议要件　一、日本委员问，此次所开列国防疫会议之内容若何，愿闻其详。中国委员答，据北京外务部照会在京各国公使，此次列国防疫会议，专以研究医学为目的，兼及治疗预防方法。至研究事项，于开会时发表，现尚不知其详。各国医士之已来奉者，为英、法、美、俄和伊等国，未到者尚有奥国。中国派伍连德为会长，此外天津尚有医生来奉参列。一、中国委员提议，满铁快车亦当使中国旅客一律乘坐。日本委员答，俟调查后再覆。

第六次会议要件　一、中国委员声请满铁快车亦使中国旅客可以搭坐。日本委员答，如有欲坐快车者，可以电话或书信通知南满公所，转告驿长发卖乘车券。一、日本委员声明，此次满洲不幸恶疫流行，现在能早日扑灭，全赖中日两国互通声气，彼此报告，不失防疫机宜，始克致此。尔后如再发现流行病，深愿两国互通气脉，以防未然。中国委员深表同意。一日本委员声明，现在百斯脱将近消灭，难保不再发生，希望续订现聘日医，酌置于奉天、长春，以防万一。贵国如表同意，请于聘期未满以前先行知照。中国委员答，俟禀明后再行回答。

第七次会议要件　一、凡日本人有欲在直隶、山东募集苦工者，由日本方面指定招募地点，通知交涉司，由总督电知该地总督或巡抚，并给募集人募工执照，于沈阳车站检疫后，再给健康证明书，京奉铁道沿线均不隔离。两国委员皆表同意。一、日本委员声明，以后满铁停留期间改为五日。中国委员答，京奉线俟各等车运转开始时亦仿照办理，并在满铁隔离一定期间者不再停留。一、日本委员问，前次会议所提防疫日本医生能否继续事，中国委员答，松王氏拟再续聘三个月，久保氏不再继续。新民齐藤氏继聘与否，俟禀商再覆。

第八次会议要件　一、日本委员问，熊岳城渔汛时，防疫设备等事已有议定规则否？中国委员答，此事前已交营口道台商酌，恐尚无一定办法。现在拟将陆路上一切防疫禁令渐次弛放，而于水路仍设法防范。想业渔人等均由海路来，自应设法办理。一、中国委员问，渔汛时防疫办法向无经验，不知是否照陆上一切办法，抑另有方法，请道其详，以便研究。日本委员答，此事一切施行上规则，自应由中国订立。想渔户之中，自关东州及营口来者最多，现在该地早已无疫，似可不必严防。烟台尚未绝灭，由烟台来者，应取缔之。且渔船总在渔汛前一星期来集，能使聚于一处，派医官巡警时时检病，有疫者设法隔离，无疫者听其自由。再于陆上鱼市来往之人，亦常注意健康，是亦足矣。将来施行规则订定后，请先送一阅，俾可接洽。中国委员当表同意。一、日本委员声明，现在疫气将近消灭，奉天防疫本部拟于日历四月二十日撤回，旅顺沿线各地交通监视亦于同日撤去，以利行人。奉天之八关检疫分所，倘能撤消，更觉便利。中国委员答，如无特别变更情形，亦拟于中历三月二十五日前后撤去。一、日本委员声明，现在疫气将近消灭，所有防疫上一切施设，除汽车中检疫、车站检疫、停留所隔离所买鼠检菌、海岸检疫检病的户口调查外，余均撤消。其中汽车检疫、停留所隔离所、海岸检疫三项，拟继续至日历五月前后撤去，买鼠检菌及验病的户口调查，继续至年底。中国买鼠检菌及户口调查如能继续，于防疫上利益不鲜。中国委员当表同意。

（乙）纯粹为本国人民团体所成者

奉天省城　省城前经警务局集合各团体设防疫会后，又经各团体自行组织卫生防疫会。其防疫会办法约举如下：

一　该会以预防瘟疫传染及研究实行清洁疗治之方法为宗旨，以学界、商会、自治会、农务会诸团体及其他有志防疫之人士组织之，与防疫总局及巡警局联络一气，互相协助。

二　该会以省城大东门外医学研究所为通信及办事会议之处，每星期开常会一次，由会长召集之。

三　该会由各会员公举办事员，每日按时至事务所办理会事。设会长、副会长二员，总理会务及召集开会等事。设书记、参议、会员若干人，治会内一切事务。另设防疫董事若干人，由各团体公举，协同搜疫巡警调查疫症，随时报告。

四　该会防疫办法先由清洁入手，其办法如左：扫除尘芥，施舍消毒药水，检验不洁食品，调查病人。

五　扫除办法，分商户、住户二种，由该会指定地段，逐户劝令扫除屋内尘芥，洒用消毒药水。商户由商会劝导，城内住户由自治会劝导；至四乡商户，均由农务会劝导。各商户住房有不服从劝导者，由劝导员通告巡警强制执行。其扫除尘芥，皆堆集门外，储以木箱，由巡警清道部输往城外厂地焚烧。

六　调查员有发见售买腐鱼败肉及其他不洁之食物者，立时通告巡警查验，勒令抛去。有发见病人类似百斯脱者，亦立时通告防疫事务所，派人检验。

七　凡关于防疫之事件，该会得对于防疫总局及巡警局条陈意见；防疫总局及巡警局有委属该会办理之件，该会均有代办之义务。

承德四乡　城外西、南、北各乡分设防疫会二十三处，各设会长、副会长各一员，会员无定员。与镇乡防疫所及巡警各区所联络一气，担任检察、宣讲等事。

抚顺县　全属设总会一处，分会十四处。

辽阳州　州城设总会一，设分会于各处。会员担任宣讲防卫之理，医生担任研究疗治之法。

海城县　附设自治会内，以该会议长、总董为正副议长。即以会员、屯村甲长、自治研究学员为会员，分任宣讲演说之责，劝令各自清洁宅宇，以防疫气传播。

铁岭县　总会附设本城宣讲所，设分会于四乡小学堂。遇有发见疫病，担任随时报告并辅助遮断村屯交通等事。

开原县　城内设防疫会四处，八棵树、小孙台、二道沟各设分会一处。会员二十员，区官七员。

广宁县　城内设防疫会一。会员有担任宣讲者，有担任施药饼、注射药针者。

义　州　设防疫会于州城东街路南，帮同防疫所办理清洁各住户、庭院、街道及检查报告事宜。

宁远州　城厢设防疫会一，各乡设分会五，辅助调查隔离等事。

绥中县　设防疫会五处：城内、南关、西关、前卫、前所。由各会员提倡家庭卫生、养猫捕鼠等事。

东平县　总会附设城厢议事会，分会分设各区。辅助筹设防疫事宜及宣讲编纂并研究治疗等事。

西丰县　附设教育宣讲所，即以教员分任宣讲清洁、防卫治疗简明之法。

昌圗〔图〕府　设总会于府城，设分会于同江口、亮中桥、宝力屯、大洼、鹚鹭树、八面城、四平街、二道沟。

辽源州　附设事务所内。本会会员由教员担任，宣讲医生研究防卫疗治之法。

怀德县　本城设总会一，朝阳坡、黑林镇、杨大城设分会三处。每处宣讲员四员。

康平县　附设防疫会七处于七乡议事会。

凤凰厅　设防疫会于厅城龙王庙。

宽甸县　县城一处，四乡七处，劝令四乡教员协同巡警官长担任义务会员。

岫岩州　设防疫会于州城中街财神庙。

营口厅　设防疫会于埠东，以辅助检查户口，随时开导乡愚，报告官警。

法库厅　总会附设厅署，分会附设各乡自治会。会员担任检察、留验各项事宜。

大抵奉省防疫行政，以各局所为执行机关，以各会为补助机关。其他如病院、隔离、留养检验所，已详他篇。兹特综举各机关之崖略列表如左：

奉天全省防疫各机关暨办防疫人员数目总表

机关别／地名	机关数								人员数	
	防疫总局	防疫事务局	检验所	隔离所	病院	收容所	防疫会	接济所	医官	办事人
奉天府	一	二	八	五	一	六	二六	二	三〇	二六〇
抚顺县		四		四	四		一五			四七
辽阳州	一	二五	二	一			二一		四九	四七
海城县	一				一				二	一
复州		四	七	四	三	三			三	一〇
铁岭县	一	五	四	三	二		九		一四	二二四
开原县	七	七	七	六	四		七		三六	一四五
辽中县	六	六	六	六	二				一五	二六
本溪县	四	三	五		二		二		一二	二六
新民府	一		三	一		七			五	五三
镇安县	五						二		二	一九
彰武县	一			一						一一
锦州府	一	四	二	一		四	一		一七	三八
广宁县	二	一	四	三			一		一二	三七
义州	一			一	二		一〇		六	五九
宁远州	一	五	二		六		六		一〇	四二
绥中县	二	一			一四		五		五	三四
盘山厅	一									
锦西厅		四	四	五	四				二六	三〇
海龙府		五	二	二	二				九	一九
东平县	二〇	五	二〇	一		五	一		三四	八八
西丰县	一〇	一〇	九	二			三		一九	一六四
西安县	一一	四	三九	三九					二一	六六
昌图府	一〇	四	一〇	九	一〇		一一		四三	一七一
辽源洲	六	二一	六	二					四二	七〇
奉化县	七	七	七	七	七				三五	一四三
怀德县	一	一〇	二	一〇	一一		四		一九	四八
康平县	一	四	五				七		一七	五九
凤凰厅	七	一五	六	四			一		一二	五六
安东县	二	五	六	三	一		二		二八	一四〇
宽甸县	三	三	三	三	三		八		二五	三五

机关别 地名 名	机　　关　　数								人　员　数	
	防疫总局	防疫事务局	检验所	隔离所	病　院	收容所	防疫会	接济所	医　官	办事人
营口厅		一六	八	四	三	三	一		四〇	五六
法库厅		一	一四	二	二	一	一一		四一	一五三
安奉铁路		一		一	一				三	五
合　计	一	一五〇	一八九	一八一	一三〇	九二	一五二		六三二	二三八二
总　计	机　关　数							八九五	人员数	三〇一四
备 考	按：表列奉天接济所一项，系因省城工夫市地方疫盛，厉行遮断交通，接济该处居民之食用而设，与吉林省城之粮米柴炭市场性质相同。详见遮断交通章。									

第二节　吉林防疫行政

吉林防疫行政与奉天异。奉天以防疫总局统一全省防疫行政，而行政上一切实施方法，省内则特设事务所，省外则责成地方官。（除北路遮断交通及安奉铁路检疫。）吉林则异，是其总局既为统一全省防疫行政之总机关，又兼有省内行政上之实施任务。各府、厅、州、县，除哈尔滨、长春外，皆设分局，为总局之一机体。兹述其大致如左。

（一）吉林全省防疫总局

（甲）总局之创设

（一）创设前之办法　自宣统二年十月初七日满洲里疫气袭入哈埠，吉哈之间，商旅来往，不绝于道。是月终即饬民政司拟具检疫、诊疫、捕鼠、检查客店食物及清洁道路等办法，并特设检疫所、诊疫所外，其余捕鼠、检查等事项，即由巡警局兼之。及十二月初三日长春告警，该处尤为往来省城孔道。至十二日疫患果现，自是防维益亟，而隔离所、检疫分卡、庇寒所等次第设立。在总局创设以前，省城之防疫事务总持于民政司，而分委于巡警局。其所成立之机关诊疫所一，内附消毒处，以处病人。初设于西门外山东会馆，旋移紫霞宫。检疫所二，内附留验所，以便检验。一设欢喜岭，旋移二道岭以防西疫；一设九站，以防北疫。检疫分卡七：一设密什哈，一设炮手口，一设红旗屯，一设团山子，一设孤铺子，一设张三屯，一设庙岭，而省城四周要道悉置防矣。设隔离所一于德胜门外，以处患者同居之人。设庇寒所二：一在张三屯，一在孤铺子，以处苦力游民。皆十二月二十日前事也。

（二）创设之原因　各属染疫始期，除哈、长外，宾州、德惠、阿城发于十一月，宁安、双城、农安、新城、榆树发于十二月初十日以前，省治吉林府四乡依兰、双阳发于是月二十日以前，而二十一日、二十三日，舒兰、敦化又见告。计自十一月十七日宾州继哈尔滨发疫后，仅三十余日间，蔓延至十余州县，非专设全省总局，不足以挈领提纲。十二月二十六日，而吉省之全省防疫总局成。

（乙）总局之组织

（一）内部之组织　关于总揽机关者，以总办、坐办、正副提调各员组织而成。关于分管者，其行政事务以文牍、庶务、收发、会计各员组织而成。其医诊事务以正副医官、医学生各员组织而成。关于检查者，以稽查员、调查员组织而成。凡总办三人，一民政司，一交涉司，一度支司，所以谋警务、交涉、筹款诸事易于接洽也。坐办一人，官医院正医长为之，所以求防治得宜，且便以指挥医官也。正副提调共七人，则上以禀商总办，下以处理一切者。文牍四人，专管编制各项章程、规则、报告书类及往来文件，收发图表。庶务二人，购置及一切杂务属焉。会计一人，进出款项属焉。正医官以坐办兼之，副医官以官医院副院长兼之，其他医学生所以助正副医官防诊事宜者也。稽查员稽查城厢各分设机关。调查员调查有疫各州县。以外顾问员二人：一英医，一日医。

（二）外部之组织　凡省城城厢内外防疫各机关，皆为总局直接所办。于并合前设之十三机关外，其增置者，检疫所二：一在城内，以检内城之疫；一于近城口钦，以防东疫，所以补前设二者之不足也。检疫分卡四：一设小庙岭，一设周家店，一设阎家岭，一设大长屯子，以各处蔓延弥密，虽进省小道，亦须严为防也。隔离所二，合前一处，分为甲、乙、丙三级。一以被隔离者人数日多，当宽为之所；一以此次传染下户为多，上中人户不能不分也。其创设者疑似病院，一设于城内，所以处疑似疫症者。又有健康诊断所，一附设于疑似病院近旁柴米市场，四位于东、西、北各关及江南，隔绝之余不绝生计，便民之中仍寓防检也。掩埋场一，以埋葬疫尸也。计新旧设立为机关者二十五，即合以构成总局。再以性质分之为诊疫所、疑似病院、健康施诊所，可谓疗治部；检疫所、留验处、检疫分卡、检疫队，可谓检疫部；消毒处、掩埋场，消毒队，可谓消毒部；隔离所、庇寒所、市场，可谓隔离部。以外部各机关对于内部而分之，则内部可为之总务部，外部又可谓之各分部也。至外部各项人员之分配，更为分列如下：

一、诊疫所　委员一，中西医官各一，司药员一，看护生二，看护妇一，司事三，防疫队四十。

二、城厢检疫所　委员一，西医官一，消毒员十七，检查员四十三，司事二，防疫队二百六十九。

三、二道岭检疫所　委员一，中西医官各一，防疫队四十一，陆军十五。

四、九站检疫所　委员一，中西医官各一，消毒员一，司事一，防疫队十六。

五、口钦检疫所　委员一，西医官一，消毒员一，防疫队十九，陆军十六。

六、疑似病院　委员一，中医官一，防疫队十四。

七、甲级隔离所　委员一，防疫队十九。

八、乙级隔离所　委员一，防疫队十。

九、丙级隔离所　委员一，防疫队二十四。

十、孤铺子庇寒所　委员一，防疫队六。

十一、张三屯庇寒所　委员一，司书一，防疫队十。

十二、检疫分卡　十一处，共委员十一，防疫队一百八十四。张三屯一处，陆军十六。内孤铺子、张三屯之委员，由庇寒所委员兼之。

十三、粮米柴炭市场　共委员四，防疫队五十五。

十四、掩埋场　委员一，防疫队三。

此外又有临时教练消毒生一百人，分往各处，为家屋及物件消毒者。要之外部之组织，乃合二十七委员、九医官、一配药员、三看护生、一百二十消毒员生、七百一十防疫队、七司事、六十三陆军而成者也。此外司事、书记、夫役，犹不计焉。

（丙）总局行政之区域

（一）直接办理区域　城厢内外及近域各分卡共二十七，机关详前不赘。

（二）有疫各属区域　有疫各属，除前甲款第二项所列十五属外，总局成立后，又有五常府、伊通州、长岭、磐石、长寿、额穆、桦川、方正等县合共二十三属。内除哈尔滨、长春于省总局成立前已各设局外，余皆为省总局之分局。

（三）无疫各属区域　全省三十七属，除有疫地二十三属外，皆无疫地也。而因豫防传染，或地属要冲，或邻接疫地，或境当边要，有不得不先事设备者，计尝办防疫者凡九属。西北则临江府、虎林厅、密山府，东南则珲春厅、延吉府、东宁厅、和龙县、汪清县、桦甸县，皆设防疫机关，归总局之管辖指挥。

（二）各属防疫局

（甲）有疫各属防疫局

（一）哈尔滨防疫局

（甲）防疫局之创设　哈埠自宣统二年十月初六日疫氛传入之后，吉林西北路兵备道即于十四日由滨江厅邀请各界代表二十余人组成一会，以为办事会议场所，公议速设养病院与检疫所，并定章程办法，将所设之防疫会改为防疫局，并派西北路道于驷兴为总办，奉天补用道谭兆梁为坐办，前记名海关道宋春鳌为会办。旋又奏派吉林交涉使郭宗熙驻哈总其成，而哈埠防疫局之规模立。

（乙）防疫局之分设机关

（一）检疫所　共二处：一检验由道里至道外者，设于大桥；一检验各处行人入傅家甸者，设于太平桥。检验所驻有卫生巡捕、医官、医生、陆军。

（二）隔离所有三种：（一）上级隔离所。凡病院局所人员应行隔离者，即入该所分住，俾重卫生。（二）妇孺隔离所，以处妇孺人等，籍示区别。（三）俄车。以傅家甸民房多湫隘，易遭传染，故租用俄车。遇有染疫同居之人，即送入车内，以资隔离。计前后共租有俄车一百余辆。

（三）诊病院　共设时疫病院二所、疑似病院二所，又于火车隔离所地方添设病院一所。

（四）庇寒所　三江会馆于傅家甸设立庇寒所二处，由公家拨给津贴。庇寒所之设，颇著成效，始终死者寥寥。

（五）防疫执行处　傅家甸原设有一种执行处，后因交通断绝，遂分为四区，各设一执行分处。内置正医官一员，副医官或四官〔员〕，或至七八员不等，又各有委员一人、司事四人，以资办理该区各项要务。

（六）消毒所　每区各设一消毒所，附于执行分处内。每执行处内设澡堂一处，医官人员、巡警、夫役于执行职务后，入堂沐浴消毒。

（七）救急队　每区约置救急队二百名以上，内卫生巡警及队兵约一百五六十名、夫役六七十名不等。每区内又分为四段，每段所用救急队分任诊断、消毒、抬埋及站岗诸务。诊断兵每段七八名或十余名不等，每日前往该管地段，诊断其居民有无患病及是疫非疫。消毒兵分为两种：一为入诊时之消毒兵，一为扫除房屋之消毒兵。两种消毒兵，亦或七八名或十余名不等。其抬埋队，则每段各二十名上下。各区备有抬病人软床数具、拉死人车数辆，专为临时应用。

外有队兵四名、带领一名。各区大街通衢，除用双城调来巡警二百名外，其巷口则由每区救急队内派卫生巡警轮流值班站岗，以便巡逻。

（丙）防疫人员之组织

（一）行政官员：（一）总办三人，内一人为驻局总办；（二）会办、随办各一人；（三）提调三人，帮提调一人；（四）管理兵警事务一人；（五）总稽查一人；（六）文案六人，内二人兼编辑；（七）翻译官二人，英文书记员一人，译电委员一人；（八）收发一人；（九）会计五人；（十）稽核二人；（十一）庶务六人，内一人兼收支；（十二）救急队正副队官各一人；（十三）采买粮柴一人；（十四）稽查员、调查员各一人；（十五）差遣四人；（十六）稽查队官三人；（十七）埋队葬队官一人；（十八）总分执行处委员共十人；（十九）火车检验所正副委员各一人。

（二）医官：

（甲）外国医官：（一）正医官英国三人，法国一人，日本一人，德国一人；（二）副医官俄国一人。

（乙）中国医官：（一）总医官一人，会办总医官一人；（二）正医官八人；（三）医官八人；（四）医生三十人。

（三）陆军：自傅家甸严绝交通，厉行隔离，即于年底调派陆军步队十二标暨各营官佐弁护目兵夫役等分队，围站傅家甸之各方面。计其人员，该标本部及第一、第二、第三营上下人等，合共一千零四十八名。内属于该本部者，统带官、执事官、堂旗官各一名，军需、司书各一名，马弁二名，护兵二名，差夫一名。属于各营者，管带三名，队官六名，排长十九名，司务长一名，书记、司书共六名，军医一名，医生二名，医兵六名，护兵二十九名，号兵二十九名，正目五十三名，副目四十三名，正兵一百九十六名，副兵五百一十八名，备补兵二名，皮匠六名，伙夫六十一名，马夫五名，差夫十二名。

（四）巡警：

（甲）调用天津卫生巡捕共三十名，内一等巡捕三名。

（乙）第一、二、三、四区界内原有长警共一百七十四名。

（丙）四区内另招救急巡警四百零八名，夫役三百五十八名。

（丁）调用双城巡警一百九十八名，外又有科员、书记长各一名，共二百名。

（戊）调用宾州巡警五十二名。

（己）调用新城巡警，合官长警共一百零三名。

（五）稽查：哈境东、西、南三路，分设第一、二、三队陆军稽查，各派队官一名，什长三名。东南两路队兵各三十名，西路队兵二十四名，伙夫各一名。

（六）救急队　正副队官各一名，书记长、书记生各一名，正、副队长各四名，另招队兵一百七十六名。

（二）长春

宣统二年十月，长春因哈埠染疫，先事豫防，即设防疫所，附于卫生医院内，设立防疫会，派医生分诣日俄车站检验。自后长春渐有传染，遂于十二月十七日设防疫局，而一切机关人员逐渐组织完备如左：

（甲）防疫局之内部组织

（一）总核部　设总办三员，内一员兼总医官；会办、参议各一员，提调二员。

（二）医务部　设正医官、药剂师、司药生、司书各一员。

（三）文牍部　设文牍员六员，司书四员。

（四）会计部　设会计二员，统计、稽核、司事各一员，司书四员。

（五）庶务部　设庶务长二员，庶务员一员，司事五员，司书二员。

（六）调查部　设稽查十二员，司书二员。

（乙）防疫局之外部组织

（一）防疫分局

（甲）城内第一区至第五区五分局　城内分局各以医官、庶务、司药生、救急队、消毒队、掩埋队、卫生巡长、巡警等组织而成。计其员数，医官、庶务、司药、救急、消毒、掩埋三队长、卫生巡长每项每区各一人，惟卫生巡长第五区二人。余各项分配，多寡不一。卫生巡警总共三十五人，救急队总共五十一人，消毒队总共五十四人，掩埋队总共八十四人，而司书、号房、夫役等不计焉，下同。

（乙）四乡第六区至第十区之五分局　四乡分局各以委员、医官、区官、巡官、消毒队、掩埋队、检疫马巡队等组织而成。计委员、医官、区官、巡官，每区每项各一人，掩埋队各十二人，消毒队各八人，检疫马巡队各十五人。

（丙）商埠一区、二区、二道沟三防疫分局　医官、庶务、司药生、救急队、消毒队、掩埋队长各一人，内一区及二道沟庶务兼翻译。救急队总共三十九人，消毒队总共三十八人，掩埋队总共六十人。

按：二道沟系俄站附属地。宣统二年腊月，商允俄领事在该处设立分局一处，专事检验东清站内华人有无传染，并上车检验往来行人。

（二）各病院

（甲）疫症院　计医官、庶务、司药生、司事各一人，看护长二人，看护夫二十人，巡长二人，队长四人，岗兵队兵共十九人，掩埋、消毒队、救急队共四十七人。而司事号房夫役等不计焉，下同。

（乙）轻病院　医官、看护长、队长各一人，看护夫七人，看护妇四人，救急队、消毒队、掩埋队总共十三人，岗兵六人。

（丙）疑似病院　医官、庶务、司药生、巡长、看护长各一人，看护夫六人，巡捕三人。

（丁）防疫施医处　名誉副董及总医员、一等医员、司药生、会计生各一人，二、三、四等医员各二人。

按：轻病院附设疫症病院内，其医官即疫症病院医官所兼充。又施医处总副董，即该城议事会正、副议长兼充，皆不另支薪水者。

（三）隔离所　共七所。分为东门甲号隔离所，南门甲号隔离所、乙号隔离所，西门甲号隔离所、乙号隔离所，商埠甲号隔离所、乙号隔离所。计所长、医官、司事、司书各一人，卫生、巡捕各二人，看护夫多寡分配不一，总共六十二人，看护妇各一人，其余澡堂、剃发一切夫役不计焉。

（四）四乡留验所　分为第一、第二、第三、第四留验所，共四处。计医官、庶务各一人，内第一留验所之庶务以医官兼之。预备长警各十二人，夫役各一人。按：留验所所以防外来之疫，故第一留验所设于府城西北七十里烧锅店，第二留验所设于城东北三十五里太平山，第三留验所设于城北五十里小城，第四留验所设于城南十里堡。

以上四种之外，又有诊病所七、留养所五，又有火葬场、辅助掩埋机关委员、医官、掩埋队等，又各相宜分配焉。

（三）吉林府四乡

（甲）防疫局之本部组织　吉林四乡防疫局，以四乡警务公所为之，即为四乡防疫总机关。其人员以吉林府知府为总办，警务长为坐办，总务科为提调。其余稽查、文牍、会计、庶务等员，或由省总局借用，或由警务长公所人员兼充，均不另支薪水。计防疫局本部职员共十五人，医官二人，消毒生七人，防疫队官兵共三十一人。

（乙）防疫局之外部组织　四乡巡警原分为八区，即以其区官所住之地立一防疫所。防疫所为该区防疫之总机关。每区巡警原分五分住所，即以其分住所为防疫分所。防疫分所又为其所辖各村屯之总机关。至其所设之检疫、诊疫、隔离、庇寒等机关，则视其地之有疫无疫及其地之情势而为斟酌损益。计合中央及八分区，共设诊疫所七，检疫所四，隔离所八，庇寒所一。其每区之办理人员，以区官、巡官、巡长兼充。至缮写文牍，亦以原有之司书充之。每区又特派委员一人，以专督率。又恐于地方事宜未接洽也，并由区官会同本地绅董乡约备警等，以辅助其不足。其检查防守等事，皆赖以为。又庇寒所亦由地方绅士管理之。计合共职员六十四人，医官二十九人，消毒生十八人，防疫队兵官七十六人，司事十四人，司书二十一人，乡董事一百五十五人，预备长警五十六人，他如宣讲员、掩埋队及以外一切夫役犹不计焉。

（四）其他各属防疫局

（一）双城防疫局　设于双城府治北街以外。（甲）于城内设防疫分所三处，内计西街一处附设隔离所，东街一处附设疑似病院，北街一处附设女隔离所。又于北关设防疫分所一处，内附男女隔离所、养病院、诊疗所各一处。（乙）于城关设庇寒所十。（丙）于四乡疫重者如外镇拉林、韩家店各设分局一处；余一、二、三、四、五、六、七、八、九等区，分设男女隔离所、庇寒所、诊疫所共三十九处。（丁）于松花江、兰凌河共设检验所十处。以上合共办理人员四十三人，中西医官五十人，队兵夫役犹不计焉。

（二）新城防疫局　设于府城审判厅院内。其境内分设机关，按照乡镇适中之地及铁道沿线择要设立。计共检疫所十二处，各附设诊疫所、隔离所三处，检疫分卡十处，庇寒所四处。其人员之派遣，除由省派来医官一员外，余医官及办事各员、警队等，皆先令研究防疫方法，数日后始令任职。其他又设有检疫、搜捕、稽查、卫生、救急、消毒等队，以分配各处。其检疫、搜捕等队，以巡警马队充之；稽查、卫生等队，以游击巡马队充之；救急、消毒等队，则另行募充。

（三）宾州防疫局　设于城关。计分设者：（甲）城关设疫病院、疑似病院、隔离所、检疫所各一，男女庇寒所四。（乙）四乡因原画十警区设防疫分卡、疫病院、隔离所各十，庇寒所二。至其办理人员，城关则有局长、正干事、干事员、总稽查、稽查、总医官、住局医官、病院医官、救急队、庶务、会计、检查等员，队官、卫生队长、队兵等。各区则有各分卡承办委员及医生、救急兵、卫生兵、看护夫等。以外河防则有马巡，劝谕演说则有助理员，稽查则有密查员，辅助官力检查一切者，又有百十家长。

（四）依兰防疫局　设府城关帝庙内。分设检疫所、留诊所、养病所、掩埋场、庇寒所各一，又于牡丹江西沿设隔离一所，掩埋所则附设局内。

按：依兰染疫之地，仅本城及牡丹江西沿硝石嘴子一处，故机关特简。

（五）五常防疫局　设于府城。其分设有防疫分所三、检疫所八、诊疫所五、疑似病院一、隔离所三、庇寒所五。防疫分所地点，一在兰彩桥，一在山河屯，一在五常堡。

（六）宁安防疫局　设于城内。其分设机关，城外设诊疫、庇寒所各一处，四乡要道共设检疫所十一处、诊疫所三处。

按：宁安染疫期不过一月，疫毙不过三十四人。然其境为火车、陆路交通之衢，故检疫特为注意。

（七）榆树防疫局　设于厅城。其分设机关，于城内设庇寒所、隔离所、特别旅馆各一，城外设疑似病院、诊疫所、消毒所、留验所各一，四乡设防疫分所七，皆有庇寒、隔离两所。其防疫局职员，除以该厅同知为局长外，即以警务长、巡检、经征、统税两局委员、统计员及绅士等组织而成。

（八）伊通防疫局　设于警务局内。除以知州为局长外，其会办、提调、坐办等职，亦以该处委员、警务长、吏目等充之。其分设机关有检疫所、隔离所、轻重诊病院、庇寒所等。其总局与分局之组织，既以警务局为总机关，即以各区巡警为分机关，而又于赫尔苏特设分局，即以其州同为承办。

（九）阿城防疫局　设于县治镶白旗官房。其城内分设检疫所、诊疫所、隔离所、庇寒所所各一，城外设检疫所、诊疫所各二，另于四门设四庇寒所，四乡及县界设检疫所六，内各附诊疫、庇寒二所。其六检疫所位置，一在密克图，邻宾州也；一在二道河子，邻拉林也；一在太平桥与大房身，与哈埠接也；一在大小嘎哈；一在二层岭子，或近铁道，或为往来哈埠之要道也。其办理人员有局长、帮办、坐办、会办、协理等，合该处之官绅商组织成之。另派有医官、稽查员、管理员、救急夫等。各处执行事项，会同各区巡警为之。

（十）双阳防疫局　设于县署内。分设检疫所五处、隔离所四处、诊疫所三处、庇寒所十处。其人员有局长、提调、医官、文牍、研究考查、稽查员、卫生队、检验员等。除知县为局长、警务长为提调外，其文牍以该处职员为之，其研究考查员以该处绅士为之，皆不支薪水。

（十一）舒兰防疫局　设于县治。附设施药所、检诊所、隔离所、庇寒所。其各区巡警分驻所均作为防疫会以外，于各村市设分所四，皆有检疫、诊疫、隔离各所。其人员，本局办事员弁，或就县署科员分派，不另支薪，或由巡警兵拨充，亦只给津贴四两；医官及各所委员，派本地医士及士绅为之。

（十二）德惠防疫局　设于县治。外设分局四处。防疫局以知县为长，警务长副之。分局以其区之区官为防疫员，另派绅士一人襄理。

（十三）磐石防疫局　设于县署，并于城外设疹疫所、疑似病院、隔离所、庇寒所各一处。距城十里左右，设卡检疫消毒。其有疫地之烟筒山、呼兰集厂两处，各设一防疫所；检验、诊疫、隔离、疑似、庇寒等所分别设立。

（十四）农安防疫局　设于县治。又于城关分设检疫所、诊疫所、隔离所、庇寒所各二。其外各区，亦一律分设检诊、隔离等所。其人员，局长由知县兼任，并派坐办、提调、稽查、文牍、庶务等员。医员由县属医学研究会选派，医法中西并用。以外除掩埋队另雇外，余一切防制事宜，皆责成巡警任之。

（十五）方正防疫局　设于县治。又设诊疫、庇寒各一所。四乡于南天门、向阳川各设检疫所、诊疫所各一处，又于修吉利设检疫所一处。其人员以知县为局长，统税委员为帮办，巡检为坐办，警务长为总查，区官为分查，绅董为临时稽查，余各职由县署收发、统计各员兼之。其受薪者，惟医官、司事、队役三项。

按：方正疫症惟发于南天门、修吉利两处，南天门疫期仅十日，修吉利仅五日。故防疫机关，于他处独略。其向阳川一处，为防长寿疫也。

（十六）敦化、长岭、长寿、桦川四防疫局　以上四属，疫毙人均为少数，其染疫期亦较短。其分设检疹等机关，计敦化、长岭各共六处，长寿共十八处，桦川共四处。

（十七）额穆县　防疫局未设，仅设防疫诊病所一处，检验防遏所七处。

（乙）无疫各属防疫局

（一）临江府防疫局　设于府署。分设诊病所、检疫所各二，城乡各设检疫分卡。

（二）东宁厅防疫局　设于本街警务公所内，并分设疑似病院、诊疫所、消毒所、检疫所各一处。复于双榆树设检验分所一处。

（三）密山府防疫局　因无疫症，故遵章设防疫局外，复设检疫所三处，以防外疫。

（四）穆棱县防疫所　未设防疫局，而设防疫所三处。复于县之迤东迤西设防卡二所，以防邻疫。

（五）和龙县防疫局　设于县治警务公所。

（六）珲春防疫局　设于道署后院。分设庇寒所一。复于四乡巡警各分区附设防疫分卡五。其办理人员派警务长为提调，其分卡亦以各区官兼办之，医官则聘日医户信太郎为顾问。复派该署游巡队马巡六名分搜深山丛林，以防隐匿。

（七）延吉防疫局　该于府治，分设诊病所、疑似病院、庇寒所、预备隔离检疫等所。复于由宁通延之骆驼磊子、由吉通延之哈尔巴岭，均设检疫所。四乡村屯，以巡警分区兼办之。各商埠除局子街附属城局外，余如龙井村、头道沟、白草沟三埠，均设防疫分局。

（八）饶河县防疫所　设防疫所四处。

（九）桦甸县防疫局　设于县属。分设检疫所七处，诊疫所、养病院、隔离所各一处。

按：以上有疫无疫各属，其防疫局长不载明何人者，皆以该处地方长官充之。

（三）吉林全省防疫会
（甲）合中外各团体而成者

（一）哈尔滨防疫会

    （一）创设月日　去年十月十四日，即始染症之第八日。

    （二）各团体员额　吉林交涉局、道内商务会、外国医官、滨江厅、巡警局、报馆各二员，三江闽粤会馆、自治公所、中国医官各三员，江省交涉局、劝学所、道内防疫会、铁路公司各一员。是合官商警学医及外国各团体而成者。

    （三）职员组织　计正会长、副会长各一员，干事、庶务会各二员，内举庶务、会计常住者各一员，参议员十七员。

    （四）议决执行　会员皆有提议权，惟关于防疫各种方法，则由中西医官提出。其可决，从多数议决后执行。其命令之公布，则知照滨江厅与巡警局。其实行防疫各职务，则以医官会同区局担任之。

（五）分设机关 设有养病院及验病所各一处，归正医官主持，并以副医官一员常住处理之。

（二）长春防疫会 长春自孟道宪彝莅任后，即于道署前设防疫会一处，为中外防疫员暨地方绅商聚会评议之所。每星期一日午后二时开会，四时闭会。所以谋研究进步，又以联络中外感情，俾无隔碍也。计宣统三年正月十五日开第一次会，以后历开至第六次会。今略举其每次会议情形如左：

（一）第一次议会 是日会员到者二十余人，来宾日本十五人、美医一人。先由滨江道宣布开会宗旨，并经会员研究，当注意隔离消毒，并派消毒队夫役至南满铁道隔离所病院学习数日，以便放行。

（二）第二次会议 是日我防疫员到者十四人，绅商十二人，日人八人，俄领事及警务长共二人。由滨江道言哈埠断绝交通已有实效，此处拟放行令城乡隔绝，惟头、二道沟东清、南满两路附属地方，非乡屯可比，应另订章程公布。并经会员研究，言城内须逐户调查确切人数，方有实效；又城内附属地二道沟，须要一律办法。

（三）第三次会议 是日到会者，中国防疫员医三十二人，俄员医共二十二人，日本八人，俄领事及医官二员。其会议概要：（一）医官研究学理及病状治法，定日会议；（二）多购消毒药分散四乡；（三）日医报告头道沟隔离所内有腺百斯笃、肺百斯笃两种。

（四）第四次会议 是日到会者，我国医官六人，防疫员八人，俄医员八人。是日各员会议，疫气稍消，不可稍懈，并经日医言捕鼠为要，且言近一毙犬、一毙驴确系染疫。

（五）第五次会议 是日滨江道提议善后办法，并经秦医官报告病院内疫死人数。

（六）第六次会议 是日到会者，我防疫员医十五人，俄医、日医共六人。滨江道议将医员所制标本及解剖各事宣布，众赞成。匠石医员请众验疫菌，广海医员言鼠蚤事（见疫学汇存），村田医员言解剖心得。

（乙）纯粹为本国人民所成者

（一）吉林省城防疫会

（一）设立人员 由本城慈善会董事会员组织而成。故会场设于董事会内，其经费由慈善会筹拨。

（二）职员组织 会长、副会长以慈善会会长、董事会总董为之。参议无定额，以本地绅耆并各团体职员为之。外又有办事员、医务员、医生、查疫员、讲演员等。

（三）办理事项 在稽查、施药、讲演，以补官方之不足。

（四）所属分会

（甲）省城清真防疫分会 宣统三年正月二十四日设于省城回教所设之清真学堂。其宗旨在保生命而维宗教。其养病、隔离等事，仍依照总局章程办理。其职员有正副董事、参议、议董、医生、检查、庶务、会计等。其办理事项，有留诊院、隔离所、掩埋处各一处。其经费由清真教徒担任。

　　（乙）吉林府属兴让社十甲防疫分会　二月初八日开办，设于红旗屯，有正副会长、办事员、查疫员、诊疫员等，所辖共十甲二十六屯。

（二）各属防疫会

　　（一）吉林府四乡　就地方情形，由地方公举绅董管理，属于临时筹设。

　　（二）榆树　就厅城董事会设为防疫会。该会派人调查居民，选举十家长，稽查有病者，即由十家长禀报。

　　（三）伊通　办法未详。

　　（四）双阳　防疫会共五十一处。

　　（五）磐石　防疫会设于县治小南门外。

　　（六）珲春　宣统三年正月初六日，各界员董设防疫会，每五日开会一次，研究防疫事宜。并令员董各在本界居民切实劝导，兼示防法。

　　（七）延吉　就自治研究所设防疫会。

此外，吉省防疫行政上分设各机关，有不能琐述者列表如左：

吉林全省防疫各机关暨办防疫人员数目总表

机关地方别名	机关数											人员数	
	防疫局	防疫所	防疫分卡	检疫所	诊疫所	隔离所	疑似病院	养病所	庇寒所	掩埋场	粮炭米市柴场	医官	办事人
吉林省城	一		一一	四	一	三	一		二	一	四	一〇	一一二四
吉林府四乡	一	八		四	七	八			一			三一	三九三
长春府	一	一二	四	九	六	七	一	二				三四	一一六三
双城府	一	三	一〇	一六	九	二一	五	四	三一			四四	三九六
新城府	一	三	一〇	二二	二		一	四				二五	一七二
宾州府			一〇	四	一三	一三	一	六				三〇	三四〇
依兰府	一			一	一	一			一			六	四九
五常府	一	一	二	八	五	二		五				一八	二〇二
宁安府	一		一三	四					一			一八	一二八
滨江厅	一	四			四		一	一	一			五七	一七一七
榆树厅	一	一七	六	一五	七	一五			八			一〇	一六〇
伊通州	一			一八	一	一二	二		一二			七	五八
舒兰县	一	三	五	二	二	四	二	二	一	二		九	四七
阿城县	一		三	九	七	三	一		一〇			一四	三一六
德惠县	一	八		四	三	三		三				一〇	二一七
双阳县	一			三	二	二	一		三			九	六五
磐石县	一		六	四	三	三	三		一			五	六三
农安县	一		三	一三	七			二	八			一三	九一
方正县	一		六		五			一				四	六六
敦化县	一		三	二	一							五	三九
长岭县	一		五	二								五	一〇一
额穆县		一	四	四								六	五一
长寿县	一			一二	五	一	一					一七	九七
桦川县	一			一	一			一				三	三〇

机关数											人员数	
机关 地 别 名	防疫局	防疫所	防疫分卡	检疫所	诊疫所	隔离所	疑似病院	养病所	庇寒所	掩埋场	粮炭米市柴场	医官	办事人
临江府	一		四	一	一	一			一			二	六〇
蜜山府	一		六									五	一五
延吉府	一		七	一		一		一				六	五五
珲春厅	一		五	四	一		二	一		一		二	三五
虎林厅	一			一								一	三三
东宁厅				三									二六
桦甸县	一		七	一	一		一					一〇	五二
和龙县	一			一	一					一		二	四九
汪清县	一	一		一								一	四二
合　计	二三	六一	一〇五	一九六	九七	一一二	二七	一九	九六	二八	四	四二〇	七四五二
总　计	机关数										七七七	人员数	七八七三

备考

一、此表所列防疫机关名称，系依省设者定之。各属所报名称不一，表中特以机关性质相同者分别并入。兹开其关机性质归并法如左：

（甲）与检疫所性质相同者，如各属有名为防遏所、留验所、检验所、检疫分卡者属之；

（乙）与诊疫所性质相同者，如各属有名为疫症院、施医处、诊疗所、留诊所、诊疫病院者均属之；

（丙）与庇寒所性质相同者，如各属有名为留养所者属之。

二、表内临江、蜜山、延吉、珲春、虎林、东宁、桦甸、和龙、汪清九属无疫之地，或因地当边要，或因邻境有疫，或为交通坦途，故预为之防者。

三、表内所列掩埋场，已有二十八处设立。其余各属，有即时掩埋义地及焚化者，故未组织。

第三节　黑龙江防疫行政机关

江省疫症于宣统二年冬初已有萌芽，先由警务公所集议筹办防疫会。至腊月疫气大作，遂于二十日特设防疫总会，由民政司督办一切，统辖各项防疫机关暨城乡各区。其省外各属，虽由地方官厅执行，总会得以随时稽核考察之。其行政组织，非特与奉省异，并与吉省异。其大致可述者如左。

（甲）全省防疫会及省内防疫机关

江省全省防疫会之设，以消除疹疫、保卫人民为宗旨。当派民政司为督办，会长、副会长以下，遴委本省官绅充之。其执行防疫事宜，以省城及附郭首府之乡镇为限。省外各属，由地方官厅执行，由该会随时稽核辅助之。其组织之法如左：

一、该会之组织　该会内部之组织，督办一员，会长一员，副会长二员，驻会提调一员，统计会员二员，文牍一员，会计二员，庶务一员，司药员一员，通译二员，差遣员四员。其省城及各支部之组织，有检疫所四处，隔离所三处，灾民栖止所二处，总检病室一处，诊治病处六处，疑似病院二处，传染病院二处，调查团省城城乡各二。此外又有卫生队、救急队、消毒队、掩埋队及省城各区龙江府乡镇巡警自治职员。

二、该会之职务　该会内部人员之职务，以督办主持全会事务，执行赏罚。会长审查方药，考验医官。副会长二员，一督饬城乡巡警办理防卫事宜，一督饬城乡绅士帮同调查，并考查全会人员之贤否、款项之出入。提调及常驻会员，帮同正、副会长，率本会各员办理一切事宜。其他统计员、文牍员、会计员、庶务员、差遣员、司药员、通译员，皆就其职务行之。其支部人员之职务，如总验病处，则以各区送到疑似病人，由医士担任检验是否疫病或病在疑似之间，给以票券，分别送入传染病院或疑似病院及隔离所。如城乡巡警，则受会中之指挥办理防疫。城乡自治职员则协赞该会办理防疫事宜及会中一切命令，与居民详细劝说，共相遵守。此外如检疫所、隔离所、灾民栖止所、疑似病院、传染病院、诊治总分处以及调查团、卫生、救急、消毒、掩埋各队，亦均就其职务行之。

三、各支部职员之遣派　一、消毒队监督，以公署参事充之；二、疑似病院管理员；三、传染病院管理员均以委员充之；四、第一、第二、第三隔离所管理员，以警务公所暨巡警学堂人员兼充，庶务员则以委员充之；五、第一、第二灾民栖止所管理员，以本省绅士及委员充之；六、卫生总稽查员二员，以警务公所卫生科员充之。

四、医团之派遣　驻会医官一人，驻各区诊治分处医官九人，针灸生一人，各隔离所、各病院医官五人，乡镇分区医官四人，皆以本省明医员绅充之。另聘日本医士两员，一为孔欣县技师稻垣刀利太郎，元马县检疫官村松六助。

五、检疫员之派遣　检疫所四处，以委员、警察、官吏暨游学毕业人员充之。城乡防疫员以委员充之。调查员以本地绅士充之。

六、巡警之派遣　防疫事宜，自宣统二年十月迄十二月中旬为警务公所专责。防疫会成立，检查消毒各事，由巡警担任，并委防疫员、调查员补助之。城内六区各增募救急队十名、卫生队十名、乡镇马队八十名，帮同办理。

七、军队之遣派　宣统三年正月十八日至二月初三日为断绝交通期。内北路之宁年站，东路之二十颗树，南路之昂昂溪、温托昏河，西路之安架子、腰库勒屯各要隘，俱设卡稽查，以省城卫队各官兵司之。

八、省城防疫之分机关　一、防疫卫生队，附设于巡警各区，复改名救急队。二、调查团，分设各区，随时分派专员，会同巡警协查。三、诊治处，分设各区。由该处查有病人，立报官医诊治。四、检疫所，设于东路二十颗树。该处有呼兰、绥化、海伦等处入省冲途，特设所严查，共设四所。甲、第一检疫所，设昂昂溪车站。该处为齐昂铁路街〔衔〕接东清铁路首站，自应设所严查。乙、第二检疫所，齐齐哈尔车站。该处为齐昂铁路出入省城首站，添设此所，以期与昂站互相检验。丙、第三检疫所，设在五虎马。此处为齐昂铁路中抈，故添此所。五、传染病院设在东门外，原名消防病院。凡确系染疫之人，均送此医院。六、疑似病院，设于东门外李家烧锅西院。凡有是疫非疫，经日医检验后，送院诊治。七、卫生医院附疑似病院，设于永安里。凡有轻病及疑似病者，送院诊治。八、第一、二掩埋队，设于土城东门外及关帝庙，专司掩埋尸躯并焚化。九、第三、四、五掩埋队，分设乡镇。分查各乡镇尸躯，分别掩埋焚化。十、第一、二、三隔离所，分设城内第四区东门外、南门外。此时疫气日盛，凡有疫毙之家属，均送此所。十一、第一、二灾民栖止所，分设东门外习艺所、南门外南营，亦名庇寒所。专收贫民、流民、无家可归者，送入此院。十二、总检验所，设于东门外。延聘日医两员，特设此处，总司检验。十三、消毒队，设南门外。凡有疫毙之家，焚毁房屋或封闭，均由该队先行消毒。十四、龙江府防疫分所，附设各警区，派有医官。如下：甲、江东第一防疫分驻所，设在宁年站；乙、江东第二防疫分驻所，设在特穆乡；丙、江东第三防疫分驻所，设在富裕乡；

丁、江西第一防疫分驻所，设在卧龙乡；戊、江西第二防疫分驻所，设在齐工乡；己、江西第三防疫分驻所，设在甘南乡。

（乙）省外防疫机关

（一）胪滨府　府城设病院一、卫生局一。按：该处即满洲里，为东省疫症最初发现之地。俄人于铁路界内并设病院，复借车辆为隔离检验之用。

（二）呼兰府　境内设男女隔离所三、病院四、消毒所一，分置于城内各警区、城外鲍家店及四乡各处。并令城乡警区分投检查，又调淮军设卡十处，帮同检查。

（三）绥化府　境内设轻病院、隔离所、查验所，分置于城内及永安乡、上集厂等处。并分派官绅，会同警区办理。

（四）海伦府　境内设医院一、检疫所一、分所二，编成检查队四队，分置于城内及宽字二井与张发店等处。

（五）嫩江府　府城设检疫所、临时病院、隔离所各一。按：境内尚无疫症。为先事预防计，故设各项机关，并分派员弁，往各乡四处查验。

（六）呼伦厅　厅城关帝庙内设避疫所，城之西门设医院，中俄医官各一员。一切防疫事务均归巡警兼办。

（七）讷河厅　厅城设检疫所、临时病院各一。按：该厅尚无疫症发见，特设防疫机关，为先事预防计也。

（八）安达厅　按该厅虽接近铁道，户口未繁，故仅设防疫所一处，派员严查往来出入之有无染疫者。

（九）大赉厅　防疫所设在厅城林家园内，施诊所附设城内宣讲所。

（十）兰西县　该县始疫于小榆树地方，适当呼兰与哈埠冲途。故于城内设防疫所，南乡、小榆树等处设留养所、病院检查所。

（十一）木兰县　城内设防疫所一处，随时派人，会同防营，于石头河及沿江大道一律查验。

（十二）青冈县　县城内设立防疫所、检疫所、留养所、病院各机关。

（十三）大通县　县城设防疫总所，属于警务局。责成巡警长官设防疫分所，各附病院，责成各区长警兼办。

（十四）巴彦州　四乡每屯分设检疫所、养症室、查验室，并在滴子设卡留验。

右各种机关，均经先后电饬各属，酌量疫症之轻重、区域之广狭，次第筹设，竭力防卫，以免蔓延。前所未载者列表如左：

黑龙江全省防疫各机关暨办防疫人员数目总表

机关别 地名	机关数						人员数	
	防疫所	检验所	隔离所	病院	留养所	防疫会	医官	办事人
省垣	二	四	三	五	二		一六	七三
龙江府	六						四	
胪滨府				一				
呼兰府			三	四		一		

机关别 地名	机 关 数						人 员 数	
	防疫所	检验所	隔离所	病院	留养所	防疫会	医官	办事人
绥化府	一	一	一	一				
海伦府		七		一		一		
嫩江府		一		一				
呼伦厅	一			一				
讷河厅		一		一				
肇州厅								
安达厅	一							
大赉厅	一			一				
兰西厅	一	一		一	一	一		
木兰县	一							
青冈县	一			一				
大通县	二			一				
巴彦州	四	一		一				
合 计	二一	一七	七	二〇	四	五	二〇	
总 计	机 关 数					七四		

第二章　疫病发见法

各国卫生行政，对于防疫上，莫不主持强制执行。所以然者，小民知识不齐，罔顾利害，往往惧于隔离、消毒种种干涉，相率徇隐，执行愈厉而徇隐亦愈多，此地方疫病流行时所以有不易发见之虑也。三省当疫盛时，此风所在皆是不特病时隐匿不报，甚且死后抛弃，以致骸骨暴露，疫气流传。倘非严行检查，何以清疫厉之源，防疫如防寇，发见疫病犹之奸除伏莽，伏莽一日不尽，则乘机猝发，旦夕可危。举户口检查、检诊报告、尸体检查、鼠类检查诸要端，悉谓之疫病发见法。各国此项行政，由地方自治机关相助为理，且有常设之检疫员，无论有疫无疫，日有检查，月有统计，故每遇疫病发生，旋起旋灭。英国一千九百〇三年百斯脱症发现于某海港，立时扑灭，仅毙二人。此一例也。我三省创办防疫，无一事不由官吏执行，既伤地方之感情，复生防卫之阻力，坐致死亡枕藉，减杀我三省人口千分之二。呜呼！发见之法虽密，宁能使罹疫之家绝无隐匿耶？辑疫病发见法以志吾恫，并以志一寸之经验云尔。

第一节　户口检查

三省各属之户口调查，巡警局已于常时备具簿记，兹对于人口诊查上，即依其户口调查薄而为施行之标准，录三省各省城办法如左：

（一）检查区域

奉天省城分为七巡警区，四乡分为四巡警区。每区分为二所或三所，每所分三段。兹即以一区为一检查区域，分段检查。

吉林省城内外分十巡警区，亦以一区为一检查区域。城内每区又各分为五段，城外每区分为六段，十区以外归于四乡巡警区域，惟近城之处在防疫界线内之村落，仍属于检查范围之内。

（二）人员组织

奉天每段派巡长一员为检查员，随带搜疫巡警二名，并派检诊医官每区二名或三名，驻扎各区，以便检查员临时通知前往检诊。

吉林每段派检查员一员，以总局教成之检疫练习员充之。每检查员一员，随带巡警一名，防疫队、消毒队各数名。

（三）检查次数

奉天每在该管住户内，按户口册调查一周。

吉林除衙署、局所、兵营、学堂另行办理外，其余各为分别检查如左：

甲、官绅公馆，间日检查一次。

乙、民户及商铺，每日检查一次。

丙、客栈、娼寮及苦力住处，每日检查二次。

（四）检查手续

（甲）奉天检查户口时施行之概要

一、无论何等病症，一经查出，即时报告，该管医官诊断。

二、每户查竣，用白粉书一“查”字于门；查出有疫之户书，一“疫”字，以志区别。

三、查出有患疫或不洁各户，立时施行相当之清洁、消毒法，并将房屋封闭。

四、查出有患疫之户，其同居及家族，由该检查员送往隔离，并遮断患者住户之交通。

五、凡封闭之疫室期满启封时，复查一次，并由防疫总局派员监同检查，将疫室内容详细报告。

（乙）奉天病人户口检查巡兵消毒章程

第一条　凡有任病人户口调查之巡兵，应准备左记之衣服类；

一、避病衣；二、避病裤子；三、皮制长靴；四、手套；五、呼吸器。

第二条　户口调查既终，速为退出于民家，决不可倚坐或饮食。问话时，不可滥相接近，约须距离六尺；

第三条　应办任务了时，避病衣、避病裤、皮靴等，用石炭酸喷雾十分消毒；次头部、颜面、鼻孔、耳颈、手指，均用升汞水十分洗涤；

第四条　已消毒之衣服，即使干燥，准备次回之着用；

第五条　若接近百斯脱病者时，更须加一层之注意，行完全之消毒；

第六条　消毒用药水如左：一千倍升汞水，洗涤用；二十倍石炭酸水，喷雾用。

附　奉天防疫总局调查启封疫室之内容

调查员冯守田，会同各区官饬派巡长一名，随带苦工二名，携锄荷锸，按本区曾经患疫之户检查。凡土堆、夹巷、屋隅、厕所，无不一一审查。遇有迹述可疑之处，即饬苦工掘发验视。当经查得吴桂林院内草棚堆积兽骨，业已腐臭，不可向迩；集贤澡塘夹巷及王玉喜疫室院内，均有焚毁未烬之衣服、被褥，或埋土内，或积墙隅，血迹痰污尚未消灭。因即饬令立时分别收拾焚毁。查毕，将疫室内容绘图报告。略举其例如左：

吴桂林疫室
在火神庙胡同

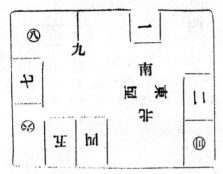

一、大门；二、疫室，外间有土一抔掘之无物；三、疫室；四、草棚，有兽骨；五、小草厦；六、土堆，已掘；七、草棚，有兽骨；八、窖冰；九、门。查此院系牲畜锅房，启封后无人居，疫室已坍塌，院内污浊不堪。

周殿生疫室
在大南关小什字街

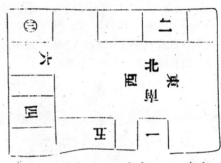

一、大门；二、店房；三、疫室；四、店房；五、店房；六、夹街。查此院系义增店内疫室一间，掘试无物。

文小景子疫室
在大南门东瓮圈

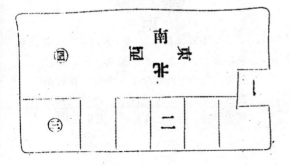

一、角门；二、住房；三、疫室；四、柴堆。查此院系住户杂居，疫室无人住。启视之，无可疑处。

王秀平疫室
在南菜行前胡同

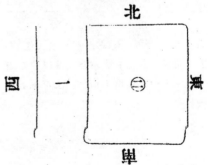

一、胡同；二、疫室，一间临街。查疫室已有人居，启视地无痕迹。

杨玉山疫室
在南菜行

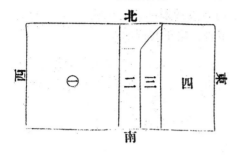

一、疫室；二、门；三、板厦；四、市房。查此疫室启封后，已有人开小铺。启板厦视之，亦无可疑处。

杨振邦疫室
在燋炸市

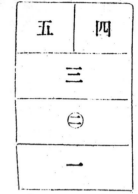

一、临街房一间；二、疫室一间；三、小院；四、五、住房两间。查此屋原系荣升店，今已有人居，视之屋尚洁。

曹小顺疫室
在金觉寺胡同

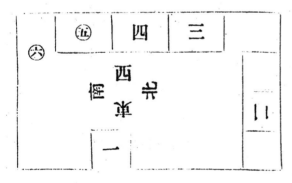

一、大门；二、住户；三、四、住户；五、疫室；六、土堆。查此院俱住户曹小顺由集贤澡塘歇工借住。土堆掘验无物。

吉祥庵
在吉祥庵胡同

一、孟姓住室；二、庵门；三、黄成福夫妇毙命室；四、五、原系大殿，刻已折修；六、三尼毙命室，亦拆。查此院疫室已毙五人，极应注意。乃黄成福室堆积经箱，他室已成瓦砾，无从搜查。

集贤澡塘
在吉祥庵胡同

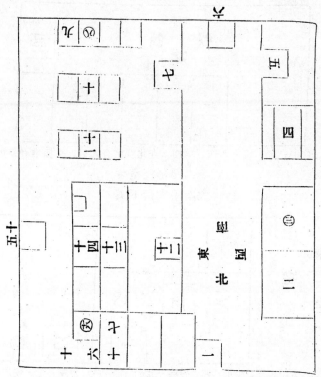

一、大门；二、店房；三、姜本种疫室；四、孙公馆；五、门；六、门；七、门；八、王德芝夫妇疫室；九、堆物室；十、住房；十一、店房；十二、门；十三、澡塘；十四、澡塘；十五、门；十六、韩火夫被褥发现处；十七、澡塘；十八、韩火夫病室。

查此院病二人，疫毙三人。澡塘后夹弄有土一坯，令苦工掘之，得未烧被褥，尚有血痰痕迹。饬速焚之。

广玉疫室
华岩寺胡同

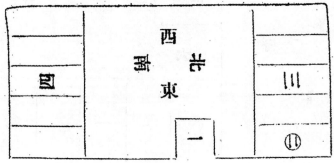

一、大门；二、疫室；三、四、住户，查此疫室，因其子已隔离，限满回居。入视屋内铺砖，无他痕迹。

杨荣疫室
官烧锅胡同

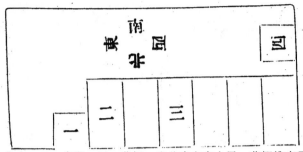

一、大门；二、住宅；三、疫室；四、草棚。查此疫室有人居，草棚堆有零物，搜查无迹。

冯乃彬疫室
大南关大街下头

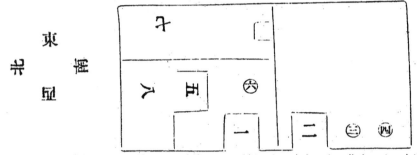

一、大门；二、旁门；三、土堆；四、砖堆；五、后门；六、疫室；七、住户；八、夹道。

此室前开茶馆，计毙三人。送病院，复毙二人。启视阴惨殊甚。凡夹道及土堆砖堆，俱令掘发至数尺，见无匿尸始退出。计一小时。

戴云图疫室
大南关大街下头原义发医围

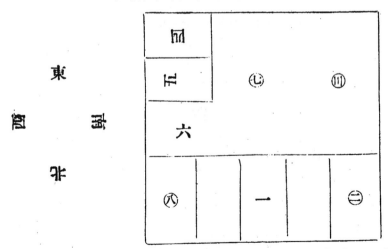

一、临街门面；二、疫室；三、粪堆；四、草棚；五、空地；六、复厦；七、煤堆；八、疫室。查此疫室毙三人，送病院毙四人。现无居人，入视甚暗，粪堆煤堆掘发无迹。

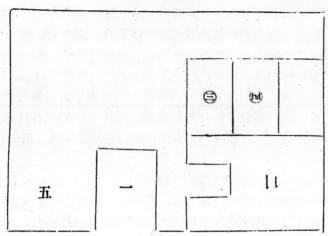

一、大门；二、住宅；三、疫室；四、疫室；五、堆物处。查此疫室，已有人居，人视尚洁。惟墙角有死人灰，余衣服一堆有血，已饬速焚。

（丙）吉林户口检查时施行之概要

一、检查员发见有病人，即时由该区电话到总局派医诊验。系疫病者，令防疫队送入诊疫所。在疑似间者，送入疑似病院。

二、令消毒队将病人房屋消毒。

三、同居之家族，令入隔离所。

四、检查员所至之住户，见其中有不合于卫生防疫之规则者，即时指令其依法改良。再不遵时，照违警律议罚。

五、各住户当检查员到时，如有病人，当先报告于检查员。

六、检查员未到时，当报告于检疫所或该区巡警。

七、匿不报者议罚。

第二节　诊队报告

检诊队医官每日检出新患者或疑似病者病名决定时，即填单报告防疫事务所，由事务所汇报总局。其式如下：

入院日期	住址门牌	户主姓名	病人姓名	籍贯	职业	年龄	发病日期	死亡日期	镜检日期	成绩
入院日期	住址门牌	户主姓名	病人姓名	籍贯	职业	年龄	发病日期	死亡日期	镜检日期	病名决定
病名	住址门牌	户主姓名	病人姓名	籍贯	职业	年龄	发病日期		摘　要	
病人姓名	住址门牌	年龄	病　名	镜　检	病名决定日期	摘　要				

检诊队报告既如上式，惟逐日报告，必以医官诊断书为凭。医官之出诊断书，务以镜验成绩为据。一病名之是否，必经数医之手。多次之检查，确有百斯脱菌之发见而后敢决定。惟奉天实行此法较迟，盖当哈尔滨疫盛时，奉天疫病尚未发见，卫生医院原存之显微镜与染色用之药品、检痰用之消毒器均经医员携以赴哈。迨奉天疫病发见，仓猝购备，不可即得。于是以病者之外状为是疫非疫之辨别，认为疫者不必尽死。医者之检诊无以坚人民之信从，反对者多谣啄纷乘，实防疫行政上一大阻力。省外各州县始疫之时，地方官以不忍人之心行不忍人之政，以为疫无不治，治愈一二寻常患者，即侈然以治愈疫病自诩，视消毒、隔离为无效。迨后传染日甚，严加督责，使尽力于防卫行政，乃获收扑灭之效。设平时注意及此，有常设之细菌检查所，自无此临时张皇之困难。因述诊断而并记其镜验各事实如左：

（甲）奉天防疫总局颁定百斯脱疫确实诊断法　　　　　民政部主事王若宜拟稿

潜伏期　感染百斯脱后，至多经过五日，其病必发，决无经过十日以上者。至肺百斯脱，大都由呼吸器直接吸入病菌，其潜伏期不过二日也。故诊断时，须详询其周围之人，病人于几日前曾与他患者相接触否。

前驱症　百斯脱常突然以头病、眩晕、恶寒、战栗而起。初起时，亦有关节部牵引肩胛疲怠者。须详询之。

颜貌　或作痴呆状，或作无欲状，或作惊怖状，或作苦闷状，或作痛楚状，或作爽快状。其眼球结膜充血，故目赤，须注意。

神经症　患者发病之际，神识忽不清楚，后即恢复，亦有至濒死时，忽然瞭亮者。常作惊怖欲遁之状，时发谵语，言语重舌，手足痉挛，步履蹒跚。诊断时皆须注意，勿以醉酒误为百斯脱也。

肺　一分钟呼吸数几至？打诊上为浊音，抑带鼓音？听诊上有水泡音及笛音否？触诊上有肋膜摩擦声否？发病后第二日有咯嗽否？其性状若何，痰多而咯易否？痰之性质及色若何？

皮肤　皮肤上有脓泡否？有痛否？脓泡及痛之状态，颜色，个数，性质若何？又皮肤干燥否？发疹否？脱汗否？出血否？若皮下出血时，其色若何？

腺　有腺部如颈腋窝时鼠蹊股等部之淋巴腺肿胀否？按之觉剧痛否？其大小若何？其部及其周围有炎症之症状否？化脓破溃否？若化脓后吸收脓汁，则发化脓热。

肝及脾　脾藏肿胀否？质变软否？肝藏增大否？其增大之度若何？

按：百斯脱病者，于第一日已能触知脾藏之变状，而于肺百斯脱为尤著。须详细检查之，万勿忽略为要。

眼及咽喉　眼似结膜脓漏否？颜面及颈腺遂因之而肿胀否？咽喉之色若何，痛否？扁桃腺肿胀否？生白膜或生坏疽而溃烂否？分泌之物其色如血否？

热　发病之际体温暴升至摄氏三九·〇——四〇·〇或四二·〇。其经过中，朝三七·〇——三八·〇，暮三九·〇—四〇·〇，日差约二度。故曰弛张热。濒死前热度暴降，死后则复升。其有转机者，热之升降有异，故施手术或注射血清后，其热之变动若何，亦须详载之。

心搏及脉　心音弱而且不纯否？其杂音如何？又其脉搏若何，或软或硬，或至于不能感觉？颈部之脉若何？一分间几至？有重复脉否？其脉不与热度平行，脉数多而热度降者，濒于死矣。须详记之。

舌苔　初则甚白。一二日后，当视其舌尖缘或舌之正中腺脱苔否，须详察之与肠窒扶斯舌之形状有异否。

生殖器及尿　股腺肿胀及其不肿胀时，生殖器有异状否？患者若为妊妇，则小产否？尿之比重量及性若何，有蛋白及血液否？

（解）百斯脱病以检查细菌为最要、最确实之证据。现因四乡已多有发生者，暂时不及实行细菌之检查，医生因诊断忽略而致误者。特为斯表，将百斯脱病各主要症状分项详列，以便诊者按项顺次检查，详细记入。须各症符合，而后认为百斯脱病。亦未行细菌查者之一助也。

组织液　患者如有疑似百斯脱之腺肿，则当用射注器穿刺之，针尖必达于腺实质内，采取其组织液，而后检查之。于初期百斯脱病者，则此法为尤要，缘至末期腺内菌已甚少之故也。

脓汁　皮肤有脓疱及痈者（疑似症），当取其脓汁检查之。

咯痰　有肺百斯脱疑似症者，当取其咯痰检查之。若为死体者，当穿刺肺藏，采取其液体检查之。

黏液　如患者扁桃腺或眼结膜有异常而为疑似百斯脱症者，则取其黏液检查之。

血液　百斯脱初期病者，血中虽少细菌，然至末期则常有之。若为肺百斯脱患者，则检查其血液为尤要。

细菌培养　就以上诸液检查细菌后犹有疑窦者，则行细菌培养法。即用肉汁或寒天（雪菜）培养基培养，后详记其为何人之材料、何月日培养及其聚落发生之形态，报告总局。

（乙）镜验肺百斯脱患者事实　　　　　　　　　　奉天防疫事务所医官报告

（一）咯痰干燥试验

为欲试验肺百斯脱患者咯痰中所含之百斯脱菌，遇直射日光经过几点钟始行死灭起见，特将咯痰涂于玻璃面，使其自然干燥，以验其运命之长短。如左：

第一　室外直射日光　　　气温摄氏零度
甲　涂于玻璃面之咯痰之厚层　　　○·一仙米笃尔
乙　全　　　　　　　　　　　　　○·○五全
　　结果
甲　过一点钟即死灭
乙　过三十分钟即死灭

第二　室外阴所　　　　　气温摄氏零度
甲　涂于玻璃面之咯痰之厚层　　　○·○五仙米笃尔
乙　全　　　　　　　　　　　　　○·○二五全
　　结果
甲　虽经过三点钟，尚未死灭
乙　虽经过一点钟，尚未死灭

第三　室内　　　　　　　气温摄氏一度
甲　涂于玻璃面之咯痰之厚层　　　○·一仙迷笃尔

乙　仝　　　　　　　○・○五仝

丙　仝　　　　　　　○・○二五仝

　　结果

甲　虽经过二十四点钟，尚未死灭

乙　虽经过六点钟，尚未死灭

丙　虽经过三点钟，尚未死灭

试验方法

在显微镜下，择一可认为纯百斯脱菌之患者咯痰，涂于玻璃面。（玻璃之盖用一半即足，俾便试验后易投入肉汁培养基试验管也。）

　　第一装置者（室外直射日光干燥）及第二装置者（室外阴所）并第三装置者（室外）各使其经过豫定之时间后，将该玻璃面所涂之咯痰与玻璃共投入肉汁培养基内二十四点钟（增菌之目的）。再移殖于寒天斜面培养基，以检查其百斯脱菌之生存与否，一面由肉汁培养基移殖于动物（将肉汁培养基之○・一仙迷笃尔接种于南京鼠皮下并腹腔），为培养检查复行动物试验，以供最后之断定。

试验成积表

场所并装置种类		放置时间	培养试验结果	动物试验结果
室外直射日光	甲	一	一	接种于腹腔并皮下之，二头皆不毙死。
	乙	半	一	仝上
室外阴所	甲	三	十	接种于腹腔之，一头过六十点钟即死。接种于皮下之，一头过六十三钟即死。
	乙	一	十	接种于腹腔之，一头过五十二钟即死。接种于皮下之，一头过七十五钟即死。
室内	甲	二四	十	接种于腹腔之，一头过四十二钟即死。接种于皮下之，一头过四十八钟即死。
	乙	六	十	接种于腹腔之，一头过四十四钟即死。接种于皮下之，一头过五十五钟即死。
	丙	三	十	接种于腹腔之，一头过四十三钟即死。接种于皮下之，一头过七十二钟即死。
备考	培养试验结果（一）系阴性，即不见有百斯脱菌之发生者；（十）系阳性，即见有百斯脱菌之发生者。动物试验之结果，即可由毙死动物体中证明百斯脱之繁殖也。			

　　结论

以上之试验，系为检直射日光消毒力而施行者。至放置室内并室外阴所之咯痰中百斯脱菌其运命如何，不及追索检验。是以不能多在动物试验。此次第二、第三之装置，不过对第一装置之试验为对照的试验而已。

　　要之杀菌消毒力，以有天然自然之直射日光为最大。虽在冷天在摄氏零疫〔度〕之气温，亦能以小时将咯痰中所含病毒杀灭。吾人对于保全人类生活之惠与品不可不常用之，以便收无限之效果也。

附记

将百斯脱菌含有之咯痰涂于玻璃面时，其咯痰不浸润玻璃之实质，且落下光线可再由玻璃面放散，其菌易死灭。故实际欲检直射日光之消毒力，当在咯痰能浸润之物体如布片、麻囊等中涂敷，最为相宜。而涂咯痰时所用之材料，其种类殆不胜枚举，且亦不必逐一施行。故不若先行玻璃面涂敷试验，以探百斯脱菌生活运命之深浅，次则对于国家经济上有关系之生产品输出入行基础的试验也。

续行百斯脱菌含有之咯痰涂敷试验，以选定为满洲主要产物之大豆、豆粕等试验最为切实。兹在麻袋之布片（包大豆者）及豆饼之表面涂敷含有百斯脱菌之咯痰续行试验，得成绩如左：

	室外（直射光线）	室内（分散光线）
麻袋	十八点钟以内即死灭	十日内即死灭
豆糟	仝	仝

由以上之成绩观之，麻袋、豆糟之表面虽在为肺百斯脱患者之咯痰污染，然在室外既十八点钟以内既死，在室内（如在仓库等）经过十日间不讲何等之消毒方法，亦必自然归于消灭也。

（二）咳嗽时包含百斯脱菌咯痰飞沫飞散距离测定试验

为解决患者咳嗽时包含百斯脱菌咯痰飞沫飞散距离究属若何之问题，于宣统三年二月十一日，就肺百斯脱患者赵之进、王树堂及是月二十九日宋东海、三月四日王仁，前后四回举行测定试验。

试验之方法

木板盘面上配置寒天扁平培养基，每个扁平培养基之玻璃皿之直径约英尺三寸三分，照样者八个排列空处（玻璃皿八个，每个距离英尺五尺一寸二分）。患者皆使平坐，膝上置木板盘，去玻璃皿之盖，命患者强咳嗽二回或三回而止。

如上试验后，即将玻璃皿（寒天扁平培养基）照旧盖好，置于摄氏十九度至二十度之低温孵漕内。经数日检之，得成绩如下：

试验之结果

第一　赵之进　（坐位高英尺二尺八寸）
试验所用扁平培养基因置于普通孵卵器内（摄氏三十七度），致成绩不明。

第二　王树堂　（坐位高英尺二尺九寸）
第三张扁平培养基发见百斯脱菌，证明其最长距离（此距离即玻璃皿第六个英尺一尺九寸二分）。

第三　宋东海　（坐位高英尺二尺八寸）
第五张扁平培养基发见百斯脱菌，证明其最长距离（此距离即玻璃皿第十个英尺三尺二寸）。

第四　王仁　（坐位高英尺二尺八寸）
第五张扁平培养基发见百斯脱菌，证明最长距离（此距离即玻璃皿第十个英尺三尺二寸）。

综合以上四回试验结果，可知含有百斯脱菌之咯痰咳嗽时能飞散英尺三尺二寸之距离。然此试验不过一般之标准，不能作确定论也。盖因患者之体格及受病时期有能强咳嗽与否之分，含菌咯痰之飞散距离自是不同也。

附记

上记试验，所用孵卵器如非摄氏二十度至十八九度之低温，必归失败。盖普通血温温度，患者口内之杂菌及气中游菌一入玻璃皿，即行繁殖，不能见百斯脱菌之聚落也。

尤有须注意者，患者咳嗽后盖玻璃皿失之太早，必误实际测定。盖须待咳嗽时咯痰飞沫落下之时间，以咳嗽后经十五秒钟最为适宜也。

（丙）奉天省城镜验患者性别及月日别表（二月二十一日至三月三十日） 奉天防疫事务所医官松王数男、川久保至熊报告

月　　日	镜验总数	阳性总数	阳性者地方别									
			一区	二区	三区	四区	五区	六区	七区	防疫病院	疑似病院	其他
二月二十一日	三	三			一		一			一		
二十二日	一	一					一					
二十三日	六											
二十四日	二	二			一							
二十五日												
二十六日	三											
二十七日	三	二			二							
二十八日	七	六			二		一			三		
二十九日	五	二	一									
三月初一日												
二日	七	三			三							
三日	五	五							一	二	二	
四日	四	三								二	一	
五日	二	二								二		
六日												
七日	三	二								一		一
八日	二											
九日												
十日	三	一										
十一日	三	一								一		
十二日	三											
十三日	一											
十四日	二											
十五日												

月　　日	镜验总数	阳性总数	阳 性 者 地 方 别									
			一区	二区	三区	四区	五区	六区	七区	防疫病院	疑似病院	其他
十六日	一											
十七日	二	一								一		
十八日												
十九日	一											
二十日	二									一		
二十一日												
二十二日												
二十三日	一											
二十四日												
二十五日	一											
二十六日												
二十七日												
二十八日												
二十九日												
三十日												
合　　计	三七〔七三〕	三五		一	一〇		三	一		一六	三	一
备　　考	按：镜验七十三人中，以咯痰检验者六十二人，其中决定为阳性者，二区一、三区九、五区三、六区一、防疫病院九、疑似病院二、其他（西关隔离所）一，计共二十六。以肺脏穿刺液检验者六人决定为阳性者，防疫病院可以心脏血液检验者四人，皆系阳性，三区一，防疫病院三。以大腿筋肉片检验决定为阳性者，疑似病院一。											

（丁）奉天省城检诊患者新旧存亡日别表　　　　　　奉天防疫事务所报告

月　　日 \ 新旧疫者存亡数目	新患疫者数目	新疫死亡数目	新疫未亡数目	旧患疫者数目	旧疫死亡数目	旧疫未亡数目	新旧患疫总数	新旧疫死亡总数	新旧疫未亡总数
十二月十二日	七	七	〇	〇	〇	〇	七	七	〇
十三日	五	五	〇	〇	〇	〇	五	五	〇
十四日	六	二	四	〇	〇	〇	六	二	四
十五日	九	五	四	四	四	〇	一三	九	四
十六日	二七	二五	二	四	三	一	三一	二八	三
十七日	一〇	八	二	三	三	〇	一三	一一	二
十八日	一五	九	六	二	二	〇	一七	一一	六

月　　日＼新旧疫者存亡数目	新患疫者数目	新疫死亡数目	新疫未亡数目	旧患疫者数目	旧疫死亡数目	旧疫未亡数目	新旧患疫总数	新旧疫死亡总数	新旧疫未亡总数
十九日	一九	一〇	九	六	六	〇	二五	一六	九
二十日	二一	一六	五	九	七	二	三〇	二三	七
二十一日	二八	二六	二	七	七	〇	三五	三三	二
二十二日	一六	一四	二	二	一	一	一八	一五	三
二十三日	二三	一六	七	三	〇	三	二六	一六	一〇
二十四日	二七	二五	二	一〇	八	二	三七	三三	四
二十五日	四一	二九	一二	四	三	一	四五	三二	一三
二十六日	二五	二三	二	一三	四	九	三八	二七	一一
二十七日	三〇	一四	一六	一一	九	二	四一	二三	一八
二十八日	三三	二七	六	一八	四	一四	五一	三一	二〇
二十九日	三二	二八	四	二〇	一九	一	五二	四七	五
正月初一日	一五	一三	二	五	一	四	二〇	一四	六
初二日	三六	二九	七	六	五	一	四二	三四	八
初三日	一八	一五	三	八	四	四	二六	一九	七
初四日	三九	二七	一二	七	六	一	四六	三三	一三
初五日	三四	二二	一二	一三	九	四	四七	三一	一六
初六日	二四	二二	二	一六	一一	五	四〇	三三	七
初七日	二六	一七	九	七	五	二	三三	二二	一一
初八日	二九	二六	三	一一	八	三	四〇	三四	六
初九日	二九	二九	〇	六	四	二	三五	三三	二
初十日	二〇	二〇	〇	二	〇	二	二二	二〇	二
十一日	二九	二六	三	二	〇	二	三一	二六	五
十二日	三四	二四	一〇	五	〇	五	三九	二四	一五
十三日	四一	三二	九	一五	一二	三	五六	四四	一六
十四日	三六	二六	一〇	一二	六	六	四八	三二	一六
十五日	二八	一五	一三	一六	五	一一	四四	二〇	二四
十六日	二七	二二	五	二四	六	一八	五一	二八	二三
十七日	三二	二四	八	二三	一四	九	五五	三八	一七
十八日	三七	二二	一五	一七	八	九	五四	三〇	二四
十九日	三七	二五	一二	二四	一三	一一	六一	三八	二三

月　　日（新旧疫者存亡数目）	新患疫者数目	新疫死亡数目	新疫未亡数目	旧患疫者数目	旧疫死亡数目	旧疫未亡数目	新旧患疫总数	新旧疫死亡总数	新旧疫未亡总数
二十日	二八	一七	一一	二三	一八	五	五一	三五	一六
二十一日	三六	二三	一三	一六	一一	五	五二	三四	一八
二十二日	二〇	一二	八	一八	一四	四	三八	二六	一二
二十三日	二七	一五	一二	一二	九	三	三九	二四	一五
二十四日	一五	一一	四	一五	一三	二	三〇	二四	六
二十五日	三〇	一五	一五	六	三	三	三六	一八	一八
二十六日	二五	一四	一一	一八	一六	二	四三	三〇	一三
二十七日	一八	一〇	八	一三	一一	二	三一	二一	一〇
二十八日	三〇	二一	九	一〇	六	四	四〇	二七	一三
二十九日	一五	八	七	一三	九	四	二八	一七	一一
三十日	四四	二四	二〇	一一	七	四	五五	三一	二四
二月初一日	一一	九	二	二四	二〇	四	三五	二九	六
初二日	二七	一八	九	六	三	三	三三	二一	一二
初三日	二二	七	一五	一二	八	四	三四	一五	一九
初四日	一五	六	九	一九	一七	二	三四	二三	一一
初五日	三四	一一	二三	一一	七	四	四五	一八	二七
初六日	三一	一六	一五	二七	二〇	七	五八	三六	二二
初七日	一七	一四	三	二二	一七	五	三九	三一	八
初八日	九	七	二	八	五	三	一七	一二	五
初九日	二三	一九	四	五	四	一	二八	二三	五
初十日	一五	一二	三	五	五	〇	二〇	一七	三
十一日	八	六	二	三	三	〇	一一	九	二
十二日	一〇	九	一	二	二	〇	一二	一一	一
十三日	三	二	一	一	一	〇	四	三	一
十四日	一三	一二	一	一	一	〇	一四	一三	一
十五日	一一	八	三	一	〇	一	一二	八	四
十六日	二	〇	二	四	四	〇	六	四	二
十七日	三	二	一	二	一	一	五	三	二
十八日	六	三	三	二	一	一	八	四	四
十九日	三	三	〇	四	二	二	七	五	二

月　　日 新旧疫者存亡数目	新患疫者数目	新疫死亡数目	新疫未亡数目	旧患疫者数目	旧疫死亡数目	旧疫未亡数目	新旧患疫总数	新旧疫死亡总数	新旧疫未亡总数
二十日	五	五	○	二	二	○	七	七	○
二十一日	四	四	○	○	○	○	四	四	○
二十二日	二	一	一	○	○	○	二	一	一
二十三日	三	三	○	一	一	○	四	四	○
二十四日	二	二	○	○	○	○	二	二	○
二十五日	○	○	○	○	○	○	○	○	○
二十六日	○	○	○	○	○	○	○	○	○
二十七日	二	○	二	○	○	○	二	○	二
二十八日	四	二	二	二	二	○	六	四	二
二十九日	四	四	○	二	二	○	六	六	○
三月初一日	○	○	○	○	○	○	○	○	○
初二日	三	一	二	○	○	○	三	一	二
初三日	○	○	○	二	二	○	二	二	○
初四日	○	○	○	○	○	○	○	○	○
初五日	○	○	○	○	○	○	○	○	○
初六日	○	○	○	○	○	○	○	○	○
初七日	○	○	○	○	○	○	○	○	○
初八日	○	○	○	○	○	○	○	○	○
初九日	○	○	○	○	○	○	○	○	○
初十日	○	○	○	○	○	○	○	○	○
十一日	○	○	○	○	○	○	○	○	○
十二日	○	○	○	○	○	○	○	○	○
十三日	○	○	○	○	○	○	○	○	○
十四日	一	一	○	○	○	○	一	一	○
十五日	○	○	○	○	○	○	○	○	○
十六日	○	○	○	○	○	○	○	○	○
十七日	一	一	○	○	○	○	一	一	○
十八日	○	○	○	○	○	○	○	○	○
十九日	○	○	○	○	○	○	○	○	○
二十日	○	○	○	○	○	○	○	○	○

月　　　日 ＼ 新旧疫者存亡数目	新患疫者数目	新疫死亡数目	新疫未亡数目	旧患疫者数目	旧疫死亡数目	旧疫未亡数目	新旧患疫总数	新旧疫死亡总数	新旧疫未亡总数
二十一日	一	一	○	○	○	○	一	一	○
附　记	此表系由宣统二年十二月十二日起至今年三月二十一日止，计九十八天。据各区巡警暨检诊医官检查报告，因患百斯脱病死者，总计一千五百二十八名。								
备　考	调查去年十二月初一日至十一日，此十一天内，未经报告因患百斯脱病死亡人数，共计一十六名。核由去年十二月初一日起至今年三月三十日止，计四个月，统计因患百斯脱病及疑似百斯脱疫死亡者一千五百四十四名。查每日新疫日报总共数目已亡一千五百三十五名，与前数不符。因正月十五日有旧疫死亡孙永耀、李万福、杨小丑等三名，又正月十六日旧疫死亡金玉德、杨升、杨小俊、王志成、顾小多、顾春田等六名，漏未列报。补入，正符一千五百四十四名之数。理合声明。 商务病院报告：正日〔月〕二十七日第一次，据报死亡一百六十三人；二十八日第二次，据报死亡五十二人。两次共计二百一十五人。 三台于贫民收容所二月初八日报告，患百斯脱疫死亡共计四十六名。								

第三节　尸体检查

凡病院家属或道路发见尸体时，皆报由检诊医官检验。先检其外部间及内部以凭决定病名，然后将检查案报告于事务所。惟防卫之医药器械在在缺乏，未能早见实行。其困难情形，已见前检诊队报告节。兹录奉天防疫总局订定之尸体检查案，如下式：

患者姓名	住　址	年　龄	籍　贯	职　业	男女别	发病日期		死亡日期	
	体格	营养	四围状况	外部异状			内部异状			镜检	培养

患者姓名	体格	营养	四围状况	外部异状			内部异状					镜检	培养
				颜面及颈部	躯干及四肢	尸斑	强直	喉管	肾	肺	脾	肝	心	

年　　月　　日 上／下 午　　点　　分医官　　检诊

从事剖验疫尸者，非东西洋医士即留学东西洋毕业医员。一般中国歧黄家固无从窥其门径，民间风气不开，尤易滋生疑惧。因此弃尸匿报，流毒弥穷。检诊医官有鉴于此，遂将疫尸内部简要说明，俾开民智，而使征信于社会。如下：

喉　喉管为百斯脱菌侵入人身之门户，故喉之后部积血甚多，谓之溢血。该部起初发炎种〔肿〕胀，盖菌先由此发作也。其两旁之淋巴腺亦稍种大。

肺　通常人之肺，其软如绵，具有伸缩力，入水上浮。若疫者之肺，其受病处呈硬固状，而伸缩力全失，色亦稍变，入下水沉，镜验时见有霉菌极多。

肝　疫毙者之肝较通常为肥大，其色发现亦殊。

心　寻常病死之心脏多无血液，惟染疫而毙者，其心之左房蓄有血液，而其受菌素之部较常坚硬。以镜检验之见有霉菌。

脾　疫毙者之脾呈肥大状，溢血亦多。验之以镜，亦发见霉菌。

肾　疫毙者之肾部较坚，溢血呈点状，有似压血于内而欲射出者。一般之充血呈溷浊状及脂肪变性。以镜验之，亦有霉菌。

第四节　鼠类检查

三省除黑龙江各属染疫之家未见有鼠毙之事外，奉吉均厉行捕鼠，实事剖验，以防疫毒之传播繁衍。无论捕自寻常健康人家之鼠，剖解检查，并无有百斯脱菌，即捕自患者之家者，经细菌室研究施以解剖，从事显微镜之检查，或加以培养，或行细菌之上试验，绝未尝见一头鼠体中有百斯脱之片影。由此可得今日三省所流行之百斯脱疫非由鼠族传播之证据。兹将奉天省城防疫事务所逐日检查鼠类数目列表如左：

月　　　　日	镜　验　总　数	有　菌　鼠	无　菌　鼠
正　月　二十五日	二二九		二二九
二十六日	二八〇		二八〇
二十七日	二三〇		二三〇
二十八日	二六一		二六一
二十九日	三八五		三八五
三十日	二五五		二五五
二　月　一日	二〇八		二〇八
二日	三二六		三二六
三日	三四八		三四八
四日	四二九		四二九
五日	六五四		六五四
六日	三九九		三九九
七日	六一八		六一八
八日	四四九		四四九
九日	五〇八		五〇八
十日	六一七		六一七
十一日	五五七		五五七
十二日	四八九		四八九

月　　　日	镜 验 总 数	有 菌 鼠	无 菌 鼠
十三日	五三七		五三七
十四日	五一七		五一七
十五日	六五六		六五六
十六日	五〇八		五〇八
十七日	四九九		四九九
十八日	八六五		八六五
十九日	四五七		四五七
二十日	五九八		五九八
二十一日	五三一		五三一
二十二日	四五二		四五二
二十三日	五四八		五四八
二十四日	六四八		六四八
二十五日	七二六		七二六
二十六日	四一二		四一二
二十七日	四八〇		四八〇
二十八日	五四八		五四八
二十九日	二二〇		二二〇
三　月　一日	二一四		二一四
二日	一六二		一六二
三日	一六七		一六七
四日	一八五		一八五
五日	一四〇		一四〇
六日	一九五		一九五
七日	一四三		一四三
八日	一五五		一五五
九日	一八一		一八一
十日	一〇八		一〇八
十一日	八三		八三
十二日	二〇三		二〇三
十三日	一七七		一七七
十四日	一七三		一七三
十五日	一七八		一七八

月　　　　日	镜 验 总 数	有 菌 鼠	无 菌 鼠
十六日	三六六		三六六
十七日	三八五		三八五
十八日	三八四		三八四
十九日	二五五		二五五
二十日			
二十一日			
二十二日	二七七		二七七
二十三日	一六九		一六九
二十四日	一九六		一九六
二十五日	一二〇		一二〇
二十六日	一四九		一四九
二十七日	七二		七二
二十八日	三二		三二
二十九日	二七		二七
三十日	八〇		八〇
共　　　　计	二一四二〇		二一四二〇
备　　　　考	自开始检查以〈来〉，虽已达二万余头，幸均无百斯脱菌之存在。		

就以上检查成绩观之，固可断定无一百斯脱鼠，然亦恒有疑似百斯脱鼠之发见。兹举二事实如左：

一、奉天省城防疫事务所三月十四日第四百四十号王玉清捕送毙鼠，镜检结果认有如纯粹百斯脱菌之存在。嗣经培养，确定为类似百斯脱菌，并非纯粹百斯脱菌。

二、广宁东区八里堡王姓居室三间，近无邻右。染疫归，告知家人，嘱勿声张，恐被隔离。阖户而死，事在正月初七日。经队兵侦知，冒险前往，戳破窗纸，窥见尸仍在，坑旁有死鼠数头，未及剖验，即已消毒焚埋。此为奉省鼠染百斯脱之矙〔嚆〕矢，幸未蔓衍。

第三章　尸体措置法

措置尸体之法，不外深埋、火葬两种。我国卫生行政多未完备，积习自难骤革，故东西洋墓地、火葬场之制讫未仿行。惟黑龙江气候苦寒，每值隆冬之际，冰天雪窖，冻深丈许，无地可施畚锸，故向有火葬之风，与埋葬并行不悖。此次防疫事起，各属疫尸，有自行焚化者，有由官焚化者，舆情尚无窒碍。吉林则滨江、长春二属死亡最多，居民亦深知疫气甚恶，不敢久停。特地冻过坚，一时不易掘凿，因是停棺野外，以待深埋。嗣以积棺过多，恐益流毒无穷，正在筹办火葬间，即奉部电，准哈埠伍医官等电禀，该处抛弃未葬之柩罗列二千具之多，材木脆薄，恶气薰蒸，非掘坑汇集火葬，流毒不可胜言。现于六里外择地掘大坑十处，雇役百二十名，以天寒地冻，兼用机器炸药，工作一旬，仅成四处。请速核准照办等语。疫气蔓延，死亡枕藉，仅事掩埋，不足消弭余毒。现在疫气仍未见减，日毙百数十人，势不能不从速设法。斟酌再四，恐非从权暂准火葬，殊别无应急之法。并嘱迅饬地方官剀切晓谕，免滋谣惑等因。当以死欲速朽，古有明训，佛法慈悲，本崇火化，特习俗所在，孝子慈孙不忍出此。今疫染日厉，与其积尸酿疫，殃及全家，祖宗不祀，未能全生者之孝，愈以伤死者之心。况流毒社会，无所底止，部电亦万不得已出此。遂通电各属遵照实行，并饬官绅苦口演说。嗣经吉林郭交涉司、宗熙邀集哈尔滨商会自治会剀切晓谕，绅商均表同情，筹议办法二条，并经呈准，通行各处如左：

一、非疫病故者，经医官验明，准自行棺敛埋葬。

一、以后疫故之人，经医官消毒后，如有亲族愿另烧者，准其领出。

自经此次规定火葬办法后，长春首先照办，其余各属及奉天北路各府厅州县继之。奉天省城以南，天气稍和，土脉不致十分坚冻，开坑深埋尚易为力，故掩埋之数较火葬为多。

（甲）火葬暂行方法

一、火葬场先开一深坑，以尸棺与木柴相间燃烧。

二、举行火葬时，四围用喷筒注射煤油，以助燃烧。

三、燃烧后残余之骨灰，仍行掩埋。

四、火葬事宜，均由葬埋队执行，不另组织。

（乙）埋葬之方法

一、遇有疫死之人，由医官监视入殓，督饬巡兵，苦工等行死体消毒法。

二、先以二十倍石炭酸水（或千倍升汞水）遍撒死体，棺内以石灰铺散，然后入殓。

三、入殓后，再以石灰散布棺内及死体上，严封棺盖，以防疫气播传。

四、以上二法完毕后，将棺木急运至埋葬场，速为掩埋。

五、如遇有路毙之尸体，入殓后，其死亡之地恐有发生百斯脱菌之媒介，宜急行烧灼消毒法，以免传染。

六、每埋葬场须预挖坑百个或数十个，以便遇有埋葬之棺，即可随时掩埋。

七、每坑均深七尺、长六尺、宽四尺，不得稍有狭浅，以免百斯脱菌蔓延传染之害。

八、棺殓疫尸时，该队须以消毒纱布掩护口鼻，始将尸身移放棺内。

九、该队凡抬尸或抬棺后，须用升汞水或硼酸水洗手；更须将衣服脱下，用硫磺熏过再穿。

十、该队不许私取死人衣服及尸身上所带银钱，以防传染。违者重罚。

十一、棺殓时，即将本人姓名、年岁、籍贯用木牌书明，钉于棺上。掩埋后，又用签详细标示并由本局存记。

十二、凡疫死者之棺，须在本局指定处所掩埋。如自有墓地者，必须遵本局规定掩埋方法。

十三、掩埋地不许人民随意游行。如有误入该地界者，该队立行禁阻。

（丙）埋葬队之组织

卫生医院学生一员，巡兵五人，苦力十人（甲、入殓队；乙、运搬队；丙、埋工队），大车两辆，车夫二名，铁铣三把，铁镐二把，喷雾器一具。

暂编十队。每区各住一队，病院一队，共八队。余二队为备急队。遇有紧要埋葬，无论昼夜，立即施行，以免稽迟而防死体发生百斯脱菌之传染。

以上埋葬方法及埋葬队之组织，均系奉天省城防疫事务所规定。三省各属办法大略相同。

按：火葬之法系属创举，惟黑龙江习俗上夙行此法。婴儿、处女及死于非命，更无不从火葬者。故此次焚尸之令，既从民俗，又适卫生，较他处为易行。奉、吉居民则一闻火葬，相率汹惧，视为苛政。加以方法未备、器械不完，各属地方官惕于传染之剧烈，虽不敢不奉行此令，然推行尽利，窃未敢云。若埋葬之法，则习俗所安，故奉、吉各属埋葬数目超过火葬不下数倍。惟龙江府火葬、埋葬各居其半。盖天气稍和、土脉不致十分坚冻之处，概从深埋，以顺舆情。兹列三省省城埋葬总表暨黑龙江省城火葬表，以见办法异同之一斑。

三省省城埋葬省别月别总数表

省别 / 月别	奉天省城	吉林省城	黑龙江省城	合　计
宣统二年十一月			七	七
十二月	二五七	二六	一七八	四六一
宣统三年正月	八八七	二九三	一七八	一七四七
二月	三二三	四五	七〇	四三八
三月	三〇			三〇
合　计	一四九七	三六四	八二二	二六八三
备考	奉天	一、省城疫毙人概从埋葬，无火葬者。 一、患疫之家愿自行如法深埋，由官监督施行者，不列入表内。 一、埋葬地共四处。		
	吉林	一、省城疫毙人概从埋葬，无火葬者。 一、埋葬地均在元天岭。		
	黑龙江	一、省城疫毙人，除火葬者另表外，分官埋、自埋两种，一体列入表内。 一、埋葬地均在城西十里岗子。		

黑龙江省城火葬报告总表

月别 / 类别		官　葬	自　葬	合　计
宣统二年	十二月	一三五	三五	一七〇
宣统三年	正月	二〇二	四五	二四七
	二月	一三	四	一七
合　计		三五〇	八四	四三四
备考		一、火葬场二：官葬者在嫩江东岸，自葬者在嫩江西岸。 一、尸灰收埋处均在关帝庙前。		

第四章 遮断交通之措置

三省幅员辽阔，东南滨海，西北邻俄，水陆形势四辟八达。当疫事之起，奉吉江三省同心一致，力谋遮断水陆交通之策。幸海道以水冱期内，除大连外，皆天然断绝。陆路以汽车传疫为甚，东清南满干路直贯三省中枢，实为三省之导疫线。不谋所以断绝之策，即将京奉汽车停驶，尾闾虽塞，导源不穷，舍本治标，胡能有济？疫发两阅月，函电纷驰，唇舌焦敝，始克贸中外之同意，将京奉汽车停驶，东清南满亦将三四等车票停售，疫线以之中绝。然后通饬城镇乡屯，各就其生长地协谋遮断部落交通之法，截留行旅。寒则为之谋暖具，饥则为之备糇粮。在遮断区域内之居民，凡生人日用所需，尤无一不藉官力为之救济。三省物力瘁于是矣。谨将三省海陆交通之遮断及救济法区为三篇，胪述如左。

第一节 陆上遮断交通之措置

（甲）铁道遮断交通之措置法

陆上交通以东省言之，莫甚于铁道。此次疫由满洲里发生，满洲里去哈尔滨尚千六七百里。而以铁道之故，至于沿路分散计，其蔓延区域以近铁道为特甚，则铁道之遮断交通于防疫为尤切。满洲里八九月患疫，十月始及哈埠。哈埠十月初旬始疫，十二月始及宁安、双城、长城、奉天、昌图、怀德等处。使满洲里预办于前，或无哈埠之事。哈埠赶办于后，亦或无哈埠以下各处之事。乃东清南满铁道，至宣统二年十二月中旬于京奉停车后始见停卖三四等票，是时已蔓延不可收拾矣。兹将当日困难约略述左：

（一）京奉铁道

宣统二年十二月十三日奉旨：现在东三省鼠疫流行，著预于山海关一带设局严防，认真经理，毋任传染内地，以卫民生。钦此。当即钦遵设局派员，会同北洋严防。十四日，以疫势日炽，非断绝交通无从着手，遂与外务部、邮传部商定，停售京奉火车二三等车票。

十五日，陆军部派军队驻扎山海关，阻止入关客货，并经邮传部发令禁运牲畜及死禽兽并冰鹅、鹿狍等物。所有入关退伍兵，亦一律于关外暂为安顿，不准入关。

十六日，电请邮传部，在山海关、沟帮子查有病人，应就地截留，万勿送回。

二十日，东清三、四等汽车停行；其二等车票，非有特别执照，不准搭车。南满二、三等车亦于是日停行。

二十一日，邮传部因疫势日盛，发令停止由奉天至山海关之头等车。关内外交通至是实行断绝。

十二月二十九日，直隶总督电告：据驻关卫生局电禀，现有东三省小工二千人聚众意图闯入关内，防疫正在吃紧，断难遽准入关，亟应查禁并就关外安置。除饬沿关文武各员妥筹办理外，请电饬关外各地方官会同妥办。当饬绥中、宁远、锦县等县分起截留，妥为安插。并电告直督，已抵关之苦工，请饬防疫局及地方官设法安置，以后应如何检验、有无疫病、截留若干日方准遣行，祈酌覆。旋准直督电，已通饬预备。其验系无病者，亦须留验七日方准进行。

宣统三年正月初二日，以奉省自怀德入境起，其间昌图、奉化、铁岭、承德、新民、锦州、绥中各府县境内分途截留苦工，每处多者千余人、少者数百人不等。如留验七日，实系无病，是否准令乘车入关？若仅留验而无入关之期，则来者无穷，此辈愈聚愈多，不但人数不齐，易于滋事，且更足以酿疫疠。电请直隶总督明示办法。旋于初四日准直督电覆，榆关现已遮断交通，小工人等尤易染疫，直省有疫地方多半由关外小工传染，若任其入关，恐四处蔓延，防不胜防。直省为近畿要地，自宜加意慎重。既由奉省饬属截留安置，似应再行留养，俟疫气稍平，再当体察情形，随时商办。

十四日，又以道路交通如人身之血脉，一或壅滞，百病发生。关外留滞小工已有数千。北路虽严饬地方官设卡截留安顿，无如东省路途四通八辟，又值地冻冰坚，随处可以绕越，既无一定扼要之地，势难处处设防，深恐来者愈聚愈多。即令一律给资留养，而此辈归心日切，释放无期，势不免焦虑危疑。聚集多人置之一处，与禁系无殊，即足以酿成疾疠。管理稍一失宜，亦恐别滋事端。况道路不通，市虎讹传，谣言四起，各处伏莽甚多，设有不逞之徒乘机煽惑，为患何可胜言。特电请邮传部筹备开车留验办法。（下详汽车检疫篇。）

初七日，邮传部奏关内疫渐清，除滦州、昌黎、北戴河三处暂停售票，其余各站均一律售票开车。至关外续行开车，拟于沈阳、营口、山海关各设留验所，验明给照放行。山海关系直督辖属，已饬据司局扩充布置；其沈阳、营口两处留验所，由奉天办理。已由部电奉天督臣筹备并饬京奉路局遵办。（原折录卷首章奏内。）

初十日，以邮传部规定京奉开车计画，除西伯利亚来客、东省官差外，以秦皇岛船客暨押货人等，验明给照放行为限。（详汽车检疫篇。）奉省截留小工，不仅南路绥中等处，省北各州县处处截留，怀德一处已八百余人，铁岭每日到者千余人。余如昌图、开原等处，每处皆有数百人，拥滞过多，深为可虑，设酿成事故，其祸将不忍言。特电直督，现既分段设所留验此项小工，留验七日无病，自应准其入关。欲更求周密，榆关尽可留验，庶于大局无碍。嗣准直督电覆，直省各属偶有疫症发现，皆由关外工人传染。若令大众入关，似非慎重畿疆之道。从前小工急切思归，意在回籍度岁。现届春初，东作将兴，工人散处，各令随时随地设法安置，或不致十分为难。容俟疫患稍平，再议办法。（除详检疫篇。）

三月二十二日，以疫氛告熄，各医官会议，关内外火车验而不留，关外急待乘车之二三等客甚多，电请邮传部于二十五日关外概准售二三等票。经邮传部电饬京奉路局遵办。（余详检疫篇。）

（二）东清铁道

宣统二年十二月十三日，以京奉二三等火车于十四日停止卖票，由长春南来二三等火车，日本亦于十四日停止，惟东清铁路尚未停驶，电饬吉林东北路兵备道速商停止，能将二等并停为妥。当经东北路兵备道与东清公司会商，以俄国新年，停办公事，未便会议。旋以事关紧急，催其覆答。由东北路兵备道与俄员达聂尔晤商，达聂尔颇有难色，谓须俟转禀俄官霍总办再议。

十四日，以京奉二三等客车已于本日停止，南满三等车已停，二等车亦由南满铁路中村总裁电饬大连本社定期停止，惟东清不停，将来长春糜烂，必与哈埠无异，恐危险更甚，电责东北路兵备道迅速商明停驶。当与俄官霍总办一再磋商，并以事关紧急，催其先定二三等火车暂停卖票。霍允暂将三等车票停卖，其二等车议照留验办法。

二十日，吉林东北路兵备道电禀，哈尔滨往来长春、五站、满洲里三四等车，均于十九日一律停票；其头二等，非经官场及铁路公司介绍，不载华人。兹将俄官霍总办开具办法五条列左：

（一）南路长春、哈尔滨间往来邮政车，请照常售卖头二等票；其华工三等票，暂不附挂邮政车开行。

（一）西路满洲里、哈尔滨间往来邮政车，请照常售卖头二等票；华工三等票，暂不附挂邮政车开行。

（一）东路哈尔滨五站间往来邮政车，亦请照常售卖头二等票。其至站以东俄属地方者，可在五站设立验疫所，由医生验明无病，即准其乘车出境。

（一）凡遇中国官员有要公赴东路俄属地方，可在哈买票时，由敝总办与贵总办商明后，发给特别执照，五站免验。

（一）东清华工三等票，亦暂不附挂邮政车开行。

附东清铁路通知限制疫病传染规条，摘录如左：

第一条　华工不准乘坐快车、邮政车。

第二条　华工不准入海滨省。欲入后贝加尔省者，须在满洲里站验病五日放行。

第三条　华工赴东路者，在东清铁路界内，不准过穆陵站。

第四条　华工除在满洲里、札赉诺尔、海拉尔、布赫图、札兰屯各站验病者外，由满洲里至福来尔吉站一段停售华工车票。

第五条　在齐齐哈尔、穆陵、宽城子各站照常售华工车票，仅准乘客货车及双号车至穆陵站为止。

第六条　由穆陵站迤东各站，凡双号车，不售华工车票；然开行单号车时，准其往来东清铁路各站，惟乘坐客货车。

第七条　由乌苏里铁路各站售卖华工车票，须预先声明：瘟疫一时不能消灭，不能再入海滨省境。

第八条　华商亦遵守以上各条章程，惟较华工不同者，若在交界站满洲里站验明无病，准其入海滨省及后贝加尔省。然华人买票时，须呈验护照，方能卖票，并声明须验明无病放行。华人欲领护照，在海拉尔、齐齐哈尔、哈尔滨、一面坡、吉林俄国各领事署皆可。

宣统三年正月初六日，复准外务部电准俄使照称，西伯利总督现防范瘟疫传入俄境，特定办法如左：

一、禁止华工入阿穆尔省。

二、除头等搭客外，不准华人由瘟疫流行各处经海路前赴俄境。

三、在坡洛塔洼、喀波格拉尼赤那押、春春柴新、巴夫罗非、多罗夫斯喀押、奢勒灭即耶洼六处设立检验所。所有经过之华商，住留该所五日，检验后始可放行。

当即将该办法通谕各商民知悉。

二月十日，又准俄领事照会称，准俄国阿穆尔省步固毕那托尔文开：嗣后黄种工人由陆路入境者，一律禁止；将来轮船开驶由江路来，亦不准入境。其余居民欲过我界者，只准由检验处所经过检验后方准放行。兹将阿穆尔省卫生会会长瓦卢也夫，遵照西伯利总督谕令，于本年俄正月二十八日出示如左：

一、阿穆尔省边界与中国应即隔断交通，以保民生而免传染。

一、华俄人等经道阿穆尔江（即黑龙江），只准由布拉果威臣斯克城（即黑河城）所设之卡行走。其由华岸过江之人，必须在检验所查验，至少以五日为度。

一、此项告示于宣布七日后实行。

一、律载如有不受检验暨自偷过、绕越、避匿，或独自或带领他人牵引牛畜、或载运应行消毒物件、未经检验私往无疫地方者，应削除一切权利，并科以死刑。

一、所调守卡军队如遇左列事项，准其开枪轰击。

（一）如有由检验所或病院潜逃，经两次威吓仍不停立者，准其开枪。

（二）如解送病人赴病院或检验所时，被送之人或他人起而反抗，准其开枪。

（三）如有希图脱逃或由隔断往来处所暨自偷过，经两次威吓仍不停立者，准其开枪。

（乙）各处遮断交通之措置法

汽车之遮断交通，乃统三省全局规画而定。至一处疫发，按一处之习俗生计定。断绝交通之策，乃因人地而异，甲地之设施未必同于乙地，乃属部分之规画。其设施之不同，举例如左：

（一）奉天。奉天府特组织病人户口调查队。凡查出之疑似疫病并疫病患者，即一面请检诊医官往诊，即一面派巡警二名将患者之门站立岗警，不准家属人等往来，并患者之衣等亦不准运出。俟百斯脱决定时，立即将病人送往病院；家族或同居人等，随送隔离所收容。该家屋即行完全消毒。俟消毒毕，将该家屋封锁，并用洋铁瓦西〔四〕，围圈围，以免行人接近。遮断时期以十日为限，限满即行开放。遇有路倒患者或死者之地点，一经查出，即派巡警二名站岗，遮断往来，并不准闲杂人等接近。俟检诊将将病人搬入病院或埋葬后，即由消毒队将该地点完全消毒。俟消毒毕，始行开放，撤回巡警。在内城八门另设临时检疫分所，禁止不洁小车、东洋车入城，并禁止陈旧衣服、皮料、纸料及一切不洁物品入城。对于一般来往行人，不时注意其服装并健康状态。若有病状者，即行禁止通行，并详细查验诊断。如系患疫者，即送往病院，并调查其住址，以便隔离消毒。他如一般不洁之苦力乞丐，即禁止进城，并随时送往贫民收容所。并于疫盛时调派陆军驻守八关，励行断绝政策。

又以省城四五两区工夫市一带贫民小贩群聚而居，湫隘嚣尘，染病最易。特派医员巡警励行遮断交通之法，将两区二百四十六户大小人口一千一百六十二名尽行圈禁，另设接济所供给其日用。（供给之法详后。）

然以上所述，犹属遮断交通之部分规画。旋以哈尔滨长春等处疫势日益蔓延，汽车虽已停开，徒步南来之苦工犹时有所闻，实为传染之媒介，特电各府厅州县，凡哈尔滨、呼兰、双城、长春等处车辆行人，一概不准其南下；无疫各处之车辆行人，亦不准其到以上各处。又恐各府厅州县所行遮断政策地分力薄，成效终虚，特调淮军驻扎奉天、吉林沿边一带，为全部分之遮断政策而为之，特设北路防疫分局任其事。

北路防疫分局以遮断奉天以北、怀德以南之南北交通，并沿铁路线及大道所通各处而设。当由淮军统领王怀庆、北路防疫分局总办徐麟瑞择定驻扎军队地点如左：

一、派淮军第三营驻于怀德县之五家子。该处距长春八十里，为哈尔滨、长春人奉要道。另派各哨进驻朝阳山、周家店、大岭子等处。

一、派淮军第七营驻于奉化县之半拉子。该处为吉林属之长春、伊通入奉要路。而以各哨分驻沿边之十三家子、二十家子、五台子、赫尔苏门、下二台、下三台、四台子等处。

一、派淮军第六营驻扎昌图附近之金家屯地方，听候调遣弹压。

一、另派奉军驻扎怀德县西北之杨大城子、新集厂等处，遮断由哈尔滨赴洮南、辽源孔道。设卡十七处，每卡派兵一二十名或四五名驻守。

一、另派奉军马队四营驻扎洮南府，遮断洮属以南及北通哈尔滨大小路。

一、另调陆军第二混成协兵队一百九十六名，驻扎奉天府北境之长河沿、新台子、懿路、孟家台四处。

以上六路营队对于遮断上之办法如左：

一、各卡大路正路以外，另派马队在附近之支路游巡，以防偷越。

一、各卡拦住行人车马，咸以剀切申明、和平对待为宗旨。如果恃众抵抗、理论不服，则执其为首者送交本地方官衙门巡警拘留治罪。

一、各卡军队住处，悉按平日军规，不准有犯秋毫，违者重惩。

一、各卡盘查行人，不得藉故勒索，犯者悉照军法惩办。

一、遮断之处皆打木栅栏。

一、遮断路口，皆出简明告示。

一、初办遮断时，行人未及周知。其遮断之前边数十里，皆派马队传告行人车马，勿再前行，以免拥挤一处。

（二）新民府。新民府城乡遮断交通之办法有五：（一）城乡出入要路，由陆军会同巡警选定驻守，其岗位则由陆军军官不时亲往稽查。（二）来往车辆行人，有准其出入者，有不准其出入者。准其出入者计三种：（甲）已装满之粮车货车及柴草车，惟每车车夫不得过三人；（乙）著制服之陆军及巡警（其不著制服者仍在禁止之列）；（丙）特别因公出入人役，持府署执照，准其验明放行。（三）不准其出入者，除上列三项外，其余无论何项大车、轿车、马匹以及徒步行人，均在禁止之列。（四）第三条所列丙种执照，由府署制发。惟请领执照之人，必须查明是否因公出入、万不可省之举，以免冒滥。

此外，并与陆军会商，分派军警，择要设岗。特定办法如左：（一）在府街特留四处，以便出入柴草车马易于检查：（甲）设大街东首；（乙）设大街西首；（丙）设去法库大道；（丁）设公学东道。（一）此外尚有二十三岗，一概不准出入，仍归陆军执务。（一）交通四要卡，每卡设陆军巡警各二人，惟东卡，北卡须各加一名。（一）每卡设喷雾器各一具，查明实系准其出入者，各洒药水消毒。（一）交通钟点以早六时起晚六时止。晚六钟后，仍归巡警值班站岗或巡逻。（一）每卡设板房各一以蔽风雪，亦有就近租房一间者。（一）除此四要卡外，无论何时何地一切车马行人，均不准出入，抗者罚。（一）此四要卡亦设陆军兵士，系为军警和衷共济起见。（一）各要卡陆军巡警皆常川值班，不准时易生手，以免于执务有所隔膜。（一）值班陆军巡警，日午以不便离卡吃饭，每日每人发小洋一角，以便就近购置。（一）每卡贴会衔、晓谕各一张，俾军民一体遵守。（一）倘有行人入街，声称系街内居民者，应消毒后按岗递送，以觇虚实。倘系冒托，即行严办。

（三）本溪。本溪以石桥子为冲衢要道，隔绝交通，并设留养所三处。每处屋三间，准出不准入。凡入境行人，皆在所留养三日，俟检验无病放行。

（四）昌图。昌图府境设卡九处，实行截留政策，疫气为之渐减。惟旅人闻府境实行遮断，多由奉化、伊通直达开原、铁岭。府境东西横阔一百六七十里，绕越之地甚多，当即加派马巡常川梭巡，以期周密。并设大留养所于东天齐庙、北圣祖庙各一处，可容二百余人，饮食煤火悉派专员经理。并于八面城、鹬鹭树、四平街、双庙子、大洼、喇吗店、兴隆沟设留养分所各一处。

（五）怀德。怀德自宣统二年十二月二十三日起，陆续截留北来行客大车日有数百。县境与长春接界之大道有三：（一）五家子入境西行，经黑林镇朝阳坡入奉化界；（二）（按：原书为"（三）"。）自东大岭取道怀城，入奉化境；（三）自东大岭斜向西北，经杨大城入辽源州境。均设防严堵。此外如怀境东南之姚家锅、响水河子等处斜向西北经二站，仍归南路黑林镇等处，亦一律严堵，不准西行之人过境。共计设卡九处。

（六）奉化。奉化自交通断后，会同怀德县，在交界之朝阳坡设立收容所，截留北来行人。又在奉化境之小城子镇添设一处，亦系由长春经怀德以抵奉省之要道。乃自设所后，行旅皆不出此途，南则由伊通界之二十家子、二道河子入威远堡门，经开原到铁岭，北则由农安入蒙境，通辽源、法库、开原，亦到铁岭，是以省城、铁岭聚集多人。当经饬该县实行取缔行人办法，疫气始衰。

（七）开原。开原疫盛时，将本城划为四段，每段分配调查员二名、检疫生四名逐户检查，严断行人，随时报告，并将四门亦一律遮断。又以开属威远堡、尚阳堡两处北来菸车日在两千辆左右，其间径赴铁岭者半在孙家台及本城卸载者亦半，一旦遮断，于民不便。然听其重车而来轻车而去，万一有所传染，安、丰两县亦将波及。况重载之车，多有吉林来者夹杂其内，于势尤为危险。特饬地方官督率事务员、医生将重车悉检验，如无疾病，即便放行，并令其勿至附属地及有疫区内。其单身行人，一律截留七日，验讫放行。

（八）康平。康平发疫地点多在昌图、法库交界之处。当疫盛时，特在东南乡小塔子、西南乡卧牛石、正南运三台子、东北乡辽阳窝堡四处设卡，实行杜绝交通，以防新民、法库、昌图、辽源外来传染。并选派医生分往检验，随时督饬巡警协同绅商各界遵照规则办理。

（九）法库。法库疫盛时，将厅街分为四大段，用秫秸隔断，四方留空门出入。段内指定市场，俾购食用。每段又分四小段，添募巡警，协同士绅、医官分段严密搜查，禁止往还。挨户发给凭证，如复查人数有多寡，即盘诘，使不敢自由。外来者隔离七日后，医官诊断，方许入街。

（十）西丰。西丰在县城东北两关要处设局，西路神橡、东路高丽模子设所，遮断来自疫区行人。南路老营场、西南路狗渔泡、北路平岗立分所，断绝行旅车辆。

此外，奉省各府厅州县随时随地遮断交通之处不胜枚举，兹就举办各地列为简明表如左：

附奉天省各属办理遮断交通简明表

数 目 地趾〔址〕	断绝交通里数	断绝交通处数	断绝交通日数
承德县	五五〇	七二	七三
抚顺县	二八	一五	二三
辽阳州	三〇〇	五一	五六
铁岭县	〇	七	六五
开原县	二〇〇	九	六七
辽中县	四〇	三	二三
本溪县	〇	四七	六四
新民府	一六〇	二九	六九
镇安县	〇	三	六八
彰武县	一八	四	二七
锦 县	六〇	四	三六
广宁县	一八七	四	八三
义 州	六三〇	一五	六四
宁远州	五〇	四	四五
绥中县	一〇〇	二	二八
盘山厅	〇	三	〇
锦西厅	一〇	九	五三
海龙府	〇	四	二〇
东平县	八〇	二	四四
西丰县	六一	七	二九
西安县	一二	五	三四
昌图府	二〇〇	〇	五三
辽源州	一〇〇	二一	四八
奉化县	二四〇	七	五五
怀德县	二〇	一〇	五三
康平县	二〇〇	四	六三
法库厅	二〇〇	六	四三

（十一）哈尔滨。哈埠自十月初六染疫后，即派员赴傅家甸查验，并设法防范及禁绝道里外往来之事。查哈埠道里外地势接连，乃商务旺盛、往来频繁之地，与穷乡僻邑易于隔绝交通者迥殊。况事属创举，民易骇怪，一时遮断，诚所未易。当事者一面严加检查，组织防疫一切机关，复由交涉局派员，会同铁路公司，在铁路大桥下查验，见有病人及衣

服褴褛者，即照法办理。嗣以疫势日盛，至正月初四日即实行遮断道里外交通之事。当哈埠之遮断往来也，不惟道里外为然。道外傅家甸四区中，亦于各区地界严为断禁，复于傅家甸四围与他处接连之地，亦均有陆军围绕。其他大小要道，皆分兵驻扎。另派巡警四处游巡。倘遇车辆行人，一概遏绝。计前后共调陆军千人，各处及本地巡警千余人。

（十二）长春。商埠及城内外各城门及商埠冲要之处，均设有专员及陆军十数名、消毒队数名驻守，实行遮断交通。凡无通行证者，概不放行；有证者亦须消毒。如验有病状，即送入院。其办法约举如左：

（一）在各城关设立稽查分所，就近实行检查并消毒。（一）每分所设委员一员、消毒巡警二名、陆军兵士四名。（一）大北关商埠界及满铁附属地，均与城内有交通要事，暂准马匹及单套车输运煤炭粮石。其余十一城门，均不准四乡车辆滥行出入。惟防疫局运粮草车辆，另给关防白旗，不在此例。（一）凡一切人等，如有不得已之事故，必须出入城门，当领有防疫局发给之通行证，亦必在各城门口严重消毒，方准放行。（一）执行及休息钟点，自上午七钟半起至下午十钟止。（一）遮断及检查，消毒各事，由委员亲自监视巡警执行之。陆军兵士站立城门左右，以资查察弹压。（一）颜面污垢、衣服褴褛者，虽持有通行证，亦不准入城。（一）污秽车辆，不准出入城门。即东洋车马，车必蒙有白布套，该车或坐客领有防疫局发给通行证，方准放行。其柴草、粮石、大车、脚行车辆，一律禁止出入。（一）脸带病容之人，当留报就近分局医官诊验核办。（一）陈烂衣类及纸片、旧絮、皮革等类，一概不准入城。（一）腐败菜蔬、鱼肉及不洁净一切食物，除不准放行外，当扣交就近警区，送局核办。（一）四乡拉运粮石柴草赴满铁附属地者，须由城外行走，不准穿关经过，城外检疫军警不得拦阻。（一）城内粮栈运粮出行北门运赴车站者，亦必领有通行证方准出入。（一）凡由鼠疫流行地方运来之各种货物，概不准其入城。

（按：原书无"（十三）"。）

（十四）宾州。宾州疫起，即饬该管巡警留验往来车马行旅五日，实行断绝交通。如验有染疫，除本人送病院外，同伴再留验五日，旅费官发，并禁止境内商民，两星期内不准旅行。

（十五）榆树。榆树厅城在五颗树、卡路河、大岭、大城、孙家窝堡五处设所，稽查往来行旅车辆，有病不许入境，截留医治。另设诊疫所、隔离所，责成各处巡警协同办理。

（十六）双城。双城断绝交通后，即封闭伙房、小店，涤除洁净，改为庇寒所，收留无病贫民。饮食、茶水、火炉、煤炭等费，均由官给。又在哈尔滨、双城往来大道，如厢红旗五屯、二道沟、徐家屯、穿心店、太平庄、方家窝堡、报马正白旗三屯等处各设所截留之，而疫势不衰。复严饬其实行隔断交通，外来者一概不准入境乡间，此屯不准与他屯往来，病户更不准与他户往来，病者之家属亦不准同居一室。警力不能遍及，责成村甲长切实办理。疫始衰熄。

（十七）绥芬。绥芬于断绝交通时，在城内设局、城外设所，收养贫民。四乡扼要处设所十二，严断行旅。东京城泉源头、关家小店、城外北关等处，各设分所。

（十八）阿城。阿城断绝交通后，在四门各派检疫人员分门检查，不容病人擅入。远道来者，无论何人，均须在外留养五日。其与拉林接壤之二道河子、与宾州接壤之邬克图、与哈埠接壤之太平桥大房身以及哈阿来往要道之大小嘎哈屯、近铁路界线之二层甸子，均设检疫、诊病、庇寒各一所，并派马巡警十名严厉执行。

（十九）宁安。吉林东路由宁安入珲春、汪清道途，以骆驼磊子为适中要隘。西路由吉林省城入延吉，以哈尔巴岭为必经之道。当即设卡防遏，断绝行人。并将宁安分五区，凡通穆棱、额穆、汪清、东宁各路之磨刀石必尔罕站、老爷岭、窦山等处，均调队截断交通。又在由吉林省城及由延吉、珲春、敦化至宁安四大道设所严堵。

（二十）双阳。双阳于疫盛时，在县街及县街西北贾家桥东南、庙岭东北放牛沟各要隘设卡严断行旅。外镇屯如奢岭口镇、长岭子屯，绅民皆立庇寒各所，留养被截穷民。

（二十一）龙江。黑龙江全省道路，自宣统三年正月十八日起至二月初三日止，一律断绝。省城客店、小伙房及居民铺户，亦一律不准容留外来过客。龙江府辖境南北长四百余里，东西相距里数又过之，村屯及地房子约七百处，而每屯相距十数里或三四十里。旧设乡镇巡警分为八段，每段警兵仅八人。兹由龙江府每段添派马队十名把守各屯，禁止行人往来。

龙江东区受祸最烈。当将该区断绝交通，办法划分数区：（一）湖裕尔河九道沟以东及河沟区内一切村屯；（二）铁路以南；（三）自塔哈站作一直线，东抵湖裕尔河，西抵嫩江正流中央，北尽府境；（四）南抵铁路，东抵湖裕尔河九道沟，西抵嫩江正流中央。

后又统筹全局，将江东断绝交通，疫区分为三路：东为东官屯、卢家屯、哈拉乌苏三屯，属于赴呼兰、绥化、海伦之孔道。北为塔哈尔站、大哈伯两屯，属于赴爱珲、墨尔根之孔道。南为花尔雅们、大道、三家子三屯，属于赴昂昂溪之孔道。将江西断绝交通，疫区亦分为三路：北为绰绰力、额勒木气两屯，属于赴甘井子之孔道。中为一颗树、胡萝卜岗子两屯，属于赴札兰屯之孔道。南为前索伯罕、前奇克奈两屯，则以断铁路以南之交通为主，非孔道矣。

此外一切办法，参酌哈尔滨成规办理。

（二十二）呼兰。呼兰于疫盛时，在通哈各要道暨本城大街南北头共设卡十二处，酌派弁兵，认真稽查，断绝交通，以一月为限。一面检派医生十二名，分驻各卡，查验行人。来自无疫处所，验明无病，即给照放行。来自有疫处所，截留七日，验系无病，仍给照放行；有病均不准过境。七日内衣被、饮食、柴火，均由官预备并派医生检验。

右列二十处，为三省办理断绝交通之模范。此外各处虽间有因人地而异，其方法之处，其大致均不外是。

第二节　水上遮断交通之措置

三省自每年八月后即为冰沍之期，海港除大连外皆为天然之封禁。口岸、江河之平时可以通汽船者如黑龙江（长三千三百八十余里，水深五尺至二十五尺）、松花江（长二千四百余里，水深五尺至八尺）、乌苏里江（长一千七百里，内有一千四百余里通汽船），可以通小汽船者如图们江（水深四五尺）、嫩江（长一千四百余里，水深七尺）、呼兰河（长四百里，水深四尺半）、牡丹江（长八百里，自宁古塔至三姓通小轮）、松阿察河（长二百六十里），可以通帆船者如穆陵河、陶尔河、辽河、伊通河、兴凯湖等，一至冰沍期内，皆天然封禁。居民之间，有乘冰橇以济者，然皆视川河为大陆，已失水上交通之作用。一切防范措置法，与陆上无殊，可径谓为陆上遮断交通之措置法，不能仍谓为水上遮断交通之措置法也。兹将当日所举行预防者略述如左：

宣统二年十一月十九日，为防疫线传入俄境，电饬吉林东北路兵备道王瑚，暂禁民人渡往江左一带，并入俄境。

二十二日，复饬黑龙江爱珲道姚福升，暂禁民人渡江。

宣统三年正月初四日，以俄境禁阻华工，京奉、南满、东清各铁路复断绝交通，留养之苦工人等系山东人居多，留逾七日，验系无病，自应酌量遣回，以免壅塞。既不能令其入关，惟有航海之一法。烟台现已防疫，该工人既经留验发给执照，似应令其登岸，否则或由龙口登岸。当即电告山东巡抚，旋准东抚电覆，饬东海关道分别酌办。

初六日，复电告东抚，以回东小工在奉已留验七日，路经大连又经检验七日，万不致再有染疫情事。龙口等处，似可于检查后径准登岸，以免节节扣留。当准东抚电覆，胶济铁路一带有疫，皆系年内由东三省回家之小工所染。目下该路二三等票已停售，姑缓议。

初九日，据日本领事面称，初二日，日船永田丸由大连出口，装送留验无病之小工多人至烟台，不准登岸。当电东抚，大连出口小工，已经逐节留验，至七日始准放行，断不致再有传染。既承转饬东海关道遵照，以后凡经留验七日无病者，即由日医给予凭照出口，但到时不可再为拦阻。嗣准东抚电复，凡由有疫处船，自开行日扣足七日，方准进口烟台。上次大连来七百余人，验有疫者不少，断难免其留验。请饬谕小工不必回东，以免节节留验之苦，实为至计。

十一日，复电告东抚，回东小工，在大连上船时业经验过七日，该船到登岸之地，途中又阅数日。东省于该船上岸时，是否令其在船住足七日方准登岸，抑准其随时登岸，不再留验。奉省各属截留小工现已数千人，北来者仍络绎。俄已宣言禁止华工入境，将来此辈无处谋生，南下者更多。虽由公家尽数给资留养，此辈归心日切，释放无期，诚不免焦虑危疑。多数之人聚之一处，与禁系无殊，即足以酿成疫疠。且人类不齐，设或激成他故，不特大局堪虞，小民何辜，置之死地？揆诸仁者不忍人之心，讵肯出此？嗣后东省于此项小工，检验不妨从严，若辈桑梓关心，即节节留验，当亦人情所愿，似未便令其久留关外。当准东抚电复，大连船至烟台行八小时，烟台至龙口亦八小时，客至登岸，无从区别。目下龙口亦染疫，拟恳饬小工暂缓回东，实为至计。其业已回东者，向例元宵前后即起程再行出关。在奉省有地可耕，若辈在家无业可就。是否仍准出关，候示覆。当以小工远来关外，在俄境作小工者居多，耕地者不及十之一二，俄国已严禁华工入境，时方冰冻，亦无地可耕，若此辈骤来，恐无消纳之区，转使流离失所，且出入疫区，虑招传染，特电告东抚，为三省计，为八万小工之生命计，以仍令暂缓出关为是。旋准东抚电覆，已谕饬暂缓出关；至未归者；仍乞设法截留。

十七日，以东抚前电有三省正值招垦，佣工出关，可以藉谋生计，不知山东人之在三省，以在俄境事矿工者居十之八九，月入辄五十卢布，垦非所乐。此时到处截留，人满为患，各乡屯鉴于留止疫者全家传染之惨，自卫甚严，无处可容。是日又据安东道电告，烟台万成源轮船载运苦工数百至奉（详海洪检疫篇）。特电东抚，奉省无疫之区仅东南沿海一带，若再传染；将全省糜烂。乞大发慈悲，严饬沿海地方禁阻苦工续来。

二月初二日，以各处截留苦工通计已不下数千人，留验期满，无处可遣。又据爱珲道电称，俄人因防疫限制旅俄华商，每铺止准留五人，其余一概逼令出境。黑河府又电称，自俄境回之华民过江者日以千计，沿边数千里，此项回国华民何止数万。前虽电奏请旨，筹款安插，然海港留验未能一律建筑，关内外交通又断绝，遽令纷纷北来，有来无往，有增无减，拥聚一偶〔隅〕，供亿实难周遍，即不免有冻饿、无归之虑。特电告东抚，俟留验布置完竣后，再准通行。（详海港检疫篇。）旋准东抚电覆，转饬东海关道照办。

十九日，以黑河府知府王杜电禀，俄因防疫，禁止华工过境。查彼岸华工皆直、东籍，每年约数万人，大都于开冻时搭轮前往，亦有由陆而来者。应饬哈埠及由省赴黑各属一律从严禁阻，俾免临时无从安置。并咨直、东两省，预为谕禁，以省往返。当电告直督、东抚，工人到此受种种困难，况疫染最为危险，谋生计转入死地，想大君子思念及此，必恻然有所不忍。务祈实行禁阻，以全民命。

正月二十四日，以爱珲道姚福升电禀，俄岸定二十八日禁止过江，旅俄华商每铺止留五人，其余工商一概驱出并禁运货。爱境连年灾歉，十室九空，倘再添二三万饥民，遣之则齐哈不通，养之则粮食缺乏。特电直督、东抚，晓谕旅俄华商等万勿来东，仍饬各海关严行禁阻。当准东抚电覆，已一体谕禁。（余详检疫篇。）

二十五日，据吉林东南路道陶彬电称，前准日本领事照会，朝鲜总督府募人在图们江南峡硬阻华韩工人入境；又准俄国廓米萨尔照会，珲春边界俄卡伦关防，亦禁止华韩工人往来。当以此种工人身多秽恶，固应阻止，但延珲商务多恃俄日交通之利，因与日领俄官往还照商，始准华商照旧通过。惟俄人于该国卡伦及罕岐两处设立病院，须留验五日放行。日人对于华商则并不留验。当饬该道认真防范，并电告外务部。（余详检疫篇。）

第三节　遮断交通之救济法

（甲）奉天

自厉行遮断交通政策后，奉省沿铁道各府厅州县，每日截留苦工，多者千余人，少者亦百数十人。各守令力谋供亿，寒为之设炉坑，饥为之备糗粮，皆取办于仓卒。其困难万状，楮墨难罄。兹述其匡略如左：

宣统二年十二月二十四日，以断绝交通，各府厅州县设备不完，截留人有不死于疫而死于冻饿者，特电饬各府厅州县，凡截留之人，每日如何管理，饮食煤火如何供给，医员每日如何检诊，逐日查记，每五日呈报一次。

宣统三年正月初二日，以京奉火车停行，山海关外苦工拥滞，当经直隶总督陈夔龙电奏设法安插。奉旨：陈夔龙电奏关外一带防疫紧要，各省前往工作人等回籍度岁，未能入关，宜筹安置等语。现在天气严寒，各处工作人等留滞关外，饥冻实堪悯恻。其行近榆关者，著陈夔龙设法安置留养；其在奉天境内，著锡良饬属一体妥筹办理，毋任流离，以重民生。钦此。当即特派委员，会同锦州府绥中等县，租房五所安插之，日给口粮银元一角至一角五分。沿铁道各州县，亦仿此酌量办理。

初十日，电饬三省各府厅州县，凡疫已发见之处，应分别地方情形不能全部隔绝，如西关疫死人数较多，则西关外一处断绝往来；或街内疫已盛行，则于街外设转运交换所，凡外来之车辆，概在街外或距街三五里之村镇买卖装卸。凡要道，不论有疫无疫，均设卡查验。其办法：车辆行人往来自无疫处所者，验明放行；来自有疫处所者，截留七日，验系无病，仍给照放行。既经验过七日之后，再经过无疫地方，非验系有病及疑似者，不得留验。车辆装运以粮石柴煤日用必需之货物为限，其兽类皮革、陈旧衣物，无论何处，仍不准往来输运，一律实行，不得敷衍。

二月初二日，复电饬营口、安东、新民、锦州、昌图、宁远、凤凰、抚顺、本溪、辽阳、海城、复州、盖平、铁岭、开原、盘山、锦西、绥中、镇安、广宁、奉化各府厅州县，凡载粮豆车运至各城镇及沿路车站，应于街外设立交换所，如公主岭办法：各处所来粮车，即于该所卸载消毒，原车饬回，再用本街检定之车运往街内或站内。如交换实系为难，处所准将车夫车辆严重消毒放行。

是月，北路防疫分局严断吉奉沿边各地交通（详前），特规定救济法如左：

一、文报局信差。

一、邮政局信差。

一、各处军队、学堂、巡警暨各局所衙门持有印文之专差。

以上三项人，均须验明，果持有各局署之印文或官衙戳记信件者，盘诘相符放行，惟不得一人而挂他人。

一、除以上三项人员，无论何人，概不准放行。

一、附近村屯祟粮石、售卖柴草大车，准其放行。惟每车一辆，准赶车一人、跟车一人随同车辆放行。此外不准多带一人，以防弊混。

是月，又因奉天省城疫势未熄，将最不洁部落工夫市严行圈禁，当设接济所，规定办法如左：

一、各路口用木栅栏并洋铁瓦两种分别按段钉固，只留两路口出入。各户如有因事外出，发给通行证，始准放行。

一、接济柴米，分两处路口发放。所有办公房屋，由四五两区于路口左近地方各租赁一处，以便办公。

一、两区隔断交通各户发放柴米及日用洋，划分两段，每日每区各放一段，以期简捷而免混乱。

一、于隔断界内包备浴室一所，以便各户人轮班沐浴。

一、堆积秫秸，须有指定附近空阔地方，两区各设一处。应由该两区酌派巡警常川保护，以防意外。

一、开办时先行黏贴告示，并于隔断交通界内刷印白话劝谕，按户发给。

一、预发各户米柴、日用洋联票执照，交由各该区填写口数分给，以期详细。每日各该户持票请领时，由所验明登簿，盖用骑缝戳后，始行发放，以杜冒领而免遗漏。

一、由所代备领讫凭条一纸，各户持照验明登簿、盖戳后，交与该户至发放处领取，毕即凭条交与发放之人，以凭存查。倘发放人有不公允之处，准该户持条不交，径向该管员声诉。

一、柴米票据按每日先期换给新票，惟领洋票据按每月换给，以免日久污毁。

一、发放各户柴米等项，均按户口次序来领，以免拥挤。

一、每日发放各柴米暨按月日用洋数目并通行时间，随时列表报告。

一、每大口每日应发给米半升、秫秸二捆，小口折半（十二岁以下为小口）。概不收价。

一、每大口每月发给日用洋一元，小口折半。发放票据，按照柴米票办法，惟每次预发半月数目。

一、发放柴米，每一次按一日数目发给。

一、通行证，每户每次只准出入一人。凡出者，持通行证到挂号处登记年月日时刻，并将所住地点、办理事项说明，始准放行，不准在外逾夜。如有在外逾夜者，除饬本人不准归回外，并将该通行证收销。

一、通行证须将颜貌、年龄、住趾〔址〕、赴何所、何时出入详细刊明，以便填写。

一、无论各该票据，如有丢失者，应赴本所声明，经查实后，仍取该户保证，声请另发特别票据，以便稽查。

一、如有探望隔断区内住户者，应在本所指定地点等候，再由本所发给隔断区内之人证据，始准接晤。

一、隔断交通界内如有声请移居者，须经防疫事务所之许可，始准放行。

一、关于清洁卫生等事，应由本所与本段之区官协商施行。

其余各属，皆遵照正月初十日、二月初二日之命令办理。

（乙）吉林

吉省遮断交通之救济法与奉省异，其大致如左：

（甲）**贫民留养**。此次染疫，贫民为多，则留养之事，非惟慈善之道，亦防疫之要着。况交通既断，此辈无所得食，亦救济宜尔也。而因各处情形颇有不同，故办法因而稍异。兹以省城及各属与哈尔滨、长春分为三项如左：

（一）省城及各属

（甲）省城。设庇寒所二处，收养耄老、残废、游民、乞丐及外来之流徙贫民，与夫本城被停之下等营业，派委员医司事办理。其办法如下：

（一）入所办法。每人入所，即给棉衣裤各一具，早晚用饭两次。其有由委员挑执杂役者，并酌给以赏钱。若所内规律，则起居、沐浴及室外散步以至一切卫生清洁，皆有定则。

（二）出所办法。庇寒所裁撤而善后之办法生，省城当经分别收入工厂、养济院，或听自择生业。

（乙）各属。自防疫令行，即通饬各属设庇寒所，一依省城办法。计共设庇寒所九十六处。其特多者如双城至三十一处，伊通至十二处。

附：难民截留问题。当防疫綦严之时，适有境外放归难民一事，安插之法，诚不容缓。当经电饬各属截留难民，令沿途州县分摊留养，并筹安插之法。其调查方法共分三种：（一）境内实有难民若干，内有壮丁若干；（一）有无可拨开垦之地，民间大户如需招募佃户，每日能给工价若干；（一）难民壮丁固可劝令就垦，而老弱妇女如何安置，每丁口需款若干，应统筹计画，分别安插。旋据各属报告，境内此项难民无多，均愿自谋生业，撤所时无需安插，惟本地老弱残废无亲属领归者，分别收入习艺、劝工等所及养济院。

（二）哈尔滨。傅家甸贫民最多，传染疫症亦以此项贫民为甚。当向东清铁路公司先后借篷车百辆，将贫民圈禁车内，逐一查验。预备绵衣面粥，俾得饱暖，并派员司妥为照料。即将贫民所居染房胡同、五柳街最坏房屋二百余间及铁路界内紧靠傅家甸之华民私盖草房二百一十四间，一律焚毁。又因三江会馆在傅家甸所设之庇寒所两处收留贫民，令设法推广，并由公家津贴银两，以资补助。贫民一经圈留，得资饱暖，即无病毙情事。至东清公司圈验之无业贫民五百余人及由双城运来之无业游民百余人，先后送赴长春暂行安插。

（三）长春。自城厢内外小店伙房一律封闭，遂设贫民留养所，收养本境贫民及由哈来长之苦工，俾免冻馁。计宣统二年十二月间共设四处：（一）城西十里堡；（二）城西二十五里堡；（三）城东北十五里堡；（四）城东南稗子沟。宣统三年正月，又添设城东安龙泉一处。均由商埠及城乡两警局分任办理，内用人员分三种：（一）巡警，查察所内一切情形；（一）医官，经理所中饮食起居及卫生救治一切事务；（一）陆军，任管理巡逻、监督掩埋之责。其人数视贫民之多寡酌定。至乞丐尤易染疫，先时择其强壮者，给以绵衣银元遣散；其老弱者，另于南门外设土窑二十处收留，逐日施粥。疫平之后，留养所已撤三处。今稗子沟、安龙泉二处尚存。

（乙）**特别放行**

（一）人员。除本省现任道府以上及各处因特别重要事务遣派之官员、各国领事与其家属并因特别重要事务专派之官员、以及陆防军队持有局发特别放行证或命令，各检疫所照验放行外，所有关于防疫人员，由局发特别放行证及临时命令者如左：

（一）各处调来办理防疫人员及医官医学生。

（二）派往各处查考防疫法之专员。

（三）各国派来调查疫症之医师。

此为省城及各属之普通办法。以外哈尔滨道里道外遇有交通要事，由局及领事发给放行执照。长春城内与大北关商埠界及满铁附属地有交通要事，中外人等出入城门，须由局给通行证。日俄领事皆取此证，转给该两国商人。日本防疫支部亦刷印附属地通行证，转交道署，发给我国商民。彼此执行，均无阻碍。

（二）药品。吉省防疫总局派往各处购办防疫药品之专员及各属派往他处购置药料之员司，持有特别放行证或执照，各检疫所及各分卡放行。药商经认许者，一律办理。

（丙）**食用接济**

（一）粮米柴炭。省城指定江南公园、东关、西关、北关四处市场，派员办理。凡运粮米柴炭车辆爬犁等至各检疫所、分卡，委员验明给票放行，令赴市场售卖。购买粮米柴炭者至场自行带往车辆爬犁拉运，不准原运之车拉送进城，市场委员即按买主发给购买执照，以便沿途巡警查验。订发粮米、柴炭市场规则，通饬各检疫所及分卡并贴示谕，一体遵照。哈尔滨当傅家甸圈围之先，即由局预备派员赴一面坡采买柴炭，赴呼兰购运粮米，均经预备齐楚，以时分配。长春则四乡输运粮米柴草车辆，不准入城，于城外指定堆积场，由局另派车辆载运入城，发给关防白旗，以示区别。其余各属，凡运粮米柴炭车辆，或令存积城外指定处所，或派医驻城门卡所查验放行。

又虎林厅所辖乌苏里江以东各边界，前接俄员照会，奉该国命令，于沿边交界一带分派马队，日夜巡查，自本年正月十三日起，无论华俄商民，暂禁交通。其繁盛村屯，均设有检验所，遣派医士驻所检验。如有违章出入其境，必须收所查验五日，始准放行。办理亦尚认真。惟彼境日用烧柴向悉仰给于我，我境日食米面等物亦向悉仰给于彼，行未数日，我无余粮，彼无柴草。遂于正月二十日接俄员照会，拟定限于十五天内，于乌苏里江心立一中外互市场，准两国之人日中为市，贸易而退，不准彼此出入国界，并由两国官员派兵前往弹压，以免滋事。

（二）食盐。凡转运食盐车辆，各检疫所及分卡准由盐站自雇车辆接运。

（丁）**文报递接**　凡外来文报邮件，由检疫所消毒，每日由城内派人接递。其发去文报邮件，亦每日由城内派人送至该处。如原差验明无疫，即可当日回递。

（丙）黑龙江

江省有疫地遮断交通之救济法与奉、吉无殊，可无庸赘述。其办理最困难、供亿最繁重而取办于仓卒者，即救济自俄境防疫逐回之华侨是也。

宣统三年二月十一日起，俄因防疫，令华侨出境。迨经力与磋商，允将闲散不洁者先行，余且暂留。然旬日间已六千余人，满、库两界未查在内。沿江一带纷纷而来，每日资遣一二百人外，流寓爱城七十六屯者三千余人、黑河村市者千六百人，沿途乞食，日不暇给。当饬爱珲道督饬黑河、爱珲厅，与绅商筹议安插。爱城本有招垦局，可令开垦，然冰雪在地，须留养三个月。黑河拟设官商合办矿务公司，然满、库均有由俄境回国之人，且因库厂限禁入沟，其饬探采者尚无成效。惟有暂令刊伐木材，官商合给粮食斧锯，各令运售归本。俟春融后，愿耕者劝令开垦。俟公司雇把采出金苗后，愿工者令作矿丁；其不耐苦力者，资遣出境。每屯拨米五石，由屯长给予一宿两餐，即令前行，并由分卡巡警压送。自上游来者，由黑河每人给面三斤，巡警接替押赴爱城防疫局领票，至梁家站又给面包五斤，免致逗遛滋事。再于大岭检疫所备粥厂，食后令行，每人给面包五个。嫩江府讷河厅经过各属，亦照此办法源源接济。

二月十二日，嫩江府知府王彭禀报，流民南来日多一日，大半面无人色。其赴知府衙门、巡警公所两处恳求赈济者日必数起。当在警务公所，每人给发江钱五百文。嗣因人数渐增，非但财力不继，府属频年荒歉，粮储一空，行旅即囊有余钱，商贩实家无担石。当饬吉林民政司拨米百石派员运往，复由该府匀拨订买小米五六十石，由防疫会检验发给无疫放行票照后，即持票投府署，由知府于头门设棚，亲自按人分配遣放，每名每日给米二升、钱五百。四乡则由与黑河接壤之四站（即搭溪站巡警分区）各发二日钱米，由四站二日抵城。其到城之日，尚有四站两日所发钱米未完，不必遽行，再由卫生队指明应投某店住宿。次日赴防疫会验病给照后，由会中检疫队兵引赴府署，照章给发钱米，面询职业、原籍、家属，分别填表，择其原籍有家属、厚重质讷者留府安插。此外或因其行远忍饥、困顿可悯，暂准留养三日即出境，由府城一站至依拉哈站钱米一日，过依拉哈（即博尔多）一日，即抵讷河厅城。惟查此项流民，良善者稀，色目甚杂，府境又为卜奎西北要道，南北往来人众。此次仅赈北来侨民，必须将南来人众剔出，如俟发米之时面问其所从来，即由卜奎东荒来者亦托迹于瑷珲黑河，无从办〔辨〕别。当于各人入城时添招军队八名，在城根一带巡逻。即于入城时领赴某店歇宿，由该店注入循环簿。当晚于十二钟派人赴各店按人详查，另行簿记，以与店簿相证。以免店家弊混，以多报少，希图漏捐。流民入城后，由队兵指明住店，不许另投他处。计城内店户约十二家，因指出住客较多者之店八家，专住北来人众，以示区别，而便稽查。至侨民住店各费，令其照章给钱。其不能照章给者，由官代给，即在各人应领五百文之中剔出，交店家收受。至流民至城时刻，恒在下午，不能随到随赴防疫会检验。即先令住店，次日由警传知分赴该所验病，给予无疫票据后，再投府署领钱米，并于票照上注明给几日、钱米可以行至某处，以杜弊混。兹将当日办法列左：

一、北来人民所住各店，与南来人民所住各店不得互相掉换，致碍稽查。如指定各店之外，私投他店或容留者，查出一并议罚。

一、该民等如于日落之时进城，须由检疫卫生队（其左膀上有白布一条即是）指示住宿，不得违背。如队兵离汛，未曾相遇，即投岗指示。

一、住店住宿之次日早晨，即赴检疫所听候检验给票。有病者仍须留院诊治，不得违背。

一、检疫所验明无病给票后即投府署持票领米。

一、该民等如于上午九钟到城并不住宿打尖南行者，即于进城之时向卫生队兵说明，带赴检疫所，检验无病给照后，即投府署领米。

一、领米之后即须出城。如有持赈匿不出城，希图更名再领者，查出重办。

一、开店之家遇有本日已经领米之人仍再寄宿者，须报警局存案，以便来日发给留养钱米，并杜更名冒领之弊。

一、发米分部三区：四站为第一区；本城为第二区；依拉哈为第三区。按段照章给粮，不得争多较少，致滋喧闹。

一、凡赴府署领米者，由司法巡警指示该民等齐集府辕门外听候。唱到自己姓名时，即鱼贯进领，不得于传唤他人时争先挤入。

一、在头门外领米后，仍鱼贯由东辕门而出。不准徘徊瞻望，拥挤不行，致碍后人领米地步。

一、府署发米以十二钟为限，过限停止，俟明日再发。不得一人或数人任意要求续放。

一、凡发米以后，如本日人数太多，即应分作两班起行，由府派兵押护，以免沿途安宿滋事。

一、凡分两班起行之时，某人应归头班先行，某人应归二班后行，或隔一日再行，届时听候指示，不得争较先后，不服约束。

一、住店时须照向来店章给与店钱，其极寒者准从少。每人给铜元四枚作为烧柴费。

一、尖站及在屯住宿，至少给烧柴钱铜元三枚。

一、除尖、宿两项外，每名每日给使用钱二百五十文。

一、以上三项尖、宿、烧之钱，每日于领米之时按名发给。

一、上项均以单行无被包衣囊者为断。其挟有川资及有牛马之车把坐客、贩买货物客商，均照向章自行给钱。

一、住店时，每炕至少须住十二人，不得希图宽展，妨碍店主及他客。安息之地，其在乡屯时，尤当聚居一处，不得任意投宿，勒令民户腾挪房屋，致妇女无处容身。

一、除店家外，遇有投宿之处，应听屋主指出某地，令其安息，不得任意挑剔，或故与妇女所居之坑〔炕〕相近。

一、投宿之处，仍按店章给钱与屋主，只许多给，不许减少。或自愿免收者听。

一、尖宿之处不准聚众耍赌、私吸洋烟。

一、过往人等，除因病应留养病院，及愿在本地佣工，经知府验明留养，听候派拨工作者外，余或因行路，或因受饥疲乏者，准留养三日，仍按日给予钱米。

一、留俟工作者，一经派定在何地方执何佣作，不得违抗。应得佣值若干，均照本地向来雇工劳金办理，并须订立合同，以资遵守。由直东两省商民具同乡保结，于合同上注明。

一、凡因饥疲留者，以三日为限。如实系困顿猝难起行者，准再留养二三日，惟至多不过一星期。每日除店钱外，给铜子四枚。

一、店户遇极贫者，只准收店钱四枚。如系饥疲留养者，既仍由官按日领钱，如果仍只给四枚，店户亦虞亏累，即加给四枚。

一、留住之人，每日给米二斤，足敷两顿，不再加给打尖口粮。

一、发放留住之人钱米，另给票照，不与前项。载明给米盐钱若干，应行至某处。票照同，以便考核。

一、此项票照于该流民起行或到工之日缴销。

二十一日，据爱珲道黑河府电称，现遣华侨出境，无业可营，同一困难。不如薄给工资，使开满库等厂及爱海道路，以免假道外人，动辄受制。拟请择能耐劳者分拨满库两厂，由该厂筹款，督饬兴工。其爱海道路，即饬毕路协领奇克德卡官等督工开办。如此以工代赈，俾饥民藉以生活，不致流而为匪等语。当即电饬照办。至开路费用、由某处至某处距离若干、需费若干、各路工程之难易、酌拟分配之人类，须通盘估计，预为筹画具报。其由爱珲至观音厂道路亦应开辟，饬即一并酌筹办理。嗣据黑河府电称，爱海开道，前经禀准饬办，库嫩道亦奉派勘拟办，均未实行。黑库以达漠河矿厂无道可通，借径外人，诸多掣肘。回国华工，挖金则先须采苗，不能骤容多数；垦地则冰冻未解，无法结屋下犁。现行者惟木板、资遣二事，然木板容七百人已觉过多，资遣已逾千名，尚有源源来者。不如趁此时机、派员集令、前往开道，分爱海、库嫩、黑库为三路，同时并举，期以两月。毕事薄给工资，人亦乐从。开通之后，东荒农事正兴，于工则谋食有区，于农则佣人不乏。珲道既通，爱境亦不虞匮食，又可通商贾懋迁之途。俟草现冰融，矿垦二业，一呼即至。实边之策，以人为贵。似此精壮民丁，遣之回籍，既耗财又可惜，万一至省后麇集一隅，留则无业，行又无资，恐更危险等语。当即电饬照办，并派黑河府认真督饬，就近拣派妥员速办，以兵法部勒。所需款项，核实估计请领。至黑库达漠河金厂一道，应早开辟，以免借径外人；由爱珲至观音厂道路，亦宜一并酌筹办理。旋于三月初二日据黑河府电覆，路工应分缓急难易，库黑除头二区尚平坦易修外，余如北流，沟壑山峦，直抵江边，必越冈伐木，架桥为难。而最急之路爱海通东荒珲路，于垦、于商、于民食裨益实多，惟越兴安岭，工程较巨亦难。而最急至库漠一路，借径掣肘，必须急为开辟。然难修情形，视黑库上段为尤甚尤难。而最急若库嫩一路虽易而可缓，爱路甚难而亦不必急。应俟以上各路辟通后，再为赓续进行。其黑库线已派员履勘，中旬便可动工。近查华侨逐回者渐稀，先回者已分别安遣。以人数路工计，拟先从黑库、爱海入手。爱海线即请饬下爱珲厅协同勘估，并请电饬库漠两厂，先将库漠线勘妥，俟黑库通后即便续修。当即分别电饬照办。

初三日，决议安插侨民之法，于沿边开通三路：一由黑河至兴东为一路；二由黑河至库玛尔河为一路；三由库玛尔河至漠河为一路。其漠河至呼伦，向有道路可通，稍加修治，则沿边脉络即节节灵通。此外再由沿边至腹地开通两路：一由黑河至海伦为一路；二由库玛尔河至嫩江为一路。内外声息更可联贯。所有各处路线，某处应需若干工程、能容若干人，复饬黑河府切实踏勘估报，迅速开办。

是日，又电询各属安插流民办法。据嫩江府电禀，拟令南来之民分别佣工伐木，当饬照办，所拟拨修甘河轻便铁路，并饬该府会商协领等，妥筹办理。其讷河过境流民，据讷河厅电禀，分为四段接济食宿，每名早给面一斤、付店费铜元二枚、晚给米十两、付店费铜元四枚，节节警护，妥遣出境。内中如有实在良善耐苦者，酌留开垦，并请拨队弹压。

均即电饬照办。其由讷河至龙江界内，即饬该府沿站供给尖宿，并于省城内设立旅客栖止所，设法安置。饬民政司妥筹以工代赈之法，俾免流离失所。惟修路、伐木，均属目前一时之计，转瞬工竣冻解，即须另筹安置。至黑爱沿边等处，向不产粮，均仰给于东荒一带。前据黑河府电称粮食缺乏，恳速接济。奈道将开冻，转运维艰，若必俟开江后由哈尔滨江轮运往，诚恐大费周折。数万哀鸿嗷嗷待哺，一旦缺食，后患何堪设想。当饬广信公司勉力筹措，设法购运，以期不误民食。

初四日，据嫩江府电称，由爱属三站递送过境流民，均称俄人一经驱逐，立须离境，衣囊钱货不容携带，路长衣敝，形同乞丐，沿途店户不纳。虽领有米面，无从熟食，前后因冻饿致疾、鞭扑受伤留治病院者数十人。虽陆续治痊，然府城无估衣、成衣店肆，不能购办棉衣，续来者甚多。请饬瑷珲、黑河等处采购袄库〔裤〕给发，以免无衣露宿致毙。当以该府所称侨民流离困苦情形，深堪悯恻，即饬瑷珲道等酌量施给衣食，以免冻馁。

第五章 病院及隔离所

三省疫病发见后，为防疗计画，以日夜筹设疫病院、隔离所为握要之图，而在筹设病院、隔离所上最困难之问题，以乏适当之房屋为当时最棘手之事。

疫病院与隔离所之位置必与民居隔绝稍远，房间之区画亦以适于防疗之布置为宜。其房屋有疫死者过多，非寻常消毒所能灭绝疫种，即当付之一炬。民间力能盖屋数十间者，其身家必多殷实，断不敢卜宅于四顾无邻，与城市村屯隔绝之地。即有废寺、古庙，均系公共团体建筑，疫灭后火毁议偿，统事前之修理、事后之给价计，反较新建筑者为昂。奉天、营口、沟帮子等处，不得已筹建铅瓦房承其乏，亦以此故。

所以建铅瓦房而不建砖瓦房者，其故有二：

（一）天时障碍。三省气候，至九月后即为冰冱期，泥土等工皆无术动作。其因一。

（二）落成迅速。筹建院所皆为仓卒应用计，每处兴建少者百余间、多者四百余间。经医官会同工程司绘就图案后，均须于二三星期内筑就，用他项建筑法，非数十倍之时间不可。贫民苦工与疫病者之家属，皆乏地可容，露宿以待，胡能耐此？其因二。

（三）消毒利便。铅瓦房隔绝传疫之微生物较砖瓦房为宜。至事后以疫死人数过多，用火毁消毒之法，亦较砖瓦房易，而损失较廉。

以此三因，故奉天、营口、沟帮子等处，皆刻日筹建铅瓦房以资应用。此外各处之租借民房应用者，事成后火毁消毒，亦一律给价。每间修理赔偿之数，即破废之屋，价亦不资。三省物力实于是告瘁。兹将三省筹设病院、隔离收容所办法规则，按各省情形分述如左。

第一节 奉天病院及隔离收容所

（一）疫病院
（甲）房屋之区画

（一）办公室；（二）医官室；（三）药库室；（四）微生物试验室；（五）预诊室；（六）浴室消毒更衣所；（七）男女轻病室；（八）男女重病室；（九）看护室；（十）司药宿舍；（十一）女看护室；（十二）回覆室；（十三）消毒夫役宿舍；（十四）病室夫役宿

舍；（十五）死尸室；（十六）焚烧秽物室；（十七）杂具库；（十八）学生宿舍；（十九）饭厅；（二十）厨房；（二十一）医官夫役宿舍；（二十二）病人厕所。

如以上之区画而安定施之者，共有旧疫病院、新疫病院二处：

（一）旧疫病院。租用省城小西关外山西庙房屋为之，共计房屋九十三间，于宣统二年十二月十四日开办。

（二）新疫病院。宣统三年二月，以北路疫势未熄，省垣旧疫病院亦日毙二三十人，病院房屋系仓卒租用，施以疫病上隔离处置方法，多不合用，遂于是月请英医司督阁绘具建筑图案，于山西庙病院之南，责成英工程师福德于三星期内建成。即为今日之新疫病院，计屋一百五十九间。

（乙）员医之组织及职务

（一）医官职务

一、每早九点钟、晚六点钟，须巡视病人一次，细察温度病状。如遇有重病，即行分开，另置一室。

二、每有病人入院，须先行细诊，查明年岁、姓名、籍贯后，发给收条。

三、诊病后，须按病之轻重，派看护夫，安置病室。

四、按病之现状酌给药品、食物，饬看护生照办。

五、监督看护生及看护夫留心看视病人。如有危急处，经看护生报告，当即往诊，不得稍有迟延。

六、病人入院验后如有疑窦，须将病人痰送显微镜部验看。

（二）庶务职务

每日到病室二次巡视，厨房、病室、庭院遇有缺漏不敷物件人役等即行添置添雇，并督责厨房按时照给病人食物。

（三）书记职务

收发来往报告，存记所有病人姓名、住址、籍贯、职业、入院出院、死亡日期。

（四）看护生职务

一、细察病人情形，报告医官。

二、小心病人饮食药品，不得疏忽，致有缺漏。

三、病人被盖痰壶及一切应用物件，如有不敷，即行报知庶务照购。

四、担任第五、六条中一切消毒、取缔病人器具排泄物等。

五、责厨房预备牛乳、稀粥，按时照给：八点牛乳，十点粥，一点牛乳，三点牛乳，五点牛乳，七点粥，九点牛乳。

（五）病房监督职务

一、监督病院以内所有卫生事。

二、监督看护生、看护夫小心看视病人，药品、茶水、食物按时照给，不得漏缺。

三、巡视病人应用被褥是否洁净。如有病人死后之被褥，即交看护生消毒，再交洗手涤洗。

（六）消毒员职务

一、执定防疫局所定消毒章程办理，不得稍忽。

二、苦力如有不受法者，须力行劝导；如再不听令，即行议罚工钱。

三、预备二十倍石炭酸水、千倍升汞水为病房用。

（七）苦力头职务

一、时察苦力所穿消毒衣、呼吸囊，要令其整齐，不得参差疏忽，以免传染。

二、苦力出班时，要令其全数带至消毒室，交消毒委员，发给避病衣、呼吸囊，穿带整齐后，到病房听候。

三、苦力下班时，亦须先点名，全数交消毒司严行消毒后，乃许其回房。

四、苦力上班时，须严守苦力住房，不得听其任意乱入宿舍，以免传染。

（丙）病房规则

（一）每病人一名应给物品：铁床一，方椅一，茶杯一，茶壶一，痰罐一，痰桶一，大便器一，小便器一。

（二）天气佳时，务必开窗户以收纳空气，使日光射入。

（三）房内务必清洁暖和。

（丁）取缔病人排泄物规则

（一）地板每日用石炭酸水净洗两次。

（二）痰桶内须常有石炭酸或升汞水。

（三）病人如吐痰地下，务必先用石灰盖之移去，再用石炭酸洗涤地板。

（四）病人之排泄物如大便、小便、痰沫，务必用火烧却。

（戊）取缔病人器具规则

（一）所有痰罐、茶杯、茶壶及一切磁器，每日须用水消毒法煎沸二次。

（二）被盖衣服及一切布毡污时，须用蒸气消毒法消毒，或用福尔麻林薰法消毒后，再交洗手洗涤。

（三）病人死后，其被盖及一切器具消毒后，须用日光晒十日，方可再用。

（四）铁床及一切五金器具，皆以火法消毒。

（己）病人院规则

（一）所有送院病人，如病状不明，非有镜验结果确为阳性者不收。

（二）如百斯脱病状已昭然无讹，即未镜验，亦许送入。

（三）病人入院须带有入院票，内载明姓名、年岁、籍贯、住址，经医官签字，定好病名，方许入院。

（庚）病人住院规则

（一）所有一切器具衣被，皆由本院备给，病人不得多带物件。

（二）所有用药、饮食、起居，由本院医官召遣。

（三）病人死后，其家属可预备装殓物件及棺木，派人看视，而无干预装殓、埋葬、消毒之权。

（辛）看护生保卫法

（一）所有看护入院时，须穿好避病衣帽，换皮靴、手套、呼吸囊。

（二）所穿避病衣帽务须严紧，以防毒气吸入。

（三）在院时须小心看护病人，而不可久留病人状侧。

（四）在病人旁行事，务须灵捷，事毕即行离出。

（五）在病人旁，须防病人痰沫溅入眼孔。

（六）与病人说话须格外小心，以防呼吸传染。

（七）试察寒暑计须置之腿窝，以免与病人对面，呼吸相迫。

（八）出病院时漱口洗鼻后须长呼吸数次，将肺内所蓄之毒气吐出，以免滞在肺内。

（寅）参观规则

（一）来宾参观，须经庶务所或本院认可，派人随同入院。

（二）入院出院时，须守本院消毒规则。

（三）来宾参观，所有病人器具，不得随意擅取；其排泄物尤须小心，以免传染。

（四）来宾即系病人家属，亦不得太近病人，久稽病室，以免招染疫气。

（五）所有医界中人得以自由诊验病人。

兹将疫病院患者入院名簿式、医务部报告式、病人死亡埋葬报告式列左：

百斯脱病者入院名簿（病院用）

入院日期	住扯〔址〕门牌	户主姓名	病人姓名	籍　贯	职　业	年　龄	发病日期	死亡日期	镜检日期	成　绩

新病人入院日报（报告医务部式）　年　月　日

病　名	住址门牌	户主姓名	病人姓名	籍　贯	职　业	年　龄	发病日期	摘　要

入院病人死亡及埋葬日报　年　月　日

病　名	住址门牌	户主姓名	病人姓名	籍　贯	职　业	年　龄	入院日期	死亡日期	埋葬日期

兹将省垣疫病院收治之百斯脱经过及转归列表如左：

种别及男女别　　转归　经过	肺百斯脱		疑似肺百斯脱		合　　计			死亡百分比例
	男	女	男	女	男	女	总　计	
发病当日死　亡	一九二	四	三六	三	二二八	七	二三五	二六·四
发病第二日死　亡	一六二	一一	九一	一二	三五三	二三	三七六	四二·二
发病第三日死　亡	一〇七	五	四六	九	一三五	一四	一六七	一八·七
发病第四日死　亡	三八	一	一六	六	五四	七	六一	六·八
发病第五日死　亡	一七	三	四	二	二一	五	二六	二·八
发病第六日死　亡	八		一		九		九	一·〇
发病第七日死　亡	二	一	二		四	一	五	〇·五六

种别及男女别	肺百斯脱		疑似肺百斯脱		合计			死亡百分比例
转归　　经过	男	女	男	女	男	女	总计	
发病第八日死亡	六		五	一	一一	一	一二	一·三
发病第九日死亡								
计死亡	六三二	二五	二〇一	三三	八三三	五八	八九一	一〇〇·〇〇
备考	一、发病时日不详者不记。 二、商务总会病院之病人并未记发病日期，故不算入。 三、肺百斯脱内有未经镜验，据临床病症决定者有之。 四、所谓疑似百斯脱者，只行死后诊断，未经镜验及镜验不明，仍须再验。而未再验即死之者，本所开办以前只有巡警报告未诊断者亦有之。 五、无治愈者。							

至关于有疫各府厅州县之病院处数、员医人数及入院人数之可述者，列表如左：

名目地别	处数	医官	办事人	入院人数	名目地别	处数	医官	办事人	入院人数	名目地别	处数	医官	办事人	入院人数	名目地别	处数	医官	办事人	入院人数
承德县	二	四	七		新民府	一	一	一	一	海龙府	二	二	二	一五	康平县	一	一	一	
抚顺县	四		四	四	镇安县	一	一			东平县	一		三		通化县	三			
辽阳州	一	一		一	彰武县		三	一		西丰县	二	二	二	二六	凤凰厅	四	四	五	一五
海城县	一				锦县	一	二	四	二	西安县	三九				安东县	三	四		一五
复州	三				广宁县	三	六	三	三五						宽甸县	三	四	五	
铁岭县	三	三	六	四六	义州	二	二	八		昌图府	九	九	三四	九八	营口厅	三	四	七	
开原县	六	七	三〇		宁远州	二		二	二	辽源州	二	三		六	法库厅	二	二	六	二一四
辽中县	六	七	六	一〇	绥中县	一		一	五	奉化县	七	八	三四	七四	庄河厅	一	一	一	
本溪县	二	二	二	七〇	锦西厅	四	四	四		怀德县	一〇	三	一〇	二九三					

（二）疑似病院

非普通病而病状似百斯脱，而未决定为百斯脱者，谓之疑似病。惟疫气之发，事起仓卒，当时先立一疫病院，而疑似病院附其中，特示以区别焉。

一、未经医官检验，有似百斯脱病者，皆送入此院。

一、入院后经医官验为百斯脱者，立送疫病院，将该病人所住房屋严厉消毒，一周间内他病人不得居住。

一、经医官检验为疑似轻病者，亦须住院七日，方准出院。

一、甲病室不得到乙病室，乙室亦如之。

一、亲友探亲者，非经医官许可，不得接见；即准接见，必距离在五步之外，其时间限以十分钟。

疑似病者病名决定日报

病人姓名	住址门牌	年　　龄	病　　　　名	镜　　检	病名决定日期	摘　　　　要

疑似病者入院名簿

入院日期	住址门牌	户主姓名	病人姓名	籍贯	职业	年龄	发病日期	死亡日期	镜检日期	病名决定

（三）普通病院

奉省原有卫生医院即普通病院，惟疫症盛行时院内医官多经调遣不敷分布，故普通病人欲在家调治者听之。

（四）隔离收容所
（甲）隔离所之区画

奉省隔离收容所，以省垣论，关于新建筑者有七处：

（一）西北关隔离所。系日商天庆组承办。系宣统三年正月建筑，二月初一日开办。

（二）东关隔离所。系怀德县知县汪如山、留奉补用知县翁巩承办。

（三）大西边门外贫民收容所。系怀德县知县汪如山、留奉补用知县翁巩、顾孟养承办。

（四）京奉车站隔离所。系英工程司福德承办。

（五）沟帮子车站隔离所。系留奉补用知县翁巩承办。

（六）营口河南隔离所。系英商沈德成固工程司绘图，锦新道周长龄委任商号万春恒包办。

（七）营口河北隔离所。系锦新道周长龄委任京奉铁路局英工程师白根承办。

此外各处俱系租用。兹将关于内容之区画择要列表如左：

名目	地址	役人室房间数	待候室	暂休室	脱衣室	消毒室	药室	消毒衣服库	浴室	更衣室	物品衣服库	男人房	女人房	客厅饭厅	办公室	员医室	休养室	巡兵房	苦力宿舍	男食堂	女食堂	厨房	隔离人厨房	苦力厨房	厕屋	共计房间
省城西北关隔离所	□满车站北	二	一	一	一	一	二	一		二	一	四八	一二	一	三	四	三	三	五	四	二	三	三	三	一〇	一八
省城东关隔离所	小东边门外	二	一	一	一		二			二	一	四八	一二		三	四	三	三	五	四	二			一〇		一八
省城东关旧隔离所	小东关天齐庙	二				三		一			二	七	三		一	三	三	一		三						三〇
省城西关暂设隔离所	大西门外裕通栈	二	三			二	二					三〇	一五			六				二		六				七四
省城南关隔离所	大南关榛子胡同	二				三	四					八	二			三				二						二四
省城北关隔离所	大北边门外屠兽场	二				四		二			六	三	二			四	一	一			一	一			六	四〇
省城贫民收容所	大西门外日兴栈	二						一	二			六	三		三			二			四					四五

名目	地址	役人室房间数	待候室	暂休室	脱衣室	消毒室	药室	消毒衣服库	浴室	更衣室	物品衣服库	男人房	女人房	客厅饭厅	办公室	员医室	休养室	巡兵房	苦力宿舍	男食堂	女食堂	厨房	隔离人厨房	苦力厨房	厕屋	共计房间
省城第二贫民收容所	大南边门外南塔北																									二二
省城新建贫民收容所	大西边门外																									二〇二
省城京奉车站隔离所	奉天京奉车站																									
沟帮子车站隔离所	沟帮子车站		七			六			一一	六七			五	五				三		一一						二二〇
营口河南隔离所																										四三六
营口河北隔离所																										五四

此外各府厅州县所设隔离留养所，大致皆与省垣相仿，略之。

（乙）人员之组织

（一）所长；（二）庶务员；（三）医官；（四）司消毒学生；（五）看护学生；（六）看护女学生；（七）看护夫；（八）洁净消毒室苦力；（九）巡兵；（十）委员厨房厨子；（十一）隔离人厨房厨役。

（丙）隔离理由

一、隔离所专为患疫之家族避疫而设，其隔离期限规定一星期始准放归。

（丁）隔离取缔

一、隔离者之寝具伙食均由官备发给。所有隔离者之行李，概不准其携带。

二、收容隔离者之时，必先验明带领人所携之进所人数表，按其人数交消毒员司监督，施行身体衣服之消毒后，始可进入隔离宿室。

三、隔离所备办新洁衣服，将此衣服严行消毒后，与隔离者更换。惟隔离者自己之衣服脱下后，非经完全消毒，不准再用。

（戊）隔离分别

一、隔离者别为男女两房，每房一间，不可收容隔离人过四五名以上。

（己）隔离判决

一、隔离医官每日须将隔离者诊断二次，注意隔离者之健康状态。若有疾病，不问其疾病如何，务须送入休养室。有热症者，直将供显微镜检验之材料送至微生物试验部检验，并将其宿室严行消毒。

二、如决定百斯脱，则直送入避病院。至该患者所住之宿室，必须严行消毒。

（庚）卫生消毒

一、隔离者之休养室，每一室只可容一人。

二、隔离者用过之碗碟盘箸等类，必须煮沸消毒，以后则不可再用。

三、隔离所之厨房别为二处：一处专归隔离者用，一处专供防疫委员用。所有食物及碗碟盘箸等不得混用。

四、隔离所内除专管员外，其余他人概不准出入，且该所内之专管员决不可与他人往来。

五、污秽物须择一定之场所用火烧之。

六、医官以下所有隔离所附属之委员及苦工等，皆要每日在消毒所将身体衣服严行消毒。

七、本所可预备洁净衣服，其数为空床十分之三（例如有空床十间，应准备洁净衣服三套）。

八、隔离人均要带呼吸器，惟呼吸器若污染时则交换。

进所发病治愈，有三项表式列后：

第一号样式		
进隔离所人数　宣统　年　月　日		某隔离所
本式为隔离者收容时用之样式		

第二号样式

隔离病人者表　宣统　年　月　日			某隔离所
病　者　姓　名	病　　　名	发　病　日　期	进　隔　离　所　日　期

第三号式样

病人入院日报　宣统　年　月　日						某隔离所
住　址　门　牌	户　主　姓　名	籍　　　贯	病　人　姓　名	职　　　业	年　　　龄	发　病　日　期

兹将省垣隔离收容数、隔离中患者发生之数以百分比例列表如左：

隔离所别 \ 种类 男女别	男女别	隔离者收容总数	开放总数	现在收容总数	第一日	第二日	第三日	第四日	第五日	第六日	第七日	第八日	第九日	第十日	计	患者发生百分比例
东关隔离所	男															
	女															
大西关隔离所	男	三一一	二四六					九	一〇	一八	二一	六			六五	二一・〇
	女	三七	二六					一		二	四	四			一一	
南关隔离所	男	二三六	一六〇	二四				二	三	一五	一一	一			三三	一三・三
	女	三四	二六	五							二				三	
北关隔离所	男	三一四	一六〇	二四				一	三	一六	一一				三三	一五・七
	女	三三	二一	六					二	一	三				六	
铁道北隔离所	男	一〇四	四一	六〇				二	一	三					六	五・一
	女	一四	六	五												
小东关隔离所	男	一七〇	一三五	一五			二	一	二	五	九	一			二〇	一一・八
	女	四一	二八	六					二	一	二				五	
合计	男	一〇三五	七四二	一二三			四	一六	一九	五七	五二	八			一五七	五二・八
	女	一五九	一〇七	二二				一	五	四	九	六			二五	
		一一九四	八四九	一四五			四	一七	二四	六一	六一	一四				

至关于有疫各府厅州县隔离处所员医人数及被隔离人数之可述者，列表如左：

名目地别	处数	医官	办事人	隔离人数	名目地别	处数	医官	办事人	隔离人数	名目地别	处数	医官	办事人	隔离人数	名目地别	处数	医官	办事人	隔离人数
承德县	五	五	一〇	二二三三一三五	新民府	三		六	八八	锦西县	五	五	五	八	康平县	五	四	二	五七
抚顺县	四				镇安县	一	一			海龙府	二	二	二		凤凰厅	六	四	五	二三七四二
辽阳州	二				彰武县	一		四	二	东平县	二〇		三三		安东县	六	七	一五	
海城县	一				锦县	二	二	一	七	西丰县	九	五	二六	一六	宽甸县	三	四	五	
盖平县	四				广宁县	四	三	四	五三	西安县	三九		三九		营口厅	四	五	一三	一五五〇
铁岭县	四	四	七	一八四一	义州	一	一	三	四五	昌图府	一〇		二〇	七一	法库厅	二	二	三	一二四
开原县	七	七	一四		宁远州	二	二	二	五	辽源州	六	三	三	一七	安奉铁路	一	一	二	
辽中县	六		六	四〇	绥中县	一	一	一	二三	奉化县	七	八	三四	五七二二					
本溪县	五	二	五	八四	盘山厅	一				怀德县	二	二	四	二二					

第二节　吉林病院及隔离所

（一）疫病院

（甲）房室之构造

（一）重病室。

（二）轻病室。

（三）特别室。以住官绅、上流人物，但病之重者，病室不足时则移于普通重病室。

（四）女病室。

（五）快复室。以住病已向愈，尚未可出所之人。快复室之用物，不与诸病室通用。

（六）待诊室。

（七）配药室。以配西药，其中药熬煎各别。

（八）消毒室。

（九）焚毒场。

（十）浴室。

（十一）客室。浴室、客室、厕所，男女各别。不能各备一室时，凡入浴、会客之事，于不同时间为之。

（十二）储藏室。

（十三）洗濯室。储藏、洗濯两室，其衣物要依轻病、重病、快复一类而分置之。

（十四）敛尸室。

（十五）厨室。分为病人厨室、办事人厨室。

（十六）员医夫役办公住宿等室。与病人用室各别。

（乙）员医之组织及职务

（一）医官。设中西医官分掌诊治病人。凡病人入院，愿就中医或西医，悉听自便。而中医除诊病处方外，院中一切卫生消毒事宜，悉由西医官主之。

（二）司药员。专配西药。中医官所开药方，由中医官派防疫队调制之。

（三）看护者。分设看护生、看护妇。

（四）委员。掌理文牍、会计，监督支配司事、书记、防疫队人等。惟其管理事项，关于诊治、卫生、消毒、清洁等要务，听医官之意见。

（五）司事。专承委员之命令，襄理委员职内应行之事。

（丙）诊治之办法

（一）消毒。病人入院时，其衣服即时更换。病人带来之衣服悉行消毒。

（二）诊视。医官诊视病人，先分是疫非疫，非疫即令出院，疑似者入疑似院；次分轻病重病而分住各室。凡医官诊视病人，至少要每日两次，并开具病状及药品分量，交配药者以时付委员登簿。

（三）用物。由院中给之。其物品如左：

（甲）病人用物：

（一）衣服一套。

（二）被褥一具。衣服被褥，每一病人用过后即行消毒，有疫汗血汗时即时消毒。

（三）手面巾各一件。每一次用后即行消毒。下第四、五、六三项同。

（四）碗箸一具。

（五）茶杯盅一具。

（六）疫盂大、小便器各一件。内置药灰，以时倾弃，于缸内而焚之。

以上病人用物，各有记号，置有定所，不与普通人用物混杂。

（乙）治病者用物

（一）避疫衣裤。

（二）遮呼吸器。

（三）皮靴。

（四）手套。

（五）手巾。

以上治病者用物，每一次作业后即行消毒。

（四）看护。每一看护者所看护之病人额数，重病室及特别室病人三人，轻病室病人五人。日夜轮班看护，每三点钟一换班。看护方法，由西医看护生指授防疫队为之。

（丁）出院之处置

（一）病愈出院。病愈者出院期日，由医官主之。出院前先行沐浴，剪去指爪头发，亦皆用杀菌品擦透。病人出所，有须其家带回者，先通告其家人；无所归者，入庇寒所。

（二）病故出院。其手续如左：

（一）医官检验。

（二）通知家属。身故前有遗言者，并记于通知单。

（三）即时敛葬。身故者即移于敛尸室，限于六小时内抬至掩埋场葬之。其衣棺悉如法实以消毒品，其葬穴悉挖深七尺。

（二）疑似病院

自时疫流行，患疫者悉已设院诊治，而介于是疫非疫之间者，使夷于疫病与普通病，俱属危险。此疑似病院之所以设，其注意在分别是疫非疫，是疫者即入诊病院，非疫者即入普通病院或听自择医。惟当症候未确，尚留住院时，不得不仍为严防。其办法如左：

（一）须留院一周间以上。

（二）甲病室与乙病室不得往来。

（三）不得外出。亲友探病者要医官许可，其接见限十分钟，其相离在五步以外。

（四）同病室者一人确认是疫，则其他之病人须即时避离。其人出院时期要过一周间。

（五）病室有一人认为是疫时，其室即厉行消毒，一周间内不令他病人住居。

（三）普通病院

吉林省城之普通病院为官医院，虽疫症流行时，该院仍施诊如常。其办法另有该院专章。

（四）隔离所

（一）应隔离者。系与病人同居，但其家屋之构造地段各别，又无与往来之素者可斟酌之。

（二）隔离等级。分为甲、乙、丙三级，以分住甲户、乙户、丙户。每级各有住室、客室、食室、浴室等。

（三）住室分配。

（甲）家族男女之分配。男女各为分住，惟同家族之男与同家族之女，则令同居一室。一家族之男或女，一室不足住时，则分住于二室。以上不足住一室时，不同家者可共住一室。

（乙）炕位之分配。每一人至少占三尺宽之炕位，惟小孩可酌少。

（四）隔离日数。原规则以七日即可出所，而外有二例：

（一）被隔离人房屋未拆封时。房屋消毒例须十四日方得拆封，故被隔离人如再无洁净之室，则须留至房屋拆封满十四日之期。

（二）同室隔离人有疫病时。同隔离室中发见有疫病者，则其同居人仍当自其病人出院之日起重行隔离。惟隔离日数本以七日为原则，故发见在第八以内者，其日期算于十四日中，可不再加；在以下者，按日递加。

（五）消毒卫生。（一）入所时即令入浴，更换全身衣服，其隔离人携来之衣服非薰毒后不得服用；（二）每日要受医生一回之检视；（三）住室每日勤行开窗洒扫及撒布药水石灰；（四）饮食由所供给外，隔离人自购食物须经医生认可；（五）衣服勤洗换；（六）出所者更行入浴消毒。

（六）会客取缔。会客时限于十五分钟，其相离在五步以外。

兹将吉林省垣病院（诊疫所即病院）隔离所逐日诊断隔离人数列表如左：

月	日	疑似病院 入院	存住	送诊疫所	治愈	死亡	诊疫所 入所	存住	治愈	死亡	隔离所 甲级 入所	存住	送诊疫所	送疑似病院	放行	乙级 入所	存住	送诊疫所	送疑似病院	放行	丙级 入所	存住	送诊疫所	送疑似病院	放行
	初十日						二		二																
	十一日																								
	十二日						一		一																
	十三日																								
	十四日						二	一																		
	十五日							二																		
	十六日						五	三		四															
	十七日						一	三		一															
十	十八日							二																		
二	十九日							二																		
月	二十日						二	四														九	九			
	二十一日						六	一〇														八	一七			
	二十二日						一	九		三												一〇	二七			
	二十三日						一	九		一												一〇	三七			
	二十四日						一	二〇														一五	五二			
	二十五日							二〇														七	五九			
	二十六日						七	二六		一												六	五六			九
	二十七日						二	二六		二												九	五七			八
	二十八日						六	三一		一												一三	六〇			一〇
	二十九日						二	三〇		三												一〇	六〇			一〇

月 / 日	疑似病院					诊疫所				隔离所 甲级					乙级					丙级				
	入院	存住	送诊疫所	治愈	死亡	入所	存住	治愈	死亡	入所	存住	送诊疫所	送疑似病院	放行	入所	存住	送诊疫所	送疑似病院	放行	入所	存住	送诊疫所	送疑似病院	放行
初一日							三〇													一八	六三			一五
初二日							二八五		二											一一	六七三			七
初三日			二				二三五	一	四											一三	七三			六
初四日							二三一		四											八	七二六			九
初五日							二一六		八											九	六八			一三
初六日							二一三		四						六	六				六	六四			一〇
初七日			三				二一四		二						七	一三				一九	六五			一八
初八日			一				八	二	三						五	一八				一三	六六			一二
初九日			五				一	三	二						四	二三二				二〇	七四			一二
初十日			三				三		一四						六	二八				二八一	九四			八
十一日						九		三	六						六	三四				一〇	九五			九
十二日							一五	九	六						五	三三			六	一二	八六	五		二五
十三日						三	五		七	一七	一七				三	二九			七	一五	九七一〇	一		三五
十四日						七			三三	一七	一七					二四			五	四二	一〇七			三五
十五日						八			八	一七	一七				三	二三			四	一六	二〇七	七		四三
十六日	二	一	一			七	一		六	一七	一七				七	二四			六	二〇	七六二〇			三一四
十七日	二	二	一			一二	六		六	一七	一七				三	二一			六	一〇	五五		一	三三二
十八日	二	一	一			七	三	四	六	一七	一七				三	三二			五	二三	七五			二一〇
十九日	一		一			六	三	二	四	八	八		一七		四	三二四			三	四八一九	二三			二〇
二十日	一	一				九	八		四	八	一六				五	二三			七	一九四〇	二〇		一	二〇三
二十一日	三		四			七	一〇		五		一六				七	二六一			三	四〇	三三		一	三六
二十二日	六	二	一	三		四	八		六		一六			一	七	一八		一	七	一九	三二		三	七
二十三日	一		二			一四	一六	二	四	三	一九			一		一二			七	三七	三五〇		四	五
二十四日	四	一		四		五	二二一		五	一九				二〇	二五			一	五	九	四七二		三	九
二十五日							一三一二〇		九	四					一七			一	七	三九	七七		二	五
二十六日	一					六	二一〇		六	七			一	二一	一九		二		一九	一五	一五		一	四
二十七日	四		一	三		四	一九	二	三	七					二二			三	二	七六			一五
二十八日	三	三				五	一三一	一	一〇	七				一四			七	四	二六二		一	一	六
二十九日	一	四		四		九	一八二五	一	三	四				三	一三		一		一七	二九二		四	五
三十日	六		四	二		一二	二五		五	一				三	一四	二七				二二	二八		五	

（左栏：正月）

月	日	疑似病院					诊疫所				隔离所														
											甲级					乙级					丙级				
		入院	存住	送诊疫所	治愈	死亡	入所	存住	治愈	死亡	入所	存住	送诊疫所	送疑似病院	放行	入所	存住	送诊疫所	送疑似病院	放行	入所	存住	送诊疫所	送疑似病院	放行
正月	初一日						四	二四		五	三	四					七			二〇	二六	一四七	一		六
	初二日						五	二五		四	七	七			四		七				三五	九九	二		八一
	初三日	一	一				四	二六		三		七					七				一	九五	一	一	三
	初四日		一				八	三三		一	三	一〇				五	七			五	一五	一〇六	一		三
	初五日		一				三	三三		三	四	一四				一	八				五	一一一			
	初六日	一	二				二	三二	一	二		一四					八					一〇三	一	一	六
	初七日	二	三	一			四	三五		一		一一			三	一	九					九九	二		二
	初八日		三				二	三五		二		四			七		七		一	一	三〇	一〇一			二八
	初九日		一	一	一		三	三六		一	一	四			一		七				一	七六			二六
	初十日	二	三					二九	七		一	四			一		七				一	六七			一〇
	十一日		三					二八		一		一			三	一	三			五	一五	七九			三
	十二日	一	三		一			二八			一	二					二			一		六四		一	一四
	十三日		二	一			一	二八		一		二					二					五六			八
	十四日		一		一			二八				二					一			一		五四			二
	十五日	一	一		一			二七		一		一			一		一					四八			六
	十六日		一					二七				一				一	二					四八			
	十七日		一				一	二五	三			一				一	二	一				四六			二
	十八日				一			二五				一					一					四五			一
	十九日							二五			一〇	一〇			一		一			一		三〇			一五
	二十日	二	一	一			一	二六							一〇		一					三〇			
	二十一日		一					二六									一					三〇			
	二十二日		一					二六									一				五	五			三〇
	二十三日	一	一		一			二四	一								一				一	六			
	二十四日				一			二三	一											一		六			
	二十五日							一五	八													六			
	二十六日	一			一			八	七													六			
	二十七日	四			四			七	一													六			
	二十八日	四	四					六	一													六			
	二十九日				四			六														六			

月 \ 日		疑似病院					诊疫所				隔离所 甲级					隔离所 乙级					隔离所 丙级				
		入院	存住	送诊疫所	治愈	死亡	入所	存住	治愈	死亡	入所	存住	送诊疫所	送疑似病院	放行	入所	存住	送诊疫所	送疑似病院	放行	入所	存住	送诊疫所	送疑似病院	放行
三月	初一日				二																	六			
	初二日																					一			五
	初三日																								一
	初四日	五七	二三	三四			二六	六〇	二八	七〇	七〇				一六	三	三	一〇		七二	三九	一〇			七三

第三节　黑龙江病院及隔离所

一、疫病院

（甲）设立之宗旨及地址

一、此院专为患百斯脱病者而设，有疑似病者不入此院。住址一在西门外嫩江东沿，一在土城东门外里许。

（乙）房室之分配

一、验病室。二、轻病室。三、重病室。四、诊治室。五、办公室。六、夫役室。七、浴室。

（丙）员医人等之组织及职务

一、该院设管理员一员、中医一员、西医一员、看护长一员、看护夫二十名、内厨役二名、司药一名、扫院夫二名。以上夫役如不敷用，随时酌量添设。

二、管理员每日督率医官、看护长、看护夫调护病人，并将逐日收入、痊愈、病毙各情形报告民政司及防疫会。

一、驻院医官二员，分上午、下午往诊，俾互得休息。其新收入者，随到随诊，给与汤药。

一、医官应于每日早互相诊脉一次，然后再为值班之看护夫诊脉一次，以防传染。

一、看护长有指挥看护夫加意调护之责。如不听指挥，面禀管理员究办；其勤谨者，禀请酌加赏给。

一、看护夫分为三班，每五人为一班，三钟一换班。每夫以看护三人为率，其下班仍执杂役。换班时须将某人服药几剂、某人曾否饮食告知接班之看护夫，并禀报管理员及看护长。

（丁）卫生及消毒

一、凡看护夫役，均服卫生衣帽、卫生手套，日换二次。换下者以硫磺薰过，消尽毒气。

一、病人到院，引入验病室，以石炭酸水消毒，易换薰过衣服，安置妥贴，然后由看护长禀明管理，饬医官诊治给药。

一、病势轻愈之人，应令入浴室洗浴，浴汤内少加升汞水。病愈出院时，换给新衣。

一、病室，每日用石炭酸水洒三次；办事室、员役寓室，每日洒两次；院内早晚各薰硫磺一次。

一、病人唾涕时，以石灰拂除之。

一、病室内置瓦便溺器一个，上用木盖，内盛石灰寸许。人多时，一日抬出，连瓦器倾弃坑内（坑于僻静处掘之，逐日以皂矾石灰洒水），另易新便溺器。人少时，两日一换。但病轻能行动者，即不准在屋内便溺。

一、每日十一钟给病人饮食，四钟复给一次，晚十二钟给稀饭，并时时预备茶水。

一、病人更换之衣，旧者焚之，新者汽甑蒸过，并洒消毒水备用。

（戊）病人之区别及制防

一、病院既分轻病室、重病室，病人入院，应视其病势之轻重而位置之。病势渐轻者，由重病室移入轻病室；增重者，由轻病室移入重病室。

一、病人入院后，无论是何亲属，不准入视病人，亦不得往他房屋。

（己）病人痊愈之善后准备

一、在院病人痊愈一名，给看护杂役人等赏银十两，以示鼓励。

一、病疫者痊可时，七日后即行放出。

（庚）病人死后之取缔

一、病疫者死亡时，洒以消毒水，裹以尸布，用尸车拉送焚化掩埋场，并用药水遍洒房屋一次。

一、凡病死人用过物件如碗箸等类，概行毁弃，不得再用。

（辛）物品、药品之储备

一、院内应储备米面、碗箸、柴炭、药品、消毒水、石灰硫磺各类，并备拉尸车一辆、杂用车一辆、裹尸布多具，布用矾水、石灰水浸过。

二、疑似病院

（甲）设立之宗旨及地址

一、疑似病院为似疫非疫尚未审实者而设。凡两所，一在城东门外，一附设于卫生医院内。附设之疑似病院，凡疑似病人，与该院一切杂病之人隔离，不与同院同室。

（乙）房室之分配

员司室、夫役室、验病室、诊治室、病室、药室、浴室。

（丙）卫生及消毒

一、病室一人〔人〕一室，多时则两人一室。室皆明亮通气，室内皆暖坑〔炕〕，室外设铁火箱，其热度以六十度至七十度为标准。

一、病人入院，先至验病室，洒以石炭酸水，更换院内备置蒸过衣服，再行诊视。

一、病人在院，早饭十一钟，午饭五钟，晚八钟。稀饭、茶水，时时预备。每名伙食以江钱八百文为率。

一、病室内每日洒消毒药水一次。

一、病室内各置唾壶一具，盛以清水，并渗入消毒药水少许。

一、病人洗澡时，浴汤内宜渗入升汞水少许。

一、院内男女大小便所，每日掏洗一次，撒以石灰。

一、看护夫役均穿洁白布衣布帽，每日更换，以消毒药水洗濯之。（看护夫役，另有详细规则，由本院管理订定。）

（丁）员医人等之组织及职务

一、管理员；二、中西医官；三、会计庶务员；四、司事；五、司书；六、男女看护役；七、杂役；八、厨役。

一、医官诊视后，随即将病人脉象、病症及应服应忌各品注入诊治三联单内，分别存查。

一、看护夫役须坚忍耐劳，性情慈祥，心思周密。凡病人进药暨进药后之情形以及一切饮食起居，均要十分注意。

一、病室内不可离看护夫役，以备呼唤。

一、病院内诊愈一人，看护人等赏银五两。

一、病者亲属准其探望，惟须先至号房挂号，由医官验明无传染者始准入视。

一、病人入院后，其病势增减、医治有效与否及其姓名、年岁、籍贯、住址、职业，由管理员逐日查明，报告防疫会并分报民政司。

一、病人入院后查系疫病，即送消防病院；如非疫，即移送卫生医院。

三、普通病院

临时防疫，注重疫病及疑似病院。其普通病院即省城之卫生医院。

四、隔离所

（甲）应隔离者

一、隔离所专为收容染疫及疫毙者之家属、同居人而设，以防传染而保健康。

（乙）隔离处所

一、隔离所凡三处：第一隔离所在大街西，所内一院房三十六间；第二隔离所在东门外，所内二院房十八间；第三隔离所在南关火车站，所内三院房二十四间。

（丙）住宅分记

一、隔离所内另备消毒室一间、男女浴室各一间。

一、所中男女异室；倘系一家而不便分居者，男女亦听，但不得杂以他姓男女。

（丁）员医之组织及职务

一、管理员承督办、会长、副会长之命令，管理所内一切事务，督饬庶务员、医官、夫役人等各供厥职务。倘有怠惰不尽职者，准予禀请撤换。

一、庶务员协同管理员办理本所隔离事宜。凡收发经费、购置物品等事项，均属之。

一、入所后均由医官诊视。有患百斯脱者，送往疫病院；非疫症，送入卫生医院；似疫非疫者，送入疑似病院。

一、医官担任本所人有无染受疫症及施行预防、救治、清洁、消毒方法各事务。

一、夫役分为两种：一为看护夫役，一为杂务夫役。均无定额，临时酌定。

（戊）卫生及消毒

一、凡新入所者，先以石炭酸水消毒，然后沐浴，更易新衣，再到寓室，以防带入疫气。其衣被器具等物，亦均施以消毒方法。

一、所中医药饭食均由该所预备。

一、隔离所内各房屋，务须扫除干净，并时常喷洒石炭酸、升汞、古列新、生石灰等药水，以防疫气侵入。

（乙〔己〕）取缔隔离之人。

一、入所者更换之新衣，均由本所发给。限满出所时，仍应将所发衣物缴还，以重官物。

一、所中医药饭食均由预备。

一、染疫及疫毙者之家属或同居人，如不愿入隔离室，呈恳自行隔离者，亦听其自便，但必须报知防疫员。将住宅内施以清洁及消毒方法。

一、应行隔离而恃势阻抗者，一律加以相当之处分，以重功令而免传染。

第六章　除鼠

按本编第二章鼠类检查节，既证明此次东三省百斯脱疫之发生非滥觞于鼠族，故未见有腺百斯脱之蘖出，然此殆天幸。当防疫期间，凡关于除鼠方法及种种设备，固未敢舍置勿用，盖无论有无百斯脱菌鼠之发见而厉行搜除，悬赏购买，实为预防上必不可废之办法。

第一节　除鼠之条件

第一、凡发生百斯脱时，应向大众指示施行鼠族驱除之事项。

第二、凡货物堆积场附近、劳动者居住地不洁部落及此外认为必要之地域，应特别奖励实行除鼠的清洁方法。

第三、凡海港地及枢要之市街有贮藏棉花、谷类、豆粕、皮革、褴褛、旧棉、旧衣、旧麻袋、旧毯、旧羽毛、旧纸等之栈房，务于其屋底用石砖、哀司瓦鲁得或三和土实填周回墙脚下，建筑完全防鼠壁。凡通风之洞必装置铜铁丝网，天花板必须用夹层者，以防鼠族之交通及栖息。

第四、凡发见有菌鼠而显系染有病毒之房屋及与染毒房屋相连之房屋，或因菌鼠经过而认为已染病毒之房屋，均须讲求交通遮断之方法。

第五、遮断区域内，当配置多数之杀鼠剂及捕鼠器，再行除鼠的消毒法。此法之施行期间，至少须在二日以上。

第六、发见有菌鼠以及疑似有菌鼠之地域，即定为预防区域施行除鼠的清洁法。唯有菌或疑似有菌之鼠发现之房屋或疑似有病毒之物件，对于必要部分当施行消毒法。如明知其在何地感染而发病之鼠发见时认为病毒之鼠族而传播未广者，可省去前项之措置。

第七、凡从事除鼠的消毒方法之苦力，应于相当时期内施行健康诊断。

第八、无论有无菌鼠，发生之地一律设法买收，或悬殊赏，或用其余方法，以奖励一般人民之驱除鼠族。

第九、施行除鼠的消毒法及清洁法时，疑有鼠族往来之处，必相当修理，且将破损之处修理，使复原形。

第十、对于堆积之场所及关系房屋，当配置杀鼠剂及捕捉鼠器或其他适当方法，严行驱除鼠族。

第十一、与病毒传染之货物同在一场所或在同一车辆运之他种货物，因该场所及车辆内发见有菌鼠，疑为已染病毒时，当即使施行消毒法。

第二节　除鼠的消毒方法及清洁方法施行之顺序

第一、欲施行除鼠的消毒及清洁法之区域内，必施行两日以上，每日施以杀鼠剂及捕鼠器等之除鼠装置，并每日检查其成绩。

第二、前项之除鼠装置，凡天花板上、地板下及流水铺板处并棚架等处为鼠所常往来者，皆当分配装置之。其数虽须视房屋之大小难以一定，然杀鼠剂每户平均十个以上，在栈房及储物场约每坪安置一个。

第三、从事除鼠的消毒法及清洁法之人员，以苦力五名乃至八名为一组，使卫生委员监督之。其所设之组须视施行区域之广狭而定，惟每组苦力中必加一熟于土木工者。

第四、使前项之人员施行除鼠的消毒法时，必着相当之消毒衣，并须着袜及手套、帽子等。有时当以呼吸器或棉花塞住口鼻，以防尘芥之吸入。事竣出区域外，必先消毒沐浴，始许更着常服。

第五、施行除鼠的消毒法之区域，大者每日行之，小者更用铅板或他种装置能绝鼠族交通者以隔断之。

第六、除鼠的消毒法施行时，当注意于左之各项：

一、在有天花板之房屋，应拆去其一部分或全部分，搜索鼠之所在而扫除之。

二、地板下及厨房流水处，应拆去其一部分而搜索之；如有孔穴，即当发掘。惟密接地面之地板及厨房流水处，应全部拆毁，使之清洁。

三、板壁及壁上钉板处，应将其全部或一部拆毁，而于空隙之处搜索之。

四、凡屋顶内外，应检验其有无空隙。如验有孔穴，凡屋之瓦顶者，去其全部或一部；藁顶者，去其全部，均分别搜索之。

五、栈房及储物场等处，应将货物及其他物品搬出，或施行相当之法后，再检查其地盘。如有孔穴，必发掘而搜索之。

六、凡可密闭之栈房等，必当用福尔买尔哀儿兑希特（药水名）或亚硫酸瓦斯熏死鼠族。

七、沟渠必严行检查。如有孔穴，当发掘而搜索之。

第七、除鼠的消毒法施行之要项如左：

一、房顶及天花板并壁上钉板处，应用石炭酸水或升汞水等之消毒药液洒泼之。

二、门窗、壁厨〔橱〕、棚架用消毒药拭净。

三、坑席地毡等物，用消毒药液拭净或洒泼后，在日光下晒之。

四、常用之衣服被铺，用蒸汽消毒或煮沸消毒。常用之什器，视其品类之如何，分别用蒸器消毒药液消毒或日光消毒。但抽屉柜、长柜及他种箱子等类所藏之衣服什器认有疑为病毒所污染者，不在此限。

五、地板、地盘、厨房流水处、木制水沟沟渠、便所、尘埃桶及其他不洁之地方，用石灰乳消毒。

六、井户井旁木制流水处，有疑为病毒所污毒时，用石灰乳消毒。

七、为患排泄物所污染之物品，当烧毁或用蒸汽消毒，惟尘芥必须烧毁之。

八、凡货物装在包内者，用蒸汽消毒，或在包外用消毒药液洒泼之。至谷类及其余之食物，将其外包用蒸汽消毒，或烧却之。

九、前项之消毒法不能施行者，应在日光下反复曝晒。

十、包内所装之货物疑有病毒污染时，当解开其包，施以相当之消毒法。

十一、砖造之储物场或洋式房屋，凡可密闭者，不妨用福尔买尔阿儿兑希特消毒。

十二、船舶、铁道客车货车等，欲施行消毒方法时，照前各项办理。

第八、除鼠的清洁法施行之要项如左：

一、按照第六项驱除鼠族后，即扫除洁净。

二、有死鼠之地方及其他疑有病毒传染之不洁地方，应于施行消毒法后，即扫除洁净。

三、污水停滞之地方，应即浚渫沟渠。

四、屋顶内、地板下、厨房流水处、沟渠等，如有鼠族往来居住之孔穴，应即填塞，有时可设法修理改造之。

五、尘芥均须烧毁。

第二〔三〕节　关于悬赏购鼠各规程

甲　奉天省城悬赏购鼠法

（一）活鼠、毙鼠，每个铜币七枚，由就近巡警发给。

（二）死鼠捕拿法，宜用小木棍或铁箸箍入铁罐，立送收鼠处，不可用手。至于箍鼠之木棍或铁箸，亦应烧除。

（三）活鼠捕拿亦不可用手，宜用捕鼠笼或饵鼠毒物，并用罐或小木箱载送。

（四）活鼠、毙鼠宜分别载送，不可同载一器。

（五）如查有活鼠或毙鼠发现之处，宜即用石灰或石炭酸水消毒。

乙　奉天省城巡警各区执行购鼠规程

（一）无论何人送活老鼠、毙老鼠到区时，立即给钱收买，不得留难。

（二）各区应用铁罐数个，以备分别储活鼠毙鼠之用。但罐内必须用消毒药水，由消毒所发给。

（三）各区所买之鼠，每下午三时至四时送小西边门外宝林寺。

（四）各区送鼠到宝林寺时，必开列表式写明，同时交该处委员。

（五）各区买鼠款项，由防疫办事处发给，凭送单核算。

（六）各区及各分所均备收容鼠铁箱三种：一专收容活鼠；一专收容自毙鼠；其余一种专收容杀鼠。

（七）每日下午二时，捕鼠部委员用大车携大铁箱亲到各分区取鼠，送往微生物试验部。

（八）各鼠试验之后，亦由捕鼠部委员带往老鼠烧场焚烧。焚烧之材料用木柴、木炭、煤油。

奉天省城除鼠数目表

地别＼月别＼年别	宣统三年 正 月	一 月	二 月	地 别 合 计
一　区	二六二	二三一六	一四四五	四〇二三
二　区	五三六	三六一三	一四四三	五五九二
三　区	四六三	一九七三	一三〇八	三七四四
四　区	八七	一六二六	九九九	二七一二
五　区	一一八	二七七五	一七一〇	四六〇三
六　区	一四九	二〇七一	八九七	三一一七
七　区	一五	一〇一〇	五五八	一五八三
月 别 合 计	一六三〇	一五三八四	八三六〇	二五三七四
备考	一、表载各区除鼠数目，系各警局厅事务所之指挥逐日购除报告者。 一、表载正月各区除鼠数目，系从二十五日起算。正月二十五日以前，概从各警局自行购除，为数无多，不报事务所。 一、由正月二十五日起至三月底止，以后每日三四头，故不列入。			

奉天各属除鼠数目表

地别＼月别	宣统二年 十 二 月	宣统三年 正 月	二 月	三 月	四 月	地 别 合 计
奉 天 府		一五三一	一五二四一	七六四九		二四四二一
抚 顺 县	一〇	三五〇				三六〇
辽 阳 州		七〇二	四〇二	三三五		一四三九
盖 平 县	一〇二	五九一	一六九四	五九八		二八七五
复 　 州	一六	三七九	二一〇	四〇		六四五
开 原 县	二	二一四	八四七	四〇五	一四六八	
本 溪 县	一一〇	八六三	一一七八	一三八		二二八九
新 民 府		一二一九	八六九五	四二九九		一四二一三
镇 安 县	一五	一九三〇	五二五五	一一一	一〇	七三二一
锦 州 府		二二四				二二四
义 　 州			七三九			七三九
宁 远 州		一	三三五〇			三二五一
盘 山 厅			五四	五三		一〇七
锦 西 厅		五九	一七一	四		二三四
东 平 县		二三六七	二七五			三六四二
昌 图 府			四七	四三五		四八二

地别＼月别	宣统二年 十二月	宣统三年 正月	二月	三月	四月	地别合计
辽源州		四八三	四二〇			九〇三
奉化县		一八五	二九七	九九		五八一
怀德县	四六	五三	六八	三七		二〇四
洮南府			三二			三二
临江县		五〇	四二	三〇		一二二
凤凰厅	七〇	三八四	一六一八	五三九		二六一一
安东县	七一五	三五〇〇	二〇〇〇	九〇〇		七一一〇
宽甸县			二六八			
法库厅		一九〇四	一三一一			三二一五
庄河厅			一四九二	一〇〇二		二四九四
月别合计						
备考	栏内记载本溪县搜鼠数目，系将安奉铁路巡警及石桥子防疫所所搜鼠数并计在内。					

吉林省城除鼠数目表

地别＼年别 月别	宣统二年 十一月	十二月	宣统三年 正月	二月	三月	地别合计
第一区	五六	二五〇	无	五五		三六一
第二区	六六	一九九	七七	四一		三八三
第三区	无	四一六	无	六六		四八二
第四区	二八九	一八四	一四	四		四九一
第五区	八〇四	一一四	一一二	四六	八	一〇八四
第六区	三九	六六七	一三	二〇	二八	七六七
第七区	二四二八	四五七	无	二		二八八七
第八区	三四二	三二六	五一	二二五		九四四
第九区	二七〇	一一一	一〇五	四一	一一四	六四一
第十区	四〇四	八四	一〇	二四		五二二
月别合计	四六九八	二八〇八	三八二	五二四	一五〇	总计八五六二

黑龙江民间居室鼠族甚少，况冬季气候严寒，鼠尤潜伏勿出。此项疫病流行时，派员按户调查亦未见有毙鼠发现。其行政上对于除鼠未若他省之视为要图，故略。

第七章　清洁及消毒

欲清疫之源，惟清洁法；欲绝疫之流，惟消毒法。三省风气初开，民智幼稚，平日于地方卫生行政多未讲求。当疫事方始之际，一切清洁行政，全恃官力为之举办，而能由地方公众担任者实鲜。至于种种消毒法，非所习见，尤不免相率疑惧，梗阻横生。特饬防疫机关首先订定清洁消毒各规则，俾得遵守施行。兹录如左：

第一节　清洁法

（1）关于公众防疫之清洁

（甲）分派清道队，随带车辆，赴街衢小巷拉运污秽尘芥，并调查各商铺、旅店、住户，有堆垛不洁者，即令挑倒车上，拉往空旷处焚化。

（乙）凡道路沟渠有堆积不洁物件、秽气薰蒸者，速行疏通及行清洁诸法。

（丙）各处吸井加设木盖，定时启闭，以防秽物坠落。（近井及沟渠处尤宜加意。）

（丁）屠肆菜市，多为下等社会麇集场所，责令逐日行清洁法，由巡警干涉之。

（2）关于个人防疫之清洁

（甲）住屋加意扫除拂拭黑暗之处，多令开通窗牖，透射日光，以杀霉菌。

（乙）破烂不洁衣服、寝具并旧存麻袋、毡包等件，令其洗濯，或时在日中晒曝之。

（丙）腐败臭恶之食料，令其捐弃，或烧毁之。

（3）卫生清道之规则

一、为防疫起见，应特派卫生委员专管卫生清道诸事。

一、各巡警分区专备大车若干辆，清道夫若干名，打扫本区大街小巷，堆积秽物运至城外旷地焚烧。逐日视事之繁简，随时增减，故车辆民夫无定数。

一、每区应视其区之大小分若干段，每段雇大车四辆，专为小户人家院内屋内扫运垃圾。大户及大铺，责令自行雇车扫除搬运。

一、每日上午八时，应令清道夫拉车，沿街摇铃，告知各小户人家，俾将垃圾出倾于车上。

一、各铺户不能自运者，须逐日于八时前打扫屋内秽物，堆存门外，以便清道车前来装运。

一、各小户小铺如有不洁净之处，报知本区医官，率领清洁队前往施清洁方法。

一、查居民铺户不遵清洁诸法或故意作践者，应即报告警局，酌量议罚。

一、大小便均设有厕所，不准于胡同及僻静所在任意便溺。责成各岗巡警严行禁止，如有不遵，立即议罚。

一、水果杂食等摊不准沿街摆设，责成巡警严行禁止。其破烂水果，暂由警局收买，以惠贫民。

一、各该区将分定地段尽力扫除，务使全境积秽一清，万不可稍存敷衍，致干罪戾。

奉天省城各区清洁调查报告总表

类别 ＼ 区域	一　区	二　区	三　区	四　区	五　区	六　区	七　区	合　计
门牌号数	一二九一户	一二五三	二〇三五	二一七〇	二五四六	二二七六	一一二四	一二六九五
胡同总数	七四条	六六	一三五	一二九	一四七	一五九	四五	七五五
秽物场数	一〇处	一一	二二	一五	二八	三一	四	一二一
大车辆数	二〇辆	二〇	三〇	一八	二〇	三〇	一〇	一四八
夫役名数	四〇名	四〇	三〇	四〇	三〇	四〇	五〇	二七〇
最不洁地	一处	二	一五	一一	一一	一五	四	五九
备　考	清洁行政系由防疫事务所督率巡警执行。此表所列，乃防疫总局委员分赴各区调查清洁行政之报告。							

第二节　消毒法

（甲）消毒之大要

（一）人烟稠密之市场及下等社会丛杂处，逐日由警局派卫生巡警巡查，并执行消毒诸法。

（二）暗沟低窟鼠类藏伏往来之地，到处搜寻，随时消毒，毋令遗孽。

（三）搬运污秽货物及不洁人等出入之城关，皆施行严重之消毒法。（疫甚时禁止交通。）

（四）来往病室之人及附近病者之邻居，必要消毒。

（五）病者房屋、衣服、器皿，必要消毒。

（六）疫死之屋房，重则焚烧，轻则应严重消毒。

（七）死者之常服寝具，必要焚烧。其不能焚烧之器皿，则行严重之消毒法。

（乙）消毒队之组织

（一）队之数目：

分十二队（东南西北、城内、小西边门外，每处二队。队之增减，视病之状态）

（二）队之委员：

医生二名；巡兵三名；苦力十名。

（三）药品并机器豫备：

热水车	一个；	药品并机器运车	二个；
喷雾器	二个；	喷壶	十个；
铁铲	五个；	挑帚	五个；
次等绒毡	十张；	大钉子	若干；
铁锤子	二个；	福尔买林消毒器	十个；
木桶	五个；	绳子	若干。

（丙）消毒队服务规则

（一）队长每清晨出行之前，必须行部下巡警与苦力等各人之健康诊断及服装之检点，且必待本日应用之物品一切齐备，然后始可出行。

巡警必须记忆苦力头目及苦力之姓名。凡部下之失职，均责成队长，故对于苦力头目负直接之责任。其部下之健康与否，务宜注意。苟有疾病，则不拘其为何病，均宜使受相当之诊疗。衣服、帽子、手套、靴等，每朝检点之际，均宜十分注意。苟有不适或破损，则宜向庶务换取完全者。本日使用之物品、消毒药等，毋使途中或有损失。苟设备品物中之机械器具有破损不堪用时，宜于先一日向庶务豫换新品。

（二）出行及归来途中均宜静寂；又对于患家及其近邻等人言语动作，宜小心温和，决不可有粗暴之举动。

无知之愚民，其畏防疫一如蛇蝎，对于消毒更直接受有形之损害，容有暴言暴动而拒绝者。此盖不知疫毒之传染较之受有形之损害更为惨酷，且不知公众卫生之关系，故损害个人之自由，为防疫上不得已之事而为国家所公认者。苟以真理详细为之解说，自不难破其愚惑也。

（三）受检诊队之消毒通知票而至患家消毒时，先使苦力于近傍之井取水，队长遂从患家之外部前后检查之，视察其与近邻之关系，然后取石炭酸水，以喷壶遍洒屋内之地上及炕上以消其毒，且使入屋执务时不致尘埃飞扬而起可恐之虞。

（四）家财什器，悉移至屋外；衣服寝具等（除患者服用之物外）其适于蒸气消毒者，行蒸气消毒法；食具茶碗等，则浸于石炭酸水中二十四分间，再取出以净水洗濯之。

（五）屋内之尘埃席子、患者使用之枕头、污染之衣服及被褥等价廉者，悉数持至屋外之一定场所，灌以煤油而烧弃之。

（六）凡窗户等以密闭之家屋，则行福尔买林之气体消毒法。如左：

福尔买林　　　　一磅；　　　　硫酸　　　　半磅；　　　　生石灰末　　　三百瓦。

以右之分量就应消毒之室内，将此之药置于瓦盆内混合之，以木棍搅之，则福尔买林之气体发生极盛。

（七）前记之福尔买林消毒为气体消毒法。因房屋之大小不等，故所需之气体之量亦不能不随而增减，详述之如左：

福尔买林气消毒法须注意如左：

（1）福尔买林液、硫酸及生石灰末三物混合时，必须在应消毒室内混合之。

（2）其混合之次序，必先入福尔买林液于瓦盆内，次注硫酸后加生石灰末，终必以木棍搅拌之。

（3）房室之大小不等，此三药之量亦不得不随之增减。

（4）室之窗门及可以出气之所，务必密闭，使无一毫泄气之处而后可。

（5）关闭门户后，于七小时内不得开放。

（6）皮革及毛皮其他之物品亦欲于同时消毒，则所需福尔买林气体之量较前表所记者更宜增多。

（7）如应消毒之室广大，其所需之福尔买林量在二磅以上时，宜用二瓦盆分行之。

（8）本消毒为气体消毒法，不能消固体与固体密接面上之毒。

（9）如毛皮革类消毒时，必引绳于屋内，以应消毒之物挂于绳上，务使此气体得以周流而后可。

（八）右事毕后，将室外之尘埃悉集于一所而烧弃之。然以十倍之生石灰乳及石炭酸水遍洒于日光不能直射所及之出入门口，于是消毒始称完毕。

（九）如不能行福尔买林气体消毒法，不得已而以石炭酸水代之之时，务用喷雾器遍喷室内，慎毋有遗漏之处。

（十）最易污染病毒者莫如患者起卧之所，故消毒之时，于此不可不注意而多洒药水也。

（十一）右事既毕，则将消毒时所用之器具（如锹钩帚等），均用喷雾器遍喷石炭酸水，以消其毒。然后用喷雾器喷石炭酸水于医官巡警及苦力之衣服（靴子尤宜注意），以消其毒。终则整顿器械器具，归而任事或入职员消毒所。

（十二）福尔买林之消毒法有使用阿乌当者，其用法另详。

（十三）服务时宜注意毙鼠。如有此物，宜从速送往微生物试验所。

（十四）各消毒队一队之设备品及消耗品之豫算如左（但消耗品则宜视各消毒队服务之多少而加减之）：

消毒队一队之常备品：

蒸气消毒车	一辆;	大木桶（制石灰乳用）	一个;
米泽喷雾器	二个;	木桶	六个;
热水车	一个;	绳	五条;
大车	二辆;	帚	三把;
喷壶	四个;	铁锹	二个;
洋铁桶	四个;	铁钩	二个;
水桶	一个;	有盖装浆糊器	一个;
大木箱	二个;	刷子	二个;
瓦盆（福尔买林用）	十二个;	洗脸盆（洋铁制）	十个;
木棍（溶药用）	二根。		

消毒队虽视其每日服务之多少而增减其消费之药品，然每队中必须常备之药品及其量如左：

石炭酸	三十瓶;	生石灰	四桶;
盐酸	十瓶;	洋油	半桶;
升汞（每包二十格兰谟）	二十包;	煤炭	一箱;
福尔买林	二十瓶;	浆糊	一罐;
硫酸	十瓶;	高丽纸	五张。

（十五）消毒队每队之人员如左：

消毒队队长一人（以医官或学生充之）；副队长一人（以学生充之）；巡警三人；苦力十二人。

（十六）发与医官以下职员之物如左：

一、眼镜 一;	二、白帽 一;	三、白衣服 一;
四、白裤 一;	五、长靴 一;	六、白外套 一;
七、手套 三;	八、铅笔 一;	九、手记本 一。

发与巡警者如左：

一、灰色衣裤 一;	二、灰色外套 一;	三、长皮靴 一;
四、灰色帽子 一;	五、手套 二。	

发与苦力之物如左：

一、蓝色裤 一;	二、蓝色外套 一;	三、蓝色帽 一;
四、长皮靴 一;	五、手套 二。	

（十七）消毒队职员每日在职员消毒所交换已消毒之衣物如左：

职员		巡兵		苦力	
白衣裤	一套;	灰色裤	一件;	蓝色裤	一件;
白外套	一件;	灰色外套	一件;	蓝外套	一件;
白帽子	一顶;	灰色帽	一顶;	蓝帽子	一顶;
手套	二双;	手套	一双;	手套	一双;
呼吸器	一个;	呼吸器	一个。	呼吸器	一个;
棉纱布	一板。				

（十八）各消毒队作事毕后，必至职员消毒所受规定之消毒。

（十九）右之消毒完毕后，可将翌日所需之物品向消毒部庶务支领，然后方各归宿舍。

（二十）奉天各队之配属区域规定如左（但有时因病况蔓延之状况或有变更者）：

区 所 别	常 在 分 局	队 名
五区一二所	五 分 局	第 一 队
四区一二所	四 分 局	第 二 队
一二区全所	二 分 局	第 三 队
六三 区	六 分 局	第 四 队
七 区	七 分 局	第 五 队
豫 备 队	本 所	豫 备 队

（二十一）消毒队行屋外消毒时，据左之规定：

路上遇有病人或有死人时，宜检查其近傍有无痰或病人之排泄物，有之则宜即行烧弃。消毒法以秋秸（约五把）敷于应消毒之地上，灌注煤油而燃烧之。烧毕后，再以二十倍石炭酸水或十倍之生石灰乳遍洒之。

（二十二）队员宜互守信义，互谋亲爱，协力同心以将事。遇有上官之命令，不论事之如何，均须服从之。

（二十三）职务上关于消毒之意见宜互相尊重，即对下级人发言，亦宜和平问答。

（二十四）队员在执业时有病，不能服务，则可诉之队长。如经队长许可其必须休息调养者，可送之职员消毒所消毒后使归宿舍。

（二十五）队员中如有病者，则不拘其为何病，均宜速就医官处诊断。虽在深夜，亦不得等闲视之。

（二十六）队长遇部下有因病或因事缺员时，宜速报告庶务或部长从速补人，以免贻误。

（二十七）队长如因病或因他种事故拟于翌日或本日请假时，宜速往部长处申明，经部长之许可后始可欠席。

（二十八）每当星期一午后六时，本部必开消毒部会议，以交换执业上之意见。又开必须之协议时，其列席之员如左：部长、队长（正副）、庶务员。

（二十九）消毒或其他业务上有意见时，可以书札或口述随时发表之。

（丁）消毒之方法

第一、消毒方法有左之四种：一、烧毁；二、蒸气消毒；三、煮沸消毒；四、药物消毒。

第二、应烧毁之物如左：

一、患传染病者及患传染病死者所用之衣服、被铺、布片、便器及其余器具等，染毒既深，即消毒后亦不得再用。

二、患传染病者所吐所泻之物及其他排泄物并尘芥、动物之死体等。

第三、应用蒸汽消毒之物如左：

一、衣服、被铺、布片等及一切绢布、绵布、麻布、毛织布类。

二、玻璃器、陶器、磁器及其他矿制或木制品类等。

第四、施行蒸汽消毒时应注意于左之各项：

一、革类、革制品、漆器及其他油漆物类、橡皮制品、橡皮黏品、糊品、胶黏品、毛皮、象牙、鳖甲角之类恐损物品，宜避之。

二、被服类如施蒸汽消毒，当先检查其袖中或衣囊中有无弹丸、火药等暴发物及易于发火之物品，如有时即当取出。又消毒物中有脱色者，宜避之。

三、蒸汽消毒应用流通蒸汽，务必先驱除其消毒器中之空气，使其一时间以上接触摄氏百度以上之湿热。

第五、可适用煮沸消毒者与适用蒸汽消毒者同。煮沸消毒者，当将消毒之物品全部浸于水中沸腾后，煮三十分钟以上。

第六、供药物消毒之药剂并其用法如左：一、石炭酸水（二十倍）（结晶石炭酸五分、盐一分、水九十四分）。

制石炭酸水时，用石炭酸五分，凡加水一分，必荡摇一次。而渐加至所定之水量后，又加盐酸一分。若用温荡，则其溶解更易，但使用时每次必荡摇之。

（一之一）石炭酸水适用于各种物件之消毒，使用时当注意于左之各事：

一、吐泻物及其他之排泄物，当加同容量之石炭酸水而荡摇之；

二、器具室内等消毒时，当擦拭或撒布之；

三、手足等消毒时，当于洗后再用净水洗净；

四、衣服等消毒时，当用不加盐酸者浸六点多钟后，再用净水洗涤。

（一之二）枯列梭儿水（枯列儿石硷液六分、水九十六分）。

制枯列梭儿水时，当于枯列儿石硷液六分外加以所定之水量。枯列梭儿适用于各种物件之消毒，其用法与石炭酸水同。

二、升汞水（千倍）（升汞一分、盐酸十分、水九百八十九分）。

制升汞水时，将升汞在所定之水量溶解后，加入盐酸。

升汞水其毒极猛，且无色无臭，易招危险。故贮藏及使用时，当格外留意。并为防危险起见，凡十万分之一之司概列特或梭伊列夫枯希恩，当加其他适宜之色素着色，俾一见易于识别，且不可藏于金属制之器内，否则金属器被其腐蚀也。

升汞水适用于陶器、玻璃器、木制器具或室内之消毒，惟饮食用器、玩具之消毒及可渗透饮料水地方之消毒，又金属制品、粪便、吐泻物之消毒，不适用之。

手足等消毒时，当于洗涤后再用净水洗净之。

三、生石灰（灌少量之水发热而崩坏者）。

生石灰末（在生石灰加少量之水而为粉末者）。

生石灰末，当于临用时制之，以消吐泻物及其他排泄物、沟渠等之毒。在吐泻物及其他之排泄物消毒时，至少须投入其容量五十分之一而荡摇之。

石灰乳（十倍）：生石灰一分、水九分。

制石灰乳时，先用一分生石灰，然后将九分之水徐徐加入而荡摇之。其用量如吐泻物及其他排泄物等，须加其容量四分之一以上。

但石灰乳须临用时制之，使用时须每次搅拌。

四、格鲁儿石灰水（二十倍）（格鲁儿石灰水五分、水九十五分）。

格鲁儿石灰水之应用并用量与石灰乳同，但须临用时制之。

五、加里石硷及绿石硷。

将加里石硷及绿石硷三分加入百分之热汤中，使其容〔溶〕解，使用时须格外加热。

加里石硷及绿石硷用于不洁之木制器具、门窗床等物，最为相宜。

六、福尔买儿哀鲁兑希特。

福尔买儿哀鲁兑希特，当用福尔买林发生器使发喷雾，或用他种适当之装置，使共发生气体。

使用福尔买儿哀鲁兑希特时，当注意者如左：

一、消毒箱或泥墙造储物场、洋式房屋、船舶、汽车等，如户扉窗孔不能密闭者，不得使用之。

二、消毒箱及室内之容积百立方尺者，用喷福尔买林四十瓦以上，或使发生福尔买尔哀鲁兑希特瓦斯十五瓦以上，同时使蒸发百瓦以上之水蒸汽。如是处置后密闭之，须在七时间以上。

福尔买尔哀鲁兑希特于左列两项之消毒时使用之：

一、泥墙造储物场、洋式房屋、船舶、汽车等可以密闭之室内及安置室内之器物等，不能用他种消毒方法者。

二、不能用他种消毒方法之贵重品，及其余装置室内物件之内部不能施行消毒方法者。

第七、消毒方法应用者如左：

（一）患者。

患传染病者病愈时，即当洗浴并更换衣服。

（二）死体。

患传染病死者之尸体放入棺内时，其被服当用升汞水或石炭酸水撒布，或用升汞水或石炭酸水浸透之，布包之，并用石灰填塞之。

（三）旁人。

看护人家、病家之人，其他接触病毒者及看护人家之人，其他因施行消毒方法或因运搬患者死体、排泄物而接触病者，须时时将手足、衣服消毒并浴洗全身。

（四）患者死体之运搬器。

运搬病人及死体等之躺卧器具，使用后，每次均当用升汞水或石炭酸水擦抹之。

（五）便所、堆尘秽器、沟渠等。

装病人吐泻物之便所、粪池、肥料储蓄器等，当灌入生石灰末、石灰乳或格鲁儿石灰水搅拌之。但便所以石炭酸水消毒后即可使用，其粪便于一礼拜后可供肥料。污染病毒之地土，当灌以石灰乳或格鲁儿石灰水消毒。

病毒侵入之尘秽器，当灌以石灰乳或格鲁儿石灰水，其尘芥则须烧毁。病毒混入之沟渠，当灌以生石灰末、石灰乳或格鲁儿石灰水。

（六）衣服、器具、寝具等。

患传染病者所有之衣服、被铺并病室内之一切器具暨接触看护人及病人之家人衣类及他物，恐有污染病毒之事，宜各从其各物作之种类施行消毒。

第四项之一所载之物品等类，当以加里石硷或绿石硷（毛皮忌用）洗涤，或以石炭酸水拭净或撒布之，若用福尔买儿哀尔兑希特亦可。

不能施行第一项所载之各消毒法者，当曝于日光或空汽流通处，使其干燥。

（七）房屋。

病者所住之室及其他传染病毒或疑有污染之室内各部，当用石炭酸水或升汞水拭净。但泥墙造储物场、洋式房等密闭之室内，得用福尔买儿哀尔兑希特消毒后，当开窗户，庶日光射入，空气流通，以便使其干燥。

凡百斯脱病发生家屋及墙壁之消毒，须用二十倍石炭酸水或千倍升汞水撒布，先将屋内四壁及天井、地上消毒，无不到之处，并防尘埃之飞扬，再缓缓将尘埃扫集，运搬于一定之处所燃烧之。复将门口及窗户等严闭，不使空气出入，用福尔买林一磅蒸发其气消毒。经四钟以上，再将家屋周围撒布二十倍石炭水或千倍升汞水。

若无门户可闭，须将门帘或携带之毛布浸入石灰酸水或升汞水，或以亚铅板钉塞均可。

又，消毒法须有顺序。当消毒人员外出时先入消毒室换消毒衣服（卫生衣裤覆面呼吸器、密布衣裤、象皮靴、手套、避病衣外套等）。从事直接消毒人员、医官及消毒委员外，可另雇夫役以资补助。防疫人员入疫病者家屋时，由监视巡兵导入，先启开门房，用喷雾消毒，将一切不洁之物概行焚烧，再将门窗关闭，屋内及衣服器具等以福尔买林斯消毒。其屋外撒布升汞或强石炭酸水均可。

房屋消毒，常使巡兵监视物品。消毒完毕，监视巡兵仍负有监视之责任。

房屋消毒完毕，呼吸器及遮眼布可集一处烧毁之。着用衣服、喷雾消毒车辆及他种器具亦同用此消毒法后，医官以下同归消毒所。归消毒所时，须在未消毒室将衣服全脱去，用升汞水沐浴，而后入既消毒室，更换无毒衣服，方可旋归宿舍。

又，脱去未消毒之不洁衣服于另设消毒房后，置于干燥室干燥之，可供下次消毒之用。消毒所可预备防疫委员着用之衣服及器具。死体消毒法参照研究会报告，以火葬为最善。

房屋消毒完毕，其病家消毒后之衣服，可再用日光消毒法晒曝之。

（八）井户水漕等。

有传染病毒或有污染之井户、水漕等，当以水量五十分之一之生石灰为乳状投入而搅拌之，后搁置十二点钟以上；或依适当之装置通蒸汽、使沸腾三十分间以上。

（九）兽厩。

驴马等有患百斯脱病者，其厩内宜置火炉加铁锅熔解硫黄，后点以火，发亚硫酸气熏之。其应用硫黄之量因室之大小而异，每房一间约用四斤消毒者，可临时增减之。

（十）汽〔火〕车。

火车内如载有患传染病者或死体时，其消毒之法照第七项第一、二条办理。其患传染病者之吐泻物及其他之排泄物，当混消毒药为适当之措置。

附属于车室之所，当用石炭酸水消毒。

（十一）船舶。

船室内如有患传染病者或死体时，其消毒方法参照研究会报告及第七项办理外，其他地方当用消毒药撒布、擦拭及各种相当之处置。船底之水，当加容量二百分之一之生石灰末，经二十四点钟后汲出之。

按：吉黑两省虽有另订清洁、消毒各章程，其内容多不逾此。兹姑从略，将各处消毒燃烧各表择要列左：

（甲）奉天省城家屋路倒消毒处数表

地别＼数目	家　　　　屋	路　　　　倒	合　　　　计
一　　区	二六	五	三一
二　　区	三五	三	三八
三　　区	四九	一二	六一
四　　区	七八	二四	一〇二
五　　区	一六三	一四三	三〇六
六　　区	五七	二二	七九
七　　区	一二五	八一	二〇六
其　　他	四	无	四
合　　计	五三七	二九〇	八二七
备　　考	奉天由开办防疫至三月三十日止，合计家屋消毒五百三十七处，屋外消毒二百九十处，总计八百二十七处。家屋消毒，每处多则二十四间，少则一二间不等。屋外消毒。均在病人或死者路倒之处行之。若一家发生疫病者至数人或十数人，而该房舍等又污秽不能清毒者，则一律烧却。所有一切燃烧事宜，由消防队担任之。		

（乙）吉林省城家屋路倒消毒处数表

地别＼数目	家　　　　屋	路　　　　倒	合　　　　计
一　　区	一〇	一	一一
二　　区	六	一	七
三　　区	四	无	四
四　　区	一一	一	一二
五　　区	一四	一	一五
六　　区	一〇	一	一一
七　　区	七	七	一四
八　　区	一二	二	一四
九　　区	二六	二	二八
十　　区	七	二	九
合　　计	一〇七	一八	一二五
备　　考	按：表载消毒处数，其中以四区之北大街、五区之通天街、六区之昌邑屯、七区之山东胡同、八区之岭前胡同等处为最多。		

奉吉黑三省城燃烧疫房统计表

省城别＼区域别间数	一区	二区	三区	四区	五区	六区	七区	八区	九区	十区	合计
奉天省城	无	无	二二	一六	三三	无	一五一				二二二
吉林省城	无	无	无	无	三	无	无	五	一	无	九
黑龙江省城	二	二一	七	二	六〇	七一					一六三
备 考	一、三省购焚疫房大概分上中下三等，各处视时价量为酌给，互有等差，不及备载。 一、表内所列均系民房。如奉天所焚之栖流所三间，黑龙江所焚之西江沿养病室三十八间、卫生医院十三间，均属官房，并未列入。 一、表列焚烧各处，均无延烧。										

除以上各种清洁消毒法外，另有日光消毒清洁法一种，由奉天防疫事务所日医官志熊松、王杉本等条陈，于防疫总局实行于省城各区。其办法如左：

日光消毒清洁法。

一、理由。恶疫流行之时，使普通人民施行日光消毒法，诚防疫上最要之事。日光有杀菌之力，为各国学者所证明。日本每年必使一般人民行此日光消毒法二次，诚以利用天然之力，不费锱铢而功效尤能立见。此次之肺百斯脱病菌，曾经本所微生物试验部将该菌置于室外，使受日光干曝，数时间内，立即死灭，是其明证。兹将办法详列于后，请严饬各区实力奉行，以收实效。

二、办法。

（1）全市应分数区，区中再分数部，按部顺次行此消毒法。

（2）此清洁法名为日光消毒法，雨天阴天当暂为停办。

（3）施行之际，令各该处商民将某家屋内之物品，家具全行搬出，使受日光之曝晒。

（4）受日光曝晒之时间，以午前九时至午后四时为限。曝晒之际，务表里反覆二三次，使物体全部得遍受日光之力。

（5）衣服、寝具、席子等件最易污染病毒，务必特别仔细，用绳子张挂，严重曝晒。

（6）各家内外务必严为扫除。其所扫之尘埃须集一定之场所，用火焚毁之。

（7）午后四时须受各管区监督官吏到各户检查后，始准将物品家具搬入屋内。

（8）行此消毒法之顺序，须由各区之中疫病较轻之处先行著手，渐次推及疫盛之区。

（9）一切办法应责成各区官提倡其事，并负其责任，而以消毒队为其补助。

（10）各区应以其派出办事员役及巡警人数为标准，以定施行区域之大小。

（11）区域酌定后，应于三日以前出示告知该区域人民。

（12）实行此消毒法时，即可乘此行奖励捕鼠之令，唯收买之鼠务必记明出鼠之户，标以记号，以便送验。

（13）某日在某区域施行消毒，务必停止交通或限制交通，以免妨碍并防物品纷失。但该区域内之住民，则准其自由出入。

第八章　水陆检疫之措置

三省幅员辽阔，凡人迹所通之地，除水道以严寒天然封禁外，其陆路交通地点，所在皆是，欲施检疫方法，实为防疫上最困难之问题。其因有二：

（一）地积与人口之关系　奉省户口稍繁，行旅货物之往来者络绎不绝，在检验时有应接不暇之虑。吉江户口稀少，有行数百里不见人烟之处，节节设卡防检，又有鞭长莫及之虞。其困难一。

（二）岁时与习俗之关系　吾国习俗以一岁之终为人事之一结束，商贾以是时清货款，旅客以是时归室家。三省出口农产大宗，如豆粱等亦以是时出运。大小车辆，又因农隙余暇，地面冰冱平坦，行车利便，麇集于衢。节节检验、留养，劳费不资。其困难二。

以是二难，故汽车之检验，寻常行人车辆之检验，实防疫上最困难之问题。京奉铁道与直省磋商留验方法，几于唇焦舌敝。安奉、东清、南满诸铁道与日俄两国社员协力防检，为民命国权计，敢言劳费？又因各沿铁道线无合用之房舍，于冰冱期内仓猝筹建检验所，三省物力于是告瘁。此难在汽车线者也。三省粮车往来，动辄七八十辆为一帮，或二三十辆为一帮。以奉省新民一府治论，每届冬季，每日入市之车动以千计（北行者尚不在内）。一旦停止截留圈验，无此大地可容，以千辆大车为率，其牲畜不下八九千头，车夫不止二三千人。且所谓千辆之数乃日日入市之数，平时此往彼来，参差前后，不能拥滞。若一经留验七日，即不啻聚集七千车辆，无此大店可容；若不留验，但禁通行，则远道往来之车辆，欲进不能，欲退不可，行旅何堪受此挫折？如哈尔滨商埠等地，又以粮柴车不准进街，居民即顷刻断炊见告。若但留验远道车辆而不留验近处车辆，则远道者何难讳言其来自何处；若长途节节留验，则以交通最繁之长春至营口一路言之，中间须经过昌图、怀德、奉化、铁岭、开原、承德、辽阳、海城等州县，并有镇市多处，专防城治，不及镇市，则绕越难问。哈滨附近疫盛等处，其粮车不难横行无阻，疫气传播已遍，处处设卡处处截留，无论镇市城治等处均无此大店可容。以每车一辆每处留验七日计，不百日不能达营口，不特行旅不能受此困顿，公家亦何能任此供亿？以一车日需饭食喂养柴火费一两计，每车即须留验费百辆〔两〕，大车七千辆即须七十万金。况三省车数尚十倍于此，节节留验，断难办到。遂于宣统三年正月初十日，定来自有疫地与无疫地之检验法。（见遮断交通救济法篇。）此中办法已经无限困难。此难在寻常路线者也。以前之二难为之因，后之二难为之果，故水陆检疫之措置实为防疫上最困难、最繁重之举。略述于左，以供参考。

第一节　陆上检疫

（甲）铁道之检验

（一）京奉铁道

自宣统二年十二月十三日钦奉设局严防毋任传染内地之旨，邮传部特派医官徐镜清等分赴榆关、沟帮子，在火车站设立检疫公所，切实查验，方准上车。奉省亦派知府程学恂会同英医嘉克森在奉天车站实行检验，是为关内外汽车检疫之始。

十四日，直隶总督复派西医三员、华医十四员，分往沟帮子至京一带赶设病院，分段认真查验，并电请于中外各客上车时传谕，车到山海关，均须报入直隶卫生局预备之客栈，以便查验。即于是日派知府刘棣蔚驰赴山海关、沟帮子一带，与直隶各委员接洽筹商协力检疫事。是日，外务部电令停售奉天至关内火车二三等票；其头等搭客，在山海关外停留五日；皮货皮张、毛发、破烂纸布、鲜果、蔬菜、带泥花草及沙土等类，禁止入关；其余货物，由医官查验，始准运卸，沿途火车分段查察。

是日，邮传部亦发令将由奉天至山海关二三等各车及入关小工车停止，并在山海关车站设临时病院。如在关内外火车查有病人，均须送入该院。其在关外火车查出者，由京奉路局派专车送回奉天病院。当以奉省临时病院建设未竣，邮传部既派医在沟帮子、山海关设局，即电请邮传部，如火车查有病人，应即就地截留，万勿送回。

是日因疫势日盛，南满铁路停售二、三等车票，东清铁路亦停售三等车票。

二十一日，邮传部又发令停售关外火车一等车票。

二十五日，以东省疫势未退，东清、南满势难常此停车，电请外务部、邮传部应否预筹建筑京奉汽车留验所，为开车计画。当经邮传部电覆赞成，并派京奉路局会同北洋卫生局妥议办法。

宣统三年正月初四日，以东清、南满头等火车仍未停驶，并闻三等车票亦将出售，若是则是南北皆可通行，惟奉省至山海关中间数百里隔绝。南满之来源不竭，到奉而后，独无去路，奉省何能容纳如许多人？亟应预备留验所；不及建筑，应暂租赁。凡乘客，须一律在所留验五日或七日。无病者，由医员出具诊断证据，由防疫总局发给执照，即准乘车山海关，或验照放行，或再留验数日。当与北洋熟商办法，并电请邮传部主持早日开车，以安人口而维大局。初六日，邮传部会同外务部据情入奏，奉旨著外务部、邮传部酌量办理。旋由邮传部议定西伯利亚来客及东省官差、秦皇岛船客暨装卸脚夫、押货人等，均准留验七日，由医官给照放行。货物除皮革、水果外，余经医官验过，亦准放行。惟开车轮路麇集人数愈多，非有可容数千人之所不敷安顿。前据京奉路局筹议，留验人众品杂，非由地方官特派专员办理，不足以资管束。特函请北洋派员在榆关建筑铁木棚厂或借用陆军帐棚，分等招居，计口授食。但火车到榆时刻太晚，医官巡警照料难周，且留验七日，榆地亦难尽容。议由山海关分三段留验：一沟帮子，一锦州，一榆关区域。既分布置较易，除榆关已商北洋建设外，沟、锦两段特电告由奉迅派员司，分别差等，一面租赁民房、庙宇，一面择地搭盖铁棚，发给饮食。其某处能容若干，迅速电部，俾饬路局按数分站留验，庶免拥挤。

初九日，以南满火车在长春、奉天、大房身、营口设立大隔离所留验旅客，至少以七日为度。长春已验者，他处不再扣留。邮传部以榆关难以尽验，议在沟帮子、锦州、榆关分段留验，而未计及奉天搭客究以奉天为多，若在奉留验七日无病，沟帮子、锦州、榆关毋须再验，即可给照准其入关。其奉天以西有从营口入关之人，应在沟帮子留验，沟帮子以西、榆关以东应在榆关留验，俱以七日为断。但经一处留验，他处即不再留。锦州搭客较少，似可不必建设。照此办法，所设仍只三处。但将锦州改为奉天，与邮传部办法无甚出入。民房屋字〔宇〕无可借用，必须另建板屋，略如日制，或留验人众品杂，沟、奉两处，自可由奉天特派专员办理，工程则须京奉路局速行筹办。沟帮子搭客较少，房屋容数百人已足，奉天房屋非多容不可。当以此电商邮传部，旋于十五日准邮传部电覆，以所议留验办法至为详备，前以奉天一处业由奉规画妥善，第恐人数过多，未能尽容，故以推广沟、锦为言，正拟沿途分布旅客，非未发发奉天也。现部中已聘医在榆、绥各站分行检验，并饬路局在宁远州等处酌盖房屋，设所留验，又添派医员在天津随车查视，所费已属不资。所有沟、奉工程，仍请由奉省派员办理。

十七日，电告邮传部，奉天遵已规画建筑，惟沟帮子距地方官署较远，请由部饬路局筹办，以求便利。营口亦电道筹办。

十九日，锦新道周长龄以京奉火车开车在即，调查到营车客，按目平均计算约二百人，隔离七日即容积达千四百人，须于河北车站即设一能容千四百人之隔离所，并拟将原有病院酌量扩充，先期召集医官会议。当经医官达利提议，京奉路局已拟于沈阳、榆关各设能容四千人之隔离所一处，沟帮子、营口酌设一处或分设两处均可。金议自沟至营沿路一带无疫，应在沟帮子先设大隔离所一处。凡省外、关外两路来营车客，未经沈阳、榆关两处留验者，一律在沟帮子留养七日，始准给照搭车来营。营口地方官但于营站设检验所，随验随放。如此则与沈、沟、榆三所距地相等，路局易于调度，可免人满之患，其利尚小。河北与市场迫近，沟站地势空旷，与其隔离在市场之迫近，不如隔离于沟站之空旷，其利实大。日后沟、营沿路现疫，再设营，所以昭慎密。议成，由锦新道电请商明邮传部核饬京奉路局办理。当电覆锦新道，京奉开车计画与部商定，奉省于沈阳设所留验，现正筹建筑；沟所由铁路设备，应否另设，候与邮部妥议办理。

二月初二日，以英医绘送沈阳留验所图，全所约容四百人。凡由西比利亚来客固可不必留验，即由长春南下之人，如经日站留验七日，执有日医证书，亦可任令搭车。惟沈阳上车之中下等人，必应留验。既已留验，如果七日无病，是否径准入关？如在榆关再留，则行旅视为畏途，搭客必少。南满沿线大小各站俱设留验所，故搭客处处可以登车，即处处必须留验。特电告邮传部，前议于营口、沟帮子、沈阳、山海关四处设留验所，是否不致遗漏，尚希苾筹速定。初三日，准邮传部电告，已与北洋商定，即日先开关内各车，除滦州、昌梨、北戴河三处暂不售票，余均一律售票。仍一面分派医员随车查验，关外亦拟次第开驶，准于初七日入奏。惟开车现重查验，奉省各大站，经奉省切实布置，已甚完备，请饬所司查有疫大小各站，何处已设医所，足可认真查验，何处尚未设医，尚应暂停售票。至沈站留验满期之客，自无在关再留之理。沈、沟、营、关现仅有留验四所，诚不免疏漏。惟部中以车务为权限，只能专派医员随车查验，至各站遍设医所，应由地方办理。

初六日，直督以议定由奉入关，以官差及西比利亚来客为限，现查有商学两界三十余人，实与定章不符，电请查明限制。当以商界、学界各有万不得已事故，若果身体健康、验无丝毫疫病，仍复阻其前往，良多窒碍。现在此间疫气渐消，转瞬留验各所预备竣工，关外火车亦将次第开驶，此时情事较去岁已自不同。即电覆已严饬司道，嗣后验给凭照，从严限制。

初六日，邮传部以关内业已照常开车，关外开车日期已据北洋函覆，拟在榆关扩充留验，如沈阳、营口两处疫气未净，须一体留验，给票上车，电请速饬该所办理，俟有筹备，即行开车。当以沟帮子留验所工程前请邮传部饬局经理，实出于万不得已。奉省疫染糜烂二十余州县，防务正在吃紧，赶筑病院及贫民收养、隔离各所尚未藏事。海口开冻在即，又须筹办水上防疫，沿海数百里港汊分歧，处处可以装卸，设所留验势不能少。万绪千头，同时并举，不特财力支绌，更苦无办事之人，若再兼顾陆路，实在力有未逮。沟站尤距地方官署窎远，照应尤恐难周。复电请邮传部不分畛域，速饬路局筹办。旋于初七日准邮传部电覆，今日本部奏定，邮部专责在派医随车检验，余归地方办理，权限所在，未能侵越。目下沟帮子拟暂不售票，乞赶紧设所，再行搭客。

初九日，以邮传部既经奏定沟站建所归地方办理，自当勉为其难，赶紧预备。惟沟站已建留验所十二间，足容四十八人，特电邮传部请速饬知路局拨交奉省，以便派员前往布置，筹画添筑，为开车预备。嗣经邮传部以留验所系北洋卫生局所建，请向北洋商借。旋准北洋电覆准拨。

十一日，邮传部据京奉路局电禀，旅顺、大连开至天津、秦皇岛轮船，不论有无客人，应由卫生局照上海章程验明，并无疫症执照，立即放行。其余辽东各口均不在内，旅大船只即可运客至津。诚恐东三省之客，皆乘南满车直至大连搭船至津，所有京奉路货客被夺，将让南满独收其利，特电告速将各处留验所布置，俾全路即行通车，以挽利权。

十一日，以直督来电，关内疫势轻于关外，出关者请毋庸留验。当经核议，奉省各处实已日见轻减，关内之滦州、昌黎、北戴河仍不得不认为疫区。近日由津来之苦工日数百人，皆未经检验，虽该三处暂不售票，何难绕赴附近车站登车。况山东、直隶有疫地方尚多，直、奉接轸，若不共同一致，往者来者各予留验，必将奉省传播无已，现办防疫种种设备皆成虚糜。特电邮传部，嗣后出榆关者，概由榆关留验；入关者；沟站以东由沈阳留验，沟站以西亦由榆关留验。沟沈两处各设容数百人之留验所，请向直督商定。

十四日，筹议关外通车、预备留验各事，沈站之屋计容二百三十人，沟站计容四百人，特饬分别建筑，并拟订办法六条。

一、西伯利及南满搭客入关者，但有西医证书，至关不再留验。

二、奉、沟设备完全，凡经留验七日者，至关亦不再验。

三、由奉天以西马三家子至沟站与沟站附近之搭客，一至沟站，即令下车留验。

四、每日开车分为二次：第一次先将马三家子及沟站附近之搭客送至沟站，第二次将奉天验过之客直送入关。如沟站有留验七日无病者，即登此车同行。

五、由沟站赴营未经留验之人，应在营口留验。

六、由沟站以西之锦州、宁远、绥中等处搭客，均赴山海关留验。

当将各条电请邮传部核定，旋准邮传部电复，已转致北洋并饬京奉路局查照。

十五日，又以出关苦工纷纷东来，十一日由关赴营口者竟有四百人，十二、三、四等日亦各有百余人，均未经榆关留验，不特营口必有传染，奉省将永无扑灭之期，电请邮传部先停售苦工车票，并电直督速在关设备留验。旋准直督电覆，直境半月以来，并未发生疫患，出关小工似可无庸查验。到沈时如有疑似之处，仍可酌量留验，以昭慎密。

十六日，又以小工陆续乘车来奉，奉站房屋无多，不能容留多人，复电邮传部，请电直督迅速筹建榆关留验所，并饬京奉路局以后逐日询明奉天能容若干人，再准榆关卖票，若不问奉天能否收容，一概卖票，奉天为防疫计，不能准其下车。

十七日，营口道以十六日由关至营口苦工有二百三十余人，留验所成立尚须有限制，今百无一备，纷纷来此，不得已暂就河北客栈留验，请电商暂时停运。在营各医员又以"苦工仓卒东来，榆关并不留验，万一疫势再炽，谁司其咎"相告。遂特派候补道祁祖彝驰往榆关，阻止下车及卖票，并电邮传部请饬京奉路局即送回榆关安顿。营口亦同此办理。

十八日，直督饬司局议定，凡由火车出关之人，特派西医在榆关车站检验，除检有疫及形迹可疑之人不准买票上车外，如经检验无疫，即发验明总执照一张，注明人数、号数，然后售票。此照即交车守持，抵沈阳验照放行，并派候补道屈永秋前往榆关办理，电请派员接洽。并电告直境自二月以来并无疫症，加以榆关检验，万无疏虞，并饬地方官晓谕行旅，遵章听受检验，势难强谕无疫人民，阻其出关。嗣后到沈车客，望饬验照放行，弗再送回。至旅大各埠现已畅行轮船，山东小工向多航海赴奉，由彼处乘南满车赴沈者，应请分别办理。当以关内疫气如何，无从悬揣，特派英国慕医员前往滦州、昌黎、开平、北戴河、天津、保定各处，调查疫气是否全消，再筹商办法。

二十日，邮传部电请派员至京会议检疫事，并有关内外疫气渐消灭，天津、营口已无疫，我若遏止行车，南满将独擅其利等语。当以目前之急，但要求榆关早设留验所，使有疫地方之苦工不能阑入，奉省防疫行政不致破坏，并无他意。若谓南满将独擅其利，则殊未必。南满、安奉两线沿道留验所，统计能容一万八千余人，往还乘车以华人为多，疫氛流播与否，外人为营业计，可以痛痒不相关，其种种设备糜费巨款，似属无谓。然始疫至今，沈以南之辽阳、安奉之本溪偶一发见，皆刻期扑灭，营口、安东两商埠迄未波及。倘南满毫无设备，纵使地方官竭力防范，亦恐无济。当即电告邮传部，现在防疫各员奔走不遑，未克派员赴部，直省疫氛已派英医前往调查，请邮传部派员切实考察，再商定行车计画。

二十一日，直督电奏留验之法，为由疫重区域入境而设，若境内疫气早平，只有切实检验，无虑贻患邻疆。前关外疫炽，直省留验力顾交通，关外官差及无疫之地来客均来往无阻。二月初与邮传部拟订关外开车办法，奉直同时扩充布置，月内均可藏事，按期行车。盖防疫、交通已殚力兼顾，期赴事机。至关内自二月以来已无疫患发生，凡行旅出关，只须切实检验，自无疏虞。当奉旨，该部知道。钦此。并准邮传部行知到奉。当即电覆邮传部，直省之是否有疫；待慕医查看回省；自能分晓。而山东疫氛甚厉，德州、天津已通车，山东小工取道直隶来奉者甚多，直省绝对不肯留验，只有为自行留验计画。请饬京奉路局借三等棚车及铁篷车一百辆，在沟帮子留验五日。乞速办，以便预备一切。旋准电覆，准借三等十五辆，仍速备板屋。

二十三日，邮传部电告直省所拟小工出关检验办法，奉省所派祁道与直省所派屈道会商，亦无异议。是榆关既经检验，自无容询明奉天能容若干人，再行售票。当即电覆邮传部，请饬询直省医官，疫病潜伏期内有何特征，可以顷刻验明？奉省各属疫已消灭者居多数，亦有疫病未见之区，入关者何故以上等客为限？何故概须留验？该医官必有理由。镇安县疫已久灭，昨以直隶阜新人阑入，带有疫病，受传染死者一夜多至十五人。倘概不留验，奉省疫势顷刻又将炽盛。顷锦州已预备容三百人之留验所，仍请暂饬京奉局逐日询明，再行卖票。俟慕医查明直省果无疫病，再定其他办法。

二月二十七日，邮传部咨送奏定关内外通车检疫办法，定于三月初五日商定颁行，如左：

一、在沈阳设留验所一处，在沟帮子添设一处，由奉天办。在山海关设留验所一处，由北洋办。

二、拟凡由奉天入关者，无论官差商民，在沈阳留验七日。在沈阳之次站起及营口各站未经医生给有执照者，搭车入关，由山海关留验七日。

三、拟凡经沈阳留验七日之客，用专车安置，沿途各站之客不准搀入。该车直放入关，不用再验，可径到京津。此项直放车附货车后于晚上径行，不用在榆关留宿一夜，以便行旅。其在山海关已经留验七日之客，亦准此办法。

四、已经留验之客于沿途在车中发见疫病者，由随车医生检查属实，另车安置，就近交地方官防疫所酌核办理。

五、拟凡在关外各站沿途下车不入关者，由车上医生验明无病，随时放行。

六、拟先开放头等客。俟两处二、三等留验所造竣后，所有二、三等客全数放行。

七、现在开车伊始，恐人员拥挤，每日酌定卖票若干，临时由防疫所与车站电商办理。

八、现在先开放头等车，奉天头等车归沈阳留验七日，沈阳次站以下之头等客归山海关留验七日。惟营口本系无疫地方，拟凡营口之头等客，经营口地方防疫所医生验过发给执照者，用专车送到沟帮子，会同沈阳已经验过七日头等客之专车合并，可直送入关，至京津不用留验。

九、将来开放二、三等客车时，均照此办理。

十、每列车往来一次，停止后消毒一次。

十一、如遇车中发见疫病者，除将病者另车安置外，其同车诸客不准下车。应否隔离留验，由车上医生报告，于就近防疫所酌核办理。

十二、凡已经留验所留验之客，由该所发给凭照，以便随车医生检查。

十三、凡无疫地方各站入关之官差，持有公文实据者，准查验放行，或酌减留验日期，由地方官医生会商办理。

十四、凡留验日期，可由防疫所体察情形，随时增减。

十五、此项办法由北洋、奉天、邮部酌定后，再与外部、民政部会商妥洽，即付实行。

十六、凡由轮船到营口者，由营口留验后发给执照放行，用专车安置，沿途不搀入各站他客。

二十八日，直督电告，慕医在永平一带均已调查明确，据称实已无疫，出关人等自以检验为简要之法。山东取道直省之人，既在德州自行留验，敝处亦无庸再留，以利交通而节糜费。此事大局所关，如果有疫，何至讳言无疫？果须留验，何必执定检验？现格外周密，一律留验，业经分饬赶办。以后赴奉小工，请勿再驱阻回关，以便交通而免拥挤。

二月二十九日，直督电告，阜新属隶热河，且在关外，与榆关去客无涉。山东出关人等由津浦转搭京奉火车者，已在德州设所留验，并有天津卫生局派医随车查验，自不必再事留验，以去交通障碍。此次工人纷纷由奉折回，系疫气未净之地，转不能不重加查验。现按照施右丞所议办法，各将出境行旅自行留验，界限亦自分明，但望奉省于出境者切实留验，于验过抵沈者不得拦阻。当电覆，嗣后出关小工请留验后，由西医按名给照，敝处验照放行。

是日直督又电告，前定出关检验之法，防范实已慎密。今必将直省无疫之人及德州已验之客仍留验而始准出关，惟直省留验去客，即无暇留验来客，望于留验一事加意注重，到关时即不再检验。至出关人等，由直自行留验，到沈时勿再禁阻送回。

三月初一日，直督电告，此后出关人等，既经关上留验，发给验过执照，无论由火车或徒步前往者，均请转饬验照放行。其东省小工持有德州留验执照者，亦请一律验放。至关外折回小工留验五日后，确无疫症，亦应给照准其前往。当即电覆照办，但须西医执照为凭，惟一日骤来二千人，无处可容，深恐将断疫氛因而复发，并请饬榆关分作四起趁车，至营口留验。河间饥民已逾七日，验明无疫，亦应请饬准入关。

是日山东巡抚电告，胶州、德州、烟台三处，已添设留验所，每处可容二三千人，烟台可容五千人，专留验出关小工，无病者给照放行，照内用洋医签字，以昭凭信。

初三日，直督电告拟定留验办法数条：

一、由奉入关二、三等客已在奉站及沟帮子留验领有执照者，到关概不留验。惟此等车客勿与沟帮子以西各站未经留验之客杂坐一车，以防传染。

二、沟帮子以西各站二、三等客，即由榆关留验。

三、出关头等车客在关切实查验，始准买票，到奉请弗留验。

四、出关二、三等客在关留验五日，给有医生验单，方准搭车，到奉后亦请无庸留验。当即电覆照办，请即实行。

初九日，邮传部以京奉路局电禀，前因防堵柳河凌泛，堤工紧要，恐致出险，急应修筑，需用工人甚多，均须在关内运往。当电奉天交涉使商运，只准于出关小工二千人内雇用。此项小工并非惯作路工之人，而柳河冰融冰块随溜而至，将护路堤冲一缺口，水势漫过铁轨，行车号志及货场皆被水淹。车至该处，开行极慢，尚可无虞，惟货物暂难起卸。而交涉使电称，所需工人仍须在榆关留验二日，经医员给照方准出关。此次柳河决口不仅关乎铁路营业，实与地方生命财产关系极大，当准电告疫事、路工必须兼顾，以便刻日出关，堵筑决口，以杜后患。旋即电覆，但经天津卫生局派医验过，给予证据，自应通融验照放行。

初十日，邮传部以京奉路局电禀，直省所拟留验办法内，有出关之二、三等客在关留验五日一条。查每日出关行旅，三等约四百五十余人，二等亦二三十人，一经留验，损失更无从弥补。且奉省派慕医入关查验，亦称各站无疫，津浦路客亦经德州留验，应仍照前议榆关验而不留，以便行旅。邮传部以新章甫定，未便更改驳复。旋又据该局电禀，沈阳留验所虽已竣工，屋内尚未布置，现在关外二等车暂难售票。营口本系无疫地，从前尚准搭客入关，验而不留。此项新章以沟为界，沟东各站均在沟留验，而沟所成立尚须时日，营口虽居沟南，而来往均由沟经过，以致营口二等客票亦不能卖。今甫准开关外头、二等车，沈阳则验所未成，营、沟又为新章所限，三处均难售票。应请将沈、沟两所速建，或将前章略为变通，准凭医生证据，即许搭车，毋庸留验七日。现在留验二、三等客，大都川资无多，五日后资斧告罄，多有仍入关者，进退两难，至于哀泣。如此情形，惨不忍睹。特请酌核。当即电覆，沈阳留验所十五六日可期完备，沟站留验所十二三日可成，已由施右丞约各医员会议，俟议定办法再达。

十四日，北京、天津、保定、沟帮子、营口各防疫医员在奉天参酌前议办法情形，会议火车检疫办法，如左：

第一款　凡自关外乘坐火车入关之客，除由医检验外，准其一律通行，不加留验。

第二款　京奉铁路各站一律通饬，无论何站，境内设查有染疫者，即由该站报告车务总管，并同时知照最近查疫医员。

第三款　凡自关内乘坐火车出关之客，除由医检验外，准其一律通行，不加留验。

第四款　京奉沿途各站暨车辆所挂防疫章程告白等一律撤去。

第五款　在奉天、沟帮子、新民屯、营口、山海关五处搭车之客，由医检验，无庸给予验照。此项新章自三月十五日起，以两星期为限。限期届满，再由外务部酌量停止。

第六款　现行由医随车检验办法，即行停止。

第七款　据各处检疫医员公同意见，以为现在已造未完之隔离篷屋，均应一律盖造完竣。

第八款　沿途各站售卖食物者，应准照旧到站售卖。

附火车输运货物章程

第一款　车辆准运灵柩，惟须西法医士给有准运凭照者，方可上车。

獭皮等类仍暂不准运输。

当经邮传部会同外务部、民政部、直隶总督、山东巡抚赞成，于三月十九日公布实行。

（二）东清南满铁道

十月十四日，吉林西北路兵备道于驷兴报告，开办哈尔滨检疫所，可容三千人，并分八段查疫，每段设医长一员、绅商一员、医生一名。

是月，吉林西南路兵备道李澍恩报告，派医赴东清、南满车站，检查入境汽车内之中国人。

十二月初一日，吉林东北路兵备道于驷兴电禀，派员会同东清铁路公司俄医在哈尔滨铁路大桥下查验。如遇有患病及衣服褴褛者，酌量办理。

初七日，吉林西北兵备道于驷兴电禀，俄官霍达议定哈尔滨火车检疫办法，如左：

一、哈埠车站由中国派医至站会查。各车站如须设所查验者，均由中国派医前往办理。

一、哈埠铁路大桥下，从前由哈尔滨防疫总局东清铁路公司派人会查，并加派中医在该处查验，俾免误会。

一、傅家甸检疫所不敷居住，由公司借拨篷车六十辆，于一星期内提齐，并于路界附近借给官房一所，可容二百人，备作检疫所用。

当以向公司商赁篷车，自为一时之计。惟际此冰冻期间，恐疑似病人不尽有疫，或因冻馁而死，满洲里前车大可借鉴。特电西北兵备道以另觅房屋为要，否则特派员司妥为设法，护持照料，毋令民人稍有失所，致滋口实。

是月，南满铁道公司亦开办汽车检疫事。至宣统三年三月二十二日疫氛告灭，将各防疫章程一律取销，照常转运客货。

（三）安奉铁道

宣统二年十二月十六日，安奉铁路巡警局总办廖成章以疫势东播，安奉路线岌岌可虞，禀请先行派巡警二名，协同日本巡警，于上下车时逐加检验，并悬赏捕鼠。在车站左近盖草屋两间，设立防疫公所，一切方法悉照奉省警局分区规则参酌办理。

十七日，铁路巡警局禀报，鸡冠山火车内疫死一人，已消毒深埋，并将同车华人四十三人、日人二十三人留验。

二十二日，饬检验本溪湖石桥子站车辆行人。

二十三日，铁路巡警局禀请会同地方官办理防疫特定办法，如左：

一、承德地方除省城不计外，其本溪、凤凰、安东三处防疫所会同地方官克日设立。

一、三处防疫所有赁房、购药、派委医生、雇用夫役并置备防疫各项器具，会同地方官商酌办理。

一、附近三处地方遇有传染及疑似者，无论铁路地方各警，一经查出或民人报告，即送地方防疫所救治。

一、附近三处遇有疫毙者，无论铁路地方各警，即报告地方防疫所医生检验。

一、桥头、草河口、鸡冠山设大防疫所三处，秋木庄、大东沟设中防疫所两处，浑河、陈相屯、姚千户屯、石桥子、火连寨、南坟、连山关、林家台、大房身、汤山城设小防疫所十处。均由铁路巡警局设立，仍由地方官派警帮同照料。

一、铁路巡警局设立防疫所，所有防疫经费及一切布置，均归铁路巡警局办理。

一、附近铁路防疫所地方，遇有传染及疑似者，无论铁路地方各警查出或民人报告，即送铁路防疫所救治；遇有疫毙者，即报告铁路防疫所医生检验。

一、检疫冗忙时，如巡警不敷调遣，无论铁路地方各警，均须互相协助。

一、共派医生八员，分驻各处。其分配区域列下：

奉天至姚千户屯，由承德县派；

石桥至大东，由山溪县派；

福金至金家，由山铁路巡警局派；

下高塘至通远堡，由铁路巡警局派；

林家台至大房身，由铁路巡警局派；

二道沟至四台子，由铁路巡警局派；

凤凰厅至汤山城，由凤凰厅派；

五龙背至沙河镇，由安东县派。

并据该局电称，将沙河、高丽河、凤凰厅、鸡冠山、草河口五处归各厅县设立，余归局办理。当以疫症由北而南，此次设防首以西北为重，若西北一路设防完备，则安东一带可保完全，特定沿路线设防疫所十处。除本溪、鸡冠山、凤凰城、安东归地方官自办外，余如石桥子、桥头、草河口三处设大防疫所，下马塘、秋木庄二处设中防疫所。其大所设有隔离所、重病室、轻病室，中所则设备较小。石桥子一处则由铁路巡警第一局办理，另定沿路线防疫区域如左：

（一）浑河至石桥子；

（二）大岭至大东；

（三）福金至南坟；

（四）金家至连山关；

（五）分水岭至通远堡；

（六）林家台至秋木庄；

（七）二道沟至鸡冠山；

（八）四台子至购凰城；

（九）高丽门至五龙背；

（十）蛤蟆塘至安东县。

以上十区，即责成地方官、警务局会同铁路巡警局办理。又以路线各处地多山僻，专恃铁路巡警，觉察难周，通饬沿路线各地方官，转饬预备巡警之十家长、百家长等，分任清查及担任防疫上一切实施方法。倘有隐匿不报，即处十家长、百家长以违警之罪。

二十四日，兴凤道赵臣翼以安东为东边出入孔道，又有安东路线直接交通，疫势日逼，督同安东县税务司等，与日本铁路各员筹议安东铁道检疫事。议定每日火车到站，日本乘客统由七道沟市场内安东站下车，检疫事宜归日本自行处置；中国乘客统由沙河站下车，由中国官吏派诊察员在车站检验。并于车站附近之元宝山另设乘客普通隔离所及货物消毒所各一处，凡由奉天及疫病已经发生之处来者，不论有病无病，均令赴所消毒。隔离七日之后，方准外出交接，以免暗中传染。并议中日两方面凡关于防疫事宜，均须按日互相报告，即于本日议决实行。并于汤山城设隔离分所，严查由该处下车潜行入境之人。其办法规定如左：

甲　检查法：

一、安奉路线中，凤凰城以北均疫病发现，目下即认该处为疫病流行区域。

一、凤凰城以北，不论官绅商民，有病无病，均须送入隔离所，居留五日以下，经医生验明无碍，方可放行。

一、凤凰城以南来者，得自由出站。

一、中国乘客以沙河镇为最终点，不得乘至安东站。已与铁道日人商明，不卖安东站票。

一、与车站商妥火车到时，尽一面下车，并制木栏甬道。下车之客只准由甬道行走，不准四散。

一、与火车站商明，在火车上不收车票。下车后至甬道口交票，特派检疫员验看，究系何处乘客。

一、本规则专行于中国乘客。

乙　隔离所：

一、隔离所设有二处：一在天后宫，一在大沙河。

一、官绅及体面商人，均送入第一室。

一、苦力人等，送入第二室。

一、每隔离所内分作甲、乙二室，自奉天以南、草河口以北来者入甲室，自草河口以南凤凰城以北来者入乙室；

一、如奉天以南草河口以北来安之官商体面人，专归第一甲室；苦力人专归第二甲室。

一、如草河口以南凤凰以北来安之官商体面人，专归第一乙室；苦力人专归第二乙室。

一、如经医生验明有疫病及疑似疫病者，即送入医院，不准复住隔离室。

一、入隔离所时，须将身穿衣服及随带物件悉行消毒，并须赴浴室洗浴。

一、隔离所饮食由公众供给，不得自带。

一、入隔离所后，须经医生验明无碍，方准出所。至不准其出所之时，外人亦不准入所看视。

一、每日送入新闻纸、白话报等类，以供消遣。

一、乘客在隔离所须听所员及医生之指挥，不得互相往来、聚谈喧笑。

二十六日，以安奉铁道行驶如常，前经一再请日领事转告南满铁道会社停止，磋商累日，始将由奉天至本溪之平等车停载，本溪以南通行如故。鸡冠山既已发疫，连山关又有乘车染疫之人，转瞬将波及安东。特告日本总领事速在安东车站检验所检验，鸡冠山迤北之来人，施以相当之隔离。

宣统三年正月二十八日，〈日〉人宣告停售安奉全线平等车票；其特等客，亦须验明方准乘车。

（乙）行人车辆货物之检验

三省省城及各属对于有疫地，无论直接间接，其通行要道皆设检疫所，附近分道设检疫分卡。检疫所内设救急病室，并指定客店数家，区别上等客室、女客室、车夫苦力住处，于各店门首悬钉标识。无论中外绅商及乡间人等经过，必由该所医官检验。其检疫分卡，则凡经过者，堵截押送检疫所。检验事项分列如左：

（一）行人　凡经过检疫所及分卡地方人等，必立时赴检疫所挂号，医官严密检验，分别处置。

二、患疫病者送疫病院，施以救急方法。

三、非疫病者，送疑似病院医治；无疑似病〔院〕者，所中另设普通病室留诊。

四、无病者，医官发给执照，填注姓名、职业及出发地方，所携物件送指定客店留验。客店即将所携物件交点存放，按执照所填登载循环簿，逐日送检疫所查核。所居房屋，令格外清洁，防疫队或陆军巡警等按日巡察督饬，扫除污秽，取缔饮食，注意其他卫生各事。满五日后无病发见，医官于所领执照内填明放行日期，盖戳放行。惟乡间人等到所或分卡，即愿折回者听。

五、检疫员役对于一般来往行人时，注意其服装并健康状态。若有病状者，即行禁止通行，并详记住址，以便隔离消毒。

六、一般不洁之苦力、乞丐，概禁止进城，并即送往贫民收容所。

七、民人裸足跣行街市者，概行禁止。

八、路倒患者或死者之地点一经查出，即派巡警二名站岗，遮断往来，并不准闲杂人等接近。俟检诊队将病人搬入病院或埋葬后，即由消毒队将该地点完全消毒。俟消毒毕，即行开放，巡警撤回。

（二）车辆　患疫病者所乘之车辆，医官立时消毒。凡留验各项人等所有车辆，检疫所于初到时，将车之易见处加盖白色留验圆印；满限放行，复加盖红色放行圆印，以便前途查验。如外来车辆有未盖白印、红印者，巡警查明除系防疫界线以内者不须阻拦外，如系从防疫界线以外来者，押送就近检疫所留验。此系设检疫所各地之普通办法也。至未设检疫所各地，另为之规定办法如左：

一、不论马车、骡车、洋车，均须将车内铺垫各物随时整理刷洗，务令洁净。

二、各项车辆，每五日必须到该管区警局，用石炭酸水遍洒车马及车夫，消毒后始准载客。

三、各项车辆到该管区警局消毒后，领取白旗一方，上注明车户住址、车夫姓名及防疫所查验字样，盖用所中关防。倘有事故欲休业数日，必先到警局报明；若永久休业者，应缴旗注销。

四、各项车辆不准载坐病人。如忽有在车上起病或死于车上者，该车车夫立即报知各该区巡警，转报防疫所派员往验。如系疫病，即将该车扣留，严行消毒后，方许再出载客，如违重罚。

五、各项车辆凡拉过病人者，应立即赴警局报明，缴还旗帜，歇业五日。经警局严行消毒后，始准再行营业，如违重罚。

六、来往车辆如有障身蒙头坐者，责成巡警揭开察看。

七、凡车夫均宜著粗白布罩衣，车垫车围亦宜用白布罩，以便消毒。该项衣罩由防疫所代制发各警局，由各车夫缴价领用。

（三）货物　其检验法大致如左：

一、凡行人从有疫地来者，所带衣服、行李、货物，医官立时消毒。若患疫者之衣服、被褥毒重难消者，焚之。

二、凡货物集散场附近及其他认为必要之地域，皆特别奖励实行除鼠的清洁方法。

三、凡枢要市街有贮藏棉花、谷类、豆粕、皮革、褴褛旧棉、旧衣、旧麻袋、旧毯、旧羽毛、旧纸等之仓库，皆劝其于屋底用石砖哀司瓦鲁得或三和土实填周回墙角下，建筑完全之防鼠壁。通风之洞必装铜铁之钢〔网〕，天花板前后两层，以防鼠族交通栖息。

四、凡在病毒污染之房屋、仓库、船舶、汽车内之货物，已有沾染者，均暂时停止其搬出及运输；对于堆积之仓库及关系房屋，一律勒令配置杀鼠剂及捕鼠器。

五、凡与病毒传染之货物在同一仓库内，或在同一车辆运搬之他种货物，因该仓库及车辆内发见有菌鼠，疑为已传染病毒时，即使施行消毒方法。

六、凡在疫病流行地域之尘芥，皆令烧却之。褴褛、纸屑、旧棉、旧衣、旧毯等物未施行消毒方法者，皆禁其转运他处，但自病地转送而未解包扎，认为不染病毒者不在此限。

以上所述办法，三省所属各府厅州县各有不同，而其大致均不外是。因各地施行规则过涉繁琐，故略之。（检疫处所之统计见防疫行政机关篇。）

第二节　水上检疫

（甲）海港之检验

（一）安东

宣统三年正月十七日，兴凤道赵臣翼以由烟台来之万成源轮船，载苦力数百，于十五日在大孤山进口，烟台系鼠疫流行之地，即饬庄河王丞、孤山张管带、陆巡检令该轮停泊口外七日，以防传染。一面派丹国医生登轮检验，并令客商货物概在船内留七日。后有病者，设所隔离医治，无病者给照放行，并饬王丞速预备饮食等项及设隔离所、临时病院。电请转电山东巡抚，转饬东海关道，速禁止轮船交通，以绝疫源。当以烟台已经染疫，自以禁止登岸为是。正月初二日，有日轮永田丸装载苦工至烟台，为其阻回。此次遽运至大孤山，禁阻亦无不可，所请在口外停泊七日及派丹医往验，自可暂行照办，但七日内如有疫死或染病之人，则须令全船载回，不应再令登岸，无庸设所隔离。奉省只该处尚称完善，若稍一大意，将来蔓延，咎有攸归，后悔无及。此亦各国通例，并非苛待。即电请东抚速禁止续来苦工，并电安东道庄河厅遵照。旋于十九日据兴凤道电，已接东海道电告，禁止万成源轮船出发矣。

正月十九日，兴凤道以时值春融，航路亟宜断绝，以免疫气传染，请速电山东巡抚严禁沿海各口轮帆各船出口北来，以为正本清源之计。当即电告东省重申禁令，并饬兴凤道禁止载苦工之帆船登岸。

正月二十一日，外务部电告，现在疫症流行，凡由山东沿海一带小轮民船至大孤山者，须先往安东验明给照，方准放行，无者其所载客货不得登岸。当以山东小工出关以赴俄境路矿工作者占十之八九，现俄国已严禁华工入境，此辈远来，无谋生之路，转致流离失所，且出入疫区，生命危险，故再电致直、东两省，禁止小工续来，并饬沿海各地方官严为阻截，不准登岸。况烟台等处已发见疫症，奉省惟安东一隅尚称完善，若稍涉大意，将来蔓延，后悔无及，不如再告直、东两省，转饬各海关绝对禁止小轮民船装运小工北来，以维大局而免后患。即于是日据情电告外务部。

二十四日，以水上防疫办法现虽严禁各船入口，仍应一面建设大隔离所，俟一切设备告成，方可准令登岸，照章入所留验，庶于防疫大局、营业生计两无妨害。惟沿海一带口岸甚多，若处处设所检验，备多款巨，势难办到。亟应指定地点，其非指定之处，一概不准进口。当即电饬兴凤道酌办。旋于三十日据兴凤道电覆，安埠为东边各州县出入要口，开冻后由天津、烟台等处来船极多，若水上防疫将轮帆各船一概拒绝，大连口岸装载如故，将营业驱迫赴连，于东边财产生命关系甚巨。兹会同税司议定水上防疫办法如左：

一、安境自东沟迄沙河，沿途港湾皆可进口。现拟指定大东沟为防疫地点，轮帆船在口外停泊，由海关派人验明，自离港日起扣足七日，验明无疫，给凭入口。在大东沟设隔离所、病院及疑似病院，以备轮帆客商治疗及隔离之需。

一、风船出发日期无一准凭，难于扣算，请电咨东抚转饬各州县商会或自治会，遇有帆船出发，给以出发文凭。若行程过七日以上，至东沟验明健康，即可放行；否则无论健康与否，均扣验七日，以免含混。

二月初四日，据兴凤道电禀，与侯税司、日本领事商订中日合办水上防疫规则十二条：

一、鸭绿江检查出入船只，归清国朝鲜海关担任；

二、从发疫地所来船只，在多狮岛及大东沟口外停泊，以待检验；

三、以上船只，由其离港之日起共七日在口外停留，然后消毒；

四、已经隔离消毒之船，由两国官宪发给放行执照；

五、验看放行执照，在龙严浦及三道浪执行；

六、大东沟检疫归该地税司监督，多狮岛归新义州海关长监督；

七、所有办事人员及医生，由两国监督派遣；

八、巡逻海路，须乘坐小轮船；

九、消毒船所用人员及费用，事后互相负担（按此条后经兴凤道电请自办取消）；

十、有疫病发见之船，使其停留中流；

十一、禁止进口之货，以堪为疫病媒介者为限，细目临时协议。

此项规则，税务司已电告总税司，日领事亦已报告其防疫本部。大东沟开冻在即，应请核示遵办。至水上防疫检验稽查，非轮船万难着手，乞拨款渔业保护轮船及沈辽河大小轮船，以资应用。当即电请外务部核示。初六日，奉部电照准施行，并由海军部派海容舰助理巡防。

初六日，兴凤道以安东侯税司奉总税司电开：海参崴、哈尔滨等口官员，无凭照者不准进口。各口下等社会工人等，如无各口医员执照，亦一律不准进口。惟电文仅指海、哈两处，烟台等地有疫口岸究应如何，请电示办法。当电饬其来自有疫口岸者，与海参崴一律办理。

十三日，兴凤道电禀安东侯税司，议定烟台、龙口为有疫口岸，来船由离港日起在大江口外停泊七日，查验消毒后，给照放行。天津、秦皇岛、营口、大连等处为疑似口岸，来船检验消毒，亦即放行。如载有苦力，须在离港原口隔离五日，发给消毒凭证。无原口凭证者，照有疫口岸办法，仍须隔离七日。当以大连已为无疫口岸，上海各处亦皆承认不得再以疑似论，营口一埠始终未发见疫症，亦应视为无疫口岸，电饬兴凤道与税司商酌更正办法。旋于十五日据兴凤道电覆，据侯税司声称，大连前本发疫，营口与沈辽接近，故皆同为疑似口岸。上海虽承认两处为无疫口岸，而章程所载，凡大连等处前往船只，其防范较安东章程尤严，碍难遽事更改。

十七日，以沿海口岸纷歧，轮帆各船随处可进，多处设备非计，一概禁绝亦非计，应指定地点，择要筹备。营口已指定娘娘宫、天桥厂二处，其非指定之地一概禁止进口。兴凤道所属凤、庄两属，亦应指定一处为准令进口之地，一面派医检验。查大孤山往年进口船只较多，应否即指定该处，抑在大东沟检验后，再赴孤山装卸，当即电饬兴凤道统筹酌定，以便通告直东各省。旋于十八日据兴凤道议定，东边海口计自庄河之碧流河起，东至凤凰之北井子止，沿海三百余里，港汊分歧，帆船处处可入，除轮船只准在孤山进口，若开赴孤山等处，须在东沟验明无疫，方许前往。庄河属则指定庄河、孤山、大青堆子三处，凤凰属则指黄土坎一处为帆船进口地点。以外各口，均不准外来帆船拦入。当即据情电咨直、东各省，转饬沿海各州县查明办理。

三月十四日，北京、天津、保定、沟帮子、奉天、营口各防疫医员会议海上检疫办法如左：

第一款　凡由直隶、大连搭坐轮船或帆船前往满洲口岸者，准其进口，惟须经医官检验。此款以两星期为限，限满停止。

第二款　凡由山东出口轮船、帆船之来满洲口岸者，俟经山东巡抚正式声明该省疫气全行消灭一星期，始准一律进口，不加限制。

第三款　现订定候验日期改为五日。此五日期限，连在船行程日期计算。其自山东搭轮前来满洲之小工，即照此办理。

当经外务部照会邮传部、民政部、直隶总督、山东巡抚赞成施行。

十五日，外务部电告日本公使，据驻奉日本领事电称，安东、芝罘等处对于旅大船客，非有该处隔离五日或七日之证明书不准放行，天津、上海亦然。现旅大租界已无疫症，人民均属健康，官家办法周密，无施行隔离检疫之理由，证明书亦不能再行发给，营口亦与前述地位相同。请转饬各港，凡自旅大连营及其他满洲诸港开往船客，仅行检疫，其余条件望一并撤销。当以事关全局，奉省办法自未便与天津、上海等处歧异，电请外务部与总税司商定，并饬兴凤道议覆。嗣据兴凤道核议，旅大、营口等处来船仅予检疫，不行隔离，并无各口验明证书，恐有他口船只夹杂其间，殊于机关有碍。当集税收司等一再磋议，拟定变通办法三条如左：

一、营口、天津、秦皇岛、大连、旅顺现均作为无疫口岸，惟山东烟台各口疫尚未消，不在此列，应仍照旧章办理。

一、以上各无疫口岸开至本埠轮帆等船，均由各该税关发给全船健康证书，注明船员及搭客人数，声明均系本岸客人，并无船过船之客。到埠后由检疫医员查验相符，立即查验放行。如无证书之船，仍照旧章办理。

一、安东本系无疫口岸，各该口亦应将本埠开往之船改照现章办理，以昭公允。如各口不肯承认，本埠亦碍难改章。应俟各口复到是否承认，候示遵行。

并于十九日奉外部电，此事前接直督、鲁抚复电，已饬各关道遵办，并准直督电称，旅大、营口及满洲诸港船舶但给健康证明书，勿用检疫隔离字样，已分饬查照等语。各该省既只行检查，不用隔离，奉省似应一律照办，希酌核电覆，以便转覆日使。当以直督原电既称满洲诸港，安东自己〔已〕包括在内，由该埠开往各处之船，各该口是否改照现章办理，仍请外务部示覆，以便转饬关道遵照。

三十日，兴凤道以留验轮帆各船已无发见疫症情事，议将旅顺、大连、天津、秦皇岛、营口等处开来船只，仅于到埠后由医员验明，无病立即放行，病即送医院疗治，其余条款一概取销。惟烟台船只暂照旧章执行，仍候一二星期后体察情形再定。缘隔离章程，商民殊苦，而以在船隔离为尤甚。船上本无火食，又不能听其登岸自购，一遇风雨，所购食物或不能及时送至，全船即须忍饿，实为可悯，糜费用款犹为小事。应及早弛禁，以利交通而维商业。前议由海关发给全船健康证书一条，应毋庸议，亦不必俟其电覆，以免迁延时日。拟即饬知凤、庄两厅及东沟防疫事务所，于下星期一律遵照实行。当以旅顺、大连等处久已疫净，各来船自应免其留验，烟台疫气消灭，亦应弛禁，以利交通，即于四月初一日电饬兴凤道，转饬凤庄、两属，即日实行。

（二）营口

宣统三年正月十九日，锦新道周长龄以营口海港解冻后，天津、烟台、龙口、秦皇岛、大连等处来船，按照定章，均应留验调查。津、烟、龙三处来船，在开河两月之内，约来营口行旅小工一万二千余人，过营赴北小工行旅约九万四千余人，按日平均计算约一千七百余人，照章隔离七日，须容积达一万二千人。而以秦连两处来船装运居多数。初议令各船到港留验七日，再准登岸，嗣经税务司各医官及轮船公司经理人协议在船留验，本无不可，惟尽属小工，不服理论，必骚扰滋事，万办不到。似以择地建设一能容一万二千人之隔离所及病院为宜，电请核办。当即电覆，山东苦工无论来至何处，应一律禁阻，已电致直督、东抚禁止续来。嗣后凡有轮船帆船装运苦工入口，一概不准登岸。

正月二十八日，锦新道周长龄协议禁止苦工登岸，固为上策，惟营口开冻后照常贸易，应运输扛载之用，须由烟台、龙口轮船来万人，应河岸驳卸之用，须由大沽火车来二、三千人。现开冻在即，驳工用急。查大沽无疫，拟准先进大沽车来苦工。其烟龙轮来苦工虽亦需用，惟限制极难。难在当地者，既不禁止，不能仅进营工，不进过营北往之苦工；难在轮船者，不能仅装营工，不装过营北往之苦工。种种窒碍，无法分办。人命究较商务为重，三省又只有营口等处完善，拟将烟龙轮来苦工暂行禁止，俟开河后随时察看情形，再行酌核妥办。特据情电禀，当以船载小工，虽暂禁北来，为商务生计起见，势不能长此绝对禁止，自以留验后准登岸为扼要办法。锦新道前议拟建设大隔离所办法，所见极是。现在开冻在即，此项工程亟应赶办，方免临时措手不及。特电饬锦新道迅速择地建筑，并将筹办情形具报。至开河驳工用急，拟先进大沽车来苦工办法，大沽虽无疫之地，然设有烟龙等处小工先至大沽，复由大沽来营，何以辨认？是办法殊未完善。该埠如需工甚急，应定为车来者隔离留验七日后方准进街，船来者隔离留验七日方准登岸。俟设备完全，即烟龙轮载小工，亦可一律办理。

二月初八日，以开冻期近，帆船势难一律禁止入口，沿海岸线西至锦州，东迄盖、复、庄，延长数百里，可以登岸之处甚多，亟应择要指定地点派医检验，其非指定之地概行不准进口，并于海面派轮梭巡。安东办法，系于大东沟检验，凡轮船、帆船先在口外停泊，候验自离港日起扣足七日，验明无病，给凭入口。锦新道所属各处能否仿办，当即电饬会同税司妥为筹定。嗣据锦新道电复，以非税司权力所及为词。复于十二日电饬锦新道云，锦、盖、复均该道设关处所，虽税司权力不及，该道固无可推诿。况各海口势难一律禁止帆船，若委之地方官，医员不得人，设备不完全，必有名无实。内地不防，商埠安能完全？速查明沿海各口每年出入船只及人数，何处可设所检验，何处可停止帆船进口，迅速电覆。旋据锦新道议定营关内地各海口分关所在，检验办法如左：

一、锦县天桥厂、马蹄沟两处，宁远界常山寺、钓鱼台两处。四口地均毗连，每年进口船只以天桥厂为最多，余口各仅十只，各口距天桥厂至远约五十里。

一、盖州界西河、熊岳二处，复州界娘娘宫、松木岛、煤窑三处。五口地均毗连，每年进口船只以娘娘宫为最多，余口各仅三十四只，各口距娘娘宫至远约三、四十里。

以上两路九口，统行禁止不可，统设检验亦不易，只有以来船多少、税口大小、相距道路远近，酌定检验地点。锦宁一路拟以天桥厂为检验地，盖复一路拟以娘娘宫为检验地，其余各口一律禁止。各口船只多来自烟、津，尽运货物无搭客〔客〕，每船舵工十人至二十人不等，拟两路各派一医一司前往办理。即以原船留验，兵警由地方拨助，夫役就地雇用。当即电覆，所拟办法甚妥，开冻在即，迅速筹备。

初九日，锦新道以大沽驳工各工头已招集待运，此项驳工多至三千，若准急运，无法留验，只可缓运。现据路局查复的确大沽无疫，亦无别处苦工混杂，如蒙准行，拟派医随车检验，定专车分三次运进，特电请核夺。当交防疫总局与防疫会会议议定，即于十一日电饬周道，云驳工进口办法，应先期由该道派西医往大沽查看，是否确系无疫地点，三千人是否均无疫病，再准北来。进口时仍应如何分别检验，以免营埠波及。嗣于十六日据该道电覆，大沽驳工，当电天津防疫总医官屈道并路局医官代为考察，检验确实无疫，并允按名代为验明，均无疫病，方准上车。今定明日专车先运八百名，仍饬西医达利至沟站等候，随车复加检验，确实无疫，始准进埠。续运后批，亦照此办。

十一日，山东巡抚以山东人赴奉，已由烟台留验七日，发给执照，营口是否免再留验七日，电请查示。当以烟台既留验七日，如有西医执照，到营口自可不再留验。其由奉赴烟者，亦电照此办理。即电请东抚行海关议定见覆，奉省亦饬营口道会议。嗣于十五日据锦新道议覆，烟台来船，如在烟已留验七日，给发执照，到营后准可免验，随验随放。惟营船去烟亦应照此办理，且诊断执照必以西医为凭。如山东允准并请电商南北洋，营、奉、兴、津、沪来往船只，亦照此办，并饬津、沪两关核准，以昭一律。当以营口系无疫地，船往各口，不能照烟台来船一律办理。所议烟台来船，如在烟留验七日，给发执照，到营后准可免其留验，随验随放，办法似未尽善。缘东省于出口留验一节恐难办到，不如于进口时从严取缔。至他处无疫口岸及疑似口岸来船，亦宜分别酌定办法。查安东系于大东沟检验，议定烟台、龙口为有疫口岸，来船由离港日起在大江口外停泊七日，查验消毒后，给照放行。天津、秦皇岛、营口、大连等处为疑似口岸，来船检验消毒，亦即放行。如载有苦力，须在离港原口隔离五日，发给消毒凭证。无原口凭证者，照有疫口岸办法，仍须隔离七日。营埠自应仿照办理，以免事出两歧。究竟有无窒碍，当电饬锦新道迅速商酌具覆，以便通告各省。

十九日，锦新道议定营口检疫办法，定天津、大沽、烟台、登州、龙口、秦皇岛为有疫港，不分疑似港。兹将会议办法择要列下：

一、来船装客及苦工，均在本关指定检验界内停泊，候验船客及苦工收入留验所留验七日，船货消毒放行。船上人等不许登岸，听医官随时上船检验。

一、留验所未设备以前，各船暂不装客及苦工。

一、来客经该港检疫西医诊验七日，持有健康证照，免其留验，仍检验无疫始放。

一、来船装货不装客，免留验，仍检验消毒始放行。船上人等不许登岸，听医官随时上船检验。至无疫港来船，照常直进。

此项议案系照营关向章加严定议，安营情形不同，故难仿办。

并于十八日准东抚电覆，据东海关道核议，营口留验所尚未竣工，此间小工应暂候示再往。但不知大连、安东是否亦如此办法。又闻奉省各关留验，专保本口，不能顾及出口，是由奉来东者概不留验，亦无执照，任其杳来，殊为可虑。望再饬营口、安东、大连各关明白具覆，烟疫确见消灭，留验放行后决不致贻累邻省。当以烟台疫气虽云渐消，终未净绝，奉省疫起以来，以全力防救，始获微效，若烟台帆船骤与弛禁，不加留验，深恐一处疏失，百备具废。现因奉省沿海口岸过多，势难处处设备，已指定营口、大东沟及锦州之天桥厂，复州之娘娘宫，庄河厅属之庄河、孤山、青堆子，凤凰厅属之黄土坎为进口之地。烟台来船检验后，由西医发给执照，自离港之日起扣足七日，验明无病，应准其登岸。其非指定之地，应不准进口。特据情电请东抚及直督转饬沿海地方官，确切查明，先期示谕，其并无西医处所之来船，由地方官或关卡给予印单，载明出口月日，以凭查验。如此办法，庶于防疫、营业两无窒碍。旋准东抚电覆，已饬东海关道照办。

三月初二日，山东巡抚电告胶州、德州、烟台三处，已添设留验所，每处可容二三千人，烟台可容五千人，专留验出关小工。无病给照放行，照内用洋医签字，以昭凭信。

初九日，复准山东巡抚电告，据东海关税司言，小工出口留验，麇聚甚险。照章一人有病，同所须接扣留验，恐无出口之期，且小工于同行分班留验，难免在外守候生事。现拟办检验，由医验明无病，准出口到奉，再任留验，彼此有益。当以烟台一带外人均认为有疫地，出口小工若未经留验，由医员给予无病执照，奉省万难准其通融进口。非故存畛域之见，缘奉省疫染，幸而刻期扑灭，安东、营口两商埠幸未波及，然已焦头烂额，财力亦万分不支，若来自有疫地方者再准进口，万一再有疫染，地方糜烂将不可收拾。如税司原议谓小工麇聚甚险，到奉留验，何独不然？况未出口时照章留验，应予隔离，此室之人不准与他室往来，一人有病，不能全所扣留，若出口时不留验，全船千数百人，一有疫病，概不准其登岸。为小工计，为商业计，非各口自行留验，不能保公安。仍电请山东巡抚守定原议办法，毋稍通融。

十四日，锦新道电禀，锦州庆丰厚等船禀称，直隶民食不足，粮船急待装运。前疫盛时将东海口（即马蹄沟）停止进出，统由西海口（即天桥厂）装运。西海口向装油粮杂货，东海口向装粮食，现直隶疫气已灭，拟将锦宁一带之马蹄沟、常山寺、钓鱼台及盖、复一带西河、熊山煤窑、松木岛等口，遇有外省无疫各埠及直隶船只，准其进口，其余山东各口来船仍暂禁止。至天桥厂、娘娘宫两处，遇有外省无疫各埠及往来直隶船只，亦请一律准其出入，免予留验。当以烟台以外各口皆无疫地，帆船自应准其出入，毋庸留验。惟渔汛期近，检验烟台往来之渔船，须调用渔业保护局兵轮任之。俟规定章程，再饬知锦、复等处海口帆船检疫所，一并归并渔业局、兵轮兼办。择定烟台来船必经之处，派兵轮驻守，以便拦验，无疫者给照放行。经一验之后，无论驶往何处，均验照准其登岸，似较在娘娘宫、天桥厂等处留验尤为扼要。并于二十一日核定检验办法，于西河套、鲅鱼圈、望海寨三处择定地点，设留验所。凡烟台来船，须于三处停泊，候验五日，给照放行。并规定十五条办法如左：

一、因山东烟台地方疫气尚未扑灭，难保不由水路流播他处，应在各该海口择要设检疫所查验渔船，以防传染。

二、应在西河套、鲅鱼圈、望海寨三处海口以外，指定地点，作为待验所。

三、应设大小轮二三艘，以备每日按指定时刻送医官前往待验所，查验船上之人。

四、所有由烟台地方来之渔船，须先泊在待验所，俟医官查验五日，如确无疫病症者，即发给凭照，始准放行泊岸。该凭照俟船离岸他往时，即交还泊船处司事，送检疫所缴销。其非由烟台来者，概予免验。

五、检验之时刻，每日一次。

六、渔船泊岸，应指定一处，以便派医查验有无疫病发生。

七、渔船泊岸时，管理泊船处司书、警兵等须询明有无检疫所凭照。如无凭照，不准船上之人登岸，并令其离开，即赴待验所听候查验。

八、渔船泊岸时，未经验明有无凭照之前，所有岸上之人不得下船。

九、沿边一带向有渔船泊岸之处，应派警兵轮流稽查，以防偷越。

十、应设临时病院一处，收容染疫者。该病院拟在检验所外另觅房屋设立。

十一、应设隔离所一处，收容与染疫同船居住之人。该所拟另觅房屋设立，抑或附设在检验所内，惟必须分立门户，隔离院壁，方为合宜。

十二、如在船上验有染疫者，除立将该病者送至病院，其同船之人送隔离所外，即将该船并所载各件照章消毒，过七日始准放行。

十三、检验所员司、夫役、军营等名数，临时酌定。

十四、检疫所内设医官员司办公处、宿舍暨厨房等室。

十五、检验所、病院、隔离所暨泊船处，均应警兵守望。

二十日，以山东烟台各口疫尚未净，应仍照旧章办理。其他各口如天津、秦王〔皇〕岛、大连、旅顺、安东等处船舶，应检验放行，电饬锦新道遵办。

二十三日，奉外〈务〉部电饬，将防疫医员会议改订水上防疫章程公布实行，以利交通。（章程见前海港检验安东篇。）

二十五日准东抚电，东省疫尽，青岛留验所已裁并，烟台及山东各海口轮船、民船驶赴各省海口，悉遵议定防疫章程办理，概免留验。

二十七日，以烟台疫灭，将山东来船一律弛禁，并于四月初二日将鲅鱼圈等处留验事宜一律取销。

（三）国际海港

宣统三年正月二十四日，外务部以时值春令，北省各海口乘轮出口工人甚多，须在出口之先查验，以免传染。特饬总税务司酌拟办法，并照会英国驻京使臣朱大臣、俄国廓大臣，如左：

一、检验华工由中国经海路前往俄国海滨省一节，本部本拟凡自中国北省海口乘轮出口之三等舱位置统舱搭客，于未上船之先及船未开行之先，应由本口卫生医官检验，果系无病之人，方准出口。其在何时何处检验，应由该口管理卫生官员与该口轮船公司酌定，并将此节加入天津、（秦皇岛）、牛庄、烟台、安东各口现行检疫章程之内。业经照会领衔英国朱大臣，商请各国大臣公同认可。此法一经施行，所有海口前往俄境工人自己〔已〕包括在内。

右项于正月三十日议定实行。

（乙）江河桥验

三省江河贯注，应举行之水上检疫，所在皆是。惟满洲里疫发于宣统二年之九月，至宣统三年三月而疫灭，其发生及消灭时期皆在三省江河冰冱时期。交通上之检查本无可述，惟疫尸遍地，积及河滨，扫除廓清，殊非易易，而以松花江为甚，黑龙江次之，呼兰河又次之。

（一）松花江

第一项　创设原因

松花江发源长白，经流吉林界域，湾环三千余里。从吉林府属有疫地至临江入黑龙，混同两江汇合处，亦二千余里。经过府厅县，如吉林、舒兰、榆树、德惠、农安、新城、双城、滨江、阿城、阿城、宾州、方正、依兰、桦川、富锦、临江等属，路线长或数十百里至六百余里不等，而双城为重疫地，又有拉林河由五常越境入江，其河南岸属新城，左右皆疫地，至松花江对岸由肇州、大赍至黑龙江岸系黑龙江省属，于疫祸同一关系。民间抛弃疫尸，所在皆是。江河冰冻，夷为坦途，空旷无稽，灭迹较易。而吉林水上警察尚在筹办时期，若非及时防检，则水上弃尸春融化冻，流毒将不胜言。由是一再电商办法，饬滨江道就近妥议，并饬沿江各属竭力筹办，而松花江检验之事成。（关于轮船检疫详下段黑龙江。）

第二项　分期办法

（一）封冻期　饬沿江各属于该管地面派警分段检查，江岸、江心有无弃尸，查获照章深埋或火葬，毋稍疏忽。

（二）开冻期　饬各属制备三钩、长杆或船只，就江沿湾曲处设岗驻守，轮班看视。遇有流尸，即行打捞，俾无遗孽。

第三项　因地组织

（一）吉林府　府属松花江由桦甸县界入境，至省三百余里。由省下至舒兰县界一百五十里，由防疫局饬检查弃尸。队官加募马巡十名，于江流上下划分九段，每段驻马巡一名，专查江岸水流有无尸棺浮弃等事。报称陆〈续〉搜获二十八具。

（二）舒兰县　县属松花江自四家子入境，至老河身出境，计程五十五里。由防疫局饬乡巡第二区区官派警分段检查江岸、江心弃尸。开冻时备渔艇两艘，派警分段驻瞭。见有浮尸，或放艇，或就湾曲处捞取。

（三）榆树厅　厅属秀水甸子、五棵树一带滨临大江，由防疫局会同警务公所前往该处一带，暂雇艒舼组织水上警察，以便打捞尸身，验视行旅。

（四）德惠县　德属松花江上自半拉山子入境，下至红石硌子出境，长百余里。由防疫局募水巡二十名，于封冻期内分段梭巡江干，开冻后雇船巡驶，打捞疫尸掩埋。

（五）农安县　县属沿江与新城交界之任家店、榆树交界之三道沟等处，原设有水巡。此次防疫局于两处均设防卡，并饬随时搜查弃尸。时值开江，严饬水巡并添派巡警于沿江上下分段梭巡，并酌雇壮丁，以备随时打捞掩埋。

（六）新城府　新郡三面环江，线长六百余里。松花江上游自府治乌金屯入境起，由李家图子至达子沟二段，北岸属新郡；由达子沟至三汊河，江身向北折流，东岸属新郡，西岸属蒙旗。该处原系夹荒，人烟寥落，东西两岸即由新郡办理。由三汊河转西而北至上代吉，由上代吉迤东至拉林河，东界双城黑沙图子，两段南岸均属新境。由防疫局体察形势，扼要于乌金屯、李家图子、三汊河、上代吉、三家子、珠尔山六处渡口，每处雇渡船二只、渔户八人，分班昼夜梭巡江岸。以五十里为一段，每段派马巡四名，率领船只巡查，遇有漂尸，即行打捞焚埋，节节截搜。

（七）双城府　双郡松花江，自新城界黑沙图子入境至四方台哈埠界，一百八十三里。拉林河自五常界入境，至江三百十五里。由防疫局邀集绅董筹议，于松花江派总理一员，扼要于板子房、葛家崴子、长沟子、四方台等处，各设检验所一处。拉林河派总理二员，分段办理，扼要于正白旗屯口面、厢黄旗头屯、厢蓝旗头屯、韩家店、碯子屯、板子房等处，各设检验所一处。共设检验所十处，每所派正副委员及医官各一员。每三十里募救急队十名，队长以该管区巡长警能干耐劳者兼充，受检验所指挥，发给循环簿，督令各队兵于所管段内江面、河面及两岸循环搜检。遇有弃尸，立报明烧埋，不准有一尸暴露。据报江防搜获遗尸一百三十四具，河防三十六具。开冻时即添雇船只，责令认真打捞。

（八）滨江厅　哈埠左近，由防疫局派邮船局水手十名稽查，并饬巡警、马队梭巡。于辖界相距三十里之水旱路，搜获弃尸二百余具。

（九）阿城县　县属一、二、三区滨临松花江，每区设一江沿巡警分所。一区驻距江二里之王家窝棚，二区驻距五里之萧家店，三区驻距江半里之图河子屯。各派预备巡警二十名，救急夫二名，小船一只，责令梭巡江沿江面，检查未埋尸棺，并预备开江后捞取上游流尸，随时火化，以绝疫根。

（十）宾州府　宾境沿江一带，该局两次派员稽查，并无弃尸，惟沿江地面甚宽，防范必期周密。添招马巡三十名，分为五段，于老山头、满井、猴尔石、新甸、摆渡河等处分配梭巡，并令开冻时随时认真找捞，使无遗毒。

（十一）方正县　县属北滨松花江二百余里，对岸大通县属二道河疫势甚盛。由防疫局择要在黑河、口川两处添设检疫所，招马步队沿江往返巡逻。计搜出江上及对岸遗尸二百余具。又设沿江捞尸卡六处，制备钩杆，派队驻卡守望。见有上流浮尸，立即打捞。其与依兰接界之处，则与之会巡，又时指派绅董轮流巡察。

（十二）依兰府　依兰沿江一带，封冻期内，防疫局已设江道检疫等所，检查由哈埠、阿城拉货车辆，并饬游巡队会同警兵，分段巡逻。遇有遗尸，即行报告，派员督饬掩埋。开江以后，于各渡口设立专雇卡工，捞葬顺流遗尸。

（十三）桦川县　县境东界富锦瓦里霍廉，西界依兰山音窝坑，松花江之在该县共延长二百一十余里。由防疫局在该处格吉、蒙古力、苏苏屯、瓦里霍廉等地分四段，饬城乡各区筹拨马步长警十六名，按照指定江段分驻，不分吉江畛域，挨江切实检查，遇有弃尸即时掩埋。开冻时，责令按段轮班打捞。

（十四）富锦县　县境原无疫症。沿江一带，该县于开冻时饬马步警分段梭巡，并备钩杆，打捞上流浮来尸具。

（十五）临江府　该府于江沿设局，招募水手队十二名，计队长一名，水手十一名，驻府城及城西上游、城东下游三处。夹以游巡马队六名，并备长竿、钩叉及拖尸扒犁，责令该队等分班上下梭巡，免贻邻疆口实。

第四项　检疫之结果

此次因江河检验而知水上巡警之必要。查松花江流域数千百里，民船、木排沿江浮泊。自开通航路，轮船梭驶江路，匪警时有所闻，往往别生交涉。至封江以后，各属行旅车辆循行江道，俨同陆地，非速办水上警察，不足以资管理。遂将全流分为两节，自新城府属以下归沿江各属，按辖境分段组织。其由吉林省城起至新城府属小城子止，商务较繁，往来船只较多，即归吉林民政司主办，设警务长统辖，分十段，各设官分巡，并订定章程三十二条，水巡执行事务条例二十二条、通饬沿江各属照办。

<h3 style="text-align:center">（二）黑龙江</h3>

黑龙江左右岸疫势较松花江为轻，惟以隔江即为俄境，解冻后轮舶交通，检验之举势不容缓。

宣统二年十一月十九日，电饬吉林东北路兵备道王瑚，筹设三姓验疫所，并饬地方官晓谕民人，须经三姓验疫所查验后给发护照，始准往黑龙江一带。

是日又饬嫩江府设立墨尔根验疫所，查验往黑龙江行人。

二十三日，黑龙江爱珲道姚福升，黑河府王杜电禀，江右实无疫症，惟为防传入俄境计，已在大岭入境地方认真查验，并暂禁民人渡江。

宣统三年正月二十四日，外务部为松花、黑龙江检疫，照会英国驻京使臣朱大臣、俄国廓大臣，如左：

一、松花江等处检验事宜，本部现拟于松花江各口已设税关之处组织检验处，分派西法医生经理其事。凡船只到口时，均应由该处医员检验。凡在拉哈苏苏搭船前往黑龙江暨该口以外等处之客，须先经医官检验，方准上船。至松花江各口检验处之详细章程，应由该处监督与税务司会商订定，送请俄国驻哈总领事官认可后，方令该江往来船只一律遵守。至边界江河，中国政府承认，务在中国界内办理一切防范事宜，并极力相助俄官在俄国界内施行阻止旅客传带疫气前往俄国之办法。中国拟在爱珲设立边界检验总处，委派西法医生等经理。现当黑龙江尚未开冻之时，中国政府拟饬该处与俄国卫生官员接洽，会同研究，商订办法，以便在该江一带各通渡要津协同办理。至若何查验边界江河往来行驶船只事宜，中国检验处亦可会同俄国卫生官员协力办理。

宣统三年二月初六日，在黑龙江右岸设立检疫所，招聘合格医士六员，订定条规，归海关节制，并由税司在关税项下拨俄银四万卢布，购轮船一艘，为巡缉江面之用。

<h3 style="text-align:center">（三）呼兰河</h3>

呼兰河虽非轮舶交通之地，然居哈尔滨之上游，呼兰府又为疫盛之区。宣统三年正月初九日，以河滨堆积疫尸甚多，转瞬春融开冻，尸骸等物将随流而下，下游一带疫势将复蔓延，即严饬地方官迅速清理火化，并派马巡梭巡禁止抛弃疫尸。

初十日，呼兰府知府王顺存派员循呼兰河上下游两岸，焚毁疫尸一千一百八十六具。

十二日，复派马巡三十名，分八段在呼兰河上下游梭查，以为清理疫尸之计。

第九章　对于营业上不洁之措置

营业上不洁之性质，约分三种：

一、其所营之业本蒙不洁者，如粪行、硝皮厂、屠兽场等是。

二、其所营之业非不洁，而易与不洁之人或物相接触者，如澡塘、理发、剧场、妓寮、旧货商、浆洗房、客栈等是。

三、其所营之业未可断为不洁，而常处于不洁之场所，或常有不洁之习惯者，如菜市、食肆等。

是不洁愈甚，丛毒愈易。三省各府厅州县对于地方营业上不洁之措置，向无成法，防疫事起，朝发一令，夕悬一书，莫非因地制宜，随时通变，亦无统一规程。兹即其见诸实行者述如左：

（甲）戏园

第一项　营业之停止。一、凡疫病流行各地方，一律谕令停演，至疫气肃清后始行弛禁。

第二项　清洁及消毒。一、无疫各属概不禁演，只派委员巡警随时检查，并施以清洁消毒诸法。

第三项　优伶之赈恤。一、停演期内为体恤优伶起见，奉吉各属多举行赈恤，每人每日给以银钱，多寡不等。

第四项　违章之处分。一、戏园不遵章停演者，罚金自五元至二十元。（以上吉林。）他属无定法。

附录　奉天戏园弛禁后之取缔规则

一、各戏园内须设卖票处，俾听戏者进门时买票入场，以便稽查而免拥挤。

一、衣服褴褛之下等社会人及有病容者，均禁止入园。惟卖之先，须留心检查，至入园时，门口岗警亦当注意。

一、园内责成该园主逐日扫除洁净，须另设厕所，不得任意大小便，以重卫生。

一、包箱坐位，每箱不得过五人，以示限制。

一、池坐须格外宽展。从前列坐椅三排者改为二排，每排设坐椅两张，椅位每张不得过四人。两廊以内卖座，起码每人三角。

一、园内茶水、手巾以暨壶碗器具，均须随时洗涤，格外清洁。

一、园内所有执事，如卖票、看座及司手巾、茶水者，须身穿竹布长衣，并各挂肩章一块，载明所执何事，以示区别。至在园卖食物之人，亦一律长衣、肩章，所卖食品以洁净为主。

一、园内所有桌椅均须加盖白布，随时换洗，以昭清洁。

一、各戏园均须自备消毒药水，随时洒布，以祛浊气。

（乙）妓寮

第一项　清洁及消毒。一、屋宇及用器每日扫除擦洗。一、供客饮食必求新鲜洁净。一、日光消毒各妓被褥服物，每日曝晒二三小时（以上延吉）。一、药物消毒屋宇及用器，逐日用石炭酸水或石灰水洒布。

第二项　健康之诊查。一、各妓须受医院常期及临时之诊查。（以上延吉。）

第三项　营业之停止。一、各等妓寮一律禁止淫卖。（以上新民辽阳，）一、四等妓寮，于疫盛时谕令封闭并免缴营业税。（奉天，）一、各妓查有普通病时，停止其个人营业，查有疫病时将该妓寮立时封闭。（以上延吉，）一、先禁下等土娼，及疫气蔓延时并上等妓馆亦一律严禁。（以上吉林。）

第四项　妓家之赈恤。一、妓家男女于停业期内，每日每人酌给钱米，以免冻馁。（以上奉天。）

第五项　游客之注意。一、游客有病，妓家毋得容留（以上延吉）；一、游客有病须由妓家报防疫所检验。（以上复州。）

第六项　违章之处分。各属均无定法，按违警律办理者多。

（丙）澡塘

第一项　清洁及消毒。一、池汤每日换水两次，池之周围及池底擦以石灰，用水洗净，然后倾入汤水。一、盆汤每更一客换水时，亦用石灰擦洗如前，并洒以升汞水或硼砂。一、巾布等物，不时用樟脑石碱洗濯；椅凳各物，勤用淡石炭酸水洒布。（以上奉天、长春。）一、浴客用之旧烂巾布，搜出焚毁。一、谕令暂停营业一星期，将盆池水沟修治整洁。（以上黑龙江。）一、盆池各室准备升汞水。一、器浴容先用清水洗净污垢，入升汞水内浸洗片刻，再濯以清水。（以上延吉。）一、每客洗浴一次，水重一百斤加硫磺一两，用开水融化，洒入盆内。一、巾布等物，每一客用过，用水煮沸半点钟。（以上吉林。）

第二项　空气及热度。一、浴客去后，时将窗户洞开，以换空气。一、屋内热度不得过九十五度以上。（以上奉天长春。）

第三项　浴客之注意。一、状类有病之人应阻止入浴，一、澡塘内发见病人时无论普通病或传染病即行报告，本管区检验（以上黑龙江）。

第四项　违章之处分。按违警律处以相当之罚金。

（丁）理发

第一项　用水之清洁。一、不得将甲客洗头之剩水倾入温罐，复供乙客之用。

第二项　用器之消毒。一、理发后，以樟脑石碱洗濯其手及手巾。一、椅凳巾布不时用淡石炭酸水洒布。一、刀剪、梳枇、刷子等器用以理发后，须浸于石炭酸水或酒精中（如无酒精，以上等高粱代），然后用清水洗净，再行使用。

第三项　客座之整洁。一、扫除尘垢，遍洒石灰及石炭酸水。一、时启窗户，以换空气。

第四项　违章之处分。奉天及长春违者重罚，黑龙江违者封闭。

以上各条自奉天创行，长春首先仿办，黑龙江办法亦略同。

（戊）饮食肆

第一项　清洁及消毒。一、房屋、桌椅、铺垫，时时打扫擦洗，洒以石灰及石炭酸水。一、锅炉、碗碟、巾布之类，常用百度热水浸洗。一、盖藏用水并擦洗盛水器，饮料水内投置明矾。

第二项　食品之检查。一、生熟食品均须皮藏食柜或蒸笼内。一、肉类不新鲜者，不准购用，已购者即倾弃，不准供客。一、残剩食物不准搀杂烹调。一、摆卖熏鸡、酱肉、一切面食者，须用白布掩盖。

第三项　蓄猫之义务。一、食物易招鼠窃，谕令蓄猫捕鼠，以遏疫苗。（以上各项延吉。）

第四项　营业之停止。一、疫病流行处之食肆，一律封禁。（以上新民。）

第五项　违章之处分。一、大小食肆查有违章情事，一律勒令停业。（以上复州。）

街沟渠上之小饭棚，不遵取缔，即予封闭，并传执事人惩办。（以上新民。）

（己）屠兽场及菜市

第一项　清洁之注意。一、各场所及用器，宜随时扫除洗涤，务令清洁。一、肉床用白布掩盖。（以上长春。）一、售肉与人，须用纸裹。（以上新民。）

第二项　病兽之检查。一、有病及倒毙之牲畜，一律禁止运输入境及宰卖。一、出售兽肉以有屠兽场验印者为证。一、售卖各项病毙兽肉，一经查出，肉则掩埋，人则罚办。一、查出毙兽，立即焚埋。（以上各属。）一、焚埋毙兽物主，不得援恒例索取皮鞤。（以上新民。）

第三项　腐物之检查。一、鱼肉蔬果变色味者，一律禁止运输入境及售卖。一、禁设汤锅。一、查出腐物，立即埋焚。

第四项　营业之停止。一、疫盛时，禁止屠宰。（以上长春。）

第五项　违章之处分。一、按违警律办法，各属均未明定罚则。

（庚）旧货商

第一项　质商之取缔。一、停当衣被等件。

第二项　估衣之禁售。一、疫气流行时，凡估衣铺一律暂停交易。

第三项　地摊之检查。一、沿街设地摊售卖旧货，由巡警领至本局消毒后，令携回，暂时不准发卖。（以上各项长春。）

第四项　转运之严查。一、旧衣皮毛从有疫地方运来者，必逾七日后方准售卖或转输他处。（以上奉天、辽阳。）一、旧货入境查系朽烂不堪者，勒令焚埋。（以上海龙。）

第五项　违章之处分。一、质商及估衣铺违者从重议罚。（以上长春。）余无定法。

（辛）客店伙房

第一项　清洁及消毒。一、房院内外每日扫除，洒石灰水一次，不得堆积秽物。一、不得以腐败臭恶等饮食供客。食品盖藏柜中，以防鼠窃染毒。一、睡坑、桌椅、锅炉、碗箸等，时加打扫擦洗。一、住客之行李，每日置日光中曝晒一次。一、住客入店，将人及行李施行消毒。（以上奉天、绥中、吉林延吉。）

第二项　光气之采换。一、房屋以内，宜采取日光，流通空气，不得因天气严寒闭塞不通。（以上吉林延吉。）

第三项　诊查之条件。一、无论何处来往住客，均须经防疫队检验，方准留住。（以上辽阳、复州。）一、久住之客经第一次诊验后，每五日诊验一次。一、验系无疫之客，由防疫局发给执照。（以上延吉。）一、店内有病发见，未经医官诊治，该病人及同店住客均不准私行出外。经医诊断确非疫病时，仍听其自行延医诊治。（以上吉林。）

第四项　营业之停止。一、疫病发生之店房，一律封禁。（以上奉天、辽阳、吉林。）一、疫病流行时期，伙房小店一律禁止留客。（以上新民。）一、查有最下等秽恶伙房，勒令闭歇。（以上珲春。）

第五项　住客之限制。一、来客有病，不准留住。（以上长春。）一、小伙房遇极贫不洁之人，即报送庇寒所。（以上珲春。）一、断绝交通期内，除原有住客外，不准再留生客。（以上黑龙江。）一、住客不准过多，每坑〔炕〕以四人为度。（以上延吉。）

第六项　报告之义务。一、每进一客，将姓名、年岁、籍贯、职业及来自何处登录循环簿，报告该管分区。一、遇有病人发生，无论是否疫症，立时报告该管处所，听候检验。

第七项　捕鼠之义务。一、谕令蓄猫或设捕鼠器，勤捕鼠类，以遏疫苗。（以上吉林延吉。）

第八项　违章之处分。一、罚金由五元至二十元。（以上吉林。）他属无定法。

（壬）车辆

第一项　清洁及消毒。一、各项车内铺垫，随时整理刷洗，务令洁净。一、各项车辆车夫，每五日必到该管区警局，用石炭酸水遍洒消毒，始准载客。一、车夫均著粗白布罩衣，车垫车围亦用白布罩。（以上长春。）一、大小通行车辆出入城门时，概行消毒。（以上奉天。）一、车辆装载秽物，查有不可向迩者，扣留烧毁，酌给赔偿。（以上复州。）

第二项　通行之限制。一、大小车辆由警局查验消毒后，给与白旗一方，以为通行之标志。（以上长春。）一、人力车一项，除较为清洁之自用车经警务局验给执照者外，余均限制通行地段，在城内者不准出，在城外者不准入。（以上奉天。）一、禁止车辆向有疫地方通行。（以上巴彦。）

第三项　病人之禁载。一、各项车辆不准乘载病人。车辆内如有障身蒙头之坐客，责成巡警揭开察看。一、如有在车内猝病或猝毙者，须报由最近之检验所受验。一、查出乘载患疫者之车辆，严行消毒或即烧毁。一、载送患疫者之车夫，即时隔离。（以上奉天、长春、吉林。）

第四项　违章之处分。一、违者罚银由五元至二十元。（以上吉林。）余无定章。

（癸）其他不洁营业

第一项　浆洗房之取缔。一、停止营业，俟疫气消灭后，再准复开。（以上黑龙江。）一、洗衣须煮沸至二十分钟后，始准取出曝干，否则勒令歇业。（以上吉林。）

第二项　硝皮厂之取缔。一、硝皮作坊先行停止两个月。一、院内皮鞯等物，均用石灰消毒。

第三项　粪行之取缔。一、粪堆限二日内择空旷处所一律迁移。一、粪堆之碍难迁移者，遮盖石灰，以免发生疫氛。（以上各项庄河。）

兹将奉、吉二省当时措置大略列表如左（江省同）：

奉天省城各区对于营业上不洁之措置表

营业别＼细别		地址	数目	封　闭　日　期	弛　禁　日　期	查验时间	备　　考
戏　园		二区	三	宣统二年十二月二十二日	宣统三年三月二十四日	每日一次	一律同日封闭及弛禁
		五区	二				
		六区	一				
妓　寮	一等	五区	二四			每日二次	四等妓寮聚居于四五区界内者，均系因该地疫盛，一律封闭。惟二区界四等妓寮一所，系因查出有疫，临时封闭。
		六区	四				
	二等	五区	二〇				
	三等	一区	五				
		二区	一二				
		五区	三二				
	四等	二区	一	宣统三年正月十七日	宣统三年四月初一日		
		四区	三	宣统三年正月二十八日	宣统三年三月二十日		
		五区	三六				

营业别 \ 细别		地址	数目	封闭日期	弛禁日期	查验时间	备考
澡塘		一区	六			每日一次	本栏内所载封闭及弛禁日期，系查出有疫或不洁太甚临时封闭者。
		二区	三				
		三区	一				
		四区	一	宣统三年二月十四日	宣统二年二月二十一日		
		五区	一	宣统三年二月二十二日	三月初九日		
		六区	二				
理发		一区	一五			每日一次	
		二区	二八				
		三区	二二				
		四区	一〇				
		五区	二六				
		六区	二二				
饮食肆	小饭馆	一区	一	正月初一日	正月初七日	每日一次	本栏内所载封闭及弛禁日期，系查出有疫或不洁过甚，各肆临时封闭者。
		二区	五〇				
		三区	五〇	十二月二十四日一处	正月初十日		
		四区	三二				
		六区	二一				
		七区	一一				
	点心店	一区	一一				
		二区	一	正月二十三日	二月初一日		
		三区	六	二月初十日一处	二月二十四日		
		四区	五				
		六区	四				
屠兽场		六区	一			每日一次	
菜市		二区	一			每日一次	菜市查出有疫，无封闭之法，即遮断其一部分之交通。
		四区	一				
		六区	一				
		七区	一				
旧货商	当铺	一区	二			每日一次	本栏内所载封闭日期，系查出有疫，临时封闭者。
		二区	三				
		三区	二				
		六区	六				
	估衣	一区	一四				
		二区	一五				
		四区	八				
		六区	三				
	杂摊	一区	七				
		二区	四				
		三区	一八				
		四区	二〇				
		五区	一〇	二月二十二日	三月初九日		
		六区	三				

营业别 \ 细别		地址	数目	封　闭　日　期	弛　禁　日　期	查验时间	备　　考
旅馆	客店	一区	一一			每日一次	本栏内所载封闭及弛禁日期，均系查出有疫，临时封闭者。
		二区	二七				
		三区	一				
		五区	七				
		六区	一				
		七区	二七	十二月二十四日一处	正月初二日二处		
				十二月二十六日三处	正月十四日三处		
				正月十一日三处	二月初九日一处		
	伙房	一区	二	十二月二十八日一处	正月初七日一处	每日一次	本栏内所载各区伙房封闭日期，系查出有疫或不洁太甚封闭者多。其中惟五区一所界内四十一处，二所界内五十九处，均系因该地疫盛，须为全部分隔断交通之措置，同日一律封闭。再，七区内有数伙房封闭后，因疫盛仍行焚毁者。
				正月十九日一处	正月二十六日一处		
		二区	三二				
		三区	四八	十二月二十日一处	正月初八日一处		
				正月初十日一处	正月二十六日二处		
				正月十一日一处	二月二十日一处		
				二月初十日一处	二月二十七日一处		
				二月十七日一处	三月初四日一处		
				二月二十一日一处	三月十二日二处		
				二月二十八日二处			
		四区	一处	十二月十一日一处	正月十六日三处		
				十二月十六日一处	正月十七日二处		
				十二月二十七日二处	正月二十三日一处		
				十二月二十九日二处	正月二十五日二处		
				正月初二日一处	二月初九日一处		
				正月二十一日一处	二月十九日一处		
				二月初二日一处			
		五区	一〇〇	十二月十九日四十一处	三月二十		
				二月二十二日五十九处	三月初九		
		六区		正月三十日	二月初六日		
		七区		十二月十五日二处	正月初二日二处		
				十二月二十五日六处	正月十五日二处		
				正月初八日二处	二月初一日二处		
				正月十六日一处	二月初八日一处		

营业别＼细别		地址	数目	封 闭 日 期	弛 禁 日 期	查验时间	备　考
车　　　辆	人力车行	一区	二	正月初十日一处	正月十八日一处	每日一次	大小车辆并未一律禁止通行，其措置方法另详本栏内。仅载检查车行时间及查出人力车行之有疫或不洁太甚者临时封闭日期。
				正月二十五日一处	二月初一日一处		
		二区	三	正月初五日一处	正月十二日一处		
				二月初一日一处	二月初九日一处		
				二月二十八日一处	三月初七日一处		
		三区	二二	二月初一日一处	三月初五日一处		
				二月二十日一处	三月初四日		
		六区	一	二月二十八日	三月初五日		
		七区	五				
	大车行	三区	二三				
		六区	七				
	小车行	一区	五				
		二区	六				
		三区	一〇八				
		六区	七				
其他不洁营业	浆洗	一区	四			每日一次	本栏内所载封闭日期，均系查出有疫临时封闭者。
		二区	一	正月十一日	正月二十五		
		三区	八				
		四区	二				
		六区	六				
		六区	一二				
	硝皮	一区	二九				
		二区	一	正月二十四日	三月初二日		
		六区	六				
	粪行	六区	一				

吉林省城防疫对于不洁营业之措置表

种类别＼细别		地址	数目	封 闭 日 期	弛 禁 日 期	查验时间	备　考
戏　园		二区	一	宣统二年十二月二十五日	宣统三年二月十九日	按日查验	按：城厢内外戏园三处，歌舞场中人群杂沓，当疫氛正炽之际，传染最为可虑。遂谕令暂行停演，以杜疫患。二月间疫气扑灭后，饬令照常营业。
		八区	一				
		九区	一				
妓馆	头	二区	七	宣统三年正月十三日	宣统三年二月二十五日	同上	按：妓馆有一、二、三、四等之区别，于城厢疫气方盛之时，一律停止营业。至二月间始行弛禁。
	二	八区	九	同上	同上		
	三	八区	六	宣统三年正月初八日	同上		
	四	八区	一七五	宣统二年十二月二十五日	宣统三年二月二十六日		

种类别＼细别		地址	数目	封 闭 日 期	弛 禁 日 期	查验时间	备　　考
澡　塘		一区	二	宣统三年正月十三日	宣统三年三月初十日	同上	按：城厢内外澡塘共有九家，严重取缔，除将不守规则之两家封闭外，其余准其照常营业。
		二区	三				
		四区	一				
		五区	一				
		八区	二				
理发铺		十分区	六七			同上	按：理发铺专事修容，尚无不洁之弊，未便停止营业。
饮食店	上	十分区	一四	宣统二年十二月二十五日	宣统三年三月初十日	同上	按：酒馆、饭馆及摆卖摊床，诸多不洁饮食品物，实为引疫之媒，最碍卫生。一律封禁，暂停营业。
	中	分区	二九				
	下	十分区	一三八				
旅店	客栈	十分区	九三			同上	按：客栈旅店五方杂处，良莠不齐。每日派专员按户清查一次，饬令扫除清洁，不准容留病人住宿。其下等伙房一律查封，以杜传染而保公安。
	伙房	十分区	一一八	宣统二年十二月二十五日	宣统三年三月初十日		
旧货商		一四五九区	一〇八	同上	同上	同上	按：旧货商店专卖破烂不洁之衣物，最易传染，一律实行封闭。
青菜床		十分区	一〇八			同上	凡日用所必需之品，未便禁卖。其有碍卫生者，特加取缔。
肉　床		十分区	六八			同上	按：肉床摆卖兽肉，每日分饬兽医员按区查验。倘有腐败臭恶诸肉，谕令掘地掩埋，以重卫生。
鱼　行		一区	二	宣统二年十二月二十五日	宣统三年三月初十日	同上	按：鱼行一业，其腐败之臭味，对于疫气最为传染媒介物。当防疫之际，一律禁止贩售。
		二区	一				
臭皮行		二区	五	同上	同上	同上	按：臭皮行营业自属不洁，应即禁止。
		七区	三				
		八区	一八				
		九区	六				
茶　馆		二〇分区	二〇	同上	同上	同上	按：茶馆之性质与戏园等，时集多人，相聚食茶，亦易传染。故当防疫之时，一律勒令歇业。

宣　　统　　三　　年　　三　　月　　　　日

第十章　防疫行政之劝告

　　三省防疫行政为我国创见之举，非常之原，黎民所惧，此理之自然。当疫事孔棘之际，为曲体舆情、利导行政计，不得不注重劝告。自通常文告外，复有行政公布及宣讲所二项，其办法如左：

（甲）行政公布办法分官报、白话两部：

（一）官报部　由奉天防疫总局将行政上应行公布事项，如纶音电文、办事规程及检诊死亡、隔离消毒诸报告，逐日刊为新闻纸，名曰《防疫官报》。除分布三省各属外，无资送阅并揭通衢，以息闾阎之谣惑。迨宣统三年三月三省疫气已退，行政日简，各属防疫机关陆续就撤，至十一日以后始罢按日出版之例，惟遇有应行公布事件，仍随时按号续出。自宣统二年十二月二十七日刊发，至三年三月二十四日停刊，统计先后共出版七十八号。

吉林、黑龙江因本省行政实繁，亦仿行之，有《防疫日报》之刊发，就自治筹办处所设之自治旬报机关组织之。其办法大略与奉天同。

（二）白话部　前项官报体裁纯用文言，按之人民程度，尚非大多数之下等社会所能知。故期其家喻户晓，复编一种浅明易晓之短篇白话，如前发布及揭示。

（乙）宣讲所办法　依上项行政公布办法，尚难期目不识丁之愚民一一通晓。欲使一般人民疑虑全消，咸晓然于各种防卫方法为保全民命而设，故电饬各府厅州县组织临时防疫宣讲所，并檄奉天提学司会同防疫总局办理。嗣经提学司筹定办法呈核，分编译及宣讲两部如左：

（一）编译部　编译部专为演集讲演之资料而设。盖讲员于防卫行政及传染病理务为高论，则难期听者之觉悟，稍徇舆情，则又生行政之障碍，故不得不选择多数适当之材料以范围之，使宣讲与防疫政策同出一途，以达保障民生之目的。该编译部即附设奉天提学司图书馆内。编译之种类区分为二。甲种为防疫宣讲白话报，由各员采访社会疫染事实之警心触目者，及人民对于防疫行政之一切疑虑风说，罕譬曲喻，演成白话，间日印布一次。此项白话报与行政公布中之短篇白话用意略同，故自奉天提学司之防疫宣讲白话报发行后，短篇白话即废止。白话报之利有三：各讲员人手一纸，可省事前之预备，其利一；以此报遍发听讲之人，令稍识字义者归而按章讲读，可使妇孺咸知，其利二；以此报按户发给，并揭道旁，俾无暇来所听讲者，亦能一般领悟，其利三。吉林因宣讲上之适用，亦有防疫白话报之刊发，附于防疫日报机关行之。乙种文言译述东西医学大家关于百斯脱流行病之著述，或以防疫理由而撰为文章、歌谣，随时印成小册，以助鼓吹，且补讲材之不足。以上二种印刷物均发行三省，各属随时用为宣讲定本。惟奉属如广宁、东平、营口、宽甸、安东等处间有印刷物数种之发行，盖劝告情形固随时地恒有不同也。

（二）宣讲部　宣讲部之组织，即以大小学堂为讲所，各校员为讲员。查省城及有疫各府厅州县各学堂，先经一律电饬从缓开学，故令各校员就近担任宣讲事宜，可省设所派员之烦费。檄书夕发，讲所朝开，奉省各属多者数十处，讲员倍之。盖城市村屯无处不有讲所，则散而不聚，既免人多传染之虞，且于隔断交通之办法亦并行不悖。经费由各学堂公费项下暂行垫支，事毕后专案报销，由防疫总局拨还省垣。另以学务公所职员组织调查部，日往各讲所轮流稽查，任事勤劳者酌给津贴，以资奖励；疲玩不任事者，即将其停学日期内薪膳停支。故各讲员无不始终勤奋。其宣讲之项目如左：（一）疫病之历史；（二）疫病之起原；（三）疫病之预防法；（四）疫病之送治法；（五）染疫尸体之处置法；（六）染疫家屋之消毒法。

此外如有临时发生应行解释之问题，随时讲演，不在此限。

吉林之宣讲员，因自治研究所停课之时，即派其讲员分区演讲，悉不支薪。其吉林府四乡及各属，亦多有由地方绅董担任不受薪者。

兹将奉天各属宣讲所设备情形列表如左：

地别 \ 组织	所　　数	宣 讲 员 数	编 辑 员 数	印 刷 物
奉　　天	一五	六三	一五	四
义　　州	一	七	无	无
开 原 县	一〇	一〇	七	无
辽 源 州	六	一二	无	无
辽 阳 州	一	一	无	无
西 丰 县	三	一四	无	无
广 宁 县	一	五	一	二
铁 岭 县	六七	六七	无	无
宁 远 州	六	一四	无	无
东 平 县	二二	三〇	五	二
怀 德 县	四	四	无	无
法 库 厅	八三	九七	六四	四
绥 中 县	五	一六	无	无
锦 州 府	二	四	一	无
昌 图 府	二二	五五	无	无
镇 安 县	四七	五二	无	无
营 口 厅	二	一〇	无	三
宽 甸 县	五	一〇	二	一
凤 凰 厅	二	三	无	无
安 东 县	一〇	三〇	四	一
通 化 县	七	一四	一	无
抚 顺 县	无	无	无	无
彰 武 县	无	无	无	无
辽 中 县	无	无	无	无
本 溪 县	无定所	无定员	无	无
西 安 县	无	无	无	无
海 龙 府	无	无	无	无
康 平 县	无定所	无定员	无	无
盘 山 厅	二	二	无	无
奉 化 县	无	无	无	无
锦 西 厅	无	无	无	无
复 　 州	无	无	无	无
海 城 县	无定所	无定员	无	无
新 民 府	无定	无定	无	无
兴 京 府	无	无	无	无

第三编　疫事之研究

第一章　万国鼠疫研究会报告

万国鼠疫研究会，于宣统三年三月初五日，在奉天省垣开会，三月三十日事竣闭会。吾国政府举行此会，与夫邀请友邦遣派医员分理会务之意，原以肺百斯脱流行，其患最厉，公同研究，博考旁征，其理乃可彰明。其为效益，则中外各国一体均沾。会中研究各员，为各国专派会员，暨各处特派员，及本会书记员。客员其姓名如左：

美国代表医士：司特朗、杜格。

奥国代表医士：吴来禄。

法国代表医士：柏罗格。

德国代表医士：马提尼。

英国代表医士：福乐、皮特里、德来格。

义国代表医士：高寥密、儒拉、希诺里。

和国代表医士：赫伊威。

墨国代表医士：刚萨利。

俄国代表医士：扎巴罗尼、志罗廓尔夫、巴特来伍斯慕、顾列沙；女代表：苏拉来斯喀亚、褚林利那。

日本代表医士：北里柴三郎、柴山五郎作、宇山道硕、藤浪鉴、下濑谦太郎。

中国代表医士：伍连德、全绍清、方擎、王恩绍、山大夫、韩大夫、司督阁、师丹列、哈夫金。

各处专派员：

俄国：满洲防疫局廓阔沙罗夫、哈尔滨倭斯克列星斯基、东清铁路叶星斯基、哈尔滨防疫局巴古斯基。

本国：民政部吴为雨，直隶夏本礼，奉天王若宜、王麟书，吉林钟穆生、黑龙江王兴安，中国红十字会王培元，上海医院王医士。

参赞员：罗尔瑜、施绍常、吴德海、李规庸。

与会员：上田恭辅、斯铁般洼、渤亚铁洼。

当经公举哈尔滨防疫总医官伍连德为会长。每日研究事务，区分两类：一为传染症学理；一为微生物学与病理。始终聚议，计二十三次。其原订关于肺百斯脱问题研究事项条目，虽云至繁，然无一不经详细研究。最后之一星期，系专订议决议案暨条陈办法。将来会务报告，另刊专帙。则此议决暨条陈，亦必附入，另列一门。兹将议决事件中其尤关紧要者，照录于左：

一、此次鼠疫，发起于蒙古之北，由北而东而南，即散布该道路分歧之处。复因铁路及航路之交通，输送于各处。其病乃因人类直接传染。病之起源，果从旱獭传来与否，则因此症蔓延之时，啮齿属兽未见同时发现传染症之据，故未能断定也。

二、此疫之所以能扑灭者，乃因防卫合法，或因消毒有方，或人民粗知自卫之道，或与气候及寒暑有间接、直接之关系，均未可知！缘此疫之消灭，本无确据可寻也。然亦非因百斯脱菌之毒力减少，而渐至于消灭者。

三、此疫之传至于城乡各处者，实病者及将发病者带之而入，直接传染于人也。

四、此症究因衣服、货物及他种无生物传染与否，按细菌学之规则考察之，并无确实之证据。

五、此病之传染，乃因多数之人聚居一室，以致易于发生，为无可疑者！

六、此病初见者，皆肺百斯脱，一名肺疫。其原因即百斯脱菌侵入肺部而发，并无他种原因混杂其中。其病潜伏于人身二日乃至五日，而后始发现者最多，谓之潜伏期。其症状初发时，体温骤升，脉细数或至于不可数。然非俟痰中能发见血迹百斯脱菌，不能指定何种病源。故其诊断法，须用细菌学之检查，方能判定其为肺百斯脱病与否，以为确实之证据也。凡得此病者，其菌之毒皆入血内。若用显微镜检查其血液，或以病血培养后注射动物体内试验之，则自有把握。若仅诊察肺藏，则与单纯急性肺炎无异，并无特别之症状。即有可察者，为时已晚。况有其病至重时，而其肺之症状乃甚轻者。

七、凡得此病者，大都无救。其能获生全者，则绝无而仅有也。

八、现在各医之研究，尚无疗治良法。惟注射血清，略能延长病者之生命，然亦有数例因注血清而获生全者。

九、其菌之形态，与以前各方面所得之疫菌比较之，别无异状。

十、按现在所研究而得之证据，则菌毒只含于病人痰内。其多数人所以被传染之故，即吸气时吸入空气中所飘荡之含菌痰沫，入至总气管末处，遂入于气管枝所致。

十一、此病之传染，因吸病者之呼气而得。故其危险，乃视其所立之地与病者相接之远近及在傍时之久暂为比例。

复经各会员研究，解决办法四十五款如左：

一、此疫发起之一处，常见肺疫或核疫，发后经年不灭。至其一定之根原地，则犹无确证可指。

二、从俄国医者一方面曾经报告，由旱獭而发，或种传染病之一例。其病颇似肺百斯脱，然亦未得细菌学上确实之证据也。

三、此次疫症第一发见之病人，是否由病獭传染，尚无一定之证据。然睽诸理想，旱獭之病，乃与满洲暨俄属后贝加尔省及蒙古东北境所见肺疫有密切之关系。故满洲、西伯利亚及蒙古东北一带地方，皆与此次疫症之流行大有关系也。

四、按研究之规则，当考察啮齿类动物之传染病；如旱獭或他种鼠属有传染病时，当查其是否肺疫，如为肺疫，更当研究其原因及染毒之形状。

五、此种研究，必须学历甚深且多经验之细菌学、动物学家为之。须藉解剖学及细菌学之知识，解剖啮齿类之全体，以研究疫症传染之故。其检查时，所遇各种类似菌类，当详细辨明之。

六、如此研究，方能寻出啮齿兽类之疾病。若遇有病鼠或死鼠，速送试验所，按以上之方法检查，并须预防传染研究之人为要。

七、此疫与清俄两国大有关系，研究之责任亦归于两国。故两国当就地研究之，而收其成效。

八、在满洲里境内，每当猎取旱獭之季，宜设医务部以鉴视之。并应就此类猎户聚居之处，设立隔离所及临时疫病院。

九、骡驴犬等亦有关于肺疫之传染，得诸日医之报告。应当特别研究，尤宜注意详察之。

十、城乡各处皆宜注意卫生，而使之进步。其最要者，勿令多数之人聚居一室。若遇死者或有传染病者，当从速报告。平时须行健康诊断，须经西医学士为之诊断，而与以诊断书。

十一、将来设有一处发见肺百斯脱，而其流行未盛之时，当照下开防疫之规则，立即施行：

甲、患疫者、疑似病者及病者周围之人，皆使之隔离。其不从者，则强迫之。又患疫者、疑似病者及病者周围之人，皆使之带合法之呼吸囊，以免传染。

乙、宜行按户检查法，以便搜出人家及街道中之病者及已死者。其寻常有病与死者，则应由户主及邻居报明，而按细菌学、病理学以试验之。凡市区皆当作死亡表，以便调查人口之多少，而明其生死之数。凡与此同时疫地邻近之城乡，皆当搜寻其有无患疫及匿尸者，至为紧要。

丙、当通谕人民，俾明防疫之法。或著为论说以宣讲，或张贴告白以晓示，或编为白话以演说，务使人尽知防疫之要而后已。

十二、如有一处肺疫流行极盛之时，则应照下开办法办理：

甲、如无特别之故障，则宜设立卫生警队，遮断交通。并倩西医查验疑似病者，使隔离五日。

乙、凡人皆宜禁止其聚居于一处。故学堂授课、礼拜堂宣教、戏园市场等营业，皆当停止。又宜检查客店、茶肆及贫人宿所，盖由此等处所发起疫病者不少也。各工场如不能全停之时，则使工人居就近处或居工场内，以便约束为要。

丙、凡搭客之车，须禁止其通行。缘多数之人丛集一处，恐有带疫病人混杂在内，致生传染之故。但马车、骡车、人力车，则不必禁止。

丁、如有一区域或一街道、胡同发生肺疫，较他处为甚者，当即遮断交通，禁止出入。如疫病流行最甚之处，更当多分区域，在一区内复分数小区，一街内复分小段，而加以强迫隔离之法。

十三、肺疫豫防之法，最要者为隔离。至疫病院，则宜常设。其病房内宜预留地位，以便随时可隔以板壁，使疫病者独居一室。该院建筑，更当防鼠族之穿穴，且须便用消毒诸法。其院内空地最宜空旷，以便随时添建房屋。该项添造房屋，应预为规画地址。其病室内，务使空气及日光透入为尤要。

十四、疑似疫病院，须设于疫病院最近处。至入院，则以独居为最要。独居即所以防染他人也。凡在疑似病院内患者，毋使一人移入疫病院内。必俟诊断确实，而后送入之。

十五、凡建筑隔离留验所房屋以及管理之法，务以早能侦察留验者是否传染为主。其室亦须每人一间，各自隔离，以其便于寻出传染之人也。其为贫民或旅客设留验所者，亦仿此。

十六、此项房屋造法，以区分小间卧室，使居者彼此不通为最善。

十七、凡病者之衣服及寝具等物，必须完全之消毒法。蒸之或煮之，或浸消毒水内，使湿透。若非贵重物品，当烧毁之。近病者之衣服、行李等件，亦宜消毒。其法即蒸或煮及药水喷雾等是也。若为贵重之织物，不能用以上各法者，即用福尔买林气薰之，或用干热法，或日光直射其各面二三日，均无不可。

十八、房屋消毒。当移开病人或死亡者后，即行封闭数时间之久，用最明亮之光线透照屋内，搜寻其所遗血痰等物，有则速行消毒法，或即取而烧毁之。室内四处，皆宜用喷雾消毒法，或用消毒药水刷洗之，并撒饱和石灰水于地。如屋内可以严密封闭，不通空气，则用福尔买林薰之。

又车辆之消毒法，与室内相同。或用高热之水气亦可。室内陈设器物之消毒亦同，或薰蒸之，或置日下晒曝之。至痰盂，则更宜十分注意严重消毒。若卧毡、坑〔炕〕席及被沾污之物，当立即烧毁。又房屋能行完全之消毒法者，则不必焚毁。

十九、凡商店买卖之货物，除破旧衣服外，概不必消毒。若既知其染有病毒者，则应行消毒诸法。

二十、用杀病人痰内所含之菌者，莫善于石炭酸，或石碱，或碱性，及煤潴内所产之各种药品。此等药品，亦有因药肆转制，别立新名而失其消毒之功者，则暂弗购用。须俟医药学专家认可，知其有消毒功用而后用之。又如漂白粉、生石灰、福尔买林、升汞等品，皆为极有效之消毒药也。

二十一、此等消毒诸法，必须多经验者担任之，方能大收成效。若能在各大都会常设消毒部及习练消毒队，则最为妥善。

二十二、凡搜得疫尸之时，宜用粗布浸以升汞水裹之。至搬运尸体，则宜用特制之洋铁皮车。又埋葬部，宜备钝端铁钩，以便搬运尸体之用。又百斯脱菌在尸体内，不能即失其生活力，宜速用最妥最检之完全火葬法，以免传染。其暂行之法，在野外择一合宜之地，特备坑井，用木柴与煤油焚之。

二十三、各处行政机关，应常设医务及卫生专部。遇疫病发生时，方能立时对付，并迅速推广而扑灭之。

如中央政府能订定统一之规条，以管理卫生，则更妥善。卫生队员役住所，宜与民居隔离为要。

二十四、现在慎防肺疫，于临事之前，注射豫防液，为大有裨益之事，藉此保全生命者不少。更使卫生队带适当之呼吸囊，以掩口鼻，并教其带用方法。因此疫在吸气时最为危险，查有确据，带之即所以避疫也。呼吸囊宜用三角式，中置纱布及棉花者。每用一次，即行消毒或烧毁之。

卫生队之人皆宜著长衣及用避毒手套，其质应以不透水之材料为之。如与病者相遇时，更加以护目镜，以免病毒溅入目内。

卫生队为病者作事毕，即沐浴其所着衣服，立即消毒。又卫生队之人，当每日由医者诊察二次，有无发热等症，填入表内。

二十五、按腺百斯脱注射豫防液，其免疫之功用虽不完全，然其有抗疫毒之力，则已得证据，无可疑者。

二十六、因此证据，于肺疫流行之前，当使一般人民注射豫防液，以保护之。

二十七、按此次肺疫，流行注射豫防液，其显免疫之功，究竟有何证据，则因现在被注射之人数尚不足以供研究，故未能决定之。

二十八、此次会中，考查豫防注射液之种类，提议者颇多，有已通用于人体而著效者，又有未得实验之成绩者。区别之如左：

甲、曾经通用者：

（一）死菌之毒素：

（甲）用牛肉汁培养后，杀菌而成者。（即英美所用哈夫金氏旧法所制成者。）

（乙）用寒天（洋菜之一种）培养，浮游于食盐水中杀菌而成者。（即日本及法国所用。）

（二）溶解菌体内之毒素而成者。（即俄意之医所赞成者，其理想甚佳。惜制法未及上项之乙法。）

（三）死菌与血清混合而成者。（日本志贺氏所主张。）

乙、研究而未成者：

（一）弱毒之生活菌。（即美国斯德朗氏所研究。）

（二）生活菌与血清混合而成者。

二十九、死菌毒素之豫防液，易于制成，各国多用之。谓此毒素大有裨益，已得多数之证据，其能抵抗核疫（即腺百斯脱）无疑。其制法以用寒天培养者为最善，且能于二日内制成之，为本会多数医家所赞成，然亦非谓他种豫防液有不善之处。其注射之用于豫防，有以豫液（乃血清）同时注射者，尚〔倘〕用之为最有效，自应照用。

三十、意国医路斯丁及格留屋丁所制之二种毒素，或谓用之于牲畜最为有效，与用他法所制成者，同一妥善。且因其为干燥之品，颇能耐久，终不失其原有之力。

三十一、美医司德朗法（即弱毒之生活菌），虽制造之颇费年月，且种于囚犯，有因而疫毙者，未能通用，然往往试之于牲畜及人体，屡见奇效。宜加以研究，思出最稳最妥之法，以保卫人民，以能得其确实之证据。

三十二、兹将试验豫防液之法开列于左：

（一）当取豫防液注射于小海猪（即木尔木脱）、白鼠猴，以试验之，其能免肺疫之毒者，究以何法所制之毒素为最善。

（二）如再遇有肺疫发起时，当慎按科学之规则，研究以上所言试种豫防液之法。如按印度成法，择人试种为最适宜。惟须恪遵医法办理。

三十三、满洲与中国直隶、山东等省所有之铁路公司，当双方商订办法。其所辖各铁路上应有画一之卫生规条。各铁路公司当立一协和之医务部，以为防疫、卫生之用。在适中处，宜设一局、所，著有专条。若遇鼠疫发生，或他种传染病流行时，方易管理该路来往之客商以及货物。

三十四、管理各海口之防疫事务，经本会查明，并无画一之规条。其所立之规则，或严或不严。推原其故，殆因各海口医官自行酌定留验章程，故未能划一也。至若中国国家与别国有关系者，则当立万国通行划一规条，以管理各海口之卫生、防疫事务。此当按照一千九百零三年巴黎聚会所拟定之管辖章程，取其有关系者仿行之。

三十五、凡疫病盛行时，设欲使水陆留易、货载搭容统归一律，无轻重不齐之弊，则上开之公立铁路与卫生局，应与上开之通商口岸万国卫生会，彼此竭力，协同办理水陆两路客货来往等事，以维公益。

三十六、凡苦工，宜设法招引，令由铁路或轮船来往。则海陆两路，立有专条，易于限制，可防其病毒之播散。

三十七、遇疫病发生时，各地方官当各就城乡管理步行及乘车来往之客商。其客店、贫人宿所等处及行路者，皆当由各卫生局所给与盖印证书，以查验之。

三十八、苦工及他种行旅，往往有乘坐内地船只登岸。其登岸处，并非通商口岸，而在沿海地界者，则疫病发生时，当用特别管理法，在直隶海湾一带及内地各河口管理而查验之。

三十九、本会按所得之证据，知肺疫系直接传染。故除行李外，毋须禁阻。所有各项买卖货物、邮政信件，均可通行。如遇鼠类染疫之时，则于船舶内及陆地仓屋等处，皆宜设法尽灭鼠类，断其出入之路，使鼠不能由船至陆，亦不能由陆至船。凡米粮等货，能诱鼠者，皆宜设法防之。

四十、凡有疫时，所有车船，一律禁载尸体。

四十一、防疫事宜暨所有章程，应即速编成书，定为诫令，颁布各省。一遇肺疫发生，俾地方官有所遵守。

四十二、中央、地方应设立卫生局，一遇疫病发生，可以扩充办事。并将全国医员衔名，先行注册，以便临时遣派。

四十三、疫病流行，为患极大，而民间知之者鲜。当晓谕居民，使之明晓防疫章程，所以为公益而卫人民也。

四十四、设欲将以上决定各条立见施行，务须设立中央卫生局，以管理传染病及谋通信之便。各项传染病发见时，得以通告，实为要务。

四十五、按以上所言各条，观之今日，当在中国造就最高之医学人材为要务。

是之要项，当经外部撮其大要，通告各国。其详另有特别报告，兹不赘。

第二章　百斯脱学说

（一）演说鼠疫辞　（节录）

日本医学博士北里柴三郎著、民政部主事王若宜译

此疫病之原体，果何物乎？即一种杆菌，为其病原体。患者之患部及其他内脏诸器内，必有此种杆菌存在，斯则彰明较著之事实也。

此病果经何道而侵入吾人之身体也乎？曰：经由之道有二。第一、由皮肤侵入。人体上极微之伤口，百斯脱菌附著于其处，通水脉管而入腺，集合于此，异常发育而起腺百斯脱。第二之径路维何？即现在满洲流行之肺百斯脱，由呼吸器而入于肺，而起肺炎。此则百斯脱病通过之第二关门也。或有谓由消食器而入，而起肠百斯脱者，系因疫鼠为健康之鼠所食，而起肠百斯脱。至人类之罹肠百斯脱者，固未之前闻也。罹腺百斯脱之人，至临终时成肠百斯脱或肺百斯脱者，亦间有之。百斯脱病之侵入于人身，其径路或由呼吸器或由皮肤。鄙人所以必以百斯脱侵入人体之径路详陈之者，盖以此于豫防传染病非常必要故也。若于病毒侵入人身之径路茫然不知，而欲讲预防扑灭之法，其不能奏效也必矣！

当十三世纪末至十四纪初，死灭欧洲人口四分之一之百斯脱，大半皆由肺炎而致死，亦有因腺胀致死者。可知当时之百斯脱病，由肺百斯脱与腺百斯脱混合而传播流行者也。然至近世纪，各国所发生之百斯脱病，殆皆属于腺百斯脱之一种。日本内地自明治三十二年此疫入神户以来，罹百斯脱病者，约二千五百人。其患者百人中，死亡者八十人。其中肺百斯脱患者，大坂约十名，四国数人，山口县亦数名。要之，虽谓为腺百斯脱系统之中，误起肺百斯脱，亦无不可。惟无论其为腺为肺，其原因之菌，固无不同。今取满洲流行之百斯脱患者之菌实验之，亦无异腺百斯脱菌，即鄙人所培养之菌，亦无少异。由是观之，其病原体殆无不同，但侵入人身之径路不同耳。此径路不同之点，正吾辈预防上所极宜注意者也。

腺百斯脱，先由鼠与鼠之间互相传染，并递传诸人。若肺百斯脱，则不必然。今试为诸君明言之。此次满洲自发生肺百斯脱以来，各处因防疫之故，所捕得之鼠已近二万头。无论捕自寻常健康人家之鼠解剖检察，并无百斯脱菌，即捕自患百斯脱病人之家者，施以解剖后，从事显微镜之检查，或加以培养，或行细菌学上之试验，绝未尝见一头之鼠体中

有百斯脱菌之片影。由此即可得：今日满洲所流行之百斯脱疫，决非由鼠族传播人身之证据矣！准是说也，则今日所流行之肺百斯脱果由何道而传播乎？直由人与人之间互相感染，其径路殆如肺病。古今多数学者就患肺结核病者研究其传染之原因，知结核菌之为物，即经十分干燥，亦能长保其生存。故患肺病者所吐之痰涎，混杂尘土，干燥后飞扬空中，他人吸入，便发肺结核症云云。然其后渐次研究，与其谓由患者之痰涎所传染，毋宁谓由附近之人与人之间直接传染者较为多数。缘肺病有慢性、急性之分，人之狃于慢性也。一家之内，往往一人传染，亲丁不知躲避，朝夕在病者左近周旋防护，而其病菌不必由尘土中来袭吾身，即病人之衣服、什器上，苟沾染痰涎、吐沫，自能乘便利机会，袭入吾人呼吸器中。肺百斯脱之传染，亦正以此故。虽尽力搜捕鼠类，以期此病之扑灭，殊难也。虽然刻下气侯寒冷，鼠类皆堇户而居。此后节气渐暖，行将离巢走窜，鼠族往来，日以繁众。则今日之百斯脱，安知其不流行于鼠族间！复由鼠族而传及人身，其害胡所底止！故今日者，乘此鼠类间百斯脱未流行之际，对于扑灭鼠类之事项，仍不能稍用其懈怠。歼灭鼠类，惟养猫以补之，为最妙策。此扑灭病源之一策也。至于今日之尤当从事者，但就发见患者之时十分注意，以杜绝其病源为最要。其法唯何？即一遇发见患者之时，其同居者，无论为家族与否，均须别置一处，杜绝平常人与之交通。候过一定时期，仍未改易其康健，方可令其自由交通。此又一策也。按此二策并行，庶几新患者之可以日少乎？其由隔离所中发现之患者，亦宜急速处置，总不可复令其传播隔离所中之第二人。盖此种疫病，关系不在一国。各国俱有戒心，非合心一致，协力厉行，其预防扑灭实非易事也。

虽然，诸君亦切不可因此而恐慌过分，以致自相骚乱。盖百斯脱之病菌，不能独立生存于空气之中。虽亦有搀杂于尘土内、浮游于空气中者，然尘土能浮游于空气之时，必已十分干燥。而肺百斯脱菌非若肺结核菌之能于干燥中生活，必藉湿润，以保其生机。一经干燥，则病菌早已死灭，失其传染力。诸君尽可安心来往。若过于恐怖，致罹神经衰弱等症，反为非计也。

又如居住房屋，有加亚铅板之围绕者，以吾观之，亦非切要之图。盖所以用亚铅板围绕者，意欲防鼠类之窜越，而便攻捕也。今之防御法固有明且大者在，较之与鼠类攻战，其事尚易为也。又望诸君不必妄掷精神，冀别寻对待之良策。以今日东西医学，若有良策，当早披露矣。惟当就吾前所言之二策，十分信用，以从事预防、扑灭。其有过于远虑，致将蔬菜类及一般生物并其他食物，亦警诫不敢下箸者，毋亦愚甚！盖百斯脱之病菌，断无由吾人消化器中袭入之理，非若赤痢、霍乱等病之预防法，当注意于食物也。如于百斯脱流行之时，而诚生食或生水，是未知百斯脱病原者也。能循其正道，就有效之防御途径，尽其心力，无用之防御方法，加以废止，则今日之急务也。

又如当流行病之时，浪掷无益之金钱，彼亦曰预防，此亦曰预防。夫预防二字，固无可非，虽然人即多金，又何必掷之于无益之地。此次之肺百斯脱较之腺百斯脱尤为剧烈，万不可误其处置。惟冀诸君为正当之防御，以期疫氛根底肃清。使无论何年，无再发之虑，则诸君所当自勉者也。

（二）满洲黑死病谭

日本医学博士北里柴三郎著、民政部主事王若宜译

满洲百斯脱至为猖獗，实出于意想之外。南满患地以长春为最甚，且发生腺百斯脱患者一名，是不足奇也。盖肺百斯脱诚有为腺百斯脱流行之先例者也。

病人之中，其最剧者，于发热后十二时间乃至四十八时间即死。

最可恐者，为疾病隐蔽之一事。往往至亡死后，始发见百斯脱患者，故防疫之手段亦觉迟缓。其尸体非无曝晒于野外者，虽有鸟及犬等居于死者喙傍，然未闻鸟及犬有感染之例也。

于日本租借地内，吾防疫行政所到之处，见患者即施以有次第之方法，故吾国人尚无死者。又清人中，其中流社会以上之人，感染者亦少，而以清人苦力中流行最甚。盖彼等时当冬季，皆休业集于一处居之，故易传染。今以后时节转向春季，彼等皆可得业，散离四方，是际病势必能一落千丈，无可疑也。

清政府亦知有由鼠传染之恐，故亦奖励捕鼠。

清政府所聘之日本医师，不过十人左右，皆能得其信用。凡医术上之指挥，皆从日医命令而行之。

余于此次调查所得学术上之新经验不少，他日必有公布于天下之机会也。

清政府就百斯脱而讲扑灭之方法，当以防患者之隐蔽，勿使传染他处为最要。至讲治疗方法，犹为第二层事也。

自四月三日始（中三月初五日），于奉天开万国医学会，约二周间之久。既经各国之协赞各出代表者，而吾日本，则余既归国，代表何人尚难预定。此会议于学术上如何研究，犹未可知。大抵协议扑灭百斯脱之方法，得其结果，而忠告于清政府。无疑，此诚学者奋起之秋也。

于奉天英国医师嘉克森氏患百斯脱之际，曾注射印度菌之豫防液，而亦死亡。故清人中颇疑怪注射之效力不确。此则因注射分量之加减未当而不成功者。

今虽无确实之统计，大抵自初发以来，清人之死亡约有五六万人之多。（此数不确。）

又，此病毒之存续于各流行地，当有五六年间之久。故一时虽终熄，而犹有再流行之虞也。

译者曰：北里之说如是。其唤起我国人防疫之精神，以求根本上之解决，皆吾国上下人士，所当注意者。

（三）今后之百斯脱谭

民政部主事王若宜著

今者东省肺百斯脱病，已有扑灭之希望，大可为东人庆贺。然气候渐暖，鼠类已出，使半月前发生百斯脱各区域，其消毒法果为完全而无缺者，固可高枕而无忧矣。顾塞外文明未开，习俗多陋，卫生行政窒碍甚多。使有一疫区于此，其消毒万一不周，目不可睹之百斯脱生活菌，从而传之鼠族，附著于鼠族之蚤，又从而传之于人，则腺百斯脱之发生，可立而待也。今者锦县、长春、法库，已见告矣。揆诸前例埃及百斯脱之流行，其流行规则可分为二种。若在冬季，常于一家族中发生多数之患者，由人传人。其传染径路为呼吸器。其所发病以原发性肺百斯脱为多，其死亡率达七二布仙以上。反之，若在夏季，则散发于全土，由鼠传人。其所发病以腺百斯脱为多，其死亡率达四布仙以上。防鼠之难，难于防人。今日防疫方法，如豫防注射，如遮断交通，如实行检诊，如药品消毒，如火葬尸体，皆所谓应急之方，而非永久之计也。自今以后，使家屋之建筑及卫生之设备，长此窳陋，必永无扑灭之时期。不观夫印度乎？自一八九六年以来，十余年间，年益增剧，每年丧失人口约在十万左右。可为前车之鉴矣！今我虽亦奖励捕鼠，然而人力有限，鼠族难尽。东省建筑不合卫生，盖半为人类之窝居，半为鼠类之巢窟也。且天气转暖，青蝇既群集，小蚤复跳梁。即使蓄猫捕鼠，设机置药，驱蝇除蚤，尚有隐忧。盖人性习懒，鼠不能尽捕，建筑不合，复不易驱。吾知建筑不改良，卫生不设备，鼠类必无尽歼之日，而吾人终有疫死之惨也！其幸而弗使余之言果中也。

（四）百斯脱流行与鼠之关系

民政部主事王若宜著

鼠与百斯脱流行，有绝大之关系存焉。其在病窟或在流行地，必先流行于鼠族间，而后发生病者。凡百斯脱所到之地，皆可证明其事实者也。征诸印度中部及阿非利加之土人与台湾人，尽知之。彼等若发见毙鼠时，不遑他顾，直徙居遁他处终焉。盖鼠若见有同类之尸体，即食之尽，故百斯脱之流行，于鼠族甚迅速。且鼠与人异，易起肠百斯脱病，陷于败血症甚速。其屎尿及他排泄物，散乱周围，病毒从之。征诸日本之百斯脱流行，因鼠好出入米谷商家屋，或由印度棉花输入其病毒，故下级民间多发生之。其在夏季，患鼠之数常与患者相并行。自正月以至三四月间，则鼠族间之百斯脱流行虽盛，而患者则甚少。此以冬季鼠与人疏远之故也。若夫船舶内鼠，于国际间百斯脱之流行，其关系为尤大。盖自有病地搭载病鼠，或污染病毒之物件而来，则船中鼠族忽被感染，于航海中病毒虽已通过鼠体，而未死灭。至于他港，病鼠或物件相偕上陆，故海港鼠疫，多自印度船舶运载而来。然则海港地之捕鼠务尽，检查务勤，及港岸积货屋之建筑，务使鼠族弗能容，是为百斯脱预防上最要之措置也。百斯脱之于其病窟也，其所以流行而不消灭者，因于其终熄期百斯脱传于抵抗力大之鼠族，发慢性百斯脱，为百斯脱菌携带者。达一定时期后，乃产感受性强大之鼠，或自他处携之来，再发鼠族间百斯脱之流行，而复传之于人。今东省肺百斯脱，幸为达乌里亚猎旱獭人及哈尔滨苦力四散，以人传人，非由鼠族传染而来者。然今鼠类已出，而疫气犹未终熄，或不幸而传之鼠族，而将来由鼠传入腺百斯脱之流行，预防法或倍难于今日！国家防疫，只在务其大者；其细者须民自防之。今之不防，后将噬脐。余不禁为东人杞忧也。

（五）疫之源

民政部小京官侯毓汶著

八大传染病中，其传染最速而流毒最烈者，莫鼠疫若。此次满洲所发生之鼠疫，自去年九月二十三日始发见于达乌里亚，遂由交通之径路，蔓延及于三省。幸防范綦严，克收效果，或不至余烬再燃。惟研究此次鼠疫之来源者，其报告颇不一致，兹特综合各种报告，并就余所调查者，撮录如左：

据满洲里俄国东清铁道医院院主某报告云：此次满洲发生之鼠疫，实非滥觞于满洲里。盖自去年九月二十三日鼠疫发见后，即强制执行防卫政策，于隔离一端，尤加注意。满洲里居民，自是遂无一出境南下者。即取道满洲里他往者，亦必检验五日，而后释放。故此次满洲里之鼠疫，或者由满洲里以南各地新生后而波及各处，亦未可知。

据德国满洲里税关医官某报告云：以上俄医所述，均不甚确。即隔离一端，亦并不严厉。故此次满洲各地发生之鼠疫，虽不得断谓始于满洲里，然实经满洲里而蔓延至各处者。

据我满洲里交涉分局报告云：距满洲里十里，有地名达乌里亚者，该处于九月初旬，已有鼠疫发生。凡捕捉旱獭者，归途必以达乌里亚为暂憩处。故此次满洲之鼠疫，大约始于达乌利亚，由达乌利亚延及满洲里，继由满洲里以次延及各处。

据胪滨府报告云：于去年九月十七日，有华人二，均业木工，由俄国达乌利亚来满洲里。该木工向受佣于俄站达乌里亚，归把头张万寿招雇。张万寿即达站之华总把头。二木工至满洲里站，住铁路界内二道街之张木铺。二十二、二十三两日，二木工相继死。遂传染及同院之田家伙房旅客金老耀、郭连印二人。一院之内，死亡相继。当时急速防卫，将该房拆毁，未致蔓连。然鼠疫相传之速，藉铁道为运搬线，已非人力所及堵御。

俄站达乌里亚华把领张万寿，于十月间由俄来满，住徐家小铺。据称前毙之二木工，向在达乌里亚站。九月中旬所招华工棚内，忽暴死七人。俄人闻知，即焚起疫之屋，逐同居工人，并将衣服、行李尽付一炬。被烧行李者，每人得俄人赔偿羌洋二十五元。二木工亦由达乌里亚得赔偿洋者。该二人之受毒于达，猝毙于满，实无疑窦。（以上均系徐家小铺张老四述张万寿语。）

各国医生之确实调查云：此次鼠疫，实由捕旱獭者而起。德国调查员报告云：喜马拉野山为鼠疫之根据地，亦有旱獭存焉。鼠疫流行时，该动物死者甚多。检查其尸体，均有疫菌发见。

按：旱獭一物，我国《本草纲目》名它鼵，蒙古人呼为塔尔巴干。生于西蕃山泽间，穴土为巢，其形如獭。夷人掘取食之。秦国出辟毒鼠，近似此也。皮温厚，可为裘，雨雪不能濡。据俄医之实验云：贝加尔湖以东，与蒙古分界之高地，有所谓塔尔巴干者，属啮齿动物。以二匹至八匹为群，栖于土中。自九月中旬至五月，为冬眠期。土人与哥萨克人，皆猎之为食。至秋季，该动物间有一种疫病流行，病兽步行蹒跚，腋窝肿胀。出穴后为他种动物所食。人若接触之，即感疫而毙。土民咸知此疫之可恐，见有罹疫者，即相戒不猎。

毓文曰：满洲鼠疫，确源于捕旱獭者。该患者于潜伏期间，必与达乌利亚华工棚内之人相接触。故九月中旬忽有七人之暴死。俄人知该病之可恐，遂将该棚内华工一律逐出。满洲里与达乌里亚间传染之媒介，实即被逐之华工，遂酿成此三省最惨最烈之疫症！至于此次鼠疫之来源，究自达乌里亚之猎者而起，抑由他处猎归而病毙于达乌里亚者，现尚在调查中。俟有确实证据，后继续报告。

（六）獭疫源流考

俄医生巴雷金著　胪滨府衙门译

俄国后贝加尔省（齐都与依尔古斯克均在该省地方），与中国蒙古地方，有一种小兽，名为旱獭。冬日入蛰，在地洞居。所有孳生以及畜养等事，均在春夏秋之际。一入秋季，即将入蛰。每年九月间，肥硕之獭有至俄量之十五分特（俄斤合华十二两）之重。其中之脂肪料即有十分特重。是时大小獭族，白昼咸奔赴洞外向暖。懒惰之獭，即窜入邻近别獭窝聚居。故九月之时，各猎兽中，以旱獭为猎者最有益之猎物。虽春夏之际，猎者时有，然彼时该獭毛皮既坏，且猎之甚难。缘旱獭皆在深穴聚居，偶有一头出而遇险，全族即藏匿不出。唯至秋季，该獭毛皮既厚，脂肪亦富，且肥獭之肉，食之亦颇不恶劣，唯猎取仍不易。无论猎夫猎犬，蹑足狙伺，趋近獭穴，稍有动机，彼即藏匿。且穴洞窎远，无法捕获。有时偶被猎犬幸获者，必系极肥且懒之獭，不然必难捕获。俄国后贝加尔省歌萨克人与蒙古人，其猎獭也，或用圈套，或用枪。蒙人中之通古斯人（此种蒙人现均归俄属），其枪猎之法，尤为敏捷。

旱獭之物甚有利益。去年防疫事起，而旱獭皮由满洲里输出者，有五十万张。此项货物，皆销运俄国，或由俄国转运出口甚多。

由上下大站（即如俄国大乌拉马其业夫斯基、中国之海拉尔站）运出者，亦时有之。其皮即供人服用，其肉尤足供人烹食。

以俄国后贝加尔省人及中国蒙古人之所获，每年约有一百万张。每张售洋元二角五分，每年即有二十五万元之利。

由此可见，旱獭实为兽类中最有益之动物。然猎之者不可不具鉴别之知识、积年之经验。遇有少不更事之猎者，即易以贪小利而酿巨患。彼哥萨克人及蒙人之老于游牧者，均能积有鉴别旱獭中病獭之知识、经验。其鉴别之法：凡遇旱獭之耳目不灵，跳走不快，不畏猎夫猎犬，皮毛亦不光彩，坐卧绝无同伴者，即为病獭。而獭为酿疫之兽。獭族至今能生存、繁殖，供人类之猎取者，缘獭有完全之防疫法。其法维何？即今日防疫行政上所施之隔离法，将同居移入隔离所是也。据猎獭者中经验家言，獭族中最畏者为病獭，遇有病獭，他獭即不敢与相近，且不令病獭进伊所居之穴。如病獭在穴内，各獭即将病獭撵出，或将此穴用土掩盖，将病獭堵在穴内。他獭再向别处另辟新居，至死亦绝不往视。实为獭族最完备之防疫行政。尤有一种鉴别病獭法：将所猎之獭，以剪剪其爪而不见血者，即为百斯脱菌之病獭无疑。

每年秋间，以身殉利之猎夫，每喜猎此病獭。盖猎无病之獭，须费经营，器具须精，枪法须准。若猎此病獭，或用棍打，或用犬捕，吐手可获。殊不知小利中有大患存焉！夫无病之獭，肉可食，皮可卖，于己有利，于人无损。若猎此病獭，该猎夫无不受病，病即无法疗治，彼一身殉之不足惜，其如波染千万人生命何！

光绪十四年（一千八百八十九年），所克图耶夫四基地方，因此疫死者有十一人。

光绪三十一年（一千九百零五年），札赉诺尔煤窑（中东铁路及附近华地）、满洲里地方因此染病者有十三人。

光绪三十二年（一千九百零六年），阿巴该图屯及满洲里地方，因此疫死者有九人。

光绪三十三年（一千九百零七年），满洲里地方，因此疫死者有一人。

在俄境村屯以及各蒙人由旱獭传染此疫者，尤属常有。光绪二十六年（一千八百九十九年），因旱獭传染死者，有三百余之伯赍特（即归我国所属蒙人在俄国后贝加尔省）人，查其病由，皆由旱獭相传染，或人与人相传染所致。盖近冬之际，无病之獭俱已入穴蛰居，病獭仍在地上，见猎者猎犬毫不惊避，猎者将彼捕获，将皮剥下，或食彼之油与肉。此猎者不出三四日，即发现病状。发现之始，其来甚骤，寒热往来作烧，遍体酥软。即强壮之人，亦不过十二点钟，必至倒下。头晕如醉，脸面发红，眼睛发现血丝，视物不见，坐卧不宁，口说谵语，或满屋狂呼、跳走，手足无措，昏不识人，站立不稳，痰涌吐沫，或思饮凉水，或觉疼痛至不可忍，或两肋皮折窝处、颈脖上，均行肿起，大如鸡子，或胸间气喘不出，并刮之见血。至多不过二三日，即不食不饮，口中喃喃，昏迷不识。最多五六日即毙。此病东西国皆无治疗之术，即名之曰瘟疫。其传染最速，如一家有一人得此病，一家均致传毙。不但人与人相传染也，即病人所用及附近之服物，如衣裳、器具、被褥等件，均能传染。且不特旱獭一种为发疫之祸首，即老鼠、苍蝇、臭虫、跳蚤等物，均能染此疫于人身。如偶有一船舶停泊于鼠疫发生之地，有一二疫鼠传入船舶，船内之人即全体传染，并可由船内之人蔓延于各处，使人类无所逃避而止！三百年前（即一千六百六十五年），伦敦地方，因此病死者有七万人。

旱獭及老鼠，均为生疫之祸首。跳蚤、臭虫、苍蝇等物，本非生疫之物，而实为传疫之媒介。盖此等物惯唼病人或病獭、病鼠之血，又能将此血传至无病人身上，顷刻传染于各人。

然后贝加尔省人及蒙人之由旱獭染疫者，均以人传人为多。光绪二十六年（一千八百九十四年）九月，索克图屯哥萨克人（后贝加尔省人）猎得有病之獭一，该歌萨克人即归，将此病獭之皮剐去，食其肉与油。九月初二日，该猎者即病疫死，家属即继死一人。彼家属尚存七人，见此病势凶猛，即全眷移别房居住。本屯人亦无一敢往视者。其周济病者食用之法：将粮食、柴水日送至病人屋外，倾于病人器具内。该病人于每日取用后，即将器具先期置于门外，俟送者倾毕去远后，该病人始匍匐至门首，取回屋内。其卒也，该哥萨克人眷属至十月初三日，七人中又死五人。全家九人，只余二口。一名尼克拉易，年十九岁；一名阿古立那，年十三岁。此二人将死人掩埋，并将死人器具、衣被埋在坑内，至他处静养。十六日，尼克拉易与阿古立那之病已轻减，其叔始将新衣送置二人所居之院内。俟其叔远行后，尼克拉易与阿古立那始将旧衣烧毁，将身体洗净，换着新衣毕，二人始归而见伊叔面。该屯疫根，自此暂绝。

详陈以上情由，可见由旱獭染疫之人，为防其再传他人计，最宜以前述哥萨克索克图之俄人为法。病人之屋，不准别人探望，同居之家人亦不准相见，尤不准拉手行礼。如此屋见有疫病，屋内之人即禁其往他屋去，并严禁将病者房内之器具转送至别房。如此房有需用之物，应将此物送至该房院外，并将器具分别作记，不得以送取之物与病者房内之物相混。如有死者，只可由其家人与同居之人掩埋，不可令他人相近。如有不遵此法，必欲进病人之屋，其进病人屋之人家，即应与他家隔离，进病人屋之人，即应与他人隔离。隔离之期，以两星期为限。如两星期内，该房内人并无新病者，始将该房内之人放出，与别人相见。然未放之前，仍应实行沐浴，并应在沐浴所，另换新衣。该新衣应由他处取来，断不可与病时所服之衣及在病房所置之衣相混。传染病之房屋及家具，以焚烧为最妙。如不能焚烧，亦应毁坏，并应听医生及长官命令监视毁坏。掩埋疫死者之埋坑，应格外深挖，并不应在公共坟地内，以择距屯城最远之处为宜。死人及棺木坟坑中，均应用生石灰撒满，并应由死人亲近家人办理。如欲诵经，未为不可，应在掩埋之后，且除喇嘛外，他人俱不准来。并应将病獭发生情形及将已得瘟疫之人，立时报知医生、长官。病人之家，如该病人亲属必须服侍，且并须与病人住居一屋，应自知此病传染甚易，染后绝无医法可以逃死，须照下列之法谨守之：

（一）饮食、睡卧，均应在别屋，不得与病人在一室之内。所有病人器具、物件，概不得使用。

（二）如病人已死，病人所用之物件，以焚烧为最妙，或与病人一同埋在坑内。

（三）如递给病人吃食，或与病人盖被，随时洗手，用热水、胰子并用烧酒磨搓。

（四）无论在何处伺候病人，伺候毕，应即刻用热水全身沐浴。并将衣服统换，将旧衣用开水沸煮或烧化。

（五）每食必须洗手，屋内须异常收拾干净。

此系为亲属伺候病人不得已之举也。

　　按：防疫上之隔离法，浅见者动以西法相炫惑，固陋者又以是疫属于地方病，不能动以西法相绳。殊不知与我同种之哥萨克人，数十年前已通行此种预防法，且不特人类为然也。即发生是疫之獭族，早发明此种预防法，以为剿灭疫菌之金汤，保存族类之秘钥。此病即属于地方病，此法即属于习惯法，咙咙者又何为？

　　哥萨克人外我辨懞之时期未远，与我三省之满蒙人同一血统。历史、宗教、风俗习惯，与我无稍异。巴雷金君之著是说，其立言均按我风俗习惯，以极平易浅显出之。其实防卫上至精之理法，已寓于是。于乡屯发疫之地，不能施防卫上完全方法者，尤为便利。愿读者勿以平易忽之也。

（七）发生肺百斯脱之旱獭谈

奉天防疫总局编辑员谢荫昌著

此次东三省流行之肺百斯脱病，发生于黑龙江胪滨府之满洲里。据东西国医家检查，今日世界存有百斯脱病菌之地方，有四：（一）西藏之古马温地方；（二）阿非利加之乌坎达地方；（三）里海沿岸一带；（四）西伯利亚之贝加尔湖东部（后贝加尔）及东部蒙古之兴安岭溪谷一带。

此次发生之肺百斯脱病，即发生于右列第四处贝加尔湖北之满洲里地方。发生之时，源于旱獭（塔尔巴干）。上年九月间，满洲里有猎户三人，猎得病而未毙之旱獭一，相与烹而食之。其一人立死，余二人知其中毒也，遂至哈尔滨报告，而二人亦死。

胪滨设治未久，人民知识盲昧，固无足责。当九月二十二日，胪滨府之发现疫症也，至十月初七日，而哈埠始见蔓延。始犹不过日死二三人，扑灭犹易也。至十月十二日，而至十人以上；至二十五日，而至二十人以上；至二十九日，而至三十人以上；至十二月初二日，而至四十人以上；至初五日，而一跃至七十人以上；至十四日后，即倍至日死百六七十人焉。噫！以三省四万余生命，殉此三人所食之旱獭，亦云惨矣！

旱獭属于脊椎动物，啮齿类。蒙人呼为塔尔巴干，汉名旱獭。形体长八九寸，颜及胴体似鼠与兔，四肢似穴熊，食饵时亦多类穴熊之姿势。口及毛色似鼠，寝时之姿势似猬，尾似栗鼠而短，行如袋鼠，而其矫健之点纯恃后肢，爪长而锐，食需榛栗。从其大体论，虽名列獭族，其实与鼠族相异之点亦无几。其皮年供本国需用外，每年从东蒙古输入德国者，年约百万枚。缘毛极细密，任染以何种颜色，俱能美丽。此其特点也。

闻江省人述，旱獭之窟穴，皆在平原。绿草丛中，穴上之草发一种黝碧色，较他处尤茂盛，以土为獭族穴窟而松，又有各种排泄物助其肥料也。猎者望草色，即知其穴窟所在，而张网于穴之丛草上。以獭性富于自卫力，其穴内皆聚族而居，组织之径路备极复杂、幽折。其穴内偶有一獭触其网，猎者即保存不杀，名此獭为引路獭，缘可以此獭获全穴数十百之獭也。其法：用爆竹若干，系于引路之獭尾，置獭于出时之穴口，遂即燃烧药线，獭受爆发，奔至穴内，四处惊窜。全穴之獭以爆发而尽族向外间奔逸。猎者即一网尽之，无一存者。每获一獭，在产地可售俄卢布一枚。惟猎者之伺獭，日夜裹粮露处，粮绝即食獭肉。猎户蠢如鹿豕，知其利而不知其害。嗣后关于捕獭者之取缔法，亦我国地方行政上之一最宜注意之问题也。

（八）满洲肺百斯脱之细菌学的研究

日本医学博士柴山五郎著　　民政部主事王若宜译

自哈尔滨、长春、奉天、大连等处患者所得之百斯脱菌及犬肺、驴肺所得之百斯脱菌，共八种。此各种细菌形状及各种培养基上所培养之细菌形状，皆与腺百斯脱之细菌形状无异。惟此次菌所产生之黏液量，似乎稍多。彼萨博洛尼氏用肉汁培养，其混浊较少者，皆因此菌之黏稠度较强之故也。

夫细菌学上之研究，其最要者为试验。其毒性如何？乃用多数之天竺鼠、野鼠、家鼠、旱獭等，取少量（百万份之一白金匙）之菌为之接种，感染亦极易。可想见其毒力极为强大。次则取十万分之一白金匙之菌，注射于旱獭之皮下，于七日后亦死。剖而检之，为慢性百斯脱之症状，于脾藏见有小结节。此慢性百斯脱，乃与用弱毒菌接种天竺鼠，或用强毒菌接种于半免疫之天竺鼠时，所发生之症状相等。则知旱獭之感染性，较天竺鼠为甚迟钝也。又试取菌注射于犬之腹腔内，则经八日或十日后始死。其感染力至为微弱。若鸠，则全不感受。又取毙于百斯脱之鼠食家鼠，则见该鼠发著明之肠百斯脱而死。

次则行百斯脱菌之毒素试验，用十二日间之肉汁培养、滤过之。取此滤液注射于鼠，或取寒天培养加热菌注射于鼠，其毒力与腺百斯脱菌无大差异。故毒性（即繁殖于身体内发起所谓感染力）与毒素无直接关系存乎其间也。

至此次肺百斯脱之对于各种消毒药，及温度之抵抗力，实与腺百斯脱菌无异。其于千倍之升汞水中，一分之久即死；百倍石炭酸水，及百倍里叔尔水中，十分之久死；于六十度之温热，十分之久亦死。又于实地上极为有益，且为必要之试验者，即肺百斯脱患者之咯痰，对于日光究有若何之抵抗力也？由其试验之成绩观之，则取咯痰涂玻璃片上，曝直射日光中，则因咯痰层之厚薄，其抵抗力虽有不同，而自二时乃至五时之久，无不尽死者。其于分散光线即日影中，则十八时间乃至二十一时间（十二时间为夜），亦皆死灭。然涂于帛布及大豆袋等之布上，则抵抗力甚强，在直射日光中者五日，在日影中者至十三日之后，始死。

又肺百斯脱菌，对于百斯脱血清（由腺百斯脱免疫之动物取得者）之凝集反应，则因此次菌黏稠度强之故，凝集甚难。（即以前腺百斯脱菌于低温培养，黏稠度少者，凝集易，而于高温培养之黏稠菌，凝集亦微弱也。）

至肺百斯脱菌，对于日本传染病研究所制造之血清，其治疗上及预防上之成绩，果何如？乃用天竺鼠三头，取十万分之一白金匙之肺百斯脱菌，为之接种，三时间后，取二立方仙迷、三立方仙迷、五立言仙迷之百斯脱血清注射之，为之治疗。而他方取一天竺鼠，行对照的试验，种菌后不复为之注射血清，于三日后死。其曾经注射血清者，固无恙也。其次先取血清二立方仙迷、三立方仙迷、四立方仙迷种种之量，为天竺鼠注射之，为之预防。复取十万分之一白金匙之百斯脱菌注射之。而他方之对照动物，未为之注射血清者，则于三日后死。而曾注射预防血清者，固无恙也。如此可见，虽以腺百斯脱菌所制之血清，对于肺百斯脱菌，于治疗上及预防上，皆有效也。

又，此次丰田及安田二氏，于北里博士指导之下，而行一极有兴味之试验。因知肺百斯脱之流行，皆以人染人，而无他种物品为之传播者，故只与病人相接触者，有危险。今欲知其危险之程度，使患者横卧，其正面于一定之距离上，取二十个寒天平板培养基置之，复使患者咯嗽数次，视培养基上有百斯脱聚落发生者以测之。则第一次于三个平面板上，第二次于四个平面板上，发生百斯脱菌之聚落，其距离种种不等，最远者达三尺六寸。愈近者，其发生之聚落愈多。准此试验观之，即百斯脱菌于患者咯嗽之时，为小滴飞散于患者之周围，因而吸入之，发百斯脱病者甚明。若不接触患者，或在一定远之距离外，绝无危险，可知矣。同时取天竺鼠六头入铁网中，置患者周围十二时之久，持归研究室，以视天竺鼠果发病否？然而无恙也。盖动物常以鼻营呼吸，较自口腔吸入感染者，甚少之故也。

译者曰：奉天万国鼠疫研究会，以柴山博士之论文最称完善。凡关肺百斯脱之种种试验，无不备载。所谓无大不包，无微不入者也。其自诩为细菌学之先进国，洵非虚语。

（九）报告于万国鼠疫研究会者

民政部主事王若宜报告

祝仲三，奉天人，年三十四岁，无业，于二月二十九日在山西庙疫病院死亡。余遂往解剖之。其尸体之皮肤显深黄色，颜面浮肿，而未现苍紫色之尸斑。当即开视其胸腹部各内脏及皮下，及奖液膜黏膜下，均未见有溢血及充血之处。遂摘出其内脏，一一剖视之。肉眼上见变化最著者，为肺脏。两肺上、中、下叶，皆有化脓病灶，而以右肺为尤甚。即当右肺尖下右方一寸之处，有一鸠卵大之腔洞，即为肺结核之证据。缘百斯脱患者，经过甚短，决不至是也。其上、中、下叶，凡血管所分布之处，悉见贵烂之化脓病灶。其次病变显著者，为肝脏。当剖视之际，肝内胆管及动静脉管口部，皆出浓汁，而胆囊中并未发见结石、寄生虫等。胆管周围呈黄绿色，即为黄疸之证。其所以起黄疸者，想因起炎物百斯脱，或结核菌闭塞胆管所致也。其脾脏稍大，他脏器变化不甚著明。后即将摘出之肺、肝各脏器，肝全体加以纵长之切面三个，入福尔买林中二日，移于酒精中一日后，取出肝脏，试剖视之，而其割面尚有不凝固之血液流出。当倩同学侯毓汶君，取此血液，涂三寒天斜面上，于摄氏三十二度培养之。二十四时后，皆发生透明圆形之聚落。遂制显微镜标本观之，固百斯脱菌也。就此点而言，因肝脏之实质较大，消毒药不易浸入内部，虽经三日，而菌犹生存其间。以后解剖百斯脱尸体，处置其脏器时，不可不注意者也。

此患者既有百斯脱其结核合并症之证据，且患者发著明之黄疸，则其肝脏之化脓，因百斯脱菌而起乎？抑因他原因而起乎？亦为一研究之问题。余处器械、药品均不完全，幸藉满铁病院田村君之力，将肝脏切片数枚，用洛买拿斯克以氏染色法，海买托葛喜林欧欲琴色素染色检查之，则见小血管中皆含有无数之百期脱菌，并见有结核之巨大细胞。及结节而化脓灶，则不甚显著，亦未见有脂肪变性，惟血管壁周围稍有浸润而已。若欲于显微镜下，得肝脏脓疡之确据，非再多制标本检查之不可。今举此例，供诸大家前辈先生之评判，并谢田村君、侯君之助焉。

（十）百斯脱治疗法之讨论

民政部主事王若宜著

现今百斯脱之治疗法，尚无较注射血清为良者。然血清中，因含抗毒素之量过少，使用量不多，则其效力不显。当注射时，因而稍生不便之感。余乃就此缺点以研究之，思出一理想上之方法。而试验之法，取百斯脱血清一〇〇·〇，加入等量之硫酸安母尼亚饱和水溶液，从血清内沉淀所含有之蛋白质及抗毒素而滤过。取此沉淀物，入硫酸干燥器中十分干燥之后，入乳钵为粉末，以人工胃液一〇·〇研和而溶解之。此液殆为无色透明之物，其液量一〇·〇恰与血清量一〇〇·〇有相当之杀菌力，即此液之杀菌力较血清殆强十倍也。虽然，当以药品处置血清之时，抗毒素究因之而起变化否，为一最要之问题，非试验不克知之。余则取甲乙二白鼠，各以十万分之一白金匙之百期脱菌，为行接种试验。于三时间后，以本液〇·五注射甲鼠，乙鼠则置之至三日后，而甲鼠尚为健全。由是观之，此法当可告厥成功矣。柴山博士曰：用人工胃液处置，血清有酸，故抗毒素亦受变化，须于真空内另设他法制之。

（十一）百斯笃自然免疫之一例

陆军部主事王若俨著

开原防疫分所所员董赐、吴绍炎报告：城内顾庙左近居住之林单氏，全家夫弟三人，均遭疫毙。该妇畏惧，潜逃至邑西刘家屯傅姓及该屯河西潘姓、金沟子孙姓，各处亦均传染。防疫事务所恐其传染蔓延，将该妇送至隔离所内，由日医三田氏往诊，确无百斯脱病。仅将其衣服焚烧，隔离三礼拜，即行释放云云。因由东三省防疫总局饬员伴送来省，住西关隔离所，由余验视其自然免疫之理由，提供于百斯脱研究会，以备参考。

林单氏，开原人，年二十七岁。幼时曾经种痘一次，经过佳良。自幼至今，并未患过大病及疮毒等症。十七岁出嫁，未经生育。素喜饮茶，他无所好。本年正月初一日，伊三弟林得泰忽然发病头痛，四肢疲软；初二日病重，不能饮食，午后鼻孔流血；延至初三日，病愈重咳嗽口中吐血。该氏与其夫林得胜扶持，所吐之血，用灰扫去。至午后四点钟，复咳嗽、吐血身故。预备掩埋雪内，被巡警查觉，报告防疫事务所，即将伊三弟死尸抬去，至城外火葬。初四日，该氏之夫得胜及二弟得安，至城外焚尸处收殓骸骨，由白布包裹，送南关寄骨寺。初五日，其夫即至南关刘家炉，其二弟得安亦至刘家炉。晚间其夫发病，鼻孔流血，其弟亦病，稍轻。刘姓甚为恐惧，于初六即唤林单氏至其家，将其夫及二弟领回，同连回家。初七日，由邻居报告防疫事务所。医生来验，见地上血痕并审查，实系百斯脱，即将该氏之夫及二弟送至天齐庙重病院。临行时，其夫尚吐血，是日午后三钟即死。其弟则于初八日身死。当时由防疫事务所，将屋封锁，并将该氏封锁在内。是晚同住之关太太，将该氏之门启开，唤该氏出屋同居。是晚关太太即病，初八日病渐重，口中吐血，初九日病更重，吐血不能起。该氏与其梳头、穿衣、穿袜毕，即死。经防疫事务所抬尸城外焚烧。初十日，关太太之夫命伊在屋稍待，往城内看焚尸，至晚未归。该氏疑惧，于十一日天将明，即顺城潜逃。因城闭不能出城，乃由水道匍匐穿出，至日落始走至金沟子村屯。该屯阻拦，不准该氏擅入。两下口角，该氏即云来寻孙姓表弟。由该屯唤出其表弟，其表弟即让该氏至家。该氏外甥傅姓，亦在其家。该屯仍不让该氏留住。夜半，伊表弟及外甥送该氏至刘家屯，住潘姓家。外甥时来看望，而潘姓之子即病。十四日，巡警查知该氏住潘姓家，命潘姓不令该氏逃走，明日来取。十五日，该屯会首将该妇送开原小桥地方。该妇即进城，住其姐夫成发园家草棚内数日。由防疫事务所查出，送至隔离所内。后据防疫分所报告，傅姓四人、潘姓二人、孙姓一人，悉被该氏传染而死。

正月二十九日，余往西关隔离所诊视该氏。该氏心脏、肺脏等，毫无变化。惟以连经恐惧之故，神经精神稍有异状，且至不能记其年岁。即以弱发泡音贴于右臂上外面，翌日往取，其泡液约四瓦，即取发泡液试验，凝集反应确为阴性。别取寒天斜面培养基，加发泡液约一瓦于内，而将百斯脱菌移植之。于摄氏三十度之温度，培养之一昼夜之久，尚不见聚落。唯于试验管底少见沉淀。取此沉淀，用显微镜检之，虽见百斯脱菌，然数甚少，其形亦变如稍膨胀者。则该氏血清中，必有抗抵本菌之物，以成其自然免疫，可知矣。

（十二）对于肺百斯脱患者之绵纱覆口试验

奉天防疫事务所医官松王数男著

不但肺百斯脱，即对于一般呼吸器传染病患者，或疑似传染病之患者，有必要时，当将患者之鼻口盖覆，以防病毒飞散也。此时所用之覆口物，以绵纱为最多。余此次对百斯脱患者三名，使其强行咳嗽，以试其百斯脱菌，是否窜透覆口之几重绵纱。遂得其成绩如左：

试验之方法：

病院收容后，又选比较的有气势之患者，使其仰卧，并使看护者由后将患者之上体推起，俾易咳嗽，在颜面上轻轻盖以绵纱。将寒天扁平培养基面，拿至距患者之口约十仙米突之处，命患者行强咳嗽数次，即将该培养基纳于一定之容器，在室温之处放置十数日。(因无低温孵卵器，故放置于摄氏十五六度之室温。)但此时所用之绵纱，当用干姓〔性〕者(干热灭菌绵纱)、湿性者(将灭菌绵纱用灭菌水浸湿而轻绞者)二种，各用一枚、二枚乃至三枚重叠者与不蔽口者，为对照之试验，使直接向培养基面行强咳嗽。其一人行七回之试验，其三人则行二十一回之试验。

试验之结果：

百斯脱菌之有无，就二十一个供试验培养基检验之，得其结果如左：

第一表

患者姓名	干性绵纱			湿性绵纱			对照
	一枚	二枚	三枚	一枚	二枚	三枚	
王 仁	十	一	一	十	十	一	十
李顺献	一	一	一	十	一	一	十
赵明达	一	一	一	一	一	十	十

由二十一个之扁平培养基可疑之菌落，逐一移殖于寒天斜面培养基。其有不易遂纯粹之培养者，则接种于南京鼠而检验之，如第一表中所示是也。表中窜透干性绵纱者，虽止王姓一枚，然窜透湿性者，王与李各一枚、王二枚、赵三枚。但赵于湿性一枚乃至二枚不能证明，而反于三枚发见之。一见似觉奇异，然实际上不但其咳嗽之努力有不能一率者，且时时刻刻含于咯出之咯痰中之菌量，亦常不定，故不足奇也！

其中可注目者，在用湿性绵纱时多窜透，用干性绵纱时，不容易透过之点也。

虽然，此理亦甚易明。试将干湿绵纱在镜下扩大比较，自可了解。因湿性绵纱之空，比干性绵纱其纤维甚细且紧密，用湿性绵纱时，则液体吸收于大纤维内，其时细纤亦均被吸收密着，是以纲目判然开通，故微细之咯痰容易飞透也。

余为备参考起见，特将业经试验之患者病况之一班(即第二表)，并由百斯脱菌与二十一个扁平培养基检出之他种细菌等(即第三表)，各揭示如左：

第二表

职业及其他 \ 患者姓名	王仁	李顺献	赵明达
职 业	小贩	夫役	磨房主人
年 龄	五七	三七	六一
男 女 性	男	男	男
试验月日	二月五日	二月五日	三月七日
体 温	三九·七	四〇·三	四一·〇
脉 搏	一二三	一二七	一三〇
呼 吸	五八	六二	五四

第三表

球　　菌	杆　　菌
葡萄状球菌类（白色黄色）（橙黄色）	假性实布垤里亚菌
肺炎重球菌	枯草菌属（枯草菌）、（巨大菌）
黄白色双球菌	黄色杆菌
四联球菌	灵菌
八联球菌	

外丝状菌二种

第三表所载细菌类，存在于人之口内，亦有在空气中者。满洲为尘土飞扬之地，所用培养基皆面积大而扁平，即使小心注意，亦往往为空气中细菌所污染。曾经实地研究者，无不知也。加以仓卒设备之实验室或病院，此种试验，实有不可言状之困难。此次试验，非仅就此三人之患者，前已就数名患者试之，皆归失败。（皆因温度关系，于可检培地上，欲证明百斯脱菌，均为杂菌繁殖所妨害。）最后三名，始得比较的明了之成绩。而百斯脱菌以外之细菌，于患者咳嗽时，能窜透覆口绵纱之何种类、何枚数，并绵纱加厚，于可检培地上发生之菌落减少与否等，普通想像之解决，全归不明了矣。

盖可认为，口内固有存在菌之假性实布垤里亚菌并肺炎重球菌，皆生于对照培地上。而覆湿性、干性绵纱一枚以上者于可检培地上，殆难见之。其余百斯脱菌以外之菌落，则对照物上，反不若湿性或干性绵纱二枚或三枚之于可检培地能多发生也。此时所用绵纱为何种类、何枚数与杂菌之聚落数，其一定之关系，颇难指而示之。

此乃搜查百斯脱菌之聚落时，及常常将可检玻璃盖开启，向其钓取、涉猎，自然由空气中侵入细菌，渐次污及培地之故，亦作业进行上不可避之事也。

结论：

一、对于呼吸器传染病患者，尤以肺百斯脱患者为最。故用覆口物，能抑制或减消病菌之飞散甚明。故治疗、检诊或看护人等，得避感染之危险。

一、此时覆口物所用绵纱，以干性物为最能达此目的者。

一、湿性绵纱之薄层（三枚以下），有不能防止危险之虞。

（十三）鼠族检查中常见一种之百斯脱类似菌论

防疫事务所医官松王数男著

奉天收买鼠族开始检查，自宣统三年一月二十五日起。当时每日多至七百余头，少亦二百余头。（参照第一回微生物作业报告，并第二回微生物作业报告。）于陆续检查中，见有类似百斯脱菌之鼠族。二月十一日一头、十二日一头，合得二头。然皆系染色状态与形状，稍有类似之点，无足注重者，培养动物试验等均已否决。近一月来，于报端见有登载，盖平、营口微生物试验部发现百斯脱菌，并云由鼠族发现之菌，毒力甚弱，择其纯粹者，接种于南京鼠或海豚，亦不易致死。余因思此报告，或系百斯脱类似菌之误传。盖动物接种纯粹培养物，决无此现象，为各专门学者之定论故也。而西历纪元千八百九十八年，在日本大阪医学士守屋伍造发见一例，千九百零五年，在日本神户防疫病院，长天儿民惠亦发见一例，皆报告各鼠族中有百斯脱类似菌，益知前说之不谬矣。

总之，鼠族毙后，渐次腐烂，各菌繁殖，有类似百斯脱菌者。证诸上列二例，自能明了。世之经验不广者，往往仅依镜检即断为百斯脱菌，谓发见有菌鼠而虚传于世上。其影响所及，难以预测。可不慎哉！宣统三年三月十五日，我奉天微生物试验部，检查之鼠有百七十三头，内中一头，于镜检时见其染色状态并形状全与百斯脱菌相一致。其鼠体上所附木牌，仅注明四百零十号王玉清。即一面报告事务所，一面续行细菌学上之试验。

盖此次所见者，较十一、十二两日所见，更显确似百斯脱菌。在镜下检查，与真性百斯脱菌毫无分别。制成标本数枚，彼此比较熟视，唯着色稍浓、形状稍大，并稍屈曲而已。此等异点，不能以之别真假。即真性菌，因染色之情形，亦有浓淡。寄宿主体（人体或鼠体）、渐次腐烂，亦能使寄生物变形、澎大而屈曲。故仅以镜检，决不能断定真假也。若仅以镜检而即断定，公表于世，是步盖平、营口之后尘，徒骇人听闻而招学者之嗤笑矣！

三月十五日发见之百斯脱类似菌，近经培养并动物试验，结果确非真性菌，业已证明。今将比较研究上各生物学之特征，列举如左：

形态	三月十五日发见之类似菌，两端钝圆（长圆形）之杆状菌，长经一·五五乃至一·八米克龙。	真性百斯脱菌。仝上。长经一·五乃至一·七五米克龙。仝上。
染色状态	以酒精依的儿等分液之固定标本，对亚尼林色素，知菌之两端着色，中央弱染不着色。用火炎固定标本试验之，全体平均染色。	亦有全体平均染色者。如材料新鲜，则与酒精依的儿固定之时，相同者居多。
	用枯拉姆氏法试验之，脱色。	仝上。
与细胞之关系	脾脏细胞多崩坏而不存形态，有时仅见本菌，但无甚变形。	不关于脾脏之崩坏否。脾脏不崩坏时，介在细胞之间；若崩坏时，菌形甚有变动。
与温度之关系	如在摄氏三十度培养，二十四时间形成肉眼的著明之菌落。	在同上之温度，不经过四十二时间，不形成著明之菌落。
菌落之状况	扁平面澎大，且稍带青色，无黏着性。	不扁平而隆起，不带青色、白色、黄色，有黏着性。
	试验于亚尔加里培养基，其发育状态毫不少变。	试验于亚尔加里培养某，其发育不良。
动物接种	将一白金耳细菌接种于南京鼠之腹腔并皮下，亦不致毙。	将十万分之一白金耳细菌接种之，须至四十二时间，乃至七十二时间始毙。十万分之一白金耳细菌接种之，若系南京鼠，即易毙死。
	将一白耳细菌接种于海豚之腹腔并皮下，亦不致毙。	

由上表观之，其中所差异者，惟着色状态与形态之类似而已。培养及动物试验后，知此确系非病源细菌，全非似百斯脱杆菌之菌也。

虽然，本菌自三月十五日发见以来，于检查之鼠族中仍屡有发见。近来每日鼠族中含有本菌者，终不下二三头。惟详细检查，其含有本菌之鼠体率皆腐败。盖因天时已渐暖，且鼠族亦逐日增加，是以容易腐败。由是足知本菌全系寄生于有机无生活体之腐败菌之一种也。

要之，检查细菌之人，于时季日温暖暑热，有细菌毙鼠接续发见之时，常不甚重检查，即轻意悬断，以为实有菌毒，难保不搅乱公众之安宁也！

附记：

本菌与前在日本之守屋学士所报告者，及天儿氏所报告者，必须比较研究。其与前二者所异之处，系清国在奉天由鼠族中所发见。亦不可不追加之作为百斯脱类似菌之第三例也。

（十四）长春犬百斯脱之发现

长春防疫总局报告

本月初二日，长春马号门外热闹街，某姓一家七人，悉罹百斯脱而死。消毒队员前往消毒，于患者常用之寝具中发见死狗一头，因携之归。由检菌部医高见氏，采取该狗之肺及脾脏，切作小片，而镜检之。其染色状态中有酷似百斯脱菌，且于肺部最多。即晚行菌之培养法，三日之后见百斯脱菌之聚落。更取极小肺部，插入动物尾根部之切创内，则过九十六小时而死。其心、肺、脾等各内脏及血液中，悉有细菌。而取此细菌之肉汁寒天培养基，注射于某动物腹部之皮下，隔日即死。由此确定，该狗之死因实系百斯脱也。

（十五）驴与人在同一房屋内发生百斯脱之一例

奉天防疫事务所医官松王数男著

奉天市第三区一所百七十八号户主赵明达，向来开设磨房，雇用男子十一名，驴十二头。本年二月中旬，磨用之十一名中，有一人名高起云，因病身死。是时正百斯脱流行甚剧，赵明达恐一报身死，不免尚有后患，遂捏称高起云逃往他处。一面将其尸体堆藏在厩舍内高粱秆中，隐匿不报。直至三月初十日始发见，决定为百斯脱尸。

其家之驴，二月中亦有一头患病，胃口不开，且屡发咳嗽。遂于二月二十二日卖与大北关汤锅吴某。未几，赵之雇人徐广增又患病，由磨房逃走。至二月二十七日，在第四区二所三百五号小南门西脸身死。至死后始知其系因百斯脱而死，且知系由赵明达磨房中逃来者。

是时赵明达磨房内之驴，除因病卖与吴某一头外，又有六头，自二月二十三日起至二十八日止陆续患病。内三头由赵明达卖与不知姓名之人，其三头即因病毙命。正设法安置间，适徐广增之死因已明，被官家所派之搜疫队追及，将磨房内居住之人送往隔离所。其毙命之三驴即埋葬大北门外。尚有健康之驴二头，亦于二月二十八日以后，择定地域，为其隔离。惟查其所畜之驴，本有十二头。计其所卖、所毙所存之数止九头，尚缺三头。细向在隔离所收容之健康者二名询问，据云当时虽有二头未罹病，然恐亦遭传染，已卖与城北榆林堡之铺东王凤春家，尚有一头在磨房毙命，约同苦力雇车掩埋于某地。然其所用之苦力姓名并掩埋地，及其他月日，已无从知悉。

二月二十八日收容于隔离所之赵明达及雇人九名中，至三月初八日止，仅存二名，其余皆患肺百斯脱而死。

兹特将人与驴毙死之顺序，列表如左：

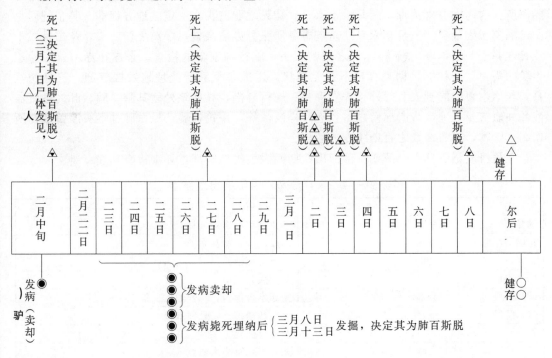

○○此外有二头于健康时业被卖却之，月日不明。

●此外有一头毙后掩埋之，月日地所不明。

人		驴	
高起云	二月中旬死，至三月初十日在厩舍发见，系真百斯脱	二月二十二日因发病出卖	一头
徐广增	二月二十七日在逃亡地身死，系真百斯脱	自二月二十三日至二月二十八日，因发病而卖与不知姓名之人者	三头
张玉田	三月初一日发病，初二日身死，系真百斯脱	自二月二十三日至二十八日因疫毙而掩埋者	三头
张长春	全	系健康时卖却，惟月日不明	二头
朱财起	全	系疫毙掩埋者，惟日月及地点不明	一头
刘万敦	全	健康者	
刘 文	三月初一日发病，初三日身死，系真百斯脱		
田士仲	全		
张金盈	三月初二日发病，初四日身死，系真百斯脱		
赵明达	三月初五日发病，初八日身死，系真百斯脱		
董志生	尚健康		
杨东海	尚健康		
计	十二名	计	十一头

如上所述，自二月二十二日起，一家之中，人与驴虽交相传染毙命，然至二十八日，雇人徐广增身死，已决定为百斯脱后，对从前之事即格外注意。近来又将人收容于一定之隔离所，磨房亦分别消毒。二月二十八日，毙死之驴三头在一定之地方埋葬。其余健康之驴已隔离于别处矣。三月初六日，防疫事务所张总办命余就已隔离之驴二头，及二月二十八日埋葬于一定地域（大北边门外）之毙驴三头，施行细菌学的检查。余遂托赤木兽医检验生驴二头之健康状态，据复称目下并无异状。遂准备至毙驴掩埋地发掘解剖。三月初八日，与赤木兽医同到大北门外，先发掘一头施行解剖，并在该处就其肺、脾、肝之各脏器液汁并血液及其他喉头所潴留之备色泡沫样液汁等，用镜检验。见由肺并喉头潴留液汁所作制之标本，确有多数之百斯脱变形菌也。

于是将左记脏器之全部或一部摘出，携回微生物试验部，详细检查如左：

毙驴一头（年十五六岁）内所摘出之脏器

脏器名		解剖时所见
脑髓	全部	郁血且稍有腐败之样
延髓	全部	郁血虽少，然甚腐败
○×左右肺脏	全部	无愈着部郁血浸润，以右肺为最甚
○×心脏	全部	全肥大且充血
○×肝脏	全部	据赤木兽医云，比普通大三倍
○×脾脏	全部	比普通稍缩小，且多皱壁
胃		不见有变化
肠	大肠之一部	充血，且有小出血点
×左右肾脏	全部	不见有变化
膀胱	全部	同
×左右睾丸	全部	左睾丸比右大，且充血甚著，宛似生前有睾丸炎者

次就以上之脏器记载其细菌检查之结果如左：

脏器上有×印者，系行培养试验之记号，但心脏系以左室内血液试验。有×印者，系行动物试验之记号。

有○×印者，系培养试验及动物试验并行之记号。

第一镜验：

脏器名	菌数
左肺上叶	仅少
左肺下叶	稍多数
右肺上叶	多数
右肺中叶	最多数
右肺下叶	稍多数
心脏血液	无
肝脏	仅少
脾脏	无
脑髓	同
肾脏	同
睾丸	同

第二培养：

就各种之脏器而培养之，其结果与百斯脱菌之发生相同，特记如左：

脏器名	菌之聚落
左肺上叶	多数
右肺下叶	稍多数
右肺上叶	多数
右肺中叶	稍多数
右肺下叶	同
肝脏	仅少
心脏血液	不发生
脾脏	同
脑髓	同

第一试验镜检之结果，仅将左记脏器之液汁，各取一滴溶解于约〇·五立方仙迷之肉汁，复取其〇·一立方仙迷，接种于南京鼠之腹部皮下。

接种脏器名	动物毙死时间	菌之存在
右脾下叶	四	纯粹且多
右肺上叶	四二	同
右肺中叶	四三	同
心脏血液	七二	同
肝脏	四五	同

在以上动物试验所得之纯粹菌，与在培养试验所得认为百斯脱菌聚落之纯粹培养物，渐相一致。此次发掘解剖之一驴，确系罹肺百斯脱而死者，其病源存在左右肺上叶并右肺中叶。

三月十五日，又将埋葬之二驴发掘解剖，摘出其各肺脏，施行镜检、培养并动物试验，知皆系因肺百斯脱而死。与前次解剖之肺，驴马无甚差异。惟三头解剖之结果所同者，即各左右肺之上叶均不被侵犯，及各叶之返缘、浸润、硬结，以右肺为最甚是也。

余今虽有由以上三头毙驴所得之百斯脱菌纯粹培养物，并赵明达死亡前由咯痰中所得之百斯脱菌等，然难得行此等毒力试验并对免疫血精之凝集反应试验等所用动物、其他材料，是以此等试验，不得已暂行停止。

结论：

此次肺百斯脱流行，驴马之感染者，如北满哈尔滨、南满抚顺地方，均有发见，已分别报告。此次奉天又有发见之例，而奉天系在同一房屋内发见，其情形比以上两处尤为惨剧。由是百斯脱豫防方法上及流行学上，又须格外注意。即人驴有互相感染之形迹，及马、驴、骡、骐驴等之马族中，而驴独被感染一事是也。满洲及其他清国各地，用驴之处甚多，当肺百斯脱流行时，对于马族中之驴，终须特别警戒。将来如遇百斯脱流行，兽医学者不可不变从来之态度，因以后应考究之问题，尚须接续发见故也。

（十六）细菌研究室研究结果之公布

民政部主事王若宜著

余用寒天斜面培养基上之百斯脱菌三白金匙，涂肉上饲鸦，鸦于三日后死。然解剖视之，其各脏器皆无变化。取其心、肝等血液培养之，亦不发生。则前日铁岭有鸦五十同时疫毙，自非确据。

开原妇人林单氏于全家疫毙后，携带百斯脱菌传染数姓，疫毙多人。前经王若俨氏取其发泡液检查之，虽无凝集反应，而涂该发泡液于寒天培养基，二日内尚不见其聚落。一方对照试验之，寒天培养（加健康血清）则发育甚速。则该妇人血内似含有抗毒素。昨又取其发泡液再检查之，确无凝集反应。则该妇人之血中不得谓之有抗毒素。容再用他法试验，得有结果，再行报告。

再，该妇人已绝无菌毒，现亦不必隔离，可开放使之回里。其血液既无凝集反应，则医学上亦无采为研究资料之价值。

（十七）预防注射之效果

民政部主事王若宜著

百斯脱之预防及治疗法，当以血清注射之，其果有确实之效力否，应行研究之问题也。兹闻属于辽阳防疫支部管辖之立山屯，隔离患者曹氏（年三十六），因其家中既有三四名死亡者之故，于大和院长去诊之际，为行预防注射。其后曹氏真患百斯脱病，幸未陷于重症，已全愈矣。又，上月杨林子发见多数患者之时，发病者之客栈，所谓宋家店主人，曾受检疫者之注射。其后感染百斯脱病，幸于九死中得一生云。

（十八）鼠疫豫防之一助

翰林院检讨王焕文著

鼠疫之预防，保持清洁固属要着，而励行消毒，亦不可少。消毒法，以烧毁为最完备；其次，则惟药品消毒为最简便。药品如福尔买林、升汞、石炭酸等，均属剧毒，如以毫无医学知识者用之，或配合未能得宜，或应用不能尽善，不但无益，亦且有害。如在鼠疫业经发生之地，当由各该管医院派医代为诊检。其在未经发见各处，土地既广，势难一一按户口授，不得不立有单简易行之法，以收防患未然之效。闻此次发生之微菌，极不畏寒，惟抵抗日光之力则甚薄弱。凡各住民，宜于每日自早九时至晚六时，将所持之衣服、枕褥，及其他必用各物，反复曝以日光，然后再收纳屋内，借天然之热力，以为杀虫之良剂，法至简也。此外，所用之药品，亦只有石灰一种最便于用，且易购置。考石灰之为物，碱性甚强，消毒之力亦颇伟大，尤易吸收水分。法当取生石灰加水饱和之，所有家宅之周围以及室内之隅角，宜用此物撒布。余如吐泻物及其他排泄物，地板、地盘、厨厕、痰秽、沟渠等处，亦宜用以消毒。但至少须投入其容量五十分之一，方为有效。或更取生石灰一分，加入净水九分，制为乳状石灰，其应用概与前法相同。如以消吐泻物及其他排泄物等之毒，约须加其容量四分之一以上，或于墙壁之距地尺余处，概用此物涂抹。但石灰乳应于临时制之，使用时须每次搅拌。至若屋内所置之不洁木器门窗床壁等，亦应于晨用加里石碱三分，溶于沸水百分者，一一擦试。拭后即将窗门开放，庶日光射入，空气流通，随时可令干燥。其不洁尘芥，即用石油焚化。如是，则取法既便，收效亦速，推行较易广远，庶可消患于无形矣。

（十九）药物消毒之制剂及用法

翰林院检讨王焕文著

一、石炭酸水（二十倍）（结晶石炭酸五分、盐酸一分、水九十四分）：

制石炭酸水，取结晶石炭酸五分，加水一分搅拌，又振荡之，再徐徐加水九十三分，及盐酸一分。如用温水，则溶化更速。但使用之际，每回要振荡之。

石炭酸水宜于各种物件之消毒，用法如左：

一、吐泻物及排泄物（如粪便痰秽等）中，须比照应行消毒之物量，加用此水一半而搅拌之。

二、器具室内等消毒，须擦试又撒布之。

三、手足等消毒，须于洗涤后，更以净水洗之。

四、衣类等消毒而用不加盐酸者，但须用在此药水中浸渍过十二点钟以上者，再以净水洗之。

二、升汞水（千倍）（升汞一分、盐酸十分、水九百八十九分）：

制升汞水，取升汞一分，溶于九百八十九分之水后，再加盐酸十分。

升汞水最猛毒，无色无臭，易招危险。无论贮藏或使用时，宜十分注意。并为防疫危险起见，加十万分一之染料着色，使人一见，易于辨别。不可置于金银制品中。

升汞中宜用于陶器、玻璃器及木器之消毒。如饮食用器、玩具、席子、毡毯、金属制品、粪便、吐泻物及饮用水之易于浸透地方，不可用以消毒。

三、福尔买林：

一、此物宜置于一定之大口器，在室温内或加以微热蒸发之。又或入喷雾器内，行喷雾消毒法。如泥造或砖造屋宇及洋式楼房，凡可以密闭之室内及室内安置之器物，均可以之消毒。

二、不能用他种消毒方法之珍重品及室内装饰品，认其内部不必施行消毒方法者，概用此物消毒。

三、消毒时用量皆有一定。如室内每百尺见方，须喷用此物四十瓦以上。如用消毒灯，使之生为气状，则用十五瓦以上，同时再蒸发百瓦以上之水蒸汽。如是处置后，密闭七点钟以上。

四、生石灰（灌少量之水使发热而崩坏者）：

生石灰末（加少量之水于生石灰而为粉末者）：

生石灰末，临用时制之。可用于吐泻物、其他排泄、沟渠、芥溜、床下等之消毒。用量至少要投其五十分之一，而搅拌之。在床下，则宜撒布其全面。

石灰乳（十倍）（生石灰一分水九分）：

制石灰乳，以一分之生石灰，徐徐加以九分之水，而搅拌之。其用量五倍于生石灰末。但石灰乳临用时制之，每用必搅拌一次。以普通石灰代生石灰之用时，则须用倍量。

（二十）鼠及蚤说明书

长春医员广海氏著

鼠之分类：欲研究鼠之蚤，必先研究鼠之类别。鼠之类有二，一、野鼠：好动、善走，耳小、尾短；一、家鼠：性驯、耳大、尾长。家鼠又分为二，一则脊灰而腹白，此类殊罕见；其一脊与腹皆灰色。凡疫蚤，必先发见于野鼠之身，一二星期后渐及于家鼠。再一二星期，则人与人互相传染矣！

蚤之分类：英之疫菌学家劳司卡德，费数十寒暑，专精研究蚤之一物。分族别类，有三百种至四百种之多。仅鼠身之蚤，分晰至四十余种。日医广海氏生平所察出者，其别有八。列表如下：

```
          ┌ 无栉的 ┌ 印度鼠蚤
          │        └ 人蚤
          │        ┌ 普通鼠蚤
   蚤 ─────┼ 一栉的 ┤ 特别鼠蚤
          │        └ 日本常见之鼠蚤
          │        ┌ 有目的 ─ 猫蚤
          └ 二栉的 ┤        ┌ 犬蚤
                   └ 无目的 ┤ 盲蚤
```

蚤之身体：蚤之类，分有栉、无栉两大别。全体分十三节，非以显微镜察之，不得见。第一节为头部，第二、三、四各节为胸部，余为腹部。其足由胸部而生，肢体之节又有八：股为一节，腿为二节，胫为三节，余五节为肢。生殖器在尾后。尾刚鬣有一或二，口有鬣，胸亦间有刚鬣者。

人蚤及印度鼠蚤之区别：人蚤与印度鼠蚤最相似，且跳跃极速。互异之点约有六端。今将其异点所在详细区分，列表如下：

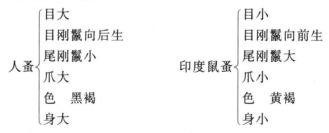

```
        ┌ 目大              ┌ 目小
        │ 目刚鬣向后生      │ 目刚鬣向前生
  人蚤 ──┤ 尾刚鬣小    印度鼠蚤 ┤ 尾刚鬣大
        │ 爪大              │ 爪小
        │ 色  黑褐          │ 色  黄褐
        └ 身大              └ 身小
```

蚤之发育：蚤系卵生。卵化为虫，在温带及寒带地方相差之时间，平均计之，约二日至三十日。又七日至十日间，虫可作为茧。又七日至十日，即由茧化为蚤矣。盖蚤之发生、滋长，三星期之久，为时已足。其发育之顺序，殆与蚕同。

蚤之繁殖：印度鼠蚤繁殖于距离地球赤道十度间之地点；盲蚤则繁殖于距离赤道三十度间；人蚤、犬蚤、猫蚤，较鼠蚤为少。其繁殖之要素有三：一温暖，二干燥，三黑暗。若潮湿处，不能生殖也。

鼠蚤及腺百斯脱之关系：腺百斯脱发见，曩者医学家悉谓人身皮肤破裂处，传染而入。及今考之，殆不尽然。印度为腺百斯脱之发生地，检验疫毙人之身体，皮肤并无破裂处可以为疫菌之侵入者。嗣试以鼠置于玻璃瓶中，再投入霉菌，鼠立死。复捕一鼠，破裂其皮肤，用霉菌加入，久之，曾未发见鼠有何等之病状。又试以有疫菌之鼠蚤，先置于瓶中，再投以鼠，疫发乃毙。此疫菌不由皮肤传入，而鼠蚤为疫之媒介之确证也。

蚤，以印度鼠蚤具有传染之能力最富。孟买地方腺百斯脱流行至烈时，曾考此种鼠蚤居百分中之九十九。日本向无此蚤，近自疫疠迭次发生，亦间有之。曩于神户检验疫鼠，发见印度蚤，约及百分之五十，而腺百斯脱发见之多，直与成一正比例。迨疫氛肃清后，此种印度鼠蚤，遍验鼠身，又无一遗类。据此可见，印度鼠蚤为腺百斯脱惟一之媒介，又无疑义矣。此次与奉天捕获鼠类，检得印度鼠蚤约百分中之三十六，然剖验蚤腹，迄无一疫菌。否则，东三省疫疠猖獗，当不止此。可谓不幸之中大幸矣！奉天介于温带之间，距赤道殆四十度。按学理上观察之，不应有印度鼠蚤生殖于其地。今竟多数发见，则前此学理之定则，将大有变迁。此亦一问题也。

（二十一）鼠疫论

英国使馆医生德来格

窃考瘟疫一端，为症至险，发热至重，流行之处，染之者不免性命之虞。死亡之比例，每百人中有自四十、五十以至八十之数。其死亡之多寡，则视流行之处办理卫生之情形何如也。

瘟疫史：瘟疫之症，稽诸史乘，殆始自耶教第二周时。西历一六六五年，伦敦瘟疫盛行，几遍全境。以后则鲜有所闻矣。约一百年前，土耳其国亦有瘟疫。环球之上，发生瘟疫之处，盖不多见。其常有之处，不时有之，虽迁延多年，然皆限于其地，未经散漫。瘟疫最盛之处，为中国之云南省。西历一八九三年中，由该省驼商运道蔓延，以致广西之柳州城。由柳州又分行两路。一循广东江流而至广州省城。其在西一八九四年二月间，该处疫行最盛。一由柳州行至安南海股之北海口岸，嗣或由广州或由北海而至香港。西一八九一年五月间，香港官报宣布有疫盛行。香港自见疫后，至今未已。该处华人之死于疫者千万人矣！西历一八九六年间，传至印度之孟买，嗣又越至印京加尔格达，则印度全境悉受其害。印人之死于是者不啻数百万矣！西历一八九九年间，印度洋之毛利舍岛沾染此疫，而日本亦然。西历一千九百年，澳州亦见此疫。自此以后，欧州各境皆有之矣！惟往往设法严防，故能遏阻其焰。盖既见之后，即以卫生筹备，实力严防，故死之者无几也。

窃查疫之原因，由于微生物，其形如棍。其初发明此虫者，乃一日本医学家北里博士。此虫之形如短棍，以放大一千倍之显微镜观之，每虫不过如小点，则其小可想而知矣。其生之时，则血核、肠、肝、脾、肾与肺之内，均能见之。此种微生虫，在肺瘟发见时，一人之肺中，常有数十万。故肺瘟最为致命。在膀瘟发见时，传染多由受瘟蚤虱咬人皮肤所致。鼠瘟发见时，蚤虱体内巴西奈虫极多。鼠经蚤虱所咬，即染此症。故蚤虱传瘟于鼠，浸假而传及他鼠。盖动物类，惟鼠为极易染疫者。凡人年岁在五十以下者，均能染疫。惟在五十以上，染受者较少。

瘟疫类一：有名膀瘟者，西名布板力克瘟疫。人若染之，身体困倦，寒战、头痛发烧，二三日或二三日后，膀胱、膈肢窝、颈项内核肿涨，然后身体各处迸血。往往在六日前即死。倘有转愈之机，则往往在六天以后，十天以前。

瘟疫类二：有名坏血瘟者，西名"色卜提开米"瘟疫。此症之象极险。人若染之，立即颓败，往往死于二十四点钟之内。

瘟疫类三：有名肺瘟者，西名纽摩尼客瘟疫。此症亦极重要。初起时，症象有若膀瘟者然，惟一二日内，呼吸转急，咳嗽，痰中带血，不能眠睡，神魂颠倒，三日内即死。

瘟疫类四：有名轻瘟者，西名买诺瘟疫。症象不险，盖不多见。

医治瘟疫之法：先以含鸦片质之药去痛，以冷物敷体去烧。有用迦络米（即轻粉）盐暨泻药盐者，惟由口服食之药，效用盖鲜。举世之善医道者，思得一种专门药料，以治此症。乃精心研究，于今多年，而竟未能有发明者。然则施救之方，只有解疫药浆两种尚属有用。此药盖经在安南行医之叶尔心及在印度之哈富京二医士始试用之，所救之人虽属甚多，然皆先于无病之人种浆，若种痘者，然后可免传染。

（二十二）百斯脱历史上

英国医学博士培恩著、奉天提学司图书科员孙世昌译

第一章 十七世纪以前之百斯脱

据上世医士之记载，西历纪元前三世纪，亚非利加洲北部已有腺百斯脱发生。其间非洲人口死于此疫者，约有百万。至纪元后六世纪，由埃及传入欧洲，土耳其、意大利首遭其害，死人无算。

十四世纪欧洲百斯脱盛行，统名曰黑死病。此病症候不尽相同，其中颇有为腺百斯脱者。当时研究此病者，多谓系由东方传入。俄罗斯国志则谓由中国传入。首发见于亚美尼亚，继传于小亚西亚。由小亚西亚传于埃及，遍达于非洲北部。千三百四十六年，传于西西利、君士旦丁、希腊诸地。千三百四十七年春，传于意大利各部，是年终传于马西尔。千三百四十八年，传于西班牙、意大利北都罗马、德意志东部、法兰西各埠及英伦。又由英伦传入瑞典、挪威、丹抹诸国。统计欧洲各部人民死于此疫者，约计二千五百万人，占全洲人口四分之一。英伦死亡之率，方之各国尤多。全国土地荒而不治者居其大半，庸工之价亦随之增昂，各种社会均蒙其损害焉。

十五世纪，欧洲复有百斯脱发生。其初受其害者，唯意大利、西班牙、德意志、英吉利诸国。千四百年与千四百六年及千四百二十八年，伦敦一区疫气尤烈。四百二十七年，德国旦西地方死于百斯脱者八十万人。四百四十八年至五十年，又有百斯脱由亚洲输入意大利、德意志、法兰西、西班牙诸国，人民死亡甚众，惟其数较之十四世纪死于黑死病者，稍见减少。千四百六十六年，巴黎人死于百斯脱者有四万名。千四百七十七至八十五年，意大利北部及布鲁西地方重遭百斯脱之毒，城市为墟。千四百九十九年至千五百年，伦敦又有大疫，英王亨利第七因是迁居于法国之喀来。

十六世纪之初，中国及德意志、荷兰、意大利、西班牙诸国，均有百斯脱流行。千五百二十九年，英国爱丁堡亦遭此害。千五百三十七至三十九年，及千五百四十七至四十八年，英国北部与伦敦均有百斯脱发生。千五百六十三至六十四年，伦敦再遭百斯脱之毒，每星期死于此者千人。同时，巴黎居民亦有染百斯脱者。千五百七十年，俄国莫斯科及其邻近地方死于百斯脱者二十万人。千五百七十二年，法国里昂死于百斯脱者五万人。千五百七十五年，欧洲又起百斯脱之新潮。此次之百斯脱或谓系发源土耳之君士旦丁，由该处从水道传至马尔他、西西利及意大利诸地，从陆路经奥大利属地传至德意志。或谓此种疫症纯属地方病，不应重视各地互相传染之说。千五百七十六年，意大利威内萨城遭疫最烈，死人七万千五百。九十二年，伦敦又见百斯脱盛行。其至十六世纪之末犹未消灭。惟

此世纪中，欧洲百斯脱之势未见十分猖獗。

十七世纪前半期（即千六百一年至五十年），欧洲仍有百斯脱流行，其势视中古时代稍杀。至后半期（即千六百五十一至七百年），此洲西部百斯脱之害几尽消除。当百斯脱流行之时，英国伦敦一区传染最久。千六百三年，英王劫姆斯第一即位，伦敦居民疫死者有三万八千人。其后传染于渥斯佛德、卑舍、纽喀斯尔诸地。荷兰、埃及两国，是年亦遭大疫，埃及死亡之率达百万。千六百九年，伦敦再遭百斯脱之害，死一万一千七百八十五人。自此次之后，欧洲不见百斯脱者十余年。至千六百二十年，百斯脱后发现于欧洲北部，德意志、荷兰两国受害最烈。千六百二十五年，伦敦又遭疫气，人民死者三万五千四百十七人。次年，死亡之数如之。千六百三十六年，伦敦百斯脱之势又见猖獗，死人十万零四百人。次年，又死三千零八十二名。纽喀斯尔亦死人七千名。同时，荷兰国亦遭大疫。至千六百四十七年，伦敦又有百斯脱发生，人民死亡之数共三千五百九十七名。自是年至千六百六十四年以后，英吉利全国疫气稍平矣。

千六百五十六年，百斯脱发现于意大利之那不勒城。五月之中，死人三十万。旋传染及于罗马。幸是时格泰底氏提倡检疫之说，著书鼓吹，颇收效果。罗马人民染疫死者只有千四百名。

第二章　伦敦之百斯脱

千六百六十五年五月，伦敦有百斯脱发生。此次百斯脱之势，其初不甚猛烈。五月一日中，全城仅死四十三人。其后愈接愈厉，至六月增至五百九十人；七月增至六千一百三十七人；八月增至一万七千零三十七人；九月增至三万一千一百五十九人。九月以后势始稍杀。统计此次疫毙之人，共有六万八千五百九十六名，占全城人口三分之一。次年又死二千人。当时医士对于疫症持议不一，或谓系由荷兰商货中传染而来，或谓系荷兰战时俘虏传染入英，或谓系由本地发生。要之，传染之说，因自可信。而当时伦敦地方人民不知卫生，各处秽气充塞，谓疫症由此发生，亦有理由。观其贫民聚居之处，污秽特甚，疫氛亦较他处为烈，可为例证。故有称彼时之疫为贫民百斯脱者。其居市街或舟船中之人，染疫者颇少。伦敦桥之居民，亦鲜有疫毙者。渥斯佛之地，沟洫清洁，空气鲜新，虽未与伦敦断绝交通，独不传染。是可知清洁为免疫之要法，污秽实传染之媒介也。此次之疫，蔓延甚广，卜兰佛、格林维德、佛琐韩敦、圣德兰诸地，均被传染。其后伦敦遭大火灾，疫气始消。是时虽有检疫之举，徒有其名而已。至千七百二十年，始收其实效。故千六百六十五年伦敦大疫之消灭，实出于自然，不关乎人力也。

（三）十八世纪之百斯脱

此世纪之初，百斯脱盛行于君士旦丁及多瑙河流域。千七百三年，乌克兰地方大受其害。千七百四年，波兰始遭疫气，继传于细累细亚、利士尼亚、普鲁士与德意志诸部，及瑞典、挪威两国。利土尼亚与普鲁士人民，此次死于疫者共有二万八千三百人。德意志北部疫氛尤烈，死亡更多。瑞典斯陀霍亦死四万人，惟北伦斯维以东鲜有疫症发现。千七百十三年，奥大利及波希米均遭大疫。系由多瑙河、七山、土地利亚诸地传入，后又传于伯拉革拉地邦，至东经二十度而止。据里西氏言，自千七百十四年二月十七日之大风后，欧洲此次疫气始息。

千七百十七年，百斯脱又见于君士旦丁，其势甚猛。至千七百十九年，传于七山、匈牙利、嘎利西亚、波兰等处。此后疫气渐向东行，其范围日见狭隘矣。惟千七百二十至二十二年之间，百斯脱进行之线稍变，忽税驾于法兰西南部。千七百二十年，马西尔大受其害，死人六万。街衢之中，尸骸充塞。旋传于阿尔斯及爱克斯，人民死亡之数甚巨。千七百二十一年，又传于土郎，死其居民三分之二。此次之疫，或谓系由叙利亚来船传入。或谓系自本城发生，而前说颇为社会所信。自疫症发生后，由叙利亚入法之船皆严加检验矣。当时英人闻此疫耗，大形恐慌。密持氏盛倡实行检疫之说，文人学士著书言防疫者蜂起焉。

（按：原书无第三章）

第四章　西西利之百斯脱

千七百四十三年五月，有一船由希借科甫驶至西西利之梅西涅。船中有染疫者。当时，该船及其所载货物尽被梅西涅人烧毁。不料为时未久，梅西涅医院及贫苦之区即有疫症发现，渐形猖獗，居民死于是者约五万人。他处幸未波及。西西利向于检疫之事十分严密。梅西涅自千六百二十四年迄于此时，未有疫厉流行。此次之疫，人皆谓系由外传来。于是百斯脱由交通传疫之说，世界各国皆重视之矣。

第五章　东方之百斯脱

十七世纪以后，百斯脱进行之线，尽向东方。其见于马赛尔、梅西涅二处者，变例也。千七百三十八至四十四年，乌克兰、匈牙利、奥大利、波兰诸国均有百斯脱流行。直至千七百四十五年始见消灭。千七百五十五至五十七年，欧洲土耳其又遭百斯脱之害，渐传入七山及克郎斯泰邻近诸地。此时百斯脱已由东经二十度，进至二十五度矣。

千七百七十年，俄土战争之际，俄之莫德维亚忽起大疫。继传染于瓦尔开，次传于七山及匈牙利诸部，次传于波兰，次传于波多利亚、福尔韩尼亚、乌克兰等处。计各地人民死于疫者。共三十万名。至千七百七十一年三月，疫气始消。此外小俄罗斯，于千七百七十年亦有百斯脱流行。次年复传于莫斯科，死人五万余名，占该处人口四分之一。

（六）十九世纪之百斯脱

此世纪百斯脱之流行，约分二期：第一期起于千八百年，迄于千八百四十五年；第二期起于千八百五十三年，迄于八十四年。分述如左：

（一）第一期

千八百一年，百斯脱发现于巴打。千八百二至三年，又发现于君士旦丁及亚美尼亚。千七百九十八年，日尔日及高加索已有百斯脱发现。至千八百三至六年，又由高加索传入俄罗斯。日尔日、高加索两处，直至千八百十九年始无百斯脱之害。千八百二十八至三十一年，亚美尼亚又有百斯脱发现。千八百四十至四十三年，百斯脱复现于该处。至千八百四十四年以后，该处之百斯脱渐匿迹销声矣。

千八百八年，君士旦丁复遭百斯脱之害。千八百九年，斯曼纳亦遭此害。千八百十二年，百斯脱盛行于埃及。千八百十三年，君士旦丁百斯脱传入表喀雷斯。同时，颇斯尼亚亦有百斯脱传入。千八百十五年，复由该处传于达马西。千八百十四至十五年，百斯脱又流行于埃及，由埃及侵入颇斯尼亚及亚班尼。千八百十五年，百斯脱忽发生于意大利海岸之东诺札地方，全欧为之震动。当时人言，皆谓系由达马西海岸传入，亦有人言系由本地发生者。幸意大利政府严行隔离之策，始不至蔓延各处。千八百二十年，百斯脱发现于希腊之莫利耶。千八百二十四五年，又发现于俄罗斯之卑萨雷比亚。千八百二十八年，又发现于克郎斯泰。千八百二十八至二十九年，又发现于土耳其。千八百三十一年，又发现于君士旦丁。千八百三十七年，又发现于罗曼利亚、俄迭萨及君士旦丁。千八百三十三至四十五年，埃及又有百斯脱发现。自此次之后，百斯脱更向东趋矣。

（二）第二期

亚拉伯西部阿西尔地方，千八百十四年已有百斯脱发生。千八百五十三年复遭其害。其后至千八百七十四、七十九两年中，百斯脱又见于该处。千八百七十四年，更由该处传于麦加，人民死亡之数虽不甚多，惟嗣后人皆指该处为疫区矣。

千八百五十八年六月，君士旦丁得非洲消息，知腺百斯脱发生于该洲北部本格西地方。其后经人考察，本格西于千八百五十或五十六年已遭百斯脱之毒，惟势甚薄弱，传染之地甚少。千八百五十九年及七十三年，该处又被其毒，旋即消灭。

千八百六十六年十二月，伊拉之美琐颇泰米地方遭百斯脱之害，至次年六月而止。千八百七十三年十二月，伊拉又遭百斯脱之害，人民死亡甚众。千八百七十四年十二月，传入底焚尼，死人四千。次年六月，始见消灭。至千八百七十六年，又复发生，更由此处传入巴打及其他地方。此次百斯脱之进行，自西北而至东南，为道长二百五十英里，各地人民死于此者共计二万名。巴打、美琐颇泰米两地，千八百七十七年复有百斯脱发生。其后数年消灭殆尽。直至千八百八十四年，百斯脱之名又见于该处之新闻纸矣。

波斯于千八百三十二年遭遇疫气，人民半死于是。至千八百七十至七十一年，麦克里又有疫症发生。千八百七十六、七十七两年冬季，疫气又散布于科拉散省之北部。千八百七十七年春间，里海西岸之巴枯地方，与奇兰省之雷西地方，均遭疫疠。统计该年自春徂秋，波斯人民死于疫者共四万名。

千八百七十八至九年，百斯脱流行于窝瓦河畔，为十九世纪欧洲末次发生之百斯脱。当时各国均极慌恐。千八百七十八年十月，侵入窝瓦河左岸之斐兰加地方。其初，死亡之人为数甚少，至十一月终疫气骤烈，人民毙于此者日增。次月更甚，有病数小时即死者。医治全无效力。邻近诸地多被传染。幸该处居民颇知隔离病人，故疫线未能展长。其时各国均派专使赴该疫区察勘。此役鄙人曾与其事，至时疫气已平。同人推究此次疫疠发源之地，有指本地者，有谓系歌萨克兵从土耳其战地传染来者。以予所见，实由阿斯德拉根邻境传入。阿斯德拉根之疫则发源于巴枯、雷西二地也。

（七）印度之百斯脱

印度尝无疫疠，自千八百十年以后，此邦屡遇凶年。至千八百十五年，其格西拉、喀提洼、喀屈三处，忽有百斯脱发现。次年，复现于此三处。继传入新德省之哈达拉伯及阿马达伯与多勒拉。至千八百二十年，疫气乃息。千八百三十六年，拉蒲泰拿之拍里商城又遭大疫。旋传入埋哇省。至千八百三十七年夏季而止。此次之疫，实由本地发生，非自外部传来也。

千八百二十七年，百斯脱流行于葛瓦尔之开达拿地方（在喜马拉雅山之西南，喀孟之属邑）。千八百三十四至五十二年，百斯脱又盛行于该处，渐向南方进行，英政府对于此疫颇有注意。千八百五十三年，曾遣傅兰西、皮尔森二医士赴印察看。当时染疫者多呕血，与寻常疫症不同。疫区之鼠族，际疫症发生时，毙于穴外者甚众。傅兰西医士曾取死鼠剖验，见其肺脏蕴有毒菌。此医学界之新经验也。查印度此次之疫，实起于污秽贫苦四字。傅兰西医士则谓系土中积污蕴毒而成，非由外传入也。

（八）中国之百斯脱

千八百七十一年，中国云南及北海（广东之商埠）两处均有腺百斯脱流行。云南之疫，实发源于本地。有谓系由缅甸传入者，不足信也。北海自是年始，其后屡遭疫疠，几无间断之时。至千八百八十二年，犹未消灭。当以上两地疫症发现之先，鼠族疫毙者颇多，猫、犬、马亦常有死于是者。两地人民皆不知清洁之益，此其遭疫之原因也。

（二三）百斯脱历史·下

英国医学博士沙德威尔著　奉天高等学堂监督海清译

第一章　百斯脱历史之概观

培恩氏百斯脱历史，下迄于一千八百八十年。自兹厥后，实百斯脱学理增进发达之时代也。百斯脱之在西方也，蔓延者无虑数百年，蹂躏者，无虑数十次，然考其经历之陈迹，实递次退减，终遂绝迹于欧洲。此培恩氏纪载中最足注意之事实也。且观其去各国也，常若戛然而止，无复余孽之存。夷考其时，首脱其厄者，为欧洲极西之各国。如英格兰、葡萄牙、西班牙诸国，百斯脱之祸实消灭于一千六百八十年，而为大流行时代之收束。次则欧洲之北部、中部，于一千七百十四年之顷一发而止焉。再次则法兰西之南部，于一千七百二十二年之顷一发而止焉。终则俄罗斯之北部，于一千七百七十年之顷，亦一发而止焉。此后，惟于本洲东南境时或发现之，然至十九世中叶以后，已阒不复闻。故一千八百四十一年土耳其虽再罹其厄，然由当时以至今日，已殆如销声匿迹。所未能解除者，东方诸国而已矣。

一千八百七十八及一千八百九十九年，百斯脱曾两发于俄领阿思特拉汗省。惟祸小而流行亦有限，且由地理上观之，阿思特拉汗者，实亚洲地也。一千八百九十九年，再发于葡萄牙，但为祸不烈，较之大流行时代，殆区区不足论矣。

更进而论之，其在东方，亦渐失其蔓延，流行之势力浸假而变为地方传染病之一种。统观百斯脱之历史，由伦敦大疫以至今日，其间二百余年，虽发不一发，然要其状态之所示，则其为流行病之势力日益减，而其为地方病之倾向日益增。以长期流行之百斯脱一旦而改其进行之故常，此二百年中最堪惊讶之事。不徒其自西东渐已也。东渐以后，论百斯脱或目为酵性病之一种。果尔，则为西方所公有。此说一出，为近世科学研究之题目者百有余年。今欲总括事实而发为定论，谨就最近实验之结果，于后列数章缕陈之。

第二章　近世百斯脱之概况

百斯脱之为物，其传播之性质，较之他种传染病，其理相似不同。故当其流行、蔓延，欲确定其发源之时与地，此甚难之事也。如最后流行之虎列拉，吾知其发源于北印度（一千八百九十一年春），因而西渐也。最后流行之因弗伦（流行性感冒），吾知其发源于中央亚细亚（一千八百九十二年春），因而掠欧侵美，遂致传播全球也。此二例者，推厥流行之主因，均由人类交通，可无疑义。至于百斯脱则不可同日语矣。今考百斯脱之渊源，于亚非二洲，经认为百斯脱之发源中心地者，盖有五：

一、阿拉比亚之阿西亚地方（红海东岸）；

二、波斯及米索波大米亚之一部；

三、印度西北省之噶洼、枯蒙各处；

四、支那之云南；

五、非洲之东部及中部（由德领东非洲吉细巴至中非尤干达地方）。

按以上五地，最后者为德医士考佛氏所发见。余则培恩氏史中均及之。

夫以上五地者，其区域绝远，而报告又绝鲜。今目之为百斯脱发源地，其明确之意义谓何？此虽属想像之事，所可信者，则此等区域常有与百斯脱名异实同之病，频年发生于其间，乃凿凿可据之事。故此五地者，其为百斯脱之故宅与否，确证虽不可得，要之自欧洲灭迹以来，即以此等区域为其栖息地，此可断言者也。再精查之，则应认为发源地者，或尚不在此限。如一千八百四十年法领鲁尼音岛（玛达加士加群岛之一），曾有法语所谓淋巴传染病者发生于其间。顾名思义，其为百斯脱无疑。若然，则所谓发源地者，又不独上列之五地然也。即以上列之五地言，百斯脱之为害，较之欧洲，实不减于黑死时代之烈。时发时熄，殊无定则，试足成培恩氏之历史。列表如下，以见一千八百八十年后，百斯脱流行之概况焉：

一千八百八十年，米索波大米亚。

一千八百八十一年，米索波大米亚、波斯、支那。

一千八百八十二年，波斯、支那。

一千八百八十三年，支邢〔那〕。

一千八百八十四年，支那、印度。

一千八百八十五年，波斯。

一千八百八十六年，印度。

一千八百八十七年，印度。

一千八百八十八年，印度。

一千八百八十九年，阿拉比亚、波斯、支那。

一千八百九十年，　阿拉比亚、波斯、支那。

一千八百九十一年，阿拉比亚、支那、印度。

一千八百九十二年，米索波大米亚、波斯、支那、俄领中央亚细亚。

一千八百九十三年，阿拉比亚、支那、俄罗斯、印度。

一千八百九十四年，阿拉比亚、支那、印度。

一千八百九十五年，阿拉比亚、支那。

一千八百九十六年，阿拉比亚、小亚细亚、支那、日本、俄罗斯、印度。

一千八百九十七年，阿拉比亚、支那、日本、俄罗斯、东非洲。

一千八百九十八年，阿拉比亚、波斯、支那、日本、俄罗斯、东非洲马达加士加、文那。

一千八百九十九年，阿拉比亚、波斯、支那、日本、米索波大米亚、东非洲、西非洲、非律宾群岛、马来半岛、马达加士加、玛利斜士岛（印度洋）、鲁尼音岛、埃及、俄罗斯、葡萄牙、哈歪伊群岛、新卡耳多尼亚、拉古伊（南美）、阿金丁、巴西。

一千九百年，阿拉比亚、波斯、支那、日本、米索波大米亚、东非洲、西非洲、非律宾群岛、马来半岛、玛达加士加、玛利斜士岛、鲁尼音岛、埃及、俄罗斯、葡萄牙、哈歪伊群岛、新卡耳多尼亚、巴拉古伊、阿金丁、巴西、土耳其、澳士大利亚、卡利佛尼亚、墨西哥、葛拉司叩。

一千九百零一年，除前记各处，并延及南非洲。

上表所载，虽不无挂漏之虞，然当十九世纪之末年，百斯脱蔓延之潮流大势，已可想见。且观其进行之趋势，今且日进而未有已也。

第三章　香港之例

当一千八百九十六年，百斯脱发于孟买之时，其为祸尤未极烈。而最近百斯脱学理，实诞生前二年香港检疫之时。故一千九百九十四年，乃百斯脱病毒初入精密观察之时会也。今试详论之。当一千八百九十四年五月，百斯脱发香港。数月前，广东患之，死者十万。则香港之疫，其必由广东窜入者无疑。即广东之疫，亦肇于云南，蔓延于支那南部，因而波及之者。香港之祸，损失甚巨，且至犹未脱免焉。当一千八百九十五与一千八百九十七年，死亡之数虽甚少，然至今日，则流行之力殆又恢复矣。今由一千八百九十四年迄一千八百九十九年，考其染患、死亡人数，比较列表于左：

年　度	患染人数	死亡人数	患染死亡之比例
一八九四	二八三三	二五五六	・九〇〇
一八九五	四五	三六	・八〇〇
一八九六	一二〇四	一〇七八	・八九〇
一八九七	二一	一八	・八五〇
一八九八	一三二〇	一一七五	・八九〇
一八九九	一四八六	一四一五	・九五〇
总　计	六九〇九	六二七二	・九〇七

比较前表，死亡之率甚高。推厥由来，盖由于染患之人未明其真数之所致。盖患病而守秘密主义，此支那人之习惯。况隐匿病者较之隐匿死者为易易乎！故在支那南部，百斯脱之为害虽均极猖獗，而求一精密之报告则绝不可得也。再进而考之，一千八百九十七年，葡领拉巴及马口等处均有百斯脱之发生。其后蒙古一部患之累年。今则蒙古、满洲，均有发现之事实矣。

台湾之百斯脱，肇祸于一千八百九十六年，继续经年，死亡不可数计。一千八百九十九年，其祸再发于日本。据日本政府之报告，死者实达一千九百七十四人。即在今日，日本尚时有疫祸，惟为害不甚烈而已。总而言之，自一千八百九十四年以后，百斯脱即蔓延于远东，惟不得精密之报告。如香港者，其特例者也。

第四章　印度之例

一千八百九十六年，孟买之百斯脱，发于是年之八月，然至九月二十三号始经认定之，至十一月十三号始行检菌的诊断法。当百斯脱之初生，往往不得其确据，此最堪记忆之事实也。夫孟买此次百斯脱，其来源如何？当时人言人殊，惟谓由支那侵入之说，颇为一般所欢迎。余则虽发言盈廷，要之空谈而无据，均之辞费也。考培恩氏之纪载，印度之百斯脱［托］始于一千八百十二年，然由孟买新闻观之，则以前尚多。其例如巴替士言，十四世纪之时，百斯脱曾两发于印度。又费礼士言，一千四百四十三年复一发焉。十六世之末叶百斯脱之祸，继以凶年。十七世纪之时，则印语所谓"达文洼巴"之病流行者又两次。而其第二次，则发于孟买管区之阿美拉拔地，经判为腺百斯脱者是也。由是观之，百斯脱之于是邦也，盖早为不速之客，不得谓于一千八百十二年流行于枯屈之例开其端矣。

转就一千八百九十六年孟买之百斯脱观之，其始发也，流行之力盖甚缓，至翌年则蔓延加厉。孟买管区各地，殆无地无之。如朋纳、枯屈、达曼、嘎拉奇、满德威、俾完的，均其最著者也。今由一千八百九十六至一千八百九十九年，考其患染、死亡人数，比较列表如左：

甲、城内患疫统计表

年　度	患染人数	死亡人数	患染死亡之比例
一八九六	二五六〇	一八〇一	·七一一
一八九七	一一九六三	一〇二三二	·八五七
一八九八	一九八六三	一八一六〇	·九一二
一八九九	一九四八四	一五八三〇	·八一三
总　　计	五三八四〇	四六〇二三	·八五四

乙、各区患疫统计表

年　度	患染人数	死亡人数	患染死亡之比例
一八九六	三六七	二七三	·七四三
一八九七	四九一二五	三六七九七	·七四七
一八九八	九〇五〇六	六八〇六一	·七五二
一八九九	一三一七九四	一〇一四八五	·七七〇
总　　计	二七一七九二	二〇六六一六	·七五八

统计上表所列，四年之中，患疫者都为三十二万五千六百三十二人，死亡者则为二十五万二千五百四十九人。按一千八百九十一年之户口统计，印度全国人口裁二千六百九十六万零四百二十一人耳。为害之烈，已可想见。再精查之，同年孟买城内之人口，统计为八十二万一千七百六十四人，而在一千八百九十六年以前，逃亡者已不可以数计。本此以推，则全国人口总数当时或尚低减。以之与前表死亡数相比例，乃不可视为定衡。加之隐匿死亡所在皆有，而此次疫死之实数，又不仅如上表所列者乎？所足据者，则英领印度之域内，此四年中百斯脱之流毒乃愈接愈厉，有加无已。此观之上表而可信者耳。自斯以往，为害滋烈。印度全国，半为摧残。盖当一千八百九十七年，如班加布，如拉布搭纳，如西北、中央诸省，均已有百斯脱之流行。其次年，则本加尔、玛德拉士、海大拉拔、买索等处又复侵入之。此诸地者，其发祸之情形不同。要之，自兹厥后，遂一任百斯脱之根深蒂固，而不克解脱；则其致一也。兹略举之：如喀尔各答于一千八百九十八年，死者一百九十二人；一千八百九十九年，死者二千七百四十五人；一千九百年，死者七千四百四十九人。巴德那于一千九百年，死者一万七千六百七十四人。班加布于一千八百九十八年，死者二千零四十九人。玛德拉斯由一千八百九十八至一千九百年，死者二千八百九十二人。海大拉拔于一千八百九十九年，四千三百四十二人。买索于一千八百九十八至一千八百九十九年，死者一万五千五百九十七人。可见其梗概矣。

第五章　结论

总而论之，前记各国，除支那、印度百斯脱之流行，均无甚烈之例。或于阿拉比亚一见之，惟其详不可得闻。今为他种原因，亦有应行注意者数事，兹一一举之如左：

一千八百九十八年十月，百斯脱一发于文那，死者三人。先是文那病院有名巴黎胥者，执实验、看守役，研究百斯脱之器具、动物、养菌等，悉委之监守焉。月之八日，乘醉出，经宿未归。越六日，遂发病。群疑其为百斯脱也，将检诊以窥其真相。慕拉医士者，富有百斯脱经验之人也，执不可。至十八日，巴黎胥卒。又二日，看护妇某氏者，与慕拉医士相继病，遂均罹肺百斯脱之厄。由此观之，巴黎胥之死，亦必为肺百斯脱无疑也。推其致病之由，盖以接种之动物与培养之细菌播散病毒，传染入肺之后所致。则其荒弃职事，轻蔑训令，亦可想见，而乃沉迷不悟，以至于死，如巴黎胥者，亦可哀矣。此例一出，可相证明者，约有数端：

一、微生物论之正确。且所谓百斯脱杆状细菌者，实为致病之因。

二、肺百斯脱传染之性质。

三、百斯脱之不治。

四、百斯脱诊断之难。

一千八百九十九年，葡萄牙欧坡脱地方忽有百斯脱发生，盖与此病告别者历年二百余矣。当时与欧坡脱交通各地并无百斯脱之流行，则研究此次病毒之来源，惟有腾之空论而已。或谓因退伍兵士由东方葡领各地携带而来者。其说虽尚可通，然何以必发于欧坡脱而不于他处乎，则又无辞以解也。迹此次病毒之初发，实在是年之五月。至六月始稍有注意之者，至八月乃由检诊证明之。当时医学大家，颇多谓此次之祸发源尚早者，然确证不可得。其后卫生委员焦治博士多方研究，仍定五月为发祸之始。盖当时河滨苦工始有染患之者。初颇疑异，英船主某者指之为百斯脱。此其证也。溯此次疫毒之蔓延，则进行颇渐，十月之后，稍见减杀。翌年二月，遂大消熄。自此以后，乃寂无复闻矣。统计此次损失之数，初不甚巨。大约每十五万人中，病者三百一十人，死者一百十四。以染患者与死亡数相较，不过千与三百六十七之比耳。且除欧坡脱附近城郭外，均无疫毒之蔓延。惟于布拉噶地方一见之。又细菌学士某氏者，于欧坡脱解剖死体后，归里斯本染疫死。此其二例也。

最末欧洲之百斯脱则在窝瓦河之流域。一千八百九十九年，发于俄领之阿思忒拉汗省之廓罗伯夫卡与克兰诺牙士两处，以及窝瓦上流之沙玛拉地方。发祸均甚小，而流行之地域亦有限。据俄国委员之报告，确为百斯脱无疑，惟发病之来源，犹未能确定之也。

一千九百年，百斯脱流行之区域不一而足。其最足注意者，则为奥士大利亚与葛拉司叩二地。其在奥士大利亚，虽流行者六阅月，殆不得以传染病视之。考其传染之区域，如阿低雷德美耳、邦不列士、本劳干顿、东士维耳喀、音士伊士威、夫里曼特耳、伯士苦耳噶等处，为祸均不甚烈。惟西德尼一区，则患者三百三人，死者百三人流毒较烈，然其死亡之比例裁百分之三十四耳。按医学家之研究，此次之百斯脱开端于本年之五月，而其发源地，经判为诺美亚（新卡耳多尼亚地），亦想像之词也。再就葛拉司叩之例观之，损失尤甚微末。两月之久，患者三十四，死者十有五人而已。考其流行之始，盖在一千九百年八月，而其发源地则未之能明也。

一千九百一年，南非之好望角及伊利撒伯埠均有疫毒之发生。患者七百六十人，死者三百六十二人。就中欧洲人患之者一百九十六人，死六十八人。余则均为土人，或支那、印度、马来、尼革罗等人而已。就大不列颠论之，百斯脱之发于船舶者，各埠尚不乏其例。然除葛拉司叩外，一千八百九十六年以后，国境内殆无百斯脱托足地矣。

（二十四）百斯脱病消毒之应用及其学理

第一章　消毒方法

消毒云者，扑灭污秽传染病毒之谓也。故应行消毒之物质，如招来传染之正源及已为病毒所污染之物质即传染之副源等皆是也。（按正源即指病体及病痰等物；副源，即病房、病衣及与其接近之物品。）其主旨既在乎此，是以明察病毒之由来而广为施行，实不为专事剿灭局部为要。兹从简单略为详说之：

第一、烧却消毒

本法为消毒中最为简便者，且其歼灭病毒，尤为确实。唯其应用之范围甚狭，故只能对于身体排泄物、传染兽、尘埃及其他廉价之物品曾受病毒污染者，施用本法。

第二、蒸汽消毒

蒸汽消毒，实占消毒法之第一位。他法之消毒，实少有较此低廉，而且得确实行事者。其温度倘升至百度以上，即病原菌中最有抵抗力之脾脱疽菌牙胞，亦必少顷死灭。况本法较干热消毒法尤为有效。缘含有多数水分之蛋白质，一逢干燥，虽化出水分而至凝固，然水分较少之细菌及芽胞，加以热度，仍不脱水，终难凝固故也。且干热之质，其热甚难进入物体，实极困苦。盖空气乃热之不传导体。其物体受热时，仅使被热之空气略为摇动而已。故消毒器内气孔性之物质，即如衣服内部，亦难充布热气也。

蒸气消毒，则与此相反其热之浸透性颇大。因水蒸气同空气之比重较小，故能将施行之消毒之气体内及物体间所存之空气易为驱逐。故凡装置蒸气之消毒，必使其蒸汽由上方喷出，其空气之排出口必设下面，其理即在是也。兹将行完全蒸气消毒所必要注意者，列记之于左：

一、蒸汽须由上方使其窜入消毒器内，空气及蒸汽排出口必须存于最低之部。

二、蒸汽勿使与消毒中之空气相混。（稍低温度之空气，如与蒸气相混，则蒸气温度不能达百度，殊难行确实之消毒。至欲知其有无混合，则当插入寒暖计，于排出管而检之。）

三、蒸汽务使饱和。

蒸汽不饱和，则无充分之温气，消毒作用遂不完全。欲知其已否饱和，当比较寒暖计及测压器。例如寒暖计在摄氏一百零二度七分，测压器现一之过压时，蒸汽自在饱和。倘寒暖计升至一百零五度二分，过压自亦增加，务使达至〇·二反之压。如较寒暖计低时，则蒸汽过热，未能饱和之证也。兹将其比较表列左：

紧张力磅	6.000	1.0	2.0	3.0	4.0	5.0	6.0	7.0	8.0	9.0	10.0	11.0	16.0	21.0	26.0	31.0
摄氏检温器	100.0	100.0	100.3	104.2	105.7	107.3	103.8	110.3	111.7	113.0	114.3	115.6	121.3	126.2	130.7	134.6
气压	1.000	1.020	1.088	1.156	1.224	1.292	1.360	1.428	1.486	1.564	1.682	1.700	2.040	2.380	2.720	3.060

四、蒸汽务使紧结。

五、设计装置，务使便于积戴物品。

六、消毒物品，当使其包装稍加松缓。

七、消毒装置，务使有二个之物口。（甲口为装入消毒物品之用。其乙口应设在甲口反对之处，以便消毒完毕，易取出物品。）

要之，务驱尽器中空气，使寒暖计升至百度，持续一时间，勿使蒸气断绝，则消毒便得完全。唯此时物品之包装以松缓为适，俾水蒸汽可以窜入，空气易于驱尽，温度及时间务使有一定之标准，则消毒之效举矣。

第三、煮沸消毒

本法行之于日常饮食器具，最为适宜。此法乃于可行蒸汽消毒物品之中，从便选择，而行此种消毒也。其物品勿使其露出水面，并须持续沸腾三十分，方为合度。

第四、药物消毒

一、消毒药之溶解及使用之注意

容器：消毒药品概有剧烈之化学的作用，故其容器、金属制之品未甚适宜，用清洁之桶类为妙。盖使用金属制之器，当分解药品之时，不特易于损坏，且消毒药之效常有减少之虞。此外使用不洁之容器，依消毒药品之种类，有全失其效力者。如洗澡衣器、油樽、酱油樽、肥料桶等，皆属于不适用之类。故溶解药物之容器，务用新酒樽、磁瓶、玻璃瓶，并使不触空气及光线为要。选择消毒药品，久为放置，往往因触空气，有变其性质及减少其效力者。故使用之时，务选新鲜之药品。溶解药品所使用之水，既成消毒药品之一成分，自应选择清净之甜水。

处理：溶解药品，依各药物之性质，有一定顺序及一定方法。倘颠倒顺序，误用方法，溶解之时，不特多费时间，且有至不堪其用者。故处理药品，务加以严重监督，万不可委嘱人夫等，使当其任。盖原料之药物既多危险，况其容解量稍有错误，金钱及时日既已空费，其消毒法不论如何，全体之作业皆归无效也。

分量：消毒药分二种，曰液体，曰固体。其比重各有不同，此所以对于水之分量，不计容积，必较其重量。时人每轻视倍率者之理，或单用重量，或仅就容积而为计算。凡此皆不明消毒药之规定。故以学理证之，则必依重量，并恪守其调度及其时间为要。

使用：细菌为肉眼所不得见者，对于似有病毒污染之物品，究其病毒系附于何部分，仍难测知。故行消毒之时，只得以其物品全部看为病毒污染之品，反复叮咛，使其各部全受药液。倘药品之喷雾，不用石灰末散布，仅少则为形式的之施行，宁不行之愈也。此外使用药液之时，切勿混合。例如石炭酸水、升汞水与クレプノル、胰皂液、加里胰皂，或升汞水与石灰乳互相混合，二者化合或至分解，虽用亦无其效。故使用之时，务鉴明消毒处所及消毒物品，勿误其用途为要。

二、各种消毒药调制法

一、石炭酸水（二十倍）：

石炭酸五分、盐酸五分、水九十四分。

石炭酸乃结晶体之液，欲其急速溶解，则须费长久时间及繁多手数，且多危险。故未用以前，须有相当之准备。其法先以结晶石炭酸之瓶，浸入温汤或放近火之处，俟其全溶解时，加石炭酸十分一之水（普通一磅瓶则加至瓶口为度），塞栓于其口，善为振荡，便成为含水石炭酸。（加十分之一水后，其色呈透明，全体溶解。此为石炭酸之特性。）行此处置后，虽经时日，该品便不再结晶体，急时应用极便。

调制二十倍之石炭酸水：先备普通之木桶一个（其溶量可与洋铁之洋油箱同样），投入石炭酸二磅（二十四两），放水少许，次加盐酸二〇〇〇瓦（六两），善为搅拌后，再加水少许，随拌随加，加至满桶，至石炭酸之小粒全化，方可停止搅拌。此分量为证诸重量法，其式如左：

石炭酸二磅 900 瓦×二十倍二 18.000 瓦

水 475 两＋盐酸 4 两 8 钱＋石炭酸二 4 两

调制上之注意：

石炭酸如溶解于酒精及油类之中时，其杀菌力即减。石炭酸溶解于水之量，既以二十倍为限度，故不能制出二十倍以上之浓厚液。

石炭酸加以盐酸，其杀菌力可以增大。

使用上之注意：

石炭酸如用热汤调制，或加以温热，其效力即可较大。

石炭酸受寻常温度，虽有挥发之蒸发气（即臭气），然毫无消毒之力。故使用石炭酸，欲其有效，务使其液与物品相接。

消毒吐泻物或排泄物，用二十倍之量，原亦有效，唯须搅拌之。

消毒衣类，如不加盐酸，须浸渍六时间以上方可。

凡金属制品，倘经消毒后，便不得再用净水之洗涤者，须勿用加盐酸之石炭酸水为妙。

使用之时，每次必须振荡之。

二、升汞水（一千倍）（升汞一分，盐酸十分，水九百八十九分）：

将升汞二〇·瓦，以水一桶溶解之后（用溶解石炭酸所用之水桶），可加盐酸二〇〇瓦。

调制上之注意：

本品有猛烈之毒性，故处理之时，须详为注意，务使衣类、手指勿染该药。偶有触之之时，须即洗涤之。

升汞水无味无臭，故与他物无从区别，当加少许之红颜料为妙。

升汞水加以盐酸，不特可防其分解，且升汞中如有凝固之蛋白，尚可藉以溶解，其作用遂有完全效力。

本品能腐蚀金属，其效力亦因之而减。故溶解贮藏本品，切勿使用金属器具。

使用上之注意：

消毒金属制器具，不可使用本品。消毒粪便、吐泻物等之消毒，不可使用本品。缘蛋白凝固，沉淀水底，其消毒力终至减少也。消毒污毒浓厚之品，不可使用本品。如饮食器具、玩具及当渗透饮食水之处，皆是也。

三、生石炭：

生石灰名为苛性石灰，即酸化石炭之谓也。本品逢水时，与水相化合，崩坏后溶解于水，变为水酸化石灰，成白色松粗之粉末（生石灰末）。其作用名为石灰之消化，当时起强大之化合热，所注加之水，遂逃散其一部。唯此生石灰末，如久置空气之中，即吸收空气中之炭酸，遂成不能溶解于水之炭酸石灰。

调制生石灰末，须以百两之生石炭入于可容二千两之樽，注以五百两之水，掩其上以草席等物，勿使其热放散，暂时放置之。

调制上之注意：

生石灰倘注加以水，不发热崩坏者，乃不良之品，则不适消毒之用。

使用上之注意：

生石灰末须溶解以水，方有消毒作用。故散布之于干燥之处所，全然无效。

石灰乳（十倍）（生灰一分、水九分）：

调制石灰乳之时，倘认该生石灰为完全水酸化石灰时，则当将已成粉末者十两加水九十两，妥为搅拌之。

调制上之注意：

将生石灰调制石灰乳，不先使生石灰化为石灰末，直持固块投入水中，则不合法。盖生石灰如投入多量之水中，其热为水所夺，遂不能变为水酸化石灰。便遗存其固块，终至不能发起其消毒之力矣。故必先将生石灰制成石灰末，后再陆续加水，石灰出石灰乳。

始则计其分量，放入相当之容器，先加少量之水，详为搅拌，使各部混和均等成泥形后，再渐加少量之水。万不可将石灰随末即投水中，或将石灰末所要之水一气注入。但本品务用时制，不可一气制造多量而为贮藏。

使用上之注意：

用石灰乳消毒吐泻物、排泄物、沟渠水等物，务投以被消毒物之容量四分之一以上之量，详为搅拌之。

应用消毒之处所，务平铺而撒布之。

使用之时，每次皆须搅拌之。

四、格鲁儿石灰（二十倍）（格鲁儿石灰五分、水九十五分）：

调制本品：每格鲁儿石灰一磅，可加以十九磅之水，详为搅拌之。

调制上之注意：

本品以新解者为有效力。凡遇有已受湿润或日光之温热者，皆不适用。

调制之际，详为搅拌，以后勿再搅拌为要。因格鲁儿为本品消毒上最要之成分，恐其因搅拌而逃散也。

本品既制成水溶液后，其容器务加以盖，且避日光为要。本品亦须随用随制，不得贮藏。

使用上之注意：

本品之用法与石乳相同。

使用此溶液，务使其臭气勿吸入本品为要。

本溶液如触手指时，务以水洗之。

鱼类等如触本品，立即死毙。故使用之处所，务详为注意。

五、加里石碱或名绿石碱（石碱即俗所称胰子）：

加里石碱一磅，可加热汤一六〇〇〇瓦（四百两）。唯须陆续渐加之。

本品调制后，当立即使用之，不可于冷却时再为加热，及任其温度低至摄氏六十度（手指可以浸入之温度）。

本品之质既为石碱，故以消不洁之木器具、门窗、户槛，自极清洁，一举而两利兴焉。

六、福尔买尔哀鲁特希德：

无水福尔买尔哀鲁特希德，乃刺击性之瓦斯，有强烈还元之作用。夺却其周围物体之酸素，利用自体之蚁酸性，而得供消毒之用。此瓦斯易与水相溶解，在摄氏十五度水百分之中，其溶解量约有三十五分之比例。称为福尔买林液体者，即此之谓也。

使本品照特别之制置（其装置详下节），可使夫阿路母哀鲁希德立即发生，或使福尔买林即为喷出。唯使用本品，务装置之于消毒函内，用以消毒贵重品、皮革类、信件及重要之书类。盖此种物品，其内部本无消毒之必要，又不能使用他种消毒药品也。此外，消毒仓库或洋式之屋宇、船舶、汽车及室内之定着器物等，最为适宜。唯其室内务为密闭，否则药气外泄，便无效矣。唯此时测定消毒函及室内之容积，须于百立方尺喷以四十瓦以上之福尔买林，或发散以十五瓦之福尔买尔哀鲁希德，且须用一百〇〇瓦以上之水，照比例配用之。行此处置后，密闭七时间以上为要。兹将室之容积量与当用之福尔买林量，列表于左，以供参考：

		高十二尺			高十五尺			高十八尺		
		容积	福尔买林所要量		容积	福尔买林所要量		容积	福尔买林所要量	
			瓦	磅		瓦	磅		瓦	磅
阔 十二尺 深 十八尺		二·五九二	1.037	2.2	三·二四〇	1.296	2.7	三·八八八	1.555	3.3
阔 十二尺 深 二十一尺		三·〇二四	1.210	2.5	三·七八〇	1.512	3.2	四·五三六	1.841	3.8
阔 十二尺 深 二十四尺		三·四五六	1.382	2.9	四·三二〇	1.728	3.5	五·一八四	2.071	4.4
阔 十五尺 深 二十一尺		三·七八〇	1.521	3.2	四·七二五	1.890	4.0	五·六七〇	2.268	1.8
阔 十五尺 深 二十四尺		四·三二〇	1.728	3.6	五·四〇〇	2.160	4.5	六·四八〇	2.592	5.4
阔 十八尺 深 二十四尺		五·一八四	2.074	4.4	六·四八〇	2.582	5.4	七·七七六	3.116	6.5
阔 十八尺 深 二十七尺		五·八三二	2.333	4.9	七·二九〇	2.716	6.1	八·七四八	3.498	7.3
阔 二十四尺 深 三十尺		八·六四〇	3.456	7.2	一〇·八〇〇	2.320	9.0	一二·九六〇	5.184	10.8
阔 二十四尺 深 三十六尺		一〇·三六八	4.147	8.7	一二·九六〇	5.184	10.8	一五·五五二	6.221	13.0
阔 三十尺 深 四十二尺		一五·一二〇	6.048	12.6	一八·九〇〇	7.506	5.8	二二·六八〇	9.072	18.9

前项所称之特别装置，兹详之如左：

持直经一尺、深约三寸之瓦盆一个，先注入福尔买林一磅，次注入硫酸半磅后，再投以生石灰末三百瓦（约八两），急为搅拌，而福尔买尔哀鲁希德当即腾发，并能挥散各部矣。

宣统三年十月印刷

宣统三年十一月出版

编绎者　奉天全省防疫总局

印刷者　奉天图书印刷所

附　图

钦 差 大 臣 东 三 省 总 督 锡 良

（图 1）东三省总督锡良

吉林巡抚陈昭常

（图 2） 吉林巡抚陈昭常

黑龙江巡抚周□模

（图 3） 黑龙江巡抚周树模

奉天交涉司使韩国钧

（图5） 奉天交涉司使韩国钧

奉天民政司使张元奇

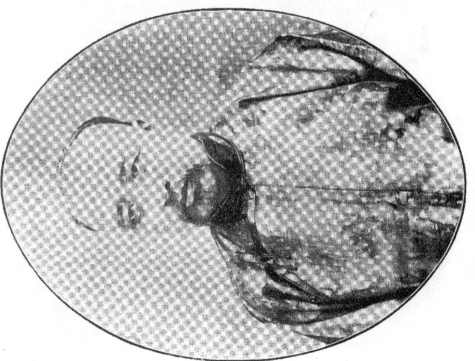

（图4） 奉天民政司使张元奇

吉林民司使邓邦述

（图 6）　吉林民政司使邓邦述

吉林交涉司使郭宗熙　　　　　　　　吉林度支司使徐鼎康

（图 7）　吉林交涉司使郭宗熙　　　（图 8）　吉林度支司使徐鼎康

奉 天 万 国 鼠 疫 研 究 会 之 议 场

(图9) 奉天万国鼠疫研究会之议场

奉 天 万 国 鼠 疫 研 究 会 之 研 究 室（其一）

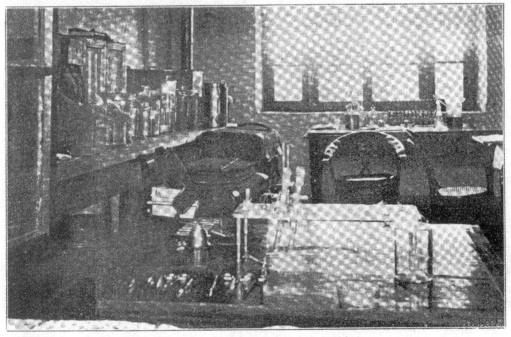

(图10) 奉天万国鼠疫研究会之研究室

奉 天 万 国 鼠 疫 研 究 会 之 研 究 室（其二）

（图 11）　　奉天万国鼠疫研究会之研究室

奉 天 万 国 鼠 疫 研 究 会 之 研 究 室（其三）

（图 12）　　奉天万国鼠疫研究会之研究室

奉 天 防 疫 总 局 之 细 菌 研 究 室（其一）

（图13） 防疫总局细菌研究室

防 疫 总 局 细 菌 研 究 室（其二）

（图14） 防疫总局细菌研究室

奉 天 防 疫 总 局 之 细 菌 检 查

（图 15） 奉天防疫总局之细菌检查

防 疫 总 局 细 菌 研 究 室 之 培 养 基 制 造

（图 16） 防疫总局细菌研究室之培养基制造

奉天防疫总局细菌研究室之百斯脱菌培养

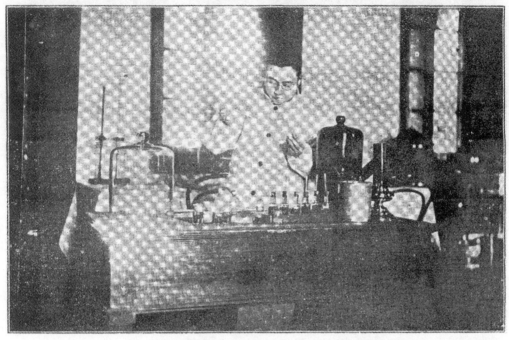

(图 17) 奉天防疫总局细菌研究室之百斯脱菌培养

防疫总局细菌研究室之标本制作

(图 18) 防疫总局细菌研究室之标本制作

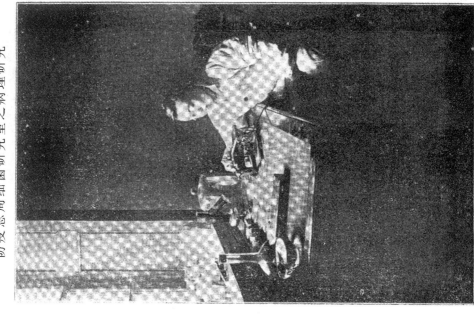

防疫总局细菌研究室之病理研究

（图20） 防疫总局细菌研究室之病理研究

防疫总局细菌研究室之动物试验

（图19） 防疫总局细菌研究室之动物试验

鼠 体 之 解 剖

（图22） 鼠体之解剖

百 斯 脱 菌 培 养 法 之 内 容

（图21） 百斯脱菌培养法之内容

奉 天 防 疫 事 务 所 之 咯 痰 检 查

(图 23)　　奉天防疫事务所之咯痰检查

肺 百 斯 脱 菌 之 聚 落（其二）

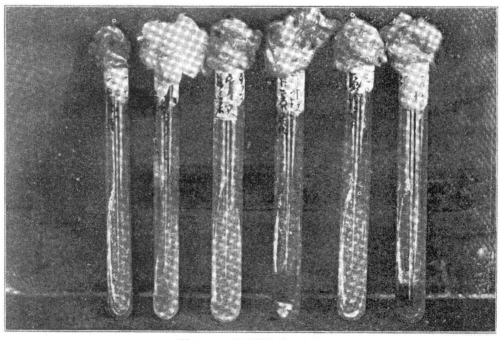

(图 24)　　肺百斯脱菌之聚落

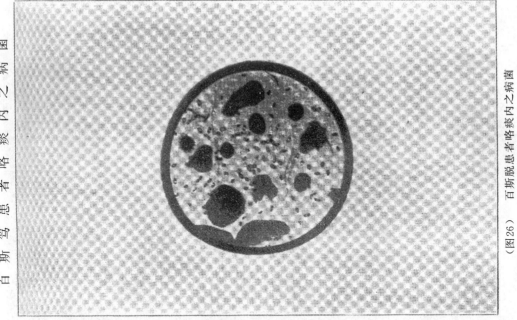

百 斯 笃 患 者 咯 痰 内 之 病 菌

（图26） 百斯脱患者咯痰内之病菌

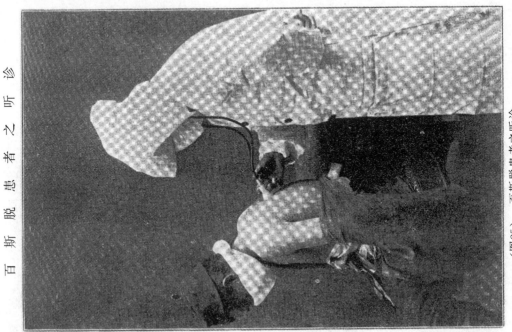

百 斯 脱 患 者 之 听 诊

（图25） 百斯脱患者之听诊

百 斯 脱 患 者 之 病 理 解 剖

（是为我国人执刀实行解剖之初朕）

（图 27） 百斯脱患者之病理解剖

用 穿 刺 心 藏 法 取 尸 体 血 液 以 验 其 为 疫 毙 者 与 否

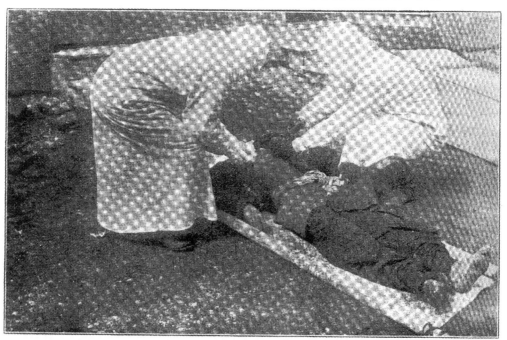

（图 28） 用穿刺心藏法取尸体血液以验其为疫毙者与否

百斯脱患者兼结核病之肺脏（右尖腔洞甚著）

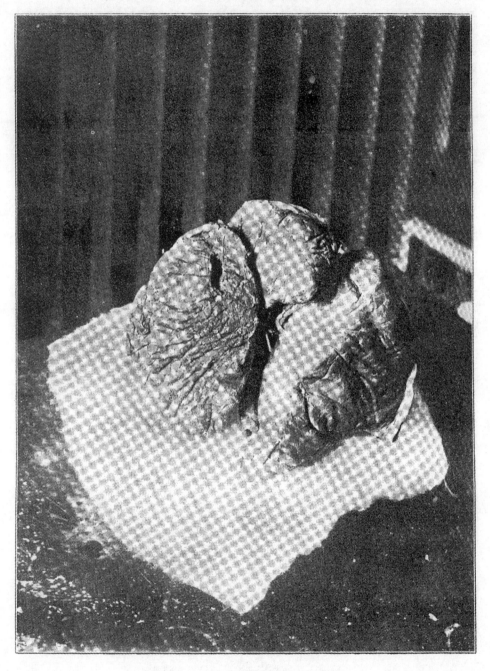

（图 29） 百斯脱患者兼结核病之肺脏

百 斯 脱 患 者 兼 肺 结 核 之 肺 脏

（图 30） 百斯脱患者兼肺结核之肺脏

百 斯 脱 患 者 之 肝 脏

加以三个纵长之切痕置福尔买林中三日酒精中一
日复加一小切痕取其液培养之发育百斯脱菌甚著

（图 31）　　百斯脱患者之肝脏

百 斯 脱 患 者 肝 脏 之 下 面

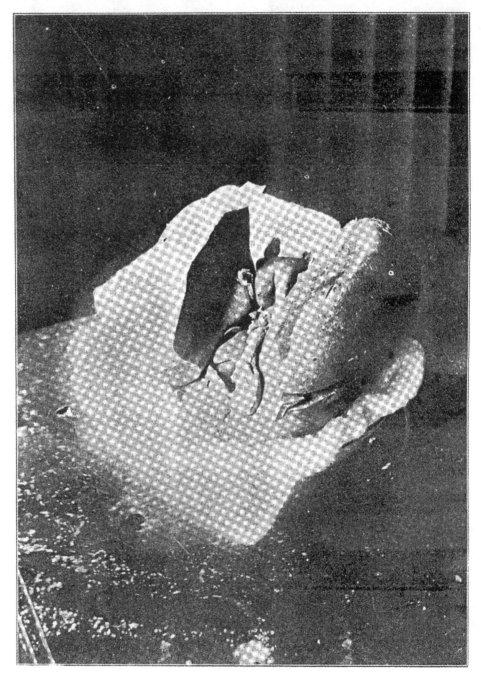

（图 32） 百斯脱患者肝脏之下面

百斯脱患者之脾脏

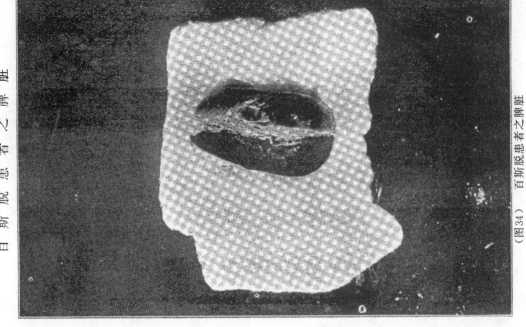

（图34）　百斯脱患者之脾脏

百斯脱患者之心脏（右室扩张）

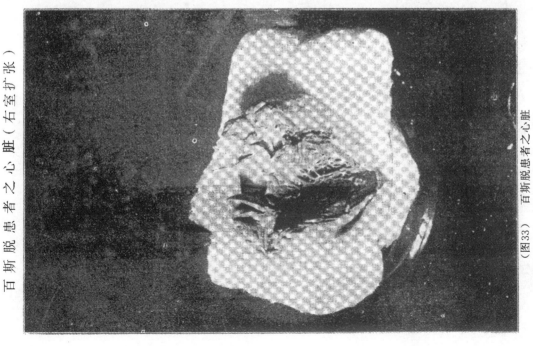

（图33）　百斯脱患者之心脏

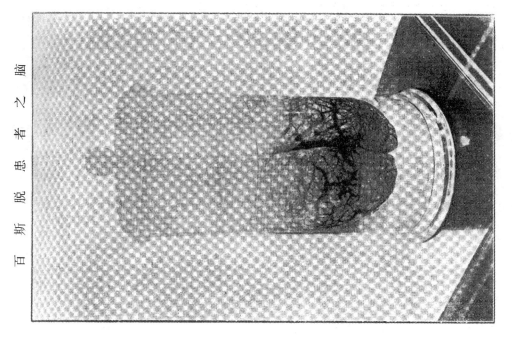

百　斯　脱　患　者　之　脑

（图36）　百斯脱患者之脑

百　斯　脱　驴　之　肺

（图35）　百斯脱患者之肺

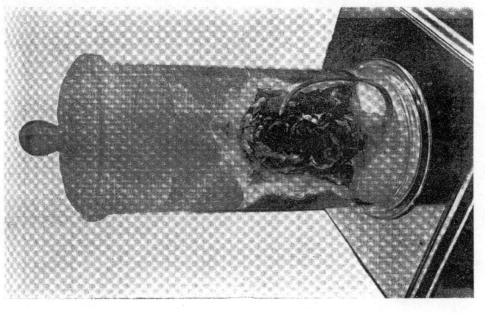

木尔木脱用百斯脱菌接种后死体之解剖标本

白鼠用百斯脱菌接种毙后之解剖标本

（图38） 木尔木脱用百斯脱菌接种后死体之解剖标本

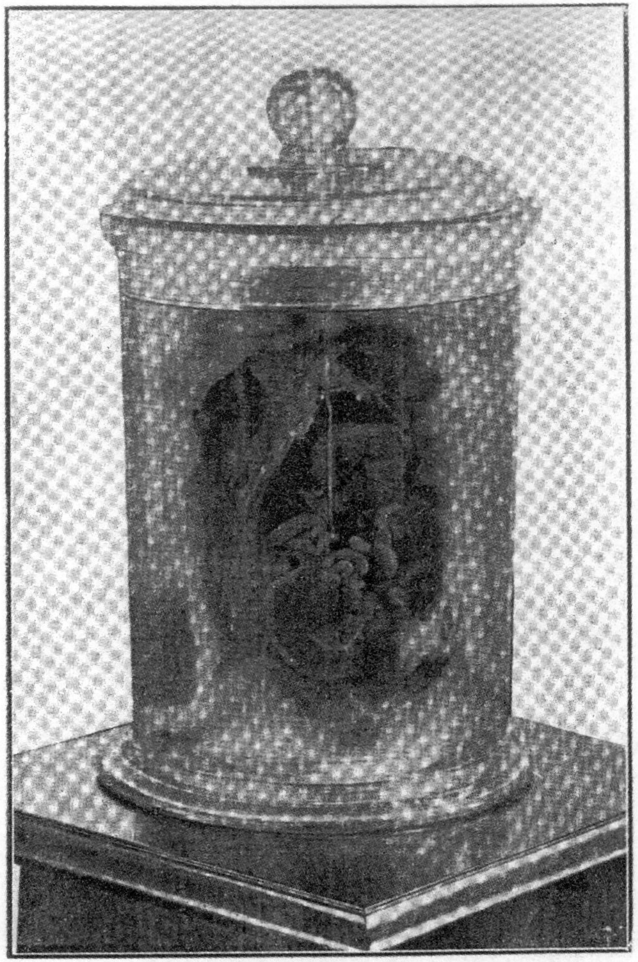

（图37） 白鼠用百斯脱菌接种毙后之解剖标本

旱獭取百斯脱菌接种毙后之解剖标本

旱獭取百斯脱菌接种毙后之解剖标本

（图40）

犬取百斯脱菌接种毙后之解剖标本

犬取百斯脱菌接种毙后之解剖标本

（图39）

旱　　獭（其一）

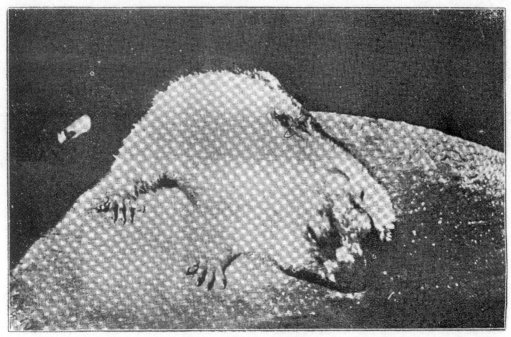

（图 41）　旱獭

旱　　獭（其一）

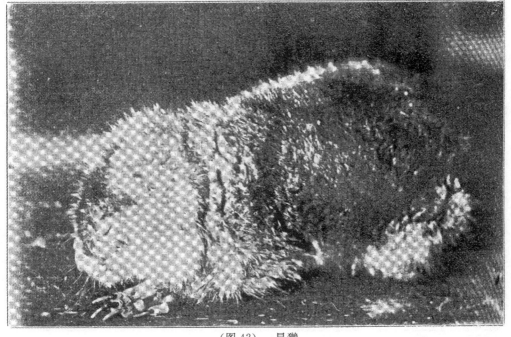

（图 42）　旱獭

小 者 家 鼠 大 者 熊 鼠 一 名 黑 鼠

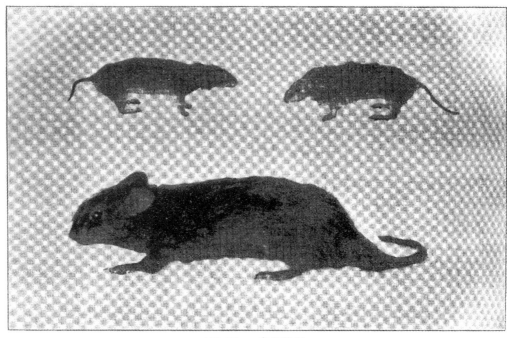

（图 43） 家鼠熊鼠

七 郎 鼠　　　　　　埃 及 鼠

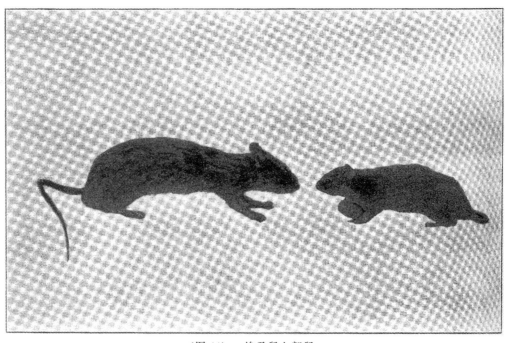

（图 44） 埃及鼠七郎鼠

蚤 之 种 类（其一）

（图 45） 蚤之种类

蚤 之 种 类（其二）

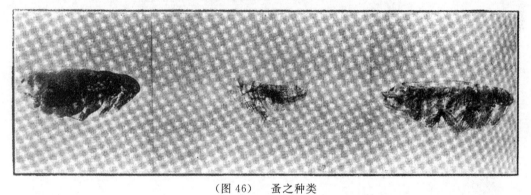

（图 46） 蚤之种类

蚤 之 种 类（其三）

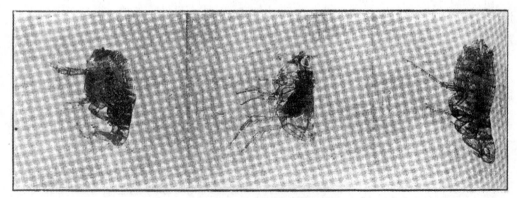

（图 47） 蚤之种类

蒸气消毒车之内容

（图49） 蒸气消毒车之内容

福尔买林之消毒

（图48） 福尔买林之消毒

奉 天 检 疫 队 医 生 之 消 毒

（图 50）　奉天检疫队医生之消毒

奉 天 事 务 所 百 斯 脱 患 者 之 运 搬

（图 51）　奉天事务所百斯脱患者之运搬

奉天山西庙疫病院患者室之内容

(图 52)　　奉天山西庙疫病院患者室之内容

疫尸之入棺（用消毒布袋裹尸后以消毒药水遍洒之）

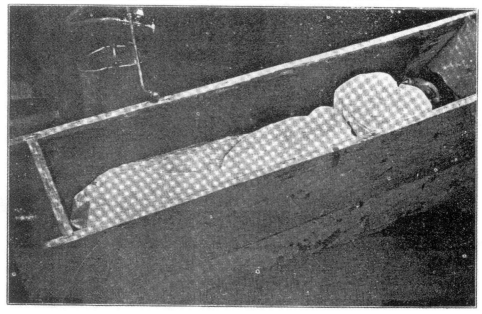

(图 53)　　疫尸之入棺

奉　天　疫　尸　之　掩　埋

（图 54）　奉天疫尸之掩埋

奉　天　疫　冢　之　标　识

（图 55）　奉天疫种之标识

奉 天 疫 屋 之 亚 铅 板 封 锁

（图56）　奉天疫屋之亚铅版封锁

奉 天 之 疫 屋 拆 燬

（图57）　奉天疫屋之拆毁

奉 天 火 车 站 之 大 隔 离 所

（图 58）　奉天火车站之大隔离所

哈 尔 滨 伍 总 医 官 显 微 镜 室 之 内 容

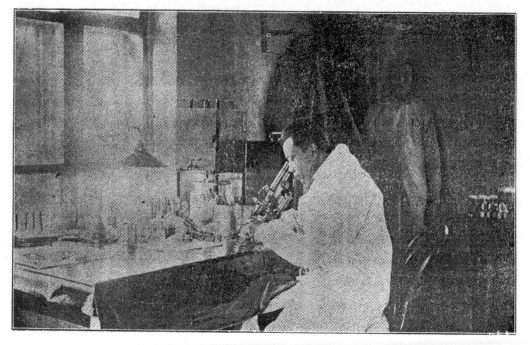

（图 59）　哈尔滨伍总医官显微镜室之内容

哈尔滨第三区防疫执行处消毒浴室

（图 60） 哈尔滨第三区防疫执行处消毒浴室

哈尔滨博家甸百斯笃发生之第一家

（图 61） 哈尔滨博家店百斯脱发生之第一家

哈 尔 滨 豫 备 火 葬 之 积 棺

(图 62) 哈尔滨预备火葬之积棺

哈尔滨全医官率消防队用煤油注射尸棺以备火葬

(图 63) 哈尔滨全医官率消防队用煤油注射尸棺以备火葬

哈 尔 滨 积 棺 之 火 葬

（图64） 哈尔滨积棺之火葬

哈 尔 滨 第 一 时 疫 病 院 焚 烧 时 之 景 象

（图65） 哈尔滨第一时疫病院焚烧时之景象

呼 兰 之 焚 尸 场 堆 积 尸 棺 已 烧 之 象

（图66） 呼兰之焚尸场堆积尸棺已烧之象

长 春 之 埋 葬 队

（图67） 长春之埋葬队

长　春　之　疫　尸　运　搬

（图 68）　　长春之疫尸运搬

长　春　之　家　屋　消　毒

（图 69）　　长春之家屋消毒

长 春 第 一 次 之 火 葬

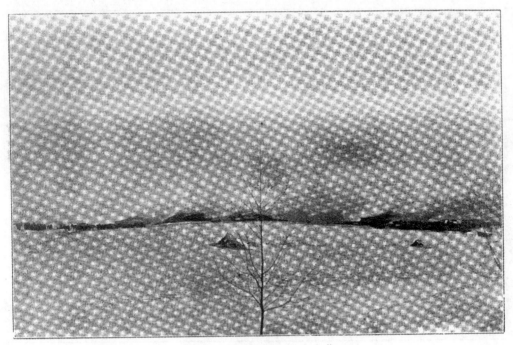

（图70）　长春第一次之火葬

长 春 火 葬 日 本 北 里 博 士 参 观 之

（图71）　长春火葬日本北里博士之参观

长 春 之 火 葬

（图 72）　长春之火葬

长春之中医疫病院（该院内中医十九人因不解传染之烈皆毙）

（图 73）　长春之中医病院

铁 岭 消 毒 队 之 派 出

（图 74） 铁岭消毒队之派出

绥 中 县 之 遮 断 交 通

（图 75） 绥中县之遮断交通

绥 中 县 之 疫 屋 焚 烧

（图76）　绥中县之疫屋焚烧

辽 阳 杨 林 子 之 雪 中 藏 尸

（图77）　辽阳杨林子之雪中藏尸

辽　阳　杨　林　子　之　火　葬　场　挖　坑

（图 78）　辽阳杨林子之火葬场挖坑

营　口　牛　家　屯　隔　离　所　图

（图 79）　营口牛家屯隔离所

营 口 西 潮 沟 隔 离 所 图

（图80） 营口西潮沟隔离所

营 口 田 庄 台 医 官 验 船 图

（图81） 营口田庄台医官验船

营 口 检 疫 驳 船

（图 82） 营口检疫驳船

辽 鲸 检 疫 轮 船

（图 83） 营口检疫轮船

東三省疫死人數比較圖甲

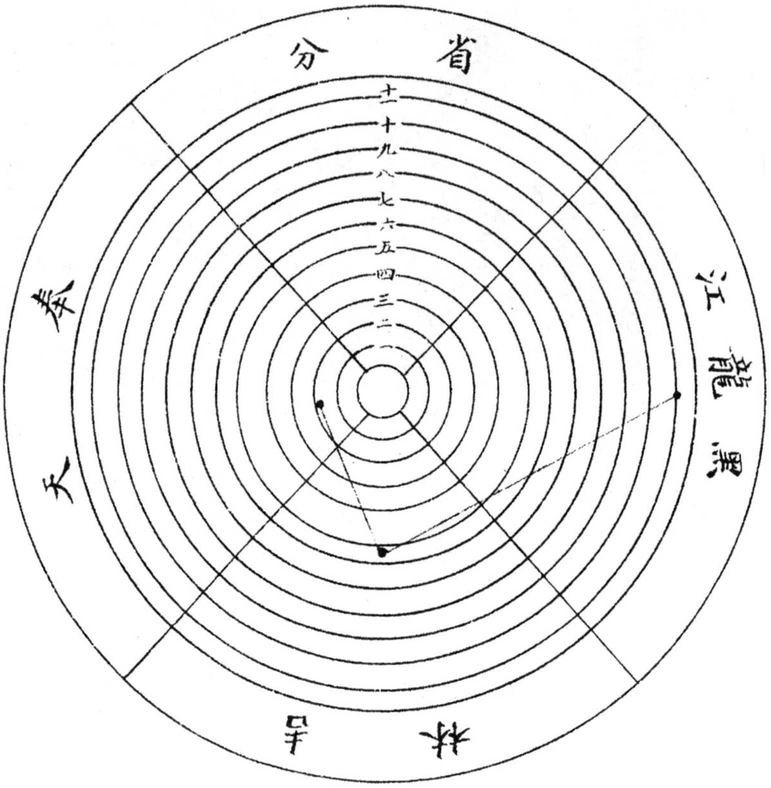

例比	亡死	口人	分省
一一	二一八四一	七一八五〇三一	黑龍江
五	七六八四二	四二二九七五四	吉林
一	八六〇七	八四八七九八六	奉天

（图 84） 东三省疫死人数比较图

東三省疫死人數比較圖乙

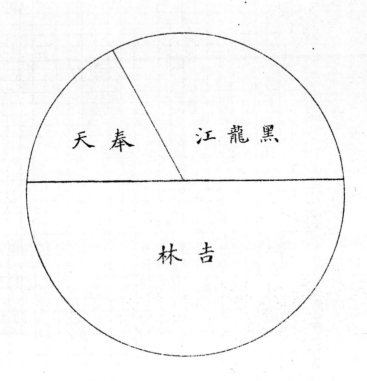

黑龍江　奉天

吉林

上圖係按
圓週三百
六十度之
面積推定
以顯三省
疫死人數
之總額者
其率如下

黑龍江
一四八一二：二一八四○　::　○六三：七七九三四
吉林
二四八六七：二一八一二　::　○六三：七七九三四
奉天
七○六八：八五八　::　○六三：七七九三四

(图 85)　东三省疫死人数比较图

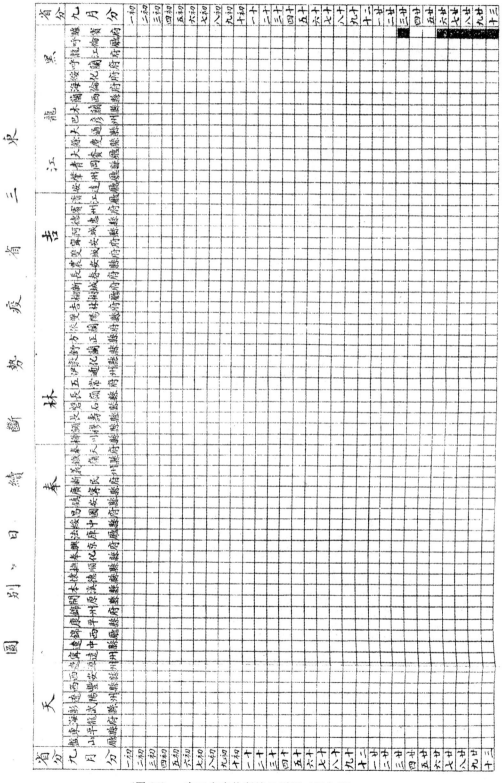

（图 86）　东三省疫势断续日别图（图九月）

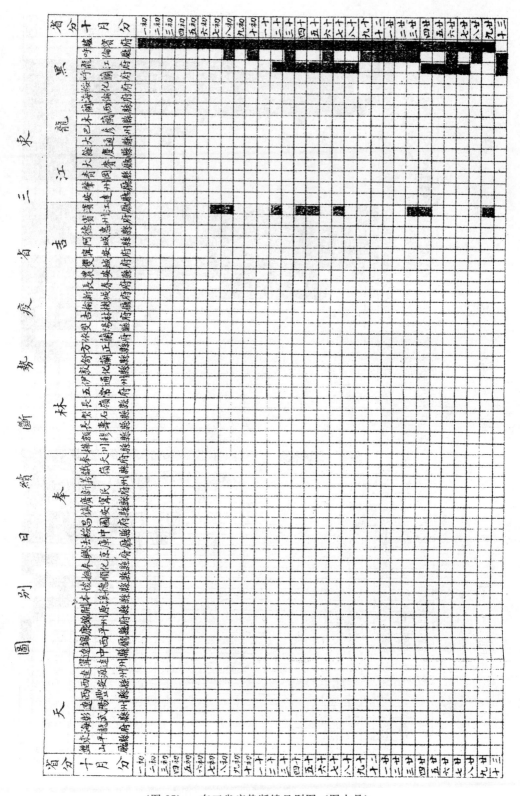

（图87）　东三省疫势断续日别图（图十月）

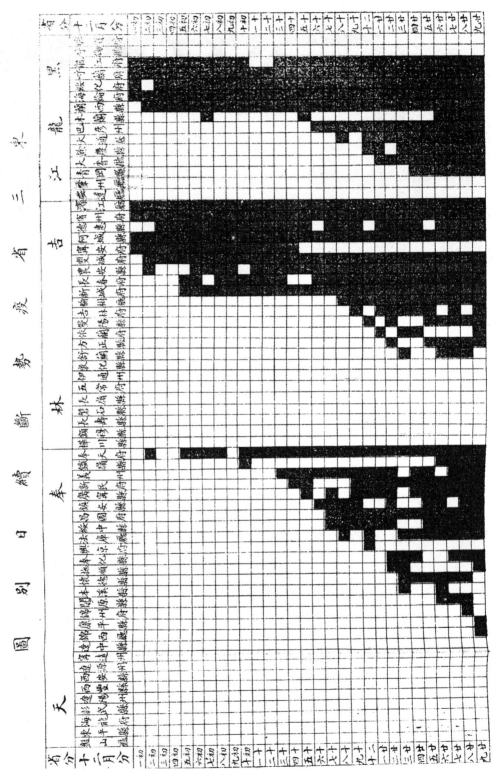

（图88） 东三省疫势断续日别图（图十二月）

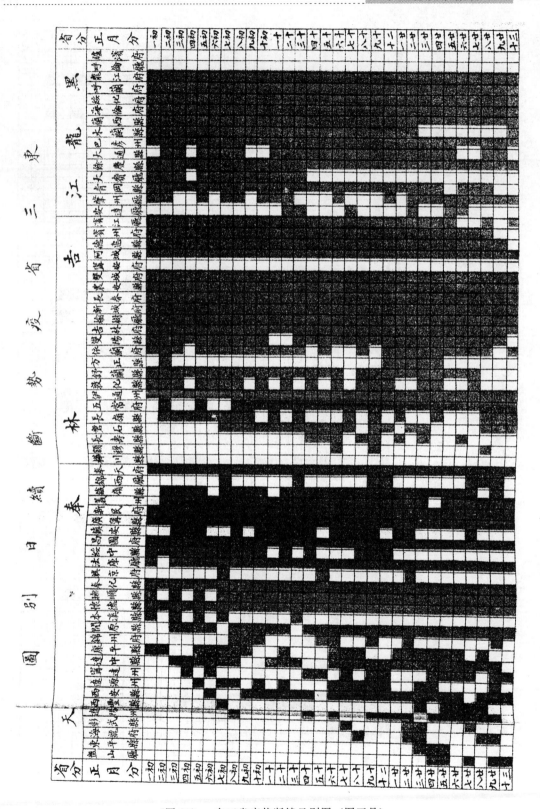

（图89）　东三省疫势断续日别图（图正月）

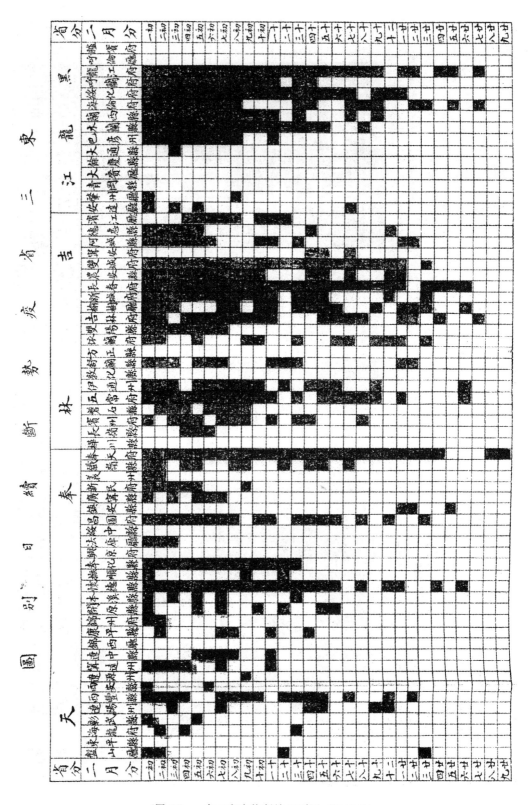

（图90） 东三省疫势断续日别图（图二月）

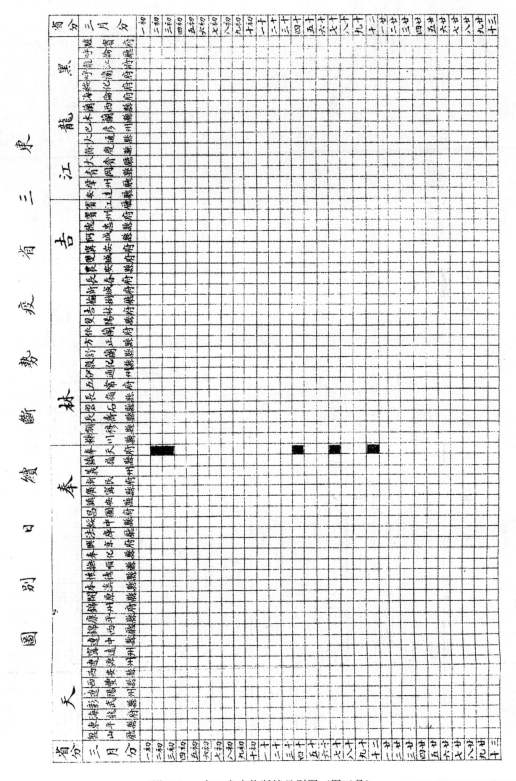

（图91） 东三省疫势断续日别图（图三月）

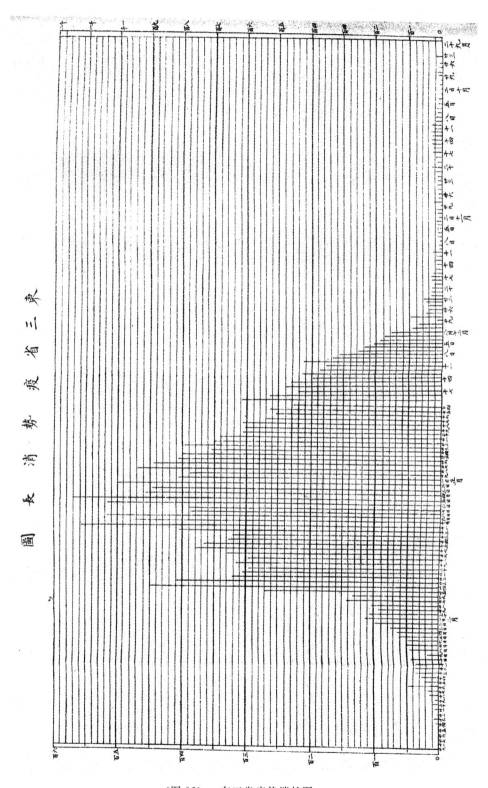

（图 92）　东三省疫势消长图

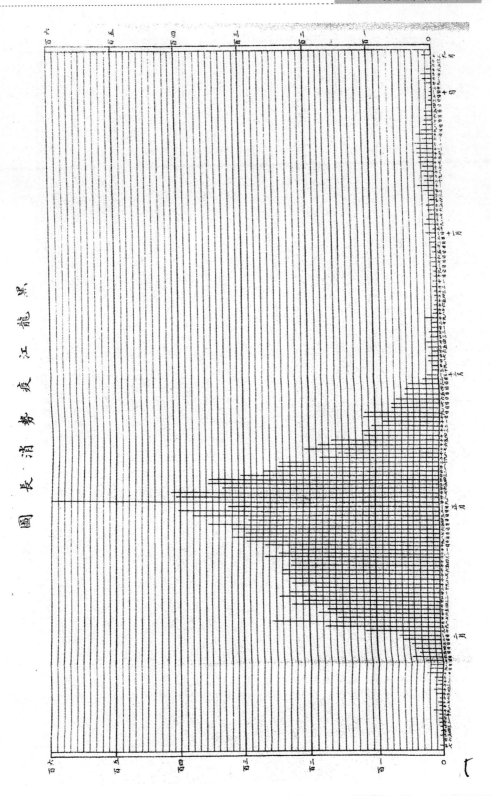

（图 93）　黑龙江疫势消长图

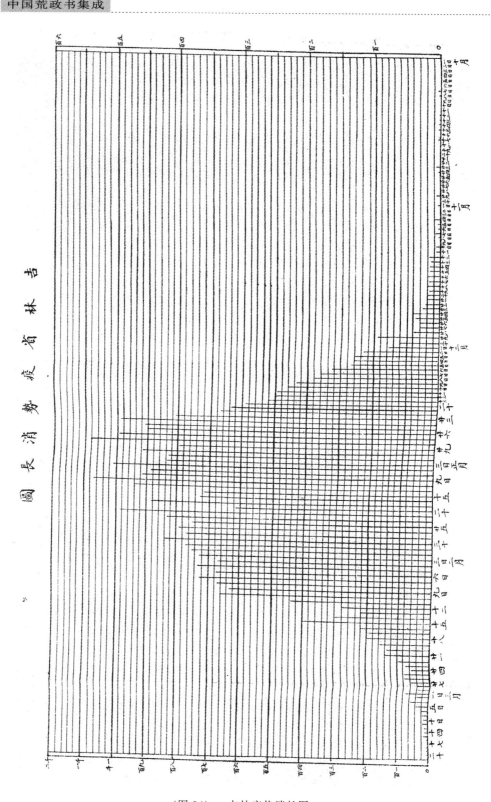

(图 94) 吉林疫势消长图

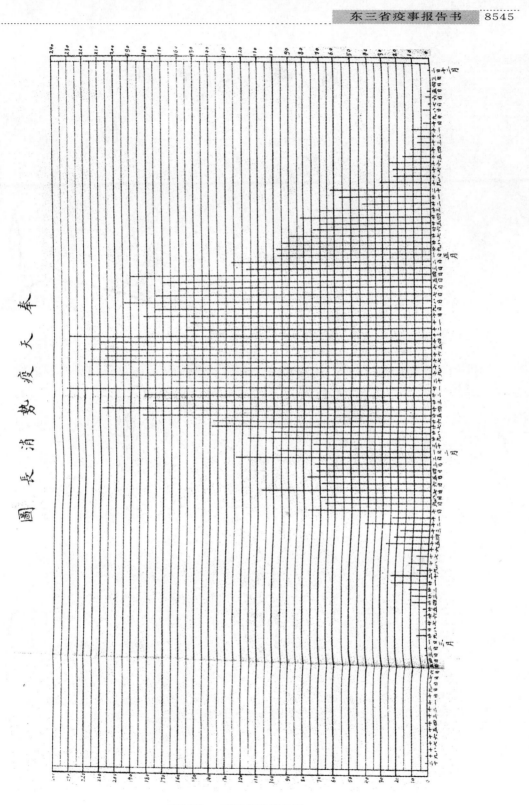

（图 95）　奉天疫势消长图

圖 線 疫 廳 倫 呼

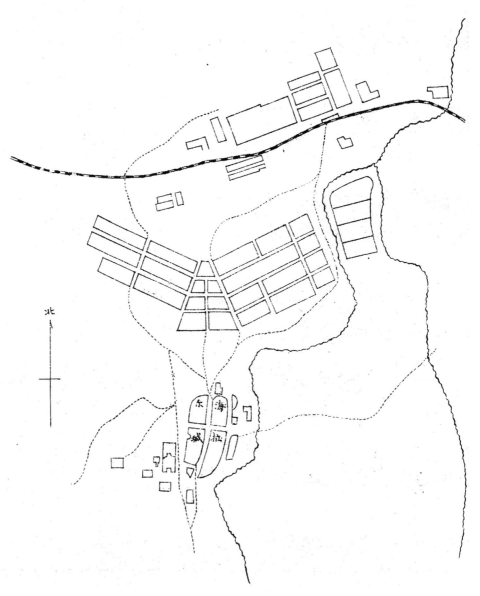

北

（图96） 呼伦厅疫线图

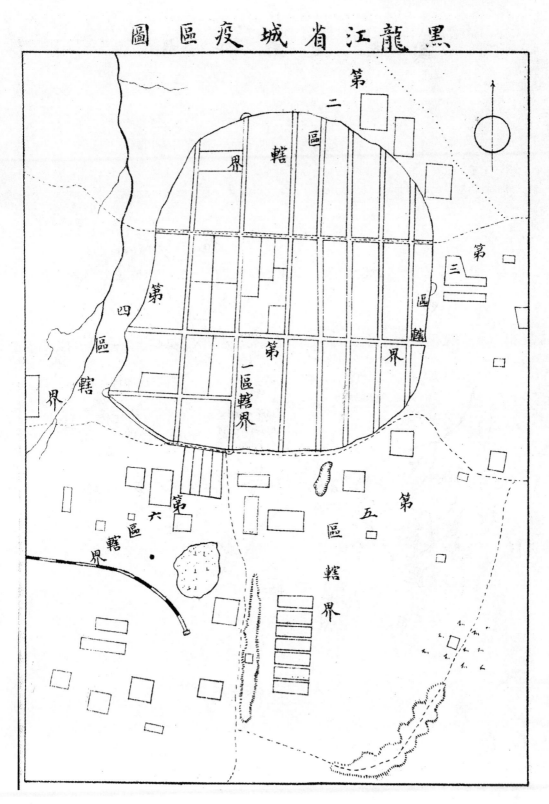

圖區疫城省江龍黑

（图97）　黑龙江省疫区图

(图98) 龙江府疫线图

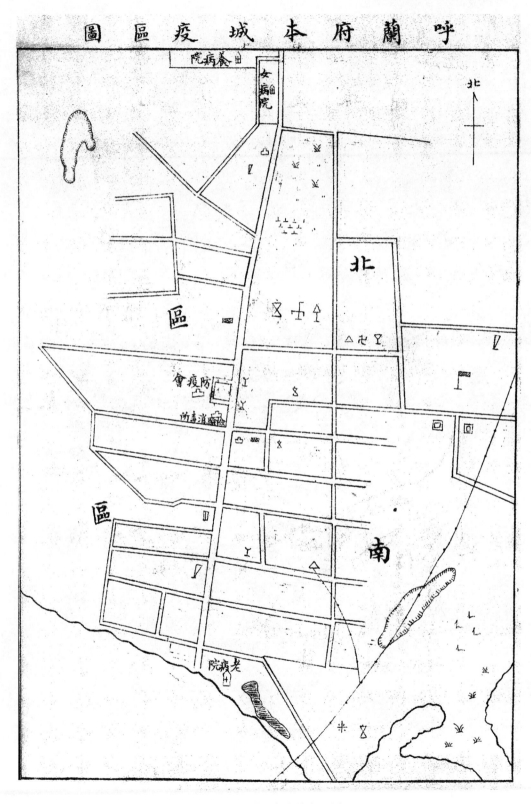

（图 99） 呼兰府本城疫区图

（图 100）　呼兰府四乡疫线图

乙圖線疫鄉四府蘭呼

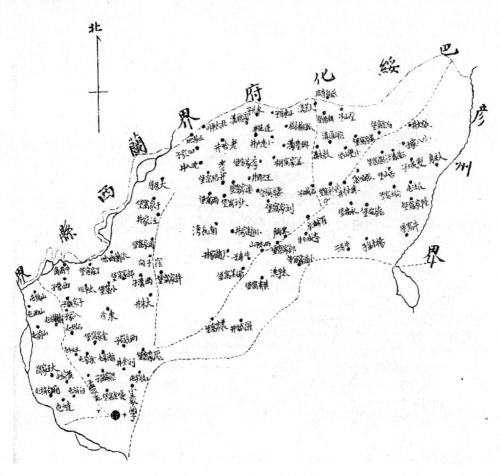

（图101）　呼兰府四乡疫线图

呼蘭府四鄉疫線圖丙

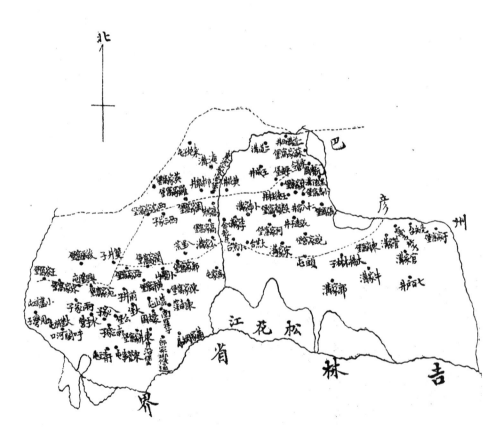

(图 102) 呼兰府四乡疫线图

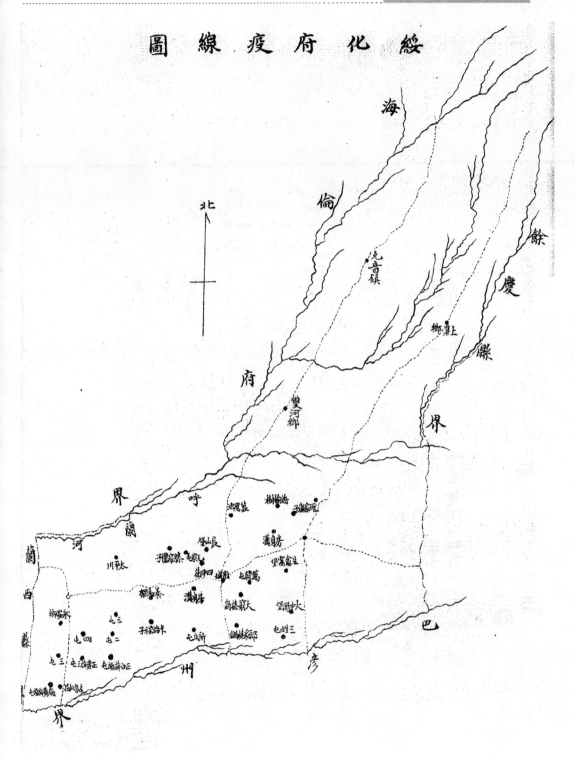

(图 103)　　绥化府疫线图

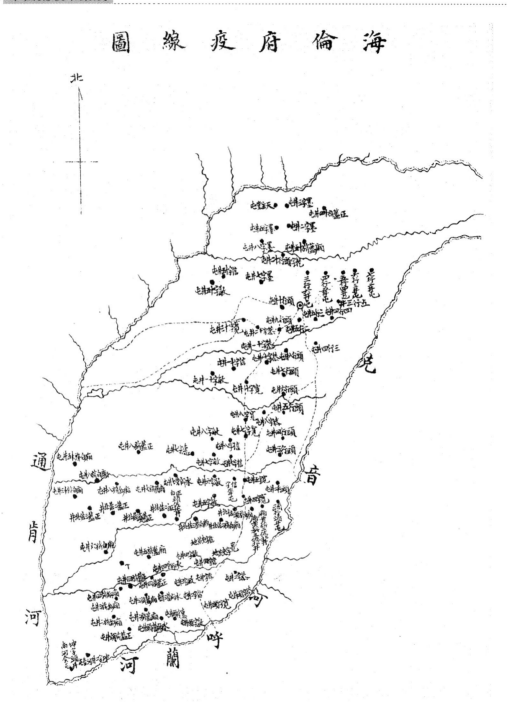

（图 104）　海伦府疫线图

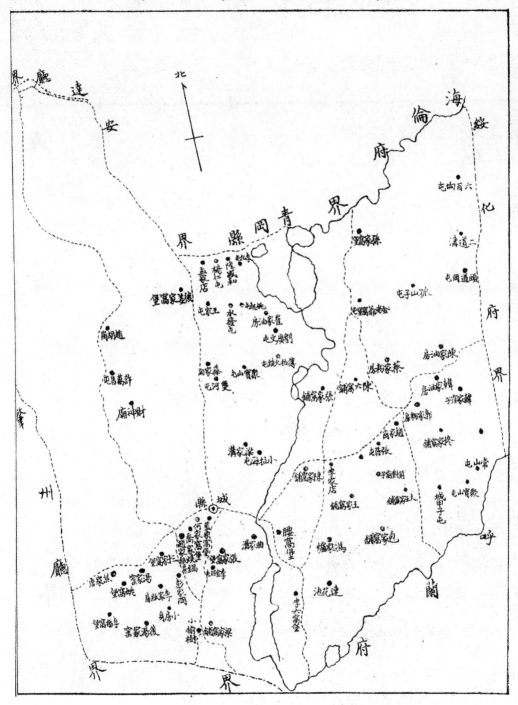

（图 105）　兰西县疫区图

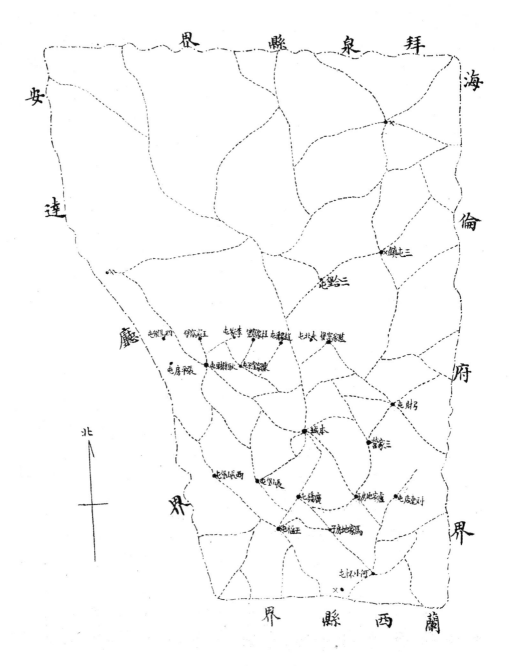

(图 106) 青冈县疫线图

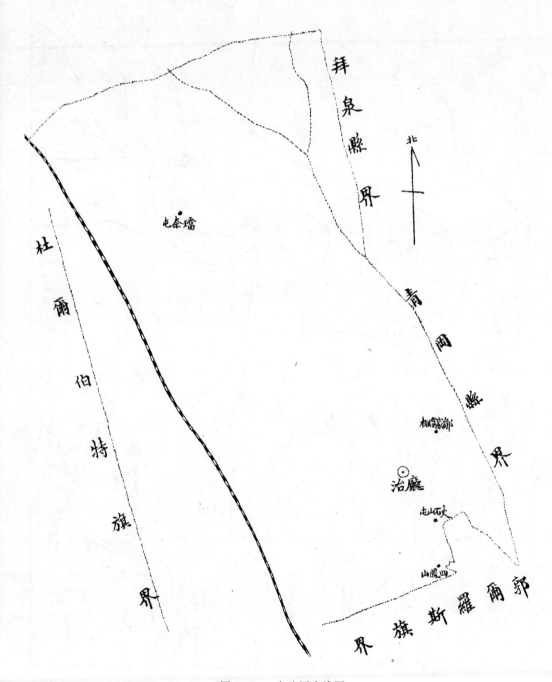

（图 107）　安达厅疫线图

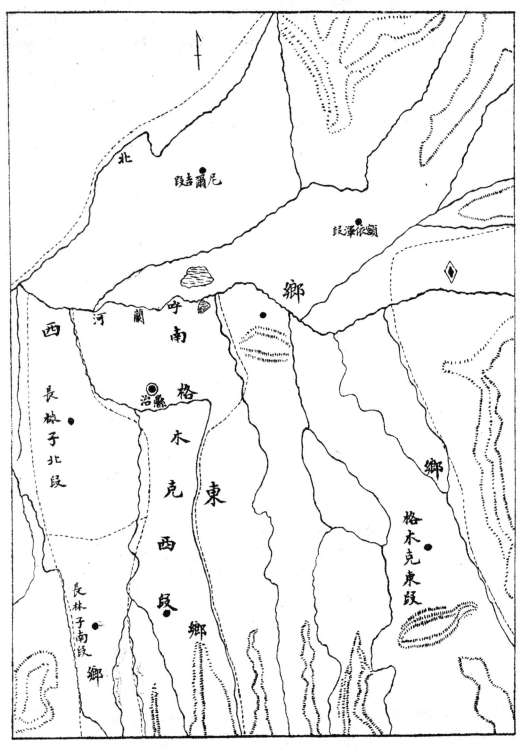

（图108） 余庆县疫区图

圖線疫縣蘭木

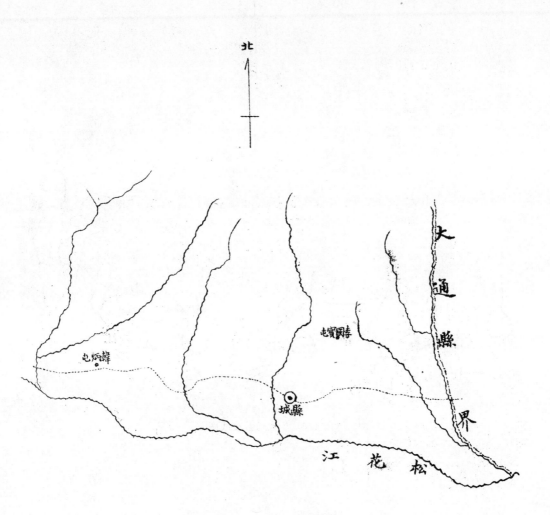

（图 109）　木兰县疫线图

大 通 縣 疫 線 圖

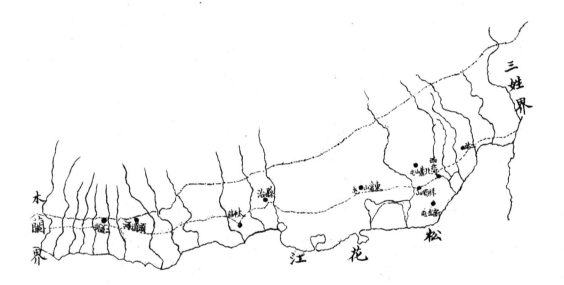

（图 110）　大通县疫线图

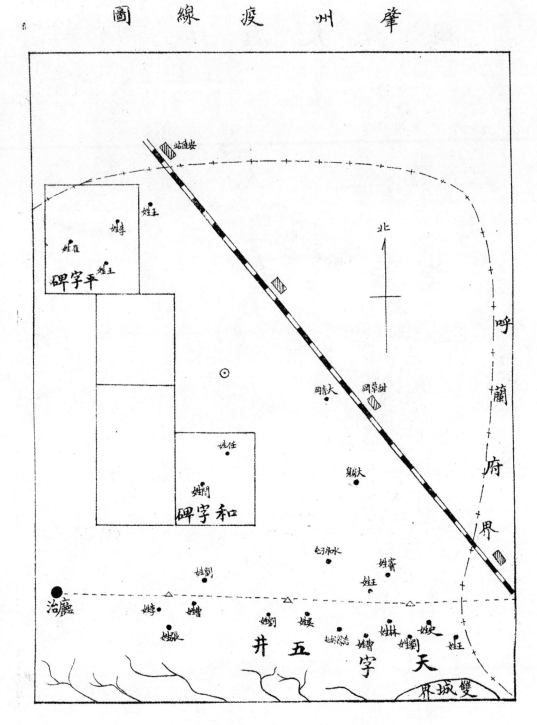

（图 111） 肇州厅疫线图

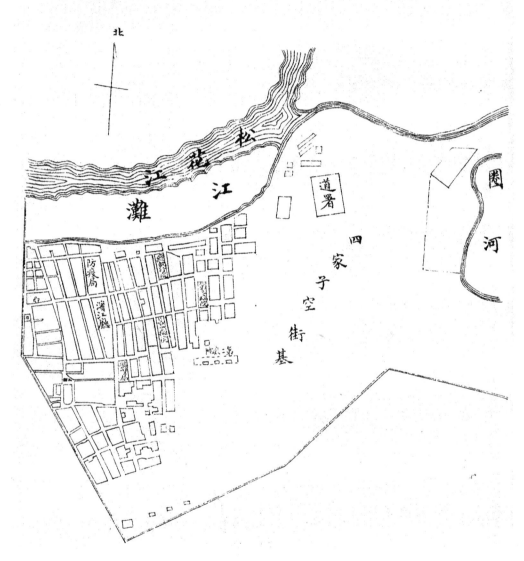

（图112） 滨江厅疫线图

（图 113）　宾州府疫线图

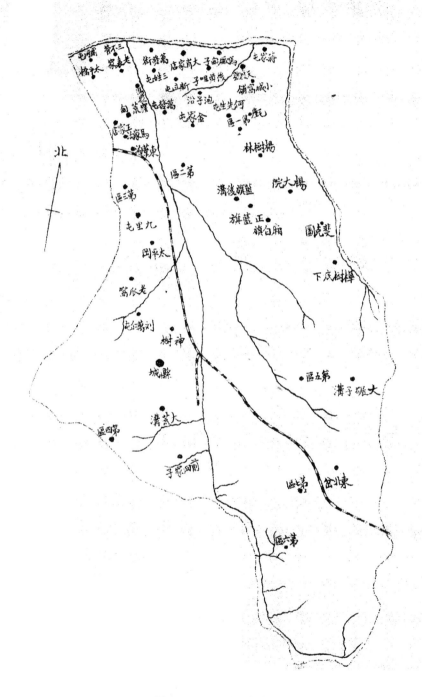

（图 114） 阿城县疫线图

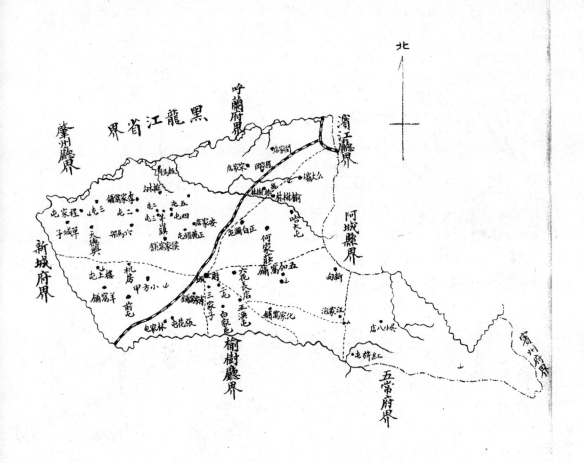

（图 115）　双城府疫线图

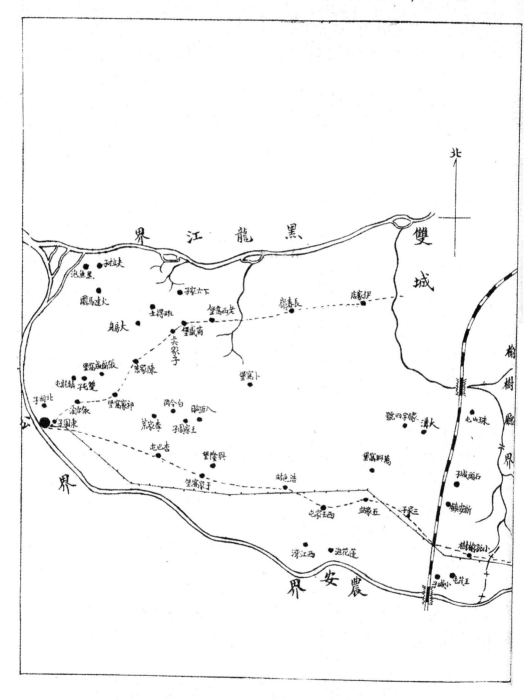

（图116）　新城府疫线图

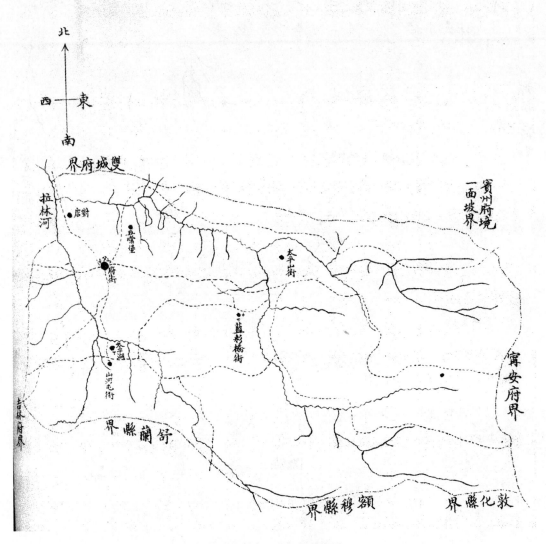

（图 117）　五常府疫线图

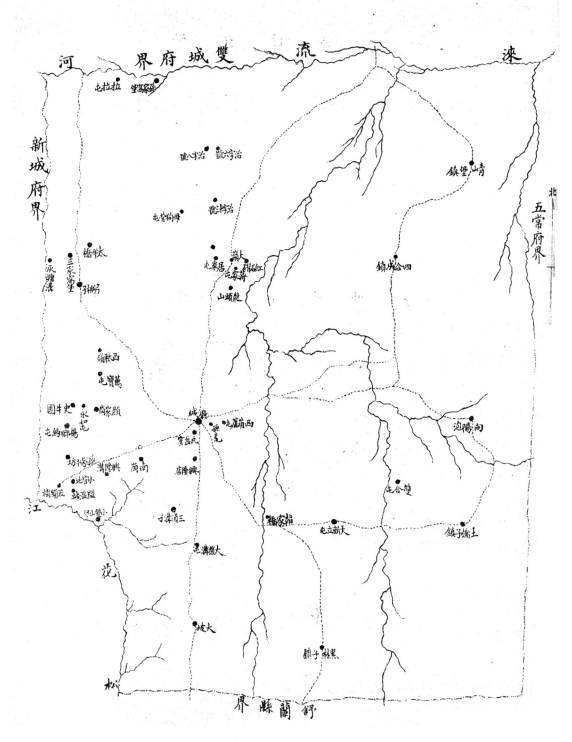

（图 118） 榆树厅疫线图

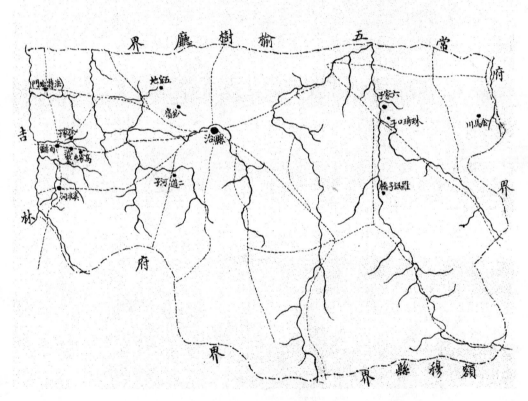

(图 119) 舒兰县疫线图

長 壽 縣 疫 線 圖

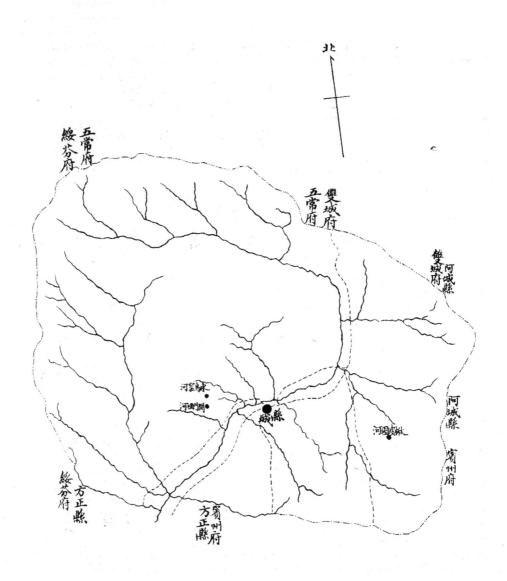

（图 120） 长春县疫线图

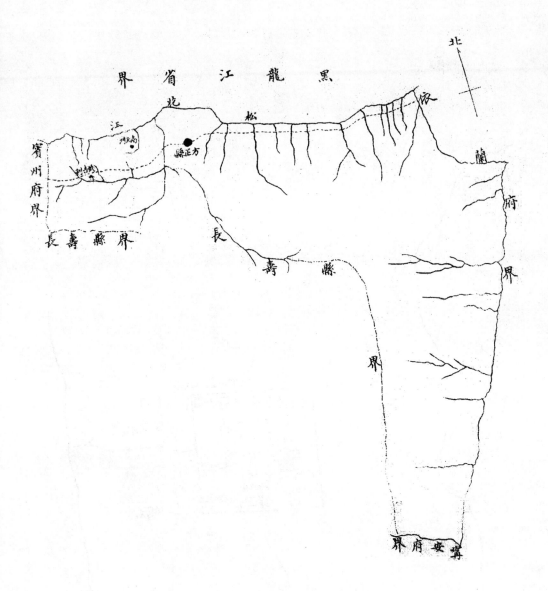

（图 121） 方正县疫线图

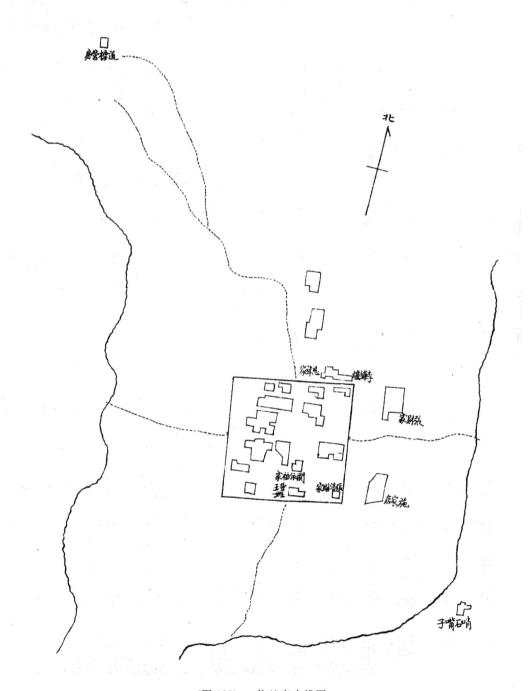

（图 122）　依兰府疫线图

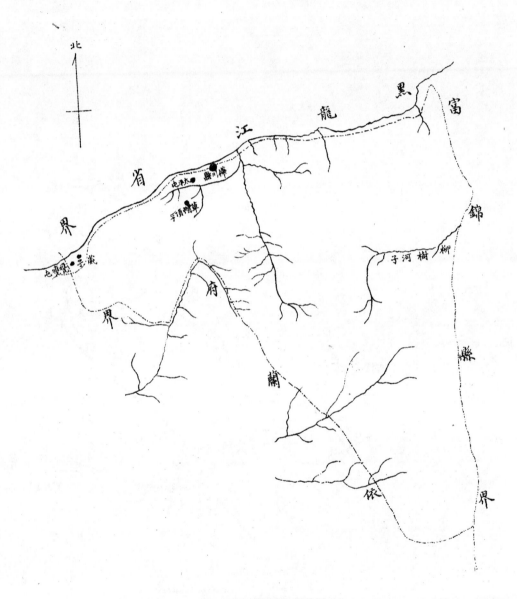

（图 123） 桦川县疫线图

圖 線 疫 府 春 長

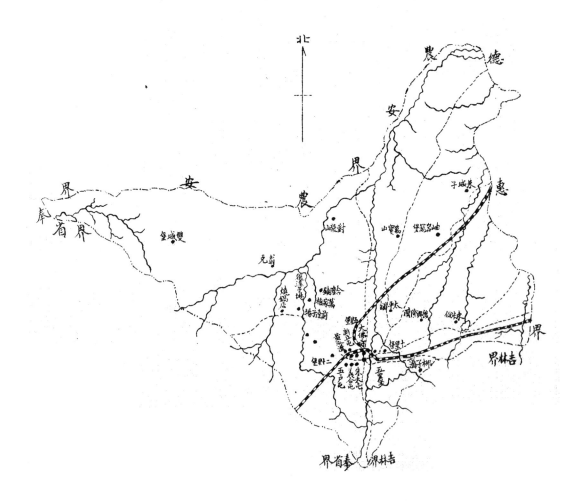

（图 124）　　长春府疫线图

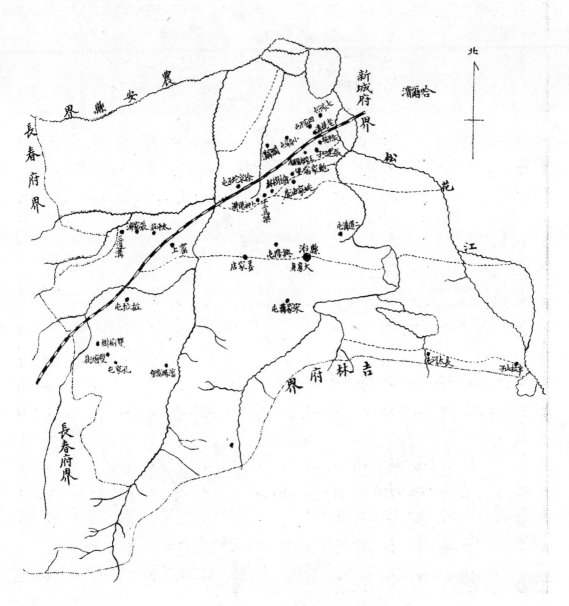

(图 125)　德惠县疫线图

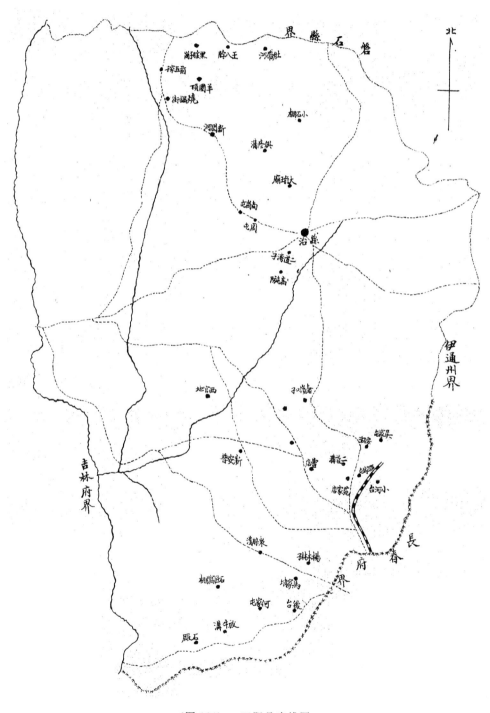

(图 126) 双阳县疫线图

圖　線　疫　州　通　伊

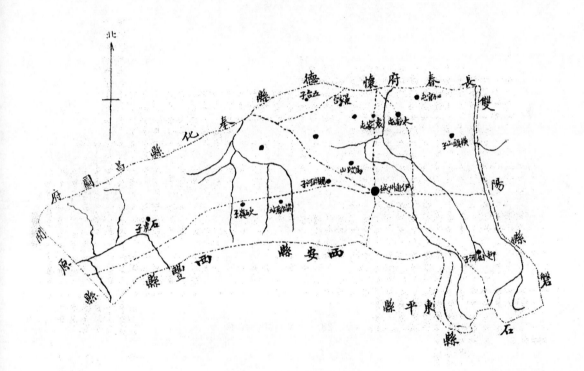

（图 127）　　伊通州疫线图

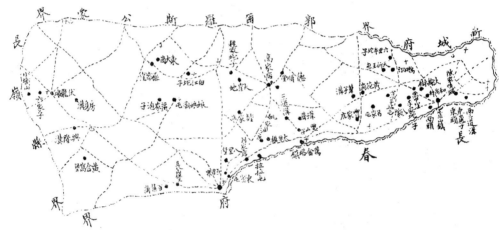

（图128） 农安县疫线图

圖 線 疫 縣 嶺 長

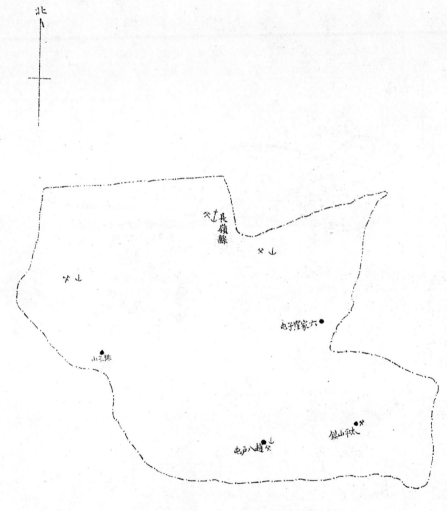

（图 129）　长岭县疫线图

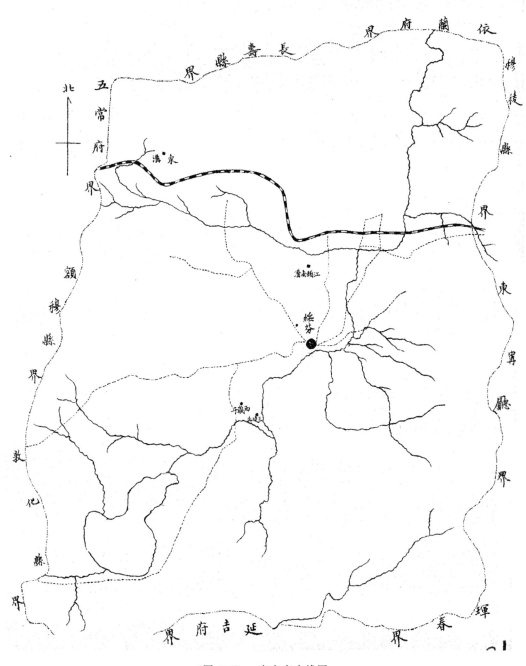

（图 130） 宁安府疫线图

磐 石 縣 疫 線 圖

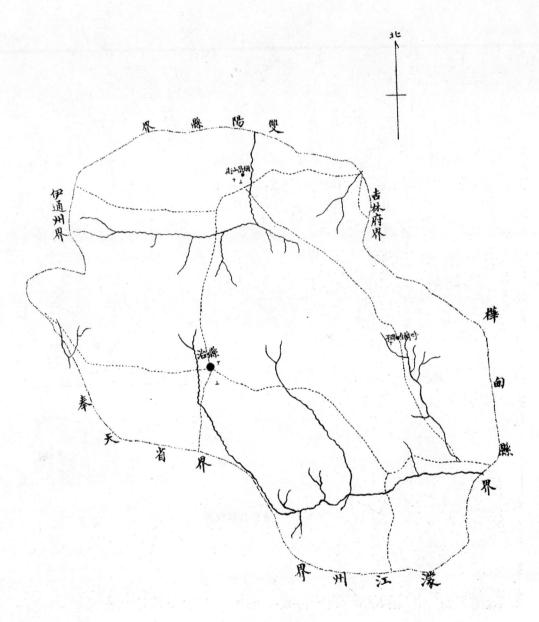

（图131） 磐石县疫线图

圖 線 疫 縣 穆 額

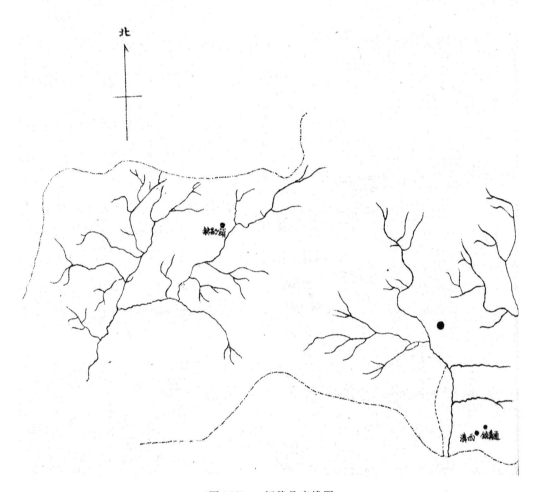

（图132） 额穆县疫线图

圖 線 疫 縣 化 敦

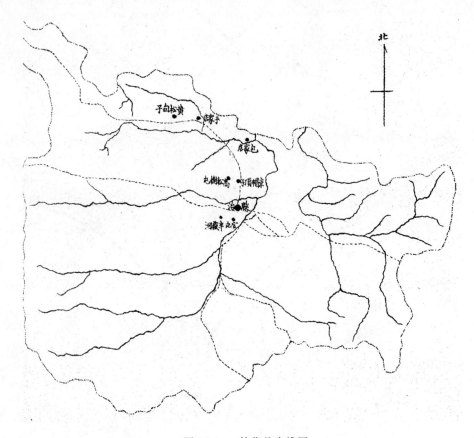

（图 133） 敦化县疫线图

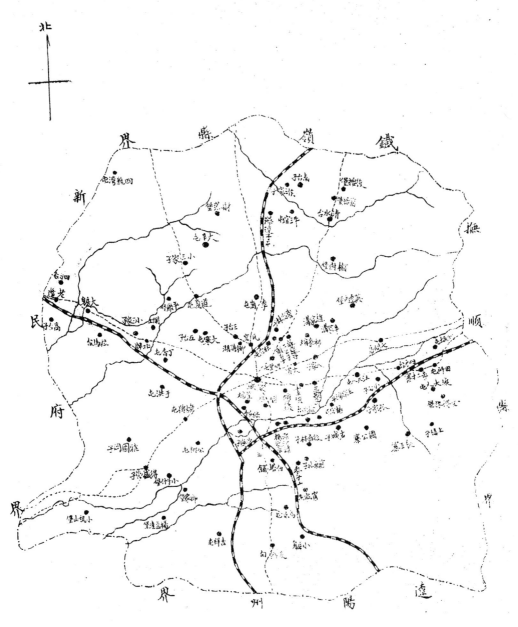

(图 134)　承德县疫线图

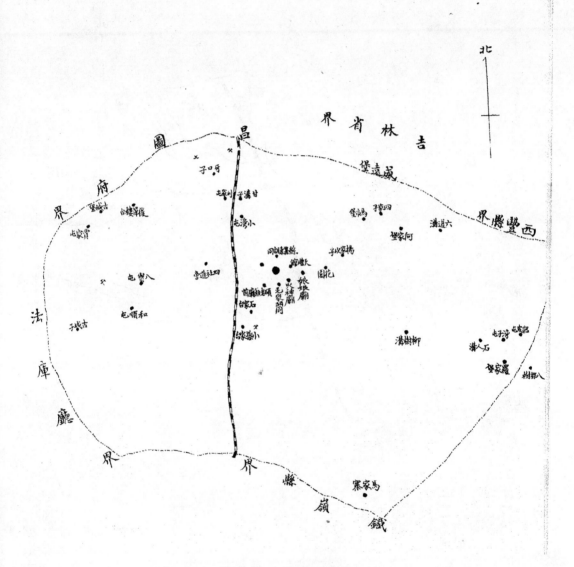

（图 135） 开原县疫线图

圖 線 疫 縣 嶺 鐵

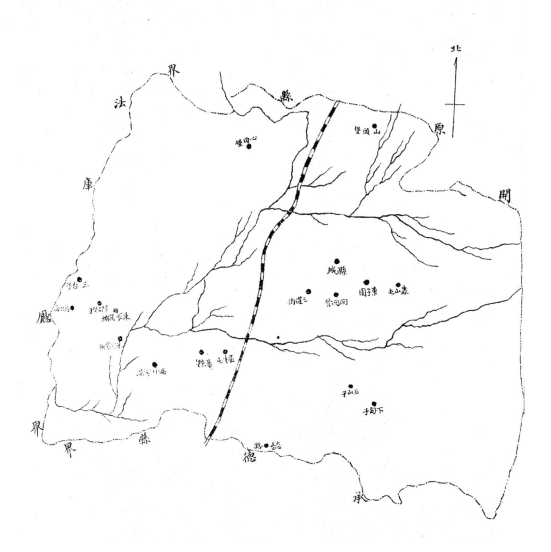

（图 136）　铁岭县疫线图

圖 綠 疫 縣 德 懷

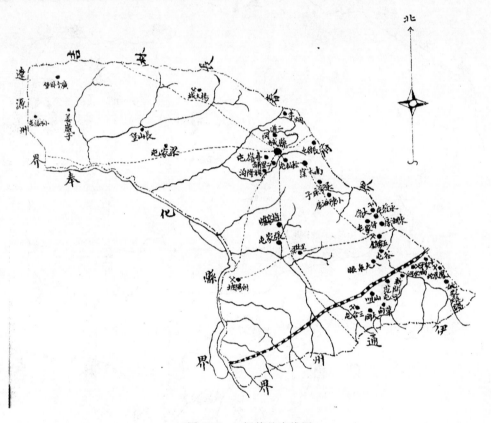

(图 137) 怀德县疫线图

圖　線　疫　縣　化　奉

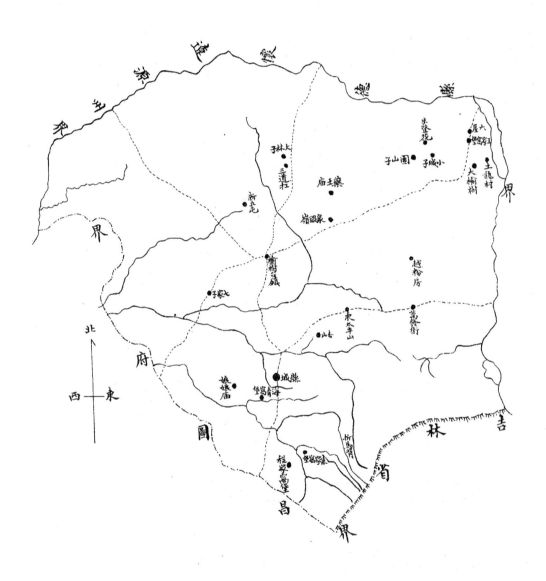

（图 138）　奉化县疫线图

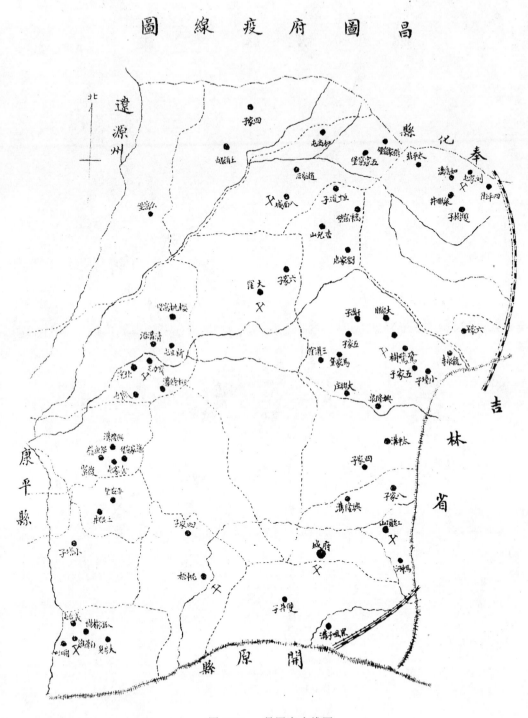

（图 139）　昌图府疫线图

康 平 縣 疫 綫 圖

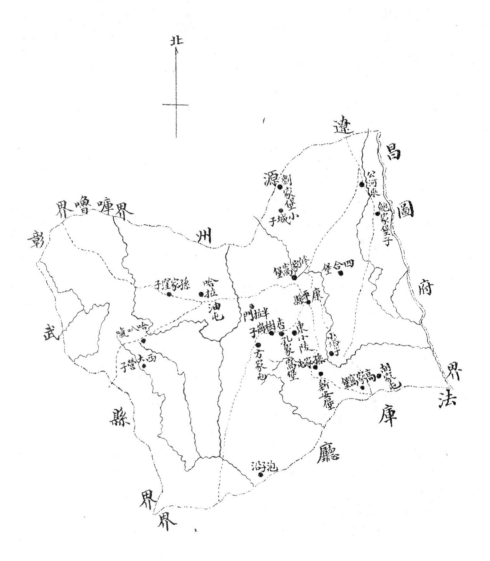

（图 140）　康平县疫线图

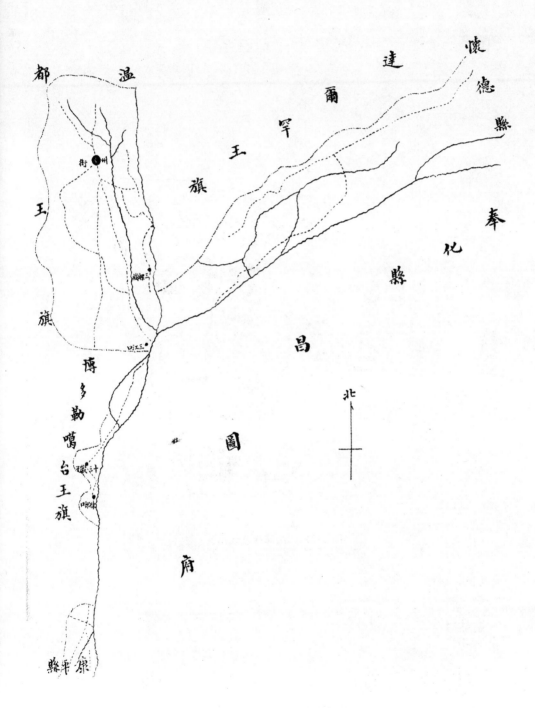

（图 141） 辽源州疫线图

圖　綫　疫　廳　庫　法

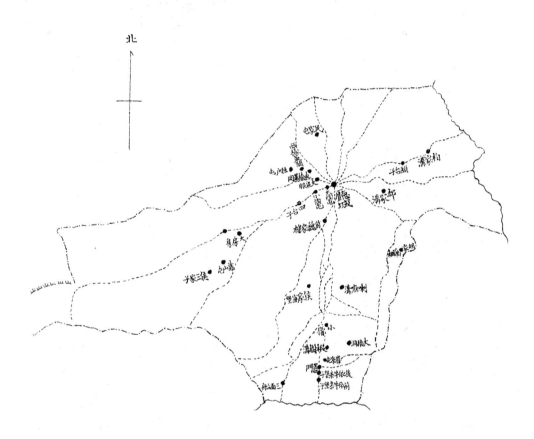

（图 142）　法库厅疫线图

圖 線 疫 縣 安 西

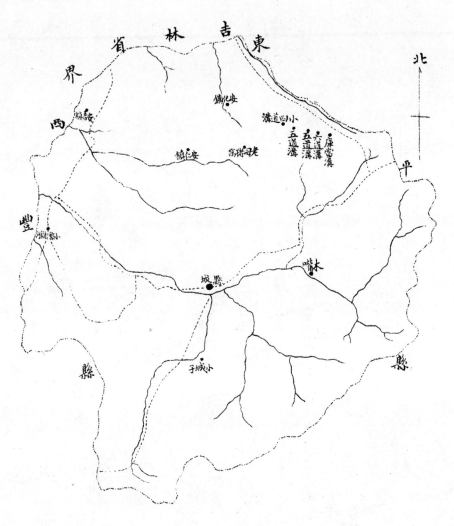

（图 143） 西安县疫线图

圖 線 疫 縣 豐 西

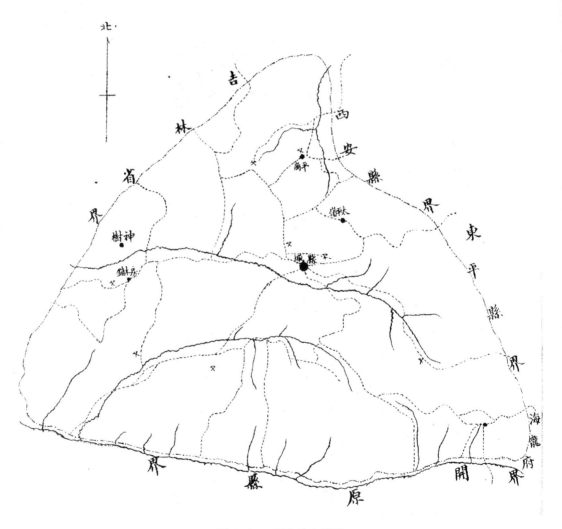

（图 144） 西丰县疫线图

圖 線 疫 府 龍 海

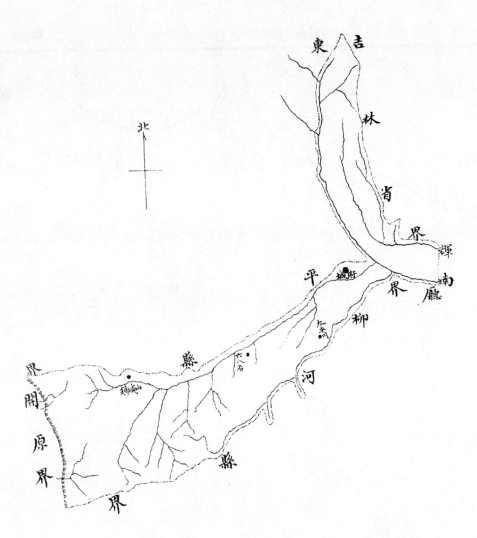

（图 145）　海龙府疫线图

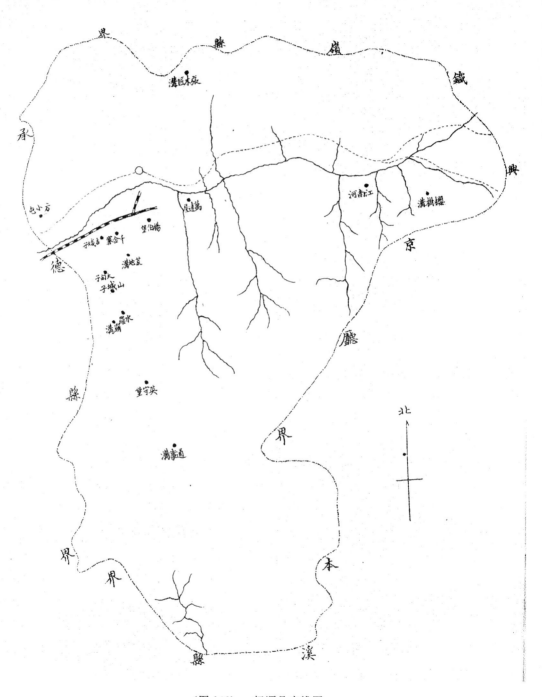

（图 146）　抚顺县疫线图

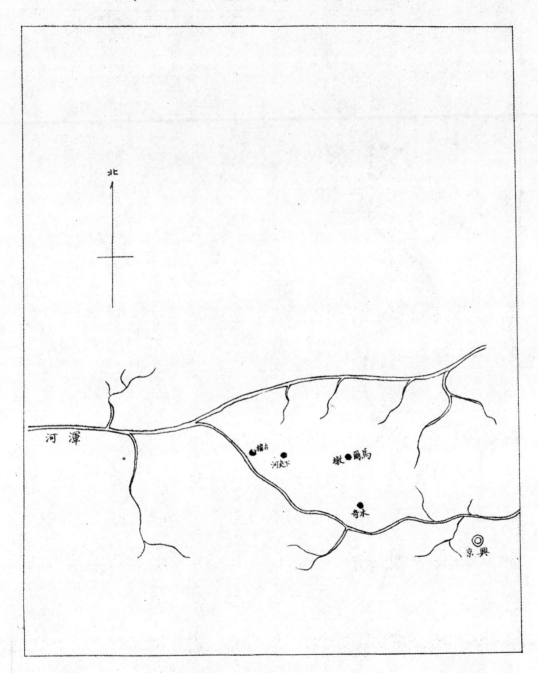

（图 147）　兴京府疫线图

图 線 疫 縣 溪 本

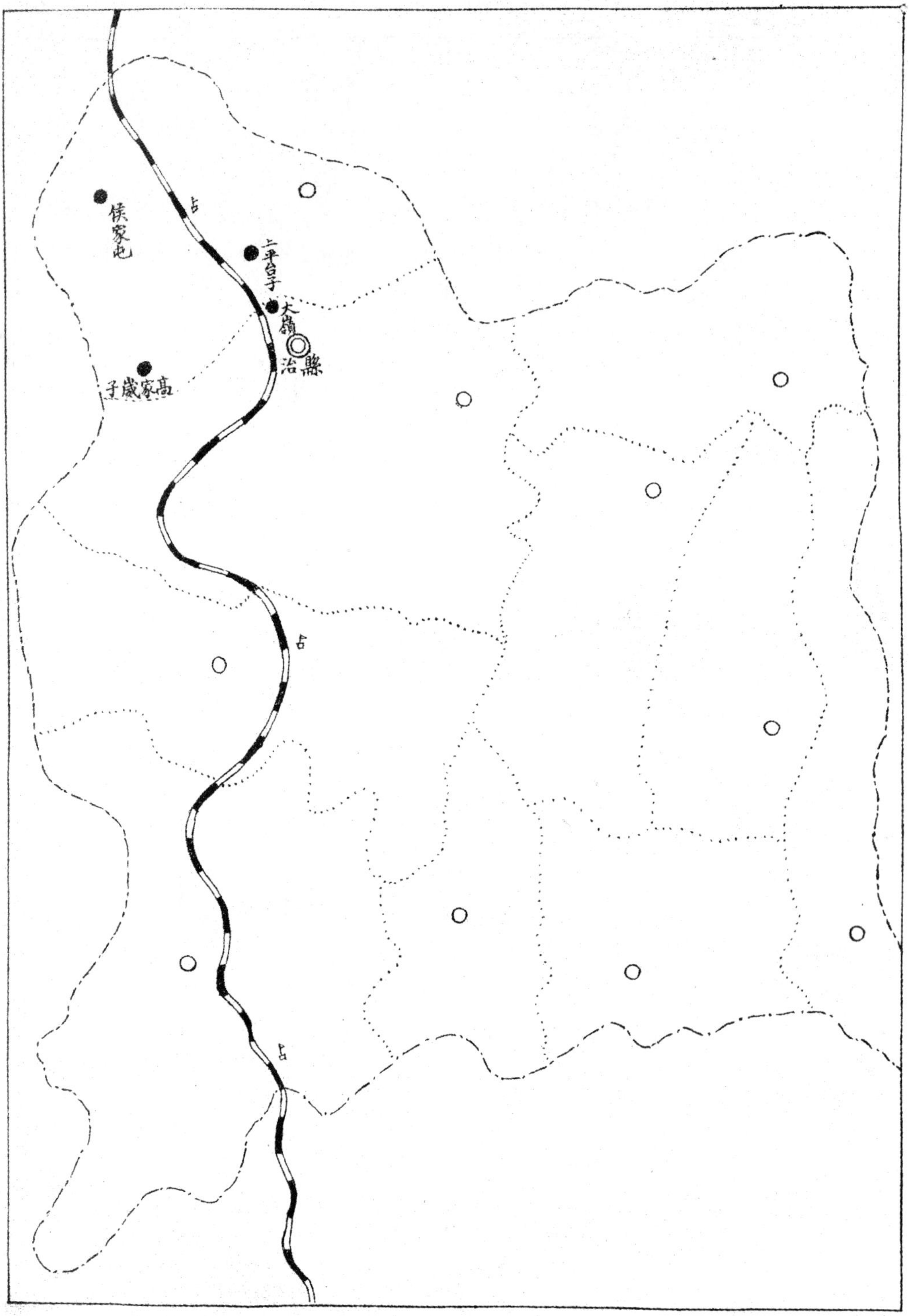

（图 148）　本溪县疫线图

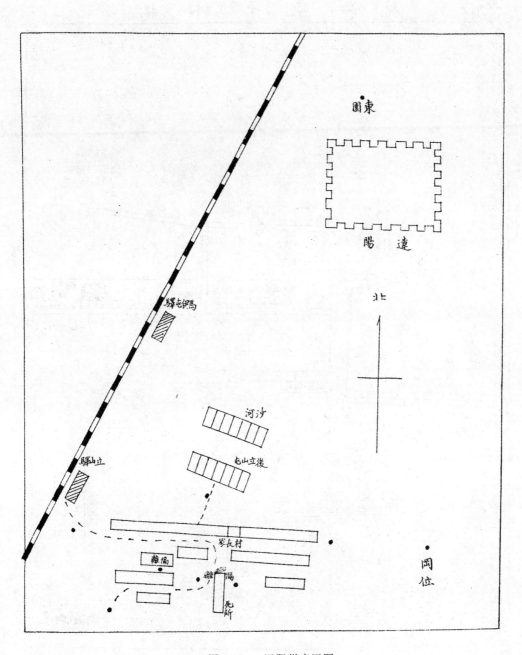

（图 149）　辽阳州疫区图

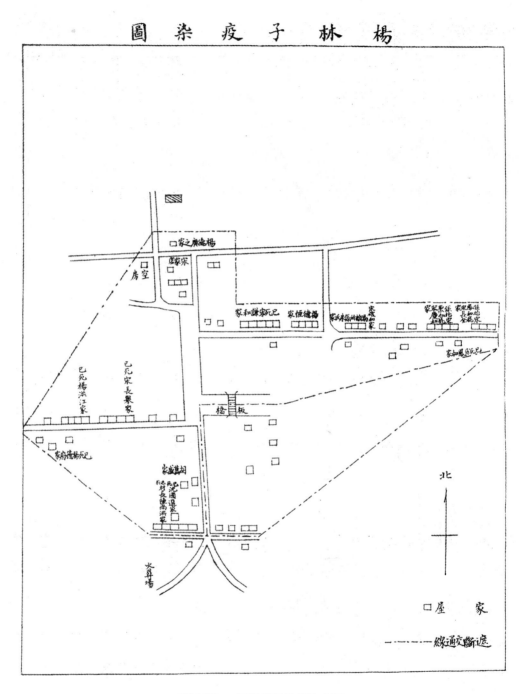

（图150） 辽阳州杨林子染疫图

圖 線 疫 府 民 新

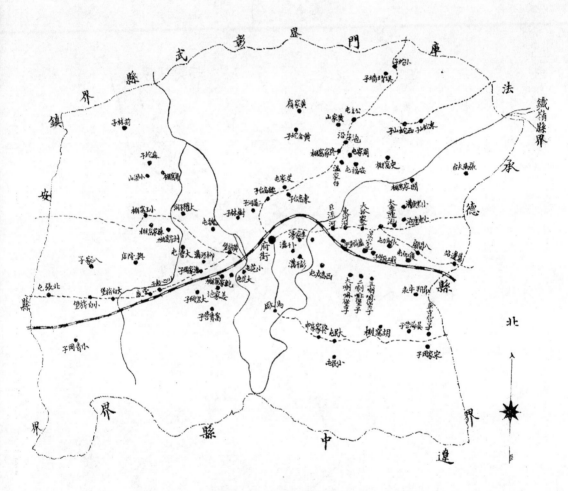

（图 151） 新民府疫线图

圖　線　疫　縣　安　鎮

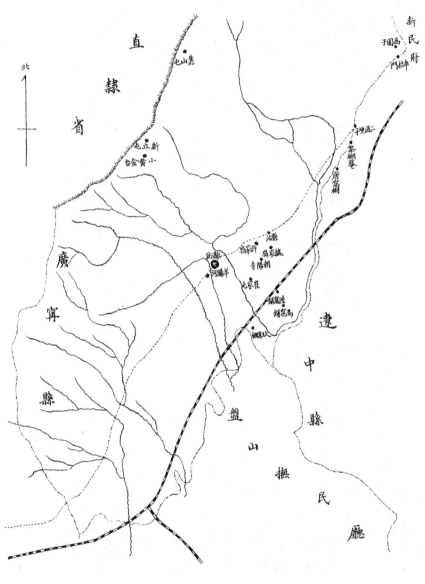

（图 152）　镇安县疫线图

圖 線 疫 縣 寗 廣

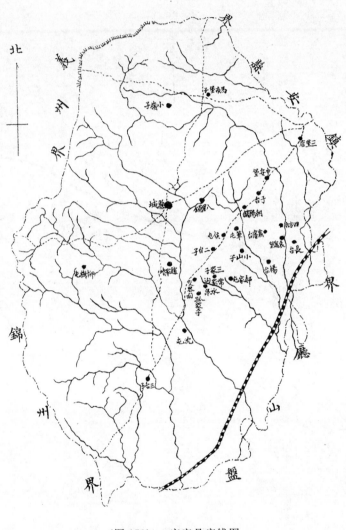

（图 153）　广宁县疫线图

圖　線　疫　州　錦

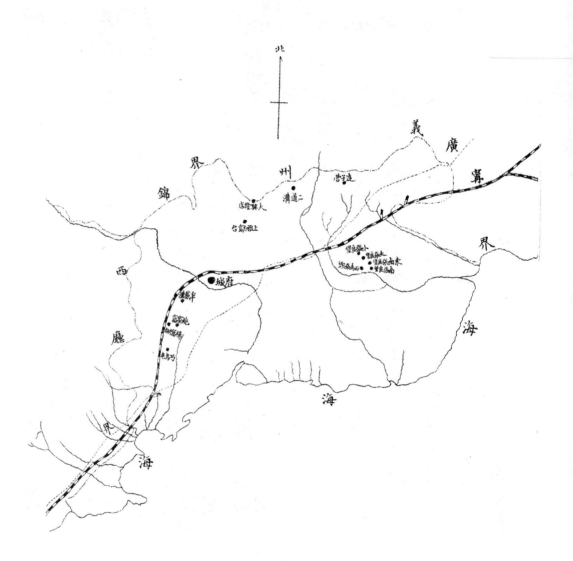

（图 154）　锦州疫线图

圖 線 疫 州 義

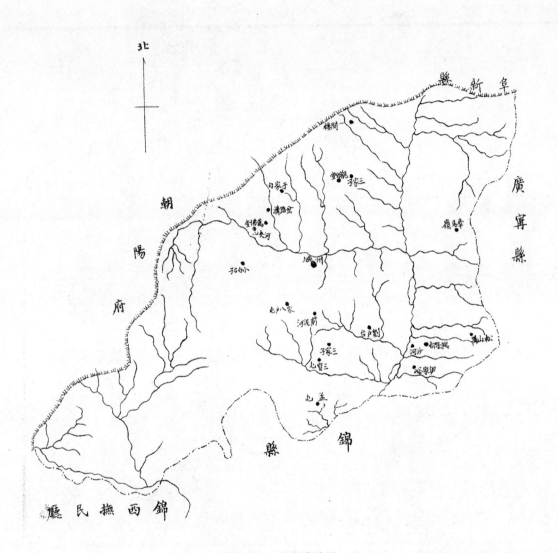

（图 155） 义州疫线图

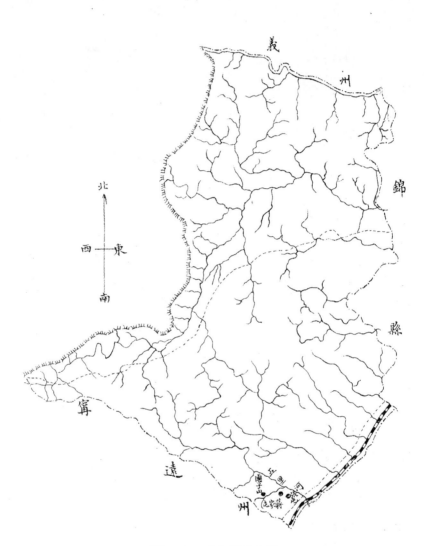

锦 西 廳 疫 線 圖

(图 156) 锦西厅疫线图

圖 線 疫 州 遠 寧

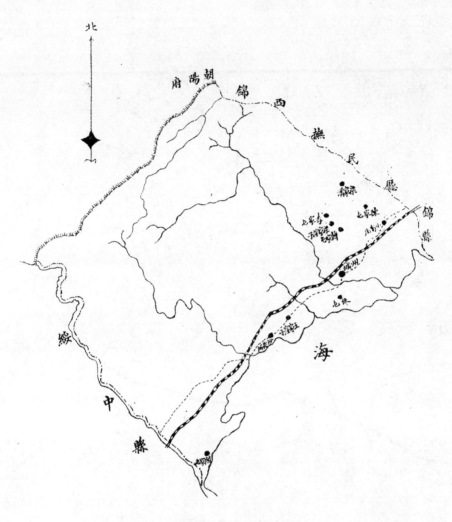

（图157） 宁远州疫线图

圖 線 疫 縣 中 綏

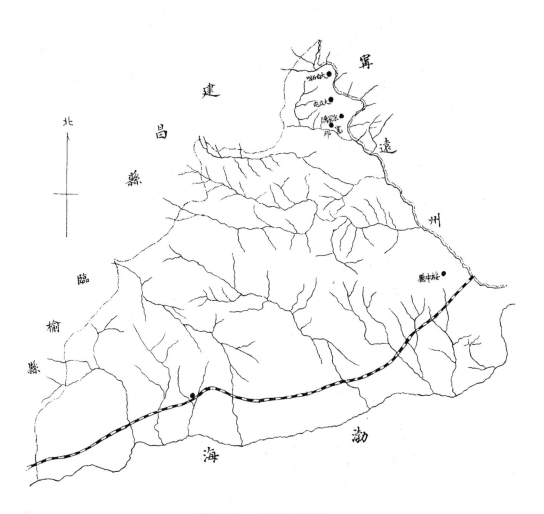

（图 158）　绥中县疫线图

圖 線 疫 廳 山 盤

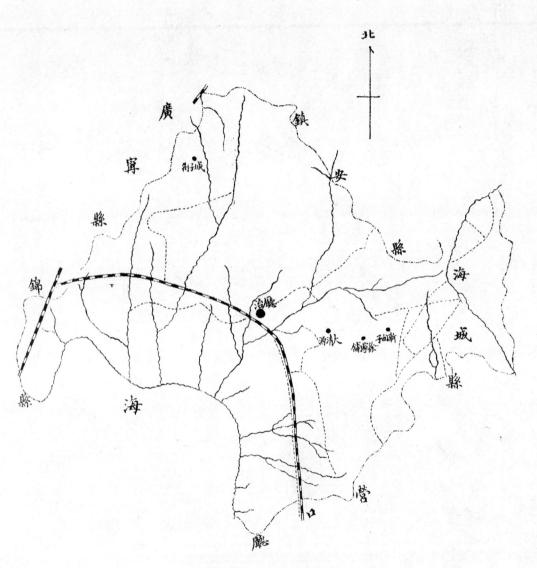

（图 159） 盘中厅疫线图

圖 線 疫 縣 武 彰

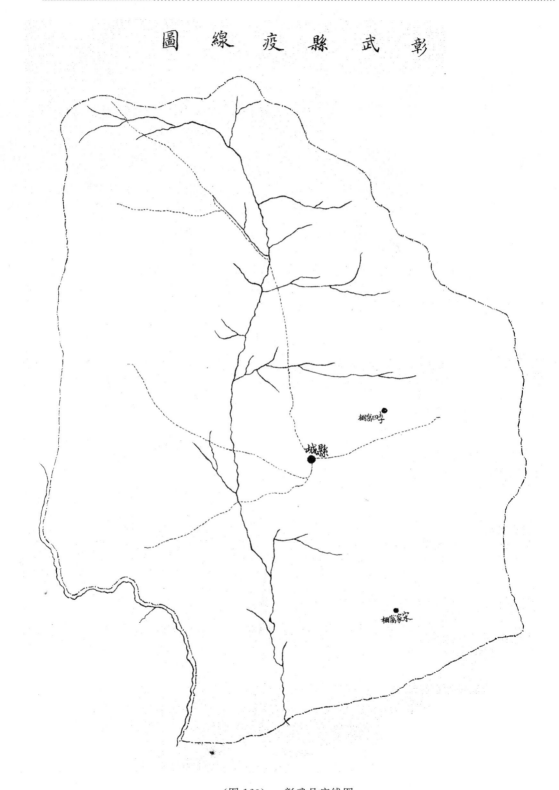

（图 160） 彰武县疫线图

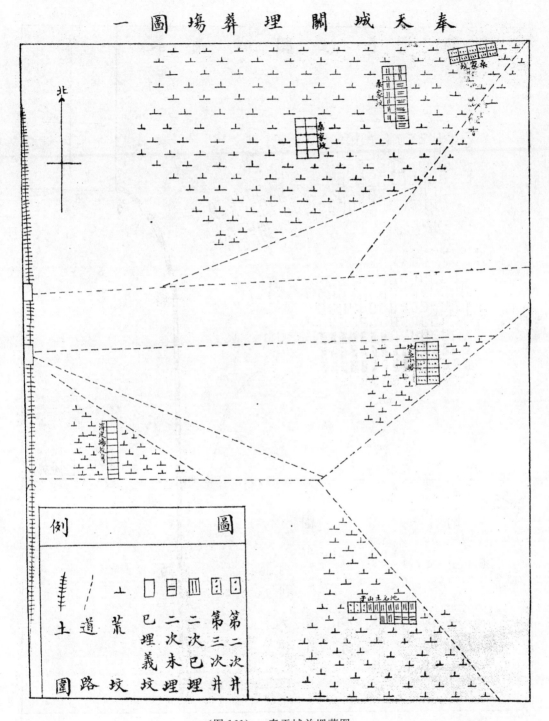

（图 161） 奉天城关埋葬图

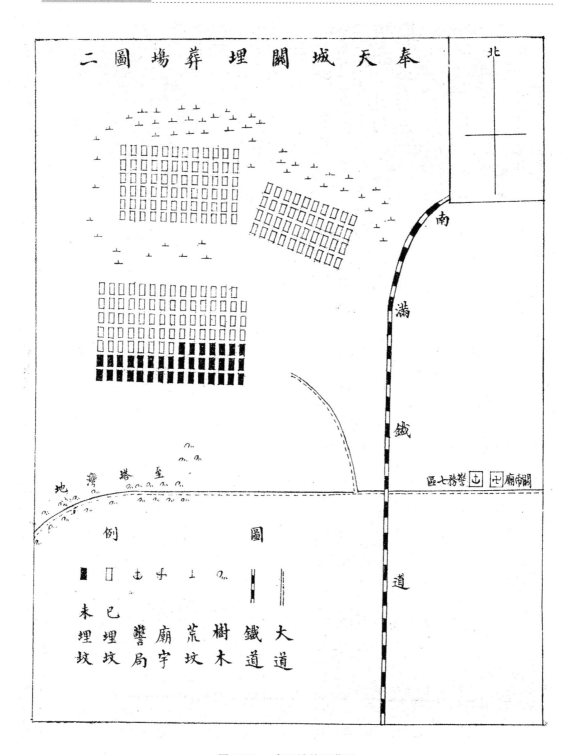

(图 162)　奉天城关埋葬图

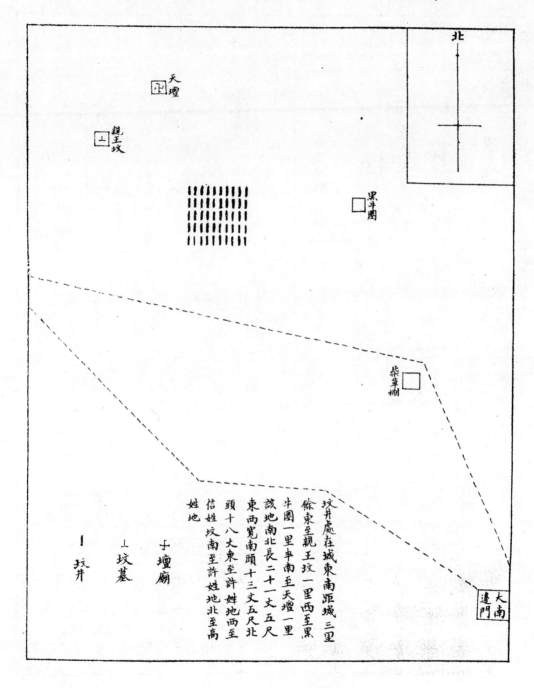

（图 163）　奉天城关埋葬图

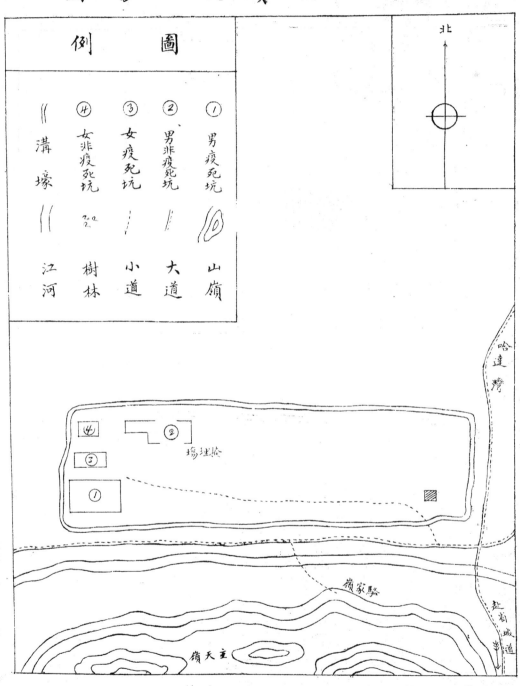

（图 164） 吉林玄天岭掩场图

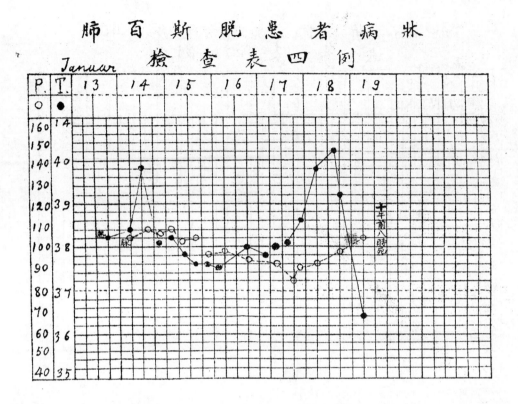

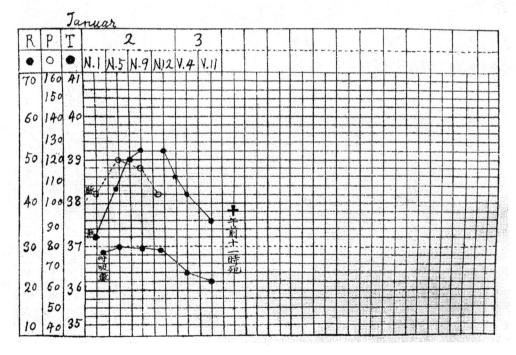

（图 165）　肺百脱患者病状检查图

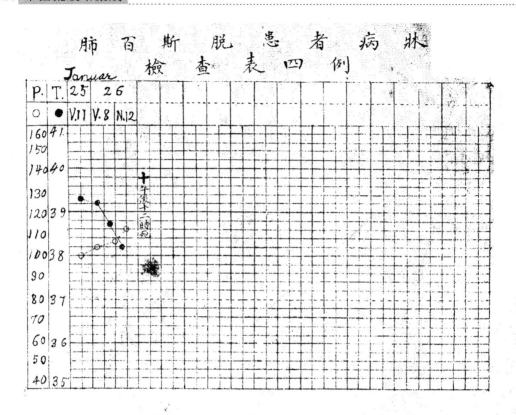

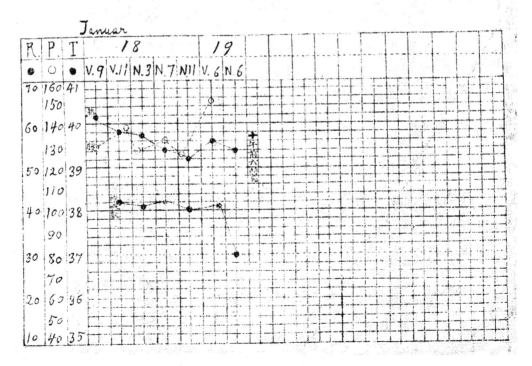

（图 166） 肺百脱患者病状检查图

皖北治水弭灾条议

清末铅印本

（清）吴学廉　撰

夏明方　点校

拟皖北治水弭灾条议致同乡公启

敬陈者：皖北上年大灾后，今春雨多水发，复又成灾。三月杪，学廉奉两江督院张札委往查，已将皖北凤、颍、泗各属水势灾情及拟目前应急补救办法，禀呈江皖两院暨查振冯大臣鉴核。惟思补救于事后，恤其灾而未塞其忧，不如消弭于方来，去其害而因以为利。自古救荒无善策，而治水有成规。值此蠲振频烦，糜费无已，财力必有穷期，当思一劳永逸之大计。夫皖北灾情之重，灾地之广，百姓荡析流亡，惨遘其毒，死者不知其数，生者无以自存。况近五年以来四见水灾，今春复罹其厄，岂天心仁爱独酷于皖北之民哉？盖皖北惟知水害而不思所以除其害，未习水利而不思所以兴其利，人事未尽，故叠成天灾，不得诿之气数也。善治疾者，必推其致疾所由来而治其受疾之处；善救灾者，必究其酿灾所缘起而施其弭灾之方。从来水性就下，利导之则足以相安，阻塞之则重以为患。昔贾让有言：善为川者，决之使导。徐贞明亦有言：水聚之则为害，散之则利。今不导之使行而听之使壅，不散之使顺而聚之使横，遂至沉没田庐，荐臻饥馑，岁岁告灾，人人自危，势有固然，事无足怪。当此痛深创巨，亟思根本之图，舍讲求治水外别无他法。学廉周历灾区，窃见长淮地势南高而北下，而淮北大小河道复多，故水患之发往往北重于南。治水次第，除长淮两岸外，似宜先从淮北开办。综观淮南北受水之患，大约淤塞之河未疏浚，行水之河无堤堰，平原下隰之田无沟塍塘圩，致灾之由不外乎此。近年加以铁路横亘于凤、怀、灵、宿之间，又多一层障碍。皆宜详速考求，分别修举改良，对症发药，节宣得法，则脉络贯通，元气亦可渐复。其治法，窃以为有本中之本，有本中之标，有标中之本，有标中之标。或洪纤毕举，或急先是务，惟视当局财力、愿力以为断而已。学廉谨就考察所及，参以图籍，为同乡诸公缕析陈之。

何谓治本中之本？大治淮河，兼及睢河与洪湖下流是也。导淮之说久矣，前代及国朝以来，叠有黄溃入淮之患。近溯光绪丁亥郑工决口，黄水又分侵入淮，于是淮河复加淤垫，河身益高，则横溢益甚。此必然之势也。浚其底蕴，广其尾闾，寻流讨源，宜合苏皖豫三省之力以治之。正干既通，而特别之旁支犹足为患，则兼治睢河尤视他支河为重要。盖淮北各河，惟睢为患最甚也。查睢河在宿州境者，先分三股，总归一河。中股上承河南虞永及洪减二河之水，北股上承徐州铜萧诸山、龙岱二湖之水，南股上承河南永城巴沟河及洪减支流之水，由宿而灵而泗，其下流原以泗境洪泽之安河口为入湖之路。自昔靳文襄公开毛城铺等处减水坝，每遇黄涨，开泄减坝，借睢行黄入湖，致将灵泗两境河身淤成平陆，水至则平漫民田。此沿睢两岸所以屡被水患。又此河在宿境者，除南北二股无堤防外，中股河岸身尚不低浅，较能容水。至灵璧之旧决口始溢出，溢而东，则泗州受害；溢而南，且灾及五河。故欲澹宿、灵、泗、五之灾，舍疏浚睢河，别无他策。但浚睢之说亦聚讼纷，如昔曾文正、左文襄、刘忠诚三公曾会奏合三省之力举办睢河，亦屡议屡辍。近年丁未、戊申间，前安徽冯抚院筹款定议，奉办浚睢，又以去任后款绌暂罢。然睢河一日不治，则宿、灵、泗、五之灾时时难防；且治睢费即较多，而视导淮之工费浩大又相悬绝，如有款可筹，似宜先治之以救眉急；一俟筹款宏富，即办导淮，以举全局。难者谓，洪湖日形淤浅，恐睢水入湖不能尽纳，致增溢于高宝，危及下河，亦治睢之一大疑案。第淮北之水，舍洪湖别无所归。夏秋盛涨，四溢横出，霜后退落，仍涓滴归湖，不过无河槽可循者，始虽侵灌民田，终亦消归洪泽也。(前安徽冯抚院昔年委王县丞宝槐查勘宿、灵、泗、五各州县河道，预备浚睢一案，王县丞周历测量各水道，曾上禀详陈治睢办法，并言洪泽容量之无碍详情具其禀牍内，似可调卷参考。)且睢水未入洪泽之先，所经之宿州境有湖十六，灵璧境有湖十一，泗州境有湖五，合计三十余处湖荡，虽半多淤涸，择其可分注睢水者，宜浚深而沟通之(如有已恳种者，宜申禁退出，不得私占水乡)，则洪湖所不能尽容者，有诸湖先为分容，上游既杀其势，则下游自减其流，入注洪泽者差少。以此二说观之，似洪湖尚可容纳。又洪湖日渐淤高，本宜深浚以拓容量，但板淤可去，活淤难除，故向鲜浚法。宜详察而博考之，或专去板淤，亦不无小补，不得拘有水当刷、无水当挑之旧说也。又湖滨涸出之地不宜开恳筑圩，与水争地，利小害大，推而及于高宝诸湖亦然。似应请苏皖大府明示饬禁，以维两省河防大局，于洪湖之量能容，即于高宝下河并受其益。虽然睢水者关淮北偏隅之利害，淮水者系苏皖两省之安危，睢既以洪泽为归墟，淮实以洪泽为腹地，淮之上部下部不并治，虽睢流无恙，亦于全局无裨。是治睢固宜导淮，即不治睢，亦不能不导淮，而尤以淮之下部分流入海为第一要义。夫为水患于皖北者，淮之上部也。连年汛滥，不为疏浚深通，一逢涨发，则水无所容，淮民岂能长蒙昏垫？上部治矣，而中宫饱满，下部壅遏，则上部虽通犹塞。盖水势下行，路畅则速，路阻则迟，下流既滞，上流必缓，甚至回波倒漾，四溃难收。是以洪泽不治而仅治长淮，无益也；洪泽下游入海之路不治而仅治洪泽，亦无益也。淮水出入三省，行千余里，其势亦如常山之蛇，首尾相应。豫皖固应联为一气，苏皖更须视若一家，痛痒相关，通力合作，乃能除害务尽，保民无疆。查洪泽以下淮水本有入江、入海两路，云梯关入海故道既久淤湮，则入江只有运河一途。归江十坝，淮流盛涨，何能顿泄？况遇江湖顶托，下行无力，复上承沂泗诸水，即成中满险症。淮扬数百里一线东堤，西有浪冲，东无地倚，势居垒卵之形。每岁堤工增卑培薄，补苴罅漏，殊属下策，况以少款而敷衍之乎？下河在东堤外，形如釜底，夏秋大泛时，堤上水高于屋，帆高于城，九县人民日在危境，不必有睢河增水入湖之害也。学廉前权任淮扬，两与防河之役，极知其不可久恃。循此不改，必有崩溃之一日，下河人命、田庐、财产同归于汪洋泽国之中，民人既耗失无涯，财赋亦匮蹶不振，而朝廷之蠲赈抚绥、大兴工役又不知糜款若何？此皆不预治淮之患也。导淮入海之举，岂可以费巨而缓图哉！惟入海之道，议论颇歧。有议仍由云梯关者，学廉前曾派员粗为查寻，据称其途有二，一由张福口引河十四堡进口，经顺湖集、赵家集、小桥、陈家集，至新挑之窑河头，计程四十余里，宜展宽而稍挑深，并移束青坝，闭于窑河之东，使湖水不能入运，自可转入窑河，经碎石河至旧黄河吴城七堡，至顺清河(即所挑窑河之尾)，由扬庄、安东而至云梯。一由洪湖上游桃源县境内许家勒子，经成子河、升官洼至县城东，入旧黄河，约六十里，亦至吴城七堡，由顺清河杨庄而至云梯。两途似以由桃源者较近，其由张福口经运河入江者可仍其旧，此一说也。有议引淮由北盐河从海州入海者，其中须与东水分别，亦有二途。旧黄河淤高且坚，云梯以至海口又广且远，清口以下淮已无故道可复，惟假道由盐河入海，其势尚顺。虽不由旧黄河，实无异复其故道。然盐河又中运河所受山东诸水归海之路，东水若盛，且出中河，过清口入南运河，助淮以侵下河，即平水安流，亦不能于入盐河后仍兼纳淮水。宜从刘老涧等处迤东，先挑六塘、砂礓等河，使东水先从沭海北境别趋出海，不全由中河，以与淮争一盐河；更浚治盐河，使能多受淮流，可资畅泄，并挑深洪湖内之引河，使淮北出清口后，仍分余流入南运河，不径由三河先注高宝，以侵下河，则东水入海之路既开，沭海固藉免水害，淮水入运之流可减，下河且藉获水利矣。此亦一说也。有议在南运河东堤下筑长堤束水由下河归海者，其途亦有二。据东亭冯道立淮扬水利图说所述，昔王文通、李书芸、徐旭旦诸公有自山阳泾河开渠筑堤通海之议，靳文襄有自高邮筑堤通海之议，今拟仿筑堤束水之法，参用王、李、徐三公与文襄公旧议，筑长堤二道，一在高邮，一在泾河。高邮之堤，由车逻、五里等坝，经兴化南至白驹出门龙港入海。若泾河之堤，则由西安丰历马家荡，口面宽阔，施工较难，或择马荡浅处直行，至射阳湖入海，与高邮坝所筑长堤分为二道，洪湖水发入运，即可从此两堤束之入海，水势奔赴只在堤内，而堤外远近居民安堵无惊。但文襄之议，乔公莱曾以四不可止之，然逐一考求所谓四不可者，今皆无碍。其言若此。此又一说也。兹复按入海数说，云梯虽属故道，而久闭淤塞，有高仰之虞，恐施工难而用费重。盐河借径似较顺易，然三河为洪泽南泻高宝湖之下口，运口为洪泽分入中运河之上口，曩筹导淮事，经前两江端督院饬委多员详细测量，三河河底低于运口河底二丈四尺，洪湖地势倾侧，北高南下，淮水西来，三河路近，水性远避下就高之理。况三河宽有一百数十丈，深有四五丈，张福口引河宽仅四五丈，深仅三四尺，则过水之广狭深浅又有不同。似引之入盐河，终不敌其注高宝之势。其束堤之说，则泾河既多淤涸，而前至射阳、中经马荡，又嫌迂阔，且泾河在山阳境，而淮水入高宝诸湖后，多趋重下游高邮之流域，似由邮坝经澄子河，过兴化南，而至白驹及丁溪、草堰等处入海，较为顺遂。惟斗龙港口近闻有淤，似不如稍移出新洋港之通利；而邮坝筑堤承五里，似又不如承车逻之平妥也。（冯说系分筑二堤，今只取一，仍宜用滚水坝法为有节宣。）近人又有从宝应子婴闸下筑堤束水，至盐城天妃闸入海之说，亦系一策。但由子婴历王营、宁泽、时堡等镇六十余里间，河身甚狭，必须大为展宽，废民田，移民居，迁民墓，既不易易，又复经沙沟荡，荡面宽七八里，穿荡筑堤，尤极为难。兹事体大，不厌详求，究以何道最宜，仍应博访确勘再定。总之淮必下流入海，始为长治久安；睢以下流入湖，乃足补偏救弊。或综其支干而渐次行之，或择其剧要而变通行之，彼狂澜巨浸固无不听人区处也。天下事畏难则坐废，力行则竟成，惟在统筹全局，熟权利害，务其大者远者而已。所谓治本中之本者如此。（至大费难筹，固为普通之论，愚意近今外债之巨，以此工款多则千万，少则数百万者较之，亦在轻少之数矣，在筹款之宗旨、力量何如耳。再江苏已设导淮测量局，由苏绅沙әп修董理。查淮之为患，在苏皖两省土著之人阅历较久，他日导淮议案，似亦宜两省官绅合谋方略，始能源流毕贯，利害周知，于洪湖上部下部之淮水导治方无毫发遗憾。）

　　何谓治本中之标？行水之河悉加堤堰，以御水患是也。古称淮□沮洳，盖地处卑下，长淮两岸既多平衍，又无堤防；此外各河亦然。每逢水涨，正河、支河皆易漫溢，其埋涸之河又不流通，是以恣肆横侵，骤浸田野。在他处有堤之河张一二丈而无患者，在此则涨加数尺即不能容，无堤防以障束之也。皖北河流自以淮为大，淮源自河南桐柏，以次入皖，合上游信、罗、光、固、汝、颍、霍六诸水，汇于正阳，以至寿州，自寿而凤台、怀远、凤阳、灵璧五河而入洪泽。其夹淮南北河湖溪港诸水沿路入淮者，谚所称大小七十二水，又丛纳于一河。而淮流自寿州以下，有凤台之硖、石二山作水口，再下二百十五里，有怀远之荆、涂二山作水口，重重钤束，淮流其间，复纡回不畅，新涨迅发，其势自难容纳。此时春水之来势已涨漫，再交伏秋泛涨，何以堪此！夫江南之地卑于长江，长江之水盛于长淮，然筑围分圩，堵坝设闸，遂能去水害，保水利是，堤防之不可不讲也。查道光年间，陶文毅公以淮河、洪湖壅滞，曾奏请筹办筑堤束水，俾清流畅行入湖，于两岸民田即可藉堤保卫。奏牍内并称经费浩大，无从筹措，必须地方官实心实力为民信服者随时督劝百姓，设法办理，日计不足，月计有余，自河渐著成效。现各州县中已有数处劝民修筑堤防，开通沟洫，俟办竣再奏请恩奖等语。惜后兵燹未成。兹拟请仿此办法，除淮流颖口以上地面较高，稍有建瓴之势，无庸防筑外，其自正阳以下直至五河长淮两岸并泗盱入湖之地，宜一律起筑堤防，即挖取本河泥土以为用，则淤薄而河身自深，堤长而河防自固，积涨能受，即旁溢无虞，而两岸近淮民田藉此常御水患，实一举而三善备焉。惟费大难筹，亦应仿照陶文毅奏请办法，藉资民力，由官督劝绅民，多方集款，各州县分段分年逐渐办理，不取速效。举办有成者，立请奏奖，以资鼓励。抑或援照昔年淮扬运河修堤章程，官为借款先办，凡藉堤受益之民田按亩集捐，分年摊还。合计虽款巨期长，分图则人多事集，以陶文毅之练达老成犹建此议，似非迂远而不切事情之计也。此外淮南近淮著名之水，如肥、洛、池各河外，行水之大河亦不多见。淮北较大之河若涡、浍、睢、淝，次则沱、潼、澥、岳、奎、淄、汴、溧等河，如有受河水漫患之处，亦可仿照议办。就中惟睢河如不能照前条所议大办，尤宜先办堤工。因淮河有防，虽可顾全一路，而睢河未障，犹足为患一隅。睢水在宿境上游者，中股尚有堤岸，只须稍加修补；南北二股无堤者，亦须稍稍筑堤束水，以免漫流左右。至灵泗境中湮成平陆之区，似可先就灵境接筑新堤，并略开由灵至泗下流入湖之路，亦不可少之工也。惟泗州土民恐水过为灾，不免疑虑，不知无堤则睢可由灵境溢出，侵泗为患，有堤则尚可防闲，须合宿、灵、泗三处官绅剀切劝喻，以同舟遇风、齐心御敌之意，始不至梗议难行。涡河两岸较高，工程较少。浍河岸亦稍高，而参有低平之处今春漫水亦广，宜相度弥补，加以堤防。其余茨、黑、芑、雉、驾、漴、凄、湿泥、东泥、小黄大小各河较小较浅、或涸或淤者，又兼宜小施疏浚以行水也。再淮水上游挟诸水并下，河流本不宽深，又多转折，水泻遂缓，其洼处在在渟而为湖，而淮南北山冈高阜水注成湖者亦不少，分潴则减淮之势，齐溢则溃淮之防，亦宜加以堤陂，间以闸坝，以时启闭而益农田。其与淮河通连者，尤必择立堤闸，淮水大则闭闸，不助其虐，淮水小则启闸，以通其流，于河务田功皆有裨补。语云滨淮之地厥宜障水者此也。昔寿春芍陂，传孙叔敖之绩；舒城漕堰，存羹颉侯之遗。皖淮本水利名区，亦在以毅力修举之而已。若是者长淮及各河各湖次第查勘，量加堤堰，周防之，使实能容，众建之，使少其力，蓄泄有方，则川流亦障，所谓治本中之标者如此。

何谓治标中之本？原隰之田皆加沟埂，并参以圩塘，以兴水利是也。淮上田地平原下隰，一望无际，皆无通水之沟、分水之埂、储水之塘、障水之圩。淮南尚居少数，淮北则十居八九，询访土风，农民习为广种薄收之说。布种以后，即仰赖天时，坐俟收获，全不加以人功。故发大水则成大灾，发小水则成小灾，水来皆平漫地面而行。至前无去路，则停止潆洄，野水弥望。入河之路既少，又无沟洫渠塘以分纳，必俟浸淫日久，渐渐自渗入地。在地杂粮殖物，有不淹没萎腐者乎？即学廉此行车过灵宿之境，晴霁已经多日，而积潦纵横，所在多有，麦苗萎枯者不一而足。平日淫雨及水发时，其患可知。是宜各属皆大兴沟洫，以所取出之土即积筑于沟上缘，作小埂，以为经纬之分界，则常日平漫田地之水先有所归；而又于余地洼下处再凿而深广之，筑埂作塘，既仰受高地之水，又接汇各沟之水，为常年蓄水之地，则水涝虽多，而塘可承流以分其溢，旱干虽甚，而塘可挹注以济其穷。此沟、埂、塘三者皆分纳平地衍之水者也。再于滨近各河之田地分筑小圩，各因地势、田亩联络包围，以为外界。先自官绅发起，再由各田主会商定局，禀明地方官立案而行之。即前议滨淮宜筑长堤，如一时难筑，亦宜先各自筑圩以卫田亩，并预为淮滨长堤之基础。他年再筑长堤，亦可事半功倍。学廉前任淮扬防河之时，开坝后派员巡视各属近水田地，凡有圩而未缺坏者，圩外水漫高于圩内数尺，而圩内田禾仍生意蓬勃，安然无损，嗣均收获如常，是其明效。此筑圩作障，乃抵御各河高张〔涨〕之水者也。夫开沟作埂者，类古沟洫之旧制；凿塘蓄水者，近时农政之常经。皆田家应有之事，应尽之务，各勤其耕作，出其资力，尚易举办。惟淮上民情，惰农自安，于农务素少研求，宜由各州县分立农务会及试验场，以为模范，选用安庐农家者流以为导师，不必高语精深，即浅近之功，已收效甚广。更赖官绅力为督率，晓以利害，而责其成功，则力田逢年，瘠土亦可变为沃壤耳。至筑圩一节，财用较多，而定界又须详审，似须由官提倡，切谕绅民从容协商办理。其无力任办者，宜听有力者集股创办公司，民地则收买，官荒则缴价，一如近年皖劝业道详定新章办法，则工程较易而御水之地较多。昔靳文襄公以大江以北尽失沟洫之旧，有请开凤阳沟田一疏，甚有条理。惜方下部举行而有事闽滇，议遂寝。其法盖因古沟洫之制而变通之也。今若仿办，宜因其沟田之法而再为变通之。能若沟田方广之制者，照行沟田；其不能限以方广定数者，又当随地势高下曲折而周通之。总以水之蓄泄为度，水旱皆有可资，则沟田亦可行也。又明吕光询疏修水利三事，其二曰修圩岸以固横流。宋转运使王纯臣，常令苏吴作田塍御水，民甚便之。而司农丞郏亶亦云治河以治田为本，惟田圩渐坏而岁多水灾。盖圩岸能御河流泛涨，而田塍可御小水，自古已然。至缮陂塘以蓄水、开河渠以溉田为膏土者，尤史不绝书。酌古今之制，因时地之宜，水患既次第可除，水利亦推行渐溥矣。所谓治标中之本者如此。

何谓治标中之标？新造津浦铁路横亘于皖北数百里间，往往阻碍水道，宜多建设桥梁涵洞以资补救者是也。铁路之兴，原所以利交通而谋公益，而障隘水道，亦在所不免。近年皖北水灾之巨，全皖人士啧有烦言，淮上人言尤甚，且有咎及蚌埠跨淮之大铁桥者。学廉此次奉委查勘水灾，来往长淮，两过此桥，特乘小舟于桥下勘视一周，复登桥岸两头详加审阅，计桥之中间跨水石桥柱八，连两头石脚并计桥下，共有空洞九。然桥两头之两空洞近岸无水，其行水者只有中间八柱之七空洞耳。每一空洞，横量约合中尺十九丈二尺（约合英国尺二百尺，计二十丈）。每一石柱宽径约一丈，而渐下渐宽，连入水下者平均计算，约宽径一丈五六尺之谱。八柱并计，约宽径十三丈左右。桥下河面约宽一百三十余丈，则桥柱所阻之水不过占河面十分之一。若以蚌埠以上淮流涨溢成灾为此桥咎，则不尽然。惟铁路由滁、凤至灵、宿，兼涉怀远边界，历跨淮、淝、澥、浍、沱、睢六河。大小诸水或自西而东，或自西北而东南，铁路多径贯南北，凡遇低洼出水之区，皆筑高垫平，亘如大堤，虽路工不得不然，而滞碍水道，实亦难解免。其最碍者尤在宿州一路。宿州地势西高东下，水路多由西而东，铁路则由南而北，直穿宿境，适横拦诸水去路。上年大水发时，冲坏此路工段不少。事后工程师有鉴于此，从新改加小桥及涵洞数处，迄今尚未讫工。第闻所开桥孔涵洞，当时相度未详，不尽在水势趋向之所，恐将来水患仍不能弭。且闻之宿州土人云，从前积水约二十日可退，自有铁路后，动须四五十日始退。虽由地势平衍，又无沟洫，水发难于宣泄，然前后相悬如此，即此退水日期之比例，亦足为有无阻力之一证。察之地势，参以人言，验之冲损路工之故辙，知水患兼受铁路加阻，事非无因。补救之方，只有多加桥梁涵洞，为分泄之许。但凡工程师多专顾路工，以少造桥函为节省，不知水发无时，其来力猛，往往冲激溃路，以致费款费工。与其事后而糜款加多，何如事前而筹防稍费，弥水患即所以保路利，不但专顾民田，即为路政自谋，亦利害晓然，毋烦再计者。现此路赶工甚紧，闻工程师有拟于六月通料车、八月完工通行车之说，似宜在路工未了之前即行议办，乃无后时之误。时促事迫，可否速由在京同乡诸公会议，就近商请督办津浦铁路大臣暨邮传部察核饬行；一面通知皖北在籍诸绅及滁、凤、怀、灵、宿五州县士民从速详加查勘，某某处当大水之冲，某某处当小水之汇，详议禀复，会商路局，分别办理。如此议不行，则前陈治水三端纵能本标并举，旧制差备，而新法未施相辅之功，犹有不完全之遗害。是多建桥涵，在近今治水策中不可因别解而偏废者也。所谓治标中之标者如此。

　　以上四端，如能一一施行。固为久远之利，即取用二三策，亦可收近效而免叠岁之灾。夫导淮浚睢，款目虽有殊异，皆属巨工，非由官先筹公款、厚集其力不办。若筑堤筑圩，可广藉民力，已较治淮、睢为易举。至开沟开塘，则人人皆可自致，推而放之不难。即加造铁路小桥涵洞，在路工中亦属绪余，不费巨款。是以权事体之重轻，则导淮为首要而浚睢次之；论事势之缓急，则开沟塘、筑堤圩又为急先之务，而铁路之多加小桥涵洞，尤目前不可少缓之图也。淮睢之工造端宏大，自可次第熟筹，从容办理。目下急则治标，惟宜速议先加路工之桥涵，并议开沟开塘，再次议筑圩，又次议筑堤。此则举办各工缓急先后之序也。惟当此财政竭蹶之时，官款固筹集维艰，民力亦取资不易；且蚩蚩之氓可与乐成，难与谋始，不独非常之原，黎民所惧，即寻常应办之工，亦多推诿规避，不能集事，昵暂时之苟安而与图可久之盛业，更未有能从者也。然灾祲屡降，民物凋残，屯否之运已极。天欲厚一方之民生，开千里之地利，必先震动其民，而后因民之所甚苦，因民之所甚顺而为之，启其愚蒙，振其材力，发其事机，则大灾之后因祸而为福，转败而为功，正利用斯民之日也。失此不图，则水日肆虐，田日荒芜，雨旸偶有不调，旱潦皆成凶岁。畇畇禹甸，莫挽横流；脁脁周原，或为茂草。百万生灵于沟壑离散之余，更加剥丧靡有孑遗之痛，可再见乎？况饥寒益迫，则盗贼益滋，淮民强悍成风，又为揭竿倡乱之数，尤非地方之福而为大局之忧，当亦吾乡仁人君子所恻然流涕，惶然深思，筹救而不能自已者也。惩前毖后，转危为安，自应共谋治水之实行，以为保民之长策。或由京朝官会商，达之天听；或由谘议局提议，上之大府；或由自治所详说，宣之小民。官绅宜互为董劝，则提挈有人；士庶知各为身家，则踊跃用命。毋谓财绌，得尺得寸，日起自可有功；毋谓民劳，同乐同忧，佚道自能无怨。害先去其太甚，事终要其必成。一时之费虽多，百世之利永赖。学廉谊关同井，计切补牢，惟以灾重事亟，人微言轻是惧。如荷诸公采择，以为可行，重以鼎言，结以团体，负之大力，宏此远谟，两淮幸甚！全皖幸甚！除禀呈两江督院暨安徽抚院鉴核外，缀拾具陈，伏惟裁察。再陈者，伏读《行水金鉴》内载康熙四十四年十月工部奉上谕：朕屡亲莅河干，详度形势，当水涨之时，若高堰及运河减水坝不令开放，则堤堰甚为危险。若开坝宣泄，则间阎陇亩必致淹伤。方春水涸，民间尽皆播种，一经夏水骤涨，开坝放流，而所播之种悉被淹没，朕心恻然，殊为不忍。使不设法导流，俾水有所收束，则濒湖及下河民田究不免于水患。朕再三筹画，宜于高堰三坝之下挑浚一河，两旁筑堤束水，入高邮、邵伯诸湖。湖外亦量筑土堤，不使漫溢。其高邮减水坝下亦挑浚一河，两旁筑堤束水，由串场河入白驹、丁溪、草堰等河。白驹等河淤浅之处，并开浚深通，俾之入海。如此则各坝所出之水，不致有涣散冲流之害。又洪泽湖水势大涨，泗州、盱眙等州县俱被水灾，应于泗州一带受水之地亦酌量筑堤收束，毋令泛溢，则所全于淮安、扬州、凤阳三郡民生者多矣。筑堤束水，行之北河，业有成效，则施之南河，当亦有济。谕部行江南总督、总漕、总河、巡抚会勘议奏等因。钦此。圣谟洋洋，筹虑深远，允宜垂示来兹。学廉前列两条陈筑堤束水之议，虽兼采昔贤之说，而本此敬窥。前圣治河方略，益信为万全可久之策，谨当遵守而实行者也。又皖北铁路多加旱桥涵洞一节，此路既有六月先通料车、八月完工通行车之说，目下时机极促，间不容发，复勘加改之工难缓须臾。顷思若待皖北绅士会同勘议禀办，未知何时可就？正恐多一展转，缓不济急，于事无成。近闻邮传部派查皖芜路工之范工程师其光于路工情形谙习，皖路在芜者工段不多，查勘易了，可否由在京同乡诸钜公及在外皖宁沪诸同人同时公恳督办津浦铁路大臣暨邮传部裁定，即派范工程师就近速赴皖北一带铁路详切履勘，并公请函分致各州县暨路局，参询其地乡人耆老习知众水分出之区，一一相度，妥筹设法，多添旱桥、涵洞，使诸水皆得仍循洼下各路以去，不致有壅遏灌溃之虞，则保路、保田两面皆受其益。此目前最为急先之要务也，迫切再陈，并乞公鉴，速赐酌行，不胜仰企之至。

永惠仓源流记三刻

民国六年铅印本

适　轩　编辑

夏明方　点校

永惠仓源流记三刻 *

建永惠仓记

乾隆二十年冬，邑小祲。岁暮粮贵，失业人民呼号求食，势岌岌不可止。乡先达有忧之，谋所以拊循拯救者，集里人誓于神，各准其家田赋之所入为捐输，贮谷公所，各以其便赈之。其钩考、会敛、簿书、期会、斗筲、出纳烦琐之务，一举以畀敞，属之经纪。敞不敢辞退，而偕诸同志屏当纤悉，夙夜不敢休，以赈以粜，盖八阅月而蒇厥事。赈者若干石，粜者若干石，其□粜以和粜者若干石，具书于策上。诸乡先达于时复谋于众曰：曾子固有言，灾沴之行，治世不能使之无而能为之备。民病而后图之，与夫先事而为计者，则有间。吾邑往遭偏眚，屡谋赈给，大都一时之补救，无为永图者。兹幸民起疮痏，复觏丰稔，不于斯时亟为之所，嗣有缓急，其何以济！佥曰：然。乃以和粜之余直易谷一千一百余石，建囤仓以储之，授贤能以管之，时其粜粜，以平市价、纾民食焉。仓建于大宁寺殿庑之东，颜之曰"永惠"，俾后之人毋忘始事，毋隳〔堕〕后功，谨守其科条弗失，而传良法美意于无穷，则里人任恤之公、乡先达经画之善，其所利益岂小且近乎？

乾隆二十三年戊寅仲春日张曾敞敬识于同善堂

赈粜全帐节要

阖城乐输一百八十户，共交米一千四百二十三石五斗二升（外交未全者十四户，计二十六石二斗；全未交者十六户，计一十六石七斗）。

散赈七厂，用米四百七十三石五斗二升。

零用折耗，去米二十石。

除用净存米九百三十石，发粜得价银一千九百六十九两一钱二分。

借官平粜钱二千串，易银凑办平粜，事竣归还折耗银四两八钱八分五厘。

赴楚粽买米三次，平粜二十二厂并零星发粜，共折耗原价银九百九十二两一钱三分四厘。

赈粜厂杂用钱兑银一百零六两二钱六分二厘。

建永惠仓，用银七十四两六钱六分七厘五毫。

永惠仓制备铺垫什器，用银一十八两五钱八分一厘五毫。

交永惠仓存作公项备用银十两。

交永惠仓买稻，存作歉年平粜，用银七百六十二两五钱九分。

以上赈粜银米各项清讫。

乾隆二十二年丁丑起至五十年乙巳止轮管班次

总理永惠仓一切事宜：张思斋　姚归园　姚三崧

头班丁丑起至巳卯秋：张卜臣　吴精一

二班巳卯秋至辛巳秋：赵颜玉　张希祖

三班辛巳秋至癸未秋：张贻谷　张珊骨　吴鸣谷

四班癸未秋至乙酉秋：张引香　左学冲　张煦生

五班乙酉秋至丁亥秋：左思永　左仲夫

六班丁亥秋至己丑秋：潘迪九　叶绩山

七班己丑秋至庚寅秋：张春堂　姚方涵

八班庚寅秋至辛卯秋：张应宿　姚方涵　赵颜瑜

九班辛卯秋至甲午冬：张骏生　张格非

十班甲午冬至丙申冬：孙石似

十一班丙申冬至戊戌冬：孙石似　吴懋师

十二班戊戌冬至辛丑秋：吴鸣谷　张卓山

十三班辛丑秋至癸卯秋：张应宿　叶南台

十四班癸卯秋至乙巳秋：张处均　左瞻若　张斯陶

乾隆五十年乙巳秋起，至嘉庆十七年壬申秋止，经管帐目未曾流交，班次无从查列。

乾隆丁丑年起至乙巳年止永惠仓四柱帐节要

旧　　管

赈粜余项银七百七十二两五钱九分，照八二兑，合钱六百三十三千五百二十四文。

新　　收

丁丑十二月至壬午止，共收捐输稻四百一十五石七斗九升，照每石银六钱六分、八二兑，合钱二百二十五千零二十六文（内己卯、庚辰帐簿失落，有无收捐稻谷，无从查考）。

附 开 捐 户

张思斋，四十九石三斗五升。吴在宫、吴懋斯，俱三十石。张芷生，二十四石。张安礼，二十二石。张希祖，二十一石。张懋恒，二十石。张垲似、张清绍，俱十八石。吴德绍，十七石九斗一升。左学冲，十七石。姚谷臣、马根香，俱十二石。张大资，十石。姚兼南，九石八斗。张学海，八石。姚三崧，七石九斗二升。张式丹，七石八斗三升。张嗣徽、张卜臣、张枢言、孙石似，俱六石。张贻谷、张墨庄、方燕宗，俱五石。张安功、张逊求、马鸥渚，俱四石。张镜墅，三石九斗八升。张饮香、张上游、杨尺题，俱三石。张珊骨、姚赐鲁、方午庄、方小坡、左思永、左挹青、胡蛟门、童培宗，俱二石。王次山，一石。

开　除

歉年平粜杂用，折耗钱一千二百九十二千四百八十二文。

仓廒大兴工，用钱五百二十六千二百十三文。

（壬午建仓门楼、安仓壁板，二十三千三百二十五文；庚子建天壬殿左首仓三间，一百十七千五百八十九文；癸卯买大门右首邓潘殷三姓屋，新建仓三间并修旧仓，三百七十一千三百二十四文。甲辰打两廊栅栏、耳门，十三千九百七十五文。）

寺僧看仓，稻二百八十石，每石约六百文，共钱一百六十八千文。

（丁丑至巳卯，每年六石；辛巳至庚子，每年十石；辛丑至癸卯，每年十四石；甲辰、乙巳，每年十石。）

实　在

存交下手钱三千二百零五千零九文银五分。

查存交钱文，除去旧管新收，计盈余钱二千三百余串。开除三款，亦属盈余。通计四千三百三十三千六百五十三文，乃乾隆丁丑至乙巳二十九年中丰岁出陈易新盈余也。

永惠仓乾隆丙午至嘉庆乙亥大概情形摘录县案

乾隆丁丑，张櫺亭少詹创建永惠仓。至乙巳，积谷三千余石。丙午、丁未间，几至寝废，历管各欠，共二千余两。壬子置买大齐庄，田租二百石零。至嘉庆辛未四月，张存与邀请王晓映、张吕环等公议卸交吴计六等接管，结算逐年帐目，存时银一千八百余两。向无生息规例，是以并不议及。议后张存与分厘未缴，致吴计六等推卸不管。壬申春荒又未出粜，以致王正音控案着追时银一千三百两贮库。壬申十月，张竹君、姚姬传等议请张畛青、马北莱、方柱石、孙钺山、姚蕙生、姚虎人、方晓宇、吴计六八人分头接管三年，于乙亥夏平粜后，将帐目存钱缴案。其张存与所欠存银五百四十余两并大齐庄十六年分稻价七十两零，二共六百二十两，无银呈缴，以马庄田租四十七石零呈案抵款。又经王正音等以价值不敷禀案着追，亦于乙亥缴清贮库。乙亥冬，张吕环等通行领出，立议置田保仓，仍交张畛青等经管。丙子春，禀县详请立案。备列于后。

嘉庆乙亥五月十八日，张畛青等七人缴帐目存钱，呈为期满卸公，照旧缴案，叩选接管事。昔里中诸前辈捐建建永惠仓，贮谷御荒，官民均赖。嘉庆十七年，张存与缴时银一千三百两贮库，蒙前张宪并张竹君、姚姬传、王晓映等议请职等董理三年，以期恢复。不料时事变迁，有凯觎仓银者，有荡废仓谷者，有需索饮食者，有挑持钻管者。职等稍知自爱，若正言理论，必惹祸构讼；若附和含容，则品亏仓竭。前接管八人，除孙良桂一人另结另卸，职等七人公领张宪制钱七百九十六千二百五十文，合时银一千一百三十七两五钱，除修整仓屋百余两、左春高等赴棕支用银四十两、平粜米亏折银三百余两，现在缴案制钱一千零三十四千八百零五文，较前之亏欠、今之荡废者似属悬殊。职等有病久未痊，宦幕各散，已于本月十二日邀请立议之王晓映等并具控之张啸侣等公同结算明白，谨粘各帐七册、制钱票七张照旧缴案。至大齐庄赤契在卷前议领未领，合并声明。伏乞老父台验票贮库，另选捐仓后商、殷实公正接管，俾仓项不至荡废，万民沾仁不朽。上叩。奉批：卷查张存与所缴永惠仓银两，经前县与诸绅士公同酌议，交该绅等八人接管，原系慎重选择，藉以杜凯觎、荡废之弊，固不宜附和含容，亦岂虑惹祸构讼，毋庸疑畏图卸，转致有误公事也。惟此项银两，究竟作何安顿方可善全无弊，候饬原议绅士王晓映等秉公妥议，切实具覆察夺。粘帐、钱票暂存。

嘉庆丙子三月十三日，张吕环、马仪颙、张仲台、孙心海、程豹文、张雁宾、姚象纬、方壮猷请详立案，呈为置田保仓，请详立案，以垂永远事。乾隆二十年岁祲，职兄少詹事讳曾敝倡募米谷济荒，存余银六百余两，创建义仓，仓名永惠。职叔祖少司空讳廷璟同方燕宗、姚谷臣、马根香、吴懋斯、左学冲等先后捐谷，遇荒任恤，台城均赖。迨至五十年大荒仓罄，存银千两，仅买齐庄一业。是此仓将废，幸有仓田逐收租价，存钱千余千。嘉庆十五年，固仓结讼，案宕钱悬，仓又将废。十七年，王晓映、姚姬传、张竹君等议举张、方、马等八人分管三年。期满算明帐目，呈钱缴案，禀请另遴人接理。迄今实无公正殷实者承办，竟悬宕两年。职念父兄创始，曷忍见此仓废坠，集议再三。买卖稻谷，本非绅士之长，兼银谷多存，易生觊觎，相应仿照昔置齐庄遗意，再置田保仓，佥称善举，立议书押。职等具呈领出缴案钱文置买杨庄、钱庄，两业田租三百二十石，合原买齐庄，共额租五百余石。查张、方、马皆捐谷子侄，相应力劝伊等管一轮，此仓庶可复振。但恐日久有钻谋荡废、盗典盗卖等弊，查例载义田租产，听其勒石报官，通详存案，以为有犯者定断之凭，理合将所置三庄各契议、踹单、抄簿粘叩老父台详请立案，以昭永远均沾。上叩。奉批：据禀置产保仓、重兴义举各情，已悉。具见贤绅士念切乡邻、意存周济之盛心，此举甚属可嘉。所有义仓田租各务，着照所议，即令张、方、马三姓妥为轮管，务期实力秉公经理，是所厚望，并候详请上宪批示立案可也。三庄契议、抄簿附卷。县详奉府宪薛批：据详该绅士张会虔等前建义仓将废重兴，集议添买田业，保仓接济，具见谊切桑梓，殊属可嘉。仰即谕知该绅士等，将新旧义田租谷务须议举公正之人轮流实心经理，以期久远，毋得始勤终怠，有负善举。切切。仍候藩宪批示。缴。县详奉布政使司敦批：据详原设永惠义仓将废，绅士张曾虔等呈请领出缴案钱文，置买杨庄、钱庄两业，收租保仓，以为遇荒赈恤之用等情。义举重兴固堪嘉善，但须经理得宜，方垂永远，仰安庆府转饬如详立案。

永惠仓续置田议约

立议约张吕环程豹文等，今因永惠仓于嘉庆十七年我等议请张畛青、马北莱等八人管理，比议定三年为率，另议下手。兹已四载，前张畛青、马北莱等己将各管帐目、钱票粘缴县案，脱卸年余，我等屡议无成，里中实不得有公正殷实接理之人，且粜籴稻米非在城绅士擅长之事，兼谷项多存，易生小人觊觎，管公者作恶招尤，致滋口舌。公议仍照昔年置田保仓以买齐庄之例，公请乡间公正老成黄任宏、方凤翔照应仓田，看稻收租纳税。如遇荒年米价昂至每升三十五文，则另议平粜永惠，仅照旧开场一次，余仍原议人邀绅士照旧办理，募粜接济。则公仓日裕，惠亦核这，诚属善举。议将公卸八人所缴制钱一千一百二十三千文，除去冬平粜我等支用大钱一百六十八千文，又十九年大旱仅收齐庄稻三十三石，除付寺僧看仓稻十石，余变大钱三十二千七百文，又补去冬我等平粜折耗大钱二十一千九百文，除用净存大钱九千零五十文，两项九月内齐交汪复盛、蒋正阳两店收存，以便置买田产，再赴案请销还八人钱票。又张存与会缴案制钱三百五十千文，时银一百六两，俟我等领出，再置田产。所有章程列后：

一、旧管仓八位虽经交卸，倘值买田时必须踹看田业、照应立契、兑价交庄，不得推诿。

一、每年租谷贮仓，必俟次年得价出卖，定须纹银，尽四五月交银封固或封大店。票存张畛青、马北莱、方柱石轮流收贮，银不取利，亦不得挪用。如有折封挪用，即谓吞公。

一、米价每升昂至三十五文，自应平粜。查开户口，应照烟户册剔除殷实，不得妄开户口。在场只用地保数人、听差二名，不得过多，开销饭食。

一、仓设大宁寺，毋论存稻与否，向例给僧稻十石，不增不减。

一、黄、方二人往来料理一切，议给辛劳纹银各八两。

一、此仓创设已久，实官民仰赖之善举。我等自议之后，倘有设计蚀仓、阻挠公事者，同声公讨。

嘉庆二十年八月二十三日

立议字张吕环　程豹文　孙星海　马象书　张左冯　姚象纬　张雁宾　左南池　叶临川　方凤翔　黄任宏　吴仪廷　张畛青　马北莱　方柱石　姚蕙生　姚虎人　方晓宇　吴计六　孙子沄

永惠仓续置田记

仓名永惠，原为行惠于梓桑，永久不替也。乾隆二十一年丙子岁歉，合城捐赈济荒，存余米石建仓收贮，以备饥馑。创自先伯兄橿亭詹事。当时里中诸先辈立法甚善，行之二十余年，司事者殚厥心，谨守成规，罔有差失。由此日积月累，仓贮不可胜计，可谓美矣。乃后来经理者不得其人，肆意更张，侵削日甚，仅存大齐庄田租二百石，家存与缴案钱千余千文，交方柱石、马北莱、张畛青等接理，以期完善。奈有视永惠为利薮者，私议纷起，以致诸君子皆欲辞仓卸公，悬宕两载。此时若不急为筹画，永惠之名将日就澌灭。若非当时早置齐庄田业，则仓项荡然无存矣。今乙亥八月，偕管仓诸君子暨邑老成集议，惟置田可以保仓，又绝外人觊觎之心。遂一议再议，佥称善举，俱书名押字，一切载明议约，永远遵行。原管首事方、马、张三君无可推脱，仍行接理。冬间遂赴案领出钱银，置买杨庄、钱庄两业，计租三百七石八斗（出入细帐列后）。合之齐庄，共租五百九石三斗。每年所入租稻，归仓收贮，得价变银，陆续置买田业，积少成多，倘遇荒歉之年，亦可云有备无患。庶田存而谷渐丰，谷丰而田渐增，源源不息，自爱者亦无庸搀越侵渔，冒昧私议，首事更当经理得宜，将前人之义举长存，永惠之仓名不朽，岂非吾邑之盛事哉！虔因先兄创始此仓，今又忝与立议之列，爰将置产保仓原委备书以告来者。

嘉庆二十一年丙子春正月二十六日，蠡秋张曾虔谨识

细帐：

一、赴案领出张畛青、马北莱、方柱石、姚蕙生、姚虎人、方晓宇、吴计六七人所缴案钱票七张，共大钱一千零三十四千八百零五文。方晓宇票内欠钱一千三百文（二十四年七月补交归帐），并向孙子沄讨出所存大钱八十八千三百三十七文，票内欠钱一百九十七文，又销去冬平粜折耗支用大钱一百六十八千文，净存钱九百五十三千六百四十五文。

一、十九年大旱，齐庄仅收租三十三石，除拨付大宁寺僧看仓稻十石，余经叶临川拂稻卖钱三十二千七百六十文。叶临川报帐补支去冬平粜折耗钱二十一千九百零四文，又开帐吴泽民该钱一千八百文，净存稻价大钱九千零五十六文。

一、赴案领出张存与所缴大钱三百五十千文，又时银一百零六两。经吕宪折定库纹银三百九十四两零兑田价，时公同估作大钱四百二十千文。

三共收大钱一千三百八十二千七百零一文。

一、完永惠仓十九、二十年两户钱粮，照加二六纹银算，共去大钱十一千八百文。

一、完永惠仓两户粮米，十九年完四分半，二十年全完，共大钱十六千五百文。

一、议置买田业茶点、赴案领票领银数次轿费并看田盘费，共用钱三千一百一十文。

一、买黄公桥保黄金笨杨庄田租一百四十七石大八升，庘面十一石七斗，价钱八百二十千文。

一、买冷水涧保唐家铺钱庄田租一百六十石零八斗大五升，庘面八石零四升，价钱五百八十二千八百文。

一、备酒席茶点议事，又成交酒席二棹，茶点、纸张等项，共用钱六千七百五十文。

一、交庄小礼，勘立端单轿费、盘费等项，共用钱九千八百四十五文。

一、杨庄栅交方凤翔、黄任宏修栅、修仓、兴塘，共钱二十二千文。

八共用出大钱一千四百七十二千八百零五文。除收长用钱九十千零一百零四文，系欠钱庄田价，约来春变卖仓稻，足价归楚。

嘉庆二十年乙亥起轮管班次

头班乙亥夏至戊寅夏，每年一人
张畛青　马北莱　方柱石
二班戊寅夏至辛巳夏
张问鸥　方晓宇　叶晴麓
三班辛巳夏至乙酉夏
叶铁卿　张左冯　张砚峰　姚绪周
四班乙酉夏至癸巳夏
张左冯　张仲岳　方莘臣　马幼白
叶铁卿　方晓宇　张砚峰　姚绪周
五班癸巳夏至辛丑夏，议改每年两人，兼管积贮仓
张喆人　高镜芙　张慎斯　马幼白
吴尹孚　光存之　方晓宇　马仲榆
张允谐　叶铁卿　叶砚农　姚鸣喈
姚绪周　姚谷贻　方绮臣　孙子寿
六班辛丑夏至庚戌夏
高镜芙　张浩生　吴尹孚　马幼白
张慎斯　光存之　马仲榆　姚谷贻
张砚峰　张允谐　姚绪周　叶铁卿

方绮臣　孙子寿　张南奏　吴晓麓
方晓宇　叶砚农

嘉庆乙亥夏至道光壬寅夏止永惠仓四柱帐节要

旧　管

原买、续买田租五百零九石三斗，计买价除欠，实合钱二千五百五十六千一百文。（乾隆壬子，原买大齐庄田租二百零一石五斗，价银一千一百八十两，约合钱一千二百九十八千文。嘉庆乙亥续买黄公桥、唐家铺两庄田租三百零七石八斗，共用价钱一千三百四十八千二百文。内欠唐家铺九十千零一百文，丙子春找讫。）

新　收

无。

开　除

拨归积贮仓，除收，实去钱八百一十六千四百二十一文。

（甲申十二月，拨付买谷钱四百千文、修仓钱十千文。乙酉五月，拨付稻三百一十石零七斗七升四合，合钱三百一十千零七百七十四文，又拨付十千文。丁亥七月，拨付杂用钱二十四千四百一十文。戊子九月，拨付杂用钱十二千五百四十文。丁酉六月，收积贮帐内拨来钱五千七百一十三文。丁酉至辛丑代付大宁寺看仓稻六十四石，每石约八百五十文，共钱五十四千四百文。）

歉年平粜杂用，折耗钱一千一百九十六千四百九十五文。

（甲申春平粜米二百石，折耗升合并厂费共钱七十千零八百八十八文。做米工食、修米房、置器具，除糠细变价外，添用钱十九千六百零七文。议事、查户口、造册票、吃食杂用、扎档工料、户书纸笔，共钱三十八千八百三十四文。壬辰春平粜米四百石，折耗升合并厂费共钱一百一十三千三百九十五文。做米工食、修米房、置器具，除糠细变价外，添用钱二十四千二百六十六文。买米二百六十余石，折米折价，共钱一百一十七千一百文。议事、查户口、造册票、吃食杂用、扎档工料，共钱三十八千二百一十文。甲午春平粜米五百余石，折耗升合并厂费，共钱一百六十八千六百一十八文。做米工食、器具除糠细变价外，添用钱三十二千六百四十五文。买米二十五石零，折价钱二十一千五百九十三文。议事、查户口、造册票、吃食杂用、扎档工料，共钱三十九千九百九十八文。壬寅春平粜米一千五百七十余石，折耗升合并厂费共钱四百五十一千三百五十八文。做米工食、修米房、置器具，除糠细变价外，添用钱二十一千一百五十文。议事、查户口、造册票、吃食杂用、扎档工料，共钱三十八千八百三十三文。）

仓廒大兴工，用钱九百七十千零四百七十一文。

（戊子装修仓板、砌米房临街墙，用钱二十二千三百五十文。己丑重修米房五间，用钱八十八千一百六十七文。癸巳修天王殿、东三仓并给僧修理各处，共用钱三十六千零八十三文。甲午修各仓添板，用钱十七千五百二十五文。丙申折大门东营署、新造仓四间，用钱三百一十四千一百九十七文。戊戌折营署、新添造仓二间，用一百六十八千九百九十六文，己亥找钱三千一百五十三文。庚子付营署屋价钱二百千文，辛丑找钱一百千文。辛丑付寺僧做大门内看仓屋钱二十千文。）

寺僧看仓稻二百九十四石，每石约八百五十文，共钱二百四十九千九百文。（乙亥至丙申，每年十石；丁酉至庚子，每年十四石；辛丑，十八石。俱因添仓酌加。）

实　在

存旧买田租五百零九石三斗，原价钱二千五百五十六千一百文。

存新买田租四百六十四石三斗九升四，合计买价钱三千一百三十八千三百五十文。

（嘉庆丙子，找旧买唐家铺田价钱九十千零一百文。庚辰十二月，买东头店田租一百零七石，用钱六百千文。道光甲申十二月，买小梁庄田租一百一十三石四斗，用价钱六百七十千文。又买包家坂田租三十四石六斗六升四合，用价钱二百二十二千文。丁亥十二月，买黄公桥田祖七十二石，用价钱四百八十五千文。壬寅三月，买寺庄坂田租一百三十七石三斗三升，用价钱一千零七十一千二百五十文。）

存交下手钱一千九百零一千四百一十一文。

查存交钱文并新买田价，俱系盈余，共五千串零。开除四款三千二百余串，亦属盈余。通计钱八千二百七十三千零四十八文，乃乙亥夏至壬寅夏二十七年中租息及出陈易新之盈余也。

永惠仓分拨积贮仓议字

立议字叶坤生，张左冯等，窃查乾隆二十三年，张橿亭先生仿朱子社仓之法，建永惠仓，以募赈余资买稻积贮。前辈经理，逐年续募，数十年间增谷甚多。每遇歉年，平粜足恃，洵善举也。迨后承办者家道中落，遂至亏缺，控追不全。（张、方、马）及诸君子领价接管，创议买田，岁租所入俟春夏酌量变价，歉年尽数平粜，立定章程，公举妥人轮管，继长增高，经营妥善。今春粜价并张、叶两姓取典田价，正议照旧买田，以归实在。缘奉县尊转传宪谕，劝令城乡募捐谷，预备歉年之用，法良意美，自庆遵行。但自旧岁秋后募修圣庙，继募赈粜，现又募修县志，户多竭蹶，势在艰难。今与旧管永惠仓田首事公商，酌拨永惠仓甲申秋后租稻三百一十石零七斗七千四合，今春粜价酌拨四百千文，买稻作为仓贮。议定十人轮管，至甲申年后，每年田租所入仍存仓易钱买田，照前议经管。至经管仓谷之人，仍仿橿亭先生遗意办理，稻必归仓，钱有专责。所有应议事宜列后：

一、仓贮议定十人轮年接管，两人公管一年，均以五月初旬接替。所管之稻，次年夏初酌量情形，如须平粜，同永惠仓管田首事公办粜务，不分畛域。若其时早谷有收，即照时价卖稻，以免久贮折耗。如早秧未能全插，似有旱象，自应存稻，以备次年平粜之用。至粜价卖价，总以现钱移交接手之人。其存仓之稻，即在五月初旬邀同管仓众人到仓，三面拂数，以出风为交代，自更省事。盘量折耗，照旧例按实数开销。

一、买卖稻谷、出入盘量、阴雨插漏、修理仓屋等事，均须亲身照管，既任此劳，自应始终勤慎，务期逐岁加增，益臻妥善。

一、每年出陈易新，所买之稻务须干扬洁净，不得以各种糯稻抵数。

一、修理修仓屋及仓内须用铺垫器具并应用之物，均在粜价内核实动用。如未粜卖之时，无钱可有，轮管者垫用，接管者清还。

一、经管者照旧管、新收、开除、实在造册交代。如有亏欠，接手者不准代为隐瞒，即令自赔。

一、本仓稻谷公禁不准借贷升合。

一、买稻必须送至仓门交数，不得以交单空抵，不得以他仓抵数，斛面总合永惠仓斛为准仓斛较大，价准折算。

一、各仓贮稻，责成和尚看守。旧例给稻十石，今议管稻首事另给八石。

一、卖稻后或忽值秋干，稻价略长，亦应赶买贮仓，免误次春粜事。

一、此项仓稻并田租所入，将来积累如有四千石以上，平粜之年存三粜七；若再多，则存半粜半。是在司事者之善筹也。

一、此仓创建之初，橿亭先生逐年有劝捐之举。今欲踵行，恐难如昔，亦在首事酌度时势行之。果遇丰年，首事倡先，不拘多寡，在城关戚好中随意劝助，亦大有裨益也。

一、议定五年之后另议接管之人，已管者不准贪管不交，议接者不准推诿不接。至现在管理，不准滥为开销，不准刻以求好。如每年买稻卖稻、仓门交稻以及出风盘量，均须雇工办理，自应据实开销。

一、经此次公同议定章程，务须仓谷田亩岁有加增，以副前贤嘉惠桑梓之意。所有议字，应刊刻分布，以垂永久。

一、管田、管稻现虽分为两项，其实皆推永惠之意，均为县中公事。每年五月交替，彼此互接。首事公算将来接手乏人，应在城内公举接办之人。管仓者亦可管稻，管稻者亦可管田，无相推诿。至所收田租及所买之稻，仍应分仓存贮，免致混淆。

一、或市卖，或平粜，均应公同商办。所有谷价，均应十人分领买稻还仓，庶觉众擎易举。

道光四年十二月

立议字 叶坤生 张左冯 姚石南 张雁宾 张问鸥 高履中 孙坦行 方晓宇 张绪庭 吴晓麓 张慎斯 张砚峰 叶砚农 吴尹孚 方莘臣 张仲岳 叶晴麓 马小眉 姚绪周 马星槎 姚谷贻

道光五年乙酉起轮管班次

乙酉起至丙戌夏：叶坤生　姚石南
丙戌夏至丁亥夏：张慎斯　吴晓麓
丁亥夏至戊子夏：吴尹孚　孙迪之
戊子夏至己丑夏：高履中　姚谷诒
己丑夏至庚寅夏：叶坤生　马元伯
庚寅夏至辛卯夏：姚石南　叶砚农
辛卯夏至壬辰夏：张慎斯　吴晓麓
壬辰夏至癸巳夏：孙申甫　光存之

癸巳夏，议改田稻合班，轮管班次已列于田帐。

道光五年乙酉春至壬寅夏止积贮仓四柱帐节要

旧　管

无。

新　　收

永惠田仓帐内陆续拨米钱稻，除还实收钱八百一十六千四百二十一文（细帐列于永惠田帐），乙酉、丁亥、两次共收捐输早稻二百三十九石七斗、大叶芒稻六百九十七石七斗（早稻每石一千文，芒稻每石九百文），二共合钱八百六十七千六百三十文。

附　开　捐　户

城内三典，早六十六石七斗，芒一百三十三石三斗。

姚伍祺，早六十石。吴尹孚，早三十石，芒三十三石。孙坦行，芒六十四石。张承启堂，早三十石，芒三十石。高履中，芒六十石。吴梦霖，芒四十八石。金陵公会，芒四十石。张慎斯，芒三十石零五斗。叶坤生，早十石，芒十石。姚石南，早十石，芒十石。马元伯，芒二十一石。张允谐、吴芸晖馆，俱芒二十石。方敦行堂，芒十五石。贺吕和，芒十四石。张星宗，早十二石。李培之，早二石，芒十石。姚绪周、马小眉，俱芒十一石。董恩波洋、方晓宇、吴恕思、王甫庭、陈景星堂、柯石篆堂、方墨林、朱广友，俱芒十石。中和店，早八石。叶世厚堂，芒七石八斗。徐淇园，早六石。方葆船，芒六石。倪子成、李正时、芮开士，俱芒四石。王守贻，芒三石九斗。怡盛店，早三石。方景由，芒三石。马畏堂，芒二石二斗。姚椿荫堂，早二石。孙居敬堂，芒二石。

壬辰三月，胡小东捐平粜费纹银二百两，换收钱二百七十二千文。

开　　除

歉年平粜折耗升合厂费钱，八百六十九千一百六十九文。

（壬辰春平粜米五百五十石零，折耗升合厂费钱二百二十一千三百二十文。甲午春平粜米八百石，折耗升合厂费钱二百四十八千五百五十七文。壬寅春平粜米一千二百余石，折耗升合厂费钱三百三十一千零二十一文。买米一百零二石，折价钱六十八千二百七十一文。）

寺僧看仓稻一百六十二石，每石约八百五十文，共钱一百三十七千七百文。

（乙酉，十石；丙戌至丙申，每年八石；丁酉至庚子，每年十二石；辛丑十六石，因添仓酌加。）

实　　在

存交下手钱二千五百零六千一百二十七文。

查存交钱文，除去新收三款，计盈余五百五十串零。开除两款一千串零，亦属盈余。通计钱一千五百五十六千九百四十五文，乃乙酉春至壬寅夏十八年中丰岁出陈易新之盈余也。

永惠仓续源流记序

光绪二十九年春，吾邑城内诸君以《永惠仓源流记续编》邮寄楚南，属序于余。固辞不获，爰就昔之所见及今之所闻而为之言曰：永惠仓之设也，自乾隆乙亥至今百四十余年矣，其间历兵燹、被侵夺，其濒于废也亦屡矣。洎光绪初元阖邑因公租构讼，业复归仓，自是之后，城绅相继司出纳，岁有存储，出粜以平市价者数次，惟城内十保、城外四保得买之。查户口，杜浮冒，循照旧章，毋或敢紊。计所得粜价，除增建仓廒及各开支外，余则尽数置产，得田租千石有零，为价约银七千有奇，继长增高，著有成效，未始非斯仓之幸，大有造于十四保贫民也。上年外六保以争粜控，层台结案之日，诸君遵照宪檄，编次《续源流记》，自光绪己卯迄壬寅，仓稻之收支、银钱之出入、城绅轮管之班次、原买续置之租数、更正新章之舛讹、六保讼案之始末，一一详载其中，刊印多本，除呈送备案外，仍普传乡里，俾众周知而杜后患，则贤有司讯断之公与诸君经画之善，其有裨于斯仓也岂浅鲜哉！

　　光绪癸卯年重阳前二日，张绍华敬识于楚南藩署

光绪十五年合城公立议字

　　立议字姚嵩甫、张仲麓、马泰清、方芷怡等，情因吾邑城内永惠仓一款，为歉岁平粜之用。当年皆殷实之家分年派管，原无须详定规条。今欲使后来有所据依，岁久永无废易，远继前贤之美，不负永惠之名，酌议定章，条列于后。

　　一、议此项系为救荒起见，各庄租入一概收稻入仓，永不得建议折价。惟每年应行有开支之款，约需洋蚨六十元，今酌定在去城稍远之庄折价备用，量出为入，不得于各庄零折，致交帐之日眉目不清而招在城物议。

　　一、议经管之绅原不得议俸，亦不可无以养廉。今酌定每年将各庄折席费及前董帐内开支管事人工二十六元两项，归经管之绅支取，以资津贴。其或两绅共理，则津贴两绅平分。照后议雇走乡粗人一名，足资催唤，不必另立管事人名色，糜费冒销，致滋十羊九牧之讥，亦以杜受赂卖灾诸弊。其有殷实好义不愿支取津贴者听。

　　一、议各庄杂费进款，每年每石种折席费二百文，又小写每石种一百文。此外不得增取分文，亦不得藉事向各庄派摊，致累农佃。

　　一、议每年应销之款、送稻脚力，视稻之多寡、路之远近，向有成规。又旧帐管事人工，今改为绅董津贴二十六元。看仓人月米工钱，作租拂稻。管事人住仓，茶点零用及送稻人茶水，均照旧帐支销。至搧稻粗工，年来系张东甫派工助劳，未取佣值，此次经管之绅准其出帐。又赴乡催稻，奔走需人，今议雇粗工一人，准于帐内支洋六元以为佣值，再将张耿庄小租两石、杨家闸庌面十一石七斗六升拨贴。此次定议之后，不得于议外另销分文。

　　一、议兵燹后新建永惠仓廒口无多，不能多收稻石。查城内各户所书因利局捐款，已缴者千，未缴者千。今议未议缴者，由原劝人催收，并已缴捐款公同汇存钱店。俟因利局停止，禀县以此项添建仓廒，以资储蓄。且将前后各绅经收之稻分别存储，庶免彼此混淆，以专经手之责。

　　一、议每年作租高下，以邻田为比。至所收稻石，须极干洁，芒稻以每石碾米四斗三升为率，光稻以每石碾米四斗六升为率。芒稻至少不得不及米四斗，光稻至少不得不及米四斗三升。至交帐之期，邀集城绅公同核阅，必须将每年作租字汇为一册。如有佃欠，亦须饬各佃出具手条，汇为一束，交下手据条接催，不得代佃被影射之名，且导各佃以递欠之习。如遇灾年，各庄勘灾田单亦须汇为一册，以凭公核。

　　一、议经管之绅，须在合城各姓公举，三年更换。但经理首在得人，任事尤须慎始，

经管人接手之日，须先将仓存稻石盘查。如有潮湿，随即邀集城绅二三人眼同晒晾，非谓划清界限，实以慎重仓储，且使前董之贤可以共见。所需佣值，准于帐内开支动用。至上手所交钱帐，亦须结算清厘落实，一经接受，责有专归。其或含混接收，倘有稻石霉变、钱项亏短，惟现在经管之绅是咎，不得概委过于前董。

一、议仓稻出风向有折耗，惟初次折耗较重，二次次之，三次又次之。糯稻向不入仓。今议定此后仓稻出晒，按次数除折耗，每石稻晒过三次，折耗至多不得过一斗八升；其仅晒一次者，不得浮开折耗，照例平斛交数。

一、议此次定议之后，原期日有起色，此后谷入必多。查《永惠源流记》载明：市价米每升三十五文以上，将仓稻碾米议粜，以平市价。近十年来虽逢歉旱而米价尚未至三十五文，将来岁久，谷多米陈，既不便民食，变价又易滋流弊。今酌定变通办法：仓内存稻五千石以上，市价米每升二十六文，即取先收之稻二千石碾米出粜，秋后买干圆洁净新谷实仓。如此递易，既免弊窦，且免陈腐。至出卖之年，共议减价雇工，因时制宜，相助为理，不得专累值年经手之人。

一、议各庄水利小有兴作，经管者自应专主。惟存兴作之庄内开支，或闸塴塘堰大修理用费较钜者，须约城绅会议酌办，不得一人自专，致滋不经之谤。至作租拂稻乃经手人专司，须任怨认真。所雇粗工须由自择，不得瞻徇请托，代人受过。

一、议查永惠各庄契据失于兵燹，向有抄契一本，今呈县请印，并此次议字交经管之绅收执。三年更换之日，递交下手，不得失落。仍将此议附刻《源流记》之末。

光绪十五年七月十二日

立议字　姚嵩甫　马泰清　张仲麓　方芷怡　方佐卿　张昀甫　姚赋彤　叶吉士　姚振之　孙子美　左子敏　姚承初　马莲裳　方稼生　张东甫　方珊如　朱东甫　方康庭　吴小仲　叶尔生　吴宗翰　张小果　方深甫　光彤轩　光星谷　马惠甫　徐椒岑　马通伯　孙静甫　左西堂　何伯山　张鸿年　姚兆生　方申之　孙积甫主稿

张岱云笔。

永惠仓自光绪五年己卯起，至二十年甲午止，计前后阖城各绅轮管班次

光绪己卯、庚辰两年：张仲麓　姚慕庭

光绪辛巳、壬午两年：张景陶　光彤轩

光绪癸未、甲申、乙酉三年：叶吉士　姚景卿

光绪丙戌、丁亥、戊子三年：张东甫

光绪己丑、庚寅、辛卯、壬辰四年：张小果

光绪癸巳、甲午两年：方庸庵

光绪乙未四月初八日公禀

具禀。阖城职员等为整顿义仓，无知阻挠，禀请严究事。窃敝邑乡先达于乾隆二十二年创建永惠仓，为城内及附城十四保平粜之用。其时原以在城一百八十户捐赈余款储谷，

嗣更置产，冀垂久远。每遇荒年则平粜，可抑市价，以利贫民；丰岁则出陈易新，藉资增产。法良意美，其利无穷，有旧刊《源流记》可考。乱后情形大变，平粜数十年未办，仓厫虽建，亦少为遵章盘量之事，陈陈相因，以致民生荒歉之资徒为鼠食霉烂之具。去冬方绅传颖病殁，其子于本年三月初邀集诸绅核帐移交，猝难定人接管。职等念系先辈义举，谷数急宜清厘，职兆颐愿先垫款应用，于四月初三复邀在城各绅会议。以谓独管既难其人，不若遵照当年旧章，择公正殷实数人为之经理，俾经手银钱帐目，以专责成而资筹垫。又就各家士绅中议得二十余人，分年轮班襄助，冀于平粜之时众擎易举。比详议章程，公同画押。其历年积存陈谷，除留仓三千石，取二千五百石变价置产，定议初十日开仓发卖。正拟缮写章程，禀请老父台鉴核立案，以垂不朽，不意近有无赖之徒至仓，逐去看守之人，盘住不去，声言卖稻必与为难。似此无知昏愚，阻挠公事，万难理遣，只得禀请父台即行饬差拿究，发给封条二十张，将各仓及大门一律封闭，并颁发告示定日卖稻，届期请父台亲临开仓查验，派役弹压，以昭慎重。再职等虽迫于大义，思欲共敦任恤，然或将宦游外出，或精力渐衰，或读书无暇，恐误要公。拟仍求父台另择贤绅经理，俾公归实用，惠及穷黎，实为德便。谨禀。

外呈新立议字章程一纸，请示定夺，发下遵行。奉正堂龙批：据该绅等所禀公议各条，均尚周妥。候届期亲诣开仓，定价发粜，并告示晓谕。粘议附。

县正堂龙示

为出示晓谕事。据前湖南巴陵县知县姚恩布等联名禀称，窃桐邑乡先达于乾隆二十二年创建永惠仓（词同前禀），定议开仓发卖等情，并呈议字，随据续议发卖稻价事宜，各到县。据此，除届期亲诣开仓并批示外，合亟出示晓谕。为此示，仰城乡附近居民诸色人等一体知悉：永惠仓存稻，现经阖城绅士公同商议，存贮三千石备平粜外，其余二千五百石变价，存为添置田产。公议每本洋一元，卖稻一石六斗五升，既不零卖。择于本月十八日开仓出卖，每日辰初起至巳末止，在大宁寺交价卦号领票；午刻开仓，按号发卖，至申末截止。每号以五元为限，不得逾五元之数，免生弊端。尔等如愿买食者，即备洋蚨赴仓购买，不得持强拥挤，喧哗滋闹，如违提惩。至前有无知之徒盘居仓内，本县已从宽免予深究。经此次示谕之后，如再不知自爱，仍前阻挠，或勾引买稻之人，妄生事端，定即一并提案重惩，决不宽贷。其各懔遵毋违。特示。

光绪二十一年四月十七日告示

光绪二十一年议字

立议字姚赋彤、姚慕庭、张筱蓉、叶吉士、左伯宣、方宗屏等，情因永惠仓自咸丰三年毁于粤寇，嗣同治元年复城后久未建造，应收稻亦复无存。迨光绪六年，始建厫四间。十五年，姚嵩甫等订议又已数年，其事既多未行。十九年方庸庵接管，又增厫四间。皆虑代人任咎，自分仓存储，少有集众盘量之事，以致十余年之所入难定实数。今同人集议，即将本仓并借存丰备仓之稻一律盘清，计实存稻五千五百八十一石五斗。（自光绪六年起至二十年止，何年何人经管、实存稻数，另簿注明。）

盖自承平以后近三十年，存积仅有此数，亦可慨矣。推前辈经营缔造之意，原为歉岁平粜，而设经理诸务首在择人。我等公同商议，遵照旧章，请殷实数家经理其事，又酌定逐年分管仓事十数人，自乙未年起，每年二人轮班接管，拈阄以定先后。若夫良法美意，旧刊《永惠仓源流记》载之详矣。其议任事之人云"不准滥为开销，不准刻以求好"二语，言简意赅。自此次订议后，所望诸同人师其遗意，于以共敦任恤，长宜子孙，庶亦足为后来取法云。兹将变通新章列后：

一、永惠仓各庄田种二百石零六斗九升三合，额租一千三百四十四石零三升四合，外小租眉面十三石七斗六升，专为城内十保及附城四保歉岁平粜之用。今仍旧制，以此十四保为限。倘迭遇丰年，增置田产多此一倍，再行酌议推广。

一、现在公举城内殷实正绅五人经管。此系备荒而设，与他项公事不同。好义君子虽不议俸，必所乐为。如经管者或有他故辞谢，随时集众议举替人，无得私相授受。

一、现议每年二人轮班襄助，于席费项下总提四十千文作为津贴。如临班外出，或推轮次班，或举贤自代，悉听其便。所有应办事宜，既有经管者一切主持，又得轮班者分年襄助，庶事权归一而浮议可弭。

一、仓廒八口，新编永字八号，每廒储稻六百数十石。查乾隆二十年大荒，创始平粜，计米九百余石。嘉庆甲申以后，或粜二百石至四五百石不等。壬寅年则粜一千五百石，至为多矣。现存仓稻足备荒岁粜数，嗣后应以四千石为率，多则变价置田，由经管者看田订议后，邀集同人立契交价。如所买之产价高田瘠，收租后退经管之人，令出原价再买膏腴之业。本年盘稻各费皆张悦洲暂垫，幸非平粜之年，公议除存稻三千石，余照市价发卖。其价除还悦洲垫款并卖稻各开支外，暂存钱店，尽秋收前置产。

一、各庄皆拂稻入仓，永不折价。惟每年应行开支之款，许核计若干，酌以一庄租数相当者折价应用，不得分庄零折，以清眉目。

一、各庄杂费进项，每石种折席费钱二百文、小写钱一百文，此外不得私行增取。

一、每年雇管租、催租人，共开支工食洋蚨十元；佃户送稻车力，约二十元。看仓人工食，洋蚨四元。又收仓稻时搬稻、搊稻人工茶点杂费，均照旧帐开支。（以后添田，送稻车力、人工各费应开支者，均按照旧例酌给。）

一、每年折席小写二项，现在约六十千文。除津贴轮班之人四十千外，以十千为本年作租及次年交帐备席之用，其余之钱缴存经管家，以备随时公事零用。其有大事需费较多者，须集众公议。（以后添田各庄杂费进项，一概归公。）

一、收光稻，每石以碾米四斗五升为率，少亦必及四斗二升；毛稻每石以碾米四斗二升为率，少亦必及四斗。糯稻概不入仓。

一、每年收稻，刊两联票纸，空庄名、佃名、稻数，佃人交稻时当面填写，截半与佃，存半备查。或有孤寡极贫佃恳让，亦于票内注明，次年交代时取票根核算，可以一目了然。至折洋之庄，亦于票内注明每元折稻若干。

一、存稻既久，必须出陈易新，以免霉烂。应由经管者经手，春间照市价发卖，秋收后另买新稻入仓。至平粜所得之钱，亦交经管者秋收买稻入仓。

一、出风折耗，初次每石不得过六升，二次不得过四升，三次不得过二升。应用人工伙食开支，临时酌议。

一、仓稻存至四千石以上，遇歉岁市价米每升至三十文，即须办理平粜。公同议定每升减市价几何，先期分保各置一册，令地保查明极穷之家每户男妇名氏年齿及向来作何生理，一一注明于册。每保分派绅士二人，逐户复验虚实，毋得遗漏冒滥。查验之绅亦书于册。俟清册汇齐后，核计十四保内贫民共几户，每户男妇大小几口，本年籴米若干石，平籴几何时，每口应籴米几何，预先刊印两联票纸，编明号数，将一票截给贫民，票根存留比对。俱照清册填明户口，各保分日持票买米，或择地分籴，以免拥挤。其无钱整买者，必须批明票纸，听其分期零卖。要在斟酌其宜，事竣榜揭通衢。将来仍须续刊《源流记》后，垂诸久远。

一、每年交替，定在三月中旬。先期约众，以便三面盘数。即藉以出风少数罚赔，盘过即归经管者照料。至各庄应完田亩，向蒙邑侯捐廉代完，其亩数载明印薄，轮次递交，不得遗失。

一、遇出陈易新及办平籴之年，经理者会同诸绅，择举数人分任其事，不得专诿值年轮班之人。平籴不过借抑市价，非散赈可比。贫民无知，或藉众滋事，届时仍当请官明白晓谕，兼资弹压。

光绪二十一年四月初三日

立议字　姚赋彤　叶吉士　姚暮庭　左伯宣　张筱蓉　方宗屏　张仲麓　姚咏宾　吴小仲　马月樵　张悦洲　叶尔生　张良伯　姚子实　方习之　张子书　光砺堂　左子敏　马联裳　方西垣　张霁青　孙述之　方康庭　吴宗汉　马佑之　张小果　叶彦士　姚兴周　姚康平　马显庭　徐次德　潘子仲　叶小仲　孙仲莲　姚子峰　马通伯　方少昂　左西堂　吴朔生　方珊如　孙近仁　方申之　光星谷　章竹虚　张小陶　方伯明　谢若痴　程绥予　王健安　何伯山　朱端甫　陈伟卿　姚子珊　方慕唐

张岱云笔

光绪二十一年乙未夏，城绅公盘仓谷，规复旧章，议定阖城各绅轮班接管，并拈阄以定先后

总理永惠仓一切事宜：叶吉士
襄办一切事宜：张悦洲　马月樵
头班乙未年：方珊渔　光利堂
二班丙申年：吴竹村　孙近仁　王健庵
三班丁酉年：叶彦士　姚棻门　张良伯
四班戊戌年：方康庭
五班己亥年：叶吉士　张小陶
六班庚子年：张小陶
七班辛丑年：姚棻门　张良伯　方康庭
八班壬寅年：张绍堂　方康庭　姚子珊

光绪二十一年五月十四日，姚恩布、叶星照、姚浚昌、方涛、左德馨、方祖佑、张兆颐、吴芬、张鼎、姚遇龙、马其昶、张傅绪、叶星垣、张岩、孙发毅、章絅、方刚中、王起欧、姚茂焱、陈时彦禀请立案

呈为禀请立案，以重仓储而垂不朽事。窃敝邑城内永惠仓，光绪六年职浚昌等禀请前邑尊踏看旧址，继仍于大宁寺西南隅建廒四间。自后历年储谷，其出陈易新、增置田产、筹备平粜之事尚未尽复旧章。职等于本年三月公同盘清稻数，计先〔光〕绪五六两年，职浚昌始偕张绅元仪经管租入建仓，开支无存。七八两年，故绅张传荣偕光绅煊经管储稻一千零八十石正。九、十、十一三年，职星照偕故绅姚逢庆经管储稻七百七十二石八斗七升，并接收张光两绅移交稻，共经手稻一千八百五十二石八斗七升。现除耗实存一千六百三十三石五斗。十二、十三、十四三年，故绅张宗瀚经管储稻一千五百石零四斗。十五、十六、十七、十八四年，张绅传爵经管储稻二千零十八石四斗八升，并接收张绅宗瀚移交稻，共经手稻三千五百一十八石八斗八升。除耗实存三千一百二十七石四斗。十九、二十两年，故绅方传颖经管，又建廒四间，开支外储稻八百三十七石一斗四升，除耗实存八百二十石零六斗。统计历届储稻六千二百零八石八斗九升，共折耗六百二十七石三斗九升，实存五千五百八十一石五斗，逐细登册注明。比复议以新谷三千石有零存仓，其余十年上下之稻即行发卖置产，并采访当年平粜旧法核简开支，酌定经管历久无弊诸事宜，著为定章，一一具禀在案。仰蒙老父台盛举，亲临验仓颁示，于四月十八日起二十九日止，卖去稻二千五百石，每洋钱一元卖稻一石六斗五升，得价一千五百一十五元正。又卖去盘出折耗内之糠稻，共得价一十二元一合八分。二共得价一千五百二十七元一合八分。支还职兆颐垫用盘稻人工伙食、添置器物并杂用等六十七元四合七分五厘，支卖稻人工火食、存案纸笔费各杂用等六十三元零六分四厘，又支代方故绅补添仓板工料并找付开支五十八元二合八分一厘，三共支用一百八十八元八合二分。实存一千三百三十八元三合六分，分存裕泰、永隆两钱店，拟即置田扩充仓谷。所有前呈公议章程，蒙赐铨印发下遵行。职等复于五月初一日公举职星照常川总理，职昌紫、兆颐襄办，职浚昌、涛等分年轮管，酌改人数次序。当即同印簿帐目各件检交职星照、涛、德玉接收，自本年起，即共遵议办理。并抄录章程，恳请准予立案，俾垂不朽，以无负父台恫瘝在抱之至意。再该仓创始乾隆之时，原备在城十保及附城四保平粜之用，民捐民办。百余年来，著有成效。兵燹以后，并入善后工程动用，遂列归报销之内。嗣历奉前道宪札谕城绅专管，仍归平粜义举，与他项公租不同。职浚昌、星照前次经管，皆未造册呈报。今职等重加整顿，规复旧章，其每年田租帐目相应禀明老父台概免造报，以节浮费。并乞据情申复上年道宪杏案，用示体恤，实为德便。谨禀。

外粘呈章程一纸。奉县正堂龙批：准如禀立案。章程一纸附。

光绪二十一年十二月十七日，叶星照、马昌荣、张兆颐、方涛、光德玉、姚浚昌、左德馨、吴芬、张传绪、姚遇龙、马其昶、张岩、方祖佑、叶星垣、张鼎、孙发毅、吴万涛、方刚中禀请备案

　　呈为印契备案，以重公业事。窃敝邑永惠义仓田租，本年四月等邀集在城绅士盘清稻数，共计五千五百余石。除存储三千石零，余悉请示变卖。除开支外，实存价洋蚨一千三百三十八元三合六分。公议增置田产，叠经禀明各在案。嗣于七月间陆续买定走马镇保周庄田种十八石、额租一百一十五石，冷水涧保何庄田种九石一斗、额租五十四石六斗，金庄田种七石、额租四十九石三庄共田种三十四石一斗，共额租二百一十八石六斗，均属膏腴之产，田价并各项杂费共用洋蚨一千三百零九元。本年由方绅涛、光绅德玉经收，新旧各庄除灾外，计已收稻七百石。所余未收之稻，公议折洋修理杨家闸、庄石闸。现在催缴，尚无定数。其置田价内扣存中资洋蚨三十元零，又新庄承种洋蚨五十元零，一律归公，均作修闸之费。谨呈田契四纸、汇缮契据一册，请钤印发交总理叶绅星照收存。其税价照例应缴纹银二十五两七钱八分，又文尾银一两，附粘裕泰钱店红票一纸，乞赐验收。所有三庄田塘亩共计四十五亩一分五厘，前蒙概允捐廉代完，足征矜恤穷黎之意。理合将新置庄名、田数、田价缕晰呈明，伏乞父台大人准予备案，以垂久远。并乞批饬走马镇、冷水涧两保清书知照，实为德便。谨禀。奉县正堂龙批：据禀呈走马镇、冷水涧保田，连契议四纸、契稿册一本、裕泰店红票一纸，准分别粘尾盖印备案，并饬该两保清书查明办理。

光绪二十二年五月初九日，叶星照、马昌繁、张光颐、吴芬办粜请示

　　呈为呈请晓谕重办平粜事。窃城内永惠仓专办平粜，乱后三十余年迄未举办。职等去岁力求整顿，卖稻添置田租二百余石。今春兴修杨家闸庄石闸一道，用洋银二百余元；又兴修石桥堰庄田石桥一道并挑塘各工，用洋银四十余元。所有去岁卖稻价，除置田外，余款五十六元。并新收承种钱折稻价等项，开除契税并例支各款及闸桥各工，尚有不足，当即以去岁新收仓稻折付工价开支清讫。其出入各帐，于本年四月二十八日凭合城绅士在仓看明新旧接管交替，计原存稻三千零四十八石五斗。光绪二十一年分应收稻九百八十七石六斗零，除折兑闸桥工价及例销各庄茶水、各庄佃欠外，实存仓稻五百二十石零三斗。前后共计存仓稻三千五百六十八石八斗。事归核实，利亦渐兴，众心浃洽，于仓务稍有起色，足副父台御灾防患之至意。现众议复以目前市中米价昂贵，零粜一升计钱三十一二文，为十数年来所未有，重办平粜，事虽不易，然亦不得畏难，致废善举。职等当即赶于前三日内，偕在城绅士，带领地保，将城内十保及附城四保外极贫人户逐细查明，遵照章程，通盘核计，酌定办法，拟于五月十三日开仓出粜，至六月早稻登场即行截止。米价照市酌减，定以糙米每升收通足制钱二十二文，每日大口一名，计食米八合，小口一名，计食米四合，合计每户大小口五日米若干，给票一纸，按期持票并钱至仓，出粜一届。计已

查清大口九百余口，小口八百余口，每五日出粜一届，计至截止之日，约粜米六百石。但恐户口尚有遗漏，现仍细密查补，俟粜毕申报定数。所有仓稻除存留一千五百石不动外，尽行做米，先尽平粜之用。粜余之米，即照市价发卖。其两项所收之价，或于下年买稻实仓，或再酌置田产，职等随后再行呈报。兹先将重办平粜事宜禀请父台出示仓门前及东南城，剀切晓谕城内外众姓人等，俾知平粜原为矜恤贫户零买升合者略为沾惠起见，凡有产业及市中生意诸人概不能粜。如有浮报名数或到仓争闹滋事各情，从严惩责，并即将户口扣除。其地保人役等按发工食，亦不得有所需索。届期并请命驾监视，用昭慎重而助德化。是否有当，即候批示遵行。谨禀。奉县正堂龙批：该绅等旧岁清厘仓稻，劳瘁不辞。今米价昂贵，即重办平粜，兴三十年未举之功，为千百口无穷之利，成效既著，实惠均沾，如禀办理，以垂久长。

附光绪二十四平粜告示

县正堂龙为出示晓谕。照得永惠仓米原为阖城十四保平粜之用，今年米价昂贵，贫民买食难艰，当经会同各绅妥商变通办理，出示平粜。限以五升为度，即非十四保之人，亦听其价买。此乃因时制宜、体恤穷民起见，并非垂诸永久，置旧章于不问也。现在本县风闻有等棍徒胆敢借变通之名，出言要挟，多买牟利，可恶已极，合行示谕。须知此次变通平粜系济一时之急，米价稍平，仍当率由旧章，不能援以为例，稍有更变。如有藉词要挟及持强多买者，定行提案严究，决不宽贷。其各凛遵毋违。特示。

永惠仓历年各绅轮管田租并平粜、卖稻、建仓、置田一切收支出入四柱全帐节要(另有细帐存仓备查)

光绪五、六两年张仲麓、姚暮庭经管

旧管
无。

新收
两年租稻尽行折价，共收洋蚨五百六十四元八合四分。

开除
一、新建仓廒四间并两年开销一切杂款，共用洋八百十六元八合八分。

实存
无（除收，垫用洋二百五十二元零四分）。

光绪七、八两年张景陶、光彤轩经管

旧管
无。

新收

两年共收仓稻一千零八十石正，折租洋蚨七百八十元零四角一分。

开除

一、还前绅垫用洋二百五十二元零四分；一、添架瓦屋三间并新置器具，共用洋一百八十五元一合七分；一、完两年钱粮、各庄送稻车力并仓董薪水、管帐催租工食及一切杂用，洋三百四十三元三合。

实存

无。

光绪（九、十、十一）三年，叶吉士、姚景卿经管

旧管

无。

新收

三年共收仓稻七百七十二石八斗七升，折租洋七百零四元九合三分一厘六毛。

开除

一、皇太后万寿用洋六十元零四合；一、新装仓板壁、添置器具，洋八十三元六合一分七厘；一、各庄送稻车力并管事火食，三年用洋五十四元八合五分八厘；一、各庄兴修塘堰洋八十四元六合五分；一、管帐跑乡晒稻，三年工食洋九十二元九合八分六厘八毫；一、看仓人支三年工食洋二十二元四合九分九厘；一、刻《源流记》字板并修整仓屋杂用，洋二百九十四元六合六分五厘五毫三丝。

实存

洋十一元二合五分五厘二毫七丝。

光绪十（二、三、四）三年张东甫经管

旧管

收前绅移交洋十一元二合五分五厘二毫七丝，佃欠洋四圆九合四分。

新收

三年共收仓稻一千五百石零四斗，折租洋一百三十一圆八合二分。

开除

一、三年管租跑乡人工食，洋七十八圆；一、永惠、丰备两处看仓人，共支三年工食洋三十九圆七合；一、各庄佃人送稻车力洋四十一圆四合；一、茶点、油烛一切杂用洋十九圆零四分。

实存

无（除收，垫用洋三十圆○一合二分四厘七毛三丝）。

光绪十（五、六、七、八）四年张小果经管

旧管

无。

新收

四年共收仓稻二千○十八石二斗七升三合，折租洋二百七十四元七合九分七厘。

开除

一、还前绅张东甫垫用洋三十元；一、管租跑乡工食洋一百二十八元；一、永惠、丰备两处看仓工食洋二十六元；一、各庄送稻车力洋四十九元八合二分五厘；一、收晒仓稻工食洋三十一元三合三分五厘；一、添置器具洋三元五合九分七厘；一、请印抄白契议并呈佃差礼洋五元九合二分；一、兴修各庄塘堰洋十一元三合；一、修整仓屋并城绅议事交帐席点一切杂用洋二十一元九合。

实存

无（除收，垫用洋三十三元〇八分）。

光绪（十九、二十）两年（方庸庵）经管

旧管

代收前绅张小果佃欠租稻折洋三百〇三元七合八分六厘。

新收

两年共收仓稻八百三十七石一斗四升，折租洋一百九十九元八合四分七厘。

开除

一、还前绅张小果垫用洋三十圆；一、添建仓廒四间，用洋三百六十六圆三合五分九厘；一、管帐跑乡并收晒仓稻工食洋六十七圆一合九分一厘；一、永惠、丰备两处看仓工食洋十七元；一、各庄送稻车力洋二十元〇九合二分；一、添置器具并城绅议事、交帐席点等费用洋八圆五合三分。

实存

无（除收，垫用洋六元三合六分七厘）。

光绪二十一年三月公议出陈易新卖稻收支帐目

新收

收卖仓稻二千五百石，合价洋一千五百十五元正；糠细稻二十三石，合价洋十二元一合八分。

开除

一、盘稻人工火食、官绅席点杂费，用洋六十七元四合七分五厘；一、卖稻人工火食、存案杂费，用洋六十三元〇六分四厘；一、还前绅方庸庵垫用洋六元三合六分七厘；一、添修仓板用洋五十一元九合一分四厘（此款仍归方绅经手）；一、买冷水涧保何金二庄，又买走马镇保周庄，共田价洋一千三百〇九元正。

实存

稻价洋蚨二十九元三合六分，新买三庄扣回中资洋蚨二十六元六合四分。

本年方珊如、光砺堂轮管

旧管

收公中移交稻价中资洋蚨五十六元正，移交大钱五百文。

新收

收本年仓稻五百二十石〇三斗，卖租稻洋一百五十九元五合（因修闸短费，折兑工价）。

收本年换新庄承种洋五十二元七合一分，折租洋一百元〇〇八合一分〇二毫，各庄折席费钱六十五千六百十九文。

开除

一、还前绅张小果垫用洋三元〇八分；一、新买三庄印契洋三十一元；一、户房备案笔资洋一元；一、兴修杨庄石闸一道，用洋二百五十五元八合五分六厘；一、修石桥堰庄塘塥，用洋四十五元四合八分七厘；一、轮管薪水钱四十千文；一、管帐、跑乡、收稻、搁稻四人工食洋十二元；一、看仓人工食洋三元；一、各庄送稻车力洋十八元五合一分；一、作租交帐席点钱十千文；一、修整仓屋、添置器具用钱四千二百文；一、收租议事茶点并佃人尖资用钱四千四百三十八文；一、次年交稻工食杂用钱五千二百〇五文；一、垫用洋九合一分二厘八毫，仨合钱一千一百八十七文；一、赏看仓人常川伺候钱一千〇八十九文。

实存

洋、钱，无。

<h2 style="text-align:center">光绪二十二年平粜收支帐目 <small>（吴竹村经手）</small></h2>

进款

收卖：平粜十届，共出米六百四十五石二斗三升，合足钱一千三百〇九千〇十七文。

收卖：细米十五石八斗七升八合，足钱二十千〇六百二十八文；粜后余米八石七斗三升，合足钱十九千六百〇八文。

收卖：碜糠小口，合足钱十千零七百五十二文；粜后扫仓糠细，合足钱六百文。

收卖：粗糠洋七元，又足钱二千八百七十六文；破烂芦席稻草洋一元，又足钱三百五十文。

收：粜后卖稻四百九十七石七斗八升五合，合价洋三百五十六元；又足制钱六十九千九百五十六文。

以上平粜、卖稻，共收洋蚨三百六十四元九合二分；足制钱一千四百三十三千七百八十六文，仨扣洋一千一百九十四元八合二分。二共进洋一千五百五十九元七合四分。

出款

一、开粜，县尊官绅席点班费，用洋九元，又用钱六千三百十九文；添置器具用洋十六元三合，又用钱十一千五百零九文；搭棚扎档平厂用洋十八元六合，又用钱三千六百零三文；做米人工用洋二十二元一合八分，又用钱十一千〇五十二文；城绅议事席点用钱五千六百十一文；照应粜厂、晒稻、晒糠工食杂用钱二十七千八百九十六文；办粜菜点用钱二十七千九百五十七文；刷印粜票纸张钱二千六百三十八文；各项杂用钱十八千七百六十五文；看仓人支工食洋二元；做屋建仓工费用洋四百六十五元六合一分四厘八毫；新置桌椅器具用洋十八元九合三分三厘；新买投子冈保潘庄，连扣回中资，实用田价洋四百三十一元二合；补串申数，用洋五合五分八厘九毫。

以上做屋、平粜、买田共用洋九百八十四元三合八分六厘七毛，足制钱一百十五千三百五十文，仨扣洋九十六元一合二分五厘，二共用洋一千零八十元零五合一分一厘七毫。

实存

洋四百七十九元二合二分八厘三毛；钱无。

本年王建庵、孙近仁、吴竹村轮管

旧管

收移交枭价、稻价洋蚨四百七十九元二合二分八厘三毛。

新收

收本年仓稻九百六十四石七斗三升,内有买稻二十三石八斗;佃欠洋六元五合四分二厘。

收本年折租洋二百六十四元四合零五厘,各庄折席费钱六十九千八百〇三文。

开除

一、买潘庄酒席中资洋九元五合,又城绅看田抬方、成交契纸并厨丁会菜杂用钱三千三百七十文;一、先买后退郑庄酒席钱二千八百文;一、买稻二十三石八斗洋十八元三合〇八厘,又推力钱一千〇七十五文;一、完潘庄钱粮洋四元,又找二百三十文;一、轮管三人薪水钱四十千文;一、管帐、跑乡工食洋十元;一、搨稻、收稻工食洋三元;一、各庄送稻车力钱三十千〇三百九十文;一、道房来仓送洋五元,又请酒席洋一元,又杂用钱三百文;一、户房规费洋四元;一、城绅议事茶点、作租收稻烟茶酒烛柴炭杂费用钱十一千九百九十三文;一、添置器具并修整杂件钱四千四百七十文,又置米筛二把、做厕砖瓦洋三元九合七分;一、晒稻工食洋三元四合,又茶点钱二千八百九十八文;一、方绍曾捐田到仓酒席洋五元;一、小金庄建闸洋三元;一、禀汪庄佃人抗租差礼杂费洋四元,又钱二千二百文;一、看仓人工食洋二元,又支次年工食洋四元;一、仓董收验塘工抬力并道房来信力资钱一千一百四十文;一、上宪连催造报公议禀覆茶点洋四合,又吴竹村赴省递禀求免往来程资洋二十九元二合,又专小刘到省递禀抄批往来工资并抚道衙门杂费洋六元七合六分;一、次年交帐席点、盘稻工食杂用钱十一千文。

共用洋一百十六元五合三分八厘;长用钱四十二千〇六十三文,卜8扣洋三十六元五合七分七厘。

实存

洋五百九十七元零六分零三毛(内有孙近仁票洋四元正);钱无。

光绪二十三年姚檠门、张良伯、叶彦士轮管

旧管

收前绅移交洋五百九十七元零六分零三毛,佃欠洋五十二元六合零一厘。

新收

收本年仓稻九百四十七石八斗七升六合,折租洋四百二十八元八合七分八厘。

收本年折租钱十一千三百六十六文,(一三)扣洋八元七合四分;各庄折席费钱六十四千四百六十文。

开除

一、买左家冲田价洋三百九十五元,又成交席点杂用洋五元七合九分;一、做稻场、整仓屋砖瓦工费洋五十九元八合;一、轮管薪水钱四十千文,扣洋三十四元;一、管帐、跑乡、收稻、搨稻四人工食洋十三元;一、各庄送稻车力钱三十四十五百七十六文;一、完钱粮洋四元二合;一、户房规费洋四元;一、城绅四次议事席点洋六元八合,又杂用钱一千七百七十文;一、作租收稻烟茶油烛、帐簿笔墨并佃人送稻柴炭尖资钱十二千三百八十六文；一、添置器具洋九元六合五分；一、盘晒仓稻工食洋六元四合，又用钱三千九百四十文；一、禀汪庄佃人抗租差礼班费洋六元，又城绅息讼茶点并衙门杂用钱四千七百文；一、各庄兴修塘堰洋二十三元五合；一、暂典光姓曹庄田价洋五百元，又成交席点杂用洋五元六合；一、城绅看田抬力杂用钱一千八百文；一、付孙近仁票洋四元；一、仓中杂项零用钱一千五百零九文；一、次年交帐席点、盘稻工食洋九元；又用钱二千八百文；一、赏看仓人常川伺候洋五合三分九厘三毛钱九百七十九文。

实存

洋、钱，无。

光绪二十四年方康庭轮管

旧管
无。

新收
收本年仓稻七百十五石一斗三升，折租洋六十元零八合。

收本年换左庄承种洋十七元正，各庄折席费钱六十九千九百八十文。

开除
一、城绅议事八次茶点杂用钱六千零十文；一、端看水路抬力杂用钱一千五百八十文；一、金庄水例兴讼用洋十二元三合，又用钱一千七百零三文；一、轮管薪水钱四十千文；一、管帐、跑乡、收稻、搨稻五人工食洋十四元；一、各庄送稻车力钱二十四千八百三十文；一、作租收稻茶点油烛、佃人柴火尖资钱十二千七百零六文；一、完潘左庄钱粮洋四元三合，又钱八千六百三十文；一、添置器具刷印稻票帐簿笔墨钱二千九百七十文；一、各庄添硌用洋五元五合；一、专人出境访买谷价程赏钱二千五百七十文；一、看仓人工食洋四元，又给中资洋一元又支次年工食洋二元；一、本年盘晒仓稻及次年交稻工食用洋七元，又钱二千八百八十文；一、两次交帐席点杂用洋八元三合，又用钱一千文；一、户房规费洋四元。

共用洋六十二元四合；长用钱三十四千八百九十九文，扣洋三十一元五合七分二厘。

实存
洋、钱，无（除收，垫用洋十六元一合七分二厘）。

光绪二十五年，叶吉士、张小陶轮管

旧管
无。

新收
收本年仓稻一千零五十五石七斗七升。折租洋三百二十四元五合五分。

收本年换新庄承种洋五十四元正，各庄折席费钱八十一千七百九十七文。

开除
一、还前绅垫用洋十六元一合七分二厘；一、完各庄钱粮洋三十一元六合八分三厘，又钱一千零五十文；一、轮管薪水洋三十四元八合；一、管帐、跑乡、收稻、搨稻四人工食洋十五元五合；一、道房笔墨杂费洋五元五合；一、户房规费洋四元；一、兴修各庄塘

堰并验工抬力杂用洋十一元九合六分八厘，又用钱一千三百六十文；一、各庄送稻车力钱三十四千一百八十一文；一、禀汪庄刁佃抗租差礼杂费洋二元，又用钱二千一百文；一、收租茶点油烛并佃人尖资杂用钱十七千七百七十六文；一、添修零件器具钱二千三百一十文；一、赴乡踹看水路杂用洋一元三合一分；一、看仓人支本年及次年工食洋四元；一、汪庄佃人求让洋四元；一、次年交帐席点洋六元；一、申数钱一千文；一、议团练数次席点四桌，共杂用洋六元七合八分五厘，又钱四千二百三十八文。

实存

洋二百三十四元八合三分二厘；钱十七千七百八十二文，扣洋十四元八合一分八厘。

附二十四年春、夏平粜进出帐目 （张良伯经手）

进款

收卖：平粜十四届，出米一千二百九十三石，合足钱四千六百零六千八百文，（一二）扣洋三千八百三十九元四合。

收卖：小口粗糠洋十八元二合，砻糠细米洋三十三元三合。

以上平粜共收洋蚨三千八百九十元零九合。

出款

一、查十四保户口茶点、人工洋二元八合五分；办粜七十余日火食洋二十七元八合，又点心洋三元九合四分；开仓官绅席点杂用洋六元七合；搭棚扎档平厂工料洋七元七合五分；县差、地保弹压工食洋五元；茶烟、油烛、柴炭、纸张、笔墨洋九元三合；照应粜厂管帐司事并厨丁各项打杂工价洋十九元六合；做米人工，除支米外，找付工价三十五元五合；新置木砻及土砻洋十六元；盘稻、晒稻工价洋四元七合二分；刷印粜票工纸洋三元四合；添置器具洋十二元三合，户房粜费洋四元；修整仓屋砖瓦工料洋七元四合五分；粜竣赏给官绅家丁并在仓出为人等洋九元五合，又赏看仓人常川伺候洋二元，两次交帐茶点人工洋二元，各项杂用并申数补串洋四元零九分。

以上平粜共用洋蚨一百八十三元九合。

实存

洋蚨三千七百零七元正。

附二十四年秋、冬买米进出帐目 （叶吉士、吴竹村经手）

进款

收公中移交粜价洋蚨三千七百零七元正，光姓取典田价并认息洋五百十四元。

出款

一、张悦洲、方康庭求雨香烛、酬愿用洋三十八元五合二分七厘；一、买米二十余日人工火食并开销杂用洋七十元零四合九分五厘；一、买米存仓，次春出风盘晒杂用洋五十七元。

以上买米杂用洋一百六十六元零二分二厘。

实存

买米洋四千零五十四元九合七分八厘。此款尽行买米。

附二十五年卖米进出帐目（叶吉士、吴竹村经手）

进款

收买米：洋四千零五十四元九合七分八厘。

出款

一、开仓卖米官绅席点并逐日火食洋三十二元七合八分，又逐日点心洋七圆二合零八厘，斗纪管帐收钱并厨丁打杂工食洋十八圆三合四分五厘，烟茶、油烛、柴炭杂用洋八元零四分五厘，卖米折耗升合洋七百九十四圆九合；一、买冷水涧保安、刘、徐三庄田价洋二千零二十圆，成交席点、看田抬力洋六元九合；一、仓中失去足钱一百四十三千四百五十六文，扣洋一百二十四圆七合四分五厘。

以上共用洋三千零十二元九合二分三厘。

实存

洋一千零四十二元零五分五厘。

光绪二十六年张小陶轮管

旧管

收移交卖米存洋一千零四十二元零五分五厘，上手执年存洋二百四十九元六合五分。

新收

收本年仓稻一千一百二十二石六斗二升五合，折租洋三百零七元八合五分七厘。

收本年各庄旧欠洋二十二元四合九分三厘，新买陈庄承种洋十八元正。

收本年折租铜钱二十二千九百三十六文，各庄折席费钱七十九千二百二十五文。

开除

一、城绅屡次议事席点洋七元四合五分，又用钱三千八百七十五文；一、完各庄钱粮洋三十二元四合五分五厘；一、各庄送稻车力钱三十九千八百八十六文；一、作租收稻茶点、油烛并佃人送稻柴火杂用钱九千五百九十文；一、修整添置器具洋六元五合五分，又用钱四千七百二十文；一、各仓通盘新旧仓稻人工火食杂用钱三十一千零四十文；一、安潘两庄挑埂塘碚洋二元，又钱二千四百三十文；一、整仓搬稻杂用洋一元五合八分；一、踹左庄水路抬力杂用钱三千九百二十文；一、轮管薪水洋三十五元；一、管帐工食洋八元；一、跑乡、催租、收稻、搧稻工食洋十一元八合；一、道房规费洋五元，又给来使钱七百文；一、户房规费洋四元；一、方绅看田抬力并给佃人尖资杂用钱四千六百文；一、陕西赈捐洋七合五分；一、收苦佃皮毛折色洋一元；一、腾清帐簿并刷稻票钱一千四百文；一、看仓人支本次两年工食洋五元；一、付团保局租捐应派足钱四十五千五百十二文，卜8扣洋三十九元五角合七分五厘；一、买南门坂保陈庄田价、中资润笔、席点杂用共洋六百七十一圆七合；一、捐团保局兵饷洋四百四十五元，此系阖城经手；一、次年交帐、盘稻席点工食洋十六元六合；一、赴吴庄看田抬力洋四合四分。

实存

洋三百四十六元一合五分五厘，钱无。

光绪二十七年姚檠门、方康庭、张良伯轮管

旧管

收前绅执年存洋三百四十六元一合五分五厘，各庄欠洋十一元三合九分。

新收

收本年仓稻八百九十五石三斗四升五合，折租洋蚨五百七十六圆六合七分。

收本年各庄折席费钱八十五千二百六十文。

开除

一、各庄兴修塘堰洋二十四圆五合；一、各庄送稻车力钱三十六千六百二十文；一、完各庄钱粮洋三十八圆七合八分四厘；一、道房规费洋五圆；一、户房规费洋四元；一、轮管三人薪水洋三十三元三合；一、方手管帐人支工食洋八元；一、姚手管帐人支工食洋八元；一、跑乡、收稻、搦稻、催租四人支工食洋十三元；一、盘稻、交稻工食洋八元六合八分二厘，又杂用钱三千二百文；一、整仓用洋四元零七分二厘；一、看仓人工食洋二元；一、置器具洋三元二合，又用钱十二千三百文；一、作租收稻茶点、油烛并佃人柴火尖资一切杂用钱二十九千五百四十文；一、城绅议事席点洋六元九合九分；一、次年交帐席点洋八元一合，又杂用钱三千六百文；一、道房专使力洋六合一分五厘。

实存

洋七百六十五元九合七分二厘。钱，无。

光绪二十八年平粜进出帐目（方康庭、方绍曾、张良伯经手）

进款〔款〕

收卖：粜米九百九十石零三斗六升五合，合足钱三千五百九十串零三百二十四文，曰扣洋二千九百四十二元八合八分八厘。

收卖：粜后余米二十五石元斗五升，洋七十八元九合；砻糠细米洋五十二元四合零二厘。

出款

一、城绅议粜四次席点杂用洋六地七合一分，官绅查验户口九日饭点洋五元六合四分七厘，县差、地保六名九日工食洋五元六合四分；柴米茶烟人工杂用洋五元七合九分；一、开粜官绅席点、班费杂用洋六元五合，搭棚扎档平厂工料洋九元五合九分，办粜七十余日火食洋三十九元九合八分，逐日点心洋十二元七合五分，县役、地保、厅差、营兵弹压工食洋二十三元八合四分，每逢粜期交武衙门弹压轿夫、马夫、伞夫工食洋七元五合八分，盘晒仓稻工食并办粜茶烟、油朱、笔墨等费洋九六七合九分，□□刷票工纸洋四元五合一分，办粜油烛洋三元三合四分三厘，修整仓廒并办粜纸张零件杂用洋十七元三合七分二厘，新置米砻并买柴炭洋二十二元二合二分，户房粜费洋四元，刷刻大小粜票工纸洋三元三合一分，照应粜务工人蚊烟被租茶水洋五元六合七分，照应粜厂管帐司事斗纪八人工资洋二十五元六合，粗细打杂、火夫、厨丁工价洋九元六合一分，赏看仓人常川伺候洋三元三合，方康庭、叶彦士、张绍堂经手碾米工价并雇工监米薪资洋五十六元九合一分三厘，姚檠门经手盘稻存仓工价洋六元九合零六厘，粜竣赏给官绅家丁并在仓出力人等洋十二元八合七分，申数补串杂用洋三元五合零九厘；一、买演武亭保洪庄田价洋一千二百十三元；一、买麻笃山保董庄田价洋三百十一元五合；一、仓内添置桌椅器具洋二十三元九角；一、送县尊德政洋三十九元九角零六厘，又□用钱五千五百三十文，扣洋四元八角三分。

以上共收粜价洋三千零七十四元一角九分，杂用洋一千九百零六元○八分六厘。

实存

粜价洋一千一百六十八元一合○四厘。

光绪二十八年张绍堂、姚子珊、方康廷轮管

旧管

收移交粜价洋一千一百六十八元一合○四厘，前绅执年存洋七百六十五元九合七分二厘。

新收

收本年仓稻八百十三石八斗七升四合，折租洋蚨五百零八元七合八分。

收本年各庄佃欠洋五元；折租英洋十四元，18合扣本洋九元一合；各庄折席费钱九十五千八百三十九文。

开除

一、各庄兴修塘堰砖硞石碌洋十五元六合六分；一、完各庄送粮洋十二元七合三分；一、添置零件器具钱二千五百九十三文；一、各庄送稻车力钱三十二千九百五十二文；一、作租收稻烟茶、油烛、饭点、柴炭杂用钱十千零三百八十二文，又吃米洋四元九合三分；一、佃人送稻柴火尖资钱七千零七十文；一、轮管三人薪水洋三十四元五合；一、管租人工食洋八元；一、跑乡、收稻、搨稻四人工食洋十四元五合；一、道房规费洋五元，又专使力钱五百文；一、户房规费洋四元；一、找付看仓人工食洋三元，又支次年工食洋三元；一、盘晒仓稻工食杂用洋六元八合钱二千九百零八文；一、城绅议覆学堂禀稿席点洋二元，又杂用钱九百九十文；一、买郭家墩保吴庄田价洋一千零五十四元五合四分五厘；一、买夜插坂保周庄田价洋五百零六元二合五分，又两庄成交席点洋六元七合，又杂用钱一千八百二十四文，又两庄润笔洋十五元；一、赴乡看田用钱二千四百文；一、赏看仓人伺候洋一元；一、城乡构讼用洋三百九十四元一合六分一厘，又奉宪示定案规复旧章并声叙误刊字样立案杂用洋二十七元；一、奉宪示续刊《源流记》查卷杂费、刻字工价、刷印纸张、抄写各件笔资共用洋六十八元，又拟稿、校对、核算帐目、缮写清稿并城绅聚议茶点杂用洋三十元正。以上用款，各用经手细帐存仓备查。

共收洋二千四百五十六元九合五分六厘，用洋二千二百一十六元七合七分六厘。

实存

洋二百四十元零一合八分正；钱三十四千二百二十文，仁扣洋二十八元五合一分二厘。

光绪二十九年方康庭、张绍棠、姚子山轮管

旧管

收上年存洋二百四十圆零一合八分；钱三十四千二百二十文，卜扣洋一十圆五角一分二厘。

新收

收本年进仓稻一千〇三十石三斗二升五合，折租洋四百三十圆〇七角二分八厘，折席钱一百〇八千六百二十二文。

开除

各项共付出洋六百七十二元七角一分，钱七十八千六百四十八文。

实存

洋二十六元七角一分，钱二十九千九百七十四文，又存华桂馥条洋十五元。

光绪三十年孙近仁、王楗庵轮管

旧管

收移交存洋二十六元七角一分；钱二十九千九百七十四文，旧入洋二十七元二角五分；又存华桂馥条洋十五元。

新收

收本年进仓稻一千二百六十石〇一斗五升七合，折租洋三百六十四元二角八分九厘，折席钱一百十一千〇十二文。

开除

各项共付出洋二百七十一元二角九分五厘，钱八十五千六百十七文。

实存

洋一百六十一元四角一分四厘，钱二十六千四百二十八文，又存华桂馥条洋二十元，又付紫来桥工用挪洋九十元。

光绪三十一年帐簿失落无从查考

光绪三十二年张子尹、方西垣、方石臣轮管

旧管

无（上年帐簿失落，无从查考）。

新收

收本年进仓稻一千一百五十四石六斗九升，折租洋六百九十七元七角六分，折租钱九十千〇五百二十文，折席钱一百〇九千二百八十四文，又收旧欠洋十元零四角六分。

开除

各项共付出洋一百四十五元零二分七厘，钱一百零九千二百八十四文。

实存

洋五百六十三元一合九分三厘，钱九十千零五百二十文。

光绪三十三年张霁青、马伯威轮管

旧管

收移交存洋五百六十三元一合九分三厘，钱九十千零五百二十文。

新收

收本年进仓稻，连旧欠稻，共一千三百零一石六斗三升五合；折租洋，连旧欠洋，共三百八十八元零四分九厘；席费，连旧欠折租钱一百八十八千二百四十五文。

开除

各项共付出（连垫付本年粜项），共洋八百一十六元二合零二厘，钱二百七十八千二百七十八文。

实存

洋一百三十五元零四分，三百八十七文。

光绪三十四年，帐簿失落，无从查考

宣统元年，帐簿失落，无从查考

宣统二年张庆之、方楚臣粜帐

旧管

收移交存洋三百零六元四角八分五厘六毛。

新收

收三届粜价洋共四千二百五十六元一角二分二厘。

开除

办粜并兴修各项，共付出洋五百八十元零七角一分五厘。

实存

洋三千九百八十一元七角九分二厘六毛。

宣统二年马智卿、张子尹、姚晋生轮管

旧管

收移交四钱庄存洋四千二百五十元零五角六分七厘。

新收

本年上稻二千七百八十六石四斗一升；收折租洋，连席费、旧欠及佃人条，共洋一千〇八十三元〇一分五厘。

开除

买米及兴工各项，共付出洋四千六百六十七元八角一分九厘。

实存

洋六百六十五元七角六分三厘。

宣统三年马智卿、张子尹、姚晋生粜账

旧管

收上年存洋六百六十五元七角六分三厘。

新收

收三届粜价洋，共四千一百九十元〇七角四分三厘。

开除

办粜、并兴修各项，共付出洋二千六百八十三元五角〇二厘。

实存

洋二千一百七十三元零零四厘。

宣统三年马智卿、张子尹、姚晋生轮管

旧管

收上年暨本年粜价存洋共二千一百八十二元一角六分一厘。

新收

本年上稻二千〇八十七石七斗二升八合；收折租洋，连席费、旧欠洋，共洋九百六十八元一合三分三厘。

开除

买米及兴修各项，共付出洋一千九百七十二元七角八分一厘。

实存

洋一千一百七十七元五角一分三厘。

民国元年，马智卿、张子尹、姚晋生粜账

旧管

收上年存洋一千一百七十七元五角一分三厘。

新收

收粜价洋七百一十九元七角二分七厘。

开除

办粜及兴修各项，共付出洋四百五十一元一角三分。

实存

洋一千四百四十六元一角一分。

民国元年马智卿、张子尹、姚晋生轮管

旧管

收上年并本年粜价存洋一千四百四十六元一角一分。

新收

本年上稻一千九百六十八石一斗一升七合；收折租洋，连席费、旧欠洋，共一千一百九十元〇八合九分五厘。

开除

田价并杂用各项，共付出洋九百十一元三角二分八厘。

实存

洋一千七百二十五元六角七分七厘。

民国二年马智卿、〈张〉子尹、姚晋生粜账

旧管

收上年存洋一千七百二十五元六角七分七厘。

新收

收粜价洋共四千二百八十九元二角一分五厘。

开除

田价及办粜各项，共付出洋三千一百六十七元四角七分五厘。

实存

洋二千八百四十七元四角一分七厘。

民国二年马智卿、张子尹、姚晋生轮管

旧管

收上年并本年粜价存洋二千八百四十七元四角一分七厘。

新收

本年上稻一千八百三十石〇九斗七升；收折租洋，连席费、旧欠洋，共一千三百〇四元八合。

开除

买米及杂用各项，共付出洋二千六百六十四元一角五分九厘。

实存

洋一千四百八十八元零五分八厘。

民国三年马智卿、张子尹、姚晋生粜账

旧管

收上年存洋一千四百八十八元零五分八厘。

新收

收粜价洋六百四十七元七角八分。

开除

自治借用及杂用各项，共付出洋一千零七十元二角四分七厘。

实存

洋一千零六十五元五角九分一厘。

民国三年马智卿、张子尹、姚晋生轮管

旧管

收上年并本年粜价存洋一千零六十五元五角九分一厘。

新收

本年上稻一千八百六十六石五斗八升四合；收折租洋，连席费旧欠洋，共一千五百十五元四合六分。

开除

买米并兴修各项，共付出洋一千九百六十元零四角。

实存

洋六百二十元零六角五分一厘。

民国四年马智卿、张子尹、姚晋生粜账

旧管

收上年存洋六百二十九元〇六角五分一厘。

新收

收粜价洋四千三百三十五元九角八分七厘。

开除

办粜并杂用各项，共付出洋六百六十六元五角五分八厘。

实存

洋四千二百九十元零零七分九厘。

民国四年马公执、叶季达轮管

旧管

收移交存洋四千二百九十二元零零七分九厘。

新收

本年上稻二千五百十四石九斗七升；收折租洋，连席费、旧欠洋，共二千四百十五元二角六分二厘。

开除

田价并买孙捐稻及团防学堂，各项共付出洋四千九百二十三元四角四分五厘（本年仓董薪水未支）。

实存

洋一千七百八十三元八角九分六厘。

民国五年左挺丞、叶丙章轮管

旧管

收移交存洋一千七百八十三元八角九分六厘。

新收

本年上稻二千六百六十二石三斗九升，收折租洋，连席费、旧欠洋，共二千〇九十六元八合一分六厘。

开除

田价并团防及兴修各项，共付出洋二千九百十六元六角八分（本年仓董薪水未支）。

实存

洋九百六十四元零三分二厘。

永惠仓与六保结讼公禀邑尊

呈为胪陈仓章，据实禀覆，恳核转详事。窃职等奉父台谕知，奉道宪札开，奉抚宪批示：著将永惠仓历年平粜，及当年何以误刊二十保，并龙旺山等六保因何不与其列情形详细禀覆，以凭核转。此缘敝邑城内永惠仓创自乾隆年间，系专为阖城备荒而设，迄今百有余年。董其事者城绅，沾其利者城民，何敢强分畛域？只以仓田有限，存谷无多，未能及远耳。咸丰初年，粤匪踞城，仓谷同毁。承平后，阖城各项公租俱归善后之用。嗣因公租构讼，至光绪五年始定以城内培文书院业产、孙捐仓谷议作五乡公业，而永惠仓则专由城绅经管，以备阖城贫民歉岁平粜之需各在案。查永惠仓田产，光绪二十年以前《源流记》印契簿共计田种二百石零六斗。又查教养章程开载田种三百零六斗九升，多刊一百之数。其捕风捉影、信笔直书、以讹证讹，则执笔者之作伪可知，阅者之率意可见。嗣后办平粜数次，仍只查阖城十四保贫民，并无在乡六保名目。惟光绪二十四年，龙前县以米价高昂，照会城绅碾米出粜，即非十四保贫民亦准价买。其买者远乡邻县皆有之，非仅六保已也。乃开仓之日，即因涣散无纪，滋生事端，旋即出示禁止，仍照十四保旧章办理，有不得援以为例明文。即以六保而论，其地广人稠，在城十四保尚不敌其一保一甲之多。若六保咸买平粜一次，亦属不敷。是仓谷于六保贫民无所益，于十四保有大损。揆之乡先辈建仓本心，当不出此。且城内有孙捐仓，五乡分领，而六保未尝不可领也。又有丰备仓，为城北积谷之之所。该谷所入，取诸城绅者不少，何六保皆分领，而城内外十四保贫民不阻也？乃去岁偏灾，今年谷贵，城绅公议平粜，突有六保棍徒妄肆觊觎，援二十四年之例赴县递禀，希图侵占紊乱旧章。经职等禀请陆前县详请更正，旋即出示禁止六保强买滋事各在案。讵有龙旺山等六保藉争买平粜名目，苛派敛费，赴省架控职等串背干没，名为六保贫民乞粜，实为私入肥囊起见，捏情诬控，殊属目无法纪。职等谨将永惠仓创办情形及在城十四保并无六保之确据，遵示禀覆，并将旧刊《源流记》一本及光绪十五、廿一年印议两纸抄呈，请父台大人俯赐鉴核转详，以免棍徒逞刁，贫民食德匪浅。谨禀。奉县正堂谢批：候核案详覆。《源流记》一本、抄议二纸存。

附 详 文 稿

桐城县为据情详覆事。（词同前禀）等情到县。据此，除批示外，卑职查核该绅董呈到乾隆年所刊《源流记》一本，详载永惠仓创建始末，嘉惠阖城，并未及于四乡。其印议两稿，则系近年整顿仓务，明载十四保字样。为其储谷较多，陈陈相因，本不妨以十四保之有余济六保之不足。乃查得永惠仓各庄田种二百石零六斗九升三合，荒灾之年，尚虞不敷城内外贫民平粜。六保地方辽阔，博施济众，力何能支？其从前定章十四保误刊为二十保，本未指定何保字样。如以近城而论，冷水洞保较官庄山、龙旺山等保尤近，乃亦闻起而争粜。卑职访诸舆论，询之耆老，佥称永惠仓专为十四保备荒而设。县城坐落北乡，该乡自有城北丰备仓积谷，歉年亦听北乡各保分领，非如孙捐一仓，四乡各保均可给发。前定章程较若画一，以彼例此，似尚可信。卑职伏加细核，永惠仓田产既属无多，应请仍循旧章，归城内外十四保平粜，龙旺山等六保毋庸争执。往后岁收丰稔，积储已多，再行推广及于各保，由卑县详明定案，以副抚宪一视同仁、无分畛城至意。是否有当，理合查议详覆，并将呈到《源流记》、照抄印议稿一并详送，仰祈宪台鉴核，俯赐核明，转详批示饬遵，实为公便。为此备由具申，伏乞照详施行。

永惠仓与六保结讼公禀抚院呈

具禀。桐城县职员方祖健等为胪陈仓章，乞保实惠事。窃职等前奉县令谢谕称，奉道宪札开，奉大人批示：桐城县永惠仓公租系为城内外二十保歉岁平粜之用，光绪六年详明存案。何以今岁开仓，六保造册不收？是否因收成丰歉不同，抑或续有更章确据？饬查禀覆等因。业经职等查据向章禀覆在县。伏查永惠仓，原系乡先达张櫃亭少詹于乾隆年间向城内绅士劝募购谷建仓，以备阖城贫民赈粜之用。有道光壬寅年所刊《永惠仓源流记》呈县立案为凭。查此项仓谷，在承平时向供阖城平粜，历办有年，并无二十保名目。同治兵燹以后，因米价平贱，久未赈粜。光绪五年，因孙捐仓构讼定案后，新刊章程误为二十保。查城内只有十保，附城只有四保，其所刊二十保并无指出保名，故十四保外从未领过粜米。光绪二十（一、二）等年办理粜务，经邑绅姚赋彤等遵照旧章，于城内外十四保查户造册，开仓平粜，众论翕然，亦无外保之人前来争领之事。至光绪二十四年龙前县因贫民买食维艰，会商绅士变通办理，限以五升结领，即非十四保之人亦准价买。当经示谕申明，永惠仓米本为在城十四保平粜之用，现系济一时之急，不得援以为例等语，出示有案。乃本年平粜之际，竟有龙旺山等保希冀变通，探知前有误刊二十保之事，捏六保人民赴县呈，希图领粜。县批不准，又赴省捏控。不知伊等所住之龙旺山古塘等保有何凭据，即自称在二十保之列？向使桐邑一百五十四保皆云在二十保内，群起纷争，将何以济？况查《永惠仓源流记》内虽未刊明保数，然内有遇荒任恤、阖城均赖等语。即曰阖城均赖，明系城内之人领食，已有确据。倘乡间六保亦准买食，岂得云任恤阖城耶？又查乾隆二十三年记内载称，在城关戚好中随意劝助。因关乡捐助有款，故附城四保亦准领粜。检阅记内原文，足征合城所捐以助合城贫民。该六保既未捐资，何得冒领？伏念职等祖宗创此义举，原为救济贫民起见，果有余粮资助，何妨一视同仁？但查龙旺山六保民户多于城内不啻十倍，倘或准其领粜，则现存仓谷不敷一次散放。彼六保仅得一饱之惠，车薪杯水，既无补于啼饥，而在城十四保贫民应得之粮，转因大众瓜分，毫无实济。是祖宗所积百数十年之善举，至职等之身而败坏，深可惜也。职等查六保所得领者，已于城内孙捐仓及城北丰备仓稻谷，不为向隅。若城内十四保贫民皆无田可耕，生计较乡民为尤窘。兹闻外保争粜，深恐夺其口食，致城饿莩，均纷纷向职等泣求作主，申明旧章，以延残喘。职等为合城贫民保粜，只得披沥陈情，伏乞大人鉴核作主，批饬桐城县查核向章及历届办粜成案办理。贫民衔恩，阖城顶祝。上叩。奉抚宪聂批：方祖健等此案，已抑安庐道申报饬委即用知县邓士芬前往桐城县会讯。据禀前情，仰安庐道即饬桐城县会委妥速确查讯明，详覆察夺，总以执中酌定，物得其平，以息讼端为要，毋任偏延。切切。禀粘并发，仍缴。

附六保争粜原禀

具禀。职员操年夏文波、周应昌、汪联奎、方荣晋等为公恳符章，赏示给发，以保贫民事。窃桐城永惠仓建自乾隆二十三年，原为城内外二十保歉岁减价平粜。光绪辛巳年整顿章程，禀奉各大宪批认真清厘案备积谷，缕晰条分，颁发章程，惠民不昧。职等六保也，皆附城，前因岁歉，禀叩龙前县沐批谕，饬仓董速即照章办理。凡二十保极贫之民，无不冀沾实惠。今春米价高腾，奉示开仓，贫民均惟职等是催。职等到仓开册，中有仓董推诿，仅言能准十四保平粜，职等六保之册不收。职等若不禀恳仁宪永符旧章，赏示给发，无以安贫民之心。且贫民待哺无依，惟职等是咎，众口怨尤，祸端不免。职等忝襄保务，不敢隐匿，只得联名公叩大老爷恩怜作主，符旧章，赏给领，畛域无分，穷檐戴德迫切。上叩。

县正堂陆批：查永惠仓存储粮石，专为城内十保及附城四保平粜之用，定章已久，未便遽事更章。所请应毋庸议。至附呈辛巳年所刊公租章程，虽言二十保字样，系属经手人误刊。昨据阖城公正绅董具禀声明，已准据情详请更正，毋得执以为据。倘敢故违，妄生觊觎，甚或开仓临祟时，该六保不安本分之徒竟敢来城争闹，定并该保董究问，决不宽贷。切切。章程姑存。

县、委会讯后，六保赴省复控。奉抚宪聂批：察核抄粘堂谕，该县、委讯断情形详晰至当，且谆谆以息事免累为劝，两造均应感悟。所讯城内外二十保并未指出何保，则龙旺山等六保之外，再有他保出而争讼，又将如何折服？剔除一层，亦属确切之论，不得引以为祸。尔等自当同为体会，果其所断未洽，亦不妨当堂详剖。乃于前县则称为贿朦，于委员则指为情通，是尔桐邑除尔等之外，别无清正人耶？为桐城之县、委无一非贪劣耶？信口诬妄，大属不合。且甫经会讯即来上控，迹近挟制，更见刁健，仰安庐道即饬该县、委先将查讯情形详候察夺，一面再行秉公持平复讯断详。如再假公缠讼，必有暗唆主持之人，并即由县访查拿办。禀粘并发，仍缴。

附六保复控原词

具禀。桐城县龙旺山保夏文波、古塘保方荣晋、官庄山保彭朝栋、石河沿保朱应甫、南门坂保张豫、演武亭保施松林等为知据碍断冤苦不申，再叩亲提，平情服众事。职等前以背章吞拯等情，控城棍张良伯、方祖健、叶南金、方涛、张小陶等一案，迭叩宪辕。棍贿前邑尊陆朦请更正沐批，如无更改二十保之凭，遽将该职龙旺山等保剔除，恐不足以昭折服。查光绪辛巳刊章前备有案，若云误刊，岂当时道详内亦系误刊耶？已饥已溺，一视同仁，何忍强分畛域？仁宪恫瘝在抱，视民如伤，前月赏委邓委下县会讯，札云：总以执中酌定，两得其平，以息讼端，毋任偏延等示。六保蚁命正如枯木逢春，讵棍等既畏职等根查前帐，又碍无变改二十保实据，情通邓委，席请轮流，延至这月初十日会县，并讯断棍无改据，以刊章有专归城绅经管之语，遂曲辩为阖城均赖；以刊章有备城内外二十保歉年平祟之语，遂疑刊章与《源流记》不符，以云误刊。均刊语也，何以一信一疑？即以《源流记》论城有捐主，附开捐户，在乡居多，况议载乡间公正老成历有轮管，是该仓载旧记，六保非无分也明矣。既云时阅二十载，何不早请更正？是棍无改据，不能断该仓为阖城所有也益明矣。况城外何以言及四保，揆之阖城，议亦不符。如论以前之平祟，职等六保已非一次。如今所断，非知棍无改据，而必以该仓专归城内乎？非知六保有两次刊章实凭，而必谓非凭投之局外乎？虽丰备仓为城北积谷，量田而进，最入为出，六保极贫之民何自而沾？且各照据管业，何能移作图搭？孙捐义仓济原济合县水旱之灾，六保极贫之民尤非所望。职等事非分内，不敢妄涉觊觎。如冷水涧等保向不在该仓求祟之内，所以退处不言。兹棍等仗内外护符之叶南金，串通会讯碍断，无词可屈六保，乃爰素隔演武亭之冷水涧保为设词，是引祸源也。不究棍现管之田二百石零，乃谓刊章田载三百石为误，是通情明也。岂知宪天县镜，虚实必分，不叩恩赏亲提照案律办，职等抱据有冤，终不能伸。棍等串通空言，可欺灭矣。目无法纪，情奚能平？为此抄粘堂谕，呈乞青天大人垂怜作主，迅赏亲提集案澈究，以免碍断，以服舆情，戴德无私。哀切上禀。

永惠仓与六保结讼定案

道宪详院并札县二件列后：

二品衔署理江南分巡安、庐、滁、和道为遵饬议详。案奉宪台批，据桐城县详会讯龙旺山等六保上控永惠仓绅吞拯抗批一案，详请示遵由。奉批：所拟是否妥协，仰安庐道确切核明妥议，详覆饬遵，毋稍偏延。切切。此缴等因到道。奉此遵查此案，并据详县委等具详到道，奉批前因，复经转饬该县确查卷宗，再行据实妥议详覆。去后兹据该县详称，确查县卷，永惠仓近年平粜，实归城内外十四保贫民领买。南门坂等六保虽据禀请发给，并未买食有案。该六保等禀请一律平粜之处，应毋庸议等情前来。职道覆核该县委等先后详送乾隆年刊《源流记》一书及光绪十五年、二十一年印议两纸，内载永惠仓各庄田种共二百石六斗九升三合，计共额租一千三百四十四石三升四合五勺，外小租十三石七斗六升，专归城内十保及附城四保歉岁平粜之用。而光绪七年辛巳公租章程，内载永惠仓计田种三百石〇六斗九升，共额租一千三百〇九石五斗二升四合。以上一款，专归城绅经管，悉照旧章积谷，以备城内外二十保歉岁平粜各等语。是《源流记》刊与两次印议及公租章程情形，已大相悬殊。且光绪七年辛巳、二十年甲午两次所刊公租章程内二十保字样，又未经指出保名。今该六保仅恃此为争粜之据，诚如宪台批示，二十保并未指出保名，则龙旺山等六保之外再有他保出而争讼，又将如何折服？剔除一层，实属确切之论。况永惠仓田产既属无多，该邑近城又不止六保，如果六保可争，他何又将继踵而起，势必纷扰不休。职道伏查桐邑仓储有三，曰孙捐，曰丰备，曰永惠。拟请将永惠一仓专归城内外十四保平粜，嗣后无论何保，均不得争粜。倘该六保遇灾之年，应由县查明，分别轻重，在于阖县公款内筹拨足制钱一百千文给领，自行买食，以惠穷黎，俾免向隅。似此变通办理之中，仍寓格外体恤之意，庶几两得其平，而讼藤可以永断。余悉该县原详，不赘。是否有当，理合遵饬妥议详覆，仰祈宪台鉴核作主，迅赐批示饬遵，洵为公便。再定案后该六保倘再健讼上控，请即押发以惩刁健。附缴奉发原禀四扣，统祈察销。内有三禀，因发卷下县，故钤有职道关防，合并声明。为此备由具详，伏乞照详施行。须至书册者。

二品衔江南分巡安、庐、滁、和道为录批抄详札饬。奉抚宪聂批，据本道详遵饬议覆桐城县会讯龙旺山等六保上控永仓董方祖健等吞拯抗批一案缘由。由奉批：仰即如详饬遵。此缴。原词存等因到道。奉此，合特录批抄详札饬。札到，该县立即转饬永惠仓绅等一体遵照办理；一面将该仓章程内误刊字样明晰声叙，载入《永惠仓源流记》内，仍刷印多本，由该县申详备案，毋稍迟延。切速切速。特札。

续刊永惠仓源流记跋尾

右续刊《源流记》一册，光绪二十八年，外六保与本仓争讼，经道宪详院断结，遵奉聂大中丞批饬所编也。缘此仓创自乾隆年间，专为十四保平粜之用，有旧刊《源流记》载明阖城赈粜，并未及于四乡。中更世乱，仓毁田荒，迨兵燹初平，此项田租归并五乡公局。嗣因孙捐仓结讼，重订通邑公租章程，内附载永惠仓一条，有误刊城内外二十保字样。当时旧董散亡，不独四乡董事罔知端委，即继起城绅事未经手，亦遂失于稽查，以故十余年来未及更正。当绪二十年后叠次出粜,凡查户造册,均有在十四保之内,未闻外保一人出争。迨二十八年春荒议粜,突有龙旺山等六保人民执误刊章程,起而争讼,不知章中虽误刊二十,亦明载此仓乃当日劝在城富宦捐租所建。即以城内外三字而论,城内十保,附城外仅有四保。如云去城稍近,则又不仅六保,且于十四保之外又未指出是何六保,兼所载仓田种数相悬至一百石之多,尤足为误刊之证。以故邑侯及道宪详文均云设有他保起而争粜,又将何以折服?论秉大公,永为定谳。今奉批饬,爰取断结批详、呈诉公禀并逐年支收细账、增置田庄数目汇编续刊。校雠既竣,谨遵饬书颠末于后,既可使异日永有依据,且以志上台慎重仓储之至意于不喧云尔。光绪二十九年岁次癸卯季冬月识

民国四年八月十三日公呈

具呈。董之夔等为遵章整顿,以重仓务而求实惠事。窃敝邑乡前辈于乾隆年间公同捐建永惠义仓,妥订章程,法良意美。其间几经废弛,几经整顿,赖以不朽。兹当新旧接管之交,谨举亟宜整顿数端,以期于定章无背,俾新管者易于见功,旧管者易于脱累。如仓储详钱无论巨细之款,向不生息,应由经管者积有成数,随时置田。向来虽有分收存店办法,迄今时局维难,金融停滞,不得藉口私自存店,致贻将来赔偿之咎。现今永隆各店存款甚巨,覆车不远,咎将谁归?此亟宜顿整者一也。仓稻务宜遵章收拂,不得刻薄以苛收,亦不得冒滥而示惠。近来积弊,每担稻进仓,收拂丁役私收二百文,以便上下其手。小民何堪!此盘剥收拂自未必认真,买米买稻填仓尤应剔除霉湿糠秕,不得随意收买抵数。新旧交替盘收之稻,不得徇情滥接,巧计弥缝。如有亏短,亟宜宣布。应定比较之法,以历年管仓盘交优胜之数为准。此亟宜整顿者二也。向章值年之人各姓捐主,轮流派管。凡非捐主子孙,从无招揽入仓,淆乱是非而树党援者。似宜规后〔复〕旧章,以品行、经验、殷实三者为得人。素负烟疾者固不可滥竽充数,现有职务者尤不应兼管误公,庶几循名核实,免贻口实于无穷。此亟宜整顿者三也。其他诸弊,不得逗留讼件之人;不得容留赌博之役;每逢买粜开销,亟宜撙节;耗米、散米、细米、余米四项以及人工火食各项支用,尤不应逐年加增,亦应核照前董开销,从省数目为比较;至于值年薪水,应从众议捐免,盖既名为殷实之绅,即不应为锱铢之较。凡此皆亟宜整顿大概情形。民等原知正言之出必启觊觎之讥,而皎洁之衷可为影衾之质,既迫于众议佥同,何忍避嫌缄默?为此略陈管见,伏乞厅长先生备案,知会新董遵照旧章,力祛各弊,则十四保之群黎幸何如之!知事刘批:仓储义举,诚宜杜渐防微,实事求是。所呈各节均属可采,现当新旧交替之际,候函知酌照办理,并准备案。此批。

三刻永惠仓源流记书后

《永惠仓源流记》之刻,原期阅者一目了然,孰优孰劣,隐寓考绩之义于其中。前辈之用心亦良苦矣。正、续二编已合刊为一集,今复以三刻名是编者,盖以后来之增订纂修未有穷止耳。历年已久,凡庄田账目继长增高,势不得不按年顺序摘要钩元,重加编辑。其正续编所原有者,未敢妄加删节,致失庐山真面,此外如续置之田,仍照契摘抄。光绪二十九年以后账目,则节省繁冗,稽其总数,以备后来考核而资比较。至其细目,则当盘

交之时流水腾清各簿，业经公同详核，毋俟赘述。其间有原账失落无从考核者，其故安在，未敢臆度，不得不姑存其阙，以俟来者。凡于仓务有重要关系者，罔不搜集而付剞劂。是年余与叶君丙章适董其事，乡先生咸以模范期之，是不得不兢兢烈烈，黾勉从事，不辞劳瘁。账目俱存，斑斑可考，未审能见谅于乡先生否耶？然余与叶君所痛心疾首者，莫如丁役司账诸人勒取私费诸恶习，爰刊禁碑于庼壁，俾各佃周知，以期永革是弊，用垂不朽云。兹当三刻工竣之日，特并述之。

时民国六年孟冬月上浣挺丞左宝桐谨识于告春及轩

永惠仓各庄契议摘要目录

棠梨铺保丰庄田种九担六斗　　额租九十六担

走马镇保舒庄田种三担　　额租十八担

龙河保排门庄田种十二担二斗　　额租九十石零二斗　小租二石

适冲铺保康庄田种十担　　额租六十担（内除荒田二斗租照除一石二斗）

麻笃山保小李庄田种八担　　额租五十二担（内除荒田一斗五升租照除九斗七升五合）

陡冈坂保洪家圩庄田种七担零五升　　额租七十担零五斗（内除荒田二斗租照除二石正）

永惠仓各庄契议摘要列后

石河沿保大齐庄

立杜卖田契张绚增，今将原置大齐庄王家墩田种二十担零一斗五升，载折实田亩四十四亩、塘亩二亩五分，登用槐溪塭三汊水、桃树塭水利详载端单，菱瓜塘、蕉塘照股分用，菱角塘一口，独管庄屋三所，圆合四正，门窗户扇俱全，土仓二口，田界一切俱载明，新立端单，凭中公议出卖与永惠仓招佃耕种管业。当得受价银八百两，一切杂项载在议单，银系九七折九七色曹法比兑，田上差粮听从过割完纳。立此杜卖田契，永远存照。

乾隆五十七年九月二十八日立杜卖田契张绚增押

立议单吴冠宇、都能献等，今因张绚增将原置大齐庄王家墩田种二十担零一斗五升出卖与永惠仓管业。所有事宜列后：

一、田种二十担零一斗五升，折实田亩四十四亩、塘亩二亩五分。一、四至界墩另立端单。一、登用塘塭水利，俱照老例计种分用，详载端单。一、庄屋三所、土仓二口，门窗户扇全俱系独管。一、稻场、石碾、粪宕、菜园、棉地、捚厂余基俱全。一、此田系张绚增以古堂孙庄与张念致截换管业，所有老契一纸原存念致，有日后有事取出公照字样。今仍照原议有事取出公照。

一、额租二百零一担五斗，稞斛照县行斛，加八升拂数。一、田系杜卖，价系时值，自卖之后，永不言加言赎。

立端单吴冠宇、胡少仪等，今因张绚增将原置大齐庄王家墩田种二十担零一斗五升出卖与永惠仓管业。今凭我等端看四至界墩，明白开列于后：

一、东齐王家墩稻场边为界；南齐茅草沟，横至猪头田后埂，至何家圩田毗连；西至小河边，值上至牛轭田后埂为界；北至驼田尾后埂，真上菱瓜塘边、鱼个宕边、屋后田边，下至平塘边，交东界稻场为界。一、菱瓜塘一口，灌田种五石四斗。内老上股田种二石七斗、墩上田种二石七斗，俱登用浮底水。一、蕉塘一口，灌田种十二石。老上股登用十石零七斗，墩上登用一石三斗，俱系浮底水照派。一、门首菱角塘一口独管。一、西边小河水利，照老例登用。一、槐溪塭水利塭簿，老例登用。一、桃树塭三汊水，尽牛脊塝、高家塝车放浇灌，余水墩上并老上股坂田分用。一、界内墩上稻场、石碾、粪宕、余基、树木俱全。一、界内墩上庄屋三所，圆合四正，门窗户扇俱全；土仓二口，板全。俱系独管。一、小河老例许家桥下碌坝一道独管。内老上股田种九斗登用，即由团田过水。一、凡单所载猪头田、茆草田、牛轭田、驼田，俱系界内之田。

黄公桥保杨庄

立杜卖田契邓绳祖武，奉母命将祖遗田种三十石，坐落黄公桥保黄金笨杨庄，折实田塘亩三十六亩，额租一百四十七担，又庨面十一担七斗六升，四至界段俱照新立踹单，大栅一道、水塘六口，俱独管，庄屋前后二所，门窗户扇俱全，板仓一口，随田山场、树木、稻场、石碾、园圃、粪宕俱全，并无遗留寸土尺木，凭中杜卖与永惠仓名下管业招佃，收租完粮。比得受时值制钱六百千文，并庄、润笔一切杂项载在议单。比日田银两讫。此系公同情愿，立此杜卖田契，永远存照。

嘉庆二十年十月十六日立杜卖田契邓绳祖武押

立议单张吕环、程豹文等，今因邓绳祖武将祖遗黄公桥、黄金笨、杨家棚、杨庄一业出售与永惠仓名下管业，所有事宜列后：

一、田种三十石。一、折实田亩塘亩三十六亩。一、大栅一道、水塘六口，俱独管。一、庄屋二所，门扇全。一、四至界塅新立踹单。一、老契因遭回禄，请有印照一纸比缴。一、额租一百四十七石大八升，庨面十一石七斗六升。

立踹单程豹文、张吕环、孙星海等，今因邓绳祖武将黄金笨、杨庄田种三十石，坐落黄公桥，出售与永惠仓管业，公同踹明四界，开列于后：

一、庄屋一所，前后三进，坐西朝东，门扇全。一、东以塯下至湾五斗外小田一丘，与叶姓田毗连。由湾八斗、长八斗、长五斗至长二斗小路，俱与叶姓田毗连为界。一、南以田埂小路由湾三斗、上八斗小路直上二斗至三斗，抵叶姓塘毗连为界，一、西以三斗转至平塘埂上二斗，与张姓毗连为界。至五斗，与齐姓毗连。接上五斗转湾，由二斗、三斗至湾塘稍三斗，上齐姓田埂，至坟边三斗，抵齐姓棉地转湾，上棉地一片；以栏墙埂陈姓毗连，直上捍厂一片，与陈姓毗连。转塅牛滚宕人行小路，横接王姓荒田二丘、高墈脚下田四丘，计种九斗，俱与王姓毗连为界。一、北以小田角直接塯头埂上。小田角由余姓坟脚转塅，直至水宕上埂高墈，横至长六斗上埂，转由蒋姓高田坍直上，抵蒋姓小堰塯脚下为界。内有蒋姓田二丘，计种一石零五升。长六斗埂头又有蒋姓田三丘，计种二斗。又由小堰东蒋姓高田埂人行路直下，至塯埂下，至塯口小田上埂为界。一、界内水塘六口俱独管。一、界内菜园、稻场、石碾，树木森林。

冷水涧保钱庄

立杜卖田契高履中、蒋启详，今将原买姚冠祺冷水涧保唐家铺钱庄公共田种三十石，载折实田亩四十二亩四分，水塘六口，俱系独管，内大塘一口，本庄用水三股之二，钱姓侯庄用水三役之一，方塘一口，钱姓侯庄湾田一丘在内用水，余俱独管，载塘亩二亩七分，又登用堰水四道，车放浇灌，俱系独管，庄屋三所，棋盘四正，门窗户扇俱全，稻场、石碾、粪宕、园圃、捍厂俱系独管，四至界塅俱照老契，并吴元高所卖踏单管业，并无遗留寸土尺木，凭中出卖与永惠仓招佃耕种管业。当得时值田价制钱四百千文外，一切劝仪、润笔、交庄小礼等项共制钱一百八十二千八百文。比日田钱两讫，田上差粮听从过割。倘有亲疏人等争索酒劝，尽系卖者承管。此系二家情愿，并无逼准等情。恐后无凭，立此杜卖田契，永远存照。

嘉庆二十年十二月初六日立杜卖田契高履中、蒋启祥押。

立议单张吕环、程豹文等，今因高履中、蒋启祥将原买姚冠祺冷水涧保唐家铺钱庄公共一业，出集与永惠仓管业，所有事宜列后：

一、田种三十担，大小丘数不计。一、载折实田亩四十二亩四分，塘亩二亩七分。一、水塘六口，俱系独管。内大塘一口，本庄用水三股之二，钱姓侯庄用水三股之一；方塘一口，钱姓侯庄湾田一丘在内用水，余俱独管。一、堰水四道，车站浇灌俱系独管。一、庄屋三所，棋盘四正，门窗户扇俱全。一、随田树木不得砍伐。一、稻场、石磉、粪宕、园圃、捍厂、余基俱全，独管。一、四至界塅俱照老契管业，并照吴元高所卖端单管业。一、老契比缴。一、田上并无典质羁脚，倘有此项，卖主清理，不干买者之事。一、额租一百六十担零八斗，稞庣拂数。一、田系杜卖，永不言赎；价系时值，永不言加。

走马镇保张耿庄

立杜卖田契叶晴六，今将原买姚昼堂东头店张、耿二庄田种一十七担五斗，载折实田亩二十亩零三分一厘四毛，塘亩五亩三分九厘六毛，大塘四口独管，张家堰水浇灌在上，庄屋二所，粪宕、稻场、石磉、菜园、棉地、山厂、树木一切，四至界塅俱照新立议单管业，凭中尽行杜卖与永惠仓名下招佃耕种管业。当得受时值田价纹银三百五十两正，比日田银两讫。此系公同商议妥协，并无逼准等情。立此杜卖田契，久远存照。

嘉庆二十五年十二月十八日，立杜卖田契叶晴六押。

立议单张吕环、马北莱等，今因叶晴六将东头店张、耿两庄出卖与永惠仓名下管业，所有事宜列后：

一、张庄田种十担，额租六十担。一、耿庄田种七担五斗，额租四十五担，小租二担，俱系稞庣拂数。一、田亩二十亩零三分一厘四毛，塘亩五亩三分九厘六毛。一、庄屋二所，棋盘四正，门窗户扇俱全，护宅树木俱全。一、张庄门首月塘一口，大路下并左首俱系本宅田。一、宅后山塘一口，独管；山厂一片，北齐方姓田边人行路为界，西齐高懒墙边人行路，分水直下，至本宅屋后张姓坟冢左首边直下，横至屋坍山嘴为界。内古坟二冢，俱系有坟无境。一、大塘一口，独管。左首大路上田一丘，与杨田毗连。一、棉地、菜园、稻场、石磉、粪宕俱全。一、耿庄宅后路上大水塘一口，独管。与陈姓、杨姓田毗连田埂下，俱系本宅田。至陈姓坟坦、本庄前高埂，俱系本宅田。横过庄屋右首陈姓塘边，直上陈姓、史姓、叶姓坟坦左右，俱系本宅田。一、田系杜卖，不得言赎，不得言加。一、张家堰一道，浇灌张、耿二庄田种。一、老契二纸，比缴老议老端单各一纸比缴。

冷水涧保小梁庄

立杜卖田契江怀良，今将原买程苣山冷水涧保十里铺下小梁庄田种二十石，额租一百一十三石四斗，田亩二十五亩四分，塘亩一亩六分，水塘四口独管，水塥一道打坝车灌独管，庄屋一所、稻场、石磉、山场、树木、棉地、捍厂、菜园、粪宕俱全独管，四至界塅及各姓坟茔俱照各老契议端及新立议单管业，并无遗留寸土尺木，凭中出卖与永惠仓名下管业。当得受时值田价大钱四百五十千文，九七折，当日田银两讫。田系杜卖，永不言赎；价系时值，永不言加。倘有亲疏争论，尽系卖主承管，不干买者这事。此系两家情愿，并无逼勒等情。立此杜卖田契，永远存照。

道光四年十二月　日，立杜卖田契江怀良裔男省传代押。

立议单张左冯、方晓宇等，今因江怀良裔将原买程苞山冷水涧保十里铺小梁庄庄田一业，杜卖与永惠仓名下管业，所有事宜列后：

一、田种二十石，额租一百一十三石四斗，租厇拂数。田亩二十五亩四分，塘亩一亩六分。一、水塘四口独管。一、庄屋一所棋盘四正，门窗户扇俱全，外厢一阵。一、水堨一道，独管打坝车灌。一、随田山场、树木、稻场、石碓、粪宕、菜园、棉地、挥厂俱全，独管。一、田山四至界墩并各姓坟茔俱照老契议端单并老合同议约管业。一、在庄一切并无遗留寸土尺木。倘有遗落未载，日后查出，仍归买主。一、老契议端共纸比缴，续买梁盛宗坟山余境契一纸亦缴。一、界内王姓借厝一棺，每年纳租米一厇，借字比缴。一、界内卖者有双棺厝室，比立借字。

冷水涧保包家坂庄

立杜卖田契胡价人，今将原买董学夫冷水涧保包家坂田种四石三斗三升三合，额租三十四石六斗六升四合，四亩六亩八分七厘，圩塘亩四分，登用将军堰水利浇灌、塘圩水利车灌田种二石，庄屋一所，齐龙口右首一半独管，门窗户扇俱全，稻场、石碓、粪宕俱照田公用，田丘界址及在庄一切，悉照各老契议及新立议单管业，并无遗留寸土尺木，凭中出杜卖与永惠仓名下管业。当得受时值田价大钱一百六十千文，九七折，当日田银两讫。田系杜卖，永不言赎。价系时值，永不言加。倘有亲疏争论，尽系卖主承管，不干买主之事。此系两相情愿，并无逼勒等情。立此杜卖田契，永远存照。

道光四年十二月初十日，立杜卖田契胡价人押。

立议字张左冯、方晓宇等，今因胡价人将原买董学夫冷水涧保包家坂田业，杜卖与永惠仓名下管业，所有事宜列后：

一、田种四石三斗三升三合，额租三十四石六斗六升四合，稞厇拂数。田亩六亩八分七厘，圩塘亩四分。一、登用将军沟水利浇灌。一、登用塘圩水利车灌田种二石。一、庄屋一所，齐龙口右首一半独管，门扇俱全。一、稻场、石碓、粪宕俱照田公用。一、田丘界址，悉照各老契议开载管业，并无遗留寸土尺木。倘有遗落未载，日后查出，仍归买者。一、老契议共纸比缴。

黄公桥保何庄

立杜卖田契张荫伯，今将原买陈凤起黄公桥保何庄田种一十二石，大小丘数不计，载折实田亩一十二亩，塘亩一亩，其田水利登用何家堰水车放浇灌，庄屋草房一所，门窗户扇俱全，外有公共堂厅大门九股之二，凉棚亦系九股之二，稻场、石碓、园圃、粪宕、宅前宅后余基、树木以及庄屋一切各项，俱照议单管业，并无遗留寸土尺木，尽行杜卖与永惠仓名下，在上招佃耕种管业。当得受时值田价纹银三百两正，外交庄各项载在议单。此系二家情愿，并无逼勒等情，倘有户下人等争索酒劝，有卖者一方承管，不干买主之事。立此杜卖田契，永远存照。

道光七年十二月　日，立杜卖田契张荫伯押。

立议单叶仲坪、张履宾等，今因张荫伯将原买陈凤起黄公桥保何庄杜卖与永惠仓名下管业，所有事宜列后：

一、田种一十二石，实租七十二石，稞庤拂数。田亩一十二亩，塘亩一亩，比立推图。一、大茅塘一口，塘脚下田种一石，大小六丘，水利鱼泥照股公管。一、小茅塘一口，墈下田丘，计种一石一斗，堰边秧田一丘，计种一斗，登用大茅塘水利车放浇灌。天年不等，登用天洁堰水车，埠过施姓六斗田内浇灌。一、六斗田边菜地二块，小茅塘脚下施姓田边棉地一块，独管。一、登用何家堰水利车放浇灌，三坝一道浮水公用，底水车灌独管。一、小茅塘一口，门首月塘一口，鱼泥水利俱系照股公管。一、顶坝一道，田种三石八斗，大小六丘，用使施姓河田水利车灌。门首坂田五石，大小六丘，用天河车埠过施姓、张姓秧田、扶埂浇灌独管。二坝一道水利，过施姓大宅田车放浇灌。所有张姓田边水沟一条，通二斗，独管。一、薛字塝田种一石，大小十一丘，用大茅塘水利过施姓浇灌。一、茅塘稍挥厂照股公管，庄屋一所独管，外公共厅堂大门俱系九股之二，本庄西首凉棚间半独管，河冲烧山一片照股公管。一、门首余基、树木俱系公管。宅后基地，西齐乌全树，直上土墙为界；南至乌金树直下，以施姓屋基为界；北至土墙为界；东至土墙为界。稻场一半、石磙一条、粪宕一个。一、庄屋东首厨房半间，系借陈姓公堂基地，议定交庄后折屋还基。水沟一条，在大田坍，听陈姓车灌。

寺庄沟保黄庄

立杜卖田契方谦受堂，今将分授原买吴静虚两契寺庄坂黄庄田种三十三石九斗八升，额租二百七十四石六斗六升，田塘亩六十亩零八分一厘五毛，塘堰水利、庄屋、稻场、石磙、粪宕、挥厂、园圃、竹树、棉地各项，俱照原买契议端开载管业，尽行出卖，并无遗留，凭中杜卖与永惠仓名下管业。当得受时值田价纹银八百两正，杂项载明收字，当日田银两讫，卖后永不加赎。本年新租钱漕，买者收拂完纳。以前缓征，仍归卖者承完。立此杜卖田契，永远存照。

道光二十二年三月二十八日，立杜卖田契方谦受堂押。

寺庄沟保姚、金庄

立杜卖田契姚安诒，今将分授原买张履坦林家河姚、金二庄现存田种三十二石，额租二百三十五石，照分授摊派田塘亩五十八亩七分五厘，两庄水利、庄屋一切，俱照新立议单并老契议端看明白，不遗寸土尺木，尽行杜卖与永惠仓名下管业。当得受时值田价纹银六百两正，杂项载明议单，当日田银两讫，卖后永不加赎。倘有亲疏异言及本年以前缓征钱漕，均系卖者承管，不干买者之事。本年新租钱漕，买者收拂完纳。两相情愿，并无逼准等情。恐后无凭，立杜卖田契，永远存据。

道光三十年四月　日，立杜卖田契姚安诒押。

立议字方晓宇、马元伯等，今因姚安诒将分授原买张履坦林家河姚、金二庄杜卖与永惠仓名下管业，所有事宜列后：

一、姚庄原田种二十三担五斗五升，除被水冲去田种一担五斗五升，实存田种二十二担，实额租一百六十五担。一、小金庄田种十石，额租七十石整。一、姚庄、小金庄田塘亩照分家摊派，实共五十八亩七分五厘，比立推图。一、姚庄登用林家埫水车放浇灌、天河一道车放浇灌、大塘三口独管。庄屋二所，门窗户扇俱全。稻场、石磙、菜园、粪宕、树木俱全。一、小金庄登用小埫水利车放浇灌。砂盆埫，凭老坝内小坝为界，独管。水塘二口独管。庄屋一所，门扇俱全。稻场一个、石礁一个、菜园一个、园圃、树木、全粪宕二口、捍厂一片，独管。一、老契议二纸、老老契议端执照九纸比缴。

走马镇保周庄

立杜卖田契张子荣等，今因用度不敷，同弟商议，将祖遗走马镇保崇山镇望河墩周庄田种十八石整，大小丘数不计，载折实田塘亩二十八亩九分五厘，大小水塘六口，俱系独管，继母山堰水浇灌其田，额租一百十五石，稞斛拂数，庄屋一所，门扇俱全，随田稻场、石礁、园圃、粪宕、基址、捍厂、树木俱全，四至界墩俱照新立议单管业，凡在庄一切踏看明白，并无遗留寸土尺木，凭中出卖与永惠仓名下为业。比得受时值田价纹银三百两整，一切杂项礼银载在议单，比日亲手收讫。自卖之后永不言赎，亦不言加。本年新租归买者收拂，本年钱粮归买者完纳。此系二家情愿，并无逼勒等情。今欲有凭，立此杜卖田契永远存照。

光绪二十一年又五月初十日，立杜卖田契张子良荣祥明笔。

立议单汪文成、叶吉士等，今因张子荣兄弟将祖遗走马镇保崇山镇望河墩周庄田种一业，凭中出售与永惠仓名下为业，所有事宜开列于后：

一、田种十八担，大小丘数不计。一折实田塘亩二十八亩九分五厘。一、继母山堰水浇灌，东塥水车放浇灌。大塘背上东北人行大路上田二丘，计种五斗。塥东小田一丘。一、庄屋一所，门扇俱全，凉蓬一进，院墙一道。一、随田界址，东至堰沟为界，西至草塘背埂为界，南至胡姓、杨姓田头埂为界，北至众姓坟山塘背埂为界。一、随田余基、树木、稻场、石礁、菜园、粪石、捍厂俱全。一、实租一百一十五担，稞斛拂数。一、比缴执业赤契议文尾四纸，又缴老赤契议文尾四纸。

冷水涧保何金庄

立杜卖田契王家宾等，情因弃小就大，愿将祖遗分授己名下原买李姓冷水涧保观音塥王家潭何庄一业，计田种九担一斗，大小丘数不计，额租五十四担六斗，稞斗拂数，载折实田塘亩十亩零二分，水利登用观音塥头堰车埠一座浮底水车放浇灌，门首月塘一口独管，新塘一口，与詹庄各半车放浇灌，庄屋一所，门窗户扇俱全，稻场、石礁、阳沟、叶宕、菜园、棉地、烧山、捍厂，凡在庄所有一切，俱照新立议单管业。又原买李姓冷水涧保金庄一业，计田种七担整，额租四十九担整，稞斗拂数，外小租一担五斗整，折实田塘亩六亩整，庄屋一所棋盘四正，户扇俱全，随田小塥一道独管，宅后水圩独管，大塘一口八股之七，观音塥浮底水听其车放浇灌，所有在庄各项，悉照新立议单管业。两庄共计田种十六担一斗，额租一百零三担六斗整，外金庄小租一担五斗正，共折实田塘亩十六亩二分，并不遗留寸土尺木，凭中尽行出杜卖与永惠仓名下为业，招佃耕种，收租纳粮，过割当差。当得受时值田价共纹银三百二十两正，比日田银两交，一并亲手领讫。自卖之后永不言加，亦不言赎。倘有亲疏人等争索酒劝，系卖者一力承管，不干买者之事。此系二比情愿，并无逼勒等情。今欲有凭，立此杜卖田契永远存据。

光绪二十一年六月十一日，立杜卖田契王家国朝庭宾亲笔。

立议单王砺园、陈有桂等，情因王家宾等将祖遗分授己名下原买李姓冷水涧保何庄、金庄二业，凭中出杜卖与永惠仓名下管业，所有事宜列后：

一、观音塙王家潭何庄田种九担一斗，大小丘数不计，额租五十四担六斗，稞戽拂数，折实田塘亩十亩零二分。一、何庄水利，登用观音塙头堰车埠一座，又车埠三座，浮底水车放浇灌。又塙稍底水齐乌龟堰下，照田车站。又门首小月塘一口独管。又新塘一口，与詹庄各半车站，又何庄有田一担，在金庄杨树塘用水。一、何庄四至界塅，东北与南掘冈保毗连为界，南齐河边为界，西齐詹庄、金庄田毗连为界。一、何庄庄屋一所，门窗户扇俱全。又稻场、石磜、阳沟、粪宕、菜园、烧山、捭厂、棉地俱全。一、金庄田种七担正，大小丘数不计，额租四十九担正，稞斛拂数，外小租一担五斗，折实田塘六亩整。一、金庄水利，登用观音塙头堰车埠三座，浮底水听其车放浇灌。又塙稍底水齐乌龟堰下，照田车站。又随田小塙一道独管。又大塘一口八股之七，即是新塘，金庄照股计田八斗在内用水。又杨树塘一口独管，有何庄田一担在内用水。又小塙塘一口并宅后水圩一道独管。一、金庄四至界塅，西齐观音塙边为界，北与枣树园庄田毗连为界，东与大詹庄田毗连为界，南与何庄、小詹庄田毗连为界。一、金庄庄屋一所，棋盘四正，门窗户扇俱全。又棉地、捭厂俱全。又稻场、石磜、阳沟、粪宕、园圃、余基、树木俱系独管。一、两庄共计四种十六担一斗，额租一百零三担六斗，外小租一担五斗，折实田塘亩十六亩二分整。一、王姓入手两庄契议共四纸比缴。一、两庄并无重复抵典各事，如有抵典，归卖者一力承管，倘有亲疏人等争索酒劝，亦系卖者一力承管，不干买者之事。

投子岗保潘庄

立杜卖田契光容之，今将续置原买陈果园投子岗保高嗠下宋家冲潘庄田种十一石，田塘亩十四亩五分，额租六十六石整，小租二石，水塘三口独管，庄屋一所门扇俱全，地租二担四斗，凡在庄所有随田山地、熟地、竹园、山厂、稻场、石磜、菜园、粪宕、余基、捭厂、水宕，俱照老契端单交新立议端独管，并不遗留寸土尺木，凭中端看明白，尽出杜卖与永惠仓名下收租、纳粮、过割，永远为业。当得受时值田价曹平足包纹银一百八十两整，比日亲手领讫，外不立领。自卖之后，永不言加，永不言赎。各礼并中资银一并收讫。光姓执业赤契并老契比缴。本年新租归仓收拂，本年钱粮归仓完纳。此系二比情愿，并无逼准等情。立此杜卖田契，永远存照。

光绪二十二年九月二十六日，立杜卖田契光容之。

立议单张悦洲、何北山等，今因光容之脱小就大，愿将已名下原买陈果园投子岗保四甲高岭下宋家冲庄田一业，并茨凹山场、熟地、竹园、荒田，并钱宗彝前出卖山场、熟地，尽行出杜卖与永惠仓名下管业，所有事宜开列于后：

一、田种一十一担正。一、额租六十六担正，稞斛拂数。一、小租二石并地租二石四斗，稞斛拂数。一、水塘三口、水宕一口，车放浇灌，鱼水泥利俱系独管。一、折实田塘亩一十四亩五分。一、庄屋一所，门窗户扇俱全。板仓一口、竹园一片，俱系独管。一、四至界塅，南以本庄宅前至钱姓原买洪姓山脚下，绕本庄草塘横头，直上叶姓坟山边，右直至戴、张两姓坟山边为界；又横至分水，下抵马姓熟地、干沟，直至本庄新塘后埂为界。其山脚下尽系本庄棉地。又东南以范姓山脚为界，下有本庄棉地一块。东以詹庄蒿瓜塘后埂直上水沟为界。北与刘姓毗连，上至刘庄懒墙，直至门首水塘丘缺为界。西以本庄宅后钱姓原买洪姓田地埂为界。一、茨凹棉地四块。东一块上至郑宅山脚为界，下至叶姓田后埂高塙为界；东又一块南至人行路为界，北至洪宅熟地，上至分水，下至人行路为界。南一块上至余宅山脚、下抵陈宅屋后为界；西一块上至余宅山脚、下至人行路东，至陈宅地边为界。一、随田山场、柴山、棉地、各姓坟茔四至界墩，俱照老契执管。一、随田稻场、石磴、园圃、粪宕、余基、捍厂、棉地、熟地、竹木，俱系独管。一、老契并光姓执业赤契议文尾比缴。倘有田上重复抵典卖业、钱粮不清及亲疏人等争索酒劝等情，俱系卖者一力承管，不干买者之事。

麻笃山保左庄

立杜卖田契方小山，今奉母命，将祖遗麻笃山保左家冲田种十一石，额租七十七石，县行斛拂数，田亩十四亩二分，塘亩二厘，登用堰水车放浇灌，水塘四口独管，外草塘水利、上塘水利俱照旧例登用，庄屋一所棋盘四正，通前澈后，并两房包厢、学屋、门扇俱全，板仓一口，随田稻场、石磴、捍厂、粪宕、菜园、竹园、井研、垣墙、棉地、松山并宅前后左右随田花果竹木俱全，四至界墩以及水利基址等项俱照老契及新契比日踏看明白，并无遗留寸土尺木，尽行出杜卖与永惠仓名下召佃耕种管业。当得受时值田价一百八十两，外劝仪、润笔、交庄等项载在议单，比日田银两交，田上差粮职其过割。田系杜卖，永不言赎。价系时值，永不言加。此系二家情愿，并无逼准等情。倘有亲疏人等争论，尽系卖主承管。恐口无凭，立此杜卖田契永远存照。

光绪二十三年十二月二十日，立杜卖田契方小山。

立议单吴宗汉、方康庭，今因方小山奉母命，将祖遗麻笃山保左家冲庄田一业，出售与永惠仓名下管业，所有事宜列后：

一、田种十一石，大小丘数不计，额租七十七石，凭县行斛拂数。一、田亩十四亩二分塘亩二厘。一、水塘四口独管，堰水车放浇灌，车埠俱全。一、孙家冲田种登用草塘并堰水，照旧例管业。一、庄屋一所，通前至后，棋盘四正，并东西两旁包厢、学屋，门窗户扇俱全。板仓一口。一、随田棉地、捍厂、稻场、石磴、粪宕、菜园、竹园、井研、垣墙俱全。一、门前西首长冈松山一片，又大宄西烧山一片，四至界墩照老契管业。界内老坟一冢，开载亦照老契。一、宅前后左右并随田一切花果竹木，俱在其内。一、胡卖与都赤契议四纸、都卖与张赤契议尾三纸、张卖与方入手赤契议文尾四纸比缴。倘有遗留，检分以作废纸。

冷水涧保安、刘、徐庄

立杜卖田契马怙庭，奉慈命将原买王姓平坦包家坂安庄田种十六石、额租一百一十二石，刘庄田种九石、额租七十二石，共载折实田亩四十六亩六分八厘，塘亩六厘，安庄水塘一口独管，并登用天河将军大堰水利浇灌，刘庄登用泉水堰宿水并将军堰水利浇灌，天河水利车埠，其塘水五股之二登用，安庄庄屋一所，门窗户扇俱全，稻场、石磴、粪宕、园圃、树木俱全，刘庄庄屋、竹木、园圃、余基、粪宕、稻场、石磴俱系五股之二管业，又加原买都姓冷水涧保一甲包家坂徐家墩田种六担七斗，额租五十三担六斗，折实田塘圩亩十一亩一分七厘五毫三丝五忽，登用将军堰水利车放浇灌，原系上流，下接张家圩车埠一道车站浇灌，徐家墩天河埠头一道，听其买主安、利二庄淘渗车放浇灌，俱系独管，学塘一口派管，庄屋一所，门窗俱全，照田派管，采园、粪宕、稻场、石磴、余基、树木、棉地一切等项俱系独管，所有田上一切事宜俱载明议单，并不遗留寸土尺木，凭中尽行出杜卖与永惠仓名下管业收租纳粮。比得时值田价纹银七百六十两整，亲手领讫，不另立领。自卖之后永归赎，田系时值，永不言加。彼此情愿，并无逼勒等情。倘有亲疏人等争索酒劝，卖者承管，不干买者之事。今欲有凭，立此杜卖田契，永远存照。

光绪二十五年八月二十二日，立杜卖田契马怙庭亲笔。

立议单吴祥甫、姚檠门，今因马怙庭奉母命将原买冷水涧保平坦包家坂三庄凭中出卖与永惠仓名下管业，所有事宜列后：

一、安庄田种十六担，额租一百一十二担。一、刘庄田种九担，额租七十二担。一、徐家墩田种六担七斗，额租五十三担六斗。一、三庄共田种三十一担七斗，共额租二百三十七担六斗。一、安、刘二庄共折实田亩四十六亩六分八厘，塘亩六厘。一、徐家墩折实田塘圩亩十一亩一分七厘五毛三丝五忽。一、安庄门首水塘一口独管，并登用天河将军大堰水利浇灌。一、刘庄登用泉水堰宿水并将军堰水利浇灌，天河水利车埠，其塘水五股之二。一、安庄庄屋一所，门扇俱全，稻场、石碾、粪窖、树木、园圃俱全。一、刘庄庄屋、竹木、园圃、粪窖、余基、稻场、石碾俱系五股之二管业。一、安、刘二庄租稻俱孔斛拂数。一、安、刘二庄老契原载田种二十七担四斗五升，内除河田并水推沙压田种二担四斗五升。一、徐家墩水利登用将军堰车放浇灌上流，下接张家圩车埠一道车放浇灌。天河车埠一道，听安、刘二庄淘渗车放浇灌。一、徐家墩庄屋一所，稻场、石碾、余基、树木、菜园、粪窖、棉地、捍厂俱系独管。一、徐家墩庄屋东省幼坟一冢、古坟两冢、俱系有坟无境。一、三庄界堆俱照老赤契议管业。一、安、刘二庄老赤议文尾三纸，又老赤契议文尾四纸，入手赤契议文尾四纸，又徐家墩老赤契议文尾四纸，入手契议二纸比缴。一、凡三庄田业尽行出卖，并无遗留寸土尺木。一、三庄如有遗留契纸只字，日后检出，永作废纸。

南门坂保小陈庄

立杜卖田契王先培德，今将祖遗分授己名下南门坂保小陈庄田种八担七斗、刘庄田种一担三斗，共计田种十担整，折实田亩十九亩三分三厘，水塘一口独管，塘亩五分，额租七十六担整，又小租二担正，登用杨柳塝头堰水车放浇灌，又登三步两个桥东西沟高壋水利浇灌，田上事宜俱照老端议并新立议单管业，庄屋一所，门窗户扇俱全，稻场、石碾、粪窖、园圃、树木俱全，田名、丘数、界堆，一切俱照老端单凭中端看明白，并无遗留寸土尺木，尽行出杜卖与永惠仓名下招佃耕种，收租管业。当日议定时值田价纹银二百二十两整，比日田银两交，另立领字。自卖之后，永不言加，永不言赎。本年新租，买者收拂；本年钱粮，买者完纳，以前不干买者之事。倘有重复典质以及亲疏人等争索酒劝，俱系卖者承管，不干买者之事。此系两愿，并无逼勒。立此杜卖田契，永远存照。

光绪二十七年六月念八日，立杜卖田契王先培德（命男燮侯代笔）。

立议单叶吉士、苏绍经等，今因王先培德庄田一业从落南门坂保小陈庄、又刘庄，凭中出售与永惠仓名下为业，所有事宜开列于后：

一、共计田种十担整，大小丘数不计，四至界堆俱照老端单管业，不另立端。一、田亩十九亩三分三厘。一、水塘一口独管，塘亩五分。一、登用杨柳塝头堰水车放浇灌，又登用三步两个桥高坝水利浇灌。沟路埠岸，俱照老例管业。一、稻场、石碾、捍厂、粪宕、园圃、树木俱全。一、庄屋一所，棋盘四整，门窗户扇俱全。一、老赤契议文尾共十一纸、入手赤契议端文尾五纸比缴。一、二庄共计额租七十六担，外小租二担，凭东户拂数。一、田上倘有重复典质，尽归卖者一力承还，不干买者之事。

麻笃山保董家凹庄

立杜卖田契光张氏，因男冕生幕游在外，情因用度不敷，愿将续置麻笃山保董家凹庄田种七石正，额租五十二担五斗，凭稞户拂数，载折实田塘亩八亩二分四厘，其田登用大小水塘三口，庄屋一所，门窗户扇俱全，稻场、石磉、菜园、粪宕、花果、竹木、棉地、山厂俱系独管，凡在庄一切界墩各项，均照新立议单管业，凭中踩看明白，并无遗留寸土尺木，尽行出杜卖与永惠仓名下上庄收租管业，纳粮当差。比日三面议定时值田价纹银一百二十两正，并一切礼银，当即亲手领讫，另不立领。田系杜卖，永不言赎；价系时值，永不言加。倘有户下亲疏人等争索酒劝并重复抵质，仍归卖者承管，不干买者之事。此系二意情愿，并无逼勒等情。本年租粮，归买者收拂完纳。恐口无凭，立此杜卖田契，永远存据。

光绪二十八年八月初十日立杜卖田契光张氏、男冕生、孙秉衡。

立议踩单光砺堂、张霁青等，情因光张氏因男冕生幕游在外，家用不敷，愿将续置麻笃山保二甲董家凹庄田产一业，凭中出杜卖与永惠仓名下在上收租管业。所有事宜开列于后：

一、田种七担整，大小丘数不计。内除沙压田六斗整。一、额租五十二担五斗，凭稞户拂数。内除灾租四担五斗整。一、折实田塘亩八亩二分四厘，推图比立。一、登用门首水塘一口、宅傍水塘一口、顶塘一口车放浇灌，独管。一、庄屋一所，棋盘四正，门窗户扇俱全，稻场、石磉、菜园、粪宕、花果、竹木、随田棉地、余基、出厂均系独管。一、本庄冲脚南随田山厂一片，上齐山顶为界，下齐堰沟为界，左齐光姓旱地为界，右齐分水，至田边为界。又冲腰南首山厂一片，上至山脊为水，与董姓□连为界，下至本庄田边为界，左至胡姓旱地为界，右至山脊分水，直下田边为界。毗一冲顶山厂一片，东齐顶塘坝，由小凹与汪姓毗连，直上山顶为界；西齐古沟，与方姓旱地毗连，至人行路为界；南至山脊分水，与魏姓毗连为界；北齐山脚，与李姓熟地毗连为界。一、凡在庄一切界内，并无遗留寸土尺木。倘有遗留日后查出，仍归买者。一、其田原有上赤契议，因兵燹失落，日后查出，仍归买主。

演武亭保孙家冲庄

立杜卖田契姚佩萱阁，今因用度不敷，愿将先酸张颖生公拨授妆奁田一业，坐落演武亭保土名孙家冲田种二十八担，额租一百六十二石二斗五升，折实田塘亩三十二亩八分，所有田上水利、界址俱照老议单并新立议单管业，并不遗留寸土尺木，凭中尽行出杜卖与永惠仓名下管业，纳粮收租。比得时值田价纹银四百二十两正，亲手领讫。自卖之后，听其买者过割完粮当差，并无逼勒等情。倘有亲疏人等争索酒劝，卖者一力承管。田系杜卖，永不言加，亦不言赎。今欲有凭，立此杜卖田契，永远存照。

光绪二十八年十二月　日立杜卖田契姚佩萱阁嘱弟张悦周代笔。

立议单姚檠门、李文元、张备之、张良伯等，今因姚佩萱阁用度不敷，愿将张颖生公拨授妆奁田一业，坐落演武亭保土名孙家冲，出杜卖与永惠仓名下为业。所有事宜列后：

一、田种二十八担整。一、折实田塘亩三十二亩八分。一、水塘五口独管。一、堰水上流，下接支灌，又东塝花水沟，系独灌本庄长塘。一、随田塍水三垅，独管。一、双塘水利车放浇灌。秧田四斗登用大塝水利，由洪师任原卖与张宅一担三庹大田内车灌过水。双塘二口，东一口独管，西一口与刘姓公用水利各半。一、登用门首大塘水利并长塝水利车灌。一、松山一片，上至分水，下至本庄田边为界，南至张宅懒墙为界，北至戴宅草山分水为界。内草山所有坟冢，俱系滚土为界。其郑宅祖坟，以老封墩为界。一、四至界垅端看明白，不另立端单。一、庄屋二所，门窗户扇俱全。一、宅左棉地、古坟一冢，滚土为界。一、额租一百六十二担斗五升，孔庹拂数。一、执业契议二纸比缴。一、又上首老契议文尾比缴。一、如有遗留纸笔检出，仍归买者。

夜插坂保周庄

立杜卖田契光崇善堂，将续置夜插坂保周庄田种十三担五斗，载折实田塘亩十五亩正，额租八十一担，凡在庄鱼水、泥利、庄屋并四至界垅一切所有，俱系照议单管业，凭中踏看明白，尽行出杜卖与永惠仓名下管业、收租、完粮。比得受时值田价纹银△两正，当日田银两交，不另立领。自卖之后，永不言加，永不言赎。此系二比情愿，并无逼勒等情。今欲有凭，立此杜卖田契，永远存照。

光绪二十九年五月二十四日立杜卖田契光崇善堂少昂亲笔。

立议单方西园、张霁青等，今因光崇善堂续置夜插坂保周庄田种一业并塝稍田种一业，尽行出杜卖与永惠仓名下为业，所有事宜列后：

一、田种十三担正，额租七十八担正，大小丘数不计。一、折实田亩十二亩四分，塘亩一亩二分。一、水塘五口独管。大塝一道、石闸一座水利并修理，俱系四股之一，车至五斗高埂为止。一、稻场、石碛、粪宕、菜园、宅屋前后树木并竹园俱系独管。一、庄屋棋盘四正，门窗俱全。一、上塝稍田种五斗，计种一丘，额租三担正。一、折实田亩一亩四分。一、小塝西古沟一道，至王姓左庄，直下河沟为界。上塝水利独管。一、本宅北首周姓坟茔一处，高埂为界，上下立石为界。一、四至界垅，东至大路为界，南至吴宅田埂为界，西至塝稍为界，北至高宅田埂为界。一、上上首王姓契议比缴，又王姓五斗田契一纸比缴。一、入首契议比缴。一、老上上首周姓契议未缴，因兵燹失落，倘日后查出，作为废纸。

郭家墩保大吴庄

立杜卖田契光崇善堂，将续置郭家墩保大吴庄田种一业，计种十六担正，载折实田亩二十二亩一分五厘，塘亩六分五厘，登用门首大塘、天河塝水、沟路埠岸鱼泥水利，稻场、石碛、粪宕、菜园、挥厂、余基、树木、棉地、木枧俱照老契议管业，草庄屋一所，棋盘四正，包厢槽门户扇俱全，每年实纳额租一百一十二担正，凭东庹拂数，外小洲田种五斗，额租二担，庄屋一所齐龙口一半，又小租二担，凭中踏看明白，并无遗留，尽行出杜卖与永惠仓名下管业，招佃耕种，完粮收租。当得受时值田价纹银三百二十两正，比日田银两交，不另立领。自卖之后，永不言加，永不言赎。此系二比情愿，并无逼勒等情。今欲有凭，立此杜卖田契，永远存照。

光绪二十九年五月二十四日，立杜卖田契光崇善堂。

立议单方西园、张霁青等，今因光崇善堂续置郭家墩保大吴庄田种一业，出售与永惠仓名下管业，所有事宜列后：

一、田种十六担正，大小丘数不计。一、棉地数片，与方姓公管。一、载折实田亩二十二亩一分五厘，又塘堨亩六分五厘。一、登用门首大塘鱼水泥利四股之二，南首水塘一口三股之二。粪岩、菜园独管。外北首粪岩与方姓公管三股之二。一、甘家桥堨水并沟路，照田车放浇灌。木枧一节独管。天河埠岸，俱照田公管。一、门首稻场、石磙独管。一、老老赤契议文尾共八纸比缴。一、汪礼和典卖与光姓赤议一纸缴出，已载新立合同议字，日后公照。一、随田捍厂并宅前后周围树木独管。一、汪礼和典卖与光姓赤契未缴，已载明新立合同，日后公照。一、草庄屋一所，棋盘四正，门窗户扇俱全，独管。一、四至界墩俱照老契议踹独管。一、光思永轩卖与李姓议字未缴，有事取出公照。一、光思永轩卖与李姓卖契比缴，有事取出公照。一、实额租一百一十二石，外小洲田五斗，额租二石，又小租二石，东爿拂数。一、光崇善堂与李植本堂合同议字比缴。

蔡家店保方刘庄

立杜卖田契叶静山，同弟卧松商议，将祖遗公共分下蔡家店保二甲方庄田种三担，额租二十四担，田塘亩一亩九分二厘五毫，登用破塘、猪嘴塘浮底水车放浇灌，小堨一道独管，小塘一口与张宅公用，又同保同甲连庄黄家湾刘庄田种七担，额租四十九担，外小租二担，田塘亩十一亩正，登用大堨水利车浇灌，内有堨西田种七斗五升，登用汪姓堨水车灌，所有两庄稻场、石磙、庄屋、棉地、捍厂、树木、烧山、园圃、粪岩俱全，四至界址俱照老议单新立议单，凭中踹看明白，并不遗留寸土尺木，尽行出杜卖与永惠仓名下管业，收租纳粮。当得受时值田价纹银二百一十两正，亲手收讫。另立收字，一切杂项礼银载明议单。此即田银两交，自卖之后听从过割。倘有亲疏人等争论，尽归卖者承管，不干买者之事。方庄原买汤芳朝等入手契议，被禄失落，仅存上首老契议文尾踹单共九纸比缴。刘庄原买汤芳朝等入手赤契议二纸均缴。倘有遗留字据，查出作废。此系二比情愿，并无别情。今欲有凭，立此杜卖田契为据。

宣统元年七月十六日立杜卖田契叶静山、卧松、子鹤年代笔。

立议单叶章民、张季青等，今因叶静山同弟卧松将蔡家店保二甲方庄、刘庄两庄田业出售与永惠仓名下为业，所有一切事宜列后：

一、方庄田种三石，额租二十四石，大小丘数不计。一、田亩一亩九分二厘五毫，塘亩在内。一、登用破塘、猪嘴塘浮底水车放浇灌。小堨一道独管。北首小塘一口，与张姓公用。一、庄屋一所，门窗俱全。一、周围在庄树木松山，成交之后，不得砍伐。一、稻场、石磙、园圃、粪岩、棉地、捍厂、余基俱全。一、宅左余基以垣墙外脚为界，宅右以本庄稻场边为界，宅前以本宅田为界，宅后以黄姓坟高塂为界。一、随田松山一片，东以王宅田边为界，南以猪嘴塘后埂直上山脊分水为界，西以山脊分水为界，北以王姓山毗连新立封墩为界。内有荒塘一口，亦在卖内。一、随田山界内有黄姓碑坟一冢，上下左右俱以穿心一丈为界。外有古坟四冢，有坟无境。一、原买汤芳朝等入手契议被禄失落，仅遗上老契议文尾踏单共九纸比缴。一、刘庄田种七担，额租四十九担，大小丘数不计。一、田塘亩十一亩正。一、大小堨一道，浮底水车放浇灌。堨西田种七斗五升，登用王姓堨内水利车灌。一、石闸一道，照田修理。一、刘庄原买汤芳朝等入手契议二纸比缴。倘有遗留老契，查出仍归买主。一、外有小租二担。

走马镇保小汪庄

立杜卖田契马玉衡，今因脱小就大，愿将原买方姓庄田一业，坐落走马镇保一甲洞宾泉小汪庄田种九担三斗，墩田一担三斗，共计十担零五斗，额租八十六担一斗，折实田亩二十一亩一分，水塘一口独管，大小洋塘浮水并沟路花水浇灌，塘亩七分，棉地二片，地亩二亩，草庄房二所，门窗户扇俱全，竹园一片，大洞宾泉泉水十四宿，内日宿一宿车灌，天河水利照股均派，十日内五分车灌，稻场、石磉、园圃、粪宕、树木俱全，其田地四至界墩并各姓坟茔，俱照新立议单管业，并无遗留寸土尺木，凭中尽行出杜卖与永惠仓名下管业收租。当得受时值田价纹银三百一十两正，比日田银两交，亲自收讫。自卖之后，倘有亲疏人等争论，卖主一力承管，不干买者之事。此系二者情愿，并无逼勒等情。今欲有凭，立此杜卖田契永远存照。

宣统三年闰六月二十五日，立杜卖田契马玉衡亲笔。

立议单姚桼门、马智卿等，今因马玉衡脱小就大，愿将原买方姓北乡走马镇保洞滨泉小汪庄田种一业出售与永惠仓名下为业。所有事宜列后：

一、田种九担三斗，大小丘数不计，又墩田二丘，计重一担二斗，共计田种十石零五斗。一、田塘亩二十一亩八分，又地亩二亩。一、水塘一口独管。一、大洞宾泉泉水十四宿，内日宿一宿车灌。一、大小洋塘浮水并沟路花水浇灌。一、天河水利照股均派，十日内五分车灌。一、棉地二片。一、宅西张君顺坟山一处，前以稻场边水沟上小墩新立界段为界，后以老园墙埂外棉地中新立界石为界，左以老庄屋庙墙脚新立界石为界，右至塘边为界。一、棉地旁潘姓坟山一条，以本宅地沟为界。一、草屋二所，门窗户扇俱全。一、额租八十六担一斗，稞斛拂数，小租在内。一、稻场、石磉、粪宕、竹园、树木、菜园俱全。一、上首并本首契议共十三纸，如另有契议日后查出，作为废纸。

鲁烘山保土楼庄

立杜卖田契孙兰生，今因正用不敷，叔嫂商议，愿将续置北乡鲁烘山保土楼庄田种四担，大小丘数不计，额租稻三十二担，稞斛拂数，田塘亩三亩二分，大小水塘三口车放浇灌，照田派管，龙井冲马耳河堰三道，庄屋一所，门窗户扇俱全，稻场、石磉、菜园、粪宕、烧山、棉地、余基、树木，一切俱系照田派管，凭中立契，尽行出杜卖与永惠仓名下管业收租纳粮。比得受时值田价纹银一百零四两正，当日亲手领讫，不另立领。自卖之后，永不言加，亦不言赎。本年新租钱粮归买者收纳。倘有亲疏人等生端异说，卖者一力承管，不干买者之事。此系二意情愿，并无逼勒等情。今欲有凭，立此杜卖田契，永远为据。

宣统三年闰六月二十五日，立杜卖田契孙兰生。

立议单张子尹、孙仲甫等，情因孙兰生叔嫂商议，正用不敷，愿将续置北乡鲁烘山保土楼庄田种一业出售与永惠仓名下为业。所有事宜开列于后：

一、田种四担，大小丘数不计。一、额租稻三十二担，稞斛拂数。一、田塘亩三亩二分。一、大小水塘三口车放浇灌，照田派管。一、龙井冲马耳河堰三道。一、烧山、棉地、稻场、石碾、出厂、余基、菜园、粪宕、花果、竹木，一切俱系照田派管。

演武亭保载家冲庄

立杜卖田契胡杨氏，情因夫君病故，无人照料，同孙大雨生、小雨生商议，愿将续置己名下田种一业，坐落演武亭保二甲土名戴家冲田种十担零二斗三升半，昔年载卖一半，剩田五担一斗一升七合半，额租四十四石二斗五升，外小租一担二斗五升，田亩五亩，塘亩三分七厘，大长塘一口、水塝一道，与叶姓公管。冲内泊子塘八股之三四，方塘与董姓公管，大塘水利车灌，塝田一担二斗五升，庄屋一所一半管业，山厂一半，树木、稻场、石碾照田派管，四至界墩俱照老契并新立议单管业，凭中立契，尽行出杜卖与永惠仓名下管业，招佃耕种，收租完粮当差。比日三面议定时值田价纹银一百两正，比日田银两交，亲手领讫。自卖之后，倘有亲疏人等争索酒劝，俱卖主一力承管，不干买主之事。此系二意情愿，并无逼勒等情。今欲有凭，立此杜卖田契，永远为据。

民国元年十月十九日，立杜卖田契胡杨氏、同孙大雨生、小雨生。

立议单姚康之、胡宝怀、马显纶、张子尹、高培发、董和庭等，今因胡杨氏夫君病故，同孙商议，名大雨生、小雨生，愿将续置己名下田种一业，坐落演武亭保二甲戴家冲，出售与永惠仓名下为业。所有事宜开列于后：

一、田种五担一斗一升七合半。一、额租四十四担二斗五升，外小租一石二斗五升。一、田塘亩五亩三分七厘。一、大长塘一口、水塝一道，与叶姓公管。冲内泊子塘八股之三四，方塘与董姓公管，大塘水利车灌，塝田一担一斛。一、庄屋一所门窗户扇俱全，一半管业。一、山厂树木、稻场、石碾、棉地、捍厂、园圃、粪宕俱照田派管。一、四至界墩俱照老契并新立议单管业。一、方姓赤契议文尾并入手契议比缴，昔年截卖一半。一、上老赤契文尾共计五纸比缴。当年胡姓原立领字一纸，现已遗失，日后查出作废。一、田上倘有重复抵典、以前未完钱粮，查出仍归卖主。

太平桥保武庄

立杜卖田契冯春滋堂，今将自置田种十四担六斗，大小丘数不计，额租九十九担，外小租二担，坐落太平桥保五甲武庄沟口，载折实田亩二十一亩七分，塘亩一亩六分，庄屋一所，棋盘四正，门窗户扇俱全，稻场、石碾、菜园、粪宕、穿井俱系独管，山厂一片，西至陈姓懒墙为界，陈山花水支灌田塘，东至人行大路为界，外有花水沟一条，上至士〔土〕神庙直下支灌塘田，北至土神庙乾塘后埂为界，宅前宅后山厂树木并随田树木独管，界内坟茔俱照老境为界，门首大塘二口独管，潘庄门首小塘一口车放公用，登用官粥塘水利车放浇灌，并沥水塝浮底水车放浇灌，搬潭车至太平桥止，其田界墩，西南以天河为界，东以人行路为界，凭中出杜卖与永惠仓名下在上招佃耕种，纳租管业。当得受时值田价纹银一百八十五两正，比日田银两交。自卖之后，田上差粮，买主完纳，不干卖主之事。倘有亲疏人等争索酒劝，卖主一力承管。此系二意情愿，并无逼勒等情。田系杜卖，永不言赎；价系时值，例不言加。今欲有凭，立此杜卖田契，永远存照。

民国二年阴历六月二十四日，立杜卖田契冯春滋堂。

立议单马智卿、姚晋生等，今因冯春滋堂将田种一业，坐落太平桥保武庄沟口，立契杜卖与永惠仓名下，所有事宜开列于后：

一、田种一十四担六斗，大小丘数不计。一、额租九十九担正，外小租二担。一、折实田亩二十一亩七分，塘亩一亩六分。一、庄屋一所，棋盘四正，门窗户扇俱全。一、稻场、石磙、菜园、粪宕、穿井，独管。一、门首大塘二口独管。一、潘庄门首小塘一口，车放公用。一、官粥塘水利车放浇灌。一、沥水塝浮底水利车放浇灌，搬潭车至太平桥止。一、宅后山厂一片，西至陈姓懒墙为界，陈山花水支灌田塘；东至人行大路为界，外有花水沟一条，上至土神庙，地下支灌田塘；北至土神庙干塘后埂为界。一、宅后山厂内坟茔，俱照老境为界。一、宅前后左右余基、山厂树木并随田树木独管。一、田上界墩，西南以天河为界，东以人行大路为界。一、并无遗留寸土尺木。倘有遗留，查出仍归买主。一、上首并入手赤契议文尾共十纸比缴。

张天坂保詹庄

立杜卖田契张仲哲，情因家用不敷，今将坐落西乡张天坂保一甲庄名占庄田种九担四斗，额租稻一百二十七担零四升，稞庰拂数，麦租四担三斗，棉花地租一百零五斤，载折实田塘亩十八亩四分七厘，登用门首大塘一口独管，童子塝、长塝、藕塘水例，照田公管，车放浇灌，庄屋一所，门窗户扇俱全，稻场、石磙、菜园、粪宕、余基、隙地、花果、竹木，在庄一切，并无遗留，凭中出杜卖与永惠仓名下收租管业。比得时值田价纹银四百两正，比日银契两交，各自亲手领讫，不另立领。自卖之后，永不言加，永不言赎。所有田上差粮，买者完纳。此系两彼情愿，并无逼勒等情。倘有亲疏人等争索酒劝，均系卖者承管，不干买者之事。恐口无凭，立此杜卖田契，永远存照。

民国二年阴历七月二十日，立杜卖田契张仲哲亲笔。

立议踩单张庆之、左挺丞、叶秉章、左阁巢等，今因张仲哲正用不敷，请凭我等，将原买叶光氏田业，坐落西乡张天坂保一甲庄名詹庄田种九担四斗正，额租稻一百二十七担零四升，稞庰拂数，凭中出杜卖与永惠仓名下收租管业。所有事宜开列于后：

一、庄屋门前田种八担四斗，额租一百一十七担零四升，其田大小丘数不计。一、黄豆园界趾，东至天河心为界，西至长塝埂为界，南齐懒墙为界，北齐张天坝为界。一、棉地一片，棉花地租一百零五斤，麦租四担三斗正。一、黄豆园田种一担，勿论天年不等，实纳额租十担，丘数不计。一、载折实田塘亩一十八亩四分七厘。一、庄屋一所，门窗户扇俱全。一、登用门首大塘一口，独管。童子、长塝、藕塘照田公用。一、稻场、石磙、菜园、粪宕、余基、隙地、花果、竹木、鱼塘、水利，照契管业。一、原有入手赤契议文尾四纸比缴。

棠梨铺保丰庄

立杜卖田契叶良伯，今因用度不敷，愿将分授己名下原买洪绍仪棠梨铺保新成市后土名丰庄田种九担，额租九十担，折实田塘亩十二亩五分，登用黄龙塝、永镇塝、兜水塝三塝水利，沟路埠岸、车放浇灌，均照田派管，门首大塘一口，照田公管，小塘一口独管，又姜家衖粪宕塘一口独管，各田头埠岸独管，外又田塘六斗，额租六担，田亩五分，坐落新城市上街兜水塝下，土名小圩，登用黄龙塝水利车放浇灌，庄屋一所，门窗俱全，独管，稻场、石磙、菜园、粪宕、花果、竹木、余基、捍厂，凡在庄一切俱全，独管，均照老契议并新立议单管业，凭中踩看明白，并无遗留寸土尺木，尽行出杜卖与永惠仓名下管业收租，纳粮当差。当日三面议定时值田价龙洋蚨四百元正，亲手领讫，不另立领。自卖之后，永不言加，亦不言赎。本年差粮归仓收纳。此系二意情愿，并无逼勒。倘有亲疏人等生端异说以及重复典质，均归卖者承管。比将入手赤契议文尾并上首老赤契议二十四纸均缴。今欲有凭，立此杜卖田契，永远存照。

中华民国四年八月初四日，立杜卖田契叶良伯亲笔。

立议单吴奎伯、姚晋生等，今因叶良伯将堂梨铺保丰庄田产一业出售与永惠仓名下为业，所有事宜列后：

一、田种九担正，大小丘数不计，额租稻九十担正，登用永镇塝、黄龙塝、兜水塝三塝水利车放浇灌。一、折实田塘亩十二亩五分正，比立推图。一、兜水塝稍塝底一段水利鱼泥，俱系独管。其界东以本庄田埂脚为界，西以徐姓圩埂脚为界，上以萧姓黄龙塝沟东埂为界，下以棉地头懒墙埂直至徐姓圩埂脚为界。一、门首大塘一口，水利鱼泥照田派管。一、小塘一口，水利鱼泥独管。一、菜园衖大粪窌一口，独管。一、大小粪窌三口，独管。一、稻场一个，石磙二条，独管。一、庄屋一所，门窗户扇俱全，独管。一、各田段埠岸独管。一、庄上随田并随沟树木花果及余基、隙地独管。一、石桥石闸一座，照老议公管。又新置小闸一座，独管。一、又有新成市上街兜水塝下小圩田种六斗，额租稻六担正，田塘亩五分，登用黄龙塝水利车放浇灌，四至界段俱照老赤契独管。一、入首执业赤契议一套并上首老赤契议二十四纸比缴。

走马镇保舒庄

立杜卖田契叶浒澄，今将原买走马镇保舒庄田种三担正，大小丘数不计，额租十八担正，折实田塘亩三亩六分，水塘二口独管，庄屋一所，稻场、石磙、园圃、粪窌、余基、树木、棉地俱全，四至界塅俱照老契议并新立议单管业，凡在庄一切并不遗留寸土尺木，尽行出杜卖与永惠仓名下上庄收租管业。当日三面议定，实受时值田价纹银三十两正。比日亲手领讫，不另立领。本年租粮归仓收纳。田系杜卖，永不言赎；价系时值，永不言加。倘有亲疏人等藉端异说以及重复典质，归卖者一力承管。比将入手蒋姓赤契议文尾照一连五纸缴付。今欲有凭，立此杜卖田契，永远存照。

民国四年阴历九月初八日，立杜卖田契叶浒澄亲笔

立议字马公执、叶怀卿等，情因叶浒臣脱业就业，将原买走马镇保舒庄田种一业，凭中立契，尽行出杜卖与永惠仓为业。所有一切事，议列于后：

一、田种三担，大小丘数不计，折实田塘亩三亩六分。一、额租稻十八担整，秭戽拂数。一、水塘二口独管。一、四至界塅，东与邓姓田毗连为界；南与陈姓、张姓毗连为界，人行路下田一丘，计种二斗在内；西以宅后横路埂头人行路，直下陈姓塘头高埂，东转至中人行路为界；北以宅后横埂斜至菜园边为界。一、稻场、石磙、园圃、粪窌、出入余基、树木俱全。一、庄屋一所独管。一、棉地一片独管。一、上手老契因兵乱遗失，日后查出，概作废纸。

龙何保排门庄

立杜卖田契方明甫同侄孙重审，今因用度不敷，愿将祖遗龙河下保胡家排门田种十二担二斗，额租九十担零二斗，外小租二担，折实田塘亩十七亩，正门首大塘一口独管，东

塝注塘一口并草塘一口，俱照田公管，庄屋一所，门窗户扇俱全，在上稻场、石磅、菜园、粪宕、余基、捍厂、花果、树木俱系独管，四至界塝并胡茔俱照入手赤契议管业，凭中端看明白，并无遗留寸土尺木，立契尽行出杜卖与永惠仓名下在上收租管业完粮。比得受时值田价龙洋二百八十元整，亲手收讫。自卖之后，田上租粮，买者收纳。倘有亲疏人等争索酒劝，卖者一力承管，不干买者之事，此系二意情愿，并无逼勒等弊。立此杜卖田契存照。

民国五年阴历三月二十日，立杜卖田契方明甫亲笔。

立议单方石臣、洪润干等，今因方明甫同侄孙方重审将祖遗龙河下保胡家排门庄田产一业，出售与永惠仓名下为业，所有事宜列后：

一、田种十二担二斗，大小丘数不计。一、额租九十担零二斗，稞庠拂数，外小租二担。一、田塘亩十七亩正。一、门首大塘一口独管；东塝注塘一口并草塘一口鱼泥水利，照田车放浇灌。捍厂棉地一片，其界上以水沟、下以闵姓塘边、左以懒墙、右以田边为界。一、何庄余水，听从方佃支水灌塘，何庄不得有阻。一、草庄屋一所，门窗户扇俱全。一、稻场、石磅、园圃、树木、粪宕、捍厂、余基、隙地，俱系独管。一、宅后以高田埂搭院墙为界。一、庄屋西首胡姓坟茔，其界左至本宅外高塝为界，右至小水沟为界，上至田边为界，下至粪宕后塝为界。一、入手亦契议比缴。

适冲铺保康庄

立杜卖田契胡叔权，今因用度不敷，愿将原买适冲铺保小黄公桥东首康庄田种十担正，实田亩八亩三分，塘亩三分，额租六十担正，稞庠拂数，水塘二口、私塪一道，俱系独管，车放浇灌，庄屋一所，门窗户扇俱全，在庄四至界址并山厂、棉地、捍厂、园圃、粪宕、稻场、石磅、余基、花果、竹木，凡在庄一切等项，并不遗留寸土尺木，凭中尽行出杜卖与永惠仓名下上庄收租完粮，永远管业。本年新租钱粮，归买者承收承完。此言定时值田价洋蚨一百八十元正，当日田洋两交，亲手领讫，不另立领。自杜卖之后，田系时值，永不得言赎，亦永不得言加。倘有亲疏人等争索酒劝及重复典质、未完钱粮，均归卖者承管，不干买者之事。此系二比情愿，并无逼勒等情。今欲有凭，立此杜卖田契，永远存照。

民国五年阴历十月初六日，立杜卖田契胡叔权亲笔。

立议踩单叶炳章、左挺臣等，今因胡叔权用度不敷，愿将原买适冲铺保一甲小黄公桥东首康庄田种一业，凭中出杜卖与永惠仓名下在庄收租，永远管业。所有事宜开列于后：

一、田种十担，大小丘数不计，折实田塘亩八亩六分。一、额租六十担正，稞庠拂数。一、田至界址，俱照老赤议管业，并入手议单照管。界内方姓坟境所留界塝，南以杨姓有坟无境坟茔为界，北以徐姓坟茔为界，西以塘边为界，东以本坟直上十四丈为界；界内听其蓄树荫坟。一、庄屋一所，门窗户扇俱全。一、水塘二口、私塪一道，俱系独管。一、稻场、石磅、园圃、粪宕、棉地、烧山、捍厂、余基、花果、竹木及一切俱系独管。一、本庄山内有徐姓界塝，俱照老赤议管业。其余古坟，俱系有坟无境。一、上首赤契议及入手契议共十一纸比缴。倘有遗漏契议，日后查出，以作废纸。一、南界内小田上山厂佃人高全美讨葬坟茔一冢，立有送字为执。一、除老荒田二斗，折除额租一担二斗，由卖主当堂退价二十元，批明入手契纸。

麻笃山保小李庄

立杜卖田契黄时财，情因正用不敷，愿将己名下续置光张氏所卖麻笃山保二甲土名黄家冲小李庄田种八担正，大小丘数不计，额租五十二担正，凭稞房拂数，载折实田塘亩九亩二分四厘，又垦亩一亩一分，其田登用腰塘一口鱼泥水利三股之二，又登门首水塘一口、吃水塘一口、林家凹水塘一口车放浇灌，俱系独管，庄屋一所，门窗户扇俱全，稻场、石磴、菜园、粪宕、花果、竹木、棉地、捵厂，凡在庄一切，俱照新立议单管业，凭中踩看明白，尽行出杜卖与永惠仓名下在庄收租完粮管业当差。比日三面言定时值大龙洋△元正，并一切礼银，当日亲手领讫，不另立领。田系杜卖，永不言加；价系时值，永不言赎。倘有亲疏人等争索酒劝并重复抵质，仍归卖者承管，不干买者之事。彼此两愿，并无逼勒等情。恐口无凭，立此杜卖田契，永远存据。

民国六年七月十六日，立杜卖田契黄时财侄维应笔。

立议单张庆之、叶丙章、张佩之、左挺臣等，情因典时财原买光张氏麻笃山保二甲土名黄家冲小李庄田产一业，凭中尽出卖与永惠仓名下在上收租管业。所有事宜开列于后：

一、田种八担正，大小丘数不计，额租五十二担正，凭稞房拂数。一、折实田塘亩九亩二分四厘，又垦亩一亩一分。一、登用腰塘一口鱼泥水利车放浇灌三股之二，又登门首水塘一口并吃水塘一口、林家凹水塘一口鱼泥水利车放浇灌，俱系独管。一、庄屋一所棋盘四正，门窗户扇俱全。稻场、石磴、菜园、粪宕、花果、竹木、余基、树木、棉地、捵厂，凡在庄一切各项，均以独管。一、四至界塅，东齐林家凹为界，西齐吃水塘下高埂为界，南齐鸣池后埂为界，北齐庄屋后懒墙梗，横至本庄田埂脚人行大路为界。一、此田原有上老契议，因兵燹失落，日后查出，作为废纸。比将光姓原典与叶姓典契一纸捡交。又入手赤契议尾验照俱全，比缴。一、本年新租钱粮，归买者收纳。本年以前未完钱粮，归卖者承管。一、田上倘有重复典质抵押并亲疏人等争索酒劝，一力归卖者承管，不干买者之事。彼此二意情愿，并无逼勒等情。今欲有凭，立此议踩单，永远存照。一、内折除荒田一斗五升折除额租九斗七升五合，净存熟额租五十一担零二升五合，原笔批。

陡冈坂保洪家圩庄

立杜卖田契汤仲言，今将原买胡绍伯西乡陡冈坂保洪家圩庄原田种七担零五升，内除荒田二斗，折实净熟田种六担八斗五升，大小丘数不计，原额租七十担零五斗，内除荒田额租二担正，折实熟额租六十八担五斗，折实田塘亩十五亩二分六厘正，登用杨林隔大闸、中闸、五闸、长枧一道、枧宕、竹堀水利，沟路埠岸俱照老例车放浇灌，本庄圩水利鱼泥照田派管，荒田内听买者自开渗宕，花果竹木庄上一切，并无遗留寸土尺木，凭中立契，尽行出杜卖与永惠仓名下上庄收租，完粮当差管业。比日三面言定时值田价大龙洋△元正，当即亲手领讫，不另立领。买三卖二，平内扣取。本年新租归卖者收纳，钱粮亦归买者承完。田上倘有以前重复抵典、钱粮未清及新疏人等争论，均归卖者一力承管，不干买者之事。田系杜卖，永不言赎；价系时值，永不言加。两比情愿，并无逼勒等情，立此杜卖田契，永远存照。此据。

民国六年阴历八月念四日，立杜卖田契汤仲言令男良骥押、侄良仕笔。

立议单马和伯、张庆之等，情因汤仲言原买胡姓陡冈坂保洪家圩庄田一业，今因弃小就大，凭中出杜与永惠仓名下为业。所有庄上事宜开列于后：

一、田种七担零五升，大小丘数列后。一、额租稻七十担零五斗，小租在内。一、除荒田二斗，折实熟田六担八斗五升，折额租稻六十八担五斗。一、折实田塘亩十五亩二分六厘。一、登用杨林隔、五隔、枧宕、长枧一道、竹隔并本圩水利，沟路埠岸、车放浇灌、渗水，照田派车；鱼泥照田派取。水沟一条公管。田西头水、推宕渗水，独管。一、瓦庄屋三进，棋盘四正；草庄屋五间，门窗户扇、石条磉木俱全。随屋基地独管。一、宅后田种八斗一丘。八斗下田种一担四斗，一连二丘。沟边田八斗一丘，稻场边田种二斗一丘，二斗下田种六斗一丘，六斗下六斗一丘，陇八斗田一丘，陇八斗下田种六斗一丘，六斗头田种三斗一丘，蔡隔田种四斗二丘，沟边田种三斗二丘。六斗下斋林田三斗五升二丘共计田种原数七担零五升计田十六丘。一、沿河水推荒田，听其挑挖蓄水车灌。一、圩外西首菜园一个，独管。南首小墩边菜园一个，独管。九斗头菜园一个。一、稻场南首边水粪宕一个，独管。一、随田埠岸独管。一、稻场、石磉、花果、竹木独管。一、老契议八纸比缴，入手赤契二纸比缴。

附录：清末民初以前中国荒政书目

一、现存荒政书目①

1. 师况占（师况杂占）。汉师况（托名）撰。清洪颐煊《经典集林》辑本。②

2. 洪范五行传 3 卷。汉刘向撰，清陈寿祺辑。清嘉庆道光年间三山陈氏刻本。

3. 京氏易 8 卷。汉京房撰。清刻本，4 册。

4. 相雨书 1 卷。唐黄子发撰。《说郛》本、《渐西村社》本、《丛书集成》本。③

5. 太上洞渊说请雨龙王经。疑为唐代洞渊派道士所作。见明《道藏》洞玄部本文类/乃。④

6. 正一瘟司辟毒神灯仪。约作于隋唐，或元代、明初。见明《道藏》洞真部威仪类。

7. 太上洞渊辞瘟神咒妙经。约作于唐代，佚名撰。见明《道藏》洞真部本文类/辰。

8. 太上三五傍救醮五帝断瘟仪。约作于唐宋间，佚名撰。见明《正统道藏》洞神部威仪类。

9. 太上护国祈雨消魔经 1 卷。约作于唐宋间，佚名撰。见明《道藏》洞真部本文类/辰。

10. 太上元始天尊说大雨龙王经。约作于唐宋间，佚名撰。见明《道藏》洞真部本文类/辰。

11. 太上元始天尊说消疹虫蝗经 1 卷。约出于唐宋间，撰人不详。见明《正统道藏》洞真部本文类/宿。

12. 救荒活民书 3 卷；拾遗 1 卷。宋董煟撰。《四库全书》本。

13. 太乙三山木郎祈雨神咒 1 卷。宋白玉蟾真人注。明内府抄本，1 册，与《玉清宗教祈雪文检》合印。另有《重刻木郎祈雨咒》1 卷，见清佚名辑《莲池四种》，同治光绪间刻本。

14. 洪范政鉴。宋仁宗撰。南宋淳熙内府抄本，书目文献出版社 1992 年影印本。

15. 救荒活民类要。宋董煟原著，元张光大增辑。明刻本，《续修四库全书》影印本。

16. 救荒活民补遗书 2 卷。宋董煟撰，元张光大增，明朱熊补遗，王崇庆释断，顾云

---

① 本书目力求按各书时间顺序编排，依次以纪事、初刻及作者生卒年代为准，容有错漏，敬乞指正。许多著作版本各异，此处仅择其一二，以省篇幅，亦请谅解。

② 见王毓瑚《中国农学书录》，中华书局 2006 年版，第 14—15 页。

③ 参见上书，第 51—52 页。

④ 据朱越利《道藏分类解题》（华夏出版社 1996 年版），此经系《太上洞渊神咒经》卷 13。《龙王品》前半部分，其年代或称西晋末至东晋末，或唐末以后。（该书第 79 页，第 92 页。）

程校阅。清同治八年楚北崇文书局重刻本。

17. 救荒全书1卷。宋董煟撰，见清俞森辑《荒政丛书》，康熙二十九年刻本。

18. 拯荒事略（外二种）。元欧阳玄（一名"欧阳元"）撰，见清曹溶编《学海类编》集余二"事功"，道光十一年六安晁氏活字印本。

19. 田家五行3卷。元末明初，署"田舍子娄元礼鹤天述"。明刻本。[①]

20. 日月云山地震灾详图录。佚名撰，年代不详。明初写本。

21. 救荒本草8卷。明朱橚撰。《四库全书》本

22. 救荒本草补遗。明王西楼辑。台北"中央图书馆台湾分馆"藏，未见。

23. 野菜谱1卷。明王磐撰，嘉靖三年春三月自序。明王应元校刻本，《四库全书存目丛书》影印本。

24. 荒政丛言1卷。明嘉靖八年林希元撰。见清俞森辑《荒政丛书》，康熙二十九年刻本。

25. 救民急务录。明华洋编。明嘉靖二十三年刻本，上海图书馆藏。据《中国古籍善本书目》，作者为"毕洋"。

26. 嘉靖二十四年江西湖口县灾民求赈档册。明佚名辑。

27. 祷雨杂纪。明嘉靖二十四年钱琦辑。《丛书集成新编》、《四库全书存目丛书》影印本。

28. 火警或问。明世宗朱厚熜撰。《四库全书存目丛书》影印本

29. 福建省城防御火患事宜。明庞尚鹏撰。明万历间刻本。

30. 荒政考1卷。明屠隆撰。见俞森《荒政全书》，康熙二十九年刻本。

31. 荒政汇编。明衷贞吉撰，何淳之编辑，王如坚校刻。万历二十三年谭廷臣重刻本。

32. 饥民图说。明杨东明撰绘。清康熙二十七年重刻，河南省博物馆藏。

33. 赈豫纪略1卷。明钟化民撰。见（清）俞森辑《荒政丛书》，康熙二十九年刻本。

34. 太上洞玄灵宝消禳火灾经。佚名撰，年代不详。见《道藏》洞玄部本文类，明万历三十五年续刻本。

35. 太上说牛瘟妙经。佚名撰，年代不详。见明《道藏》洞玄部本文类/乃。

36. 荒政要览10卷。明俞汝为撰。明万历三十五年刻本，《续修四库全书》影印本

37. 荒箸略1卷。明刘世教撰。见清俞森辑《荒政丛书》，康熙二十九年刻本。

38. 救荒事宜1卷。明周孔教撰，祁承爜、陈以闻校。见《周中臣疏稿》，明万历间刻本，《续修四库全书》影印本。

39. 荒政议1卷。明周孔教撰。见（清）俞森辑《荒政丛书》，康熙二十九年刻本。

40. 煮粥条议。明陈继儒撰。见《学海类编》集余二"事功"，清道光十一年六安晁氏木活字本，上海涵芬楼1920年影印本。

41. 菑祲繇议。明毕自严撰。明万历四十四年清福堂刻本。

42. 赈纪4卷。明王世荫辑。内含"赈备款议""赈发款议""赈局杂记"及附编"义田图说"。明万历四十五年（1617年）刻本。

---

① 参见王毓瑚《中国农学书录》，第118—120页。

43. 野菜博录 3 卷。明鲍山撰。《四库全书》本。

44. 荒政考。明陈仁锡撰。见氏著《陈太史无梦园初集》，明崇祯六年张叔籁刻本。

45. 下车异绩录。明王国材撰。明崇祯年间刻本。

46. 荒政条议。明孙绳武撰。见氏著《从政杂著》，清初抄本。

47. 救荒事宜。明张陛撰。见《学海类编》集余二"事功"，清道光十一年六安晁氏木活字本。

48. 避地三策 1 卷。明崇祯十三年陆世仪撰。见《桴亭先生遗书·陆子遗书》，清光绪二十五年京师太仓唐受祺刻本。

49. 常平权法 1 卷。明崇祯十四年陆世仪撰，王康寿校。见《桴亭先生遗书·陆子遗书》，清光绪二十五年京师太仓唐受祺刻本。

50. 辛巳越中荒纪一卷；附辛巳岁救荒小议一卷。明崇祯十四年祁彪佳撰。国家图书馆缩微制品。

51. 救荒野谱 1 卷。明姚可成撰。见（清）张海鹏辑《借月山房汇钞》，嘉庆间虞山张氏刻本、民国九年上海博古斋影印本。

52. 救荒策会。明陈龙正辑。明崇祯十五年洁梁堂刻本。

53. 救荒成法。明王象晋辑。明末刻本。

54. 救荒全书。明祁彪佳辑。明崇祯末年远山堂稿本，清初鸣野山房抄本。

55. 里中越言。不分卷，8 册。明祁彪佳撰，明末祁氏远山堂抄本。

56. 祷雨文 1 卷。明祁彪佳撰。明崇祯十七年苏州府刻本。

57. 祷雨天篆 1 卷。明内府抄本。

58. 玉清宗教祈雪文检 1 卷。与《太乙三山木郎祈雨神咒》合印，明内府抄本。

59. 明徐州蠲免租书册。（明）不著撰人。见《中国史学丛书三编》第一辑，台湾学生书局 1986 据台北"中研院历史语言研究所"藏本影印。

60. 救荒定议（一作救荒定义）。清陈瑚著。见清邵廷烈辑《棣香斋丛书》石集《娄东杂著》，道光十三年棣香斋刻本。

61. 野菜赞 1 卷。清顺治九年顾景星撰。见清张潮辑，杨复吉、沈楙德续辑《昭代丛书》丁集，道光十三年吴江沈氏世楷堂刻本，《续修四库全书》影印本。

62. 地震说。清康熙七年蔡仲光撰，道光十年李瑶保序，咸丰庚申十一月十九日芷翁记。见（清）管庭芬编《花近楼丛书》，稿本。

63. 救荒策 1 卷。清康熙十六年魏禧撰。见（清）俞森编《荒政丛书》，康熙二十九年刻本。

64. 蒋莘田先生流民十二图 1 卷；奏疏 1 卷。清康熙十八年蒋伊撰。

65. 荒政考略 8 卷。清张能麟撰。清康熙十九年刻本。

66. 救荒政略 2 卷。清张能麟撰。附刻于《荒政考略》，康熙十九年刻本。

67. 捕蝗考 1 卷。清陈芳生撰。见陈芳生辑《先忧集》第 17 卷，清雍正二年刻本；《四库全书》本。

68. 社仓。清陈芳生辑。清刻本，2 册。

69. 常平仓考 1 卷。清俞森撰。见著者编《荒政丛书》卷八，康熙二十九年刻本。

70. 义仓考 1 卷。清俞森撰。见著者编《荒政丛书》卷八，康熙二十九年刻本。

71. 社仓考1卷。清俞森撰。见著者编《荒政丛书》卷八，康熙二十九年刻本。

72. 郧襄赈济事宜。清俞森撰。见著者编《荒政丛书》附录卷上，康熙二十九年刻本。

73. 捕蝗集要。清俞森撰。见著者编《荒政丛书》附录卷下，康熙二十九年刻本。

74. 卜岁恒言4卷。清吴鹄撰，约作于康熙三十七年。清嘉庆八年重刻本、道光元年刻本。[①]

75. 农经续集·捕蝗虫要法。清蒲松龄撰。清淄川天山阁家藏本。参见彭世奖《治蝗类古农书评价》，载《图书馆论坛》1982年第3期，第43—45、30页。

76. 求雨法1卷。佚名撰，年代不详。清康熙五十二年卢询刻本。

77. 广惠编2卷。清康熙六十年朱轼撰，刘镇编。见《朱文端公藏书十三种》，清光绪二十三年重刻本。

78. 轺车杂录2卷。清朱轼撰。见《朱文端公藏书十三种》，清光绪二十三年重刻本。

79. 杭城治火议1卷，附录1卷。清毛奇龄撰，见（清）毛奇龄撰《西河合集》，康熙间刻本。

80. 潮灾纪略。清古虞野史氏撰。见丁祖荫《虞阳说苑》（甲编），民国六年虞山丁氏初园铅印本。

81. 扑蟆历效。清王勋撰。《中国荒政全书》著录为"王勋竹"，有误。清雍正十年刻本。

82. 荒政考1卷。清雍正十年王心敬续增。见氏著《丰川杂著》三卷，民国二十三至二十四年陕西省通志馆铅印本。

83. 伐蛟说。清雍正十二年魏廷珍撰。见《浙江颁发农书三种》，清嘉庆六年刻本。

84. 急溺琐言。清乾隆五年鲁之裕撰。见鲁之裕撰《尘花轩集》，乾隆间刻本。

85. 救荒一得2卷。清康熙五十七年鲁之裕撰。见鲁之裕撰《式馨堂全集》，乾隆间刻本。

86. 钦定康济录4卷，附录1卷。清陆曾禹撰，倪国琏厘正，蒋溥删润。《四库全书》本。

87. 赈纪。清方观承辑。乾隆十九年刻本。

88. 赈案示稿。清佚名辑。抄本。

89. 荒政琐言1卷。清万维翰著。乾隆二十八年重刻本。

90. 畿辅义仓图。清方观承纂修。乾隆（十八年）刻本。

91. 捕蝗图册。清李源撰。乾隆二十四年刻本，中国历史博物馆藏。

92. 亥子饥疫纪略。清冒国柱纂。与《年号考》合抄。

93. 春秋繁露求雨止雨考定（春秋繁露第七十四求雨考定、止雨考定）1卷。清周矩考订，王又朴辑刊。干隆十九年初刻。见（清）王又朴撰《诗礼堂全集》，干隆间刻本。

94. 赈略3卷，中卷佚。清乾隆三十一年吴元炜撰。抄本。

95. 荒政辑要8卷。清姚碧辑。乾隆三十三年刻本。

96. 治蝗传习录1卷。清陈世元辑。与《金薯传习录》合印，乾隆三十三年刻本。

---

① 参见王毓瑚著：《中国农学书录》，第211—212页。

97. 金薯传习录 2 卷。清陈世元辑。与《治蝗传习录》合印，乾隆三十三年刻本。

98. 赈荒简要。清乾隆四十年周震荣撰。见徐栋辑《牧令书》卷十三"筹荒中"，页十八至三十九，清道光二十八年刻本。

99. 甘薯录 1 卷。清陆燿编订。清乾隆四十一年刻本；另见《浙江颁发农书三种》，清嘉庆六年刻本。

100. 御荒集览。清畲西居士辑。清嘉庆十九年刻本（据干隆五十年抄本）。

101. 救荒良方。清乾隆末嘉庆初佚名撰。清道光二十年重刻本。又名《疗饥良方》、《疗饥良方 赈荒福报》等。

102. 救荒备览 4 卷，附录 2 卷。清劳潼编。见清伍元薇、伍崇曜辑《岭南遗书》第四册，道光三十年南海伍氏粤雅堂文字欢娱室刻本。

103. 余姚捐赈事宜。清张廷枚辑。乾隆六十年刻本。原书名"捐赈事宜"，现名为中国社会科学院近代史所图书馆所拟。

104. 捕蝗例案。清无名氏辑。抄本。参见彭世奖文。

105. 施粥图诗。清钱元熙辑。嘉庆三年刻本。

106. 荒政录。清谢王宠辑。见氏辑《愚斋反经录》卷之十六，乾隆（？）年间刻本。

107. 汲长儒矫诏发仓。（清）杨潮观撰。清乾隆间刻本，1 册。

108. 劝民除水患以收水利歌。清胡季堂撰。清嘉庆三年刻本。

109. 捕蝗条款 1 卷。清徐联奎集录。见《浙江颁发农书三种》，清嘉庆六年刻本。

110. 工赈事例 1 卷。清嘉庆六年那彦成撰。清嘉庆刻本。

111. 钦定辛酉工赈纪事 38 卷，卷首 2 卷。清庆桂等编，嘉庆七年刻本。

112. 书乌啄蝗事。清冯景撰。见《广虞初新志》卷之十二，嘉庆八年刻本、清末民国间扫叶山房石印本。

113. 荒政辑要 8 卷，卷首 1 卷。清汪志伊编。清嘉庆十一年浙江藩署刻本。

114. 捐赈事宜。清张青选辑。清嘉庆十五年刻本。

115. 赈记（一名《赈纪》）10 卷。清那彦成编。清嘉庆十八年刻本。

116. 抚豫恤灾录 12 卷。清方受畴辑。清嘉庆十九年刻本。

117. 海宁州劝赈唱和诗 4 卷。清易风庭辑。清嘉庆二十年刻本。

118. 汉氾胜之遗书 1 卷。清宋葆淳撰。见清赵梦龄辑《区田五种》，光绪四年刻本。[①]

119. 留养局续记上下卷。清方观承原编，方受畴续辑。清乾隆二十四年初刻，道光元年续刻本。

120. 几希录。清仲瑞五堂主人编。清道光元年初刻，同治八年重刊。[②]

121. 灾赈全书 4 卷。清杨西明编辑。清道光三年也宜别墅刻本。

122. 荒政备览 2 卷。清王凤生著。清道光三年婺源王氏刻本。

123. 娄东荒政汇编。清各局绅董汇辑，顾嘉言、张式玉捐刊。清道光四年刻本。

124. 淳安荒政纪略。清王元基辑。清道光四年刻本。

---

① 参见王毓瑚著：《中国农学书录》，第 249 页，第 265—266 页。

② 参见游子安著：《劝化金箴：清代善书研究》，天津人民出版社 1999 年版，第 102 页。

125. 绘水集。清王之佐辑。记清道光三年水灾及救济事宜，道光十三年刻本。

126. 青浦县办灾章程。清李宗颖纂。清道光四年刻本，1 册。

127. 饲鸠纪略。清道光五年邵廷烈著。见（清）邵廷烈辑《棣香斋丛书》木集《娄东杂著》，道光十三年棣香斋刻本。

128. 筹济编 32 卷，卷首 1 卷。清杨景仁辑。清道光六年诒言斋刻本。

129. 使足编。清章谦存撰。见《强恕斋三种》，道光十年刻本。①

130. 筹赈事略。清章谦存撰。见《强恕斋三种》，道光十年刻本。

131. 湖北十府所属各厅州县所属常平仓存贮谷麦粟包谷并耗米数目清册：清嘉庆九年、道光四年、十二年份。清湖北武昌等处承宣布政使司编，抄本。

132. 办理赈粜事宜。清周壬福撰。见清徐栋辑《牧令书》卷十四"筹荒下"，页三十至六十，道光二十八年刻本。

133. 荒政摘要。清李羲文编。清道光十四年春刻本。

134. 江邑救荒笔记 1 卷。清周存义撰。清道光十四年刻本。

135. 水荒吟。清郑銮辑。清道光十四年刻本。

136. 进贤县水灾蠲缓抚恤全案。清佚名辑。记道光十四年事，抄本。

137. 山西太原等州县土著民户并仓储谷数清册。清山西布政使造送册，道光十五年抄本。

138. 捕蝗要法。清杨景仁（一署杨米人）辑。清道光十六年桂良氏刻本。②

139. 赈粜事宜册，不分卷。清周□辑，道光十六年序。刊本。

140. 漳州府义仓章程。清童宗颜辑。清道光十七年刻本。

141. 长清县倡办义仓有关文稿。清舒化民等辑。清道光年间刻本。原书无名，题为原中国科学院历史研究所第三所图书馆代拟。

142. 义仓全案（一名"吉安府丰乐义仓全案"）。清鹿泽长辑。清道光年间刻本。

143. 荒政 1 卷。清陶澍撰。见（清）黄奭编：《汉学堂知足斋丛书》，刻本。

144. 汴梁水灾纪略。清痛定思痛居士撰。道光间稿本、抄本，河南大学出版社 2006 年李景文、王守忠、李湍波点校本。

145. 道光廿四年荆江水灾后办法，不分卷。清佚名辑。抄本。

146. 捕蝗汇编 4 卷，首 1 卷。清陈仅编述。清道光二十五年重刻本。

147. 灾蠲杂款。清朱澍撰。抄本

148. 救贫捷法。清冯祖绳撰。清道光二十六年印行，华南农学院农史研究室 1958 年据云南省图书馆藏本抄录。

149. 流云阁捕蝗记 1 卷。清彭寿山辑，道光二十六年自题。③

150. 高淳义学义仓辑略。清王检心纂。清道光二十六年刻本。

151. 文安堤工录。清刘宝楠辑。清道光二十七年刻本

---

① 又名"备荒通论"，见徐栋《牧令书》卷十二"筹荒上"，页 50—59，道光二十八年刻本；贺长龄、魏源辑《皇朝经世文编》卷三十九户政十四仓储上，光绪十四年铅印本。

② 参见肖克之：《治蝗古籍版本说》，《中国农史》2003 年第 1 期。

③ 参见王毓瑚著：《中国农学书录》，第 260 页。

152. 救荒煮粥成法。清豫省赈恤劝捐局辑。清道光二十七年十一月豫省赈恤劝捐局刻本。

153. 求雨篇一卷。清纪奎（纪大奎）撰。见清王懿荣辑《天壤阁丛书》，光绪六年福山王氏刻本。①

154. 捕蝗成法。清万保辑。清道光二十八年刻本。②

155. 辰州府义田总记上下卷。清雷震初篆。清道光二十八年刻本。

156. 真州救荒录8卷。清王检心撰。见氏辑《复性斋丛书》，清咸丰六年慎修堂刻本。③

157. 灾荒要略，两册。清佚名辑。抄本

158. 筹赈事例。清户部纂。清道光二十九年刻本

159. 道光己酉灾案不分卷。清佚名辑。抄本

160. 常昭水灾纪略。清佚名撰。刻本。

161. 济荒要略。清顾苏斋辑。清道光二十九年刻本。

162. 济荒必备。清陈仅纂集。清道光二十九年刻本。

163. 义谷条规。清佚名撰。清道光二十九年刻本。

164. 三邑赈恤局征信录9卷，卷首1卷。清三邑赈恤局汇编。清道光三十年苏州吴其泰刻本，2册。

165. 常昭捐赈录1卷。清常昭赈济公局辑。清道光三十年刻本。

166. 皋兰义仓汇编辑要1卷。清佚名辑。清抄本。

167. 佛镇义仓总录。清佚名纂。清道光间刻本，佛山市博物馆藏。

168. 饥荒记。清光绪三十三年三月初九日胡玉珊撰，记道光元年至三十年水灾抄本。

169. 河南各属常平仓道光年间征还买补谷数草册。清佚名编。抄本。

170. 正续灾赈全书。清杨西明辑。清咸丰二年刻本。④

171. 济荒纪略1卷。清郁方董辑。清咸丰辛亥刻本。

172. 救荒举要。清咸丰三年戴百寿著，戴世文重刊。清光绪二十年重刻本。

173. 虞邑洪水记稿。清佚名撰。抄本。

174. 遇蝗便览。清咸丰三年胡芳秋辑。⑤

175. 简明捕蝗法。清顾彦撰。清咸丰六年刻本。⑥ 又署名"顾士美撰"，光绪十八年刻本。

176. 捕蝗除种告谕。清张煦辑。清咸丰六年刻本。

---

① 另有《求雨经》，清光绪二十四年刻本；《纪慎斋先生求雨文》，清咸丰间刻本。疑与《求雨篇》同，待考。

② 该书系陆曾禹《康济录》卷四"捕蝗必览"增删本。参见彭世奖：《治蝗类古农书评价》，《图书馆论坛》1982年第3期。

③ 另有华南农学院农史研究室抄本共七卷，缺卷八。国家图书馆抄本两种，一同名，4册8卷，钤"蘭陵世家"印；一为《真州灾赈汇编》，2册8卷。

④ 该书含《灾赈全书》4卷4册；另有《灾赈全书续编》（不分卷）2册，辑录乾隆至道光年间有关江浙两省灾赈事宜的上谕、奏疏、禀札及赈案等。

⑤ 参见王毓瑚著：《中国农学书录》，第270页。

⑥ 该书为氏著《治蝗全法》"土民治蝗法"部分，单行时略有增删。参见彭世奖：《治蝗类古农书评价》，《图书馆论坛》1982年第3期。

177. 捕蝗要诀（一名"捕蝗图说一卷；要说一卷"）。清佚名撰。清咸丰六年刻本。

178. 除蝗备考。清咸丰七年袁青绶辑。清末刻本。

179. 治蝗全法 4 卷，附录 1 卷。清顾彦辑。清清咸丰七年印行，光绪戊子重刻。

170. 捕除蝗螟要法三种。内含"除螟八要"。清李炜撰。清咸丰八年刻本。

181. 除螟八要。清李惺甫撰（一署芷舫撰）。与《捕蝗要诀》合印，清同治八年楚北崇文书局刻本，光绪十七年刻本。

182. （昆明官绅士庶捐建）义仓录。清佚名辑。清咸丰三年刻本。

183. 宪奉饬遵随地保婴备荒设立勤俭社章程 1 卷，附 1 卷。清洪子泉撰。与《劝世倡言》合刻，清咸丰九年江浙同善局刻本。

184. 禾中灾异录。清陶越撰。稿本，见清管庭芬编《花近楼丛书》。

185. 张陶咏纪灾诗 3 卷。清张陶咏撰。清咸丰十年著者手稿本。

186. 祈雨科。清雷成朴辑。疑作于清道咸年间，二仙庵藏版。见《藏外道书》第 29 册，巴蜀书社 1994 年影印本。

187. 救荒六十策。清同治二年寄湘渔父辑。清光绪五年甘肃县署刻本。

188. 原拟畿南办理赈粜章程。清李兴锐撰。稿本。

189. 劝济饥民诗。清同治六年裴荫森、徐嘉、王春芳撰。见清杜文澜辑：《曼佗罗华阁丛书》，光绪十八年上海席豕扫叶山房刻本。

190. 救饥举略。清闲庵编撰，龙孝善校刊。清同治六年刻本。

191. 重刊纪慎斋先生祈雨全书 2 卷。清纪大奎撰。清同治六年钱塘殳恩煦重刻本。

192. 募设义仓积谷启 1 卷；章程 1 卷。清同治八年刘拱宸撰。清同治刻本

193. 太上祈雨龙王真经 3 卷。清陈宸书校订。与《御制大云轮请雨经》合印，清同治九年湖北崇文书局刻本。

194. 天象灾祥分类考 1 卷。清石仁镜辑。清同治十年半亩园刻本，1 册

195. 农候杂占 4 卷。清梁章钜撰。见氏撰《二思堂丛书》，清同治十二年浙江书局刻本。

196. 辰州救生局总记。清刘曾撰。清同治十二年刻本。

197. 荒政便览。清同治十三年蒋廷皋编撰。清光绪九年刻本。

198. 治蝗书。清陈崇砥著。清同治十三年刻本。

199. 同治七年、八年、九年、十一年江阴积谷征信录。清林达泉纂。清同治十一年刻本。

200. 办荒存牍。清嵇有庆撰。清同治刻本。

201. 崇明沙案江阴开河积谷等案牍。清林达泉撰。清抄本。

202. 岳州救生局志 8 卷。清张德容等纂修。清光绪元年岳州救生局刻本。

203. 田家占侯集览 10 卷。清邹存淦撰，光绪三年抄本。[①]

204. 峡江救生船志 2 卷，附图考 1 卷、贺缙绅《行川必要》1 卷。清程以辅等编。清光绪三年水师新副中营刻本。

205. 江都县积谷章程。清光绪三年八月胡裕燕撰。清刻本。见盛宣怀未刊档案

---

① 参见王毓瑚著：《中国农学书录》，第 278—279 页。

35955（上海图书馆藏，下同）。

206．救荒急议。清光绪丁丑九月方浚师著。稿本，见范宝俊主编《灾害管理文库》第二卷，当代中国出版社 1999 年影印本。

207．雁塔题名。清盛宣怀撰。清光绪三年刻本。见盛宣怀未刊档案 5351。

208．虞邑旱灾记稿。清佚名撰。抄本。

209．河南赈捐局简明册。清佚名辑。清光绪间刻本，北京大学图书馆藏。[①]

210．齐东日记上、下卷。清谢家福撰。稿本。苏州博物馆藏。

211．齐天乎。清谢家福撰。稿本。苏州博物馆藏。

212．丁戊纪灾。清宁元善著。清光绪十八年刻本。

213．筹办各省荒政案。清佚名辑。抄本，清光绪三至四年总理各国事务衙门清档。

214．稽查山西赈务奏疏。清阎敬铭著。抄本。

215．粥赈说。清一得愚人辑。清光绪四年初刻。见冯煦编《救荒辑要初编》，民国十一年上海尚古山房石印本。

216．救济灾黎陪赈散。清陈良佐撰，程文炳识。清光绪四年铅印本。

217．救灾福报。清郑官应辑。清光绪四年刻本。

218．富贵源头。清郑观应辑。清光绪四年刊行，民国二年石印本。

219．成仙捷径。清郑观应辑。清光绪四年刊行。

220．长元吴丰备义仓全案 8 卷，卷首 1 卷，卷末 1 卷。清潘遵祁辑。清光绪三年冬刊，四年秋校勘竣，本仓藏版。

221．户部咨行荒政条奏。清光绪四年彭世昌撰。清光绪年间刻本。

222．上海经募直豫秦晋赈捐征信录。清屠继善、魏学韩辑。清光绪五年刻本。

223．豫赈征信录。清申伯裔编。清光绪五年刻本。

224．苏州桃花坞收解豫赈征信录。清佚名辑。清光绪五年刻本。

225．答问担粥厂章程书。清陈介祺撰。清光绪五年刻本。

226．荔原保赈事略 1 卷。清周铭旂辑。清光绪五年刻本。

227．豫饥铁泪图。清佚名撰。清光绪五年刻本。

228．河南奇荒铁泪图。清田子琳绘。清光绪间刻本。

229．奇荒铁泪图；晋灾泪尽图。清佚名绘。清光绪五年上海点石斋石印本。

230．周官荒政条注征今。清卫天麟著。见《万国公报》卷 564，1879 年 11 月 5 日；卷 565，1879 年 11 月 22 日；卷 566，1879 年 11 月 29 日；卷 567，1879 年 12 月 6 日；卷 568，1879 年 12 月 13 日；卷 569，1879 年 12 月 20 日；卷 570，1879 年 12 月 27 日；卷 571，1880 年 1 月 3 日；卷 572，1880 年 1 月 10 日；卷 573，1880 年 1 月 17 日；卷 574，1880 年 1 月 24 日。

231．澹灾蠡述（一名"淡灾蠡述"）。清范鸣龢撰。清光绪五年刻本。

232．枣强书院义仓志。清方宗诚撰。清光绪间刻本。

233．收解直赈征信录。清佚名辑。约清光绪六年刻本。

---

① 据许大龄考证，该册内容当属清光绪三年捐赈事宜，由河道总督兼河南巡抚李鹤年主持。见氏著《清代捐纳制度》，载《明清史论集》，北京大学出版社 2000 年版，第 65 页。

234. 齐豫晋直赈捐征信录 10 卷，首末各 1 卷。清佚名辑。清光绪七年苏州桃花坞协赈公所刻本。

235. 宣化常平义仓禀稿章程，不分卷。清佚名辑。清光绪年间刻本。

236. 直省天河两属水灾图。清上海协赈公所编。与《行道有福》合刻，清光绪六年刻本。

237. 广粥谱。清黄云鹄辑。与《粥谱》合刊，清光绪七年刻本。

238. 续刊东省积谷通行。清佚名撰。清光绪间刻本。

239. 镇江苏州电报局桃坞同人收解皖赈征信录（正文题名"桃坞赈寓江浙同人收解皖苏赈捐征信录"）。清佚名撰。清光绪年间刻本。

240. 重建清江丰济仓图案。清许佐廷辑。清光绪八年刻本，光绪二十三年增补本，光绪二十六年续刻本。①

241. 上海县积谷息款借给各乡平粜贴价征信录。清佚名编。清光绪八年刻本。

242. 嘉定县仓案汇编。清杨恒福辑。清光绪八年刻本。

243. 豫省仓储征信录。清河南省赈务善后局辑。清光绪年间刻本。

244. 上海金州局内闽越江浙协赈公所收解直东江浙赈捐征信录。清佚名编。清光绪九年刻本。

245. 推广水灾救命捐图册。清佚名撰。清光绪九年刻本。

246. 请雨止雨法 1 卷。清马国翰辑。清光绪九年长沙嫏嬛馆刻本，光绪十年楚南书局刻本。

247. 汴游助赈丛钞。清孙传鸿著。清光绪十年稿本，"国立中央图书馆"藏；见《中国史学丛书三编》第一辑，台北文海出版社 1986 年影印。

248. 救荒百策。清寄湘渔父撰。清光绪甲申春镌，板存甘肃秦州署。

249. 新定灾案章程。清佚名撰。清光绪刻本。

250. 苏州府昭文县赈款征信录。清佚名辑。清光绪十年刻本。

251. 推广水灾救命捐简明征信录。清周培辑。清光绪十一年刻本。

252. 张之洞抚晋杂款。清佚名辑。清抄本，3 册。

253. 金闺福幼册启。清虞山鲍王氏代被灾民人叩求。（参见光绪十一年十一月初八日《申报》）。盛宣怀未刊档案 9792。

254. 赈济山会两邑沿海水灾征信录。清徐树兰编。清光绪年间铅印本。

255. 津河广仁堂征信录 4 册。清潘公甫编。清光绪十一年刻本。

256. 流民记。清王庸著。清光绪十二年刻本。

257. 上海协赈公所光绪十二年分征信录。清佚名纂。清光绪十三年铅印本。盛宣怀未刊档案 35916。

258. 水灾图。清佚名撰。清光绪十三年宝善堂刻本。

259. 高淳救生局五刻清册。清高淳救生局编。清光绪十三年救生局刻本。

260. 奉天营口水灾赈捐册。清佚名撰。清光绪十四年刊印。盛宣怀未刊档案 8916。

261. （文帝）社仓文。清徐嘉乐辑撰。清光绪十四年刻本。

---

① 1930 年又改名《淮阴县丰济仓志》，并补编 1 卷。民国十九年（1930 年）石印补版。

262. 灾赈章程（附光绪十四年丹阳办理灾案）。清佚名辑。清光绪年间抄本。

263. 担粥法·张侍御疏。清钱禄曾等著，佚名辑。清光绪十四年刻本。

264. 青浦县绅耆报灾禀。清佚名辑。抄本。

265. 山东灾民图说。清王廷训识、西蜀杨锺灵绘。清光绪十五年四月上海富文阁石印本。盛宣怀未刊档案 24615。

266. 江甘灾赈各稿。清佚名辑。清光绪年间抄本。

267. 南召县被水灾图 1 幅。清佚名绘。清光绪十六年绘本。

268. 京师城外被灾图 1 幅。清佚名绘。清光绪十六年手绘本。

269. 畿辅振溺全图。清王鸿钧纂，张云腾绘，钱心润、贾景仁、李光宇校。清光绪十六年石印本，2 册；光绪十八年刻本，"三善局绅敬刊"。

270. 顺直赈捐章程。清佚名纂。清光绪十六年刻本。

271. 筹办直隶赈捐请奖章程。此书与《顺直赈捐章程》内容相同。见《各省赈捐章程》（代拟书名），清光绪间刻本。

272. 顺直赈捐。清户部辑。清光绪十六年刻本。

273. 直隶推广赈捐奏案。清户部纂。清光绪刻本。

274. 光绪顺直水灾绍兴府属赈捐案牍。清佚名纂。抄本。

275. 黄村放粥记。清李鸿逵撰。清光绪十六年苗余堂刻本。

276. 救荒三说 1 卷。清黄思永编。清光绪十六年江宁黄氏排印本。

277. 历代灾祥录（补遗 1 叶、勘误表 3 叶）1 卷. 清邓清安编辑，邓崇勋、邓佩韦校字，光绪十六年自序。民国二十二年广州观莲路真平印务局铅印本，板藏南海里水南阳草堂。

278. 河南赈捐局简明册。清佚名纂。清光绪间刻本。

279. 上海协赈公所往来信稿。清佚名辑。抄本。

280. 卧牛山纺织局劝捐册。清卧牛山纺织局同人撰。清光绪十七年铅印本。盛宣怀未刊档案 25887。

281. 奏定山东赈捐章程。清山东筹办赈捐总局纂。清光绪十七年铅印本。

282. 山东筹办赈捐总局劝办赈捐事 1 卷。清山东筹办赈捐总局撰。清光绪十七年刊本。

283. 丹徒旱灾征信录 2 卷。清佚名撰。清光绪十八年刊本。

284. 江苏赈捐援照顺直请奖章程。清佚名纂。清光绪十八年刻本。

285. 直隶推广赈捐章程。清佚名纂。清光绪年间刻本。

286. 捕蝗扑蟊掘子章程。清杨子通辑。清光绪十八年刻本。

287. 劝办顺直新灾义赈募捐册。清严信厚启。清光绪年间铅印本。

288. 癸巳四路灾分册。清佚名编。清光绪年间抄本。

289. 癸巳顺天灾赈奏疏。清佚名撰。清光绪间抄本。

290. 山东黄河南岸十三州县迁民图说 1 卷。清黄玑编绘。清光绪二十年、二十二年石印本

291. 琼广平寇纪事。清刘学询著。清光绪二十年木刻本。

292. 晋饥编。清佚名辑。清光绪年间刻本。

293. 赈济顺直山西水灾征信录（一名"光绪壬辰癸巳甲午年赈济顺直山西水灾征信录"），不分卷。清粤东省城爱育堂纂。清光绪二十年粤东省城外德兴街云梯阁刻本。

294. 天机秘录。清光绪二十一年养吾居士序。刻本。①

295. 顺津捐赈章程。清光绪二十一年六月二十日王文韶具奏。清光绪年间刻本。

296. 官民分办积谷变通事宜三说二十四条并营商仓二条。清黄仁济撰。清光绪二十年木刻本。

297. 振事三纪。清光绪二十一年林子禾（林邕）遗著，民国二十三年铅印本。

298. 云南昭通工赈记。清李耀廷辑。清光绪二十一年重庆文古堂刻本。

299. 湖南赈捐请奖章程。见《各省赈捐章程》，清光绪间刻本。

300. 湖北筹办推广赈捐章程。见《各省赈捐章程》，清光绪间刻本。

301. 救荒简易书。清郭云升撰。清光绪二十二年郭氏刻本，《续修四库全书》影印本。

302. 防火策。清李谦编。清光绪二十三年刻本。

303. 邵郡平粜征信录。清佚名纂。清光绪二十四年铅印本。

304. 常邑社稷庙粥厂记（又名常邑社稷庙粥厂征信录）。清汪方洋撰。清光绪二十四年刻本。

305. 昭邑同仁粥局征信实录。清叶寿松纂。清光绪二十四年刻本。以上两种合刻。

306. 清江浦惠粥店戊申年征信录。清佚名辑。清光绪二十四年印行。盛宣怀未刊档案 5211。

307. 江苏淮徐海义赈第一批征信录。清佚名辑。清光绪二十四年刻本。

308. 长元吴丰备义仓全案续编 6 卷，首末各 1 卷。清吴大根编辑。清光绪二十五年刻本。

309. 绍郡义仓征信录。清徐树兰编。清光绪二十五年铅印本。

310. 漳邑积谷案规章程合刊。清彰明阁邑绅耆士庶辑。清光绪二十五年刻本。

311. 奏筹议湖北省积谷办法等折。清佚名撰。清光绪二十五年刻本。

312. 去思录 10 卷。清连东士民编辑。清光绪间石印本。

313. 毕节赈录。清刘大琮编。清光绪二十七年铅字书局排印。

314. 安徽体仁救生公局纪略。清马定业修。清光绪二十五年刻本。

315. 筹办淮沂义赈征信录 2 卷。清唐锡晋、唐洪培汇刊。清光绪年间刻本。

316. 山西赈捐章程。清佚名纂。清光绪间刻本。

317. 永义仓积谷记（外二种：水龙会记一卷、永邑修道记一卷）。清林志仁辑。清光绪年间刻本。

318. 华娄义仓征信录（己亥四月起庚子三月止第一届）。清佚名辑。清光绪间刻本。

319. 常山县积谷事宜。清袁学灏撰。清光绪二十六年刻本。

320. 上海县积谷钱款借给各乡贫农耕种征信录（光绪二十六年）。清佚名辑。清光绪二十六刻本。

321. 各省防瘟疫案目录。清光绪二十年、二十三年、二十六年总理各国事务衙门清

---

① 农占书。参见王毓瑚著：《中国农学书录》，第 288 页。

档，抄本。

322. 西安义赈征信录。清佚名辑。清光绪二十七年刻本。

323. 济荒粥赈章程。清葛兴钊辑。清光绪二十七年铅印本。

324. 山东赈抚赈捐总局改章收捐章程。清佚名纂。清光绪二十七年刻本。

325. 秦晋实官捐输章程。清岑椿萱奏。清光绪二十七年刻本。①

326. 筹赈刍言总目四条、子目十二条。系武进各沙洲水灾赈济事宜。清佚名纂。清光绪二十七年印行。盛宣怀未刊档案 25570。

327. 赈揄录。清王继鼎撰。民国七年铅印本。

328. 山东赈捐条款。清佚名纂。清光绪年间刻本。

329. 两粤赈捐章程（奏案附）。清光绪二十八年广东海防兼善后总局、广东布政使司奏。清光绪年间刻本。

330. 皖浙赈征信录。清浙江西湖协德堂编。清光绪二十八年刻本。

331. 北乡丰备仓志。清佚名辑。清光绪二十八年初刻，民国己未年重镌。

332. 上海县积谷征信录（光绪二十八年十月初一日起光绪二十九年九月底止）。清佚名辑。上海时中书局制造活版所代印。

333. 四川省额设救生船只驿站渡船水手挑夫各项数目图说1幅。清四川按察使司绘。清光绪二十九年绘本。

334. 山萧两邑沿海筑堤工赈征信录。清佚名辑。清光绪年间刻本。

335. 义赈刍言。清佚名撰。清光绪二十九、三十一年，宣统元年、二年印行。见冯煦编《救荒辑要初编》，民国十一年上海尚古山房石印本。

336. 论赈刍言（附"各症药方一卷"）。清刘锺琳撰（字朴苏）癸卯年初刻，宣统元年铅印本。

337. 上海吴淞口新定验疫章程。清佚名纂。清光绪二十九年上海绛雪斋石印本。

338. 武阳河工征信录。清吴其昌、翁延年撰。清光绪二十九年刻本，12 册。

339. 广西饷赈捐输章程。清佚名纂。清末刻本，3 册。

340. 宁郡义仓第一次征信录。清佚名纂。清光绪三十年金陵汤明林铅印本，跋后又署"宣统三年金陵汤明林聚珍书局印"。

341. 灾异述闻1卷。清佚名辑。清光绪三十一年钞本。

342. 灾赈日记。清邱柳堂撰。清光绪三十一年刻本。

343. 仓案汇编。（清）胡大崇编。清光绪三十一年抄本，1 册。②

344. 宜荆城乡筹济公所各项章程办法汇录。清佚名辑。清光绪（三十年后）铅印本，上海老北门内时中书局代印。

345. 湖南筹赈捐输章程。清湖南筹振总局辑。清光绪间刻本。

346. 江苏淮徐海等属赈捐请奖章程（首页题为"江苏赈捐章程"）。清佚名纂。见《各省赈捐章程》，清光绪间刻本。

347. （光绪三十二年九月）扬镇沙洲义振函电存稿。清佚名辑。清光绪年间抄本。

---

① 参见许大龄著《清代捐纳制度》，载氏著《明清史论集》，第 63—64 页。

② 此与下文同名《仓案汇编》，笔者未见原书，存疑待考。

348．丙午水荒罪言1卷。清程人鹄撰。清光绪三十四年上海商务印书馆铅印本。

349．劝募江南北各属水灾重区义振公启。清盛宣怀、吕海寰等撰。清光绪三十二年印行。盛宣怀未刊档案24808。

350．清江浦惠粥店募启。清陈利仁等全启。清光绪三十二年印行。盛宣怀未刊档案9467。

351．奉天巡警总局防疫所事务报告书。清姚启元等撰。清光绪三十三年铅印本。

352．浙江代办山东赈捐总局清契履历银数清同〈册〉。清浙江代办山东赈捐总局编。抄本，102册。

353．江南北水灾流民图。清朱梓绘。清光绪三十三年上海广仁堂刊印。

354．安徽筹办赈捐章程。清安徽赈捐局编。清光绪三十三年木活字本。

355．上海广仁堂经办江南北义振收支各款清册。清上海广仁堂辑。清光绪三十三年铅印本。

356．仓案汇编。清光绪二十九至三十三年抄本，26册。

357．上海县积谷征信录（光绪三十三年十月起光绪三十四年九月底止）。清佚名纂。上海时中书局制造活版所代印，铅印本。

358．上海广仁堂经收江南北赈捐征信录。清上海广仁堂辑。清光绪三十四年铅印本。

359．筹办秦湘淮义赈征信录上下两册。清唐锡晋辑。清光绪三十四年铅印本。

360．江北赈务电报录。清杨文鼎辑。清光绪三十四年刻本。

361．栖流所征信录。清佚名辑。清光绪三十四年刻本。

362．裕州拐河镇等处勘验水灾图1幅。清佚名绘。清光绪三十四年绘本。

363．救荒法戒录。清黄贻楫辑。清光绪间刻本。

364．山东赈捐章程。清佚名纂。清光绪间刻本。

365．山东奏定赈捐章程。清山东筹办赈捐总局辑。清光绪间上海广百宋斋铅印本。

366．山东赈捐局简明册（版心题为"顺直赈捐章程"）。见《顺直河南浙江赈捐局简明册》，清光绪间刻本。

367．浙江赈捐局简明册（版心题为"浙江赈捐章程"）。见《顺直河南浙江赈捐局简明册》，清光绪间刻本。

368．会办山东振捐驻沪总局捐生履历清册。清会办山东振捐驻沪总局辑。抄本。

369．救灾五福捐1卷；救灾五福鑑。清梁经伯征事，郭松轩绘图。见《善书征信录十种》，清光绪间京师刻本。

370．己酉甘肃赈务往来电稿。清佚名辑。清宣统元年官报书局排印本。

371．京师筹赈陇灾收款征信录。清京师筹赈处辑。清宣统元年京华印书局铅印本。

372．宣统元年江苏高淳金坛溧阳宜兴荆溪蛟雨灾区工赈图说。清刘芬等辑，潘维翰等绘注。清宣统元年石印本。

373．宣统己酉蛟雨灾区筹办工赈函牍电稿汇存。清佚名辑。清宣统元年印行。盛宣怀未刊档案5004。

374．河南各厅州县宣统元年秋季仓谷表。清佚名编。清宣统元年石印本。

375．徽属义赈征信录。清洪廷俊辑。清宣统二年屯溪刻本。

376．救荒弭变转被诬陷本末。清孔宪教撰。清宣统二年活字印本。

377. 捕蝗备要，不分卷。清沈兆瀛撰。清宣统二年天津姚彤章重刻本。①

378. 广东火劫记1卷。清梁恭辰撰。见虫天子辑《香艳丛书》第十集卷二，清宣统二年上海国学扶轮社铅印本。

379. 江皖筹振新捐例章。清佚名辑。清宣统年间铅印本。

380. 江皖筹振新捐奏稿。清陆润庠拟。清宣统三年石印本。

381. 通告海内外同胞为江皖灾民乞赈书。清宣统三年上海华洋义振会印行。盛宣怀未刊档案24807。

382. 图画灾民录第一册。折装1册。清陆鼎恒绘图，王蕴登撰文，江绍墀编辑。清宣统三年上海华洋义赈会印送。

383. 鼠疫及消毒法。清伍连德撰。清宣统三年上海商务印书馆铅印本。

384. 直隶省城办理临时防疫纪实4卷。清延龄辑。清宣统三年日新排印局铅印本。

385. 奉天万国鼠疫研究会始末。清陈垣编纂。清宣统三年四月初版，广州光华医社铅印本。

386. 东三省疫事报告书上中下三册。清奉天全省防疫总局编译，奉天图书馆印刷所宣统三年十月印刷，宣统三年十一月出版。

387. 时疫医院征信录，不分卷。清上海时疫医院编。清宣统三年上海时疫医院铅印本。

388. 皖北治水弭灾条议（又名《拟皖北治水弭灾条议致同乡公启》）。清吴学廉撰。清末铅印本。

389. 长元吴丰备义仓全案三编12卷，首末各1卷。清潘祖谦辑。清宣统三年刻本。

390. 丰备义仓田租册。清佚名编。抄本。

391. 永惠仓源流记三刻。适轩编辑。民国六年安庆文华印刷局代印。

392. 救荒要录。清丁周辑。华南农学院农史研究室抄本。

393. 救荒三策。清颜光衷撰。抄本，年代不详。②

394. 赈粥须知1卷。清支方廉撰。

395. 灾赈要务1卷。清佚名辑。抄本。

396. 捕蝗事宜2卷。清徐金位撰。清刻本。

397. 山东巢楼流民图1幅。清山东查办赈抚总局关印。清末刻本。

398. 直省各属水灾图。清佚名绘。清末刻本。

399. 振款征信录。清佚名纂。清末刻本。

400. 义仓章程。清佚名撰。抄本。③

401. 救饥方。清佚名辑。抄本，年代未详。

402. 荒政录。清刘捒辑。与《玩草园读书笔记》合存，叶氏怡怡草堂抄本。

403. 平粜案。清佚名辑。稿本。

---

① 参见彭世奖：《治蝗类古农书评价》，《图书馆论坛》1982年第3期；肖克之：《治蝗古籍版本说》，《中国农史》2003年第1期。

② 据版心题名，似应改为"葵斋散记"。其中包括"颜光衷先生救荒三策"、"记俞键吾先生救荒四则"、"赵清献公赈饥法"以及"常平仓"、"社仓"、"义仓"等。上海图书馆著录为"顾光衷"，有误。

③ 据相关内容显示，该章程的议定当在清干隆朝之后。

404. 海盐谷仓案牍 1 卷。清佚名辑。铅印本。

405. 救荒要录。江本清祢纂述。

406. 荒政辑要摘抄 1 册。清佚名辑。清刻本。

407. 河南通省仓谷节略（书名代拟）。清佚名编。抄本，1 册。

408. 甘肃省仓谷奏销清册。清甘肃布政司编。清末抄本，30 册。

409. 明季灾异录 2 卷。清黄宗羲撰。见清吴翌凤编《艺海汇编》，稿本。

410. 春秋五行灾异卦炁属比考。清王铭西著。民国二十四年陶风楼影石印本。

411. 防旱要言（防旱记）。佚名撰，年代不详。①

二、已佚荒政书目 ②

序号	书 名	朝代	作者	卷数	资料出处及说明
1	神农求雨书	汉	佚名		见唐欧阳询等辑《艺文类聚》卷 100
2	杂阴阳	汉	佚名		38 篇。《汉书·艺文志》阴阳家类著录。疑为农占书，参见王毓瑚《中国农学书录》，第 14 页
3	禳祀天文	汉	佚名	18	《汉书·艺文志》数术略杂占类
4	请雨止雨	汉	佚名	26	《汉书·艺文志》数术略杂占类
5	灾异之记	汉	董仲舒撰		参见［美］桂思卓著，朱腾译：《从编年史到经典：董仲舒的春秋诠释学》，中国政法大学出版社 2010 年版，第 30—34 页
6	耒耜岁占	宋	邢昺撰	3	宋真宗时人。参见王毓瑚《中国农学书录》，中华书局 2006 年版，第 62 页
7	景德皇佑祈雨诏书	宋	佚名		见宋尤袤撰：《遂初堂书目》本朝故事类，页二十七
8	富文忠青州赈济录	宋	佚名		见宋尤袤撰：《遂初堂书目》本朝故事类，页二十六
	青社赈济录	宋	佚名	1	见宋陈振孙撰：《直斋书录解题》卷五典故类，页三十九。后注："丞相富文忠公弼青州救荒施行文牍也"
	救济流民经画事件	宋	富弼	1	见《宋史·艺文志》史部·故事类。据富弼"救济流民劄子"，此书系奉旨"节略编纂，作四册，具状缴奏"。见《古今图书集成》食货典第 96 卷荒政部艺文三。
9	刘忠肃公救荒录	宋	王居仁撰	5	见宋陈振孙撰：《直斋书录解题》卷五典故类，页四十四。后注："淳熙乙未枢密刘珙共父帅江东救荒本末，嘉定乙亥真景元刻之漕司，以配富郑公青社之编，而以刘公行状谥议附录于后。"
	江东救荒录	宋	刘珙		见《宋史·艺文志》史部·故事类

---

① 农占书。参见王毓瑚著：《中国农学书录》，第 288 页。

② 新中国成立后，最早从中国古代书目类文献及现存荒政书中搜集散佚荒政书目的学者当属邵永忠，据其发现，宋有 3 种，明有 18 种，清有 3 种，共 24 种。鞠明库以此为基础，又发现 4 种明代的荒政书，其中两种出自《浙江通志》，另两种出自《千顷堂书目》（鞠明库《试论明代的荒政史籍及其价值》，《天府新论》2008 年第六期）。后两种名《三河闻荒条议》、《九江府条议》，仅从书名难以断定是否与荒政有关，但因其杂列于其他荒政书目之间，暂录并存疑。

序号	书　名	朝代	作者	卷数	资料出处及说明
10	救荒录	宋	赵侯（彦罩）		记宋宁宗嘉定八年桐川荒政事。见朱熹《跋江西赵漕救荒录》，《古今图书集成》食货典第99卷荒政部艺文六。
11	仁政活民书	宋	丁锐	2	亦名《仁和活民书》。参见《直斋书录解题》史部传记类
12	备荒书	明	何孟春	1	《千顷堂书目》卷9
13	救荒策	明	于仕廉	1	《千顷堂书目》卷9
14	救荒议	明	贺灿然	1	《千顷堂书目》卷9
15	荒政续编	明	刘漫塘		《文渊阁书目》卷三宿字号第一厨书目 政书，页二十八。
16	救荒续录	明	蒲登臣		《千顷堂书目》卷九典故类，页二十；《文渊阁书目》卷三宿字号第一厨书目政书，页二十八。
17	荒政辑略	明	宋纁	2	《千顷堂书目》卷9注："万历十五年河南、陕西灾荒，户部尚书宋纁条奏事宜"（页20）
18	庐阳荒政录	明	龙诰		《千顷堂书目》卷9
19	西江振粟策	明	张世昌		《千顷堂书目》卷9
20	金华荒政	明	张朝瑞		《千顷堂书目》卷9
21	常平仓记	明	张朝瑞		《千顷堂书目》卷9典故类，页十七。文见俞森《常平仓考》
22	救荒补遗	明	史记事	2	《千顷堂书目》卷9
23	救荒全书	明	陈幼学		《千顷堂书目》卷9
24	荒政纪略	明	杨德周	1	《千顷堂书目》卷9
25	救灾集议	明	倪复		《千顷堂书目》卷9
26	三河闻荒条议	明	不详	2	《千顷堂书目》卷9
27	长洲县救荒全书	明	不详	8	《千顷堂书目》卷9
33	九江府条议	明	不详	1	《千顷堂书目》卷9
34	煮粥议	明	不详		《千顷堂书目》卷9
35	备荒农遗杂疏	明	毕侍御	1	《千顷堂书目》卷12农家类，页二十一
36	春秋繁露祷雨法	明	宋应星	1	《千顷堂书目》卷十三天文类，页十七
37	灾异陈言录	明	徐事俊		《司马奉文献汇编》卷四十，见《千顷堂书目》卷十五类书，页十八
38	遇灾修政略	明	曹璘		《司马奉文献汇编》卷四十一，见《千顷堂书目》卷十五类书，页十八至十九
39	种莳占书	明	佚名	2	见《文渊阁书目》农家类。参见王毓瑚《中国农学书录》第129页
40	占候成书	明	胡文焕撰	2	参见王毓瑚《中国农学书录》第155页
41	甘薯疏	明	徐光启撰	1	明万历三十六年作。参见王毓瑚《中国农学书录》第171页
42	救荒事宜	明	赵仲一		参见明曹于汴《救荒事宜序》，《古今图书集成 食货典第96卷荒政部艺文三

序号	书 名	朝代	作者	卷数	资料出处及说明
43	救荒全书	明	姚思仁		《浙江通志》卷254
44	济荒书	明	顾凤祯		《浙江通志》卷254
45	救荒事宜	明	钟化民		见俞森《荒政全书》之《赈豫纪略》俞森按语
46	募义恤邻事宜	明	陈仁锡（别号芝台）辑		见陈仁锡《无梦园初集·荒政考》附录。
47	救荒十二议	明	毕懋康		见祁彪佳纂《救荒全书》宏济之二十三
48	毕东郊公补订救荒活民书	明	毕东郊		见祁彪佳纂《救荒全书》凡例
49	周礼十二荒政广义	明	佚名		见祁彪佳纂《救荒全书》凡例
50	赈恤纂要	明末清初	王汝南		见清劳潼辑《救荒备览》第一卷（邵永忠《中国古代荒政史籍研究》，北京师范大学2005年博士学位论文，第128页）
51	赈饥录	清	徐秉义辑		书成于清康熙十六年。见清张鸿、王学诰纂《昆新两县志》卷三十七《艺文志三》，道光五年刻本，页十九至二十一；金吴澜、李福沂等纂《昆新两县续修合志》光绪六年刻本，卷四十六艺文四，页十九至二十一
52	广仁录	清	柯崇朴 沈辰垣		书成于康熙十八年。见清光绪十八年《嘉善县志》卷九《食货志一·恤政》，页十二
53	捕蝗箕篓法	清	佚名	1	清钱曾撰《述古堂藏书目录》农家类。参见王毓瑚《中国农学书录》第219页。
54	灾赈事宜	清	彭家屏		参见清汪志伊嘉庆十一年撰《荒政辑要》卷三查勘（邵永忠前引文）
55	安徽捕蝗事宜	清	不详		见清陈仅《捕蝗汇编》（道光二十五年重刻本）卷二（邵永忠前引文）
56	救荒劝戒集验	清	西河林氏		作于道光三年。见清郁方董撰《济荒记略》（咸丰元年刻本）"印施救荒善书"条。
57	聚政篓衍	清	吴山兼		清王元基辑《淳安荒政纪略》，王元基序，道光四年刻本。
58	普惠饥荒	清	郁少农		辑于清道光年间。含"救济良方"、"赈荒福报"数条。见清郁方董撰《济荒记略》（咸丰元年刻本）"印施救荒善书"条。
59	劝开粥店说	清	佚名		见清郁方董撰《济荒记略》（咸丰元年刻本）"印施救荒善书"条。
60	劝行担粥说	清	佚名		见清郁方董撰《济荒记略》（咸丰元年刻本）"印施救荒善书"条。
61	劝买义田说	清	雷震初撰		清道光二十五年撰。见雷震初纂《辰州府义田总记》上卷，清道光二十八年刻本。
62	灾赈条略	清	济源卫我愚先生著		见清黄贻楫辑《救荒法戒录》"恶报"（光绪间刻本）
63	农圃晴雨记	清	杨德涯撰		清光绪《湖南通志·艺文志》著录。参见王毓瑚《中国农学书录》第236—237页。

序号	书　名	朝代	作者	卷数	资料出处及说明
64	东三省防疫方略	清	陈垣 辑		陈垣编纂《奉天万国鼠疫研究会始末》，清宣统三年铅印本，郑豪序。
65	农占辑要	清	胡向暄撰		民国《湖北通志·艺文志》农家类著录。参见王毓瑚《中国农学书录》第279页。

三、清末以前外人编撰荒政书目

1. 大云轮请雨经 2 卷。隋那连提耶舍译。见《大正藏》经 0991，卷 19，页 0493；《中华大藏经》第 18 册。

2. 御制大云轮请雨经 2 卷；图说 1 卷。隋那连提耶舍译，清乾隆四十七年"御制大云轮请雨经序"。清干隆年间金简刻本。以上两部，主要内容相同，按一部计算。

3. 大云经祈雨坛法二卷。唐释不空译。见（日本）高楠顺次郎、渡边海旭编辑：《大正新修大藏经》（八十五卷图像十二卷目录三卷），日本大正昭和间（1926—1931）东京大正一切经刊会铅印暨影印本。

4. 大云轮请雨经 2 卷。唐不空译。见《大正藏》经 0989，卷 19，页 0484。

5. 大云经祈雨坛法 1 卷。唐不空译。见《大正藏》经 0990，卷 19，页 0492。

6. 大方等大云经请雨品第六十四 1 卷。北周阇那耶舍译。见《大正藏》经 0992，卷 19，页 0500；《中华大藏经》第 18 册。

7. 大云经请雨品第六十四 1 卷。北周阇那耶舍译。见《大正藏》经 0993，卷 19，页 0506；《中华大藏经》第 18 册。

8. 救荒撮要 1 卷；附救荒补遗 1 卷。朝鲜世宗大王辑，申涑编，明嘉靖二十五年序。中韩文对照。清康熙二十五年朝鲜重刻本。

9. 地震解。（义大利）龙华民（Longobardi. N.）撰，作于明代。民国间上海聚珍仿宋印书局铅印本；民国 33 年鄞县张寿镛约园抄本。

10. 朱子社仓法，不分卷。日本山崎嘉辑。日本文化三年（1806）皇都书林，风月庄左卫门刻本。

11. 广惠编像解 2 卷。清朱轼纂，（日）远藤通解。日本天保四年（1833 年）纪伊远藤通刻本。

12. 新清河策要。英教士仲均安亲阅手著，清光绪十六年刻本。见盛宣怀未刊档案 5746。

13. 华洋义振会报告。清光绪三十三年十二月英国窦乐安编译。中译文对照。Shanghai：North—China Daily News and Herald Limited，1907。

14. 害虫要说，不分卷，1 册。日本小野孙三郎撰，鸟居赫雄译。见《农学汇编》，清末北洋官报局石印本。

15. 止风雨经。日本佚名辑。抄本，1 册。

16. 请雨法。日本佚名辑。抄本，1 册。